Edith Dörfler und Wolfgang Pensold

DIE MACHT DER NACHRICHT

Die Geschichte der Nachrichtenagenturen in Österreich

MOLDEN
VERLAG

Edith Dörfler und Wolfgang Pensold

DIE MACHT DER NACHRICHT

Die Geschichte der Nachrichtenagenturen in Österreich

Herausgegeben von Wolfgang Vyslozil, Geschäftsführer der APA-Austria Presse Agentur

MOLDEN VERLAG, WIEN

Die deutsche Bibliothek – CIP-Einheitsaufnahme
Edith Dörfler und Wolfgang Pensold:
Die Macht der Nachricht – Die Geschichte der
Nachrichtenagenturen in Österreich,
herausgegeben von Wolfgang Vyslozil/
Edith Dörfler und Wolfgang Pensold – Wien:
Molden Verlag, 2001
ISBN 3-85485-065-4

http://www.molden.at/
Umschlagentwurf: Veronika Molden
(Bilder aus dem APA-Archiv)
Lektorat: Gertraud Reznicek
Herstellung: Alfred Rankel, Wien
Druck: Wiener Verlag, Himberg
ISBN 3-85485-065-4

ALFRED GEIRINGER
(1911–1996)

dem Wegbereiter und Mitgestalter der bedeutendsten Zäsur in der mehr als 150jährigen Geschichte von Österreichs Nachrichtenagenturen seit 1849 gewidmet.

Dem 1938 aus Österreich Emigrierten und 1945 als Reuters Assistent European Manager Zurückgekehrten verdanken wir maßgeblich die Loslösung aus fast einem Jahrhundert staatlicher Bindung und Einflußnahme sowie die 1946 erfolgte Gründung der Austria Presse Agentur als privatwirtschaftlich organisiertes Unternehmen im Eigentum der österreichischen Zeitungen. Gemäß den Prinzipien eines während des Zweiten Weltkrieges zwischen „The Associated Press“ (New York) und „Reuters“ (London) vereinbarten Grundsatzvertrages hat Alfred Geiringer den entscheidenden Grundstein gelegt zur Transformation der APA zum heutigen, allein der Unabhängigkeit, Zuverlässigkeit und Ausgewogenheit verpflichteten Schlüsselunternehmen des österreichischen Informationswesens.

wv

Der besondere Dank der Autoren gilt
Wolfgang Duchkowitsch

Inhaltsverzeichnis

IM SCHATTEN DES KRIEGSPRESSEQUARTIERS

DIE ÄRA DER AMTLICHEN NACHRICHTENSTELLE

DIE ÄRA DES DEUTSCHEN NACHRICHTENBÜROS

DIE ÄRA DER AUSTRIA PRESSE AGENTUR

VORWORT

Um zu verstehen, wer wir sind und wohin wir gehen,
müssen wir wissen, woher wir kommen.

1.

Nachrichtenagenturen sind seit der Mitte des 19. Jahrhunderts als Schlüsselunternehmen des globalen Kommunikationssystems nicht mehr wegzudenken. Seit gut 150 Jahren liegt ihre Aufgabe unverändert in der Überwindung von Zeit und Raum durch die Übermittlung aktueller Nachrichten. Sie sind seit ihren frühen Anfängen unverzichtbarer Transporteur von Ereignissen, Wissen und Modernität. Die Zeitungen der bürgerlich-hochkapitalistischen Gesellschaft des 19. Jahrhunderts sind ebenso auf diese Lieferanten des Rohstoffs „Nachricht" angewiesen gewesen, wie heute die Tageszeitungen einer global vernetzten Welt, Radio und Fernsehen, sowie unzählige Internet Content-Anbieter. Die weiterhin eminente publizistische Bedeutung der Agenturen ist etwa daran zu erkennen, daß weltweit der Anteil von Nachrichten in Zeitungen, die vollständig oder primär auf Agenturmeldungen basieren, deutlich über 50% liegen dürfte, so ferne man rein lokale/regionale Themen ausklammert. Dem Gebot „Truth in the News", dem Wahlspruch der traditionsreichen amerikanischen Nachrichtenagentur Associated Press (AP), kommt daher unveränderte Bedeutung und Gültigkeit zu, erwarten doch gerade auch im Internet-Zeitalter die Bezieher von Agenturdiensten Wahrheit und Zuverlässigkeit bei den Berichten ihrer Informationslieferanten.

Das Funktionieren eines freien Medienwesens ist auf das Engste mit der Unabhängigkeit der Berichterstattung von Nachrichtenagenturen verknüpft. Ein Blick auf die Agentur-Landkarte zeigt allerdings, daß von den hunderten Nachrichtenagenturen und Nachrichtenbüros auf der Welt etwa die Hälfte als staatlich oder amtlich gilt. Bei den nationalen Nachrichtenagenturen selbst ist der Anteil der jeweils von Staat und Regierung Abhängigen noch größer: nur ein Drittel von ihnen kann als unabhängig bezeichnet werden. Dennoch dominiert dieser Agenturtyp neben den drei Weltagenturen Reuters, AP und AFP das globale Nachrichtensystem. Mit Ausnahme von Reuters, der einzigen börsennotierten Nachrichtenagentur, befinden sich praktisch alle von Staat und Regierung unabhängigen, nationalen Agenturen nach dem Vorbild der amerikanischen AP im Eigentum der Medien des jeweiligen Landes und sind genossenschaftlich oder genossenschaftsähnlich strukturiert. Diese Eigentümerstruktur gilt seit Ende des Zweiten Weltkriegs bis heute als jene, die die erforderliche politische und wirtschaftliche Unabhängigkeit der Agenturen am besten gewährleistet und damit die wesentlichste Voraussetzung für eine der Wahrheit verpflichtete, unbeeinflußte und ausgewogene Nachrichtengebung schafft.

Zur Gruppe dieser Agenturen zählt seit 55 Jahren auch die österreichische Nachrichtenagentur APA. Davor jedoch befanden sich die Agenturen dieses Landes durch mehr als 95 Jahre ihrer insgesamt über 150jährigen Geschichte im Einflußbereich des Staates. Erst nach dem Ende des Zweiten Weltkriegs ist die Austria Presse Agentur als privates Unternehmen im Eigentum der Zeitungen gegründet worden. In dem von der konstituierenden Generalversammlung am 6. April 1946 beschlossenen Statut wurde bestimmt, daß die APA „weder direkt noch indirekt von einer privaten oder amtlichen Stelle finanziert werden (darf.)"

2.

Gerade die Motive und Abläufe, die nach dem Ende des Zweiten Weltkriegs zur Ablösung der staatlichen Amtlichen Nachrichtenstelle (ANA) durch die vom Staat unabhängige APA geführt haben, zählten mit zu den Fragen, die mich spätestens seit Beginn der politischen Wende in Osteuropa in den Jahren 1989/90 nicht mehr losgelassen haben. Zur Zeit des Umbruchs im kommunistischen Ost- und Zentraleuropa Präsident der „European Alliance of Press Agencies", begab ich mich damals auf die Suche nach historischen Vorbildern für die Entstaatlichung von Nachrichtenagenturen, in der Hoffnung, damit die osteuropäischen Mitglieder der „Alliance" anregen zu können, durch analoge Maßnahmen auch ihre Unternehmen schrittweise aus der jahrzehntelangen staatlichen Abhängigkeit zu lösen.

Bei Durchsicht der internationalen Agenturgeschichte erkannte ich bald, daß es in der gesamten über 150jährigen Periode von 1850 bis heute nur ein einziges Beispiel für die Privatisierung amtlicher Agenturen gibt: Nach dem Ende des Zweiten Weltkriegs wurden die Agenturen der ehemaligen Kriegsgegner der Alliierten, nämlich jene Deutschlands, Österreichs, Italiens und Japans offensichtlich auf Druck insbesonders der USA in privates Eigentum der Zeitungen übergeführt und nach dem Genossenschaftsprinzip neu gegründet. Es war somit anzunehmen, daß die Politik der Entstaatlichung der Nachrichtenagenturen von den westlichen Alliierten sowohl als zentrale Voraussetzung wie auch als integraler Bestandteil der Etablierung einer freien Presse in den jeweiligen Ländern betrachtet wurde. Allerdings gab die bisher vorliegende wissenschaftliche

Literatur weder über das Phänomen der systematischen Privatisierung von Nachrichtenagenturen an sich, noch über die Konzepte und Ideen, die zu diesem eminenten Aspekt alliierter Pressepolitik geführt haben, Auskunft.

Das Interesse am Zustandekommen und der Umsetzung dieser alliierten Grundsatzentscheidung in Verbindung mit den über die Jahre immer wiederkehrenden Fragen nach den historischen Wurzeln der APA haben mich schließlich zu Beginn des Jahres 1999 bewogen, den gesamten Fragenkomplex erstmalig systematisch erforschen zu lassen. In der Folge habe ich über Vermittlung von Professor Wolfgang Duchkowitsch von der Universität Wien die beiden Kommunikationshistoriker Edith Dörfler und Wolfgang Pensold beauftragt, die Geschichte der Nachrichtenagenturen in Österreich von ihrer Gründung im Jahre 1849 bis zum Jahr 1995 im Detail zu erschließen. In aufwendigem Literatur- und Quellenstudium haben die beiden Forscher im Zeitraum von exakt zwei Jahren, nämlich von März 1999 bis März 2001, dieses zur Gänze von der APA finanzierte Projekt in die Tat umgesetzt.

Mit vorliegender Arbeit, die erstmals in einer Gesamtschau den Zeitraum der Existenz des institutionellen Nachrichtenwesens in Österreich umfassend beleuchtet, wurde auch methodisch Neuland betreten. Bei dieser Nachrichtenagentur-Studie wurden verschiedentlich internationale Vergleiche insbesonders zum Spannungsverhältnis der Agenturen zwischen Staat und Markt erstellt, um auf diese Weise Entwicklungen in Österreich besser bewertbar zu machen. Diese Methode hebt die Arbeit über den Charakter einer typischen Monografie ebenso hinaus wie die Tatsache, daß bei dieser Zeitreise durch eineinhalb Jahrhunderte des Nachrichtenwesens relevante politische Entwicklungen in ihrer Wechselwirkung zum eigentlichen Forschungsgegenstand aufbereitet und in die Darstellung integriert wurden. Dies macht die vorliegende Arbeit auch zu einer spannenden Lektüre über mehr als 150 Jahre politischer Ideengeschichte, die unser Land während dieser Zeit geprägt haben.

3.

Eine wichtige Fragestellung des vorliegenden Buches behandelt die Gründe für das praktisch zeitgleiche Entstehen der Nachrichtenagenturen in Berlin, Wien, London und New York (fast) genau zur Mitte des 19. Jahrhunderts, so daß man heute die Anfänge des modernen Nachrichtenagenturwesens etwa mit dem Jahr 1850 markieren kann. In dieser Phase wurde neben dem „Wolff'schen Telegraphischen Bureau“ in Berlin, die „Österreichische Corespondenz“ in Wien, „Mr. Reuter's Cabled Messages“ in London sowie die „Harbour News Association" in New York, aus der später die „Associated Press" hervorgehen sollte, gegründet. Nur die „Ur-Mutter" aller Nachrichtenagenturen, die „Agence Havas", die Vorläuferin der heutigen Agence France Presse ist noch älter, sie wurde bereits 1835 in Paris gegründet.

Es waren zwei wesentliche Entwicklungslinien, die sich in Europa zur Mitte des 19. Jahrhunderts gekreuzt haben und zu jenem Gründungsboom geführt haben, der am Anfang der modernen Nachrichtenagenturen steht. Ein entscheidendes Datum stellt zunächst natürlich das Revolutionsjahr 1848 dar, durch das in der Folge das Umsichgreifen und Erstarken des politischen und wirtschaftlichen Liberalismus möglich wird. Gerade dieser erzeugt zunächst in England und durch die Revolutionen auch in Kontinentaleuropa einen sprunghaft steigenden Nachrichtenbedarf. Gleichzeitig mit dieser Entwicklung revolutioniert der elektrische Telegraf, etwa der Morse-Telegraf, den Nachrichtenverkehr. Er hebt mit seiner Geschwindigkeit der Nachrichtenübermittlung räumliche und zeitliche Grenzen auf und vernetzt immer größere Territorien. Mit der Freigabe der Telegrafie für die private Nutzung übernehmen Korrespondenzbüros die Übermittlung telegrafischer Depeschen, die nicht nur das kaufmännische Interesse abdecken, sondern auch die wichtigsten politischen Tatsachen beinhalten. Seinem Wesen nach bestimmt der Warencharakter von zeitnaher Aktualität das zugrundeliegende Geschäft, definieren doch seit dem Einsatz der Telegraphie nicht nur „Inhalte", sondern sowohl „Raum", also die Entfernung des Ereignisses vom Ort der Rezeption der Nachricht, wie vor allem auch „Zeit", also die Geschwindigkeit, mit der die Nachrichten an den Empfänger übermittelt werden, ihren Wert.

In Österreich steht am Anfang des Nachrichtenagenturwesens die Gründung der Österreichischen Correspondenz am 10. Oktober 1849. Damit blickt die APA samt ihren Vorläufern gemeinsam mit der heutigen AFP (Agence France Presse), der AP und Reuters auf eine über 150 Jahre lange Institutionengeschichte zurück. Österreichs Nachrichtenagenturen sind damit Teil der Erfolgsstory einer in der Öffentlichkeit zwar weitgehend unbekannten, aber umso einflußreicheren Branche, deren wesentlichste Strukturen sich über eineinhalb Jahrhunderte kaum verändert haben: Reuters, AP und AFP sind auch heute noch die wichtigsten, weltweit tätigen Agenturen, gleichzeitig besteht das globale Netzwerk der durch gegenseitige Nachrichtenaustauschverträge miteinander verbundenen Weltagenturen und nationalen Agenturen seit gut 130 Jahren. Allerdings ist die frühere Dominanz und oft auch Arroganz der Weltagenturen gegenüber den kleineren nationalen Agenturen seit etwa Mitte des 20. Jahrhunderts einer zunehmenden Gleichberechtigung zwischen Partneragenturen gewichen. Einen Beleg für die außerordentlichen Kontinuitäten im Agenturgeschäft stellen die Verträge zwischen der seit 1860 tätigen APA-Vorgängerin, dem k. k. Telegraphen-Korrespondenz-Bureau, mit Reuters sowie der AFP-Vorläuferin Agence Havas dar. Diese wurden am 30. Mai 1869 geschlossen und sind im Prinzip noch heute in Kraft. Das Faktum dieser seit gut 130 Jahren bestehenden und nur von den beiden Weltkriegen unterbrochenen Vertragsbeziehung verdient wegen seiner Einzigartigkeit besondere Beachtung, handelt es sich doch dabei um die ältesten, noch heute existierenden Agenturverträge der Welt.

Ein bemerkenswertes Ergebnis erbringt die vorliegende Studie auch mit der Erkenntnis, daß sich die österreichischen Nachrichtenagenturen fast zwei Drittel ihrer über 150jährigen Geschichte in staatlicher Nähe und Abhängigkeit befanden. In die „amtliche Ära" fallen zunächst die zehn Jahre der staatsnahen „Österreichischen Correspondenz" von 1849 bis 1859, einem zwar privaten Unternehmen im Eigentum ihres Gründers, Joseph Tuvora, das sich aber unter weitgehendem staatlichen Einfluß befand; weiters die 61jährige Periode des staatlichen „k.k. Telegraphen-Korrespondenz-Bureau" von 1860 bis 1921 (während der letzten drei Jahre mit republikanischer Inspiration, einem drastisch verkleinerten Einflußgebiet und ohne das „k.k." im Namen); der daran anschließende insgesamt 17jährige Abschnitt der „Amtlichen Nachrichtenstelle" (ANA) von 1922 zunächst bis 1938 und dann von 1945 bis 1946; sowie die dazwischen liegenden sechs Jahre als „Außenstelle Wien" der als Weltagentur konzipierten amtlichen Nachrichtenagentur des „Dritten Reiches", nämlich des „Deutschen Nachrichtenbüros" (DNB) von 1938 bis 1945. In all den fast 100 Jahren dienten die Nachrichtenagenturen dieses Landes primär als Verlautbarungsorgan, aber auch als Propaganda-Instrument der jeweiligen Regierung und ihrer Politik. Erst die bisher letzten 55 Jahre ihrer Geschichte von 1946 bis heute umfassen eine Periode der Unabhängigkeit von Staat und Regierung, nachdem im ersten Nachkriegsjahr die privatwirtschaftlich organisierte „Austria Presse Agentur" (APA) als im gemeinsamen Besitz der Tageszeitungen befindliche Genossenschaft gegründet und damit der erste Schritt auf dem langen Weg zu einer unbeeinflußten, zuverlässigen und ausgewogenen Berichterstattung getan wurde.

4.

Das wohl wichtigste Ergebnis der Untersuchung betrifft jene Entscheidungsabläufe, die 1946 zur Entstaatlichung des österreichischen Nachrichtenagenturwesens geführt haben. Dazu wird im vorliegenden Buch erstmalig der Nachweis der folgenden Zusammenhänge erbracht. Erstens: die der Entstaatlichung zugrundeliegenden Entscheidungen basieren keineswegs auf einer genuin österreichischen Konzeption; sie kamen im Gegenteil gegen den (zumindest anfänglichen) Widerstand der österreichischen Regierung zustande. Zweitens: die entsprechenden Beschlüsse wurden auf der Basis eines Programms gefaßt, das die beiden angelsächsischen Weltagenturen AP und Reuters im Jahr 1942 fixiert haben. Drittens: die Entstaatlichung selbst erfolgte auf konkrete Initiative von Reuters; die operative Umsetzung erfolgte durch einen 1938 aus Österreich emigrierten leitenden Reuters-Mitarbeiter. Viertens: das Vorhaben wurde insbesondere von der amerikanischen Besatzungsmacht durch politischen Druck und publizistische Begleitmaßnahmen aufbereitet und unterstützt.

Die eigentlichen Wurzeln für das Zustandekommen des Entstaatlichungsprozesses reichen in letzter Konsequenz bis an den Beginn des „Agenturkartells" im Jahre 1870 zurück. Dieses gemeinsam von Reuters, Havas und Wolff gegründete Monopol hat die Welt in drei Einfluß-Sphären aufgeteilt. Reuters, als die mit dem britischen Weltreich aufs Engste verbundene Agentur, war besonders wegen mehrheitlich in britischem Besitz befindlichen weltweiten Unterseekabel stets dominierender Partner in diesem Verbund. Mit dem Ende des Ersten Weltkriegs hat die amerikanische Agentur AP unter der Führung ihres späteren, langjährigen Direktors Kent Cooper begonnen, einen dann eineinhalb Jahrzehnte dauernden Kampf gegen die weltweite Vorherrschaft des europäischen Agentur-Monopols zu führen. Hauptgrund dafür war, daß die Kartellagenturen die eigenständige Verbreitung des AP-Dienstes außerhalb Nordamerikas behinderten bzw. untersagten. Cooper und die AP konnten schließlich 1934 den Zusammenbruch des insgesamt 64 Jahre existierenden Nachrichten-Kartells erzwingen.

Während des Zweiten Weltkriegs haben – einige Monate, nachdem Präsident Roosevelt und Winston Churchill im Jahre 1941 die „Atlantic Charta" mit den Rahmenbedingungen für eine zukünftige Friedensordnung verkündet haben – Kent Cooper für die AP und William Haley für Reuters im Frühjahr 1942 ein ähnliches Grundsatzprogramm mit den Prinzipien für die späteren Relationen der beiden angelsächsischen „blood brothers" mit den Nachrichtenagenturen der nach dem Krieg besiegten Länder beschlossen. Diese Programmatik basierte einerseits auf jenen Grundsätzen, die die AP in ihrem langen Kampf gegen das europäische Agenturkartell durchgesetzt hat: Über die Prinzipien der Pressefreiheit einschließlich des Grundsatzes eines freien Zugangs zu den Nachrichtenquellen hinausgehend, umfaßte diese Vereinbarung speziell das Bekenntnis zu „true and unbiased news", also zur „Objektivität" als Leitlinie für die Arbeit von Nachrichtenagenturen. Andererseits wurde vor allem über Initiative von Reuters – im Sinne seiner damals neuen Hälfte Eigentümer, der Londoner Fleetstreet Zeitungen – festgelegt, daß die beiden angelsächsischen Agenturen nach Kriegsende keine Verträge mehr mit staatlichen bzw. amtlichen Nachrichtenagenturen („mere puppets of their Governments") schließen würden. Vielmehr sollten in diesen Ländern Agenturen gegründet werden, die, so wie damals AP und Reuters, als Genossenschaften im gemeinsamen Eigentum der Zeitungen des jeweiligen Landes organisiert sind.

Genau dieses Konzept kam in Österreich zur Anwendung: Auf Basis der Vereinbarung von 1942 wurde nach Kriegsende die Agenturstruktur neu geordnet, die staatliche ANA eingestellt und die APA als Genossenschaft im Eigentum der Zeitungen gegründet, die dann am 1. September 1946 ihren Betrieb aufgenommen hat.

Mit diesem bemerkenswerten Untersuchungsergebnis wird offensichtlich, daß die Entstaatlichung der Nachrichtenagenturen nach Ende des Zweiten Weltkriegs ihrem Ursprung nach weder auf einen primär „inländischen" Entscheidungsprozeß zurückzuführen ist, noch auf ein Grand Design staatlich-politischer Provenienz der Alliierten. Vielmehr liegt die Basis für diesen so bedeutsamen Teil der alliierten Pressepolitik in einer (privaten) Initiative der beiden Weltagenturen AP und Reuters, die ihrerseits auf einem, gleichermaßen von „Pressefreiheit" und „Objektivität", wie von „Marktausweitung" und „Wettbewerb" getriebenen Konzept basiert. Dieses Programm wurde von der gesamten Verlegerschaft der USA und Großbritanniens durch entsprechende Beschlußfassung mitgetragen und unterstützt. Die konkrete Umsetzung des Konzepts erfolgte dann durch das Zusammenwirken von privater (Agentur-) Initiative mit staatlicher (Besatzungs-) Macht.

5.

Was die Organisationsform der Nachrichtenagenturen anlangt, kristallisierten sich in schon in der Gründungsphase Mitte des 19. Jahrhunderts drei unterschiedliche Modelle heraus. Die Agenturen Havas, Wolff und Reuters befanden sich in privatem Eigentum ihrer Gründer und ihr primärer Zweck lag darin, Gewinne zu machen. In krassem Gegensatz zu diesen rein kommerziellen Motiven wurde die Österreichische Correspondenz in Wien als gegenrevolutionäres Instrument unter primär politischen Vorzeichen gegründet. Zwischen diesen beiden Polen – Markt und Staat – steht jene Gesellschaftsform, die sich in Amerika ebenfalls 1849 mit der Gründung der Harbour

News Association, der späteren AP, herausbildet: Ihre Gründer, sechs New Yorker Zeitungsverleger, betrieben ihr Unternehmen mit dem Zweck, bei der Nachrichtenversorgung ihrer Zeitungen doppelte Aufwendungen bei der Beschaffung letztendlich gleicher Nachrichten zu vermeiden und im Gegenteil die hohen Kosten der Nachrichtenbeschaffung durch gemeinsame Nachrichtensammlung zu teilen.

Der von den Gründeragenturen repräsentierte, jeweils unterschiedliche Typus prägt auch zu Anfang des 21. Jahrhunderts noch die Agenturstruktur, obwohl seither 150 Jahre vergangen sind:
Reuters ist heute in herausragender Weise Vertreter des Typs der neben den Medienmärkten primär auf Wirtschafts- und Finanzmärkte ausgerichteten, nachdrücklich gewinnorientierten Nachrichtenagenturen und ist nicht nur die größte, sondern auch die einzige börsennotierte und gleichzeitig gewinnträchtigste Informationsagentur der Welt. Hingegen entspricht etwa ein Drittel aller nationalen Nachrichtenagenturen weltweit jenem Typus der im Prinzip genossenschaftlich strukturierten Agenturen, den bereits die frühe AP geprägt hat: Vom Staat unabhängig, im Eigentum vor allem der Zeitungen des jeweiligen Landes und am primären Unternehmenszweck orientiert, ihre Eigentümermedien möglichst kostengünstig mit dem Rohstoff „Nachricht“ zu versorgen. Diese Agenturen sind vor allem auf die Medienmärkte hin orientiert, mit denen sie zwischen 70 und 80% ihrer Umsätze machen. In publizistischer Hinsicht sind sie außerordentlich einflußreich und dominieren gemeinsam mit Reuters und den beiden anderen Weltagenturen AP und AFP das weltweite Nachrichtensystem in der Tradition des entscheidend von der AP anfangs des 20. Jahrhunderts mitgeprägten amerikanischen Nachrichtenjournalismus. Dieser verlangt im Gegensatz zu einem „journalism of opinion“ einen konsequenten, an Fakten und Authentizität orientierten „journalism of information“, und ist somit dem Prinzip der „true and unbiased news“, also der wahrheitsgetreuen und unparteiischen Wiedergabe der Wirklichkeit ebenso strikt verpflichtet, wie der Idee der Pressefreiheit einschließlich des Gebots des freien Zugangs zu den Informationsquellen.

Die übrigen nationalen Nachrichtenagenturen der Welt zählen zu jenem Agenturtypus, an dessen Anfang 1860 das k.k. Telegraphen-Korrespondenz-Büro stand: staatsnah oder zur Gänze in staatlichem Eigentum, vom Staat subventioniert oder finanziert und der jeweiligen Regierung und ihren Repräsentanten verpflichtet. Ihre Abhängigkeit vom Staat und der Regierung wird immer dann besonders evident, wenn Regierungswechsel quasi automatische Wechsel im Management dieser Agenturen zur Folge haben. Durch ihre Abhängigkeit vom Staat und den meist damit verknüpften amtlichen

Charakter betreiben diese Agenturen einen ausgeprägten Verlautbarungsjournalismus und üben damit primär die Funktion eines Regierungssprachrohrs aus. Auf diese Weise versuchen die Regierungen, sowohl die Medien des eigenen Landes zu kontrollieren, zumindest aber auf sie Einfluß auszuüben, wie mittelbar auch das Ausland in ihrem Sinn zu beeinflussen. Ein solcher Befund gilt für die meisten nationalen Agenturen der Länder der Dritten Welt und in Abstufungen auch für viele der ehemaligen „Sozialistischen Nachrichtenagenturen" der früheren kommunistischen Länder.

6.

Die heutige APA selbst zählt zur klassischen Kategorie der Nachrichtenagenturen im Eigentum der Medien. Sie ist als Genossenschaft organisiert und von Staats- und Regierungseinfluß frei, hat sich aber durch die in den Nachkriegsjahren unter ihren Mitgliedern dominierenden Parteizeitungen Jahrzehnte lang im mittelbaren Einflußbereich der großen politischen Parteien des Landes befunden. Erst ab den Siebziger Jahren konnte sie sich parallel mit dem kontinuierlichen Rückgang der Parteizeitungen unter ihren Mitgliedern Schritt um Schritt von parteipolitischer Einflußnahme emanzipieren. Gleichzeitig waren die ersten vier Jahrzehnte nach dem Zweiten Weltkrieg für die österreichische Nachrichtenagentur durch einen nahezu kontinuierlichen Kampf um ihr wirtschaftliches Überleben geprägt. So hat die APA im Zeitraum von 1947 bis 1988, also durch mehr als unglaubliche 40 Jahre – mit nur vier Ausnahmen – jedes Jahr Verluste produziert(!). Erst Ende der Achtziger Jahre erfolgte ihre wirtschaftliche Gesundung: ab 1989 hat sie regelmäßig Gewinne ausgewiesen und ab 1993 jedes Jahr an ihre Eigentümer Dividenden ausgeschüttet.

Entscheidend für ihren nachhaltigen wirtschaftlichen Erfolg ist die seit Mitte der Achtziger Jahre konsequent betriebene Diversifizierungs- und Innovationspolitik, die dazu geführt hat, daß die APA heute nur mehr knapp ein Drittel ihrer Umsätze mit den Mitglieds-Medien macht. Im Zentrum ihrer Unternehmensstrategie steht das Konzept von Interaktivität und Konvergenz, wobei mit Hilfe von breitbandigen Datennetzen und immer mächtiger werdenden Datenbanksystemen sämtliche Inhalte, sei es Text, Bild, Ton oder Video, den Märkten mittels kundenindividueller Lösungen zur Verfügung gestellt werden. Auf diese Weise hat sich die APA als eine von wenigen Nachrichtenagenturen weltweit zu einer „database driven company" entwickelt und ist als solche in der Lage, zusätzlich zur Zentralfunktion von Agenturen, nämlich der kontinuierlichen „Übermittlung" von Nachrichten, auch die zweite fundamentale Medienfunktion, nämlich die der „Speicherung" von Inhalten technisch und organisatorisch zu bewältigen. Auf ihrer Kompetenz, diese beiden medialen Schlüsselfunktionen mittels komplexer Informations- und Wissensmanagement-Systeme miteinander zu verknüpfen und dafür professionelle Absatzmärkte zu erschließen, basiert in letzter Konsequenz der wirtschaftliche Erfolg der APA seit Ende der Achtziger Jahre.

Heute kann die APA zweifellos als unabhängige Nachrichtenagentur und gleichzeitig als Hochtechnologie-orientiertes Informationsunternehmen bezeichnet werden. Sie produziert den umfangreichsten und vielfältigsten Basisdienst ihrer Geschichte, gleichzeitig zählt sie zu den Agenturen mit der größten Produkt- und Dienstleistungsvielfalt und befindet sich bei europäischen Benchmarking-Analysen auch in wirtschaftlicher Hinsicht regelmäßig im vordersten Spitzenfeld. Sie ist als Content-Anbieter unbestrittener Marktführer in Österreich und wird als unverzichtbare Säule des österreichischen Medien- und Informationswesens angesehen.

7.

Beim Aufbereiten unserer Geschichte wurde deutlich, daß sich der um das Wiedererstehen Österreichs im Jahre 1945 hochverdiente, heutige Buch-Verleger Fritz Molden in den ersten Nachkriegsjahren auch um die Austria Presse Agentur besondere Verdienste erworben hat. Als damaliger Eigentümer der „Presse" hat er bereits 1951 in seiner Funktion als Vorsitzender des „Verbandes der Unabhängigen Zeitungen" gemeinsam mit anderen markanten Verlegerpersönlichkeiten des Nachkriegs-Österreichs, wie etwa Gustav Canaval (Salzburger Nachrichten), Joseph A. Moser (Tiroler Tageszeitung) und Anton Russ (Vorarlberger Nachrichten) nachdrückliche Maßnahmen gesetzt, um die zu dieser Zeit geradezu bedrohliche Umklammerung der APA durch die beiden Regierungsparteien zumindest zu lockern. Auf seine Initiative ist 1959 auch die Bestellung von Otto Schönherr als Kandidat der Gruppe der „Unabhängigen Zeitungen" zum Chefredakteur zurückzuführen, womit damals, noch am Höhepunkt der Großen Koalition in Österreich, eine erste nachhaltige Zäsur gelang, bei der die großkoalitionären Strukturen innerhalb der APA aufgebrochen und der Parteieneinfluß zurückgedrängt wurde. Insofern versteht sich die Entscheidung, die vorliegende Arbeit in seinem Buchverlag zu publizieren, auch als Zeichen der Würdigung und des Dankes der heutigen APA an den damaligen Zeitungsverleger und APA-Genossenschafter Fritz Molden.

Wesentliche zusätzliche Impulse, mich mit der Gründungsgeschichte der APA nach dem Krieg zu befassen, hat mein mehrfaches Zusammentreffen mit Alfred Geiringer in den Achtziger Jahren gebracht. Als damals erst knapp zwei Jahre im Amt befindlicher

APA-Geschäftsführer traf ich diesen unprätentiös wirkenden Mann erstmals anläßlich eines Empfanges, den Reuters 1984 für alle seine weltweiten Medienkunden in London gegeben hatte. Dabei erzählte er mir zu meiner Verblüffung so nebenbei, er hätte die APA nach dem Krieg mitgegründet, außerdem hätte er den Namen „APA" erfunden („diese Abkürzung kann sowohl für die deutsche, englische und französische Bezeichnung für Austria Presse Agentur verwendet werden..."). Tatsächlich war der 1938 nach Großbritannien emigrierte gebürtige Wiener 1945 von Reuters nach Österreich geschickt worden, um – neben der Wiedereröffnung des Reuters-Büros – vor allem beim Aufbau einer unabhängigen Nachrichtenagentur auf genossenschaftlicher Basis mitzuwirken. Maßgeblich dafür war nach Geiringers Bericht vor allem die Grundsatzvereinbarung von AP und Reuters aus dem Jahre 1942. Bei der konkreten Realisierung dieses Konzeptes spielte Geiringer neben der amerikanischen Besatzungsmacht eine entscheidende Schlüsselrolle. Nach seiner eigenen Einschätzung war für den Erfolg seiner damaligen Mission nicht zuletzt seine persönliche Bekanntschaft mit Staatspräsident Renner maßgeblich, den er noch aus seiner Zeit bei den „Sozialistischen Mittelschülern" anfangs der Dreißiger Jahre kannte; dieser hat dann in der Folge sein Projekt auch politisch unterstützt.

Alfred Geiringer ist dieses Buch gewidmet. Nach fast hundert Jahren amtlicher Inspiration der österreichischen Nachrichtenagenturen verdankt ihm die APA maßgeblich, daß sie sich seit nunmehr 55 Jahren zum Kreis der weltoffenen, einem professionellen Medienverständnis verpflichteten, nicht-staatlichen Nachrichtenagenturen zählen darf.

Wolfgang Vyslozil,
Geschäftsführer der APA-Austria Presse Agentur
Herausgeber

NEUZEITLICHER NACHRICHTENVERKEHR

Post und Druck: Die Paten der Zeitung

Der moderne Nachrichtenverkehr beginnt im europäischen Mittelalter. Neben der katholischen Kirche, den Universitäten und Zünften organisieren im Zeichen des vor sich gehenden Wirtschaftsaufschwungs vor allem die Kaufleute einen Nachrichtentransfer. Die Kaufleute verkehren auf den Handelsplätzen – Häfen, Messen und Jahrmärkten –, die nicht nur dem Umschlag von Waren, sondern auch dem von Neuigkeiten dienen. Sie benötigen schnelle und zuverlässige Nachrichten über die Entwicklung von Preisen auf verschiedenen Märkten sowie über politische Krisen oder Kriege, um entsprechend disponieren zu können.[1] Im Lauf der Zeit richten sie reguläre Botenkurse ein;[2] ähnliches initiieren die wirtschaftlich aufblühenden Städte, die ihrerseits reguläre Botenkurse, die sogenannten „Ordinariboten", ins Leben rufen, um den zunehmenden Nachrichtentransfer abzuwickeln. Das Entstehen dichter Verkehrsnetzwerke markiert den Übergang von der kleinräumigen mittelalterlichen Guts- und Stadtwirtschaft, über die nur eine schwache Zentralgewalt gebreitet war, in eine überregionale Wirtschaftsform. Gleichzeitig nimmt mit dem Habsburgerreich auch eine politische Zentralmacht moderner Provenienz Konturen an. 1452 wird Friedrich III. in Rom zum Kaiser des Heiligen Römischen Reiches gekrönt.

Friedrich III., der anfangs nur die Steiermark besitzt, erhält 1463 nach dem Ableben seines Bruders Österreich und Wien. Böhmen und Ungarn sichert er sich durch einen Erbvertrag, der ihm die Länder zufallen läßt, sobald die dortigen Herrscher keine männlichen Nachkommen mehr hervorbringen. Tirol ist über einen solchen Erbvertrag seinem Sohn Maximilian versprochen. In einer Zeit der wirtschaftlichen, sozialen, politischen und religiösen Umwälzung hat das Kaisertum jedoch einen schweren Stand. Es gibt keine funktionierende Verwaltung, die auf Reichsebene eine einheitliche Abwicklung der Regierungsgeschäfte erlauben würde. Das entstehende Großreich verlangt nach zentralistischen Verkehrsformen.

Durch die Heirat mit Maria von Burgund im Jahr 1477 kann Maximilian, der künftige Kaiser, die habsburgischen Besitzungen noch um die Niederlande erweitern. Um die lose zusammenhängenden Territorien fester aneinanderzubinden und eine reibungslose

Verwaltung von seinem Sitz Innsbruck aus zu gewährleisten, initiiert Maximilian 1490 zwischen Innsbruck und Mecheln bei Brüssel einen überregionalen, staatlichen Postkurs. Mit der Einrichtung der Reiterpostenstrecke betraut er die Familie Taxis aus dem oberitalienischen Bergamo, die bereits für verschiedene Höfe sowie für die römische Kurie Botendienste organisiert hat. Die 1.100 Kilometer lange Strecke, von Janetto de Taxis betrieben, wird mit Reiterstafetten überbrückt und im Sommer in fünfeinhalb, im Winter in sechseinhalb Tagen zurückgelegt. Die Postverbindung dient noch ausschließlich Regierungszwecken.[3] In diesem Kontext steht im übrigen der Begriff der Nachricht, die ursprünglich „Nachrichtung" ist, eine Anweisung oder Order von der Obrigkeit, nach der sich der Empfänger zu richten hat.[4]

Zur Ausdehnung seines Territoriums heiratet das glückliche Haus Habsburg weiter. Nach dem Tod seiner burgundischen Gattin ehelicht Maximilian 1493 die mailändische Herzogstochter Bianca Maria Sforza, was ihm neben 300.000 Dukaten Mitgift auch die Herrschaft über halb Oberitalien beschert. Sein Sohn Philipp heiratet 1496 die spanische Thronerbin Johanna von Kastilien und führt dem Habsburgerreich damit neben Spanien auch die spanischen Kolonien in Südamerika zu, zudem Neapel und Sizilien. Ein Bruder von Janetto de Taxis richtet daraufhin im Auftrag von König Philipp eine Postverbindung zwischen den Niederlanden, dem Hof Maximilians, der Residenz des französischen Königs und dem spanischen Hof ein. Weitere Sprosse der Familie Taxis lassen sich in verschiedenen Städten nieder und erweitern das Postnetz mit der Gebietserweiterung des Hauses Habsburg über Mitteleuropa und darüber hinaus.[5] Da Kaiser Maximilian der Familie aber oft die Entlohnung für ihre Dienste schuldig bleibt, beginnt diese auch private Post zu transportieren. Es ist Wirtschaftskorrespondenz, die es vermehrt zwischen den prosperierenden Städten zu transportieren gilt. Dadurch gerät das staatliche Postnetz in Gegensatz zu den vielen kleinen Regionalnetzen der Städte, Reichsstände und Kaufmannschaften. Es entspinnt sich eine Konfrontation zwischen Zentralismus und Föderalismus, zwischen Staatsautorität und privatem Unternehmertum, und damit letztlich auch zwischen politisch und ökonomisch inspiriertem Nachrichtenverkehr, die noch die nächsten Jahrhunderte prägen wird.

Die europäische Welt wächst in der anbrechenden Neuzeit buchstäblich über ihre Grenzen hinaus. Kaufmannsdynastien wie die Fugger, die dem finanzschwachen habsburgischen Kaiserhaus mit Krediten in den Sattel helfen, haben ihre Handelsgeschäfte auf außereuropäische Territorien ausgedehnt. Der Genueser Christoph Columbus hat 1492 im Auftrag der spanischen Krone Indien gesucht und, ohne sich dessen bewußt zu sein, Amerika gefunden, der Portugiese Vasco da Gama nur wenige Jahre später tatsächlich den Seeweg nach Indien gewiesen. Furchterregende Legenden aus dem katholischen Mystizismus, wonach sich jenseits der Meere bloß das Ende der Welt befinde, beginnen hinter die Erkenntnis zurückzutreten, daß dort reale Länder liegen mit ebenso realen Ressourcen. Der moderne Welthandel nimmt seinen Anfang, wenngleich er noch die grobschlächtigen Züge von Raub, Mord und Plünderung trägt. Noch sind Krieg, Entdeckung und Handel nahezu austauschbare Begriffe.[6]

Mit der Herausbildung überregionaler Handelsbeziehungen verstärkt sich der Bedarf an Nachrichten über Waren, Preise und Ernten in verschiedenen Ländern. Zu solch wichtigen Nachrichten zählen die vom Eintreffen der Gold- und Silberflotten aus Hispanoamerika. Das aus den südamerikanischen Gebieten geraubte Gold und Silber bestimmt Finanzkraft und damit auch politische Macht von Kaiser und Papst. Geht eines der Silber- und Goldschiffe verloren, droht manch europäischem Bankier oder Kaufmann der Bankrott.[7] Man versucht sich schnell und umfassend zu informieren, um rechtzeitig die richtigen Entscheidungen treffen zu können. Zu den wichtigsten Medien, die derartige Nachrichten transportieren, zählt die Briefkorrespondenz von Gesandten und Kaufleuten sowie handschriftlich verfaßte Beilagenblätter, sogenannte „Avisen“. Dabei handelt es sich zumeist um ein- bis zweibögige Manuskripte, die sich im Lauf der Zeit verselbständigen, um als „Neue Zeitungen“ gegen Bezahlung an bestimmte Abonnenten verschickt zu werden. Hergestellt werden sie von „Novellanten“, die in öffentlichen Gebäuden, Handelshäusern und auf den Marktplätzen der Städte verkehren, sich mit Neuigkeiten eindecken und von deren Verkauf leben. In Schönschrift vervielfältigt, bestehen die handgeschriebenen Neuen Zeitungen aus aneinandergereihten Meldungen über aktuelle Ereignisse von politischer, militärischer oder wirtschaftlicher Bedeutung. Die knapp gehaltenen Meldungen sind zumeist unkommentiert, wahren im Unterschied zur ursprünglichen Briefkorrespondenz eine gewisse Anonymität, um auch weitergegeben, neuerlich abgeschrieben oder verlesen werden zu können. Ihre Überschrift beschränkt sich auf die Angaben zu Ort und Zeit ihrer Abfassung. Diesbezüglich wird auch die originäre Bedeutung des Begriffs „Zeitung“ deutlich, der für Nachricht, Botschaft oder Kunde steht,[8] für einen unkommentierten Bericht, sich in erster Linie nicht auf den Nachrichtenträger, sondern auf den Nachrichteninhalt und auf dessen Neuigkeitswert bezieht. Die Facette der Periodizität tritt erst später zutage, als die handschriftlichen Neuen Zeitungen wegen des zunehmenden Bedarfs an Nachrichten eine regelmäßige Erscheinungsweise annehmen. Gehen die Neuen Zeitungen vorerst nur an einzelne Abnehmer aus der gesellschaftlichen Elite, unter anderem an den Papst, den Kaiser, an Könige, Fürsten sowie große Kaufmannsdynastien, so erschließen sie sich im Lauf der Zeit immer breitere Lesersegmente. Eine zentrale Rolle dabei spielt die Einführung des Buchdrucks, im Zuge derer ortsansässige Drucker Avisen aus aller Welt einkaufen und als gedruckte Nachrichtenblätter weiterverkaufen.[9]

Als die Handschrift mit zunehmendem Nachrichtenaufkommen an die Grenzen ihrer Leistungsfähigkeit stößt, eröffnet die Entwicklung des Buchdrucks mit beweglichen Lettern durch Johannes Gutenberg in der zweiten Hälfte des 15. Jhs. eine neue Dimension. Durch den Übergang zur Typografie können Schriften weitaus rascher, vor allem aber weitaus billiger vervielfältigt werden als bisher. Ein und derselbe Text kann einer Vielzahl an Lesern gleichzeitig zur Verfügung gestellt werden.[10] Das Wissen um die Vorgänge in der Welt ist damit nicht mehr einer wohlhabenden Elite vorbehalten, es diffundiert vielmehr in den entstehenden öffentlichen Raum.[11] Das außergewöhnliche Ereignis der Entdeckungsfahrt von Columbus wird 1493 bereits über gedruckte Blätter in weiten Teilen Europas verbreitet. Gleichzeitig finden aber auch die Renaissance der Kunst und der Wissenschaft, der Humanismus und die Reformation ihre Drucker wie ihre Leser.[12] Letzteres erzeugt Unruhe im feudalen Gesellschaftssystem. Während die eigentlichen Zeitungen durch ihre nüchterne Faktenbezogenheit von der Obrigkeit geduldet werden, stoßen gesellschaftspolitisch relevante Diskurse auf Widerstand. Insbesondere die katholische Kirche reagiert auf die zunehmende Veröffentlichung des früher ausschließlich Gelehrten vorbehaltenen Disputs um das Wissen der Welt mit Zensur. Das Lesen gilt als ein moderner Sündenfall, als Naschen an der verbotenen Frucht des Wissens, die der Teufel in Form der „schwarzen Kunst" des Drucks verführerisch angeboten habe.[13] Das bedeutet freilich nicht, daß die Kirche im Buchdruck nicht auch sehr gute Verwendungsmöglichkeiten für eine gesteigerte Verbreitung ihrer Lehre sehen würde – wohlgemerkt ihrer Lehre.[14] „Irrlehren" werden hingegen energisch bekämpft. Nachdem bereits die Päpste Innozenz VIII. und Alexander VI. Zensurverordnungen erlassen haben, erläßt Papst Leo X. 1515 ein allgemeines Zensuredikt gegen die Verbreitung verbotenen, gedruckten Schrifttums. Das Verfassen wie das Lesen solcher Schriften wird unter Strafe von Exkommunikation bis zu Geldbußen gestellt.[15] Die Zensur hat zwei Gesichter; sie gilt den ketzerischen Lehren wie dem freien Druckwerk selbst, das das bisher bestehende Monopol der schriftkundigen Elite über das niedergeschriebene Wissen bedroht. Durch einen unkontrollierten Buchdruck droht das jahrhundertealte Prinzip, wonach Priester als Schriftgelehrte über die Bibel und damit über das Buch an sich verfügen und dessen Wahrheit, die „vox dei", via Predigt von erhöhter Kanzel aus der Gemeinde vermitteln und interpretieren, von einem allgemeinen Diskurs abgelöst zu werden, der, bleibt man beim verwendeten Bild, in den Bankreihen der Gemeindemitglieder geführt wird. Der Buchdruck droht die bestehende – gottgegebene – gesellschaftliche Ordnung buchstäblich auf den Kopf zu stellen, indem er das vernunftgeleitete Schlußfolgern in den Kreis der gemeinen Leser verlagert und einer „vox populi", einer öffentlichen Meinung, zum Ausdruck verhilft.[16] Die starren Strukturen der immobilen, sozial streng durchgegliederten und in sich geschlossenen mittelalterlichen Gesellschaft beginnen aufzubrechen.[17]

Durch die Bedeutung, die den kursierenden Reformationsideen auf sozialpolitischem Gebiet zukommt, wird die Herausforderung an die katholische Kirche auch vom Kaiser als Herausforderung angenommen. Kirche und Kaisertum finden sich zu einer Allianz. Der Klerus braucht den Kaiser zur politischen Absicherung des katholischen Einzugsgebietes gegen die Reformationsbewegung wie der Kaiser den Katholizismus als identitätsstiftende Idee für den Zusammenhalt seines Reiches braucht. Karl V. übernimmt ein zersplittertes Imperium, in dem allerorts Reformations- und Separationsideen gären, die Auflehnung und blutige Aufstände zeitigen; er erkennt im Katholizismus einen wesentlichen Integrationsfaktor für die verschiedenen Stände und Völkerschaften und macht sich deshalb zum Schutzherrn der katholischen Kirche. Unter seiner Leitung wird 1521 am Reichstag zu Worms das „Wormser Edikt" verabschiedet, das sämtliche Schriften des Reformators Martin Luther verbietet, sie dem Feuer überantwortet und die Zensur über alle Druckwerke den Bischöfen beziehungsweise den Universitäten überträgt.[18]

Auch in österreichischen Landen sieht sich die Obrigkeit mit einem steigenden Umschlag lutherischer Schriften konfrontiert – der Wiener Buchdrucker Johann Singriener etwa druckt zwischen 1519 und 1522 mindestens 17 Lutherschriften nach. Kolportiert werden dieserart Druckschriften von den „Buchführern" – fahrenden Buchhändlern, die ihre Ware auf diversen Jahrmärkten feilbieten. Wie Karl V. auf Reichsebene, so zieht sein Bruder Erzherzog Ferdinand I., Regent der österreichischen Erblande, gegen lutherische Schriften ins Feld und erläßt am 12. März 1523 ein Mandat mit dem Titel „Sektischer Bücher Verbott". 1524 setzt Ferdinand einen Gerichtshof ein, der gegen evangelische Prediger vorgehen soll. Am 20. August 1527 wird von Ferdinand ein Mandat erlassen, das die Strafen für all jene verschärft, die Glaubenssätze durch Reden und Schriften antasten. Eine 1528 eingesetzte Zensurbehörde soll einen Index verbotener Bücher anlegen; ein Mandat vom 24. Juli 1528 sieht vor, daß Buchdrucker und Buchhändler, die antikatholische Schriften herstellen oder in Umlauf bringen, ertränkt werden sollen. Der geschäftige Drucker Singriener, der kurz zuvor noch Lutherschriften unters Volk gebracht hat, druckt nun Ferdinands Zensurmandate.[19]

Es entsteht ein umfassender Apparat kirchlich-staatlicher „Preßpolizei";[20] Buchführer wie Drucker werden beaufsichtigt. Vor der Drucklegung ist grundsätzlich die Erlaubnis eines Zensors einzuholen. Zur Bekämpfung der protestantischen Bewegung ruft Ferdinand 1551 auch den neugegründeten Jesuitenorden, der in militanter Strenge die Gegenreformation vollzieht, nach Wien und wiederholt seine früheren Mandate. Diese richten sich gegen die gedruckten Pamphlete, in denen sich vermehrt anonyme Autoren auch zu aktuellen politischen Fragen zu Wort melden. Die Pamphlete legen den Grundstein für den späteren politischen Journalismus. Es bildet sich ein System des öffentlichen Diskurses, das die Grundmuster mündlicher Kommunikation der kleinräumigen Stadt- und Dorfgesellschaften erweitert[21] – soweit die Gegenmaßnahmen der Obrigkeit dies nicht im Keim ersticken.

Am 18. Februar 1559 erläßt Ferdinand, nunmehr Kaiser des gesamten Reiches, ein Mandat, das sich vornehmlich gegen politische Pamphlete richtet und jedem Denunzianten 300 Gulden Preisgeld zusichert. Die Unterdrückung geht unter seinen Nachfolgern Maximilian II. und Rudolf II. weiter. 1570 wird grundsätzlich verboten, Druckereien außerhalb der noch leidlich kontrollierbaren Reichs-, Residenz- und Universitätsstädte zu betreiben.[22] Gegen antikatholische Schriften wirkt eine „Bücher-Inquisitions-Kommission", gegen protestantische Drucker richtet sich ein 1583 erlassenes Aufenthaltsverbot für Wien.[23]

Es ist dieses geistige Klima, in dem der Habsburgerstaat entsteht – ein Imperium, das nach außen gegen die „ungläubigen" Türken, die das Reich militärisch bedrohen, und nach innen gegen die „ketzerische" Reformation konstituiert wird. Daraus resultiert eine verschworene Allianz zwischen der politischen Macht der Monarchie und der geistlichen der katholischen Kirche, die ein wechselseitiges Abhängigkeitsverhältnis schafft und Jahrhunderte überdauern wird.[24]

Aufgrund der stetig steigenden Nachfrage werden auch die Neuen Zeitungen immer weniger durch händisches Abschreiben vervielfältigt als durch den rationelleren Druck. Ausschlaggebend dafür ist neben der vor sich gehenden Alphabetisierung das zunehmende Interesse der Menschen an Nachrichten; man lebt in bewegter Zeit: Religionskämpfe und Türkenkriege betreffen oder bedrohen mitunter die eigene Existenz; spektakuläre Neuigkeiten naturwissenschaftlicher Provenienz

– etwa Berichte von Naturschauspielen wie Kometen – oder über die Entdeckung fremder Erdteile stoßen auf reges Interesse. Demgegenüber finden sich oft noch religiös inspirierte Schauergeschichten in den Zeitungen – von feuerspeienden Drachen oder Otterngezüchten, von Blut- und Feuerregen, Heuschreckenplagen und Unwettern, Judentaufen und Hexenverbrennungen, Teufelsstrafen und Gottesurteilen, vom Kommen des Antichrist und von Engelserscheinungen.[25] Dieserart „Fingerzeige Gottes", ihrem Ursprung nach erzieherische Maßnahmen der Geistlichkeit gegenüber einer wenig gottgefälligen Gemeinde, mögen im Zeitalter der naturwissenschaftlichen Erkenntnis der Welt durchaus schon die Funktion erfüllen, dem Sensationsbedürfnis eines neugierigen Publikums nachzukommen. Die Neuen Zeitungen sind schließlich eine Jahrmarktsware, knüpfen am öffentlichen Spektakel des Jahrmarkts an und werden oft auch dort vertrieben.[26] Deren Verfasser sind in der Regel kommerziell orientiert, das Publizieren von Neuigkeiten ist nicht Berufung, sondern Geschäft; entsprechend sensationslüstern fallen die Blätter bisweilen aus. Der Umstand, daß die Zeitungen meist für einfache Menschen – den „Pöbel" – geschrieben sind, ist im übrigen mitverantwortlich für die strikt ablehnende Haltung der Höfe; bei Hof liebt man den ungebildeten „Pöbel" nicht, eher fürchtet man ihn als Unruhestifter.[27]

In Wien erscheinen bis ins Jahr 1600 rund 400 gedruckte, nichtperiodische Nachrichtenblätter. Die Herausgabe eines solchen Blattes ist nicht weiter schwierig. Es bedarf neben einer Druckerei der einen oder anderen auswärtigen Neuen Zeitung, deren Inhalt wörtlich, gekürzt oder aktualisiert nachgedruckt wird; der umgehende Verkauf am Marktplatz, in einer Gastwirtschaft oder auf der Straße bringt die finanziellen Aufwendungen wieder herein. Schwieriger gestaltet sich die Herausgabe periodischer Nachrichtenblätter, wie sie aus den Neuen Zeitungen durch steigende Nachfrage, größere Profitaussichten für die Drucker und höhere Effizienz bei der Herstellung entstehen. Den Druckern bietet ein regelmäßig erscheinendes Blatt den ökonomischen Vorteil, daß es eine ständige Auslastung der Druckerei und des Personals gewährleistet. Der zunehmende finanzielle Einsatz für die Herausgabe einer Zeitung führt allerdings dazu, daß sich die Drucker ihre Unternehmen durch Privilegien von der Obrigkeit absichern lassen.[28] Der Kaiser hält das Hoheitsrecht des „Bücherregals", das ihm die Aufsicht über das Druckgewerbe vorbehält und ihn zur Gewährung von solchen Druckprivilegien ermächtigt. Ein gewährtes Druckprivileg bedeutet, daß niemand das Blatt ohne der Zustimmung des Privileghalters und zu dessen Schaden nachdrucken und verkaufen darf. Andererseits wird ein Druckprivileg von der Obrigkeit nur dann gewährt, wenn sich der Antragsteller zu Loyalität verpflichtet.[29]

Für regelmäßig erscheinende, gedruckte Zeitungen braucht es über das Privileg hinaus einen beständigen Nachrichteneinlauf, wie er durch Ausbau und Periodisierung des Postwesens ermöglicht wird. Es bedarf des Abonnierens auswärtiger Blätter, die man abschreiben kann, des Unterhalts von Korrespondenten, die regelmäßig Kunde geben, oder aber entsprechender Vereinbarungen mit dem örtlichen Postmeister, die in seiner Postmeisterei eintreffenden Nachrichten zu erhalten, um ein ununterbrochenes Sprudeln der Nachrichtenquelle sicherzustellen. Die Postmeister ihrerseits entdecken den Handelswert von Nachrichten; die Nachricht wird damit schon in ihrem Rohzustand zur Ware, die an Drucker weiterverkauft wird, die sie in gedruckter Form am Markt buchstäblich feilbieten. Mitunter sind es auch die Postmeister selbst, die sich an die Herausgabe einer Zeitung wagen.

Die zentrale Rolle der Postmeister wurzelt darin, daß Nachrichtenverkehrswege noch weitgehend mit Verkehrswegen ident sind.[30] Das gebietsmäßig gegliederte Postnetz, dessen Entwicklung mit der der Presse untrennbar verwoben ist, steht mittlerweile jedoch unter staatlicher Obhut. Kaiser Rudolf II. unterwirft das Postwesen des Reiches 1597 einem kaiserlichen „Postregal“. Unbefugten ist die Briefbeförderung fortan unter Strafandrohung untersagt; ein Monopolisierungsversuch, der von den Reichsständen freilich energisch bekämpft wird. Dennoch schreitet die Zentralisierung fort. 1615 erhält Lamoral von Taxis das Reichspostwesen vom Kaiser als erbliches Reichslehen übertragen, die Institution der Reichspost wird der Reichskanzlei unterstellt. Die staatliche Obrigkeit trachtet die Nachrichtenverbreitung und den Nachrichtenverkehr ihrer Kontrolle zu unterwerfen. Es gibt örtlich sogar Bestrebungen, auch die Zeitungsherausgabe durch die Post zu besorgen. Der von Lamoral von Taxis als Frankfurter Postmeister eingesetzte Johann von den Birghden etwa gibt eine Postzeitung heraus und erwirkt beim Kaiser in Wien, daß einem Frankfurter Konkurrenten ein bereits gewährtes Druckprivileg wieder entzogen wird. Als Argumente führt Birghden in seiner Intervention an den Kaiser an, daß das Konkurrenzblatt den katholischen und kaiserlichen Interessen schade. Birghdens *Frankfurter Postzeitung* avanciert in der Folge zu einer Hauspostille des habsburgischen Hofs.[31]

Mehr als ein Jahrzehnt nach Blättern in Straßburg und Wolfenbüttel erscheint 1621 in Wien ein periodisches Druckwerk. Der Drucker Matthäus Formica gibt die *Ordinari Zeittungen*[32] heraus. Mit einem Umfang von zwei Blättern enthält dieses Blatt mehrere, nur durch die Angabe von Korrespondenzort und Datum voneinander getrennte, auswärtige Meldungen. 1622 gibt Formica ergänzend die *Ordentlichen Postzeittungen* heraus, deren Titel neuerlich auf die enge Beziehung zwischen Presse und Post verweist. Abgesehen von nachrichtenhoheitlichen Aspekten gibt die Post den Posttagen die Zeitpunkte vor, an denen Neuigkeiten einlangen, wodurch sie die Entwicklung der Periodizität von Zeitungen entscheidend prägt. Mit der Periodizität wandelt sich im übrigen auch die Bedeutung des Wortes „Zeitung", das sich zusehends nicht mehr auf die Neuigkeit einer Nachricht, sondern auf deren papierenen Träger bezieht.[33]

Formicas Einblattdruck enthält Nachrichten aus Wien, vom Kaiserhof sowie aus Ost- und Südosteuropa. Da die begehrten Wiener Hofnachrichten von vielen auswärtigen Druckern nachgedruckt werden, fungiert dieses Blatt auch als eine Art frühes Agenturnachrichtenblatt. Einen großen Teil der Nachrichten in den frühen Zeitungen nehmen Kriegsereignisse ein; neben Personalnachrichten, Nachrichten über Kriminalprozesse, Kuriosa oder Naturkatastrophen wird vor allem über Truppenbewegungen, Belagerungen, Kapitulationen und Plünderungen berichtet. Auch Meldungen über Hungersnöte, wie sie in Kriegszeiten oft über die Bevölkerung kommen, gehen an die Leser. Die Themenschwerpunkte sind naheliegend. In Europa tobt der Dreißigjährige Krieg, der im übrigen auch den Aufstieg der Druckpublizistik zum politischen Propagandamedium bringt.

Mit zunehmender Verbreitung periodischer Zeitungen entsteht vor allem in der Residenzstadt Wien ein engmaschiges Überwachungsnetz. Die fest in klerikalen Händen befindliche Wiener Universität wirkt als Zensurbehörde. Die strenge Zensur wiederum erklärt, warum sich in Österreich im Gegensatz zu anderen europäischen Ländern die geschriebene Presse relativ lange neben der gedruckten behaupten kann. Die anonymen, handgeschriebenen Zeitungen entziehen sich den Zensoren, was sie bei den Lesern sehr begehrt macht. Die Obrigkeit sieht sich bemüßigt, dagegen vorzugehen, gilt doch bereits das unerlaubte, öffentliche Zuwortmelden von Untertanen als unstatthaft. Beim Versuch, die geschriebenen gleich den gedruckten Zeitungen zu kontrollieren, hat man aber weitaus weniger Erfolg. 1632 ergeht eine kaiserliche Verordnung, derzufolge die Universität alle Novellanten und Zeitungsschreiber ausforschen solle; das Zeitungschreiben soll verboten und den „Verbrechern" gegenüber mit Strafen verfahren werden.[34] Demgegenüber wird die Gewährung eines Druckprivilegs als Mittel eingesetzt, Kontrolle über die zirkulierende Druckpublizistik zu gewinnen. Ein Breslauer Buchhändler erhält 1650 die Erlaubnis, wöchentlich einlaufende Avisen herauszugeben unter der Bedingung, „nichts wider das Hochlöbliche Haus von Österreich, das Vaterland", zu drucken.[35]

Die Drucker sind zumeist Einzelunternehmer, sind in der Regel für Autorenschaft, Herstellung und Vertrieb in Personalunion verantwortlich. Die Sanktionsdrohungen richten sich deshalb im wesentlichen gegen die Person des Druckers, wie auch die Versuche der Reglementierung bei seiner Person ansetzen. Die Drucker, die ihre Erzeugnisse namentlich zeichnen müssen, tendieren ihrerseits dazu, bei innen- wie außenpolitischen Meldungen die Obrigkeit nicht zu vergrämen. Verstöße ziehen üblicherweise ernste Folgen nach sich – von der Verwarnung über die Aufforderung zum Widerruf, bishin zu Geld- und Arreststrafen.

Vor dem Hintergrund eines Aufstands ungarischer Magnaten erfolgt allerdings eine gewisse Neuorientierung. Am Wiener Hof besinnt man sich des Werts von Zeitungen zur Artikulation der eigenen Interessen und forciert Neugründungen. 1671, im Jahr der Niederschlagung des Aufstands in Ungarn, treten in Wien gleichzeitig drei neue Zeitungen in Erscheinung: der *Neu ankommende Currier*, *Il Corriere Ordinario* sowie der *Cursor Ordinarius sive Nova Universalia*; der kleinformatige *Currier* widmet sich in erster Linie der Residenzstadt Wien, der großformatige *Corriere* sorgt für internationale Reputation des Wiener Hofs und der *Cursor* verficht die habsburgischen Interessen vornehmlich in Ungarn.[36]

Daneben gedeihen die schwer kontrollierbaren, geschriebenen Zeitungen zum Ärger der Obrigkeit, und dies, obwohl die Herausgabe ab 1672 per kaiserlichem Patent untersagt ist. Um dem beizukommen, versucht die Regierung der Plage durch Gegengifte Herr zu werden. Man produziert selbst geschriebene Zeitungen, die in Umlauf gesetzt werden, ja man erkennt das alleinige Recht, geschriebene Zeitungen herauszugeben, dem „Hofpostamt" in Wien zu. Die von Hofpostbeamten verfaßten Blätter werden nach Durchlaufen der Zensur im Postamt öffentlich aufgelegt, wobei es Privatpersonen erlaubt ist, Abschriften für Zwecke von Briefbeilagen zu machen.

Absolutismus und Arkanbereich

In Westeuropa macht sich unter dem Eindruck reformatorischer Geistesströmungen eine nachhaltige Säkularisierung bemerkbar. Vom englischen Philosophen Thomas Hobbes wird in seinem 1651 erschienenen „Leviathan or the Matter, Forme and Power of a Commonwealth Ecclesiastical and Civil" eine absolutistische Staatsphilosophie formuliert. Hobbes säkularisiert die Absolutheit der Kirche, indem er sie auf den entstehenden Staat überträgt. Seinen Ideen nach verzichten naturrechtlich freie Gesellschaftsmitglieder auf ihre Rechte und Freiheiten zugunsten des Staates, der von einem absolut regierenden Herrscher verkörpert wird. Zur Gewährleistung politischer Stabilität ist der Souverän unangreifbar. Er kann nicht abberufen, ja nicht einmal in Zweifel gezogen werden. In seiner alleinigen Zuständigkeit (Arkan) liegen Gesetzgebung, Rechtsprechung und Gewaltausübung; in seinen Arkanbereich fällt die Entscheidung darüber, welche Kriege geführt und welche Schriften und Lehren an das Volk herangetragen werden.

Durch die dem König 1215 abgerungene Magna Carta sind in England jedoch auch die Grundlagen für einen Parlamentarismus gelegt. Auf sie – beziehungsweise auf ihren Mythos – rekurrieren im 17. Jh. immer lauter geäußerte Forderungen nach einem parlamentarischen Regierungssystem. Die Souveränität wird der absolutistischen Monarchie abgesprochen und allein für das Parlament, das für das Volk und den Staat stehe, gefordert. Die Pamphletwelle infolge der Reformation führt auf den Britischen Inseln dazu, daß Flugschriften zu einem Instrument der Austragung politischer Konflikte werden.[37] Der Dichter John Milton etwa entwirft 1644 im Rahmen einer seiner Schriften mit dem Titel „Areopagitica“ eine fiktive Rede an das Parlament, worin er konkrete Visionen einer „Preß“-Freiheit formuliert. In diesem aufsehenerregenden Traktat bezeichnet er die Druckfreiheit als ein Grundrecht des Menschen. Der kollektivistischen Leitidee früherer Gesellschaften tritt die Idee des mündigen Individuums entgegen. Die Wahrheit bedürfe keines Schutzes durch willkürlich wirkende Zensoren, meint Milton, vielmehr erstehe sie überhaupt erst im Widerstreit individueller Meinungen: „Laßt die entgegengesetztesten Lehren entfesselt werden und auf Erden ihr Spiel treiben, wenn Wahrheit auf dem Plan ist, so tun wir Unrecht, mit Censuren und Verboten ihre Stärke zu bezweifeln. Laßt sie kämpfen mit dem Irrtum! Wer hat Wahrheit jemals unterliegen sehen in einem offenen und freien Kampf? Die Widerlegung durch die Wahrheit ist die beste Unterdrückung des Irrtums.“[38] Milton setzt dem absolutistischen Prinzip, das allein dem Herrscher das Wissen um die Wahrheit zuschreibt, das des Diskurses zur Wahrheitsfindung entgegen. Ein unmittelbarer Erfolg bleibt seinem Plädoyer zwar noch versagt, es bereitet jedoch zweifellos den Boden für die weitere Entwicklung.

1649 wird in England die Monarchie abgeschafft und durch eine parlamentarische Republik ersetzt. 1653 wird das Rad der Zeit aber zurückgedreht: es folgt die Militärdiktatur Oliver Cromwells und 1660 wird die katholische Stuartmonarchie wiederhergestellt. Letztere stützt sich auf die absolutistischen Thesen von Robert Filmer, der davon ausgeht, daß politische Gewalt im Kern nichts anderes sei als die gottgegebene Gewalt des Vaters über die Familie. Könige gelten als Väter ihrer Völker. Autorität gilt als natürlich und der Staat sei somit immer eine absolute Monarchie. Der keimende Parlamentarismus läßt sich allerdings nicht mehr unterdrücken. Algernon Sidney, der 1677 aus der Verbannung zurückkehrt, schreibt in „Discourses concerning Government“, daß Gott niemanden zur Herrschaft bestimmt habe, vielmehr jedem Menschen mit der Vernunft das natürliche Recht verliehen habe, Gesetze und Regierungen einzusetzen. Niemand sei außerdem moralisch so integer, daß ihm absolute Macht anvertraut werden könne. Sidney wird 1683 hingerichtet.[39]

Schubkraft erhält der britische Liberalismus seitens der sich entfaltenden Wirtschaft. Die britische Republik zählt zum reformatorischen Einzugsgebiet, wo das Streben nach Bildung und Reichtum nicht mehr als sündhafte Laster, sondern als erstrebenswerte Tugenden angesehen werden, und wo Ideen der Freiheit und Selbstverantwortlichkeit des Individuums die Staatsmacht in den Hintergrund drängen. Der aus dem Kaufmanns- und Juristenmilieu stammende John Locke bringt den Begriff des Privateigentums in die politische Debatte ein. Für ihn sind Menschen von Natur aus Eigentümer; sie besitzen sich selbst und damit die Arbeit, die sie leisten. Der Staat habe die Aufgabe ihr Eigentum, also ihr Leben, ihre Freiheit und ihr Vermögen – „life, liberty and property“ – zu erhalten. Politischer und Wirtschaftsliberalismus offenbaren sich als zwei Seiten einer Medaille. Damit ist der ideologische Grundstein für die bürgerliche Gesellschaft gelegt.

1689, als nach der „Glorious Revolution“ dem König die Anerkennung einer Verfassung – der „Bill of Rights“ – abgerungen werden kann, setzt sich der Parlamentarismus in England endgültig durch. Die Krone ist fortan dem Gesetz unterworfen. Das konstitutionelle Regierungssystem beruht auf den Prinzipien „consent“ und „trust“ und sucht den Einklang mit der öffentlichen Meinung.[40] Dahingehend kommt der Pressefreiheit eine zentrale Bedeutung zu, ist es doch die Presse, die als Artikulationsforum der öffentlichen Meinung fungiert. Mit der Einsetzung des Parlaments geht die Herausbildung eines professionellen politischen Journalismus einher. 1694 wird in England die von Milton gegeißelte Zensur aufgehoben. Allerdings findet die Obrigkeit andere Mittel, die Zeitungen zu behindern. Sie werden nicht mehr vorsorglich unter Druck gesetzt, sondern nachträglich, durch sogenannte „libel“-Prozesse, also Verleumdungs- oder Beleidigungsprozesse, sowie durch wirtschaftliche Repressalien wie die Zeitungssteuer, die von ihren aufklärerischen Gegnern bald als „tax on knowledge“ gebrandmarkt wird.[41] Trotz alledem entsteht in England eine florierende Zeitungslandschaft und eine journalistische Kultur, die von freizügiger Meinungsäußerung geprägt ist. Durch den selbständigen Journalismus, der sich in öffentlicher Opposition gegen die Regierungshaltung behauptet, kann sich eine öffentliche Meinung bilden.[42] Die Zeitungen werden in Klubs, Kaffeehäusern, auf der Straße oder zu Hause diskutiert und dehnen die politische Sphäre über breitere Bevölkerungskreise aus.[43]

Während sich in England ein öffentlicher Diskurs entwickelt, zeigt sich die Obrigkeit in Österreich bestrebt, den anschwellenden Nachrichtenumschlag zur Wahrung ihrer Autorität noch stärker zu kontrollieren. Sämtliche Wiener Zeitungsverleger sind angehalten, jede Ausgabe vor Herausgabe in handschriftlicher Form zur Zensur vorzulegen; gibt es Beanstandungen, muß auch noch der Bürstenabzug den Zensoren vorgelegt werden. Unterdrückung und Überwachung verhindern das Aufblühen einer Zeitungslandschaft. Das Niveau der Wiener Zeitungen ist vergleichsweise niedrig, und dies, obwohl Wien als ein Hauptumschlagplatz von Nachrichten gilt. 1695 erscheint das Büchlein „Zeitungs Lust und Nutz" von dem deutschen Publizisten Kaspar Stieler, worin Wien zwar neben Frankfurt am Main und Den Haag als Verkehrsknotenpunkt – vor allem hinsichtlich Nachrichten aus dem Osmanischen Reich – bezeichnet wird, worin aber gleichzeitig der mäßige „Wohlklang" Wiener Zeitungen hervorgehoben wird.[44]

Die stete Unterdrückung von unabhängigen Zeitungen geht mit dem Versuch einher, sich des neuen Mediums für eigene Zwecke zu bedienen. Nach Ausbruch des spanischen Erbfolgekrieges zeigt sich das kaiserliche Regime in Wien bemüht, eine Zeitung ins Leben zu rufen, um sich selbst eine gewichtigere Stimme in der Öffentlichkeit zu verschaffen. Die Bevölkerung, die durch hohe Steuern und die Beistellung von Soldaten den Krieg mittragen muß, soll besänftigt werden. Leopold I. richtet per „Anschlagzettel" einen Appell an die Buchdrucker, ein solches Forum zu schaffen.[45] Obwohl als Anreiz bedeutsame Vorteile versprochen werden, ist das Echo gering: nur zwei Bewerber melden sich, den Zuschlag erhält Johann Baptist Schönwetter.[46] Ab dem 8. August 1703 erscheint das *Wiennerische Diarium* (der Vorläufer der *Wiener Zeitung*) „post-täglich", nämlich mittwochs und samstags. Schönwetters *Wiennerisches Diarium* positioniert sich im Gegensatz zum kurz davor (26. Jänner 1703) vom Wiener Buchhändler Johann Paul Sedlmayer gegründeten *Posttäglichen Mercurius* als Sprachrohr des Hofs; seine Monopolstellung wird dadurch untermauert, daß es bestimmte Nachrichten politischen Charakters exklusiv veröffentlicht. Das Blatt widmet sich der Hofberichterstattung, insbesondere den Aktivitäten des Kaisers und der Kaiserfamilie. Es fungiert als öffentliches Repräsentationsforum des absolutistischen Regierungssystems.

Das *Wiennerische Diarium* ist ein erster Vertreter des Typs der „Staatszeitung". Schönwetters Nachfolger, der Wiener Universitäts-

und Hofdrucker Johann Peter van Ghelen, sichert sich 1721 das Privileg, das *Wiennerische Diarium* herausgeben zu dürfen, durch Entrichtung eines Pachtschillings. Als Gegenleistung darf er als einziger bezahlte Anzeigen in sein Blatt aufnehmen, überdies erhält er die Hofnachrichten mit Garantie als erster. Wie wertvoll die Meldungen vom Hof sind, zeigt sich daran, daß die auferlegte Pacht beim Eintreten zweier Situationen ausgesetzt wird: im Falle eines Ausbruchs der Pest und wenn der Kaiser außer Landes weilt.

Van Ghelen verfolgt zudem die zwangsweise Einstellung des *Post-täglichen Mercurius,* um sich eine Monopolstellung zu schaffen. Nachdem ihm dies gelingt, ist sein *Diarium* über Jahrzehnte hinweg die einzige deutschsprachige Zeitung der Residenzstadt Wien; als solche verwertet sie neben den Hofnachrichten die von den Postillionen mitgebrachten Neuigkeiten und Zeitungen. Umgekehrt dürfen Herausgeber auswärtiger Zeitungen Meldungen politischen Inhalts von überregionaler Bedeutung, laut Anordnung, erst dann veröffentlichen, wenn sie zuvor im *Wiennerischen Diarium* abgedruckt waren.[47]

Während auf den Britischen Inseln und anderswo die Idee der freien Presse die Presseentwicklung vorantreibt, nimmt in Österreich eine absolutistische Kommunikationsordnung zur Zügelung des Nachrichtenumschlags Kontur an. Unter Kaiser Karl VI. wird 1722 die mittlerweile von der gräflichen Familie Paar in den österreichischen Erblanden betriebene Post definitiv verstaatlicht. Unter Karls Tochter, Maria Theresia, wird Mitte des 18. Jhs. im Zuge einer Verwaltungsreform, von der mehr Zentralismus und eine weitere Stärkung der Stellung des Monarchen erwartet wird, die Post neuerlich reformiert. Mit fortschreitendem Ausbau des Straßennetzes gesellt sich zur Briefpost die Fahrpost, ebenfalls unter staatlicher Kontrolle. Regelmäßige Postverbindungen werden eingerichtet, zwischen den wichtigen Städten verkehren fahrplanmäßig Postkutschen. Die bürgerliche Bevölkerung beginnt – zumindest in ihren wohlhabenderen Kreisen – mobil zu werden. Auf den wichtigen Postwegen, den sogenannten „Journalstraßen“, laufen täglich Postwagen, die „Journalièren“,[48] die Personen und Neuigkeiten transportieren. Damit ist der Weg frei für die täglich erscheinende Zeitung, das „Journal“, das über die Welt berichtet.

Mit der Zeitung kommt die Welt regelmäßig in die eigenen vier Wände, die im bürgerlichen Selbstverständnis eine zunehmend bedeutendere Rolle spielen. Auf der Grundlage der Presse konstituiert sich die (männliche) bürgerliche Öffentlichkeit als Gegenpol zum Monarchen, zum Staat und zur Verwaltung.[49] Dafür aber, daß die erhöhte Mobilität keine unerwünschten Konsequenzen zeitigt, sorgt eine gleichzeitig von Regierungsseite angeordnete „Verschärfung der Kontrolle der einkommenden und abgehenden Postsendungen“,[50] die der Verbreitung unliebsamer Neuigkeiten vorbeugen soll; vom Ausland hereinkommende Druckwerke sollen nach ihrer Konzessionierbarkeit klassifiziert und im Inland hergestellte – geschriebene wie gedruckte – Zeitungen diszipliniert werden.

In den Anfängen der bürgerlichen Presse sind durchaus noch frühneuzeitliche Relikte wie das Vorlesen anzutreffen. Die Alphabetisierung hat längst nicht die gesamte Bevölkerung erreicht, auch ist die Zeitung nur für gehobene Kreise erschwinglich. Außerdem entwickeln sich erst nach und nach adäquate Vertriebssysteme. Wird die Lektüre – ob Bücher oder Periodika – in ländlichen Gegenden ursprünglich durch fahrende Kolporteure, in der zweiten Hälfte des 18. Jhs. – mit verstärktem Aufkommen von Wochen- und Tageszeitungen – durch die regelmäßig verkehrende Post besorgt, so sind es in der Stadt vor allem Buchhändler, die für den Umschlag sorgen. In Wien gibt es eine Reihe von Buchhandlungen, deren manche gleich auch eine Druckerei umfaßt. Eine dieser Buchhandlungen gehört Johann Thomas Trattner, der 1751 von Maria Theresia das Druckprivilegium erhält und sich fortan „kaiserlich königlicher Hofbuchdrucker und Buchhändler“ nennt. Trattners Unternehmen floriert; auch außerhalb Wiens richtet er eine Reihe von Buchhandlungen und Druckereien in verschiedenen Städten der Monarchie ein.

Das Lesebedürfnis wie das Angebot an Lektüre nehmen zu. Nach Londoner und Pariser Vorbild entstehen in Wien Lesekabinette, die mitunter in einem Hinterzimmer einer Druckerei untergebracht sind und wo mit dem Hintergedanken der Absatzsteigerung die neuesten Bücher, Zeitungen und Zeitschriften für Interessierte aufgelegt werden. Trattner übernimmt ein solches Kabinett. Gegen eine Jahresgebühr von 24 Gulden können die Abonnenten aus einer Vielzahl an Büchern und Periodika, darunter einige der neuesten Zeitungen, wählen, die sie an Ort und Stelle lesen oder entlehnen können.[51] Eine Lesekultur entwickelt sich auch in Kaffeehäusern (die im übrigen auf britische und französische Vorbilder zurückgehen), wo weniger Begüterte um den vergleichsweise geringen Preis einer Schale Kaffee die aufgelegten, allgemein noch sehr teuren Zeitungen lesen können.

Das zeitungslesende Bürgertum verlangt zunehmend nach Partizipation am politischen Leben und nach Transparenz der Aktivitäten des Regenten. Die Presse steht im Schnittpunkt zwischen entstehender bürgerlicher Öffentlichkeit und der Arkansphäre des Hofs. Die Zeitungen liefern mit den Nachrichten – auch über politische Angelegenheiten – die Informationsgrundlage für ein Räsonnieren der Leserschaft, für das Suchen nach den Ursachen, der Vernünftigkeit und Berechtigung von Zuständen und Maßnahmen.[52] Die Zeitungen selbst enthalten sich noch eines Urteils; es zählt bisweilen zum aufklärerischen Credo, dem mündigen Leser keine vorgedachten Gedanken zu präsentieren.[53]

Die kaiserliche Regierung reagiert auf den schleichenden Machtverlust mit verstärkter Monopolisierung. In der Residenzstadt Wien, wo die Presselandschaft ohnehin unterentwickelt ist, verteidigt das hoftreue *Diarium* seine Monopolstellung mit allerhöchster Unterstützung; neugegründete Zeitungen werden von Regierungsseite umgehend wieder verboten. Gegenüber dieser defensiven Strategie der Unterdrückung ersinnt man bei Hof aber auch eine offensivere Form von Pressearbeit. Im März 1769 läßt Maria Theresia mitteilen, daß künftig wöchentliche Kommuniqués über die relevanten inländischen Nachrichten von verschiedenen höfischen Stellen ausgegeben werden sollen: „Damit der Zeitungsschreiber wissen möge, was für inländische Anordnungen, Anstalten und andere vorkommende Sachen für das Publikum geeignet sind, sollen solche von den Behörden wöchentlich zusammengefaßt und an den Zeitungsverfasser abgegeben werden."[54] Es ist dies ein erster Versuch, die Berichterstattung in den Zeitungen über eine amtlich organisierte Nachrichtenausgabe zu steuern. Daneben steht zur Sicherheit noch immer das alte Verbot, Nachrichten aus unzulässiger Quelle zu publizieren. Anläßlich eines Versuchs, Bayern dem Reich einzuverleiben, wird das *Wiennerische Diarium* 1778 angewiesen, über Operationen der österreichischen Armee ausschließlich die von der Armee kommenden, offiziellen Nachrichten zu veröffentlichen – keinesfalls aber jene, wie dies vorgekommen sei, aus Privatschreiben. Das *Wiennerische Diarium* reduziert sich immer mehr zu einem offiziellen Sprachrohr.[55]

Die fortschreitende Aufklärung verändert indes auch das Zensursystem. Eine von Maria Theresia eingeleitete Reform wird von ihrem Sohn Joseph II. abgeschlossen. Die Zensur soll gänzlich aus den Händen der Geistlichkeit genommen und in staatlicher Hand nach rationaleren Gesichtspunkten organisiert werden. Wie Friedrich II. von Preußen versteht sich Joseph II. dem aufgeklärten Absolutismus verpflichtet, dessen programmatisches Ziel die vertragliche Begründung des Staates und der Monarchie zur Gewährleistung der Sicherheit der Untertanen ist. Zwar reklamiert auch der aufgeklärte Absolutist für sich, Entscheidungen aus eigener Machtvollkommenheit zu treffen, doch orientiert er sich dabei an einer rationalen Staatsräson. Die Erweiterung der Pressefreiheit durch das josephinische Preßgesetz, das sogenannte „Zensur-Patent" vom 11. Juni 1781, verspricht den Publizisten größere Bewegungsfreiheit: Die Zensur wird vollständig staatlichen Behörden übertragen, die für ihren Dienst genaue Anweisungen erhalten, um der bisher herrschenden Willkür Einhalt zu gebieten. Nur „Zoten, unsittliche Auftritte und Ungereimtheiten" sollen verboten bleiben, „gegen alle übrigen Werke aber, wo Gelehrsamkeit Kenntnisse und ordentliche Sätze sich vorfinden", will man „um so nachsichtiger sein."[56] Kritik wird bedingt geduldet: „Kritiken, wenn sie nur keine Schmähschriften sind, sie mögen nun treffen, wen sie wollen, vom Landesfürsten bis zum Unterthan, sollen, besonders wenn der Verfasser seinen Namen dazu drucken läßt, und sich also für die Wahrheit der Sache dadurch als Bürgen darstellt, nicht verboten werden, da es jedem Wahrheitsliebenden eine Freude sein muß, wenn ihm solche auf diesem Wege zukommen."[57] Das josephinische Edikt markiert einen Übergang von der bisher üblichen Verbots- zu einer Garantiegesetzgebung; es beschränkt sich nicht auf die Beschreibung des Unerlaubten, sondern umreißt erstmals auch einen Bereich des Erlaubten. Das philosophische Fundament bildet die Vorstellung von der Vernunft des Individuums, das, wie der Königsberger Philosoph Immanuel Kant formuliert, durch die Aufklärung aus seiner selbstverschuldeten Unmündigkeit heraustreten solle.

Joseph II. will das Zensurprozedere vereinfachen, er will es freilich nicht abschaffen. In Wien ersetzt eine „Bücher-Zensur-Hauptkommission" alle bisherigen Zensurinstitutionen, in den übrigen Landesteilen wirken „Bücherrevisionsämter". Zeitungen sollen – wie Anschlagzettel und Gebete – bei der zuständigen Landesstelle nur kurz gegengelesen werden. Dies verspricht den Druckern geringe Verzögerungen bei der Herausgabe, deutet aber auch darauf hin, daß den Zeitungen – im Gegensatz zu Büchern – noch geringe politische Bedeutung beigemessen wird. Darüber hinaus scheint die eigentliche Motivation für die erweiterte Pressefreiheit vor allem auf ökonomischem Gebiet zu liegen, nämlich darin, das Druckgewerbe als solches zu fördern.

Unmittelbare Folge der verordneten Liberalisierung ist eine Broschürenflut; die flugschriftähnlichen, gehefteten Broschüren debattieren die öffentlichen Angelegenheiten und übernehmen damit jene politische Funktion, die den weitgehend bloß referierenden Zeitungen noch nicht zukommt. In Wien grassiert die „Lesewut". In Kaffeehäusern, Bier- und Weinstuben, in Salons und Logen liegen die kleinen, meist nur wenige Bögen umfassenden Schriften auf; sie werden in Buchhandlungen verkauft oder auf den Straßen vertrieben. Die Verfasser sind Gelehrte, Beamte oder Schriftsteller, die auch die Politik des Kaisers kommentieren. Dahinter steht mitunter Joseph II. selbst, der die Macht der katholischen Kirche beschränken will und sich dazu gezielt des gedruckten Kanals an die Öffentlichkeit bedient. In verschiedenen Broschüren läßt er den Vorrang des Kaisertums gegenüber dem Papsttum verfechten. Der Wiener Universitätsprofessor Eybel etwa prangert in seinen Schriften die Vorrechte des Papstes an, die nur durch List und Betrug zustande gekommen seien; vom Papst wird er seiner publizistischen Tätigkeit wegen gebannt, vom Kaiser hingegen zum Landrat ernannt.[58]

Joseph II. braucht die öffentliche Meinung auf seiner Seite, um die mächtige Kirche herausfordern zu können. Als gelernter Drucker weiß er um die Möglichkeiten des Druckgewerbes und forciert es zielstrebig zur Popularisierung seiner Reformen wie seinerselbst. Die gewährte Freiheit ist somit keine im engeren Sinne politische Freiheit der Untertanen, sondern eher eine pragmatische Regierungsmaßnahme. Echte Freiheit existiert nicht – ganz im Gegenteil: dort, wo die bürgerliche Öffentlichkeit mit sich alleingelassen ist, schlägt der Überwachungsstaat zu. 1783 und erneut 1785 wird von Joseph II. angeordnet, die Lesekabinette der Zensur zu unterwerfen. Die Kataloge der aufgestellten Bücher und Periodika müssen an die „Bücherrevisionsstellen“ gesendet werden. Für jedes aufgefundene verbotene Buch muß Bußgeld bezahlt werden.[59] Der erfolgreiche Buchhändler und Drucker Trattner wandelt angesichts der verschärften Situation sein Lesekabinett in ein Tanzcasino um.

Die Rufe nach echter Pressefreiheit wollen bei verschiedenen Publizisten indessen nicht verstummen. Der anhaltende Protest richtet sich gegen Eingriffe der Obrigkeit in das Privatleben, gegen die Einflußnahme auf die öffentliche Meinung, gegen die herrschende Disziplinierung; das noch geltende Gottesgnadentum wird in Zweifel gezogen und demgegenüber die Freiheit des Untertanen betont. Johann Jakob Fezer fordert 1785 in einer seiner Schriften die volle Pressefreiheit als Voraussetzung der öffentlichen Meinung, die ihrerseits die Regierenden vor Torheiten bewahre. Dem Fürsten wird das Recht auf die Wahrheit abgesprochen – auf die vox dei. Fezer begreift die öffentliche Meinung als Korrektiv im absolutistischen Staat. Es geht ihm nicht mehr um gewährte Freiheiten, sondern um eine prinzipielle Freiheit, um das Zugeständnis, daß die Wahrheit kein Vorrecht des Monarchen sei, sondern Wahrheitsfindung vielmehr in der öffentlichen Debatte erfolge. Die öffentliche Meinung gilt als eine Art Wahrheitstribunal. Die Schriftsteller und Journalisten, die in den Blättern das Zeitgespräch führen, fühlen sich zunehmend als Sprecher der öffentlichen Meinung; sie meinen, durch sie käme die vox populi zum Ausdruck. Ausgehend davon wird die Verfassungsfrage an die der Pressefreiheit geknüpft: die Freiheit der Presse dürfe nicht bloß eine vom Fürsten gewährte und somit von seinem Gutdünken abhängige Freiheit sein, sie müsse vielmehr verfassungsmäßig als positives Recht verankert werden. Umgekehrt sei die Pressefreiheit die beste Wächterin einer Verfassung gegen jeglichen Mißbrauch durch einen Despoten.[60]

Joseph II. gibt formell dem auch in Österreich spürbaren öffentlichen Druck nach. 1787 wird die Präventivzensur gänzlich aufgehoben, eine nachträgliche Zensurierung freilich bleibt. Zwei Hofdekrete vom 24. Februar und vom 14. April erlauben das Drucken von Schriften ohne vorheriger Zensurvorlage auf eigenes Risiko des Druckers. Die behutsame Liberalisierung führt zu Zeitungsgründungen, wenn auch zu keiner Blüte der politischen Journalistik; zu lange hat die Bevormundung jegliche Entfaltung gehemmt. Im Schatten des absolutistischen Regierungssystems führen die Landtage kaum mehr als ein Scheinleben, die Justiz entbehrt der Öffentlichkeit, die Administration der Städte ist eine rein bürokratische; es gibt keine politischen Parteien und darum auch keine publizistischen Organe einer echten öffentlichen Meinung.

Als Vorboten einer diskursiven Journalistik in Österreich erweisen sich die populären Broschüren, die Traditionen der frühneuzeitlichen Pamphletkultur weiterführen. Waren sie zu Beginn der josephinischen Regentschaft noch überwiegend Huldigungsschriften, so wird ihr Tonfall im Lauf der Zeit kritischer. Die Publizisten beginnen sich gegen Josephs Reformen zu wenden und drohen manchmal sogar mit revolutionärem Widerstand. Die Broschüren formieren sich zu einem Instrument der Opposition; ihre Verfasser kritisieren gar den Kaiser selbst, werfen ihm Unvereinbarkeit von „Aufklärung" und „Absolutismus" vor. Joseph II. sieht sich angesichts der offenen Kritik veranlaßt, gegen den entstehenden öffentlichen Diskurs einzuschreiten. Er ist kein Verfechter einer sich unabhängig bildenden öffentlichen Meinung; ganz im Gegenteil richtet er eine Geheimpolizei ein, die unter anderem damit beschäftigt ist, die Bevölkerung hinsichtlich allfälliger aufwieglerischer Töne zu belauschen. Er ist nicht bereit, sein ererbtes Recht auf die Wahrheit an die öffentliche Debatte abzutreten, bleibt letztlich dem absolutistischen Prinzip treu, selbst am besten zu wissen, was das Volk erfahren und debattieren dürfe. Aufgeklärt, aber absolutistisch, begreift er die öffentliche Erörterung des Politischen grundsätzlich als Bedrohung, die es polizeilich zu observieren gilt.

Am Vorabend der Französischen Revolution schränkt Joseph II. die gewährten Freiheiten wieder ein. Kraft einer Resolution vom 24. Jänner 1789 wird eine Stempelsteuer eingeführt, die einen halben Kreuzer pro Nummer ausmacht, die Blätter verteuert und dadurch zu einer Verbreitungseinschränkung führt. Dies geschehe nicht aus fiskalischen, sondern aus erzieherischen Gründen, erklärt der Kaiser; es gehe darum, „die Scribler, die seit der bestehenden Pressfreiheit so viel Unsinn und abgeschmacktes Zeug zur Schande der nationalen aufkeimenden Literatur und Aufklärung hervorgebracht haben, künftig zu mäßigen und auch die Einfuhr von dergleichen fremden Schriften hintanzuhalten."[61] Ausgenommen von der Stempelpflicht sind die *Wiener Zeitung*, wie das *Wiennerische Diarium* nun heißt, die *Brünner Zeitung* sowie jene Anzeigen- und Kundschaftsblätter in der Provinz, die alle offiziellen Verordnungen und Verlautbarungen unentgeltlich abdrucken.

Im Frühjahr 1789 stehen in Paris die politischen Spannungen zwischen der absolutistischen Monarchie und dem nach Emanzipation strebenden französischen Bürgertum vor ihrer Entladung. Ein ideelles Fundament der Revolution hat der französische Kulturphilosoph Jean-Jacques Rousseau gelegt, der den Begriff der öffentlichen Meinung, der „opinion publique", geprägt und in seinem „contrat social" den Gemeinwillen, die „volonté generale", als oberste politische Maxime postuliert hat; die Bürger, die „citoyens", erklärt Rousseau zu Teilhabern an der Souveränität.

Nährboden der Revolutionsereignisse ist eine schwere Wirtschaftskrise in Frankreich. Der Staat steht vor dem Bankrott. Der König, Ludwig XVI., braucht Geld, der Adel lehnt jedoch die Einführung einer Grundsteuer ab. Daß die Privilegien des Adels abgeschafft werden, dafür tritt auch der publizistisch aktive Abbé Emmanuel Joseph Sieyès ein, der in anonymen Schriften darlegt, daß der Dritte Stand mit rund 25 Millionen Menschen die eigentliche Nation umfasse, die ganze Arbeit leiste, aber gegenüber den 200.000 Angehörigen von Adel und Geistlichkeit, den beiden führenden Ständen, keinerlei politische Rechte besitze. Als am 3. Mai 1789 die Generalstände, die „Etats généraux", zusammentreten, verlangen die Abgeordneten des Dritten Standes, unter ihnen Sieyès, dem seine Streitschrift die Wahl in die Generalstände eingetragen hat, nach größerem politischen Gewicht. Gemäß der verbreiteten Lehre der Volkssouveränität, nach der Herrschaft auf der öffentlichen Meinung aufzubauen hat und nicht gegen sie herrschen darf, ist es zudem nötig, dieser öffentlichen Meinung eine freie Stimme zu geben. So debattieren die Etats généraux am 5. Mai 1789 die Einführung der Pressefreiheit.[62]

Nachdem ihre Forderungen nach politischer Aufwertung jedoch nicht erfüllt werden, erklären sich die Deputierten des Dritten Standes am 17. Juni zur alleinigen Vertretung des Volkes, zur „Verfassungsgebenden Nationalversammlung". Auf den Befehl des Königs zur Auflösung reagiert die Versammlung mit dem Schwur, nicht eher auseinanderzugehen, als Frankreich eine Verfassung bekomme. Der König gibt vorerst nach, zieht dann aber auf Betreiben des Hofs Truppen zusammen. Die Unruhe in der Hauptstadt Paris steigert sich. Es kommt zum Volksaufstand, im Zuge dessen am 14. Juli die Bastille gestürmt wird; der Monarch lenkt schließlich ein, zieht seine Truppen ab und erkennt die Versammlung als Souverän Frankreichs an. Nun beginnt die Nationalversammlung den Feudalstaat zu beseitigen und an seiner Stelle eine auf gleichen Rechten basierende Gesellschaftsordnung zu errichten. Am 26. August 1789 werden die Menschen- und Bürgerrechte als unbestreitbare Prinzipien postuliert: „Die Menschen werden frei und gleich an Rechten geboren und bleiben es", heißt es in der „Déclaration des droits de l'homme et du citoyen". Das Ziel aller politischen Gesellschaften sei die „Erhaltung der natürlichen und unabdingbaren Rechte des Menschen", konkret das Recht auf Freiheit, Eigentum, Sicherheit und Widerstand gegen willkürliche Unterdrückung:

> Art. 10: Niemand darf wegen seiner Überzeugung, auch nicht wegen seiner religiösen Meinung, verfolgt werden, vorausgesetzt, daß er mit ihrer Äußerung nicht die öffentliche Ordnung stört, die durch das Gesetz eingerichtet ist.
> Art. 11: Freier Austausch von Gedanken und Überzeugungen ist eines der kostbarsten Menschenrechte. Jeder Bürger muß ungehindert reden, schreiben, drucken können, wenn er nur für den Mißbrauch dieser Freiheit einsteht in den Fällen, die das Gesetz bestimmt.[63]

Einzuschränken bleibt, daß die Bürgerrechte, so fortschrittlich sie auch sind, nach wie vor Männerrechte sind, und daß der Durchbruch zur Demokratie auch sonst längst nicht vollzogen wird. Am Ende der bürgerlichen Revolution steht eine bürgerliche Gesellschaft, wie sie von Abbé Sieyès gefordert wurde. Sieyès, seiner Herkunft nach kein Angehöriger des Dritten Standes, tritt zwar für die Gleichheit aller vor dem Gesetz ein, doch sollen politische Rechte abgestuft, je nach Steuerleistung, also nach sozialer Stellung, gewährt werden.

Während Frankreich die Revolution erlebt, nähert sich in Österreich die Zeit der bescheidenen Freiheiten ihrem Ende. Joseph II. nimmt im Dezember 1789 die Erlaubnis unzensurierter Drucklegung zurück. Nach seinem Tod kommt sein Bruder Leopold II. auf den habsburgischen Thron, der unter Furcht vor der Revolution auch weiterhin staatliche Eingriffe setzt. Ein Hofdekret vom 1. September 1790 legt nahe, alles zu unterdrücken, was die allgemeine Ruhe störe, was Gerüchte nähre, Uneinigkeit oder Spaltung hervorbringe oder gar Ungehorsam provoziere; so seien alle Schriften zu verbieten, „welche landesfürstliche Gesetze und Anordnungen kritisieren und tadeln".[64] Man fürchtet vor allem die Abschaffung der Monarchie, wie sie sich in Frankreich abzeichnet. Nach der Wahl 1791/92 gibt es in der französischen Nationalversammlung keine Royalisten mehr, stattdessen erstarkt die nach der Sitzordnung als linker Flügel bezeichnete Gruppe, in der sich vor allem die „Jakobiner" unter ihrem Präsidenten, dem Juristen Maximilian de Robespierre, hervortun. Robespierre will echte Demokratie etablieren, die noch bestehenden Wahlrechtsbeschränkungen aufheben und die gewählten Volksvertreter durch große Versammlungen und kurze Legislaturperioden dem Volk nahe halten; dazu scheint ihm ein Höchstmaß an Publizität unabdingbar.[65] Publizität wird als notwendiges Fundament begriffen, auf dem sich der Diskurs zwischen der Bevölkerung und ihren Volksvertretern vollziehen soll. Im Gegensatz dazu steht der Publizitätsbegriff, dem man am Wiener Hof huldigt und der sich aus der absolutistischen Verlautbarungstradition herleitet: Publizität bedeutet hierzulande das Herstellen von öffentlicher Aufmerksamkeit für das, was der Souverän zu verkünden hat. Jeglicher revolutionäre – demokratische – Anklang, der Publizität als Vehikel des öffentlichen Diskurses begreift, wird in Österreich nach Kräften unterdrückt. Um einem Umsturz vorzubeugen, legt Graf Johann Anton von Pergen in seiner Funktion als Oberster Polizeichef dem Kaiser eine Verfahrensweise dar, wonach die Zeitungsverleger dazu angehalten werden sollen, die „traurigen Folgen des politischen Fanatismus" in Frankreich aufzuzeigen und die „Unordnungen", die das demokratische System gebracht habe, zu schildern. Insofern sieht Pergen in den Zeitungen „brauchbare Organe". Abgesehen von Greuelpropaganda gegen die Revolution ist das französische Thema tabu. Leopold II. ordnet an, die Zensurbeamten mögen jeden Bericht über „französische Principia" streichen.[66]

Leopold II. tendiert jedoch auch zu vorsichtigen Reformen; er schafft den Zeitungsstempel ab, löst die Geheimpolizei auf und entläßt schließlich sogar Polizeichef Pergen, auf dessen Antrag hin, aus seinen Diensten. Am 1. März 1792 stirbt Leopold II., ihm folgt sein Sohn Franz II., der, unter den Einfluß restaurativer Berater gerät, die die ohnedies dürftigen josephinisch-leopoldinischen Reformen ungeschehen machen wollen. Nur Tage nach dem Tod Leopolds setzt die vehemente Verfolgung französischer Einflüsse erneut ein. Ein Hofkanzleidekret vom 11. März 1792 untersagt den Nachdruck tendenziöser Artikel aus dem Ausland; ein kaiserliches Handschreiben vom 26. März 1792 verbietet Kritik an den inländischen Verhältnissen, an Verordnungen und Maßnahmen; eine Verordnung vom 29. März 1792 verlangt, daß sich die Zeitungsschreiber jeglicher persönlichen Äußerung zu enthalten haben und sich wieder auf Tatsachen beschränken mögen. Die Zensurbehörden werden angehalten, gegenüber Berichten über die Französische Revolution in Zeitungen besonders wachsam zu sein. Die von Leopold II. abgeschaffte Geheimpolizei wird wieder eingeführt, die „Polizeihofstelle" eingerichtet und Pergen neuerlich zum Chef der Polizei ernannt. Gegen alles, was revolutionären, ja nur reformfreundlichen, öffentlichen Charakter hat, wird vorgegangen. Bücher, Veranstaltungen, Kaffeehäuser – alles wird der polizeilichen Kontrolle unterworfen. Selbst private Zusammenkünfte erregen das Interesse der Überwacher. Polizeichef Pergen fordert vom Kaiser die Möglichkeit, gegen Personen vorgehen zu können, die eines „politischen Verbrechens" auch nur verdächtig sind.[67] Man fürchtet überall französische „Agenten", die das Volk in Aufruhr zu bringen versuchen und Jakobiner, die bereitstehen für den Umsturz. Dabei beschränkt sich die Aktivität solcher privater Verschwörerzirkel auf die Lektüre verbotener Zeitungen und Bücher, auf innen- wie außenpolitische Debatten, sowie darauf, ihre Ideen in begrenztem Umfang zu verbreiten. Die Polizei reagiert mit Verhaftungen, bisweilen auch durch den Einsatz von Agents provocateurs.

Im ungarischen Teil des Reiches keimen neben liberalen auch nationale Triebe; es entsteht die Idee, eine ungarische Republik zu errichten. Um dies zu vereiteln, wird die Todesstrafe wieder eingeführt und eine Reihe von Todesurteilen vollstreckt. Im österreichischen Teil, wo man die Todesstrafe trotz der Bemühungen seitens der Polizeibehörden nicht wieder einführen konnte, wird der Platzoberleutnant Franz Hebenstreit von Streitenfeld, der als Soldat der Militärgerichtsbarkeit untersteht, am 8. Jänner 1795 hingerichtet; ein Mitangeklagter, ebenfalls ein Soldat, entzieht sich dem Urteil durch Selbstmord. Hebenstreit ist im Sinne Rousseaus und der französischen Aufklärungsliteratur unter anderem für die Abschaffung des Privateigentums eingetreten.[68]

Als Folge der sogenannten „Jakobinerprozesse" werden auch hierzulande die Strafgesetzgebung verschärft, die Todesstrafe für Hochverrat verankert und die Zensurvorschriften noch schärfer gehandhabt. An die Stelle des josephinischen „Zensurpatents" tritt die „General-Zensur-Verordnung" vom 22. Februar 1795, die Druckern und Verlegern einerseits die Zensurformalitäten erläutern und andererseits ein einheitlicher Strafkodex für Pressedelikte sein soll:

> Um den manngfältigen bey dem Buchdrucken, und Buchhandel sich in Hinsicht auf die Censur ergebenden Ausflüchten, Irrungen und Versuchen, neben den bestehenden Gesetzen vorbei-

zuschleichen, und im Entdeckungsfalle entweder sich mit Unwissenheit zu schützen, oder aus andern Gründen unsträflich zu erscheinen, desto sicherer vorzubeugen, und um die höchsten Gesinnungen, welche Seine Majestät in Rücksicht auf Zeiten, und Umstände mit verschärften Anordnungen im Censurwesen von Zeit zu Zeit zu erkennen zu geben geruhet haben, nach aller Möglichkeit auch von dieser Seite in Erfüllung zu bringen, wird nachstehende General-Verordnung, welche die diesfalls nach und nach unter verschiedenen Regierungen, in verschiedenen Zeiten, Absichten und Umständen ergangenen Verordnungen und Vorschriften in sich fasset, hiermit allgemein bekannt gemacht, damit sich Niemand, der das Buchdrucker- oder Buchhandelsgewerbe treibt, mit der Unwissenheit, oder der ihm nicht geschehenen Intimation entschuldigen könne.[69]

Diese erneute Zensurverordnung enthält allerdings neben der allgemein gehaltenen Drohungen, nichts ohne Vorlage bei der Zensur zu drucken, keine konkreten Anweisungen und wird durch nachfolgende Verordnungen laufend erweitert, sodaß die Situation erneut undurchsichtig wird. Personen, die durch „frechen Tadel in öffentlichen Reden, Schriften oder bildliche Darstellungen" die Gemüter gegen die Regierungsform, die Staatsverwaltung oder die Landesverfassung aufwiegeln, werden als „Kriminalverbrecher" behandelt und mit Kerker zwischen fünf und zehn Jahren bedroht.[70] Neben den harten Zensurvorschriften, die revolutionäre Gedanken im Keim ersticken sollen, versucht man durch Verbote gegen ausländische Zeitungen vorzugehen, um die „Ansteckungsgefahr" zu bannen. 1798 installiert Kaiser Franz eine Zensurkommission, die er sich selbst unterstellt. Im selben Jahr werden sämtliche Lesekabinette geschlossen, da sie „schädlich geworden" seien, literarische Journale und Flugschriften werden verboten, auch deren Auflegen in Kaffeehäusern.[71] 1801 wird die Zensur in die Zuständigkeit der Polizei übergeführt, womit Pergen eines seiner wichtigsten Ziele erreicht: Die Polizeistelle wird in die „Polizei- und Zensurhofstelle" umgewandelt, Pergen deren Leiter.

Napoleon gegen Metternich

Über das strenge Vorgehen gegen die „revolutionären" Umtriebe im Inland hinaus, läßt sich der junge österreichische Kaiser von seinen Beratern auch zu einem Krieg gegen Frankreich drängen. Der gemeinsame Feldzug mit den alliierten Preußen verläuft jedoch unglücklich. Die französische Bevölkerung zeigt sich radikalisiert;

die junge Republik probt das, was man später totalen Krieg nennen wird, nämlich die rücksichtslose Ausschöpfung aller gesellschaftlichen Ressourcen.[72] In der Metropole Paris überlegt man, einen Meldereiterdienst einzurichten, um mit den verschiedenen Armeeteilen in Verbindung zu bleiben, als der französische Geistliche Claude Chappe der „Gesetzgebenden Versammlung“ eine als „Tachygraph“ (Schnellschreiber) bezeichnete Erfindung präsentiert. Es handelt sich dabei um ein optisches Telegrafensystem zur Übertragung verschlüsselter Botschaften. Über das Dach einer solchen Telegrafenstation erhebt sich ein hoher Mast, der an seiner Spitze einen querliegenden, mittig beweglich montierten Balken trägt. An den beiden Enden des Balkens befinden sich ebenfalls bewegliche, kleinere Flügel, die über Seilzüge zur Signalisierung von Zeichen in jede beliebige Position gebracht werden können.[73] Chappe kann die Parlamentarier von seiner Erfindung überzeugen. Angesichts der militärischen Bedrohung an den Grenzen könnte, so meint man offenbar, ein solches Nachrichtenübertragungssystem wichtige Aufgaben erfüllen. 1794 wird die 225 Kilometer lange Strecke von Paris nach Lille an die bedrohte Nordostfront mit 22 Telegrafenstationen überbrückt. Die optische Telegrafie emanzipiert die Botschaft vom Boten und beschleunigt dadurch die Übermittlung radikal. Die Meldungen aus Lille langen noch am selben Tag in Paris ein, was militärisch vollkommen neue Optionen eröffnet. Das Heer kann nun von zentraler Stelle aus dirigiert werden. Die neue Errungenschaft erregt naturgemäß das Interesse preußischer und österreichischer Militärs, die über optische Feldtelegrafen nachzudenken beginnen.[74]

In Frankreich entstehen in weiterer Folge verschiedene Telegrafenlinien, die das Land vom Mittelpunkt Paris aus sternförmig überziehen. Die Geburt des modernen Nationalstaates fördert die zentralistische Telegrafenapparatur. In seiner Eigenschaft, weitläufige Landstriche zu vernetzen, dient der optische Telegraf zur selben Zeit, als die französische Sprache als Nationalsprache über die vielfältigen Dialekte gebreitet wird, der Zentralisierung der noch stark von Regionalinteressen geprägten Republik.[75] Napoleon Bonaparte, der 1799 die Revolutionswirren beendet und durch einen Staatsstreich die Macht übernimmt, erkennt den Wert der Telegrafie im staatspolitischen wie militärischen Bereich. Als er sich 1804 zum französischen Kaiser krönt, ordnet er den Ausbau des französischen Telegrafennetzes an.

Um Napoleon in die Schranken zu weisen, tritt der österreichische Kaiser nach einem zweiten Koalitionskrieg 1799 im Jahr 1805 neuerlich in eine Allianz gegen Frankreich ein. Wie in den vorangegangenen Kriegen spielt die optische Telegrafie erneut eine bedeutende Rolle.

Napoleon hat in Bayern einen Verbündeten, den er an sich bindet, indem er die bestehende optische Telegrafenlinie Paris-Straßburg als Flaggensignallinie bis München verlängern läßt. Erzherzog Johann entwirft demgegenüber den Plan, das von den gegnerischen Truppen bedrohte Tirol durch eine optische Telegrafenlinie zu sichern. Im Herbst 1805 notiert er: „Die Notwendigkeit den Einbruch des Feindes im Lande in möglichst kurzer Zeit in dem Hauptstandort Innsbruck zu erfahren, hat mich bewogen, mehrere Telegraphe in verschiedene Gegenden errichten zu lassen…"[76] Doch es ist bereits zu spät. Die letzten Telegrafenbau-Kommandos der Österreicher werden von den einrückenden Truppen überrannt; den eingerichteten Stationen ist immerhin zu verdanken, daß sich Erzherzog Johann mit seiner Armee in geordneter Weise zurückziehen kann. Tirol fällt an Bayern, Napoleon zieht kurzfristig in Schönbrunn ein.

Napoleons Überlegenheit stützt sich auch auf die systematische Ausnutzung von Publizität. In einer fahrbaren Felddruckerei hergestellte Armeebulletins verkünden noch während der Feldzüge, was er mit seinen Aktionen zu erreichen gedenkt. Der Umstand, daß er seine Ziele zumeist erreicht, läßt den Glauben an seine Unantastbarkeit wachsen. Daß die Bulletins oft nicht mit der Wahrheit übereinstimmen, betrachtet er als Teil dieser neuen Form psychologischer Kriegsführung.[77] Napoleon hat während der Revolution die Bedeutung von Druckmedien zur Beeinflussung der Öffentlichkeit erkannt und daraus seine Schlüsse gezogen. Zielstrebig bedient er sich jetzt der Zeitungen, auch jener in den besetzten Gebieten, die offizielle Bulletins zumeist aus seinem Sprachrohr, dem in Paris erscheinenden *Moniteur*, nachdrucken müssen.

Vom österreichischen Gesandten in Berlin, Klemens Lothar Metternich-Winneburg, wird die aktive napoleonische Pressepolitik in den besetzten deutschen Ländern gleichermaßen interessiert wie indigniert beobachtet. Die Franzosen hätten „ein leichtes Spiel", schreibt er, hätten einen „unverteidigten Platz eingenommen", als sie sich der örtlichen Zeitungsredaktionen bemächtigten: „Sie haben die Waffe aufgehoben, die uns des Wegwerfens wert schien und führen sie nun gegen uns."[78] Besorgt berichtet Metternich nach Wien, durch einen familiären Stil anstelle des bislang üblichen trockenen Amtsstils sei es den Franzosen gelungen, Kontakt zu allen Gesellschaftsschichten herzustellen. Als Gegenmaßnahme schlägt er vor, eine Zeitung „unter dem Schutz und der Redaction der alliierten Mächte" zu gründen. Sie soll die offiziellen Mitteilungen der Alliierten verbreiten, auf französische Presseberichte reagieren und im literarischen Teil die in- und ausländische politische Literatur, die die Gebildetenschichten erreicht, besprechen.[79]

Metternich sieht Napoleons offensive Pressearbeit aus der Nähe, als er auf den Botschafterposten nach Paris versetzt wird. Abermals mahnend wendet er sich an den Außenminister in Wien, die österreichische Regierung möge ihre Position überdenken, wonach man es „als unnütz, als ihrer und der guten Sache unwürdig, ja als eine Gefahr" ansehe, „mit dem Publikum zu sprechen, ihm die Wahrheit zu sagen". Die öffentliche Meinung zu ignorieren sei gefährlich, diese bedürfe vielmehr einer konsequenten Pflege.[80]

Am gedemütigten Wiener Hof sinnt man unterdessen auf Revanche; man wartet auf eine Gelegenheit, Napoleon neuerlich militärisch entgegentreten zu können. Dazu will man das neueste Mittel der „Kriegskunst", den „Volkskrieg", gegen Napoleon entfachen. Um die Bevölkerung für diesen „Befreiungskrieg" zu fanatisieren, zeigt man sich auch am Pressesektor bemüht. Auf Geheiß des Kaisers wird ein bereits seit einigen Jahren ins Auge gefaßtes Projekt wiederbelebt: Die Herausgabe eines getarnten Regierungsorgans mit dem Titel *Vaterländische Blätter für den österreichischen Kaiserstaat*, das das österreichische Nationalgefühl schüren und die französische Propaganda unterlaufen soll. Ab Mai 1808 erscheinen die *Vaterländischen Blätter*. Daneben läßt man auf Initiative von Erzherzog Johann auch antinapoleonisch orientierte Flugschriften in Massen produzieren und unters Volk bringen. So mancher namhafter Dichter wird für den „Befreiungskrieg" eingespannt. Der Chef der Polizeihofstelle Hager regt an, die Korrespondenten auswärtiger Zeitungen zu gewinnen oder aber die auszugebenden Korrespondenzen nur zuverlässigen Leuten zur Weiterleitung ins Ausland auszuhändigen.[81] Im Ausland versucht man ebenfalls, Stimmung für Österreich zu machen. Von der Regierung wird ein Spion unter dem Pseudonym „Meyer" nach Bayern und Württemberg entsandt, der den Augsburger Verleger Friedrich von Cotta, den Herausgeber der einflußreichen *Allgemeinen Zeitung*, gewinnen soll. Cotta erklärt sich zumindest bereit, die Verbindung zu Druckereien herzustellen, die österreichfreundliche Flugblätter produzieren würden. Auf die österreichischen Pressebemühungen reagiert Napoleon seinerseits mit einer verstärkten Pressekampagne gegen Österreich.[82] Dem Krieg geht eine Art Zeitungskrieg voraus.

Gerade rechtzeitig kommt im Sommer 1808 der in Hannover geborene Schriftsteller Friedrich Schlegel nach Wien. Schlegel tritt mit Ausbruch des Krieges in der Position eines Hofsekretärs als Kriegsberichterstatter in den österreichischen Staatsdienst ein. Er zieht mit Erzherzog Carl ins Feldlager, wo er in einer „Geheimen Kanzlei" patriotische Manifeste und Aufrufe verfaßt.[83]

Das offizielle Kriegsmanifest des Kaisers gegen Napoleon stammt von einem anderen deutschen Publizisten, der ebenfalls in österreichischen Staatsdiensten steht: Sein Name ist Friedrich von Gentz. In der *Wiener Zeitung* vom 15. März 1809 ist das Manifest abgedruckt:

> Se. Majestät ergreifen die Waffen, weil die Pflicht der Selbsterhaltung Ihnen untersagt, die Bedingung, von welcher das französische Kabinett die Fortdauer des Friedens abhängig gemacht hat, Verzichtleistung auf ihre rechtmäßigen Verteidigungsmittel, einzugehen; weil Sie nicht länger zögern dürfen, die Ihnen von Gott anvertrauten Länder und Völker gegen einen lange beabsichtigten, mehr denn einmal ausdrücklich angekündigten, jetzt zur Vollziehung gereiften Angriff zu decken; weil Sie mit den Gedanken und Wünschen Ihres Volkes hinlänglich vertraut sind, um zu wissen, daß keiner darunter zu finden ist, der nicht die äußerste Anstrengung seiner Kräfte einer unwürdigen Selbstvernichtung durch freiwillige Unterwürfigkeit vorzöge.
> Se. Majestät fassen diesen Entschluß mit einem Gefühl, das Ihnen Selbst und jedem rechtlichen Verteidiger Ihrer Sache Vertrauen und Zuversicht einflößen muß. Denn nicht genug, daß der Schritt, zu welchem Sie endlich gezwungen worden sind, an und für sich der gerechteste sei, Se. Majestät erfreuen Sich auch der unschätzbaren Beruhigung, daß alle Welt ihn für solchen erkennt. Des Kaisers billige und gemäßigte Grundsätze, Sein Abscheu gegen mutwillige Kriege, Seine langen vergeblichen Bemühungen, den jetzt zum Ausbruch gekommenen Kampf zu vermeiden, sind so bekannt, die Absichten des Feindes so wenig verborgen und die Bewegungsgründe, die Se. Majestät zu diesem äußersten Entschluß aufgefordert haben, so entscheidend, daß Wahrheit und Gerechtigkeit von der Erde verschwunden sein müßten, wenn über den Ursprung dieses Krieges nicht alle freien Urteile einstimmig ausfallen sollten.[84]

Tatsächlich ist dieser Krieg am Wiener Hof längst beschlossene Sache. Man wähnt das Gesetz des Handelns auf seiner Seite und setzt auf einen Überraschungsangriff, da Napoleon gerade in Spanien mit der Niederschlagung von Aufständen beschäftigt ist. Doch als die Österreicher unter Erzherzog Carl die Offensive einleiten und am 10. April 1809 bei Braunau den Inn und damit die österreichisch-bayrische Grenze überschreiten, macht ihnen die überlegene französische Telegrafie einen Strich durch die Rechnung.[85] Die Nachricht von der Invasion läuft über bayrische und französische Telegrafenstationen über eine Strecke von 950 Kilometer; trotz häufiger Sichtunterbrechung wegen schlechten Wetters erhält Napoleon am Abend des 12. April 1809, 60 Stunden nach Absendung, das „Invasionstelegramm“. Der gefürchtete Stratege reist sofort aus Paris ab und hält bereits am 17. April beim französischen Armeekommando im bayrischen Donauwörth eine erste Befehlsausgabe...

Nach unglücklichem Kriegsverlauf für die österreichische Partei zieht Napoleon am 13. Mai 1809 neuerlich in Wien ein. Er residiert ein weiteres Mal in Schönbrunn und beginnt sofort, Wien an die Flaggensignallinie Passau-Straßburg anzuschließen, um mit Paris jederzeit in Verbindung zu stehen. Auch in pressepolitischer Hinsicht werden in Wien nun neue, nämlich Pariser Maßstäbe gesetzt. Der gelernte General Napoleon diszipliniert die Pariser Presse nicht durch strenge Zensur, sondern durch eine Reihe von Konfiskationen und Verbote; die ehemals 57 Pariser Zeitungen des Jahres 1800 reduziert er im Laufe seiner Amtszeit auf eine überschaubare Zahl, deren Loyalität ihm sicher ist.[86] Von seinem offiziellen Organ, dem *Moniteur* meint der französische Kaiser, er ersetze ihm eine Armee. Ähnliches leitet er nun auch in Wien in die Wege. Es kommt zur Aufhebung des Zensursystems, aber auch zur Dezimierung der Zeitungen; die verbleibenden Blätter werden mit frankophilen Redakteuren besetzt.[87] Trotzdem wird die Zeit der französischen Besatzung hierorts mitunter als Erleichterung erlebt; immerhin ist es nun möglich, viele verbotene Romane und Theaterstücke zu publizieren.

Da auch die *Wiener Zeitung* in die Hand Napoleons fällt, wird im österreichischen Feldlager Erzherzog Carls mit kaiserlicher Genehmigung vom 22. Juni ab 24. Juni 1809 ersatzweise eine *Österreichische Zeitung* gedruckt. Sie steht unter behördlicher Leitung und soll in ihren Berichten der napoleonischen Propaganda (auch in der *Wiener Zeitung*) entgegentreten und dafür sorgen, daß Kriegsbegeisterung und Siegeshoffnung in der österreichischen Bevölkerung – soweit diese noch erreicht werden kann – aufrecht bleiben. Die Redaktion obliegt Friedrich Schlegel, der in der ersten Nummer von dem Krieg gegen Napoleon als dem „wichtigsten und größten, der jemals für die gerechte Sache der unterdrückten Menschheit, für die Erhaltung und Freiheit des Vaterlandes geführt wird“,[88] spricht. Nach den großen Schlachten bei Aspern und bei Wagram ist die Niederlage der Österreicher jedoch besiegelt. Die *Österreichische Zeitung* wird jetzt erst recht gepflegt, da man befürchtet, daß das Verstummen der offiziellen Stimme im Ausland als vollkommene Niederlage gewertet werden könnte. Das Blatt beschäftigt sich fortan mit Erwiderungen auf französische Darstellungen und der polemischen Kommentierung der Friedensverhandlungen. Darüber hinaus hat Schlegel einen Schuldigen für die Niederlage zu bieten – die Pressefreiheit: „Was hat wohl mehr beigetragen, den sonst so männlichen deutschen Nationalcharakter zu erschlaffen und zu manchen in der neuesten Zeitgeschichte verkommenden Erniedrigungen fähig zu machen, als die besonders seit den letzten zwanzig Jahren immer mehr in Deutschland überhand nehmende Vielschreiberei und -leserei?"[89]

Der Friedensschluß von Schönbrunn vom 14. Oktober 1809 beschert Österreich weitere große Gebietsverluste: Salzburg, das Innviertel, Villach, Krain, Triest und die Adriagebiete sowie große Teile Galiziens werden vom Habsburgerreich abgetrennt. Nach dem Friedensschluß reist Napoleon aus Wien ab; die von ihm eingerichtete optische Telegrafenlinie verliert ihre Bedeutung, am 16. Dezember des Jahres verschwindet auch die *Österreichische Zeitung*, nachdem die *Wiener Zeitung* für die offizielle österreichische Informationspolitik wieder zu Diensten steht.

Der Friedensschluß von Schönbrunn hat in Wien eine Regierungsumbildung zur Folge, im Zuge derer Metternich Außenminister und Leiter der Staatskanzlei wird. Metternich verachtet die Revolution, die er während seines Studiums an der Straßburger Universität im deutsch-französischen Grenzland kennengelernt hat.[90] Er vollzieht eine völlige Abkehr von den Prinzipien des aufgeklärten Absolutismus. Hinsichtlich der Presse schwankt er zwischen dem Bestreben, die unliebsamen Zeitungen zum Verstummen zu bringen, und dem von Napoleon vorexerzierten Bemühen, sich ihrer offenkundigen Macht zu bedienen. In Anlehnung an seinen französischen Widersacher legt Metternich dem öffentlichen Diskurs straffe Zügel an und versucht gleichzeitig, ihn in die erwünschte Richtung zu lenken; auch er wertet die öffentliche Meinung zu einem Faktor der politischen Strategie auf. Dazu versichert er sich eines versierten und linientreuen Mitstreiters, des deutschen Publizisten Friedrich von Gentz, den er bereits aus seiner Gesandtenzeit in Dresden und Berlin kennt.

Gentz steht der Französischen Revolution ablehnend gegenüber.[91] Wichtige Inspiration verdankt er dem britischen Politiker und Publizisten Edmund Burke, dessen „Reflections on the Revolution in France" aus dem Jahr 1790 er ins Deutsche übersetzt hat.[92] Burke geht davon aus, daß der Staat eine Gemeinschaft früherer, gegenwärtiger und späterer Generationen darstellt. Es gelte vor allem die Kontinuität zu wahren. Die Französische Revolution begreift Burke als Vergehen gegen die Natur, da sie, auf abstrakte Prinzipien aufbauend, die Verbindung mit der Vergangenheit abbreche. In „Thoughts on French Affairs" kommt Burke weiters zu dem Schluß, daß Frankreich mit dem inneren auch das äußere Gleichgewicht zerstört habe und sich deshalb im Krieg mit ganz Europa befinde.[93] Burke zählt damit zu den Begründern des modernen Konservativismus, wie er als Reaktion auf die Französische Revolution entsteht. Gentz bewundert Burke. Seine antifranzösische Haltung ist es, die Metternichs Interesse an seiner Person weckt. 1810 tritt er in ein amtliches Dienstverhältnis.

Als Napoleon am 5. Februar 1810 ein Pressegesetz erläßt, das die Zensur in Frankreich formell wieder einführt, regt Gentz bei Metternich an, die Gelegenheit zu nutzen, um hierzulande ebenfalls die seit langem angestrebte Neuregelung des Zensursystems durchzusetzen. Napoleon verliere durch sein Vorgehen an Kredit in der Öffentlichkeit und die österreichische Regierung könne sich durch ein moderates Gesetz sogar noch Sympathien erwarten.[94] Die Regelung läßt nicht lange auf sich warten. Im Zensuredikt vom 14. September 1810 werden „Vorschriften für die Leitung des Zensurwesens und für das Benehmen des Zensors" erlassen. Darin spiegeln sich zwar einige liberale Ansätze, doch soll der Anschein nicht täuschen. Der Zweck ist nach wie vor die Verhinderung des öffentlichen Diskurses. Die Doppelbödigkeit kommt in Formulierungen, wie sie der §10 enthält, zum Ausdruck. Darin heißt es:

> Schriften, welche das höchste Staatsoberhaupt und deßen Dynastie, oder auch fremde Staatsverwaltungen angreifen, deren Tendenz dahin geht, Mißvergnügen und Unruhe zu verbreiten, das Band zwischen Unterthanen und Fürst locker zu machen, die christliche, und vorzüglich die katholische Religion zu untergraben, die Sittlichkeit zu verderben, den Aberglauben zu befördern, Bücher welche den Socialismus, Deismus, Materialismus predigen, endlich Schmähschriften aller Art, sind so wenig geeignet, das Glück Einzelner und das Wohl des Ganzen zu erhöhen, als sie selbes vielmehr vom Grunde aus zerstören, und können daher so wenig auf Nachsicht, als Meuchelmörder auf Duldung Anspruch machen. Sie sind nach der Strenge der bisher bestehenden Vorschriften zu behandeln.[95]

Die neuen Zensurvorschriften bleiben unklar, sodaß sich unter den Schreibenden große Unsicherheit darüber ausbreitet, was nun erlaubt ist und was nicht. Unter diesen Voraussetzungen kann sich eine politische Journalistik nicht entwickeln; die spärlichen Ansätze aus josefinischer Zeit verkümmern.

Metternich hat Gentz auch mit der Abfassung eines Gutachtens zur Reorganisation der österreichischen Presse beauftragt, das jener im Rahmen eines Briefes vom 14. November 1810 erstellt; darin formuliert er, im Sinne schon seit geraumer Zeit in Regierungskreisen zirkulierender Pläne, daß die *Wiener Zeitung* auf eine Hofzeitung, ausschließlich für offizielle Bekanntmachungen, reduziert werden solle, und daß politische Meldungen und Auszüge aus anderen Blättern in einem separaten, von der Regierung unauffällig geführten Blatt an die Öffentlichkeit zu gehen hätten. Dieses Blatt – die österreichische Antwort auf Napoleons *Moniteur* – ist indes schon ins Leben getreten; es heißt *Österreichischer Beobachter* und erscheint seit 2. März 1810 drei Mal wöchentlich, später täglich. Die Redaktion führt Friedrich Schlegel, Redakteur der eingestellten *Österreichischen Zeitung*, die Leitung obliegt Metternich persönlich. Der *Österreichische Beobachter* bringt überwiegend Nachrichten und politisch kommentierende Artikel zum in- und ausländischen Zeitgeschehen. Von offizieller Stelle inspiriert, soll er einerseits für die ausländischen Blätter als Quelle dienen, aus der sie Nachrichten über Österreich und dessen Politik entnehmen können, und andererseits den heimischen Lesern ausländische Zeitungen ersetzen. Die politische Leitung des *Österreichischen Beobachters* geht alsbald auf Friedrich von Gentz über, dem politische Artikel zur allfälligen Korrektur vorgelegt werden.

Der Befreier Europas, Napoleon, der Freiheiten wie die Bürgerrechte als Besatzer zu bringen pflegt, setzt im Sommer 1812 seine „Grande Armee" zum Angriff auf Rußland in Marsch. Mit dem österreichischen Kaiser hat Napoleon – inzwischen mit der österreichischen Kaisertochter Maria Louise verheiratet – am 14. März 1812 einen Allianzvertrag geschlossen, die Österreicher beteiligen sich sogar mit einem Truppenkontingent von 20.000 Mann am Feldzug. Nach außen hin steht man auf der Seite der Franzosen, was Metternich in der Berichterstattung zum Ausdruck bringen läßt. Die französischen Armeebulletins erscheinen unverändert im *Österreichischen Beobachter*, wenn auch mit vierwöchiger Verspätung, da man sie dem *Moniteur* entnehmen muß. Abseits davon werden Berichte von den österreichischen Truppen veröffentlicht, genauer „Auszüge aus dem Operations-Journal des k.k. Auxiliar-Corps".[96] Als Napoleons Grande Armee im September 1812 vor der brennenden Stadt Moskau steht, bringt der *Österreichische Beobachter* zwar noch ein beruhigendes französisches Bulletin, wonach die Brände gelöscht worden seien und die Soldaten ausreichend Verpflegung und Pelze für den nahenden Winter gefunden hätten, doch ist in diesen Tagen auch von einem kleinen Rückzug des österreichischen „Auxiliar-Corps" zu lesen. Mit der obligatorischen Verspätung berichtet der *Österreichische Beobachter* schließlich auch vom großen Rückzug der französischen Truppen. Als Nachrichten vom völligen Zusammenbruch der französischen Armee wegen eines plötzlichen Kälteeinbruchs nach Wien dringen, geht Metternich zu Napoleon auf Distanz. Er versucht sich bei Friedensverhandlungen in Prag als Vermittler. Insgeheim denkt er aber bereits an Krieg gegen Napoleon. Auf publizistischem Gebiet macht sich der Schwenk unter anderem dadurch bemerkbar, daß die Regierung Broschüren wie die mit dem Titel „Wer ist ein österreichischer Patriot im Geist und in der Wahrheit?“ herstellen läßt, die der Bevölkerung die Angst vor Napoleon nehmen sollen.

Bestärkt durch Napoleons Niederlage in Rußland formieren sich die Oberhäupter Österreichs und Preußens zu einer Allianz mit dem russischen Zaren. Metternich unterzeichnet in der Nacht vom 10. auf den 11. August 1813 die Kriegserklärung an Frankreich. Wie schon für den Krieg von 1809 schreibt Friedrich von Gentz ein anfeuerndes Kriegsmanifest, das in der *Wiener Zeitung* vom 19. August zur Gänze und im *Österreichischen Beobachter* vom 20. bis zum 22. August in Teilen abgedruckt, aber auch als Einzeldruck in Umlauf gesetzt wird. Tenor auch dieses Manifests: der österreichische Kaiser habe nur den Frieden im Sinn und sehe sich deshalb zum Krieg gezwungen. Napoleon dagegen habe die Friedensverhandlungen nicht ernsthaft geführt und sei deshalb schuld am Krieg![97]

Metternich begibt sich ins Armeehauptquartier im böhmischen Teplitz, von wo aus er in napoleonischer Manier die militärische wie die publizistische Kriegsführung zu lenken gedenkt. Auf das Bedürfnis der Wiener Bevölkerung nach Neuigkeiten über den Kriegsverlauf reagiert er mit der Herausgabe von Extrablättern, für deren Redigierung er sich seinen Sekretär, den bewährten Redakteur Josef Anton von Pilat, aus Wien holt, der mittlerweile auch den *Österreichischen Beobachter* leitet. Die Armeenachrichten werden im Hauptquartier gesammelt, redigiert, von Metternich persönlich hinsichtlich ihres politischen Gehalts kontrolliert und sodann in Druck gegeben. Publiziert werden beruhigende „Siegesnachrichten“ wie jene, wonach die 80.000 Mann starke französische Armee aufgelöst sei, kaum 10.000 noch einsatzfähig seien; 15.000 Gefangene, 92 Kanonen, 300 Munitionswagen seien in die Hände der Sieger gefallen: „Alles übrige ist todt, blessiert und zerstreut…“[98] Die Nachrichten werden gleichzeitig im nahen Prag bekanntgemacht; dorthin hat Metternich seinen Vertrauten Gentz als Regierungsbeauftragten entsandt, um die offiziöse *Prager Zeitung* zu leiten, zu zensurieren und politische wie militärische Leitartikel für das Blatt zu verfassen.

Die Wiener Bevölkerung reagiert begeistert auf die Extrablätter. Den Austrägerinnen werden zwei, drei, manchmal fünf Gulden für eines der ersten Exemplare bezahlt. Die Folge ist, daß die Ausgabestelle von den Austrägerinnen richtiggehend belagert wird, sie essen, trinken und schlafen auf der Straße, um die geschäftsträchtigen neuesten Blätter möglichst zuerst zu bekommen. Der *Österreichische Beobachter* bringt auf Seite 1 eine eigene Rubrik „Kriegsschauplatz“. Die Tendenz ist dieselbe wie in den Extrablättern. Siege werden zelebriert, Niederlagen oder Rückzüge so defensiv formuliert, daß sie letztlich auch wieder als taktische Siege erscheinen. Und um das stilisierte Kriegsbild vollkommen unwidersprochen zu halten, verbietet Metternich unter dem Eindruck einer Niederlage bei Dresden kurzerhand alle französischen und frankophilen Zeitungen für Österreich.

Die Österreicher stehen auf der Seite des Kriegsglücks. Zwischen dem 16. und dem 18. Oktober 1813 wird das napoleonische Heer in einer blutigen Schlacht bei Leipzig endgültig besiegt, was über das obligatorische Extrablatt hinaus den Zeitungen Stoff für Wochen verschafft. Von einer Lockerung der Pressefesseln kann aber auch jetzt nicht die Rede sein. Sich als „directeur" der „opinion publique" gebärdend, kehrt Gentz Anfang 1814 nach Wien zurück und übernimmt die Leitung der Zeitungszensur.

Die Alliierten rücken in Paris ein, Napoleon dankt ab und wird auf die Insel Elba verbannt. Die Ära der französischen Revolutionsarmee geht zu Ende. Es gelingt Metternich, die verlorenen Länder wiederzugewinnen und Österreich als europäische Großmacht zu reetablieren. 1814/15 ist er Gastgeber beim „Wiener Kongreß", im Zuge dessen zwischen den europäischen Monarchien ein stabiles Gleichgewicht ausverhandelt werden soll. Hofrat Gentz nimmt als Protokollführer teil. Die Öffentlichkeit erfährt so gut wie nichts von den Verhandlungen, obschon die offizielle *Wiener Zeitung* nunmehr als Tageszeitung erscheint.[99] Ab und an beglücken die Zeitungen ihre Leser mit Nachrichten über die Aktivitäten der hochgestellten Herrschaften aller Länder, berichten von deren Schlittenfahrten oder Festen. Wovon jedoch nichts nach außen dringt, ist die eigentliche Idee des Wiener Kongresses, nämlich die Ausmerzung aller revolutionären Überbleibsel in Europa zugunsten der Wiedereinsetzung einer konservativen Ordnung. Am Ende des Kongresses steht die Gründung der „Heiligen Allianz" der legalen Fürstenhäuser, allen voran des Wiener, des Berliner und des St. Petersburger Hofs, deren Ziel es ist, künftigen revolutionären Umtrieben gemeinsam zu begegnen. Der Staatspublizist Gentz schließt einen Artikel im *Österreichischen Beobachter* mit der „Aussicht auf ein goldenes Zeitalter in Europa", das nun kein „leerer Traum" mehr sei.[100]

Die Wiederherstellung der politischen Balance zwischen den fünf europäischen Großmächten England, Frankreich, Preußen, Österreich und Rußland – die Revitalisierung der Pentarchie – ist nur eine Seite der Medaille Metternichscher Politik; auf der anderen, der innenpolitischen Seite steht die Wiedereinsetzung einer reaktionären Gesellschaftsordnung. Metternich wendet sich gegen Naturrecht, Individualismus und Philanthropismus, gegen jegliche Nivellierung der Gesellschaft, gegen Freiheit, Gleichheit und Menschenrechte, gegen

Volkssouveränität und Volksrepräsentation.[101] Er wendet sich gegen eine freie geistige und politische Betätigung des Bürgertums und somit selbstverständlich auch gegen die Freiheit der Presse. Um bereits existierende Ansätze bürgerlicher Partizipation einzudämmen und revolutionäre Triebe im Keim zu ersticken, bedient sich Metternich der aufwendigen Präventivzensur: das Geistesgift soll von der Bevölkerung von vornherein ferngehalten werden. Inhaltlich richtet sich die Zensur gegen Angriffe auf den Staat, den Herrscher, das Herrscherhaus, die Regierung oder die Beamten, gegen Angriffe auf den Katholizismus und gegen Verstöße wider die „guten Sitten". Sozialkritische Schriften, die auf eine Umwälzung der Gesellschaft hindeuten, werden in aller Regel verboten. Neben der Polizei- und Zensurhofstelle als der nominell obersten Zensurbehörde, die über die Neuzulassung von Zeitungen und Zeitschriften entscheidet, existiert eine zweite Zensurbehörde in Metternichs Staatskanzlei, ein „Sonderreferat für Polizei, Zensur und Presse", wo die politischen Richtlinien zur Behandlung politischer Bücher und Zeitschriften festgelegt und die offiziösen Blätter zensuriert werden. Die beiden Behörden arbeiten eng zusammen und unterstehen einzig dem Kaiser, der seinerseits dem herrschenden Polizeigeist nicht abgeneigt ist und bisweilen selbst eingreift, wenn die Zensurbeamten zu milde sind.[102]

Metternich tendiert dazu, Zeitungen lediglich als Mittel zur Stützung der Staatsmacht zu dulden, die im günstigsten Fall in bürokratisierter Form existieren dürften. Das bedeutet, daß er einerseits offiziöse Organe wie den *Österreichischen Beobachter* forciert und andererseits, daß er publizistisch qualifizierte Leute wie Gentz als beamtete Zensoren und Redakteure in staatliche Dienste zu nehmen versucht. Um die verschiedenen Nationalitäten der Habsburgermonarchie loyal zu halten, läßt Metternich darüber hinaus regierungsfreundliche Provinzblätter in den jeweiligen Landessprachen subventionieren oder neue gründen. Daran, die Landtage aufzuwerten und den Nationalitäten mehr politische Rechte einzuräumen, um die politischen Spannungen zu lösen, denkt er nicht.[103]

Im nunmehr von Österreich annektierten Lombardo-Venetien regieren Zensur und Geheimpolizei, die den Schmuggel verbotener Schriften über die Grenzen jedoch kaum unterbinden können. Auf Initiative des Grafen Saurau, seines Zeichens österreichischer Gouverneur in Mailand, erscheint ab 1816 die monatlich herauskommende Literaturzeitschrift *Biblioteca Italiana*. Eine jährliche Subvention in der Höhe von 6.000 Gulden kommt von der Regierung in Wien. Die politische Inspiration der Zeitung ist dem Leiter vorbehalten, der unmittelbar dem Gouverneur verantwortlich ist. Die *Biblioteca Italiana* soll Versammlungsforum der italienischen Literaten sein und über die italienische Intelligenz indirekt Einfluß auf die Bevölkerung nehmen; breitere Bevölkerungsschichten werden von der politischen Lektüre ohnehin nicht erreicht. Die *Biblioteca Italiana* soll sich dabei, wie es heißt, jeder politischen Tendenz enthalten und Konfrontationen literarischer Richtungen untereinander wie auch mit den Zielen der Regierung in Wien vermeiden. Eine liberale Konkurrenzzeitschrift mit dem Titel *Concilliatore* wird 1818 von der Zensur kurzerhand ausgeschalten.[104]

Die verordnete Politiklosigkeit soll die politischen Wogen glätten. Der Staatskanzler Metternich und sein Staatspublizist Gentz sagen der Freiheit der Presse definitiv ab, um jegliche politische Debatte in der Öffentlichkeit zu unterbinden. Sie haben dabei vergleichsweise leichtes Spiel, da in Österreich kaum freiheitliche Traditionen wie in anderen deutschen Staaten existieren; hier befindet sich weder die Reform des politischen noch die des Pressesystems in einem fortgeschrittenen Stadium. Ausgehend von der wieder zu Macht gelangten Regierung in Wien setzt bald auch auf der Ebene des „Deutschen Bundes" eine Verschärfung im Vorgehen gegenüber der Presse ein. Die liberalen deutschen Staaten sind Metternich in den Freiheiten, die sie gewähren, ein Dorn im Auge. Metternich initiiert im Zuge der „Karlsbader Beschlüsse" des Deutschen Bundes vom 20. September 1819 eine Rückkehr zum rein patriarchalischen Modell, wie es in Österreich, genaugenommen, gar nie zu existieren aufgehört hat. Ein „Bundespressegesetz" vom 20. November 1819, das zunächst für fünf Jahre in Kraft gesetzt wird, unterwirft Zeitungen, Zeitschriften und Bücher unter zwanzig Bogen (das sind 320 Seiten) der Zensur. Hinsichtlich der Umsetzung des neuen Pressegesetzes wird jeder Mitgliedsstaat des Deutschen Bundes dem Frankfurter Bundestag verantwortlich gemacht. Es soll künftig keine Inseln mehr geben, wo absolutismuskritische Äußerungen gedruckt werden können. Damit ist jegliche schützende Hand, die die eine oder andere deutsche Regierung bislang über die Presse ihres Landes gehalten hat, wirkungslos geworden.[105] Gentz ist an der Abfassung der Beschlüsse beteiligt, ihm fällt auch die Aufgabe zu, die Beschlüsse im *Österreichischen Beobachter* zu rechtfertigen:

> Die Karlsbader Beschlüsse waren ein Akt der Notwendigkeitswehr, der unsere Regierung zu ihrer Erhaltung bedurfte. Mißbrauch der Presse war ein Problem, das seiner Lösung entgegenreifte. Der Druck der Presse, besonders der Zweig, der die Tagebücher, Zeit- und Flugschriften ans Licht fördert, hat während der letzten Jahre in dem grösseren Teil Deutschlands eine fast ungebundene Freiheit behauptet, denn selbst da, wo die Regierungen sich das Recht, ihr durch Massregeln Schranken zu setzen, vorbehalten hatten, war die

> Kraft solcher Macht durch die Gewalt der Umstände häufig gelähmt und folglich allen Ausschweifungen ein weites Feld geöffnet. Die durch den Missbrauch der Pressefreiheit in Deutschland verbreiteten heillosen Uebel haben noch einen bedeutenden Zuwachs erhalten, seitdem die in verschiedenen Staaten eingeführte Oeffentlichkeit der eitlen Neugier und leichtsinniger Kritik zum Ziele dienen sollte. Die bei diesen Umständen gegen den Missbrauch der Presse gerichteten Massregeln sollten keineswegs den Zweck haben, die Tätigkeit nützlicher und achtungswerter Schriftsteller zu hemmen, die natürlichen Fortschritte und Belehrungen irgend einer Art, solange sie nur innerhalb der Grenzen bleiben, zu verhindern. Dass die Oberaufsicht über die periodischen Schriften nicht in Unterdrückung ausarten werde, dafür bürgt die Gesinnung, welche sämtliche deutsche Regierungen bei jeder Gelegenheit deutlich genug offenbart haben.[106]

Im letzten Satz, jener Beschwichtigungsformel, wonach die Oberaufsicht gut gesinnten Regierungen zukäme, fehlt der Hinweis darauf, daß das Bundespressegesetz die Regierungen praktisch überstimmt. Abgesehen davon schwingt die Selbstherrlichkeit des absolutistischen Systems mit, wonach Regierungen über ein gottbegnadetes Recht auf die Wahrheit verfügten.

Die angebrochene Epoche der Restauration erhält ihren Namen durch den Berner Staatsrechtsprofessor Karl Ludwig von Haller: „Restauration der Staatswissenschaft oder Theorie des natürlich-geselligen Zustands, der Chimäre des künstlich-bürgerlichen entgegengesetzt“ heißt sein 1816 erschienenes Buch, das dem zeitgenössischen Konservativismus ein theoretisches Fundament bietet. Haller wendet sich grundsätzlich gegen die Lehre vom Gesellschaftsvertrag und spricht in aller Deutlichkeit aus, was manch anderer zu verklausulieren sucht: der Stärkste sei Herr, die von Ohnmacht und Hilfsbedürftigkeit geprägten Schwachen würden sich ihm unterordnen. Fürstliche Herrschaft entspringe eigenem Recht. Über- und Unterordnung seien gottgewollt. Da der Mächtige keinen Grund habe, den Schwachen zu unterdrücken, sich vielmehr als Beschützer und Wohltäter zu erweisen bestrebt fühle, entstehe eine harmonische gesellschaftliche Hierarchie.[107]

Die Revolution und die ersten Korrespondenzbüros

Zur selben Zeit, da in deutschen Landen die Freiheit des Geistes wieder empfindlich eingeschränkt wird, setzt sich im postnapoleonischen Frankreich der Liberalismus weiter durch. Der ebenfalls aus der Schweiz stammende französische Publizist Benjamin Constant entwirft in seinem 1818 bis 1820 veröffentlichten vier Bänden des „Cours de politique constitutionelle" eine liberale Staatslehre, worin er sich mit der zentralen Frage beschäftigt, wie die unveräußerlichen Menschenrechte – die persönliche Freiheit, einschließlich der Glaubens-, Presse- und Wirtschaftsfreiheit – zu sichern seien. Während der Deutsche Bundestag 1824 die Verlängerung des repressiven Karlsbader Pressegesetzes beschließt und der Überwachungsgeist österreichischer Provenienz sich über alle deutschen Staaten breitet, wird der französischen Presse 1828 unter Louis XVIII. mehr Freiheit zugestanden. Die Zeitungslandschaft blüht auf, die politische Journalistik gewinnt an Bedeutung. Als Charles X. 1830 versucht, die Zensurfesseln wieder anzulegen, löst er eine „Revolution der Journalisten" aus, der sich Arbeiter und Studenten anschließen. Der König muß abdanken, ein neuer König, Louis-Philippe I., wird als „Bürgerkönig" eingesetzt. Der Bürgerkönig erläßt eine Verfassung; die Zensurbestimmungen werden wieder gelockert. Gegenteiliges passiert in Frankfurt, wo der Deutsche Bundestag als Reaktion auf die neuerliche Revolution „Maßregeln zur Erhaltung und Herstellung der Ruhe in Deutschland" erläßt. Den deutschen Zensoren wird bei der Behandlung von Nachrichten über „aufrührerische Bewegungen" größte Vorsicht auferlegt. Eine vom badischen Liberalen Carl Theodor Welcker der Bundesversammlung vorgelegte Petititon hinsichtlich der Gewährung der Pressefreiheit wird mit der lakonischen Frage zur Kenntnis genommen, wie eine solche Schrift die Zensur habe passieren können, und danach zu den Akten gelegt.[108]

Mit der Juli-Revolution beginnt in Frankreich das Zeitalter der konstitutionellen Monarchie. Die vor sich gehende Liberalisierung beflügelt den Nachrichtenumschlag; das Korrespondenzwesen erfährt einen Auftrieb. Zwar existieren Korrespondenzbüros, die Nachrichten sammeln und an Abonnenten versenden, schon seit Jahrhunderten, doch entsteht nun, vor dem Hintergrund gewährter Pressefreiheit, ein neuer Typus, der sich zunehmend an Zeitungen als Abnehmer wendet.[109] Ein badischer Schriftsteller namens Eduard Singer wendet sich 1830 mit seiner in Straßburg herausgegebenen, lithografisch vervielfältigten Korrespondenz noch an eine beschränkte Zahl von Abnehmern aus diplomatischen Kreisen, die eine hohe Abonnementgebühr entrichten. Unter den Abnehmern: Metternich.[110] Auch eine in Paris seit 1831 erscheinende, handgeschriebene und lithografierte Correspondance Garnier, die zum Preis von 600 Francs jährlich Auszüge aus den Zeitungen und Nachrichten aus allen Windrichtungen bietet, scheint im engeren Sinn noch keine Zeitungskorrespondenz zu sein. Auch sie übermittelt anfangs ihre Meldungen aus den wichtigsten europäischen Städten vorrangig an Einzelpersonen wie Diplomaten, Kaufleute und Bankiers. Die Regierung des französischen Bürgerkönigs erkennt allerdings die Bedeutung einer solchen Einrichtung und bemächtigt sich der Correspondance Garnier, um die aktuellen Tagesereignisse, im Regierungssinn kommentiert, in verschiedenen Zeitungen zu lancieren.[111] Die Liberalisierung der Pressegesetzgebung geht einher mit einer Intensivierung aktiver Pressebetreuung; auch nach dem Verlust der Zwangsmittel soll der Einfluß der Regierung auf die öffentliche Meinung erhalten bleiben.

Durch den Aufschwung, den die französische Presse nimmt, liegt jedoch auch die Idee einer privatwirtschaftlich geführten Zeitungskorrespondenz in der Luft. Zum Gründer dieser ersten Zeitungskorrespondenz wird ein Mann namens Charles-Louis Havas, einst Bankier, Teilhaber an der *Gazette de France* und einer der wichtigsten Geldgeber Napoleons, mit dem er bei Waterloo allerdings seinen finanziellen Ruin erlebt hat. Am 5. Juli 1783 in Pont-Audemer als Sohn eines Buchhandlungsinspektors geboren, der die Inhalte ausländischer Bücher und die Arbeit der regionalen Drucker kontrollierte, ist Havas mehrerer Fremdsprachen mächtig. Er beherrscht ein wenig Griechisch und Latein, aber besonders Englisch und Deutsch. Havas lebt, 52jährig, nach seinem Bankrott davon, aus dem Englischen und Deutschen übersetzte Meldungen an diverse Zeitungen für Stundensatz und Zeilenhonorar zu verkaufen.[112] Er sieht die Chance, mit einem Korrespondenzbüro wieder ein eigenes Unternehmen zu betreiben und eröffnet 1832 das „Bureau Havas“ in unmittelbarer Nähe zur Post und zur Börse, nahe dem Ankunftsplatz diverser Fuhrwerke – also am Schnittpunkt des zeitgenössischen Nachrichtenverkehrs. Drei Tische, Sessel, Schreibzeug, Wörterbücher, einige Schränke, Ordner und eine Lithografiermaschine bilden die Ausrüstung. Havas abonniert viele ausländische Zeitungen und übersetzt im Akkord. Diese Zusammenschau neuester Nachrichten bietet er gegen Entgelt den Zeitungen an. Havas übernimmt in weiterer Folge die Correspondance Garnier; zudem kauft er das von einem deutschen Exilanten gegründete „Bureau Borstein“, wonach er für Abonnenten jenseits des Rheins ein Beilagenblatt in deutscher Sprache herausgibt. Sein Unternehmen benennt er 1835 in „Agence Havas“ um.

Havas reist viel durch Frankreich und Europa und beginnt ein Korrespondentennetz aufzubauen. Was die Geschwindigkeit des Nachrichtenverkehrs betrifft, so geben die mittlerweile täglich erscheinenden Zeitungen den Rhythmus vor. Die Geschäftsdevise von Havas lautet „schnell und gut“. Da das Eisenbahnwesen noch am

Anfang steht, das Verkehrswesen weitgehend durch Pferdefuhrwerke und Postkutschen bestritten wird, der Nachrichtenverkehr also zumeist auf die Geschwindigkeit reitender oder fahrender Boten beschränkt ist, denkt der Nachrichtenhändler über raschere Übermittlungsmöglichkeiten nach. Das ausgedehnte optische Telegrafennetz, das in Frankreich besteht, ist für private Nutzung unzugänglich, da die Regierung des Bürgerkönigs der Ansicht zuneigt, es gebe ohnehin nur zwei außerstaatliche Anwendungen und beide seien verzichtbar: politische Unruhestiftung und Börsenspekulation.[113] Abgesehen davon ist die Übermittlungskapazität des optischen Telegrafen äußerst begrenzt. Havas richtet deshalb eine Brieftaubenpost zwischen London, Brüssel und Paris ein. Die Tauben legen den Weg von London nach Paris in sechs, den von Brüssel nach Paris in vier Stunden zurück. Meldungen der Londoner Morgenblätter können noch am selben Tag in Paris verwertet werden.[114] Daß sein Unternehmen floriert, verdankt Havas neben den fleißigen Tauben vor allem dem Umstand, daß in Frankreich Pressefreiheit herrscht, die ihm in den Zeitungen buchstäblich einen Markt für seine Nachrichtenware eröffnet; Voraussetzungen, die in Wien nicht existieren, in Frankreich aber einen immer bedeutenderen Stellenwert erhalten. Entsprechend empfindlich reagiert man auf die Gefährdung dieses Rechts. Davon bleibt auch Havas nicht unberührt. Seine Übersetzungen aus englischen, deutschen, spanischen, italienischen und russischen Zeitungen – in erster Linie Mitteilungen politischen Charakters – gehen auch an Gesandtschaften, die am Pariser Hof beglaubigt sind. Die Nähe, die Havas zu den offiziellen Stellen pflegt, erweckt jedoch Mißtrauen. Der Schriftsteller Honoré de Balzac wirft Havas vor, allmonatlich von der Regierung für die Verbreitung der amtlichen Mitteilungen des Innenministeriums bezahlt zu werden.[115] In der von Balzac gegründeten *Revue Parisiènne* ist außerdem zu lesen, die Öffentlichkeit möge glauben, daß die Presse in Frankreich eine vierte Macht sei und es mehrere Zeitungen gebe, tatsächlich gebe es nur ein einziges Blatt, nämlich die „Agence Havas", die alle Nachrichten erhalte, filtere und in der Presse weiterverbreite. Balzac fragt: „Verstehen Sie nun die armselige Uniformiertheit der Auslandsnachrichten in allen Zeitungen?"

Unterdessen denkt man im Metternichschen Wien unter dem Eindruck der französischen Juli-Revolution über neue pressepolitische Instrumente nach. Gemeinsam mit der Regierung in Berlin ist man in Wien fest entschlossen, „der über ganz Deutschland ergossenen Flut an revolutionären Zeit- und sonstigen Schriften" sowie dem „krankhaften Zustand der öffentlichen Meinung" entgegenzutreten. Auf der Ebene des Deutschen Bundes werden neben der Einfuhr von deutschsprachigem Schriftum aus dem Ausland die Bildung politischer Gruppen und Parteien, öffentliche Erörterungen von Staats- oder Verfassungsfragen bei Volksversammlungen, Fahnen, Flaggen, Freiheitsbäume und sonstige Zeichen des Aufruhrs verboten.[116] Darüber hinaus läßt Metternich 1833 in Mainz, nahe Frankfurt, dem Sitz des Deutschen Bundestages (und unweit der französischen Grenze), das „Mainzer Centralinformations-Bureau" installieren, und im Jahr darauf auch ein „Central-Informations-Comité" in Wien. Dem Wiener Büro gehören Vertreter der Metternichschen Staatskanzlei, der Polizeihofstelle Joseph Graf Sedlnitzkys und der staatsrätlichen Justizabteilung an; geleitet wird es von Metternich persönlich. Aufgabe der Institutionen ist es, die Presseberichterstattung in den Ländern des Deutschen Bundes zu überwachen – im Wortlaut einer Instruktion der Staatskanzlei, „die Kenntnis aller Anschläge der Umwälzungspartei gegen die bestehenden Regierungen und sogar gegen jede gesellige Ordnung". Um „die Stimmung der Massen in Deutschland für die Weisheit der conservativen Kabinete zu gewinnen" soll der Einfluß französischer Blätter zurückgedrängt werden.[117] Im Rahmen geheimer „Wiener Beschlüsse" wird 1834 den Regierungen des Deutschen Bundes nahegelegt, als Zensoren nur Männer „mit erprobter Gesinnung" heranzuziehen, ihnen Instruktionen zu geben, keine Zensurlücken zu dulden und die Zensur durch Behörden zu überwachen. Außerdem heißt es in unmißverständlicher Deutlichkeit: „Von den Nachteilen einer übermäßigen Anzahl politischer Tagblätter überzeugt, werden die Regierungen auf eine allmählich herbeizuführende Verminderung solcher Blätter, soweit dies ohne Kränkung erworbener Rechte tunlich ist, Bedacht nehmen."[118]

Ihre philosophische Legitimation erhält die reaktionäre Staatsdoktrin, der man in Wien wie in Berlin anhängt, durch Franz Adam Löffler. Auf den Spuren des preußischen „Staatsphilosophen" Friedrich Wilhelm Hegel formuliert Löffler in seinem 1837 in Leipzig erschienenen Werk „Über die Gesetzgebung der Presse" eine Art Pressetheorie auf staatstheoretischer Grundlage. Im Gegensatz zu bürgerlichen Ansätzen, wonach die Presse Ausdruck der öffentlichen Meinung sei, geht er mit Hegel von der Institution des Staates aus, der über die vernünftige Meinung verfüge, die es via Presse zu popularisieren gelte. Die Staatsvernunft müsse von oben nach unten an die Staatsbürger gebracht und zum Allgemeingut gemacht werden. Löffler unterscheidet zwischen Staats- und Volkspresse, die in ständiger Auseinandersetzung miteinander stünden; die Staatspresse steht dabei für die positive Universalität des Geistes, da in ihr nur Staats- und Regierungsorgane zur Sprache kämen, die Volkspresse hingegen steht für die negative, zumal kommerziell motivierte Individualität. Die Presse insgesamt, so Löfflers Schlußfolgerung, müsse in den Staat eingegliedert und die private Kommunikation, ob im Theater, in religiösen Konventikeln oder Leihbüchereien, lückenlos überwacht werden. Neben der selbstverständlichen Zeitungs- und Bücherzensur habe sich der Staat um sämtliche Äußerungen öffentlicher Kommunikation – selbst um den Gassengesang – zensorisch und strafrechtlich zu kümmern. Die totale polizeiliche Überwachung gipfelt in einem höchsten Direktorium, das den pressepolizeilichen Apparat leiten und die visionäre Aufgabe haben soll, die Presse „einer edleren Ära, wo sie als ein sittlich wie rechtlich wohlausgebildeter Organismus sich darstellt" entgegenzuführen.[119] Im übrigen empfiehlt Löffler, die Zeitungsredaktionen ausschließlich mit Männern zu besetzen, die der Idee des Staates positiv gegenüberstehen; dazu will er die Personalpolitik der Zeitungsredaktionen ebenfalls der staatlichen Presseverwaltung unterstellen. Die Staatsidee soll den gesamten journalistischen Bereich – sogar die journalistisch tätigen Menschen – durchwirken.

Im Instrumentellen umschreibt Löffler mit seinem publizistischen Totalitarismus das Metternichsche Polizeiregime, wenngleich die dahinterstehende Motivation zu jener Metternichs divergiert. Metternich will der Bevölkerung jede Möglichkeit politischer Teilnahme nehmen, um der entstehenden bürgerlichen Öffentlichkeit entgegenzutreten. Der hegelianische Zugang Löfflers hingegen forciert die Teilhabe der Staatsbürger, wenn auch in der erwünschten, am Staatsganzen orientierten Art und Weise. Löffler will die Staatsbürger sehr wohl miteinbeziehen; er will sie zu Trägern der Staatsidee machen. Er betont, die Pressegesetzgebung müsse deshalb „hervorrufend und schaffend wirken",[120] während Metternichs Schreiber Friedrich von Gentz meint, Pressevorschriften müßten gegen Mißbrauch gerichtet und „folglich immer negativ und beschränkend sein."[121]

Mit solch negativer Einstellung gewöhnt man sich in Wien nur widerwillig an den Gedanken, die wenig geliebten Zeitungen auch noch aktiv mit Nachrichten zu versorgen. Eine undatierte und nicht gezeichnete, Metternich jedenfalls vorgelegte Denkschrift mit dem Titel „Die Preße" schlägt die Einrichtung einer Korrespondenz vor. Der Autor der Denkschrift befaßt sich eingehend mit den in England und Frankreich getroffenen Regierungsmaßnahmen gegen die liberale Presse und kommt zum Schluß, daß beide Länder trotz Strafverschärfung und gesteigerter Bestechungsaktivität die Zeitungen nicht zu zügeln vermochten. Er führt weiter aus, daß im französischen Innenministerium unter dem Namen „Bureau de l'esprit public" eine Zeitungsartikelfabrik bestehe, die unmittelbar dem Innenminister unterstellt sei. Monatlich würden von da aus Publizisten und Redakteure für die Verfassung leitender Artikel bezahlt, welche täglich „in halboffiziellem Gewande" an die Tageszeitungen in verschiedenen

Departements des Landes versandt würden. Honorare, Stellen, Orden, „Vergünstigungen und Geschenke jeglicher Art", wie sie die Regierung gewähre, dienten dazu, sich die Zeitungsleute gefügig zu machen. Den Pariser Blättern aller Schattierungen sowie den bedeutenderen Provinzblättern diene zudem eine „lithographische Übersetzungs- und Korrespondenzanstalt" im Außenministerium, die sämtliche Auslandsnachrichten schnell und günstig liefere. Das Nachrichtenmaterial werde, bevor es an die Öffentlichkeit gehe, „umgearbeitet oder verändert, zugestutzt oder abgekürzt und ganz oder halb verschwiegen" je nachdem, wie es „das augenblickliche Bedürfniß erheischt".[122] Soweit die Denkschrift, die für das neue pressepolitische Instrument wirbt, die Metternich aber nicht zu überzeugen scheint, denn in Wien gelangt ein solches Projekt vorerst nicht zur Realisierung. Man begnügt sich weiterhin mit der Zahlung von Schmiergeldern und den gewohnten Unterdrückungsmaßnahmen.

Schneller als die Eisenbahn: die Telegrafie

Die Prämisse des Staatspolitischen, wie sie in den großen Monarchien Kontinentaleuropas gepflogen wird, schlägt sich auch in der Entwicklung der Telegrafie nieder. Das französische Modell des Staatstelegrafen setzt sich in Preußen durch. Der Wiener Kongreß hat Preußen die Rheinprovinz und Westfalen beschert, wodurch das Staatsgebiet aus unzusammenhängenden Teilen besteht. Eine Verbindung wird nötig. Die Entscheidung für die Einrichtung einer optischen Telegrafenlinie fällt allerdings erst im Gefolge und wohl auch unter dem Druck der Pariser Juli-Revolution von 1830. Eine ortsfeste optische Telegrafenlinie soll die Metropole Berlin, die preußischen Territorien in Ostpreußen, Schlesien und die überaus exponierten Gebiete am Rhein aneinanderbinden. Auf königliche Kabinettsorder vom 21. Juli 1832 hin beginnen die unter militärischer Leitung stehenden Bauarbeiten an der Linie von Berlin über Köln nach Koblenz. Zur Finanzierung empfiehlt die Kabinettsorder eine künftige Zulassung von Händlern und anderer privater Interessenten; dazu soll es aber nicht kommen. Ein Grund mag in der äußerst begrenzten Kapazität des optischen Telegrafen von nur wenigen Depeschen pro Tag liegen, möglicherweise sind aber auch staatshoheitliche Vorbehalte mit im Spiel. Ein Antrag der Berliner Kaufmannschaft um die Benützung der Linie für die Übermittlung von Börsenkursen und Handelsnachrichten wird jedenfalls durch Kabinettsorder vom 15. April 1835 abgelehnt.[123]

Auch in Frankreich plädieren die Telegrafenmonopolisten, die Gebrüder Chappe, dafür, die Regierung möge sich die Telegrafie als staatliches „Macht- und Ordnungsinstrument"[124] erhalten. Widerstand erwächst aus dem Besitz- und Finanzbürgertum, das unter dem Bürgerkönig seine goldene Ära erlebt. Kapitalisierung und Industrialisierung schreiten auch hier voran. Wirtschaftsliberal inspirierte Initiativen zur Einrichtung eines privaten Netzes, das die wichtigsten europäischen Städte und dabei vor allem deren Börsen, die durch die industrielle Revolution einen Aufschwung erleben, miteinander verbinden soll, werden durch einen Skandal erschüttert. 1836 wird bekannt, daß zwei Bankiers aus Bordeaux einen Telegrafenbeamten bestochen haben, nach den amtlichen Depeschen jeweils noch einige zusätzliche Zeichen abzusetzen, wie sie über den neuesten Kurs staatlicher Rententitel noch vor Eintreffen der Postkutsche in Kenntnis setzten. Von staatlicher Seite reagiert man auf diese Art unerlaubten Spekulantentums mit der Verankerung eines staatlichen Telegrafiemonopols im Jahr 1837.

Anders verläuft die Entwicklung auf den Britischen Inseln, wo sich wirtschaftsliberale Ideen durchsetzen können. Auf Adam Smith, dem Begründer der freien Marktwirtschaft, folgen wirtschaftsliberale Theoretiker, die die selbstregulierende Wirkung des Marktes beschwören. Aus dem politischen schält sich der Wirtschaftsliberalismus; neben die Forderung nach Meinungsfreiheit tritt immer markanter die nach Wirtschaftsfreiheit. Ursache ist die Industrielle Revolution, die von den Britischen Inseln ihren Ausgang nimmt. Dampfmaschinen halten Einzug in die zahlreich entstehenden Fabriken und lassen die Produktionskapazitäten steigen. Immer größer werdende Distanzen zwischen Rohstofflagern, Produktionsstätten und Absatzorten müssen durch effiziente Verkehrssysteme wie Eisenbahn und Dampfschiffahrt und einen gleichermaßen effizienten Nachrichtenverkehr überbrückt werden. Vor diesem Hintergrund wird neben den optischen Telegrafenlinien der Admiralität, die seinerzeit aus Sorge vor einer Invasion napoleonischer Truppen eingerichtet wurden,[125] der Bau privater Linien zugelassen; mit Hilfe dieser Telegrafenlinien können die Reeder und Kaufleute im Landesinneren vom Einlaufen der Schiffe in den Häfen unterrichtet werden.

Das kapitalistische System expandiert, eine Abkehr von den Traditionen merkantilistischer Wirtschaftspolitik wird gefordert; der Staat soll sich gänzlich aus der Wirtschaft zurückziehen. In Manchester wirkt der Baumwollfabrikant Richard Cobden, der in seinen Flugschriften für die freie Entfaltung des Welthandels plädiert. Die britische Weltgeltung solle nicht mehr durch militärische, sondern durch die Mittel des Handels abgesichert werden. Jede verantwortungsbewußte Regierung müsse deshalb den Handel fördern, Steuern und Zölle senken.[126]

Kommerzielle Motive zeigen sich auch jenseits des Atlantiks, wo der britische Liberalismus Fuß gefaßt hat. Handel und Verkehr entwickeln sich in Nordamerika ohne große historische Vorbelastung in Form von Feudalstrukturen oder übermächtigen Staatsinstitutionen. Die nach Westen fortschreitende Erschließung des nordamerikanischen Kontinents und der Bau der großen Eisenbahnlinien lassen auch Telegrafenpläne gedeihen. Samuel Finley Breese Morse, ein Maler aus Massachusetts, denkt jedoch nicht mehr an die optische, sondern schon an die elektrische Telegrafie, wie sie in Europa verschiedentlich bereits erprobt wird. Morse entwickelt einen Telegrafenapparat und veranstaltet Vorführungen – auch vor dem Kongreß, sodaß die zuständige Kommission im April 1838 vorschlagen kann, für einen größeren Versuch Unterstützungsgelder zu bewilligen. Die definitive Bewilligung läßt jedoch auf sich warten.

Etwa zur gleichen Zeit formuliert der österreichische Staatskanzler Metternich anläßlich der Debatte um die Einrichtung einer optischen Telegrafenlinie zwischen Wien und Triest eine altbekannte, polizeistaatliche Losung. Er rät aus finanziellen Gründen zwar noch von der Errichtung eines aufwendigen, optischen Telegrafensystems ab, tritt aus staatspolizeilichen Erwägungen heraus jedoch grundsätzlich dafür ein. Als eines der Motive nennt er die Notwendigkeit, die widerspenstigen italienischen Gebiete des Reiches abzusichern. Die Telegrafie ermöglicht schließlich auf schnellstmöglichem Weg Truppen zu mobilisieren, um sie an die Einsatzorte zu transportieren. Man will gerüstet sein für allfällige revolutionäre Ereignisse, um auf militärischem Gebiet die bösen Erfahrungen, die man mit dem französischen Telegrafensystem während der verlorenen napoleonischen Kriege gemacht hat, nicht noch einmal machen zu müssen. An die Option, ein Telegrafensystem für privatwirtschaftliche Zwecke einzurichten, ist angesichts dessen nicht zu denken.

Während sich das konservative Regime in Österreich noch mit der Idee eines optischen Telegrafensystems auseinandersetzt, beginnt in den angelsächsischen Ländern ein neues Zeitalter: das der elektrischen Telegrafie. Die beiden Briten William Fothergill Cooke und Charles Wheatstone besitzen ein Patent auf einen Nadeltelegrafen, der als Signalmittel bei der Eisenbahn eingesetzt werden soll. Am 2. September 1839 berichtet die Londoner *Times*, daß eine Experimentaltelegrafenanlage von Cooke und Wheatstone entlang der „Great Western Railway“ in Betrieb gegangen sei. Wheatstone ist Physiker und als solcher primär an der Technik interessiert; Cooke hingegen ist geschäftlich orientiert. Er will die Telegrafie wirtschaftlich nutzen und sucht private Investoren; er will nicht den Ruhm des Erfinders, sondern den Profit des Telegrafenunternehmers.[127]

Ebenfalls in privatwirtschaftlichen Bahnen verläuft die Entwicklung in Nordamerika, wo Morse im März 1843 die vom amerikanischen Kongreß in Aussicht gestellte finanzielle Unterstützung für seine elektrische Telegrafenanlage erhält. Sofort beginnt er mit den Bauarbeiten für eine 40 englische Meilen lange Versuchsstrecke zwischen Washington und Baltimore entlang der „Baltimore & Ohio"-Eisenbahn.[128] Bereits drei Tage nach Fertigstellung wird die Telegrafenstrecke für die öffentliche Benützung freigegeben. Bemerkenswert ist, daß die amerikanische Regierung das Recht zur Errichtung und zum Betrieb von Telegrafenanlagen von vornherein ablehnt und es privaten Gesellschaften überläßt.[129] Im weiteren erfährt das nordamerikanische Telegrafennetz eine rasche Ausdehnung.

In England verkaufen Wheatstone und Cooke nach einem Streit ihre Patente an die „Electric Telegraph Company", eine neu gegründete, private Telegrafengesellschaft, wonach auch das britische Telegrafennetz stetig wächst.[130] Der Eisenbahnbau der 40er Jahre, der über die Börsen finanziert wird, kurbelt neben dem Telegrafenbau das Börsengeschäft kräftig an, was wiederum den telegrafischen Nachrichtenverkehr belebt.

In Frankreich, wo die elektrische Telegrafie 1844 eingeführt wird, beansprucht der Staat des Bürgerkönigs Louis Philippe trotz reger politischer Debatten weiterhin sein Vorrecht gegenüber der Wirtschaft. Im vormärzlichen Wien ist nicht einmal an solche Debatten zu denken. Wie die allfällige Einrichtung der optischen Telegrafie als staatliche Angelegenheit begriffen wird, so gerät auch die elektrische Telegrafie, der man sich nun ebenfalls widmet, unter den Einfluß des Staates – schon deshalb, weil sie sich im Umfeld der Eisenbahn entwickelt, deren Bau und Betrieb in Österreich seit 1841 einem kaiserlichen „Eisenbahnregal" unterliegt. Privatbahnen wie die „Kaiser Ferdinand-Nordbahn" sind Pachtbetriebe, stehen somit in staatlicher Zuständigkeit, da man bei Hof fürchtet, daß über solcherart moderne Verkehrsmittel liberales Ideengut importiert werden könnte. Selbiges gilt in besonderer Weise für die Telegrafie, die im Schatten der Nordbahn Gestalt annimmt. Die Errichtung der ersten elektrischen Telegrafenlinie Österreichs entlang der Kaiser Ferdinand Nordbahn zwischen dem Wiener Nordbahnhof und der Station Floridsdorf, die im April 1845 versuchsweise in Betrieb geht,[131] führt nicht wie in den angelsächsischen Ländern zur öffentlichen Zugänglichkeit, sondern ganz im Gegenteil zur Verstaatlichung.

Anfangs scheint man bei Hof gar nichts von den telegrafischen Versuchen zu wissen. Die Aktivitäten des Physikprofessors und Direktors der Nordbahn, Andreas Baumgartner, bleiben aber nicht lange verborgen. Der Staatsminister unterrichtet den Kaiser über die erfolgreichen Versuche, und vergißt dabei nicht auf den Hinweis, daß sich die öffentliche Verwaltung dieser neuen Einrichtung annehmen müsse. Der Leiter der Obersten Polizeihofstelle, Joseph Graf Sedlnitzky, der Exekutor des Metternichschen Polizeistaates, habe einen dahingehenden Anstoß gegeben:

> Der Polizeipräsident Graf Sedlnitzky hat auf die Notwendigkeit einer dießfälligen baldigen Vorsorge und Überwachung hingedeutet und mir mündlich bemerkt, daß große Mißbräuche durch die kluge Benutzung dieser neuen Einrichtung verhütet, ohne alle Aufsicht aber bedenkliche Unfüge verübt werden können. Die Verfolgung von schnellflüchtigen Verbrechern, die Entdeckung großer Übeltaten und die Veranstaltung von Präventiv-Maßregeln könnte der Polizeiverwaltung Vorteile verschaffen. Nicht minder ist der Hofkammer-Präsident für die ihm zugewiesenen Dienstzweige bei dem Bestande einer Privat-Telegraphen-Linie beteiligt. Dieselbe bietet Mittel an die Hand, die Börsenkurse, die Ergebnisse der Lottoziehungen und sonstige auf Spekulationen Einfluß nehmende Ereignisse in einer die Post oder Eisenbahn überflügelnden Schnelligkeit in die Ferne mitzuteilen. Je länger die Eisenbahn-Linien sich ausdehnen, desto bedenklicher wird der unbewachte Zustand einer Privat-Telegraphen-Linie.[132]

Um die Sachlage zu klären, wird vorerst eine Kommission eingesetzt, die sich mit der Eignung der Telegrafie für die Übermittlung von Regierungsnachrichten, mit den Möglichkeiten der Benutzung der Telegrafie durch die Eisenbahn, sowie für Privatzwecke beschäftigt. Nach entsprechenden Beratungen kommt die Kommission zur Entscheidung, daß über den Nutzen der Telegrafie für die Eisenbahn wie für die Staatsverwaltung kein Zweifel bestehe, über eine allfällige private Nutzung wird jedoch hinweggesehen. Auch über die Prioritäten im künftigen telegrafischen Verkehr zwischen den Bedürfnissen der Eisenbahn und denen der Staatsverwaltung ist man sich im Klaren. Der für die Einführung der Telegrafie zuständige Finanzminister, Freiherr Kübeck von Kübau, bringt des Kaisers Willen gegenüber dem Nordbahndirektor Baumgartner deutlich zum Ausdruck, wonach bei der künftigen Benützung der Telegrafenlinie „die Zwecke der Regierung als Hauptsache“ und die der Eisenbahn als der „minder wichtige Gegenstand“[133] zu gelten hätten.

Am 14. Dezember 1846 meldet Kübeck dem Kaiser die Verlängerung der Versuchsstrecke bis Brünn; gleichzeitig verweist er auf die bestehende Rechtslage, die noch kein definitives Verbot privater Telegrafie vorsieht. Ein Versäumnis, dem sofort nachgekommen wird. Am 16. Jänner 1847 erhält Kübeck ein „Allerhöchstes Cabinetschreiben" als Antwort:

> Lieber Freiherr v. Kübeck!
> Bei der Wichtigkeit, welche telegraphische Verbindungen für die öffentliche Verwaltung haben, finde ich mich zur Anordnung bestimmt, dass von nun an, ohne vorher von Mir selbst erwirkte Erlaubniss keinem Privaten, weder einem Einzelnen, noch einer Gesellschaft gestattet sein soll, Telegraphen zu errichten.
> Diese Meine Anordnung ist im Wege Meiner vereinigten Hofkanzlei, mit welcher auch wegen allfälliger Beifügung einer Strafsanction das Einverständniss zu pflegen ist, in gehöriger Art allgemein kundzumachen.
> Wien, am 16. Jänner 1847
> Ferdinand[134]

Mit dem „Allerhöchsten Cabinetschreiben" wird nach dem „Bücherregal", dem „Postregal" und dem „Eisenbahnregal" auch ein „Telegraphenregal" verfügt, das die Errichtung und den Betrieb von telegrafischen Einrichtungen ausnahmslos dem Staat vorbehält. Kurz darauf, im März 1847, geht die staatliche Telegrafenlinie zwischen Wien und Brünn in Betrieb.[135]

Der österreichische Staat, der schon bisher den freien Nachrichtenaustausch zwischen seinen Untertanen zu reglementieren trachtete, nutzt auch die Telegrafie zur Absicherung seinerselbst. Die österreichische Telegrafie steht weniger in der Inspiration des liberalistischen Nachrichtenverkehrsmittels als in jener des absolutistischen Herrschaftsinstruments. Diese Inspiration zeigt sich drastisch im weiteren Vorgehen in den Unruheprovinzen Lombardo-Venetien, wo die langen Jahre österreichischer Besatzung, polizeilicher Unterdrückung und geistiger Knebelung die revolutionäre Stimmung genährt haben. Um der Umsturzgefahr zu begegnen und die militärische Schlagkraft der Besatzungsarmee zu erhöhen, sollen die Provinzen mit einem optischen Telegrafensystem überzogen werden. Die Entscheidung für das antiquierte optische System liegt darin begründet, daß es drahtunabhängig und somit militärisch weniger angreifbar ist. Unter dem Kommando von Feldmarschall Joseph Graf Radetzky wird eine Telegrafenlinie zwischen Venedig und Mailand gebaut: von der Kernstrecke Verona-Vicenza aus ostwärts in Richtung Venedig und westwärts in Richtung Mailand. Ein Seitenarm führt von Verona nach Mantua, ein zweiter von Mestre nach Treviso. Die 300 Kilometer lange Gesamtstrecke besteht aus 36 Stationen, von denen jede mit einem Korporal und zwischen drei und fünf Mann an militärischem Personal besetzt ist.[136]

DIE ÄRA DER ÖSTERREICHISCHEN CORRESPONDENZ

1848: die Geburt der politischen Presse

Im Wien des Vormärz amtiert die Zensur strenger denn je, die Bespitzelung verdächtiger Untertanen ist an der Tagesordnung; die Universitäten werden überwacht, Professoren dürfen von ihren genehmigten Vorlesungstexten nicht abweichen. Die Unterdrückung der öffentlichen Sphäre führt zum Rückzug des Bürgertums in eine abgeschirmte Privatheit, die sich im Begriff des Biedermeier kristallisiert. Der Erhaltung dieser gleichermaßen hohlen wie heilen Welt dient eine entpolitisierte Tagespresse. Der mittelständische Zeitungsleser begnügt sich mit einem unverfänglichen Substitut von Öffentlichkeit – mit seichtem Klatsch, sei es über das Theater oder die Mode. Die Blätter wiederum behandeln ihre Leser nicht als politisch interessierte Staatsbürger, sondern als privatisierende Untertanen.[1] In Wien existieren zwei politische Zeitungen: die *Wiener Zeitung* und der *Österreichische Beobachter*, die beide nur inspirierte Meldungen bringen. Im gesamten Gebiet der Monarchie erscheinen im Jahr vor der Revolution lediglich 79 periodische Blätter, darunter 19 politische Zeitungen,[2] wovon die meisten amtlicher Natur sind. Das Entstehen einer unabhängigen Presse wird systematisch unterbunden, um den bestehenden sozialen wie nationalen Spannungen kein Ventil zu bieten.

Als sich im ungarischen Teil des Reiches magyaristische Ideen ausbreiten, drängt die Wiener Zentralgewalt zunächst die ansässigen Behörden, die Zensur schärfer zu handhaben und subventioniert einige ungarische Zeitungen. Metternich selbst konstatiert jedoch nur mäßigen Erfolg.[3] Die Anfang 1841 gegründete Zeitung *Pesti Hirlap* (Pester Zeitung), deren Redakteur Ludwig Kossuth bereits auf Kerkererfahrung zurückblicken kann, bringt mit ihren 5.000 Abonnenten die regierungsnahen Blätter Ungarns in arge Bedrängnis. Es kommt, wie es kommen muß: Kossuth wird auf Betreiben der Regierung in Wien aus seiner Redakteursstelle entlassen. Kossuth spricht daraufhin persönlich bei Metternich um Gewährung einer Zeitungskonzession vor; Metternich seinerseits versucht, Kossuth auf seine Honorarliste zu setzen. Kossuth lehnt ab, Metternich verweigert die Zeitungskonzession.

Anstelle von Kossuth gelingt es Metternich, Josef von Orósz für die Betreuung der ungarischen Presse zu gewinnen; Orósz ist Redakteur der in Preßburg erscheinenden und aus Wien subventionierten Zeitung *Hirnök* (Herold) und soll nun für Metternich eine Korrespondenz einrichten, die Zeitungsartikel aus und über Ungarn zu sammeln, die ungarische Presselandschaft zu überwachen und auf höhere Weisung auch Artikel zu produzieren habe. Die „Anstalt zur Beeinflussung der ungarischen Presse" soll zur Verschleierung nicht in einer Behörde residieren, sondern in der Privatwohnung von Orósz.[4] Das Projekt wird vor der Revolution jedoch nicht mehr realisiert.

Der Sanktionsdruck auf die heimischen Publizisten ist groß; auf die Veröffentlichung unliebsamer Wahrheiten steht Kerker. Wenn sie die Monarchie nicht verlassen wollen, bleibt ihnen zumeist nur die Möglichkeit, regierungskonform zu schreiben, oder zu versuchen, kritische Artikel über die heimischen politischen Verhältnisse anonym in ausländischen Blättern, die der Arm Metternichs nicht erreicht, unterzubringen. Einer derer, die den Ausweg ins Zeitungsausland wählen, ist der Wiener Publizist Joseph Tuvora, der spätere Gründer der Österreichischen Correspondenz. Von der Polizei wird er als mutmaßlicher französischer Spion mißliebig beäugt und überwacht, da man meint, er würde Besuche beim französischen Botschaftssekretär dazu benützen, um „Artikel für auswärtige Journale auf unauffällige Weise hinauszubefördern."[5] Tatsächlich verfaßt er neben österreichkritischen Zeitungsartikeln für die Leipziger *Deutsche Allgemeine Zeitung*, den *Nürnberger Correspondenten* sowie die *Kölner Zeitung* unter anderem die bei Hoffmann und Campe im liberalen Hamburg verlegten „Briefe aus Wien von einem Eingeborenen" die er dem Verleger unter dem Pseudonym Hardtmann zukommen läßt. In diesen Briefen erklärt er sich als scharfzüngiger Kritiker, etwa wenn er pathetisch formuliert: „Die Civilisation des westlichen Europa wird ihren Umzug auch durch Österreich halten, und die Schar ihrer Gegner, welche sich ihr kämpfend entgegenstellt, wird von den Rädern ihres Triumphwagens zermalmt werden."[6]

Selbst ausländische Blätter sind in Österreich mitunter vor Verfolgung nicht gefeit – insbesondere dann nicht, wenn sie im Land Abonnenten haben. Das Regime droht bei Unbotmäßigkeit die Belieferung solcher Abonnenten durch die staatliche Post einzustellen. Cottas *Allgemeine Zeitung* in Augsburg, eine der bedeutendsten Zeitungen im deutschen Sprachraum, hat beispielsweise rund ein Viertel ihrer Abonnenten in Wien, wodurch die Bedrohung für sie überaus schwerwiegend ist. Erpreßbar durch diese Abhängigkeiten, macht der Herausgeber Konzessionen. Seinen Wiener Korrespondenten, den Hofsekretär Armbruster, hat er sich nicht ausgesucht, jener wurde ihm von der Polizeihofstelle oktroyiert; desgleichen Pilat, der der *Allgemeinen Zeitung* von der Wiener Regierung inspirierte Artikel liefert und dafür von der Zeitung laufend Geld kassiert, um, wie er regelmäßig in Briefen zum Ausdruck bringt, deren nahendes Verbot zu verhindern.[7]

Das Metternichregime wird auch in Staaten des Deutschen Bundes aktiv. Den Staatskanzleibeamten Josef Alexander Hübner entsendet Metternich als Generalkonsul nach Leipzig, auch „Focus der schlechten Presse“[8] genannt, um dort nach dem Rechten zu sehen. Leipzig, die liberale Metropole Sachsens, beherbergt so manchen österreichischen Publizisten, der vor Unterdrückung und Verfolgung geflohen ist. Von Leipzig aus führen die Exilanten ihren Kampf gegen den österreichischen Staat, den Adel, den Klerus und die Bürokratie weiter. Einer von ihnen ist der Schriftsteller Ignaz Kuranda, Gründer der Zeitschrift *Grenzboten* (1841), der noch im sächsischen Exil observiert wird. Der mißtrauische Polizeipräsident Sedlnitzky fürchtet Kurandas publizistische Aktivität so sehr, daß er den Vorschlag macht, ein Verfahren „wegen unbefugter Abwesenheit“ gegen den Exilanten einzuleiten.[9] Die Furcht ist nicht unbegründet, Kurandas Zeitschrift *Grenzboten* gelangt auf verschlungenen Wegen von Leipzig nach Wien; unter anderem liegt sie im „Juridisch-Politischen Leseverein“ auf, dessen Einrichtung gegen den Einspruch Sedlnitzkys 1841 durchgesetzt worden ist. Der „Juridisch-Politische Leseverein“ hat sich der politischen Bildung der Zeitgenossen durch das Auflegen von Schriften – bisweilen sogar verbotener – verschrieben. Anläßlich einer Revision seiner Bibliothek beanstandet die Polizei neben Büchern liberalen und kommunistischen Geistes auch Werke Rousseaus. Hinter dem „Juridisch-politischen Leseverein“ steht ein Mann namens Alexander Bach, ein Revolutionär, der während der Revolution jedoch seine Kaisertreue entdecken, sich gegen die Revolution wenden und eine Karriere als Minister machen wird.

Durch die politische Unbeweglichkeit des Regimes, das längst die Grenze des Zumutbaren überschritten hat, wandelt sich die Zensur von einem Instrument zur Stabilisierung des Systems immer mehr zum Anlaß des revolutionären Umsturzes. Eine Bittschrift österreichischer Journalisten an Sedlnitzky aus dem Jahr 1842 ist abgelehnt worden, die sogenannte „Schriftstellerpetition“ vom 11. März 1845, im Rahmen derer 99 Dichter, Gelehrte, Künstler und Journalisten (darunter Franz Grillparzer) gegen die unerträgliche Zensur über Zeitungen, Bücher oder Theaterstücke auftreten, lange Zeit unbeantwortet geblieben; im Jänner 1848 wird sie schließlich abschlägig beschieden. Die Petition ist maßvoll formuliert, will eine Reform, keine Revolution. Von Umsturz ist nicht die Rede, sondern von der „demokratischen Monarchie", wie sie Franz Schuselka in seiner anonym publizierten Schrift „Deutsche Worte eines Österreichers" anspricht.[10] Metternich ist für eine Liberalisierung jedoch nicht zu gewinnen. Er ist überzeugt von der Sinnhaftigkeit der Präventivzensur, die sich gegen eine „zügellos" gewordene Presse richte, welche sich die „höchste Regierungsgewalt" anmaße. Er stellt definitiv fest: „Eine geregelte und mit Intelligenz begabte Regierung bedarf nicht der Presse, um zur Kenntnis der öffentlichen Meinung zu kommen. Die Presse vertritt nicht die öffentliche Meinung, sondern die Meinung, welche Partheigeist oder individuelles Interesse für die vox populi auszugeben sich bestreben".[11]

Für den überzeugten Absolutisten Metternich ist die Erkenntnis, wonach die Presse für die öffentliche Meinung und diese für eine Bevölkerung steht die ihrer politischen Mündigkeit entgegengeht, inakzeptabel, stellt sie doch nicht nur die Kompetenzen der Regierung, sondern den Absolutismus an sich in Frage. Die Infragestellung der Regierungsautorität gilt als höchste Form des politischen Ketzertums. So scheint es geradezu zwingend, daß das Regime auf die Revolution zusteuert, unfähig, durch Reformen gegenzulenken. Der auf die Petition der Schriftsteller folgende halbherzige Versuch Metternichs, das Zensurprozedere zu reformieren, um dessen lähmende Auswirkungen zu entschärfen, bleibt ohne Wirkung. Das am 14. Jänner erlassene Zensurgesetz soll der Forderung nach einem Rekursrecht entgegenkommen und so die allgemeine Erregung dämpfen. Dem Verfasser einer beanstandeten Schrift sollen nun von der Anfang Februar 1848 geschaffenen Berufungsinstanz, dem „k.k. Obersten Zensur-Kollegium" bei der Polizeihofstelle, auf sein Ansuchen hin Gründe für die Verweigerung der Druckerlaubnis bekanntgegeben werden. Ohnedies vollkommen unzureichend, kommt dieses Vorhaben zu spät und wird von den Revolutionsereignissen schließlich hinweggefegt.[12]

Am 24. Februar 1848 geht in Paris das Bürgerkönigtum durch Revolution jäh zu Ende. Unmittelbare Folge sind zahlreiche Zeitungsgründungen. Die Revolutionswelle rollt über den Kontinent, die Kunde von den Ereignissen – der Absetzung Louis Philippes und die Proklamation der Republik – dringt auch nach Wien. Den revolutionären Nährboden in der Habsburgermonarchie bildet eine schwere Wirtschaftskrise. Arbeitslosigkeit und Hungerelend grassieren unter der Bevölkerung, der Staat ist hoch verschuldet. Am 3. März hält Ludwig Kossuth vor dem ungarischen Landtag eine Rede, worin er sich zwar zur Dynastie bekennt, jedoch das entartete absolutistische Regierungssystem verwirft und eine Verfassung einmahnt. Am 12. März fordern Wiener Studenten in einer Adresse an den Kaiser

Presse- und Redefreiheit, Lehr- und Lernfreiheit, eine Gleichstellung der Konfessionen sowie eine allgemeine Volksvertretung. Inzwischen bricht in der Börse Panik aus, die Menschen stürmen die Bankschalter, um ihr Papiergeld gegen harte Münzen zu tauschen; in den Vorstädten keimt unter den arbeitslosen Arbeitern Unruhe. Am 13. März protestieren aufgebrachte Demonstranten gegen Metternich; Adolf Fischhof, Arzt am Allgemeinen Krankenhaus, hält im Hof des Landhauses die erste öffentliche politische Rede in Österreich, worin er die zentrale Bedeutung der freien Presse betont:

> Vor allem verlangen wir Preßfreiheit! Die Wünsche der Individuen, so lange sie nur vereinzelt ausgesprochen werden, bleiben unbeachtet, sie sind wie Wassertropfen, die, wenn sie einzeln niederfallen, vom Boden getrunken werden, im Sande zerrinnen, in die Luft verdampfen; wenn aber die Einzelwünsche in den tausend Rinnsalen, Bächlein und Bächen der Presse zusammenfließen, dann werden sie allgemach zum mächtigen, unwiderstehlichen Strome der öffentlichen Meinung und wehe dem Staatsmanne, der das Staatsschiff gegen den Strom zu lenken die Stirne hätte![13]

Die Verlesung der Kossuth-Rede endet mit Rufen nach dem Sturz Metternichs. Das Militär greift ein, es gibt erste Tote. Abends dankt Metternich, vom Hof fallengelassen, ab.

Am 14. März wird am Josephsplatz eine „Kundmachung zur Aufhebung der Censur“ verlesen.[14] Kaiser Ferdinand sieht sich gezwungen, Zugeständnisse zu machen: „Seine k.k. Majestät haben die Aufhebung der Zensur und die alsbaldige Veröffentlichung eines Preßgesetzes allergnädigst zu beschließen geruht.“[15] Am 15. März verspricht der Kaiser schließlich auch eine Verfassung. Ein weiteres Zugeständnis betrifft die Aufstellung von bewaffneten Bürgergarden nach französischem Vorbild. Arbeiter sind von diesen auf der Grundlage von Besitz und Bildung errichteten Garden allerdings ausgeschlossen; die bürgerlichen Revolutionäre selbst versuchen die Arbeiter draußen und die Revolution unter Kontrolle zu halten, um eine Ausweitung zu einer proletarischen Revolution zu verhindern. Aktueller Anlaß ist der Maschinensturm, den die von Arbeitslosigkeit und Elend betroffenen Textilarbeiter in den Fabriken der Vorstädte vollziehen. Im Zusammenwirken von bürgerlichen Kräften und dem Militär wird die Ruhe wiederhergestellt; am 16. März wird sogar das Standrecht gegen die Ausschreitungen der Arbeiter verhängt. Das Besitzbürgertum fürchtet den Moment, da auch die Eigentumsfrage im kommunistischen Sinn aufgeworfen werden könnte.[16]

Dennoch, die gewonnene politische Freiheit führt zu einer Gründerwelle am Zeitungsmarkt, wie es sie in Österreich zuvor nicht gegeben hat. Eines der Revolutionsblätter ist die ab 20. März erscheinende *Constitution* von Leopold Häfner. In der ersten Ausgabe mahnt Häfner zur Vorsicht; er warnt vor der Reaktion, die die Macht nicht widerstandslos abgeben würde. Wie recht er mit seiner Warnung hat, zeigt sich bereits einige Tage später. Am 31. März läßt die bedrängte Regierung, wie vom Kaiser versprochen, ein provisorisches Pressegesetz verlautbaren, das für Kritik an Regierung und Verwaltung hohe Strafen vorsieht. Das Gesetz wird noch am Tag seiner Veröffentlichung demonstrativ von Studenten in der Aula der Universität verbrannt und tags darauf von der Regierung zurückgezogen.

Die befreite politische Journalistik ist indes überaus erfolgreich; Joseph Tuvora, der nun als politischer Redakteur tätig ist, erfreut sich großer Popularität, wenn er sich als radikaler Revolutionär gebärdet und die angebrochene Ära stürmisch bejubelt. Im *Freimüthigen*, einer seit 30. März von Moritz Mahler herausgegebenen Zeitung schreibt er, wieder voll triefendem Pathos: „Seit den dreitausend Jahren menschheitlicher Erinnerung die erhabenste, großartigste Epoche! Die Hand der ewigen Nemesis unverkennbar deutlich hervorragend aus den Sturmwolken der Gegenwart! Die Throne wie niedergeknickt durch den Zornhauch der Völker! Der Despotismus mit Schimpf und Schande hinausgepeitscht aus dem zivilisierten Europa.“[17]

Das Revolutionsjahr gilt als das Geburtsjahr der politischen Presse in Österreich, in dem allein in Wien rund 300 Blätter erscheinen, darunter 86 Tageszeitungen[18], von denen viele politische Themen behandeln, wenn auch vorauszuschicken ist, daß nur wenige das Ende des Jahres überstehen. Anders als die Vormärzpresse, die vornehmlich im Abonnement an ihre Leser ging, werden die Revolutionszeitungen nunmehr im Gassenverkauf unters Volk gebracht. Jahrhundertealte Behinderungen wie das Verbot der Kolportage fallen. Im breiten Angebot treffen die Leser auf verschiedene politische Meinungen, die zu äußern nicht mehr untersagt ist; als Forum des öffentlichen Diskurses widerspiegelt die Presse Pluralität. Sie kommentiert offen die Probleme, von den Schwächen des alten Systems bis zu den Präferenzen für ein neues, und wird damit selbst zu einem politischen Faktor. Das gesteigerte Informationsbedürfnis der Menschen in Anbetracht der revolutionären Ereignisse, ein gering gehaltener Preis, eine allgemein interessierende Themenauswahl und eine entsprechend verständliche Formulierung der Artikel ermöglichen vergleichsweise hohe Auflagen von über 15.000, wie sie etwa der *Freimüthige* verzeichnen kann.

Die sprießende Revolutionspresse erfüllt zweifellos auch eine Integrationsfunktion, wenn sie ihrem Leser vermittelt, einer unter vielen Gleichgesinnten zu sein. Man fühlt sich der Öffentlichkeit verpflichtet, will verschiedene Bevölkerungsgruppen zu Wort kommen lassen und diese gleichzeitig im aufklärerischen Sinn belehren. Ihrer Zielsetzung gemäß trägt die auflagenstärkste Tageszeitung der Revolution, Häfners *Constitution*, die in 10.000 bis 30.000 Exemplaren erscheint, den Untertitel: „Tagblatt für Volksleben und Belehrung".[19] Die Revolutionszeitungen verstehen sich nicht mehr als Sprachrohre der Regierung, sondern als Sprecher des Volkes. Die Redakteure sehen sich als unabhängige und eigenverantwortliche Moderatoren der öffentlichen Meinung. Es ist ein bisher nicht gekanntes Selbstverständnis, das auch erklären mag, warum immer wieder deutlich übers Ziel geschossen wird, im Inhalt übertreibend und sich in einem polemischen, zynischen Stil überschlagend: Es gibt schließlich keine Traditionen eines kultivierten, politischen Journalismus.

Im Unterschied zu anderen bürgerlichen Blättern klingen in Häfners *Constitution* auch proletarische Interessen an, werden die sozialen Mißstände offen kritisiert. Die ins Elend abgeglittene Arbeiterschaft hat noch nichts vom „Manifest der Kommunistischen Partei" gehört, das, von Karl Marx und Friedrich Engels im Februar 1848 veröffentlicht, die These propagiert, die die bürgerliche Revolution könne nur das Vorspiel einer proletarischen Revolution sein. Die Arbeiter vernehmen in Häfners *Constitution* erstmals Forderungen wie „Mindestlohn", „Kündigungsfrist", „Maximalarbeitszeit", „Wahlrecht" oder „Koalitionsrecht". Gleichzeitig warnt Häfner die „Wiener Spießbürger", die in den Arbeitern lediglich „Gesindel" und in deren Forderungen „aufrührerische Exzesse" sähen; solche Aussagen seien töricht, da das Proletariat „von Tag zu Tag mächtiger", werde; in dieser Klasse sei „mindestens ebenso viel gesunder Menschenverstand" anzutreffen wie in den übrigen Klassen und dieser strebe eine neuerliche Umwälzung an, würden die Interessen der Arbeiter in der Verfassung nicht berücksichtigt.[20]

Die neue Regierung, die sich aus Vertretern der alten Ordnung zusammensetzt, oktroyiert im April jedoch eine vollkommen unzureichende Verfassung. Die Regierungsgewalt wird zwischen der Krone, dem Adel und dem Großbürgertum aufgeteilt. Zentrale Punkte wie die Pressegesetzgebung sind in dieser Verfassung nicht enthalten. Der Journalist Hermann Jellinek schreibt, das Volk sei mit solch einer Verfassung um seine Rechte betrogen worden. Jellinek gehört wie Alfred Julius Becher und Johann Nepomuk Berger einem demokratischen Verein an, dessen Ziel die „demokratische Entwicklung des monarchisch-konstitutionellen Prinzips" ist.

Man will dies mit den „legalen Hebeln der Freiheit" erreichen, darunter fällt vor allem „die Presse in allen Formen ihres mächtigen Wirkungskreises".[21]

Da die politischen Reformen aber auf sich warten lassen, folgt am 15. Mai die neuerliche Revolution. In Massen marschieren Demonstranten vor der Hofburg auf. Der kaiserliche Hofstaat flüchtet sich nach Innsbruck. Die Wiener Börse bleibt geschlossen, um Kursstürze zu verhindern. Abermals in die Enge gedrängt, muß die Regierung nun auch die Frage eines Pressegesetzes behandeln. Der Ministerrat erläßt am 18. Mai zwei Presseverordnungen, an deren Entstehung auch Zeitungsvertreter mitwirken. Entsprechend liberal fallen die Verordnungen „Über den Mißbrauch der Presse" und „Über das Verfahren in Preßsachen" aus. Sie sehen weder Konzessionen noch Kautionen oder die Vorlage von Pflichtexemplaren vor; auch die Kolportage wird darin freigegeben.[22] Für Presseprozesse sind Geschworenengerichte vorgesehen. Die Presse ist in Österreich damit erstmals wirklich frei und sieht sich in ihrer Rolle als politische Macht bestätigt. Damit nicht genug, ereignet sich an besagtem 18. Mai 1848 auch der sogenannte „Journalistenputsch", den Häfner und Tuvora in der Vorstadt in Gang zu setzen versuchen. Um der Reaktion zuvorzukommen, wollen sie Garden und Arbeiter mobilisieren, Staatsgebäude besetzen und an Stelle des nach Innsbruck gezogenen Kaisers eine provisorische Regierung mit diktatorischen Vollmachten einsetzen. Und, so wird man ihnen später zum Vorwurf machen, sie rufen die Republik aus.[23] Ihr Unternehmen bleibt aber erfolglos. Sie werden verhaftet, aber schon am 26. Mai, als die Regierung angesichts der von Studenten und Arbeitern errichteten Barrikaden kapituliert, wieder freigelassen. Die Putschisten erklären öffentlich, das Wort „Republik" nicht ausgesprochen zu haben, bekennen sich zur Regierungsform einer demokratischen Monarchie und setzen ihre journalistische Tätigkeit fort. Das Intermezzo wird für Tuvora jedoch nicht ohne Folgen bleiben.

Für die bevorstehenden Wahlen fordern die Demokraten auch das Wahlrecht für die Arbeiter. Alfred Julius Becher beklagt, daß der „Vierte Stand", das Proletariat, keinen Einfluß habe auf jene parlamentarische Institution, „deren heiliger Zweck es doch ist, den Gesamtwillen der Nation zu offenbaren."[24] In dieselbe Kerbe schlägt Sigismund Engländer in der *Constitutionellen Donauzeitung* vom 4. Juni 1848. Die „unteren Volksklassen" hätten immer die Revolutionen mitgemacht, ohne jedoch davon zu profitieren: „Das gemeine Volk darf weder wählen noch kann es zum Vertreter gewählt werden." Es stehe gleichsam außerhalb der Gesellschaft, verstehe die Sprache der Gebildeten nicht, und diejenigen unter den Gebildeten, die seine Interessen wahren wollten, wüßten „seine Naturlaute nicht zu deuten." Die Gebildeten würden sich ihm gegenüber aristokratisch verhalten, doch gehe der geschichtliche Prozeß der Neuzeit „auf Ebnung der Zustände und Ausgleichung der Verhältnisse hin."[25] Wie die meisten anderen Wiener Demokraten lehnt aber auch Engländer die Theorien der französischen Sozialisten und Kommunisten ab. Die Demokraten versuchen vielmehr die Arbeiterschaft miteinzubeziehen, die gegenwärtige Revolution zu einer des ganzen Volkes zu machen, um der von Marx und Engels prophezeiten proletarischen Revolution vorzubeugen.

Im Ministerrat wird die Frage des Arbeiterwahlrechts behandelt. Den Beratungen beigezogen ist der Jurist Alexander Bach, der sein äußerst zwiespältiges Verhältnis zur Revolution zum Ausdruck bringt. Er tritt für eine Zulassung der Arbeiter zu den bevorstehenden Wahlen ein, da ansonsten neuerliche Unruhen zu befürchten seien; er schlägt aber auch vor, den Einfluß der Arbeiter gering zu halten, indem man zu den Wahlen in Wien nur solche mit ordentlichem Wohnsitz zulasse. Eine dahingehende Bestimmung würde den großen Teil der fremden Arbeiterschaft von vornherein ausschließen. Außerdem spekuliert Bach damit, daß die meisten Arbeiter von ihrem Wahlrecht ohnehin keinen Gebrauch machen würden. Damit behält er Recht. Die eingeschränkte Zulassung „selbständiger Arbeiter" vom 10. Juni – nur wenige Tage vor der Reichstagswahl am 13. Juni – wird durch die schwammige, von den Lokalbehörden willkürlich auslegbare Formulierung zusätzlich untergraben; ein kompliziertes Wahlsystem über Wahlmänner macht demokratische Wahlen vollends illusorisch. Von der Wiener Bevölkerung wird nur ein Bruchteil auf die Wahllisten eingetragen und am Wahltag erscheinen weniger als 5% der Bevölkerung bei den Urnen.

In diesem Klima der Enttäuschung wird von dem Buchbindergesellen Friedrich Sander am 24. Juni der „Erste Wiener Allgemeine Arbeiterverein" gegründet. Dem Proletariat soll eine organisatorische Grundlage gegeben werden, mit deren Hilfe es seine Interessen im Konflikt mit der bestehenden Ordnung wahren könne. Die in diesen Tagen in Paris stattfindenden Ereignisse fungieren als drohende Zeichen. Ende Juni kommt es in der französischen Metropole zu blutigen Barrikadenkämpfen zwischen protestierenden Arbeitern und regierungstreuen Truppen, bei denen die Arbeiter unterliegen. Die Pariser Juni-Ereignisse offenbaren eine Interessenskluft zwischen Besitzbürgertum und Proletariat, die auch in Wien besteht und in den Zeitungen zum Ausdruck kommt. Während Becher im *Radikalen* vorbehaltlos für die französische Arbeiterschaft Partei ergreift, kommen in der von August Zang am 3. Juli ins Leben gerufenen *Presse* am

5. Juli klar und deutlich besitzbürgerliche Interessen zum Ausdruck. Zufrieden wird festgestellt, daß der Arbeiteraufstand in Frankreich niedergeschlagen und ganz Europa dadurch vor Greueltaten geschützt worden sei, denn „allenthalben paßt der Besitzlose auf den günstigen Moment, um den Besitzenden offenen Krieg zu erklären".[26]

Am 23. August kommt es auch in Wien zu den befürchteten Auseinandersetzungen, zur sogenannten „Praterschlacht". Gegen Lohnkürzungen im Bereich öffentlicher Arbeiten demonstrierende Arbeiter werden von den Ordnungstruppen niedergeschossen. Alexander Bach, seit Anfang Juli Justizminister, hat tags zuvor im Reichstag erklärt, daß „anarchische und republikanische Bewegungen" nicht geduldet werden können.[27] Dem für die Kürzungen verantwortlichen Arbeitsminister Schwarzer werden die Worte nachgesagt: „Eher sollen 10.000 Arbeiter niedergeschossen werden, ehe ich von meinem Entschlusse abgehe."[28]

Die Niederlage der Arbeiterschaft macht drastisch die Notwendigkeit eines eigenen publizistischen Forums deutlich. Anfang September entsteht ein Organ von Sanders Arbeiterverein mit dem Titel *Arbeiter-Zeitung*, das es jedoch nur auf sechs Ausgaben bringt.[29] Noch im September desselben Jahres verstummt es wieder.

Die Reaktion

Die Antwort auf die revolutionäre Provokation gibt letztlich das kaisertreue Militär. Fürst Alfred Windischgrätz, der als Kommandierender in Böhmen bereits im Frühjahr 1848 den „Prager Pfingstaufstand" brutal niedergeworfen hat, appelliert für den rücksichtslosen Einsatz militärischer Mittel.[30] Der in Mailand residierende Feldmarschall Radetzky schlägt die Revolution in den italienischen Gebieten nieder. Bei den Kämpfen in Oberitalien leistet das optische Telegrafensystem den österreichischen Truppen gute Dienste. Seine Eigenschaft, drahtunabhängig und damit vor Sabotageakten relativ sicher zu sein, bewährt sich. In Ungarn, wo Ludwig Kossuth eine eigene Verfassung gefordert hat, rücken ebenfalls kaiserliche Truppen ein. Es ist symptomatisch, daß dem renitenten Publizisten, dem weder mit Bestechung noch mit Zensur beizukommen war, jetzt Armeen entgegengeschickt werden.

Auch auf Wien bereiten die Militärs eine bewaffnete Intervention vor. In steter Verbindung mit den konterrevolutionären Armeen steht der in Wien amtierende Kriegsminister Latour; als sein subversives Spiel auffliegt, kommt es einmal mehr zu Straßenkämpfen. Eine aufgebrachte Menschenmenge wird auf seinen Befehl hin unter

Feuer genommen. Die Menge stürmt das Kriegsministerium, Latour wird erschlagen. Es herrscht erneut Revolution. Der kaiserliche Hof verläßt abermals Wien, diesmal nach Olmütz. Unbewaffnete Arbeiter stürmen das Zeughaus, rüsten sich mit den hoffnungslos veralteten Waffen aus, um den heranrückenden Truppen von Windischgrätz und des kaisertreuen kroatischen Banus Jellacic Widerstand leisten zu können. Der Demokrat Hermann Jellinek hat am 26. September in der Zeitung *Der Radikale* postuliert: „Wir sagen es der Reaktion, daß sie sich täuscht. Der Demokrat läßt sich nicht einschüchtern. Zumal jetzt. Entweder der Sieg oder Tod – ein drittes erkennen wir nicht an."[31] Dies klingt wie eine seherische Vorahnung dessen, was nun folgt.

Im Oktober unterwirft Windischgrätz die rebellische Stadt, zieht als Sieger ein und hält ein blutiges Gericht. Die Militärjustiz exekutiert eine Standeshaftung; die beiden Journalisten Alfred Julius Becher und Hermann Jellinek werden wegen Hochverrats stellvertretend für die demokratisch-revolutionäre Presse im Wiener Stadtgraben erschossen. Es ist ein überaus symbolträchtiger Akt, die – wenn man so will – ultimative pressepolitische Maßnahme. Um die erwachte öffentliche Meinung wieder zum Verstummen zu bringen, verfolgt das Militär die völlige Vernichtung bzw. Vertreibung der demokratischen Intelligenz. Einer, dem die Flucht ins Exil gelingt, ist Sigmund Kolisch, Mitherausgeber des Blattes *Der Radikale*, der über Breslau und Leipzig nach Paris flieht.[32] Dort trifft er einen anderen österreichischen Flüchtling, den in Wien ebenfalls zum Tode verurteilten Sigismund Engländer. Engländer hat Unterschlupf bei Charles-Louis Havas in Paris gefunden, wie auch zwei junge deutsche Flüchtlinge: Bernhard Wolff und Paul Julius Reuter. Wolff, Reuter, Kolisch und Engländer arbeiten nun für das Havassche Nachrichtenbüro; nach den Revolutionswirren werden sie selbst Karriere im Nachrichtengeschäft machen. Wolff und Reuter werden eigene Agenturen gründen, Engländer in der Agentur Reuters eine maßgebliche Rolle spielen, Kolisch bei Havas.

In Wien geht nach dem Einzug des Militärs der Pressefrühling zu Ende. Windischgrätz verfügt im Rahmen zweier Proklamationen vom 23. Oktober 1848 und vom 1. November die Suspendierung aller Zeitungen für die Dauer des Belagerungszustands.[33] Mit Ausnahme der ab 3. November wieder erscheinenden *Wiener Zeitung*, der auferlegt wird, sich auf offizielle Mitteilungen zu beschränken, stellen sämtliche Wiener Blätter ihr Erscheinen ein. Das Drucken und Verlegen von Druckwerken sowie das Affichieren von Plakaten, bildlichen Darstellungen und Schriften unterliegt der vorherigen Genehmigung durch die Behörden.

Als Militärgouverneur von Wien fungiert der kriegserprobte General Ludwig Freiherr von Welden. In seine Zuständigkeit fällt auch die Überwachung der Presse, die er, ganz nach den Vorstellungen des Hofkammerpräsidenten Karl Friedrich Kübeck von Kübau, in die Knie zwingen will. Kübau, ein überzeugter Verfechter des neoabsolutistischen Staates, fordert in einer Denkschrift, daß die Presse „aller Orten derart beschränkt werden" muß, daß sich „ihr verderblicher Einfluß" nicht mehr auswirken kann. Bis zum Erlaß „eines neuen kräftigen Pressegesetzes" sollen den Behörden Mittel in die Hand gegeben werden, „um diesem gefährlichen Treiben einigermaßen" Herr zu werden.[34] Diese Mittel werden den Behörden von der nachrevolutionären Regierung des Fürsten Felix Schwarzenberg in die Hand gegeben. Der neue Ministerpräsident Schwarzenberg, der direkt vom italienischen Kriegsschauplatz kommt, gilt als politischer Lehrmeister des kaum neunzehnjährigen Kaisers Franz Joseph, der dem zurückgetretenen, in mancher Hinsicht schwächlichen Ferdinand nachfolgt. Schwarzenberg ist überzeugter Neoabsolutist. Zur Zügelung der Revolutionspresse verbietet ein Erlaß seines Innenministers Stadion vom 20. Dezember 1848 die Kolportage und führt die Präventivzensur wieder ein. § 4 der Verordnung verpflichtet den verantwortlichen Redakteur oder Herausgeber zur „Abgabe eines Pflichtexemplares an die Behörden vor Beginn der Ausgabe".[35] Übertretungen ziehen Arrest oder Geldstrafen nach sich. Nachdem sich die Drucker aber nicht ausnahmslos an das Verbot, revolutionäre Druckwerke herzustellen, halten, kommt es Anfang des Jahres 1849 zur Schließung von Druckereien.

Joseph Tuvora hat rechtzeitig die Seiten gewechselt, distanziert sich, von der demokratischen Bewegung und bietet den neuen alten Herren nun seine Dienste an. Öffentlich erklärt er seinen Kritikern, die ihn des Opportunismus bezichtigen: wohl wisse er, daß sein Name des öfteren in Verbindung mit der demokratischen Partei genannt worden sei, doch sei der Wiener Öffentlichkeit auch bekannt, daß er sich „seit mehr als vier Monaten ziemlich auffallend, seit sechs Wochen aber ganz und gar von dem ins Bodenlose gearteten Treiben dieser Partei zurückgezogen habe." Er habe, so sagt er, diesen Schritt „nicht ohne große Opfer, nicht zurückschreckend vor dem Verlust einer angenehmen materiellen Existenz gemacht", um erklärenderweise fortzufahren: „Allein ich tue es um der guten Sache, um der heiligen Interessen der Ordnung, der wahren Freiheit, des Menschenrechts und der Menschenwürde willen, die von jenen Männern so schändlich mit Füßen getreten wurde."[36] Von seinen Zeitgenossen wird Tuvora daraufhin wenig schmeichelhaft zum Mitfresser an der offiziösen Krippe erklärt, zu einem Lohnschreiber für jegliches politische System, der gegebenenfalls mit jeder Partei liebäugelt und schwanzwedelnd vor jeder Regierung katzbuckelt.[37] Tuvoras Schwenk mag aber auch damit zusammenhängen, daß sein Hochverratsprozeß wegen der verunglückten Republiksausrufung noch anhängig ist; er sucht und findet den Kontakt zu Justizminister Alexander Bach, der, wie er selbst, zuerst der Revolution zugetan war, um sich dann immer mehr mit reaktionären Kräften zu arrangieren.[38] Bach wird eine zentrale Rolle in Tuvoras weiterer Karriere spielen.

In Anbetracht der unklaren Verhältnisse wird die *Wiener Zeitung*, auch bislang schon in unmittelbarer Regierungsnähe, zu einem amtlichen Organ umgewandelt. Sie untersteht fortan dem Ministerrat, insbesondere dem Innenministerium; die Regierung besetzt ihre Redaktion, der Ministerrat wählt ihren Chefredakteur aus, der vom Regierungschef ernannt wird. Seine Stellung und die seines Stellvertreters haben Beamtencharakter. Die *Wiener Zeitung* bringt in Ministerien verfaßte und im Ministerrat redigierte Artikel.[39] Darüber hinaus gewinnt die Vorstellung, über aktive Pressebetreuung Meinung zu machen, wieder an Bedeutung. Zur Überwachung und Lenkung der Presselandschaft soll ein „Centralbureau" eingerichtet werden. In diesem Büro sollen alle in- und ausländischen Zeitungen gelesen werden, um für die verschiedenen Ministerien die wichtigsten Artikel zu sammeln und über alles Bemerkenswerte ein genaues Register zu führen. Außerdem bestünde die Aufgabe dieses Büros im Verfassen ganz- und halboffizieller Artikel, diverser Entgegnungen und sonstiger polemischer Arbeiten, die in verschiedenen Zeitungen sodann veröffentlicht würden, sowie in der Aufsicht über das Feuilleton der *Wiener Zeitung*.[40] Anbei bemerkt, debattiert in diesen stürmischen Tagen auch das konterrevolutionäre Berlin die Einrichtung eines dem Staatsministerium unterstehenden „Centralpreßbureaus", „welches unvermerkt die Ministerialansicht in die verschiedenen unabhängigen Zeitungen hineinleite."[41]

In Wien kann man sich jedoch nicht zur Einrichtung eines solchen zentralen Presselenkungsbüros durchringen; man setzt stattdessen auf altbewährte Instrumente der Unterdrückung.

Am 4. März 1849 wird eine von Justizminister Alexander Bach und von Innenminister Franz Graf Stadion ausgearbeitete Verfassung von Kaiser Franz Joseph oktroyiert; im §5 heißt es beschwichtigend: „Jedermann hat das Recht, durch Wort, Schrift und Druck oder bildliche Darstellung seine Meinung frei zu äußern. Die Presse darf nicht unter Zensur gestellt werden. Gegen den Mißbrauch der Presse wird ein Repressivgesetz erlassen."[42] Formal sagt man der Zensur ab, doch schränkt das angekündigte Repressivgesetz gegen den „Mißbrauch" der Presse, die Zeitungen bedeutend ein. Die Motive dafür werden vom Ministerrat folgendermaßen beschrieben:

> So wohltätig die freie Presse, wenn man ihre Segnungen auch nur in politischer Beziehung auffaßt, als Leuchte der Wahrheit, als Dolmetsch der Wünsche und Bedürfnisse der Staatsangehörigen, als Vermittler zwischen Staat und Volk, als Schutzwehr gegen Gewaltmißbräuche der Regierungsorgane und als Träger der Öffentlichkeit des Staatslebens zu wirken berufen ist, ebenso unheilvoll vermag deren Mißbrauch die Grundfesten aller rechtlichen und sittlichen Ordnung zu untergraben, das Vertrauen und die Liebe der Völker zu ihrem Monarchen zu zerstören, Verrat, Frevel und Verbrechen jeder Art ins Leben zu rufen und durch die Giftpfeile der Verleumdung, sowie durch den Pesthauch der Gesinnungsentsittlichung Verderben über Tausende, Zerstörung allen Lebens und Familienglückes herbeizuführen. –
> Eure Majestät wird es dem treugehorsamsten Ministerrate erlassen, den Schleier zu ziehen vor jenen erschütternden Katastrophen der jüngsten Vergangenheit, welche eben soviele als traurige Belege für die zuletzt gedachte Wahrheit darbieten und eben dadurch Allerhöchst Dero verantwortlichen Räte mit ernsterer Warnungsstimme die unabweisliche Pflichtaufgabe vorzeichnen, der Wiederkehr ähnlicher Entweihungen des wichtigsten Palladiums konstitutioneller Freiheit mit unerschrockenem Mute und kräftigem Arme zu begegnen.[43]

In zwei Gesetzen gegen den „Mißbrauch der Presse" und zu einem Verfahren in „Preßübertretungsfällen", die am 13. bzw. 14. März 1849 in Kraft treten, sind Bestimmungen über die Wiedereinführung der Kautionspflicht bei periodischen politischen Druckwerken enthalten. In Orten mit mehr als 60.000 Einwohnern beträgt die zu hinterlegende Kaution je nach Erscheinungsfrequenz des betreffenden Blattes zwischen 3.000 und 10.000 Gulden, in kleineren Orten jeweils die Hälfte. Bei Übertretungen verfällt die Kaution zur Gänze oder zum Teil. In den Gesetzen ist auch ein Verbot der Kolportage enthalten, die Möglichkeit zur Suspension einer Zeitung auf drei Monate, die Ablieferung von Pflichtexemplaren an die zuständigen Behörden bei Beginn der Ausgabe, sowie die Verantwortlichkeit namhaft gemachter Personen im Fall von Übertretungen.[44] Dahingehend muß neben dem Namen des Druckers auch jener des Herausgebers oder Verlegers genannt sein; zunächst haftet der Verfasser für einen Artikel – kann man diesem nicht habhaft werden, so haften in weiterer Folge der Herausgeber, der Verleger, der Drucker und schließlich der für die

Verbreitung Zuständige. Weiters ist in den Gesetzen auch ein Beschlagnahmerecht enthalten; nicht enthalten ist die Bindung der Zeitungsherausgabe an eine Konzession, diese wird aber noch folgen.

Anzumerken bleibt, daß durch den andauernden Belagerungszustand die Pressegesetze in ihrer Wirkung eingeschränkt bleiben, da sich die Militärbehörden nicht daran halten. Ungeachtet dessen zeigt die neue Gesetzesmaterie einen Kurswechsel an. Die angewachsenen Zeitungsauflagen und die personelle Ausdifferenzierung der Zeitungsunternehmen, die die verschiedenen Funktionen des verantwortlichen Redakteurs, des Herausgebers, des Druckers und des Vertreibers entstehen haben lassen, bringt eine neue pressepolitische Strategie zum Vorschein. Neben die Strafdrohung gegen die verantwortliche Person – früher zumeist der Drucker – tritt die wirtschaftliche Bedrohung des Unternehmens Zeitung.

Bruck, Warrens und der Österreichische Lloyd

Von Revolution und schleichender Restauration bleibt auch die österreichische Telegrafie nicht verschont. Zur Wahrung und Absicherung der Nachrichtenhoheit werden Telegrafenstationen in der Regel nur in der Nähe von Behörden eingerichtet und mit ehemaligem Militärpersonal besetzt.[45] Neben der Instrumentalisierung für die Sicherheitsinteressen des Staates, die sich in der bevorzugten Übermittlung amtlicher Depeschen niederschlägt, wird die Telegrafie nach und nach aber auch für den Transfer von Wirtschaftsnachrichten genutzt. Es ist eine ähnliche Entwicklung wie in Preußen zu beobachten, wo seit 1848 unter der Leitung des Artillerieoffiziers und Telegrafenfabrikanten Werner Siemens ein elektrisches Telegrafennetz entsteht, das nach dem Scheitern der Revolution zentralisiert, bald aber – entgegen dem Willen der Militärs – für eine Nutzung durch Private freigegeben wird.[46] Entscheidend für die Öffnung ist der Umstand, daß die neoabsolutistischen Regierungen zwar eine politische Liberalisierung weitgehend unterbinden, an einer kontrollierten wirtschaftlichen Liberalisierung, die dem Staat dringend benötigte Steuereinnahmen sichert, jedoch durchaus interessiert sind.[47] Für die wirtschaftlich motivierte Liberalisierung in Österreich steht ein Mann namens Karl Ludwig Bruck, dessen besondere Rolle im nachrevolutionären Kabinett sich aus seinem wirtschaftsliberal geprägten Werdegang erklärt.

Der gebürtige Rheinländer Bruck hat Anfang der 30er Jahre einen Zusammenschluß der sieben Triestiner Versicherungsgesellschaften zum *Triester Lloyd* nach dem Vorbild des *Londoner Lloyd* erreicht. Der *Triester Lloyd* – bald *Österreichischer Lloyd* – fungiert als zentrale Stelle, wo die für Triest wichtigen Schiffer- und Handelsnachrichten gesammelt werden, um sie möglichst rasch zur Kenntnis der Triestiner Kaufleute, Reeder und Versicherungsgesellschaften zu bringen. Die Aufgabe des *Lloyd* liegt neben dem Betrieb einer Schifffahrtsgesellschaft darin, genaue Nachrichten über den maritimen Handel und Verkehr zu sammeln oder durch Korrespondenten zu beschaffen; über Schiffsbewegungen im Triester Hafen wird Evidenz geführt, um ein Bild von Einfuhr und Ausfuhr zeichnen zu können; spezielle Zeitungen und Bücher sollen zudem den Gesichtskreis der Händler und Kaufleute erweitern helfen.[48] Aus den bescheidenen Bleistiftnotizen, die ursprünglich in einem Zimmer eines Triestiner Kaufhauses als kaufmännische Bulletins fabriziert worden sind, erwächst im Lauf der Jahre ein moderner Wirtschaftsnachrichtendienst sowie das von Bruck gegründete *Journal des österreichischen Lloyds für Handels- und Seeberichte,*[49] das in italienischer und deutscher Sprache erscheint und zu italienischen wie deutschen Fabrikanten und Kaufleuten geistige Brücken schlagen, aber auch im Orient gelesen werden soll.

Im Revolutionssommer 1848 übersiedelt das *Journal des österreichischen Lloyd* nach Wien, wo es sich in ein politisches Tagblatt verwandelt. Es erscheint in vergrößertem Format und wird bald nicht mehr von der Lloydgesellschaft, sondern von einem Kreis vermögender „Patrioten", vornehmlich aristokratischer Herkunft, finanziert. Der aus Hamburg stammende Journalist Eduard Warrens, der wie Bruck für einen wirtschaftlichen Zusammenschluß der deutschen Staaten und Österreichs eintritt, übersiedelt mit. Warrens übernimmt mehr und mehr die Leitung des Blattes und gerät in den engeren politischen Zirkel von Ministerpräsident Schwarzenberg, der das *Journal des österreichischen Lloyd* bald als verdecktes Regierungsorgan benutzt. Warrens verfaßt, wie seinerzeit Gentz, auftragsgemäß bestimmte Zeitungsartikel oder Broschüren, um das Regierungsprogramm in der Öffentlichkeit zu verteidigen. Im Dezember 1848 erfolgt eine Titeländerung, das Blatt heißt jetzt schlicht *Der Lloyd.*[50]

Karl Ludwig Bruck verläßt ebenfalls Triest und geht – in die Regierung Schwarzenberg berufen – als Handelsminister nach Wien. Da er die Rolle des Staates darin sieht, infrastrukturelle Voraussetzungen für wirtschaftliche Prosperität zu schaffen, forciert er den Eisenbahnbau und den Ausbau des Telegrafennetzes. Nur Tage nachdem die von Justizminister Bach und Innenminister Stadion ausgearbeitete zentralistische Märzverfassung verkündet wird, die die auseinanderstrebenden Teile des Reiches wieder zusammenführen soll, nimmt ein reichsweites, zentralistisches Telegrafennetz im Kern Kontur an. Ab dem 24. März 1849 residiert im Amtsgebäude des Handelsministeriums, dem Palais Modena in der Wiener Herrengasse, ein „k. k. Telegraphenzentralbureau"; hierher führen Leitungen vom Außen-, Innen- und Kriegsministerium, aus dem Schloß Schönbrunn, der Heimstatt des Kaisers, sowie der Linien nach Brünn, Prag, Preßburg und jener über Graz und Laibach nach Triest. Dem Ansuchen Triestiner Börsianer vom Sommer 1848, die Telegrafie für die Übermittlung von Börsennachrichten zu verwenden, wird entsprochen. Am 27. März 1849 ergeht die Bewilligung, die täglichen Kurse der Wiener Börse über die elektrischen Telegrafenlinien nach Triest, Laibach, Graz, Brünn und Prag zu telegrafieren.[51] Die Börsentelegrafie ermöglicht Fabrikanten und Kaufleuten die Kenntnis von Angebot und Nachfrage an verschiedenen Rohstoff- und Warenmärkten und beschleunigt und forciert so Produktion und Absatz von Gütern. Die Börsenbewegungen sind die eigentlichen Treibriemen des Nachrichtenverkehrs, denn die beginnende Industrialisierung wird weitgehend über die Börse finanziert, die allerdings noch in alter Tradition steht. Hinter der von Maria Theresia als staatliches Institut gegründeten Wiener Börse steht die Idee der „Förderung des öffentlichen Kredits" und die der Beseitigung des „so schädlichen Geldmonopols und Geldwuchers".[52] Im Gegensatz zu den florierenden Warenbörsen in wirtschaftsliberalen Ländern wie Holland oder England, die nach den Prinzipien Angebot und Nachfrage funktionieren, ist die merkantilistisch inspirierte Wiener Börse lange Zeit bloß ein Umschlagplatz von Staatspapieren zur Einbringung von Geldern für das Staatssäckel. In ähnlicher Inspiration steht die Telegrafie, deren Ausbau nun beschlossen wird.

Am 22. Juni 1849 wird auf der Grundlage einer kaiserlichen Entschließung die Errichtung eines das gesamte Gebiet der Monarchie überziehenden und sämtliche Provinzstädte mit der Residenz verbindenden, elektrischen Telegrafennetzes angeordnet.[53] Der Kostenaufwand für das riesige Netzwerk ist allerdings beträchtlich; im Falle von Freileitungen wird er auf 953.968 Gulden geschätzt, für den Fall unterirdischer Verlegung auf 1,535.100 Gulden – enorme Summen, die erst aufgebracht werden müssen. Man besinnt sich angesichts dessen wieder der ursprünglich ignorierten privaten Nutzer. Als Leiter eines eigens geschaffenen Telegrafendepartements im Handelsministerium fungiert der Physiker Julius Wilhelm Gintl, der zwar Mitteilungen über Familien- und andere wichtige Angelegenheiten zuzulassen gedenkt – Angelegenheiten der bloßen Neugierde, Mißbräuche und staatsgefährliche Umtriebe seien natürlich auszuschließen –, doch soll die Worttaxe möglichst hoch veranschlagt werden, um dem Staat Einnahmen zu verschaffen und um dem Austausch unwichtiger Banalitäten vorzubeugen. Obwohl sich der

Finanz- und der Heeresminister im Ministerrat vom 19. September 1849 gegen die Zulassung Privater aussprechen, wird sie beschlossen. Die Aussicht auf beträchtliche Einnahmen überzeugt letztlich auch den Kaiser, der am 9. Oktober 1849 der Empfehlung des Ministerrats folgt und die Zulassung der Privatkorrespondenz vorerst versuchsweise genehmigt.[54] Am 10. Oktober 1849 ergeht eine Verlautbarung an die Öffentlichkeit, wonach der Staatstelegraf künftig auch „zur Beförderung von Privat-Correspondenzen" genutzt werden kann, wenn auch mit gewissen Einschränkungen. In der *Wiener Zeitung* vom 11. Oktober heißt es:

> In Folge eines von Sr. Majestät mit allerhöchster Entschließung vom 9. October genehmigten Antrages des Handelsministers wird der Staats-Telegraph in Kurzem auch in Oesterreich zur Beförderung von Privat-Correspondenzen benützt werden. Da jedoch in Oesterreich der Staats-Telegraph auch für die Zwecke des Eisenbahnbetriebes zu dienen hat, für die Staats-Correspondenz aber bei den durchgreifenden und umfassenden Reformen aller Zweige der Staatsverwaltung, so wie bei der großen Ausdehnung des Reiches der Telegraph mehr, als es in andern Ländern der Fall sein möchte, in Anspruch genommen werden muß, und man daher bei uneingeschränkter und definitiver Eröffnung des Staats-Telegraphen für das Publikum leicht in den Fall kommen könnte, dessen Anforderungen nicht genügen zu können, so wird die Benützung des Telegraphen für die Privat-Correspondenz vor der Hand als ein Provisorium, als ein Versuch zu gelten haben, dem in der Folge und nach Maßgabe der gemachten Erfahrungen immerhin eine weitere Ausdehnung und festere Gestaltung gegeben werden kann.
>
> Bei den bezüglichen in Oesterreich demnächst ins Leben tretenden Einrichtungen ist dasjenige beachtet worden, was sich auf dem Gebiete der telegraphischen Privat-Correspondenz in anderen Ländern, namentlich in England, bereits erprobt hat. Wir fassen in Nachstehendem die Bestimmungen zusammen, welche diesfalls bei uns zur Geltung gelangen.
>
> Die Beförderung der telegraphischen Depeschen findet nicht nur zwischen den in dem nachfolgenden Tarife verzeichneten Orten, sondern auch mit theilweiser Benützung des Telegraphen nach anderen Orten statt.
>
> In dem zweiten Falle werden die Depeschen von der letzten Telegraphen-Station bis zu ihrem Bestimmungsorte entweder durch die gewöhnliche Post oder durch Staffeten oder durch eigene Boten befördert, und es hat der Absender die von ihm gewünschte Art der Weiterbeförderung auf der Depesche ausdrücklich anzugeben.

> Die Benützung des Telegraphen von Seite des Publikums kann nur in so weit statt finden, als die Beförderung der Staatsdepeschen, welchen das Vorrecht der früheren Expedition vorbehalten wird, und die vertragsmäßige Benützung des Telegraphen zu Eisenbahn-Betriebszwecken dies zulässig machen.
> Die Abtelegraphirung der Privatdepeschen geschieht in der Reihenfolge, in welcher sie zur Aufgabe gelangen.
> Die Staatsverwaltung übernimmt bezüglich der Beförderung der telegraphischen Correspondenzen keine wie immer geartete Haftung, und somit auch nicht die Verpflichtung ihrer Expedition in einem gewissen Zeitraume. Sie sichert jedoch in dem Falle, als die Abtelegraphirung nicht innerhalb 24 Stunden nach der Aufgabe erfolgen konnte, die Rückerstattung der erlegten Taxen zu.
> In der Regel hat weder hinsichtlich der Form und des Inhaltes der Depeschen, noch in Betreff der Zahl der zur Beförderung in Einem Tage bestimmten Correspondenzen und der Zeit der Aufgabe eine Beschränkung einzutreten. Doch werden beunruhigende falsche Nachrichten und überhaupt alle gemeingefährlichen oder gar Gesetzesübertretungen enthaltende oder zu denselben auffordernde Depeschen zur Telegraphirung nicht zugelassen.[55]

Für Depeschen mit nicht mehr als 25 Worten von Wien nach Preßburg ist ein vergleichsweise hoher Tarif von 5 Gulden vorgesehen, nach Olmütz, Oderberg, Graz, Linz oder Salzburg 6 Gulden, nach Laibach oder Prag 7 Gulden, nach Triest 8 Gulden – zuzüglich jeweils einer Zustellgebühr von 20 Kreuzern tagsüber und 30 Kreuzern nachts. Die solcherart erschlossene Einnahmequelle trägt zur weiteren Ausdehnung des Netzes bei. Im Zuge der fortschreitenden Bauarbeiten am Telegrafennetz werden Linz und Salzburg, später auch Innsbruck, Olmütz, Krakau, Preßburg, Pest, Agram, Venedig, Verona, Mailand und Bozen mit den Kursberichten der Wiener Börse telegrafisch versorgt.

Die Motivation für die Freigabe der Telegrafie liegt indes nicht nur auf innenpolitischer Ebene, sondern auch im Bemühen um die Errichtung eines gemeinsamen mitteleuropäischen Marktes,[56] konkret um eine Einbindung Österreichs in die Zollunion der deutschen Staaten. Am 26. Oktober 1849 bringt die amtliche *Wiener Zeitung* „Vorschläge zur Anbahnung der österreichisch-deutschen Zoll- und Handelseinigung“. Nach der Skizzierung des Weges, der zu dem „ungeachtet aller Hindernisse und Vorurteile“ anzustrebenden Ziele der „volkswirtschaftlichen Vereinigung Österreichs und Deutschlands“ führe, endet der Artikel:

> Deutschland und Österreich werden unermüdlich wachsen an Wohlfahrt und Kraft. Auf diesem Gebiete liegen die innigsten Berührungs- und Ausgleichspunkte für alle Dissonanzen und Zerwürfnisse, liegt der Angelpunkt für eine neue harmonische Ordnung... Durch das handelspolitische Zusammenfassen Mitteleuropas wird Österreich vermöge seiner zentralen Lage zum Westen und Osten, Süden und Norden und der freien Entwicklung seiner Natur- und Geisteskräfte notwendig der Mittel- und Schwerpunkt des großen Weltverkehres, und die weiteren Folgen davon für die politische Gestaltung sind unschwer zu übersehen. Also man schrecke auf dieser ruhmreichen Bahn kleinlicher Rücksichten halber nicht vor dem entscheidenden Schritte zurück; er muß getan werden, das heischt das Naturgesetz der Entwicklung. Wohlan denn, vorwärts![57]

Verfasser dieses Plädoyers ist Karl Ludwig von Bruck. Während der neoabsolutistische Ministerpräsident Schwarzenberg auf eine traditionalistische Vorherrschaft Österreichs im Deutschen Bund zielt, will Bruck die geopolitischen Interessenskonflikte, die insbesondere zwischen Preußen und Österreich immer wieder aufflammen, auf wirtschaftspolitischer Basis lösen. Dazu dient ihm unter anderem die Telegrafie. Mit dem „Wolff'schen Telegraphenbureau“ in Berlin, das nach Freigabe der preußischen Telegrafie für den privaten Verkehr am 1. Oktober 1849 einen telegrafischen Nachrichtendienst aufgenommen hat, wird ein Abkommen über die Lieferung ausländischer Börsennotierungen getroffen. Am 25. Juli 1850 wird nach Verhandlungen zwischen den Staaten Bayern, Preußen, Sachsen und Österreich in Dresden der „Deutsch-Österreichische Telegraphenverein“ gegründet, worin der Nachrichtenverkehr zwischen den Hauptstädten ohne Rücksicht auf politische Grenzen und die einheitliche Verwendung des amerikanischen Morseapparats beschlossen wird.[58] Die Benützung der Telegrafie steht nunmehr jedermann offen, die Gebührenregelung erfolgt nach einheitlichen Grundsätzen zonal. Die am länderübergreifenden Telegrafiemarkt eingenommenen Gelder werden unter den Mitgliedsstaaten im Verhältnis zu den jeweils betriebenen Linien aufgeteilt. Selbst wenn in „einem so zusammengesetzten Staatskörper wie Oestreich“, wie der Zeitgenosse und Leipziger Kameralistikprofessor Karl Knies meint, „auf alle Fälle die Staatscorrespondenz eine sehr beträchtliche bleiben“[59] wird, so wird die in Österreich vorherrschende Idee der absolutistischen Staatstelegrafie zumindest entschärft. Die von oben eingeleitete Verkehrsrevolution macht sich allerdings nur am Wirtschaftssektor bemerkbar; auf politischer Ebene ist von einer solchen Liberalisierung nichts zu bemerken.

Bach, Tuvora und die Österreichische Correspondenz

Justizminister Alexander Bach ist seit dem Frühjahr 1849 auch Innenminister und somit für Presseangelegenheiten zuständig. Bach, der vor der Revolution im Vereinslokal seines „Juridisch-politischen Lesevereins" die „wichtigsten und interessantesten Journale und Zeitschriften des In- und Auslandes"[60] aufgelegt hat, ist auch jetzt noch der Ansicht, daß das Lesen der Tagespresse im Rang eines „nothwendigen Lebensbedürfnisses" stehe, das sich nicht grundsätzlich unterdrücken lasse. Allein der Zweck, den er dem Lesen zuschreibt, hat sich geändert; es geht ihm nun nicht mehr um den Umsturz, sondern darum, das Zeitunglesen „im Interesse der erhaltenden Prinzipien, welche die Grundlage der Monarchie bilden" zu fördern und dafür zu sorgen, daß jenen Prinzipien „unermüdlich und fortlaufend getreuer Ausdruck und stets wachsende Verbreitung in allen Volksschichten gesichert werde".[61] Das Sprachrohr der Regierung, die *Wiener Zeitung*, kann die in sie gesetzten Erwartungen aufgrund ihres fest umrissenen Leserkreises jedoch nur ungenügend erfüllen. Bach will deshalb vordergründig unabhängige Zeitungen mit größerer Reichweite ins Leben rufen, die in „korrekter Richtung" schnell und verläßlich berichten und „Unrichtigkeiten, Unwahrheiten oder Entstellungen durch authentische Berichtigungen entgegentreten" sollen.[62] Er will regierungsfreundlichen Organen ermöglichen, künftig auch gegen oppositionelle Blätter zu bestehen, „auch in Bezug auf Form, Inhalt und Reichhaltigkeit des Gebotenen."[63] Ein zu gründendes *Volksblatt* soll neu erlassene Gesetze und Verfügungen zum Abdruck frühzeitig erhalten und von der Kautionspflicht befreit werden.

Bach denkt auch an die Gründung einer Korrespondenz „zur schnellen Widerlegung von Zeitungslügen und Verbreitung von Nachrichten, deren Bekanntmachung man wünscht."[64] Die Initiative für die Einrichtung einer derartigen Zeitungskorrespondenz scheint von Joseph Tuvora auszugehen, der mit seinem Rückzug aus der demokratischen Presse schließlich sein einträgliches Einkommen verloren hat. Im August 1849 teilt er dem Minister brieflich mit, daß er die bereits unterbreitete „Idee einer lithographierten Korrespondenz nächstens vorzulegen die Ehre haben"[65] werde. In einem weiteren Brief im September erlaubt er sich, darauf hinzuweisen, „daß der Gebrauch einer so leicht beweglichen und zugleich weitreichenden Waffe, die eine solche Korrespondenz ist, der Regierung von unbedingt größtem Nutzen sein würde."[66] Bach akzeptiert die Vorschläge Tuvoras. Die moderne österreichische Nachrichtenagenturgeschichte beginnt so, wie es die Tradition erwarten läßt: im Hoheitsbereich der Regierung.

Das erstmalige Erscheinen der in der Wiener Innenstadt auf Nr. 144 residierenden Österreichischen Correspondenz fällt auf jenen 10. Oktober 1849, an dem der Handelsminister Bruck die öffentliche Nutzung der Telegrafie in Aussicht stellt. Dies zeigt die Bedeutung, die den telegrafischen Nachrichten für Tuvoras Korrespondenz zukommt, doch steht nicht die Telegrafie im Zentrum der Unternehmensidee, sondern, nach alter Tradition, die offizielle Inspiration der übermittelten Nachrichten. Daß die Österreichische Correspondenz grundsätzlich privat organisiert ist, hat nur insoweit Bedeutung, als deren eigentlicher Zweck nicht allzu deutlich in Erscheinung treten soll. Sie soll die in tschechischer, slowenischer, serbokroatischer und italienischer Sprache[67] erscheinenden Provinzblätter, die in den Regionen ins Leben gerufen wurden, bislang verpachtet waren und nun von der Regierung im Zeichen von Reichseinheit und Reichserhaltung gänzlich in ihr Eigentum übernommen werden, mit inspirierten bzw. kontrollierten Nachrichten versorgen. Als größter Zeitungsverleger des Landes versucht die Regierung über Tuvoras Korrespondenz Politik zu machen – die sozialrevolutionären Rufe, aber auch die nationalen, die in verschiedenen Ländern der Monarchie zu vernehmen sind, einzudämmen.

Tuvora sammelt Nachrichten aus der Lokalpresse, auch Hofnachrichten und gemischte Meldungen, freilich ohne jede politische Brisanz; er bietet zudem Nachrichten aus dem Ausland, wofür er auch Wiener Redakteure zu gewinnen vermag, bei der Durchsicht ausländischer Zeitungen auf seine Korrespondenz Bedacht zu nehmen und ihm interessante Neuigkeiten zukommen zu lassen. An ausländischen Nachrichten kann er vor allem telegrafische Meldungen aus dem „Orient" (womit auch der unter osmanischem Einfluß stehende Balkan gemeint ist) und aus Italien bieten. Tuvora erhält darüber hinaus und vor allem das Nachrichtenmaterial der amtlichen *Wiener Zeitung*, worin die Regierung ihre Standpunkte und Verlautbarungen zu veröffentlichen pflegt. Im guten Willen der Redaktion der *Wiener Zeitung* sieht Tuvora dann auch den zarten Lebensfaden, an dem seine Unternehmung hängt, in der Gunst, ihm die „tags darauf ohnehin zur Publikation bestimmten Akte auszugsweise zukommen zu lassen."[68] Mit dem Chefredakteur der *Wiener Zeitung*, Leopold Schweitzer, steht er „auf ganz gutem Fuße", sodaß man sich auf wechselseitige Dienste einigen kann.

Die Österreichische Correspondenz wird handgeschrieben und lithografisch vervielfältigt an die zumeist offiziösen Abnehmer weitergeleitet. Um eine weite Verbreitung zu gewährleisten, wird ihr Tarif möglichst gering gehalten, was mit marktwirtschaftlichen Überlegungen aber nichts zu tun hat. Direkte Konkurrenzunternehmen gibt es schließlich keine. Der günstige Tarif soll lediglich den politischen Einfluß der Korrespondenz als gegenrevolutionäres Instrument erhöhen. Tuvoras Ehrgeiz wiederum ist es, die Österreichische Correspondenz als ein von der Regierung offiziell anerkanntes Unternehmen zu etablieren; für sich selbst will er abseits eines einträglichen Einkommens den Titel eines „Kaiserlicher Rates". Allerdings entstehen bald Konflikte. Es scheint, daß der ambitionierte politische Kommentator Tuvora in selbst verfaßten Kommentaren seine eigene Meinung in die Korrespondenz in ungebührlichem Ausmaß einfließen läßt, was ihm so manche Rüge von höherer Stelle einbringt. Tuvora sieht sich gezwungen, in gelegentlichen Briefen an den Minister sein Treuebekenntnis zu erneuern. Er unterstreicht seine Bereitschaft, „jeden Wink in betreff der Haltung der österreichischen Korrespondenz genau zu befolgen", will, wie gewünscht, „künftig die Polemik gänzlich hinweglassen", die er, wie er sich zu erklären bemüht, nur deshalb geführt habe, weil er „von dem Gesichtspunkte" ausgegangen sei, „daß wir das Institut als ein unabhängiges hingestellt haben."[69]

Eine unvermeidliche Konsequenz des Dienstes der Österreichischen Correspondenz ist die bald auffällige Gleichartigkeit der Nachrichten in verschiedenen Zeitungen; eine andere Folge ist die, daß sich Tuvora gegen den in den unabhängigen Zeitungen geäußerten Verdacht, er führe eine offiziöse Institution, zur Wehr setzen muß; im Rahmen einer Entgegnung bestreitet er solche Vorwürfe:

> Das Konstitutionelle Blatt aus Böhmen veröffentlichte kürzlich eine Notiz, unser Unternehmen betreffend, die teilweise unrichtig, teilweise nicht zum Besten gemeint ist. Wir haben kein Nachrichtenbureau errichtet, sondern uns ist wesentlich darum zu tun, leitende Ideen in Zirkulation zu setzen. Die zur Gründung unserer Anstalt nötigen Mittel sind durch von der Regierung unabhängige Personen aufgebracht worden; wir leugnen aber nicht, aus freiem Willen zur jetzigen Regierung Österreichs zu stehen, in welcher wir den besten Hort der Freiheit und der gesetzlichen Ordnung erblicken.[70]

Das *Konstitutionelle Blatt aus Böhmen* repliziert auf Tuvoras Replique:

> Die Notiz, auf welche sich die ‚Österreichische Korrespondenz' beruft, ist in einem Briefe unseres Korrespondenten aus Wien (Nr. 256 Morgenblatt) enthalten, und es wird darin gesagt, daß diese neugegründete Korrespondenz den Zweck hat, ausschließlich der Regierung unbedingt zugetane Blätter mit Neuigkeiten zu ver-

sorgen, und daß nur jene Blätter in diese Kategorie gezählt werden, die stets im Sinne der Regierung diskutieren. Wir nehmen umso weniger Anstand, diese Notiz in unser Blatt aufzunehmen, als sie uns durch den Inhalt jener ‚Österreichischen Korrespondenz' zum mindesten höchst wahrscheinlich erschien. Die ‚leitenden Ideen' nämlich, welche dieselbe bisher in Cirkulation gesetzt hat, bestanden zum größten Teile nur in Angriffen auf liberale und selbständige Blätter, so daß sich jedem fast unwillkürlich die Vermutung aufdrängte, die ‚Österreichische Korrespondenz' habe es vorzugsweise darauf abgesehen, jene Blätter in den Augen des Publikums zu diskreditieren. Wir verweisen nur auf die wiederholten Zurechtweisungen und Angriffe, welche dieselbe gegen die ‚Presse', die ‚Deutsche Zeitung aus Böhmen', unser Journal und andere Blätter zu richten für gut befunden hat.[71]

Bachs Hoffnung, mit der, wie es heißt, „regierungsunabhängigen" Korrespondenz einen weiten Kreis von Zeitungen zu erreichen, scheint sich aber trotz aller Kritik der unabhängigen Blätter zu erfüllen. Schon nach dem ersten Monat ihres Erscheinens weist die Österreichische Correspondenz einen beachtlichen, wenngleich recht offiziellen Abnehmerkreis auf, wie aus einem Bericht Tuvoras an den Minister vom November 1849 hervorgeht. Unter anderem werden in Wien alle Minister, der Militärgouverneur von Welden sowie eine Reihe höherer Beamter und, neben *Slowenske noviny,* natürlich auch die *Wiener Zeitung* erreicht; in der Provinz „sämtliche Herrn Landeschefs", die Militärkommandanten und sämtliche Regierungsblätter. Als die Blätter, die die Österreichische Correspondenz „bis jetzt sehr fleißig benutzen", nennt Tuvora die *Pesther*, die *Preßburger*, die deutsche *Brünner*, die *Troppauer*, die *Klagenfurter*, die *Linzer*, die *Prager* und die *Kronstädter Zeitung* sowie den *Siebenbürger Boten*. Tuvoras Berichte an den Minister sind allerdings nicht nur Leistungsschau, sie lassen vielmehr auch die Rolle eines amtlichen Kontrollors durchschimmern; eine Rolle, die er einnimmt, wenn er sich als Gutachter der politischen Ausrichtung verschiedener Zeitungen betätigt. So fährt er im vorliegenden Bericht fort, die *Grazer Zeitung* nehme zwar seine Artikel „größtenteils" auf, doch, so vermutet er, scheine sie insgesamt „eine gewisse Schwenkung gegen den Liberalismus gemacht zu haben". Damit nicht genug, meldet Tuvora dem Minister auch die schwarzen Schafe, die sich seiner Korrespondenz noch entziehen; konsequent ignoriert würde letztere „von den beiden Lemberger Zeitungen, vom Tiroler Boten, der Salzburger und Laibacher Zeitung." Die *Prazske noviny* würde vieles, die *Moravske noviny* „nur dasjenige, was gegen die slawisch-föderalistischen Richtungen nicht verstößt" nehmen. Fleißig benützt würde die Korrespondenz von *Osservatore triestino* und *Gazetta di Venezia*, während sich *Osservatore Dalmato* und die *Gazetta di Milano* bislang noch nicht gemeldet hätten. Bei *Narodne noviny* benutze man seine Sendungen nur sehr spärlich; dagegen lasse sich die *Agramer Zeitung* „die wichtigsten Momente der Correspondenz, teilweise selbst die leitenden Aufsätze, nicht entgehen." Auch ins Ausland hat Tuvora bereits seine Fäden gesponnen: so beliefert er in Deutschland die Augsburger *Allgemeine Zeitung*, die *Constitutionelle Zeitung* in Berlin, den *Correspondent* in Hamburg, die *Schlesische Zeitung* in Breslau, die *Karlsruher Zeitung*, die *Oberpostamtszeitung* in Frankfurt am Main und in Belgrad *Srbske novine*, wie er dem Minister meldet. Überdies versichert er, sein Möglichstes für die weitere Verbreitung im Ausland zu tun; vielleicht, so meint er, werde es noch gelingen, dem *Amsterdamer Handelsblad* und der *Independance Belge* „die Abnahme wünschenswert zu machen."[72]

Tuvoras Anbiederung an die Regierung scheint nicht zuletzt finanzielle Ursachen zu haben. Mit der offiziellen Anerkennung der Österreichischen Correspondenz wäre er jedenfalls der Geldsorgen enthoben, die ihn plagen. Im Rahmen eines Bittgesuchs an den Minister listet er 280 Gulden an fixen Ausgaben auf, um sie den 340 Gulden, die er vom Bachschen Innenministerium monatlich erhält, gegenüberzustellen. Nach Abzug der laufenden Ausgaben blieben also 60 Gulden, ein, wie Tuvora sagt, „unzureichender Betrag", mit dem er kaum das Auslangen finde. Die Subvention sei zu gering, da er zur Informationsbeschaffung auch ausländische Zeitungen beziehen müsse; zusätzlich sei die Österreichische Correspondenz durch eine Verfügung der Regierung belastet, derzufolge sie anfangs rund 30 bis 40, später über 100 Personen oder Institutionen gratis beliefern müsse. Tuvora beklagt überdies, daß sein Unternehmen keinen amtlichen Status habe und es für die Dienste, die es leiste, nur geringe Unterstützung erhalte. Er klagt, die „hohe Regierung" sei bei der Gründung des Unternehmens nicht darauf eingegangen, die Korrespondenz im Ministerium drucken zu lassen und ihm eine amtliche Anstellung zu geben. Dennoch, so offenbart er, ziehe er es selbstverständlich vor, „in Verbindung mit der hohen Regierung zu verbleiben, statt auf den Kreis der ausschließlich erwerbenden und geschäftlichen Zeitungsmacherei angewiesen zu werden." Mit der „geschäftlichen Zeitungsmacherei", die für Nachrichtenagenturen wie die französische „Agence Havas" in Paris oder das „Wolff'sche Telegraphische Bureau" in Berlin Geburtshelferin war, will er nichts zu tun haben.

Zur Rechtfertigung seiner Forderung führt Tuvora wieder einen Leistungsnachweis seiner Korrespondenz an, wonach durch deren

Tätigkeit die Provinzpresse bereits „eine angemessene Richtung" erhalten habe, „während sie sonst in gänzlicher Zersplitterung und Charakterlosigkeit" verfallen wäre. Die Österreichische Correspondenz, so meint er, eigne sich ihrer halbprivaten Form wegen auch weitaus besser dazu, „die Regierung von Zeit zu Zeit redend einzuführen", als die amtliche *Wiener Zeitung*, deren Regierungsnähe allgemein bekannt sei. Ideen oder Mitteilungen der Regierung seien am besten durch seine Korrespondenz verbreitet worden – in bis zu 80.000 Zeitungsexemplaren. Die Nachrichtenverbreitung durch seine Korrespondenz sei zudem „stets mit einem Maximum an Beschleunigung" erfolgt, „gemeinnützige Mitteilungen der verschiedensten Art" unters Volk gebracht worden. Im Ausland würden verlautbarte Gesetzestexte zumeist nach der Fassung seiner Korrespondenz nachgedruckt. Außerdem verweist Tuvora darauf, daß die Zusammenstellung der orientalischen Nachrichten eine „Spezialität" seiner Korrespondenz sei; auf diese Meldungen greift neben ausländischen Zeitungen auch das Wolff'sche Telegraphische Bureau zurück.[73]

Von Tauben und Drähten: die Anfänge moderner Nachrichtenagenturen

Vollkommen anders als in den neoabsolutistischen Monarchien Preußens und Österreichs ist die Situation in Nordamerika. Die weiße nordamerikanische Gesellschaft entsteht als Synthese aus europäischen Geistesströmungen aufklärerischer Provenienz und der englischen politischen Theorie, wobei das Fehlen monarchistischer Traditionen dem Individuum größere Chancen zur Selbstbestimmung und Selbstentfaltung einräumt. Die Verfassung, die „Bill of Rights", aus dem Jahr 1791 steht im Zeichen der Bevölkerungsvielfalt des Einwanderungslandes. Die Eigenart der Bürger soll geschützt und bewahrt werden, die Religionsfreiheit, die Freiheit der Meinungsäußerung, die Pressefreiheit und die Versammlungs- und Petitionsfreiheit sind als Grundrechte festgeschrieben. Ein uneingeschränkter öffentlicher Diskurs bedeutet mehr als bloß Abwesenheit von Zensur – die Freiheitssphäre wird in der Demokratie als Voraussetzung aktiven Bürgertums begriffen.[74] Zur Freiheit des Individuums zählt auch die Wirtschaftsfreiheit. Hinzuzufügen ist, daß die manifestierten Bürgerrechte nicht für die indianische Urbevölkerung und die Schwarzen Nordamerikas gelten.

Auf der Grundlage der freien Meinung und des freien Wirtschaftens entsteht in Nordamerika eine ausgedehnte Presselandschaft. Zahlreiche Zeitungen arbeiten relativ unabhängig von staatlichen

Instanzen, einzig dem Markt und seinen Gesetzen verpflichtet. Hinsichtlich der Nachrichtenbeschaffung muß jedes Blatt ökonomische Rentabilitätsrechnungen anstellen: mehr Nachrichten locken mehr Leser, verursachen aber auch höhere Kosten. Für die Beschaffung auswärtiger Nachrichten greift man auf „pigeons, ponys and boats" zurück, doch können sich nur wenige erfolgreiche Zeitungen eine so extravagante Nachrichtenbeschaffung leisten. Zur Senkung der Kosten schließen sich deshalb einzelne Zeitungen zu Kooperativen zusammen; während des Krieges mit Mexiko in den Jahren 1846 bis 1848 bestreiten drei Blätter gemeinsam einen Pony-Express.

Die Entfaltung des elektrischen Telegrafennetzes in der zweiten Hälfte der 40er Jahre schafft weitere Probleme. Es sind in erster Linie die großen Städte, die durch die Drahtleitungen miteinander verbunden werden, weil Ballungsräume eine raschere Amortisierung der hohen Investitionskosten und größere Profite versprechen. Nur Zeitungen solcher Städte kommen vorerst in den Genuß telegrafischer Meldungen, und selbst von jenen leisten sich nur wenige den teuren Nachrichtenzuträger. Zu dem Zeitpunkt, als die elektrische Telegrafie Einzug hält, ist der Rubikon aber bereits überschritten. Dem Aktualitäts- und Konkurrenzdruck einer freien Presselandschaft unterworfen, ist eine Berichterstattung ohne die telegrafischen Meldungen künftig nicht mehr denkbar. Die hohen Kosten der Telegrafie führen allerdings zu einer Suche nach alternativen Organisationsformen, wie sie ansatzweise schon – etwa beim gemeinsamen Pony-Express – bestehen.[75]

Im Mai 1848 treffen einander die Herausgeber von sechs New Yorker Zeitungen, um über das Problem der telegrafischen Nachrichten zu beraten. Die Schwierigkeiten sind vielschichtig: die einzelnen Zeitungen arrangieren sich unabhängig voneinander mit der örtlichen Telegrafengesellschaft und zahlen jede für sich die volle Gebühr. Als Gegenmaßnahme schließen sich die sechs Zeitungsherausgeber zu einer Genossenschaft zusammen, der die Sammlung von Nachrichten für alle Genossenschafter übertragen wird. Man gründet die „Harbor News Association" (aus der später die „Associated Press" hervorgehen wird), um die Nachrichten von den aus Europa kommenden Schiffen im hoch im Norden gelegenen Halifax zu sammeln, so schnell wie möglich zum nächstgelegenen Telegrafen zu bringen und von dort nach New York zu telegrafieren, um sie dort unter den Genossenschaftern zu verteilen. In einer schriftlichen Vereinbarung vom 11. Jänner 1849 wird festgelegt, daß man zwei Boote betreiben will, um von den einlaufenden Schiffen die Nachrichten aufzunehmen. Die so gewonnenen Nachrichten sind Eigentum aller sechs Zeitungen, werden als Grundstoff begriffen, der gemeinsam und unter Aufteilung der anlaufenden Kosten besorgt wird; sie können an Zeitungen außerhalb New Yorks nur dann verkauft werden, wenn sich eine Mehrheit der Mitglieder dafür ausspricht. Neue Mitglieder können in die Genossenschaft nur einstimmig aufgenommen werden; Mitglieder können ihren Anteil an der Gesellschaft und ihrem Eigentum nur zu gleichen Teilen an die anderen Mitglieder verkaufen, außer bei einstimmiger und schriftlicher Zustimmung aller Mitglieder. Wenn diese Regeln von jemandem nach einmaliger Verwarnung gebrochen werden, kann er von den anderen Mitgliedern ausgeschlossen werden.

Während in Nordamerika die Zeitungsherausgeber durch die hohen Telegrafiekosten in den genossenschaftlichen Zusammenschluß gezwungen werden, fehlt in den meisten europäischen Ländern dieser Zwang. Am europäischen Kontinent ist die staatlich betriebene, elektrische Telegrafie in der ersten Phase für private Nutzung noch nicht zugänglich. Im übrigen gibt es kein dem nordamerikanischen vergleichbares Nachrichtengeschäft am Pressesektor. In den absolutistisch regierten Staaten Preußen und Österreich hat es seit jeher an der nötigen politischen Freiheit gefehlt, die das Entstehen von Presselandschaften in einer entsprechenden Größe gefördert hätte; die rasch aufkeimende Revolutionspresse kann ihre Ausbreitung auf Grund der einsetzenden gegenrevolutionären Maßnahmen nicht halten. Dies zeigt sich deutlich an der Entwicklung in Preußen: Kurz nach der Revolution und der Aufhebung der Zensur ist in Berlin erstmals die *National-Zeitung* erschienen, deren geschäftliche Leitung der aus Paris von der Agence Havas zurückgekehrte Bankierssohn Bernhard Wolff übernimmt. In weiterer Folge immer wieder von tageweisen Verboten betroffen, muß man sich in inhaltlicher Hinsicht mit den offiziellen Vorgaben arrangieren, was einen fortlaufenden Leserschwund zur Folge hat. Um neue Leser zu gewinnen, nimmt man nach Freigabe der preußischen Telegrafie am 1. Oktober 1849 telegrafische Nachrichten in die Berichterstattung auf. Der von Wolff ins Leben gerufene telegrafische Nachrichtendienst versteht sich zunächst als Korrespondenz der *National-Zeitung*, die am 28. November 1849 ankündigt:

> Wie wir stets nach Kräften bemüht waren, das Interesse unserer geehrten Abonnenten in jeder Beziehung wahrzunehmen, so haben wir auch jetzt geglaubt, im Interesse unserer Leser das neue Kommunikationsmittel der Telegraphie nicht unbeachtet lassen zu dürfen. Wir sind durch ausgedehnte Verträge in den Stand gesetzt, einstweilen täglich telegraphische Depeschen aus Paris, London, Amsterdam und Frankfurt geben zu können. Dieselben werden

> nicht nur das kaufmännische Interesse nach allen Richtungen hin berücksichtigen, sondern auch die wichtigsten politischen Tatsachen auf das Schnellste zur Kenntnis des Publikums bringen. Außer von den genannten Städten, aus denen wir tägliche telegraphische Berichte bringen, und die bereits in den nächsten Tagen durch Hamburg und Stettin ihre Erweiterung erhalten werden, gehen uns von jetzt an überhaupt wichtige Mitteilungen, wo dies tunlich, durch den Telegraphen zu.[76]

Vor allem Wirtschaftsnachrichten reüssieren zur begehrten Ware und machen das Büro von Wolff zu einem prosperierenden Umschlagplatz. Wenn schon der politische Liberalismus und damit eine freie Presse in deutschen Landen nicht Fuß fassen können, so zumindest der Wirtschaftsliberalismus. Die Industrialisierung kommt auch dort ins Rollen.[77] Vor diesem Hintergrund beginnt sich das Wolff'sche Telegraphische Bureau von der Zeitung zu emanzipieren, in deren Dienst es ursprünglich gestellt ist, wird ein selbständiges Unternehmen und liefert regelmäßig Pariser und Londoner Börsenkurse sowie Preismeldungen aus Stettin, Frankfurt und Hamburg an Zeitungen, aber auch an verschiedene Interessenten aus Handels- und Bankenkreisen.[78] Mit der Freigabe der Telegrafie in Österreich Anfang des Jahres 1850 entwickelt sich auch ein Austausch telegrafischer Nachrichten mit Wien.

Während Bernhard Wolff sich in Berlin einrichtet, wird am anderen Ende der Telegrafenstrecke Berlin-Aachen Paul Julius Reuter, ebenfalls ein ehemaliger Mitarbeiter von Havas, aktiv. Als Neffe eines Bankiers, der selbst in verschiedenen Banken tätig war, hat Reuter ebenfalls Einblick in die Finanzwelt[79] und wohl auch in die Gewinnträchtigkeit von Wirtschaftsnachrichten. Reuter eröffnet in Aachen ein Nachrichtenbüro mit dem Zweck, deutsche Wirtschaftsdaten via Eisenbahn an Abnehmer in Brüssel und Antwerpen zu liefern.

Anders als Wolff und Reuter, die sich an einer privatwirtschaftlich tätigen Kundschaft orientieren, definiert Joseph Tuvora in Wien die Aufgabe seiner Korrespondenz über das Regierungsinteresse. Die Gründe dafür liegen nicht ausschließlich in seiner Person. Im überwiegend noch agrarisch geprägten Habsburgerimperium, in dem sich die Industrialisierung verspätet vollzieht und das nur geringfügig am internationalen Handel beteiligt ist,[80] haben Wirtschaftsnachrichten eine vergleichsweise geringe Bedeutung. Diese widrigen Bedingungen stehen der Gründung einer kommerziell orientierten Agentur entgegen. Tuvora muß sich – will er mit seinem Unternehmen reüssieren – an den Staat als den größten Zeitungsherausgeber des Landes halten. Und er tut dies mit aller Konsequenz. Nach Freigabe der österreichischen Telegrafie macht er Innenminister Bach den Vorschlag, nur die konservative Presse solle den Telegrafen künftig unbehindert benutzen dürfen, die oppositionelle hingegen durch unerschwingliche Kosten ausgeschlossen werden.[81] Den von ihm belieferten, regierungstreuen Blättern soll auf telegrafischem Weg ein Aktualitätsvorsprung und damit auch ein Vorsprung in der Lesergunst verschafft werden. Hinter diesem Vorschlag steht wohl auch der Versuch, die Position seiner Österreichischen Correspondenz zu stärken und sich ein Monopol zu schaffen.

Ganz so restriktiv lassen sich Tuvoras Ambitionen aber nicht durchsetzen, schließlich haben sich die Vertragsunterzeichner des „Deutsch-Österreichischen Telegraphenvereins“ Bayern, Sachsen, Preußen und eben auch Österreich verpflichtet: „Dem öffentlichen wie dem Privatverkehr ihrer Staaten die Vorteile eines nach gleichmäßigen Grundsätzen geregelten Telegraphensystems zuzuführen.“[82] Einer gewissen Rückversicherung im Sinne Tuvoras entschlägt man sich von Regierungsseite allerdings nicht. Die 1850 erlassenen Telegrafenbestimmungen sind geeignet, die proklamierte Telegrafenfreiheit ad absurdum zu führen; so heißt es: „Die Staatsverwaltung behält sich vor, den Telegraphen für die Beförderung von Privatkorrespondenzen, wenn es die Umstände erheischen, ganz zu sperren.“[83]

Unterdessen setzt sich mit fortschreitender Industrialisierung der Wirtschaftsliberalismus auch in Frankreich durch. Frédéric Bastiat veröffentlicht das Buch „Harmonies économiques“, worin er für einen völlig unbehinderten wirtschaftlichen Wettbewerb eintritt. Er begreift die natürliche Ordnung des freien Marktes als Offenbarung unparteiischer göttlicher Vorsehung, ist bedingungsloser Freihändler und verbreitet die Lehren des Manchester-Liberalen Cobden in Frankreich.

In Anbetracht dessen wird die Staatsnähe der Telegrafie zunehmend in Frage gestellt, und zwar um so energischer als die elektrische Telegrafie ein Vielfaches der Kapazität ihrer optischen Vorläuferin aufweist und damit ein wichtiger staatlicher Vorbehalt für die staatliche Hoheit fällt. Ein Abgeordneter meint, der elektrische Telegraf sei nur zu einem Zehntel ausgelastet und man könne die restlichen neun Zehntel doch für Gewerbe- und Handelszwecke sowie den privaten Verkehr nutzen. Diese Öffnung hätte den Vorteil, daß den hohen Investitionen auch Einnahmen gegenüberstünden. Das Finanzargument scheint auch in Paris zwingend, die französische Regierung legt am 1. März 1850 einen Gesetzesentwurf vor, der die private Nutzung der Telegrafie vorsieht. Um aber dem staatlichen Kommunikationsbedürfnis auch weiterhin Vorrang einzuräumen, wird eine bevorzugte Beförderung von Regierungsdepeschen beschlossen. Zur Absicherung gegenüber politischem Aufruhr wird verboten, Privattelegramme zu verschlüsseln; auch müssen solche namentlich gekennzeichnet sein. Trotzdem ist die Frequentierung des Telegrafen hoch, rund die Hälfte des Aufkommens sind Börsenmitteilungen. Dahinter steht der umfangreiche Eisenbahnbau, der über die Börsen finanziert wird und eine beträchtliche Zunahme der Börsenaktivitäten mit sich bringt.[84] Mit den Eisenbahnlinien wachsen auch die Telegrafenlinien und vom anwachsenden Börsengeschäft profitieren die Nachrichtenhändler.

Die Öffnung des französischen Telegrafen hat positive Auswirkungen auf die Agence Havas, indirekt aber auch auf das Reutersche Nachrichtenunternehmen in Aachen. Als am 16. Juli 1850 die Telegrafenlinie Paris-Brüssel eröffnet wird, erschließt sich Reuter in der Überbrückung der telegrafielosen Strecke Brüssel-Aachen ein neues Feld. Er setzt Brieftauben ein, die den Weg in einer Stunde bewältigen und damit einen Vorsprung von 6 bis 8 Stunden gegenüber dem Postzug erzielen. Von Aachen aus werden die Depeschen aus Westeuropa sodann nach Berlin telegrafiert, von wo sie an die wichtigsten Handelshäuser und Zeitungen Deutschlands gehen. Reuter kann in Berliner, Wiener aber auch in St. Petersburger Börsenleuten treue Kunden gewinnen, doch floriert sein Überbrückungsgeschäft nur so lange, bis die Lücken in den Telegrafenlinien geschlossen werden. Die von Wolff benutzte Berliner Telegrafenlinie und die von Havas benutzte französische kommen einander immer näher. Der deutsche Techniker Werner Siemens, der an Reuters Unglück nicht unschuldig ist, da er Telegrafenlinien baut, lernt den „Unternehmer der Taubenpost" in diesen Tagen kennen, und gibt ihm den Rat, nach London zu gehen und dort ein telegrafisches Depeschenvermittlungsbüro nach dem Vorbild Wolffs zu gründen. Als sich das deutsche und das französische Telegrafennetz endgültig zusammenfügen, befolgt Reuter den Rat von Siemens, verkauft das Aachener Büro und übersiedelt auf die Britischen Inseln. Er wendet Deutschland, wo er sich ohnedies durch die restriktiven Zensurbestimmungen eingeengt fühlt, den Rücken zu und versucht sein Glück in der Metropole des britischen Weltreiches, die als Sitz einer entwickelten, freien Presse, vor allem aber als Wirtschaftszentrum gute Aussichten verspricht. Die Britischen Inseln sind schließlich die Wiege der Privatwirtschaft. Der britische Nationalökonom John Stuart Mill hat in seinen „Grundsätzen der politischen Ökonomie" einen radikalen Liberalismus formuliert; das „Laisser faire" soll die Regel des Wirtschaftens sein, die Einmischung des Staates gilt grundsätzlich als Übel.[85]

Julius Reuter gründet in London „Mr. Reuter's Cabled Messages" zu dem Zeitpunkt, als britisches Investitionskapital auch auf den Kontinent drängt und man sich mit der Verlegung des unterseeischen Telegrafenkabels zwischen Dover und Calais beschäftigt. Nach einem ersten, erfolglosen Versuch im Jahr 1850, bei dem das Kabel gerissen ist, wird am 25. September 1851 mit einem verstärkten Kabel ein zweiter Anlauf genommen. Der zweite Versuch glückt, die Britischen Inseln werden durch die „Electric and International Telegraph Company" von der St.-Margareten-Bucht bei Dover aus mit Sangatte bei Calais in Frankreich verbunden. Die geglückte Verlegung löst an beiden Enden der Leitung Begeisterung aus, zumindest unter den Händlern. Die britische Wirtschaftszeitung *The Economist* schreibt am 15. November 1851, daß man nun in der Pariser Börse über die britischen Aktien ebensoviel wisse wie in der Londoner.[86]

Die geglückte Verkabelung des Meeresbodens verspricht auch dem jungen Reuter Aussicht auf gute Geschäfte. Über sein Londoner Büro sammelt er nun neben den Börsenberichten von London und Paris, die er zweimal täglich ausgibt, wie schon seinerzeit in Aachen auch die Wertpapier- und Börsennotierungen von Brüssel, Amsterdam und Wien, um sie zu vertreiben. Außerdem sichert er sich im Rahmen einer Vereinbarung mit dem *Österreichischen Lloyd* im Jahr 1852 das Recht, die Nachrichten der Triestiner Gesellschaft und die Marktberichte, die ihre Schiffe aus dem Osten mitbringen, in Umlauf zu setzen. Seine Klientel setzt sich vorwiegend aus Banken und Handelsunternehmen zusammen; er beliefert zwar auch eine Reihe von Zeitungen, doch die bedeutende Londoner Presse als Klientel zu gewinnen gelingt ihm erst später. Auf Drängen seines Kompagnons Sigismund Engländer, der 1848 in Wien zum Tode verurteilt worden ist und nach wie vor gute Kontakte zu verschiedenen progressiven Kreisen in Europa pflegt, übernimmt er auch politische Meldungen in sein Angebot.[87]

Die Voraussetzungen für das Entstehen moderner Nachrichtenagenturen liegen zweifellos im Liberalismus begründet, der auf wirtschaftlicher wie auf politischer Ebene einen wachsenden Nachrichtenbedarf erzeugt. Presse- wie Wirtschaftsfreiheit sichert den privaten Unternehmern (auch Zeitungsunternehmern) eine entsprechend finanzkräftige Abnehmerschaft. Die technologische Grundlage des sich ausbreitenden Nachrichtenverkehrs, die elektrische Telegrafie, fügt sich diesem liberalen Paradigma; sie wird zu einem Treibriemen der Wirtschaftsentwicklung und als solcher liefert sie auch Impulse für das Entstehen moderner Nachrichtenagenturen nach dem Muster des Büros von Charles-Louis Havas, das einen beachtlichen Aufschwung nimmt. Mit dem Anwachsen des französischen Telegrafennetzes wächst auch das Korrespondentennetz der Agence Havas; zur Sammlung aktueller Nachrichten unterhält sie in allen europäischen Hauptstädten Korrespondenten mit festem Wohnsitz, auch in Wien ist sie aktiv.

Im Gegensatz zu Tuvora, der sein persönliches Fortkommen auf die nachrichtenpolitischen Bedürfnisse des neoabsolutistischen Staates abstellt und sich als Kontrollor des politisch relevanten Nachrichtenumschlags versteht, behandeln Havas, Reuter und Wolff Nachrichten als Ware, die sie über das wachsende Telegrafennetz transferieren. Wie die Eisenbahn das Verkehrswesen revolutioniert, revolutioniert die Telegrafie den Nachrichtenverkehr. Sie hebt in ihrer Geschwindigkeit räumliche und zeitliche Grenzen auf, vernetzt immer größere Territorien, ja sie leitet letztlich eine Globalisierung ein, die den frühzeitig am Markt präsenten Agenturen – der „Associated Press" (AP) in Nordamerika, der Agence Havas in Paris, dem Wolff'schen Telegraphischen Bureau in Berlin und schließlich Reuters Cabled Messages in London – die Chance eröffnet, zu weltweit operierenden Unternehmen aufzusteigen. Als weltmarktorientierte Agenturen erheben sie den Anspruch, Nachrichten vom größtmöglichen Einzugsgebiet in geringstmöglicher Zeit zu bieten. Ihr Geschäft liegt dem Wesen nach nicht mehr nur in den Inhalten, die sie bieten, sondern immer mehr in der Geschwindigkeit, mit der sie diese Inhalte offerieren können. Die Maxime von Paul Julius Reuter, sich technologischer Innovationen zu bedienen – „Stay in the forefront of technology!" –, wird zum geschäftlichen Grundprinzip.

Während die Telegrafie für die in Privatbesitz befindlichen Agenturen in New York, London, Berlin und Paris einen gehörigen Aufschwung in ihrem Bestreben bringt, verschiedenste Nachrichten so schnell wie möglich aus allen Ecken ihres Einzugsgebietes heranzuholen, um sie ihren Kunden, ob Wirtschaftsunternehmen oder Zeitungen, zum Kauf anzubieten, dient sie der offiziösen Österreichischen Correspondenz in Wien zur Ausgabe bestimmter, von Regierungsseite kontrollierter Meldungen. Die Übertragungsgeschwindigkeit spielt hierorts keine zentrale Rolle, ganz im Gegenteil, man nimmt durch die Einschaltung des amtlichen Apparats Verspätung in Kauf; auch Gewinnmaximierung, wie sie von den kommerziellen Agenturen verfolgt wird, steht in Wien nicht im Mittelpunkt, ja man akzeptiert wohl oder übel die anlaufenden Defizite als Preis für den erhofften politischen Nutzen. Die Inspiration liegt weniger darin, sich offensiv einen prosperierenden Nachrichtenmarkt zu erschließen, als darin, in umsichtiger Defensive den landeseigenen Empfängermarkt zu kontrollieren, wie die weitere politische Entwicklung nur allzu deutlich macht.

Das Habsburgerreich sieht sich innenpolitisch, durch die sozialen und nationalen Spannungen, aber auch auf außenpolitischer Ebene in seinem Bestand bedroht. Eine Konsequenz der Revolution ist die Zertrümmerung des Deutschen Bundes, in dem Österreich eine dominierende Stellung eingenommen hat. Die im Gefolge der Revolution Gestalt annehmende mitteleuropäische Ordnung zeigt sich nationalstaatlich inspiriert. Für die an ein Kolonialreich gemahnende Donaumonarchie und ihre verschiedensprachigen Einwohner scheint in der bestehenden Form kein Platz mehr. Im politischen Diskurs zeichnet sich eine kleindeutsche Lösung ab, die eine Einigung Deutschlands unter einem Hohenzollernfürsten und unter Ausschluß Österreichs vorsieht, sowie eine großdeutsche unter Einbeziehung Österreichs, das auch die Führung übernähme, allerdings nur mit seinen deutschsprachigen Gebieten in das künftige Reich eintreten solle. Die nichtdeutschen Gebiete würden dem Kaiser lediglich in Personalunion verbleiben, was eine weitere Auflockerung des ohnehin schon bröckelnden Staatsgebildes bedeuten würde. Während der preußische Kanzler Otto von Bismarck die kleindeutsche Lösung forciert, um Preußen zur dominierenden Macht in deutschen Landen zu machen, träumt der österreichische Ministerpräsident Schwarzenberg von einem großösterreichischen Millionenreich unter habsburgischer Führung. Angesichts des schwelenden Konflikts um die Vorherrschaft im Deutschen Bund sieht man am Wiener Hof zusehends auch wieder Handlungsbedarf in Pressefragen. Carl Friedrich Kübeck schreibt an Schwarzenberg, es wäre gut, „wenn wir einige Zeitungen in Deutschland gewinnen könnten, die den Stempel der Unabhängigkeit an sich tragen, aber unseren Interessen ihre Spalten öffnen." Dazu bedürfe es jedoch ausgiebiger „Geldopfer".[88]

Der österreichische Generalkonsul in Leipzig, Josef Ritter von Grüner, beschäftigt sich seit seinem Amtsantritt 1849 sehr intensiv mit der deutschen Presse. Über deren Tendenz sendet er regelmäßig Berichte nach Wien. Ein wesentlicher Beweggrund für die akribische Überwachung ist der, daß österreichische Publizisten nach dem Scheitern der Revolution neuerlich ins sächsische Exil geflohen sind und von dort aus die Politik der Regierung in Wien bekämpfen. Leipzig, die Metropole des liberalen Sachsen, ist wieder Zufluchtsort von verfolgten Literaten geworden. Neben antiösterreichischen Artikeln in der *Leipziger Zeitung* muß Grüner in verschiedenen von Exilösterreichern herausgegebenen Periodika Kritik am österreichischen Staat registrieren. Demgegenüber ist er bestrebt, deutschen Zeitungen Artikel anzubieten, die die Politik des offiziellen Österreich unterstützen.

Grüner erhält für seine Aktivitäten von der Regierung in Wien versuchsweise 2.000 Gulden, die ihn in die Lage versetzen, deutsche Journalisten zu Gefälligkeiten zu überreden. Leipzig wird zum Ausgangspunkt einer systematischen Pressebetreuung, von dort aus knüpft Grüner Beziehungen zu verschiedenen Zeitungen, doch kommt er über die Verteidigung gegenüber Angriffen in gegnerischen Blättern nicht hinaus. Die Qualität des Nachrichtenmaterials, das er aus Wien zugestellt bekommt, ist dürftig. Auch ist der Weg über Wien ein weiter, sodaß die österreichfreundlichen Blätter, die in der Besprechung aktueller Fragen erst auf inspiriertes Material aus Wien warten müssen, oft hinter den anderen deutschen Blättern hinterherhinken. Ein Erfolg bleibt im übrigen auch auf diplomatischer Ebene aus. Schwarzenberg erreicht 1850 nach langwierigen Verhandlungen mit der Regierung in Berlin keineswegs das von Wien aus gelenkte deutsche Millionenreich, sondern nur eine Neubelebung des Deutschen Bundes.

Neben der Leipziger Pressestelle Grüners zur „Influenzierung" der norddeutschen Presse nimmt alsbald auch eine „Preßfiliale" in Frankfurt am Main, dem Sitz des Deutschen Bundestags, für die süddeutsche Presse ihre Tätigkeit auf. Anfangs gehen die Instruktionen für die beiden Außenstellen vom Wiener Innenministerium aus, als man aber bemerkt, daß sich das deutsche Publikum „vorzugsweise für die auswärtige Politik des Kaiserstaates und insbesondere für die Fragen, welche das Verhältnis Österreichs zu Deutschland betreffen",[89] interessiert, wirkt auch das Außenministerium mit. Die aus Wien geschickten Mitteilungen werden in den Pressefilialen zu Artikeln verarbeitet, die man der österreichischen Regierung gewogenen oder gewogen gemachten deutschen Blättern zur Veröffentlichung zukommen läßt. Die Gunst der Blätter erkauft man sich entweder durch direkte Zahlungen oder indirekt dadurch, daß die österreichische Regierung eine bestimmte Anzahl an Abonnements der betreffenden Zeitung erwirbt, was letztlich der direkten Subvention nicht allzu fern steht. Abseits davon werden einzelne Redakteure oder Korrespondenten gezielt mit Gratifikationen bedacht.

Eines der Zielobjekte ist nach wie vor die renommierte Augsburger *Allgemeine Zeitung*. Georg Cotta, der Herausgeber, hat sich, wie schon sein Vater, mit der österreichischen Regierung zum gegenseitigen Nutzen arrangiert. Politisch steht Cotta für eine Aussöhnung zwischen Preußen und Österreich. Dies nicht zuletzt deshalb, weil seine Zeitung (Gesamtauflage 10.000) über einen beträchtlichen Abonnentenkreis in Österreich verfügt, in Wien sogar zu den wichtigsten Zeitungen zählt. Gezwungenermaßen suchen die Cottas deshalb seit jeher die Nähe der österreichischen Regierung und lassen diese immer wieder in den Spalten ihrer Zeitung zu Wort kommen, um im Gegenzug die eine oder andere Vergünstigung zu bekommen oder eine allfällige Schikane abzuwenden.[90] Es ist ein Geschäft, das auf Gegenseitigkeit beruht.

Für effektive Presselenkung scheint diese aus Metternichschen Tagen übernommene Form von Pressepolitik aber nicht mehr ausreichend. Im Bemühen, sich systematisch Einfluß auf die deutsche Presselandschaft zu schaffen, regt der Leipziger Generalkonsul Grüner im Februar 1851 in einem Bericht an Ministerpräsident Schwarzenberg die Einrichtung eines vordergründig unabhängigen, trotzdem von den Behörden kontrollierten „literarischen Bureaus“ an, das in Wien oder Leipzig anzusiedeln und mit einem Budget von 200.000 Gulden auszustatten sei:

> Von diesem aus müßte die Korrespondenz mit allen Korrespondenten und Mitarbeitern an den verschiedenen Zeitungen geführt werden. Von dort aus müßte das Ganze überwacht werden; von diesem aus wären die nötigen Zahlungen an bestimmte Zeitungen und einzelne Literaten zu machen, von ihm die notwendige Verteilung einzelner Blätter, die weitere Verbreitung von Nachrichten und Artikeln zu veranlassen, so daß von einem Punkt aus ein literarisches Netz über ganz Österreich und Deutschland gezogen würde.[91]

Grüners kostenintensive Vorschläge stoßen in Wien aber noch auf taube Ohren.

Der Konkurrent Preußen ist indes nicht untätig, auch er zieht ein Netz über die deutsche Presselandschaft. Mitarbeiter des preußischen „Centralpreßbureaus“ nehmen so manche Anregung von preußischen Staatsmännern auf und verfassen Artikel, die sie in lithografierter Form ihnen gewogenen Journalen zum Abdruck zukommen lassen. Eine Folge davon ist die altbekannte Konformierung der Berichterstattung über bestimmte Themen. Einem aufmerksamen Leser, so der Leipziger Journalist, Politiker und Zeitgenosse Heinrich Wuttke, müsse die „auffallende Uebereinstimmung in unzähligen Berichten und Ausführungen“ stutzig machen, doch so fragt er, „wie viele Aufmerksame gibt es unter einer Million Leser?“[92]

Währenddessen geht in Wien Innenminister Bach daran, die inländische Presse in neoabsolutistischer Manier erneut zu knebeln. Schon Anfang 1850 ist im Ministerrat eine Änderung – das heißt Verschärfung – des geltenden Pressegesetzes besprochen worden. Durch die kaiserliche Verordnung vom 6. Juli 1851 wird das Verwarnungssystem eingeführt, welches nach dreimaliger Verwarnung wegen anstößiger

Berichte die Suspension einer Zeitung vorsieht. Periodische Druckschriften, die „beharrlich eine dem Throne, der Einheit und der Integrität des Reiches, der Religion, der Sittlichkeit oder überhaupt den Grundlagen der Staatsgesellschaft feindselige oder mit der Aufrechterhaltung der öffentlichen Ruhe und Ordnung unvereinbare Richtung verfolgen",[93] können durch den Statthalter für drei Monate, durch den Ministerrat für längere Zeit und sogar gänzlich eingestellt werden. Die Presse wird damit der gerichtlichen Verantwortung entzogen und der Willkür der Verwaltungsbehörden ausgeliefert. Auch ausländische Druckschriften können vom Innenminister jederzeit verboten werden; der Post ist es untersagt, verbotene Schriften zu befördern. Die Verbotsdrohung ist umso effizienter, je mehr Abonnenten die ins Visier genommene ausländische Zeitung in Österreich (zu verlieren) hat. 50 bis 500 Gulden Strafe – bei erschwerenden Umständen ein bis drei Monate Arrest – drohen jedem Privaten, der solche Zeitungen einführt, ankündigt, verbreitet oder damit handelt.

Mit dem Ziel, eine noch stärkere Kontrolle ausüben zu können, regt Innenminister Bach an, die Herausgabe von Zeitungen auch an eine Konzession zu binden. Ein Vorschlag, der kurioserweise sogar in den Reihen der Offiziellen nicht nur Zustimmung findet, einige Minister führen Argumente gegen einen solchen Schritt an: sie meinen, es sei geradezu „ein Bedürfnis für die Minister, oppositionelle Journale zu haben, aus welchen sie oft die Wahrheit erfahren."[94]

Vor dem Hintergrund der Restauration, im Zuge derer Ende 1851 von Kaiser Franz Joseph die Verfassung beseitigt und der neoabsolutistische Staat eingerichtet wird, der wieder nur einen Herrn kennt, die Bürger aufs Neue zu Untertanen degradiert und sogar die Prügelstrafe wieder einführt, können auch die Zeitungen ihre erkämpften Freiheiten nicht halten. Unter federführender Mitwirkung Bachs wird eine provisorische „Preßordnung" durch das kaiserliche Patent vom 27. Mai 1852 in Kraft gesetzt. Sanktionen, die der Militärgouverneur Welden bereits kurz nach der Revolution angeregt hat und die damals wegen des bitteren Beigeschmacks der Zensur noch vermieden wurden, werden nun durchgesetzt: so muß ein Abdruck jeder Schrift vor Ausgabe der Sicherheitsbehörde des Ausgabeorts vorgelegt werden. Für jede periodische Druckschrift (mit Ausnahme der amtlichen), die in welcher Form auch immer politische, religiöse und soziale Fragen behandelt, ist, wie gehabt, eine Kaution, welche – ortsabhängig – zwischen 5.000 und 10.000 Gulden beträgt, zu hinterlegen. Macht sich eine Zeitung eines Vergehens gegen die Regierungsinteressen schuldig, droht der Kautionsverfall. Den Sicherheitsbehörden kommt ein Beschlagnahmerecht zu. Außerdem erwirkt Bach letztlich doch noch, daß die Herausgabe periodischer Druckwerke einer Konzession bedarf, die von den Behörden nur an besonders vertrauenswürdige Personen verliehen wird. Gegebenenfalls ist die Behörde befugt, den Konzessionsentzug zu verfügen. Durch die neue Preßordnung werden die Zeitungen mehr als bisher wirtschaftlich bedroht, um sie den Wünschen der Regierung gefügig zu machen. Oppositionelle Zeitungen müssen sich wie in Metternichschen Zeiten behelfen, indem sie versteckte Kritik zwischen den Zeilen zum Ausdruck bringen. Kommt dennoch eine Druckschrift mit „verbrecherischem" Inhalt heraus, so droht dem verantwortlichen Redakteur „wegen Vernachlässigung der pflichtgemäßen Obsorge und Aufmerksamkeit" eine Arreststrafe bis zu einem halben Jahr, bei erschwerenden Umständen bis zu zwei Jahren.

Unter diesen Umständen verwundert es nicht, daß 1852 in Wien nur noch 14 Tageszeitungen erscheinen.[95] Die rigorose Gesetzgebung hat überdies zur Folge, daß ein unpolitischer Zeitungstyp entsteht: deklariert sich eine Zeitung als unpolitisch, entgeht sie schließlich der teuren Kautionspflicht. Dieser neue Typ der Lokalpresse widmet sich mehr den lokalen Begebnissen als der fernen Politik, die damit wieder in den Arkanbereich der Regierung entrückt.

Als Militärgouverneur in Wien fungiert in der Nachfolge Weldens mittlerweile Feldmarschall Johann Freiherr Kempen von Fichtenstamm. Wie sein Vorgänger ist auch Kempen ein kriegserprobter Offizier: er hat an der Niederschlagung der Revolution in Ungarn an verantwortlicher Stelle mitgewirkt. Ab Juni 1852, als die Polizei aus dem Innenministerium Bachs herausgelöst wird, fungiert Kempen als Chef der neuen Obersten Polizeibehörde; seiner Zuständigkeit unterliegen nun auch die Angelegenheiten der Presse. Mißtrauisch beäugt Kempen die verbliebenen politischen Zeitungen, und wenn er sie auch nicht beseitigen kann, so läßt er nichts unversucht, sie durch strenge Exekution des erlassenen Pressegesetzes unter Druck zu setzen. Lediglich August Zangs *Presse* bringt er eine gewisse Sympathie entgegen, weil sie in ihrer Tendenz seinen persönlichen Präferenzen entspricht. Im übrigen ist Zang, anders als viele seiner Berufskollegen, nicht jüdischer Herkunft, was die Sympathien Kempens, der antisemitische Vorbehalte pflegt, miterklären mag.[96]

Durch Kempens Aufstieg sinkt der Einfluß von Innenminister Bach, freilich nicht ohne daß jener versucht, sich dagegen zur Wehr zu setzen. Die erbittert ausgetragene Rivalität zwischen Bach und Kempen gründet zum einen darauf, daß Bach seiner „revolutionären" Vergangenheit wegen dem neuen Polizeichef suspekt ist, zum anderen darauf, daß Kempen seine Autorität als oberster Zensor des Staates mit niemandem zu teilen gedenkt, im übrigen auch nicht mit dem hohen Klerus, der dahingehend sehr ehrgeizige Ambitionen entwickelt. Seitens des Klerus wird die liberale Presse bisweilen schlicht als heidnische oder „Judenpresse“ verdammt. Letzteres stört den Antisemiten Kempen freilich weniger als der Umstand, daß er Bach als Nebenbuhler und auch in verdächtiger Nähe zu den klerikalen Kreisen vermutet. Unter Kempens Regime nimmt die Spitzelwirtschaft wieder Metternichsche Züge an, Bach höchstpersönlich soll, so wissen Gerüchte zu erzählen, überwacht werden.

Die Kompetenzverschiebungen innerhalb des Sicherheitsapparats bringen auch für die Planungen eines zentralen Pressebüros, das sein Netz über ganz Österreich und Deutschland breiten soll, Veränderungen mit sich. Neben Bachs Innenministerium und dem Außenministerium von Graf Carl Ferdinand Buol-Schauensteins, die bereits rege an Grüners Aktivitäten zur Beeinflussung der deutschen Presse beteiligt sind, ist nun auch Kempens Polizeibehörde miteinzubeziehen. Bach arbeitet im Herbst 1852 den Plan für ein „Preßleitungskomitee“ unter der Leitung einer Trias von Vertretern des Außen- und Innenministeriums sowie der Polizeibehörde aus. Nach anfänglichen Streitigkeiten hinsichtlich der Deckung des mit 100.000 Gulden veranschlagten Fonds wird das Preßleitungskomitee als ein staatliches Büro in Wien eingerichtet. Seine Aufgaben bestehen grundsätzlich darin, sich einen möglichst ausgedehnten Einfluß auf in- und ausländische Zeitungsredaktionen zu sichern, diesen Einfluß zu pflegen und auszudehnen, und durch Beistellung von Artikeln und Korrespondenzen „im Sinne der Regierung auf sie zu wirken.“ Weiters sind Kontakte mit in Wien tätigen Korrespondenten ausländischer Journale sowie bedeutenden literarischen Persönlichkeiten des Auslands zu pflegen, „dieselben für die österreichische Regierung zu gewinnen und auf sie Einfluß zu üben.“[97]

Dreifach geführt, nimmt das Preßleitungskomitee seine Tätigkeit auf; dem Vertreter des Außenministeriums obliegt insbesondere die Aufrechterhaltung des Kontakts zu den Pressefilialen in Leipzig und Frankfurt, während die Delegierten von Innenministerium und Polizeibehörde offizielle Blätter und von offizieller Seite subventionierte, inländische Privatzeitungen und Tuvoras Österreichische Correspondenz zu überwachen haben. Innenminister Bach verpflichtet seinen Günstling Tuvora, alles, was er in die Österreichische Correspondenz zu übernehmen gedenkt, Sektionsrat Lewinsky vom Preßleitungskomitee vorzulegen. Dies bedeutet für Tuvoras Korrespondenz eine zeitliche Verzögerung und, durch die umfangreichen Streichungen, eine inhaltliche Einschränkung. Um die Gunst Bachs buhlend, entschuldigt sich Tuvora vorbeugend – er könne unter den verschärften Bedingungen nicht für einen entsprechenden Umfang des ausgelieferten Materials garantieren. Er bittet, der Minister möge es nicht als

„Unlust zur Arbeit“ auslegen, wenn es ihm durch Stoffmangel und Verzögerung nicht mehr möglich sein sollte, „einen vollen Bogen auszugeben.“[98]

In einem Tätigkeitsbericht des Preßleitungskomitees für das Jahr 1854 wird über die angelaufene Arbeit, vor allem über die Maßnahmen gegenüber der deutschen Presse, Bilanz gezogen. Über die Korrespondenten ausländischer Blätter heißt es, es sei „teils im Wege des mündlichen Verkehrs mit denselben, teils durch Remuneration“ erreicht worden, daß „deren Berichte teilweise sogar in feindlichen Blättern in korrekter Richtung blieben.“[99] Korrespondenten der *Times*, des *Morning Chronicle*, des *L'Independance Belge*, der Augsburger *Allgemeinen Zeitung*, der *Breslauer Zeitung* und sogar der preußischen *Kreuz Zeitung* seien erreicht worden. Dieser wohlklingenden Bilanz gegenüber zeigt sich der Chef der Polizei Kempen mit der Tätigkeit des Preßleitungskomitees weniger zufrieden; er bemängelt mit Blick auf die dreifache Leitung des Büros das Fehlen einer einheitlichen Führung und fordert, den Apparat (wohl unter seiner Obhut) stärker zu zentralisieren. Im Hinblick auf die inländischen Zeitungen merkt er an, daß viele Redaktionen die von amtlicher Seite ausgegebenen Richtlinien „entweder mißverstanden“ hätten oder sie absichtlich „tendenziös entstellten und missbrauchten“. Er fordert daher, „Ausschreitungen, Missgriffen und Taktlosigkeiten der Wiener Blätter“ mehr Aufmerksamkeit zu schenken, aber auch, speziell verfaßte Artikel zur Verfügung zu stellen:

> Wenn ich auch daher das sorgsame und redliche Bestreben des Preßkomitees in mannigfachen Richtungen nicht verkenne, so darf ich doch nicht verhehlen, dass ich immer wieder zurückkehren muss auf meine wiederholt ausgesprochene Ansicht, es dürfte durch eine striktere Zentralisierung der Influenz und durch die Veranlassung von Artikeln, welche im Zentrum verfasst und aus diesem versendet werden, ein grösserer Erfolg als bisher erzielt, und einer Masse unliebsamer Verwicklungen begegnet werden.[100]

Es krankt offenbar vorrangig an geeignetem offiziellen Nachrichtenmaterial. Nach wie vor halten sich die über Jahrhunderte in Kabinettspolitik geübten Ministerialbehörden bedeckt. Bernhard Ritter von Meyer, der Vertreter des Innenministeriums im Preßleitungskomitee, kritisiert vor allem das Außenministerium Buol-Schauensteins, das seine Akten tunlichst der öffentlichen Debatte in den Zeitungen zu entziehen trachtet. Preußische Agenten wüßten mehr über die österreichischen Regierungsgeschäfte als die österreichtreue Presse, sodaß österreichische Blätter nicht selten Aktenstücke, die von der eigenen Regierung stammen, aus preußisch beeinflußten Zeitungen nachdrucken müßten.

Krimkrieg und Kriegsberichterstattung

Außenpolitisch sieht sich Österreich 1853 durch den am Horizont aufziehenden Krimkrieg betroffen. Rußland stellt Forderungen hinsichtlich des Schutzes der christlichen Minderheiten im Osmanischen Reich; dahinter steht ein Plan zur Zerschlagung der Türkei. Die Westmächte England und Frankreich unterstützen die Türkei: Beide Seiten versuchen das geografisch zentral gelegene Österreich als Verbündeten zu gewinnen, das sich zwischen den Fronten wiederfindet. Einerseits ist man in Wien dem russischen Zaren verpflichtet, der erst einige Jahre zuvor geholfen hat, in Ungarn die Revolution niederzuschlagen, und sich dafür eine gewisse Dankbarkeit erwartet. Eine Parteinahme für Rußland und gegen die Westmächte läßt jedoch eine neuerliche Revolution in den frankophilen italienischen Gebieten der Monarchie befürchten. Ein Zusammengehen mit den Westmächten und die Konfrontation mit Rußland andererseits würde die panslawistischen Geister in der Monarchie beschwören, was man möglichst vermeiden will. Die Situation ist prekär, umso mehr als zu befürchten ist, daß Preußen die mißliche Lage Österreichs zur Stärkung seiner eigenen Position im Deutschen Bund ausnützen werde. Man versucht solange wie möglich neutral zu bleiben und zwischen den Kontrahenten zu vermitteln.

Das diplomatische Lavieren spiegelt sich in der Österreichischen Correspondenz. In der Ausgabe vom 14. Juni 1853 stellt Tuvora ein Gerücht, das in der Börse aufgetaucht sei und von einer Besetzung der zum Osmanischen Reich gehörenden Donaufürstentümer Moldau und Walachei durch russische Truppen berichtete, noch in Abrede. Drei Wochen später gesteht er die erfolgte Besetzung ein, läßt darüber aber Beschwichtigendes verlauten. Er spricht von einem „tiefen, unverkennbaren Bedürfnisse" nach Frieden, das in allen beteiligten Ländern herrsche und meint nirgends „einem ernsten Interesse des Krieges" zu begegnen.[101] Der Ton, den Tuvora anschlägt, bringt die Kalmierungsabsichten der Regierung zum Ausdruck, verweist gleichzeitig aber auch darauf, daß er von konkreten Plänen nichts weiß. Außenminister Buol-Schauenstein hält sich bedeckt. Nicht einmal das Preßleitungskomitee erfährt Konkretes über den Stand der Dinge oder über die Pläne der Regierung.

Als der Krieg im Oktober 1853 offen ausbricht, muß die Regierung in Wien Stellung beziehen. Es ergeht eine Weisung an die regierungsabhängigen Zeitungen, wonach Österreich das russische Vorgehen gegenüber der Türkei „vom politischen und moralischen Standpunkt aus" mißbillige. Die Besetzung der Donaufürstentümer betrachte man als „Verletzung des Völkerrechtes und der Traktate". Man stehe deshalb in dem bevorstehenden Krieg „moralisch auf Seite der Westmächte".[102] Diese – wenngleich ohnehin sehr vorsichtig formulierte – Parteinahme für die Türkei hat unerwünschte Folgen. Die heimischen Zeitungen vernehmen die Stellungnahme als Signal, vermuten eine Lockerung der pressepolizeilichen Zügel. Der von Bach wie von Buol-Schauenstein protegierte Eduard Warrens erklärt im *Lloyd* vom 17. Februar 1854 kurzerhand die Interessen Österreichs mit denen der Türkei als identisch und erregt damit gehörigen Ärger. Der oberste Pressepolizist Kempen, Absolutist aus Überzeugung, vermerkt tags darauf in seinem Tagebuch den „frechen Artikel des ‚Lloyd', der alle Konservativen alarmierte".[103] Nicht nur Kempen, auch der Kaiser ist aufgebracht und erteilt Warrens *Lloyd* eine zweite Verwarnung. Wenige Wochen danach leistet sich Warrens neuerlich Ausfälle gegen Rußland, dessen Zar, wie er schreibt, den Krieg wolle. Der *Lloyd* wird für die Dauer von acht Tagen suspendiert, um diplomatischen Kalamitäten vorzubeugen.

Gestützt auf seine ministerielle Protektion hat der offiziöse *Lloyd* schon mehrfach durch kecke Äußerungen, die eindeutig die engen Grenzen der geltenden österreichischen Pressefreiheit sprengen, aufhorchen lassen. Eine der beanstandeten Äußerungen beinhaltet den Rat, Österreich möge sich des großen Werts der Presse klar werden; deren Vernichtung, so heißt es da, werde sich irgendwann an dem Land selbst rächen. Österreich müsse, wolle es nicht in die finsteren Zeiten vor der Revolution zurückfallen, das Recht der freien Meinungsäußerung verteidigen. Warrens wendet sich gegen absolutistische Unterdrückung der Presse, aber nicht gegen das Konzept der Regierungspresse an sich, das er doch selbst verkörpert. Obgleich liberal, versteht er Journalismus nicht als politische Gegeninstanz, sondern als Sprachrohr der amtierenden Politik; der Publizist, so meint er, „macht nicht die Politik und die Zeitgeschichte", er stehe ihr vielmehr nur „als Dolmetscher und Kolporteur" zur Seite. Er müsse versuchen, „den etwas schwierigen Stil der Diplomatie ins Gemeinfassliche zu übersetzen" und die Leser „für die herrschende Idee des Landes zu erwärmen".[104]

Nach weiteren Ausfällen wird Warrens *Lloyd* nach Zustimmung Franz Josephs schließlich eingestellt. Anlaß ist eine Formulierung, die sich zwar wieder auf den russischen Absolutismus bezieht, aber durchaus auch auf die österreichischen Verhältnisse umgelegt werden kann, wonach es um ein Reich schlecht stehe, dessen Schicksal in den Händen eines Einzelnen liege. Nach ausgesprochener Suspension interveniert Warrens beim Generaladjutanten des Kaisers, Kübeck, nachdem ihn Kempen nicht empfangen hat. Er rechtfertigt sich damit, von Buol-Schauenstein und Bach ermuntert worden zu sein, so aggressive Töne anzuschlagen, und beklagt sich, daß die beiden nun erklärten, ihm nicht weiterhelfen zu können. Bei Kübeck, der den „demokratischen" Umtrieben Bachs recht verständnislos gegenübersteht und in ihnen die Ursachen für die „Perfidien" des *Lloyd* vermutet, ist Warrens mit seiner Klage aber an der denkbar schlechtesten Adresse. Die Suspendierung bleibt aufrecht. Allerdings gelingt es Warrens letzten Endes, die Suspension durch eine Neugründung zu umgehen; das neugegründete Blatt erscheint fortan als *Österreichische Zeitung*.

Während man hierzulande bestrebt ist, ungelegene Zeitungsmeldungen zu unterdrücken, markiert der Krimkrieg für die britische Demokratie den Beginn einer neuen Epoche. Auf der Grundlage einer entsprechenden Berichterstattung nimmt die Bevölkerung an den Ereignissen regen Anteil. Nachdem Rußland einer Forderung der Westmächte, die besetzten Fürstentümer zu evakuieren, ignoriert hat, treten England und Frankreich an die Seite der Türkei und erklären dem Zarenreich den Krieg. Die Kriegserklärung wird in der britischen Öffentlichkeit freudig aufgenommen. Die Popularität des Krieges wiederum nimmt die Zeitungen – allen voran die Londoner *Times*, die auflagenstärkste Zeitung des Landes – in die Pflicht. Als frei wirtschaftende Unternehmen müssen die Zeitungen im Wettbewerb bestehen und möglichst schneller als die Konkurrenz attraktive Nachrichten veröffentlichen. Dies gilt vor allem für Kriegsnachrichten. Um für adäquate Berichte zu sorgen, entsendet der Herausgeber der *Times*, John Delane, seinen routinierten Reporter William Howard Russell an den Kriegsschauplatz. Die *London Daily News* folgt dem Beispiel und schickt ebenfalls einen Korrespondenten in den Krieg. Es ist eine Premiere, daß Kriegskorrespondenten vor Ort ihre Berichte anfertigen und an ihre Redaktionen schicken.

Auch Julius Reuter zeigt sich im Krimkrieg aktiv. Er hat zwar nicht an der Front, doch in den Metropolen St. Petersburg, Wien, Konstantinopel, Berlin und Odessa Vertreter postiert. Die Korrespondenten liefern keine Kampfberichte, sondern knappe Hintergrundinformation, überwiegend noch wirtschaftlicher Provenienz. In Zeiten der beginnenden Weltwirtschaft zeitigen Kriege schließlich Auswirkungen auf die Börsen verschiedener Länder, wenn sie eine beschränkte Nachfrage nach bestimmten Gütern und eine gesteigerte Nachfrage nach anderen signalisieren. Die Spielregeln der freien Marktwirtschaft lassen Kursnotierungen je nach Einschätzung der Erfolgsaussichten eines kriegführenden Landes unmittelbar reagieren. Reuter scheint den Krimkrieg aber auch für einen Vorstoß in Richtung Zeitungsbelieferung zu nutzen. Bei der *Times* zeigt man ihm die kalte Schulter und auch die anderen Londoner Zeitungen scheinen von seinem Angebot nicht überzeugt. Allerdings gelingt es ihm, einige seiner Berichte in großen Manchester und Liverpooler Zeitungen unterzubringen. Abseits davon findet er am Kontinent bei einigen Blättern, wie der *Kölnischen Zeitung* oder der *L'Indépendance Belge* Absatz – Beziehungen, die er noch aus seiner Aachener Zeit haben dürfte.[105]

Von französischer Seite werden keine Zeitungskorrespondenten an den Kriegsschauplatz entsandt; die Zeitungen sind weitgehend auf Nachrichten der Agence Havas angewiesen. Auguste Havas, der Sohn des Agenturgründers, der 1853 gemeinsam mit seinem Bruder Guillaume die Agentur übernommen hat, verfügt über Korrespondenten in wichtigen Städten wie Therapia, Triest, Genua, Marseille, Berlin und Wien. Warum sich Zeitungen wie Agenturen nur zögerlich in das eigentliche Kriegsgebiet vorwagen, hängt damit zusammen, daß das Gebiet telegrafisch nur unzureichend erschlossen ist. Vom Westen her reichen Telegrafenlinien anfangs nur bis Wien. Auf ihrem weiteren Weg von Wien nach Bukarest braucht eine Nachricht auf konventionellem Boten- oder Postweg zwei Tage. Von Warna an der Balkanküste oder der Halbinsel Krim in die Metropole des türkischen Verbündeten Konstantinopel muß man mit mehreren Tagen per Schiff rechnen. Zu den mangelhaften Telegrafenverbindungen kommt, daß die Militärs von sich aus eine nur sehr eingeschränkte Nachrichtenpolitik pflegen. Die Notwendigkeit der militärischen Geheimhaltung rechtfertigt allerlei Zensur. Eine aktuelle Kriegsberichterstattung, zumal eine möglichst rasche, wird unter diesen Umständen zum Hasardspiel.

Über die Belagerung von Sebastopol verbreitet sich im September 1854 eine überraschende Nachricht, die auch zu Havas nach Paris gelangt; die Meldung kommt aus Berlin: unter Berufung auf eine österreichische Korrespondenz, die sich ihrerseits auf einen Schiffskapitän beruft, wird die Einnahme Sebastopols behauptet: „Die Festung, die Flotte und die Garnison haben sich ergeben."[106] Die Zeitungen in England reagieren zurückhaltend auf die sensationelle Neuigkeit, doch unter Konkurrenzdruck müssen sie handeln; der *Globe* schreibt, daß man die Einnahme Sebastopols als sehr wahrscheinlich einschätze. Tags darauf kommt eine detaillierte Meldung aus Bukarest über die Ankunft eines Tartaren in Konstantinopel, der folgende Nachricht für Omer Pacha gebracht habe: „Sebastobol ist erobert. 18000 Russen wurden getötet und 22000 gefangen genommen."[107]

Auguste Havas meint, so präzise Angaben können nicht erfunden sein, und schreibt in seinem Bulletin, daß die Nachricht von der Einnahme Sebastopols zwar nicht offiziell bestätigt sei, aber als wahrscheinlich gelten könne. Eine ähnliche Stellungnahme gibt die Londoner *Times* ab. In der englischen und französischen Börse erklingen Jubelrufe über den vermeintlichen Sieg: „Vive l'Empereur" und „God save the King". Die in Wien sitzenden Korrespondenten wissen immer neue Gerüchte über den Fall Sebastopols zu melden und schüren die Begeisterung. Schließlich folgt das böse Erwachen; der Bericht des Tartaren wird Anfang Oktober dementiert. Havas beschimpft seine Korrespondenten und muß ein Dementi ausgeben, wonach Sebastopol nicht eingenommen, sondern bloß eingekesselt sei. Die Falschmeldung hat ihren Ausgang übrigens von Tuvoras Österreichischer Correspondenz[108] genommen...

In der Zwischenzeit schreibt der Kriegskorrespondent der *Times*, William Howard Russell, am Kriegsschauplatz lange Briefe an die Redaktion in London – über den desolaten Zustand der britischen Truppen, über eine Choleraepidemie und das vollkommen unzureichende Sanitätswesen der britischen Armee.[109] Er verkneift sich dabei den Seitenhieb nicht, daß die französischen Truppen weitaus besser ausgerüstet seien. Um nicht als unpatriotisch zu erscheinen, wagt es der Herausgeber der *Times*, Delane, zunächst nicht, diese Berichte zu veröffentlichen, doch als die *London Daily News* sich kritisch äußert, muß er nachziehen. Die zuständigen Stellen werden öffentlich kritisiert; eine selbstbewußte Presse schickt sich an, nun auch den letzten der Regierung noch verbliebenen Arkanbereich, den der Kriegsberichterstattung, aufzubrechen.

Russells Berichte zeichnen sich durch eine verblüffende Offenheit aus, was die Beschreibung der Zustände am Schlachtfeld, aber auch die offenbar mangelhafte militärische Qualifikation des britischen Oberkommandierenden Lord Raglan betrifft. Es sind sachliche, weit ausholende Reportagen, die damit in gewisser Weise dem erwachenden Zeitgeist, der durch die knappe Sprache telegrafischer Meldungen geprägt ist, widersprechen. Doch macht sich Russell wenig Gedanken über die Telegrafie – er sendet seine umfangreichen Schilderungen weiterhin mit der Post. Aktualität interessiert ihn weniger als der Anspruch, dem Leser ein facettenreiches Bild von den Ereignissen zu vermitteln. Dabei spart er die grausame Seite des Krieges, den allgegenwärtigen Tod, keineswegs aus, wenngleich er sich oft im selben Atemzug dem Krieg nicht ablehnend gegenüber zeigt. Er läßt kaum einen Zweifel darüber, auf welcher Seite er steht; als Brite sind seine Sympathien in nationalem Sinn klar vergeben und als ehemaliger Offizier identifiziert er sich sehr stark mit dem britischen

Militarismus. Russell verkörpert dennoch die britische Journalismuskultur, die sich aus der inneren Interessenssphäre der Staats- und Regierungsgewalt weitgehend emanzipiert hat – wenn auch nicht aus der der bürgerlichen britischen Nation. Patriotismus bedeutet ihm nicht die bedingungslose Unterwerfung unter den Willen eines Regenten, sondern Wahrung der nationalen britischen Interessen (die in wesentlichen Teilen kommerzielle Interessen sind). Russell ist ein Reporter, der sich vor allem einer tatsachenorientierten Rationalität verantwortlich fühlt und nicht einem verklärten Kriegsmythos, wie ihn die absolutistischen Regimes pflegen. Über den russischen Militarismus, dessen Soldaten im Zaren eine „Emanation Gottes" sehen, von den Priestern ihrer Kirche „gesegnet" und des göttlichen Beistands versichert seien und im übrigen ihre Motivation aus Branntweinflaschen bezögen, findet er gelegentlich ironische Worte.[110]

Durch Russels Realismus dringt ein Stück ungeschönter Kriegsrealität in die zeitungslesende britische Öffentlichkeit, die bislang in der Regel von solchen Schrecken verschont geblieben ist. Die Bevölkerung kann durch seine Berichte den Krimkrieg in ausführlicherer und entsprechend kritischerer Weise mitverfolgen als dies in bisherigen Kriegen möglich gewesen ist. Die Wirkung der Berichterstattung ist so stark, daß der britische Oberbefehlshaber Lord Raglan durch Russell und Delane, den Herausgeber der *Times*, seinen Ruf ruiniert sieht; selbst der Sturz des britischen Kabinetts 1855 wird auf die Krimkriegsberichterstattung zurückgeführt. Die Regierung wagt eine Zensurierung dann nicht, als von Behördenseite fundierte Einwände erhoben werden, wonach durch die publizierten Schilderungen vom Kriegsschauplatz militärische Sicherheitsinteressen ernsthaft verletzt würden. Regierung und Militärs müssen erkennen, daß die Bevölkerung in Sachen Krieg mitzureden gedenkt – und zwar über das mediale Forum der Presse. Nicht zu übersehen ist freilich der Umstand, daß die *Times* durch ihre Berichterstattung vom Krimkrieg ihre Auflage um ein Drittel steigern kann.[111]

Die britische Armeeführung reagiert jedenfalls erbost auf die unerwartete Offenheit in den Berichten und versagt den Zeitungskorrespondenten jegliche Unterstützung; künftig sollen sie von der Front ferngehalten werden. Zwischen Militär und Presse zeichnet sich ein kompliziertes Verhältnis ab; sie bekämpfen einander und sie brauchen einander. Die Armee verbannt die Korrespondenten hinter die Linien, um zu verhindern, daß die heimische Öffentlichkeit durch die Greuel des Krieges erregt und gegen die Kriegsführung aufgebracht wird; die Korrespondenten drängen an die vordersten Linien, versuchen ihrer Berichterstatterpflicht nachzukommen und dabei ihren Herausgebern die im täglichen Konkurrenzkampf dringend benötigten Kriegsnachrichten zu liefern. Die Korrespondenten sind dabei von den Militärs vollkommen abhängig, da die Armeeführung den Zutritt zum Kriegsschauplatz in unumschränkter Weise kontrolliert. Umgekehrt kann auch die Armeeführung im Zeitalter der demokratischen Presse auf die Gewogenheit der Zeitungen nicht mehr verzichten. Wie der politische Prozeß insgesamt ist auch der Krieg Sache des Volkes geworden, welches Transparenz einfordert.[112] Eine souveräne bürgerliche Gesellschaft stellt ihre personellen wie materiellen Ressourcen nicht mehr bedingungslos und auf Anordnung zur Verfügung. Um einen Krieg zu führen, braucht das Militär im Hinterland eine „gute Presse". Dies ist freilich ein Dilemma der demokratischen Gesellschaften, wo das absolute Hierarchieprinzip des Militärs auf das demokratische der politischen Partizipation prallt. In neoabsolutistischen Staaten wie der Habsburgermonarchie, wo es keine echte politische Partizipation gibt, wird dieser Widerspruch noch weitgehend durch autoritäre politische Maßnahmen aufgelöst.

In Österreich folgt die Berichterstattung anderen Prämissen, nämlich jenen diplomatischer Kabinettspolitik. Indirekt über Tuvoras Österreichische Correspondenz, oder direkt über offiziöse Zeitungen werden erwünschte Verlautbarungen in die Öffentlichkeit gestreut, wenngleich einzuschränken ist, daß es sich bei der falschen Sebastopol-Meldung durchaus auch um eine unbeabsichtigte, aus der Unübersichtlichkeit der Ereignisse resultierende „Ente" handeln mochte. Die Nachrichtenpolitik orientiert sich an den diplomatischen Notwendigkeiten und sie scheitert letztlich auch mit der glücklosen Diplomatie. Am Ende findet sich Österreich einerseits durch seine schwankende Haltung mit der Feindschaft Rußlands konfrontiert und andererseits gelingt es trotz eines mit England und Frankreich abgeschlossenen Vertrages nicht, die Westmächte zu gewinnen. An der mißlichen Lage ändert auch der Umstand nichts, daß Tuvoras Österreichische Correspondenz am 5. April 1856 die amtliche Kundgebung vom Friedensschluß zwischen den Krimkriegsparteien in Paris mit der Prophezeiung abschließt, Österreich werde den allgemeinen Frieden „zur fernern Ausbildung seiner freundschaftlichen und innigen Beziehungen mit allen Mächten verwenden",[113] und die amtliche *Wiener Zeitung* am 15. April über den abgeschlossenen Friedensvertrag schreibt, daß dieser auch eine Fortsetzung der Allianz zwischen Frankreich, England und Österreich bedeute und kein Hindernis darstelle für freundschaftliche Beziehungen zu Rußland. Nach allen Seiten hin unglaubwürdig geworden, sieht sich Österreich zwischen den Westmächten, denen es eine aktive Unterstützung versagt hat, und Rußland, das sich verraten fühlt, aber auch innerhalb des Deutschen Bundes mehr und mehr isoliert.

Die Habsburgermonarchie ist gezeichnet durch ethnische Spannungen, die mit zunehmender Verbreitung der nationalstaatlichen Idee in Europa bedrohliche Formen annehmen. Zwischen deutschnationalistischen, italianistischen, magyaristischen und panslawistischen Ideen sieht sich der Vielvölkerstaat immer mehr in Gefahr, in seine Einzelteile zersprengt zu werden. Eines der Krisengebiete ist Lombardo-Venetien, wo seit der gewaltsamen Niederwerfung der Revolution ein Militärregime durch Feldmarschall Radetzky besteht. Zur Beruhigung der Lage hat man jeglichen oppositionellen Geist buchstäblich auszutreiben versucht. Wie viele andere auch, ist Guglielmo Stefani, ein venezianischer Journalist, der schon die Bekanntschaft österreichischer Kerker gemacht hat, nach der Niederschlagung des Aufstands aus der Stadt Venedig verbannt worden. In der Folge leitet er in Turin die *Gazzetta Piemontese*, das offizielle Organ des sardischen Außenministeriums; danach arbeitet er im Auftrag des Ministerpräsidenten von Sardinien-Piemont, Graf Camillo Benso di Cavour, einem leidenschaftlichen Verfechter der Einigung Italiens, an der Errichtung einer italienischen Nachrichtenagentur. 1853 wird diese als „Agenzia Stefani" ins Leben gerufen,[114] um durch eine zentrale Nachrichtenpolitik von Sardinien-Piemont aus, die Nationalisierung Italiens voranzutreiben.

Die sensiblen lombardo-venetianischen Gebiete werden indes auch von Wien aus publizistisch bearbeitet. Um den italianistischen Bestrebungen zu begegnen, hat man sich über die Unterdrückungsmaßnahmen hinaus zu einer aktiven Pressebetreuung durchgerungen. Ein kaiserliches Schreiben aus dem Jahr 1853 beinhaltet den Auftrag, „die Vortheile des engeren Verbandes jener Länder mit den übrigen Theilen des Reiches zum lebendigen Bewusstsein der Bevölkerung des lombardo-venezianischen Königreiches zu bringen". Dahingehend sei „der Presse als Belehrungsmittel" die „sorgfältigste Aufmerksamkeit zuzuwenden".[115]

In dieser gespannten Situation erhält der Leiter der Österreichischen Correspondenz, Joseph Tuvora, Regierungsaufträge der anderen Art; mehrfach geht er auf Reisen, um Stimmungsbilder aus verschiedenen Ländern zu liefern, und zwar nicht nur zur Veröffentlichung über die Österreichische Correspondenz und in der *Wiener Zeitung*, sondern auch für rein regierungsinterne Zwecke, die unter keinen Umständen publik werden dürfen. Getarnt als reisender Korrespondent wird Tuvora Spion.

Nach den Jahren des Militärregimes trägt sich die österreichische Regierung 1857 mit dem Gedanken, in den lombardo-venezianischen

Gebieten wieder eine Zivilregierung, geführt vom Kaiserbruder Erzherzog Ferdinand Max, zu installieren. Zur publizistischen Bereitung des Feldes weilt Tuvora in Mailand, wo er italienische Zeitungen beobachtet. Für die Österreichische Correspondenz und für die *Wiener Zeitung* verfaßt er Berichte vom Schauplatz. Den scheidenden Radetzky – der greise „Held" tritt in den Ruhestand – und dessen „unermeßlich" wichtige Dienste, die „unvergessen in der Geschichte fortleben", würdigt er in großen Worten: „Mit Bedauern und Rührung" sehe Österreich ihn gehen, selbst der Kaiser gebe „Gefühle der Dankbarkeit" kund.[116] Franz Josephs Vorhaben, seinen Bruder zum Generalgouverneur der Region zu ernennen, beschreibt Tuvora als ein „unverkennbares Zeichen seiner allerhöchsten Fürsorge für das Wohl und fernere Gedeihen dieses schönen Landes".[117] Anläßlich des Besuchs des Kaisers samt Familie in Lombardo-Venetien weiß Tuvora von der überschwenglichen Begeisterung der italienischen Bevölkerung zu berichten; er schreibt, daß der Kaiser „durch sein Erscheinen in diesem Lande und durch die Milde und hohe Weisheit seines Wirkens und Waltens die Herzen der Bevölkerung zu erwärmen und zu gewinnen wußte."[118] In einem Brief an Bach gibt er freilich ganz andere Eindrücke wieder; da heißt es, er habe dem wenig feierlichen Empfang in Como persönlich beigewohnt, die Vivats seien schwach gewesen, als die „Allerhöchsten Herrschaften" abstiegen, weder der Geist, noch die Veranstaltung an sich schienen ihm befriedigend...".[119]

Als der französische Kaiser Napoleon III. recht offen die italienischen Einigungsbestrebungen gegen Österreich zu unterstützen beginnt, erhält Tuvora wieder einen Reiseauftrag. In eindeutiger Spionagemission wird er auf Anregung von Bernhard Ritter von Meyer, dem Vertreter des Innenministeriums im Pressleitungskomitee, „unter dem Vorwande eines Korrespondenten für die Wiener Zeitung" nach Paris entsandt, um die Stimmung zu erkunden.[120] Tuvora meldet aus Paris, „daß die Magnetnadel beharrlich auf Krieg zeigt. Das Wann und das Wie schwebt freilich noch in der Luft;"[121] darüber hinaus scheint er noch konkretere Informationen zu liefern. Meyer stellt rückblickend jedenfalls fest, von Tuvora mehr über die Pläne, „die in den Tuilerien gegen Österreich ausgebrütet wurden", erfahren zu haben als durch die Diplomatie.[122] Tuvora selbst nutzt seinen Spionageaufenthalt in Paris auch für einen privaten Besuch bei der französischen Nachrichtenagentur Agence Havas, um deren Methoden zu studieren, die er nach seiner Heimkehr bei der Österreichischen Correspondenz erproben will. Aus dem geplanten Ausbau wird letztlich aber nichts, die Tage seiner Korrespondenz sind bereits gezählt.

Anfang des Jahres 1859 erfüllt sich Tuvoras Vorhersage. Napoleon III. hat dem Ministerpräsidenten von Sardinien-Piemont, Graf Camillo Cavour, seine Unterstützung beim Kampf um die Einheit Italiens zugesagt; Napoleon wirft dem österreichischen Kaiser den Fehdehandschuh hin. Gegenüber dem österreichischen Gesandten Hübner sagt er im Rahmen der Neujahrsaudienz am 1. Jänner 1859 in den Tuilerien: „Ich bedaure, dass meine Beziehungen zu Ihrer Regierung nicht mehr so gut sind als früher. Aber ich bitte Sie, Ihren Herrn zu informieren, dass meine persönlichen Gefühle gegenüber ihm sich nie geändert haben."[123] Die Gerüchte über einen möglichen Krieg gegen Österreich lassen die Börsen reagieren, vor allem die österreichischen Wertpapiere erleiden einen dramatischen Absturz. Damit ist der Krieg für Wien finanziell verloren, noch bevor der erste Schuß fällt.

Während in den folgenden Monaten die Diplomatie im Stillen waltet, glühen die Telegrafendrähte zwischen verschiedenen europäischen Städten; eine Havas-Depesche berichtet am 24. April aus Turin von einem Gerücht, wonach sich österreichische Truppen in Marsch gesetzt hätten, um im Herzogtum Modena einzumarschieren. Am 25. April wird aus Turin gemeldet, daß Graf Cavour die Existenz eines Ultimatums des österreichischen Kaisers, das ihm die Abrüstung nahelegt, bestätigt und hinzugefügt habe, daß das österreichische Kabinett eine Weigerung als „casus belli", also als Kriegsgrund, ansehen würde. Am 26. April wird aus Turin gemeldet, daß Cavour dem österreichischen Gesandten Kellersperg die Antwort der sardischen Regierung übergeben habe und daß Kellersperg daraufhin mit einem Sonderzug aus Turin abgereist sei. Cavours Antwort beinhaltet eine Absage an die österreichische Demobilisierungsaufforderung. Die Dinge nehmen ihren Lauf.

In der Zwischenzeit sind auch am österreichischen Pressesektor erste Kriegsvorbereitungen angelaufen, um die Leser über den Gang der Ereignisse unterrichten zu können – wenngleich in bewährter Form. Im Gegensatz zu Großbritannien etwa, wo der privaten Presse die Funktion einer politischen Gegengewalt zur Regierung erwächst, dient die streng reglementierte Presse in Österreich vorwiegend noch dazu, der kaiserlichen Politik in der Öffentlichkeit den Weg zu ebnen. Einigen ausgewählten Zeitungen wird gestattet, Berichterstatter zum Krisenherd in Italien zu entsenden. Es sind allesamt offiziöse Zeitungen, die von den Vorgängen am Kriegsschauplatz berichten und neben den offiziellen militärischen Bulletins gegebenenfalls auch „Schilderungen über Kriegs- und andere Ereignisse aus dem Hauptquartier" sowie „Skizzen aus dem Soldatenleben"[124] bieten sollen.

Einer der auserwählten Kriegsberichterstatter ist Heinrich Pollak, Journalist bei der offiziösen Zeitung *Der Lloyd* (die, genaugenommen, nunmehr *Österreichische Zeitung* heißt). Pollak wird im April nach Verona geschickt, wo er den ersten Abend im Kreis einiger „Berufskollegen" recht beschaulich erlebt. Siegfried Kapper, Kriegskorrespondent der amtlichen *Prager Zeitung*, hat zu einer Zusammenkunft der Korrespondenten geladen, um diese „in hohem Auftrage" zu einer gemeinsamen Vorgehensweise bezüglich der Berichterstattung zu bewegen. In jedem Hauptquartier eines Korpskommandanten sollen sich demnach Kriegskorrespondenten aufhalten, wobei jeder von ihnen „die erhaltenen Nachrichten sofort dem Kollegen im Hauptquartier melden und dieser sie dann gleichlautend an die verschiedenen ihm namhaft gemachten Blätter senden" soll. Der Zweck hinter diesem Organisationsmodus erscheint den Anwesenden freilich bald klar: man erkennt hinter dem Hauptredakteur im Hauptquartier einen „Zensor für alle einlaufenden Nachrichten" und hegt keinen Zweifel, „daß dieser wieder einem Haupt-Zensor im Armee-Hauptquartier untergeordnet wäre." Die Korrespondenten lehnen den Vorschlag, „alle miteinander plötzlich offiziöse Korrespondenten im Dienste des Oberkommandierenden"[125] zu werden, entrüstet ab, womit der erste Vorstoß in Richtung einer kontrollierten Kriegsberichterstattung scheitert.

Der zweite Versuch folgt umgehend. Kapitän Littrow, Chef der Presse im österreichischen Hauptquartier, teilt Pollak und seinem Begleiter, dem Korrespondenten der *Militär-Zeitung*, Major a. D. Bromber, mit, daß sie sich in der Nähe des Hauptquartiers aufhalten dürfen, ihre Berichte jedoch jederzeit signieren lassen müssen. Der Oberkommandierende Franz Graf von Gyulai habe dahingehend strenge Ordres erteilt. Kein Brief, kein Telegramm dürfe vom Kriegsschauplatz abgehen ohne Signatur des berufenen Militärzensors; sollte dies dennoch geschehen, würden verschiedene Behörden im Hinterland dafür sorgen, „daß nichts Verfängliches publiziert werde."[126] Gyulai selbst sichert den Korrespondenten zu, daß er ihnen einen Passierschein ausstellen lassen werde, damit sie nicht als Spione oder Verräter beanstandet würden, was ihnen allerdings, so fährt er fort, nicht viel nützen werde, da sie von dem, was sie zu sehen bekämen, ohnehin kaum etwas mitteilen dürften.

Der junge Kriegskorrespondent Pollak ist ein wenig verwirrt ob der herrschenden Zustände. Er wendet sich an einen altgedienten Korrespondenten, von dem er eine erste Unterweisung in Sachen landesüblicher Kriegsberichterstattung erhält:

> Für die ersten Telegramme an Ihr Blatt genügt es, den Ausgang einer Schlacht so rasch als möglich mitzutheilen, und ob es ein

guter oder schlimmer Ausgang war, dazu braucht man keine besondere Information; von den Gesichtern der hohen Officiere lesen Sie förmlich den Ausgang einer Schlacht oder eines Gefechtes herab, und da heisst es nun vorsichtig und taktvoll sein. Ist der Sieg auf unserer Seite, was wir Alle hoffen wollen, dann darf man schon etwas dickere Farben auftragen, und ist das Gegentheil der Fall, dann – nun, davon wollen wir lieber nicht sprechen.[127]

Den Kriegsvorbereitungen folgt alsbald der Krieg. Österreichische Truppen überschreiten die piemontesische Grenze: Ein, wie Pollak sich erinnert, imposanter Aufzug begeisterter Soldaten, den er vom Dach seiner Equipage aus beobachtet, um sich Notizen zu machen. Im Hauptquartier wird in weiterer Folge die Aufstellung der österreichischen Truppen besprochen; genauere Informationen bekommen die Berichterstatter aber nicht, was, so Pollak, ohnedies nichts genützt hätte, da während der Kriegszeit über Truppenbewegungen nichts gemeldet werden dürfe.

Auf der anderen Seite der Front herrscht weniger Strenge. Wie mehrere Pariser Zeitungen entsendet auch Auguste Havas einen Korrespondenten zu den französischen Armeen, obgleich er zur Ansicht neigt, daß Augenzeugenberichte eine Domäne der Zeitungen seien. Wichtiger scheint ihm, für sein Agenturgeschäft über ein Netz von Korrespondenten in den Metropolen zu verfügen. Aus Wien, wo die Agence Havas einen ständigen Korrespondenten unterhält, dringt am 30. April die Nachricht nach Paris, daß der französische Gesandte abreise. Da die französische Regierung den direkten Nachrichtenverkehr auch nach Abzug ihres diplomatischen Vertreters aus Österreich nicht unterbindet, können die französischen Zeitungen weiterhin die offiziellen Kundmachungen des österreichischen Oberkommandos veröffentlichen. Zudem gibt es in Paris keine Militärzensur. Ganz im Gegenteil, der militärische Korrespondent vom *Journal des Débats* etwa schildert freimütig der ganzen Welt, wo die einzelnen französischen Generäle ihr Lager aufschlagen...

Julius Reuter knüpft ein Korrespondentennetz von London aus. Er postiert Korrespondenten in jeder der Hauptstädte der involvierten Staaten – also in Wien, Paris und Turin sowie im neutralen Bern. Reuter will seiner Klientel eine ausgewogene Berichterstattung bieten. Die Korrespondenten leiten Kommuniqués, Berichte über diplomatische Manöver, aber auch kursierende Gerüchte weiter. Darüber hinaus hat sich Reuter die Erlaubnis verschafft, Korrespondenten in den Hauptquartieren aller drei beteiligten Armeen – der österreichischen, der französischen und der sardinischen – zu unterhalten, um Berichte von allen Seiten in seine neue Heimatstadt London übermitteln zu können. Abgesehen davon, daß es der britischen Neutralität entspricht, Meldungen aus allen Lagern zu lesen zu bekommen, mag die Ausgewogenheit durchaus damit zusammenhängen, daß sich Reuter gerade darum bemüht, die Londoner Großpresse dauerhaft als Kunden an sich zu binden. Daß die Militärs (insbesondere die österreichischen) der Zulassung der Reuters-Korrespondenten zugestimmt haben, liegt wohl daran, daß man mit einem einzelnen Agenturvertreter leichter umgehen zu können glaubt als mit einer größeren Anzahl an Zeitungskorrespondenten.[128]

In Norditalien kommt es alsbald zu größeren militärischen Zusammenstößen. Die Kämpfe bei Montebello beobachten der österreichische Korrespondent Pollak und sein Kollege aus gebotener Ferne. Sie sehen „Rauchwolken aufsteigen“ und „das blitzartige Aufleuchten des Gewehrfeuers“, ohne sich jedoch ein klares Bild von den Vorgängen machen zu können. Pollaks Begleiter beobachtet die Bewegungen der Kämpfenden mit dem Fernglas, sieht somit mehr und kommentiert „als tüchtiger und erfahrener Militär“, der er ist, mit wiederholt freudigen Ausrufen, wie: „Es ist gut! – Wir rücken vor! – Wir behaupten uns! – Der Feind weicht!“[129] Allerdings nimmt die Schlacht dann doch eine Wendung, die lapidar mit „Ich fürchte, daß wir die erste Schlacht verloren haben!“ kommentiert wird. Um den ziemlich lückenhaften Bericht zu komplettieren und ausführlichere Informationen über Verlauf und Ausgang des aus der Distanz verfolgten Kampfes zu bekommen, wendet sich Pollak an den militärischen Pressechef Herrn von Littrov, der vorgibt, nichts über besagte Ereignisse zu wissen und abwehrend meint, daß nichts von Belang passiert sei. Pollak ist sich nun sicher, daß die österreichischen Truppen eine Niederlage erlitten haben. Die Stimmung im Hauptquartier ist schlecht. Gegenüber den „Federhelden“ ist das Mißtrauen besonders groß. Sie gelten als lästige Beobachter, die nur darauf warten, Prekäres an ihre Zeitungen zu melden.

Auf der Gegenseite veröffentlicht Havas am 21. Mai eine Depesche, die an der Pariser Börse öffentlich affichiert wird. Darin heißt es in patriotischem Ton und unter der Überschrift „Der Kaiser an die Kaiserin: Die Division Forey hat nach einem erbitterten Kampf von vier Stunden das Dorf Montebello eingenommen. Die Österreicher befinden sich seit gestern Abend auf dem Rückzug.“[130]

Der Nachrichtenfluß vollzieht sich auf französischer Seite weitaus ungestörter. Der Havas-Sonderkorrespondent in Mailand berichtet nach Paris, daß die Österreicher ihre Truppen bei Piacenza zusammenziehen; es entsteht eine Situation, die vom militärischen Standpunkt aus gesehen einer gewissen Pikanterie nicht entbehrt. Während es den österreichischen Korrespondenten strikt untersagt ist, derartige

Angaben zu veröffentlichen, gibt der Havas-Korrespondent seine Lageberichte ungeniert weiter. In offenherzigen Worten fügt er seinen Berichten hinzu: „Die Milanesen warten schon darauf, von der österreichischen Besetzung befreit zu werden."[131] Die österreichischen Strategen haben sich tatsächlich darauf eingestellt, den Gegner bei Piacenza zu erwarten, doch umgeht Napoleon die österreichische Armee. Den verbündeten sardischen Truppen ist die Aufgabe übertragen, das französische Manöver zu verschleiern.

Es folgt ein Presseeklat. Eine österreichische Zeitung veröffentlicht unter dem Hinweis, ihre Information direkt vom Schauplatz bezogen zu haben, ein delikates Gerücht über die Armeeführung. Der Oberbefehlshaber Gyulai habe sich „geweigert", vor Eintreffen der französischen Truppen den Kampf zu eröffnen; das „kleine Häufchen der Sarden" zu besiegen, wäre keine Ruhmestat, mit dem könne man „leicht fertig" werden; es wäre vielmehr ein großes Verdienst, die Franzosen „unschädlich" zu machen, Napoleon aufs Haupt zu schlagen und seinen Truppen den Rückzug nach Paris unmöglich zu machen.[132] Der akkreditierte Korrespondent besagter Zeitung wird daraufhin des Kriegsschauplatzes verwiesen, weil die Meldung nach der Niederlage, die die Österreicher nun erleiden, besonders unangebracht wirken muß. Als der österreichische Feldmarschall Gyulai bemerkt, daß Napoleons Ziel nicht Piacenza, sondern Mailand ist, ist es zu spät. Am 4. Juni meldet Havas einen Sieg in der Nähe eines Dorfes namens Magenta: „Der Kaiser an die Kaiserin. Brücke bei Magenta, 11 Uhr 30. Ein großer Sieg. 5.000 Gefangene und 15.000 der Feinde getötet oder verwundet. Details später."[133] Magenta, so wird in der knappen Depesche hinzugefügt, liegt in der Nähe von Buffalora auf der Straße nach Mailand.

Was sich hinter den spärlichen Angaben über die Ereignisse bei dem bislang unbekannten italienischen Dorf verbirgt, ist ein schaudererregendes Ereignis. Zum ersten Mal auf einem derartigen Schlachtfeld, bietet sich dem jungen Korrespondenten Pollak ein „herzerschütterndes Bild, eine Szenerie, wie man sie sich entsetzlicher kaum vorzustellen vermag." Weit umher ist die Erde getränkt mit dem Blut tausender Verwundeter und Toter, bedeckt mit verkrüppelten oder verendeten Pferden; auf dem Boden verstreut liegen Gewehre, Helme und Uniformfetzen, die „Hilferufe und das Jammergeschrei der schmerzerfüllten Opfer" sind noch zu vernehmen: „Von Mitleid und Teilnahme, von Entsetzen und Entrüstung erfüllt," dastehend, „zitternd in ungeheurer Aufregung," unfähig, seine Gefühle und Empfindungen auszudrücken, beherrscht ihn einzig die Frage, ob dies alles so sein müsse, ob „dem Willen eines einzelnen" tausende junge Männer zum Opfer fallen müssen.[134]

Die Schlacht bei Magenta erhält auf Österreichs Seite dadurch eine ganz besondere Bedeutung, daß sie verloren geht, in der Berichterstattung aber nicht verloren gegeben wird. Eine Depesche vom 8. Juni, abgedruckt in der *Triester Zeitung* vom 9. Juni, meldet in pathetischen Worten einen „Sieg bei Magenta“:

> Nach einem Kampf, wie ihn die Blätter der Geschichte nur selten berichten, haben die Waffen Oesterreichs einen Sieg über die Feinde errungen, einen Sieg, den die spätesten Geschlechter noch als eine der schönsten Edelsteine in dem glänzenden Diadem der Habsburger erkennen werden. Das Lügengewebe ist zerrissen. Wie bei den Strahlen der Sonne die Nacht dem Tage weicht, so ist die fränkische Selbstüberhebung an der leuchtenden That unserer Armee zu Schanden geworden. Die Zuaven, die Turcos, die Sarden und Alle, die sich rühmten, dem Angriff der „wilden Thiere“ könne kein Oesterreicher widerstehen, die Adria sei das Grab unserer Herrschaft über Oberitalien; Louis Napoleon, den es am 4. an die Kaiserin Eugenie zu telegraphiren trieb: „wir haben einen großen Sieg“ – wo sind sie jetzt, wo ist ihr Sieg, ihr Uebermuth, ihr Glanz, wo ihr am 6. schon verkündeter angeblicher Einzug in Mailand, wo ist die Tricolore auf dem Dome Mailands? Von der Sesia zurückgedrängt, haben die Soldaten Franz Josephs das Erbe der Habsburger an den Grenzmarken vertheidigt, und ihre Stärke von Neuem aus dem Boden des Reiches gesogen. Blutig und furchtbar muß der Kampf gewesen sein, gibt doch selbst der französische Bericht, noch vor dem Ausgang der Schlacht, 10.000 Mann als den Verlust der Franzosen an. Aber an der zähen Standhaftigkeit, dem Löwenmuth der Oesterreicher, hat sich der Ungestüm der Franzosen wie an einem ehernen Wall gebrochen. Lange hat der Sieg geschwankt. Ungeheure Massen führte der Feind in's Gefecht, und löste sie durch immer neue ab. Alle seine Truppen scheinen sich mit den Oesterreichern gemessen zu haben. Von seinen Generälen sind vier an der Spitze ihrer Regimenter kampfunfähig geworden.
>
> Der Sieg mag den Franzosen gelächelt haben; an ihre Fahnen konnten sie ihn aber für den letzten Tag nicht mehr bannen. Oesterreichs Adler haben triumphirt über einen Feind, dessen kriegerische Waffen die einzigen sind, die Anerkennung verdienen. Der Angriff auf die Lombardei ist zurückgeschlagen, unsere Armee hat wieder piemontesischen Boden betreten, und der Kampf wird außerhalb der Monarchie geführt werden, auf dem Gebiete jenes Mannes, der sich die Krone der Lombardei von dem Abenteurer von Boulogne wollte aufsetzen lassen. Der Sieg unse-

rer herrlichen Armee wird in Europa jenes erhebende, ungemessene Gefühl der Begeisterung hervorrufen, daß noch immer den Sieg des Rechtes über das Unrecht und die Lüge begleitet hat. Mit viel edlem Blut unter mörderischem Kampf erkauft, wird er auf die deutschen Armeen, auf die Armeen des kriegsgerüsteten Preußen wie ein elektrischer Funke einwirken, und ihnen zeigen, daß österreichische Soldaten ihre Brust dem Feinde des europäischen Rechtes entgegenzuhalten, und daß sie zu siegen wissen, selbst über ein tapferes Heer, dessen großer Makel freilich sein oberster „Feldherr" ist. Die selbstgemachte Glorie Louis Napoleons ist verschwunden, sein Feldherrngenie hat kläglichen Schiffbruch gelitten. Aber auf Franz Josephs Haupt sitzt die eiserne Krone der Lombardei so fest wie je, und mit dem Longobardenkönig mag er, auf die Sieger von Magenta die Welt verweisend, in gerechtem Stolz ausrufen: Wehe dem, der diese Krone anrührt.[135]

Besonders kurios mutet diese Siegesmeldung deshalb an, weil sie auf der Titelseite der *Triester Zeitung* unmittelbar neben dem Bericht des Oberkommandierenden Gyulai vom 6. Juni abgedruckt ist, der seinem Kaiser und aller Welt zwar umständlich, letztlich aber eindeutig den Rückzug und die erlittene Niederlage zur Kenntnis bringt; so glaubt er „mit voller Sicherheit annehmen zu können, daß der Feind trotz seiner Uebermacht den Besitz Magenta's theuer erkaufte", und daß er, der Feind nämlich, der österreichischen Armee „die Gerechtigkeit widerfahren lassen wird, auch einem tapfern und numerisch stärkeren Gegner nicht ohne heldenmüthigen Kampf gewichen zu sein."[136]

So schlimm die Nachricht von der Niederlage ist, die Nachricht vom vermeintlichen Sieg macht die Lage noch viel schlimmer. Die hochgehenden Wellen schlagen bis nach Wien, wo das peinliche Malheur am 11. Juni 1859 im Ministerrat zur Sprache kommt. Es zeigt den ohnedies skeptischen Verantwortlichen die Notwendigkeit strikter staatlicher Kontrolle des Telegrafen auf. Innenminister Bach macht auf den Artikel in der offiziösen *Triester Zeitung* aufmerksam; er berichtet, Erhebungen über den Ursprung der irrigen Nachricht eingeleitet zu haben. Der Handelsminister nimmt den Vorfall zum Anlaß, auf einen schon am 3. Mai gemachten Vorschlag zurückzukommen, wonach „nicht nur die einlangenden Telegramme, sondern auch die zur Telegrafierung aufgegebenen Nachrichten über Kriegsereignisse oder Truppenmärsche, besonders wenn sie fürs Ausland bestimmt sind, einer Controle bedürfen." Der Handelsminister sorgt sich um den schlechten Einfluß „der aus unlauteren Quellen geschöpften Nachrichten auf den öffentlichen Credit",[137] fürchtet wohl einmal mehr um die Börse, die bekanntlich überaus sensibel auf schlechte Kriegsnachrichten reagiert. In dieser Ministerratssitzung kommt auch ein Vorschlag des Leipziger Generalkonsuls Grüner zur Sprache, der im Zuge einer Eingabe an den Außenminister die Gründung eines „Allgemeinen Correspondenzbureaus" nach dem Vorbild des Wolff'schen Bureaus oder der Agence Havas angeregt hat. Eine solche – ob nach deutschem oder französischem Vorbild, jedenfalls – staatsunabhängige Lösung scheint in der gegebenen Situation jedoch ganz und gar nicht opportun; im Gegenteil, die Falschmeldung von Magenta wird zum Anlaß genommen, bei nächster Gelegenheit Tuvoras Österreichischen Correspondenz den Garaus zu machen, um sie durch eine staatliche Institution zu ersetzen.

Noch aber hat man drängendere Sorgen. Der Krieg ist noch nicht zu Ende, um den Ausgang steht es schlecht. In einer weiteren großen Schlacht erleiden die österreichischen Truppen eine weitere große Niederlage. Am 24. Juni 1859, einem heißen Sommertag, stehen in der Nähe des Städtchens Solferino, südlich des Gardasees, insgesamt rund 300.000 Soldaten in einem furchtbaren Gefecht; dröhnende Artillerieschläge untermalen unaufhörliche Angriffs- und Gegenangriffsoperationen, die in blutige Bajonettkämpfe münden. Stundenlang dauert das Gemetzel. Nächtens herrscht Totenstille über dem mit tausenden Menschenleibern übersäten Schlachtfeld; nur vereinzelt ist das Wimmern und Stöhnen der Sterbenden zu vernehmen. Die Correspondence Havas übermittelt am Tag danach die Meldung vom französischen Sieg: „Große Schlacht und großer Sieg. Die ganze österreichische Armee hat aufgegeben. Die Gefechtslinie war 5 lieues lang. Wir haben alle Stellungen erobert, viele Kanonen und Flaggen erbeutet und Gefangene gemacht. Die Schlacht hat von 4 Uhr früh bis 8 Uhr abends gedauert."[138]

Julius Reuter bringt ebenfalls die obige Kundmachung aus Paris, am nächsten Tag aber auch eine Meldung seines Korrespondenten aus dem österreichischen Hauptquartier in Verona, wobei die Verspätung durchaus auf das umständliche österreichische Zensurprocedere zurückgehen mag. Obwohl man in England im allgemeinen auf der Seite der Italiener steht, bemüht sich Reuter im Rahmen seiner Berichterstattung, jeweils beide Seiten zu Wort kommen zu lassen.

Im Gefolge der großen Schlachten, aber auch aus taktischen Gründen ist es letztlich beiden Kaisern, Napoleon und Franz Joseph, ein Anliegen, den Krieg zu beenden. Ersterem kommt eine weitere Einigung Italiens unter der Führung des italienischen Revolutionärs Garibaldi ungelegen, zweiterer fürchtet das Eingreifen Preußens und eine Revolution in Ungarn. So gelangt man zum Vorfrieden von Villafranca, dessen Ergebnisse die offizielle und offiziöse Presse trotz der zahllosen Toten und Verwundeten dem lesenden Volk im Hinterland schmackhaft machen soll: zwar verliere Österreich mit der Lombardei eine seiner schönsten Provinzen, „aber das Schatzkästlein – Venedig“ bleibt, wie es heißt, erhalten, wie auch ein gewisser Einfluß in Italien, den es durch Sitz und Stimme im italienischen Staatenbund, der sich unter päpstlichem Vorsitz konstituiert, wahrnehmen kann. Was, so Pollak, könne „der Besiegte mehr erwarten?“[139]

Reuters „...billigere und bessere Nachrichten“

Im Gegensatz zur Habsburgermonarchie, wo man dazu tendiert, an einem staatspolitisch inspirierten Telegrafensystem, wie es die optische Telegrafie hervorgebracht hat, festzuhalten, nimmt die vom kapitalistischen Motor getriebene britische Telegrafie internationale Züge an. Den Hintergrund bildet die wirtschaftliche Öffnung Großbritanniens als Konsequenz der industriellen Revolution; es erfolgt eine Absetzung verschiedener Einfuhrverbote, eine Senkung von Industriezöllen und letztlich sogar eine Aufhebung der sogenannten „Navigationsakte“, wodurch das jahrhundertelang bestehende britische Schiffahrtsmonopol fällt und die Ära des internationalen Freihandels eingeläutet wird.[140] Zur selben Zeit beginnen britische Gesellschaften unterseeische Telegrafenkabel zu legen. Getrieben von kommerziellen Interessen und unterstützt durch die Regierung, wachsen Telegrafendrähte über die Insel hinaus: zu Irland bestehen ebenso Unterseeverbindungen wie zum Kontinent: nach Calais, ins belgische Ostende, in die niederländischen Städte Haag und Amsterdam, eine Verbindung mit der deutschen Stadt Hannover ist geplant. Der Telegrammverkehr setzt sich überwiegend aus Börsen- und Handelsnachrichten zusammen, Zeitungstelegramme sind noch selten. Die vor sich gehende Internationalisierung des telegrafischen Nachrichtenverkehrs verschärft das Wettbewerbsverhältnis zwischen Reuters Cabled Messages in London, der französischen Agence Havas und dem Wolff'schen Telegraphischen Bureau in Berlin. Die Vereinbarung eines Gebietsschutzes liegt in aller Interesse, zumal der junge Nachrichtenmarkt noch Expansion in viele Richtungen zuläßt. 1856 trifft man ein pragmatisches Abkommen, das darauf abzielt, ein gegenseitiges Konkurrenzieren zu verhindern, das den Nachrichtenaustausch zwischen den Agenturen regelt und ihnen die Exklusivität der Länder, in denen sie ansässig sind, garantiert.[141] Das Abkommen bezieht sich noch hauptsächlich auf Marktpreise und Börsenkurse.

Die Telegrafie hebt die Ortsgebundenheit von Märkten auf und schafft so die Voraussetzung für das Entstehen des modernen Weltmarkts. Die Börsen der Handelsplätze sind aufgrund der fortschreitenden telegrafischen Vernetzung, wie Karl Knies schreibt, nur noch „Haupt- und Nebensäle, Zimmer und Cabinette“ eines einzigen Hauses; alles sei nunmehr wie unter einem Dach, alle Plätze hätten offene Zugänge zueinander, man könne gleichzeitig die Rufe der Käufer und Verkäufer vernehmen und das Verhältnis des gesamten Angebotes und der gesamten Nachfrage sei überall die Grundbedingung der Preisbildung. Die Geschwindigkeit des Nachrichtentransfers wird konstitutiver Bestandteil des Wirtschaftssystems, wie Knies in seiner 1857 erschienenen Studie über den „Telegraph als Verkehrsmittel“ konstatiert:

> Eben der geschäftliche Nachrichtenverkehr ist es denn auch, welcher ganz besonders stark das Bedürfnis nach einem nicht blos ganz regelmäßigen, sondern auch in kurzen Zwischenräumen sich immer wieder darbietenden Transportmittel der Nachrichten empfindet. (...) Zumal im Geschäftsverkehr wird das frühzeitige, rechtzeitige Eintreffen einer Nachricht, oder auch einmal eben nur eine erste Nachricht dem Empfänger den größten Vortheil bringen können, etwas später aber oder für andere Empfänger nach ihm ganz werthlos sein. Dieß gilt nicht blos für Nachrichten, deren Nutzeffect dem Absender im Augenblick der Versendung schon verbürgt ist, sondern auch für solche, an deren Transport sich wie an den Transport von Gütern auf Jahrmärkte und Messen, zum Verkauf auf Consignation u. dgl. nicht ein schon erwachsenes sondern nur ein eventuelles Interesse anschließen kann.[142]

Die Geschwindigkeit, mit der eine Nachricht übermittelt werden kann, ist ein wesentlicher Bestandteil ihres Handelswertes. Ist eine Nachricht unaktuell, ist sie am Nachrichtenmarkt praktisch wertlos. Nachrichten sind „Zeitgüter“. Agenturen wie Reuters fungieren dahingehend als eine Art Börse, wo man zwar keine Güter, aber die momentane Notierung von Gütern an verschiedenen Börsen der Welt kaufen kann.

Um ihre Kolonien effizienter ausbeuten zu können, planen die Briten die Herstellung einer telegrafischen Verbindung nach Aden und Ostindien. Seitens der Regierung besteht großes Interesse an diesem Kabel, der Seeweg ist in Zeiten vor dem Bau des Suezkanals noch sehr weit, die Telegrafie würde die Distanz beträchtlich verkürzen. Für die über Konstantinopel geführte Strecke erteilt der „telegraphenfreundliche Sultan“ die „verbriefte Concession“ und sagt „Schutz und Schirm für den Betrieb“ zu.[143]

Abseits davon kursieren Pläne, eine Verbindung zwischen Nordamerika und den britischen Inseln herzustellen. Als Samuel Morse diesen Gedanken erstmals ausgesprochen hat, hat man sich im amerikanischen Kongreß noch darüber lustig gemacht. Der Papierfabrikant Cyrus West Field glaubt jedoch an die gewinnträchtige Idee. Er gründet die „Atlantic Telegraph Company of New York, New Foundland and London", die eine Lizenz für eine transatlantische Telegrafenlinie erwirbt. Mit der von den großen New Yorker Blättern gegründeten Nachrichtenagentur „Associated Press" (wie die einstige „Harbour News Association" nun heißt) schließt er ein Abkommen, wonach ihr Priorität im künftigen transatlantischen Kabelverkehr zukomme.[144] Die „Telegraph Company of New York, New Foundland and London" und eine britische „Transatlantic submarine Telegraph Company", an deren Spitze John Wattkins Brett steht, verständigen sich in einem Vertrag darüber, bis 1858 die Atlantikkabelverbindung gemeinsam zu errichten.[145] Julius Reuter nutzt die Gunst der Stunde und schließt mit der Associated Press eine Vereinbarung im Hinblick auf einen regelmäßigen Nachrichtenaustausch zwischen London und New York. Reuter will die Amerikaverbindung optimal nutzen, mit stündlichen Amerikanachrichten seinen Marktwert erhöhen und die Londoner Großpresse als Klientel gewinnen.[146]

Wegen der großen Menge an Kabel, die für die Atlantiküberquerung benötigt wird, will man zwei Schiffe einsetzen, die einander auf halbem Weg treffen sollen. Die britische und die amerikanische Regierung stellen je eines ihrer größten Kriegsschiffe zur Verfügung. Am 5. August 1857 beginnt das Kabellegeunternehmen gleichzeitig auf Valencia Island in Irland und in Saint John's in Neufundland, doch bringt ein Riß des Kabels ein frühzeitiges Ende. Wegen des rauhen atlantischen Klimas muß man mit einem neuerlichen Versuch bis zum nächsten Sommer warten. Am 10. Juni 1858 laufen die Schiffe wieder aus, um sich in der Mitte des Atlantiks zu treffen, dort die Kabelenden zu verspleißen und in Richtung Europa bzw. Amerika abzudampfen. Doch ein zehntägiger Sturm macht dem Unternehmen diesmal ein vorzeitiges Ende. Am 17. Juli 1858 erfolgt die dritte Ausfahrt der Kabellegeschiffe; am 28. Juli treffen sie einander an der vereinbarten Stelle mitten im Atlantik, das Kabel wird vernietet und die Verlegung beginnt. Am 5. August 1858, ein Jahr nach der erstmaligen Ausfahrt, haben die Schiffe ihre Heimatküsten in Sicht. Die Verbindung wird hergestellt, das vollbrachte Werk von der Londoner *Times* euphorisch mit den Taten von Kolumbus verglichen.[147] Amerika ist neuerlich erschlossen. Die britische Königin Viktoria sendet ein Eröffnungstelegramm an den amerikanischen Präsidenten in Washington.

Als das Transatlantikkabel nach Amerika in Betrieb geht, spricht Julius Reuter bei den Londoner Zeitungen vor. Der *Times* bietet er an, über das neue Kabel einen täglichen amerikanischen Geldmarktdienst zu liefern. Dieses attraktive Angebot schlägt man seitens der *Times* nicht aus. Unglücklicherweise ist die Lebensdauer des ersten Transatlantikkabels aber nur kurz, schon am 20. Oktober 1858 reißt die Verbindung ab und der Telegrammverkehr zwischen der alten und der neuen Welt verstummt, wodurch auch Reuters Geschäftsbeziehungen zur *Times* enden. Reuter läßt sich aber nicht entmutigen, er spricht bei James Grant vom *Morning Advertiser* vor und bietet an, für ihn Nachrichten vom europäischen Kontinent billig zu besorgen. Der *Morning Advertiser* zahlt zu dieser Zeit 40 Pfund pro Monat für seine Auslandstelegramme, Reuter verspricht seine Dienste für nur 30 Pfund. Nach einer vierzehntägigen Probephase kommt er mit James Grant ins Geschäft, bald danach auch mit den fünf anderen Londoner Morgenblättern – übrigens auch mit der *Times*. Es heißt, ausschlaggebend für den Meinungsumschwung sei ein peinlicher Irrtum der renommierten Zeitung: Anfang des Jahres 1859 übermittelt der Pariser Korrespondent Reuters die Neujahrsbotschaft Napoleons III. an den österreichischen Gesandten Hübner, die den Krieg zwischen Frankreich und Österreich ankündigt. Die sensationelle Nachricht geht vereinbarungsgemäß an die Londoner Zeitungen – mit Ausnahme der *Times*, die sich der Belieferung durch Reuter entschlagen hat und prompt dafür bestraft wird. Als einziges der großen Blätter kann sie die Meldung nicht sofort bringen und sieht sich gezwungen, diese im Rahmen einer eigenen Nachmittagsausgabe nachzuliefern.

In den Wochen nach der folgenschweren Erklärung des französischen Kaisers kursieren in London die tollsten Gerüchte, die Spannung ist groß. Als Napoleon III. am 7. Februar 1859 vor der gesetzgebenden Kammer spricht, telegrafiert der Vertreter von Reuter in Frankreich den Text über eine eigens angemietete Leitung nach London, was zur Folge hat, daß bereits eine Stunde später Extraausgaben der Londoner Zeitungen erscheinen. Im Mai 1859 spricht Reuter persönlich in Österreich vor; er will seiner Klientel wohl auch von dieser Seite Stellungnahmen in Gestalt offizieller Meldungen bieten. Es gelingt ihm, im folgenden Krieg zumindest einen seiner Korrespondenten im österreichischen Hauptquartier unterzubringen. Nach der Berichterstattung über den Krieg in Italien, im Zuge derer Reuter Meldungen aus allen beteiligten Lagern geliefert hat, kann er bei der Londoner Presse endgültig Fuß fassen. Die skeptische *Times* kann durch Sonderkonditionen überzeugt werden – sie erhält alles, zahlt jedoch nur für das Material, das sie verwendet.[148]

Abgesehen von der unverzichtbaren Schnelligkeit liegt Reuters Unternehmensidee darin, daß sich nicht jede Zeitung selbst und auf teurem Weg Auslandsnachrichten beschaffen muß, sondern ein einheitlicher Sammeldienst dies für mehrere Blätter weitaus effizienter besorgen kann. Das Prinzip der Arbeitsteilung hält Einzug. Die Zeitungen, die versuchen das Einzugsgebiet ihrer Berichterstattung zu erweitern und ihren Lesern Nachrichten aus allen wichtigen Ländern, ja von allen Kontinenten, die im Zeichen von Welthandel und Kolonialismus von europäischen Staaten in Beschlag genommen werden, zu vermitteln, können den steigenden Beschaffungsaufwand nicht mehr bewältigen. Infolgedessen etablieren sich die Nachrichtenagenturen an den Knotenpunkten zwischen globalem Einzugsgebiet und regionalem Zeitungsmarkt. Diese Idee ist vor dem Hintergrund der entstehenden Massenpresse in ihrer Einfachheit und Wirtschaftlichkeit geradezu zwingend, wenngleich sie durchaus eine gewisse Irritation in der Leserschaft angesichts ähnlicher oder gar identischer Meldungen in verschiedenen Blättern hervorruft.

Ende der 50er Jahre versuchen Reuter, Havas und Wolff auf dem internationalen Nachrichtenmarkt ihre Claims abzustecken. Am 18. Juni 1859 wird in Paris neuerlich ein Vertrag geschlossen, in dem die 1856 getroffenen Vereinbarungen für Wirtschaftsnachrichten bestätigt und auf den Bereich politischer Nachrichten ausgedehnt werden. Die Telegramme sind demnach exklusiv dem jeweiligen Vertragspartner zuzuschicken, wobei nur die Telegrafierkosten in Rechnung gestellt werden. Die Zusammenarbeit ist ein Gebot der ökonomischen Vernunft, da sich die Agenturen durch das gegenseitige Konkurrenzieren in ihrer Existenz gefährden und die Lukrativität des internationalen Nachrichtengeschäfts grundsätzlich untergraben würden. Auguste und Charles-Guillaume Havas, Bernhard Wolff und Julius Reuter unterzeichnen mit diesem Vertrag ein erstes formelles Abkommen, worin die Grundzüge des späteren Kartellvertrags bereits zu erkennen sind. Das Stammland der jeweiligen Agentur wird zu ihrem ureigenen Geschäftsgebiet erklärt, also Frankreich für die Agence Havas, die deutschen Länder für das Wolff'sche Bureau und England für Reuters. Als Ausnahme wird festgeschrieben, daß die Agence Havas ihren Nachrichtendienst weiterhin in ihre angestammten Städte Augsburg, Stuttgart, Würzburg und auch nach Wien und Triest liefern darf,[149] und daß das Wolff'sche Bureau monatlich 100 Francs an die beiden anderen Vertragspartner für die Überlassung des zusätzlichen St. Petersburger Einzugsgebietes zu zahlen hat. Ziel des Abkommens ist erklärtermaßen, einen ruinösen Wettbewerb zu verhindern und im übrigen den telegrafischen Nachrichtenverkehr in den Möglichkeiten des sich ausdehnenden Telegrafenwesens und gemäß den Bedürfnissen der Öffentlichkeit und der Presse auszubeuten.[150]

International nimmt Reuters gegenüber der Agence Havas, die auf ein ausgedehntes Korrespondentennetz in Westeuropa und im Mittelmeerraum verweisen kann, zunächst die Rolle eines „Junior-Partners“ ein. Reuter hat aber mehr im Sinn; er nützt das Abkommen von 1859, um vorerst seine Position in London abzusichern. Aus einer solcherart gesicherten Position heraus will er die Welt erobern. Folgende Schritte sieht er dahingehend vor: eine verstärkte Präsenz in Deutschland soll ihm ermöglichen, den Osten zu erschließen und die Agenturen in Kontinentaleuropa – Havas und Wolff – zu kontrollieren. Für die Erschließung von Überseegebieten will er sich als Mitfinanzier eines Atlantikkabels einen Zugriff auf die Nachrichten aus den USA sichern. Außerdem will er das gesamte Gebiet des britischen Empire entlang der unaufhörlich den Globus umschlingenden Telegrafenlinien durch die Eröffnung von ständigen Niederlassungen oder zumindest zeitweiligen Vertretungen erschließen. Es sind ehrgeizige Pläne, die Reuter hegt, und es wird nicht allzu lange dauern, bis er sie realisiert haben wird. Ausschlaggebend dafür ist, daß sich das weltweite Telegrafennetz unter britischer Initiative entwickelt; ein Netz, dessen Kabeln Reuter in die entlegensten Winkel der Welt folgen kann, um seinen Abonnenten Nachrichten von überall dort anzubieten.

Mitentscheidend für Reuters Erfolg ist zweifellos der Umstand, daß er sich in der britischen Metropole in einer Zeitungslandschaft bewegt, die sich ungehemmt entfalten kann, weil staatliche Repressalien, wie sie in Österreich nach wie vor bestehen, weitestgehend fehlen. Nachdem die Zeitungssteuer im Jahr 1855 gefallen ist, nimmt die britische Zeitungslandschaft einen bedeutenden Aufschwung. Die Vorherrschaft der *Times* wird durch zahlreiche Zeitungsgründungen beendet. Es ist dies die Geburtsstunde der Massenpresse. Teure Zeitungen wie die *Times*, die bis zu fünf Pence kosten, sind oft einige Tage im Umlauf, ein Exemplar wird von mehreren Leuten gelesen und immer wieder weiterverkauft; die für einen Penny erhältlichen Zeitungen der „Penny-Press“, wie der neue *Daily Telegraph*, sind hingegen billig genug, daß sich die Leser ein eigenes Exemplar leisten können. Ihre Rendite lukriieren die Billigblätter über eine hohe Auflage. Der *Daily Telegraph* druckt bald doppelt soviele Exemplare wie die *Times*. Von dieser Entwicklung profitiert Julius Reuter, der den entstehenden Massenblättern bieten kann, was sich ansonsten nur die renommierten Zeitungen über ihre Korrespondenten leisten können: Auslandsnachrichten.[151] Zu den Geschäftsleuten als Abnehmer seiner Wirtschaftsnachrichten gesellen sich die Zeitungsverleger, die ihren

Lesern mehr und mehr telegrafische Neuigkeiten bieten wollen und müssen, wenn sie im härter werdenden Konkurrenzkampf um die Lesergunst bestehen wollen.

In Wien wird man indes nicht müde, die „Übelstände der Presse" zu beseitigen. Unter diesem Motto hat man 1857 die Stempelsteuer auf politische Zeitungen wieder eingeführt und im Jahr darauf auf alle in- und ausländischen Blätter ausgedehnt. Sie beträgt einen Kreuzer pro Exemplar, was dem Staat insgesamt beträchtliche Summen einbringt und auf ein kameralistisches Motiv staatlicher Geldbeschaffung verweist. Eine unmittelbare Folge davon ist die Verteuerung der Zeitungen, die österreichischen Blätter kosten das Vielfache von deutschen und haben einen Bruchteil an Auflage.[152] Neben einer kurzfristigen Verbreitungseinschränkung führt diese Art von Pressepolitik längerfristig zu einer chronischen Unterentwicklung der österreichischen Presselandschaft. Ende der 50er Jahre erscheinen in der gesamten Habsburgermonarchie nur 59 Tageszeitungen.[153]

Während man in Österreich – direkt oder indirekt – die liberale Presse in ihrer Entwicklung behindert, gewinnt sie im demokratisch und wirtschaftsliberal inspirierten, angelsächsischen Raum einen Stellenwert, der ihr den sprichwörtlichen Ruf einer Großmacht verschafft. Verantwortlich dafür ist zudem ein anderes verlegerisches Konzept: Die amerikanischen und britischen Verleger verstehen sich in erster Linie als unabhängige Wirtschaftsunternehmer auf einem prosperierenden Zeitungsmarkt; in erster Linie Geschäftsleute, sind sie vorrangig daran interessiert, mit ihren Zeitungen ein möglichst breites Käufersegment zu bedienen und Profit zu machen.[154] Das journalistische Selbstverständnis wurzelt weniger im Bemühen, den Leser durch kommentierende Artikel zu belehren oder in irgendeine Richtung zu beeinflussen, als darin, den Ansprüchen des Zeitungskäufers entgegenzukommen.

Die angelsächsische Presse vollzieht Anfang der 60er Jahre überdies den Übergang ins industrielle Zeitalter. William A. Bullock konstruiert in Philadelphia eine vollautomatische Rotationspresse, bei der das Papier vor dem Bedrucken jedoch noch in geschnittenen Bogen eingelegt werden muß. Der beachtliche Ausstoß von 10.000 bedruckten Bogen pro Stunde macht es dennoch möglich, daß Bullock eine Reihe von Maschinen an amerikanische und britische Verleger verkaufen kann.[155] John Walter III., Inhaber der *Times*, läßt etwa zur selben Zeit eine Rotationsmaschine bauen, die 12.000 Bogen pro Stunde bedruckt und das Papier direkt von einer Papierrolle nimmt. Der Druckvorgang wird dem Förderbandprinzip unterworfen, wenn die rotierenden Zylinder das hindurchgleitende Endlospapier bedrucken. Die Industrialisierung der Zeitungsproduktion bringt das ursprünglich elitäre Medium Zeitung auf den Weg zum modernen Breitenmedium.

Die Massenauflagen führen dazu, daß inhaltliche Tendenz in die eine, wie in die andere Richtung aus den Nachrichten verstärkt herausgehalten wird, um einen möglichst großen Käuferkreis, in dem zwangsläufig viele verschiedene Meinungen bestehen, anzusprechen. Die Nachrichten werden auf ihren Faktengehalt reduziert. Aus dieser Orientierung der Zeitungsverleger resultiert, daß sich auch die kommerziellen Nachrichtenagenturen, die die Zeitungen beliefern, an solchen Prämissen orientieren. Liegt das Ziel der Zeitungen darin, möglichst viele Leser mit unterschiedlichen Bedürfnissen zu erreichen, so ist es das Ziel der Agenturen, den Nachrichtenbedarf möglichst vieler Blätter zu befriedigen, egal welcher politischen Richtung sie anhängen. Auch die Agenturen preisen die „Unparteilichkeit“. Die Objektivität einer Nachricht ist auf dem freien Nachrichtenmarkt ihr größtes Kapital. Sie ist nicht allein ein ethisches, vielmehr auch ein ökonomisches Gebot, eine Notwendigkeit, um sich am freien Zeitungsmarkt halten zu können. Es vollzieht sich eine Übertragung des ursprünglich für Wirtschaftsnachrichten formulierten Paradigmas der Faktizität auf alle Nachrichten. Reuter beschränkt sich bei politischen Nachrichten, wie er dies während des Krieges in Italien demonstriert hat, möglichst auf die Übermittlung von Fakten (respektive auf das, was er von den verschiedenen Seiten als Fakten bekommt) und enthält sich eines eigenen Kommentars. Er zieht sich zurück auf die Position des Boten, der lediglich Überbringer und nicht verantwortlich für den Inhalt der Botschaft ist. In dieser Form der Berichterstattung spiegelt sich neben der Freiheit des Wirtschaftens freilich auch das Prinzip des freien Informationsflusses zur politischen Meinungsbildung und Wahrheitsfindung, das die westlichen Demokratien in ihren Verfassungen niedergelegt haben. Hinter der objektiven Nachricht steht neben wirtschaftlichen Kalkulationen die Mündigkeit des Individuums, die vom demokratischen System postuliert wird. Damit sich das Individuum selbst eine Meinung bilden kann, bedarf es unbeeinflußter Nachrichten. Wie radikal Reuter das Prinzip der politischen Korrektheit durchsetzt, darauf verweist ein ehemaliger Mitarbeiter; das Verfahren, die Reuterschen Agenten zur Sorgfalt zu erziehen, bestehe demnach darin, daß einer im politischen Departement begangenen Nachlässigkeit die sofortige Entlassung folgt, was, wie er hinzufügt, „einige der früheren Agenten nur zu wohl bestätigen könnten.“[156]

Die Agenturen besorgen gleichzeitig für viele Zeitungen die aufwendige und teure Nachrichtenbeschaffung und stellen ihnen gegen Entgelt den Rohstoff „Nachricht“ zur Verfügung. Ihre noch handschriftlich hergestellten, lithografisch vervielfältigten Blätter, die mittlerweile alle möglichen Meldungen aus verschiedenen Zeitungen, Kurse der Wertpapiere, Börsennachrichten, aber auch anekdotischen Stoff bieten, gehen direkt an die Zeitungen, die sich dadurch auf billigem Weg reich mit Nachrichtenmaterial versorgt sehen. Der tägliche Dienst einer der großen Agenturen, der eine Zusammenstellung von Meldungen verschiedener Zeitungen aus verschiedenen Ländern enthält, enthebt den Zeitungsredakteur der Mühe, selbst nach interessanten Neuigkeiten suchen zu müssen und versetzt ihn in die angenehme Situation, seiner Leserschaft ein breites Nachrichtenangebot offerieren zu können. So teuer ein solches Abonnement bei einer der Agenturen auch sein mag, die Option, ähnliche Nachrichten selbst durch Korrespondenten zu beschaffen, ist bei weitem teurer.

Vertreter alteingesessener Zeitungstraditionen verwehren sich allerdings gegen die vonstatten gehende Industrialisierung des Nachrichtengeschäfts, im Zuge derer einige wenige international agierende Fabriken den Markt mit einheitlicher Nachrichtenware beherrschen und die althergebrachten Handwerker, die zeitungseigenen Korrespondenten, vom Markt drängen. Im übrigen hält der Leipziger Heinrich Wuttke die vielgepriesene „Objektivität“ für ein bloßes Trugbild. Abseits der Frage der ideellen Korrektheit stellt er die nach der Konsistenz einer Nachricht. Die postulierte Objektivität erscheint fragwürdig, wenn sie um den Preis inhaltlicher Reduktion erkauft wird – wenn sich der Nachrichtendienst auf ein „Sammelsurium von recht vielen kurzen und dürren ‚Notizen‘“, wie es von den Agenturen geboten werde, reduziert. Was dabei auf der Strecke bleibe, sei die Qualität, wie sie der bisherige Einzelkorrespondent geboten habe; die Qualität, den mitzuteilenden Gegenstand auszubreiten und näher zu beleuchten, „um ihn dem Verständnisse näher zu rücken“. Der „Zettelkram“, der über die Agenturen in die gedruckten Zeitungen eingehe, trage „weit mehr zur Verwirrung als zur Aufklärung der Leser bei. Wo ein Urtheil notwendig wäre, um eine schädliche Einwirkung der Nachricht aufzuheben, da fehlt es gemeinlich.“ Abgesehen von der fortschreitenden Dekontextualisierung würden, so Wuttke, die knappen lithografierten Berichte der Agenturen den Berichten von eigens verpflichteten Korrespondenten „an schriftstellerischem Werth“[157] unterliegen. Damit sind die sprachverstümmelnden Einflüsse des Telegrammstils angesprochen, wie er sich aufgrund der hohen Telegrafierkosten entwickelt.

Natürlich bringt die Umwandlung der einst bürgerlichen Presse zu einem industriell produzierten und dadurch billig zu erstehenden Massenmedium Niveauverlust im Sprachlichen, Verringerung inhaltlicher Tiefe und Vereinheitlichung im Erscheinungsbild der Zeitungen mit sich. Auf der anderen Seite führt sie aber auch zu einer gehörigen Ausdehnung des inhaltlichen Angebots wie der sozialen Reichweite. Die Zeit, da ausschließlich wohlformulierte, umfangreiche Artikel in teuren Qualitätszeitungen einer elitären, bildungsbürgerlichen Schicht vorbehalten waren, ist vorüber. Lesen wird zur Breitenkultur, die Zeitung zu einem Breitenmedium, die Nachrichten werden mehr konsumiert denn studiert und die Agenturen etablieren sich als die wichtigsten Zulieferer der Zeitungen im Hinblick auf die Ware Nachricht. Diesbezüglich ist jedoch die Gefahr, die sich im Werdegang der drei großen europäischen Agenturen auftut, bald nicht mehr zu übersehen. Der Aufschwung, den sie nehmen, geht untrennbar einher mit einer Konzentration, die grundsätzlich jegliche freie Berichterstattung zu pervertieren geeignet ist; vor allem dann, wenn eine solche Oligopolagentur in den Sog einer politischen Macht gerät. Wuttke schreibt über die Agenturen – die „lithografirten Korrespondenzbureaus“:

> Die Wirkung der lithografirten Korrespondenzbureaus, welche nicht blos von einem einzelnen vorübergehenden Hergang Nachrichten verbreiten, sondern beständig Auskunft geben, ist nach unserem Dafürhalten jetzt eine höchst schädliche. Die Herausgeber der Zeitung sind durch die Bureaus von der Nothwendigkeit befreit worden, sich mit den Verhältnissen der verschiedenen Länder, mit den Stellungen in ihnen, mit dem Sinn der sich begebenden Wandlungen vertraut zu machen und selber sich ein Urtheil über dies alles zu bilden. Sind sie, wie fast durchgängig der Fall ist, mit laufenden Arbeiten überbürdet oder sind sie bequem, so ist ihr ganzer Verlaß der tägliche lithografirte Briefbogen. Ihre Arbeit wird mechanischer. Sie büßen den Ueberblick und zugleich die Selbständigkeit ein. Da sie nun auch die fremden Zeitungen nur selten, nur ausnahmsweise zu Rath ziehen und in auswärtigen Plätzen wenig eigne Berichterstatter mehr halten, so entgeht ihnen die Möglichkeit den Werth der Mittheilungen zu prüfen, welche das lithografirte Blatt ihnen gibt; so gerathen ihre Zeitungen für manche Theile des Inhalts in völlige Abhängigkeit von den Bureaus. Beispielsweise stammen die sämmtlichen Kunden aus der Levante und aus Südasien aus einer wiener lithografirten Korrespondenz oder aus den bekannten Bureaus in London und Paris.[158]

DIE ÄRA DES K. K. TELEGRAPHEN-KORRESPONDENZ-BUREAUS

Das k. k. Telegraphen-Korrespondenz-Bureau

In Österreich ertönt unter dem Eindruck des militärischen Debakels im italienischen Krieg wieder der Ruf nach einer Verfassung, die den Weg aus dem absolutistischen Regierungssystem ebnen soll. Was dabei immerzu mitschwingt, ist die Forderung nach der Freiheit der Presse. In Regierungskreisen steht man solchen Forderungen eher verständnislos gegenüber. Die Presse befindet sich in polizeilicher Zuständigkeit und daran soll sich nichts ändern. Im Zuge einer Regierungsumbildung wird anstelle der Obersten Polizeibehörde ein eigenes Polizeiministerium, auf das die Presseangelegenheiten übergehen, geschaffen; die *Wiener Zeitung*, die bislang dem Innenministerium unterstand, wird dem neuen Polizeiministerium zugeteilt. Für die Pressepolitik reichen die traditionellen polizeilichen Mittel allein allerdings nicht mehr aus. Mit den schwindenden Reglementierungsmöglichkeiten entsinnt man sich wieder der aktiven Einwirkung auf die Zeitungen. Diesbezüglich wird in der Ministerkonferenz vom 22. August 1859 einmal mehr der Gedanke beraten, eine zentrale Stelle zur Lenkung der Presse einzurichten, die mit den Redakteuren Kontakt und sie im Zaum halten soll, um dem „Unfug" unwillkommener Zeitungsaussagen zu begegnen. In der Ministerkonferenz vom 28. September 1859 kommt man auf diese Idee der „Erneuerung eines Organs zur Leitung und Überwachung der periodischen Presse" neuerlich zu sprechen. Den Beratungen entspringt das sogenannte „Preßkomitee" (wahrscheinlich als Fortführung des 1852 gegründeten „Preßleitungskomitees"). Dessen Leitung wird dem Leipziger Generalkonsul Grüner telegrafisch angeboten; dieser bittet jedoch, auf seinem Posten bleiben zu dürfen.

Als zweite Wahl wird der kerkergeprüfte ehemalige Revolutionär Witt von Dörring zum Leiter des Preßkomitees bestellt, das dort anschließt, wo das Preßleitungskomitee gescheitert ist: man nimmt einen neuen Anlauf, neben der repressiven Pressekontrolle auch aktive Presselenkung in die Wege zu leiten – durch den Kontakt zu Journalisten und die Beistellung fertiger Artikel. Daß man sich dazu einstiger Revolutionäre (wie auch im Fall Tuvoras) bedient, mag mit dem besonders guten Verhältnis zu den Zeitungen zusammenhängen, das man ihnen zuschreibt. Auch der Historiker Alfred von Arneth wird verpflichtet, nämlich mit den Worten, er habe sich für eine „vorübergehende Epoche zur Disposition des Herrn Polizeiministers zu stellen."[1] Arneth selbst zeigt sich verwundert ob der sonderbaren Berufung – erstaunt darüber, daß er auf dem ihm völlig fremden Gebiet der politischen Tagespresse wirken soll, ihr einen österreichfreundlichen Geist anstatt des bisherigen, österreichfeindlichen einzuhauchen. Seinem Kollegen, dem Nationalökonomen Eberhard Janak, geht es ähnlich. Das Unternehmen erweist sich insofern bald als erfolglos. Nicht nur, daß die Mitarbeiter, Janak und Arneth, gegen ihren Willen berufen wurden und der betagte Leiter des Komitees, Dörring, kränkelt, macht auch die Ministerialbürokratie von dem Büro keinen Gebrauch; weder liefert sie Nachrichten, noch gibt sie Artikel in Auftrag. Arneth erinnert sich später, er habe während der ganzen Zeit über „nicht einen einzigen Aufsatz, nicht einen Zeitungsartikel oder eine sonstige schriftliche Arbeit verfaßt oder auf irgendeine Weise das Zustandekommen einer solchen beeinflußt."[2]

Die neue Regierungszusammensetzung hat andererseits letale Auswirkungen auf Tuvoras Österreichische Correspondenz. Graf Agenor Goluchowski löst Tuvoras Gönner Bach als Innenminister ab, wodurch Tuvora seinen Rückhalt verliert. Von wem immer die *Triester Zeitung* seinerzeit jene verhängnisvolle telegrafische Depesche erhalten haben mag, die Falschmeldung vom Sieg der Österreicher bei Magenta wird Tuvora zum Verhängnis. Ende Dezember muß sie samt der Beilage „Zeitungs- und Börsentelegraphie" ihren Dienst einstellen. In der Ausgabe vom 30. Dezember 1859 kündigt sie ihren Abonnenten an, der telegrafische Nachrichtendienst werde künftig von einem Korrespondenzbüro in der „Herrengasse, Modenesergebäude No. 27 auf der Treppe zum Zentraltelegraphenamte" bestritten.[3] Tags darauf, am 31. Dezember 1859, dem allerletzten Erscheinungstag der Österreichischen Correspondenz, findet sich der Hinweis, die „hiesigen und auswärtigen Herrn Abnehmer" mögen sich „mit Bestellungen für das nächste Jahr an das telegraphische Correspondenzbureau, Wien, Stadt Herrengasse N. 27 Modenesergebäude auf der Treppe zum Centraltelegraphenamte wenden".[4]

Tuvora wird entschädigt und bekommt – natürlich unter der Voraussetzung eines fortgesetzten politischen Wohlverhaltens – eine jährliche Rente von 1.200 Gulden zugesprochen,[5] obgleich im Ministerrat festgestellt wird, daß kein Rechtsanspruch darauf bestehe. Es sei jedoch klug, ihm die Rente zu gewähren, da er „einst der revolutionären Partei" angehört habe und „leicht wieder ins feindliche Lager übergehen und mit seinem Talente der Regierung gefährlich werden könnte".[6] Die Rente – eine Art Schweigegeld – soll so lange ausbezahlt werden, als von staatlicher Seite telegrafische Nachrichten an Zeitungen entgeltlich abgegeben werden. Für den Fall, daß der Staat die Telegrafie wieder abgibt, wird Tuvora das Recht eingeräumt, selbst wieder ein telegrafisches Korrespondenzbüro zu betreiben. Dies klingt freilich nach Beschwichtigung.

Am 1. Jänner 1860 übernimmt das neugegründetete und unmittelbar beim „Telegraphenzentralamt" angesiedelte „k. k. Telegraphen-Korrespondenz-Bureau" den telegrafischen Nachrichtenvertrieb; was bei Tuvora noch sorgfältig geheimgehalten wurde, nämlich die Abhängigkeit von der Regierung, tritt jetzt mit der offiziellen Bezeichnung „k. k." offensichtlich zutage.[7] Das „Korr.-Bureau", wie das neue Korrespondenzbüro nach seiner Telegrammadresse bald kurz genannt wird, ist die erste staatliche Nachrichtenagentur der Welt, gegründet im Bemühen, den anwachsenden Telegrafenverkehr unter Kontrolle zu halten. Der derzeitige Stand des europäischen Zeitungswesens mache es „zur unabweislichen Nothwendigkeit, die ‚telegrafische Correspondenz' in die Hände der Staatsverwaltung zu legen". Das bei der Telegrafendirektion eingerichtete Korr.-Bureau diene „der Empfangnahme, Auswahl und Hinausgabe der in das Central-Telegrafenamt einlangenden politischen Telegramme an Minister, Zeitungsredactionen und Abonnenten".[8]

Anders als Tuvoras Österreichische Correspondenz, die dem Innenministerium unterstellt war, steht das k. k. Telegraphen-Korrespondenz-Bureau in der Zuständigkeit des bisherigen Handels- und nunmehrigen Finanzministers Karl Freiherr von Bruck. Es ist nicht der polizeilichen Sphäre der Preßleitung, sondern dem Verkehrswesen, konkret der Staatstelegrafendirektion, eingegliedert; die finanziellen Angelegenheiten werden formell über die Kasse des „Telegraphenzentralamts" abgewickelt. Die Leitung wird dem 33jährigen Konzipisten der Telegrafendirektion, Josef Wilhelm Dewéz, übertragen, der sich „durch Intelligenz, Geschäfts-Gewandtheit und Sprachkenntnisse"[9] auszeichnet. Seine vorläufige Remuneration beträgt monatlich 60 Gulden. Neben Dewéz arbeiten der Kanzleibeamte Josef Frauwallner und zwei Diener in dem kleinen Büro, das in die Räumlichkeiten einzieht, in denen zuvor das Drucksortendepot des Staatstelegrafen untergebracht war.

Bruck, der schon für den Ausbau des Telegrafennetzes gesorgt hat, adaptiert das Korr.-Bureau, da neben dem politischen Dienst mittlerweile der Wirtschaftsnachrichtendienst eine maßgebliche Rolle spielt. Auch in Österreich vollzieht sich, gestützt auf liberale Wirtschaftsreformen,[10] ein wirtschaftlicher Aufschwung. Für Bruck scheint die Übernahme des Korr.-Bureaus ein weiterer Schritt auf dem Weg, die österreichische Wirtschaft mit Hilfe einer komplexen staatseigenen Infrastruktur anzukurbeln. Die Verkehrsrevolution ist wie die geplante Wirtschaftsrevolution eine Revolution von oben. Bruck weist den Direktor des Staatstelegrafen, Karl Brunner von Wattenwyl, an, daß von einlangenden Zeitungs- und Börsentelegrammen stets eine vollständige Sammlung an Dewéz, an ihn selbst sowie an die Minister des Äußeren und der Polizei zuzustellen sei. Außerdem fordert er von Brunner Vorschläge, wie dem Korr.-Bureau „durch einen ausgedehnteren Bezug von Telegrammen noch größere Vervollständigung“ gegeben werden könnte.[11] Internationale Nachrichten bezieht das Korr.-Bureau, wie schon Tuvora, von der deutschen Agentur Wolff's Telegraphisches Bureau, das seinerseits mit Reuters und Havas in Nachrichtenaustausch steht. Daneben verfügt es über die „orientalischen“ Nachrichten, die Tuvora ebenfalls schon bezogen hat.

Dewéz ist verpflichtet, sich ständig über die aktuellen politischen Ereignisse am laufenden zu halten, um die unentwegt in der „Telegraphen-Zentralstation“ einlangenden Telegramme beurteilen zu können. Sind sie zur Veröffentlichung über das Korr.-Bureau geeignet, müssen sie schleunigst vervielfältigt und an den staatlichen Börsenkommissär sowie an die Zeitungsredaktionen und Abonnenten, die über eine Bezugserlaubnis des Finanzministers verfügen, weitergeleitet werden. Die für die Vervielfältigung nötigen Handpressen und diverse lithografische Utensilien werden von Tuvoras Österreichischer Correspondenz übernommen – gegen Entgelt, sofern es sich nicht ohnehin um staatseigene Geräte handelt. Die Ausgabe der gesammelten Meldungen durch das Korr.-Bureau erfolgt mehrmals täglich in Blättern, die den offiziellen Stellen „von amtswegen“, also unentgeltlich, und den Abonnenten gegen eine Jahresgebühr geliefert werden. Für die Belieferung ausländischer Zeitungen behält sich der Finanzminister allfällige Weisungen vor. Falls grundsätzlich Zweifel an der Eignung einer Nachricht zur Weitergabe bestehen, muß sich Dewéz, je nach Zuständigkeit, entweder an das Ministerium des Äußeren oder an das Polizeiministerium wenden.

Im Unterschied zu Tuvoras Korrespondenz, die zuletzt bereits Zuschüsse zwischen 25.000 und 30.000 Gulden benötigt hat, kann das Korr.-Bureau während der ersten Monate eine positive Bilanz verbuchen, man schreibt schwarze Zahlen, wenn auch vorwegzunehmen ist, daß dieser glückliche Zustand nicht lange anhalten wird.

Auf Anregung des Telegrafendirektors Karl Brunner von Wattenwyl wird das k. k. Telegraphen-Korrespondenz-Bureau alsbald seines provisorischen Charakters enthoben und in die Staatstelegrafendirektion übernommen. Ab April 1861 firmiert es als eigenständige Abteilung der Direktion des Staatstelegrafen. Als solche residiert es nunmehr im aufgelassenen kaiserlichen Zeughaus in der Wipplingerstraße, wohin die gesamte „Telegraphen-Zentralstation" aus Raumnot übersiedelt ist. Die Aufwertung des Korr.-Bureaus bringt zudem eine bescheidene Expansion mit sich, Ludwig Hirschfeld kommt als weiterer Mitarbeiter hinzu. Ab Dezember 1861 sind überdies neue Vereinbarungen mit dem Wolff'schen Telegraphenbureau in Kraft,[12] nachdem die Leistungen, die noch mit Tuvora vereinbart worden sind, als nicht mehr ausreichend befunden wurden und der Leiter Dewéz zu Verhandlungen nach Berlin gefahren ist. Die neu verhandelten Konditionen gelten für die folgenden fünf Jahre und bedeuten mehr Nachrichtenmaterial von Wolff, dafür aber auch höhere Zahlungen – konkret zahlt man nun statt bisher 1.200 Taler 2.800 Taler. Dafür erhält man reichlicheres Material im Rahmen des deutschen Sammeldienstes, der die wichtigsten Meldungen der Agenturen Havas, Reuters und Stefani umfaßt.[13] Warum man sich nach Berlin und nicht direkt an die anderen europäischen Metropolen London oder Paris wendet, liegt nicht zuletzt daran, daß die Telegrammkosten nach Berlin geringer sind als jene nach London oder Paris.

Der Aufstieg des Korr.-Bureaus ist mit einer steten Zunahme der Kosten verbunden, die sich in den Folgejahren durch die Ausdehnung seines Tätigkeitsfeldes weiter erhöhen. Die Zeit der Rentabilität ist bis auf weiteres vorüber, das Korr.-Bureau wird, wie schon sein Vorgänger, Tuvoras Österreichische Correspondenz, zu einem defizitär arbeitenden Unternehmen. Von Wirtschaftlichkeit ist bald nicht mehr die Rede, lediglich vom politischen Nutzen.

Liberalisierung: „Preßfreiheit ja, doch der Galgen daneben!"

Inzwischen werden dem Kaiser abgerungene Reformversprechen realisiert; zeitgemäße Verbesserungen in Gesetzgebung und Verwaltung wie die Einsetzung von Landtagen in den Provinzen des Reiches sollen den politischen Druck aus der Öffentlichkeit nehmen. Die Reformen werden allerdings nur halbherzig durchgeführt. In Wien wird ein „verstärkter Reichsrath" eingesetzt, der jedoch wenig politische Macht besitzt. Es ist ein „Pseudoparlament" aus ernannten Ländervertretern, das Gesetzes- und Verordnungsvorschläge beraten, nicht aber selbst einbringen darf. Die Parlamentarier sollen die Vorgänge überdies als „Amtsgeheimnisse" behandeln; allfällige Veröffentlichungen sind dem Präsidium vorbehalten, das gelegentlich in der *Wiener Zeitung* einen Bericht publiziert. Später dürfen die Parlamentarier Zeitungsredakteuren gegenüber Mitteilungen in „taktvoller" Weise machen, wobei der private Charakter der Mitteilung zu betonen ist. Sicherheitshalber müssen solche Mitteilungen auch dem Pressechef der Polizeibehörde zur Zensur unterbreitet werden. Es ist ein unhaltbarer Zustand, doch erst als einer der Reichsräte eine Rede vor dem Plenum mit der mutigen Forderung „Geben Sie dem Volke eine liberale Verfassung!" abschließt, das tabuisierte Wort „Verfassung" dadurch ins Stenogramm und weiter in die *Wiener Zeitung* gelangt, scheint ein Damm gebrochen. Nachdem das sakrilege Wort sozusagen von offizieller Stimme ausgesprochen ist, beginnt eine lebhafte öffentliche Debatte über die politischen Verhältnisse.[14] Polizeiminister Thierry versendet daraufhin Zirkulare an die Statthalter mit der lapidaren Weisung, „den konstitutionellen Tendenzen in der Journalpresse entgegenzutreten."[15]

Der Nachfolger Thierrys als für die Presse zuständiger Polizeiminister, Mecsery de Tsoor, ist hingegen der Meinung, daß eine ausschließlich mit repressiven Mitteln arbeitende Preßpolizei nicht ausreichend sei und es, insbesondere in politischen Angelegenheiten, vermehrt einer „positiven" Beeinflussung der Presse bedürfe. Der Meinungsumschwung ist vor dem Hintergrund einer trotz aller Schikanen zusehends bedeutender werdenden Presselandschaft sowie anhaltender Debatten um ein liberales Pressegesetz zu sehen. Tatsächlich wird, durch kaiserlichen Erlaß vom 14. Dezember 1860 genehmigt, als Nachfolgeinstitut des untätigen Dörringschen Preßkomitees das „Preßleitungsbureau" gegründet und Mecsery de Tsoors Wunschkandidat, Eugen Drotleff von Friedenfels, zu dessen Leiter bestellt. Die Aufgabe des „Preßleiters", der laut Mecsery ein gebildeteter, taktvoller höherer Beamter mit politischem Gespür sein solle, liege vorrangig in einer „gütlichen Einwirkung auf die Presse".[16] Er soll die in- und ausländische Presse beobachten und im Regierungssinn auf „außerbehördlichem" Weg auf sie Einfluß nehmen. Der Preßleiter müsse mit den „literarischen Organen" des In- und Auslands Verbindung aufnehmen, Kontakte zu Redakteuren und Publizisten pflegen, bekannte Literaten beschäftigen – also alles nur erdenkliche für die Beeinflussung der Presse im Sinne der Regierung unternehmen.

Die zentrale Aufgabe der Preßleitung besteht faktisch darin, Punktationen zu bestimmten von den Ministerien vorgegebenen Themen als Richtschnur für die Behandlung durch die Journale zu verfassen; diese Punktationen werden auf Beschluß des Ministerrats durch das Außenministerium im Ausland und durch das Polizeiministerium im Inland übermittelt. Beide Ministerien halten Kontakt zum Preßleiter über ihre Pressereferenten. Drotleff von Friedenfels sind dazu neben seinem Mitarbeiter Johann Freiherr von

Falke-Lilienstein, der Pressereferent im Polizeiministerium, Sektionsrat Carl Fiedler, und der Pressereferent im Außenministerium, Ministerialrat Max Freiherr von Gagern, zugeordnet. Um der Anrüchigkeit, dem Polizeiapparat zuzugehören, zu begegnen, gehen auf kaiserlichen Erlaß vom 5. Februar 1861 die Agenden der Preßleitung letztlich vom Polizei- ins Staatsministerium über.

Staatsminister ist Anton Ritter von Schmerling, ein „Liberaler", der an einer liberalen Verfassung arbeitet. Am 26. Februar 1861 tritt das Schmerlingsche Februarpatent in Kraft, die „Verfassung", die den Übergang von der absolutistischen zur konstitutionellen Monarchie vollzieht. Schmerling wird mit seinem Programm allgemein begrüßt, und wenn seine Verfassung Ministerverantwortlichkeit und Unverletzlichkeit der Abgeordneten auch nicht beinhaltet, so scheint sie doch ein Schritt vorwärts. Am 29. April 1861 wird der erste vom Volk (zumindest Teilen davon) gewählte Reichsrat eröffnet. Der verspätete Einzug des Liberalismus öffnet zumindest dem Bürgertum die Tore zur politischen Partizipation. Auf der Grundlage von Besitz und Bildung ist es für den Staat von großer ökonomischer Bedeutung, sodaß es im Gegenzug über ein an eine bestimmte Steuerleistung gebundenes Zensuswahlrecht eine Mitsprachemöglichkeit in politischen Angelegenheiten bekommt. Das Parlament wird zum Schnittpunkt zwischen der politischen und der publizistischen Sphäre, die Parlamentsberichterstattung zur Voraussetzung der Meinungsbildung in der Öffentlichkeit, wie sie der konstitutionelle Staat vorsieht. Vom ersten Präsidenten des Abgeordnetenhauses, Franz Hein, wird der Kontakt zwischen Abgeordneten und Journalisten zwar nicht gern gesehen, doch läßt sich nicht vermeiden, daß das Buffet zum Treffpunkt arriviert, wo Ansichten und Nachrichten ausgetauscht werden.[17] Abgesehen davon berichten fortan drei private Korrespondenzen von den Sitzungen der Landtage und des Reichsrates: die Parlamentarische Korrespondenz, die Constitutionelle Korrespondenz sowie die Wiener Briefe.[18] Die Presse nimmt Teil am politischen Diskurs.

Die Haltung von Staatsminister Schmerling verhärtet sich allerdings in dem Maß, in dem er Opposition, vor allem in Nationalitätenfragen, im Abgeordnetenhaus hinnehmen muß. Immer strenger tritt er gegen die Presse auf, die sich hinter Oppositionsvertreter stellt. Schmerling will die öffentliche Meinung kontrollieren, um über sie Druck auf die oppositionellen Abgeordneten ausüben zu können. Prozesse gegen widerspenstige Zeitungen häufen sich. Umgekehrt steigt sein Bedürfnis, sich selbst Gehör in der Öffentlichkeit zu verschaffen, in dem Maß, in dem sich die freie Presse entfaltet. Schmerling kann neben der amtlichen *Wiener Zeitung*, die ab 1862 direkt seinem Staatsministerium untersteht, auf Blätter wie die *Österreichische Zeitung* des Eduard Warrens, auf die von Emil Landsberg gegründete *Donauzeitung*, sein bedeutendstes offiziöses Sprachrohr, oder auf den *Botschafter*, der von Julius Fröbel inspiriert wird, zählen. In Leipzig subventioniert Schmerlings Regierung das *Leipziger Journal*, wenn auch mit mäßigem Erfolg. Der Staatsminister muß konstatieren, daß die Wirkung seiner Maßnahmen auf die Auslandspresse und auf die der Kronländer gering ist. Die Schwierigkeiten sieht er einerseits in der Auswahl geeigneter Journalisten, andererseits darin, daß die nicht unmittelbar mit der Preßleitung befaßte Regierungsbürokratie „selbst auf wiederholte Anfragen und Ersuchen" meist nur in prägnanten Fällen eines offiziösen Dementis oder einer offiziellen Berichtigung zur Mitarbeit gewonnen werden könne.[19]

Angesichts der mangelnden Kooperationsbereitschaft der Ministerien gestaltet sich auch die Arbeit des neugegründeten Preßleitungsbureaus schwierig. Man ruft deshalb wieder den in Leipzig wirkenden Generalkonsul Grüner nach Wien. Nach eingehender Unterredung, an der neben Grüner unter anderen der Preßleiter Drottleff von Friedenfels teilnimmt, gelangt man zur Erkenntnis, die Beeinflussung der deutschen Presse sei vor allem deshalb ungenügend, weil es an attraktiven Nachrichten fehle. Von Wien aus würden Nachrichten meist verspätet an die Pressefilialen gesandt, sodaß die deutschen Zeitungen ihre Meldungen – auch über die österreichische Außenpolitik – britischen, französischen oder sardinischen Quellen entnähmen. Die Zusammenarbeit der Preßleitung mit den Pressefilialen in Deutschland solle deshalb besser koordiniert werden. Außerdem verständigt man sich darauf, daß für die Beeinflussung der deutschen Presse zu geringe Mittel bereitgestellt würden. Staatsminister Schmerling trägt am 12. März 1862 als wichtigstes Ergebnis dieser Unterredung dem Kaiser die Forderung vor, die Dotation des zur Verfügung stehenden Fonds von 78.500 auf 350.000 Gulden zu erhöhen. Dieser Betrag, so heißt es, dürfte genügen, eine „fortlaufende eingreifende Thätigkeit zu organisieren", wenigstens die heftigsten Angriffe abzuwehren und zum Schweigen zu bringen und „die öffentliche Meinung im In- und Auslande durch fortwährende Beobachtung der Agitations- und Verdächtigungsversuche der Gegner berücksichtigen zu können."[20] Am 6. April 1862 werden die Anträge genehmigt: für Leitung, Druck und Vertrieb aller offiziellen und offiziösen Blätter stehen fortan 150.000 Gulden zur Verfügung, 200.000 Gulden werden dem Staatsministerium als geheimer Fonds zur diskreten Betreuung der Auslandspresse und deren Journalisten vorbehalten; das Finanzministerium sorgt für Bedeckung und unauffällige Abrechnung. Darüber hinaus wird in der Ministerkonferenz vom 11. April 1862 beschlossen, in Hinkunft wöchentlich Sitzungen abzuhalten, die ausschließlich Presseleitungsangelegenheiten gewidmet sein sollen. Die Ministerien sollen zu diesen Sitzungen Repräsentanten entsenden, um mit der Preßleitung die Veröffentlichung geeigneter Nachrichten abzustimmen.[21]

In dieser Situation eines akuten Defizits an politischen Nachrichten wird auch der Gedanke beraten, sich wieder einer inspirierten Korrespondenz zu bedienen. Kurzzeitig fungiert das Pesther „Korrespondenzbüro Scharf" als Lieferant politischer Nachrichten für die Zeitungen. In Regierungskreisen sieht man dies allerdings bald mit Sorge; es wird behauptet, die Scharfschen Meldungen seien oft von zweifelhaftem Wert. Man beendet die Zusammenarbeit und Scharfs Büro muß noch im selben Jahr schließen. Ende 1862 wird an dessen Stelle die lithografierte Generalkorrespondenz aus Oesterreich herausgegeben. Die nach Aufforderung und mit Unterstützung der Regierung von Heinrich Joseph Schiel gegründete Korrespondenz beschäftigt sich nicht nur mit Österreich, sondern auch mit wichtigen Vorgängen im Ausland. Ihre Einstellung ist überaus konservativ. Parlamentarisches gilt ihr als demokratische Ketzerei. Dadurch aber, daß sie sich auf einen Nachrichtenfluß aus ministerieller Quelle stützen kann, findet sie in viele deutsche Zeitungen Eingang. Später erscheint mit Blick auf das europäische Ausland auch eine französische Ausgabe, die Correspondance Generale Autrichienne.[22]

Vor diesem Hintergrund wird das neue Pressegesetz, das die Preßordnung aus dem Jahr 1852 ersetzen soll, in der Öffentlichkeit heftig und lange debattiert. Schmerling droht, daß die Regierung noch „den ganzen Apparat der Verwarnungen und Konfiskationen gegen die Presse in Händen" halte, und wenn die Presse das neue Gesetz nicht zustande kommen lassen wolle, so könne die Regierung warten.[23] Das am 4. Oktober 1861 dem Reichsrat vorgelegte Pressegesetz erhält am 17. Dezember 1862, gleichzeitig mit einem Gesetz betreffend Verfahren in Presseangelegenheiten, des Kaisers Zustimmung und am 9. März 1863 treten beide Gesetze in Kraft. Gründend auf den wenigen Zugeständnissen, die der Kaiser gemacht hat, unterscheidet sich die neue Gesetzeslage von der alten Preßordnung dadurch, daß die Konzessionspflicht, das Verwarnungssystem, die rein politisch motivierte Beschlagnahme, administrative Verbote sowie die polizeiliche Gewerbeentziehung beseitigt werden und eine Beschränkung der Redakteurshaftung hinsichtlich der „Vernachlässigung pflichtgemäßer Obsorge und Aufmerksamkeit" vorgenommen wird; Stempelsteuer, Kolportageverbot, Kautionspflicht (im Bereich Wien und Umgebung 8.000 Gulden) und Suspension infolge einer Verurteilung bleiben aufrecht.[24] Die wichtigste Veränderung liegt aber darin, daß die Journalistik nun wieder richterlicher Gewalt unterstellt und dem willkürlichen Zugriff der Behörden entzogen wird. Doch knüpft an dieses Gesetz eine Strafgesetzesnovelle an, worin in neun Artikeln drakonische Strafen für journalistische Angriffe auf die Verfassung, den Reichsrat, die Landtage, aber auch für die Beleidigung von Beamten, Offizieren oder Geistlichen vorgesehen sind; genügend Spielraum, um die Zeitungen neuerlich in die Zange zu nehmen.

Das neue Gesetz wird von den Zeitungsleuten trotzdem als Erleichterung begrüßt, doch trübt sich die Freude bald durch eine „engherzige" Handhabung seitens der nun zuständigen Justiz. Schmerlings Pressegesetz gibt der Presse „Freiheiten ohne Freiheit", die Auslegung des Gesetzes erfolgt durch einen ehrgeizigen Staatsanwalt und unter dem fadenscheinigen Vorwand, die Verfassung schützen zu müssen. Während man in absolutistischen Zeiten zumindest Bescheid wußte, was verboten war, empfindet man die nunmehrige Praxis als unkalkulierbare Willkür.[25] Nur eines scheint klar: auf das altbewährte Instrument der Presseunterdrückung will die Regierung auch in liberalen Zeiten nicht verzichten. Kaum je zuvor wurden soviele Presseprozesse geführt wie in der Ära des „liberalen" Schmerling, dem der Spruch nachgesagt wird: „Die Preßfreiheit ja, doch der Galgen daneben!"

Die gegen die feudale, ständische und traditionalistische Gesellschaftsordnung polemisierende, liberale Presse kann sich trotz aller Schikanen als Forum einer bürgerlichen öffentlichen Meinung etablieren. Grundlage ist die fortschreitende Wirtschaftsreform, die eine Ära des ungezügelten Kapitalismus einläutet. Der Wirtschaftsaufschwung treibt den Ausbau nachrichtentechnischer Verkehrswege voran, was wiederum auf die Zeitungen zurückwirkt. Nun profitieren nicht mehr bloß die privilegierten regierungsnahen Zeitungen von der schnelleren, besseren und zuverlässigeren Versorgung mit Nachrichten. Die Öffnung und Ausdehnung der – obgleich noch staatlichen – Telegrafie verschafft zunehmend liberalen Blättern Zugang zum internationalen Nachrichtenverkehr, wodurch auch hierzulande das Fundament für eine auf marktwirtschaftlicher Grundlage reüssierende Großpresse, bisweilen sogar mit internationaler Verbreitung, entsteht.[26]

Gelesen werden die Zeitungen wie schon in früheren Jahrhunderten in den Kaffeehäusern, wo die Blätter einst wie jetzt aufliegen; früher, weil der Preis einer Schale Kaffee bei weitem geringer war als der einer Zeitung, jetzt, weil sich die bürgerliche Wiener Öffentlichkeit das Kaffeehaus als gemütlichen Ort auserkoren hat, der gleichzeitig eine öffentliche wie heimelige Atmosphäre ausstrahlt. In dieser halböffentlichen Sphäre werden die Geschehnisse der Welt rezipiert, analysiert und debattiert; hier verkehren neben den Bürgern die politischen Aktivisten, die Literaten und die Revolutionäre.[27] Gelesen werden Zeitungen wie die ab 1. September 1864 erscheinende *Neue Freie Presse,* die aus der alten *Presse* hervorgegangen ist. Ein Streit zwischen August Zang und seinen Redakteuren um finanzielle Besserstellung hat dazu geführt, daß Max Friedländer, Michael Etienne und ein Großteil der Redaktion die alte *Presse* verlassen und die *Neue Freie Presse* ins Leben gerufen haben. Die von Etienne und Friedländer gemeinsam herausgegebene *Neue Freie Presse* hat anfänglich eine Auflage von 10.000, die sich in den nächsten Jahren stetig erhöht. Deutschfreundlich und zentralistisch, verfolgt sie das Ziel, das gebildete Lesepublikum der Monarchie zu einem Reich deutscher Kultur zu einen; im Lauf der Zeit erhält sie auch jenseits der k. u. k. Landesgrenzen Rang und Namen. Gegen den Feudalismus, das Konkordat, aber auch gegen den Sozialismus gerichtet und für die wirtschaftsliberale Entwicklung eintretend, gewinnt sie Profil als Repräsentantin bürgerlicher Bevölkerungskreise.[28]

Bei der *Neuen Freien Presse* arbeiten, wie bei vielen anderen liberalen Blättern, Redakteure jüdischer Herkunft, was alsbald antisemitische Vorbehalte zutage treten läßt. Allen voran sind es katholische Kreise, die die liberalen Blätter pauschal als „Judenzeitungen" abqualifizieren – als gottlos, amoralisch und ohne Ideale.[29] Man könnte dieser Trias wohl die Attribute aufgeklärt, pragmatisch und materialistisch gegenüberstellen, die die Grundlage der bürgerlich-liberalen Demokratie bilden.

Die Preßleitung des Generalkonsuls Grüner

Anfang der 60er Jahre ist zwischen Wien und Berlin eine fortschreitende Verschlechterung der Beziehungen zu konstatieren. Der Konflikt um die Vormachtstellung im Deutschen Bund schwelt. Im Zuge seiner nationalstaatlichen Einigungsbestrebungen versucht Bismarck in Verfolgung einer „kleindeutschen Lösung" Österreich aus dem Deutschen Bund hinauszudrängen. In Zeiten einer derartigen außenpolitischen Hochspannung steht die Preßleitung hinsichtlich ihrer Effizienz unter permanenter Beobachtung. Ein steter Wechsel der Preßleiter zeugt von mäßiger Zufriedenheit: Drottleff-Friedenfels ist vom Sektionsrat im Polizeiministerium, Fiedler, abgelöst worden, welcher den Ansprüchen offenbar nicht genügen konnte. Unzufrieden, läßt Kaiser Franz Joseph im Oktober 1864 wieder eine Beratung über allfällige Verbesserungen abhalten. Anläßlich dessen teilt Generalkonsul Grüner aus Leipzig seine Ansichten über die „Influenzierung der auswärtigen Presse und über die Regelung der zwischen der obersten Pressleitung und den Pressfilialen bestehenden Beziehungen" mit.[30] Gewollt oder nicht, präsentiert sich Grüner als geeigneter Kandidat für das schwierige Amt. Neuerlich gefragt, ob er die Preßleitung übernehmen wolle, sagt er diesmal auch zu. Vor dem Hintergrund des Regierungswechsels von Schmerling zu Richard Graf Belcredi im Jahr 1865 wird Grüner nach Wien geholt und mit der Reorganisation der Preßleitung betraut.

„Im Interesse einer einheitlichen und übersichtlichen Führung der Preßleitungsgeschäfte"[31] schlägt Grüner zuallererst eine Rationalisierung des Arbeitsablaufs vor; sämtliche die Preßleitung betreffenden Geschäftsstücke sollen, mit der Bezeichnung „PL" versehen, direkt dem Preßleiter zugestellt werden. Bearbeitete Geschäftsstücke sollen sodann an Belcredi zur Approbation und sogleich zurück an Grüner zur Erledigung gehen. Organisatorisch nimmt Grüner eine Zweiteilung vor: eine administrative Abteilung wird mit dem Ministerialsekretär Franz Schmidt-Zabierow und eine publizistische mit Falke von Lilienstein, ebenfalls im Rang eines Ministerialsekretärs, besetzt. Zum Auftrag der publizistischen Abteilung gehört die Lektüre in- und ausländischer Zeitungen, die Erstellung von Zeitungsschauen, von Berichtigungen, Korrespondenzen, Punktationen sowie die Information der mit der Preßleitung in Verbindung stehenden Publizisten. Falke von Lilienstein besorgt Lektüre und Zeitungsschau für die wichtigen Wiener Blätter, von anderen Mitarbeitern werden deutschsprachig erscheinende Provinzblätter, aber auch böhmische, polnische, ruthenische, ungarische, kroatische, serbische, slowakische, rumänische und italienische Blätter gelesen und betreut. Als besonders effizient erscheint dabei, daß die beamteten Zeitungsüberwacher im Gegenzug mitunter gleichzeitig als Korrespondenten der von ihnen überwachten Blätter fungieren.

Die administrative Abteilung Schmidt-Zabierows besorgt die Abwicklung der finanziellen Transaktionen des Pressefonds. Zahlungsanweisungen, Evidenz der Fondsgebarung, Rechnungsrevision sowie sämtliche administrative Angelegenheiten der offiziellen Presse der Kronländer und der amtlichen *Wiener Zeitung* werden hier erledigt. Die Dotierung des Pressefonds hat in den Jahren seit dem Krieg in Italien stetig zugenommen, von knapp 100.000 Gulden 1859 auf rund 380.000 Gulden im Jahr 1865. Der Großteil davon bleibt im Inland.[32]

Inhaltlich verbindet den nunmehrigen Preßleiter Grüner und den Staatsminister Belcredi eine grundsätzlich positive Haltung gegenüber der Presse, was freilich nicht mit einer solchen gegenüber der Pressefreiheit verwechselt werden darf. Beide sind vehemente Befürworter der staatlichen Pressepolitik, nur die Mittel, derer sie sich bedienen, unterscheiden sich von denen ihrer Vorgänger. Sie verzichten nach Möglichkeit auf die Peitsche und vertreten nach außen hin in Presseangelegenheiten einen recht wohlwollenden Kurs; es heißt, Belcredi sei so sehr von seinem politischen Programm überzeugt, daß er meint, die Presse dafür gewinnen zu können. Der Journalist Heinrich Pollak (der als Korrespondent der *Deutschen Allgemeinen Zeitung* selbst von Grüner „nahmhafte Aufträge" übernimmt und sich sogar – wenn auch erfolglos – für eine Aufnahme in die Wiener Preßleitung bewirbt[33]) hat Gelegenheit sich persönlich von Belcredis Programm zu überzeugen. Über ein Empfehlungsschreiben Grüners erhält er eine Audienz beim Grafen Belcredi, der ihm sogleich seine Haltung unterbreitet:

> Sie wollen von mir Informationen, ich gebe sie recht gerne, ich verlange nicht einmal von Ihnen, dass Sie sie in meinem Sinne, im gouvernementalen Sinne verwerthen. Ich erwarte auch nicht eine Aenderung der Haltung Ihres Blattes. Ein Blatt muss sich consequent bleiben, wie ein Mann von Charakter, dann hat es Anspruch auf Beachtung und Anerkennung. Von diesem Grundsatze ausgehend, habe ich auch den Staatsanwalt verständigen lassen, dass er die freie Discussion weder durch Confiscation, noch viel weniger durch Einleitungen von Strafverhandlungen einschränke. Die Presse hat von mir nichts zu befürchten, selbstverständlich insolange nicht, als sie die Massnahmen der Regierung bekrittelt; da mag sie sich auch Ausschreitungen zu Schulden kommen lassen, sie werden nicht beachtet werden. Wenn aber auch, wie dies schon in einzelnen öffentlichen Verhandlungen geschehen ist, die Kritik auf die Person Sr. Majestät unseres allergnädigsten Kaisers ausgedehnt werden sollte, dann hat die Staatsanwaltschaft ihres Amtes zu walten.[34]

Allzu frei darf sich die Presse unter Belcredi, in dessen Amtszeit per kaiserlichem Manifest immerhin die Verfassung außer Kraft gesetzt und das Parlament aufgelöst wird, nicht fühlen. Belcredi zeigt sich wenig geneigt, den öffentlichen Diskurs als solchen anzuerkennen. Abgesehen davon, daß er Angriffe auf den Kaiser oder auf die Aussetzung der Verfassung ohne Zögern der Staatsanwaltschaft überantwortet, greift er die liberale Presse auch direkt, wenn auch verdeckt, an. Er animiert die Spitzen der politischen Behörden, billige Journale ins Leben zu rufen, die er von der Stempelgebühr befreien und durch seine Hand mit Nachrichten aller Art versehen will. Die Überschwemmung des Zeitungsmarkts mit solchen offiziösen Blättern soll die liberalen Zeitungen ökonomisch unter Druck setzen und den Regierungseinfluß in der Öffentlichkeit anheben. Auf den

Einwand, es könne doch nicht Aufgabe der Regierung sein, Privatunternehmungen zu schädigen, entgegnet er, daß „das, was dem Privaten, was den politischen Parteien erlaubt sei, doch auch der Regierung erlaubt sein müsse, ja der Regierung um so eher, weil sie dabei doch höhere, weil sie staatliche Interessen verfolge."[35] Belcredi schwört tendenziell zwar der Unterdrückung ab, doch nicht in dem Ausmaß, daß der Staat dadurch seine vorrangige Stellung am Zeitungsmarkt verlieren könnte. Die staatliche Vormachtstellung und damit der Einfluß der Regierung soll gewahrt bleiben, wenn schon nicht durch polizeiliche, so durch ökonomische Mittel.

Ganz im Sinne Belcredis begreift Grüner die Preßleitung, die für ihn „Leitung der öffentlichen Meinung mittels der Tagespresse"[36] bedeutet. Er vertritt eine „offensive und initiative" Haltung und hält es für ratsam, die Presse jeweils schon im Vorfeld bestimmter Ereignisse zu bearbeiten. Eine kurzatmige Verlautbarungs- oder gar eine ewig hinterherhinkende Dementierungspolitik soll der Vergangenheit angehören. Bemerkenswert ist, daß Grüner seine Ambitionen publizieren läßt. Im Oktober 1865 ist in verschiedenen Zeitungen zu lesen, der interimistisch tätige Grüner habe einen Vortrag an den Kaiser entworfen, „welcher zum Behufe reichhaltiger und einheitlicher Instruktion der inspirierten Journale und Korrespondenzen Mittheilungen wichtiger Nachrichten aus allen Ministerien an das Preßbureau beantragt." Vom Ministerrat sei dieser Vortrag bereits gebilligt und man erwarte für denselben nun zuversichtlich auch die Zustimmung des Kaisers. Auf diese Art, so heißt es weiters, werde „die inspirierte Journalistik wieder rehabilitiert" werden, nachdem sie „lange Zeit in verdientem Mißkredit" gestanden habe. Unter dem „Schmerling'schem Regime" habe sie sich „häufig Entstellung der Thatsachen zu Schulden kommen" lassen und auf Grund von „Differenzen im Schoße des Ministeriums selbst oft ganz widersprechende Nachrichten" gebracht; auch habe sie in jüngster Zeit „Unvertrautheit mit der Tagesgeschichte" erkennen lassen.[37]

Für eine erfolgreiche Presselenkung, dessen ist sich Grüner auf Grund seiner langjährigen Erfahrung im klaren, bedarf es jedoch nicht nur der Bereitschaft seitens der offiziellen und offiziösen Zeitungen zur Zusammenarbeit, sondern vor allem auch der Bereitschaft der Ministerialbürokratie, rechtzeitig und ausreichend Nachrichtenmaterial bereitzustellen. Dies ist das älteste und größte Problem der österreichischen Presselenker. Intern fordert er dahingehend nachdrücklich von den Ministerien Kooperationsbereitschaft:

> Soll die oberste Preßleitung ihre Aufgabe mit Erfolg lösen und das für den Einfluß der Regierung auf die öffentliche Meinung verlo-

rengegangene oder unterwühlte Terrain erobern, so kann dies nicht durch Geldopfer und die Verwendung zahlreicher Publizisten allein ermöglicht werden, sondern bei weitem mehr dadurch, daß ihr rechtzeitig authentische Mitteilungen, verläßliche Nachrichten und Anleitungen täglich zugeführt werden, womit sie in den Stand gesetzt wird, den Boden für tatsächliche Entstellungen, falsche Gerüchte usw. – ein Hauptnahrungsstoff namentlich der Wiener tonangebenden Journale – zu entreißen und deren wuchernde Wurzeln durchzuschneiden (...) In den vielen, eigentlich in den meisten Fällen erscheint es aber nicht ausreichend, eine bloße Polemik mit publizistischen Phrasen aufzunehmen und fortzuführen, der Preßleitung ist auch nicht zuzumuten, daß sie die sachkundige Verteidigung der Regierung in allen gegebenen Fällen nach oberflächlichen Andeutungen übernehmen soll, wodurch sie, wie dies die Erfahrungen der neuesten Zeit genügend dargetan haben, sehr oft mehr schaden als nützen würden – sondern die obersten Zentralbehörden und deren Organe müssen je nach ihrer Kompetenz in äußeren, finanziellen, militärischen und anderen Fragen ihre tatkräftige und regelmäßige Unterstützung der obersten Preßleitung gewähren, d. h. ihre fachkundigen Federn soweit in den Apparat eingreifen lassen, daß sie fertige Aufsätze, namentlich für offizielle und offiziöse Blätter, zur Veröffentlichung mitteilen und außerdem Anfragen für Widerlegungen und Berichtigungen auf kurzem Wege schleunigst beantworten.[38]

Der neue Preßleiter hat aber noch darüber hinausgehende Ambitionen. Er will nicht nur die bestehenden Zeitungen mit inspiriertem Material versorgen, sondern im Namen der Regierung selbst Zeitungen herausgeben. Er ist der Meinung, daß man in einem Staat, in dem Präventivzensur herrscht, durch Macht auf die öffentliche Meinung einwirken könne und dafür keine Regierungszeitungen brauche, wohl aber dort, wo die Presse frei sei (und er meint damit Österreich); die Regierung müsse sich mit denselben Waffen der Publizistik gegen die Journalisten schlagen.

Die Idee, die freie Presse durch ein stempelbefreites Volksblatt zu bekämpfen, wie sie Belcredi verficht, ist auch Teil von Grüners Repertoire. Neben einer Verbesserung der amtlichen *Wiener Zeitung* und der *Wiener Abendpost* fordert Grüner, daß sich die Regierung Zeitungen schaffe, die scheinbar unabhängig für die Interessen der Regierung eintreten, ob anregend, unterstützend oder polemisierend. Grüner schlägt vier Wege vor: ein großes, nach außen hin unabhängiges Journal herauszugeben, ein kleines Volksblatt zu gründen, Warrens *Constitutionelle Österreichische Zeitung* (wie die *Österrei-*

chische Zeitung in konstitutionellen Zeiten konsequenterweise heißt), die er im Sinne der Regierung übernommen hat, zu reformieren und weiterzuführen, und bestehende Wiener Journale durch Subventionierung zu gewinnen. Und er ist erfolgreich: die *Constitutionelle Österreichische Zeitung* wird weiter herausgegeben und kann an Abonnenten gewinnen; es gelingt ihm zudem, einige Zeitungen, namentlich die *Debatte*, das *Neue Fremdenblatt* und die *Vorstadtzeitung* durch Subventionen regierungsfreundlich zu stimmen.

Ab 15. November 1865 erscheint das *Wiener Tagblatt,* gegründet ganz im Sinne Belcredis als kleines Volksblatt, das durch einen geringen Preis und einfache Besprechung der Regierungsangelegenheiten einen großen Leserkreis gewinnen soll. Belcredi will seine nicht sonderlich populäre Politik dem lesenden Staatsbürger näherbringen. Eduard Warrens, der einstige Renegat und Protegé diverser Minister, redigiert das volkstümliche Regierungsorgan. Es heißt, Warrens stehe sogar hinter dem Grundkonzept des *Wiener Tagblatts*, das als Versuch gewertet werden kann, in Österreich das Zeitalter der Massenpresse, wie sie in den Demokratien bereits existiert, von oben her einzuläuten. Mit der offiziösen Massenpresse zollt man dem Zeitgeist Tribut, nicht ohne der neuen Zeit den alten Geist einzuhauchen. Die offiziöse Massenzeitung dient der „Volksbildung", wie in der ersten Nummer zu lesen steht.[39] Einen Monat nach seiner Gründung erhält das *Wiener Tagblatt* von der Regierung vereinbarungsgemäß die Ausgaben für den Zeitungsstempel zurück, sodaß es zum Preis von nur einem Kreuzer als billigstes Blatt Wiens verkauft werden kann – als *„Kreuzerblatt"*, wie es alsbald genannt wird.

Im Rahmen eines internen Nachweises über die Wirksamkeit der Preßleitung bemerkt Grüner, daß das *Wiener Tagblatt* schon in den ersten Wochen seines Erscheinens eine Auflage von 4.000 Exemplaren verzeichnen kann. Durch dieses Blatt, so stellt der Preßleiter befriedigt fest, würden nicht nur weite Teile der Bevölkerung erreicht, sondern auch beträchtliche Teile des Inseratengeschäfts gebunden, was, ebenfalls im Sinne Belcredis, zu einer Schwächung der liberalen Presse führen soll.

Hinsichtlich der ausländischen Zeitungen profitiert Grüner davon, daß sich viele von ihnen keine gut unterrichteten, eigenen Korrespondenten in Wien leisten können; deshalb sei die Beistellung von genauen Informationen für sie von großem Nutzen. Zur Versorgung der Zeitungen mit Nachrichten setzt Grüner offiziöse Korrespondenzen ein und bedient sich damit der allgemein einsetzenden Arbeitsteilung im Zeitungswesen. Grüner geht dabei von einer listigen Überlegung aus: eine Korrespondenz ermögliche, eine Schwäche des Systems auszunutzen, nämlich die „Bequemlichkeit der Redaktionen und die daraus folgende Geneigtheit, ein ihnen fertig gebotenes Material lieber durch einfachen Abdruck zu benützen, als dasselbe erst selbst zu bearbeiten." Im Umstand, daß bei der Auswahl und Aufbereitung des Materials „immerhin eine gewisse Tendenz verfolgt werden kann", sieht er eine Gelegenheit, „auf das öffentliche Urteil in indirekter Weise und zwar umso nachhaltiger einzuwirken, als der Inhalt in verschiedene Organe Eingang und dadurch in weiten Kreisen Verbreitung findet."[40] Während die unabhängigen Agenturen in Paris, London oder New York ihr Möglichstes tun, Tendenz aus ihren Nachrichten draußen zu halten, Objektivität der Nachrichten schon aus ökonomischen Erwägungen heraus zum wichtigsten Merkmal ihrer Arbeit erheben, wird Tendenziosität im Grünerschen Korrespondenzsystem (das sich freilich auf keinem freien Zeitungsmarkt gegenüber Konkurrenz durchsetzen muß) geradezu verabsolutiert. Heinrich Wuttke, der Leipziger Zeitgenosse, der dem Korrespondenzsystem grundsätzlich skeptisch gegenübersteht, resümiert in deutlichen Worten: während die „gewerbsmäßige" Arbeit in den privaten Agenturen gedankenarme, stumpfe Skribenten züchte, die matt und geistlos die Feder führten, brüte „jenes versteckte, halbamtliche Getriebe ein Geschlecht von Rhetoren und Sofisten aus, die das Volk entsittlichen, welches von der Kost sich nährt, die sie ihm darreichen."[41]

Konkret bedient sich Grüner der Generalcorrespondenz, die sich einer vorwiegend in Diplomaten- und Auslandsjournalistenkreisen angesiedelten Leserschaft erfreut. Ihre Bedeutung liegt vor allem darin, daß sie neben einer Wiener Zeitungsschau auch bedeutende journalistische Aussagen aus der nichtdeutschsprachigen Presse Österreichs sowie offiziöse Mitteilungen, Notizen und Originalkorrespondenzen aus Paris, Italien und Deutschland bietet, welche ausländische Journale als Abnehmer locken sollen. Als Ergänzung zur Generalcorrespondenz wird von Grüner die Österreichische Korrespondenz ins Leben gerufen; eine Korrespondenz, die auf innenpolitischem Gebiet „aufklärend, warnend und berichtigend im Sinne der Regierung"[42] wirken soll. Die von ihr vertriebenen Nachrichten beziehen sich haupsächlich auf den Hof, auf die staatliche Administration, auf diplomatische Personalien und kommunale Angelegenheiten Wiens. Die Leitung und die Eigentumsrechte überträgt man Leopold Schweitzer, dem vormaligen Chefredakteur der *Wiener Zeitung*. Obgleich als privates Unternehmen Schweizers deklariert, hat die Österreichische Korrespondenz einen streng offiziösen Charakter und wird auch von amtlicher Seite mit 1.200 Gulden jährlich subventioniert.[43] Selbstverständlich bedient sich Grüner auch des Korr.-Bureaus, das ihm einen Weg in die Spalten der Zeitungen eröffnet. Das Korr.-Bureau driftet mehr und mehr in den Kreis politischer Presselenkung. Dadurch wird seine Abhängigkeit von ausländischen Büros, vor allem vom preußischen Büro Wolff, zu einem dringlichen Problem. Die Option, sich aus dem Vertrag zu lösen und das Korr.-Bureau selbst zu einer international tätigen Agentur auszubauen, erlauben jedoch die finanziellen Mittel nicht.

Mit der Zuspitzung der politischen Situation vor 1866, als ein Krieg mit Preußen nur mehr eine Frage der Zeit ist, wird der Umstand, daß das Korr.-Bureau im Hinblick auf Auslandsnachrichten von Wolff abhängig ist, evident. Verschärft wird diese Abhängigkeit dadurch, daß die deutsche Agentur zusehends unter den Einfluß der preußischen Regierung gerät. Letzteres hat mehrere Ursachen: zum einen bietet die im bündisch organisierten Deutschland bestehende, vielfältige Staatenlandschaft mit ihren vielen Grenzen und ihren verschiedenen Zuständigkeiten und Gesetzen schlechte Voraussetzungen für eine rasche Expansion der Berliner Agentur. Erst die Bismarckschen Einigungsbestrebungen lassen Hoffnungen auf ein abgesichertes, gesamtdeutsches Einzugsgebiet gedeihen – ein guter Grund für die Verantwortlichen von Wolff, auf das erstarkende Preußen zu setzen. Zum anderen sieht sich das Wolff'sche Bureau durch Reuter unter Druck gesetzt. Das wirtschaftlich prosperierende Deutschland lockt den britischen Konkurrenten auf den Kontinent. Auf der Grundlage einer Konzession des Hannoveranischen Königs hat sich Reuter die Erlaubnis verschafft, ein eigenes Kabel von den Britischen Inseln nach Norderney an der deutschen Nordseeküste zu legen, um ungestört vom preußischen Telegrafenregal sein Nachrichtengeschäft mit den norddeutschen Handelsmetropolen treiben zu können. Zur Finanzierung des teuren Kabels hat sich „Mr. Reuter's Cabled Messages" in eine Aktiengesellschaft mit 1 Million Pfund Aktienkapital umgewandelt, die sich seither „Reuter's Telegram Company" nennt.[44] Bedrängt von den expansiven Ambitionen der britischen Agentur hat der Leiter des deutschen Büros, Richard Wentzel, für sein Institut ebenfalls eine Umwandlung in eine Aktiengesellschaft geplant. Auf Vermittlung des preußischen Königs Wilhelm I. stellen drei „bewährte patriotische Finanz-Männer"[45] das Kapital für die neue Gesellschaft – 2 Millionen Taler, wovon vorerst ein Drittel eingezahlt wird – zur Verfügung. Am 1. Mai 1865 werden die Geschäfte des Wolff'schen Telegraphenbureaus der „Continental Telegraphen Companie-Commandit-Gesellschaft auf Aktien, Theodor Wimmel und Richard Wentzel (CTC)" übertragen. Von den insgesamt 25.000 Aktien hält die preußische Regierung 14.000. Im Unterschied zu Reuters werden die Aktien der preußischen Gesellschaft auch nicht an der Börse gehandelt. Eine Zunahme privater Einflüsse sieht das Kapitalisierungskonzept nicht vor. Der Unternehmenszweck der neu gegründeten Gesellschaft ist Expansion – primär im politischen Sinn. Den Namen Wolff'sches Telegraphenbureau, der bereits zum Markennamen geworden ist, führt man aus naheliegenden Gründen weiter.

Es ist diese Regierungsnähe des Wolff'schen Büros, die den Preßleiter Grüner drängen läßt, aus dem Vertrag mit Wolff auszusteigen, um die Abhängigkeit des Korr.-Bureaus angesichts des drohenden Krieges mit Preußen möglichst rasch zu beenden. Vorschläge, das Korr.-Bureau zu privatisieren, werden von offizieller Seite jedoch als „unthunlich, ja staatsbedenklich"[46] verworfen. Die Einrichtung eines eigenen europäischen Korrespondentennetzes kostet viel Geld. Grüner erwägt die Stationierung von Korrespondenten zumindest in den wichtigsten europäischen Städten. In diesem Sinne ersucht er am 30. Oktober 1865 den Handelsminister Bernhard Freiherr von Wüllerstorf, Sonderkorrespondenten in Paris, London, Frankfurt und Berlin zu finanzieren, um dem Korr.-Bureau von allen wichtigen politischen und wirtschaftlichen Vorkommnissen „direkte und schleunigste Mitteilung zu machen" und diesem auch solche Nachrichten zukommen zu lassen, „die von Wolff entweder gar nicht, oder gefärbt oder entstellt hierherkommen."[47]

Die Idee, sich von Wolff zu emanzipieren, wird letztlich aufgegeben: neben finanziellen sind auch politische Erwägungen dafür maßgeblich, da zu befürchten ist, daß Wolff im Falle einer Vertragslösung eine Filiale in Wien eröffnen würde und damit die Wiener Regierung die Kontrolle über Nachrichten nach und aus Österreich verlieren würde. Durch seinen vergleichsweise großen Apparat würde Wolff alsbald die meisten österreichischen Zeitungen als Abnehmer gewinnen und den politischen Einfluß Preußens im Inland geltend machen können. Solange aber die Wolff'schen Depeschen über das Korr.-Bureau verbreitet würden, sei die Preßleitung in der Lage, die negativen Einflüsse in Grenzen zu halten. Aber, so die Erkenntnis aus einer Konferenz, an der Vertreter des Außen- als Finanzministeriums und des Korr.-Bureaus teilnehmen, es liege grundsätzlich sehr wohl im Interesse der Regierung, sich nach und nach „ein Subsidium von verläßlichen und Österreich nicht nachteiligen Telegrammen namentlich für den Fall zu schaffen, als Ereignisse eintreten, welche die Stellung Österreichs zu Preußen, resp. zum dortigen Corresp. Bureau wesentlich alterieren."[48] Darüber hinaus verspricht die Preßleitung dem Korr.-Bureau durch Vermittlung oder direkt über die zuständigen Zentralstellen, vermehrt Nachrichten zukommen zu lassen, auch solle es die Bürstenabzüge der *Wiener Zeitung* früher bekommen als bisher. Überdies soll es direkt mit genauen Nachrichten über Maßnahmen der Regierung und über Landtagsverhandlungen versorgt werden.

Um dem gesteigerten Aufgabenbereich des Nachrichtenbüros in bürokratischer Hinsicht gerecht zu werden und um die angesichts des eskalierenden Konflikts mit Preußen geforderte „grössere Gewandtheit und Verlässlichkeit moralisch und materiell" zu entlohnen, soll der Leiter des Korr.-Bureaus, Deweź, den Titel eines Ministerialsekretärs verliehen bekommen: „Eine Auszeichnung, deren er nicht nur vollkommen würdig sein dürfte, sondern welche auch seiner wichtigen Dienstleistung, die politische Bildung, höhere Beurteilung und politischen Takt erfordert, entsprechen würde."[49] Ludwig Hirschfeld soll eine Gehaltserhöhung zuteil werden und bei Beförderungen besonders berücksichtigt werden. Eine monatliche Zulage soll das Gehalt der beiden Telegrafisten – neben Herrn Frauwallner ist nun auch ein zweiter, Herr Manzan, beschäftigt – aufbessern. Von der Preßleitung adoptiert, reüssiert das ursprünglich subalterne Korr.-Bureau in der bürokratischen Hierarchie. Es geht nun nicht mehr bloß um Übermittlung von Nachrichten, sondern zunehmend um verantwortungsvolle Nachrichtenpolitik, die unbedingte Loyalität erfordert.

Die Grünerschen Reformvorschläge werden vom Handelsminister, in dessen Ressort das Korr.-Bureau nach wie vor fällt, mit gedämpfter Begeisterung aufgenommen. Er ist über die Mehrkosten nicht sehr erfreut, da das Büro seit geraumer Zeit ohnehin schon defizitär arbeitet. Im Geschäftsjahr 1864/65 stehen den Einnahmen in der Höhe von rund 26.700 Gulden deutlich höhere Ausgaben von 38.000 Gulden gegenüber.[50] Der Handelsminister merkt an, daß die Tätigkeit politischer Influenzierung, wie sie die Nachrichtenstelle mittlerweile betreibe, nicht zu seinen Agenden, sondern in die Zuständigkeit der Staatspolizei, namentlich der Preßleitung, falle. Deshalb möge diese auch die Kosten tragen. Nach einer Besprechung der Verantwortlichen am 12. Jänner 1866 kann man sich aber darauf einigen, daß der Status quo vorerst beibehalten wird.

Die Arbeit der Preßleitung geht indes auch nach Grüners Reformen nicht problemlos vonstatten; Hemmschuh sind nach wie vor die Ministerien, die ihrer Aufgabe, mit Informationen oder gar fertigen Artikeln zu dienen, nicht nachkommen. Von der vorbereitenden Pressebetreuung, wie sie Grüner bei seinem Amtsantritt gefordert hat, ist nichts zu bemerken. Falke von Lilienstein resümiert, daß er über die geplanten Schritte der Regierung, über ihre Haltung in aktuellen innen- und außenpolitischen Angelegenheiten nicht unterrichtet würde und sich im Rahmen seiner Pressedirigierung „auf Berichtigung und Widerlegung falscher Nachrichten beschränken"[51] müsse.

Sogar Staatsminister Belcredi muß konstatieren, daß „die Eigentümlichkeit der österreichischen Staatsverhältnisse“ auf die beabsichtigte „konzentrische und vorbereitende Pressleitungstätigkeit“ einen „lähmenden“ Einfluß habe.[52] Entsprechend unzufrieden äußert sich Grüner in einem Vortrag: Information sei die Grundlage der Wirksamkeit, wenn die Preßleitung die wichtigsten Maßnahmen, Verfügungen und Gesetze jedoch erst aus der *Wiener Zeitung* oder gar aus oppositionellen Zeitungen erfahren müsse, „ist ihr die eigentliche Lebensader unterbunden und sinkt sie zu einer Maschine ohne Motor herab.“[53]

Grüners Appell scheint jedoch folgenlos zu bleiben; mehrfach ersucht er um seine Amtsenthebung und kehrt Anfang 1866 schließlich wieder auf seinen alten Posten nach Leipzig zurück, wo er sich wieder der Betreuung der sächsischen Presse im Sinne Österreichs widmet. In Grüners Nachfolge wird Franz Ritter von Hell, bislang Leiter des Preßreferats im Polizeiministerium, also der „oberste Zensor“, mit der Preßleitung betraut. Diese Besetzung legt gewisse Rückschlüsse nahe. Es ist wohl ein kleiner Schritt zurück in die vermeintliche Sicherheit der Pressekontrolle, den die Bestellung des Zensors Hell am Vorabend des Krieges gegen Preußen signalisiert. In Hells Amtszeit erhält die Preßleitung ihre endgültige Form, die zu Grüners Zeiten nur eine provisorische war. Hell hat dafür zu sorgen, daß die mehr als 300 regelmäßig eintreffenden Druckschriften eingeordnet, gelesen und beachtenswerte Stellen angezeichnet werden, um gegebenenfalls darauf reagieren zu können. Er hat – nun auf offiziellem Weg – mit den Ministerien und den Zentralstellen zu verkehren, mit den Redaktionen der Wiener Tagespresse und den Korrespondenten der in- und ausländischen Blätter Kontakt zu halten, die Revision des Schriftverkehrs und die Geldanweisungen zu erledigen. Für die Besorgung ihrer Geschäfte verfügt Hells Preßleitung, die im Palmschen Haus in der Bankgasse residiert, im Jahr 1866 – inklusive dreier Diener – über 15 Mitarbeiter. Die beiden Leiter Schmidt-Zabierow und Falke von Lilienstein werden finanziell bessergestellt, um ihre „vollste Vertrauenswürdigkeit“[54] zu gewährleisten.

1866: Krieg gegen Preußen

Die außenpolitischen Spannungen mit Preußen nähern sich der Eskalation. Bismarck baut eifrig an einem preußischen Großreich und kann für den Kriegsfall mit dem Wohlwollen des russischen Zaren rechnen, der ihm wegen des preußischen Beistands bei einem Aufstand in Polen verpflichtet ist; er kann auf die Unterstützung von Napoleon III., dem er vage Zusagen für Teile des linken Rheinufers gemacht hat, zählen, und er gewinnt die Unterstützung Italiens, dem er den Gewinn Venetiens auf Kosten Österreichs verspricht. Schließlich kann sich Bismarck auf das Wolff'sche Büro stützen, und, nicht zuletzt, auch auf das bewährte Berliner Centralpreßbureau, das seit geraumer Zeit durch seine zielgerichtete Pressearbeit Staatspolitik betreibt. Wuttke attestiert dem Centralpreßbureau, den preußischen Eroberungsplänen den Weg zu bereiten. Es habe in der gesamten nord- und mitteldeutschen Presse die Oberhand erlangt und „den anspruchsvollen Gedanken" verbreitet, „daß unter Aufhebung der Gleichberechtigung der deutschen Stämme der preußische Staat an die Spitze der mittleren und kleineren Staaten Deutschlands gehoben werden müsse."[55] Die Quintessenz der Nachrichtenpolitik des preußischen Centralpreßbureaus wird über das Wolff'sche Telegraphische Bureau an die Zeitungen geleitet, von dem Wuttke meint, es sei in seiner Nachrichtengebung ebenfalls der preußischen Hegemonie zu- und einer großdeutschen Lösung abgetan. Demgegenüber hat das Wiener Korr.-Bureau naturgemäß die großdeutsche Lösung zu vertreten, um Österreich vor einer Ausgrenzung aus dem großmächtigen Reigen der deutschen Staaten zu bewahren. Damit wird die zutiefst politische Rolle der beiden Nachrichtenagenturen offensichtlich. Geführt von ihren Regierungen im Hintergrund, sind sie primär politische Instrumente, mit deren Hilfe im In- und Ausland Meinung gemacht werden soll. Nachrichtenpolitik wird nach wie vor als Instrument zur „Nachrichtung" begriffen.

Dem Krieg geht ein Zeitungskrieg voran. Über die offiziösen österreichischen Zeitungen werden heftige Debatten geführt, in denen die offizielle preußische Berichterstattung zum Anlaß für Beschuldigungen und Dementis genommen wird. Am 27. Februar berichtet die *Constitutionelle Österreichische Zeitung*, das Warrenssche Instrument der österreichischen Preßleitung, über Gerüchte preußischer „Truppenkonzentrierungen in der Stärke von 14–16000 Mann an der südwestlichen Grenze Schlesiens",[56] die aber von der *Schlesischen Zeitung* in Abrede gestellt würden. Die *Abendpost*, das Abendblatt der *Wiener Zeitung*, schreibt am 19. März, daß die Kriegsgerüchte, die bisher nur geringen Glauben gefunden hätten, nun größere Dimensionen annähmen und „nach den zahlreichen Nachrichten über militärische Vorkehrungen von Seite Preußens von der öffentlichen Meinung bereitwilliger acceptiert"[57] würden.

Auf der anderen Seite werden in preußischen Blättern Gerüchte über eine Rüstung Österreichs laut, die wiederum von den österreichischen Blättern eben nur als „Gerüchte" abgetan werden.

Schließlich geht die *Wiener Zeitung* in die Offensive und schreibt am 29. März 1866, die *Weser Zeitung* habe die durchsichtige Taktik „der ministeriellen preußischen Blätter“ ausgeschwatzt. Demnach komme es gar nicht darauf an, ob die militärischen Vorkehrungen Österreichs in Berlin als Kriegsrüstungen betrachtet würden oder nicht. Entscheidend sei, daß man die Vorkehrungen als Kriegsrüstungen auffassen wolle.[58]

Der Krieg wirft seine Schatten voraus. Das Ministerium des Äußeren richtet ein Ersuchen an die Preßleitung, „um geeignete Veranlassung im gütlichen Wege, daß sich die Zeitungsredaktionen aller Mitteilungen über militärische Angelegenheiten und Vorkommnisse, welche mit der auswärtigen Politik in Zusammenhang gebracht werden können, enthalten mögen.“[59] Noch während Verhandlungen mit Preußen stattfinden, bittet das Finanzministerium um eine Verfügung, derzufolge nichts mehr über Finanzoperationen der Regierung berichtet werden dürfe, da die Börsen durch die Geldbeschaffung für den Krieg empfindlich reagieren würden. Ende Mai ersucht das Kriegsministerium, die Redaktionen der inländischen Zeitungen zu äußerster Zurückhaltung bei der Besprechung militärischer Maßnahmen zu vergattern. In einem Erlaß wird angeordnet, die Zeitungen, die im Einflußbereich der Preßleitung stehen, auf vertraulichem Weg aufzufordern, sich der Veröffentlichung solcher Inhalte zu enthalten, sofern sie ihnen nicht durch das *Militär-Versorgungsblatt* oder von berufener Stelle zugestellt würden.

Am 15. Juni ergeht an alle österreichischen Statthalter und Länderchefs ein Telegramm, das am folgenden Tag in der *Wiener Zeitung* veröffentlicht wird, um von allen Amtsblättern und politischen Blättern übernommen zu werden. Es ist dies ein kaiserliches Manifest „An meine Völker“, in dem sich Österreich auf die Rolle des auf Frieden Bedachten festlegt: Im Süden und im Norden sei man jedoch von feindlichen Armeen bedroht, die „lüstern auf den Raub von Teilen des Reiches“ aus seien und danach trachten würden, Österreichs Macht zu erschüttern. Österreich habe keinen Anlaß für Krieg geboten, es trage keine Schuld. Die Entwicklung des Konflikts wird mit einer demonstrativen Aufzählung der Gewaltschritte Preußens geschildert: „So ist der unheilvollste, ein Krieg Deutscher gegen Deutsche unvermeidbar geworden!“ Man werde aber um die „heiligen Güter, welche Völker zu verteidigen haben“,[60] kämpfen. Zu guter Letzt wird noch Gott um Beistand und Sieg angerufen.

Zur selben Zeit versucht die Preßleitung, sich für die Zukunft die Versorgung mit internationalen Nachrichten zu sichern, nachdem dies künftig durch das preußische Büro Wolff nicht mehr erwartet werden kann. Ludwig Hirschfeld, seit März in der Nachfolge von Dewéz

Leiter des Korr.-Bureaus, zeigt sich gewillt, „den ersten geeigneten Anlaß zu benützen", das Korr.-Bureau von Wolff freizuspielen und „den Nachrichtendienst auf anderen, den diesseitigen politischen Interessen vorteilhafteren Grundlagen zu organisiren."[61] Im Rahmen einer Sitzung am 26. Juni, an der der Außenminister, Alexander Graf Mensdorff-Pouilly, mit Vertretern des Finanz-, Handels- und Staatsministeriums berät, beschließt man, Hirschfeld möge bei der Agence Havas anfragen, ob sie das österreichische Nachrichtenbüro direkt mit Depeschen versorgen könne; bislang sind Havas-Depeschen vertragsgemäß nur über Wolff nach Wien gelangt.[62]

Als am 20. Juni 1866 der Krieg Österreichs und seines sächsischen Verbündeten gegen Preußen und Italien beginnt, liefert die beim Preßleitungsbureau angesiedelte Generalcorrespondenz offizielle Stellungnahmen an die Presse und das Korr.-Bureau fungiert als Drehscheibe telegrafischer Nachrichten. Nach dem Abbruch der Beziehungen zum Wolff'schen Bureau durch die Einstellung des Telegrafenverkehrs versorgt die Agence Havas das Korr.-Bureau mit internationalen Nachrichten. Die Preßleitung zeigt sich mit der Arbeit des neuen Leiters Hirschfeld zufrieden, die Verbreitung offizieller Depeschen und sonstiger Nachrichten zu Tag- und Nachtzeiten funktioniere anstandslos.[63]

Hinsichtlich der Kriegsberichterstattung häufen sich bei der Preßleitung Gesuche um Entsendung von Kriegskorrespondeten. Die unabhängige *Neue Freie Presse* beklagt sich, daß ihr Berichterstatter bei der Akkreditierung übergangen worden sei und nur regierungstreue Zeitungen einen Zuschlag erhalten hätten. Neben der amtlichen *Wiener Zeitung* sind Zeitungen zugelassen, die in unmittelbarem Einflußbereich der Preßleitung stehen, wie etwa das einstige Revolutionsblatt *Presse*, das sich mit der Regierungsautorität schon längst arrangiert hat. In letzter Minute wird noch ein Berichterstatter der offiziösen *Prager Zeitung* zugelassen. Darüber hinaus dürfen die unter dem (wohl eher bescheidenen) Einfluß der Preßleitung stehenden Zeitungen *Times* und *Daily News* ihre Korrespondenten an den Kriegsschauplatz schicken; über Umwege wird auch Heinrich Pollak wieder Kriegsberichterstatter. Er schreibt hauptsächlich für das Abendblatt der *Wiener Zeitung*, die *Abendpost*, da deren ursprünglich entsandter Korrespondent nicht entsprochen hat. Pollak übernimmt dessen Equipierung, also einen Wagen, ein Reitpferd, einen Kutscher und einen Diener, und blickt dennoch neidvoll auf den Korrespondenten der renommierten *Times*, der einen großen Wagen mit sich führt, in dem er wohnen und arbeiten kann. Ihm stehen vier Pferde zur Verfügung sowie ein Dolmetsch und zwei Diener.[64]

Der Oberkommandierende der österreichischen Nordarmee, Ludwig von Benedek, der, wie er selbst betont, gegen seinen Willen mit dem Oberkommando betraut worden sei, ist eigentlich gegen die Zulassung von Berichterstattern, die er hauptsächlich als „legitimirte Spione“ begreift. Als Pollak bei Benedek vorstellig wird, folgt Altbekanntes. Der General legt dem Kriegsberichterstatter dar, daß seine Anwesenheit am Kriegsschauplatz vollkommen überflüssig sei:

> Was ich über Journalisten denke, darüber werden Sie schon von Ihren Kollegen unterrichtet worden sein. Ich habe aus meiner Gesinnung nie ein Hehl gemacht. Ich spreche immer so, wie ich fühle. Man kann über Zeitungen im allgemeinen denken, wie man will, so wird doch jeder Vernünftige zugestehen müssen, daß Ihre Anwesenheit auf dem Kriegsschauplatze deshalb überflüssig, weil hier Ihre Tätigkeit eine eingeschränkte ist. Über Truppenbewegungen dürfen Sie nichts schreiben, was im Hauptquartier geplant ist, davon erfahren Sie nichts, Sie können sich also nur auf einen ‚Tratsch‘ beschränken und der, so meine ich, ist des Geldes nicht wert, das Ihnen dafür bezahlt wird. (...) Was zu berichten sein wird, wird von mir geschehen, ich werde nichts verschweigen, nichts vertuschen, ich bin ein wahrheitsliebender Mensch, als solcher bekannt.[65]

Um die „schädliche Wirkung“ der Berichterstatter möglichst gering zu halten, hat Benedek einen verläßlichen Presseoffizier eingesetzt, einen gewissen Major Jung, an den sich die Berichterstatter wenden müssen. Jung wacht darüber, daß aus dem Hauptquartier nichts „Verfängliches“ hinausdringt. Die Berichterstatter müssen sich „mit Ehrenwort“ verpflichten, kein Telegramm abzusenden, ohne es vorher Jung vorgelegt zu haben.[66] Dies ist umso bedauerlicher, als Jung selbst als militärischer Zeitungskorrespondent tätig ist, und durch die Einsichtnahme in die Berichte sämtlicher Korrespondenten einen guten Überblick über alle Ereignisse und damit einen gehörigen Wettbewerbsvorteil gegenüber seinen zivilen Kollegen genießt, den er nützt. Den Presseoffizier zu umgehen ist jedoch gefährlich. Es gilt das Kriegsrecht. Der Oberkommandierende Benedek droht bei Gelegenheit lapidar, daß er „denjenigen Berichterstatter, der unerlaubter Weise Meldungen aus dem Hauptquartier machen sollte, die der Armee schaden könnten, ohne viel Federlesens erschiessen lassen werde.“[67] Wenn diese Drohung auch nicht ganz ernstzunehmen ist, so besteht kein Zweifel daran, daß sich die Militärs die Hoheit über den Nachrichtenverkehr vorzubehalten gewohnt sind; zum einen wird argumentiert, die Wahrung des militärischen Geheimnisses mache ein solches Vorgehen notwendig, zum anderen geht es unausgesprochen, darum, der heimischen Bevölkerung gegenüber den Mythos eines gerechten, möglichst verlustarmen und letztlich siegreichen Krieges aufrechtzuerhalten. Ganz in diesem Sinn verabschiedet General Henikstein Pollak nach kurzer Unterredung mit den salbungsvollen Worten: „Seien Sie nicht bloß im allgemeinen ein Kriegs-, vielmehr auch ein Siegeskorrespondent."[68]

Zumindest anfangs hat man Grund zur Zufriedenheit. Vom italienischen Kriegsschauplatz kommen gute Nachrichten; die österreichische Armee ist bei Custozza und in der Seeschlacht bei Lissa erfolgreich, was die Wiener Blätter „aller politischen Schattierungen" in patriotische Begeisterung ausbrechen läßt.[69] Die Zeit der militärischen Erfolge macht die Arbeit für den Kriegskorrespondenten einfach, sagt Pollak: „Im Hauptquartier einer mit Glück operirenden Armee" sei die Aufgabe leicht zu lösen: „Alle Behelfe, die er für seine Arbeit benöthigt, werden ihm bereitwilligst zur Verfügung gestellt. Um einen anschaulichen Bericht geben zu können, erhält er ohne Schwierigkeit die ordre de bataille und die dazu nöthigen Aufklärungen von fachkundiger Seite."[70] Kein General zeigt sich abweisend, wenn es darum geht, Siege zu verkünden und den eigenen Ruhm zu mehren.

Nach den anfänglichen Erfolgen im Süden ist man gespannt auf die entscheidende Auseinandersetzung mit der preußischen Armee im Norden. Von dort gibt es in der ersten Woche nur ein paar Nachrichten über kleinere Gefechte. Doch schon bei diesen Auseinandersetzungen zeigt sich die Überlegenheit des modernen Zündnadelgewehrs, das die preußischen Truppen einsetzen. Ein verwundeter österreichischer Offizier erzählt Pollak von der neuen Waffe, die weitaus rascher abgefeuert werden kann als bisher gebräuchliche; die schreckliche Wirkung des „Schnellfeuers" werde sich als noch verheerender erweisen, sobald es zu Bajonettangriffen der österreichischen Soldaten komme, auf die sie „einexerziert" seien. Nachdem sich Pollak bei einem Fachmann zusätzliche Informationen besorgt hat, schreibt er seinen Bericht. Zu seinem Erstaunen wird dieser Bericht – seinem Wesen nach Kritik an der Kriegsverwaltung – unverändert von einem halbamtlichen Blatt übernommen. Pollak erklärt sich dies damit, daß er auch die Mängel des Zündnadelgewehrs beschrieben hat: daß nämlich die Schnellfeuerung das Zielen stark beeinträchtige und die Soldaten es den Jägern gleichtun müßten, „die auf einen auffliegenden Schwarm von Hühnern ziellos losschießen, gewiß, daß einige, von den Schrotkörnern getroffen, zu Boden sinken werden."[71] Mit dieser beschwichtigenden Einschätzung liegt der Laie Pollak aber ziemlich daneben, wie sich zeigen wird.

Mit dem Ausbruch größerer Kämpfe beginnt der eigentliche Kriegsdienst Pollaks, der bisher eher aus der Distanz über den Krieg berichtet hat. Nachdem ihm der Presseoffizier Jung nichts Konkretes über den Verlauf der Dinge zu sagen vermag, sucht er, von Reporterneugier getrieben, auf eigene Faust den Ort Gitschin auf, wo er die nächste Schlacht vermutet und wo sich auch tatsächlich ein „großer Kampf" entwickelt. Eine adäquate Berichterstattung ist aber auch in unmittelbarer Nähe des Geschehens schwierig. Von einer Anhöhe aus beobachtet Pollak mit einem Fernrohr die Vorgänge, was kaum Erkenntnis bringt. Er hört „bloß den Kanonendonner", sieht „das Feuer aus den Gewehren blitzen, Rauchwolken aufsteigen", doch welche der operierenden Truppen im Vorteil ist, darüber weiß er sich „keine rechte Vorstellung zu machen."[72] Von rückgehenden Soldaten erfährt er, daß die Schlacht günstig für Österreich stehe, obwohl sehr viele Tote und Verwundete zu beklagen seien. Plötzlich ziehen sich die österreichischen Truppen zurück, und zwar, wie von einem Stabsoffizier zu erfahren ist, auf Befehl Benedeks. Die Behauptung Gitschins sei nicht mehr von Belang. Pollak telegrafiert einen Bericht, der sich im wesentlichen damit beschäftigt, „daß der Rückzug ohne erhebliche Einbußen von der sächsischen Leibgarde mit ebensoviel Geschick wie Tapferkeit gedeckt wurde."[73] Warum man die strategisch wichtige Position preisgegeben hat, kann er allerdings nicht ergründen; klar ist lediglich, daß die militärische Führung sehr empfindlich auf etwaiges Ausplaudern erlittener Niederlagen reagiert. Dazu kommt, daß der Presseoffizier im Fall militärischer Niederlagen „förmlich unsichtbar" wird, um sich der schwierigen Gradwanderung zwischen Wahrheit und Militärraison zu entziehen. Der Kriegsreporter, so Pollak, sei in solchen Fällen auf sich alleine gestellt. Einen geschriebenen Bericht bringe er „mit einer leicht begreiflichen Beklemmung" zur Post. Ab diesem Moment befinde er sich in steter Erregung, ob der Bericht „Anstoss" errege. Um dem Druck zu entkommen, beschränke er sich oft auf Telegramme, die sich mit der „Registrirung der offenkundigen Thatsachen" begnügen und die überdies „den Vortheil gewähren, dass man sich dabei jedes eigenen Urtheils enthalten kann."[74]

Als Benedek den Rückzug in Richtung Königgrätz antritt, sprießen in den regierungstreuen Blättern in Wien aussageleere Stilblüten. In der *Abendpost*, für die Pollak schreibt, erscheint am 2. Juli ein Artikel, worin es in nicht zu übersehender Absicht, die sich anbahnende Katastrophe durch wohlformulierte Zuversicht zu verdrängen, heißt:

> Authentischen, aus dem Hauptquartier der Nordarmee soeben eingetroffenen Nachrichten zufolge, hat Feldzeugmeister Benedek es

> bei dem Umstande, als das vorgeschobene erste mit den Sachsen vereinigte Armeecorps der Übermacht des Feindes weichend, sich zurückziehen mußte, aus strategischen Rücksichten für notwendig befunden, die Stellung zwischen Josephstadt und Königgrätz zu nehmen und dort die Truppen zu konzentrieren, nachdem die Vereinigung der beiden preußischen Armeen ungeachtet der mit größter Bravour von unseren Truppen geführten Gefechte nicht verhindert werden konnte.[75]

Der Rückzug wird indirekt formuliert und mit zuversichtlichem Beiwerk aufgeputzt; so wird betont, Benedek sei in dieser Position nicht angegriffen worden; es habe kein weiteres Gefecht stattgefunden, was als Beweis diene, daß auch der Gegner starke Verluste erlitten habe und seine Truppen erschöpft seien. Dazu habe besonders das österreichische Geschützfeuer beigetragen, das den Feind von einer Verfolgung abgehalten habe. Ein großer Teil der zurückgedrängten Truppen sei bereits wieder in die Hauptarmee eingerückt und kampfbereit. Man schließt beruhigend: „Die Armee ist optimistisch und sieht ungebrochenen Mutes den Ereignissen der nächsten Tage entgegen."

Von einem hohen Turm aus beobachtet auf österreichischer Seite auch der Vertreter der *Times*, William Howard Russell, das Geschehen, um einen Bericht zu verfassen.[76] Russell beschreibt minutiös die militärischen Ereignisse, die sich seinen Augen bieten; er schreibt von Infanterie, Kavallerie und Artillerie, von Vorstößen und von Rückzügen. Allerdings schreibt Russell auch von landschaftsfüllenden Toten und Verwundeten und indirekt auch vom Versagen des Oberkommandierenden Benedek.

In der österreichischen Armeeführung herrscht Untergangsstimmung. Benedek selbst glaubt sich und seine Armee am Ende. An den Kaiser telegrafiert er: „Bitte E(ure). M(ajestät). dringend, um jeden Preis Frieden zu schließen; Katastrophe für die Armee unvermeidlich!"[77] Benedeks Ansinnen wird in Wien von allerhöchster Stelle jedoch abträglich beschieden: „Frieden zu schließen unmöglich. Ich befehle – wenn unausweichlich – den Rückzug in größter Ordnung anzutreten. Hat eine Schlacht stattgefunden?"[78] In Wien scheint man allgemein nicht sonderlich gut informiert, manche Neuigkeit vom Kriegsschauplatz muß man süddeutschen Zeitungen entnehmen.

Heinrich Pollak versucht unterdessen in die Nähe des Schlachtfeldes zu kommen: aus der „erschreckenden Anzahl" der entgegenkommenden Verwundeten entnimmt er, daß er auf dem richtigen Weg ist. „Die Preußen kommen, die Preußen kommen!" schreiend, stürmen plötzlich panische Soldaten auf der Flucht an ihm vorüber, dicht gefolgt von der ebenfalls fliehenden Reiterei, der sich auch der

Kriegsberichterstatter kurzerhand anschließt. Völlig unerwartet findet er sich inmitten des Schlachtengetümmels wieder. In „wildester Flucht" und „von den feindlichen Truppen verfolgt" stürmt das aufgelöste Heer der Königgrätzer Festung zu. Pollak sieht zahllose Soldaten im Kugelregen fallen, aber wer kann sich schon darum kümmern, wenn alles „dem sicheren Orte" zujagd. Auf dem Boden liegen Tote und Verwundete, händeringend um Hilfe Flehende und Jammernde, aber wer, so Pollak, kann sich auch nur einen Augenblick mit ihnen befassen?[79]

Die österreichische Armee befindet sich in einer entsetzlichen Situation. In der Festung Königgrätz, in die man sich zurückgezogen hat, herrscht Chaos. Eine „Epidemie der Furcht" macht sich breit. Gerüchte darüber, daß die Armee in voller Auflösung begriffen sei, kursieren. Pollak glaubt daran nicht und unterläßt es, solche Meldungen nach Wien zu telegrafieren, wozu er übrigens auch gar keine Möglichkeit hat, da die Telegrafenleitung zerstört und die belagerte Festung von der Außenwelt abgeschnitten ist. Ein anderes Gerücht über ein mögliches Waffenstillstandsabkommen an die *Abendpost* zu richten, wird „durch die Inhibierung des diesbezüglichen Telegramms vereitelt".[80]

Im offiziellen Wien wird die Niederlage verdrängt. Am 4. Juli findet eine Krisensitzung des Ministerrats statt, in der Staatsminister Belcredi kategorisch die Auffassung vertritt, man solle nicht vom Frieden sprechen, da die Bevölkerung erbittert sei über die Schmach, sich dem preußischen Joch beugen zu müssen.

Die preußischen Truppen rücken immer weiter vor, besetzen einen Teil Böhmens, überschreiten die mährische Grenze und marschieren in Ungarn ein. In Wien beginnt man mit Schanzungsarbeiten; auch die Preßleitung bereitet sich auf eine mögliche Invasion vor. Sie hat Anweisung, für einen derartigen Fall ihre Tätigkeit einzustellen und die wichtigsten Papiere zu beseitigen. Pollak findet, nach Wien zurückgekehrt, eine laut gegen die Regierung protestierende Bevölkerung vor. Die Regierung, die den Krieg nicht beenden will, verhängt den Belagerungszustand über die Stadt. Pollak: „Auch ein Auskunftsmittel."

Um den preußischen Vormarsch aufzuhalten, will der Kaiser die Südarmee beiziehen; dazu wird im Süden ein teurer Frieden geschlossen, der eine Abtretung Venetiens beinhaltet. Die Südarmee wird in Eilmärschen nordwärts getrieben, um sie mit der Nordarmee zu vereinigen, der preußischen Armee entgegenzustellen und „die Waffenehre Österreichs wieder voll herzustellen".[81]

Für den österreichischen Generalkonsul in Leipzig, Grüner, bringt der Einmarsch preußischer Truppen in Sachsen neben einem

„ungemüthlichen Flüchtlingsleben“ eine drastische Einschränkung seiner Tätigkeit. Einerseits stößt er mit seinen Bestrebungen auf den gestiegenen preußischen Einfluß, andererseits droht sich die österreichische Regierung aus der Betreuung der sächsischen Presse zurückzuziehen. Letzteres scheint man seitens der antipreußisch eingestellten, sächsischen Regierung wehmütig zur Kenntnis zu nehmen; man fürchtet, Grüner seien nunmehr die Mittel genommen, um die Presse in Leipzig und im Königreich Sachsen überhaupt „in derselben gedeihlichen Weise, wie er es bisher thun konnte, zu entfalten“.[82] Von Wien aus wird Grüner zwar noch mit „Nachwachungen“ über die Leipziger Presse betraut; er erhält dafür aber nur einen vergleichsweise geringen Pauschalbetrag, von dem er die Honorare für die von ihm verpflichteten Literaten bestreiten muß. Grüner verwehrt sich gegen die Rückzugspläne der Preßleitung, macht in Wien Stimmung für die *Sächsische Zeitung*, das Nachfolgeblatt der von ihm bislang protegierten und nach dem Einmarsch der Preußen in Sachsen verbotenen *Leipziger Abendpost*, und es gelingt ihm, eine bereits vorgesehene Streichung der Subvention abzuwenden. Der österreichische Außenminister macht jedoch zur Bedingung, daß man weiterhin Einfluß auf die Gestaltung des Blattes nehmen könne. Auf die Pflege der Beziehungen, die Grüner zu Zeitungen anderer deutscher Länder unterhält, legt die Regierung in Wien ebenfalls Wert, um ihren Einfluß zu wahren. Die Besetzung der Stadt Frankfurt durch preußische Truppen hat schließlich auch die Frankfurter Preßfiliale sowie die österreichtreuen Frankfurter Zeitungen ausgeschalten.[83] Der „Kardinalpunkt“ im Programm für die Unterstützung deutscher Zeitungen ist „Opposition gegen Preußen“ und die Unterminierung der kleindeutschen Einigungsversuche. Obwohl Wien den Krieg auf dem Schlachtfeld verloren hat, gibt man den Krieg in den Zeitungen nicht auf. Alle publizistischen Anstrengungen nützen letztlich nichts, der Krieg geht auch am Verhandlungstisch verloren. Dem Waffenstillstand von Nikolsburg folgt der Friede von Prag. Österreich muß aus dem Deutschen Bund austreten und neben Venetien im Süden auf Schleswig und Holstein im Norden verzichten. Im Herbst 1866 erfolgt die Bildung des Norddeutschen Bundes unter der Führung Preußens. Bismarck hat erreicht, was er wollte: die Hegemonie in Deutschland.

Von den Verantwortlichen des Korr.-Bureaus wird der Ausgang des Krieges zum Anlaß genommen, sich aus der Abhängigkeit vom Wolff'schen Telegraphenbureau zu lösen. Schon nach dem Vorfrieden von Nikolsburg hat Hirschfeld am 26. Juli 1866 gegenüber Vertretern des deutschen Büros verkündet, daß er den Vertrag, den Dewéz 1861 geschlossen hat und der im Dezember 1866 ausläuft, nicht zu erneuern gedenkt. Das Korr.-Bureau sucht stattdessen Anschluß an die französische Agence Havas, mit der man während des Krieges zusammengearbeitet hat. Im September 1866 nehmen Vertreter von Havas, Charles-Louis Emard und der einstige Wiener Revolutionär Sigismund Kolisch, mit Hirschfeld und dem Staatstelegrafendirektor Brunner-Wattenwyl Verhandlungen über eine weitere Zusammenarbeit auf. Emard formuliert sein Angebot:

> Wir stellen Österreich unsere Publizität zur Verfügung, um die Mitteilungen, die uns dasselbe zukommen lassen will, in unsere Korrespondenzen, Briefe und Depeschen aufzunehmen. Wir stellen unsere Publizität Österreich jedoch nicht allein zur Verfügung, sondern wir nehmen auch die Mitteilungen anderer Regierungen, wie z.B. die Preussens, usw. auf. Wir können uns auch nicht verpflichten, alles aufzunehmen, was sie uns senden. Dagegen bietet Ihnen die Publizität, über welche wir verfügen, den Vorteil dar, alles, was bei Ihnen passiert, sofort in einer zwar nicht zu günstigen Weise, aber doch in der gewollten Form der Öffentlichkeit zu übergeben. Wenn sich bisher Dinge ereignet haben, die Ihnen unangenehm waren, so zögerten Sie mit ihrer Veröffentlichung, bis sie in der für Sie am wenigsten günstigen Weise publiziert wurden. Durch unsere Publizität würden Sie in den Stand versetzt, solche Dinge sofort in einer Weise an die Öffentlichkeit zu bringen, welche der Böswilligkeit die Spitze abbrechen würden. Aus der Annahme unseres Anerbietens würde also grosser Nutzen für Sie entspringen.[84]

Die Vorteile, die eine Verbindung mit Havas bieten würde, liegen auf der Hand. Der Havassche Dienst hat eine weite Verbreitung; die deutschsprachige Havas-Korrespondenz wird auch von deutschen Zeitungen rege rezipiert. Der Dominanz des Wolff'schen Telegraphenbureaus, dem durch sein Naheverhältnis zur preußischen Regierung eine Art Monopol für den norddeutschen Raum zukommt, könne man dadurch etwas entgegensetzen. Die Nachteile einer Kooperation mit Havas sieht man, abgesehen von der Tatsache, daß von der französischen Agentur vertragsgemäß auch preußische Nachrichten verbreitet werden, wohl darin, daß eine Zusammenarbeit mit Havas für das österreichische Büro kostspielig wären. Darüber hinaus spielt wohl auch der Umstand eine Rolle, daß Emard von vornherein die Grenzen tendenziöser Einflußnahme klargemacht hat.

Eine andere Option eröffnet sich durch Julius Reuter, der seit jeher versucht, am Kontinent Fuß zu fassen. Über seinen in Wien lebenden Neffen Eugen Salinger richtet Reuter ein Ansuchen an die österreichische Regierung, in der k. k. Metropole ein telegrafisches Korrespondenzbüro errichten zu dürfen. Seitens der Preßleitung denkt man über die Vorzüge dieses Ansinnens nach: man meint, würde in Österreich kein Telegrafenbüro bestehen, „dann könnte allenfalls das Reuter'sche Anerbieten, mit Hinblick auf seine anscheinende Uneigennützigkeit berücksichtigungswürdig erscheinen." Eine Zusammenarbeit mit Reuter verspricht neben Unabhängigkeit von Wolff auch Eingang in die britische Presse zu finden. Solchen Ambitionen macht einmal mehr die Staatsräson ein Ende. Warum soll man ohne zwingenden Grund die Kontrolle über die „publicistische Telegrafie" aufgeben und an eine „in ihren Tendenzen und Beziehungen jedenfalls wandelbare Privatperson" ausliefern?[85] Wie man in Regierungskreisen der Agence Havas skeptisch gegenübersteht, wird auch Reuters „Uneigennützigkeit" letztlich in Frage gestellt; es wird geargwöhnt, Reuter würde lediglich am Standort Wien interessiert sein, um sich einen besseren Zugang zu den Orientnachrichten zu verschaffen. Wichtiger dürfte aber das alte Argument sein, daß die österreichische Regierung dadurch ihre Hoheit über den Nachrichtentransfer im Land verlieren würde. Das Korr.-Bureau, meint Staatsminister Belcredi, biete der Regierung die Gewähr, daß sie sämtliche ins Ausland gehenden und auch alle aus dem Ausland kommenden Nachrichten sichten, selektieren und sie in der für sie am vorteilhaftesten Form in die Öffentlichkeit bringen könne. Als weiteres Argument gegen das Ansinnen von Reuter nennt Belcredi die Unselbständigkeit der Wiener Börse; da sie von der Haltung anderer großer Börsen abhängig sei, könne eine Aufgabe der Kontrolle über die Börsennachrichten zu gefährlichen Spekulationen führen. Reuters Anerbieten nachzugeben, wäre insofern ein „gewagtes Experiment". Belcredi verweist auf die Umtriebe und Börsenmanöver im Jahr 1859, die im Umfeld des Krieges in Italien zu verzeichnen gewesen seien und denen man schließlich mit der Gründung des amtlichen Korr.-Bureaus entgegengetreten sei.

Die österreichische Regierung wartet mit ihrer Entscheidung erst einmal ab, wie sich die Dinge entwickeln. Man hat jedenfalls passable Karten in der Hand, die man bei den anstehenden Verhandlungen mit Vertretern des Wolff'schen Telegraphenbureaus in Wien ausspielen kann. Die Gespräche, die von Hirschfeld und dem Telegrafendirektor Brunner mit den deutschen Bevollmächtigten Richard Wentzel, Theodor Wimmel und Ferdinand Salomon geführt werden, verlaufen erfolgreich. Die deutschen Unterhändler zeigen sich zuvorkommend, um ihren Konkurrenten Julius Reuter auszustechen. Sie bieten dem Korr.-Bureau ausnehmend gute Konditionen an: die an Wolff zu entrichtenden Gebühren werden von 2.800 wieder auf 1.200 Taler, den Betrag aus Tuvoras Zeiten, heruntergesetzt und dem

Wiener Büro wird das Recht auf direkten Verkehr mit der Agence Havas in Paris, mit Reuters in London, mit der „Russkoe telegrafnoe agentstvo“ (RTA) in St. Petersburg und mit der Agenzia Stefani in Florenz zugesagt. Diese Konditionen versprechen Unabhängigkeit von der preußischen Pressepolitik. Fazit: man findet sich seitens der Vertreter des Korr.-Bureaus letztlich doch zu einer Zusammenarbeit mit dem Wolff'schen Bureau bereit.

Eine weitere verlockende Vereinbarung bezieht sich auf die Beteiligung an einem „Süddeutschen Correspondenz-Bureau“ in München, das die preußische Regierung durch das Wolff'sche Bureau zu gründen wünscht, um die süddeutsche Presse und die deutschsprachigen Zeitungen in der Schweiz im Sinne Berlins zu beeinflussen; die Vertreter von Wolff überlassen die Leitung dieses Büros einem österreichischen Vertrauensmann. In Wien erblickt man darin eine Möglichkeit, den Einfluß Berlins im süddeutschen Raum zurückzudrängen. Nach der Gründung des Süddeutschen Correspondenz-Bureaus wird Georg Haas Anfang 1867 als Leiter nach München entsandt, bald darauf auch der Telegrafist des Korr.-Bureaus, Manzan, einer der „besten Beamten“, damit Haas der von der Preßleitung vorgezeichneten Tätigkeit besser nachkommen könne, oder, wie Hirschfeld später formuliert, um dem Umstand zu begegnen, daß Haas mit der Leitung des Instituts überfordert ist und sein tüchtiger deutscher Kollege zur Enttäuschung der Preßleitung in Wien schnell die Oberhand bekommen habe.[86]

Ansonsten erfreut sich das Korr.-Bureau zu dieser Zeit eines guten Geschäftsganges. Das Büro erhält von der Regierung alle Meldungen der österreichischen Gesandtschaften und Konsulate im Ausland, wodurch es seinen politischen und wirtschaftlichen Nachrichtenstoff in attraktiver Weise ergänzen kann. Auch seine Auslandsbeziehungen sind mittlerweile stattlich: neben dem Engagement im Süddeutschen Correspondenz-Bureau in München wirkt in Paris seit 1865 Emil Landsberg, ursprünglich für die Preßleitung, genauer gesagt, für die Generalcorrespondenz. Nach deren Einstellung wird Landsberg zum Korrespondenten des Korr.-Bureaus erklärt. Auch in Bukarest, Athen und Konstantinopel hat man journalistische „Agenten“, was dem Wiener Büro weiterhin den Status eines wichtigen Umschlagplatzes für die Nachrichten aus dem Orient sichert. Letzteres schlägt sich nun auch in barer Münze nieder. Die Agence Havas betraut das Korr.-Bureau mit dem Nachrichtendienst aus Konstantinopel und zahlt dafür 1.800 Gulden, wodurch das Korr.-Bureau kurzfristig wieder zu einer bescheidenen finanziellen Blüte gelangt. Während es dem Handelsministerium im Jahr 1866 bei Einnahmen von etwas über 24.000 und Ausgaben von mehr als 36.000 Gulden ein sattes Defizit beschert, schließt es im Folgejahr mit einem Überschuß von 9.000 Gulden. Zumindest finanziell gesehen brechen gute Zeiten an.

„Ausgleich"

Nach dem verlorenen Krieg gegen Preußen hat die österreichische Regierung alle Hände voll zu tun, zwischen den Volksgruppen den inneren Frieden zu erhalten. In dieser Situation tritt der aus Sachsen stammende Friedrich Graf von Beust in die österreichische Politik, ab 30. Oktober 1866 wirkt er als österreichischer Außenminister. Zuvor war Beust sächsischer Außen- und Innenminister; in dieser Funktion hat er auch das Kriegsbündnis zwischen Sachsen und Österreich in die Wege geleitet. Nach der Niederlage emigriert der erbitterte Preußengegner nach Österreich, wo er von Franz Joseph zum Außenminister ernannt wird – eine glatte Provokation gegenüber Bismarck. In den regierenden Kreisen Österreich-Ungarns ist die Hoffnung, die Niederlage und deren politische Folgen wettmachen zu können noch nicht geschwunden; Beust verkörpert dieses Hoffen. Am 7. Februar 1867 tritt Belcredi zurück und Beust wird zum österreichischen Ministerpräsidenten ernannt. Das seit 1864 dem Außenministerium unterstellte Preßleitungsbureau nimmt er ins Ministerpräsidium mit.[87]

In pressepolitischer Hinsicht verkörpert Beust einen neuen Typus; zwar sieht auch er in der Pressepolitik ein legitimes Mittel der Diplomatie, doch tendiert er dazu, sich vorrangig unabhängiger Zeitungen und Korrespondenzen zu bedienen. Beusts Zuneigung zur unabhängigen Presse wird von jener nicht bedingungslos erwidert. Als Korrespondent der Leipziger *Deutschen Allgemeinen Zeitung* erhält Heinrich Pollak eine Vorwarnung von seinem Chefredakteur in Leipzig, der seinen Landsmann Beust zu kennen meint und, wie er schreibt, verhindern wolle, daß sich Pollak von Beust einfangen lasse und die *Deutsche Allgemeine Zeitung* nun von Wien aus zum Boden der „Beust'schen Lügen" gemacht werde.[88] Dermaßen vorbereitet, findet sich Pollak alsbald zu Beust geladen, der ihm eröffnet, die Macht der Presse und das Mißtrauen, das diese gegenüber offiziellen Mitteilungen hege, zu kennen, sich aber trotzdem mehr der unabhängigen als der offiziösen Presse bedienen zu wollen, um die öffentliche Meinung zu gewinnen. Wie er dies zu tun gedenkt, demonstriert er sogleich. Beust gibt Antworten auf Fragen, die ihm nicht gestellt werden; das Interview könne Pollak seiner Zeitung zum Abdruck anbieten, meint Beust, ohne jedoch auf den Hinweis zu vergessen, daß das endgültige Manuskript gemeinsam mit ihm zu verfassen sei. Über die Aufgabe der Presse im allgemeinen, sagt der neue Außenminister:

> Die Aufgabe der Presse ist es meines Erachtens nach nicht, der Ausdruck der öffentlichen Meinung zu sein; sie soll vielmehr die öffentliche Meinung läutern und klären und, wo diese Meinung eine gänzlich falsche ist, darauf besonders aufmerksam machen. Sie muss an Stelle der irrigen Meinung die richtige zu verbreiten suchen. Die Presse ist geschmeichelt, wenn man sie eine Grossmacht nennt; sie ist es nicht, wenigstens in Oesterreich nicht, obwohl sie es sein könnte, so gut wie in England oder Frankreich. Sie besässe schon die Macht, Großes zu leisten, sie schwächt aber ihre Macht, indem sie sich zur Sclavin der öffentlichen Meinung herabwürdigt.[89]

Daß Beust selbst den von ihm gestellten Ansprüchen, grassierende Irrtümer aufzuklären, nicht immer zu genügen bereit ist, können Pollak und seine Journalistenkollegen bald erfahren. Beust streut bewußt Falschmeldungen „mit Hinblick auf einen gewissen geheimen Zweck"; Meldungen, wie sie oftmals von offizieller Seite diskret gegeben, nach ihrer Veröffentlichung aber bisweilen von der Seite, von der sie stammen, öffentlich dementiert werden.[90] Andererseits erwähnt, pflegen die politischen Redakteure der liberalen Blätter Kontakte zu verschiedenen Kabinettsmitgliedern, die „ihre" Blätter auch mit Hintergrundinformation, die ansonsten nicht zu bekommen ist, versorgen. Es ist eine Art „Nebenpressleitung", die im regierungspolitischen Dickicht entsteht. Dies resultiert wohl auch daraus, daß das offizielle Korr.-Bureau von den Journalisten als „in seinen Mitteln beschränkt und in seiner Organisation sehr mangelhaft" gesehen wird. Seine Mitteilungen, so heißt es, seien die Wiedergabe all dessen, „was gerade die einzelnen Mitglieder der Regierung veröffentlicht wissen" wollen, beschränken sich „auf die Verfügungen der Behörden und auf zum Theile sehr mangelhafte Auszüge aus den Reden der Minister."[91]

Die „liberale" Beustsche Pressepolitik stützt sich vor allem auf das Instrument der Subvention. Neben Zuwendungen an verschiedene Zeitungen und Redakteure, darunter übrigens Pollak vom *Neuen Wiener Tagblatt*, kann Beust auch die einflußreichen Großblätter gewinnen.[92] Friedländer von der *Neuen Freien Presse* wird ebenso bedacht wie Zangs *Presse*. Was die *Presse* betrifft, so muß sich der Ministerpräsident Vorwürfen im Parlament stellen, die Zeitung um hunderttausende Gulden gekauft zu haben.[93] Die energischen Vorwürfe mögen auch der Grund dafür sein, daß Beust im weiteren erklärt, er wolle „mit dem Blatte nichts zu tun haben". Es solle sofort weiterverkauft werden, auch auf die Gefahr hin, einen großen Verlust zu machen. Der Preßleiter Hofrat Hell gibt dahingehend seiner Befürchtung Ausdruck, das gesamte investierte Kapital zu verlieren. Letztlich gelingt es aber, die Zeitungsanteile so weiterzuverkaufen, daß die Regierung sogar noch Geld verdient.[94] Ungeachtet des Verkaufs bleibt die *Presse* in finanzieller Abhängigkeit von der Beustschen Preßleitung.

Innenpolitisch verfolgt Beust den Ausgleich mit Ungarn, um die innere Schwächung des Staates zu überwinden. Durch den Ausgleich, der in der feierlichen Krönung Franz Josephs in Ofen zum König von Ungarn besiegelt wird, entsteht das dualistische Zweistaatengebilde Österreich-Ungarn. Ungarn erhält eine eigenständige Regierung unter dem Ministerpräsidenten Graf Gyula Andrássy und eine eigene Regierungspressestelle, ein „Preßleitungsbureau", unter der Leitung von Moriz Gans-Ludassy. Die Macht wird geteilt. Der direkte Einfluß Wiens auf die ungarische Presse geht weitgehend verloren (nachdem es an Versuchen, diese auf Kurs zu bringen, nicht gefehlt hat). Allerdings gibt man gegenüber dem magyarischen Bundesgenossen nicht alle Mittel aus der Hand. Mit dem Korr.-Bureau verfügt man vorerst noch über die einzige telegrafische Nachrichtenstelle für beide Reichshälften, die in Pest eine Filiale betreibt. Als Sitz des Kaisers bleibt Wien das Zentrum der Monarchie und das Wiener Korr.-Bureau die Drehscheibe des k. u. k. telegrafischen Nachrichtenverkehrs.

Im eigenständig gewordenen Ungarn regen sich indes kritische Stimmen gegen die zentralistische Informationspolitik. Einer Note des ungarischen Ministerratspräsidiums vom 30. Oktober 1867 ist zu entnehmen, daß man zwar darauf Wert lege, rechtzeitig alle Mitteilungen des Wiener Korr.-Bureaus zur Information der ungarischen Preßleitung zu bekommen, aber auch, daß die Pester Filiale nicht alle Nachrichten bekäme. Der Wiener Preßleiter Hell wendet sich daraufhin am 22. November 1867 an das ungarische Ministerpräsidium und versichert, daß künftig „ein vollständiges Exemplar der Mitteilungen des hiesigen (Wiener) Telegraphen-Korrespondenz-Bureaus" zur Verfügung gestellt werde.[95]

Die nach dem Ausgleich geschwächte Zentralmacht versucht die Kontrolle über die Kronländer auf nachrichtenpolitischem Weg zu erhalten. Seit Februar 1867 ist eine Pachtfiliale des Korr.-Bureaus in Prag und seit Mai 1867 eine in Triest in Betrieb.[96] Die Prager Filiale des Korr.-Bureaus soll in der tschechischen Metropole für den Umschlag regierungstreuer Nachrichten sorgen. In Prag ist man mit dem herrschenden Regierungssystem äußerst unzufrieden; wie die Ungarn wollen die Tschechen im Zuge eines Ausgleichs als gleichberechtigte Volksgruppe innerhalb der Donaumonarchie akzeptiert werden. Die zentralistische Wiener Nachrichtenpolitik findet insofern auch hier nicht ungeteilten Beifall. Nachdem die Prager Zeitungen dem Korr.-Bureau schon vor der Gründung der Prager Filiale schlampiges und müßiges Arbeiten und hohe Gebühren vorgeworfen haben, sehen sie sich nun noch schlechter bedient. Die neue Filiale beschere den Zeitungen zwar eine Flut von Meldungen, was die Kosten ungehörig steigere, die Qualität jedoch kaum erhöhe. Am 13. Dezember 1867 langt eine Beschwerde beim Handelsministerium in Wien ein. Demnach würden vom Korr.-Bureau allerlei Gerüchte, die für die politische Lage nicht einmal symptomatisch seien, telegrafiert, während wirklich interessante Ereignisse bisweilen vollkommen unberücksichtigt blieben; es mangele an der nötigen Sorgfalt, auch an der nötigen Kenntnis, eine entsprechende Auswahl zu treffen, so der Vorwurf. So sei es vorgekommen, daß die Prager Blätter Meldungen erst mitternachts erhalten haben, über die die Wiener Blätter bereits mittags verfügt hätten. Bei Sitzungen des Reichsrats in Wien verlangen die Vertreter der Prager Blätter einen Bericht spätestens zwei bis drei Stunden nach dem Ende überliefert zu bekommen; dies, so meinen sie, sei keine überzogene Forderung. Die Realität sehe hingegen anders aus. Die Sitzung vom 11. Dezember etwa sei gegen 3 Uhr zu Ende gewesen, das Korr.-Bureau aber habe das Erscheinen der Reichsrats-Korrespondenz abgewartet, daraus einzelne Sätze entnommen, aus dem Zusammenhang gerissen und übersandt, und zwar stückweise, in langen Telegrammen zu entsprechend hohen Gebühren. Der erste Teil des Telegramms mit 600 Worten sei um 7.30 Uhr von Wien abgegangen, um 10.35 Uhr in Prag angekommen und den Redaktionen um 11 Uhr zugestellt worden; der zweite Teil mit 606 Worten sei um 10.05 Uhr abends, also sieben Stunden nach dem Ende der Sitzung aufgegeben worden und eine halbe Stunde nach Mitternacht eingetroffen; der dritte Teil schließlich habe 140 Worte enthalten und sei von 10.45 Uhr bis 1 Uhr unterwegs gewesen. Für dieses Telegramm mit insgesamt 1.346 Worten, das leicht auf ein Viertel seiner Länge gekürzt hätte werden können, hätten die Prager Blätter nicht weniger als 134 Gulden 60 bezahlt. Der Ärger über die schlechte Bedienung wie über die stetig steigenden Kosten ist groß. Während im Jänner 1867 jede Prager Zeitung 43 Gulden 88 an das Korr.-Bureau für die gemeinsam bezogenen Depeschen bezahlt habe und im Februar 55 Gulden 26, sei die Gebühr mit der Einrichtung der Prager Filiale des Korr.-Bureaus steil angestiegen. Im März habe man 106 Gulden bezahlen müssen, im August 167. Für den Zeitraum März bis November habe man knapp 1.100 Gulden entrichtet. Der amtlichen *Prager Zeitung*, die Depeschen auch für ihr Abendblatt bezieht, hat der Dienst des Korr.-Bureaus während dieser neun Monate über 1.700 Gulden gekostet. Man beklagt sich bitter über die Monopolstellung des Korr.-Bureaus, die verantwortlich dafür sei, daß man derart überhöhte Preise zu zahlen habe. Aus Protest bestellt die *Prager Zeitung* schließlich die telegrafischen Berichte über die beiden Häuser des Reichsrats ab, was in Wien als unerhörter Affront aufgefaßt wird. Der Leiter des Korr.-Bureaus, Hirschfeld, beschwert sich bei der Preßleitung und macht auf die Folgen aufmerksam, die sich ergeben könnten, wenn ein amtliches Provinzblatt nicht von dem eigens von der Regierung zu diesem Zweck bestimmten Büro mit politischen Nachrichten versorgt werde.

Ähnliche Probleme plagen Hirschfeld seit geraumer Zeit in den italienischsprachigen Provinzen, wo die in Triest eingerichtete Filiale die Hoheit über den öffentlichen Diskurs sicherstellen soll. Als weitere pressepolitische Instrumente fungieren direkte Subventionen der Preßleitung und, bei entsprechendem Wohlverhalten, indirekte, nämlich die Übersendung der Telegramme des Korr.-Bureaus auf Kosten der Preßleitung.[97] Diese Gratisbelieferung ist ein besonderes Privileg für regierungstreue Blätter.

Im Gefolge der Dezemberverfassung vom 21. Dezember 1867, die im „Staatsgrundgesetz" das Recht auf freie Meinungsäußerung, die Pressefreiheit und ein Zensurverbot enthält, kommt es zu einer Umorganisation und Umbenennung des Wiener Preßleitungsbureaus, das fortan als „Preßdepartement" firmiert und in die Zuständigkeit des Außenministeriums transferiert wird, was wohl auf den Ausgleich mit Ungarn zurückzuführen ist. Die Außenagenden gehören zu den wenigen Agenden, die nach dem Ausgleich nicht separiert, sondern weiterhin einheitlich für den österreichisch-ungarischen Gesamtstaat wahrgenommen werden. Eine Eingliederung der Wiener Preßleitung ins Außenministerium setzt sie also wieder als gesamtstaatliche Institution ein. Die *Wiener Zeitung* untersteht im übrigen ab 1867 ebenfalls dem Außenministerium. Mit der Leitung des nunmehrigen Preßdepartements wird Falke von Lilienstein betraut, der bisher die publizistische Abteilung des Preßleitungsbureaus geleitet hat.

Wie das vormalige Preßleitungsbureau ist das Preßdepartement dafür zuständig, für den Kaiser eine Presseschau anzufertigen; dazu wird alles wesentliche aus der städtischen Tages- und Wochenpresse, aber auch aus den Provinzzeitungen in tschechischer, polnischer und italienischer Sprache, sowie den wichtigsten Organen Ungarns, Deutschlands, Frankreichs, Englands, Italiens und Rußlands zusammengetragen, nach Sachgruppen geordnet, reingeschrieben und täglich gegen zwei Uhr nachmittags an den allerhöchsten Zeitungsleser übergeben. Darüber hinaus liegen die Aufgaben des Preßdepartements in der obersten „geistigen“ Führung der in- und ausländischen Journale. Alltäglich findet im Ministerhotel am Ballhausplatz die sogenannte „Lecture“ statt, der sämtliche Beamte des Außenministeriums, die dem Preßdepartement angehören, beiwohnen. Alles, was in in- und ausländischen Zeitungen an Bemerkenswertem erlesen wurde, wird hier debattiert und an Zeitungsredaktionen und an die Preßfilialen im Ausland weitergeleitet. Ein wesentliches pressepolitisches Instrument bleibt die Subvention. Der geheime Dispositionsfonds, über den Beust verfügt, umfaßt im Jahr 1869 550.000 Gulden; ein Teil davon geht als buchstäbliche Ausgleichszahlung an die ungarische Regierung, die mit Beginn des Dualismus eine eigenständige „Pressepolitik“ betreibt.[98]

Neben einem nationalen Ausgleich bedarf es auch eines sozialen. Die Industrialisierung lockt Heere an Arbeitern vom Land in die Stadt. Wien entwickelt sich zu einer modernen Metropole – mit allen dazugehörenden Widersprüchen einer solchen. Neben dem neuen Unternehmerreichtum herrscht Elend im Industrieproletariat. Zaghaft regt sich eine sozialdemokratische Organisation, die die Interessen der Arbeiter zu artikulieren beginnt. Der deutsche Sozialdemokrat Ferdinand Lasalle postuliert, die Arbeiterschaft solle sich organisieren und mit allen erlaubten Mitteln für das Wahlrecht kämpfen, um mit Hilfe eines sozialdemokratisch geführten Staates sodann eine Entwicklungsstufe zu erlangen, die dem einzelnen zu erreichen unmöglich wäre.

In Österreich ist seit dem Staatsgrundgesetz neben der Pressefreiheit die Vereins- und Versammlungsfreiheit gewährt, was zur Formierung der österreichischen Arbeiterbewegung und zur Enstehung der Arbeiterpresse führt. Seit 15. Dezember 1867 führt der Arbeiter-Bildungs-Verein seinen „Kampf um das allgemeine, geheime und gleiche Wahlrecht“; ab dem 11. April 1869 erscheint die von Heinrich Oberwinder gegründete Zeitung mit dem Titel *Volksstimme* vierzehntägig und in einer Auflage von 3.000 Exemplaren. Als Leitspruch steht ihr voran: „Proletarier aller Länder, vereinigt euch!“ Die Zielsetzung des Blattes deckt sich mit dem Programm der Arbeiterbewegung; Partei und Parteipresse sind weitgehend identisch. Die Herausgeber der Zeitungen sind zumeist auch die politischen Führungsgestalten. Zur Realisierung der Sozialreformen stellt sich die *Volksstimme* grundsätzlich auf gesetzlichen Boden. Man wünsche nichts sehnlicher, so wird verlautbart, als „daß uns die Möglichkeit gegeben werde, die nun einmal notwendig gewordenen Veränderungen in der Gesellschaft auf ruhigem und friedlichem Wege durchzuführen.“ Die rote Fahne sei das „Symbol der allgemeinen Menschenliebe“, möge die gegnerische Seite, die Staatsautorität, dafür sorgen, „daß dieselbe für sie nicht ein Zeichen des Schreckens werde.“[99]

Die Regierung zeigt sich unbeeindruckt und reagiert mit einer Verbotswelle für Vereine und Volksversammlungen, die sozialdemokratische Inspiration erkennen lassen. Für die sozialdemokratischen Zeitungen finden sich trotz formaler Pressefreiheit Paragraphen, die sich als Unterdrückungshilfen gebrauchen lassen. Am 21. November 1869 wird die *Volksstimme* wegen eines Leitartikels mit dem Titel „Unsere Partei und die Reaktion in Oesterreich" konfisziert und gegen den verantwortlichen Redakteur Hermann Hartung werden seitens der Staatsanwaltschaft Voruntersuchungen wegen des „Verbrechens der Störung der öffentlichen Ruhe" eingeleitet. Nach den Dezemberdemonstrationen des Jahres 1869, die zur Verhaftung vieler sozialdemokratischer Funktionäre führen, entzieht sich Hartung seiner Verhaftung durch Flucht, die *Volksstimme* wird eingestellt.[100]

Die Arbeiterfunktionäre, die ihre Presse als Forum einer proletarischen Gegenöffentlichkeit verstehen, versuchen trotz aller Repressalien Kontinuität zu wahren. In der Nachfolge der *Volksstimme* wird ab dem 30. Jänner 1870 von Heinrich Scheu wöchentlich der *Volkswille* mit einer Auflage von 6.000 Stück herausgegeben; die Redaktion führen Andreas Scheu und Heinrich Oberwinder. Das Ziel bleibt die demokratische Umgestaltung der Gesellschaft: Abschaffung des stehenden Heeres, das immer wieder gegen die eigene Bevölkerung eingesetzt wird, zugunsten einer Volkswehr, Einführung des allgemeinen, gleichen und direkten Wahlrechts, sodaß das Proletariat über eigene Volksvertreter seine Interessen wahrnehmen kann, wahre Pressefreiheit zur freien Meinungsartikulation sowie die Einführung des Normalarbeitstages, der nach dem Bürgertum auch der Arbeiterschaft die Muße, sich mit Kunst, Kultur und Politik zu beschäftigen, verschaffen soll. Der Regierung – „Ministerium" genannt – wird ein Angebot zur Zusammenarbeit unterbreitet:

> Heute können wir dem Ministerium gegenüber erklären, daß wir bereit sind, das Ministerium zu stützen, wenn es uns das allgemeine Wahlrecht und die Preßfreiheit gibt. Ein Ministerium, welches sich auf die kräftigen Fäuste des Proletariats stützt, ist wohl sicherer daran, als wenn es den scheinheilig frömmelnden Grimassen der Pfaffen vertraut, oder wenn es sich auf die morsche Stütze eines zerrütteten Adels oder auf die Bourgeoisie oder vielleicht gar auf die in Oesterreich sich schon so oft als unzuverlässig bewährten Bajonette stützt.[101]

Die Regierung antwortet mit der Einrichtung einer weiteren Presselenkungsinstitution: dem „Preßdepartement im Ministerratspräsidium", das in der Zuständigkeit des Innenministeriums der österreichischen Reichshälfte und unter der Leitung von Ferdinand Ritter von Erb steht. Sein Auftrag ist es, die amtlichen Landeszeitungen verstärkt zu observieren und im Regierungssinn zu lenken.[102] Das bestehende Preßdepartement im Außenministerium, das von den Zeitgenossen zur besseren Unterscheidung künftig schlicht „Literarisches Bureau" genannt wird, konzentriert sich fortan auf außenpolitische Angelegenheiten.

Der Kartellvertrag

Nach dem Verstummen des Atlantikkabels geben wieder die Dampfschiffe die Nachrichtenübermittlungsgeschwindigkeit zwischen Amerika und Europa vor. Die Nachricht von der Wahl des amerikanischen Präsidenten Abraham Lincoln gelangt mit dem Dampfer Asia nach elf Tagen Fahrt nach Queenstown, von wo sie nach London telegrafiert und von Reuters veröffentlicht wird.

Als Reuters und die New Yorker „Associated Press" (AP) 1861 ihr Austauschabkommen in einen formellen Vertrag umwandeln, der 1862 für vier Jahre in Kraft tritt, verpflichtet sich die AP, politische, kommerzielle und sonstige Nachrichten exklusiv via Postdampfer an Reuters zu senden. Jede Nachrichtensendung soll zwei gedruckte Kolumnen füllen; spät einlangende Meldungen sollen von AP-Vertretern in eine der wichtigsten amerikanischen Hafenstädte telegrafiert werden, wo sie dem ersten ablegenden Schiff nach Europa mitgegeben würden. Im Gegenzug verpflichtet sich Reuter, aus London eine eineinhalbkolumnige Nachrichtenübersicht mit den wichtigsten Meldungen, die ihn aus dem südlichen Teil Großbritanniens, aus Irland, Kontinentaleuropa, Indien, China, Australien, Neuseeland, Japan und von anderen Plätzen der Welt erreichen, nach New York zu schicken. Etwaige Spätnachrichten verspricht er, an seine Vertreter in Queenstown, Galway und Londonderry zu senden, um sie ablegenden Atlantikdampfern mitzugeben. Auf dieser Grundlage fungiert Reuter zwischen 1861 und 1865 für Abnehmer in Großbritannien und in Ländern am europäischen Kontinent als Hauptnachrichtenlieferant vom amerikanischen Bürgerkrieg, wobei er neben den Nachrichten von der Associated Press zusätzlich solche von einem eigenen Korrespondenten in New York bezieht.[103] Die Atlantikdampfer bringen Nachrichten von den Schlachten des Bürgerkriegs, über Baumwollieferungen und Preise, über amerikanisches Getreide und andere Güter sowie New Yorker Geld- und Börsenkurse. Reuter beliefert mit diesen Meldungen Zeitungen, Abnehmer aus der Wirtschaft, aber auch die Agence

Havas, mit der er 1865 einen Vertrag auf fünf Jahre abschließt, der ihm für die New Yorker Nachrichten ein jährliches Entgelt von 500 Pfund sichert. Seitens der Agence Havas beendet man damit den Versuch, einen eigenen Amerikadienst aufzubauen.[104] Mit dem Wolff'schen Bureau schließt Reuter im Dezember desselben Jahres einen einjährigen Vertrag über die Lieferung von Nachrichten aus New York und vollendet damit sein Monopol auf nordamerikanische Nachrichten für europäische Abnehmer.

Der über Dampfschiffe abgewickelte Nachrichtenverkehr gilt indes als überholt; die Tatsache, daß eine telegrafische Verbindung zwischen Europa und Amerika bereits bestanden hat, läßt ihre Wiedereinrichtung lediglich als eine Frage der Zeit erscheinen. Nach einem mißglückten Versuch, die transatlantische Seekabelverbindung wiederherzustellen, verlegt das Kabellegeschiff Great Eastern im Juli 1866 ein Unterseekabel vom irischen Hafen Valencia nach Hearts Content auf Neufundland. Für Julius Reuter eröffnet sich durch die wieder funktionierende Atlantikverbindung die neue Welt mit telegrafischer Geschwindigkeit. Allerdings bringen die exorbitant hohen Kosten der Transatlantiktelegrafie bald eine Ernüchterung. Die großen Londoner Blätter stöhnen unter der steten Verteuerung der Reuterschen Dienste. Für den amerikanischen Dienst müssen sie jeweils und jährlich 100 Pfund bezahlen; insgesamt beläuft sich der Abonnementpreis bei Reuters bald auf 1.000 Pfund. Unabhängig davon, daß die Preissteigerung auch der Tarifpolitik der Kabelgesellschaft zuzuschreiben ist, betrachten die Londoner Verleger die Entwicklung mißliebig; sie sehen sich mit ihrer Bindung an Reuters in eine Sackgasse geraten. Das Preiskarussel dreht sich immer schneller, bis es schließlich zu einem Stillhalteabkommen mit Reuters kommt, wonach die Bezugspreise zumindest bis auf weiteres nicht mehr erhöht werden sollen.[105]

Weniger geduldig als die Londoner Verleger zeigt sich das Wolff'sche Bureau. Seitens der deutschen Agentur beendet man die Zusammenarbeit mit Reuters noch vor Auslaufen des Einjahresvertrages und schließt stattdessen einen Vertrag direkt mit der „Western Associated Press" (Western AP), einer Abspaltung der New Yorker Associated Press. Reuters Monopol ist bedroht. Die Folge ist ein unerbittlicher Konkurrenzkampf zwischen Wolff und Reuters am nordamerikanischen Markt. Reuter reagiert mit der Verbesserung seines Service, was letztlich dazu führt, daß auch die Western AP seinen Dienst übernimmt und Wolff fallenläßt. Die Berliner Agentur gerät in Bedrängnis; sie muß nun den gesamten kommerziellen und politischen internationalen Nachrichtendienst selbst besorgen, und darüber hinaus mitansehen, wie Reuter, befreit von allen vertraglichen Fesseln, versucht, auch in Deutschland Fuß zu fassen. Reuter beginnt, seine Bestrebungen, den europäischen Kontinent für sein Nachrichtengeschäft zu erobern, in die Tat umzusetzen. Sein Kabel durch die Nordsee soll ihm die Landung am Kontinent ermöglichen. Eine Niederlassung soll als Basis für die Isolierung des Wolff'schen Bureaus und als Sprungbrett nach Osteuropa dienen. Im Oktober 1866 wird das Reutersche Kabel zwischen Lowestoft an der britischen und Norderney an der deutschen Nordseeküste fertiggestellt, doch erfüllen sich Reuters Erwartungen vom ungetrübten Nachrichtentransfer über eine Filiale auf deutschem Boden nicht. Das Königreich Hannover, das ihm die Konzession gewährt hat, ist im österreichisch-preußischen Krieg auf der Verliererseite gestanden und mittlerweile vom Sieger Preußen annektiert worden. Die nunmehr zuständige preußische Regierung verfügt, daß Reuter in Hannover keine Filiale betreiben darf und daß sie die eingerichtete Kabelverbindung mitbenützen können muß.[106] Ein Ansuchen Reuters bei der preußischen Regierung, Filialen in Berlin und Frankfurt betreiben zu dürfen, wird ebenfalls abgelehnt, weil ein „englisches Unternehmen keine Garantie für eine den preußischen Interessen entsprechende Behandlung des telegraphischen Zeitungsstoffes bieten könne".[107]

Nachdem ihm der direkte Weg versperrt ist, versucht es Reuter indirekt; über einen Strohmann läßt er in Berlin das „Telegraphische Bureau für Norddeutschland" einrichten, mit Filialen im liberalen und antipreußischen Hamburg und anderen norddeutschen Städten. Es beginnt einen Dienst mit „politischen und commerciellen Nachrichten" auszugeben. Nachdem Reuters Tarnbüro durchschaut ist, erhält das staatlich protegierte Wolff'sche Bureau eine Bevorzugung seiner Depeschen beim staatlichen Telegrafen zugestanden.

In Frankfurt, wo Reuter die Einrichtung einer Filiale unter der Leitung seines Neffen Robert Salinger untersagt worden ist, beliefert er den Kaufmann Mathäus Reul, der offiziell um die Bewilligung für den Betrieb eines telegrafischen Büros angesucht und diese auch bekommen hat. Was Reul aber zum Verhängnis wird, ist der Umstand, daß er mit seinem Büro an derselben Adresse residiert, wo Reuter ursprünglich seine Dependance anzusiedeln geplant hat. Nach nur wenigen Tagen wird Reuls Büro durch die Behörden geschlossen. Reuter läßt sich aber auch davon nicht beirren. Reuls Beschwerde ist noch nicht entschieden, als Reuters Neffe Salinger am 28. Oktober 1867 bei den zuständigen Stellen den Antrag stellt, ein telegrafisches Büro betreiben zu dürfen. Als Adresse scheint jene Anschrift auf, in der Reuls Büro bestanden hat. Dies ruft die mißtrauischen Beamten neuerlich auf den Plan; man meint nun den Beweis zu haben, daß es sich bei den Antragstellern um Reutersche

Agenten handle, doch entscheidet letztlich der hessische Innenminister, daß den Anträgen auf Grund der herrschenden Gesetzeslage zugestimmt werden müsse. Robert Salinger gründet das „Telegraphische Bureau für Mittel-, West- und Süddeutschland".[108]

Deutschland ist indes nur einer der Schauplätze der Auseinandersetzung. Die Unterseeverbindung nach Norddeutschland eröffnet Reuter den direkten Anschluß an das preußische und damit auch an das russische Telegrafennetz. Reuters und Wolff stehen binnen kurzer Zeit nicht nur in Deutschland, sondern auch in Rußland in hartem Wettbewerb. Wolff beliefert seit geraumer Zeit die St. Petersburger Zeitungen mit politischen Nachrichtentelegrammen. Reuter liefert anfangs nur kommerzielle Telegramme, als er aber versucht, auch politische Meldungen abzusetzen, bricht der Konkurrenzkampf mit Wolff aus. Am Ende bleiben die St. Petersburger Zeitungen der deutschen Agentur treu. Das Wolff'sche Bureau kann sich letztlich sogar gegen landeseigene Konkurrenz, die private „Russkoe telegrafnoe agentstvo" (RTA) des Unternehmers Trubnikow, behaupten und beweisen, daß sie das russische Einzugsgebiet (St. Petersburg und Moskau) kontrolliert.

In die Auseinandersetzung zwischen dem deutschen und dem britischen Nachrichtenbüro werden auch die skandinavischen Länder involviert. Vor dem Hintergrund der Legung eines Unterseekabels von den britischen Inseln nach Dänemark und Skandinavien[109] interessiert sich Reuter für die kleine Kopenhagener Agentur „Nordisk Centralbureau for politiske og mercantile Meddelelser",[110] die ein Nachrichtenaustauschabkommen mit Wolff unterhält. Um dem deutschen Büro den Einfluß in den nordischen Ländern zu entziehen, unterbreitet er dem Eigentümer Erik Nicolai Ritzau ein attraktives Angebot, das dieser allerdings ablehnt. Ritzau bleibt an Wolff gebunden. In weiterer Folge kann Reuter nicht verhindern, daß das Wolff'sche Bureau seinen Einfluß im skandinavischen Raum ausdehnt. Unter Mitwirkung des deutschen Büros entsteht in Stockholm das „Svenska Telegrambureau" und auch das bald darauf entstehende norwegische Nachrichtenbüro, das „Norsk Telegrambureau", wird vom Wolff'schen Bureau mit Nachrichten versorgt.

In dieser Situation schließen die Verantwortlichen der deutschen Agentur ein Defensivbündnis mit der Agence Havas, die sich ihrerseits gegenüber der offensiven britischen Konkurrenz absichern will. In einem auf drei Jahre abgeschlossenen Vertrag vom 3. Juni 1867 sprechen sich die beiden Vertragspartner gegenseitig ihre Territorien zu; sie einigen sich darauf, daß der französischen Agentur neben Frankreich auch Italien, Spanien und Portugal als Einzugsgebiet zusteht, und der deutschen neben Deutschland auch Schweden, Norwegen, Dänemark, St. Petersburg und Moskau. Keine der beiden Agenturen, so die Vereinbarung, soll im Territorium der anderen operieren. Regionen, die nicht erwähnt werden, werden als neutral angesehen, jeder habe das Recht, sie „auszubeuten".[111]

Julius Reuter verfolgt weiter konsequent seine kontinentalen Landungspläne. Im April 1868 kommt er persönlich nach Wien, um abermals Verhandlungen wegen einer hiesigen Zweigstelle seiner Agentur aufzunehmen. Bei Ministerpräsident Beust, dem passionierten Preußengegner, der grundsätzlich dazu neigt, Pressepolitik eher über unabhängige Zeitungen und Nachrichtenbüros zu machen als über die Pflege regierungseigener Institutionen,[112] scheint er mit seinem Anliegen auf Verständnis zu stoßen. Falke von Lilienstein vom Preßdepartement empfiehlt im Rahmen einer Note an den Handelsminister vom 5. Mai 1868, die Frage einer Reuterschen Filiale in Wien und damit die Frage der Freigabe des „publizistischen Depechenmaterials" neuerlich auf kommissionellem Weg und unter Beiziehung von Vertretern der betreffenden Ministerien zu erörtern. Zwar gibt er zu bedenken, daß Reuters Wünsche nur schwer „mit dem Festhalten an der dermaligen Stellung und Einrichtung des Telegraphen-Correspondenz-Bureaus" zu vereinbaren sei, doch sei Beust „aus mehrfachen wichtigen politischen Momenten sehr daran gelegen"[113] Reuters Wünschen zu entsprechen, soweit dies mit den „Regierungsinteressen" zu vereinbaren sei. Hinter dem Wohlwollen gegenüber dem britischen Antragsteller steht offenkundig Beusts Überlegung, über eine Zusammenarbeit mit Reuter Eingang in die britische Presse zu finden. Am 12. Mai 1868 kommt es in dieser das Korr.-Bureau zur Disposition stellenden Angelegenheit zu einer kommissionellen Beratung, bei der der Finanzminister allerdings die bekannten „staatspolizeilichen Rücksichten" einmahnt und die Bedeutung, „richtige und verläßliche Telegramme über die Kursnotierungen der auswärtigen Börsen zu erhalten", betont. Als Vertreter des Außenministeriums gibt Falke von Lilienstein für den Fall der Einrichtung einer Reuters-Niederlassung in Wien zu bedenken, daß Wolff ebenfalls eine Filiale in Wien einrichten würde, wodurch sich ein Konkurrenzkampf entspinnen würde und die Interessen der österreichischen Regierung letztlich auf der Strecke blieben.[114]

Ungeachtet der bestehenden Zweifel kommt es zur Gründung eines Wiener Reuters-Büros in der Berggasse 20, für das Julius Reuters zweiter Neffe, Eugen Salinger, zuständig ist. Salingers Büro fungiert lediglich als eine Niederlassung, die die Reuters-Zentrale in London und die Reuters-Filialen in Deutschland bedient, nicht aber die österreichische Presse. Das Korr.-Bureau und dessen geschützter

Bereich bleiben bestehen. Um Reuter entgegenzukommen, hebt man von Regierungsseite lediglich die bestehende Bevorzugung des Korr.-Bureaus beim staatlichen Telegrafen auf; Depeschen des Korr.-Bureaus sollen gegenüber Reuters-Depeschen künftig nicht vorrangig befördert werden. Allein die Erwartung der Regierung, daß man für das Entgegenkommen mit einer österreichfreundlichen Haltung der britischen Agentur und damit auch der britischen Presse belohnt würde, erfüllt sich nicht.

Reuter denkt indes an mehr, er plant die definitive Übernahme des Korr.-Bureaus. Über seinen Neffen Eugen Salinger läßt er das Terrain in Wien erkunden: in unverbindlicher Weise tritt Salinger zu Hirschfeld bezüglich eines Ankaufs des Korr.-Bureaus in Kontakt. Nach der Unterredung berichtet er minutiös nach London; Hirschfeld, so heißt es in einem Brief, scheine sich noch nicht ganz schlüssig, wie er den Verkauf am besten abwickeln könne, sei aber bestrebt, mit Reuters diesbezüglich in Verbindung zu bleiben. Hirschfeld plane, seine bekannt guten Beziehungen zur Regierung, die ihm für früher geleistete Dienste als geheimer Polizeiagent zu Dank verpflichtet sei, zu nutzen, um „das jetzige offizielle Correspondenzbureau in ein Privatbureau umwandeln zu dürfen." Als Entlohnung für seine früheren Dienste würde Hirschfeld eine Konzession für dieses private Büro verlangen. Nach Auszahlung der Kaufsumme durch Reuters und gegen eine jährliche Tantieme würde er als Scheinkonzessionär zur Verfügung stehen. Die Leitung und finanzielle Ausbeutung würde er Julius Reuter überlassen. Salinger äußert in seinem Brief an Reuter jedoch Bedenken gegen ein weiteres Engagement des alten Leiters Hirschfeld. Weiters schreibt er, er habe bei Hirschfeld nachgefragt, ob die Regierung im Falle der Einrichtung eines privaten Büros denn auch tatsächlich das offizielle Büro auflösen und auf die Errichtung eines ähnlichen Konkurrenzunternehmens verzichten werde. Hirschfeld habe diese Frage bejaht, doch keinerlei präzise Erklärung gegeben.

Es kommt jedoch nicht zu diesem Verkauf; Hirschfeld scheint die Dankbarkeit der Regierung ihm gegenüber über- und die Vorbehalte, die in Regierungskreisen gegen eine Privatisiertung des Korr.-Bureaus bestehen, unterschätzt zu haben. Vielleicht liegt darin auch der Grund für die schweren Spannungen, die sich Ende 1868 zwischen Hirschfeld und Reuter bemerkbar machen. Anlaß sind die bekannten Expeditionsprobleme bei Reuters-Depeschen von Wien in die Reuters-Filialen in Berlin und Frankfurt. Reuter vermutet, daß Hirschfeld für die Reuters-Telegramme absichtlich umständliche Beförderungswege ersonnen hat, die einer neuerlichen Bevorzugung des Korr.-Bureaus beim Telegrafen gleichkämen. Hirschfeld rechtfertigt die gewählten Beförderungswege damit, lediglich weniger ausgelastete Telegrafenlinien ausgesucht zu haben. Der Konflikt ist jedenfalls so ernst, daß Hirschfeld droht, mit Jahresende jede Geschäftsverbindung zu Reuter zu lösen.[115] Reuter sieht sich dadurch genötigt Vorbereitungen zu treffen, um auch ohne Korr.-Bureau bestehen zu können. Auf eine Order aus London hin sucht Neffe Salinger einen guten Berichterstatter für die Kurse der Wiener Börse; ein gewöhnlicher Mitarbeiter, wie der, den er gerade beschäftige, so schreibt er an Reuter, könne dies nicht bieten. Da Hirschfeld die Schlußkurse noch vor der offiziellen Ausgabe erhalte und entsprechend früher weiterleiten könne, müsse besagter Mitarbeiter, um konkurrenzfähig zu bleiben, noch vor offiziellem Börseschluß telegrafieren, weshalb kleinere und größere Abweichungen unvermeidlich seien. Es bedürfe eines besonderen Berichterstatters, um sich von Hirschfeld zu emanzipieren. Salinger glaubt einen solchen besonderen Berichterstatter gefunden zu haben, „der uns die Hirschfeldsche Börseberichterstattung vollständig ersetzen, ja diese, was die Raschheit der Beförderung betrifft, übertreffen würde." Es handelt sich um einen kaiserlichen Beamten des Finanzministeriums, der zugleich als „Regierungskommissär auf der Börse" fungiere „und mit der Erstellung der offiziellen Course betraut ist." Besagter Börsenkommissär habe sich, ungeachtet seiner beamteten Stellung, bereit erklärt, täglich zwischen viertel und halb zwei „ein in den meisten Fällen zutreffendes Courstableau zur Verfügung zu stellen", obgleich die offizielle Festsetzung der Schlußkurse, die unter seiner Leitung vor sich geht, erst um dreiviertel zwei beginnt.

Der mit Unterstützung des korrupten Börsenkommissärs zu erzielende Vorsprung ist beträchtlich, erhält doch das Korr.-Bureau die Schlußkurse erst zwischen zwei und viertel drei Uhr, das fertige *Coursblatt* um drei. Allerdings, schränkt Salinger ein, könne die Sache kostspielig werden – der Börsenkommissär will ein monatliches Salär von 100 Gulden zuzüglich 40 Gulden für einen Vertrauensmann, über den die Transaktionen abgewickelt werden sollen; außerdem habe der Börsenkommissär betont, natürlich nur dann für Reuters zu arbeiten, wenn „strengste Geheimhaltung verbürgt" werde.[116]

Es kommt nicht zu dieser Kooperation, Reuter kann sich mit Hirschfeld doch noch arrangieren. Allerdings flammt der alte Streit über die Telegrammbeförderung bald wieder auf. Anfang 1869 schreibt Salinger an seinen Onkel, „daß der alte Tanz wegen der schlechten Expedierung der Depeschen von Neuem losgeht". Schuld trage das Telegrafenamt, doch sei es überflüssig, wenn er – Salinger – dort reklamiere, „denn mich immer wieder mit den alten wohlfeilen Ausreden und abgeschmackten Redensarten abspeisen zu lassen, ist mir nachgerade ekelhaft." Es liege jetzt vielmehr an Reuter selbst, „energisch zu reklamieren" und den Reklamationen „gehörigen

Nachdruck zu verleihen". Salinger dringt auf seinen Onkel ein, konsequent zu bleiben, denn würde Reuter wieder „zu Hirschfeld als Bittsteller" kommen, so wäre das „eine beispiellose Niederlage"; Hirschfeld hätte dann den sicheren Beweis der Unentbehrlichkeit. Salinger schließt seinen Brief mit einem Verweis auf seine schon früher vertretene Ansicht: „Eine unter günstigen Auspicien vollzogene Gründung eines Bureaus in Wien (d. h. durch Ankauf des Hirschfeldschen Bureaus) wäre das Beste und Einzige, was für unsere Sache geschehen könnte. Das ist und bleibt mein Ceterum censeo!"[117]

Reuter wird zunächst in der Sache der schleppenden Telegrammexpedierung aktiv. Er übersendet dem österreichischen Telegrafendirektor Brunner von Wattenwyl Belege bezüglich der Verspätung seiner im Wiener Börsegebäude aufgegebenen Telegramme. Knapp eine Woche danach antwortet Brunner auf das Schreiben von Reuter. Er erklärt – nachdem er „die eingehendsten Erhebungen" hat pflegen lassen – die von Reuter erhobenen Vorwürfe schlicht „durch ein unliebsames Versehen des Expeditbeamten", der die Telegramme unrichtig eingereiht habe. Höflich setzt er Reuter von einer getroffenen Verfügung in Kenntnis, die solches künftig ausschließen soll.[118]

Reuter fühlt sich hingehalten und wechselt die Taktik. Über Salinger läßt er unter den Wiener Journalen die Stimmung gegenüber einer allfälligen Reuters-Filiale, die auch die Presse in Wien beliefere, ausloten. Salinger berichtet in einem Brief vom 19. Jänner 1869, die hiesigen Zeitungsleute würden den Plan, „gegen die Mißwirtschaft des Hirschfeldschen Bureaus energisch vorzugehen" und ein „Concurrenzbureau" zu errichten, mit Freude begrüßen. Er, Salinger, habe bei den Redakteuren „der hervorragendsten Wiener Journale" vorgesprochen, die „allesamt" ihre Sympathien zum Ausdruck gebracht hätten „und das Abonnement auf die Depeschen unseres hiesigen Bureaus einstimmig zusagten"; darunter die Chefredakteure der *Neuen Freien Presse*, der alten *Presse* sowie sogar der offiziösen *Debatte*: „Sie alle waren einstimmig in der Verdammung der Wirthschaft des hiesigen Correspondenzbureaus und zwar aus so vielen Gründen, daß sie kein Material für die Begründung ihres Verdammungsurtheils benöthigen, sondern im Gegentheil uns ein solches noch liefern könnten." So mancher Redakteur habe sich bereits über die künftigen Abonnementpreise erkundigt, doch warnt Salinger seinen Onkel, die vorweggenommenen Zusagen zu überschätzen. Die Gefahr läge in Hirschfeld, „einem rührigen, schlauen und deshalb gefährlichen Gegner". Ein staatliches Büro ist schließlich schwer zu konkurrenzieren, es kann neben finanzieller Unterstützung aus dem Staatsbudget auch durch Maßnahmen wie die Telegrafentarifpolitik oder eine privilegierte Telegrammbeförderung gegen Konkurrenz weitgehend immunisiert werden: „Es wird darum ein Kampf bis aufs Messer werden, dessen Ausgang zum Mindesten zweifelhaft ist." Salinger wiederholt seine Empfehlung, wonach es besser wäre, das Hirschfeldbüro unter günstigen Umständen zu kaufen als es unter den gegebenen Umständen zu konkurrenzieren, „um das Ziel hier und in ganz Deutschland sicher zu erreichen."[119] Er rät von der Gründung eines Konkurrenzbüros ab, für den Fall, daß sich Reuter dennoch für eine derartige Variante entscheide, dürfe er jedoch „keine noch so großen Kosten" scheuen, um einen „glänzenden Dienst" zu bieten, der die Erwartungen der Abonnenten übertreffe und den Hirschfeldschen Depeschendienst „quantitätig und qualitätig" hinter sich lasse. Reuter solle jedenfalls nicht „so in den Tag hinein ein Bureau gründen", sondern darauf achten, gut gerüstet zu sein, bevor er „mit offenem Visier den Kampfplatz" betrete.[120]

Für Julius Reuter ist Wien eine von mehreren Basen, von der aus er Kontinentaleuropa erschließen will. Nachdem er sich aber weder gegen das von Bismarck protegierte Wolff'sche Büro, noch gegen das Hirschfeldsche Korr.-Bureau auf direktem Weg durchsetzen kann, sucht er nach Verbündeten. Einen gewichtigen Partner findet er in der Agence Havas. Reuter schlägt eine Zusammenarbeit zwecks gemeinsamer Eroberung des Nachrichtenmarkts vor. Bei der Agence Havas scheint man die neue Option, Verbündeter zu sein, der bisherigen, nämlich als Beuteobjekt gesehen zu werden, vorzuziehen. Es beginnt ein gemeinsamer Feldzug gegen Wolff, der Vertreter der Londoner und der Pariser Agentur nach Wien führt.

Im Mai 1869 empfängt Ministerpräsident Beust einen Bevollmächtigten von Reuters, den Wiener Revolutionsemigranten Sigismund Engländer, und den Teilhaber von Havas, Louis Bullier. Die beiden Agenturvertreter bitten um Unterstützung gegen das Wolff'sche Bureau. Das Korr.-Bureau, so ihr Vorschlag, solle die bestehenden Verträge mit Wolff lösen und in ein ausschließliches Vertragsverhältnis mit Reuters und Havas treten. Der erklärte Preußenfeind Beust scheint von dieser Idee, sich gegen die preußische Agentur zu verschwören, angetan. Nach der Unterredung wird der Leiter des Korr.-Bureaus, Hirschfeld, angewiesen, Verhandlungen für eine solche Vereinbarung aufzunehmen. Hirschfelds Einwände, daß ein Vertragsbruch gegenüber Wolff nicht zu rechtfertigen sei und die Reutersche Niederlassung in Berlin, die das Korr.-Bureau mit Nachrichten aus Deutschland beliefern soll, gegen den Widerstand der preußischen Regierung wenig Chancen haben werde, bleiben unberücksichtigt; ebenso, daß nach einem allfälligen Scheitern von Reuters in Berlin Neuverhandlungen zwischen den großen Agenturen wahrscheinlich seien, im Zuge derer man österreichischerseits die gegenwärtig gute Position verlieren würde.[121] Noch ist die finanzielle Situation des Korr.-Bureaus ausnehmend gut. 1868 kann man einen Überschuß von 16.000 Gulden verbuchen, 1869 werden es gar 21.000 sein.[122] Doch die Warnungen fruchten nicht.

Der Vertrag mit Havas und Reuters wird am 30. Mai 1869 fixiert und dem Handelsminister zur Unterschrift vorgelegt.[123] Der Vertrag mit dem Wolff'schen Telegraphenbureau wird gekündigt, worauf man seitens der deutschen Agentur verständlicherweise sehr verärgert reagiert. Das Korr.-Bureau muß als Strafe für den Vertragsbruch 3.600 Taler zahlen, außerdem erlischt das Vertragsverhältnis des Korr.-Bureaus mit dem „Süddeutschen Corresponenz-Bureau“ in München. Im guten Glauben, mit Reuters und Havas starke Compagnons zu haben, werden alle Warnungen, daß man selbst nur eine Figur im Schachspiel repräsentiert, überhört.

Die Ernüchterung läßt nicht lange auf sich warten. Ab 1. Oktober 1869 erhält das Korr.-Bureau deutschen Nachrichtenstoff von der Berliner Reuters-Filiale; man ist mit den Diensten jedoch überhaupt nicht zufrieden. Laut Hirschfeld würden die dürftigen Reuters-Meldungen aus Berlin das Korr.-Bureau „geradezu zu einer bemitleidenswerten, weil lächerlichen Rolle“ verurteilen. Die Depeschen politischen Inhalts würden sich auf die aller Welt ohnedies zugänglichen Zeitungsmeldungen und auf parlamentarische Vorgänge beschränken: alles würde „kritiklos“ und „bunt durcheinander nach Wien geschleudert.“ Die gesamte Reutersche Telegrafie sei nichts anderes als „nutzlose Material- und Zeitverschwendung“. Die Lösung des Vertrags hat zudem der deutschen Agentur das Tor nach Österreich geöffnet. Dabei macht sich die Bevorzugung, die die Wolff-Telegramme beim preußischen Telegrafen gegenüber den von Reuters genießen, besonders widrig bemerkbar: Wolff kann die österreichischen Blätter rascher bedienen als die Berliner Reuters-Filiale, der man sich ausgeliefert hat. Das Wolff'sche Bureau wird, wie seit langem befürchtet, zu einer schmerzlichen Konkurrenz im eigenen Land. Einen Weg zurück gibt es allerdings nicht mehr.

Die Isolierung des Wolff'schen Bureaus durch Reuters und Havas zeigt allerdings Wirkung; die stetig steigenden Betriebskosten bringen die deutsche Agentur in finanzielle Bedrängnis. Das Büro braucht sein „ganzes Reservekapital“ auf, arbeitet „völlig ohne irgendeinen Geschäftsgewinn“, sodaß auf längere Sicht „der Verlust des Gesellschaftskapitals“ und schließlich sogar das völlige „Verschwinden“[124] des Unternehmens droht. Reuter sieht sich seinem Ziel nahe. Zu einer Übernahme kommt es jedoch nicht. Bismarck springt rechtzeitig mit finanzieller Unterstützung ein und kettet so die Berliner Agentur noch fester an den preußischen Staat. Am 10. Juni 1869 wird zwischen dem Büro und dem Staatsministerium ein Vertrag geschlossen: das Staatsministerium gewährt finanzielle Unterstützung in Form eines Zuschusses in der Höhe von 10.000 Talern und eines zinslosen Kredits von 200.000 Talern. Im Gegenzug muß das Wolff'sche Bureau dem Staatsministerium einige Rechte, unter anderem das Mitentscheidungsrecht bei Personalfragen und das der Zensur über alle politischen Telegramme, zugestehen. Der Preis für die staatliche Finanzhilfe ist der letzte Rest an Unabhängigkeit.

Durch die abermalige Intervention Bismarcks muß selbst der unermüdliche Julius Reuter zur Kenntnis nehmen, daß er das Wolff'sche Bureau nicht zur Strecke bringen kann. Reuter zeigt sich schließlich bereit, die deutsche Agentur als Verhandlungspartner zu akzeptieren. Er gibt seine Übernahmepläne auf und schließt seine deutschen Niederlassungen. Es ist eine Entscheidung, die der ökonomischen Vernunft entspringt: lieber nebeneinander auf einem geschützten Markt agieren als sich gegenseitig zu ruinieren. Seine erfolglosen Landungsversuche in Deutschland haben ihm rund 1 Million Taler gekostet.

Zu den darauffolgenden Verhandlungen zwischen den drei großen Agenturen wird das österreichische Korr.-Bureau nicht hinzugezogen. In Wien muß man aus der Distanz zur Kenntnis nehmen, daß der erst ausgegrenzte deutsche Konkurrent, der sich dank Bismarcks Hilfe als sehr widerstandsfähig erwiesen hat, nun wieder in den Kreis der Verhandlungspartner aufgenommen wird. Die Verhandlungen nehmen die alten Verträge zwischen Havas und Wolff (1867) einerseits und Havas und Reuters (1869) andererseits als Grundlage. Auf dieser Basis soll eine endgültige Festschreibung der internationalen Gebietsaufteilung erfolgen.

Was die Beziehungen zum Korr.-Bureau betrifft, so wird die Option erörtert, daß das Wolff'sche Bureau in den Vertrag vom Mai 1869 zwischen Havas und Reuters auf der einen und dem Korr.-Bureau auf der anderen Seite einsteige. Bullier von Havas teilt dem Direktor des österreichischen Staatstelegrafen Karl Brunner von Wattenwyl am 4. Jänner 1870 mit, er versuche zu erreichen, daß Wolff dem Korr.-Bureau keine Konkurrenz auf österreich-ungarischem Territorium mehr bereite, um bei der Wiener Regierung, trotz der gespannten Atmosphäre zur Regierung in Berlin, die Zustimmung zu einem Beitritt Wolffs zum Vertrag zu erlangen. Dieses Ansinnen erscheint im ersten Augenblick natürlich widersinnig, lag doch die ursprüngliche Idee des Vertrags im Ausschluß des preußischen Büros. Inzwischen haben sich die Verhältnisse aber grundlegend geändert; Reuters ist mit Wolff übereingekommen, seine – ohnehin nur mäßig erfolgreichen – deutschen Niederlassungen aufzulassen. Das Wolff'sche Telegraphenbureau seinerseits zeigt sich bereit, wieder einen Vertrag mit der amtlichen Wiener Agentur abzuschließen und seine Niederlassung in Österreich-Ungarn zu schließen.

Auf österreichischer Seite reagiert man zurückhaltend; der Telegrafendirektor Brunner meint, auf die äußerst undurchsichtige Situation und die wechselnden Allianzen anspielend, es sei das beste, das Korr.-Bureau würde drei gesonderte Verträge abschließen, dies allein entspreche „der Würde und den Interessen einer Staats-Anstalt".[125]

Am 17. Jänner 1870 wird ein Vertrag zwischen den drei Agenturen Reuters, Havas und Wolff geschlossen, der am 1. Februar 1870 für die vereinbarte Dauer von 20 Jahren in Kraft tritt. In dem später allgemein als „Kartellvertrag" bezeichneten Abkommen, dessen Inhalt der Öffentlichkeit verborgen bleibt, wird die Welt definitiv in Einzugsgebiete der drei großen Agenturen aufgeteilt, wobei festgelegt wird, daß die Nachrichten untereinander grundsätzlich ohne Bezahlung, nur gegen Erstattung der Übermittlungskosten, ausgetauscht werden. Lediglich Wolff muß sich verpflichten, 25 Prozent der jährlichen Gewinne als Ausgleich für die Nachrichten aus Amerika und andererseits als Entschädigung dafür, daß Reuters Gebiete, die nun Wolff zugesprochen werden, aufgibt, an seine beiden Vertragspartner zu zahlen. In territorialer Hinsicht erhält das Wolff'sche Büro die Zuständigkeit für politische und wirtschaftliche Depeschen im norddeutschen Raum (abgesehen vom lukrativen Wirtschaftsstandort Hamburg, den sich Reuters weiterhin vorbehält), in den süddeutschen Staaten, in Schweden, Norwegen und Dänemark sowie St. Petersburg und Moskau; Reuters wird sein Monopol auf das britische Empire und Holland samt den Kolonien bestätigt, Havas auf Frankreich, Spanien, Italien und Portugal. Für Gebiete, in denen beide, Reuters und Havas, engagiert sind, wie Belgien, die Türkei und Ägypten wird eine britisch-französische Zusammenarbeit vereinbart.[126] Die drei internationalen Agenturen sollen, so ist grundsätzlich vorgesehen, mit den nationalen Agenturen in ihren Gebieten exklusive Verträge für den Nachrichtenaustausch aushandeln.

Wenn schon nicht beteiligt, so findet das k. k. Telegraphen-Korrespondenz-Bureau zumindest im Vertrag Erwähnung: im Artikel V. wird auf den Vertrag vom 30. Mai 1869 hingewiesen und vereinbart, daß Wolff dem Vertrag auf der Seite von Havas und Reuters beitreten könne, sofern die österreichische Agentur zustimme. Wie Reuters und Havas würde sich dann auch die preußische Agentur dem österreichischen Büro gegenüber verpflichten, „auf dem Gebiet der österreichisch-ungarischen Monarchie" ihren Nachrichtendienst „ausschließlich über das Correspondenz-Bureau zu senden". Umgekehrt habe das Wolff'sche Bureau, „was die Depeschen und Informationen aus allen Ländern der österreichisch-ungarischen Monarchie betrifft", das „Recht der Nutznießung" für die Länder, die ihm durch den Kartellvertrag vorbehalten sind. Wien müßte somit die preußische Agentur neben Reuters und Havas als eine der großen Kartellagenturen akzeptieren; zweifellos eine unangenehme Option. Die Lage bietet sich nicht sehr aussichtsreich dar, doch hat man noch eine Galgenfrist. Noch gilt der Vertrag von 1869, noch liefert die Reuters-Filiale in Berlin Nachrichten aus Deutschland.

Unterm Strich macht der Abschluß des Kartellvertrags für das Korr.-Bureau deutlich, daß es nunmehr weniger als Vertragspartner denn als Verhandlungsobjekt der großen Agenturen firmiert. Während Wolff den Sprung auf die Ebene der Weltagenturen geschafft hat, wird das Korr.-Bureau auf den Status einer nationalen Agentur verwiesen.

Die weitere außenpolitische Entwicklung, der Konflikt, der sich in der ersten Hälfte des Jahres 1870 zwischen Frankreich und Preußen entwickelt, relativiert die im Kartellvertrag getroffenen Vereinbarungen vorerst – es droht ein Krieg und damit der Abbruch der telegrafischen Verbindungen. Österreich ist insofern davon betroffen, als die preußische Regierung über das deutsche Reuters-Büro, von dem das Korr.-Bureau seine deutschen Nachrichten bezieht, aus „Sicherheitsgründen", wie es heißt, eine Sperrung verhängt. Da man in Wien aber angesichts eines drohenden deutsch-französischen Krieges nicht allein auf die französischen Nachrichten beschränkt sein will, sieht man sich gezwungen, einen Canossagang nach Berlin anzutreten und eine provisorische Regelung mit der deutschen Agentur auszuhandeln. Seitens des Wolff'schen Bureaus zeigt man sich großzügig und gibt die Einwilligung zu einer provisorischen Abmachung, derzufolge es den deutschen, den skandinavischen und den russischen Nachrichtendienst zur Weiterverbreitung in der österreichischen Kronlandpresse wieder dem Korr.-Bureau überläßt. Wolff zieht auch seine Vertreter aus Wien zurück; lediglich die Abmachungen, die direkt mit österreichischen Zeitungen und Banken geschlossen wurden, bleiben aufrecht. Es besteht freilich kein Zweifel daran, daß das Entgegenkommen von deutscher Seite recht eigennützige Facetten hat, schließlich ist in Kriegszeiten jede Verbindung ins neutrale Ausland eine wertvolle, insbesondere vor dem Hintergrund, daß in Österreich verschiedentlich Pressestimmen zu vernehmen sind, auf der Seite der Franzosen in den Krieg einzutreten.

Trotz der gütlichen Einigung mit der Berliner Agentur ist nicht zu leugnen, daß das Ansehen des Korr.-Bureaus durch eine derartige Notpolitik erhebliche Einbußen erleidet. Es ist ein demütigendes Abkommen, das man schließt, um, wie Hirschfeld meint, zumindest „die Gefahr eines wenig ehrenvollen Zusammenbruchs“[127] abzuwenden.

Der Deutsch-Französische Krieg, oder: die Belagerung

Bismarck unterstützt 1870 die Bestrebungen eines Hohenzollern-Prinzen, die verwaiste spanische Krone anzunehmen. Frankreich fürchtet dadurch, von Hohenzollern umzingelt zu werden und protestiert energisch, woraufhin der deutsche Prinz seine Kandidatur um des Friedens willen zurückzieht. In Paris wertet man dies als diplomatischen Sieg und verlangt als Draufgabe, daß der preußische König Wilhelm I. eine Hohenzollernkandidatur in Spanien für alle Zeiten ausschließe, was dieser aber ablehnt. Wilhelm berichtet von den Vorgängen von seinem Kurort Ems aus im Rahmen einer Depesche, die in weiterer Folge von Bismarck im Ton verschärft und als „Emser Depesche“ publik gemacht wird. Von den französischen Journalen wird am 14. Juli 1870 morgens unter „Telegraphischer Dienst Havas-Bullier“ folgende Version veröffentlicht:

> Man meldet aus Ems:
> Nachdem der Verzicht des Prinzen Leopold von Hohenzollern auf den Thron von Spanien offiziell von der preußischen Regierung der französischen Regierung mitgeteilt worden war, verlangte der französische Botschafter vom König, ihn zu bevollmächtigen, nach Paris telegraphieren zu können, daß der König von Preußen sich verpflichte, niemals seine Zustimmung zu geben, sollte der Prinz von Hohenzollern auf seine Kandidatur zurückkommen.
> Der König weigerte sich, den französischen Botschafter neuerlich zu empfangen und ließ ihm durch den Adjutanten ausrichten, daß Seine Majestät ihm nichts weiteres mitzuteilen habe.
> Nach anderen Informationen aus Ems soll der König Monsieur Benedetti ausrichten haben lassen, daß er den Verzicht seines Cousins auf den spanischen Thron bestätige und er den Konflikt als beigelegt betrachte.[128]

Die Frage, ob das französische Ansinnen als unverschämte Herausforderung aufzufassen sei und die Ablehnung durch Wilhelm als strenge Zurechtweisung, steht im Raum. Unter Berufung auf dieses Telegramm resümiert jedenfalls die französische Zeitung *Constitutionnel* beschwichtigend, es handle sich „um nicht mehr als um eine Formsache“. Und: „Wenn man den Frieden will, finden Formprobleme eine gefällige Lösung". Auch in der Zeitung *Débats* drückt der politische Kommentator seine Hoffnung aus, daß die französische Regierung sich auf den Frieden besinne und nicht dem Ruf der extremen Parteien im französischen Parlament folge: „Ihrem Druck nachzugeben, würde bedeuten, gegenüber Europa die Rolle des Provokateurs einzunehmen", doch scheint man seitens der französischen Regierung anderer Meinung; man veranlaßt die Mobilmachung. Nach langen Debatten darüber, ob die Emser Depesche nun eine Beleidigung darstelle oder nicht, ist es letztlich der Umstand, daß der Botschafter vom preußischen König nicht mehr empfangen und dies auch öffentlich mitgeteilt wurde, der zum Anlaß genommen wird, dem imperialistischen Preußen den Krieg zu erklären. Am 19. Juli überreicht der französische Gesandte in Berlin dem preußischen König „blutenden Herzens" die Kriegserklärung. Die süddeutschen Staaten treten gemäß ihrem Bündnis an die Seite Preußens, Österreich bleibt nach kurzfristiger Überlegung, an der Seite Frankreichs wieder gegen Preußen Krieg zu führen, neutral.

Schon Tage vor Kriegsausbruch versiegt der Nachrichtenfluß; die Agence Havas erhält aus Berlin keine direkten Depeschen mehr, wohl aber noch aus Würtemberg und Bayern. Meldungen aus Preußen werden auch über Wien, Brüssel und von einem an der belgischen Grenze stationierten Korrespondenten eingeholt. Darüber hinaus tut die Agentur das, was in der Presse allgemein üblich ist: man schaut sich neutrale Quellen wie die *Times* oder die *Independance Belge* an, die offizielle Stellungnahmen der preußischen Regierung übernehmen und Kommentare aus der deutschen Presse zitieren. Trotz des Kriegszustands fährt Auguste Havas in gewohnter Manier fort, täglich fünf bis sechs Seiten selbst verfaßter Meldungen herauszugeben, sowie eine Seite deutsch verfaßter Meldungen für Leser oder Abonnenten jenseits des Rheins.

Die Berichterstattung ist in Frankreich anfangs weitgehend unreglementiert, die Zeitungen drucken, was ihnen zugetragen wird. Die militärische Zensur agiert äußerst zurückhaltend. Ende Juli 1870 werden jedoch die Direktoren der bedeutendsten Pariser Zeitungen ins Justizministerium zu einer Besprechung mit dem Innen- und dem Justizminister geladen. Man kommt angesichts der Bedrohung durch die immer weiter vorrückende preußische Armee überein, daß die Presse davon Abstand nimmt, von Bewegungen französischer Truppen zu berichten. Das taktische Schweigen geht jedoch fließend über in faktisches Verschweigen. Als die französischen Truppen bei Weißenburg geschlagen werden, äußert man sich dazu von offizieller Seite nicht; auch die Agence Havas scheint eine Bleihaube, aus der nichts hindurchdringt, zu umschließen. Der *Constitionnel* protestiert:

„Der Innenminister hat sich das Nachrichtenmonopol gesichert. Die Schlacht von Weißenburg ist seit 48 Stunden beendet, und man kann uns noch keine Details melden." Die englischen Journale würden aus preußischer Quelle viel ausführlichere Schlachtenberichte bekommen, lautet ein Vorwurf.

Die Unzufriedenheit mit der Nachrichtenpolitik wächst. Am 6. August kommt es zu einem folgenschweren Eklat. Gegen Mittag verbreitet sich in der Pariser Börse das Gerücht von einem großen französischen Sieg, die Rede ist von 6.000 toten und 15.000 gefangenen Deutschen. Es folgen Begeisterungsstürme: „Vive l'Empereur!" Im Innenministerium wie auch bei Havas bezweifelt man diese Nachricht zu Recht, wie sich bald zeigt. Als sich die Unrichtigkeit herausstellt, wird aus der Begeisterung der Menschen auf den Straßen Zorn. Die Menge belagert die Börse und skandiert: „Nieder mit den Börsianern! Nieder mit denen, die falsche Nachrichten bringen!" In der Folge zieht die Menge zum Justizministerium, wo der Minister, Emile Ollivier, am Balkon erscheint; er möchte sprechen, doch man pfeift ihn aus. Am späten Nachmittag schwillt die Kundgebung erneut an, Ollivier erscheint abermals am Balkon, begleitet vom Geschrei der Menschen, die die Freiheit der Presse fordern. Ollivier verspricht die Bekanntmachung aller Neuigkeiten vom Krieg.[129]

Der preußische Siegeszug geht indes ebenso weiter wie die Serie schlechter Nachrichten in Paris. Bei Sedan erleiden die Franzosen eine entscheidende Niederlage, der Kaiser gerät in preußische Gefangenschaft. Am 3. September 1870 telegrafieren die im belgischen Luxemburg stationierten Korrespondenten von Havas, sie hätten den französischen Kaiser samt Gefolge gesehen, der von einem preußischen General nach Deutschland gebracht würde. Stunden später erhält Havas in Paris vom Ministerrat einen Text, der folgende Passagen enthält: „Franzosen, ein großes Unglück erschüttert das Vaterland ... Kapitulation in Sedan ... Der Kaiser gefangen."[130] Tags darauf wird zum wiederholten Male die Republik ausgerufen, die den Krieg fortsetzt.

Als sich die preußische Armee Paris nähert, setzt sich ein Teil der französischen Regierung ab; die Frage des Auslagerns stellt sich auch für die Agence Havas, doch entscheiden sich Auguste und Charles-Guillaume Havas, Louis Bullier, Mathieu Laffite und Edouard Lebey dafür, in Paris zu bleiben. Ihr Mitarbeiter Charles Emard hingegen soll die Stadt verlassen und die Angelegenheiten der Agentur von Tours aus wahrnehmen, wohin die Regierungsdelegation ins Exil geht. Am 9. September heißt es in der Correspondance Havas, daß man in Tours eine Zweigstelle eingerichtet habe, da die Verbindung zwischen Paris und der französischen Öffentlichkeit unterbrochen werden könnte; die Zweigstelle ist für den telegrafischen Dienst für alle Länder, mit denen Kommunikation noch möglich ist, zuständig und soll den Abonnenten eine tägliche Korrespondenz zukommen lassen. Der Dienst, den Havas in Tours bietet, ist unabhängig vom normalen Dienst, der nach wie vor und bis zur völligen Einschließung aus Paris kommt.

In der belagerten Metropole ist Papier bald Mangelware, sodaß die Zeitungen und die Agence Havas ihren Umfang reduzieren. Die Korrespondenz von Havas besteht nunmehr aus einem einzigen blauen, sehr eng beschriebenen Blatt. Darin finden sich offizielle Dokumente, Armeeberichte sowie allgemeine Meldungen, eine Rubrik Gerichtsmeldungen, zeitweise ein Editorial und die „Correspondance parisienne". Außerdem wird täglich ein zweites Blatt mit deutsch verfaßten Nachrichten aus Paris zusammengestellt; Auguste Havas hat die Hoffnung nicht aufgegeben, seine Münchner, Stuttgarter oder sogar Berliner Abonnenten zu erreichen, um das dortige Nachrichtenmonopol von Wolff zu durchbrechen. Durch die Belagerung ist es allerdings ein großes Problem, Nachrichten aus Paris hinaus- und nach Paris hereinzubekommen; man probiert alle erdenklichen Mittel, um die Welt von den Vorgängen in und um Paris zu unterrichten. Neben Ballons kommen auch Brieftauben zum Einsatz.

Im Oktober beschließen die deutschen Militärs die eingekesselte Stadt zu bombardieren. In Zeiten moderner Kriegsführung gilt es nicht mehr nur die gegnerische Armee zu besiegen, sondern die Moral der Bevölkerung zu brechen, die für die industrielle Waffenproduktion sorgt.[131] Die Gesellschaft wird in ihrer Gesamtheit in den Krieg involviert und für den Krieg über entsprechende Mythen, für die es sich buchstäblich zu kämpfen lohnt – stilisierte Mythen wie die preußische Reichsgründung oder die französische Republik – , mobilisiert. Zur Reproduktion und Projektion solcher Mythen bedarf es medialer Hilfsmittel, allen voran der Presse. Als eine Auseinandersetzung um den Zugang zur medialen Öffentlichkeit zielt die Belagerung von Paris insofern nicht nur auf die Aushungerung der Bevölkerung, sondern auch auf die Abschneidung der Nachrichtenverbindungen der Metropole zum französischen Umland ab. Sie gilt damit letzten Endes auch der Agence Havas, die nach Kräften versucht, den Mythos Frankreichs am Leben zu erhalten.

Im Dezember ist Paris noch immer belagert, es steht schlecht um die französische Armee; die Regierungsdelegation zieht von Tours weiter nach Bordeaux und mit ihr die Havas-Dependance mit Charles Emard. Den drohenden Zusammenbruch vor Augen wendet sich Emard an offizielle Stellen um Unterstützung. Er verfaßt einen Arbeitsplan, den er an Frédéric-François Steenackers, Generaldirektor der staatlichen französischen Telegrafenlinien, sendet. Die Agence Havas, heißt es darin, sei in der gegebenen Situation von großer Bedeutung, sowohl hinsichtlich der internationalen wie auch der nationalen Information. Die Vorurteile, die man ihrem Personal gegenüber gehabt habe, das man bezichtigte, mit dem Bonapartismus zu sympathisieren, seien widerlegt. Die Agence Havas habe sich auch in der Republik als eine zutiefst patriotische Institution erwiesen, die zur weiteren Erfüllung ihrer Aufgabe jetzt aber der Unterstützung offizieller Stellen bedürfe. Emard bittet in seinem Brief, sämtliche veröffentlichungswürdigen Meldungen, seien es solche aus Frankreich oder aus dem Ausland, von der telegrafischen Verwaltung zu bekommen. Was die Kriegsangelegenheiten betrifft, ersucht er um Auskunft, mit wem er sich im Kriegsministerium verständigen solle, um nichts auszusenden, was den militärischen Operationen schaden könnte. Im Gegenzug will Emard über offizielle Depeschen hinaus ausführlichere Auskünfte von der Regierung in seinen Dienst übernehmen, um das Feld nicht preußischen Depeschen zu überlassen, die, vom preußischen Telegrafen bevorzugt befördert, die ausländische Presse überschwemmen würden. Zudem bittet Emard, der Agence Havas auch militärische Angelegenheiten mitzuteilen und alle nur möglichen Angaben, um der Korrespondenz ein größeres Interesse bei den Zeitungen zu verschaffen. Emard stellt jedoch einige Regeln auf, an die sich die Regierung zu halten habe: so dürften die Meldungen niemals einen leidenschaftlichen Charakter annehmen, dürften nicht zu prononciert sein; auch die unangenehmen Ereignisse, ob militärischer oder sonstiger Art, dürften nicht verheimlicht werden. Im Hinblick auf das Ausland sei überdies für eine möglichst schnelle Nachrichtenübermittlung Sorge zu tragen, da in der Öffentlichkeit zumeist die erste Nachricht von einem Ereignis haften bleibe.

Emard schlägt vor, sich mittels Brieftauben an die im belagerten Paris verbliebenen Mitarbeiter der Agence Havas zu wenden, damit diese mit dem Innen- und dem Außenministerium und dem Gouverneur von Paris in Verbindung trete, um jeweils eine ausführliche Zusammenfassung der Ereignisse in der eingekesselten Metropole zu erstellen. Die Zusammenfassung würde einem Ballonfahrer gegeben, der die Order erhielte, sie an die nächste Telegrafenstation zu bringen, damit sie sofort zur Havas-Zweigstelle nach Bordeaux telegrafiert und von dort an die Abnehmer in- und außerhalb Frankreichs weitergeleitet würde. Sollte der Ballon im Ausland abstürzen, müßte der „Aeronaut" das Telegramm von einer ausländischen Station gegen Entrichtung der entsprechenden Gebühr nach Tours schicken. Die abgeschickte Meldung würde im übrigen von den nachfolgenden zwei

Ballons wiederholt, um das Risiko des Nachrichtenverlusts zu verringern. Vom Norden Frankreichs, jenseits der feindlichen Linien, konnten die Aeronauten zudem direkt nach London und Brüssel telegrafieren und so die französische Sicht der Dinge in die internationale Öffentlichkeit bringen. Emard präsentiert die Agence Havas als Möglichkeit, einer publizistischen Belagerung zu entgehen; durch ihren Telegrafendienst, die Übersetzungen, die ausländischen Korrespondenten und Korrespondenzen für die Provinz und das Ausland sei man mit den Zeitungen der ganzen Welt in Verbindung; ihre Telegramme an die ausländischen Agenturen würden von allen Zeitungen ohne Ausnahme publiziert. Gleiches gelte für Telegramme, die an die französische Presse gingen; es gebe keine Zeitung, die sie nicht verwende. 250 Provinzzeitungen würden die Havas-Telegramme benutzen, rund 60 deutsche Journale und etwa 40 in anderen Ländern.

Man verlangt von staatlicher Seite keine Bezahlung für Dienste im nationalen Interesse. Was man verlangt, ist eine schnelle Übermittlung von allen Nachrichten, die nationale Verteidigung betreffend. Das wichtigste Mittel, um die preußische Agentur zu schlagen, bestehe darin, nicht in alte Fehler staatlicher Agenturen zu verfallen, somit auch unangenehme Ereignisse militärischer oder anderer Provenienz zu berichten. Ehrlichkeit und Schnelligkeit: „voilà ce qui paye“. Das Bemerkenswerte an diesem Angebot ist, daß die Agence Havas der Regierung gerade ihre erklärte Unabhängigkeit als patriotische Schützenhilfe anbietet, selbst wenn hinter dem Angebot auch eigennützige wirtschaftliche Überlegungen stehen.

Alle Anstrengungen sind letztlich aber vergebens. Der Krieg endet mit einer Niederlage, in der Wiederbegründung eines „Deutschen Reiches“ und mit dem Aufstieg Wilhelms zum deutschen Kaiser. Die Renaissance der deutschen Reichsidee ist eine Anspielung auf alte Herrlichkeit, meint weniger eine Staatsform als eine imperialistische Inspiration. Frankreich muß Reparationen in ungeheurer Höhe zahlen, das Elsaß und Teile Lothringens abtreten und als Gipfel der Demütigungen die Proklamation des deutschen Kaiserreichs am 18. Jänner 1871 im Spiegelsaal des Versailler Schlosses hinnehmen. Es ist ein symbolträchtiger Triumph des preußischen Militarismus über den französischen Erzfeind. So rational und sachlich sich dieser Krieg intern als das Ergebnis wissenschaftlicher Berechnung, administrativer Planung und professioneller Kompetenz erweist, so pathetisch wird er nach außen inszeniert. Er ist eine Art kriegsreligiöse Schöpfungsgeschichte, die noch Generationen von Militaristen als Anknüpfungspunkt dienen wird. Adolf Hitler, wird mehr als ein halbes Jahrhundert später in „Mein Kampf“ diesen Reichsgründungsakt, „umgoldet vom Zauber eines die ganze Nation erhebenden Geschehens", beschwören: „Nach einem Siegeslauf ohnegleichen erwächst endlich als Lohn unsterblichen Heldentums den Söhnen und Enkeln ein Reich."[132] Der Deutsch-Französische Krieg ist für den modernen preußischen Militarismus eine Art Initiationsereignis, das in der Folge Jahr für Jahr am „Sedantag" kultisch gepflegt wird.[133]

Die Stadt Paris ist indes fast zur Gänze vom Rest Frankreichs abgeschnitten; man wartet Tag und Nacht auf die immer spärlicher eintreffenden Brieftauben. Man ist am Ende der Kräfte, es gibt nur noch Pferdefleisch zu essen, die Brotration ist auf 300 Gramm gesunken. Am 28. Jänner verläßt der letzte Ballon die Stadt, am 29. Jänner, um drei Uhr früh, erhält der Telegrafendirektor Steenackers in Tours ein vom Außenminister gezeichnetes Telegramm, worin steht, daß man mit Bismarck einen Waffenstillstand vereinbart habe. Am 3. Februar erreicht die letzte Brieftaube Paris und am Tag darauf erhält Havas das erste Mal wieder Depeschen via Kabel aus Bordeaux.

Schon früh finden Verhandlungen zwischen den Agenturen Reuters, Havas und Wolff hinsichtlich einer Wiederaufnahme des kriegsbedingt unterbrochenen Nachrichtenverkehrs statt, doch haben sich die Voraussetzungen deutlich verändert. Der Kartellvertrag von 1870 wird dahingehend modifiziert, daß das Wolff'sche Bureau das von deutschen Truppen eroberte Elsaß-Lothringen zugeschlagen bekommt. Zu diesen Verhandlungen wird das österreichische Korr.-Bureau wieder nicht hinzugezogen, ganz im Gegenteil, wird es nach der Einigung der drei großen Agenturen vor vollendete Tatsachen gestellt. Ein Vertreter von Wolff kündigt im Frühjahr 1871 an, daß die Agenturen ihren mit 1. August auslaufenden Vertrag mit dem Korr.-Bureau nicht verlängern wollen, da sie mit dessen Leistungen nicht zufrieden wären.[134] Die deutsche Agentur ist durch den Kriegsausgang gestärkt, die Gründung des deutschen Kaiserreiches hebt die vielen Grenzen und Zuständigkeiten der bisherigen Kleinstaaten auf und bietet ihr gute Zukunftsaussichten; sie kann ihre Position innerhalb des Kartells stärken und sieht sich nun in der Lage, den Spieß umzudrehen und das treuebrüchige Korr.-Bureau unter Druck zu setzen, um es auf den Status einer im preußischen Einzugsgebiet liegenden Subagentur zu reduzieren.

„Gründungsfieber" und „Börsenkrach"

Anfang der 70er Jahre bricht die sogenannte „Gründerzeit" an. Durch den einsetzenden Wirtschaftsaufschwung erlebt das österreichische Bankenwesen eine Blüte und die Wiener Börse einen Spekulationsboom. Die Hausse wird hervorgerufen durch ausländisches Kapital, das vor allem aus dem neugegründeten Deutschen Reich ins Land fließt. Die Kartellagenturen wollen auf Grund dieser Entwicklung erreichen, daß das Korr.-Bureau in eine private Gesellschaft umgewandelt wird, mit dem sich bessere Geschäfte machen ließen. Solchermaßen in die Enge gedrängt, entsteht in Wien zunächst ein Plan, das Korr.-Bureau in eine Aktiengesellschaft umzuwandeln, deren Kapital in der Höhe von 400.000 Francs dazu verwendet werden soll, die Loyalität der Agenturen Havas, Reuters und Wolff zu erkaufen. Die Verträge sollen mit Aktien der neuen Gesellschaft bezahlt werden, um ein dauerhaftes Interesse der großen Agenturen am österreichischen Büro zu gewährleisten. Von einer Aufgabe liebgewonnener Möglichkeiten zur Einflußnahme will man aber nichts wissen. Die neue private Gesellschaft würde das Korr.-Bureau samt seiner Mitarbeiter übernehmen, wäre verpflichtet, die offiziellen Zeitungen gratis zu beliefern und sich in politischen Angelegenheiten den Wünschen der Regierung zu fügen. Die Nähe zur Regierung bliebe dadurch gewahrt, daß einerseits ein Regierungsmitglied in den Verwaltungsrat entsandt und andererseits zweifelhafte Telegramme dem betreffenden Ministerium zur Begutachtung vorgelegt werden müßten. In einer kommissionellen Beratung, die am 2. Juni 1871 auf Veranlassung der Preßleitung im Außenministerium stattfindet, wird der Plan besprochen. Der liberale Ministerpräsident Karl Graf Hohenwart stimmt der Umwandlung des Korr.-Bureaus in eine private Gesellschaft grundsätzlich zu, aber die Vertreter des Finanz- und des Handelsministeriums sprechen sich dagegen aus. Sie weisen auf die Gefahren hin, die sich aus einer Freigabe des telegrafischen Depeschendienstes ergeben könnten. Der für das Korr.-Bureau zuständige Handelsminister Schäffle schreibt in einem Brief an Außenminister Beust, daß nur ein regierungsgeleitetes Büro seinen Zweck erfülle und ein privat geführtes „höheren Staatsinteressen" nicht gerecht würde.[135] Die Würfel fallen, die Regierung beläßt das Korr.-Bureau in ihren Händen; der Preis dafür ist allerdings hoch.

Im Zuge der folgenden Verhandlungen in Dresden mit den Kartellagenturen über die Zukunft der internationalen Zusammenarbeit findet der Leiter des Korr.-Bureaus, Ludwig Hirschfeld, noch schlechtere Bedingungen vor als erwartet. Die Vertreter des Wolff'schen Telegraphenbureaus, die mit Verhandlungsvollmachten von Havas und Reuters ausgestattet sind, verlangen als Sühne für den seinerzeitigen Vertragsbruch des Korr.-Bureaus (der freilich auf Intervention von Havas und Reuters begangen wurde) eine jährliche Kommission an das Kartell in der Höhe von 30.000 Gulden. Obgleich hart, werden die Bedingungen im Zuge einer Beratung der

Ministerialkommission angenommen. Am Kartell führt kein Weg vorbei. Der Vertrag tritt mit 1. November 1871 in Kraft.

Getragen vom wirtschaftlichen Aufwind machen sich weitere Vorstöße in Richtung einer gezügelten Privatisierung des Korr.-Bureaus bemerkbar. In einem Plan des Bankiers Louis von Haber, der dem Literarischen Bureau im Jänner 1872 vorgelegt wird, heißt es, daß unabhängige ausländische Zeitungen davor zurückschrecken, österreichische Regierungsdepeschen regelmäßig zu beziehen, um nicht in den Verdacht zu geraten, von der österreichischen Regierung gekauft zu sein. Die Meldungen des Korr.-Bureaus würden als Verlautbarungen verstanden und man verstehe nicht, warum man dafür zahlen soll. Es sei das Stigma der Regierungsagentur, das dem Korr.-Bureau anhafte und daran schuld sei, daß es nun ein inegalitäres Vertragsverhältnis mit dem Kartell eingehen müsse, demzufolge das österreichische Büro seine Depeschen Wolff gratis überlassen, für die Depeschen von Wolff aber zahlen müsse. Um diesem Mißstand abzuhelfen, entwirft der Bankier einen Plan, aus der amtlichen Nachrichtenstelle eine Privatgesellschaft zu machen, die jedoch im direkten Einflußbereich der Regierung verbliebe. Sämtliche in der privat geführten Agentur einlangenden Depeschen politischen Inhalts würden sofort dem Kaiser und dem Ministerpräsidenten zugestellt; der Regierung wäre das Recht vorbehalten, solche Depeschen vor ihrer Veröffentlichung abzuändern, um sich selbst, aber auch Industrie und Handel Vorteile zu verschaffen. Den Depeschen müßte beim Telegrafen der Vorrang gegenüber allen anderen Depeschen eingeräumt werden, wobei die amtlichen Zeitungen unentgeltlich beliefert würden. Nach außen hin aber sei Unabhängigkeit zur Schau zu stellen, so solle die Nachrichtenagentur in Wien und Paris unter der Firma „europäisch bekannter Kredit-Institute" organisiert werden.

Dieser Vorschlag erinnert an die „bewährten patriotischen" Bankiers in Preußen, die seinerzeit das Wolff'sche Bureau zur kapitalkräftigen Aktiengesellschaft umgewandelt und damit den Grundstein für seinen Aufstieg gelegt haben. Haber streicht die Vorteile einer solchen Organisationsform heraus: die Regierung gewinne „durch das Mitwirken der Macht der Geldwelt" und die Geldwelt gewinne „durch das Zusammenwirken mit den Organen der Regierung an Reichhaltigkeit und Schnelligkeit der Nachrichten aus allen Gegenden über politische Ereignisse und die Bewegung des Handels- und Geldmarktes." Falke von Lilienstein vom Preßdepartement zeigt sich mit einer derartigen Regelung einverstanden, falls der „direkte Einfluß der k. u. k. Regierung auf den Vertrieb der Telegrafen-Depeschen in dieser neuen Modalität in sicherem und ausreichendem Maße gewährleistet werden könnte."[136] Eine Absage kommt aber neuerlich vom Handelsminister, der die direkte staatliche Kontrolle nicht aufgeben will. Am 12. Juli 1872 richtet er eine Antwortnote an Falke-Lilienstein, worin er zum Ausdruck bringt, daß die Regierung unter den gegebenen Umständen nicht in der Lage sei, den Plan zu realisieren. Aus gutem Grund: der allgemeine Wirtschaftsaufschwung macht die Wiener Börse zu einer bedeutenden Institution, eine Freigabe des Börsennachrichtenverkehrs würde unabsehbare Folgen nach sich ziehen.

Das Engagement des Bankiers Haber kommt nicht von ungefähr. Die mittlerweile rund hundertjährige Wiener Börse tritt in ein neues – ein kapitalistisches – Zeitalter ein. Die fortschreitende Industrialisierung bedingt private Investitionen, die über die Börse getätigt werden, die Emission staatlicher Aktien tritt in den Hintergrund.[137] Zwischen 1867 und 1873 werden 1.005 Konzessionen zur Errichtung von Aktiengesellschaften ausgegeben, davon 604 für Industrieunternehmen, 175 für Banken, 104 für Bauunternehmen, 39 für Versicherungs- und 34 für Eisenbahngesellschaften.[138] Die meisten Gesellschaftsgründungen erfolgen in den Jahren 1871, 1872 und 1873. An den zahlreichen Gründungen sind hochgestellte Persönlichkeiten, Adelige und Reichsratsmitglieder, beteiligt, woraus eine enge Verflechtung zwischen Politik, Parlament, Börse, Wirtschaft und Presse – samt den dazugehörigen Korruptionserscheinungen – resultiert.

Die Funktion der Mittlerin zwischen Kapital und Gesellschaft übernimmt die Tagespresse, die gleichzeitig ihre eigene Industrialisierung vollzieht. Die *Neue Freie Presse* wird ab 1872 als erstes Blatt am Kontinent mit Rotationspressen auf Endlospapier gedruckt. Die Auflagenzahlen steigen von 10.000 im Gründungsjahr 1864 auf 25.000 im Jahr 1873. Die wachsende Bedeutung der Wirtschaft schlägt sich im Inhalt der Zeitungen nieder, die, wie Johann Winckler in einer zeitgenössischen Studie darlegt, „für die Verbreitung volkswirtschaftlicher Kenntnisse unter den Massen“[139] viel leisten. Der Wirtschaftsteil der Blätter nimmt zu; der der *Neuen Freien Presse* trägt den Titel *Economist*, setzt sich aus dem sogenannten *Coursblatt*, einem landwirtschaftlichen, einem Verkehrs- und Industrie- sowie einem Versicherungsteil zusammen.[140] Im Mittelpunkt steht die Börse als „Herz der Wirtschaft“[141].

Immer mehr Menschen beteiligen sich an den gewinnträchtigen Börsenspekulationen. Parallel dazu entsteht die sogenannte „politisch-volkswirtschaftliche“ oder „finanzielle“ Fachpresse, die die Spekulationswelle vorantreibt. An die Qualität internationaler Pendants wie den englischen *Economist* nicht heranreichend, dienen viele dieser Blätter weniger einer seriösen Wirtschaftsberichterstattung als den Interessen von Spekulanten. Winckler schreibt:

> War es doch den wenigsten dieser in jüngster Zeit pilzartig emporgeschossenen Blätter und Blättchen wirklich um jene Verbreitung volkswirthschaftlicher Kenntnisse zu thun, mit der sie in ihren phrasenreichen Programmen flunkerten, sondern einzig und allein um die Ausbeutung des Verkehrslebens. Das Beispiel der großen Zeitungen, welchen aus der publicistischen Unterstützung verdienstlicher und aus der Poussirung auch so mancher zweifelhafter volkswirthschaftlicher Unternehmungen so mancher Vorteil erwuchs, und die beträchtlichen Geldsummen, welche ihnen in Folge der allseitig erwachten Unternehmungslust und des rege gewordenen Verkehrslebens aus dem Inseratentheile zuflossen, lockten alsbald eine Menge von Concurrenten herbei, die unter dem Aushängschild eines „volkswirthschaftlichen Organs" – wie sie ihr mit dem Curszettel der Woche, mit allerlei zusammengeklautem Notizkram über Eisenbahn-, Bank und Assecuranz-Institute und mitunter auch mit „picanten Causerien" zur Noth ausgefülltes Wochenblättlein, nannten – auf Inserate und „Betheiligungen" Jagd machten und dort, wo man ihnen nicht gutwillig entgegenkam, mit allerlei „Enthüllungen" drohten.[142]

Die Zeitungen heizen das Börsenfieber an, indem sie in zahllosen Inseraten – vorwiegend Banken- und Börsenwerbung – ihre Leser zum Börsengang zu überreden versuchen; vielfach handelt es sich um unlautere Kampagnen, die Gewinne in der Beteiligung an einem Unternehmen, das längst schon im ökonomischen Sterben liegt, versprechen. Um die Wirkung solcher Inserate zu erhöhen, tendiert bald auch der redaktionelle Teil so mancher Zeitung in die erwünschte Richtung; dies gilt auch für die renommierte *Neue Freie Presse*.[143] Es ist dies die Kehrseite der liberalen Tradition, in der die *Presse* steht, und die sie für die kapitalistische Versuchung anfällig macht.

Das Spekulationsfieber hat für die Presse lukrative Auswirkungen, setzt doch eine Kommerzialisierung des Zeitungswesens ein, deren Höhepunkt die Vergesellschaftung der Zeitungen selbst ist. Die Zeitungen verwandeln sich in Aktiengesellschaften, deren Anteile am freien Markt gehandelt werden. Sie holen sich ihr Kapital durch Beteiligungen von Industrieunternehmen und Banken, die ihrerseits die Blätter als Sprachrohre ihrer ökonomischen Interessen betrachten, um die Bevölkerung bzw. deren Ersparnisse für ihre Unternehmungen zu lukriieren. Der *Österreichische Volksfreund* kritisiert diese Zustände offen: „Bekanntlich sind unsere weit verbreiteten Blätter durchwegs in den Besitz von Bankinstituten übergegangen und diese haben ein naheliegendes Interesse, für die von ihnen patronisierten Papiere und wenn sie auch noch so schlecht wären, Reklame zu machen."[144]

Die allgemeine Gründerwelle firmiert indes bald als „Gründungsschwindel“; um diesen zu erschweren und neugegründete Unternehmungen nur dann zur Börse zuzulassen, wenn die Aktien nachweislich voll eingezahlt sind, wird von Finanzminister Sinusio de Pretis von Caquado eine diesbezügliche Verfügung erlassen. Die Folge ist, daß sich ein ganzes Heer von Gründern gegen diesen Eingriff in die Angelegenheiten der Börse echauffiert und dem Finanzminister jegliches Verständnis für den Papiermarkt abspricht. Auch der Presse scheint durch ihre Involvierung der Blick getrübt, angesichts der allgemeinen Euphorie versagt die Kritik der Wirtschafts- und Börsenberichterstattung aufs Kläglichste. Erst als der Spekulationsschwindel aufzufliegen droht und damit ein Zusammenbruch der Börse wahrscheinlich erscheint, erklingen in manchen Zeitungen warnende Töne. So heißt es am 15. Jänner 1873 im *Tresor*, von Winckler als „unter seinen gleichalterigen Fachgenossen entschieden die beste volkswirthschaftliche Zeitung“[145] bezeichnet, daß das „Börse-Barometer“ offenbar falle; die „Auguren“ steckten ängstlich ihre Köpfe zusammen, „wie Lämmer vor dem herannahenden Gewitter“. Der große Krach sei im Anzug, sein Flügelschlag bereits deutlich vernehmbar, nur mehr eine simple Kalenderfrage „– sauve qui peut!“[146]

Nichtsdestotrotz werden in manchen Zeitungen weiterhin munter Inserate geschaltet, um das fatale Spekulationsräderwerk in Gang zu halten. Nach der kurzen Einsicht während einer Baisse geht es wieder bergauf, und, angestachelt durch die Gewinne, die man sich durch die geplante Wiener Weltausstellung erhofft, kommt es im März neuerlich zu einer Hausse. Zur Eröffnung der Weltausstellung in Wien setzt man ziemlich einhellig wieder großes Vertrauen in die Börse, das Ende April aber durch eine Flut von Insolvenzerklärungen erschüttert wird. Die *Neue Freie Presse* spricht am 2. Mai von einem „Reinigungsprozeß“; im Wirtschaftsteil heißt es in zweifelhaftem Beruhigungston: „Es war heute als ein Symptom der Wiedergenesung der Börse zu betrachten, daß sich der Verkehr in ungewohnt ruhiger Weise entwickelte und die Cursbesserungen nur mäßige und zeitweilige waren.“[147] Die in gigantischem Maßstab geplante Weltausstellung erweist sich jedoch als finanzielles Debakel. Zu allem Überfluß bricht in Wien die Cholera aus und am 9. Mai kommt es schließlich zum Börsenkrach. Im *Österreichischen Ökonomist* analysiert man:

> Die Lawine des Krachs setzt sich aus drei Schneegeröllen zusammen, die sich zur unglückseligen Zeit vereinigten und viribus unitis den Wohlstand und die Moral Österreichs zertrümmerten: Die Satisfaits des Parlaments, die agiotierende Gründerei und die Er-

pressung durch Wegelagerung, Equites vor dem Schottenthor, Ringstraßenritter und Stegreifritter. Vor dem Schottenthor wurden die Konzessionen erbettelt, erschlichen, als Trinkgelder verabreicht; auf der Börse schöpfte man den Rahm das Agio davon; in der ganzen Presse mußte frei Geleit gezahlt werden – la bourse ou la vie! Was jetzt noch übrigblieb, der os de jouissance, wie die französischen Metzger sagen, das mochte das Publikum als Beefsteak bezahlen. Und es zahlte willig, denn aus der Wiener Presse erscholl der Trommelwirbel sinnverwirrend, herzbethörend – und die Papierchen, die dort verassecurirt waren, gingen ab, wie weiland Tetzels Ablaßzettel.[148]

Angesichts der hohen Verluste, die der Börsenkrach beschert, herrscht heillose Verwirrung und Verzweiflung unter den Börsianern; man ruft nach staatlicher Hilfe. Dem Journalisten Heinrich Pollak gegenüber spricht sich Finanzminister de Pretis im Rahmen einer Audienz dafür aus, daß die Presse die Gemüter wohl beruhigen, doch keine allzu großen Hoffnungen wecken solle.[149] Durch eine vom Staat aufgenommene Anleihe zur Stützung der Industrie kann letztlich der totale Zusammenbruch der österreichischen Wirtschaft verhindert werden. Die Verluste sind dennoch groß, insbesondere bei den Kleinanlegern, die von den staatlichen Stützungsmaßnahmen am wenigsten profitieren.

Es sind wohl diese traumatischen Erfahrungen, die den Vorschlägen einer Privatisierung des Korr.-Bureaus entgegenstehen. Der Börsenkrach mag wie ein Gottesurteil die Frage staatlicher oder privatwirtschaftlicher Organisation vorentschieden haben. Etwaigen Spekulanten Zugriff auf den Nachrichtenverkehr zu geben, müsse über kurz oder lang dazu führen, daß die Börse in unangenehmer Art und Weise reagiere; das ist eine der wichtigsten Lehren, die man aus den jüngsten Ereignissen gezogen hat.

Dem Börsenkrach folgt eine schwere Wirtschaftskrise; der Zusammenbruch der Banken bringt einen Aufschwung des Wucherwesens, die Schließung der Fabriken Massenarbeitslosigkeit. Der Schock sitzt tief, das Vertrauen in die kapitalistische Wirtschaft ist dahin, der Liberalismus hat sich diskreditiert. Die Zeitungen haben das Vertrauen der Öffentlichkeit verwirkt. Viele Blätter, die ihren Kapitalrückhalt verloren haben, verschwinden vom Markt. Aber auch die etablierten Blätter kämpfen mit Finanzproblemen. Im Rahmen einer Debatte im Abgeordnetenhaus wird die Frage behandelt, den Zeitungsstempel aufzuheben, doch lehnt Finanzminister de Pretis das Ansinnen mit dem Argument ab, der Staat könne auf diese Einnahmen nicht verzichten.[150] Inhaltlich geht der Umfang des Wirtschaftsteils in den Zeitungen zurück; im redaktionellen Teil erfolgt eine Hinwendung zu politischen Themen, was wohl damit zu tun hat, daß angesichts der drückenden wirtschaftlichen Flaute eine Verschärfung der sozialen Situation eintritt. Die antiliberalen Reflexe kanalisieren sich unter anderem im Antisemitismus. Der Umstand, daß die Angehörigen der jahrhundertelang ausgegrenzten jüdischen Gemeinden im Zuge der politischen Liberalisierung volle Bürgerrechte und im Zuge der Wirtschaftsliberalisierung auch ökonomische Aufstiegschancen erhielten, wird zum Ausgangspunkt einer modernen Verschwörungstheorie, wonach der verhängnisvolle Liberalismus eine jüdische Erfindung sei.

Auersperg, Andrássy und die Politische Korrespondenz

Die Gangart gegenüber den Zeitungen wird nach dem mißlungenen Liberalismusexperiment wieder härter. Ministerpräsident Fürst Adolf von Auersperg wird nachgesagt, sehr empfindlich auf Angriffe in Zeitungen zu reagieren, mitunter den ganzen „Heerbann der officiösen Journalisten" gegen renitente Blätter auf den Plan zu rufen und unliebsame Journalisten, die sich einer Übertretung schuldig machen, aus „Rücksicht auf die öffentliche Ordnung und Sicherheit" auszuweisen.[151] Im Gegenzug zu den Unterdrückungsmaßnahmen, mit deren Hilfe unerwünschte Zeitungsstimmen zum Verstummen gebracht werden sollen, versucht die Regierung den Umschlag eigener Nachrichten zu fördern. Mit der 1875 ins Leben gerufenen Politischen Korrespondenz sollen offizielle politische Nachrichten vornehmlich in den regierungseigenen Provinzblättern und mitunter per Pflichtabdruck in Umlauf gebracht werden. Es geht darum, den im gesamten Staatsgebiet, ob aus sozialen oder nationalen Gründen, opponierenden Blättern Parole bieten zu können. Das Erscheinen der neuen Korrespondenz wird in einem Erlaß des Ministerpräsidenten an die Statthalter und Landespräsidenten angekündigt:

> Vom 2. August des Jahres angefangen wird in Wien eine lithographische Korrespondenz unter den Titel „Politische Correspondenz" herausgegeben und vom Georg Bösel als ihr Herausgeber und verantwortlicher Redakteur gezeichnet werden. Diese Korrespondenz wird zur Preßleitung Beziehungen unterhalten und nebst interessanten Mitteilungen aus dem Gebiet der inneren sowie der äußeren Politik eine Revue der vorzüglichsten Wiener- und Provinzjournale, dann zur Zeit des Tages des Reichsrates Berichte über die Sitzungen des Abgeordnetenhauses und des Herrenhauses enthalten.

Diese Korrespondenz wird sich zu einem wesentlichen Hilfsorgan für die offiziellen Landeszeitungen herausbilden, weshalb ich Sorge getragen habe, daß vom 2. August angefangen, den Redaktionen der offiziellen Landeszeitungen (...) ein Exemplar dieser Korrespondenz vorläufig unentgeltlich zugemittelt werden.
Diese Korrespondenz wird auch unmittelbar für offizielle Mitteilung benutzt werden, die mit der Chiffre P. C. versehen sein werden und die daher in den offiziellen Landeszeitungen unter allen Umständen abzudrucken sein werden. Ebenso werden die Berichte aus dem Reichsrat in der Regel vollkommen genügen, um diese Rubrik in der offiziellen Landeszeitung auszufüllen, wobei es natürlich selbstverständlich der Redaktion überlassen bleiben muß, für jene Fälle, wo es sich um eine, das eigene Land speziell interessierende Angelegenheit handeln wird, für die Mitteilung eines ausführlichen Berichtes zu sorgen. Ein besonderes Gewicht lege ich der Journalrevue, und zwar insbesondere jenem Teil derselben bei, welcher die Stimmen der Provinzpresse reproduzieren wird. Es ist nämlich eine Tatsache, daß die Mehrzahl der österreichischen Journale sich weit mehr dafür interessiert, wie über die Vorkommnisse im Inland, über Maßnahmen der Regierung, über die Haltung der Parteien sich in Berlin, Paris und London geäußert wird, als welche Stimmen im Inlande hierüber laut werden.
Es ist dies eine Folge des Umstandes, daß die ausländischen Zeitungsstimmen, zumeist durch lithografierte Korrespondenzen oder durch das Medium der deutschen Sprache den Redaktionen der in Österreich erscheinenden Journale zugänglich gemacht werden, während beispielsweise den Redaktionen der in Mähren oder Galizien erscheinenden Blätter der Inhalt der in Tirol, Triest, Dalmatien, namentlich in nicht deutscher Sprache erscheinenden Blätter ganz unbekannt bleibt. Das gegenseitige Interesse zu weiten und zu beleben, welches es gewähren muß, zu wissen, wie sich die tschechischen, die italienischen, die polnischen Parteiorgane zu einzelnen, namentlich wichtigeren Fragen der Politik stellen, wird eine Hauptaufgabe der Journal(revu)e sein, welche in der erwähnten Korrespondenz enthalten sein wird.
Ich beehre mich demnach, Eure Excellenz zu ersuchen, den Redaktionen der offiziellen Landeszeitungen wegen Übernahme der mit P. C. bezeichneten Mitteilungen der „Politischen Korrespondenz" den erforderlichen Auftrag zu geben, bezüglich der Reichsratsberichte und der Journalrevue, die entsprechenden Andeutungen zu machen und außerdem zu bemerken, daß es bezüglich der übrigen Mitteilungen, welche die „Politische Korrespondenz" enthalten wird, dem Takte der Redaktion unterlas-

sen bleiben müsse, ob dieselbe in die offizielle Landeszeitung aufgenommen werde oder nicht.[152]

Die Politische Korrespondenz soll ermöglichen, den politischen Diskurs von einer Quelle aus zu speisen; sie soll sich dabei besonders dem identitätsbildenden Nachrichtenaustausch zwischen den vielsprachigen amtlichen Blättern der Monarchie widmen. Im Gegenzug wird die Österreichische Korrespondenz des Kaiserlichen Rats Leopold Schweitzer im November 1875 durch Entzug der Subventionen (1.200 Gulden pro Jahr) eingestellt. Ministerpräsident Auersperg rechtfertigt die Einstellung der Österreichischen Korrespondenz damit, daß ihr Nutzen für die österreichische Regierung sehr gering gewesen sei und sie zudem der amtlichen *Wiener Zeitung* dadurch geschadet habe, daß sie Nachrichten von verschiedenen Zentralstellen veröffentlicht habe, die eigentlich der *Wiener Zeitung* zugestanden wären.[153] Solche Bedenken hat der Ministerpräsident gegenüber der neu gegründeten Politischen Korrespondenz seltsamerweise nicht, obwohl auch die Politische Korrespondenz offizielle Nachrichten bietet, somit als Konkurrentin der *Wiener Zeitung* auftritt und Geld kostet – und zwar deutlich mehr als Schweitzers Korrespondenz.

Die Politische Korrespondenz erscheint einseitig in Großformat und zumeist drei-, bisweilen auch vierspaltig. Am Anfang stehen mit „PC" gekennzeichnete Mitteilungen, die von den offiziellen österreichischen Landeszeitungen pflichtgemäß abgedruckt werden müssen. Dabei handelt es sich um offizielle Verlautbarungen, Kundmachungen, aber auch um Dementis. Gibt es keine offiziellen PC-Mitteilungen, rücken die mit „OM" gekennzeichneten Originalmeldungen von Auslandskorrespondenten an die erste Stelle. Diese Originalmeldungen, die sich aktuellen politischen und ökonomischen Problemen ihrer Herkunftsländer widmen, bilden den Hauptteil der Politischen Korrespondenz. Nach den Auslandsberichten gibt es zuweilen kleingedruckte Nachrichten vom Wiener Hof, Nachrichten aus der Diplomatie, sowie Nachrichten über Ernennungen und Auszeichnungen. Den Abschluß bilden unregelmäßig erscheinende Rubriken wie die mit dem Titel „Finanzielles Bulletin", die kurze Zusammenfassungen von den Vorgängen an der Wiener Börse bietet; eine Rubrik „Wiener Zeitungsschau" und „Zeitungsschau aus der österreichischen Kronlandpresse" geben Haltungen der jeweiligen Vortagsblätter wieder. Ab 1876 werden die beiden Rubriken zu einer neuen „Zeitungsschau" vereinigt. Eine weitere Rubrik, die ab 1876 geführt wird, ist übertitelt mit „Österreichischer Reichsrat"; darin enthalten sind kurze Berichte über die Sitzungen der beiden Kammern des österreichischen Parlaments – des Abgeordnetenhauses und des Herrenhauses.

In die Öffentlichkeit soll die enge Bindung der Politischen Korrespondenz an die Regierung freilich nicht dringen. Nach altbewährtem Muster tritt sie deshalb als privates Unternehmen auf, wird aber vom „Preßdepartement im Ministerratspräsidium" subventioniert. Die Subventionen für die Politische Korrespondenz gehen jedoch nicht an den Herausgeber Georg Bösel, sondern an den Ministerialsekretär Ludwig Hirschfeld, den Leiter des Korr.-Bureaus, der in Personalunion auch als Besitzer der Politischen Korrespondenz aufscheint. Am 2. August 1875 erhält Hirschfeld für die Politische Korrespondenz 300 Gulden, in der Folge an jedem Monatsersten 200 als Pränumeration für 21 Exemplare; ab 1. November 1875 erhöht sich die Subvention auf monatlich 300 Gulden. Als ab November 1877 die Rubriken „Reichsrat" und „Zeitungsschau" umfassender gestaltet werden, erhält Hirschfeld für die Mehrausgaben für Druck und Papier eine weitere Subventionserhöhung, sodaß er in der Folge mit 400 Gulden monatlich rechnen kann. Die Politische Korrespondenz wird über die Person Hirschfelds an das Korr.-Bureau gebunden. Darin zeichnet sich ein Konzentrationsprozeß ab, im Zuge dessen die verschiedenen regierungsnahen pressepolitischen Organe zusammendriften.

Ganz in diesem Sinn wird mehrfach erwogen, auch das Korr.-Bureau den für Presseangelegenheiten zuständigen Behörden zu unterstellen. Nachdem Ministerpräsident Auersperg schon im Mai 1875 dem amtierenden Handelsminister Johann Ritter von Chlumecký den Vorschlag unterbreitet hat, das Korr.-Bureau zwar im Ressort des Handelsministeriums zu belassen, es aber als selbständige Dienststelle zu führen, weist Chlumecký im Jänner 1876 auf die Notwendigkeit einer Reorganisation hin. Unter Hinweis auf die besondere Bedeutung des Korr.-Bureaus hinsichtlich der Vermittlung der wichtigsten Tagesnachrichten staatlichen oder öffentlichen Interesses, welche bisweilen auch rasche Entscheidungen hochgestellter Regierungsfunktionäre erfordere, sowie unter Verweis auf den ständigen Verkehr, den das Korr.-Bureau mit der Preßleitung und der Presse pflege, beantragt Chlumecký einen selbständigen Wirkungskreis für das Büro. Er betont, daß die Tätigkeit des Korr.-Bureaus von den Mitarbeitern größte Umsicht und Intelligenz verlange, nachdem die Nachrichten, die über das Büro liefen, einen großen politischen, finanziellen und volkswirtschaftlichen Einfluß hätten. Gemessen an der Wichtigkeit dieser Aufgabe sei im übrigen der Status und die Entlohnung einzelner Mitarbeiter als zu gering zu bewerten. Vor allem die Stellung des Büroleiters müsse angehoben werden.

Mit 14. Jänner 1876 beschlossen, wird die Reorganisation im Februar vollzogen. Das Korr.-Bureau reüssiert zu einem eigenständigen Staatsamt, wenn es auch in administrativer Hinsicht im Handelsministerium verbleibt. Der Vorstand des Korr.-Bureaus erhält die Befugnis, den Jahresvoranschlag über die Einnahmen und Ausgaben zu erstellen und Abonnements auf die vom Korr.-Bureau veröffentlichten Nachrichten anzunehmen. Die Festsetzung der Abonnementgebühren bleibt hingegen dem Handelsministerium vorbehalten; das Korr.-Bureau kann allerdings die Abonnementsgebühren der Filialen festsetzen. Es kann zeitweilig Berichterstatter und Korrespondenten bestellen und entlohnen, wenn sich auch das Handelsministerium für deren dauernde Anstellung die Zuständigkeit vorbehält.

Das Korr.-Bureau emanzipiert sich langsam aus seiner subalternen Stellung. Dies macht die Aufwertung des Personals deutlich. Aus ehemaligen „Hilfsindividuen" im telegrafischen Dienst werden beamtete Redakteure, die unter der Leitung des per kaiserlicher Entschließung zum Regierungsrat beförderten Ludwig Hirschfeld arbeiten.[154] Mit der Leitung der Verwaltung der neuen Dienststelle wird der übernommene Telegrafenbeamte Georg Bösel betraut. Durch Bösel, der gleichzeitig als Herausgeber der Politischen Korrespondenz fungiert, werden die beiden Institutionen Korr.-Bureau und Politische Korrespondenz ein weiteres Mal aneinandergeknüpft, wobei sich eine gewisse Arbeitsteilung ergibt. Ist das Korr.-Bureau seiner telegrafischen Transferfunktion zumindest nach außen hin eher dem faktenorientierten Bericht verpflichtet, so gibt die Politische Korrespondenz dem offiziellen Kommentar Raum. Ungeachtet dessen wachsen Korr.-Bureau und Politische Korrespondenz unter der Ägide des „Preßdepartements im Ministerratspräsidium" im Zeichen staatstragender Nachrichtenpolitik zusammen. Vom Handelsminister kommen deshalb wiederholt Anregungen, das Korr.-Bureau aus seinem Ressort gänzlich auszuscheiden, da es doch weniger ökonomischen als politischen Zwecken diene. Bis auf weiteres bleiben diese Urgenzen jedoch ohne Folgen. Seitens der Regierung zögert man, sich das Telegrafenbüro gänzlich zu unterstellen; noch scheint die wesentliche Frage der Finanzierung ungeklärt.

Die abermalige Hinwendung zur staatlichen Presselenkungspolitik erklärt sich auch dadurch, daß die Regierung eine zunehmend offensiver werdende Außenpolitik am Balkan verfolgt. Seit November 1871 fungiert Julius Graf Andrássy in der Nachfolge Beusts als Außenminister der k. u. k. Monarchie. Andrássy sucht die Bindung an das Deutsche Reich, was durch den Abgang des erklärten Preußenfeindes Beust erleichtert wird. Zwischen Wien und Berlin herrscht wieder ein besseres diplomatisches Klima, obgleich Österreich-Ungarn nach der Gründung des Deutschen Reiches seinen Einfluß in deutschen Landen weitestgehend verloren hat. Franz Joseph, der in seiner Amtszeit bislang nur territoriale Verluste erlebt hat, sich aber als „Mehrer des

Reiches“ profilieren will, besinnt sich darauf, schon in jungen Jahren erklärt zu haben, die Zukunft seines Reiches läge im Osten. Mit Andrássy als Außenminister wendet er die Außenpolitik der Doppelmonarchie verstärkt dem Balkan zu. Hier will er verlorenen Boden wiedergewinnen. In diesem Sinn stellt man die überflüssig gewordene Betreuung und Infiltrierung der deutschen Presse weitgehend ein und wendet die pressepolitischen Organe gen Südosten.

Hintergrund der Neupositionierung ist ein seit 1875 in Bosnien-Herzegowina tobender Aufstand gegen die türkische Herrschaft, der rasch um sich greift. Das Osmanische Reich scheint zu wanken, ein Griff des Wiener Hofs nach dem Balkan möglich. Die offiziöse Presse spielt die obligatorisch unrühmliche Rolle. Im Frühling des Jahres 1876 beginnt sie Berichte über die sich immer mehr verwirrenden politischen Verhältnisse im „Orient“ zu verbreiten. Insbesondere das Sprachrohr des Außenministeriums, das *Fremdenblatt*, weiß von immer neuen, „entsetzlichen und haarsträubenden Gräuelthaten“ zu berichten, unter welchen die dort ansässige christliche Bevölkerung zu leiden habe und befürwortet ein energisches Eingreifen der Großmächte.[155] Die „orientalische Frage“ solle endlich gelöst und – unausgesprochen – das Osmanische Reich zerschlagen werden.

Andrássy pflegt jedoch meist publizistische Enthaltsamkeit, wie er sich bei seinen außenpolitischen Aktivitäten um eine geheimdiplomatische Linie bemüht. Er versucht die liberale Presse, die mittlerweile eine bedeutende Rolle im öffentlichen Diskurs spielt und sehr deutlich die politische Oppositionsrolle probt, nicht zu provozieren. Allen voran ist es Michael Etienne in der *Neuen Freien Presse*, der gegen jedwede Expansionspolitik Österreichs am Balkan auftritt. Andrássy telegrafiert Anfang August 1876 an den Kaiser, die „Haltung der Blätter“ sei zwar nicht angenehm, doch könne diese „die Freiheit unserer Entschließungen in keiner Weise beeinträchtigen“.[156] Stattdessen will die Regierung die „richtigen Anschauungen über den Stand der auswärtigen Politik“ in die unabhängigen Blätter lancieren, mit Hilfe der Politischen Korrespondenz die amtliche Provinzpresse lenken und durch strenge Handhabung der Gesetze oppositionelle Meldungen in der Presse unterdrücken.[157]

Als sich die Aufstände in Bosnien-Herzegowina zum Krieg zwischen Serbien und der Türkei ausweiten, sucht der Leiter des Korr.-Bureaus, Hirschfeld, nach Informationsquellen vor Ort. Um möglichst genaue und schnelle Nachrichten über den Fortgang der Ereignisse zu bekommen, beauftragt er über den österreichischen Statthalter von Dalmatien einen Statthaltereibeamten in der Stadt Zara, regelmäßig Meldungen aus dem Kriegsgebiet in der Herzegowina und Montenegro zu telegrafieren. Zara wird zu einer wichtigen – amtlichen – Nachrichtenquelle für das Korr.-Bureau. Als Ergänzung zum telegrafischen Nachrichtenmaterial gelten die Meldungen von Hirschfelds Politischer Korrespondenz. Diese bezieht ihre Berichte über auswärtige Angelegenheiten vorrangig über Kontakte zum diplomatischen Korps in Wien sowie über ihre Auslandskorrespondenten, die ihrerseits Kontakte zur Diplomatie in ihren Gastländern pflegen; zu den Adressaten der Politischen Korrespondenz zählen neben den Zeitungen die Diplomaten verschiedenster Länder. Diese Nähe zur Diplomatie macht die Politische Korrespondenz während der folgenden Jahre mehr und mehr zu einem zentralen außenpolitischen Instrument; sie genießt alsbald den Ruf „eines hochoffiziösen Blattes, das vom k. u. k. Ministerium des Äußeren inspiriert wird".[158]

Nach erbitterten Kämpfen, in denen sich das zaristische Rußland an der Seite Serbiens eine starke Position am Balkan geschaffen hat, veranstaltet der deutsche Kanzler Bismarck zur Klärung der politischen Verhältnisse einen Kongreß der Großmächte. Anfang Juni 1878 reist Andrássy in Richtung Berlin ab, begleitet wird er von einem Mitarbeiterstab, dem auch Ludwig Hirschfeld, Leiter des Korr.-Bureaus und Besitzer der Politischen Korrespondenz, angehört. Durch Hirschfelds Präsenz kann man in Wien Nachrichten vom Kongreß aus erster Hand bieten. Hirschfelds Name wird zwar nicht genannt, aber es wird darauf hingewiesen, daß die Meldungen von „ungewöhnlich gut informierter Seite" stammen.[159] Von dieser Seite dürfte auch die Erklärung über das „leitende Prinzip" der österreichischen Kongreßdelegation stammen, wie sie in der Politischen Korrespondenz vom 17. Juni 1878 zu finden ist:

> Das leitende Prinzip, von welchem die Politik Österreich-Ungarns auf dem Kongreß ausgehe, sei dahin zu resümieren, daß Österreich-Ungarn für die Herstellung solcher Zustände auf der Balkanhalbinsel zu wirken entschlossen ist, welche eine Erneuerung der friedensstörenden Krisen auf derselben für eine lange Zeit erschweren. Um dies zu erzielen, müsse dasjenige, was heute vom türkischen Staatswesen auf der Balkanhalbinsel noch übrig ist, mit solchen Garantien der Consolidierung ausgestattet werden, daß es als ein lebens- und widerstandsfähiges Staatsgebilde fort zu existieren vermag. Ausgeschlossen bleibe dagegen jeder Gedanke an etwaige Wiederbelebung desjenigen, was sich am türkischen Reich als morsch erwiesen, sich von demselben de facto losgelöst hat oder sich als innerlich unhaltbar loszulösen droht.[160]

Das soll heißen: das zerschlagene türkische Imperium dürfe in der Form, wie es war, nicht wieder auferstehen, ganz im Gegenteil, interessiert man sich österreichischerseits ja in höchstem Maße an einem Teil der Hinterlassenschaft – an Bosnien-Herzegowina.

Am 28. Juni ist der große Augenblick gekommen; auf Antrag der Briten wird Österreich-Ungarn die „Übernahme der politischen und militärischen Verwaltung" Bosnien-Herzegowinas auf unbestimmte Zeit und zu dem Zweck, „in den genannten Provinzen geordnete Verhältnisse herzustellen", übertragen.[161] Andrássy ist grundsätzlich bemüht, die Verhandlungen geheim zu halten, um der Opposition im eigenen Land keine Nahrung zu geben. Die Preßleitung läßt er anweisen, dafür zu sorgen, daß die Zeitungen die in Österreich anlaufende Mobilisierung nicht betonen.[162] Wohl nicht zuletzt, um diverse nervöse Pressestimmen zu besänftigen, stellt die Politische Korrespondenz den Verhandlungserfolg in einem Rückblick als großen diplomatischen Erfolg Andrássys heraus:

> Die Kongreßsitzung vom 28. Juni ist ein so hervorragender Platz im ganzen Verlauf des Kongresses, wie überhaupt in der künftigen Geschichte desselben gesichert, daß es nicht überflüssig erscheint, in ausführlicherer Weise auf dieselbe zurückzukommen und sie des Näheren zu beleuchten. Die Sitzung vom 28. Juni gab nicht nur keine Veranlassung zu einem Konflikt, ausgenommen etwa mit den türkischen Delegierten, sondern es ergab sich vielmehr eine Einhelligkeit der Meinungen und Beschlüsse, wie die diplomatische Geschichte im allgemeinen und die Geschichte des Kongresses im speziellen wenige Beispiele davon aufweist.
>
> Die Bevollmächtigten Österreich-Ungarns und besonders Graf Andrassy sind auch seitdem die Löwen des Tages. Der Erfolg war so groß, so außerordentlich und unerwartet, daß er alle Welt blendete. Man konstatierte einmütig, daß der, vom Grafen Andrassy in der Freitagssitzung errungene Success eine große politische Geschicklichkeit seinerseits bekundet hat.[163]

Nach solch eindringlichem Lob werden die taktischen Manöver Andrássys beschrieben, wodurch der Erfolg erreicht worden sei. Etwas voreilig feiert das *Fremdenblatt* Andrássy, dem es gelungen sei, „die Zukunft Österreich-Ungarns ohne Opfer an Blut sicherzustellen"; die Einverleibung Bosnien-Herzegowinas wird als ein „Akt friedlicher Natur" hingestellt. Als sich aber zeigt, daß die Okkupation keineswegs friedlich vor sich geht, wird die kriegerische Operation als zur „Befreiung der Christen" und zur Verankerung von „Humanität und Zivilisation" nötig bezeichnet.[164]

Naheliegenderweise bietet auch die Politische Korrespondenz in erster Linie Argumente für die Okkupation Bosniens und der Herzegowina, die zwar ein besonderes Anliegen Kaiser Franz Josephs ist, in der Bevölkerung und der unabhängigen Presse jedoch nicht so einhellig begrüßt wird. Es bedarf erneut der publizistischen Bearbeitung des Feldes. Hirschfeld richtet im Rahmen der Politischen Korrespondenz eine regelmäßige „Zeitungsschau aus russischen und südslawischen Blättern" ein. Für diese außenpolitische Dienstleistung will er vom Außenministerium anfangs 150 Gulden monatlich an Vergütung, erhält schließlich immerhin 80. Die „Zeitungsschau aus russischen und südslawischen Blättern" erscheint ab 11. Juli 1878 und stößt auf einen interessierten Abnehmerkreis; fast alle Wiener Zeitungen übernehmen die Auszüge aus der Presse des Krisengebiets. Die publizistische Unterstützung scheint dringend nötig, da vor allem im moslemischen Bosnien die Okkupation durch die österreichischen Truppen mit erbitterten Kämpfen vonstatten geht. Auf moslemischer Seite predigt man den „Heiligen Krieg" gegen die „ungläubigen" Besatzer. In Wien ist die Militäraktion ebenfalls äußerst unpopulär, die Opfer an Menschenleben, aber auch die hohen Kosten erregen die Gemüter. Erst im Oktober 1878 können die letzten Stützpunkte der kämpfenden Bosnier genommen werden. Als sich nach vollzogener Okkupation die Erregung langsam legt, verschwindet im übrigen auch das Interesse an Hirschfelds „Zeitungsschau aus russischen und südslawischen Blättern", was alsbald zur Einstellung der Rubrik führt.[165]

Taaffe und die Regierungsagentur

Im August 1879 wird Eduard Graf Taaffe, ein Jugendfreund des Kaisers, als österreichischer Ministerpräsident eingesetzt, der seiner ideellen Nähe zum reaktionären Kurs des Kaisers wegen alsbald als „Kaiserminister" firmiert. Taaffe hat mit sozialen wie nationalen Spannungen im Reich zu kämpfen. In Ungarn streben radikale Kräfte nach der völligen Unabhängigkeit, gemäßigte nach möglichst vielen Sonderrechten. Taaffes Gegenspieler in Ungarn, Ministerpräsident Kálmán Tisza, versucht seit dem Ausgleich einen eigenständigen Nationalstaat einzurichten und sich aus der österreichischen Bevormundung zu lösen. Dies hat auch auf nachrichtenpolitischer Ebene Folgen. Die latente Unzufriedenheit der ungarischen Seite mit der Arbeit des Wiener Korr.-Bureaus mündet im Oktober 1879 zunächst in Verhandlungen zwischen der ungarischen Regierung und der österreichischen hinsichtlich einer Neuorganisation der Budapester Filiale des Korr.-Bureaus.[166] Eine Auflösung der hegemonialen Stellung des Korr.-Bureaus beginnt sich abzuzeichnen.

Ministerpräsident Taaffe hält angesichts der labilen politischen Situation im Reich am amtlichen Status des Korr.-Bureaus fest, wenngleich die finanzielle Situation alles andere als günstig ist. Das Korr.-Bureau erfreut sich mit stetig steigendem Arbeitsaufwand auch stetig steigender Verluste. 1880 stehen Einnahmen von 56.000 Gulden Ausgaben von 77.200 Gulden gegenüber; die Situation verlangt nach Reaktionen. Vertreter des Außenministeriums, des Wiener Ministerratspräsidiums und des Handelsministeriums erörtern Maßnahmen zur Kostensenkung. Man überlegt, die Zusammenarbeit mit weniger wichtigen Auslandskorrespondenten zu beenden und die von den Zeitungen zu entrichtenden Abonnementbeträge für die Nachrichten des Korr.-Bureaus zu erhöhen. Die an Wolff, Havas und Reuters zu entrichtende Kommission in der Höhe von 30.000 Gulden wird für zu hoch befunden; man beschließt, hinsichtlich des Vertrags mit den Kartellagenturen nach Auslaufen am 1. November 1880 eine Neuregelung anzustreben. Die Situation wird vollends kritisch, als im Abgeordnetenhaus ein Beschluß gefaßt wird, wonach dem Korr.-Bureau kein weiterer Kredit bewilligt werde. Der Handelsminister sieht sich gezwungen, das Korr.-Bureau als staatliches Institut aufzulassen. Er wendet sich an Taaffe; Tenor einer Note vom 11. Oktober 1880 ist die dringende Bitte, das Korr.-Bureau ins Ministerratspräsidium zu übernehmen. Der Handelsminister argumentiert eine Ausgliederung aus seinem Zuständigkeitsbereich mit dem bekannten Hinweis darauf, daß die Nachrichtenstelle primär nicht ökonomischen, sondern hauptsächlich staatspolitischen Zwecken diene, konkret jenen des Preßdepartements im Ministerratspräsidium.[167] Eine definitive Übernahme erreicht er jedoch nicht. Bis auf weiteres behilft man sich mit der Auslotung verschiedener Möglichkeiten, die hohen Betriebskosten des Büros zu senken. Für das Jahr 1881 erwartet man wieder ein Defizit; 67.000 Gulden Einnahmen stehen Ausgaben von 94.000 Gulden gegenüber.

In der ungarischen Reichshälfte regt sich indes Initiative. Die Pester Parlamentsstenografen Hugó Maszák und Géza Egyesy formulieren einen Antrag auf Eröffnung eines telegrafischen Nachrichtenbüros in ungarischer Sprache. Ministerpräsident Tisza, der einem ungarischen Nationalismus huldigt und auf kultureller Grundlage Deutschungarn, Slowaken, Serbokroaten, Ruthenen und Rumänen in der ungarischen Reichshälfte zu magyarisieren sucht, muß dieser Plan durchaus entgegenkommen. Die doppelte Aufgabe, vor die er sich gestellt sieht, nach außen die Unabhängigkeit von Wien zu erreichen und nach innen den Magyarismus zu forcieren, wird zum ideellen Boden, auf dem die Idee eines eigenen telegrafischen Nachrichtenbüros wachsen kann.

Im Rahmen ihres handgeschriebenen Briefs vom 23. November 1880 an Tisza schlagen Maszák und Egyesy „die Zusammenstellung und den Versand objektiver, der Wirklichkeit entsprechender Telegramme“ vor, die ein von ihnen einzurichtendes Büro vornehmen würde. Ihr Anliegen begründend, klagen die Briefschreiber darüber, daß in Ungarn keine Schritte unternommen würden, die öffentliche Meinung in der Provinz in die richtige Richtung zu lenken. Die vom Wiener Korr.-Bureau übernommenen Meldungen spiegelten die Absichten der dortigen offiziellen Stellen wider. An der ersten Stelle unter den Aufgaben des geplanten Büros steht die Übermittlung telegrafischer Korrespondenzen an Provinzzeitungen „zu einer sehr gemäßigten Gebühr“. Der Dienst soll Nachrichten von Parlamentssitzungen und Gerichtsverhandlungen, über die Gesetzgebung, das öffentliche Leben, Bildung und Kultur, die Wirtschaft und den Handel umfassen. Daneben würde das Telegrafenbüro dafür sorgen, zuverlässige, authentische Berichte aus bedeutenden Städten des Landes wie Preßburg, Fünfkirchen (Pécs), Kalocsa, Debrecen, Szeged und Klausenburg, aber auch aus dem Süden der ungarischen Reichshälfte, wie aus Pantschowa und Zagreb, zu bekommen und an die Hauptstadtzeitungen weiterzuleiten. Das Unternehmen dürfe aber nur dann initiiert werden, wenn es von Regierungsseite subventioniert würde. Maszák und Egyesy verlangen für ihr Unternehmen die Vergünstigungen, die das Wiener Telegrafenbüro in Ungarn genießt, nämlich, daß die Telegramme „von den staatlichen Telegraphenämtern gebührenfrei übermittelt werden.“ Damit die Kosten der zu gründenden Agentur möglichst niedrig bleiben, schlagen sie vor, die Redseligkeit und Weitschweifigkeit der Journalisten durch Einschränkungen im Umfang der Telegramme zu reglementieren. Abschließend ersuchen die Absender, die „ergebenen Diener des hochwürdigen Ministerpräsidenten“, um eine „gnadenvolle Unterstützung“ der Angelegenheit.

In der Sitzung des ungarischen Ministerrats vom 28. Dezember 1880 legt Ministerpräsident Kálmán Tisza den Antrag von Hugó Maszák und Géza Egyesy vor; der Ministerrat befindet das Anliegen als „unterstützungswürdig“. Die geforderten Vergünstigungen beim Telegrafen werden gewährt, aber an folgende Bedingungen geknüpft: objektive Redaktionsarbeit an den telegrafischen Berichten, Beiseitelassen von Parteiargumenten, ferner, daß das Telegrafenbüro bei der Weiterleitung der Berichte zwischen den Zeitungen unterschiedlicher Parteipräferenz keinen Unterschied machen darf. Noch im Dezember 1880 werden die Antragsteller Maszák und Egyesy darüber in Kenntnis gesetzt, daß die erbetene Konzession erteilt wird. In der Folge konstituiert sich das ungarische telegrafische Korrespondenzbüro „Magyar Tavirati Iroda“ (MTI), um die

Provinzzeitungen mit Nachrichten aus der Hauptstadt und die Hauptstadtzeitungen mit Nachrichten aus der Provinz zu versorgen. Internationale Beziehungen werden noch nicht geknüpft; die Berichte über ausländisches Geschehen soll das neue Büro weiterhin vom Wiener Korr.-Bureau, das mit den Kartellagenturen Reuters, Havas und Wolff in Vertragsbeziehung steht, beziehen. MTI firmiert hinsichtlich internationaler Nachrichten nach wie vor als eine Art Filiale des Korr.-Bureaus.

Diese Lösung erscheint dem ungarischen Journalistenverband jedoch als unzureichend; auf seiner Vollversammlung am 21. Februar 1881 fordert der Verband „die Aufstellung eines gesonderten ungarischen telegraphischen Korrespondenzbüros“. Der Vorstand reicht im September 1881 beim Ministerpräsidenten ein Ansuchen ein, das sich unter anderem mit der „direkten nachrichten-telegraphischen Verbindung mit dem Ausland“ befaßt, konkret damit, ein völlig selbständiges, von Wien unabhängiges Korrespondenzbüro ins Leben zu rufen, welches von Pest aus direkt Telegramme an die ausländischen Agenturen schicken könne, „ohne Einschaltung des Wiener Korrespondenz-Bureaus.“[168]

Der Ministerpräsident läßt die Sachlage klären. Rrpád Berczik, Sektionsrat im ungarischen Ministerpräsidium, plädiert nach eingehender Analyse in einem Bericht für die Einrichtung eines von Wien unabhängigen Nachrichtenbüros, das vor allem hinsichtlich nationaler Interessen empfehlenswert sei:

1. Eine Institution dieser Art versorgt die Regierungsmitglieder mit Nachrichten, die den offiziellen Meldungen häufig vorausgehen.
2. Die inländischen Nachrichten werden wirklichkeitsgetreu und im patriotischen Geiste dem Ausland übermittelt.
3. Während auch kleine Nationen – wie die serbische und die rumänische – über ein Medium verfügen, über welches sie dem Ausland Informationen anbieten können, hat die ungarische Regierung kein Organ, um das Ausland unmittelbar zu kontaktieren.
4. Neben einem unmittelbaren Kontakt dieser Art kann ein irrtümliches oder böswilliges Gerücht in ausländischen Zeitungen dementiert werden, und der ungarischen Glaubwürdigkeit könnte man durch Veröffentlichung günstiger Daten einen wichtigen Dienst erweisen.[169]

Berczik kommt zu dem Schluß, daß ein eigenständiges staatliches Büro zwar wünschenswert, doch nicht unabdingbar sei, zumal die finanziellen Verhältnisse nicht erlaubten, es so einzurichten, wie es von Regierungsseite gewünscht würde. Die Einrichtung eines Privatbüros sei unter diesen Umständen zweckdienlich, sofern es „unter Leitung einer Person, die geld-, charakter- und vernunftsmäßig genügende Garantie bietet und von welcher anzunehmen wäre, ihre Stellung nicht für Spekulation, Heuchelei oder Zusammenspiel mit Finanzmenschen zu mißbrauchen."[170] Die Zeichen weisen in Richtung völliger Abspaltung vom Korr.-Bureau in Wien.

In der Zwischenzeit tritt am 14. März 1881 in Wien die Kommission aus Vertretern des Außen- und des Handelsministeriums sowie des Ministerratspräsidiums neuerlich zu Beratungen über die Zukunft des defizitären Korr.-Bureaus zusammen. Der Handelsminister betont abermals, daß das Korr.-Bureau nur in untergeordneter Weise wirtschaftlichen Interessen diene, vorrangig vielmehr politischen, und es deshalb ins Ministerratspräsidium übernommen werden solle. Seitens des Ministerratspräsidiums wehrt man ab, betont, daß man noch abwarten müsse, ob durch neue Verträge mit den Kartellagenturen der Verbleib des Büros als eine staatliche Anstalt überhaupt möglich sei. Zu lösen sind auch die Finanzierungsprobleme. Der Außenminister Heinrich Freiherr von Haymerle hat sich bereits dafür ausgesprochen, das Korr.-Bureau als staatliche Institution zu erhalten, anstatt es in private Hände übergehen zu lassen – und nicht nur das: für das Jahr 1881 hat er eine Subvention seines Ministeriums in der Höhe von 3.000 Gulden angeboten. Ministerpräsident Taaffe bezeichnet die angebotene Summe als zu gering, verlangt im Juli 1881 das Dreifache – 9.000 Gulden. Haymerle antwortet mit einer Note im August, worin er 7.000 Gulden jährlich und für die gesamte Dauer des abzuschließenden Vertrags mit den Kartellagenturen anbietet; außerdem verspricht er, Vorkehrungen zu treffen, daß das Korr.-Bureau seitens des Außenministeriums „mit schnellen und sicheren Nachrichten aus dem Bereich des auswärtigen Dienstes versehen werde, und daß hiedurch der Wiener telegraphische Depeschendienst und dessen Nachrichten zu besserem Rufe gelangen." Als Gegenleistung verlangt der Außenminister jedoch, „daß dem k. u. k. Ministerium des Äußeren auf die Haltung und Führung des Telegraphen-Correspondenz-Bureaus ununterbrochen ein gesicherter Einfluß gewahrt bleibe."[171]

Auch mit der ungarischen Regierung werden Gespräche hinsichtlich finanzieller Unterstützung geführt. Mit der Etablierung eines eigenen Büros beschäftigt, legt die ungarische Regierung verständlicherweise keinen allzu großen Wert auf die Bewahrung des staatlichen Charakters des Korr.-Bureaus, man bietet für das laufende Jahr 1881 aber 3.000 Gulden – schließlich bezieht man die internationalen

Meldungen zwangsläufig noch aus Wien. Die niedrige Summe rechtfertigt man damit, daß der Pächter der Pester Zweigstelle des Korr.-Bureaus für das ihm aus Wien übersandte Depeschenmaterial einen Pauschalbetrag von 6.000 Gulden zahle, was einer indirekten Subvention gleichkomme. Als weitere Vergünstigung, die dem Korr.-Bureau in Ungarn zuteil würde, wird angeführt, daß die Depeschen von Budapest nach Wien unentgeltlich befördert werden. Bedingung für eine Unterstützung des Korr.-Bureaus seitens der ungarischen Regierung ist, daß das österreichische Nachrichtenbüro bei den auszugebenden Meldungen größeren Wert auf die Pester Vorkommnisse lege.

Taaffe, der das Korr.-Bureau ins Ministerratspräsidium zu übernehmen gedenkt, fordert weitere Zugeständnisse vom österreichischen Handelsministerium. Die vom Korr.-Bureau belegten Räume im Staatstelegrafengebäude und die benützten Einrichtungsgegenstände müssen jenem im Fall einer Ausgliederung zur Benützung überlassen bleiben; überdies müsse, wie dies in Deutschland für Wolff längst gilt, den telegrafischen Depeschen des Korr.-Bureaus Vorrang vor den Privatdepeschen eingeräumt und eine 50prozentige Gebührenermäßigung für an die offiziellen Zeitungen in den Kronländern und für die von den dortigen Korrespondenten an das Nachrichtenbüro telegrafierten Depeschen gewährt werden.

Einer endgültigen Übernahme stehen jetzt nur noch die Vertragsverhandlungen mit den Kartellagenturen entgegen. Doch auch diese verlaufen erfolgreich. Die Kartellagenturen Wolff, Havas und Reuters verpflichten sich, „alle politischen, finanziellen und kommerziellen Nachrichten“ aus ihren Einzugsgebieten ausschließlich dem Wiener Korr.-Bureau für die Verwertung in Österreich-Ungarn telegrafisch zu übersenden. Das Korr.-Bureau verspricht seinerseits, Meldungen aus Österreich-Ungarn nur den Kartellagenturen zukommen zu lassen (ausgenommen von dieser Bestimmung ist der telegrafische Verkehr des Korr.-Bureaus mit Rumänien, Serbien und Südrußland sowie mit den diplomatischen und konsularischen k. u. k.-Niederlassungen außerhalb der Monarchie). Nach langwierigen Auseinandersetzungen wird die jährlich an die Kartellagenturen zu entrichtende Kommission für die internationalen Nachrichten von 30.000 wieder auf 25.000 Gulden herabgesetzt; das Korr.-Bureau wird für die Ermäßigung in die Pflicht genommen, seinen Nachrichtendienst bei Bedarf entsprechend den Wünschen der Kartellagenturen auszudehnen.[172]

In der Sitzung vom 9. September 1881 gibt der Wiener Ministerrat seine Zustimmung zum Abschluß des Vertrags mit den Kartellagenturen, der mit 1. November 1881 in Kraft tritt und bis 31. Oktober 1889 gilt. Mit dem Vertragsabschluß ist auch der Weg frei für eine definitive Übernahme des Korr.-Bureaus ins Ministerratspräsidium. Trotz der 5.000 Gulden Ermäßigung gegenüber den Kartellagenturen, der 7.000 Gulden Subvention vom Außenministerium, der 4.000 Gulden an Ermäßigung bei den Depeschengebühren durch das Handelsministerium und der 3.000 Gulden Unterstützung durch die ungarische Regierung bleibt ein, wenn auch vergleichsweise geringer, Abgang. Das verbleibende Defizit von 9.000 Gulden erscheint für Taaffe tragbar, nachdem die Bedeutung des Korr.-Bureaus für die Regierung vorrangig auf ideeller Basis liegt. Das amtliche Nachrichtenbüro sei eines der wichtigsten Hilfsorgane der Pressestellen der österreichischen und der ungarischen Regierung und des gemeinsamen Außenministeriums. Bei der Versorgung der österreichisch-ungarischen Presse mit den wichtigsten politischen Nachrichten in- oder ausländischen Ursprungs, bei Nachrichten über politische oder sonstige Vorkommnisse des Auslands sowie bei der Bekanntmachung aller offiziellen oder regierungsfreundlichen Kundgebungen im In- und Ausland, komme es schließlich vor allem auf Charakter und Färbung der Mitteilungen an. Aber nicht nur in politischen Belangen, auch in handels- und finanzpolitischer Hinsicht könne ein in staatlichen Händen befindliches telegrafisches Korrespondenzbüro gute Dienste leisten. Das Korr.-Bureau beliefere schließlich die inländischen Börsen mit authentischen Kursnotierungen und Finanznachrichten von den ausländischen Börsen, welche es umgekehrt mit Daten sowie Finanz- und Wirtschaftsnachrichten aus Österreich-Ungarn versorge.

Mit Beginn des Jahres 1882 wird das k. u. k. Telegraphen-Korrespondenz-Bureau aus dem Etat des Handelsministeriums ausgeschieden und in den des Ministerpräsidiums übergeführt,[173] womit sich ein komplexer nachrichtenpolitischer Apparat formiert. Neben dem „Preßdepartement im Ministerratspräsidium“, der Politischen Korrespondenz und der *Wiener Zeitung* befindet sich damit nun auch das Korr.-Bureau in unmittelbarer Regierungsobhut.

Möglicherweise als direkte Reaktion auf die Unterstellung des Korr.-Bureaus unter die Regierung Taaffe, wandelt die ungarische Regierung Tisza die Pester Agentur Magyar Tavirati Iroda mit 1. Juni 1882 in eine halboffizielle Nachrichtenagentur um. Um sich endgültig von Wien freizuspielen, wird die Agentur ermächtigt, auch internationale Abkommen etwa mit Reuters, Havas, Wolff oder der Agenzia Stefani zu treffen. Die fortschreitende Emanzipation Budapests von Wien geht freilich nicht ohne Komplikationen vonstatten. In einem Schreiben vom 10. August 1882 von Maszák und Egyesy, gerichtet an das Wiener Korr.-Bureau, heißt es beschwichtigend:

> Wir haben keinesfalls die Absicht, mit ausländischen Büros unmittelbaren Kontakt auszubauen und sind uns sehr wohl jener Verantwortung bewußt, mit der diese Verbindung für uns einhergeht... Den direkten Weg wollen wir lediglich in Ausnahmefällen und ganz besonders dann in Anspruch nehmen, wenn unsere einschlägigen Telegramme über Wien voraussichtlich einen Verzug erleiden würden...
> Jener Umstand, daß die Auslandsbüros die für sie interessanten Nachrichten von Budapest und nicht aus Wien bekommen, bedeutet unseres Erachtens keinen Unterschied in den Kosten, und auch der moralische Nutzen des Wiener Büros bleibt unbeeinträchtigt.[174]

Was die Bedienung der ungarischen Presse angeht, müssen die Verhältnisse nun neu geregelt werden. Géza Egyesy sieht sich zu der etwas kuriosen brieflichen Bitte gezwungen, das Korr.-Bureau möge die Belieferung der ungarischen Zeitungen mit Telegrammen, die es von MTI bekomme, einstellen. Es sei nämlich zu befürchten, daß die ungarischen Blätter ihr Abonnement bei MTI kündigen würden, wenn sie die Meldungen auch über die Korr.-Bureau-Filiale bekämen. Im August 1882 setzt das Wiener Korr.-Bureau schließlich seine Kunden per Rundschreiben in Kenntnis, daß es seine Filiale in Budapest schließe und daß an deren Stelle das selbständige ungarische Telegraphenbüro trete, „das ab dem 1. Januar 1883 das alleinige und exklusive Recht hat, die Presse auf den Gebieten der ungarischen Kronländer mit telegraphischen Nachrichten zu versehen."[175]

Ausnahmezustand: die Arbeiterpresse

Auf die Ernüchterung, wie sie durch die Depressionsjahre nach dem Börsekrach zu verzeichnen ist, folgt gesellschaftspolitisch eine Hinwendung zu einer christlichen und ständischen Gesellschaftsordnung. Das durch den modernen Industriekapitalismus entstandene Proletariat wird um des sozialen Friedens willen niedergehalten und bekämpft.[176] Doch verfügen die Arbeiterbewegung und ihre Presse über eine überraschende Widerstandsfähigkeit, obgleich ihre finanziellen Voraussetzungen alles andere als erfolgversprechend sind. Das Konzept der bürgerlich-liberalen Presse, sich am freien Markt behaupten und dadurch inhaltliche Konzessionen an kommerzielle Interessen machen zu müssen, lehnt man ab. Auf der Grundlage marxistischer Analyse erklärt der deutsche Sozialdemokrat Ferdinand Lasalle die liberale Presse zum „Hauptfeind" jeder geistigen Entwicklung. Ab dem Zeitpunkt, da mit dem Inseratengeschäft eine lukrative Einnahmequelle erschlossen worden sei, hätten die Verleger begonnen, auf die Gewinnung möglichst vieler Abonnenten zu schauen, um zu möglichst vielen Inserenten zu kommen. Der Bildungsauftrag, die Leserschaft auf eine höhere Kulturstufe zu heben, sei vom Versuch der Maximierung der Reichweite, das heißt einer Ausrichtung an plattesten inhaltlichen Ansprüchen, abgelöst worden. Ab diesem Zeitpunkt seien die liberalen Blätter lediglich „industrielle Kapitalanlage und Geldspekulation" und zu einem „ordinären Geldgeschäfte" herabgesunken, einem heuchlerischen zudem, das aus Absatzgründen den Schein, „Vorkämpfer für geistige Interessen"[177] zu sein, aufrecht erhalte. Lasalle wirft der liberalen Presse vor, sich der Regierung freiwillig zu unterwerfen, da ihre Verleger das investierte Kapital nicht riskieren wollten. Gegen die Regierung, die letztlich über das wirtschaftliche Überleben entscheide, werde nur so viel Opposition gemacht, wie die Regierung zulasse. Für den zukünftigen sozialdemokratischen Staat fordert Lasalle ein gesetzliches Verbot von Inseraten, mit Ausnahme für staats- oder gemeindeeigene Amtsblätter. Die Zeitungen würden dann aufhören, „lukrative Geldspekulation" zu sein, die „spekulierenden Kapitalien" würden sich ebenso zurückziehen wie die rein kommerziell orientierten Journalisten. Von da an existierten nur Zeitungen und Journalisten, die „ohne Rücksicht auf lukrative Bereicherung die Mission in sich fühlen, für die geistigen Interessen und das Wohl des Volkes zu kämpfen." Bis dahin bleibe der gefährlichste „Feind des Volkes" die gegenwärtige Presse. Kämpferisch schließt Lasalle mit der Parole: „Haß und Verachtung, Tod und Untergang der heutigen Presse!"[178]

Die liberale Presse ist den Sozialdemokraten vor allem deshalb suspekt, weil sie jenes kapitalistische Gesellschaftssystem verkörpert, das zwar dem Bürgertum zu politischer Emanzipation und Wohlstand verholfen hat, nicht aber der Industriearbeiterschaft. Die sozialdemokratische Presse entzieht sich dem kapitalistisch dominierten Markt, verzichtet auf Einnahmen aus dem kommerziellen Inseratengeschäft, das als korrumpierend abgelehnt wird, und finanziert sich über die Solidarität ihrer Leser, um diese zu einer geschlossen auftretenden politischen Kraft zu vereinen. Die Leser zählen jedoch zu den wenig begüterten Gesellschaftskreisen, der Zeitungspreis muß deshalb gering gehalten werden, große Gewinnspannen sind unter diesen Umständen nicht zu erzielen. Der Weg, über eine höhere Erscheinungsfrequenz größere Reichweite und somit größeren politischen Einfluß zu bekommen und auch Mehreinnahmen zu lukriieren, ist ebenfalls ein dorniger. Wöchentliche oder gar tägliche Erscheinungsweise unterwirft die Blätter der teuren Kautions- und Stempelpflicht;

zudem sind sie wegen der herrschenden Pressegesetzeslage ständig von Konfiskation und Kautionsverfall bedroht, was für die kapitalschwachen Unternehmen existenzbedrohend ist. Die unentwegten Schikanen führen dazu, daß neben dem originär sozialistischen Pressekonzept verschiedentlich doch auch Alternativen überlegt werden. Nach der Einstellung des bisherigen Parteiorgans *Volkswille* im Juni 1874, der ein redaktionsinterner Richtungsstreit zwischen den Verantwortlichen Andreas Scheu und Heinrich Oberwinder vorangegangen ist, gibt Oberwinder in Eigenregie *Die Zeit* heraus. *Die Zeit* nimmt sich der Anliegen der Arbeiterbewegung an, versucht aber, nicht nur ideologisch motivierte Inhalte zu bieten, sondern vielfältigere journalistische Rubriken, um sich dem gefälligeren Typ der liberaldemokratischen Tageszeitungen in den Metropolen anzunähern.[179] Demgegenüber wird von der Partei die streng ideologisch orientierte Linie der Parteizeitung fortgesetzt. Dem *Volkswillen* folgt die 1870 als Wiener Neustädter Lokalblatt entstandene *Gleichheit*, die am Neudörfler Delegiertentag vom 5. und 6. April 1874 zum Zentralorgan der österreichischen Sozialdemokratie erhoben, 1877 von offizieller Seite aber schon wieder verboten wird. Der *Gleichheit* folgt ab 4. Oktober 1877 *Der Sozialist* als neues Zentralorgan; weiters werden die *Sozialpolitische Rundschau* und der *Gewerkschafter* gegründet, sodaß ab Jänner 1878 drei Parteiblätter nebeneinander erscheinen. Die Lebensdauer des *Gewerkschafter* endet noch vor Ablauf eines Jahres, die *Sozialpolitische Rundschau* bringt es auf drei, *Der Sozialist* auf zwei Jahre. Die Behörden gehen konsequent gegen die Zentralorgane als die gefährlichsten Sprachrohre der Arbeiterbewegung vor.

Ein gutes Beispiel für den Existenzkampf der frühen sozialdemokratischen Presse bietet *Der Sozialist*, der zunächst als Wochenblatt erscheint und in seinem Gründungsaufruf seine Rolle als die eines „Kampfgenossen, Lehrers und Beraters“ der proletarischen Leser definiert. *Der Sozialist* warnt die Arbeiter vor der „käuflichen Dirne“, der liberalen Presse, die dem liberalen Wirtschaftssystem grundsätzlich positiv gegenübersteht und „den wahren Willen des Volkes totschweigt“.[180] Auf das sozialistische Pressekonzept setzend, zählt *Der Sozialist* auf die Solidarität der Leser. Man ruft immer wieder direkt zur Weiterverbreitung des Blattes auf, hat dabei aber wenig Erfolg. Im Frühjahr 1878 unterrichtet man die Leser von einer prekären Finanzlage als Folge der geringen Auflage. Damit nicht genug, wird am 9. Juli 1878 der verantwortliche Redakteur Johann Schwarzinger vom Wiener Schwurgericht wegen eines Pressevergehens zu einem Jahr schweren Kerkers und das Blatt mit einem Kautionsverlust in der Höhe von 500 Gulden, also einem Achtel der Gesamtkaution, belegt. Trotzdem erhöht man ab 1. Oktober 1878 die Erscheinungfrequenz auf zwei mal wöchentlich; gleichzeitig wird eine Preisermäßigung von 7 auf 5 Kreuzer für das Einzelexemplar angekündigt. Die Kalkulation scheint aber zu großzügig: am 31. Juli 1879 muß *Der Sozialist* sein Erscheinen aus wirtschaftlichen Gründen einstellen; in der letzten Nummer nimmt man Abschied von den Lesern: man habe „nicht weniger als vier Preßprozesse" zu bestehen gehabt, von denen drei mit Kautionsverlusten von rund 800 Gulden und empfindlichen Freiheitsstrafen der verantwortlichen Redakteure geendet hätten; dazu kämen noch die häufigen Konfiskationen, von denen *Der Sozialist* vierzehn zu verzeichnen hatte.[181] Anmerkung am Rande: die Auflage mit der offenherzigen Darlegung wird konfisziert.

Als *Der Sozialist* eingestellt wird, folgen die Blätter *Freiheit* und *Der Proletarier*; *Der Proletarier* bringt es auf eine, die *Freiheit* immerhin auf drei Nummern, bevor die niederösterreichische Statthalterei beiden Blättern per Verbot ein Ende setzt. Die Rolle des Zentralorgans nimmt in der Folge der *Volksfreund* ein, der ab 5. November 1879 in vierzehntägiger Folge erscheint. Von den vier im Jahr 1879 erscheinenden Nummern werden drei beschlagnahmt, von den acht im Jahr 1880 vier, bevor Ende April 1880 auch dieses Blatt eingestellt wird.[182] Die Rolle des Parteiorgans kommt nun der seit 1. Oktober 1879 erscheinenden *Zukunft* zu. Wie eine ihrer Vorgängerinnen steht sie unter dem Leitspruch „Proletarier aller Länder, vereinigt euch!"

Direkter Gegenspieler der Sozialdemokratie ist nun Ministerpräsident Eduard Graf Taaffe, der in pressepolitischer Hinsicht ein strenges Regiment führt. Allein im Jahr 1880 läßt seine Regierung in Wien 184 Morgenzeitungen und 35 Abendzeitungen vom Pressestaatsanwalt beschlagnahmen. Sie bedient sich überdies einer dehnbaren Bestimmung des geltenden Presserechts und behindert schon den Vertrieb bestimmter Zeitungen. Jedem neugegründeten Blatt ist die Verpflichtung auferlegt, eigene Lizenzen zu erwerben, um es in den verschiedenen Verschleißstellen überhaupt verkaufen zu dürfen. Jede dieser Lizenzen kostet zwei Gulden Stempelgebühr und schlägt sich damit als schwere finanzielle Belastung zu Buche. Wird ein Blatt der Regierung unerträglich, entzieht man ihm einfach das Verschleißrecht.[183]

Die systematische Unterdrückung der Arbeiterbewegung führt zu ihrer Spaltung und damit zu einer Eskalation. Die ab 1. Jänner 1881 als sozialdemokratisches Zentralorgan firmierende *Zukunft* gerät in das Fahrwasser einer radikalen Gruppe um Josef Peukert. Peukert geht vom evolutionären Weg der Gesellschaftsveränderung ab und fordert die offene Revolution. In einem Artikel bezeichnet er den Kampf um das Wahlrecht als „ein Produkt unserer naiven sozialistischen Kindheit". Die These Lassalles, wonach der politischen auch die ökonomische Emanzipation folge, sei überholt; genau umgekehrt, folge dem fortschreitenden Pauperismus stetiger Machtverlust des Proletariats. Das allgemeine Wahlrecht diene lediglich dazu, das Proletariat „im Namen des Volkes" unterdrücken und ausbeuten zu können.[184] Das soziale Elend weiter Teile der Arbeiterschaft gibt den Radikalen Auftrieb. Peukerts anarchistische Agitation führt letztlich dazu, daß sich geheime, radikale, bisweilen auch von Polizeispitzeln und agents provocateurs durchsetzte Gruppen bilden, die Attentate – auch Mordattentate – verüben, anstatt auf Wahlen zu hoffen.[185]

Die gemäßigten Sozialdemokraten distanzieren sich am Brünner Arbeitertag vom 15. und 16. Oktober 1882 von solcherart „Propaganda der Tat". Auf diesem Parteitag erfolgt eine programmatische Einigung, die an erster Stelle die Forderung nach dem allgemeinen, gleichen, direkten Wahlrecht vorsieht und die Überführung der Produktionsmittel in Gemeineigentum nicht mit allen, sondern nur mit allen dem Rechtsbewußtsein der Bevölkerung entsprechenden Mitteln postuliert. Außerdem wird die *Zukunft* ihrer Funktion als Parteiorgan enthoben; an ihrer Stelle werden für Wien die *Wahrheit* und für die Provinz der *Volksfreund* und der *Arbeiterfreund* bestimmt. In der *Wahrheit* wendet sich unter anderem Karl Kautsky, ein vehementer Verfechter des allgemeinen Wahlrechts, scharf gegen die Strömungen, die den Umsturz gewaltsam herbeiführen wollen. Der Erfolg bleibt aber offenbar bei der radikalen *Zukunft*, die stolz verkündet, 1883 ihre Auflage innerhalb nur eines halben Jahres von 3.000 auf 4.800 gesteigert zu haben. Im Jänner 1884 nennt sie gar die Zahl 6.000.[186] Doch auch ihre Tage sind gezählt. Am 24. Jänner 1884 erscheint die letzte Ausgabe, da mit Wirkung vom 30. Jänner von der Regierung der Ausnahmezustand über die Unruhegebiete Wien und große Teile Niederösterreichs verhängt wird. Kurz vor der Verkündigung des Ausnahmezustands setzt sich Peukert in die Schweiz ab, woraufhin die anarchistische Bewegung zusammenbricht. Das Taaffe-Regime erledigt den Rest und zerschlägt durch Ausweisung von Funktionären und Einstellung von Zeitungen die lose organisierte Arbeiterbewegung. Die Ausnahmegesetzgebung sieht eine Aufhebung des Briefgeheimnisses, Einschränkungen der Vereins- und Versammlungsfreiheit sowie des Pressegesetzes vor; sämtliche durch das Staatsgrundgesetz von 1867 gewährten politischen Rechte des Individuums werden für Wien, Floridsdorf, Korneuburg und Wiener Neustadt außer Kraft gesetzt. Affichierte Plakate erklären Personen für straffällig, die einer behördlich aus Wien ausgewiesenen Person Obdach geben, ohne diese sofort bei den Behörden anzuzeigen, die bei Zusammenrottungen auf der Straße der Aufforderung der Sicherheitsorgane zum Auseinandergehen nicht folgen und die demonstrativ Abzeichen tragen.[187]

Taaffe sieht sich schließlich gezwungen, zumindest eine Reihe von dringend nötigen Sozialgesetzen hinsichtlich der Arbeitsräume, der Arbeitszeit, der Arbeitspausen und Sonntagsruhe, hinsichtlich Lohn und Kündigung, aber auch der Regelung von Kinder- und Frauenarbeit sowie die Einführung eines Gewerbeinspektorats, das die Einhaltung dieser Gesetze kontrollieren soll, zu erlassen.[188] Abgesehen davon, daß eine politische Emanzipation der Arbeiterschaft dadurch nicht begründet wird – Wahlrecht, Vereins- und Pressefreiheit sind nach wie vor nicht in Sicht –, bleibt eine nachhaltige Besserung der sozialen Lage aus. Viele Unternehmer und Fabrikanten halten sich nicht an die erlassenen Gesetze. Die Berichte der Gewerbeinspektoren über die Situation in den Ziegeleien bestätigen regelmäßig das Überschreiten der erlaubten elf Stunden täglicher Arbeitszeit; auch die gesetzlich verordnete Sonntagsruhe wird oft nicht eingehalten.[189]

Da unter den gegebenen Voraussetzungen die politische Aktivität der Arbeiterfunktionäre anhält, bringt Taaffe am 20. Jänner 1885 im Abgeordnetenhaus den Entwurf zu einem Sozialistengesetz nach Bismarckschem Muster ein. Nachdem dieser erste Entwurf im Reichsrat gar nicht zur Abstimmung kommt, legt Taaffe im April 1886 einen neuen vor. Radikale wie gemäßigte Sozialdemokraten fühlen sich davon gleichermaßen provoziert; bei einer von dem Armenarzt Victor Adler initiierten Protestdemonstration treten Vertreter beider Fraktionen erstmals wieder gemeinsam auf. Taaffes Drohung mit Sozialistengesetzen befördert offensichtlich die Einigung der zerstrittenen Flügel; man müsse geeint und stark auftreten und die politischen Anliegen in die Öffentlichkeit tragen, lautet die Devise. In der ab 11. Dezember 1886 erscheinende Zeitung *Gleichheit* heißt es: „Der Arbeiterschaft ohne Rücksicht auf Fraktionsunterschiede eine nun in Wien schon lange und schwer entbehrte Waffe im Kampfe für ihr gutes Recht und die von ihr erkannte Wahrheit zuzuführen, ist die offene Absicht und der einzige Zweck dieses Unternehmens."[190] Obwohl die *Gleichheit* unter den Bedingungen des Ausnahmezustands erscheint und ständig von der Verbotsdrohung überschattet ist, bedient sich Adler einer offenen Sprache. Im Neujahrsaufruf des Jahres 1888 heißt es: „Bei aller Vorsicht, welche unsere Preßverhältnisse jedem Arbeiterblatte aufnötigen, werden wir stets dessen eingedenk sein, daß gewisse Dinge ausgesprochen werden müssen, auf jede Gefahr!"[191] Unter anderem berichtet Adler im Rahmen einer Artikelserie über die menschenunwürdigen Lebens- und Arbeitsumstände der Ziegelarbeiter am Wienerberg:

> Die Wienerberger Ziegelfabrik- und Baugesellschaft zahlt ihren Aktionären recht fette Dividenden. Ihre Aktien, die mit 120 fl.

> eingezahlt sind, haben im letzten Jahre nicht weniger als 14 fl., das sind 11,7 Prozent getragen. Bei 35.000 Aktien macht das die hübsche Summe von 490.000 fl., welche da ins Verdienen gebracht wurde. Der Reingewinn kommt bekanntlich durch das „harmonische Zusammenwirken von Kapital und Arbeit“ zustande. Die Tätigkeit des Kapitals haben wir geschildert, es hat sich die Mühe genommen, die Coupons abzuschneiden und für diese schwere Arbeit je 14 fl. einzukassieren. So ist das Kapital doch „Entbehrungslohn“; gewiß, das Kapital bildet sich aus jenem Lohn, welchen die Arbeiter entbehren![192]

Adlers Anklage richtet sich gegen das gesetzlich verbotene „Trucksystem“, im Zuge dessen die zumeist böhmischen Ziegler wertloses Blechgeld erhalten, das nur in den Kantinen innerhalb des Ziegelwerks gültig ist und so jeglichem Wucher Tür und Tor öffnet. Er klagt die Gewerbeinspektoren an, diese offensichtliche Versklavung vor den Toren Wiens nicht zu sehen. Er wendet sich gegen die vorherrschende Prügelmentalität von Partieführern und Kantineuren, prangert Kinderarbeit und die armseligen Behausungen an, in denen die Arbeiter ihr Dasein fristen, sofern sie überhaupt über eine solche verfügen und nicht, wie viele ihrer Leidensgenossen, unmittelbar neben den Ringöfen der Brennerei ihre karge Ruhezeit verbringen müssen. Der Arzt Victor Adler attestiert, daß durch die katastrophalen Lebensumstände Lungenschwindsucht, Tuberkolose und Gicht schon bei jungen Arbeitern und Arbeiterinnen auftreten, der Sozialdemokrat Adler kritisiert, daß Krankheit als Entlassungsgrund gilt. Der Journalist Adler schließlich, der sich, verkleidet als Arbeiter, in das Ziegelwerk eingeschlichen hat, um die Zustände mit eigenen Augen zu sehen, begründet mit seinen Sozialreportagen ein Forum für all die Facetten der sozialen Realität, vor denen die bürgerliche Gesellschaft die Augen verschließt und die in den bürgerlichen Zeitungen mit kaum einer Zeile gewürdigt wird. In der Sozialreportage konzentriert Victor Adler die Mission der sozialdemokratischen Presse, nämlich Forum proletarischer Gegenöffentlichkeit zu sein.

Die Behörden sind zunächst nicht bereit, der Kritik nachzugeben, sondern versuchen, die kritischen Stimmen zum Verstummen zu bringen. Auf Adlers Veröffentlichungen folgen Razzien im Werk, im Zuge derer Partieführer und Werksleiter, wie es heißt mit Unterstützung von Gendarmen, in den Unterkünften der Arbeiter nach der *Gleichheit* suchen. Ein Werkführer verkündet, daß, wer „Zeitungen liest“ oder an „Versammlungen oder Vereinen“ teilnehme, „sofort entlassen“ werde. Die Gendarmerie sucht im Werk nach Arbeitern, die im Verdacht stehen, das Material für die Reportagen in der

Gleichheit geliefert zu haben. Ein ehemaliger Arbeiter namens Raab wird in Inzersdorf verhaftet und wegen Übertretung des § 23 des Preßgesetzes inhaftiert. Ihm wird das unbefugte Verbreiten einer nicht verbotenen (!) Druckschrift – der *Gleichheit* – vorgeworfen, wofür Geldstrafen zwischen 5 und 200 Gulden drohen. Adler schreibt auch über diesen Vorfall.[193]

Nach einem Streik der Wiener Pferdetramwaykutscher, über den Adler im April 1889 ebenfalls sehr ausführlich berichtet, wird am 12. Juni 1889 die Einstellung der *Gleichheit* behördlich verfügt; in ihrem kurzen Dasein ist die Zeitung gezählte 45mal beschlagnahmt worden. Victor Adler selbst wird am 26. Juni wegen „anarchischer Bestrebungen" vor Gericht gestellt und zu vier Monaten Kerker verurteilt.[194] Als Nachfolgerin der *Gleichheit* erscheint aber schon am 12. Juli die erste Ausgabe der *Arbeiter-Zeitung*.[195] Die *Arbeiter-Zeitung* legt ihren Schwerpunkt auf politische – vorrangig innenpolitische – Belange. Aus naheliegenden Gründen entwickelt sich die Gerichtssaalberichterstattung zu einer eigenständigen Rubrik. Eine andere Rubrik ist übertitelt mit „Aus den Werkstätten"; es handelt sich dabei um eine Rubrik, in der die Arbeiter selbst zur Feder greifen, um ihre Sicht der Dinge zu beschreiben. Die Macht der gedruckten Publizität soll nun gegen die Mächtigen, die bislang ein Monopol auf Publizität besaßen, gewendet, die Arbeiterpresse durch ehrenamtliche Tätigkeit von schreibenden Arbeitern zu einem offenen Forum proletarischer Gegenöffentlichkeit gemacht werden. In einem solchen Arbeiterbrief heißt es selbstbewußt: „Ich will noch eine Mahnung an den Herrn Werkführer dieser Fabrik richten, seine ihm unterstellten Arbeiter ebenfalls als Menschen zu behandeln. Ich erwarte, daß diese und noch manche andere in dieser Fabrik vorhandenen Übelstände abgeschafft werden, widrigenfalls ich in allernächster Zeit mit einem schwereren Geschütz auffahren würde."[196]

Kolonialisierung des Balkans

Die Regierung kann sich zur Verbreitung ihrer Nachrichten neben dem Korr.-Bureau als der zentralen telegrafischen Drehscheibe zunehmend auch auf die Politische Korrespondenz als Lieferantin von konformen, politischen Inhalten stützen. 1880 ist die Politische Korrespondenz von Ludwig Hirschfeld um 22.000 Gulden an Ludwig Benedikt Hahn verkauft worden, dem vormaligen Chefredakteur der *Wiener Zeitung*, dem einige Jahre danach vom vorgesetzten „Preßdepartement im Ministerratspräsidium" attestiert wird, „immer den eifrigst guten Willen" bewiesen zu haben, die ihm durch seine vielfältigen Beziehungen zur Verfügung stehenden Berichte „nur im Einklang mit den Interessen der k. k. Regierung zu verwerten", die ihm von Regierungsseite zukommenden „Informationen und Instruktionen nach besten Kräften in diskretester Weise zu verwenden und überhaupt mit voller Loyalität alles zu vermeiden, was der Regierung aus irgendeinem Grunde mißliebig sein könnte."[197] Insbesondere auf außenpolitischer Ebene gewinnt die Politische Korrespondenz an Bedeutung.

In den Jahren nach der Okkupation Bosnien-Herzegowinas gelingt es der k. u. k. Diplomatie, die Position Österreich-Ungarns am Balkan zu festigen. Man schließt geheime Bündnisse mit Serbien und Rumänien, zu Griechenland und der Türkei vollzieht sich zumindest eine Annäherung. Außenminister Gustav Graf Kálnoky bedient sich der Politischen Korrespondenz, die ständige Berichterstatter in den bedeutendsten europäischen Hauptstädten unterhält und ihr besonderes Augenmerk auf den Balkan richtet. Sie verfügt über Korrespondenten in Konstantinopel, Bukarest, Belgrad, Sofia und Athen, zeitweise auch in kleineren Städten wie Saloniki, Skutari oder Phillipopel.[198] Die Einsetzung von Korrespondenten wird über das im Außenministerium angesiedelte „Literarische Bureau" abgewickelt. Erwähnt sei die Suche nach einem Korrespondenten in Phillipopel, bei der sich der Leiter des Literarischen Bureaus, Falke von Lilienstein, an den dortigen österreich-ungarischen Konsul, Piombezzi, wendet. Da die Orientberichte der Politischen Korrespondenz in „fast allen hiesigen" und den meisten ausländischen Zeitungen erscheinen, unterstreicht er in seinem Schreiben den Wunsch, aus Phillipopel Korrespondenzen zu bekommen, die dem Geist der österreich-ungarischen Orientpolitik entsprächen. In Beantwortung dieser Anfrage schlägt der Konsul einen gewissen Herrn Crispin vor, welcher bereits für die *Neue Freie Presse* in Wien, für die Pariser *Liberté* und den *Eastern Express* schreibe. Eine angemessene Subvention würde den Genannten veranlassen, seinen Berichten eine österreichfreundliche Haltung zugrunde zu legen und „eine kontinuierliche Berichterstattung zu übernehmen, über welche nach Belieben publizistisch verfügt" werden könnte. Wenn aber der Genannte Crispin in einer bestimmten politischen Richtung tätig werden solle, so der Konsul, müsse ihm diese Richtung durch Falke von Lilienstein wenigstens in groben Umrissen angedeutet werden.[199]

Die Politische Korrespondenz ist hinsichtlich der Behandlung außenpolitischer Meldungen seit 1881 dem Literarischen Bureau unterstellt, dessen Einfluß weiter zunimmt. Als 1886 die Subvention vom Preßdepartement im Ministerratspräsidium um 100 Gulden gekürzt wird, springt das Außenministerium ein, ersetzt die entfallenden 100 Gulden monatlich aus dem Fonds des Literarischen Bureaus und sichert sich damit ein noch größeres Mitspracherecht.[200] Das Literarische Bureau bedient sich zur Erfüllung seiner Aufgaben, das Ausland im Sinne Wiens zu informieren und im Gegenzug den Verantwortlichen im Außenministerium das für ihre Arbeit nötige Informationsmaterial aus der in- und ausländischen Presse zur Verfügung zu stellen, selbstredend der Politischen Korrespondenz und des Korr.-Bureaus, das nun ebenfalls verstärkt für die Außenpolitik – sprich für die Kolonialisierung des Balkans – instrumentalisiert wird.

Die k. u. k. Außenpolitik ist geprägt durch den Dreibund, der zwischen dem Deutschen Reich, Österreich-Ungarn und Italien besteht, und an dem auch die Nachrichtenpolitik ausgerichtet wird. Dem deutschen Kanzler Bismarck wird 1888 vom italienischen Ministerpräsidenten Francesco Crispi ein Plan unterbreitet, der eine engere Zusammenarbeit zwischen der italienischen Agenzia Stefani, dem Korr.-Bureau und dem deutschen Wolff'schen Telegraphenbureau vorsieht. Bismarck zeigt sich damit einverstanden, die Berliner Agentur aus dem Kartellvertrag mit Reuters und der Agence Havas, der 1889 ausläuft, herauszunehmen und in einen Agenturen-„Dreibund" einzubinden. Damit sollen Reuters und Havas konkurrenziert werden, um den politischen Einfluß Englands und Frankreichs in Europa zurückzudrängen. Havas und Reuters haben in den vergangenen Jahren ihre Einzugsgebiete sukzessive ausgedehnt, Wolff mußte dem tatenlos zusehen. Bismarck geht davon aus, daß auch in Wien das Interesse bestehe, „die Havas'schen und Reuter'schen Lügen unschädlich zu machen".[201]

Der österreichische Außenminister Kálnoky signalisiert prinzipielles Einverständnis, möchte aber die bestehenden Verträge vorher noch prüfen. Das Korr.-Bureau steht bis 1889 in vertraglicher Beziehung mit dem Kartell, macht sich aber Hoffnungen auf eine gestärkte Verhandlungsposition nach Auslaufen des Kartellvertrags. Von daher stünde dem Crispi-Plan also nichts im Weg. Die Stiefschwester des Korr.-Bureaus, die Politische Korrespondenz, hat allerdings im März 1887 einen Separatvertrag mit Reuters geschlossen, worin sie zusagt alle ihre wichtigen Meldungen „mehrere Stunden vor der Publication" an „Reuter's Office in London" zu telegrafieren. Ludwig Benedikt Hahn, hat sich im Rahmen dieses Vertrags verpflichtet, „durch häufige Besuche bei Regierungs- und diplomatischen Persönlichkeiten mit Eifer dahin zu wirken, dass Reuter's Office" durch die Politische Korrespondenz „möglichst reiche, zuverlässige und rasche Informationen erhalte". Als Gegenleistung zahlt Reuters die Auslagen für alle verwendeten und nicht verwendeten Nachrichten in telegrafischer und brieflicher Form, ein Honorar für die verwendeten Meldungen, sowie monatlich 15 Pfund dafür, daß Hahn keine geschäftlichen Beziehungen zu englischen Blättern und zur Agence Havas unterhält.[202]

Verträge werden vorerst auch noch in Berlin und in Rom geprüft. Dabei muß das deutsche Auswärtige Amt feststellen, daß, von ihm unbemerkt, bereits 1887 ein neuer Vertrag zwischen dem Wolff'schen Bureau und Reuters abgeschlossen wurde – aus Vorbehalten gegenüber Havas, um nach Auslaufen des Kartellvertrags gegebenenfalls auch ohne die französische Agentur auszukommen. Seitens des Wolff'schen Bureaus bittet man Bismarck um Aufschub bis zum Auslaufen des Kartellvertrags 1889, unter Hinweis darauf, daß vorher keine Änderungen möglich wären. Bismarck ist mit dieser Konstellation äußerst unzufrieden und rügt das eigenmächtige Vorgehen seitens des Wolff'schen Bureaus. Die Einsicht in einen Vertrag, den die Agenzia Stefani mit der Agence Havas abgeschlossen hat, zeigt überdies, daß Stefani auf mindestens 50 Jahre an Havas gekettet ist, wobei andere Zulieferer gänzlich ausgeschlossen sind. Aufgrund der bestehenden Verträge ist eine den politischen Interessen des Dreibunds entsprechende Neuregelung der Nachrichtendienste folglich nicht zu treffen.

Die Realitätsferne des von Crispi vorgeschlagenen Plans wird immer deutlicher. Sogar Bismarck kann überzeugt werden, daß lediglich eine Schwächung der Agence Havas in Europa erreichbar, eine Zusammenarbeit mit Reuters aber unumgänglich ist. Er disponiert kurzfristig um und plant in Zusammenarbeit mit Reuters gegen die französische Agentur vorzugehen. Seitens der Österreicher spricht man sich für die deutsche Position aus, für die – indirekt ohnehin schon bestehende – Bindung an Reuters. In weiterer Folge werden die Verhandlungen nicht mehr auf diplomatischer Ebene, sondern zwischen den Telegrafenagenturen direkt geführt.[203]

Die britische Agentur Reuters, mittlerweile von Herbert Reuter, einem weiteren Neffen des Gründers, geleitet, will nach Auslaufen des Kartellvertrags ihren Noch-Verbündeten und gleichzeitig härtesten Konkurrenten, die französische Agence Havas, aus dem Feld drängen. Anfang 1889 legt der Direktor von Havas, Edouard Lebey, bei einem Treffen mit dem Vertreter von Reuters, Sigismund Engländer, seinen Standpunkt klar. Er verlangt eine Beibehaltung des Status quo. Der Vorschlag von Engländer, eine Konkurrenz der beiden Agenturen im jeweiligen Stammland, Großbritannien und Frankreich, wie gehabt, auszuschließen, in allen übrigen Gebieten jedoch nach Gutdünken zu operieren, lehnt Lebey kategorisch ab. Lebey droht seinem britischen Verhandlungspartner: Sollte der Vertrag nicht zu den alten Bedingungen verlängert werden, würde er die Zusammenarbeit mit Reuters gänzlich beenden. Im Notfall, so läßt er anklingen, könne seine Agentur (seit 1879 ebenfalls eine Aktiengesellschaft) alleine überleben, da sie über einen Reservefonds verfüge, der groß genug sei, um sogar Reuters zu ruinieren. Bei Reuters läßt man sich von der Drohgebärde nicht beeindrucken; vielmehr macht man umgehend das verbündete Wolff'sche Bureau darauf aufmerksam, daß bezüglich der gemeinsamen Interessen eine schnelle Lösung gefunden werden müsse, um Havas zuvorzukommen. In der Folge verfassen Vertreter von Reuters, Wolff und dem Korr-Bureau anläßlich von Vorverhandlungen im Februar 1889 einen Vertragsentwurf. Demzufolge wollen sie hinsichtlich ihrer eigenen Gebiete den Status quo beibehalten, für die übrigen Gebiete, die bisher Havas zugeteilt waren, werden neue Regelungen getroffen, im Zuge derer das Korr.-Bureau auch mit Gebietszuweisungen bedacht wird. Seitens der Agence Havas rüstet man sich indessen für den Notfall. Am 5. April schreibt Lebey an den französischen Havas-Korrespondenten in Berlin einen Brief, worin er ihn bittet, sich darauf vorzubereiten, für den Fall, daß die Verträge mit den beiden anderen Kartellagenturen nicht erneuert würden, ein komplettes Nachrichtenservice aus Deutschland zu liefern.

Zum offenen Bruch kommt es jedoch nicht. Nach Abschluß der Verhandlungen der Kartellagenturen vom 10. bis 21. Mai 1889 unterzeichnen die Vertreter von Reuters und Havas einen auf zehn Jahre gültigen Vertrag, der der Agence Havas im wesentlichen die Zuständigkeit für ihre angestammten Gebiete beläßt. Reuters schließt am selben Tag aber auch mit Wolff und dem Korr.-Bureau einen Vertrag, der weitgehend auf die Vorverhandlungen vom Februar 1889 zurückgeht. Der unmittelbare Wirkungskreis der Agence Havas bleibt demnach unangetastet, doch aus dem Balkanraum will man sie zum Rückzug bewegen. Dahingehend können sich die österreichischen Balkaninteressen durchsetzen: Serbien und Montenegro bleiben, wie schon bisher, im Einzugsgebiet des Korr.-Bureaus, darüber hinaus ist ihm gestattet, in Rumänien, Bulgarien, Ostrumänien und der Türkei neben Havas tätig zu werden. Wobei man seitens des Korr.-Bureaus der Präsenz der Franzosen mit tatkräftiger Unterstützung von Reuters und Wolff begegnen will.[204] Von britischer und deutscher Seite zur Schwächung der französischen gestärkt, gilt das österreichische Büro als der eigentliche Gewinner der Verhandlungen. Wie im Vertragsentwurf vom Februar vereinbart, entsendet es einen Mitarbeiter nach Konstantinopel, um eine Filiale zu errichten.

Am 1. Oktober 1889 nimmt die „Agence de Constantinople“ als Auslandsfiliale des Wiener Korr.-Bureaus ihren Betrieb auf; anfangs wird die neue Agentur gemeinsam mit der Agence Havas betrieben, doch zieht sich letztere bald aus der türkischen Hauptstadt zurück. Schon nach kurzer Zeit treten jedoch Gegensätze zwischen Wien und Berlin zutage. Man beklagt sich deutscherseits darüber, daß häufig Meldungen in die türkische Presse gebracht würden, die dem deutschen Handel schadeten; da man durch den Vertrag von der Gründung einer eigenen Agentur in Konstantinopel absehen muß, organisiert man zumindest einen Ersatzdienst, das heißt, man postiert einen eigenen Vertreter vor Ort, der selbständig Nachrichten sammelt und nach Berlin liefert. Ende 1889 meldet das Korr.-Bureau die Gründung der „Agence Belgrad“, deren Dienst von den deutschen Abnehmern in weiterer Folge jedoch als teuer und nicht besonders aktuell eingestuft wird. Wie in Konstantinopel wird auch in Belgrad deutscherseits ein Ersatzdienst eingerichtet. In Bukarest entsteht die „Agence Telegraphique Roumaine“, die die ansässige Havas-Filiale konkurrenzieren soll.[205] Die Agence Roumaine ist formell aber nicht, wie vorgesehen, eine Filiale des Korr.-Bureaus, da die rumänische Regierung auf der Gründung einer eigenen Agentur bestanden hat. Die Agence Roumaine schließt mit dem Korr.-Bureau lediglich einen Kooperationsvertrag, um ihrerseits zu Informationen aus Wien zu kommen. Schwierigkeiten bereitet der neuen Agentur zunächst noch die Konkurrenz der Agence Havas, die sich nicht widerstandslos zurückzieht, sondern die Abonnementpreise drastisch senkt. Erst als sie erkennt, daß die rumänische Regierung die Österreicher unterstützt, räumt sie das Terrain. In Sofia schließen das Korr.-Bureau und Reuters einen Vertrag mit der bulgarischen Regierung, wonach diese ihren Vertrag mit Havas nicht erneuert. Die „Agence Orientale“ – später „Agence Balcanique“ genannt – wird gegründet. Die Leitung des Sofioter Büros liegt anfangs in den Händen eines Reuters-Vertreters, geht dann aber in österreichische Hände über.[206] Allerdings wird die neue Agentur bald in die bulgarische Innenpolitik verwickelt, was Reuters – mit der offenbar tendenziösen Berichterstattung der Österreicher unzufrieden – dazu veranlaßt, einen eigenen Korrespondenten nach Sofia zu entsenden. Auch deutscherseits organisiert man wieder einen Ersatzdienst, um dem Wolff'schen Bureau Meldungen aus Bulgarien zukommen zu lassen, die nicht von Wien vermittelt sind. Die Österreicher betreiben offenkundig weniger Nachrichtenhandel denn eine nachrichtenpolitische Kolonialisierung des Balkans.

Als man 1898 wieder vor der Verlängerung des Kartellvertrags steht, wendet sich das Blatt: Das Korr.-Bureau wird zu den Verhandlungen, die vom 18. bis zum 23. Mai 1898 in Paris stattfinden, erst gar nicht eingeladen. Die Vorwürfe der Kartellpartner lauten, daß das Korr.-Bureau die Möglichkeiten, die ihm im Vertrag von 1889 eingräumt wurden, nicht entsprechend genutzt habe, da sich die Agenturen in Bukarest und Sofia, die die Österreicher mitgegründet und geleitet haben, mittlerweile selbständig gemacht hätten und dem Kartell dadurch Einnahmen entfallen seien. Darüber hinaus sei das schlechte Management der Österreicher für den Niedergang der Agentur in Konstantinopel verantwortlich. Aus diesen Gründen sei eine Mitsprache Wiens bei den organisatorischen Maßnahmen des Kartells nicht weiter zu rechtfertigen. Das Korr.-Bureau verliert den errungenen Status als Partner der großen Agenturen; den Einfluß, den man sich im Balkanraum geschaffen hat, kann man allerdings halten, wie sich zeigen wird.

Am 29. März 1900 wird zwischen dem Korr.-Bureau und dem Kartell ein Vertrag geschlossen. Gegen eine wieder auf 30.000 Gulden jährlich erhöhte Kommission (10.000 Gulden/20.000 Kronen an jede der drei Kartellagenturen) wird das Wiener Büro mit internationalen Nachrichten für die ausschließliche Verwertung in Österreich-Ungarn, Serbien und Montenegro beliefert; im Gegenzug liefert es Nachrichten aus diesen Gebieten an das Kartell. Abgesehen davon kann das Korr.-Bureau – wohl kraft der außenpolitischen Stellung der Monarchie am Balkan – seine vorrangige Stellung bei den „Orient“-Agenturen wahren. Artikel V des Vertrags sieht vor, daß Rumänien, Bulgarien, Rumelien und die Türkei dem Korr.-Bureau gemeinsam mit der Agence Havas (die sich damit wieder am Balkan festsetzen kann) unter Teilung der Einnahmen bearbeitet werden. Bemerkenswert ist die Aufgabenteilung: die Agence Havas hat die Zuständigkeit in allen kommerziellen und administrativen Angelegenheiten, während die „politische Leitung der Dienste“ und die Ernennung der Direktoren dieser Agenturen dem Korr.-Bureau überlassen bleibt. Im Vertrag wird wiederholt betont, daß die Aufgabe der Agence Havas „auf rein kommerzieller Ebene“ liege „und auf keinen Fall darin, (in irgendwelchen Grenzen) eventuelle politische Aktionen des Korr.-Bureaus einzuschränken“.[207]

Die „Umgehung Wiens“

Im Inneren Österreich-Ungarns nimmt indes das langsame Auseinanderdriften der beiden Reichshälften seinen Lauf; das Korr.-Bureau verliert seine dominante Position. Magyar Tavirati Iroda strebt, dem seit dem Ausgleich ungemein erhöhten ungarischen Nationalbewußtsein folgend, nach immer größerer Eigenständigkeit. Ein Anfang 1890 geschlossener Vertrag regelt für weitere zehn Jahre den Nachrichtenaustausch. Das Korr.-Bureau ist verpflichtet, sein gesamtes Nachrichtenmaterial – gleichgültig, ob aus Wien, den Kronländern oder aus dem Ausland – auf schnellstem Weg an MTI zu leiten, dem die Verwertung in den Ländern der ungarischen Krone zukommt. MTI liefert im Gegenzug seine Nachrichten dem Korr.-Bureau, behält sich dabei aber das Recht vor, Erklärungen der ungarischen Regierung und sonstige wichtige offizielle Nachrichten auch direkt an internationale Agenturen weiterzuleiten, um die Nachrichtenhoheit Wiens abzuschütteln.

In einem Brief vom 3. November 1894 an den ungarischen Ministerpräsidenten Sándor Wekerle schlagen die beiden Eigentümer von MTI, Hugó Mazsák und Géza Egyesy, vor, ihre Agentur zur Verbesserung der Finanzbasis in eine Aktiengesellschaft umzuwandeln. Seitens des ungarischen Ministerpräsidiums ergeht zunächst eine Zusage. Als Ministerpräsident Wekerle stürzt und von Baron Dezsö Bánffy am 14. Januar 1895 als Regierungschef beerbt wird, ist das Konzept der Aktiengesellschaft jedoch vom Tisch. Bánffy will den halboffiziellen Nachrichtendienst beibehalten. Um der Finanzmisere von MTI gegenzusteuern, wird auf der Ministerratssitzung am 26. August 1895 entschieden, daß jedes Fachministerium und selbstverständlich auch das Ministerpräsidium zum MTI-Budget beisteuern müsse. Die Millenniumsfestivitäten 1896 nahen und das Bild Ungarns im Ausland soll aufpoliert werden. Dahingehend läßt Bánffy, unter Umgehung Wiens, Wolff und Havas direkt und gratis beliefern. Die der Berliner Agentur gelieferten Meldungen werden zu einem großen Teil in den Zeitungen Deutschlands auch veröffentlicht. Ein einjähriger Probevertrag mit Havas bleibt – „da ungarnfeindlich und slawenfreundlich" – praktisch ergebnislos. Rrpád Berczik, Leiter der Presseabteilung im Ministerpräsidium, benennt das „Übel": „Es mangelt an einem Chef mit ausreichender Geschicklichkeit, der sich lediglich mit den Aufgaben des Telegraphenbüros beschäftigen würde, ferner an genügend Geld, um die größeren Büros im Ausland unentgeltlich mit Telegrammen beliefern zu können."[208] Ministerpräsident Bánffy beläßt MTI in weiterer Folge zwar im Eigentum von Maszák und Egyesy, bestellt jedoch den Ministerialsekretär Ödön Klein zum Leiter.

Unterdessen nehmen in der österreichischen Reichshälfte die nationalen Spannungen bedrohliche Ausmaße an; symptomatisch dafür ist der „Sprachenstreit". Um mit den Tschechen, die ebenfalls nach Unabhängigkeit und einem „Ausgleich" ungarischer Provenienz streben, ins Einvernehmen zu kommen, erläßt Ministerpräsident Graf Kasimir Badeni im April 1897 eine Sprachenverordnung. Richter und andere

Staatsbeamte sollen sich im Parteienverkehr der Sprache der jeweiligen Volksgruppe bedienen müssen; hinsichtlich des Verkehrs mit den Zentralbehörden in Wien, im militärischen Bereich, bei der Post und beim Telegraphen bliebe die deutsche Sprache obligatorisch. Doch schon dieses kleine Zugeständnis an die nichtdeutschsprachigen Volksgruppen führt in den deutschsprachigen Gebieten zu Protesten, ja beinahe zur Revolution. Im Reichsrat agitiert der deutschnationale Abgeordnete Karl Hermann Wolf: „Wenn man uns Deutschen zumutet, die Sprache eines solchen kulturell minderwertigen Volkes (...) uns aufdrängen zu lassen, so werden wir uns dagegen natürlich auf das allerentschiedenste wehren."[209]

Im Reichsrat in Wien ist die Atmosphäre aufgeheizt, Badeni und Wolf liefern einander Schreiduelle. Zwölf- und dreizehnstündige Dauerreden werden gehalten, um das Parlament lahmzulegen; es kommt zu Handgreiflichkeiten zwischen einzelnen Abgeordneten. Am 26. November 1897 werden zehn Abgeordnete mit Hilfe der Polizei aus dem Saal entfernt, unter ihnen die Galionsfigur der alldeutschen Bewegung in Österreich, Georg Ritter von Schönerer, der sein – nämlich das „deutsche" – Volk nicht nur von „slawischer Überfremdung", sondern auch von einer „korrupten Judenpresse" bedrängt sieht. Vor dem Reichstag marschieren tausende Demonstranten auf, die den Sturz der Regierung verlangen. In Graz wird eine Badenipuppe an einer Laterne erhängt, das Militär schießt auf Demonstranten. Badeni muß zurücktreten.[210]

Das Korr.-Bureau bleibt von diesen Entwicklungen nicht unberührt; um der erhöhten Bedeutung von Nachrichten Rechnung zu tragen, ist ein permanenter Nachtdienst eingerichtet worden, 1890 auch eine „Parlamentsexpositur" zur Berichterstattung aus dem Reichsrat. Um das Einzugsgebiet effizienter abzudecken, sind weitere Filialen gegründet worden: 1892 eine in Graz, 1894 eine in Brünn und 1898 eine in Lemberg,[211] von denen manche mehrsprachige Ausgaben anfertigen. In Zeiten, da die Nationalitäten der Monarchie auseinanderdrängen, sollen die Filialen als Statthaltereien der zentralen Nachrichtenpolitik einer Auflösung entgegenwirken. Bei der Nachrichtenausgabe bedient man sich bisweilen eines hintergründigen Systems: so manche ins Ausland zur Veröffentlichung lancierte „inspirierte" Artikel sind eigentlich für Leser innerhalb der Reichsgrenzen bestimmt. Nach Erscheinen werden sie postwendend nach Österreich telegrafiert, wo sie als „ausländische Pressestimmen", denen keinerlei Anrüchigkeit ihres offiziellen Ursprungs mehr anhaftet, abgedruckt werden. Diese Nachrichtenausgabe der Umwege wird auch mit Artikeln in der inländischen Presse, die vom Ausland als „Pressestimmen" aufgegriffen werden sollen, praktiziert; so etwa, wenn die Loyalität bestimmter Kronländer zur Monarchie gezielt in deren Zeitungen zum Ausdruck gebracht wird, um im Ausland ein einträchtiges Bild der Monarchie zu zeichnen. Doch hinter der heilen Nachrichtenfassade ist der Zerfall allgegenwärtig. Es ist denkbar schwierig, im Vielvölkerstaat eine nationale Aufgabe wahrzunehmen.

Der unaufhörlich steigende Arbeitsaufwand führt zur Überlastung und zur Reformierung des Korr.-Bureaus. Im November 1898 läßt Ministerpräsident Thun Redaktion und Verwaltung trennen. Das Korr.-Bureau wird, wie es auch bei den meisten anderen Nachrichtenagenturen üblich ist, in eine administrative und eine publizistische Abteilung gegliedert. Diese Rationalisierungsmaßnahme verursacht jedoch Aufregung im Außenministerium, das um seinen Einfluß auf den Nachrichtendienst – insbesondere am Balkan – fürchtet. Außenminister Graf Goluchowski gibt zwar seine Zustimmung, daß die Gebarung des sogenannten „Orientfonds" der neu installierten Verwaltungsabteilung überlassen werden soll, fordert gleichzeitig aber, daß dadurch keine Einschränkung der bisherigen redaktionellen Tätigkeit erwachsen dürfe. Die neue Leitung solle bezüglich des Inhalts und des Umfangs der Berichterstattung über auswärtige Angelegenheiten die Weisungen des Literarischen Bureaus zu befolgen haben und sich dem Außenministerium verantwortlich fühlen.[212]

In Budapest geht man indessen den nationalen Kurs konsequent weiter. Zur zentralen Figur wird der 41jährige Sámuel Rothfeld alias Radó, der in Wien Jura studierte, als Gerichtsnotar tätig war und auch Erfahrungen als Korrespondent gemacht hat. Nach Ungarn zurückgekehrt, arbeitet Rothfeld – der französischen, englischen und deutschen Sprache mächtig – in Redaktionen deutschsprachiger Zeitungen und gleichzeitig als Berichterstatter für Havas und Reuters. Seine Kontakte machen ihn als Agenturchef interessant. Ministerpräsident Bánffy bestellt Rothfeld am 4. Februar 1898 zu sich.

Im Gefolge dieser Audienz erläutert Rothfeld dem Ministerpräsidenten im Rahmen eines umfangreichen Briefs seine Ansichten. Rothfeld greift darin auf Ideen von Bismarck zurück und zitiert den deutschen Kanzler, wonach der Staat nicht darauf verzichten könne, Ereignisse zunächst in solcher Form dem Publikum zur Kenntnis zu bringen, die seinen politischen Interessen entsprächen, während Berichte anderer Tendenzen nur in zweiter Linie veröffentlicht werden sollten. Zudem würdigt Rothfeld, daß Bánffy „eine prägnante nationale Richtung inaugurierte". Ungarn habe viele Feinde und wenige Mittel, um deren Angriffe zurückzuweisen: „Wir müssen unbedingt soviel erkämpfen, daß wir zumindest gehört werden und wir den Gegner auf seinem eigenen Gebiet aufsuchen können. Und wer wäre für die Erfüllung dieser Aufgabe am besten berufen, wenn nicht gerade der Chef des Telegraphenbüros, der – wenn er ein geschickter Journalist ist – mit jeder großen ausländischen Zeitung in Kontakt treten und bei ihr einen gewissen Einfluß erwerben kann."[213] Zielstrebig fährt Rothfeld in seiner Argumentation fort: „Wir können uns nicht den Luxus erlauben, ein schablonenhaftes und laienhaft geführtes Telegraphenbüro aufrechtzuerhalten", um anschließend seine Presseverdienste aufzuzählen und den Ministerpräsidenten seiner aufrichtigen Treue zu versichern...".

Radó wird die Leitung von MTI unter gewissen Bedingungen angeboten. Er muß sich verpflichten, den Nachrichtendienst den Intentionen der Regierung entsprechend zu organisieren und zu erfüllen; und er muß den internationalen telegrafischen Nachrichtendienst – Wien umgehend – mit Berlin, Paris, Bukarest und London, eventuell mit St. Petersburg und Rom direkt abwickeln. Ministerpräsident Baron Bánffy beauftragt Radó am 19. Juli 1898 mit der Leitung von MTI; Maszák und Egyesy müssen Radó weichen. Die Konzession, die Radó erhält, gilt für zehn Jahre; wird gegen seinen Führungsstil Einwand erhoben, kann sie ihm nach dreifachem schriftlichem Verweis auch vor Ablauf entzogen werden. Um den ungarischen Nationalcharakter des Büros zu stützen, dürfen die Mitarbeiter im Büro untereinander ausschließlich die ungarische Sprache verwenden.

Das Vertragsverhältnis mit dem Wiener Korr.-Bureau bleibt von diesem Wechsel vorerst unberührt, doch läßt Radós Programm Komplikationen mit Wien erwarten. 1901 gelingt es Radó, einen Vertrag mit dem Korr.-Bureau zu günstigeren Bedingungen für MTI für die nächste Zehnjahresperiode abzuschließen; dennoch sind in der ungarischen Presse von Zeit zu Zeit Anschuldigungen zu lesen, wonach MTI „sein Nachrichtenmaterial aus Wiener Büsten saugt" und die Wahrheit des Ungartums in den westlichen Zeitungen nicht genügend zur Geltung bringen könne.

Als Radós Gegenüber wirkt ab November 1901 Karl Ritter von Fabrizii, der Hahn als Leiter des Korr.-Bureaus nachfolgt. Die zwischen den Regierungen in Wien und Budapest bestehenden latenten Spannungen spiegeln sich im gereizten Klima zwischen den Agenturen. Im September 1903 gibt es einen Eklat rund um die Weigerung des Korr.-Bureaus, eine Mitteilung des ungarischen Ministerpräsidenten zu verbreiten. Man stellt sich auf den Standpunkt, in solchen Fällen erst eine Genehmigung des österreichischen Ministerpräsidenten einholen zu müssen und verweist im gleichen Atemzug lapidar darauf, daß diese verspätet oder gegebenenfalls auch gar nicht erteilt werden könnte. Dem ungarischen Büro stünde es im übrigen frei, in gleicher Weise zu verfahren. Radó protestiert schärfstens gegen solche „Repressalien" und schreibt, er halte es „dem Wesen und den Aufgaben eines Correspondenzbureaus widersprechend, an halbamtlichen Mittheilungen einer fremden Regierung Kritik zu üben". Er meint, es sei nicht nur seine, sondern auch die von allen Telegrafenagenturen geteilte Auffassung, „dass officiösen und officiellen Communiqués gegenüber das Ablehnungsrecht der Correspondenz-Bureaus nicht ausgeübt werden solle."[214] Radó weist das Ansinnen, selbst in der gleichen Weise zu verfahren zurück, verwahrt sich dagegen, daß das ungarische Büro solcherart Repressalien gegen Mitteilungen der österreichischen Regierung tätige und resümiert, daß das Korr.-Bureau, wenn es in der erwähnten Art und Weise vorzugehen fortfahre, aufhöre, ein Korrespondenzbüro zu sein, sich vielmehr in eine „k. k. Censurstelle" verwandle. Infolge des Vorfalls sieht sich Radó zur Androhung gezwungen, für den Fall, daß diese Entwicklung anhalten sollte, „die vertragsmässige Verbindung mit dem k. k. Correspondenz-Bureau als Empfangs- und Ausgabestelle immer mehr einzuschränken."[215] Seitens des Wiener Korr.-Bureaus entsendet man in der Folge einen ständigen Korrespondenten nach Budapest – betonend, nicht die Absicht zu haben, über MTI Aufsicht führen oder politische Kontrolle ausüben zu wollen; man erwartet jedoch Unterstützung des Korrespondenten, wozu sich Radó letztlich auch bereit erklärt.

Auch innerhalb der österreichischen Reichshälfte herrscht eine Atmosphäre der Auflösung. Immer häufiger muß das Korr.-Bureau über Demonstrationen, Krawalle und ähnliche Vorkommnisse berichten. Angesichts solcher Umstände vollzieht Fabrizii eine weitere Straffung des Nachrichtenapparats. Während seiner Amtszeit wird das Netzwerk des Korr.-Bureaus erweitert und gleichzeitig fester geknüpft; die bislang privat geführten Filialen in Prag, Brünn, Lemberg, Krakau, Triest und Graz werden verstaatlicht und zu einem zentralistischen Apparat verbunden. Bezeichnend für die gespannte Situation ist ein Malheur des Berichterstatters in Prag, eines Herrn Grafnetter. Grafnetter hat am 21. Februar 1904 einen Bericht über russophile Demonstrationen gegen die k. u. k. Obrigkeit in Prag geliefert. Tags darauf, am 22. Februar, bringt er einen Nachtrag, der den Angriff auf deutschsprachige Studenten zum Inhalt hat; beide Berichte, so rechtfertigt er sich, habe er sofort nach Erscheinen der diesbezüglichen Polizeirapporte weitergegeben.

Die Kritik seines Chefs in Wien, die Berichte über die heikle Angelegenheit zu spät abgegeben zu haben, kann er damit nicht entkräften. Fabrizii ist wütend über die Verzögerung, die manchen Zeitungen – konkret der tschechischen *Bohemia* und der deutschnationalen *Ost-*

deutschen Rundschau – einmal mehr eine Handhabe biete, das Korr.-Bureau anzugreifen. In einem Brief belehrt er den Berichterstatter in Prag darüber, daß „nicht nur die Montags-Frühblätter sondern auch sämtliche Abendblätter des Montags den Ueberfall und die Verwundung von Studenten bereits gebracht hatten, als wir Ihren diesbezüglichen Bericht erhielten."[216] Durch die eingetretene Verzögerung hätte das Korr.-Bureau den Bericht erst für die Dienstag-Morgenblätter ausgeben können, „was natürlich erst recht auffällig gewesen wäre." Unter diesen Umständen sei der Beitrag also unverwendbar gewesen. Die Zurechtweisung endet in scharfen Worten: es gehe nicht an, daß er sich „auf einen derart offiziellen oder offiziösen Standpunkt" zurückziehe und so wichtige Tatsachen erst dann nach Wien übermittle, wenn hierüber der amtliche Bericht vorliege. Besonders wenn, wie im vorliegenden Fall, Gefahr im Verzug sei, könne er nicht darauf warten, „bis der bekanntlich langsam reitende Amtsschimmel" sich zu ihm in Bewegung setze: „Die Termine für das Erscheinen von Polizei-Rapporten und für die Berichterstattung eines Nachrichtenbureaus richten sich bekannlich nicht nach den selben Anforderungen."[217] Wenn es Berichterstattern von anderen Blättern möglich gewesen sei, bereits am Montag von den Unruhen zu berichten, müsse es doch auch für ihn, Grafnetter, möglich gewesen sein, den Sachverhalt halbwegs verläßlich zu konstatieren. Für solch unklare Fälle gebe es im übrigen auch bestimmte, zu verwendende Formulierungen, die nicht präjudizierten, wie beispielsweise „Allgemein verlautet – Es geht das Gerücht – Wie ich erfahre, soll – etc." und am Schluß des Berichts wäre anzumerken gewesen: „eine amtliche Bestätigung dieser Vorfälle liegt bis zur Stunde nicht vor". Fabrizii schließt mit der Bemerkung, daß eine derartige Angelegenheit schließlich nicht nur ihn betreffe, sondern auch „massgebendere Stellen, welchen derartige Entgleisungen niemals angenehm sind".[218]

Im April 1904 beschwert sich das Wiener Korr.-Bureau bei MTI in Budapest über mangelhafte und zu späte Belieferung. Hintergrund ist ein Streik der Eisenbahner in Budapest, über den man nicht rechtzeitig informiert worden sei. In einem Schreiben an das Budapester Büro erlaubt sich Fabrizii, darauf aufmerksam zu machen, „dass uns die ausserordentlich späte erste Nachricht von dem Eisenbahnerstreik in der vorgestrigen Nacht aus journalistischen Kreisen recht unangenehme Bemerkungen zugezogen hat." Demonstrativ zitiert er für seine Budapester Kollegen auszugsweise die Wiener *Arbeiter-Zeitung*, die sich über den Dienst des Korr.-Bureaus lustig gemacht habe; in spitzer Formulierung habe sie darauf angespielt, daß das amtliche Korrespondenzbüro zwar „eine lange Depesche über die Promotion von vier Studenten in Budapest" gebracht habe, aber nicht ein Wort vom

Streik der Eisenbahner. Als das Korrespondenzbüro schließlich eine Nachricht vom Streik geliefert habe, sei dies nicht nur verspätet, sondern auch völlig unzureichend erfolgt; die weitergeleitete MTI-Meldung habe mit folgenden prophetischen Worten geendet: „Es ist zu erwarten, dass die Verkehrsstörung baldigst behoben sein wird und morgen früh der Verkehr ungestört abgewickelt werden kann. Am hiesigen Zentralbahnhof ist der Verkehr nicht gestört.“[219]

Fabrizii fühlt sich für das peinliche Versagen nicht verantwortlich und will Budapest dafür zur Rechenschaft ziehen. Die Antwort aus Budapest auf seinen Brief dürfte umgehend erfolgt und recht heftig ausgefallen sein; zumindest deutet ein Aktenvermerk, wenige Tage danach in Wien angefertigt, darauf hin, wonach ein Schreiben von MTI nach Budapest zurückgestellt worden sei, und zwar mit dem Kommentar, „dass das k. k. Telegraphen-Korrespondenz-Bureau in einem derartigen Tone gehaltene Schreiben weder annimmt noch beantwortet. Der Vorstand“[220]

Zwischen Staat und Markt: die Genossenschaft

Das Korr.-Bureau bestreitet seinen Betrieb mit staatlichen Mitteln und in staatlichem Auftrag. Das dahinterstehende Nachrichtensystem zeigt sich grundsätzlich nach innen gerichtet; es dient der Aufrechterhaltung der politischen Kontrolle über das Reichsgebiet. Ausdehnungsambitionen entwickelt es nur insoweit, als die Monarchie versucht, ihren politischen Einflußbereich auszudehnen – so beispielsweise am Balkan. Nach der Jahrhundertwende werden Korrespondenten des Korr.-Bureaus dem Literarischen Bureau des Außenministeriums dienstbar gemacht, indem sie neben den herkömmlichen Telegrammen noch einen speziellen Nachrichtendienst erbringen müssen – zum Teil Telegramme, zum Teil zusammenfassende Berichte, unter anderem über die Presseverhältnisse ihres Gastlandes. Diese Spezialdienste werden hauptsächlich für den Balkan in Anspruch genommen, wobei das Außenministerium die Kosten trägt und auch einen Zuschuß zu den Gehältern der Korrespondenten leistet.[221]

Im Mittelpunkt des österreichischen Modells steht der politische Wert der Nachricht, der für die Aufrechterhaltung des Gesellschaftssystems instrumentalisiert wird. Das telegrafische Netzwerk firmiert als defensives Mittel zum Zweck, dient zur Abdeckung des Einzugsgebietes, das mit den inspirierten Nachrichten versorgt werden soll. Demgegenüber agiert die britische Agentur Reuters weitaus offensiver: getreu der Wachstumsdoktrin des kapitalistischen Wirtschaftssystems erschließt sie aktiv neue Märkte. Dabei kann sie sich um die

Jahrhundertwende auf den großen Teil des weltweiten Kabelnetzes, das zu mehr als 60% in britischem Besitz steht, stützen. Die Agentur Reuters verfügt über ein weltweites Korrespondentennetz, das sie zum unbestrittenen Nachrichtenlieferanten macht. Überall, wo britische Kaufleute engagiert sind, wo britischer Einfluß herrscht, wo das Empire politische oder wirtschaftliche Interessen wahrt, hat auch Reuters Niederlassungen. Das britische Empire eröffnet einen weltweiten Nachrichtenmarkt und bietet gleichzeitig einen an diesem Markt höchst interessierten Abnehmerkreis. Im Einzugsgebiet des Empire existieren reiche Rohstoffvorkommen, eine leistungsstarke Industrie, große Reedereien, die den transozeanischen Verkehr besorgen, zahlreiche Handelshäuser, die den Warenumschlag betreiben und eine Vielzahl an Zeitungen, die tagtäglich die Nachrichten aus weiten Teilen der Welt abdrucken.

Das privatwirtschaftliche, extrovertierte Nachrichtenagenturmodell, wie es vor allem Reuters verkörpert, steht in diametralem Gegensatz zum introvertierten, staatlichen Modell österreichischer Provenienz. Für die österreichische Regierung sind Nachrichten wie der Nachrichtenverkehr insgesamt politische Instrumente; für Reuters ist die Nachricht ein Mittel, ein lukratives Geschäft der Zweck. Während Reuters arbeitet, um Profit zu machen, nimmt man in Wien beträchtliche Defizite in Kauf, um die politische Funktion zu gewährleisten. Der Nachrichtentransfer des Korr.-Bureaus ist Politik, der von Reuters Geschäft. Unter dem Marktparadigma geht man davon aus, daß sich Agenturen wie Zeitungen am Markt selbst erhalten müssen, unter dem des Staates ist man gezwungenermaßen der Auffassung, daß die Leistungen der amtlichen Agentur und der regierungsnahen Zeitungen Geld kosten. Reuters verkauft Publizität, im Korr.-Bureau erkauft man sie sich.

Reuters Nachrichtendienst finanziert sich in erster Linie aus den kommerziellen Nachrichten, die politischen werden sozusagen mitgeliefert. Für die österreichische Seite ist man geneigt, das Gegenteil zu behaupten: im Mittelpunkt stehen die Regierungsbedürfnisse, die über einen politisch inspirierten Nachrichtendienst befriedigt werden. Wirtschaftsnachrichten dienen dazu, die Erfüllung der Regierungsbedürfnisse finanziell abzusichern. Dahingehend veranlaßt der Leiter des Korr.-Bureaus, Fabrizii, die Errichtung einer eigenständigen „Kommerziellen Abteilung", und zwar – wie könnte es anders sein – durch Verstaatlichung eines in Wien bestehenden privaten Unternehmens. Es handelt sich um das „Commercialbureau" des Londoners John Jones, der die Marktlücke im staatlichen österreichischen Wirtschaftsnachrichtenverkehr erkannt und sich in Wien ansässig gemacht hat. Es hat zwar einige Zeit gedauert, bis sich genügend Interessenten für seine Waren- und tägliche Warenkursberichte in Produzenten- und Handelskreisen fanden, letztlich hat er sich aber unter tätiger Mithilfe seines Wiener Vertreters Paul Mannheimer etablieren können. Am Ziel angelangt, hat sein Büro das Interesse des amtlichen Korr.-Bureaus geweckt und seine Verstaatlichung unter Übernahme aller Mitarbeiter hinnehmen müssen.[222]

Die staatliche Nachrichtenagentur bietet der Regierung den zweifelhaften Vorteil, das Meinungsklima der Öffentlichkeit im In- und Ausland bis zu einem gewissen Grad lenken zu können, hat aber durch die Einschaltung verschiedener staatlicher Institutionen den Nachteil, nur vergleichsweise langsam agieren zu können. Gerade dies wirkt sich in Zeiten, da Kommunikationstechnologien wie die Telegrafie zu einer enormen Beschleunigung im Nachrichtenverkehr führen, fatal aus. Während Reuters schnellstmöglich und von überall Nachrichten liefert, ist der Nachrichtenverkehr in Österreich durch den eingeschaltenen Kontrollapparat gehemmt, und während die staatlichen Stellen in Österreich eine Nachrichtenpolitik betreiben, die eine allfällige Entwertung der Meldungen bei den Abnehmern, den Zeitungen, in Kauf nimmt, baut die Agentur Reuters ihr Ethos und damit ihren wirtschaftlichen Erfolg auf die Unabhängigkeit und Zuverlässigkeit ihrer Nachrichten. Als freies Wirtschaftsunternehmen ist sie auf zahlende Kundschaft angewiesen, die Regierungsnachrichten erfahrungsgemäß skeptisch gegenübersteht. Deshalb ist man bei Reuters mit Blick auf einen guten Geschäftsgang stets darauf bedacht, den unabhängigen Status zu betonen.[223] In einem Nachruf auf Julius Reuter wird seiner Agentur sogar von einer deutschen Zeitung die Überlegenheit über Havas und Wolff zugestanden, und zwar mit der Begründung, daß Havas und Wolff weder über ein so weites Netzwerk verfügen würden noch so unabhängig von der Regierung ihrer Länder seien wie Reuters. Die Agentur Reuters habe immer große Bedeutung auf die Verläßlichkeit ihrer Nachrichten gelegt und sei diesem Grundsatz auch in den Jahren, in denen die Beziehungen zwischen Deutschland und England nicht besonders gut gewesen seien, treu geblieben.

Trotzdem wird langsam auch in den Reihen der Reuterschen Kundschaft ein wesentliches Problem in der kommerziellen Inspiration der Agentur gesehen. Die Zeitungsverleger im Einzugsgebiet der britischen Agentur nehmen zunehmend daran Anstoß, einem monopolistisch agierenden Zwischenhändler, der nach Gutdünken die Tarife erhöhen kann, ausgeliefert zu sein. Als Aktiengesellschaft muß das Unternehmen Reuters schließlich nicht nur seiner Klientel gerecht werden, sondern auch seinen Aktionären, die sich vom Geschäftsgang möglichst viel Profit erwarten. Mit zunehmendem

Profitdruck entsteht hingegen bei den Abonnenten Sorge um die Unabhängigkeit der Nachrichtenware. Diese Unabhängigkeit scheint besonders dann bedroht, wenn es um britische Interessen geht, denen sich die Agentur nicht gänzlich entziehen kann, da sie doch in das weltweite britische Wirtschaftssystem eingebunden und somit von dessen Gedeihen unmittelbar abhängig ist.

Als Alternative zur reinen Kommerzidee, wie sie Julius Reuter seiner Agentur zugrundegelegt hat, und zur reinen Staatsidee österreichischer Prägung bietet sich das genossenschaftliche Organisationsprinzip an. Im Zuge des genossenschaftlichen Modells schließen sich verschiedene Zeitungsverleger zusammen, um in gemeinsamer, a priori nicht gewinnorientierter Form die Nachrichtenbeschaffung zu betreiben und damit gleichzeitig ihre Unabhängigkeit zu sichern. Das Nachrichtenmaterial begreift man im genossenschaftlichen System nicht als käufliche Ware, sondern als Grundstoff, der gemeinschaftlich für die individuelle Verwertung durch die Genossenschafter bereitgestellt wird. Eine solche genossenschaftlich organisierte Nachrichtenagentur stellt die aufstrebende US-amerikanische Associated Press (AP) dar, die zusehends in den Kreis der großen Agenturen der Welt aufrückt. In einem „certificate of incorporation", das am 22. Mai 1900 in New York festgelegt wird, heißt es: „The corporation is not to make a profit or to make or declare dividends, and is not to engage in the business of selling intelligence nor traffic in the same." Die Mitglieder der Genossenschaft, 612 Zeitungsverleger an der Zahl, „would co-operate in gathering the news of the world for their mutual benefit, each contributing his respective share and each defraying portion of the total cost; they would not buy their news from the association, but would be part owners, each with an equal voice in all Associated Press affairs."[224] Die Associated Press versteht sich als der Presse dienende Institution, nicht als eine sie beherrschende, ihr Unternehmenszweck ist es nicht, Gewinn zu machen, sondern kostendeckend ihren Genossenschaftern den lebenswichtigen Nachrichtenrohstoff zu besorgen. Dabei kann sie auf ein anderes Prinzip zurückgreifen als ihre europäischen Partner Reuters, Havas und Wolff: Die europäischen Agenturen müssen selbst aktiv werden und Nachrichten durch Korrespondenten oder aus der Lektüre verschiedener Zeitungen zusammentragen; die Associated Press hingegen kann es sich leisten, sich auf das zu beschränken, was ihre Genossenschafter tagtäglich in ihren Blättern bringen.[225] Die große Zahl der Genossenschafter, die den verschiedensten politischen Richtungen angehören, sorgt zudem dafür, daß sich ihre Nachrichtengestaltung weitestgehend objektiv, zum mindesten aber faktenbezogen, vollzieht,[226] da es in ihrem ureigensten Interesse liegt, alle Genossenschafter, die gleichzeitig Geldgeber und Eigentümer sind, zufriedenzustellen.

Auf internationaler Ebene ist die Associated Press seit 1870 an ein Abkommen mit den Kartellagenturen Havas, Wolff und Reuters gebunden. Die AP zahlt für deren Nachrichten eine monatliche Kommission; die Transmissionskosten werden aufgeteilt: AP zahlt für Nachrichten aus Europa, die drei Agenturen teilen sich die Transmissionskosten aus Amerika. Das Arrangement gibt der AP das Exklusivrecht für die Verbreitung der Nachrichten der Kartellagenturen innerhalb der USA, wobei sie im Gegenzug garantiert, daß sie die Nachrichten niemand anderem in Europa zukommen läßt.[227]

Am 1. Juli 1903 tritt eine erneuerte und erweiterte Fassung des Vertrages der Kartellagenturen mit der Associated Press in Kraft. Der nunmehrige Vertrag spricht Reuters die Zuständigkeit für die Nachrichten aus Großbritannien und dem britischen Empire mit Ausnahme Kanadas zu; die Agence Havas ist zuständig für Frankreich, sämtliche romanische Länder Europas sowie einige nordafrikanische Länder, Südamerika und auswärtige französische Besitzungen. Wolff erhält Deutschland, Österreich, die europäische Türkei, Rußland, Skandinavien und die deutschen Kolonien zugesprochen. Die Associated Press schließlich kann sich die Vereinigten Staaten von Amerika, Mexiko, Kanada, Kuba und die Philippinen sichern und rückt damit in den Kreis der Weltagenturen auf. Noch hat sie allerdings nicht den Status ihrer drei europäischen Partner erreicht; sie muß nach wie vor eine Kommission in der Höhe von 2.400 Pfund jährlich an das europäische Kartell zahlen; außerdem bleibt ihr der Weg nach Südamerika und Europa noch versperrt.

Subvention und Obstruktion

Nach der erzwungenen Aufhebung der Kautionspflicht (1894) und des Zeitungsstempels (1899) herrscht in Wien Ambivalenz in Pressefragen. Der seit 1900 amtierende Ministerpräsident Ernest von Körber versucht die schwankende Monarchie ins Gleichgewicht zu bringen und den Reichsrat wieder auf sachliche Arbeitsgrundlagen zurückzuführen. Im Zuge dessen legt seine Regierung am 11. Juni 1902 einen Entwurf für ein Pressegesetz vor, der der Presse entgegenkommen will, jedoch wegen verschiedener Verklausulierungen nicht unumstritten ist und nie Gesetz wird. Körber ist einerseits um Liberalisierung bemüht, sorgt aber andererseits mit finanzieller Hilfe auch dafür, daß der Regierungseinfluß auf den öffentlichen Diskurs gewahrt bleibt. Er ist rege damit beschäftigt, den schwindenden politischen Einfluß auf die Zeitungen buchstäblich zurückzukaufen und pflegt ungebrochen Maßnahmen wie die Korrumpierung und Bestechung von Zeitungen und Journalisten. Verschiedene in pressepolitischer Mission tätige Agenten und Konfidenten, insbesondere in den Unruhegebieten und Triest und in den neuralgischen Gebieten am Balkan, werden von Wien aus honoriert. Die italienischsprachigen Provinzen gilt es wientreu zu halten, den Balkan für die Wiener Interessen zu präparieren. Der Dispositionsfonds des Literarischen Bureaus ist im Jahr 1900 von 50.000 Gulden auf 200.000 Kronen (100.000 Gulden) aufgestockt worden; aus diesem Fonds werden neben Agenten und Informanten auch regelmäßige Gehälter an Redakteure verschiedener Wiener Blätter bestritten.[228] Einer der bezahlten Presseagenten ist Robert de Fiori, der neben einem Gehalt vom Literarischen Bureau auch eines aus einem Geheimfonds des Körberschen Ministerratspräsidiums bezieht; die Speisung dieses Fonds vollzieht sich mindestens ebenso geheimnisvoll wie die Auszahlungen. Rudolf Sieghart, als Leiter des Preßdepartements im Ministerratspräsidium Mittelsmann zwischen Regierung und Presse, sah sich mit dem Problem konfrontiert, daß die finanziellen Mittel für die immer kostspieliger werdenden Maßnahmen nicht ausreichen. Infolgedessen ersann er ein besonderes Vorgehen, den Fonds aufzufüllen: zahlungskräftige Interessenten an Titeln, Orden oder auch Herrenhaussitzen wurden kurzerhand zur Kasse gebeten. Der Ministerrat betreibt seither einen lebhaften Handel mit den begehrten Auszeichnungen und Privilegien. Sieghart wird nachgesagt, „mit den Geldern von Ordensjägern und Titellüsternen eine Art von Pressekaisertum für sich aufzurichten, durch das er Österreich beherrscht!“[229] Neben dem Verkauf von Auszeichnungen finanziert Sieghart seine Pressesubventionierung auch durch Gelder, die der Regierung von Industriellen zur Verfügung gestellt werden.

Die Korrumpierung der Presselandschaft wird zur Routine; daran ändert auch der Umstand nichts, daß die aufmüpfige *Zeit* den Skandal um den Verkauf von Herrenhaussitzen am 10. Jänner 1905 aufdeckt. Ministerpräsident Körber hat, vom Kommenden wohl in Kenntnis, bereits im Dezember 1904 demissioniert. Der Privilegienhandel geht jedoch auch unter dem Nachfolger Max Vladimir von Beck weiter, sogar verstärkt: in einem Brief eines Adjutanten an Erzherzog Franz Ferdinand heißt es, daß sich die Regierung Beck durch Auszeichnungen, Ordens- und Titelverleihungen einen geheimen Fonds in der Höhe von 10 bis 15 Millionen Kronen schaffen konnte, während das frühere, hinsichtlich solcher Aktivitäten berüchtigte Kabinett Körber es bloß auf 3 bis 4 Millionen gebracht habe.[230]

Im Herbst 1906 tritt Freiherr Aloys Lexa von Ährenthal, bisher Gesandter in St. Petersburg, das Amt des österreichisch-ungarischen

Außenministers an. Anders als sein Vorgänger Goluchowski, der wegen der inneren Schwäche der Monarchie keine außenpolitischen Risiken eingehen wollte, will Ährenthal gerade wegen der innenpolitischen Schwäche außenpolitische Machtpolitik betreiben.[231] Objekt des imperialistischen Begehrens ist nach wie vor der südosteuropäische Raum. Die Interessen österreichischer Diplomaten-, Finanz- und Handelskreise zielen auf die Gewinnung neuer Rohstoff- und Absatzmärkte und auf die Einrichtung adäquater Verkehrswege, sprich Eisenbahnlinien. Auf dieser Grundlage steht Ährenthals Außenpolitik, für die er im Dreibund eine geopolitische Situation vorfindet, die von einem freundschaftlichen Verhältnis Österreich-Ungarns zu Deutschland – die Habsburgermonarchie gerät politisch wie ökonomisch immer mehr zu einem Satelliten des aufstrebenden Deutschen Reiches – und einem vertraglich fixierten, jedoch nicht ganz so freundschaftlichen Verhältnis zu Italien geprägt ist. Italien und Österreich-Ungarn trennen neben Überschneidungen der Interessen am Balkan auch die italienischsprachigen Gebiete der k. u. k. Monarchie. Ein Zeitungskrieg in den umstrittenen Provinzen ist die Folge. Aus einem geheimen Fonds des italienischen Innenministeriums in Rom werden der venezianische *Adriatico* und die in Triest erscheinende Zeitung *Piccolo* subventioniert. Der Wiener Presseagent de Fiori schlägt als Gegenmaßnahme vor, in Triest eine wientreue Zeitung in italienischer Sprache ins Leben zu rufen, wozu es aber aus finanziellen Gründen nicht kommt. Später wird man sich entschließen, zumindest den *Adriatico* finanziell zu unterstützen.

Auch im Blätterwald Roms wird rege Stimmungsmache betrieben, es fließt reichlich Geld. Zuvor von der italienischen Regierung subventionierte Zeitungen wie die *Tribuna* und *Populo Romano* werden nun von der französischen Regierung subventioniert, um in der italienischen Metropole eine profranzösische und antiösterreichische Stimmung zu erzeugen. Von österreichischer Seite versucht man dem Parole zu bieten. *Populo Romano*, dessen auswärtiger Redakteur Max Claar im Sold des Literarischen Bureaus steht, erhält 2.000 Lire, die Zeitung *Patria*, bei der Robert de Fiorio den auswärtigen Teil redigiert, 12.000 Lire.[232]

Die Spannungen sind allgegenwärtig, doch bemüht man sich Italien gegenüber behutsam vorzugehen. Der deutsche wie der österreichische Kaiser sind der Auffassung, Italien im Dreibund als „Flankenschutz" zu benötigen, ganz im Gegensatz etwa zur österreichischen „Kriegspartei" um den General Conrad von Hötzendorf. Hötzendorf arbeitet hinter den Kulissen an militärischen Maßnahmen für einen allfälligen Ernstfall; er will Italien militärisch besiegen, um die „Flanke" frei zu haben für ein militärisches Vorgehen am Balkan. Der diplomatische Pragmatiker Ährenthal lehnt ein offensives militärisches Vorgehen aber ab. Er will die Bevölkerung im Bewußtsein halten, daß die Monarchie nur dann Krieg führe, wenn sie von außen dazu gezwungen werde. Dazu versammelt er kurz nach seinem Amtsantritt als Außenminister heimische Journalisten, um sie über seine außenpolitischen Ziele aufzuklären; er fordert, daß die „nervöse und irregeführte öffentliche Meinung" in Österreich-Ungarn zu beruhigen sei. Über die *Neue Freie Presse* plädiert er dafür, daß die Öffentlichkeit „die Märchen verwirft, die von einer Eroberungspolitik der Monarchie erzählen".[233] Insgeheim ist er bezüglich der okkupierten Provinzen am Balkan allerdings der Ansicht, daß ein Staat nicht jahrzehntelang Geld in ein Gebiet investiert, „um es dann mit höflicher Verbeugung dem früheren Besitzer zurückzustellen".[234]

Anfang 1908 wird bekannt, daß Ährenthal mit dem türkischen Sultan über den Bau einer Eisenbahnlinie im österreichisch besetzten Sandschak-Gebiet – einem strategisch überaus bedeutsamen Gebiet zwischen Montenegro und Serbien – verhandelt hat; die Sandschak-Bahn soll Österreich-Ungarn unter Umgehung Serbiens direkt mit der Türkei verbinden. Rußland und Serbien lehnen diesen Plan, dessen Realisierung die verkehrstechnischen Gegebenheiten am Balkan grundlegend verändern würde, vehement ab. Ährenthal nimmt die Proteste zum Anlaß, eine ausgedehnte Pressekampagne in die Wege zu leiten. Um den Plan der heimischen Öffentlichkeit schmackhaft zu machen, gibt die offiziöse Presse einer angeblichen Sehnsucht der Bevölkerung nach einem Ausbau des Levantehandels und nach einem Anschluß an die Absatzmärkte des Nahen Ostens Ausdruck.[235] Zur allgemeinen Bestärkung präsentiert die Politische Korrespondenz alle wohlgesonnenen internationalen Pressestimmen zum Thema, etwa britische, französische, deutsche, bulgarische oder italienische; die römische Zeitung *Italie* wird in süßlichem Tonfall zitiert, wonach Österreich-Ungarn und Italien gleichartige Ziele verbinden würden: „Die beiden Mächte befinden sich in einem Einvernehmen, das nicht vollständiger sein könnte. Italien hat vollen Grund, die Freundschaft eines solchen Verbündeten zu schätzen."[236] Die weniger freundlichen Kommentare, etwa die kritischen Stimmen der panslawistischen Zeitungen Rußlands und Serbiens, werden in dieser Presseschau kurzerhand unterschlagen.

Das Literarische Bureau plant, die serbische Presse zu subventionieren, um an Ort und Stelle für das Eisenbahnprojekt Stimmung zu machen. Der österreichische Gesandte in Belgrad, Baron Czikan, fragt in Wien an, ob man nicht „eines der größeren Belgrader Blätter durch eine angemessene Subvention"[237] gewinnen könnte. Die Belgrader Zeitung *Politika*, so meint er, würde sich für jährliche 10.000

Francs in österreichische Dienste stellen. Auch in Konstantinopel wird man aktiv. Botschafter Pallavicini wird von Ährenthal angewiesen, Ausschau zu halten, wie „durch Gründung einer neuen oder durch Subventionierung einer in Konstantinopel bereits bestehenden Zeitung unseren politischen und wirtschaftlichen Interessen in der Türkei eine Erfolg versprechende journalistische Vertretung geschaffen werden könnte."[238]

Die Lage am Balkan spitzt sich zu als in der Türkei eine Revolution ausbricht. Das neue jungtürkische Regime verlangt ein Parlament, in dem alle Teile des Osmanischen Reiches vertreten sein sollen, wodurch sich die Frage der Zugehörigkeit Bosnien-Herzegowinas stellt, das, völkerrechtlich gesehen, türkisches Territorium ist, aber von der k. u. k. Monarchie besetzt ist. In Wien gerät man einmal mehr unter Zugzwang: die Politische Korrespondenz versucht noch am 15. September 1908 zum Ausdruck zu bringen, wie wenig Österreich eigentlich an einer Annexion Bosnien-Herzegowinas interessiert sei – wenige Wochen später, in den ersten Oktobertagen, erfolgt die Annexion durch österreichische Truppen. Die Militäraktion löst heftige Proteste seitens Serbiens, der Türkei und auch Rußlands aus; Europa steht am Rande eines Krieges. Auf serbischer Seite beruft man Reservisten ein. Die österreichische Presse zeigt sich Belgrad gegenüber aggressiv und beschäftigt sich mit politischen, wirtschaftlichen und völkerrechtlichen Rechtfertigungen für die Annexion. Die Politische Korrespondenz wandelt auf geheimdiplomatischen Pfaden und – schweigt. Sie meldet sich erst am 21. November wieder zu Wort, als sich aus Belgrad verkünden läßt, daß sich die Aufregung in Serbien gelegt habe.[239]

Innenpolitisch hat unterdessen die Nationalitätenproblematik an Brisanz nichts verloren. 1907 ist der Reichsrat erstmals nach dem allgemeinen, direkten, gleichen und freien Wahlrecht (für Männer über 24 mit einjährigem Wohnsitz am Wahlort) gewählt worden, doch bringt die Konzession, die sich Franz Joseph in der Gewährung des Wahlrechts abringen hat lassen, nicht den erwünschten Erfolg. Die ersehnte vaterländische Eintracht bleibt aus. Ministerpräsident Max Vladimir Beck faßt das Dilemma der Habsburgermonarchie, die mehr an ein Kolonialreich als an einen modernen Nationalstaat erinnert, zusammen; 8 Nationalitäten, 17 Länder, 20 parlamentarische Körperschaften, 27 parlamentarische Parteien, zwei verschiedene Weltanschauungen und ein kompliziertes Verhältnis zu Ungarn. Die Monarchie sei durch Kulturdistanzen gezeichnet, wie sie sich aus achteinhalb Breiten- und etwa ebensoviele Längengraden ergäben.[240] Die 516 Sitze des cisleithanischen Parlaments teilen sich Abgeordnete, die sich, an ihrer Umgangssprache festgemacht, aus folgenden

Ethnien zusammensetzen: 233 Deutsche, 107 Tschechen, 82 Polen, 33 Ruthenen, 24 Slowenen, 19 Italiener, 13 Kroaten und 5 Rumänen. Es gibt keine einheitliche Sprache im Parlament, zehn Sprachen sind zugelassen; allerdings dominiert Deutsch – beim Parlamentspräsidium und beim Parlamentsstenografen. Darüber hinaus gibt es keine Redezeitbeschränkung, sodaß der Obstruktion Tür und Tor offenstehen. Vor allem die „Tschechischen Nationalsozialisten" blockieren den Wiener Reichsrat als Revanche dafür, daß „Deutschradikale", wie sich die Anhänger Wolfs nennen, und deren verfeindete Brüder, die „Alldeutschen", die Parteigänger Schönerers, zuvor den böhmischen Landtag lahmgelegt haben. Die Verhängung des Standrechts in Prag am 2. Dezember 1908 hat zur Folge, daß Tschechische Nationalsozialisten mit Blechtrompeten und Kindertrommeln in den Reichsrat in Wien einziehen. Ein weiterer Anlaß für Obstruktion ist die neuerliche Vorlage eines Sprachengesetzes für die böhmischen Länder. Der tschechische Liberale Thomas G. Masaryk tritt dafür ein, Wien und Niederösterreich, wo hunderttausende Tschechen leben, in die zweisprachige Zone miteinzubeziehen – ein Sakrileg vor allem für die radikalen Deutschnationalen. Die Annexion Bosnien-Herzegowinas schürt den inneren Nationalitätenstreit weiter. Die großdeutschen Parteien protestieren schärfstens gegen die Erhöhung der slawischen Bevölkerungsanteile der Monarchie.

Nach Abklingen der Entrüstung über die vollzogene Annexion bietet Wien Serbien, wie zuvor der Türkei, einen Handelsvertrag an, sofern Serbien eine Loyalitätserklärung an Österreich-Ungarn bis zum 31. März 1909 unterzeichne. Insgeheim beginnt man sich aber bereits auf einen Krieg vorzubereiten. Außenminister Ährenthal ist nunmehr ebenfalls der Überzeugung, daß in der bosnisch-serbischen Frage Gewalt unverzichtbar sein werde. Im Rahmen einer privaten Unterredung mit dem Reichstagsabgeordneten Josef Redlich betont er, daß, falls Serbien es darauf ankommen lasse, gründliche Arbeit gemacht werde: „Kommt es zum Krieg, so werde die Sandschakbahn unnötig werden, wir werden dann die Bahn im Morawatal haben."[241] Was ebenfalls nicht in die Öffentlichkeit dringt, ist der Umstand, daß hinter dem angebotenen Handelsvertrag ein Ultimatum steht, wonach österreichisch-ungarische Truppen in Serbien in dem Fall einmarschieren würden, wenn die gewünschte Loyalitätserklärung nicht bis spätestens drei Tage nach Ablauf der Frist eingelangt sei. Zur Unterstützung der Forderungen macht man Stimmung gegen Serbien. Der offiziöse Presseapparat mit dem *Fremdenblatt* und der *Wiener Allgemeinen Zeitung* an der Spitze mobilisiert gegen großserbische Bestrebungen. Als eine militärische Auseinandersetzung unabwendbar scheint, zieht Ährenthal eine vermeintliche Trumphkarte. Gespielt wird die Karte über die *Neue Freie Presse*, die in deutliche Nähe zur Regierung geraten ist. Die international renommierte *Wiener Zeitung* veröffentlicht am 25. März 1909 einen Artikel des großdeutsch gesinnten österreichischen Historikers Heinrich Friedjung, der Vorwürfe des Hochverrats gegen Abgeordnete des kroatischen Landtages erhebt und die Öffentlichkeit mit Hilfe von Dokumenten zu überzeugen sucht, daß das serbische Königshaus, das durch einen Gewaltakt an die Macht gekommen sei, sich nur behaupten könne, „wenn sie die Blicke des serbischen Volkes über die Grenze des Landes" hinauslenke. Der Artikel beschuldigt Serbien „hochverräterischer Umtriebe" im Süden der Donaumonarchie. Die Dokumente, die dieser Verschwörungstheorie zugrundeliegen, werden sich später als Fälschungen herausstellen; Friedjung wird im Zuge eines Prozesses das Eingeständnis abgerungen, weder das serbische Alphabet noch die serbische Sprache zu beherrschen. Die Dokumente stammen von Ährenthal. Karl Kraus, schärfster Kritiker der *Neuen Freien Presse*, bilanziert in seiner *Fackel*, in der Redaktion in der Fichtegasse würde der Weltkrieg vorbereitet.[242]

Um dem allgemeinen Gewirr der ethnischen und sozialen Spannungen Herr zu werden, behelfen sich die rasch wechselnden österreichischen Regierungen durch Subventionierung verschiedener offiziöser Zeitungen und Verlage, aber auch schriftstellerisch tätiger Einzelpersonen. Eine große Gruppe an Subventionsnehmern sind die Statthaltereien in den Kronländern. Neben der wichtigsten, der Triestiner, werden jene in Lemberg, in Prag, Brünn, Zara, Galizien, Dalmatien und des Küstenlandes sowie die in Graz und Innsbruck, die Landespräsidenten in Czernowitz, Laibach, in Kärnten und in der Bukowina bedacht. Zuwendungen erhalten auch private Korrespondenzen wie die „Bukowinaer", die „Bosnische" oder die „Kroatische Korrespondenz". Der *Corriere Adriatico*, das *Sarajewoer Tagblatt*, diverse kroatische und slowenische Blätter, aber auch Blätter in Czernowitz und Görz werden jährlich mit 3.000 bis 10.000 Kronen subventioniert. Insgesamt werden aus den Geheimfonds pro Jahr Beträge in Millionenhöhe ausbezahlt. Läßt sich durch Subvention nichts mehr bewegen, greift man zu härteren Maßnahmen. Im August 1909 langt beim Preßdepartement in Wien ein Bericht über die zunehmende Aktivität italienischer Nationalisten in Südtirol in der Zeitung *Eco del Baldo* ein. Der Rat seitens der Preßleitung lautet lapidar, den verantwortlichen Redakteur des Landes zu verweisen.

Die politischen Probleme in den italienischen Gebieten sind durch solche Maßnahmen freilich nicht zu lösen. Der Statthalter von Triest berichtet nach Wien, daß es „angesichts der im Küstenlande bestehenden nationalen und Parteiverhältnisse" für ausgeschlossen erachtet werden müsse, auf die lokale Presse einen solchen Einfluß zu gewinnen, um sie „bei Vorkommnissen von politischer oder nationaler Bedeutung (Demonstrationen, Ausschreitungen u.s.w.) zu einer gemäßigten objektiven Darstellung" anhalten zu können:

> Die Presse des Küstenlandes vertritt zu 99% einen reichsfeindlichen Standpunkt in ganz bestimmter Absicht und ist zu diesem Zwecke organisiert. Sie bekämpft systematisch die Zentralregierung sowie die staatlichen Lokalbehörden mit allen Mitteln und sieht darin ihre Lebensaufgabe. Versuche unter diesen Umständen einen Einfluß auf sie zu nehmen, müßten daher geradezu als aussichtslos angesehen werden (...)
> Der Triester Berichterstatter der „Neuen Freien Presse" ist überdies Mitglied der Redaktion des hiesigen Blattes „Il Piccolo". In seinen Berichten spiegeln sich selbstverständlicher Parteistandpunkt und die politische Tendenz des letzteren Blattes wieder. Es wäre zu wünschen, daß die großen Wiener Blätter der verschiedenen Parteirichtungen die ihnen aus Triest und dem Küstenlande zukommenden Informationen über wichtige politische oder nationale Ereignisse mit größerer Vorsicht aufnehmen und behandeln würden.
> Dem Übelstande (...) könnte nach meinem Dafürhalten nur durch die Gründung eines großen politischen Tagblattes in Triest begegnet werden, dem eine streng objektive Behandlung aller lokalen politischen und nationalen Vorkommnisse und die Vertretung reichstreuer Gesinnung vorzuschreiben wäre.[243]

Zu allem Überdruß verliert die Regierung in dieser heiklen politischen Situation die dominierende Position des Korr.-Bureaus am Balkan. Die drei Kartellagenturen sind übereingekommen, der Wiener Agentur Zugeständnisse abzuringen; andernfalls wollen sie Österreich-Ungarn und die unter österreichischer Nachrichtenhoheit stehenden Gebiete Serbien und Montenegro „direkt auf gemeinsame Kosten ausbeuten".[244] Im Februar 1910 unterzeichnen die Kartellagenturen einen Vertrag mit Fabrizii vom Korr.-Bureau, der zwar im Grunde die bestehenden Verhältnisse beläßt, im Detail aber gewichtige Einschränkungen für Wien mit sich bringt. Dem Korr.-Bureau wird, wie zuvor, die Souveränität über Österreich-Ungarn, „Bosnien-Herzegowina inkludiert", Serbien und Montenegro zugestanden. Das Korr.-Bureau zahlt dafür jährlich 20.000 Kronen an jede der drei Kartellagenturen. Das Kartell liefert im Gegenzug seine politischen, finanziellen und kommerziellen und anderen Nachrichten exklusiv nach Wien und bezieht seinerseits Nachrichten aus dem österreichischen Einzugsgebiet ausschließlich aus Wien. Ausnahme ist, wie die Kartellagenturen in ihrem Vertrag von 1909 festgeschrieben haben, ein allfälliges „Spezialservice“, wie es von „Sonderkorrespondenten“ im Kriegsfall erbracht würde – man beginnt sich auf einen Krieg vorzubereiten.

Was die besondere Situation am Balkan (Rumänien, Bulgarien und die Türkei) betrifft, so bleibt das Korr.-Bureau neben der Agence Havas zwar präsent, doch kann sich die französische Agentur in wesentlichen Fragen durchsetzen. Von einem Recht der Direktorenernennung bei den „Orient“-Agenturen und vom Recht auf uneingeschränkte politische Aktionen, wie man es sich 1900 vertraglich noch zusichern hat lassen, ist nun keine Rede mehr.[245]

Generell spiegelt der wieder auf zehn Jahre abgeschlossene Vertrag zwischen dem Kartell und dem *Korr.-Bureau* (beginnend rückwirkend mit 1. Jänner 1910 und gültig bis 31. Dezember 1919) die zunehmende Bedeutung politischer Nachrichten und politischer Propaganda wieder. Es wird ein Sicherheitsmechanismus verankert, der verhindern soll, daß eine Agentur Nachrichten einer anderen unterschlägt. Grundsätzlich sichern sich die Vertragspartner zu, sämtliche einlangenden Nachrichten der Partneragenturen zu publizieren. Im Fall, daß eine Agentur jedoch eine – gekennzeichnete – Meldung, deren Publikation im Empfängerland als besonders wünschenswert angesehen wird, schickt und sich die Empfängeragentur nicht in der Lage sieht, eine derartige Meldung herauszugeben, hat die sendende Agentur das Recht, auf eigene Kosten und mit eigenen Mitteln den Journalen im Zielgebiet besagte Meldung direkt zukommen zu lassen. Man kommt aber überein, daß der Anteil solcher Meldungen 20% des gesamten gesendeten Dienstes nicht übersteigen darf.

„Funkentelegraphie“ und Balkankriege: „...auf indirektem Wege“

Auf internationaler Ebene tobt zwischen Deutschland und England ein erbitterter Konkurrenzkampf um die Weltmärkte. Großbritannien verteidigt sein überseeisches Wirtschaftsimperium, das kaiserliche Deutschland hat den Ehrgeiz ein solches zu errichten. Die wilhelminische Gesellschaft findet in der Vision, die große Seemacht England zu beerben, ihr Ziel.[246] Der Kampf um die Welt beginnt als Kampf um die Weltmeere, was im Werdegang des jüngsten telegrafischen Verfahrens, der „Funktelegraphie“, deutlich zum Ausdruck kommt. Von Großbritannien aus operiert die 1897 gegründete

„Marconi's Wireless Telegraph Company". Der aus Italien stammende Funkpionier Guglielmo Marconi vermietet Schiffsfunkstationen mitsamt Telegrafisten an die Reedereien und errichtet entlang der Schiffsrouten die dazugehörigen Küstenstationen. In Deutschland erwächst ihm Konkurrenz durch die AEG-Siemens-Tochter „Telefunken", die sich bemüht zu verhindern, daß Großbritannien beim Funk eine ähnlich dominante Weltstellung erhält wie bei den Unterseekabeln. Telefunken genießt die Unterstützung des deutschen Militärs und des deutschen Kaisers; der Griff nach dem Äther deckt sich mit dem Wunsch, die Welt zu erobern. Auf Betreiben des Telefunken-Chefs Hans von Arco wird für Reichweitenversuche mit größeren Apparaturen in der kleinen Ortschaft Nauen bei Berlin eine Großfunkstation gebaut. Von Nauen aus wird in den folgenden Jahren die Verbindung in die deutschen Kolonien in Afrika überbrückt.

Bei der k. u. k. Kriegsmarine interessiert man sich ebenfalls für die Funktechnik. Nachdem die britische Marine das Marconisystem eingeführt hat, nimmt man Kontakt mit der britischen Firma auf, entscheidet sich dann aber für das deutsche Telefunken-System. Mitentscheidend ist, daß die italienische Marine angesichts der gespannten politischen Situation im Adriaraum zunehmend als Rivalin empfunden wird. Auf italienischer Seite hat man sich im übrigen zu einer Zusammenarbeit mit Marconi bereitgefunden; laut Vertrag errichtet Marconi's Wireless Telegraph Company entlang der italienischen Adriaküste kostenlos eine Reihe von Funkstationen für die italienische Kriegsmarine, die er hinsichtlich der Handelsschiffahrt kommerziell nutzen kann.

Die k. u. k. Kriegsmarine errichtet in der Folge ein Netz aus Küstenfunkstationen, das seine Zentren in den drei Kriegshäfen Pola, Sebenico und Cattaro hat, um „das gesamte Operationsfeld in der Adria beherrschen" und „im Kriegsfalle etwaige Störungen in der funkentelegraphischen Korrespondenz zwischen den k. u. k. Kriegsschiffen und den genannten Hauptstationen durch die italienischen Kraftstationen mit Aussicht auf Erfolg"[247] begegnen zu können. Nach eineinhalb Jahren Bauzeit wird am 31. Dezember 1909 die erste Küstenfunkstation in Pola in Betrieb genommen, es folgt die in Sebenico, schließlich auch die in Cattaro. Von Cattaro aus stellt man eine Funkverbindung zu den im annektierten Bosnien-Herzegowina errichteten Landfunkstationen des Heeres in Sarajevo und Trebinje her. Das Heer plant zudem die Errichtung eines Basisfunknetzes mit dem Zentrum Wien und Außenstellen entlang der gefährdeten Reichsgrenzen in Trient, Riva, Sarajevo, Trebinje, Mostar, Przemysl, Krakau, Bilek und Petervaradin.[248]

Zur militärischen Chefsache erhoben, erleidet der Funk dasselbe Schicksal wie schon die Telegrafie und die Telefonie vor ihm: er wird verstaatlicht. Nachdem die Konzessionspflicht von Funkanlagen durch zwei Verordnungen des Handelsministeriums vom 28. April 1905 und vom 7. Jänner 1910 bereits verfügt worden ist, wird am 1. März 1912 als zuständige Behörde das „Funken-Telegraphen-Inspektorat" eingerichtet, das den staatlichen Schiffsfunkbetrieb aufnimmt und von dem freigestellten Marineoffizier Eugen Winkler geleitet wird.

Die politische Lage ist mehr als gespannt. Italien entscheidet den sogenannten „Tripolis-Krieg" für sich und annektiert Tripolis auf Kosten des Verlierers, des Osmanischen Reiches. Dies ruft die Balkanstaaten Serbien, Bulgarien, Montenegro und Griechenland auf den Plan, durch einen militärischen Gewaltakt die Herrschaft des geschwächten Osmanischen Reich abzuwerfen. In Österreich verursacht die Entwicklung an mancher Stelle Entsetzen; der deutschnationale Reichsratsabgeordnete Josef Redlich fürchtet, daß anstelle des untergehenden Osmanischen Reiches nunmehr Österreich – „dieses von Magyaren zerfressene" Reich – die Stellung als „kranker Mann" in Europa einnehmen werde. Redlich beschwört die Gefahr, daß die aufstrebenden Balkanstaaten in Vereinigung mit Rußland Österreich angreifen und besiegen könnten und daß Italien sich so die italienischen Gebiete der Monarchie einverleiben würde. Seine Empfehlung: „Politik kühner Offensive".[249] Tatsächlich ist eine Aufrüstung längst in Gang. Die Rüstungsausgaben der Monarchie sind seit dem Jahr 1895 von 359 Millionen Kronen auf 781 Millionen im Jahr 1912 angestiegen. Ein neues Wehrgesetz hebt die Zahl der jährlich auszuhebenden Rekruten von 139.000 auf 181.000 an. Ein „Kriegsleistungsgesetz" erlaubt im Bedarfsfall die gesamte Bevölkerung und die gesamte Wirtschaft in den Dienst des Krieges zu stellen.[250] Auch bereiten die Militärs in aller Stille Institutionen für die Zensurierung der Presse und ihre Versorgung mit militärisch abgesegneten Kriegsberichten vor. Die totale Kriegsführung nimmt Gestalt an.

Unter dem Patronat des russischen Zaren gehen die Balkanstaaten Serbien, Bulgarien, Montenegro und Griechenland ein „Schutz- und Trutzbündnis" ein und beginnen im September 1912 mit einer gegen die Türkei gerichteten allgemeinen Mobilmachung. Der Korrespondent des Korr.-Bureaus im türkischen Saloniki, Grohmann, schickt am 2. Oktober Meldungen nach Wien, wonach auch in der Türkei militärische Maßnahmen getroffen würden, da es immer wieder zu Übergriffen und Scharmützeln komme. Er meldet:

> Aus Prizrend wird berichtet, dass starke Niriten und Arnautenscharen dort eindrangen, wahrscheinlich in der Absicht, sich der Waffendepots zu bemächtigen. Die Militärbehörde liess 850 Landwehrleute einberufen und übertrug denselben die Bewachung der Waffendepots. Man hofft, dass es gelingen werde, diese Scharen wieder aus Prizrend zu entfernen. (...) Im Laufe des Tages erteilte der Kriegsminister den Befehl, die fünfzehn Redifdivisionen, welche sich schon seit einigen Tagen für die Einberufung bereit zu halten hatten, sofort unter die Waffen zu stellen. Man trifft überdies alle Anstalten zu einer allgemeinen Mobilisierung. Der Kommandant von Kosani berichtet, dass er verständigt wurde, dass sich bei Kalabaka gegen 2000 griechische Freischärler versammelt haben, welche den Übergang über die Grenze in der Gegend von Grebena forcieren wollen. Drei Bataillone sind (...) an die Grenze abgegangen, diese Absicht zu vereiteln.[251]

Unter Verweis auf die angespannte Situation zwischen der Türkei und Serbien macht Grohmann in einem Begleitbrief darauf aufmerksam, daß der bisherige Weg der Telegramme über das serbische Ristovac an das Korr.-Burau in Wien aufgrund des bevorstehenden Kriegsausbruchs schwieriger werde. Zudem seien die Telegramme einer strengen Zensur und somit auch großer Verspätung in der Expedition ausgesetzt; es wäre nützlich, sie zu verschlüsseln. Eine Beförderung über das „k. u. k. Generalkonsulat" in Saloniki würde eine große Erleichterung bedeuten. Seitens des Korr.-Bureaus in Wien kontaktiert man daraufhin den Leiter des Literarischen Bureaus, Hofrat Koloman von Kánya, betont die Bedeutung der Angelegenheit und bittet darum, wichtige, kurze Meldungen von Grohmann mit der Diplomatenpost über das Generalkonsulat an das Außenministerium in Wien und von dort an das Korr.-Bureau gesendet werden könnten. Die Erlaubnis wird erteilt.

Die Berichterstattung aus Konstantinopel unterliegt starken Einschränkungen; das türkische Pressebüro gestattet den türkischen Zeitungen nur die Veröffentlichung von Meldungen, die von ihm ausgegeben werden. Extraausgaben der Blätter sind verboten, gleiches gilt für Depeschen auswärtiger Korrespondenten. Nüchtern betrachtet kommen, so der Konstantinopler Korr.-Bureau-Korrespondent Moschopoulos, als Nachrichtenquellen das offizielle türkische Preßbureau, dessen Kommuniques ein junger Türke für ihn abschreibe, das *Amtsblatt*, die örtliche Presse sowie die „Agence Ottomane" in Frage – eigentlich eine feindliche Agentur, doch wäre jetzt ein Abonnement ihres Dienstes, den man sich sonst „auf indirektem Wege" beschaffe, sehr nützlich. Allerdings, schränkt

Moschopoulos ein, unterliege die Agence Ottomane seit dem 12. Oktober 1912 einer Präventivzensur für alle Kriegsmeldungen, weshalb man aus dieser Quelle nur wenig schöpfen werde können. Einigen türkischen Blättern, fährt Moschopoulos fort, sei zwar gestattet worden, Kriegsberichterstatter an den Kriegsschauplatz zu entsenden, doch würden hauptsächlich unerfahrene junge Leute hingeschickt, von denen man nicht viel erwarten könne. Erst nach einigem Zögern habe das türkische Kriegsministerium eingewilligt, daß sich auch fremde Berichterstatter auf den Kriegsschauplatz begeben dürften. Hauptsächlich handelt es sich um Briten, Vertreter der „Fleet-Street"-Presse. Der Berichterstatter der *Daily Mail,* so Moschopoulos weiter, hätte jedoch gemeint, „dass, wie die Sachen von den Türken eingerichtet wurden, die Kriegsberichterstatter von den ihnen angewiesenen Platze aus keine Spur vom Kampfe zu Gesicht bekommen werden."[252]

Um an Kriegsnachrichten zu kommen, versucht Hofrat Johann Ankwicz, der Nachfolger des im September verstorbenen Fabrizii, die von der österreichischen Militärverwaltung organisierte Berichterstattung mit der des Korr.-Bureaus zu koordinieren; ein schwieriges Unterfangen angesichts der nachrichtenpolitischen Traditionen österreichischer Militärs. Aus der Presse (!) hat Ankwicz erfahren, daß bereits militärische Berichterstatter in Podgoritka weilen; er nimmt zudem an, daß bei Kriegsausbruch verstärkt militärische Berichterstatter auf die Kriegsschauplätze entsendet würden. Sollten sich deren Meldungen zur Veröffentlichung eignen, so seine Überlegung, wäre das Korr.-Bureau als staatliches Institut der geeignetste Ort für die Veröffentlichung. Das Korr.-Bureau, meint er, könne dadurch „eventuelle Lücken seines eigenen Berichterstattungsdienstes ausfüllen, in einzelnen Phasen der Kämpfe wahrheitsgetreue Berichte, die sonst kaum zu erwarten sind, erhalten und dadurch der Öffentlichkeit Dienste leisten."[253]

Darüber hinaus versucht Ankwicz aber auch noch andere potentielle Nachrichtenquellen zu erschließen. Ein Schreiben an den Generaldirektor „der Ersten k- k- priv(aten). Donau-Dampfschifffahrtsgesellschaft", Hofrat von Czátary, und an den Generaldirektor des *Österreichischen Lloyd* enthält folgende Bitte:

> Das k. k. Tel. Korr. Bureau , welchem die offizielle Berichterstattung obliegt, hat für den Fall des Krieges im nahen Orient verschiedene Vorsichtsmaßnahmen getroffen, um seinen Berichterstatterdienst zu sichern. Zur Ergänzung dieser Aktion möchte ich Herrn Generaldirektor – falls es von Ihrem Gesichtspunkte aus keinem Aufwande unterliegt und nach den bestehenden Verhältnissen

möglich ist – höflichst bitten, die Kapitäne der Schiffe, welche die in Frage stehenden Ländergebiete berühren, vertraulich anzuweisen, etwa zu Ihrer Kenntnis gelangende Nachrichten über die Vorgänge auf dem Kriegsschauplatze oder sonstige interessante Ereignisse dem Tel-Korr-Bureau telegraphisch anzuzeigen. Es könnte dies entweder in der Weise geschehen, daß die Kapitäne von der nächsten österreichischen Station die Telegramme direkt an „Corrbureau Wien" richten oder aber ihre Meldungen der Generaldirektion telegraphieren, durch deren liebenswürdige Vermittlung sie an das Tel-Korr-Burau gelangen würden. Die erstere Eventualität wäre bei sehr wichtigen Meldungen, die zweite in weniger sensationellen Fällen ins Auge zu fassen. Selbstverständlich müßten die Nachrichten verläßlich sein und nicht bloß unbestätigte Gerüchte repräsentieren.[254]

Der Generaldirektor der DDSG, Czátary, zeigt sich in seinem Antwortschreiben vom 14. Oktober 1912 äußerst kooperativ und versichert, daß man sich mit größter Bereitwilligkeit zur Verfügung des Korr.-Bureaus halten wolle. Betreffend des Wunsches einer vertraulichen Anweisung der Kapitäne meint er, daß die offiziellen Vertretungen der DDSG in Serbien, Bulgarien und Rumänien ohnedies seit Beginn der Feindseligkeiten konstant über die wichtigen Vorgänge telegrafisch oder brieflich Bericht erstatten würden. Von diesen Berichten, soweit sie ein breiteres Publikum interessierten, würden sie nun dem Korr.-Bureau direkt Kenntnis geben, zur rascheren Information sogar auf telefonischem Wege. Sollte sich der Dienst nicht als ausreichend erweisen, stellt der DDSG-Direktor in Aussicht, daß die Niederlassungen gegebenenfalls ihren Nachrichtendienst erweitern würden.

Weniger Bereitschaft zur Zusammenarbeit mit dem Korr.-Bureau läßt der Generaldirektor des *Österreichischen Lloyd* erkennen. Das Ansinnen von Ankwicz erscheint ihm nicht zweckmäßig, da seine Kapitäne die Nachrichten nicht auf ihren Wahrheitsgehalt prüfen könnten, ebensowenig wie die Agenturen des *Lloyd*, welche zudem mit anderen Agenden beschäftigt seien. Außerdem meint er, hätten die Beamten des *Lloyd* keine jounalistischen Fähigkeiten.

Am 15. Oktober liegt dem Ministerratspräsidium in Wien ein Bericht von Ankwicz über die „aus Anlaß der kriegerischen Ereignisse getroffenen Maßnahmen" vor. Dem Bericht zufolge umfaßt das Berichterstattungsgebiet des Korr.-Bureaus Montenegro, Serbien, Bulgarien und die Türkei. Griechenland gilt als Domäne von Havas. Die schwache Seite des Wiener Dienstes ist Montenegro, da das Korr.-Bureau dort über keinen eigenen Berichterstatter verfügt und auf die

„in keinster Weise normierte“ Berichterstattung des montenegrinischen Preßbureaus angewiesen ist. Dies ist vor allem hinsichtlich der Verpflichtung gegenüber den Kartellagenturen bedenklich. So wird der der serbokroatischen Sprache mächtige Herausgeber der privat geführten, aber offiziell unterstützten „Bosnischen Korrespondenz“, Alfred Langer, als Spezialberichterstatter für Montenegro bestellt. Langers Aufgabe im montenegrinischen Cetinje liegt in einer Beschleunigung der Expedition der offiziellen Berichte des dortigen Preßbureaus und in der Erstellung eines Ergänzungsdienstes. Einen ähnlichen Auftrag erhält der Vertreter des Korr.-Bureaus in Bulgarien, Stoklaska; in Serbien ist es ein gewisser Loncarevic, der in die Pflicht genommen wird, in der Türkei Moschopoulos. Dahinter steht folgende Überlegung: einerseits, so Ankwics, sei das Korr.-Bureau dadurch gegenüber den alliierten Agenturen, die es vertragsgemäß mit Nachrichten aus dem Kriegsgebiet versorgen muß, gedeckt, während andererseits diese Art Vorsorge den Eigeninteressen des Korr.-Bureaus entspreche: „Es ist für uns von großer Wichtigkeit, daß in dieser kritischen Zeit unsere bewährten und politisch versierten Vertreter am Sitze der Landesregierung verbleiben und so weit es möglich ist auch weiter im Dienste der politischen Berichterstattung wirken.“[255]

Der gesicherte politische Einfluß wird vom Literarischen Bureau honoriert. Der Korrespondent in Sofia Stoklaska erhält 500 Kronen und auch Loncarevic in Belgrad kann sich über eine außerordentliche Pauschale in der Höhe von 300 Kronen freuen, nachdem er ein diesbezügliches Gesuch an das Korr.-Bureau gerichtet hat. Darin argumentiert er, alles aufbieten zu müssen, um in Anbetracht der ungewöhnlich großen Zahl der in Belgrad eingetroffenen ausländischen Zeitungskorrespondenten – schätzungsweise 80 – die Interessen des Korr.-Bureaus wahren zu können. Als besonders wichtig wird von Ankwics der Dienst aus Konstantinopel eingestuft, da dort Nachrichten aus dem gesamten Krisengebiet zusammenlaufen und man außerdem erwartet, daß wichtige Entscheidungen voraussichtlich dort fallen würden. Das Literarische Bureau zeigt sich großzügig und greift dem Korr.-Bureau abermals finanziell unter die Arme: dem Konstantinopler Korrespondenten Moschopoulos wird eine Verdoppelung der Auslagenpauschale auf 466 Kronen für die Zeit der Krise bewilligt.

Zusammenfassend meint Ankwics in seinem Bericht, nicht ohne Stolz, daß das Korr.-Bureau den Dienst aus dem Orient geradezu beherrsche; seine Nachrichten würden in ganz Europa verbreitet. Auch die von Reuters und Havas entsandten Spezialberichterstatter würden den Nachrichtendienst des Korr.-Bureaus nicht verdrängen können. Ganz im Gegenteil, sie würden kaum gefährlich werden; es sei bloß zu vermeiden, daß sie, da sie ja auch die Redaktionsräume der Konstantinopler Niederlassung mitbenützen dürften, „unter dem Scheine der gemeinsamen Arbeit die Nachrichten unserer Vertreter für ihre Bureaux verwerten und so die bisherige vorherrschende Stellung des Telegraphen-Korrespondenz-Bureaus während des Krieges untergraben."[256]

Infolge einer Erkrankung von Ankwics wird Hofrat Ernst Pick mit der Leitung des Korr.-Bureaus betraut – und gleich gefordert. Nachdem am 17. Oktober nach Montenegro auch die anderen Balkanbundstaaten der Türkei den Krieg erklärt haben, kommt es zu ersten großen Kampfhandlungen an verschiedenen Fronten. Griechische, bulgarische und serbische Truppen liefern sich Gefechte mit türkischen Einheiten. Seitens des Korr.-Bureaus gilt es nun, die Berichterstattung, wie geplant, umzusetzen; schließlich ist man den Kartellagenturen vertraglich verpflichtet und will den Balkan als eigenes Nachrichtenhoheitsgebiet halten.

Die Anfänge der Berichterstattung vom ersten Balkankrieg geben allerdings nur wenig Grund zur Zuversicht. Die Meldungen, die Grohmann aus dem türkischen Saloniki schickt, treffen mit Verspätung ein und können in der Zentrale in Wien nicht mehr verwendet werden. Grohmann hat sie wegen der strengen Zensur nicht telegrafiert, sondern in Briefform übersandt. Briefe aus den Unruhegebieten benötigen in der Regel allerdings fünf bis sieben Tage bis sie nach Wien gelangen. In einem Antwortschreiben weist Pick seinen Vertreter in Saloniki auf die Sinnlosigkeit dieses Verfahrens hin; Grohmann möge doch lieber telegrafieren, jedoch nur solche Meldungen, die das Korr.-Bureau von bulgarischer, serbischer oder griechischer Seite nicht schneller erhalte. Sollte Saloniki, der Sitz Grohmanns, selbst von kriegerischen Angelegenheiten betroffen sein, sei unter den vor Kriegsausbruch bereits überlegten Bedingungen der Chiffrierung zu telegrafieren.[257] Grohmann hat über das Generalkonsulat einen Chiffrenschlüssel erhalten, von dem er, wie er sagt, „discretest Gebrauch machen werde." Er versichert, sich der Chiffrierung nur dann zu bedienen, wenn die Depesche „in offener Sprache seitens der Zensur nicht durchgelassen würde."[258]

Bei anderer Gelegenheit macht Pick auch Moschopoulos darauf aufmerksam, daß nur die Meldungen chiffriert gesendet werden dürfen, welche die Zensur nicht passieren würden. Eine Häufung chiffrierter Depeschen sei, so Pick, unbedingt zu vermeiden; einer Mitteilung des Generalkonsuls in Saloniki nach sei nämlich zu befürchten, daß den Konsularämtern bei zu starker Chiffrekorrespondenz der Chiffreverkehr gänzlich verboten würde.[259]

In der Zwischenzeit können die verbündeten Balkanstaaten beachtliche militärische Erfolge erzielen – knapp vier Wochen nach

Kriegsausbruch stehen serbische Einheiten an der Adriaküste und besetzen Teile Albaniens; bulgarische Truppen sind bis Konstantinopel vorgedrungen, griechische haben Saloniki eingenommen. Besonders die Besetzung von Adriahäfen durch serbische Truppen widerstrebt den Interessen der k. u. k. Außenpolitik. Man will Serbien als Binnenland erhalten und verhindern, daß es in den Besitz eines Hafens gelangt und den Export seiner agrarischen Produkte autonom besorgen kann. Als Gegenmaßnahme ersinnt man die Idee, einen unabhängigen albanischen Staat zu schaffen, der Serbien von der Adriaküste abschneidet. In der Politischen Korrespondenz vom 12. November 1912 heißt es, die entschiedene Stellungnahme der öffentlichen Meinung Österreich-Ungarns gegen die von den Serben angestrebte Besetzung der Adriahäfen habe hierzulande in „allen politischen Kreisen einen starken Eindruck" gemacht:

> Es ist dadurch eine gewisse Ernüchterung bewirkt und die Überzeugung vertieft worden, daß die Monarchie entschlossen ist, für die Wahrung ihrer Interessen mit Festigkeit einzutreten. Es läßt sich nicht verhehlen, daß die in der Frage der adriatischen Häfen zwischen Österreich und Serbien bestehenden Gegensätze sehr ernster Natur sind, als unüberwindlich werden jedoch dieselben an den leitenden Stellen nicht angesehen. Man drückt vielmehr die Erwartung aus, daß es trotz aller bestehenden Schwierigkeiten der Diplomatie der beiden Länder gelingen werde, einen Ausgleich zwischen ihren Standpunkten herbeizuführen.[260]

Dieses Postulat ist vor dem Hintergrund zu sehen, daß in Österreich längst Pläne zu einem Krieg gegen Serbien geschmiedet werden und die Diplomatie auch auf anderen Pfaden wandelt und nach Verbündeten sucht. Während die Serben auf die Unterstützung Rußlands hoffen, hat man in Wien schon am 21. Oktober ein Abkommen mit Italien getroffen. Mit dem italienischen Bündnispartner ist man sich vor allem hinsichtlich der „albanischen Frage" einig, da durch die Besetzung albanischer Gebiete durch serbische Truppen auch italienische Interessen verletzt werden. Diese Einigkeit soll durch einen Bericht der Politischen Korrespondenz aus Rom unterstrichen werden: die serbischen Ansprüche auf albanische Gebiete, heißt es, hätten in Italien „Befremden" hervorgerufen. Die Ansprüche stünden mit dem ursprünglich angestrebten „Ziel der Befreiung der Volksgenossen aus der türkischen Herrschaft und mit dem von ihnen verkündeten Nationalitätsprinzip in grellstem Kontrast."[261] In der Folge weiß die Politische Korrespondenz selbst vom Wohlwollen Rußlands gegenüber der österreichischen Balkanpolitik zu berichten: Auf Seite Rußlands würde man „an einer Zuspitzung der Lage nicht interessiert" sein und nur die „historischen Grundsätze" verfolgen, ansonsten aber für eine Friedenspolitik stehen.[262] Auch England stehe hinter den wohlbegründeten Balkaninteressen Italiens und Österreichs.

Hinter den Kulissen der österreichischen Diplomatie zeigen sich weitaus weniger versöhnliche Aktivitäten. Koloman von Kánya, der Leiter des Literarischen Bureaus, versucht Stimmung gegen Serbien zu machen, indem er Berichte über den k. u. k. Konsul im albanischen Prizren, Prochaska, in Umlauf setzen läßt, die besagen, jener wäre von den vorrückenden Serben verstümmelt, mißhandelt oder gar ermordet worden. Die österreichischen Zeitungen kolportieren zahlreiche Gerüchte in dieser Angelegenheit. Tatsache ist, daß die serbischen Behörden dem Konsul, der der Aufwiegelung der Albaner beschuldigt wird, lediglich verboten haben, chiffriert an das Außenministerium in Wien zu berichten. Davon unbeeindruckt, fordert der k. u. k. Gesandte in Belgrad von der serbischen Regierung Aufklärung und die Genehmigung, einen österreichischen Untersuchungsbeamten nach Prizren entsenden zu dürfen, die von der serbischen Regierung auch erteilt wird. In der Zwischenzeit taucht der vermißte Konsul jedoch am 25. November 1912 wohlbehalten wieder auf; nach und nach entlarvt sich die Mär vom Konsulmord. Am 16. Dezember wird – spät aber doch – ein Kommuniqué des Außenministers veröffentlicht, worin geschrieben steht, daß alle Gerüchte um die Mißhandlung des Konsuls unrichtig waren. Als sich die österreichische Öffentlichkeit darüber entrüstet und im Parlament das Vorgehen des Literarischen Bureaus angeprangert wird, wird der Leiter Graf Koloman von Kanya „geopfert" – nämlich geehrt und befördert. Sein Nachfolger wird Oskar Ritter von Montlong, der, wie man sagt, die Strategie der Verfälschung noch vehementer als sein Vorgänger betreibt.[263]

Ende November zwingt die militärische Entwicklung die Türkei, um Waffenruhe zu bitten. Am 3. Dezember 1912 wird ein Waffenstillstand zwischen den verbündeten Balkanstaaten (mit Ausnahme Griechenlands) und der Türkei geschlossen. In London wird eine Konferenz der Botschafter abgehalten. Die Forderungen der Balkanstaaten werden von der Türkei abgelehnt; die Konferenz scheitert am 6. Jänner 1913. Nach einem Staatsstreich in der Türkei flammen innerhalb einer Woche die Kämpfe neuerlich auf.

An den Balkankriegen nimmt Österreich zwar nicht aktiv teil, doch spielt die österreichische Diplomatie eine bedeutende Rolle. Der Lokalreporter der tschechischen *Bohemia*, Egon Erwin Kisch, der als Kriegsberichterstatter für sein Blatt am Balkan unterwegs ist, begreift Österreich-Ungarn als „Doppelzünglein" in diesem Krieg um das europäische Gleichgewicht. Die Monarchie unterstützt die Türkei gegen Rußland und gleichzeitig Montenegro gegen Serbien, und dies, obwohl sich Montenegro gegen die Türkei im Krieg befindet. Die Wiener Presse, die im Krisengebiet überaus dominant vertreten ist, bezeichnet Kisch als noch „mehrzüngiger", da sie die türkeifreundliche Politik der Regierung mittrage, während sie sich aus Serbien und Rumänien subventionieren lasse.[264]

An allen Fronten geschlagen, erreicht die Türkei am 19. April 1913 wieder einen Waffenstillstand; am 30. April wird unter Vermittlung der europäischen Großmächte ein Friedensabkommen geschlossen. Österreich kann auf der Friedenskonferenz gegen den Widerstand Rußlands die Bildung eines selbständigen albanischen Staates durchsetzen. Bemerkenswert ist, daß Pick seitens des Korr.-Bureaus bereits am 5. Februar seinen Triestiner Filialleiter angehalten hat, „für die zukünftige Berichterstattung aus dem neu zu begründenden Staate Albanien" einen besonderen Berichterstatter zu installieren.[265]

Der nach langen Verhandlungen geschlossene Friede ist von Anfang an brüchig. Die schwelende Unzufriedenheit bezüglich der Aufteilung der „türkischen Beute"[266] führt zu einem weiteren Krieg, den die Serben für sich entscheiden. Serbien erlebt eine ungeheure Stärkung des nationalen Selbstwertgefühls – sehr zum Leidwesen der Doppelmonarchie, die ihre gegen Serbien gerichteten Bemühungen gescheitert sieht. Was folgt, ist das langsame Hervortreten der Fronten des Ersten Weltkrieges, wobei anzumerken bleibt, daß deutsche und österreichische Waffenfabriken noch im Frühjahr 1914 der serbischen Regierung 200.000 Gewehre für die auf Hochtouren laufende Aufrüstung liefern.

IM SCHATTEN DES KRIEGSPRESSE QUARTIERS

Weltkrieg 1914: Rückkehr der Zensur

Es sind die deutschen Militärs, die sich als die eifrigsten Betreiber der Aufrüstung in Europa erweisen. Für den preußischen Generalstab ist der Ausbruch des großen Krieges nur noch eine Frage der Zeit. Graf Alfred von Schlieffen, von 1891 bis 1905 Chef des deutschen Generalstabs, arbeitet einen Plan aus, das neutrale Belgien zu überfallen, um die befestigte französische Grenze zu umgehen, den französischen Streitkräften in den Rücken zu fallen und sie zu vernichten, um das Gros der deutschen Kräfte möglichst rasch gegen Rußland in Marsch setzen zu können. Schlieffen zählt zu den ersten, die den Clausewitzschen Aphorismus, wonach der Krieg die Fortsetzung der Politik mit anderen Mitteln sei, in sein Gegenteil kehren. Ihm gilt die Politik nur noch als Fortsetzung des Krieges.[1] Als Schlieffen seinen Abschied nimmt, hinterläßt er den Plan seinen Nachfolgern.

Am 8. Dezember 1912 berät die deutsche Generalität über die Balkankrise. Generalstabschef Graf Helmuth von Moltke hält einen Krieg gegen Rußland für unvermeidlich und fordert, für einen solchen Krieg mit Hilfe der Presse zu werben. Den Hintergrund dieser Ambitionen bildet eine gerade in Arbeit befindliche, neue Wehrvorlage, die alle bisherigen Rüstungsanstrengungen übertreffen soll. In weiterer Folge erhält der deutsche Reichskanzler die kaiserliche Anweisung, die Bevölkerung mit dem Gedanken an einen solchen Krieg vertraut zu machen. Nun wirkt sich zweierlei fatal aus; zum einen, daß es in Berlin – wie auch in Wien – anstelle demokratischen Pressetraditionen einen überaus starken staatlichen Lenkungsapparat gibt, und zum anderen, daß dieser Apparat mittlerweile auf eine ausgedehnte Presselandschaft einwirkt, die weite Teile der Bevölkerung erfaßt. Durch die Regulierung der zentralen Nachrichtenschleusen läßt sich die veröffentlichte Meinung in die gewünschten Bahnen lenken. Am 7. April 1913 spricht der deutsche Kanzler Bethmann-Hollweg vor dem Reichstag von der Möglichkeit einer Auseinandersetzung zwischen dem „Slawentum“ und dem „Germanentum“, womit er sich der Diktion alldeutscher Propagandisten bedient. Die Kanzlerrede dominiert wochenlang die deutsche Presse, das Schlagwort vom „Rassenkampf“ setzt sich fest und im Juni 1913 segnet der Reichstag die von der

Generalität gehegten Aufrüstungspläne ab.[2] Zur selben Zeit bekennt der pensionierte General Konstantin Freiherr von Gebsattel gegenüber Heinrich Claß, dem Vorsitzenden des imperialistischen und für die deutschen Weltmachtträume die Werbetrommel rührenden „Alldeutschen Verbandes“: „Ich ersehne nicht weniger, wie Sie, den befreienden Krieg“...[3]

Am 28. Juni 1914 beendet der österreichische Thronfolger Franz Ferdinand I. die großen Heeresmanöver der k. u. k. Armee in Bosnien. Gemeinsam mit seiner Gattin besucht Franz Ferdinand die Landeshauptstadt Sarajewo, obwohl Berichte seiner Polizei dringend vor Anschlägen warnen. Nach einem mißglückten Bombenattentat auf der Cumurjabrücke setzt der Konvoi des Thronfolgers seine Fahrt fort; am Appelkai gibt der bosnische Student Gavrilo Princip mehrere Schüsse auf den Wagen des Thronfolgerpaares ab. Franz Ferdinand wird schwer verwundet, seine Gattin tödlich verletzt. Nur kurze Zeit später stirbt auch Franz Ferdinand in einem Spital.

Mit der Ermordung des Thronfolgers hat die k. u. k. Monarchie den willkommenen Anlaß für einen Krieg gegen Serbien. Man klagt die serbische Regierung der Mitwisserschaft an, tut dies jedoch wider besseres Wissen; schon am 13. Juli 1914 ist klar, daß die serbische Regierung mit dem Anschlag nicht in Verbindung steht. Der österreichische Gesandte meldet in einem chiffrierten Telegramm nach Wien, daß eine Mitwisserschaft der serbischen Regierung „an der Leitung des Attentats oder dessen Vorbereitung und Beistellung der Waffen durch nichts erwiesen oder auch nur zu vermuten“ sei. Es würden vielmehr Anhaltspunkte bestehen, „dies als ausgeschlossen anzusehen.“[4] Dennoch wird am 23. Juli der serbischen Regierung ein Ultimatum des österreichischen Außenministers Graf Berchtold übergeben, das innerhalb von 48 Stunden zu beantworten und bedingungslos anzunehmen ist. Die serbische Regierung akzeptiert die meisten Forderungen und bittet, die strittigen Punkte durch den Internationalen Gerichtshof oder ein Schiedsgericht der Großmächte klären zu lassen. In Wien, wo man sich mittlerweile der militärischen Unterstützung des Deutschen Reiches versichert hat, lehnt man das jedoch ab. Auf der Grundlage seiner Instruktionen lehnt der österreichische Gesandte die serbische Antwort als unbefriedigend ab. Österreich-Ungarn beginnt mit der Mobilmachung – auch und vor allem am Pressesektor.

Die *Wiener Zeitung* verkündet den Kriegsausbruch in einer Extraausgabe vom 25. Juli 1914, die in der Folge von anderen Zeitungen als Faksimile nachgedruckt wird. Der offiziöse *Pester Lloyd* kommentiert die Ablehnung des österreichischen Ultimatums durch Serbien mit „die Waffen haben das Wort“. Aus der anstehenden „Blut- und Feuertaufe“ werde die „ehrwürdige Monarchie“, wie es heißt, „aufgerichtet und verjüngt hervorgehen“. Die pathetischen Zeilen lassen durchklingen, daß man von diesem Krieg vorrangig die innere Konsolidierung erhofft. Für einen „Sieg der Zivilisation über ein wüstes Barbarentum“ ziehe man mit „unerschrockener Todesverachtung“ und „schwungvollem Heldenmut“ ins Feld; so der *Pester Lloyd* in seinem Bemühen, die Bevölkerung davon zu überzeugen, daß dieser Krieg ein „heiliger Krieg“ sei.[5]

Auch die Politische Korrespondenz macht mobil; sie postuliert am 27. Juli, daß durch die Militärpartei in Serbien „irredentistische Tendenzen in Bosnien-Herzegowina verbreitet“ würden, „was zu dem gräßlichen Mord in Sarajewo geführt hat.“[6] Demgegenüber berichtet sie beruhigend über das Wohlwollen des Bündnispartners Italien, das man aus einer Stellungnahme des *Populo Romano* zum österreichisch-serbischen Konflikt herausliest. *Populo Romano* schreibe über die über alle Maßen strapazierte Geduld Österreich-Ungarns mit der „hinterlistigen Propaganda“, welche das Panserbentum betreibe, es sei nicht verwunderlich, wenn die österreichische Regierung den Umtrieben der Serben ein Ende setzen wolle. Beruhigendes mit einer geradezu selbstbetrügerischen Tendenz weiß man auch aus England zu berichten, und zwar noch am 28. Juli 1914, dem Tag der österreichischen Kriegserklärung an Serbien: England sei bestrebt, den Frieden zu erhalten und bereit, alles zu vermeiden, „was die Gefahr einer europäischen Konflagration“ heraufbeschwören könne. Die Stimmung Österreich-Ungarn gegenüber, so heißt es, sei freundlich, völlig unbegründet seien Gerüchte, wonach zwischen der Entente und dem Dreibund Verstimmung herrsche: „Ebenso unbegründet sind auch die Nachrichten, denen zufolge England im Falle weitgehender Verwicklungen auf dem Kontinent anders als auf diplomatischem Weg in die Ereignisse eingreifen würde.“[7] Schließlich kündigt die Politische Korrespondenz die Strafexpedition gegen Serbien als eine von den Großmächten gebilligte Aktion an; daß dem nicht so ist, weiß manch Verantwortlicher, und daß die Kriegserklärung an Serbien eine verhängnisvolle Beistandsmechanik in Gang setzt, die alle Großmächte in den Konflikt involviert und einen ausufernden, Jahre dauernden Krieg, für den man den Begriff „Weltkrieg“ prägt, zur Folge hat, werden die nächsten Wochen zeigen.

In Wien tritt der für den Kriegsfall vorbereitete militärische Lenkungsapparat in Funktion. Das Rad der Zeit wird um Jahrzehnte zurückgedreht. Gestützt auf den § 14, den Notverordnungsparagraphen des Staatsgrundgesetzes von 1867, der die Exekution der „Staatsnotwendigkeiten“ auch ohne Parlament ermöglicht und mit dessen Hilfe Ministerpräsident Stürgkh schon im März 1914 kurzerhand den Reichsrat ausgeschaltet hat, entfalten die militärischen Behörden unter Conrad von Hötzendorf ein autoritäres Regime. Die verfassungsmäßig zugestandene Pressefreiheit wird kurzerhand aufgehoben.

Das österreichische Pressewesen steht auf der Grundlage des Pressegesetzes aus 1862 und des Staatsgrundgesetzes von 1867, worin die Pressefreiheit verankert ist. Die gewährte Freiheit ist jedoch eine scheinbare, denn es existiert ein Gesetz, mit Hilfe dessen sie kurzerhand suspendiert werden kann, und zwar im Falle eines Krieges oder eines bevorstehenden Krieges, im Falle innerer Unruhen, hochverräterischer, die persönliche Sicherheit oder die Verfassung bedrohender Umtriebe. Dieses Gesetzes vom 5. Mai 1869 bedient man sich nun zur Aussetzung der Pressefreiheit. Ab 26. Juli 1914 sind einerseits ausländische Druckschriften verboten und andererseits erläßt man Zensurmaßnahmen gegen inländische. Per kaiserlicher Verfügung wird für das gesamte Gebiet der Monarchie untersagt, Mitteilungen über militärische Operationen der österreichisch-ungarischen Armee, über deren Bewegungen und Stärke, über den Aufstellungsort von Truppen und Schiffen oder den Zustand von Befestigungswerken in einer Druckschrift zu berichten.[8] Keine Anwendung findet diese Vorschrift naturgemäß auf Mitteilungen, die durch das Korr.-Bureau oder mit Genehmigung des Armeeoberkommandos, des Preßbureaus des Kriegsministeriums sowie des sogenannten „Kriegspressequartiers", das im Hinblick auf eine kontrollierte Kriegsberichterstattung eingerichtet wird, veröffentlicht werden.

Der Krieg bringt einen Rückfall in absolutistische Knebelungspraktiken. Die Niederösterreichische Statthalterei, in deren Zuständigkeit die Reichshauptstadt Wien fällt, gibt eine Verfügung heraus, die in der amtlichen *Wiener Zeitung* bekanntgemacht wird; demnach haben die Drucker von „jedem einzelnen Blatte oder Hefte einer periodischen Druckschrift" mindestens eine Stunde, „von jeder anderen Druckschrift aber wenigstens 8 Tage vor dem Zeitpunkte der Ausgabe der Sicherheitsbehörde des Ausgabeortes und in Orten, wo der Staatsanwalt seinen Sitz hat, diesem ein Exemplar zu hinterlegen."[9] Bei Zuwiderhandeln droht eine Geldstrafe bis zu 2.000 Kronen bzw. Arrest bis zu einer Dauer von sechs Monaten. Man versucht diesen Krieg nach alter Mode zu führen, gestützt auf die Armee, auf eine offiziöse Presse und einen gestrengen Zensur- und Lenkungsapparat. Während sich das bestehende Preßdepartement im Ministerratspräsidium vor allem den Zeitungen der in der Monarchie vertretenen Nationalitäten widmet, wird für die wichtigen Zeitungen, insbesondere in der Reichshauptstadt Wien, eine eigene Stelle unter militärischer Observanz ins Leben gerufen. Es handelt sich dabei um das sogenannte „Kriegsüberwachungsamt", das für die Kontrolle des österreichischen Teils der Doppelmonarchie verantwortlich ist, während im ungarischen Teil eine analoge Institution, die „Kriegsüberwachungskommission", wirkt.

Das Kriegsüberwachungsamt, das auf Ausnahmeverfügungen aus dem Jahr 1912 zurückgeht, hält „ununterbrochen, Tag und Nacht, Dienst und ist daher zu jeder Zeit telephonisch erreichbar", heißt es; seine Amtsräume befinden sich im Gebäude des Kriegsministeriums am Wiener Stubenring, der Vorstand des Amts ist Leopold Edler von Schleyer, General und Sektionschef im Kriegsministerium.[10] Er hat für die Loyalität der inländischen Presse zu sorgen; darüber hinaus obliegt ihm die Zensur der Post, der Telegrafen- und Telefoneinrichtungen; seine Tätigkeit soll verhindern, daß dem „Feind" dienliche Informationen zukommen, aber wohl auch, daß Unruhe in der Bevölkerung aufkeimt. Das Zensurprocedere sieht vor, allgemeine Weisungen an die zuständigen Unterbehörden Staatsanwaltschaft, Polizei und die Bezirkshauptmannschaften zu erlassen, die als Pressebehörden die Zensur ausüben.

Mehrmals wöchentlich finden im „Kriegsüberwachungsamt" Pressekonferenzen statt, die in der Regel von Offizieren, manchmal vom Kommandanten des Kriegspressequartiers geleitet werden. Den Offizieren obliegt es, die Kriegslage für die Pressevertreter zu erörtern; die Zivilisten, die im Kriegsüberwachungsamt Dienst tun, spielen eine untergeordnete Rolle, „zucken sofort zusammen, wenn der militärische Leiter des Amtes eine Ordre" erteilt.[11] Zu den Pressekonferenzen entsenden neben diversen Ministerien auch die großstädtischen Zeitungen, die größeren Provinzblätter und diverse Korrespondenzen ihre Vertreter. Die Konferenz besteht aus drei Teilen: zum ersten gibt es Anweisungen, wie aktuelle Aussagen durch die Presse zu behandeln sind, zum zweiten Referate der jeweils zuständigen Fachreferenten der Zivil- oder Militärbehörden zu aktuellen Fragen ihres Ressorts und zum dritten schließlich Diskussion und Fragemöglichkeit der Journalisten an die Referenten.

Das Kriegsüberwachungsamt wirkt als unumschränkte Zensurstelle, die den Pressevertretern unmißverständlich diktiert, was publiziert wird und was nicht. Die Öffentlichkeit weiß im übrigen nichts von der Existenz dieses Amts. Erwähnt sei auch, daß es eine solch strikte Form der Präventivzensur in der ungarischen Reichshälfte nicht gibt.

Die restriktive Zensurpraxis und eine sehr zurückhaltende militärische Nachrichtenpolitik lassen schon in den ersten Kriegstagen ein Informationsvakuum entstehen. In der Bevölkerung verbreiten sich

Unruhe und Gerüchte. Am 4. August 1914 erscheint in einigen Zeitungen ein Aufruf, der um Verständnis für die amtliche Nachrichtenkontrolle wirbt und sich gegen die kursierenden Gerüchte wendet:

> Trotz der wiederholten Versicherung, daß alle mit der allgemeinen Lage und den Kriegsereignissen zusammenhängenden, authentischen Nachrichten seitens der leitenden Stellen ehestens zur Kenntnis gebracht werden, finden die abenteuerlichsten Gerüchte in weiten Kreisen der Bevölkerung bereitwilligste, durch keinerlei vernünftige Überlegung kontrollierte Aufnahme und allgemeine Verbreitung. Diese Erscheinung ist umso bedauerlicher, als sich erfahrungsgemäß gerade alarmierende Ausstreuungen am hartnäckigsten erhalten und es ist nicht genug zu verurteilen, wenn diese eine Irreführung der öffentlichen Meinung hervorrufen.
>
> So bedarf es daher der unausgesetzten Mithilfe der Bevölkerung, um derartige, in ihrer Mitte entstandene und durch sie selbst kritiklos weitergegebene und daher aufgebauschte Nachrichten radikal zu unterdrücken. Gerade die Öffentlichkeit aber in ihren vielfachen sozialen Verzweigungen ist in den allermeisten Fällen selbst in der Lage, die Grundlosigkeit und Unhaltbarkeit plötzlich aufgetauchter Gerüchte jeder Art in der kürzesten Zeit einwandfrei festzustellen und letzteren damit auch den Boden zu entziehen, bevor sie in die Allgemeinheit zu dringen und nach irgend einer Richtung falsche Bilder zu erzeugen vermögen.
>
> Im Zusammenhang damit wird daher betont, daß jede Nachricht über Kriegsereignisse und sonstige mit der allgemeinen Lage in Zusammenhang stehende Vorkommnisse von amtlicher Seite zu gegebener Zeit ohne Beschönigung und Verdrehung zur Veröffentlichung gelangen wird, so daß sich das Publikum auch in dieser Hinsicht mit vollstem Vertrauen auf die Kenntnisnahme der offiziellen Nachrichten beschränken und jeder Entstellung des derart fixierten Tatbestandes wie auch jeder Eskomtierung möglicher Ereignisse mit der größten Energie entgegengetreten werden kann.[12]

Zur Sicherheit wird die Bevölkerung in verschiedenen Kundmachungen zusätzlich aufgefordert, die Verbreiter von Gerüchten und defaitistischen Äußerungen der Polizei anzuzeigen.

Auch das Korr.-Bureau, in dem seit Kriegsausbruch wieder ununterbrochener Tag- und Nachtdienst geleistet wird, nimmt gegen die von „feindlicher“ Seite gestreuten Gerüchte Stellung und ermahnt die Bevölkerung, sich in ihrer Wißbegierde bis zur amtlichen Verlautbarung zu gedulden. Hinter der angesprochenen Verzögerung stehen die militärische Geheimhaltungsdoktrin und das damit verbundene, langatmige Zensurprocedere, dessen man sich bedient und das nicht nur eine inhaltliche Amputation des Nachrichtenstoffs, sondern auch eine beträchtliche Verschleppung im Übermittlungsprozeß mit sich bringt. Seitens der Tagespresse, die auf aktuelle Nachrichten angewiesen ist, wird das Korr.-Bureau bald kritisiert – es arbeite zu langsam. Auch die neutrale Auslandspresse, die in Wien Korrespondenten hat, sieht sich von der gehandhabten Nachrichtenpolitik sehr negativ berührt und zieht ihre Vertreter ab.

Die herrschenden Zustände veranlassen das Außenministerium, das um eine effektive Auslandspropaganda bemüht und vom Abziehen der ausländischen Korrespondenten alarmiert ist, zu einem Rundschreiben an den Ministerpräsidenten Graf Karl Stürgkh und an den Kriegsminister. Inhalt des Rundschreibens ist die Forderung, Verbesserungen in der langwierigen Zensurprozedur in die Wege zu leiten, um eine größere Zahl an Nachrichten in den Auslandsblättern unterzubringen und so der gegnerischen Propaganda effektiver entgegentreten zu können. Man will direkt über die k. u. k. Missionen im neutralen Ausland, über entsprechende Nachrichten an das Korr.-Bureau und über die Korrespondenten der ausländischen Zeitungen in Wien Aufklärung leisten, sieht sich dabei aber durch die Art, wie in Wien die Zensur von militärischer Seite ausgeübt wird, behindert:

> In journalistischen Kreisen herrscht die Klage, daß bereits zensurierte und sogar in offizielle und offiziöse Blätter übergegangene Nachrichten, ferner Meldungen, deren Inhalt auf den ersten Blick eine uns günstige Tendenz erkennen läßt, bei der Weitergabe an ausländische Blätter entweder zur Gänze inhibiert oder durch Streichungen in ihrem Sinne derart verstümmelt werden, daß sie allen Wert verlieren; auch werden durch Handhabung der Preßzensur so große Verspätungen im Depeschenverkehr verursacht, daß z. B. ein Preßtelegramm, das von der Zensur durchgelassen wird, nicht selten erst vierundzwanzig Stunden nach der Aufgabe am Bestimmungsorte einlangt und daher für die Blätter meist wertlos ist.[13]

Man regt an, eine Konferenz einzuberufen, auf der dieserart Probleme besprochen werden sollen, wobei sich der Außenminister in einem privaten Brief an den Kriegsminister zu versichern bemüht, daß keine Milderung oder gar Aufhebung der Zensur beabsichtigt sei, sondern lediglich eine „rasche und für alle Blätter gleichmäßige Handhabung der Zensurvorschrift“[14] erreicht werden soll.

Die Konferenz wird einberufen, wenn auch ohne Beteiligung der maßgeblichen militärischen Stellen; der Leiter des Literarischen

Bureaus, Montlong, dem Bürokratismus und wenig Feingefühl für die Bedürfnisse der Presse nachgesagt werden, der Vertreter des Außenministeriums beim Kriegsüberwachungsamt, Colberg, der Vorstand des Preßdepartements im Ministerratspräsidium und je ein Vertreter der k. k. Justizverwaltung und der k. k. Preßpolizei erörtern die Zensurprobleme. Es gelingt, einige von protestierenden deutschen Berichterstattern geforderte Änderungen durchzusetzen; so etwa, daß Zensurstelle und Telegrammaufgabestelle zusammengelegt werden, um die Abwicklung zu beschleunigen. Abgelehnt wird hingegen die Forderung, Telegramme telefonisch aufgeben zu dürfen. Seitens der verantwortlichen Militärs fürchtet man Spionageaktivitäten, was sich auch anderweitig niederschlägt, etwa in der Angst, die Inseratenteile auszuführender Zeitungen würden von Agenten zur Übermittlung von kodierten Nachrichten benützt. Die Grenzabfertigung von für das neutrale Ausland bestimmten österreichischen Zeitungen dauert deshalb bisweilen so lang, daß die Zeitungen, wenn sie an ihrem Bestimmungsort einlangen, meist nur noch den Wert von Altpapier besitzen.

Zu einer Lösung des Zensurproblems und einer nachhaltigen Verbesserung der Situation gelangt man nicht. Von den aus Protest abgezogenen Korrespondenten italienischer Zeitungen kehrt ein einziger zurück, gegen die Rückkehr anderer sprechen sich offizielle Stellen, vor allem das Kriegsüberwachungsamt, aus. Die Folge ist, daß sich der ehemalige Korrespondent des *Corriere della Serra*, gegen dessen Rückkehr nach Wien sich sogar der hiesige italienische Botschafter verwehrt, in Verona ansiedelt und Kriegstelegramme veröffentlicht, die er aus Wien stammend datiert. Damit bringt er die Wiener Zensoren erst recht in Schwierigkeiten, die schlecht argumentieren können, daß die Telegramme Fälschungen seien, weil solch feindselige Ausritte kaum durch die österreichische Zensur gegangen wären.[15] Man will schließlich die Tatsache, daß in Wien Zensur herrscht, nicht auch noch laut hinausposaunen.

Manche heimische Zeitungen wenden sich offen gegen die Zensurmaßnahmen, die sich vom Streichen einzelner Zeilen bis zur zeitweiligen Suspension erstrecken. Es wird schmeichlerisch argumentiert, daß die Zensur dem Ansehen der Regierung schade; das Ausland bekomme einen schlechten Eindruck von der Monarchie und der Leser denke sich in die weißen Zensurflecken hinein, was mitunter gar nicht dringestanden wäre. Man kritisiert, daß auch Dinge zensuriert würden, die in keinem Zusammenhang mit der Kriegsführung stünden. Die journalistische Standesorganisation „Concordia“ tritt später mit einer Resolution an die Öffentlichkeit, worin sie fordert, die militärische Zensur auf die Überwachung militärischer Nachrichten zu beschränken; die Zensur durch die Staatsanwaltschaft dürfe die Diskussion öffentlicher Angelegenheiten nicht hemmen, außerdem sei eine Vereinfachung und Vereinheitlichung der Zensurprozedur durchzuführen. Es dauert jedoch noch Jahre, bis dieser Ruf Gehör findet.

„Lügenfeldzug und Kabelkrieg“

Der Ausbruch des „großen“ Krieges hat auch auf der Gegenseite die Militärs bewegt, sich die Hoheit über die Presse zu sichern. In Frankreich besteht seit 2. August 1914 im Kriegsministerium ein „Bureau de la Presse“. Dies bedeutet Zensur: es ist den Zeitungen verboten, ohne Genehmigung des Büros die Armee betreffende Angelegenheiten zu veröffentlichen. Gleichzeitig wird eine Kontrolle über den Telegrafen verhängt, städtische Telefonverbindungen sind aus Gründen der Spionageabwehr nur noch zwischen angrenzenden Departements erlaubt. Brüssel, London oder Genf anzurufen ist nicht mehr möglich, auch nicht für die Agence Havas. Die zweimal täglich erscheinenden Kriegsnachrichten von Havas unterliegen ebenfalls der Observanz der militärischen Zensoren. Frontberichte sind anfangs gänzlich untersagt, weil sie mehr sagen könnten, als man von offizieller Seite zu sagen bereit ist.

In der Agence Havas wird am ersten Tag der Feindseligkeiten angeordnet, jeglichen Kontakt mit den feindlichen Agenturen abzubrechen. Alle Depeschen, die nicht aus Paris, London, Brüssel oder Belgrad kommen, sollen aus dem Dienst entfernt und nicht weiterbefördert werden. Meldungen von neutralen Agenturen müssen dahingehend geprüft werden, ob sie dem Geist der Alliierten entsprechen.[16] Anfangs unterwirft sich die Agence Havas der verlangten Selbstzensur, doch fragt man sich bald, wo die Grenzen liegen, da die Zensur mitunter lächerliche Ausmaße annimmt; sogar belgische Kommuniqués werden unterdrückt, weil sie als indiskret bewertet werden. Die eingeschränkte Informationspolitik bezieht sich nicht nur auf Frankreich, sondern auf das gesamte Havas-Territorium und wird mancherorts mit großem Mißfallen betrachtet. Eine Anfrage der argentinischen Zeitung *La Nación* – die von Havas mit ausländischen Nachrichten versorgt wird –, warum man keine deutschen Kommuniqués erhalte, wird mit patriotischen Argumenten beantwortet: Havas sei eine französische Agentur, und die Deutschen seien Kriegsgegner. Mit solch einseitiger Berichterstattung will sich die argentinische Zeitung jedoch nicht abfinden; man fragt bei der AP an, ob sie *La Nación* nicht mit einem ausländischen Nachrichtendienst beliefern könne. Die Antwort der AP fällt negativ aus; man sei dazu nicht berechtigt, weil *La Nación* nicht zum Territorium der AP zähle – Südamerika ist in den Verträgen der Kartellagenturen eindeutig als Havas-Territorium festgelegt.[17] Die Anfrage der *Nación* bewegt aber einen Mitarbeiter der AP, den späteren Direktor Kent Cooper, das gesamte Vertragssystem der Agenturen kritisch zu hinterfragen.

Während sich *La Nación* über mangelnde Information aus Deutschland beklagt, sieht man sich übrigens bei Havas, der offiziellen französischen Informationspolitik zum Trotz, bald besser darüber informiert, was sich in Deutschland abspielt als in Teilen Frankreichs, denn die neutralen Agenturen, mit denen man nach wie vor Kontakt hält, haben ihre Korrespondenten in Deutschland und in Österreich-Ungarn behalten. Die „Schweizer Depeschenagentur“[18] beispielsweise steht nach wie vor in Verbindung mit Wien und Berlin.

Auch bei Reuters in London sieht man sich durch ein Pressebüro der Regierung zensuriert. Als Folge davon werden die weltweit stationierten Vertreter aus der Agenturzentrale angewiesen, Duplikate ihrer Depeschen auf dem Postweg zu schicken, weil viele der telegrafisch nach London gesendeten vom Zensurapparat zurückgehalten würden. Reuters muß gewisse Zugeständnisse an die britische Regierung machen: Über ein „Wartime Agence-Reuter Service“, in Zusammenarbeit mit dem Foreign Office erstellt, beginnt man Meldungen und Kommentare zu verbreiten, die die britische Regierung publiziert wissen will. Dieser Dienst geht an verbündete und neutrale Staaten in Europa, den Nahen und Fernen Osten und in das Britische Empire; er wird zwar getrennt vom normalen Reuters-Dienst geführt, wohl aber unter dem berühmten Namen der Agentur.[19]

Nur wenige Tage nach der Kriegserklärung an Deutschland läßt die britische Admiralität die unterseeischen Telegrafenkabel, die Deutschland mit Amerika verbinden, durch Kriegsschiffe kappen. Das Deutsche Reich ist damit vom Rest der Welt abgeschnitten. Mit der Unterbrechung des Nachrichtenaustauschs zwischen London und Berlin und zwischen Paris und Berlin finden sich auch Wien und Budapest, die bislang über Wolff an die internationale Öffentlichkeit angebunden waren, isoliert wieder; lediglich die Verbindung zu einigen neutralen Agenturen, die mitunter auch Kontakt nach Paris und London halten, bleibt bestehen.

Der „Kabelkrieg“ markiert den Beginn eines neuen Kriegszeitalters. England ist eine See- und Kolonialmacht, die ihr Ansehen „beinahe mehr“ auf ihren Kabeln als auf ihrer Flotte gründet. Wie sich England weltweit Flottenstützpunkte eingerichtet hat, so auch Kabelstützpunkte. Die Briten würden nun, wie es auf deutscher Seite heißt, ihr weltumspannendes Kabelnetz benützen, um einen noch nie dagewesenen „Propagandafeldzug“ zu führen und „die ganze Welt unausgesetzt mit einer Flut von Unwahrheiten zu übergießen“. Tag für Tag würde „ein giftiger Sud von Lüge und Verleumdung durch alle Kabel der Erde hindurchgespritzt“[20], um die Mittelmächte zu diskreditieren. Es handle sich um einen „Lügenfeldzug“, der mit derselben Umsicht vorbereitet und mit derselben Konsequenz geführt werde, wie (man vernehme das bemerkenswerte Eingeständnis!) die Kriegsvorbereitung und der kriegerische Aufmarsch deutscherseits erfolgt seien: „Während wir uns für einen Krieg stark machten, der geführt werden sollte mit Munition und Mannschaft, haben die Engländer einen Krieg vorbereitet, den sie zu führen gedachten mit Presse und Kabel.“[21] Reuters sei insofern „die mächtigste Waffe der englischen Regierung“; einzig und allein mit Hilfe des Reuters-Büros habe es gelingen können, in neutralen Ländern, vor allem in den USA, „eine bis zur Feindseligkeit gesteigerte gegnerische Stimmung gegen Deutschland und das mit ihm verbündete Österreich-Ungarn“ zu entfachen. Die „Reuter-Lügen“ umfaßten „eine eigene Kategorie gefälschter, auf Täuschung und mitunter geradezu böswillige Entstellung berechneter Nachrichten“,[22] in denen die Mittelmächte als alleinige Kriegsschuldige dargestellt und eines brutalen Barbarismus bezichtigt würden. Deutsche Soldaten würden demnach im besetzten Gebiet in Belgien Greisen die Augen ausstechen, Frauen die Brüste abschneiden, Kindern die Arme abhacken und aus den Leichen der eigenen Soldaten Fett gewinnen. Der deutsche Kaiser würde „als eine Art Dschingiskhan“ hingestellt, die Generäle als „schlachtentolle Unmenschen“ und die deutsche Bevölkerung als eine „auf die Eroberung und Unterwerfung der übrigen Welt bedachte Barbarenhorde“.[23]

Es bleibt anzumerken, daß die Eroberung von Kolonialgebieten, entgegen aller offiziellen Beteuerungen, zu den realen Kriegszielen der Mittelmächte gehört. Die deutsche Heeresleitung gesteht in einer amtlichen Bekanntmachung überdies diverse Übergriffe auf die belgische Zivilbevölkerung im Sommer 1914 ein, wenn sie verlauten läßt, die belgische Regierung trage die Schuld, da sie die Zivilbevölkerung zu „heimtückischen Überfällen“ auf die eingefallenen, deutschen Soldaten angestiftet habe.[24] Gleich der deutschen Armee in Belgien, sieht sich die österreichisch-ungarische in Serbien einem erbitterten Widerstand der regulären gegnerischen Armee, aber auch von Zivilisten gegenüber. Immer wieder ist die Rede von hinterhältigen und „völkerrechtswidrigen“ Überfällen auf Soldaten der k. u. k. Armee. Auch auf der Seite Österreichs werden Übergriffe eingestanden, etwa wenn erklärt wird, daß aus Strafe für „völkerrechtswidriges und barbarisches Verhalten“ der ansässigen Bevölkerung „Ortschaften von den österreichisch-ungarischen Truppen niedergebrannt und die Nichtkombattanten niedergemacht werden".[25]

Die parallel zu den militärischen Ereignissen verlaufende propagandistische Bearbeitung der Öffentlichkeit zielt darauf ab, die Bevölkerung, auf deren Unterstützung man im Zeitalter moderner Kriegsführung nicht mehr verzichten kann, kriegswillig zu machen und solange wie nötig auch zu halten. Der Erste Weltkrieg ist ein neuer Typ von Krieg: ein Krieg der Rüstungspotentiale, geführt durch Materialschlachten, ein Krieg, der nicht zuletzt in den Köpfen der Millionen Zivilisten in den Hinterlanden geführt wird, die in den Fabriken für Materialnachschub zu sorgen haben und als Rekrutierungsreservoir für die Massenarmeen, deren dezimierte Reihen unablässig aufgefüllt werden müssen, benutzt werden. Der Erste Weltkrieg ist ein Propagandakrieg, geführt vorwiegend über das öffentliche Forum der Industriegesellschaft, die Massenpresse.

Durch die zunehmende Involvierung der zivilen Bevölkerung in die Kriegsführung avancieren die Presselandschaften zu virtuellen Kriegsschauplätzen. Jede Regierung ist bestrebt, die Wahrheit zu opfern und ihre Bevölkerung durch gezielte Berichterstattung bei den Fahnen und die Nachrichten aus Feindeshand, die die eigene „Wahrheit" konterkarieren könnte, möglichst fern der heimischen Presse zu halten. Die Wahrheit ist bekanntlich das erste Opfer des Krieges (Rudyard Kipling). Im Propagandakrieg hat die Nachricht ihren Wahrheitscharakter weitgehend verloren. Nach außen hin geht es darum, sich, soweit möglich, in der Presse neutraler Länder Gehör zu verschaffen und die eigene Sicht der Dinge unterzubringen, um das betreffende Land auf die eigene Seite zu ziehen. Für die Mittelmächte sind dies, abgesehen von Italien (das 1915 auf der Seite der Entente in den Krieg eintreten wird), Schweden, Dänemark, Norwegen, die Schweiz, Spanien und die Niederlande. Während man auf der Seite Deutschlands mit der Einrichtung verschiedener Pressebüros, die die betreffenden Staaten mit Propagandamaterial zu überschwemmen beginnen, reagiert, begnügt man sich auf österreichischer Seite damit, die offiziellen Nachrichten des Korr.-Bureaus zu übermitteln.[26]

Die Schweiz wird bei Kriegsausbruch ihrer Neutralität und Vielsprachigkeit wegen zu einem der wichtigsten Umschlagplätze für Nachrichten aus dem und in das „feindliche" Ausland. Die Schweizerische Depeschenagentur ist einer der neutralen Böden, wo man zu internationalen Nachrichten gelangen und im Gegenzug sorgfältig infiltrierte Nachrichten ins internationale Ausland absetzen kann. Im Vergleich zu den großen deutschen und französischen Budgets zur Beeinflussung der Schweizer Presse sind die österreichischen Propagandaanstrengungen eher bescheiden. Eine einzige westschweizerische Zeitung, das *Journal de Genéva*, hat einen vom Literarischen Bureau bezahlten Korrespondenten in Österreich, in der ostschweizerischen deutschsprachigen Presse sind die Verhältnisse nicht viel günstiger. Die Geringschätzung der Pressepropaganda verweist nicht nur auf die leidige Finanzsituation der Doppelmonarchie, sondern auch auf eine Verkennung der Realität des modernen Propagandakrieges, die wohl in der traditionellen Geringschätzung der Presse wurzelt.

Mehr Aktivität wird in Italien entfaltet, das man unbedingt neutral zu halten wünscht. Um Zugang zu italienischen Zeitungen zu finden, werden von Wien aus einzelne italienische Blätter subventioniert; weiters wird ein Abkommen mit dem „Heiligen Stuhl" getroffen, das sechs katholische Zeitungen zur Neutralität gegenüber Österreich-Ungarn verpflichtet. Das Korr.-Bureau sendet zudem täglich Meldungen an die Agenzia Stefani, die gegen Subvention österreichische Artikel ins Italienische übersetzt, um sie in italienischen Blättern unterbringen zu können.

Im neutralen Spanien hat man große Probleme, die offiziellen Wiener Meldungen in den Zeitungen unterzubringen. Man findet die spanische Presse gefüllt mit wenig freundlichen Nachrichten aus französischen und englischen Quellen. Verzögerungen in der Weiterleitung offizieller österreichischer Depeschen, mitunter auch ihre gänzliche Unterdrückung oder zumindest Verstümmelung, die man konstatieren muß, werden in Wien kurzerhand darauf zurückgeführt, daß die betreffenden spanischen Beamten von den Ententemächten bestochen seien.[27]

Nach Holland werden die offiziellen Berichte des Korr.-Bureaus über die „Agentie de la Mar" übermittelt, die die Nachrichten an die niederländische Presse weitergibt. Es handelt sich um amtliche Verlautbarungen, um optimistisch gehaltene Auszüge aus Betrachtungen der Wiener Blätter, um Berichte des Kriegspressequartiers, um Polemiken gegenüber gegenerischen Berichten und patriotische Meldungen aus allen Teilen der Monarchie. Abseits davon erhält die niederländische Presse Berichte ihrer beim österreichischen Kriegspressequartier akkreditierten Korrespondenten, die streng reglementiert und zensuriert sind.[28]

Für ein weitgehendes Engagement in der internationalen Presse fehlen die Mittel wie die Möglichkeiten. Die Entente hingegen, so meint man, habe ein leichtes Spiel mit der Weltöffentlichkeit; das Einzugsgebiet der britischen Agentur Reuters ist groß, wie auch das der französischen Havas. Neben den Britischen Inseln selbst, den britischen Kolonien in Australien, Kanada, Südafrika und Indien bedient

Reuters Holland, Belgien (gemeinsam mit Havas), Norwegen, China, Japan, Arabien, Mesopotamien, Mittelamerika und diverse kleinere Überseestaaten; die Agence Havas ist in Spanien, Portugal, Italien, einem großen Teil des Balkans und Südamerika vertreten. Länder wie Italien, die mit der Agenzia Stefani über eine eigene nationale Agentur verfügen, sind von Reuters beziehungsweise von Havas im Hinblick auf Weltnachrichten abhängig; in den Ländern innerhalb dieser Einzugsgebiete, wo keine nationalen Agenturen existieren, sind die Mittelmächte, wie man auf Seiten Deutschlands konstatiert, geradezu „auf Gnade und Ungnade den Herren von der Havas und von Reuter ausgeliefert". Aus solchen Ländern seien überhaupt keine Nachrichten zu bekommen, „die nicht von Reuter und Havas ausgewählt und zurechtgestutzt sind", umgekehrt bestehe in den genannten Ländern für die deutsche Seite keine Möglichkeit, sich zu artikulieren.[29] Die Öffentlichkeit in diesen Ländern könne „ungehindert und unwidersprochen"[30] beeinflußt werden:

> Die ungeheuerlichen Großsprechereien, mit denen die gegnerischen Nachrichtenbureaus gleich beim Beginn des Krieges das Unterliegen Deutschlands und seines Verbündeten als unzweifelhaft und binnen kürzester Frist bevorstehend ausposaunten, durch die sie vermöge der Millionen, die gegen uns bereits im Felde ständen oder nach Lord Kitcheners zuversichtlichen Versprechungen demnächst gegen uns ausrücken würden, sich vermaßen, uns einfach vom Erdboden wegzufegen, haben zweifellos dazu beigetragen, die anfangs nicht sehr rege Kampflust der gegen uns aufgestellten feindlichen Truppen anzufeuern und ihnen Vertrauen auf baldigen Sieg beizubringen. Im Verein mit den unaufhörlichen Lügen, die durch die Auslandspresse über die gedrückte Stimmung in Deutschland, über den Ausbruch von Unruhen, über Zwietracht zwischen Nord- und Süddeutschland verbreitet wurden, haben jene Flunkereien ferner einen unverkennbaren Eindruck auf die Haltung der Neutralen ausgeübt.[31]

Schmerzlich berührt nimmt man in Wien und Berlin zur Kenntnis, daß man ohne Reuters und Havas keinen Zugang zur Weltöffentlichkeit hat. In Anbetracht dessen wächst die alte Idee, die Dominanz der beiden Agenturen am Weltnachrichtenmarkt zu brechen. Für die Zeit nach dem Krieg, das heißt nach dem Sieg, soll eine von der bisherigen Kartellvereinbarung, die Deutschland und Österreich-Ungarn benachteiligt habe, abgehende Regelung des internationalen Nachrichtenverkehrs getroffen werden, und zwar unter der Parole: „Ohne Reuter und Havas! und, wo es notwendig erscheint, auch gegen sie."[32]

Gigantomanische Pläne, eine Kooperation zwischen Wolff und dem Korr.-Bureau ins Leben zu rufen, deren Wirkungskreis „sich auf die ganze Welt erstrecken müßte",[33] werden entworfen; die Vision einer Weltagentur, die es im buchstäblichen Sinn zu erkämpfen gelte, nimmt Gestalt an; als Motto gilt, in Abwandlung des Napoleonischen Diktums: „Was das Schwert errungen, sollen die Nachrichtenagenturen nicht verderben".[34]

Um die Isolation zu umgehen, macht man sich in Deutschland die Funktechnik zunutze, die während der letzten Jahre dem Versuchsstadium entwachsen ist. Im Schatten des Kabelkrieges bricht ein Ätherkrieg an. Die Großfunkstation Nauen bei Berlin wird zur wichtigsten Verbindung mit der Außenwelt. Von hier aus werden offizielle Kommuniqués in alle Welt gesendet. Die „Transocean", eine halboffizielle Korrespondenz, die eigentlich mit der Intention gegründet wurde, auf funktechnischem Weg deutsche Wirtschaftsnachrichten nach Übersee zu verbreiten, mutiert zu einer regelrechten Funkpropaganda-Agentur.

Obgleich die unterseeischen Kabel zumindest auf der Seite der Alliierten die wichtigsten internationalen Nachrichtenverkehrswege bleiben, bedienen sich die offiziellen Stellen der Alliierten auch eines gefunkten Nachrichtendienstes, wobei sie die angestammten Agenturen, die auf ihre Unabhängigkeit bedacht sind, nach Möglichkeit zu umgehen trachten. Die britische Regierung startet ein von Reuters unabhängiges „Official Service" des „Information-Department", das etwa die Hälfte des Materials über Funk ausstrahlt.[35] Auch auf französischer Seite werden vom Eiffelturm aus offizielle Kommuniqués, vom Lyoner Sender verschiedene Nachrichten und vom Kriegsministerium redigierte Presseschauen gefunkt, ohne daß Havas eine Kopie davon bekäme.[36]

„Vom Kriegspressequartier wird gemeldet..."

Für die eigentliche Kriegsberichterstattung hat die k. u. k. Militärverwaltung Vorsorge getroffen. In einer militärischen Mobilisierungsinstruktion aus dem Jahr 1909 finden sich neben einer Beschreibung eines „Kriegsattachéquartiers", dem die Wahrung der österreichischen Interessen im neutralen Ausland durch die Entsendung von Militärattachés obliegt, die Bedingungen formuliert, unter denen in- und ausländische Kriegsberichterstatter im Kriegsfall zugelassen würden: im sogenannten „Kriegspressequartier" (KPQ). Auf der Grundlage dieser Mobilisierungsinstruktion wird am 28. Juli 1914, dem Tag der österreichischen Kriegserklärung an Serbien, das Kriegspressequartier unter der Leitung des k. u. k. Obersten im Generalstab, Maximilian von Hoen, bislang Leiter des Kriegsarchivs, aufgestellt. Hoen, der „Bohemien unter den Generalen", ist kein fanatischer Militarist, ihm wird „trotz seiner Uniform und seiner militärwissenschaftlichen Werke" nachgesagt, daß er den Krieg als Unglück empfinde und es gelte, „sich irgendwie mit ihm abzufinden."[37]

Grundsätzlich ist das KPQ, wie es heißt, „zur Aufnahme von Pressevertretern (Kriegsberichtern, Zeitungsberichterstattern) der in- und ausländischen Presse im Kriegsfalle bestimmt";[38] wobei im Anhang der Mobilisierungsinstruktion ausgeführt wird, daß die dafür in Frage kommenden Personen schon zu Friedenszeiten ausgesucht werden sollen. Neben 13 Offizieren und 190 Mannschaftsdienstgraden an Militärpersonal sind für das Kriegspressequartier 89 Zivilisten vorgesehen, darunter acht Vertreter der österreichischen Presse (mit je einem Diener), acht Vertreter der ungarischen Presse (mit je einem Diener) und 15 Vertreter der ausländischen Presse (mit je einem Diener). Die Zulassung von Vertretern ausländischer Zeitungen erfolgt über diplomatische Kanäle, jene von inländischen Blättern im Einvernehmen mit der Regierung, da nur „völlig vertrauenswürdige Personen" in das Kriegspressequartier entsandt werden sollen. Akkreditierte Berichterstatter und ihre Diener müssen Zivilkleidung und am Arm zudem eine schwarz-gelbe Binde mit der Aufschrift „Presse" tragen; von der Heeresleitung erhalten sie eine Legitimation. Sie müssen einen Revers unterzeichnen, worin sie zur Kenntnis nehmen, daß sie sich der Militärgerichtsbarkeit und der disziplinaren Strafgewalt der Armee unterwerfen und daß die Heeresleitung für Material- und „Leibesschäden" keinerlei Haftung übernimmt. Sie dürfen weder unmittelbar noch mittelbar mit Angehörigen des feindlichen Staates in Verbindung treten, andernfalls werden sie als Spione behandelt. Für die gesamte Korrespondenz der Berichterstatter ist nur die deutsche, ungarische oder französische Sprache gestattet; dem militärischen Zensor steht es frei, die Beförderung von Korrespondenz ganz oder teilweise zu unterbinden. Berichterstatter, die die von ihnen abgegebenen Erklärungen verletzen oder Befehlen und Mahnungen zuwiderhandeln, werden vom Kriegsschauplatz verwiesen, gegebenenfalls wird gegen sie ein Strafverfahren eingeleitet; strafweise entfernte Berichterstatter dürfen von ihrer Zeitung nicht ersetzt werden. Die Ablösung von Berichterstattern während eines Feldzugs ist, abgesehen von schweren Erkrankungen, nicht erlaubt; grundsätzlich sollen die Berichterstatter erst nach Kriegsende die Monarchie verlassen.

Die Journalisten im Kriegspressequartier sind letztlich bunt zusammengewürfelt; neben dem ausgedienten Offizier Alexander Roda Roda, der ehrgeizigen Journalistin Alice Schalek und dem berühmten ungarischen Dramatiker Franz Molnár findet sich auch Hugo Schulz, Marxist und Antimilitarist, der für die *Arbeiter Zeitung* schreibt und der Meinung ist, „daß dieser Weltkrieg die materialistische Geschichtsauffassung zu Ehren bringen werde, denn weder unter den Staatsmännern noch unter den Generalen sei irgend eine überragende Persönlichkeit".[39] Neben dem abgeklärten Marxisten und nüchternen Pflichterfüllern gibt es Begeisterte, die sich freiwillig für den Dienst an der Front melden. Karl Hans Strobl etwa beschreibt sein Gefühl bei Kriegsausbruch, „dieses Aufflammen von Millionen Seelen", und wie er davon mit hochgerissen wird. Er stellt sich „selbst zur Verfügung", um, wie er sagt, „der Heimat in ihrer größten Not nahe zu sein und ihr zu dienen"[40] – und da er dies nicht mit Waffen könne, so eben als Journalist.

Dem Kriegspressequartier obliegen Leitung und Durchführung des gesamten militärischen Pressedienstes auf der Basis von Weisungen des Armeeoberkommandos.[41] Der Kommandant, Maximilian von Hoen, muß in allen wichtigen Fragen beim Oberkommandierenden Feldmarschall Franz Graf Conrad von Hötzendorf persönlich vorsprechen. Durch die zentrale Stellung des Armeeoberkommandos, wo die gesamten Meldungen über das Kriegsgeschehen zusammenlaufen, besteht die Möglichkeit, die Öffentlichkeitsarbeit auf die militärischen Ziele abzustimmen und zentral zu handhaben.

Nachdem in den ersten Tagen kaum Nachrichten aus dem Kriegspressequartier nach außen gedrungen sind, wird am 24. August offiziell der lang ersehnte „Sieg" verlautbart.[42] Der überaus technokratisch verfaßte Bericht wartet mit nackten Gefangenenzahlen, Zahlen erbeuteter Waffen, vor allem aber erbeuteter Fahnen auf, um dem propagandistischen Anspruch genüge zu tun. Von Hoen wird die Tatsache, daß das Armeeoberkommando solche Telegramme direkt und unter Umgehung seiner Person zur Weiterverbreitung an das Korr.-Bureau sendet, kritisiert, da es sich dabei um „ohne journalistisches Geschick redigierte Telegramme"[43] handle. Am 27. August dringen aus dem Kriegspressequartier mehr als bloß nackte militärische Fakten; vielmehr scheint es, als habe man die erste Lektion in Sachen Propagandakrieg gelernt. Der Bericht stammt offenkundig aus einer routinierten Feder, die Kampfhandlungen werden zum Kampf des Guten gegen das Böse stilisiert:

> In Lemberg traf gestern der erste größere Transport gefangener Russen, die in den Grenzgefechten gefangen genommen wurden, unter dem Jubel der Bevölkerung ein, der sich noch steigerte, als mehrere Maschinengewehre sichtbar wurden. Aus allen Meldungen geht übereinstimmend hervor, daß die Russen in ihrer bekannten

barbarischen Kampfesweise auf eigenem und fremdem Gebiete alles verwüsten, Dörfer und Gehöfte schonungslos in Brand stecken und mit diesem Verfahren allen völkerrechtlichen Vereinbarungen geradezu Hohn sprechen. Unter diesem Sengen und Brennen hatte anfangs, als die partiellen feindlichen Einfälle noch möglich waren, die übrigens insgesamt von unseren zu Hilfe eilenden Truppen in tapferer Weise abgeschlagen wurden, das dazwischen liegende Grenzgebiet und dessen Bevölkerung schwer zu leiden. Seit wir auf dem feindlichen Gebiete vorgedrungen sind, treffen die russischen Verwüstungen die dortigen Ortschaften. Diese Methode vermag unser Vorrücken nicht aufzuhalten, bewirkt aber allenthalben, daß die bedrängte Bevölkerung, und nicht nur in rein polnischen Gebieten, uns als Befreier aus barbarischer Willkür begrüßte. Als die Nachricht von dem großen Erfolg unserer Waffen bei Krasnik im stationierten Kriegspressequartier bekannt wurde, bemächtigte sich der Bevölkerung eine freudige Begeisterung. Sie zogen in dichten Scharen vor den Kommandositz und verlangten stürmisch die Offiziere zu sehen. Der Kommandant gab den Inhalt der Siegesbotschaft in einer Ansprache bekannt, die mit Jubelrufen von der Volksmenge aufgenommen wurde.[44]

Die offiziellen Heeresberichte, die das Kriegspressequartier auszugeben hat, werden in der Regel von einem Stabsoffizier verfaßt und müssen von Generalfeldmarschall Franz Höfer von Feldsturm, seines Zeichens Stellvertreter Hötzendorfs, unterfertigt und zudem nach Wien ins Kriegsüberwachungsamt zur weiteren Zensur überwiesen werden, bevor sie an die Öffentlichkeit gelangen. Vertrieben werden die „Höfer-Berichte" durch das Korr.-Bureau unter dem Titel „Aus dem KPQ wird gemeldet".[45] Um der „Waffenbruderschaft" mit dem Deutschen Reich einen gebührenden Ausdruck zu verleihen, gibt das Korr.-Bureau zumeist auch den deutschen Heeresbericht heraus, der vom Wolff'schen Telegraphenbureau übermittelt (und später vom General Ludendorff persönlich gezeichnet) wird. Angesichts dessen ist es überaus verständlich, daß die Wiener Presse deutsche wie österreichische „Siege" gleichermaßen in großer Aufmachung bringt, während die immer wieder auftretenden Mißstimmigkeiten zwischen den „Waffenbrüdern" der Öffentlichkeit vorenthalten bleiben.[46]

Vom Korr.-Bureau werden zudem Rundtelegramme an sämtliche Telegrafenämter Österreichs, sogar „in die entlegensten Alpendörfer", gesendet, die in den Postämtern ausgehängt werden, damit sich die Bevölkerung schon am frühen Morgen informieren kann.[47] Später versorgt es auch ein offizielles Nachrichtenblatt des Etappenoberkommandos – das sogenannte *Feldblatt* – mit Nachrichten. Das für

Soldaten produzierte *Feldblatt* geht täglich an die höchsten Kommandos, eine „direkte Abgabe" an Zivilpersonen ist nicht vorgesehen und darf „auch seitens der Kommandos" nicht erfolgen.[48] Im Krieg kennt man zwei Wahrheiten: eine für die Soldaten an der Front und eine für die Bevölkerung im Hinterland.

In Wien erscheinen rund zwanzig bedeutende Tageszeitungen, die durch das enorm steigende Informationsbedürfnis der Bevölkerung trotz aller Zensurrestriktionen einen gehörigen Aufschwung erfahren. Die Zeitungsauflagen wachsen sprunghaft.[49] Der Krieg ist das unbestrittene Thema, der österreichische und der deutsche Heeresbericht werden zumeist auf der ersten Seite gebracht. Das *Neue Wiener Tagblatt* bemüht sich beim Kriegsminister persönlich um die Abstellung eines Offiziers an die Redaktion, der die anstehenden militärischen Ereignisse kommentieren soll. Die Zeitung gilt dem Kriegsminister als dem Militär gegenüber loyal, sodaß ihrem Wunsch entsprochen wird. Der Pressereferent des Kriegsministeriums, Emil Seeliger, schreibt in der Folge Nacht für Nacht auf der Grundlage der täglichen Heeresberichte Leitartikel für die Morgenausgabe des *Neuen Wiener Tagblatts*.[50]

Der erhöhte Aktualitätsdruck, dem sich die Zeitungen ausgesetzt sehen, führt dazu, daß Mittags- oder Abendausgaben produziert werden, bisweilen auch Sonderausgaben, um die letzten Berichte möglichst früh veröffentlichen zu können. Um dem Informationsbedürfnis der Bevölkerung zu entsprechen, wird schließlich sogar das Kolportageverbot aufgehoben.[51]

Das Sammelbecken für Kriegsnachrichten ist das Kriegspressequartier. Hier wird das aus vielen Quellen einlangende Material vom Leiter der „Pressegruppe", Oberst Arthur Zoglauer, gesichtet und seinen militärischen Mitarbeitern mitsamt konkreter Richtlinien hinsichtlich der zu schreibenden Artikel zugewiesen. Auch für inoffizielle Meldungen, wie Kommentare zu militärischen Ereignissen und hervorragenden „Waffentaten", Artikel über angebliche Völkerrechtsverletzungen und Greueltaten der „Feinde", gegebenenfalls Entgegnungen auf Angriffe und Verleumdungen in der ausländischen Presse, Kommentare zum jeweiligen Heeresbericht, Stimmungsbilder von der Front und der Etappe, militärwissenschaftliche Aussagen, Interviews mit dem Chef des Generalstabs oder mit anderen ranghohen Offizieren (was jedoch nur sehr selten vorkommt) zeichnet man hier zuständig. Eine „Inlandsredaktion" verarbeitet das für inländische Blätter bestimmte Material, eine „Auslandsredaktion" das für das Ausland bestimmte; eine „Illustrationsredaktion", die engen Kontakt zu den Fotografen der sogenannten „Kunstgruppe" hält, beschäftigt sich mit der Beistellung entsprechenden Fotomaterials.

Um militärische Geheimnisse zu wahren, ist der „Inlandsstelle" vorsorglich auch eine „Zensurstelle" angeschlossen, die die Präventivzensur über Nachrichten militärischen Inhalts, etwa hinsichtlich der Angabe über Truppenstellungen oder Truppenbewegungen im Front- oder Etappengebiet, betreibt. Die Zensurstelle prüft auch die Artikel und Telegramme der zivilen Kriegsberichterstatter; sie steht in Verbindung mit den Kriegsüberwachungsstellen in Wien und Budapest, die ihrerseits die lokalen Zeitungen kontrollieren; gleichzeitig hat sie die Aufgabe, Kontakt mit dem Korr.-Bureau und analog mit Magyar Tavirati Iroda in Budapest zu halten, um beide mit den offiziellen Meldungen vom Krieg zu versorgen. Tendenziöse Nachrichten oder Gerüchte, die an die Presse gehen sollen, ohne ihre Herkunft preiszugeben, werden übrigens per „Laufzettel" übermittelt.[52]

Der Leiter der Pressegruppe, Oberst Zoglauer, ist nicht nur Offizier, sondern auch Künstler; als Dichter firmiert er unter dem Namen Auer Waldborn. Zoglauer hat einen Stab an Literaten um sich geschart, um abseits der profanen journalistischen Pressearbeit dem Krieg eine lyrische Facon zu geben. Unter den Literaten befinden sich namhafte Schriftsteller wie Franz Karl Ginzkey, Franz Theodor Csokor oder Felix Salten. Ihr Auftrag ist ein gleichermaßen schöngeistiger wie propagandistischer: Sie sollen das Heroische der Zeit für alle Ewigkeit festhalten. Das Spektrum in diesem kriegslyrischen Genre reicht von pathostriefendem Appell an die Kriegswilligkeit der Bevölkerung bis zur unverhohlenen Hetze gegen die Gegner. Letztere weist mitunter recht deutliche rassistische Konturen auf; der Krieg an der Seite des deutschen Bundesgenossen wird ohne Rücksicht auf die verschiedenen Völkerschaften der Monarchie zum „deutschen Krieg" stilisiert. Der ehemalige Marineoffizier Ginzkey formuliert in seiner „Ballade von den masurischen Seen" eine schaurige Ode an den deutschen General Hindenburg und gleichzeitig ein Stück Kriegsliteratur, die den brutalen Vernichtungswillen ihrer Epoche anklingen läßt; im Refrain heißt es wiederkehrend: Der Sumpf ist Trumpf, der Sumpf ist Trumpf, Er schluckt die Russen mit Rumpf und Stumpf.[53]

Den Dichtern verhilft der Krieg zu einer sicheren Schreibtischarbeit fernab des unentwegt und überaus blutrünstig beschworenen Schlachtengetümmels, und darüber hinaus zu nicht unerheblichem Einkommen, verkauft sich ihre Kriegslyrik doch in hoher Auflage als Durchhalte- und Tornisterliteratur.

Ganz so glorreich verläuft der Krieg allerdings nicht, vor allem nicht an den Fronten der österreichischen Truppen. Frühzeitig beginnt sich eine folgenschwere militärische Krise – zumindest für die Eingeweihten erkennbar – abzuzeichnen. Nach außen dringt davon noch nichts. Am 28. August meldet das Kriegspressequartier, daß sich seit zwei Tagen ein Kampf mit russischen Truppen im Raum zwischen Weichsel und Dnjestr entwickelt habe: „Der österreichisch-ungarische linke Flügel ist in der Offensive begriffen und dringt siegreich vor.“[54] In Wahrheit beginnt sich Hoen wegen der Entwicklung der militärischen Lage ernsthaft Sorgen zu machen. In einem nicht für die Öffentlichkeit bestimmten Bericht, von dem er Kenntnis erhält, ist die Rede von in Unordnung geratenen Armeen, von Generälen, die nur an Maria-Theresien-Kreuze dächten und die ihnen gestellten Aufgaben nicht erfüllten, sowie von viel unnützem Blutvergießen, das stattgefunden habe.[55]

Ungeachtet dessen geht am 29. August die Meldung hinaus, daß die „Millionenschlacht in Ostgalizien“ weiterhin andauere: „Die Schlacht nimmt bisher einen günstigen Verlauf. Das österreichische Vorgehen ist langsam, aber unaufhaltsam.“[56] Eine Meldung vom 2. September kündigt vorsichtig einen Umschwung an. Die galizische Hauptstadt Lemberg, heißt es, sei „noch in unserem Besitz“, die Lage „gegenüber dem starken und überlegenen russischen Vorstoß“ gleichwohl „sehr schwierig“.[57]

In Wien herrscht unterdessen Ungewißheit über das Schicksal der Stadt Lemberg. Am 3. September 1914 notiert der Schriftsteller Stefan Zweig in seinem Tagebuch ein Gerücht, wonach die umkämpfte galizische Metropole durch österreichische Truppen befreit worden sei. Das Gerücht löst „Jubel ohne Maß“ aus: „jeder hat es gehört, auf den Straßen wogen Menschen, tausende stauen sich vor dem Kriegsministerium.“[58] Im offiziellen Bericht fällt über Lemberg jedoch kein Wort. Aus gutem Grund, denn Lemberg wird an jenem 3. September, da Zweig diese Zeilen seinem Tagebuch anvertraut, von russischem Militär besetzt. Vor solchen Schreckensnachrichten will man die Bevölkerung wohl bewahren.

Die Macht der österreichischen Zensoren hat allerdings Grenzen. So meldet der Kriegskorrespondent des *Berliner Tageblatts* aus dem Kriegspressequartier in seine Heimatstadt: „Die österreichisch-ungarische Armee hat Lemberg aus strategischen Gründen geräumt, so daß der russische Angriff auf leere Stellungen traf. Es gab keine Gefechte.“[59] Seitens des „Kriegsüberwachungsamts“ in Wien schweigt man darüber und den Wiener Zeitungen ist es untersagt, Meldungen aus dem neutralen oder verbündeten Zeitungsausland nachzudrucken, obgleich diese Blätter in Wiener Lokalen öffentlich aufliegen. Zeitungen aus dem „feindlichen“ Ausland können nicht mehr zitiert werden, weil sie nirgends mehr aufgelegt werden dürfen.

Ohne von den Geschehnissen zu wissen, eine böse Überraschung ahnend, schreibt Zweig in seinem Tagebuch über die allgemein verbreitete Ungewißheit: „Die Absperrung vom Auslande und dessen Zeitungen erhöht das Gefühl, daß wir immer nur das Positive der Wahrheit erfahren und die Schatten liegen in uns als Befürchtung und schwellen zu gewaltigen Dimensionen."[60] Am 6. September scheint für Zweig gewiß, daß das Befürchtete eingetroffen ist, auch wenn in der österreichischen Reichshälfte von Amts wegen noch nichts darüber verlautbart werden darf. Er schreibt: „Im Pester Lloyd lese ich, daß Lemberg geräumt ist, uns läßt das die Censur selbst zwei Tage später nicht durch." Völlig verleugnen läßt sich die Wahrheit freilich nicht. Am 7. September notiert Zweig, die Stimmung der Wiener habe umgeschlagen, es herrsche „große Erbitterung über die Unwahrhaftigkeit der Zensur", welche verschweigt, daß auch Czernowitz schon unter russischer Besetzung liegt und stattdessen noch von siegreichen Gefechten aus dieser Gegend berichten läßt.[61]

Allmählich dämmert auch in Wien die schreckliche Wahrheit. Zweig schreibt:

> Die Menschen oben scheinen ganz vernichtet, von ganzen blühenden Regimentern keine 50 Mann mehr, alle Officiere gefallen – es ist grauenhaft, was für Metzeleien dort waren. Langsam spürt es jetzt auch die Stadt; die Straßen sind merklich stiller geworden in den letzten Tagen, die Zuversicht geringer. Die Absperrung von der Außenwelt tut Alles, um die innere Unruhe nur noch zu verstärken.[62]

Am 9. September bringt das offiziöse *Fremdenblatt* einen Bericht aus dem Kriegspressequartier, wonach österreichisch-ungarische Truppen bei Lemberg wieder „die Offensive ergriffen haben."[63] Zweig denkt tags darauf, am 10. September, angesichts der wiedereröffneten Schlacht „an die neuen Ladungen verstümmelter Menschen. Wien ist voll mit ihnen!" Darüber spricht man offiziellerseits naturgemäß nicht. Aus Zweigs Eintragungen klingt Resignation über „die Censur, das Erbübel!"[64]

Aus dem Hauptquartier der k. u. k. Armee dringt kurz darauf eine amtliche Verlautbarung, die im Hinblick auf eine neuerliche Offensive bei Lemberg wieder Optimismus predigt: Es sei gelungen, den Gegner zurückzudrängen und rund 10.000 Gefangene zu machen; allerdings läßt sich das Durchschimmern einer abermaligen Niederlage nicht unterdrücken. Der Nordflügel der Armee sei bedroht „von großer Uebermacht", angesichts derer es geboten erscheine, „unsere schon seit drei Wochen fast ununterbrochen heldenmütig kämpfenden Armeen in einem guten Abschnitt zu versammeln und für weitere Operationen bereit zu stellen."[65] Zweig notiert am 13. September:

> Dunkle Nachrichten von oben. Die günstige Schlacht sei abgebrochen, die Kräfte wegen Übermacht in einem guten Abschnitt versammelt. Eine Niederlage: jeder spürts, einer liest es dem andern vom Gesicht. Wir haben versucht, Lemberg zurückzunehmen und haben selbst mit allen Armeen bei Przemysl Stellung nehmen müssen, – Galizien ist endgültig aufgegeben, keine Hoffnung es wieder zu erobern, gar keine! (...) Auf einmal wimmelt Wien von Schwarzsehern. Alle die Begeisterung paukten blasen nun aus dem trüben Horn: ich fürchte auch, der Elan der Armee ist hin. Die Heimgekehrten zeigen wenig Lust zurückzukehren! Wie wird das enden. [66]

Eine von der Zensur freigegebene Meldung vom 14. September, die einen Gesamtrückblick auf die Ereignisse der vergangenen Tage gibt, endet jedenfalls mit den salbungsvollen Worten: „Die österreichische Armee wurde nirgends geschlagen und erwartet ungebrochenen Mutes den Gegner."[67] Und der Berichterstatter des *Pester Lloyd* im Kriegspressequartier meldet in seinem Blatt pflichtgetreu, es brauche nichts beschönigt oder geleugnet zu werden; die Zahlen gefangengenommener Russen und erbeuteter Geschütze beweisen die Erfolge der österreichisch-ungarischen Armee. Er schließt seinen Bericht mit dem Postulat: „Unsere Truppen sind bis auf den heutigen Tag ungeschlagen."[68]

Die Realität sieht anders aus. Letzten Endes zählt man nach besagten Kämpfen in der österreichisch-ungarischen Armee insgesamt 250.000 gefallene, verwundete oder vermißte Soldaten, 100.000 geraten in russische Gefangenschaft, das k. u. k. Offizierskorps büßt ein Drittel seines aktiven Bestands ein, der größte Teil Galiziens und der Bukowina wird von der russischen Armee eingenommen.[69] Es ist eine vorentscheidende Niederlage, von der man sich den ganzen Krieg hindurch nicht mehr erholen wird. Die Öffentlichkeit weiß davon nichts Genaues.

Das Feuer der Front

Im Kriegspressequartier bedient man sich drakonischer Verordnungen bis hin zur Androhung eines kriegsgerichtlichen Verfahrens, um die akkreditierten Berichterstatter unter Kontrolle zu halten. Richard A. Bermann meint, daß der Berichterstatter, der seine Pflicht erfüllen und die Wahrheit sehen und beschreiben will, aus militärjuristischer Sicht „Verbrechen, die nur mit dem Tode zu sühnen"[70] sind, begehe. Um solches zu unterbinden, läßt man die Zeitungskorrespondenten erst gar nicht an die Orte des Geschehens. Im Troß des Kriegspressequartiers werden sie zwar in Richtung Front in Marsch gesetzt, doch bleiben sie weit abseits der vordersten Linien kaserniert, auf daß allfällige militärische Geheimnisse gewahrt und sonstige Unbeschreiblichkeiten unbeschrieben blieben. Die Journalisten werden einmal mehr „als ein notwendiges Übel"[71] begriffen; sie werden anfangs in einem Schulzimmer förmlich interniert, vor dem Wachposten aufgestellt sind, die sie mit der Waffe daran hindern, das Haus zu verlassen. Sie müssen sich mit der „Ausgestaltung und Kommentierung"[72] der aus dem Armeeoberkommando zur literarischen Veredelung einlangenden „Höfer-Berichte" begnügen. „Ellenbogen an Ellenbogen" sitzen sie da, bemüht, „den Höferschen Lapidarstil mit den Ornamenten höchstpersönlicher Ansichten auszuschmücken."[73] Die kommentierten Fassungen gehen dann per Kurier zur militärischen Zensur in die Zensurstelle und schließlich per Draht an die Zeitungen im Hinterland. Entsprechend tragen die Berichte den Vermerk: „Vom Kriegspressequartier genehmigt." Das, was die Journalisten ihren Zeitungen telegrafieren können, sind Berichte aus zweiter Hand. Vom Krieg selbst bekommen sie bis auf weiteres nichts zu sehen. Der Grundsatz im Kriegspressequartier, so Strobl, Berichterstatter des *Fremdenblatts*, sei es, die Journalisten vor vollendete Tatsachen zu stellen und sie an die Front zu beordern, wenn die Schlacht entschieden ist; erst dann dürfen die Schlachtfelder begangen und die Siege besungen werden. Unter den Journalisten kursiert das geflügelte Wort: „Wo wir, das KPQ sind, ist der Friede."[74] Alfred Polgar wird dieser Umstand später zur spitzen Bemerkung veranlassen, wonach der im Hinterland urlaubende Kriegsberichterstatter vor allem vom Kino sympathisch berührt sei, da er in den kinematografischen Berichten von der Front „immerhin ein beiläufiges Bild der Sache"[75] bekomme.

Roda Roda und einige seiner Kollegen sind – wie ihr Kommandant Hoen – mit der Situation ganz und gar nicht einverstanden und unterzeichnen ein Memorandum, in dem sie gegen die Abschottung protestieren und darum ersuchen, an die Fronten vorgelassen zu werden. Die um ihren Absatz ringenden Zeitungen warten schließlich begierig auf die sensationsschwangeren Telegramme ihrer Korrespondenten „vom Kriegsschauplatz". Die Proteste bleiben aber bis auf weiteres fruchtlos; mit ein Grund ist, daß sich die k. u. k. Armee bereits auf dem Weg in die erste militärische Krise befindet.[76]

Der akute Mangel an attraktiven Kriegsnachrichten, vor allem aber der Kriegseintritt der Türkei im November 1914 auf der Seite der Mittelmächte, führt dazu, daß im Kriegspressequartier eine illustre Nachrichtenbörse entsteht. Obwohl noch kaum jemand die neuen Verbündeten zu Gesicht bekommen hat, gehen Telegramme an diverse Zeitungen, die die Tapferkeit und Wichtigkeit der türkischen Truppen betonen und ihr Leben und Treiben in den Schützengräben beschreiben. Isidor Langstein, einem Prager Journalisten beim Kriegspressequartier, wird nachgesagt, mit Berichten über die Türken zu handeln; er beziehe die Berichte, wie es heißt, aus polnischen Blättern, in denen vereinzelt Augenzeugenberichte veröffentlicht würden. Karl Hans Strobl spricht von kleinen Provisionen, gegen die diese Berichte den Kollegen überlassen werden, von denen sie „Schliff und Fassung" erhalten, bevor sie in die Spalten heimischer Zeitungen Eingang finden.[77]

Als man seitens der Militärs erkennt, daß der Krieg weitaus länger dauern wird als die geplanten wenigen Wochen und sich die Zeitungen nicht auf Dauer ausschließen lassen, erlangen die Journalisten schließlich die „Frontreife". Mehrere Berichterstatter werden nun zu einer Gruppe zusammengefaßt, dem Kommando eines Offiziers unterstellt und in Frontnähe im Rahmen einer „Expositur" angesiedelt.

Im Frühjahr 1915 tritt Italien auf der Seite der Alliierten in den Krieg ein, was Österreich eine weitere Front und Karl Hans Strobl eine angenehme Expositur beschert. Er findet sich mit einigen seiner Kollegen in Velden am Wörther See wieder, an einem „der sanftesten Abschnitte des südlichen Kriegsschauplatzes". Nachdem sich die Kriegsberichterstatter den Zugang zu den Fronten erkämpft haben, weiß jetzt so mancher unter ihnen damit nichts mehr anzufangen. Die ernüchternde Frontrealität, wie sie immer deutlicher zutage tritt, scheint die Lust am Heldentum gründlich verdorben zu haben. Man genießt vielmehr den Aufenthalt in Velden, einem Refugium des Friedens, das nur bedingt an den grausamen Krieg draußen erinnert. Einige Berichterstatter lassen ihre Familien nachkommen und bestreiten ihre Tage in der Manier von Sommerfrischlern. Geschützt vom „ungeheuren Rückgrat der Berge", hinter denen, nur wenige Kilometer entfernt, immer wieder Geschützdonner zu vernehmen ist, frönt man dem Baden, Rudern und Spazierengehen und erfreut sich dabei des bizarren Vorteils, daß das Urlauberstädtchen geräumt worden ist und – abgesehen von der einheimischen Bevölkerung – einem nahezu alleine zur Verfügung steht. Daß man, so Strobl, dann und wann einige Tage an der Front in den Bergen zubringen muß, um seinem Dienst nachzugehen, empfindet man zwar als „einigermaßen störend", nimmt es jedoch in Kauf.[78]

In den Zeitungen treten indes neben die Berichte von den verschiedenen Fronten und die immer zahlreicher werdenden Verlustlisten Aufrufe zu allen möglichen Sammlungen für Kriegsversehrte, Waisen oder Kriegsflüchtlinge, sowie Aufrufe zur Zeichnung von Kriegsanleihen, die der Staat zur Weiterführung des Krieges benötigt. Zwischen den Zeilen sind Lebensmittel- und Rohstoffengpässe ablesbar, aber auch Engpässe an menschlichem „Material", die sich in Musterungsaufrufen der 38–42jährigen und der 24-, 20- und schließlich der 19jährigen ausdrücken.[79]

Trotz allem gibt es unter den Kriegskorrespondenten an der italienischen Front auch Helden der Feder, die nach wie vor von dem Gedanken durchdrungen sind, den Sieg herbeischreiben zu müssen. Zu diesen zählt Alice Schalek, die für die *Neue Freie Presse*, die Berliner *BZ am Mittag*, die *Münchner Neuesten Nachrichten* und die *Berliner Illustrierte Zeitung* schreibt. Schalek zieht es geradezu in die vordersten Linien; sie beschreibt, daß der ihr und ihren Kollegen zugewiesene militärische Führer immer wieder ein Automobil für die Leute des Kriegspressequartiers bekommt und „dünkt" sich geradezu fürstlich als Ludwig von Bayern (der sich einst als einziger Zuschauer in der Oper einfand), wenn sie im Wagen gesperrte Talstraßen befahren und die Landschaft rundum für sich allein zu haben glauben. Erfreut stellt sie fest, daß man mit der „gestempelten Einladung", den offiziellen Ausweispapieren der Kriegsberichterstatter, fast überall Zugang zur Front erhält.[80]

Schalek tritt an, der Welt – zumindest der kleinen, in sich abgeschlossenen der Mittelmächte – zu verkünden, daß die Schuld am österreichisch-italienischen Krieg die „welschtirolische Irredenta" trage, die dafür noch „bitter büßen" werde.[81] Deren Separationsbestrebungen schließlich hätten Italien als Schutzmacht der italienischen Minderheit in Österreich auf den Plan gerufen. Es wäre ohnehin nur eine geringe Zahl an Irredentisten gewesen, die lauthals nach dem italienischen Mutterland gerufen hätten, während der überwiegende Teil – auch der Welschtiroler – überzeugte Österreicher seien, die keinerlei Lust hätten, die gewohnte österreichische Sauberkeit mit den schmutzigen italienischen Verhältnissen zu tauschen. Abgesehen davon will sie der Welt, allem voran wohl der ängstlichen Bevölkerung im österreichischen Hinterland, mitteilen, daß der Ansturm der Italiener zum Scheitern verurteilt ist, weil Tirol mit seinen versperrten Talausgängen nichts weniger als „die unbezwingbarste Festung der Welt" sei:

> Man muß sich dieses Kriegsgebiet so vorstellen, daß alle die strahlenförmig nach dem Ausland verlaufenden Täler feldmäßig befestigt sind. Da gibt es nirgends einen toten Punkt, ein uneingesehenes Loch, keine Stelle, die nicht von einem Geschütz, einem Gewehr bestrichen werden könnte, nicht einen Steig, eine Wiese, einen Fels an den Fronten, die nicht durch Drahtverhaue geschützt wären, nicht eine Bergspitze, auf der nicht eine Patrouille säße. Wo

etwa die Schußlinien nicht jeden Quadratmeter österreichischer Erde sichern könnten, liegen Hindernisse.[82]

Damit nicht genug, versucht sie ihre Leserschaft für den Krieg richtiggehend zu fanatisieren. Das Ganze, so schreibt sie, sei „so grandios" organisiert, daß der Betrachter nichts anderes „als eine Art diabolischen Genusses" bei seinem Anblick empfinden könne...[83]

Mit zunehmender Kriegsdauer macht sich die Monotonie des Stellungskrieges bemerkbar. An den Fronten stockt das Geschehen, auch wenn das Sterben unvermindert weitergeht. Seitens des Kommandos des Kriegspressequartiers wird angeregt, die Berichterstatter mögen sich doch mehr mit den „Heldentaten der Frontkämpfer" auseinandersetzen und diese in epischer Form darstellen. Literarische Überhöhung soll die zusehends deutlicher werdenden Grausamkeiten kompensieren helfen, soll über das alltägliche Grauen hinwegsehen lassen.

Die Kriegsberichte von Alice Schalek geben beredtes Zeugnis für das entstehende Genre der epischen Kriegsreportage. In martialischer Reportermanier preist sie das Geschehen in der vordersten Linie. Von Karl Kraus wird ihr in „Die letzten Tage der Menschheit" deshalb später in den Mund gelegt: „Die 208 Leichenphotographien legitimieren mich wohl zur Genüge vor der Nachwelt; sie wird nicht zweifeln, daß ich mitten drin war im heroischen Erleben."[84] Schalek schildert die Glut, die von der Front ausgehe und die die Herzen der Soldaten umso „brennender" mache, je näher ihr man komme. Geführt von einem jungen Leutnant – „groß, schlank, hartlinig. Im Gesicht herrschen zwei vorspringende Backenknochen und ein breiter dünnlippiger Mund" –, erklimmt sie Gebirgsstellungen in 3.000 Meter Höhe, wo sie sich dem Krieg und seinen stoischen Kriegern am nächsten glaubt: „Dem Leutnant ist es gleich, ob die Diplomatie Noten wechselt, und es reden Minister, ohne daß er darauf achtet. Schweigend und kühn, froh und kraftvoll steht er ganz oben, ganz vorne, ganz einsam mit ein paar Mann. Und er schützt das Land."[85] Immer mehr, so meint sie, teile der Krieg die Bevölkerungen in zwei Teile: in den einen an den Fronten, der „mitten im Krieg steht", und den im Hinterland, der nichts vom Krieg weiß: „Seit ich in Tirol von Frontabschnitt zu Frontabschnitt wandere, scheint es mir oft, als wachse jener Teil, der vorn an der Grenzwacht steht, ganz bedeutend über die Zurückgebliebenen hinaus."[86]

Schalek verklärt den blutigen Frontalltag zu einem selbstlosen Kriegertum, gleichgültig ob „Vaterlandsliebe", „Feindeshaß", „Sport", „Abenteuer" oder „Kraftgefühl" genannt, das sie schlicht als „freigewordenes Menschentum" bezeichnet.[87] Dem unbezwingbaren Heldentum, wie es an der Front geboren werde, ein Ruhmesblatt zu schreiben, ehrfurchtgebietend genug, um die Zivilbevölkerung von der Unwichtigkeit bürgerlich-gesellschaftlicher Errungenschaften und Annehmlichkeiten zu überzeugen, darin sieht sie ihre Mission. Schaleks Reportagen rekurrieren auf einen absoluten Mythos, auf den gottbegnadeten Krieg für „Kaiser und Vaterland". Die Akteure ihrer Frontgeschichten sind nicht Menschen in Uniform, sondern Jünger einer Kriegsreligion, stark, asketisch und unbeugsam.

Für manche unter den zivilen Berichterstattern kommt mit der Zulassung zur Front allerdings auch der Moment der Gewißheit angesichts der echten Schützengräben, Drahtverhaue, Granattrichter und der zahllosen Toten, ein Moment der Erkenntnis, daß der große heroische Krieg völlig der romantischen Seiten entbehrt, die man ihm bislang zugeschrieben hat. Als „Kiebitze des Todes" (Bermann) sehen sie, daß das Sterben jeglicher großen Geste entbehrt. Zweifel darüber, daß Tapferkeit vielleicht nichts anderes sei als „ein Mangel an Vorstellungsvermögen, wie es sein könnte, wenn man sich zerrissen, zerfetzt, geblendet, mit heraushängenden Eingeweiden am Boden wälzt",[88] machen sich breit. Der industriell geführte Krieg hat nichts Erhebendes an sich, vielmehr gemahnen seine Schlachtfelder an eine monströse Todesfabrik, wie der französische Militärarzt Georges Duhamel konstatiert. Das menschliche Individuum hat sein Existenzrecht verwirkt. 1916 verschwinden die Verlustlisten aus den Zeitungen.

Am serbischen und am russischen Kriegsschauplatz leistet auf österreichischer Seite der Journalist Egon Erwin Kisch Soldatendienst. Kisch hat zuvor für das *Prager Tagblatt*, die *Bohemia* und schließlich für das *Berliner Tageblatt* geschrieben (und wird 1917 gegen seinen Willen ins Kriegspressequartier eingezogen[89]). Kisch reflektiert die innere Wirklichkeit, die er in den Kämpfen tagtäglich erlebt und in sein Tagebuch schreibt. Seine Berichte stehen in der Tradition der Sozialreportage und spiegeln eine vollkommen andere Wahrheit der Front, bar jeder großen Schlachtenperspektive, dafür voll mit den Kleinigkeiten des Soldatenalltags:

> Jeden Tag stenographiere ich meine Lebensweise und meine Gedanken, die Lebensweise und Gedanken von Hunderttausenden. Stundenlang schreibe ich in mein Notizbuch. Die Kameraden spotten: „Schreib das auf, Kisch!" Der Satz wird zur ständigen Redensart. Auch wenn ich nicht dabei bin, unterstreichen die Soldaten ihre Witze, Flüche, Drohungen, Klagen mit einem „Schreib das auf, Kisch!" Kisch schreibt auf, wenn der letzte Hosenknopf abreißt, wenn das einzige Stück Seife in den Brunnen

> fällt, wenn Blut in den Eßnapf spritzt. Manches schreibe ich auf, was ich als Journalist nicht gewußt hätte. Manches hätte ich als Journalist auch dann nicht geschrieben, wenn ich es gewußt hätte, denn es wäre mir zu belanglos erschienen. Manches schreibe ich auf, was ich als Journalist nicht hätte schreiben dürfen, die Zeitung nicht gedruckt hätte. Mein Tagebuch weiß und darf. Welch ein Unterschied zwischen einem Spezialkorrespondenten und einem Soldaten, zwischen Zeitung und Notizbuch, zwischen einem Tag, den die Zeitung spiegelt, und einem Tag, im Schützengraben überlebt.[90]

Kisch protestiert gegen das Aufgehen des Individuums in der industrialisierten Kriegsmaschinerie. Seine Wahrheit ist nicht die abstrahierte Wahrheit der Generäle, die auf Landkarten Feldzüge mit Figuren führen, sondern die reelle der Menschen, die als Figuren in diesem grausamen Spiel herumgeschoben und geopfert werden. Seine Notizen finden freilich keine Öffentlichkeit, bleiben privat, bleiben Tagebuch.

Die Sehnsucht nach Frieden

Das militärisch geführte Kriegsüberwachungsamt in Wien handelt rigide: Ihm vorgelegte Aufsätze werden zensuriert, mitunter auch völlig umgeschrieben. Wird der Abdruck seitens einer Zeitung versagt oder verzögert, droht schikanöse Zensurierung und damit eine folgenschwere Verzögerung des Erscheinens. Untersagt ist es, den Zusammentritt des ausgeschalteten Parlaments zu fordern. Berichte über die nach wie vor aktiven Parlamente in Ungarn und Deutschland dürfen nur in der Fassung des Korr.-Bureaus gebracht werden. Ähnliches gilt für die schlechte Ernährungslage, die, wie der Parlamentarismus, möglichst totgeschwiegen werden soll. In der österreichischen Reichshälfte gibt es kaum noch Lebensmittelvorräte, die Seeblockade der Westalliierten wirkt sich drastisch aus, weder Rohstoffe noch Nahrungsmittel gelangen in die Häfen der Mittelmächte. Über das bedrohliche Sinken der Ressourcen, das Steigen der Preise und über Versorgungsengpässe darf in den heimischen Zeitungen nichts geschrieben werden, dafür werden die Leser mit Meldungen abgespeist, wonach die Butter- und Fleischpreise in Frankreich und England ins Maßlose gestiegen seien und die dortige Bevölkerung bereits vor dem Verhungern stehe.[91] Verboten ist es auch, über Friedensbedingungen zu schreiben. Demgegenüber sind die Zeitungen angehalten, den paraphrasierten Heeresbericht, der nach wie vor an der Mär vom Sieg festhält, abzudrucken. Die Bevölkerung sehnt sich unterdessen nach Frieden und nimmt die bombastischen Siegesnachrichten nur noch ungläubig auf. Die Auflagen der Zeitungen gehen zurück; gleiches gilt für die anfangs so erfolgreichen Extrablätter.

Vor diesem Hintergrund regt Max von Hoen eine Umgestaltung des Kriegspressequartiers an, das von Anfang an „nur auf eine verhältnismäßig kurze Feldzugsdauer berechnet" gewesen sei und dafür „auch zur Not entsprochen" habe. Der lange Krieg habe jedoch Defizite in der Organisation aufgezeigt. Das zersplitterte Zensurwesen müsse „vereinheitlicht oder doch nach einheitlichen Gesichtspunkten geführt werden", die Inlandspresse bedürfe „für eine ersprießliche Tätigkeit fortlaufender Richtlinien". Es genüge nicht, „daß sie durch eine Beschlagnahme oder durch Zensurierung erfährt, was nicht genehm ist", sie müsse vielmehr „im positiven Sinne geleitet" werden.[92] Für solche Fälle hält die Staatstradition die Institution der Korrespondenz bereit: ab Jänner 1917 gibt die Pressegruppe des Kriegspressequartiers für die Zeitungen die zweisprachige Österreichisch-Ungarische Kriegskorrespondenz heraus. Sie erscheint als Feuilletondienst in zwangloser Folge mit einem Umfang von vier bis zwölf Seiten, der Nachdruck ist ohne Quellenangabe und honorarfrei gestattet. Neben Berichten von Kriegskorrespondenten erscheinen auch solche von Politikern. Darüber hinaus sind zur Einsendung von Artikeln alle „federgewandten Offiziere und Militärpersonen", die mit Kriegsschilderungen dienen können, aufgefordert.[93]

Nach dem Tod des greisen Franz Joseph, der mit seinen 68 Regierungsjahren so lange regiert hat, daß sich kaum einer seiner Untertanen an seinen Vorgänger erinnern kann, und dadurch geradezu zu einer Verkörperung der k. u. k. Monarchie geworden ist, entsteht der Eindruck, als sei mit dem alten Kaiser die Monarchie selbst zu Grabe getragen worden. Kaiser Karl übernimmt ein schweres Erbe. Die Nationalitäten drängen auseinander, der Krieg zeitigt akute Mangelerscheinungen und militärisch scheint ein Erfolg in weite Ferne gerückt. Um den Zerfallserscheinungen entgegenzuwirken, läßt er eine pressepolitische Institution der besonderen Art ins Leben rufen: Es ist dies ein geheimer Pressedienst für das Kaiserhaus, so geheim, daß die Zensurbehörden Anweisung erhalten, sämtliche Hinweise auf seine Einrichtung zu unterdrücken. Administrativ untersteht der „Pressedienst für die Allerhöchsten Herrschaften", wie die geheime Institution heißt, dem Kriegspressequartier, inhaltlich der Generaladjudantur des Kaisers. Der Pressedienst der Allerhöchsten Herrschaften, der unter der Leitung des Barons Karl Werkmann steht, soll propagandistische Berichte über alles, was die kaiserliche Familie betrifft bringen, ganz besonders aber ihr Engagement für den Krieg. Er soll dadurch „die Anhänglichkeit und Liebe der Bevölkerung zum Kaiserhaus“[94] vertiefen, „dem Bedürfnis der Öffentlichkeit nach Berichten über das Leben und Wirken der Allerhöchsten Herrschaften innerhalb der durch den Takt gezogenen Grenzen“ gerecht werden, „unrichtigen, wenn auch liebevollem Interesse entspringenden Nachrichten über die Allerhöchsten Herrschaften durch rechtzeitige Verbreitung zutreffender Nachrichten“ vorbeugen, „bei der Unterdrückung unwahrer oder ungelegener Nachrichten“[95] mitwirken, „die Presse auf alle Nachrichten über die Allerhöchsten Herrschaften“ beobachten und „spezielle einschlägige Aufträge der Allerhöchsten und der diesen Dienst in Anspruch nehmenden Höchsten Herrschaften“ durchführen.[96] Alle von den Hofämtern stammenden, nichtpolitischen Nachrichten dürfen fortan nur noch über den allerhöchsten Pressedienst ausgegeben werden. Die Zeitungsredaktionen sehen sich alsbald „mit endlos langen Telegrammen überschüttet, die stets von neuen Heldentaten des Kaisers“ oder „lebensgefährlichen Situationen“, in denen sich „der junge Herrscher an der vordersten Front“ befunden habe, zu berichten wissen. Die allerhöchsten Depeschen müssen im Wortlaut abgedruckt werden.[97]

Im Gegenzug werden kritische Stimmen durch das Kriegsüberwachungsamt nach wie vor mit aller Gewalt unterdrückt. Von der Zensur besonders bedroht sind traditionellerweise die sozialdemokratischen Blätter. Rudolf Beckmann, Redakteur der *Arbeiter-Zeitung*, beklagt den Umstand, daß Sozialisten ihre Meinung grundsätzlich nicht äußern dürfen. Er ist überzeugt von der Unverzichtbarkeit einer freien Presse, obgleich er diese für den tobenden Krieg mitverantwortlich macht. Die Freiheit der Presse habe den Krieg mitverschuldet, schreibt er, doch fehle ihr nun wegen der Zensur die Gelegenheit, sich um den Frieden verdient zu machen. Der erklärte Pressegegner Karl Kraus räumt der sozialdemokratischen *Arbeiter-Zeitung* zumindest ein aufrichtiges Bemühen um die Wahrheit in den Niederungen der bestehenden Kriegspublizistik ein. Es sind vorrangig die dokumentarischen Tatsachenberichte, insbesondere über die Tätigkeit der Militärgerichte, denen Kraus Tribut zollt:

> Jedenfalls ist die gewissenhafte Aufreihung jener Fakten, die der Menschheit den Krieg als ein abschreckendes Beispiel vorführen sollen, der einzige Fall von publizistischer Sauberkeit, den die schmutzigste Epoche aufzuweisen hat, anerkannt auch von deren einsichtigeren Akteuren als ein Beweis, daß die weltflüchtige Menschenwürde sich immerhin in zwei bis drei Wiener Zeitungsspalten niederlassen darf; als eine Ausnahme von jener furcht-

baren Regel, nach der diese schwerverwundete Menschheit sich noch eine Blutvergiftung durch Druckerschwärze zuziehen mußte. Und auch diesem Unglück sucht die heilsame Arbeit der sozialdemokratischen Chronik nach Kräften entgegenzuwirken, aus der ehrlichen Erkenntnis, daß die bürgerliche Journalistik die niedrigste Gattung unter jenen Lebewesen vorstellt, die der Krieg übriggelassen hat.[98]

Am 18. und 19. Mai 1917 findet der Prozeß gegen den Sozialdemokraten Friedrich Adler (den Sohn Victor Adlers) statt, der den Ministerpräsidenten Graf Karl Stürgkh erschossen hat. Adler gesteht vor Gericht die Tötungsabsicht vorbehaltlos ein, rechtfertigt sie aber damit, daß Stürgkh für das „§ 14-System", die Regentschaft unter Umgehung des Reichsrates, also für die Wiedereinführung einer absolutistischen Diktatur, die keine andere Möglichkeit gelassen habe, verantwortlich zu machen sei. Nachdem Adlers Rechtfertigungen vor Gericht Eingang in die Zeitungen findet, beschließt der aufgeschreckte Ministerrat sogleich, solcherart „staatsfeindlichen Tendenzen" ein Ende zu setzen. Infolgedessen werden weitere Verlautbarungen aus dem Prozeß rigide zensuriert; Adlers Verantwortung vor dem Gericht und das Plädoyer des Verteidigers fallen zum Großteil den Zensoren zum Opfer. In der *Arbeiter-Zeitung* klaffen an 20 Stellen weiße Lücken.[99]

Nach dem Attentat beginnt sich allerdings der Widerstand gegen das restriktive Regierungssystem Stürgkhscher Prägung generell zu verstärken. Das Frühjahr 1917 bringt neben einer Revolution in St. Petersburg, die das zaristische System stürzt und eine bürgerliche Regierung unter Kerenski einsetzt, auch in Wien eine Zäsur. Der kriegsabsolutistische Zustand ist nicht mehr aufrechtzuerhalten, die demokratischen Kräfte, vor allem die Sozialdemokratie, erfahren einen Aufschwung. Mit dem Tod Franz Josephs und Stürgkhs sowie dem Rücktritt Hötzendorfs als Generalstabschef tritt das alte System von der politischen Bühne ab. Die Bestrebungen einer Wiedereinsetzung des Parlaments tragen nun Früchte. Am 30. Mai 1917 tritt es wieder zusammen. Sogleich wird die restriktive Pressepolitik in Abrede gestellt und ein aus 27 Mitgliedern bestehender Presseausschuß gewählt, der sich am 14. Juli 1917 unter dem Vorsitz des Abgeordneten Stransky konstituiert. Der Presseausschuß faßt in einem Antrag „über die Aufhebung der politischen Zensur" das Problem zusammen: Das aktuelle österreichische Presserecht entspreche nur zum Schein der gesetzlich verankerten Pressefreiheit. Die Regierung Stürgkh hätte sich nicht mit einer Kontrolle der Presse begnügt, vielmehr den Krieg zum Vorwand genommen, um jede „unbequeme politische Mitteilung und Kritik fernzuhalten", um die Öffentlichkeit aus der Erörterung öffentlicher Angelegenheiten auszuschließen und „mit den letzten Spuren von Press- und Redefreiheit auch die letzten Spuren der politischen Freiheit in Österreich überhaupt auszurotten." Die Bevormundung der Presse könne mit militärischen Notwendigkeiten nicht gerechtfertigt werden:

> In der Tat haben die Regierungen seit dem Jahre 1914 die politische Zensur auch nicht aus militärischen Rücksichten geübt, sondern haben vielmehr den Krieg nur als willkommenen Vorwand benützt, um die durch das rückständige Pressgesetz gelassenen letzten Reste von Pressfreiheit auszutilgen und ihr unverantwortliches, verfassungswidriges Regime gegen jede Kritik und gegen jeden Einspruch der Volksmeinung zu schützen.[100]

Einstimmig faßt der Presseausschuß den Beschluß, die politische Zensur abzuschaffen und die amtierende Regierung aufzufordern, anderweitige „Vorschläge für die gesetzliche Regelung der militärischen Zensur im Kriege zu erstatten." Am 24. Juli 1917 wird ein „Kriegswirtschaftliches Ermächtigungsgesetz" erlassen, wonach „volksschädliche Mißbräuche der Pressefreiheit sowie Verstöße gegen die öffentliche Sicherheit" zu verhindern und zu bestrafen seien.[101]

Durch diese Debatte im Reichsrat hört die Öffentlichkeit erstmals von der Existenz des Kriegsüberwachungsamts, zu einer Zeit, als es in der Form schon fast nicht mehr existiert. Im August 1917 wird General von Schleyer entlassen und das Kriegsüberwachungsamt offiziell aufgelöst, nachdem es über 100.000 schriftliche Weisungen und Erlässe an die Zeitungen gegeben hat. Von einer ersatzlosen Abschaffung kann freilich keine Rede sein; das Kriegsüberwachungsamt mutiert lediglich zu einer Ministerialkommission im Kriegsministerium.

Die Zeitungen unterstützen den Versuch, das Zensursystem abzuschaffen und schwenken nach und nach auf Friedenskurs ein, um dem Auflagenschwund gegenzusteuern. Eine Hoffnung eröffnet die Revolution in Russland, die man für geeignet hält, den militärischen Druck von der Front im Osten zu nehmen oder gar zu einem Frieden zu kommen. Man versichert „dem russischen Volk", daß man zu einem Frieden unter ehrenvollen Bedingungen gelangen wolle, sieht sich dann aber mit dem Faktum konfrontiert, daß die Regierung Kerenski im Sommer 1917 nicht in Richtung Friedensvertrag steuert, der für Rußland fatale Folgen nach sich zöge, sondern eine neue Offensive in Gang setzt. Die Sympathien in den Wiener Blättern wenden sich daraufhin Kerenskis Gegner, Wladimir Iljitsch Uljanow, genannt

Lenin, zu; die amtliche Presse lobt ihn als den Mann, der Rußland den Frieden bringen werde, die liberale sieht in ihm den fortschrittlichsten Demokraten und die sozialdemokratische fühlt sich ihm weltanschaulich verbunden.

Lenin, der vom preußischen Generalstab in geheimer Mission per Zug von seinem Schweizer Exil nach St. Petersburg transportiert worden ist, wird den Erwartungen gerecht und inszeniert im Oktober 1917 eine neuerliche, nunmehr aber bolschewistische Revolution. Das Staatswesen, das er zu errichten beginnt, ist kein demokratisches im westlichen Sinn, sondern ein von Arbeiter- und Soldatenräten, den sogenannten Sowjets, geführtes. Entsprechend versteht er unter Pressefreiheit etwas anderes als die bürgerliche Gesellschaft. Lenin erkennt nach der Machtergreifung schnell die Bedeutung der Presse für seine Partei und interpretiert die Marxsche Mediendoktrin, die klar gegen Zensur Stellung bezieht, um; die Pressefreiheit, so argumentiert er, unterstütze die „Macht der Weltbourgeoisie" und würde dieser als Waffe dienen. Deshalb solle sie im sowjetischen Rußland nur für das von der Partei repräsentierte Proletariat gelten. Dieses Verständnis von Pressefreiheit setzt eine „Presse neuen Typs" voraus. Nicht die Vermittlungsrolle, welche Marx der Presse zuwies, sondern die Führungsrolle soll den Medien zukommen. Im November 1917 wendet sich Lenin gegen die Ansicht der „Bourgeoisie", die unter Pressefreiheit die Freiheit der Reichen, Zeitungen herauszugeben und die Beherrschung der Presse durch „Kapitalisten" verstehe, was in allen Ländern zur Käuflichkeit der Presse geführt habe. Er und seine Arbeiter- und Bauernregierung bezeichnen mit Pressefreiheit „die Befreiung der Presse vom Joch des Kapitals", Papierfabriken und Druckereien sollen in Staatseigentum übergeführt werden, jede Bevölkerungsgruppe einer bestimmten Größe soll die Möglichkeit haben, über Papier und Druckereikapazität zu verfügen.[102] Die Presse sei nach der Machtübernahme des Proletariats Instrument des Aufbaus. Im Unterschied zur bürgerlichen Presse sei die proletarische Presse nicht Informationsquelle, sondern diene vorrangig der Bildung und Erziehung. Ihre Funktion sei die Propagierung des Neuen und die Bekämpfung des Alten.[103] Oppositionelle Zeitungen seien überflüssig.

Diese Töne klingen ungewohnt, doch mag sich im kriegsgeplagten Österreich noch kaum jemand eine solcherart zentralisierte Presselandschaft vorzustellen. Entscheidend für den Augenblick ist, daß Lenin sofort daran geht, einen Friedensschluß zu erreichen. In alle kriegführenden Länder läßt er die telegrafische Botschaft absetzen: „Schluß mit dem Krieg!"

„Feindespropaganda-Abwehr"

In den Kreisen der Staats- und Armeeführung hat man sich unterdessen der Defizite in der Auslandspropaganda besonnen; man wird sowohl von ziviler als auch von militärischer Seite aktiv. Als Leiter des Literarischen Bureaus im Außenministerium folgt auf Oskar Ritter von Montlong am 25. Februar 1917 Friedrich Ritter von Wiesner. Außenminister Czernin hat, dem Vernehmen nach, Montlong gegenüber die Absetzung mit Worten des Bedauerns begründet, der „jüdischen Presse" ein „Opfer" bringen zu müssen.[104] Wiesner, zuvor Vertreter des Außenministeriums beim Armeeoberkommando, ist bei den Journalisten beliebter als sein Vorgänger, selbst Heinrich Kanner, der Chefredakteur der liberalen *Zeit*, beschreibt ihn als einen „politisch gebildeten, in Presseangelegenheiten erfahrenen, geistig äquilibrierenden weltgewandten Mann".[105] Unter Wiesner wird das Literarische Bureau ausgebaut; man entsendet Presseattachés in die Gesandtschaften diverser neutraler Länder, welche alsbald „Filialstellen von Nachrichtenbüros und Agenturen" gleichen. Dem Ausland soll eine bessere Kenntnis der Verhältnisse der Monarchie vermittelt und zugleich die Stimmung der ausländischen Öffentlichkeit ermittelt werden. Die Presseattachés haben die Aufgabe, die Presselandschaft in ihrem Gastland zu beobachten und, soweit möglich, Kontakt aufzunehmen, um im Sinne des Außenministeriums verfaßte Artikel zu lancieren.[106]

Auch das Korr.-Bureau ist in die Auslandspropaganda involviert; über seine Auslandskorrespondenten sollen amtliche und halbamtliche Meldungen in der Presse neutraler und verbündeter Länder plaziert werden. Ins schweizerische Bern wird im März 1917 auf Vermittlung Wiesners ein Vertreter des Korr.-Bureaus entsandt, dessen Auftrag es ist, jene Meldungen, deren Veröffentlichung von der Schweizer Depeschenagentur abgelehnt, oder von dieser angenommen, jedoch von den Zeitungen nicht gedruckt werden, zu plazieren und Telegramme aus dem Kriegspressequartier weiterzuvermitteln.[107] In der Schweiz sind überdies bezahlte einheimische Schreiber tätig; so etwa ein gewisser Oberst Egli, Schweizer Unterstabschef, der mit dem österreichischen Außenministerium und mit dem Kriegspressequartier in Verbindung steht und Artikel im Sinne Österreichs verfaßt, wofür ihm von der Schweizer Justiz wegen Neutralitätsverletzung der Prozeß gemacht wird. Freigesprochen, aber gemaßregelt, schreibt Egli in der Folge zahlreiche weitere, für die Mittelmächte günstige Artikel.[108] Als Angehöriger der Redaktion der *Schweizerischen Monatsschrift für Offiziere aller Waffen* erhält er aus dem Kriegspressequartier Beiträge österreichisch-ungarischer Offiziere zur Publikation und natürlich auch finanzielle Unterstützung. Darüber hinaus werden Schweizer Journalisten zu Besuchen der Monarchie und der Front eingeladen, damit sie später darüber in ihren Zeitungen berichten würden; einige schlechte Erfahrungen mit solchen Gästen führen jedoch dazu, daß man beginnt, vorher genaue Informationen über die Gesinnung der Betreffenden beim zuständigen Militärattaché einzuholen.[109] Umgekehrt beschwert sich manch eingeladener Journalist über die Rücksichtslosigkeit der österreichischen Militärstellen und die schlechte Organisation.

Insgesamt bleibt die österreichische Propaganda in der Schweiz vergleichsweise bescheiden; den von den Entente-Staaten betriebenen „Propagandabüros" kann man kaum etwas entgegensetzen, da das Geld für ein eigenes Büro nicht aufgebracht werden kann.

In Holland hingegen gelingt es, sich der Unterstützung eines solchen „Propagandabüros" zu versichern; in Den Haag besteht das mit Mitteln des deutschen Auswärtigen Amts gegründete „Hollandsch Nieuws Büro",[110] das Filialen in Amsterdam und Utrecht, später auch in Berlin besitzt und mit der k. u. k. Gesandtschaft zusammenarbeitet. Nach außen hin fungiert der niederländische Mitarbeiter Wilhelm Nevens als Leiter, im Hintergrund wirkt der tschechischstämmige Österreicher Robert Saudek, der der bisherigen österreichischen Propaganda in den Niederlanden ein vernichtendes Zeugnis ausstellt: „Hätte nicht die Entente dafür gesorgt, dass über uns möglichst viel Ungünstiges geschrieben werde, so wäre wegen unserer mangelnden Initiative so gut wie gar nichts über uns geschrieben worden. Man hätte uns totgeschwiegen."[111]

Das Hollandsch Nieuws Büro, das diese Defizite beseitigen soll, gilt als neutrales Unternehmen, ist aber von der österreichischen Gesandtschaft beauftragt, einschlägige Nachrichten und Artikel zu verbreiten. Saudek zählt beinahe alle niederländischen Zeitungen zu seinen Abonnenten, zudem die wichtigsten deutschen Blätter; er rühmt sich, daß seine Nachrichten sogar in Londoner Zeitungen nachgedruckt, über die Pariser Funkagentur verbreitet und sämtliche ihm aus Wien und Budapest zugehenden Nachrichten in nahezu jeder niederländischen Zeitungsnummer erscheinen würden. Natürlich, so Saudek, sei Pressepropaganda, wie sie vom Literarischen Bureau beabsichtigt werde, „nämlich sich damit zu begnügen, einfach günstige Nachrichten über unsere Monarchie an die holländische Presse zu verschicken",[112] nicht möglich. Das wäre nichts anderes, als das, was das Korr.-Bureau mit zweifelhaftem Erfolg ohnehin schon leiste.

Saudeks verlangt, mehr Nachrichten über ihn zu verbreiten. Das Korr.-Bureau erreiche seines offiziellen Charakters wegen nicht die gewünschte Wirkung. Es sei Tatsache, daß nichtamtliche Meldungen, die man in der gegnerischen Presse verbreiten wolle, dann nicht abgedruckt würden, wenn sie vom Korr.-Bureau kämen. Von seinem Hollandsch Nieuws Büro würden sie aber sehr wohl akzeptiert. Allfälliges Beweismaterial für diese Behauptung, so fügt Saudek hinzu, stehe ihm zur Verfügung. Saudeks Einschätzung wird auch vom österreichischen Gesandten in Den Haag in gewisser Weise bestätigt, wenn er angesichts spöttischer Meldungen in niederländischen Zeitungen über die österreichische Nachrichtenpolitik zu dem Schluß kommt, daß die offizielle Quelle ihren Zweck nicht zu erfüllen imstande sei:

> Es will mir scheinen, dass eine rechtzeitige, auch das weniger Erfreuliche in entsprechender Beleuchtung mitumfassende Berichterstattung des Korrespondenzbureaus derlei tendenziöse angefertigten Ausschnitten aus unserer Presse die Neuheit und damit die journalistische Verwertbarkeit hätte nehmen und zugleich das Ansehen des offiziellen Nachrichtendienstes hätte heben können.
>
> Was diesen letzten Punkt betrifft, so hat es in verschiedenen Blättern nicht an Hinweisen darauf gefehlt, dass das k. k. Korrespondenzbureau das Publikum „mit Beweisen für die Festigkeit des österreichischen Staatskörpers überschütte" (Nieuwe Courant, 19. Juni), jedoch „nicht Alles und nicht einmal das Wichtigste" (Telegraaf, 19. Juni) melde und seine offiziellen Erklärungen lediglich als „Phrasen" anzusehen seien (Vaderland, 19. Juni).[113]

Während das Korr.-Bureau mit dem Stigma der amtlichen Agentur zu kämpfen hat, ist der Erfolg von Saudeks Büro bald so groß, daß die ententefreundliche niederländische Agentur „Vaz Dias" von sich aus beim Kriegspressequartier um Berichte anfragt, um dem Konkurrenzdruck, der von Saudeks Agentur ausgeht, standhalten zu können. Seitens des Kriegspressequartiers fragt man daraufhin beim Literarischen Bureau nach, wo man wiederum auf Saudek verweist. Es ist Saudek, dessen Hollandsch Nieuws Büro in der Folge auch vom Kriegspressequartier geliefertes Material in niederländischen Zeitungen plaziert.

Saudek erhält vom Armeeoberkommando eine monatliche finanzielle Zuwendung in der Höhe von 500 Kronen und auch eine vom Außenministerium in derselben Höhe. Darüber hinaus erhält er eine drahtlose Empfangsstation, um die Telegramme, die das Außenministerium über die Funkstation Deutsch-Altenburg für ihn ausstrahlen läßt, empfangen zu können. Die Möglichkeit eines drahtlosen Funkdienstes läßt das offizielle Korr.-Bureau noch stärker ins Hintertreffen geraten, wogegen es beim Außenministerium wiederholt protestiert.[114] Saudek geht letztlich sogar so weit, den gesamten Nachrichtendienst des Korr.-Bureaus für sich zu fordern, um ihn an die holländische Presse weiterzuleiten.

Die parallelen Auslandsaktivitäten des Literarischen Bureaus und des Kriegspressequartiers, das auf die Militärattachés zurückgreifen kann, führen zwangsläufig zu Kompetenzüberschneidungen und entsprechenden Querelen. Seitens des Außenministeriums sind Klagen zu vernehmen, wonach das Kriegspressequartier seine Militärattachés nicht nur mit Artikeln militärischer und kriegswirtschaftlicher Natur beliefere, sondern auch mit solchen politischer, die aber in die Zuständigkeit des Literarischen Bureaus fielen.[115] Damit nicht genug, entsendet das Kriegspressequartier nun den Militärattachés zugewiesene „Presse- und Propagandaoffiziere" in die verschiedenen Länder des neutralen und verbündeten Auslands, wodurch sich die zivilen Presseattachés des Außenministeriums noch stärker in ihrer Tätigkeit behindert fühlen. Nicht zu Unrecht, entspricht ihr Aufgabenbereich doch im wesentlichen dem, was den Presse- und Propagandaoffizieren aufgetragen ist. In den Instruktionen für den Propagandaoffizier heißt es, er habe unter Heranziehung aller gegebenen Möglichkeiten Kontakte zur Presse des betreffenden Landes zu knüpfen, um alle Nachrichten aus dem Kriegspressequartier „in weitestem Maße und wirksamster Weise zu lancieren" und allen „gehässigen und unwahren Nachrichten über die k. u. k. Armee" sofort und entschieden entgegenzutreten. Er habe sich einen möglichst guten Überblick über die Presselandschaft des Landes zu verschaffen, um die „Auslandstelle" des Kriegspressequartiers gegebenenfalls unterrichten zu können. Für die Kunstgruppe des Kriegspressequartiers muß er die Möglichkeit von Ausstellungen abklären, Beziehungen zu „illustrierten Blättern von Rang" sollen helfen, Fotografien der Lichtbildgruppe unterzubringen; ähnliches gilt für die Filme der Filmgruppe. Außerdem soll der Propagandaoffizier die eigens für die Abwehr gegen die Monarchie gerichteter Propaganda beim Kriegspressequartier ins Leben gerufene „Propagandagruppe"[116] über sämtliche Aktionen der verbündeten wie feindlichen Staaten auf dem laufenden halten und entsprechende Anregungen für Maßnahmen liefern sowie – nach Rücksprache mit dem Kriegspressequartier – offizielle Dementis plazieren. Abgesehen davon hat er alle Unternehmungen zu fördern, „die der Propaganda für die Monarchie dienen, aber ausserhalb des Rahmens des KPQ sich bewegen."[117] Im übrigen hat er bei all seinen Aktionen anonym zu bleiben, das heißt, nicht als Offizier, sondern als ziviler Journalist aufzutreten.

In der verbündeten Türkei findet der in pressepolitischer Mission entsandte Oberleutnant Schrecker ein der Monarchie überaus gewogenes Klima vor, sodaß man, wie er sich ausdrückt, zufrieden sein könne, „wenn die heute für uns in der Türkei bestehenden Sympathien unverändert erhalten blieben".[118] Dafür sorgt auch die „Agence Milli", die amtliche und halbamtliche Kommuniqués in türkischer Sprache herausgibt; deren Leiterin ist im übrigen eine ehemalige Beamtin des Korr.-Bureaus. Um dieses günstige Klima zu erhalten, versucht man unter anderem die Verbreitung der *Neuen Freien Presse* in der Türkei zu verhindern, da man ihr „Friedensduselei" nachsagt. An ihrer Stelle sollen andere, linientreue Blätter wie etwa das *Neue Wiener Tagblatt* oder das *Fremdenblatt* forciert werden.

Zu den Aufgaben Schreckers gehört, neben der obligatorischen Beobachtung der hiesigen Presselandschaft, türkische Journalisten für Reisen an die österreichisch-ungarischen Fronten zu gewinnen. Außerdem hat er dafür zu sorgen, daß österreichische Bücher, Broschüren, Zeitungen und Zeitschriften in der Türkei bereitstehen. Als wichtige Einflußmöglichkeit auf die türkische Presse sieht man auch die Papierversorgung, mit deren Hilfe einzelne Zeitungen für die österreichische Sache gewonnen werden sollen; nach Absprache zwischen Kriegspressequartier und Außenministerium beschließt man, jeden zweiten Monat einen Waggon Papier nach Konstantinopel zu schicken, was aber, wie man bald feststellen muß, dazu führt, daß so manche türkische Zeitung, die gar überreich mit Papier bedacht wird, ein reges Geschäft mit dem knappen Rohstoff entwickelt.

Mittlerweile ist die Zeit des Bohemien-Generals Hoen im Kriegspressequartier abgelaufen. Er zieht sich immer mehr zurück, um schließlich von Wilhelm Eisner-Bubna, einem Frontoffizier, der ihm anfangs als Stellvertreter zur Seite gestellt wurde, im März 1917 als Kommandant abgelöst zu werden. Zu dieser Zeit wird das Armeeoberkommando nach Baden verlegt und das Kriegspressequartier nach Rodaun. Hoen hat die Verlegung in die Reichshauptstadt noch in die Wege geleitet, da sich immer mehr die Notwendigkeit einer zentral organisierten Propaganda, die weit über bloße Frontberichterstattung hinausgeht, abgezeichnet hat.[119] Der neue Kommandant des Kriegspressequartiers, Eisner-Bubna, beginnt mit einem „geradezu amerikanischen Hang zu großzügiger Organisation"[120] das Kriegspressequartier „in alle Richtungen" auszubauen. Die Fotografie und die Kinematografie werden systematisch für die Kriegspropaganda genutzt, die Kriegsmalerei und auch das Fronttheater zur Erheiterung der in den Frontstellungen eingegrabenen Soldaten werden forciert; eine große Zahl an Zeitungen wird gegründet, darunter „solche, die den Frontsoldaten ermuntern, aufheitern und zum Ausharren aneifern" sollen; solche, die den Bewohnern der besetzten Gebiete vorführen, „daß ihnen nichts besseres begegnen könne, als wenn sie unter den Schwingen des doppelköpfigen österreichischen Aars fürderhin leben dürften" und solche, die in „Neutralien" für Österreich Stimmung machen sollen. Man beginnt mit einer umfangreichen Papierbewirtschaftung, macht sich verstärkt daran, die Pressestimmen „des feindlichen Auslandes" zu sammeln, zu sichten, zu ordnen und diversen amtlichen Interessenten zur Verfügung zu stellen, und man entsendet, wie bereits erwähnt, Propagandaoffiziere ins neutrale Ausland, die die Zeitungen in ihren Gastländern für die österreichische Sache gewinnen sollen. Da für solch vielfältige Aufgaben der ursprüngliche Personalstand nicht ausreicht, ist ein stetes Anwachsen des Apparats zu verzeichnen. Es wird ein großes Haus in der Wiener Canovagasse gemietet, wo in mehreren Etagen „die gewaltige Maschine" des Kriegspressequartiers läuft, an die „die feste Gefolgschaft der Kriegsberichterstatter, die ursprüngliche Schöpfung Hoenschen Angedenkens, die kleine Welt von Rodaun, nur mehr wie ein verkümmertes und überflüssiges Schwänzchen angeklebt"[121] ist.

Das Kriegspressequartier nimmt auch eine rege Aktivpropaganda unmittelbar in den Frontgebieten auf. Es wird beispielsweise eine eigene „Italien-Propagandastelle" eingerichtet, die durch die Herausgabe italienischsprachiger Zeitungen und Zeitschriften wie *La Gazetta del Veneto* oder *La Domenica della Gazetta,* aber auch mit Hilfe von Flugschriften und Karikaturen für Österreich-Ungarn Stimmung macht und gegen die Monarchie gerichtete Propaganda bekämpft. Propagandaoffiziere des Armeeoberkommandos, die diese Tätigkeit an den verschiedenen Frontabschnitten zu überwachen haben, werden mit entsprechendem Material versorgt. Ziel dieser Aktivitäten ist es, in Italien die Kriegsmüdigkeit zu fördern und die italienischen Soldaten zum Überlaufen aufzufordern. Inhaltlich wird ein „Verrat" an der k. u. k. Monarchie beschworen, wird betont, daß die Fortführung des Krieges zwecklos sei, die Grenzen der Monarchie gewahrt bleiben müssen und Italien sich in der Sklaverei der Entente befinde. Man forciert die Friedensidee, die man intern nach Kräften bekämpft. Flugschriften mit dem programmatischen Titel „Wie Italien in den Krieg gehetzt wurde" werden an der Front und in der neutralen Schweiz verbreitet, von wo aus sie über die Grenze nach Italien geschmuggelt werden.[122]

Frieden will man auch mit der Ukraine schließen – „eine Art gelobtes Land, wo Milch und Honig fließen".[123] Durch baldige Lebensmittellieferungen will man die in Österreich grassierenden Hungersnöte in den Griff bekommen. Auf politischer Ebene gestaltet sich das Unternehmen allerdings schwierig. Man will die Ukraine zwar von Rußland unabhängig, doch keinesfalls als rein ukrainischen Nationalstaat sehen, weil man innerhalb der eigenen Grenzen eine ukrainische Minderheit weiß. Über den k. u. k.-Propagandisten hängt das Damoklesschwert des Nationalismus, der sich, einmal aufgestachelt, auch gegen die Monarchie selbst richten kann. Angesichts dieser prekären Situation ist bei der ukrainischen Propaganda – unter anderem soll eine tägliche Sonderausgabe des in Lemberg erscheinenden *Ukrainske Slowo* in 10.000 Exemplaren gedruckt und durch Agenten über die ukrainische Grenze gebracht werden – äußerste Vorsicht geboten. Als inhaltliche Richtlinien gelten auch hier die Integrität der österreichisch-ungarischen Grenzen, zudem das Selbstbestimmungsrecht der Ukraine und der Kampf gegen die Bolschewiki, die religiöse Lostrennung von Rußland sowie eine kulturelle und wirtschaftliche Beziehung zwischen der Ukraine und dem habsburgischen Ostgalizien. In dieser Gradwanderung entlang des nationalistischen Abgrunds wird die Schwachstelle der österreichisch-ungarischen Propaganda und damit auch der wunde Punkt der deutsch-österreichischen „Waffenbruderschaft" deutlich: die Nationalitätenfrage.

Ab 21. Februar 1918 wirkt auf der Grundlage einer Weisung Eisner-Bubnas eine „Frontpropagandagruppe", die mit allen zur Verfügung stehenden Mitteln den drohenden Zusammenbruch der Front abwehren soll. Ihre Aufgabe ist die Abhaltung von Vorträgen vor Frontsoldaten und die Herausgabe einer wöchentlich erscheinenden deutsch- und ungarischsprachigen Frontzeitung in einer Auflage von 30.000 Stück und mit einem Umfang von acht Seiten.[124] Im März 1918 wird aus der Frontpropagandagruppe eine eigenständige „Feindpropagandaabwehrstelle" unter der Leitung von Oberst Egon Freiherr von Waldstätten, die direkt dem Chef des Generalstabes unterstellt ist und dem drohenden Zusammenbruch durch einen organisierten Appell an vaterländische Gefühle entgegenwirken soll. Als Ursache der Kriegsmüdigkeit in der Bevölkerung wird wieder einmal die Presseberichterstattung genannt:

> Der Ausbruch des Krieges stand auch bei uns im Zeichen eines stark gesteigerten Staatsgefühls. Eine Flutwelle mächtig anschwellenden Staatsbewußtseins ging durch die Monarchie. Allmählich verebbten aber diese Wogen. Der Krieg dehnte und zog sich hinaus, Abspannung und Entbehrung drückten auf Zuversicht und Zukunftsglauben, das erstarkte Staats- und Zusammengehörigkeitsbewußtsein wurde nach und nach wieder zerbröckelt und zerrieben. Die ungehemmte und uneingeschränkte Erörterung des Friedensthemas in Presse und Öffentlichkeit ließ die Friedenssehnsucht zu einer überwältigend dominierenden Beherrschung der Gefühls- und Gedankenrichtung der öffentlichen Meinung an-

wachsen. Gleichzeitig wagten sich nach und nach immer ungescheuter Einflüsse und Bestrebungen hervor, die auf den staatlichen und sozialen Umsturz hinarbeiteten.

Auf solchen Voraussetzungen basiert der Ententeplan, durch Herbeiführung innerpolitischer Krisen und Umsturzbewegungen in den Mittelreichen – vornehmlich in der Monarchie – die Mittelmächte um den Siegespreis zu bringen.

Den hierzulande so zahlreichen Spielarten der Feindespropaganda zu begegnen, sie durch vaterländische Bildungsarbeit zu entwurzeln, ist nun die große, schwere Aufgabe, die unser wartet.[125]

In Rom tagt bereits ein „Kongress der von den Habsburgern unterdrückten Nationalitäten"; versammelt sind Italiener, Polen, Rumänen, Tschechen und Südslawen. In einer Resolution wird festgelegt, daß jede der Volksgruppen für sich in Anspruch nimmt, ihre „eigene Nationalität und staatliche Einigkeit festzulegen oder zu vervollständigen und volle politische und wirtschaftliche Unabhängigkeit zu erreichen". Die Volksgruppen sehen in der österreichisch-ungarischen Monarchie ein „Instrument deutscher Herrschaft", ein grundlegendes Hindernis für die Verwirklichung ihrer Rechte, und erkennen schließlich die Notwendigkeit des „gemeinschaftlichen Kampfes gegen die gemeinsamen Unterdrücker" an, „damit jedes Volk volle Freiheit und nationale Einigkeit innerhalb einer freien staatlichen Einheit erreichen kann."[126] Thomas G. Masaryk, früher Reichsratsmitglied in Wien, verkündet im Exil die Gründung einer unabhängigen Republik Tschechoslowakei.

Von der „Feindespropaganda-Abwehrstelle" des Kriegspressequartiers werden die Vertreter der Komitées schlicht als „Verräter"[127] im Dienste der Entente betrachet, wenn man sich auch eingestehen muß, daß es in den Reihen der eigenen Armee immer mehr Überläufer gibt, die gegen die Monarchie kämpfen. Wird man solcher Überläufer habhaft, so werden sie jedenfalls „sofort der standrechtlichen Behandlung zugeführt."[128]

Es ist die alte Nationalitätenfrage, an der die Propaganda der Westmächte ansetzt. Als einer der energischsten Betreiber der Propagandaaktivitäten gegen Österreich-Ungarn gilt der britische Zeitungszar Lord Viscount Northcliffe, Gründer der *Daily Mail* und Besitzer der *Times* und einer Vielzahl an Zeitungen und Zeitschriften, der bereits 1914 rege Propaganda für die Beteiligung Englands am Krieg entfaltet hat. Einer seiner Mitarbeiter ist Henry Wickham Steed, der lange Zeit hindurch Korrespondent der *Times* in Wien war und in seinem 1913 erschienenen Buch über die Habsburgermonarchie deren Untergang vorausgesagt hat.

Vor diesem Hintergrund wird der vormalige Pressereferent im Kriegsministerium und nunmehrige Leitartikler beim *Neuen Wiener Tagblatt*, Emil Seeliger, mit dem Auftrag ins Kriegspressequartier berufen, gegen die „Wühl"arbeit der Northcliffe-Presse – Northcliffe ist Leiter des offiziellen britischen Propagandabüros – anzuschreiben. In einem persönlich an Seeliger gerichteten Brief Eisner-Bubnas heißt es:

> Du übernimmst die Inlandsredaktion. Unter den heutigen Verhältnissen keine leichte Sache. Doch bei Deiner journalistischen Erfahrung kannst Du immerhin sehr Ersprießliches leisten. Wie Du weißt, halten wir einen Teil der Ukraine besetzt. Laß soviel als möglich Artikel schreiben, die dortige Bevölkerung zu freundschaftlicher Gesinnung für uns zu bekehren. Das Wichtigste aber ist: die Northcliffe-Presse hat mit unerschöpflichen Geldmitteln und durch skrupellosestes Geheimwühlen die Nationalitäten der Monarchie zersetzt. In den Feindesfronten sind unsere slawischen Überläufer schon zu Korps und ganzen Armeen angewachsen. Ja, die Entente hat deren Führer bereits als souveräne Regierungen anerkannt. Wir haben leider kein Geld, müssen aber unermüdlich mit Zeitungsartikeln dagegen ankämpfen.[129]

Seeliger tritt seinen Dienst in der Pressegruppe bei Zoglauer im Kriegspressequartier an. Mit Unterstützung achtzehn „federgewandter Offiziere", die im Zivilberuf Journalisten und Dichter sind, wird für die Erhaltung des habsburgischen Vielvölkerstaates geschrieben; man produziert Artikel vorerst nur in ukrainisch, dann auch in deutsch, englisch, französisch, italienisch, polnisch, ruthenisch, rumänisch, kroatisch, slowakisch und slowenisch – „zur Abwehr der Northcliffe-Propaganda im Innern der Monarchie." „Besonders überzeugende" dieser „Bekehrungsbotschaften" gehen auch an die Presse des neutralen Auslands, doch muß Seeliger letztlich feststellen, daß die dortigen Blätter „von je einem Dutzend eingesandter Artikel" kaum einen bringen, „wegen Raumnot", wie es heißt. Grund genug für ihn, „Northcliffe-Wühlmäuse in allen Schriftleitungen" zu vermuten.[130]

Zur Stärkung des lädierten Patriotismus macht man sich im Kriegspressequartier an die Herausgabe eines Handbuchs, das in übersichtlicher, stichwortartiger Form das weitausladende Thema „Österreich-Ungarn vor, während und nach dem Weltkriege" behandelt, mit dem Ziel „der praktischen Bekämpfung der Feindespropaganda" und „der Stärkung des vaterländischen Empfindens". Weiters ist geplant, neben einschlägigen Flugblättern, Aufrufen, Plakaten, Lichtbildern und Propagandafilmen eine eigene Zeitschrift und einen „Taschenkalender mit dem Bildnis und einem Merkspruche Seiner Majestät“ herauszugeben.[131] Abseits davon gilt das Interesse der Feindespropaganda-Abwehrstelle der Schulung von Offizieren für den Propagandadienst vor den kriegsmüden Soldaten in ihren Gräben. Die Durchhalteredner sind beauftragt, die „Gemütsverfassung der Soldaten“ zu überwachen und darüber den Verantwortlichen des Mitteilungsblattes Bericht zu erstatten; die Berichte werden bei der Feindespropaganda-Abwehrstelle gesammelt und für die Propagandaplanung systematisch ausgewertet.

Für die vaterländische Durchhaltepropaganda erhalten die k. u. k. Politoffiziere vielerlei Material: „Aufklärungsschriften“, Flugblätter, Plakate, Soldatenbücher und propagandistisch gestaltete Feldpostkarten. Außerdem will man im internen Mitteilungsblatt *Vaterländische Bildungsarbeit*, das „Nur für den Dienstgebrauch“ bestimmt und als eine Art Handlungsanleitung für die Propagandaoffiziere gedacht ist, insbesondere Nachrichten „aus der Werkstatt der Feindespropaganda“, daneben „eine systematische Widerlegung ihrer werbekräftigsten Schlagworte“, sowie, durch regelmäßige Anführung von entsprechenden Zeitungsnachrichten und Zeitungsstimmen, Beiträge zum Thema „Was dient bei uns der Feindespropaganda?“ bringen. In der Beilage finden sich für die geschulten Unterrichtsoffiziere aufbereitete Vortragsstoffe wie dieser:

> Soldaten!
> Die unsinnigen, den Stempel der Lüge an sich tragenden Gerüchte, selbst solche über die Personen Sr. Majestät und der Kaiserin-Königin, kursieren in der Heimat und gelangen auch vielfach zu Euch in den Schützengräben.
> Der Feind ist es, der diese Nachrichten in die Welt setzt und sie über seine Agenturen in unserer Heimat verbreiten läßt, um Euch, die er in jahrelangem harten und blutigem Kampfe, trotz vielfacher Übermacht, nicht zu besiegen vermochte, zweifelnd und wankelmütig zu machen, um die in Treue und Standhaftigkeit alle Härten des Krieges erduldende Bevölkerung der Heimat in ihrem Vertrauen zu erschüttern. Zu klar, zu offensichtlich sind die Absichten unserer Gegner, denen kein Mittel zu schlecht ist, um zu ihrem Ziele, das in unserer Vernichtung besteht, zu gelangen, jenem Ziele, das zu erreichen ihnen Eure Tapferkeit und Euer Heldenmut verwehrt.
> Hört nicht auf des Feindes verächtliche und lügenhafte Ausstreuungen, glaubt uns, Euren Offizieren, die Menschen sind wie Ihr, die wie Ihr Weib und Kind daheim haben und deren Interessen die gleichen sind wie die Eueren. Ein mächtiges großes Staats-

gebilde soll unsere Monarchie bleiben, selbständig und unantastbar für alle Zukunft, ein starker Hort für die freie und nationale Entwicklung aller in ihr lebenden Völker, an deren Einigkeit die feindlichen Anstürme so wie jetzt auch späterhin zerschellen müssen.

Hört nicht auf die Ausstreuungen des Feindes und seine Lockungen. Alles ist Lug und Trug!

In Euren starken Armen, die Rußland, Serbien, Montenegro, Rumänien und Italien zu Boden zwangen, ruht das Schicksal der geliebten Heimat, Eurer Frauen, Eures Besitzes. Für die Heimat kämpfen wir und werden wir siegen, damit unseren Kindern das grausame Los erspart bleibe, von brutalen Eroberern ihres kostbarsten Gutes, der Freiheit, beraubt zu werden.[132]

Die Realität sieht freilich anders aus; die Realität der territorial wie dynastisch schon seit langem zerfallenden Monarchie, die sich wenig um die Freiheit ihrer Volksgruppen und Bürger gekümmert hat, die Realität der Diktatur und des allgegenwärtigen Standrechts, die Realität des grassierenden Hungers in der Zivilbevölkerung und des massenhaften Sterbens an den Fronten. Seitens der Militärs will man den Krieg dennoch nicht verloren geben, doch geht ihre Zeit zu Ende. Die Regierung versucht ihnen die angesammelte Machtfülle zu entwinden und wieder normale Zustände herbeizuführen. Was das Kriegspressequartier betrifft, so fällt sein Ende mit seinem Höhepunkt zusammen, als es 880 Personen beschäftigt. An eine Demontage will man seitens der Militärs aber noch immer nicht denken, vielmehr soll der Apparat neu organisiert und den Verhältnissen der Republik angepaßt werden; die Inlandstelle soll die heimische Publizistik im Hinblick auf politische, wirtschaftliche, soziale und besonders militärische Aussagen verfolgen. Die Auslandstelle soll in ihrem Aufgabenbereich und Personalstand weitgehend beibehalten werden. Man will die in den ehemaligen „Feindstaaten" vorherrschende Meinung über Österreich im positiven Sinn ändern.

DIE ÄRA DER AMTLICHEN NACHRICHTENSTELLE

Neubeginn: Amtliche Nachrichtenstelle und Bundespressedienst

Am 28. Oktober 1918 erscheint in der *Wiener Zeitung* eine amtliche Mitteilung über die Aufhebung der Präventivzensur; am 30. Oktober kommt in einem Beschluß der provisorischen Nationalversammlung zum Ausdruck, daß „jede Zensur als mit den Grundrechten des Staatsbürgers widersprechend abgeschafft und die volle Freiheit der Presse hergestellt"[1] sei. Eine Einstellung von Druckschriften und die Erlassung von Postverboten gegen Druckschriften dürfen nicht mehr stattfinden; bisher verfügte Einstellungen und Postverbote werden aufgehoben.

Am 12. November 1918 wird die demokratische „Republik Deutschösterreich" ausgerufen. Es ist eine Revolution von oben. Die provisorische Regierung unter dem Sozialdemokraten Karl Renner hat den Übergang von der Monarchie zur Republik zu vollziehen, in Saint Germain über die Außengrenzen des neuen Staates zu verhandeln und außerdem die schwelende Revolution im Inneren abzuwehren. Der Jurist Renner steht am gemäßigten Flügel der Sozialdemokratie und will die sozialistische Gesellschaft auf evolutionärem, nicht auf revolutionärem Weg erreichen. Als Mittel dazu bedient er sich der Institution des Staates. Bereits 1917 hat er in seinem Buch „Marxismus, Krieg und Internationale" eine „Durchstaatlichung der Volkswirtschaft" konstatiert, die er nun fortzuführen gedenkt, bis die Privatwirtschaft und der Wille der Kapitalisten verschwunden sei.[2] Es geht ihm dabei nicht nur „um die Verstaatlichung einiger Betriebe, sondern um die Durchsetzung der gesamten Privatwirtschaft",[3] wie er schreibt. Mit Hilfe jener Institution, die man jahrzehntelang bekämpft hat, soll nun die sozialistische Vision realisiert werden.

Renner, staatsnah und josephinisch gesinnt, beläßt wesentliche Institutionen des Staates unangetastet; Bürokratie und Polizei werden weitgehend bruchlos in die Republik übernommen, nur bei der Armee werden tiefe Einschnitte gemacht. Das alte Machtinstrument der Gesamtmonarchie wird demontiert; so auch der im Krieg stark angewachsene militärische Presselenkungsapparat. Das Kriegspressequartier, die „Kriegszentral-Kommission" (die Nachfolgerin des Kriegsüberwachungsamts), die Pressedienste von Kriegsministerium, Armeeoberkommando und des Kaiserhauses werden aufgelöst. Auf offizielle Nachrichtengebung verzichtet man jedoch nicht. Laut Beschluß des Staatsrats vom 26. November 1918 wird festgelegt, daß in jedem Staatsamt (Ministerium) ein Beamter für die Ausgabe von Kommuniqués zu bestellen sei; jedes Staatsamt, so heißt es weiters, übermittle solche Kommuniqués an die „Pressestelle in der Staatskanzlei", die der Sozialdemokrat Ludwig Brügel leitet, sofern die Angelegenheit „irgendwie politischen Charakters oder sonstwie von Bedeutung" ist, und zwar „unter Mitteilung des Textes vor Durchführung der Ausgabe".[4] Die Pressestelle in der Staatskanzlei (das ehemalige Preßdepartement im Ministerratspräsidium) gibt die Kommuniqués über die „Staatliche Korrespondenz" (die Nachfolgerin der Reichsratskorrespondenz) aus – eine vom Zeitpunkt ihrer Einrichtung ab defizitär arbeitende Institution. Alle übrigen – nichtpolitischen – Kommuniqués können von den Staatsämtern selbständig an die Presse weitergeleitet werden.

Das ehemalige Literarische Bureau des Außenministeriums wandelt sich zum „Preßdepartement im Staatsamt für Äußeres"; dessen bisheriger Leiter Friedrich von Wiesner scheidet aus seinem Amt aus, weil er der Republik den Eid versagt. Die Leitung übernimmt Otto Pohl, ein Prager Sozialdemokrat, der bisher bei der *Arbeiter-Zeitung* tätig war. Pohls Bestellung zum Leiter des Preßdepartements im Staatsamt für Äußeres erfolgt nicht zur Freude der Christlichsozialen, umso weniger als damit beide Pressestellen mit Sozialdemokraten besetzt sind.[5]

Neben den Pressestellen kann sich die Regierung auf die altbewährte *Wiener Zeitung* und auf die amtliche Nachrichtenagentur, das ehemalige k. u. k. Telegraphen-Korrespondenz-Bureau, das in Wien ein seines „kaiserlich-königlichen" Vorsatzes beraubtes „Telegraphen-Korrespondenz-Bureau" zurückläßt, stützen. Debatten über die künftige Rechtsform des Korr.-Bureaus werden in diesen Tagen entschieden – es bleibt eine staatliche Institution.[6] Die Republik verzichtet nicht auf die Instrumente staatlicher Pressepolitik. Dahinter stehen die Erfahrungen, die man während des Weltkrieges gemacht hat. Die Presse gilt als die neue Macht, die es erlaube, die Lesermassen in jede gewünschte Richtung zu lenken. Karl Renner vermutet zumindest, daß die erlittene Niederlage nicht nur auf die Tanks zurückgeht, denn „beinahe dürfte es scheinen, als wenn wir, bevor die Tanks die letzte Entscheidung gegeben haben, schon durch das schwere Geschütz der Presse von allem Anfang an besiegt waren."[7] Renner meint nun, mit Hilfe der Presse die Bevölkerung zur Republik erziehen zu können. Er will Hochschulkurse für das Pressewesen einrichten; am 27. Februar findet eine Enquete statt, an der Vertreter von Pressvereinigungen, der Universitäten, Regierungsvertreter, der Staatssekretär für Unterricht und der Staatskanzler teilnehmen. Es handle sich bei dem geplanten Projekt darum, so der Vorsitzende, Staatssekretär Rafael Pacher, Einrichtungen zu schaffen, „durch welche zunächst junge Leute, welche sich dem Lebenskampfe der Journalistik zuzuwenden beabsichtigen, die Möglichkeit geboten werden soll, jenes allgemeine und besondere Wissen zu erwerben, das ihnen auf ihrem weiteren Lebensweg nötig ist."[8] Als Argument für die Universitätskurse führt Renner an, die nunmehrige Republik in der öffentlichen Meinung fester verankern zu wollen und dafür die Journalistik aus den reaktionären Bahnen des alten Regimes werfen zu müssen. Die alten Geleise scheinen aber nicht so einfach zu überwinden zu sein; sowohl bei den Vertretern der Universität als auch bei Pressevertretern bestehen Widerstände verschiedener Natur. Die Enquete bleibt folgenlos.

Nach den Wahlen vom Februar 1919 führt Karl Renner eine Koalition aus Sozialdemokraten und Christlichsozialen. Das dominierende außenpolitische Projekt sind die Friedensverträge von Saint Germain. Renner argumentiert gegenüber den Siegermächten, daß Österreich wie die anderen Nachfolgestaaten der Monarchie nicht als Kriegsverlierer, sondern als Opfer zu behandeln sei. Die am 12. November 1918 ausgerufene österreichische Republik habe sich niemals mit irgendjemandem im Krieg befunden. Die Sozialdemokraten spekulieren damit, den österreichischen Reststaat, genannt Deutschösterreich, an die Deutsche Republik anzuschließen, um in einem „roten Deutschland" die sozialdemokratische Gesellschaftsvision realisieren zu können: „Der Anschluß an Deutschland ist jetzt Anschluß an den Sozialismus!"[9] Außenminister Otto Bauer schließt Anfang März 1919 mit dem deutschen Außenminister einen geheimen Vertrag über einen ehebaldigsten Zusammenschluß der beiden Staaten.

Von französischer Seite verfolgt man die Schaffung eines unabhängigen, wenn auch in eine Donaukonföderation eingebundenen, österreichischen Staates, die Reduzierung des italienischen Einflusses und die Zurückdrängung der Propaganda für einen Anschluß an Deutschland, um ein Wiedererstarken Deutschlands zu verhindern. Die im Frühjahr 1919 in Wien eintreffende diplomatische französische Vertretung beginnt ihre Arbeit damit, einen Nachrichtendienst für Österreich von der Schweiz aus zu organisieren.[10] Die Franzosen wollen Österreich aus dem Anschlußfahrwasser ziehen und Stimmung für die Friedensverträge machen. Die Friedensverträge von St. Germain-en-Laye vom 10. September 1919 beinhalten eine territoriale Aufteilung der ehemaligen Habsburgermonarchie. Südtirol, Istrien und ein Teil der dalmatinischen Küste gehen an Italien, Galizien an Polen, die Bukowina an Rumänien, Böhmen und Mähren an die Tschechoslowakei und Ungarn wird ein souveräner Staat. Sie untersagen zudem definitiv einen Anschluß an die Deutsche Republik.

Die territoriale Regelung trifft auch das Korr.-Bureau: die Verbindungen mit der ungarischen Agentur MTI reißen endgültig ab; daneben entstehen aus den Filialen des Korr.-Bureaus das „Tschechoslowakische Preßbureau" in Prag und Brünn, die Filialen der „Polnischen Telegraphenagentur" (PAT) in Krakau und Lemberg, in der Nachfolge der Agence Roumaine das „Bureau Orient-Radio", das auch die Czernowitzer Filiale des Korr.-Bureaus übernimmt, sowie die Filialen der Belgrader „Agence Avala" in Agram, Laibach und Sarajewo; die Korr.-Bureau-Filiale in Triest wird als Teil der Kriegsbeute von der italienischen Agenzia Stefani übernommen.

Die nationalen Nachfolgeorganisationen in den unabhängig gewordenen Ländern der einstigen Monarchie emanzipieren sich von Wien und arbeiten direkt mit den westeuropäischen Agenturen Havas und Reuters zusammen.[11] Melville Stone, der Direktor von Associated Press, hat während des Krieges prophezeit, daß die Zeit der Staatsagenturen zu Ende gehen werde. Er meinte damals, daß nach dem Krieg das gesamte System reorganisiert werde und daß die schwer kompromittierten regierungseigenen Institutionen nicht überleben werden können.[12] Dahinter steht freilich ein Gutteil Wunschdenken. Die AP, die im 19. Jh. durch die Kartellverträge mit Reuters und Havas auf den nordamerikanischen Kontinent beschränkt war, will sich nach gewonnenem Weltkrieg in Europa festsetzen. Die beste Voraussetzung dafür bieten privatwirtschaftlich organisierte und von jeder Kartellbindung freie, nationale Agenturen, mit denen sich direkt Verträge abschließen lassen. Die reale Entwicklung zeigt sich aber gegenläufig. In Mittel- und Osteuropa entstehen aus den ehemaligen Filialen des Korr.- Bureaus entweder kleine Pressebüros direkt aus dem jeweiligen Außenministerium oder dezidierte Staatsagenturen. Die Regierungen der Nachfolgestaaten der k. u. k. Monarchie, so meint der deutsche Agenturjournalist Wilhelm Schwedler, scheinen der Meinung zu sein, „daß man das Nachrichtenwesen einfach von staatswegen organisieren und verwalten solle, und daß man im internationalen Nachrichtenverkehr am besten mit einem einfachen Austauschdienst von Regierung zu Regierung bzw. von Regierungsbureau zu Regierungsbureau, fahren würde." Was in den jungen Nationalstaaten noch nachvollziehbar ist, daß man sich aus Mißtrauen und Furcht um die nationale Selbständigkeit auf staatliche Agenturen stützt, erscheint ihm anderswo inakzeptabel. Das einzige Land, so Schwedler, in dem sich ein relativ hoch entwickeltes Zeitungswesen mit einem derartig staatlich dominierten

Nachrichtensektor abfinde, sei Österreich: „Hier ist die Abhängigkeit von der Regierung im Nachrichtenwesen eine Tradition geworden."[13]

Ernst Pick versucht das Telegraphen-Korrespondenz-Bureau an die veränderten Umstände anzupassen und ihm trotz seiner nunmehrigen Kleinheit auch weiterhin eine bedeutende Rolle als Nachrichtenzentrum Mitteleuropas zu geben. Pick hat im Jänner 1919 darauf hingewiesen, daß ein den Bedürfnissen der Republik entsprechender Nachrichtendienst sicherzustellen sei, wobei er auch an den funktelegrafischen Verkehr denkt und den Ausbau der Radiostation Deutsch-Altenburg für den internationalen Funkverkehr des Korr.-Bureaus fordert. Pick erhofft sich im grenzüberschreitenden Funk, daß das Korr.-Bureau als „Brennpunkt des Nachrichtendienstes von und nach dem Orient" bestehen bleibe.[14] Ziel des Pickschen Vorstoßes ist es, die Stellung des Korr.-Bureaus gegenüber den Weltagenturen und auch gegenüber den neuen nationalen Agenturen der Nachfolgestaaten abzusichern. Die Verbindung mit den ehemaligen Filialen soll wieder geknüpft und Verträge sollen geschlossen werden, die einerseits eine Anerkennung der amtlichen österreichischen Nachrichtenagentur und andererseits jene Nachrichten brächten, die ihr selbst zu erarbeiten wegen des geschrumpften Einzugsgebietes nicht mehr möglich sind. Der kostenlose Nachrichtenaustausch und das territoriale Monopol im eigenen Land sollen wiederhergestellt werden; im Korr.-Bureau empfindet man es schlicht als unangebracht, daß das Tschechoslowakische Preßbureau in Wien eine eigene Redaktion mit rund 50 Mitarbeitern (!) unterhält, die die Zentrale in Prag sowie Zweigstellen in Brünn, Preßburg und Kaschau mit Nachrichtenmaterial über Österreich versorgt. Es wird noch dauern, bis sich der alte Rechtszustand wieder einstellt, wonach jede Agentur, egal ob auf Seite der Sieger oder der Besiegten, „die Nachrichten aus ihrem territorialen Bereich in der Hauptsache selbst zu sammeln, zu sichten und weiterzugeben"[15] hat und umgekehrt wieder als alleinberechtigter Empfänger und Verteiler des einlangenden Nachrichtenmaterials der anderen Agenturen fungiert.

Mit dem Krieg endet die bisherige Ordnung am Weltnachrichtenmarkt. Die Vorherrschaft von Reuters als Weltagentur wird zusehends von den amerikanischen Agenturen „Associated Press" und „United Press", die auf den europäischen Markt drängen, bedroht. Als Managing Director von Reuters sieht sich Roderick Jones, der die Agentur nach dem Freitod von Herbert Reuter im April 1915 übernommen hat, mit immer größer werdenden Verlusten konfrontiert, die er langfristig durch grundlegende Umstrukturierungsmaßnahmen in den Griff bekommen will. So schwebt ihm vor, das Überleben von Reuters dadurch zu sichern, daß er die Agentur in den Besitz der gesamten britischen Presse transferiert. Das bisherige Flaggschiff des kommerziellen Weltnachrichtenverkehrs nähert sich somit langsam dem genossenschaftlichen Prinzip. Für die Frage der Regierungsnähe findet Jones eine pragmatische Lösung: solange man mit der Regierung, und nicht für die Regierung arbeite, bleibe man unabhängig. Diese Haltung ist besonders dahingehend zu verstehen, als Reuters die Abonnements der Regierung braucht, um die wenig erfreuliche Bilanz auszugleichen. Die britische Regierung ihrerseits erkennt, daß ihr die Unabhängigkeit Reuters mehr nützt, als wenn die Agentur zum offiziellen Sprachrohr und als solches rezipiert würde. 1919 wird der Kriegsnachrichtendienst Agence-Reuters eingestellt, das im Krieg geschaffene „British Official News Service“ wird nach Kriegsende als „British Official Wireless“ weitergeführt; „wireless“ deshalb, weil die Meldungen über Funk ausgestrahlt werden. Dieser Dienst stellt wiederum nach Ansicht von Jones, der in der letzten Kriegsphase auf Ersuchen des offiziellen Informations-Departments in London die britische Propaganda geführt hat, eine unnötige Konkurrenz zu Reuters dar, da er für die Überseezeitungen kostenlos ist. Umso ärgerlicher, daß er den Dienst während des Krieges selbst aufgebaut hat.[16]

Neu zu regeln sind auch die Verhältnisse zwischen den Agenturen. Der alte Vertrag zwischen Reuters und Havas läuft mit Dezember 1919 aus. Als in Paris die Friedensvertragsverhandlungen stattfinden, treffen auch die Agenturvertreter zusammen, um über die Neuverteilung der Nachrichtenmärkte zu verhandeln. Die Erneuerung der Allianz zwischen Reuters und Havas stellt kein allzu schwieriges Problem dar. Im wesentlichen ist man sich darüber einig, daß die Agentur des deutschen Kriegsverlierers nicht mehr den Platz einnehmen werde wie vor dem Krieg. Wolff hat den Status als Weltagentur verloren. Reuters und Havas teilen die Gebiete der deutschen Agentur gleichberechtigt untereinander auf. Sie gründen in Berlin Büros, von wo aus sie die Nachbarländer Deutschlands mit Nachrichten beliefern. Ende 1919 wird ein Vertrag mit zehnjähriger Laufzeit unterzeichnet, worin Wolff auf eine nationale Agentur reduziert wird. Hat das Wolff'sche Bureau 1914 noch über die Gebiete Deutschlands hinaus auch jene Österreich-Ungarns, Skandinaviens und Rußlands kontrolliert, so muß es sich jetzt aus allen außerdeutschen Gebieten zurückziehen; weiters ist ihm verboten, Reuters- und Havas-Meldungen außerhalb Deutschlands zu verbreiten. Kent Cooper von der AP, der sich schon zu Beginn des Krieges über die Einschränkungen des internationalen Nachrichtenverkehrs durch den Agentur-Kartellvertrag empört gezeigt hat, beobachtet mit zunehmendem Mißfallen, wie Reuters und Havas das „Netz des Monopols“ noch enger ziehen. Anstatt einer Liberalisierung des Nachrichtenverkehrs, wie Cooper sie gerne in den Friedensverträgen verankert sehen würde, schaffen die beiden Agenturen einen „cordon sanitaire" rund um Deutschland, indem sie sich die Loyalität bzw. die Abhängigkeit der an Deutschland angrenzenden Nachrichtenagenturen sichern. Was immer diese an Auslandsnachrichten bekommen, muß über Reuters oder Havas laufen; es handle sich um eine vollkommene Quarantäne,[17] so Cooper.

Unter diesen Vorzeichen wendet man sich einige Wochen nach der Unterzeichnung der Verträge von Saint Germain seitens des Korr.-Bureaus hinsichtlich der Belieferung mit internationalen Nachrichten an Havas. Der Korrespondent des Korr.-Bureaus und Presseattaché der österreichischen Delegation, Zimmerer, wird bei André Meynot vorstellig. Zimmerer betont, daß sich das Korr.-Bureau vollkommen von den Verfahrensweisen der Zeit vor dem Krieg distanziere, daß es das „Berliner Joch" abgeworfen habe und sich weigere, aus Deutschland irgendetwas anderes als deutsche Nachrichten entgegenzunehmen. Die Lossagung vom einstigen Verbündeten soll die Sieger gnädig stimmen und dem Korr.-Bureau einen Neuanfang auf der Grundlage alter Privilegien ermöglichen. Man wolle in Wien, so Zimmerer, die wichtigsten Nachrichtendienste aus dem Balkanraum zentralisieren und Reuters und Havas anbieten. Im Gegenzug würde man deren Dienste in Südosteuropa verbreiten. Die Antwort seitens Havas ist deutlich: man werde die Beziehungen zum Korr.-Bureau zwar wieder aufnehmen, aber keinesfalls in der Form, wie sie vor dem Krieg bestanden haben. Damals habe das Korr.-Bureau im Nachrichtentransfer in den Balkangebieten bis zur Türkei eine bedauerliche Nachrichtenselektion und -färbung nach österreichischem Geschmack betrieben. Mehr als einmal sei in Paris darüber debattiert worden, die betreffenden Gebiete selbst zu beliefern; nur aus Kostengründen sei dies nicht geschehen. Havas habe daher seinerseits beschlossen, in Wien ein Büro zu eröffnen, das die Nachrichten von Reuters und Havas in den südosteuropäischen Raum liefere. Dem Korr.-Bureau sei es insofern verboten, dorthin zu liefern. Auch die Nachrichten aus dem Balkanraum sollen nur aus Havas-Quellen stammen, um einen österreichischen Drall zu vermeiden.[18] Noch am selben Abend schreibt Meynot an Roderick Jones von Reuters über seine Besprechung mit dem Vertreter des Korr.-Bureaus: dieser habe sehr enttäuscht gewirkt, aber es habe keine andere Möglichkeit gegeben; Meynot gibt seiner Hoffnung Ausdruck, daß Jones in dieser Angelegenheit mit ihm übereinstimme.

Wie sich die Republik Deutschösterreich als Kleinstaat wiederfindet, so das Korr.-Bureau als eine unter vielen kleinen nationalen Agenturen. Die Zeit der Hegemonialbestrebungen ist zu Ende. Mit einer Vollmacht des Bundeskanzleramts ausgestattet, unterzeichnet Joseph Carl Wirth als neuer Direktor des Korr.-Bureaus am 17. Dezember 1919 ein Abkommen mit Reuters und Havas nach deren Konditionen und für den Zeitraum von zehn Jahren. Havas gründet in Wien, wie angekündigt, ein Büro, dessen Chef wird Cartier, der ehemalige Wiener Havas-Korrespondent. 1920 schließt Wirth auch einen Vertrag mit dem Wolff'schen Büro ab, worin er sich für die Dienste der deutschen Agentur zur Zahlung von 10.000 Mark verpflichtet.

Innenpolitisch ringt man indes damit, die Kontrolle über den Nachrichtenfluß nicht zu verlieren. Wirth beschwert sich gemeinsam mit Otto Pohl im Jänner 1920, „daß in letzter Zeit Nachrichten über Regierungsmaßnahmen früher in den Blättern erschienen seien, als die staatlichen zentralen Nachrichtenstellen davon Kenntnis erhalten hatten". Man bittet deshalb bei höherer Stelle um Abhilfe und um entsprechende „Weisungen an die Staatsämter".[19] Umgekehrt sieht man sich mit Klagen der Zeitungen über die langsame Ausgabe von amtlichen Mitteilungen konfrontiert. Brügel beschwört die Staatssekretäre, auf die Bedürfnisse der Zeitungen Rücksicht zu nehmen und ihre Kommuniqués rechtzeitig in seine Pressestelle in der Staatskanzlei zu schicken.

Die Regierung versucht sich insbesondere für die Zeit der „Übergangswirtschaft" mit sanftem Druck Eingang in die Zeitungsspalten zu verschaffen. Ihr steht wie in alter Zeit ein Dispositionsfonds zur Verfügung, in dem „publizistische Mitarbeiter", das Abonnement diverser Korrespondenzen und „Nicht verrechenbare Ausgaben" kalkuliert werden. Eine direkte Subventionsoption eröffnen die hohen Papierkosten. Rotationspapier kostet pro Kilo 18,5 Kronen, davon zahlen die Zeitungen 5 Kronen selbst, die Regierung 9 Kronen und die Papierhersteller 4,5 Kronen. Als die Zeitungen immer weniger Bereitschaft zeigen, Regierungsverlautbarungen abzudrucken, stellt der Finanzminister im Ministerrat den Antrag, die Zeitungssubventionen abzubauen. Bei den Tageszeitungen könne man keineswegs damit rechnen, daß sie zuverlässig amtliche Verlautbarungen zur Aufklärung der Bevölkerung bringen, vielmehr würden Mitteilungen dieser Art oft überhaupt nicht oder nur verstümmelt gebracht. Anläßlich einer Tagung des Zeitungsbeirates bekunden die Zeitungsverleger Bereitschaft, derlei Veröffentlichungen künftig wieder aufzunehmen, sofern ihnen diese rechtzeitig zukommen. Eine Resolution am Ende der Verhandlungen besagt, daß der Zeitungsbeirat im Gegenzug erwartet, daß die Subventionsfrage mit dieser Frage künftig nicht mehr verquickt werde. Nach erfolgter Einigung wird seitens des Finanzministeriums der Antrag auf Subventionsabbau zurückgezogen.[20]

Unterdessen ist Otto Pohls Stern im Preßdepartement des Staatsamts für Äußeres im Sinken. Anlaß für sein Ausscheiden ist ein Eklat:

In einer Ausschußsitzung am 19. Februar 1920 wird der „weiße Terror" in Ungarn diskutiert, ein christlichsozialer Abgeordneter äußert seine Meinung überaus freimütig. Pohl gibt diesbezügliche Nachrichten an die Presse weiter, ohne, wie dies üblich ist, von der Regierung die Genehmigung zur Weitergabe einzuholen. In der *Arbeiter-Zeitung* erscheint ein Bericht über die Sitzung, was zu schweren Spannungen in der Regierungskoalition führt.[21] Pohl wird unterstellt, er wolle die Christlichsoziale Partei diskreditieren – er wird beurlaubt. Sein Nachfolger wird Eduard Ludwig, ein von konservativer Seite, insbesondere von der des Prälaten Ignaz Seipel, forcierter Kandidat. Ludwig war vor dem Weltkrieg Mitarbeiter im Literarischen Bureau, während des Krieges als Offizier an der Front und ist 1919 zur pressepolitischen Arbeit zurückgekehrt. Das Zerbrechen der Regierungskoalition zwischen Sozialdemokraten und Christlichsozialen kündigt sich an.

Im Juni 1920 wird die Regierungskoalition beendet. Noch vor den Wahlen wird am 7. Juli aber eine „Proporz-Regierung" aus Vertretern aller Parlamentsparteien eingesetzt, um die bereits angekündigte Verfassung in Kraft zu setzen. Am 1. Oktober 1920 wird die erste demokratisch-republikanische Verfassung verabschiedet: Artikel eins besagt, Österreich sei eine demokratische Republik, ihr Recht gehe vom Volk aus; Nach Artikel zwei, Österreich sei ein Bundesstaat, gebildet aus selbständigen Bundesländern. Die Grund- und Freiheitsrechte werden aus dem Grundrechtskatalog aus dem Jahr 1867 übernommen.[22] Nach Verabschiedung der Verfassung schreibt die Proporz-Regierung, wie geplant, für Oktober 1920 Neuwahlen aus. Bei diesen Wahlen wird Seipels Christlichsoziale Partei zur stärksten Partei; sie bildet eine Regierung mit den Großdeutschen, die Sozialdemokraten gehen in Opposition. Die neue Regierung tritt am 20. November ihr Amt an, für Eduard Ludwig ist nun der Weg zum Chef der österreichischen Pressepolitik frei. Von der neuen Regierung wird er sogleich mit der Neuorganisation des staatlichen Presseapparats betraut.

Eduard Ludwig strebt eine Zusammenlegung der Pressestelle in der Staatskanzlei und des Pressdepartements im Staatsamt für Äußeres zu einem einheitlichen „Bundespressedienst" an. Zentralisierung lautet die Devise. Am 18. August 1921 erklärt Bundeskanzler Schober vor dem Ministerrat, „daß der staatliche Pressedienst durch Zersplitterung im Lauf der Jahre seine Leistungsfähigkeit beinahe eingebüßt habe. Solle er wieder ein leistungsfähiges Werkzeug des öffentlichen Dienstes werden, so erweise sich die tunlichste Zusammenfassung als unbedingt notwendig."[23] Schober fordert, den gesamten staatlichen Pressedienst mit dem Bundeskanzleramt zu vereinigen; das zu schaffende „Bundespresseamt“ würde eine Abteilung für Innenpolitik, eine für Außenpolitik und eine für wirtschaftliche Angelegenheiten umfassen; angeschlossen wären ein Zentrallektorat mit einem publizistischen Archiv, worin die Lesearbeiten für alle Ministerien und Landesregierungen erledigt würden, weiters die staatliche Lichtbildstelle und die staatliche Filmhauptstelle. Diesem Bundespresseamt wären das Telegraphen-Korrespondenz-Bureau, die Staatskorrespondenz, die Politische Korrespondenz, die amtliche *Wiener Zeitung* und die *Wiener Abendpost* zu unterstellen. Die Leitung des Bundespresseamts wäre unmittelbar dem Bundeskanzler verantwortlich. Im Zuge der weiteren Diskussion regt ein Minister „zur Vermeidung des Anscheines, als ob ein neues Amt gegründet würde“, an, „die Bezeichnung Bundespresseamt durch Bundespressedienst zu ersetzen.“ Der Ministerrat erklärt sich „grundsätzlich mit den beabsichtigten Maßnahmen einverstanden und genehmigt die vorgeschlagenen Richtlinien.“[24]

In der Folge wird der „Bundespressedienst“ als oberste medienpolitische Behörde Österreichs unter der Leitung von Eduard Ludwig ins Leben gerufen und der Sozialist Ludwig Brügel, bislang Leiter der Pressestelle in der Staatskanzlei, die nun im Bundespressedienst aufgeht, abgesetzt. Damit ist auch die zweite sozialdemokratisch geleitete Pressestelle verschwunden.

Der Bundespressedienst ist dem Bundeskanzleramt unmittelbar unterstellt; der Bundespressechef Ludwig hält Verbindung zur Präsidentschaftskanzlei und verfaßt die amtlichen Kommuniqués und Verlautbarungen der Regierung. Er entsendet Beamte des Bundespressedienstes ins Finanz-, Handels- und ins Sozialministerium, um die für eine im Sinne der Regierung gedeihliche Pressearbeit dringend benötigten Informationen zu bekommen; die Beamten sind den Ministerien attachiert, erhalten ihre Weisungen aber von Ludwig. Der Widerstand im ministeriellen Apparat jedoch bleibt ungeachtet aller organisatorischen und politischen Veränderungen. Als sich Journalisten bei Ludwig beschweren, daß einige Ministerien wohl kein sonderliches Interesse an Pressekontakten hätten, da kaum Vertreter zu der vom Bundespressedienst neu eingerichteten Pressekonferenz der Regierung erscheinen würden, fordert Ludwig nach Rücksprache mit dem Bundeskanzler alle Ministerien auf, verläßlich Vertreter zu den vereinbarten Terminen zu entsenden.

Der Bundespressedienst dient neben der Beschaffung und Ausgabe offizieller Information auch als oberste Zensurbehörde für die Politische Korrespondenz und für die „Amtliche Nachrichtenstelle“ (ANA), wie das Telegraphen-Korrespondenz-Bureau ab 1. Jänner 1922 genannt wird.[25] Abgesehen davon betreibt der Bundespressedienst eine systematische Beobachtung der österreichischen, insbesondere der oppositionellen Presse und wacht als sittliche Instanz über Verstöße wie etwa gegen das Gesetz zum Schutz der Jugend.[26]

Außenpolitisch soll der Bundespressedienst „Verständnis für die besondere Situation Österreichs im Zusammenhang mit gesamteuropäischen Fragen im Ausland“ schaffen.[27] Dazu greift man auf die von Wiesner 1917 im Literarischen Bureau etablierten Presseattachés zurück. Nachdem schon bei der Aufnahme der Friedensverhandlungen in Saint Germain durch die österreichische Delegation die Notwendigkeit erkannt worden ist, die internationale Presse zu beeinflussen, setzt Ludwig Angehörige des Bundespressedienstes als Presseattachés bei verschiedenen Gesandtschaften ein. Wöchentlich informiert der Bundespressedienst die Attachés per Kuriere über die Wünsche der Regierung und gibt Weisungen zur Öffentlichkeitsarbeit heraus. Der Presseattaché ist im Ausland der „Propagandachef der österreichischen Regierung“; seine Berichte nach Wien gelten als Ergänzung zu denen des jeweiligen Gesandten; seine Aufgabe ist zudem, „die Handlungsweise der österreichischen Regierung im Dienstlande verständlich zu machen, mit der ausländischen Presse selbst Fühlung zu nehmen und eine Aufsicht über die Korrespondenten der österreichischen Presse im Auslande zu führen.“[28] Die ins Ausland entsandten Presseattachés fungieren im übrigen als Korrespondenten der Amtlichen Nachrichtenstelle.

Symptomatisch ist, daß die Zentralisierung des Presseapparats wieder in eine Phase der politischen Liberalisierung fällt. Die junge Republik debattiert seit geraumer Zeit ein adäquates Pressegesetz. Am 7. April 1922 wird der Entwurf, an dem neben Mitgliedern der Nationalversammlung und den zuständigen Juristen auch Pressevertreter mitgearbeitet haben, im Nationalrat angenommen. Das Gesetz widerspiegelt eine vorsichtige Demokratisierung. Es existiert nur ein Problemfeld, bei dem sich der Gesetzgeber auf eine Art presserechtliche Ausnahmegesetzgebung stützt: Gewalt und Sittlichkeit. Bundespolizeibehörde und politische Behörde erster Instanz haben einzuschreiten, wenn ein Druckwerk zu einem Verbrechen auffordert und die Gefahr besteht, daß die Verbreitung des Druckwerks das Verbrechen zur Folge hat. Auf Antrag von Unterrichtsbehörde und Jugendamt können sie Druckwerke, die „das sittliche Wohl der Jugend gefährden“, von jeder Verbreitung an Personen unter 18 Jahren ausschließen bzw. deren Vertrieb gänzlich untersagen. Wenn der Inhalt einer Druckschrift als unzüchtig eingestuft wird und „die Sittlichkeit oder die Schamhaftigkeit gröblich und auf eine Ärgernis erregende Art verletzt“, dürfen sogar die zur Herstellung nötigen Druckplatten und Druckformen unbrauchbar gemacht werden.[29]

Die „Agences Alliiées" und die Funkfreiheit

Die nationalen europäischen Nachrichtenagenturen müssen unterdessen Konkurrenz durch verschiedene neu entstehende Funkagenturen zur Kenntnis nehmen. Der Krieg hinterläßt eine gehörige Menge an funktechnischem Potential – technischer, personeller wie auch industrieller Natur –, das nun verstärkt für das kommerzielle Nachrichtengeschäft genutzt wird. Die entstehenden Funkagenturen verfügen schlagartig über Wettbewerbsvorteile, sie machen sich den schnellen und Landesgrenzen mühelos überwindenden Nachrichtenträger vor allem für Finanz- und Börsennachrichtendienste zunutze und bereiten den etablierten Agenturen eine schmerzhafte Konkurrenz.

In England hat sich die „Marconi-Company" schon während des Krieges ein Monopol auf den Empfang von Funknachrichten gesichert. Sie hat Reuters überflügeln können, da sie Meldungen aus dem gegnerischen Ausland direkt vom Kontinent abrufen konnte, während Reuters-Korrespondenten ihre Nachrichten in der Regel über die kontrollierten Telegrafenkabel schicken mußten. Jetzt kämpft Reuters-Direktor Roderick Jones dagegen an, daß Marconi als großer „wireless carrier" auch die Funktion einer Nachrichtenagentur erfüllen darf. Sein Argument lautet, daß der freie Informationsfluß bedroht sei, wenn ein Nachrichtenkanal von einem auch als Nachrichtenlieferanten auftretenden Unternehmer kontrolliert werde, da dieser ein natürliches Interesse daran habe, die eigenen Nachrichten zuerst zu befördern. Das Argument ist nicht von der Hand zu weisen, wenn auch daran zu erinnern ist, daß Julius Reuter einst selbst danach trachtete, sich durch Miteigentümerschaft an den Unterseekabeln derartige Vorteile zu sichern.

Reuters versucht seinerseits im Funkgeschäft Fuß zu fassen. Die Vorarbeiten leistet Cecil Fleetwood-May, der neben seiner Funktion als Chef des „Commercial Service" von Reuters zum Funkmanager avanciert. Diese Verbindung liegt nahe: das kommerzielle Service verlangt nach der schnellstmöglichen Lieferung. Und zwar optimalerweise für alle Abnehmer gleichzeitig, was über den Telegrafen nicht möglich ist, da Telegramm für Telegramm abgesetzt werden muß. Ein weiterer Vorteil der Funktelegrafie liegt darin, daß sie die Kabelbindung aufhebt, das heißt, viele nationale Agenturen am Kontinent, die bislang an Wolff oder Havas gebunden waren, haben nun die Möglichkeit, direkt mit Reuters in London in Verbindung zu treten.[30]

Reuters sendet über die britische Post einen Langwellendienst, der sich unter dem Namen „Reuterian" an die Agenturen auf dem

Kontinent wendet. Auf diese Weise werden vom „Reuter Continental Broadcasting Service" sieben mal täglich Preisnotierungen und Wechselkurse geliefert.[31] Havas bietet nach dem Vorbild des Reuterian den „Havasian", der von Radiofrance gegen Entgelt ausgesendet wird. Von Deutschland aus bietet unter anderem die 1920 privat gegründete „Eildienst für amtliche und private Handelsnachrichten GmbH"[32] auf dem Funkweg Wirtschaftsdaten. Angesichts dessen kommen aus österreichischen Wirtschaftskreisen Anregungen, ja Forderungen, die Amtliche Nachrichtenstelle möge Verträge mit der deutschen „Eildienst", die 18mal täglich die neuesten Kurse biete, abschließen, da die ANA bis zu 24stündige Verspätungen bei der Auslieferung der Börsenkurse produziere.[33] ANA-Direktor Wirth verwehrt sich naheliegenderweise gegen diese Pläne, die die Konkurrenz aufwerten.

Um zu beraten, wie man der neuen Konkurrenz im Äther am besten entgegentreten könne, treffen einander auf Initiative der „Agence Télégraphique Suisse" (ATS) Vertreter von sieben Agenturen zu einer ersten Strategiebesprechung am 13. Dezember 1923. Neben der österreichischen Amtlichen Nachrichtenstelle sind die Schweizer, die italienische, die tschechoslowakische und die ungarische Agentur vertreten, zudem natürlich Reuters und Havas. Ein konkretes Ergebnis des Treffens ist die Einberufung einer Konferenz.[34]

Besagte „1. Generalkonferenz der internationalen Telegraphenagenturen" findet vom 6.-11. Juni 1924 statt. Als Veranstaltungsort hat man Bern, die Hauptstadt der neutralen Schweiz, bestimmt. Folgende, an Reuters Limited und die Agence Havas vertraglich gebundene Agenturen sind neben Havas und Reuters selbst eingeladen: die „Continental Telegraphen Compagnie" (also die deutsche Agentur Wolff), die österreichische „Amtliche Nachrichtenstelle", die belgische „Agence Telegraphique Belge", die bulgarische „Bulgarska Telegrafna Agentzia", das dänische Büro „Ritzau", die spanische „Agencia Telgrafica Fabra", die estische „Eesti Telegraafi Agentuur A.-S.", die finnische Agentur „Suomen Tietotoimisto (Finska Notisbyran)", die griechische „Agence d'Athènes", die ungarische „Magyar Tavirati Iroda", die italienische „Agenzia Stefani", die lettische „Lativijas Telegrafa Agentura", die litauische „Lietuvos Telegramu Agentura", das norwegische „Norsk Telegrammbyraa", das holländische „Nederlandsch Telegraaf-Agentschap", die polnische „Polska Agencja Telegraficzna", die rumänische „Orient-Radio Rador", die russische „Agence Rosta", die schwedische „Tidningarnas Telegrambyra", die Schweizer „Agence Télégraphique Suisse", die tschechische „Ceskoslovenska Tiskova Kancelar" und das jugoslawische „Bureau de Presse". Portugal wird von Havas repräsentiert. Mit Ausnahme der finnischen und der türkischen Agentur, die sich entschuldigen, und der sowjetischen entsenden alle geladenen Agenturen Vertreter.

Eröffnet wird die Konferenz vom Direktor der Agence Télégraphique Suisse, Rudolf Lüdi. Lüdi betont die historische Bedeutung dieser ersten internationalen Versammlung der Telegrafenagenturen. Er meint, es bedürfe einer Intensivierung der Beziehungen, die zwar durch Verträge festgeschrieben seien, jedoch tote Zeilen blieben, solange keine gegenseitige Vertrauensbasis bestehe. Es ist das erste Mal, daß Vertreter der kleinen wie der großen Agenturen gemeinsam an einem Beratungstisch Platz nehmen. Die großen Agenturen, so Roman Starzynski, der spätere Direktor der polnischen PAT, hätten die wachsende Bedeutung der kleineren erkannt; die Schweizer Agentur etwa habe während des Weltkrieges eine Mittlerrolle zwischen Havas, Reuters und Wolff eingenommen.[35] Die kleinen Agenturen sollen nun eine ihrer gestiegenen Bedeutung entsprechende Position erhalten. Eines der zentralen Anliegen der kleinen Agenturen wird jedoch nicht angesprochen: die hohen Gebühren, die sie an Reuters und Havas zu entrichten haben. Diese Angelegenheit wird von letzteren als streng geheim bezeichnet und kann somit nicht auf die Tagesordnung gebracht werden.[36]

Nichtsdestotrotz wird der verbindende Charakter des Treffens gepriesen. Nach dem Vorbild des Völkerbunds, der im Zuge der Pariser Friedenskonferenz 1919 zur Erhaltung des Weltfriedens und zur Beachtung des Völkerrechts gegründet worden ist und der ebenfalls in der Schweiz berät, wird ein Bund der Agenturen, die „Agences Alliiées“, gegründet. Wirth, der Vertreter der Amtlichen Nachrichtenstelle, streicht die moralische Bedeutung des Bundes heraus, der der Völkerversöhnung und dem Frieden diene.[37] Die bemerkenswerte Anleihe, die man bei der völkerrechtlichen Sphäre nimmt, zeigt, daß der Schock über die Verheerung des Weltkrieges allen Beteiligten noch tief in den Gliedern sitzt – eine Verheerung, an der sich die Vertreter der Agenturen in ihrer Rolle als nationale Nachrichtenvermittler nicht unbeteiligt wissen. Die 29 Mitglieder der Agences Alliiées beschließen, weitere Treffen folgen zu lassen. Als „Verband aller angesehensten Informationsagenturen, die die öffentliche Meinung lenken“, werde der Agenturbund zukünftig eine „hervorragend wichtige Rolle im politischen Leben der Staaten spielen“,[38] so Starzynski.

Im Rahmen der Konferenz berichtet Wirth, daß sich in Österreich (am 12. Juli 1923) eine Funkgesellschaft konstituiert habe, die mit der Amtlichen Nachrichtenstelle zusammenarbeiten werde. Auf Rechnung der ANA werde diese Funkgesellschaft, genannt „Radio Austria AG“, einen Wirtschaftsdienst bringen. Die Marconi-Gesellschaft hat vom österreichischen Staat eine Konzession für den Funkbetrieb erhalten und die Radio Austria Aktiengesellschaft gegründet. Die Radio Austria AG ist nicht ganz so privat wie es auf den ersten Blick scheint, denn der österreichische Staat beteiligt sich in hervorragender Weise an der Gesellschaft – in der erteilten Konzession ist von mindestens 30% am Aktienkapital die Rede. Als Gegenleistung stellt der Staat seine Funkstationen Deutsch-Altenburg und Laaerberg zur Verfügung. Die gewährte Konzession schreibt der Radio Austria AG vor, den funktelegrafischen Verkehr mit all jenen ausländischen Stationen aufzunehmen, die von der Telegrafenverwaltung genannt würden; die Telegrafenverwaltung ist überdies berechtigt, den Betrieb jederzeit zu überwachen und die Betriebsräumlichkeiten zu inspizieren.[39] Die Radio Austria AG besorgt seit 12. Jänner 1924 den drahtlosen Telegrafendienst Österreichs mit dem Ausland – zunächst mit Großbritannien und Deutschland, später steht man aber auch mit Stationen in Amsterdam, Barcelona, Belgrad, Berlin, Beirut, Brüssel, Bukarest, Kairo, Istambul, Kopenhagen, London, Moskau, New York, Oslo, Paris, Rom, Sofia, Timosara, Tirana und Warschau in Verbindung. Durch den Funk kann die Amtliche Nachrichtenstelle neben der Übermittlungsgeschwindigkeit ihren Anteil an Weltnachrichten, ihre wirtschaftliche Konkurrenzfähigkeit und damit auch ihre politische Bedeutung deutlich erhöhen.

Hinter dem Funkengagement der etablierten Agenturen steht die zunehmende Konkurrenz durch private Funkagenturen. Insofern liegt die Vermutung nahe, daß der eigentliche Grund für die regelmäßigen Treffen der Agences Alliiées weniger in der hehren Idee eines völkerverbindenden Friedens als in der harten und ungewohnten Konkurrenz am Nachrichtenmarkt liegt. Man berät Gegenmaßnahmen. Vorab geht man daran, den „Feind“ zu orten: die einzelnen Mitglieder sind aufgerufen, die in ihrem Land wirkenden Konkurrenzagenturen zu beschreiben, ihre Tätigkeitsfelder, Finanzierung, Leitung, Ausrüstung und Arbeitsweise, und Vorschläge zu unterbreiten, wie man dieser Konkurrenz begegnen könne. Es zeigt sich, daß rund 30 größere Funkagenturen am Werk sind, die sich nicht um alte Territorialregelungen kümmern; die Privaten lassen sich dort nieder, wo man ihre Dienste kauft und sind in vielen europäischen Ländern von Schweden bis Italien und von Holland bis Polen aktiv. Der in der Schweiz ansässige Börsendienst „Transatlanticradio“, oder „Transradio“, wie der europaweit angebotene Finanzdienst von Fritz Simon auch genannt wird, bereitet den Verantwortlichen große Sorgen. Simon, ein ehemaliger Korrespondent der *Nouvelle Gazette de Zurich*, sei eine sehr agile Person, heißt es, immer in Bewegung, man wisse jedoch kaum etwas über ihn. Hauptsächlich arbeite er mit deutschfreundlich gesinnten amerikanischen Banken zusammen und er liefere über die

Funkstation von Marconi in Bern einen amerikanischen und englischen Dienst, der an alle Länder versendet werde, wo sich Trans(atlantic)radio niedergelassen habe. Seitens der Agence Télégraphique Suisse beklagt man, daß Transradio das Ansehen der Schweiz im Ausland für Werbezwecke nutze, indem die Neutralität und Objektivität des gebotenen Dienstes gelobt und fälschlicherweise sogar vorgegeben werde, die Kurse des Crédit suisse zu übermitteln. Außerdem intrigiere Transradio gegen die Agence Télégraphique Suisse, was in Paris Unsicherheit hervorgerufen habe. Auch in Österreich bereitet Transatlanticradio Sorgen; Simon besitzt eine Station in Innsbruck, die einen direkten Empfang von Funkmeldungen aus England ermöglicht; dieser Dienst, so Wirth, liefere Finanznachrichten zu einem Preis, der nicht einmal die Telefonkosten decke.

Probleme bereiten außerdem immer mehr politische Dienste der privaten Konkurrenz. Die Agenturen der Allianz sind von ihren Regierungen mehr oder weniger abhängig und finden sich im Zwiespalt, einerseits politischen Vorgaben gehorchen und andererseits den Bedürfnissen des Markts entsprechen zu müssen. Die kundenorientiert arbeitende Konkurrenz kennt diese Ambivalenz nicht. Auf der „2. Generalkonferenz der internationalen Telegraphenagenturen", die vom 26. bis 31. Oktober 1925 in Rom tagt und bei der erstmals ein Vertreter der Associated Press und ein Vertreter der „TASS" („Telegrafnoje Agentstwo Ssejusa", hervorgegangen aus der Rosta) anwesend sind, steht demgemäß als Thema die Effizienz der Agenturen zur Diskussion.

Die Allianz arbeitet nach dem Grundsatz des Nachrichtentauschs. Ein Entgelt für den Bezug der Dienste wird im Regelfall nicht eingehoben; die Agenturen beliefern einander direkt, Zeitungen und andere Abnehmer im Zielland werden nicht beliefert. Von Wirth, dem Direktor der ANA, wird jedoch die Frage gestellt, wie man der Situation begegnen könne, daß manche Agenturen als Organe ihrer Regierungen nicht in der Lage seien, auf befriedigende Art und Weise ihrer Aufgabe als Informationslieferanten nachzukommen. Wirth schlägt vor, zur Behebung dieses Mißstands eine Resolution zu verabschieden, die folgendes besagt: es sei nicht zulässig, daß sich eine der verbündeten Agenturen darauf beschränke, als offizielles Organ ihrer Regierung zu arbeiten. Keine Agentur könne sich darauf beschränken, nur offizielle Meldungen oder solche, die im Interesse ihrer Regierung liegen, ins Ausland zu schicken. Jede Agentur sei verpflichtet, den verbündeten Agenturen auch alle Neuigkeiten von allgemeinem Interesse, die ihr zur Kenntnis gelangten, zukommen zu lassen, wenn die Regierung nicht ausdrücklich die Aussendung solcher Nachrichten untersage. Jede Agentur habe sich zu verpflichten, das Interesse jeder anderen verbündeten Agentur im Auge zu behalten und dafür zu sorgen, so weit als möglich einen kompletten internationalen Dienst der Agences Alliiées sicherzustellen. Diese Forderungen müsse man schon vor Abschluß neuer Verträge berücksichtigen. In den künftig abzuschließenden Verträgen solle die Mißachtung genannter Verpflichtungen ein Grund zur Kündigung des Vertrages sein.[40]

Wirths Antrag mag allerdings auch als ein Akt der Notwehr zu begreifen sein, als ein Schritt, die amtliche österreichische Agentur über den angeregten Zwang von außen von der eigenen Regierung zu emanzipieren. Einen Mitstreiter findet Wirth in Mantler, dem Direktor von Wolff. Mantler meint, einige Agenturen seien in ihrem Land an offizielle Organisationen gebunden, die sie manchmal daran hinderten, einen angemessenen Dienst zu leisten. Kein Dienst könne in kommerzieller und journalistischer Hinsicht befriedigend gemacht werden, wenn er von einem weisungsgebundenen Verwaltungsbeamten und nicht von einem Journalisten besorgt werde. Im Gegensatz zur Konkurrenz, die oft einen sehr ausführlichen allgemeinen Nachrichtendienst biete, würden viele offizielle Agenturen keine oder zumindest nur unzureichende Nachrichten von allgemeinem Charakter übermitteln. Die verbündeten Agenturen sollen sich nicht nach den Bedürfnissen ihrer Regierungen, sondern nach denen der Abonnenten richten. Dienst an den Regierungen über den Austausch von „Tractatus"-Meldungen zu leisten, sei, so Mantler, wichtig, dies könne durchaus notwendig sein, sei aber nicht die zentrale Aufgabe. Seitens der italienischen Agenzia Stefani geht man davon aus, daß die Regierungen grundsätzlich sehr wohl an einem von der Politik unabhängigen Informationsdienst Interesse hätten und plädiert für eine Vorsprache des Zentralbüros der Agences Alliiées bei den Regierungen.[41] Wirth hingegen zeigt sich überzeugt, daß dieser Gang wirkungslos sei. Er besteht auf seiner Fassung des Antrags; nur eine Resolution aller Allianzagenturen, nur ein gemeinsamer Beschluß, der die Drohung beinhalte, daß eine abweichende nationale Agentur den Kontakt zu den anderen Unterzeichnern verlieren würde, könne Früchte tragen.

Um der privaten Konkurrenz zu begegnen, reicht die Emanzipation von der Regierung aber ohnehin nicht aus. Die Agenturen – auch dies eine wichtige Erkenntnis der Konferenz – müssen ihren Informationsdienst an die Anforderungen moderner Journalistik anpassen: ein wachsender Markt, eine immer stärker werdende Presse, mehr Fachjournale und die Arbeitsweise des modernen Journalismus stellen hohe Anforderungen, die sich im Zuge der Entwicklung der Nachrichtentechnik von Tag zu Tag vergrößern. Deshalb, so besagt schließlich der Konferenzentschluß, solle sich keines der Mitglieder auf seine Funktion als offizielle Agentur beschränken. Aus ihrer Rolle als

Repräsentantin der Allianz in ihrem Land erwachse ihr die Verpflichtung, den verbündeten Agenturen alle Nachrichten, die ihr zur Kenntnis gelangen, zukommen zu lassen. Jede Agentur sei verpflichtet, die besonderen Interessen jeder anderen Agentur zu berücksichtigen. Die andauernde und wiederholte Mißachtung dieser Verpflichtungen ziehe, so die letztendlich etwas zahm ausfallende Sanktionsandrohung, eine Beschwerde bei der Schlichtungsstelle für bestehende Verträge mit sich.[42]

Die Bestrebungen, konkurrenzfähiger zu werden, münden schließlich in der Kooperation. Im Mai 1925 versammeln sich auf Einladung der ANA Vertreter der britischen, schweizerischen, tschechoslowakischen, ungarischen, deutschen, französischen, italienischen und österreichischen Agentur in Wien. Sie wollen – noch vor der geplanten Konferenz von Warschau, die im Mai 1927 stattfinden soll – eine Zusammenarbeit mit der privaten Agentur „Europradio" besiegeln.[43] Was auch geschieht. Der Leiter von Europradio erklärt im Gegenzug, allen bisherigen Kunden den Dienst zu kündigen, um ihn exklusiv der Allianz zur Verfügung zu stellen. Als die Chefs der kommerziellen Dienste der alliierten Agenturen im Juni 1926 in Berlin zusammentreffen, um die Unzulänglichkeiten in ihren Kommerz- und Finanzdiensten zu besprechen und zu reformieren, steht man bereits in Verbindung mit Europradio. Die Zusammenarbeit, so der Tenor, habe sich als sehr nützlich erwiesen. Acht Agenturen hätten bereits die Konvention von Wien bestätigt und seien Abonnenten von Europradio, das heißt, sie beziehen von Europradio einen Teil oder den gesamten kommerziellen Dienst. Die Amtliche Nachrichtenstelle hat am 1. Jänner 1926 einen Vertrag mit Europradio abgeschlossen; sie übernimmt das gesamte kommerzielle und Finanzservice für Zeitungen und Privatabonnenten von Europradio, ausgenommen Informationen aus den Nachfolgestaaten der Monarchie und einige Nachrichten der Agentur Wolff. Neben der ANA haben auch die tschechoslowakische, die finnische, die norwegische, die schwedische, die jugoslawische, die polnische und die Schweizer Agentur ihren kommerziellen Dienst auf diese Weise organisiert. Einige der kleineren Agenturen meinen sogar, daß sie ohne die vorteilhafte Zusammenarbeit mit Europradio nicht mehr gegen die Konkurrenz bestehen könnten. Das Europradio- Service stelle sowohl die Zeitungen als auch die Banken zufrieden. Die gelieferten Daten seien exakt, Fehler hätten sich meist nur aus falscher Schreibweise oder Lektüre ergeben.[44] Nach wie vor besteht jedoch ein gravierendes Problem in der größeren Schnelligkeit der übrigen privaten Konkurrenten, da das von Europradio verwendete radiotelegrafische System langsamer als jenes der Konkurrenz arbeitet.

Neben den politischen Nachrichten sind es immer mehr wirtschaftliche, die das Aufgabengebiet der staatsnahen Agenturen definieren. Am Wachstum des Personalstandes der Amtlichen Nachrichtenstelle etwa ist die aufstrebende „Kommerzielle Abteilung“, die, wie es heißt, „durch den Umfang ihres Dienstes von großer Bedeutung für die österreichische Volkswirtschaft“ wird, führend beteiligt.[45] Die zunehmende Bedeutung marktwirtschaftlicher Prinzipien führt zu erneuten Debatten im Ministerrat, die Amtliche Nachrichtenstelle aus der staatlichen Organisationsform zu lösen und in eine freiere, wenngleich keine definitiv privatwirtschaftliche überzuführen: eine Monopolstellung soll gewahrt bleiben und die „entsprechende politische Kontrolle nicht vernachlässigt“ werden.[46] Die Initiative für die Privatisierung geht vom „Ersparungskommissär“ Hornik aus, der den Staatshaushalt von einer beträchtlichen finanziellen Belastung befreien will. Eine Regierungsvorlage aus dem Jahr 1926 sieht vor, der Amtlichen Nachrichtenstelle einen autonomen Wirtschaftsrahmen zu geben. Darin heißt es: „§ 1 (1) Unter der Firma „Österreichischer Nachrichtendienst“ wird an Stelle der bisherigen Amtlichen Nachrichtenstelle ein eigener Wirtschaftskörper gebildet, der die Vermittlung von Nachrichten aller Art für das In- und Ausland zu besorgen hat“. Die neue Gesellschaft soll wirtschaftlich möglichst unabhängig werden, politischen Einfluß der Regierung aber gewährleisten:

> § 12 (1) Die Unternehmung Österreichischer Nachrichtendienst verpflichtet sich, alle ihr vom BKA (Bundeskanzleramt; Anm.) zur Verfügung gestellten amtlichen Nachrichten in der bisherigen Art und im bisherigen Umfang zu verlautbaren, der Bund leistet der Unternehmung dafür ein Entgelt von jährlich 250.000 öS, das Vierteljahr fällig.
> (2) Der Bundeskanzler kann gegen die Verlautbarung anderer als im Absatz (1) bezeichneten Nachrichten durch die Unternehmung Einspruch erheben, die Verlautbarung solcher Nachrichten haben zu unterbleiben.[47]

Gegen eine solche Umwandlung der Amtlichen Nachrichtenstelle in eine privatrechtliche Institution werden jedoch einmal mehr Bedenken geäußert, sodaß man schließlich die alte Form beibehält. Die Regierungsvorlage wird am 3. Februar 1927 zurückgezogen.

Die Entscheidung für ein staatlich organisiertes Nachrichtenwesen geht darauf zurück, daß man sich um die Börse, um die österreichische Wirtschaft, ja um den Staat an sich sorgt. Die Amtliche Nachrichtenstelle behält die altbekannte Janusköpfigkeit bei; sie erfüllt als

Organ des Bundeskanzleramts wie zu Monarchiezeiten hoheitsrechtliche Aufgaben, arbeitet aber als Nachrichtenagentur, die ihren Abonnenten verpflichtet ist, auch nach ökonomischen Gesichtspunkten: „Kassagebarung und Verrechnung erfolgt nicht nur nach den Grundsätzen der Kameralistik, sondern auch nach jenen der kaufmännischen Betriebsführung."[48] Personell und administrativ bleibt die Amtliche Nachrichtenstelle direkt dem Bundeskanzleramt unterstellt und somit unter der politischen Kontrolle des Chefs des Bundespressedienstes, Eduard Ludwig.

Amtliche Rundfunknachrichten: RAVAG

Aus der Funktechnik entsteht indes ein neues Breitenmedium, der Rundfunk, der mit der obligatorischen Verzögerung auch in Österreich Einzug hält. Die erste Hürde ist die staatliche Funkhoheit, die der Statthaltereikonzipist Oskar Czeija Anfang der 20er Jahre zu überwinden versucht. Er bewirbt sich zunächst um eine Konzession für drahtloses Telegrafieren, doch erhält die Marconi-Gesellschaft mit 19. September 1922 den Zuschlag. Sie richtet die bereits erwähnte Radio Austria AG für den radiotelegrafischen Verkehr mit dem Ausland ein.[49] Czeija wendet sich daraufhin dem Rundfunk zu, nachdem die „drahtlose Telephonie", wie man hört, in Amerika auch „zur Verbreitung von Musik und Unterhaltung" eingesetzt wird. In den USA beginnt das Rundfunkzeitalter weitgehend frei von staatlichen Einflüssen als privatwirtschaftlicher Geschäftszweig; Programm wird produziert, um einen Markt für Empfangsgeräte zu schaffen.[50] Der Rundfunk fungiert als Vorbote der entstehenden Konsumgesellschaft.

Die Voraussetzungen für eine Einführung des Rundfunks in Österreich sind freilich nicht optimal: die Bevölkerung ist nach dem Weltkrieg verarmt, ein großflächiger Absatz der sehr teuren Empfangsgeräte scheint illusorisch. Czeija geht jedoch davon aus, daß in Österreich 15.000 Besitzer von Luxusautos existieren, was ihn zu der Annahme bringt, daß, „vorläufig mit mindestens der dreifachen Anzahl, also mit 45.000 Besitzern von Radioempfängern zu rechnen"[51] sei. Czeija sagt dem jungen Medium eine optimistische Zukunft voraus, es sei fähig, Eingang in breite Bevölkerungsschichten zu finden, würde es zu „volkstümlichen" Bedingungen, das heißt unter Verrechnung niedriger Gebühren, angeboten. Der Verweis auf die Gebühr zeigt, daß an eine rein kommerziell organisierte Rundfunklandschaft nach nordamerikanischem Vorbild nicht gedacht ist. Doch obwohl Czeija eine monopolistisch organisierte, österreichische Rundspruchgesellschaft ohne ausländischer Beteiligung fordert, verzögern sich die Verhandlungen mit der für die Konzessionsverleihung zuständigen Post.

Oskar Czeija ist der Sohn eines der Firmengründer der „Telegraphenfabrik AG Czeija, Nissl & Co.", eines traditionsreichen österreichischen Betriebs, an dem er selbst allerdings nicht mehr beteiligt ist. Was ihn mit der von seinem Vater mitgegründeten Fabrik verbindet, ist das Interesse am Rundfunk. Denn auch Czeija, Nissl & Co beginnen sich für den Rundfunk, der sich in den USA als zukunftsträchtiger Wirtschaftszweig entpuppt, zu interessieren; die Firma baut in Wien auf eigene Rechnung einen Sender. Am 1. April 1923 meldet sich „Radio Hekaphon" erstmals mit den Worten: „Hallo, hallo, hier Radio Hekaphon auf Welle 600".[52] Radio Hekaphon dient primär kommerziellen Zwecken – gleichzeitig mit der Ausstrahlung der Versuchssendungen beginnt man bei Czeija & Nissl mit der „serienmäßigen Erzeugung von Rundfunkempfangsgeräten"[53]. Die rechtliche Grundlage des Sendebetriebs von Radio Hekaphon bildet eine interimistische Sendeerlaubnis der Post, ein kurzfristiges Provisorium, das die Regierungsverantwortlichen nicht von der Notwendigkeit entbindet, eine endgültige gesetzliche Grundlage zu schaffen.

Oskar Czeija kann unterdessen den christlichsozialen Bundeskanzler Ignaz Seipel für seine Pläne gewinnen, der sich von einem bundesweiten Radioforum durchaus politischen Benefit verspricht. Im Februar 1924 erhält Czeija von der Post eine Konzession zum Betrieb eines „Rundspruchdienstes", woraufhin aus einem Studio im ehemaligen Kriegsministerium Probesendungen ausgestrahlt werden.

Noch nicht beantwortet ist die Frage, wer die Aktienanteile der zu gründenden Rundfunkgesellschaft halten soll. Ein erster Plan sieht vor, die 90 Prozent der Besitzanteile der Christlichsozialen und 10 Prozent der Großdeutschen Partei zuzusprechen.[54] Damit können sich die Sozialdemokraten jedoch nicht zufrieden geben. Es folgen Verhandlungen, die im April 1924 abgeschlossen werden; der Sozialdemokratischen Partei wird eine Art Sperrminorität eingeräumt, dem ihr nahestehenden Wiener Anzeigenunternehmen „Gewista" rund ein Fünftel der Gesellschaftsanteile übertragen.[55] Czeija selbst, dem ursprünglich ein Anteil von 30% zugesagt wurde, wird mit der Begründung, die RAVAG akzeptiere keine Privatpersonen als Gesellschafter, gezwungen, auf seine Anteile zu verzichten.[56] Er muß sich mit einer Anstellung als Generaldirektor begnügen.

Die rechtliche Grundlage für den Rundfunkbetrieb bilden das „Telegraphengesetz" vom 18. Juli 1924 und eine Reihe von Verordnungen des zuständigen Bundesministeriums für Handel und Verkehr. Laut § 15 stellt die Rundfunkgesellschaft, obgleich privatrechtlich als Aktiengesellschaft organisiert, eine öffentliche Telegraphenanstalt dar, ist der mittelbaren Staatsverwaltung eingegliedert und untersteht der Telegraphenbehörde. Der § 18 sieht vor, von der Übermittlung „alles auszuschließen, was für die Sicherheit oder die Wirtschaftsinteressen des Bundes gefährlich erscheint oder gegen die Gesetze, die öffentliche Ordnung oder die Sittlichkeit verstößt".[57] Die althergebrachten Zensurmechanismen, wie sie schon ins Pressegesetz Eingang gefunden haben, werden stillschweigend auf den Rundfunk übertragen. Die Zeitschrift *Radiowelt* sieht in diesem Gesetz dann auch „eine Blüte des Geistes des gemütlichen Absolutismus".[58]

Am 30. September 1924 findet die konstituierende Generalversammlung der österreichischen Radiostation „Radio-Verkehrs-AG", kurz RAVAG, statt; am 1. Oktober 1924 nimmt sie ihren Sendebetrieb mit einem Wagner-Konzert auf. Hinsichtlich ihres Programms sind der RAVAG per Bescheid Auflagen erteilt, sich auf Wetterberichte, Musikvorträge, literarische und belehrende Vorträge, Märchenerzählungen und Nachrichten, die von der Amtlichen Nachrichtenstelle stammen, zu beschränken.[59] Die RAVAG verfügt noch nicht über eine eigene Nachrichtenredaktion, lediglich über drei Sprecher bei „Radio Wien", die die von der ANA beigestellten Meldungen verlesen. Zur Bedienung der RAVAG wird bei der Amtlichen Nachrichtenstelle ein eigener Rundfunk-Nachrichtendienst eingeführt.[60] Der ANA-Direktor, Joseph Carl Wirth, umreißt die Konditionen, wonach die RAVAG zweimal täglich „eine kurz gefaßte Übersicht" über die wichtigsten zuletzt eingetroffenen „Meldungen politischen und allgemeinen Inhalts aus aller Welt" erhalte. Es ist der RAVAG jedoch untersagt, dieses Nachrichtenmaterial anderweitig als in ihrem Rundfunkdienst oder außerhalb der österreichischen Landesgrenzen zu verwenden.[61]

Die politisch brisante Regelung der Programmfragen findet in einem 24köpfigen Programmbeirat statt, der als beratendes Organ eingerichtet ist und an dessen wöchentlichen Programmsitzungen auch zwei Vertreter der staatlichen Unterrichtsverwaltung teilnehmen. Zur „Sicherung der politischen Neutralität" können auch die Sozialdemokraten Vertreter in dieses Gremium entsenden – Vertreter der Stadt Wien, der Arbeiterkammern und des im März 1924 gegründeten „Freien Radiobundes" –, doch bleiben diese gegenüber dem bürgerlichen Lager in der Minderzahl und ihr Einfluß gering. Das Ziel der Sozialdemokratie, vorrangig ihres Freien Radiobunds, ist es, das Interesse der Arbeiter auf die Radiotechnik zu lenken. Die Einrichtung von Bastlerwerkstätten, in denen die Radiobastler ihre eigenen Geräte herstellen können, soll helfen, das noch kostspielige Medium in der proletarischen Bevölkerung zu verbreiten. Dabei steht der Gedanke im Mittelpunkt, den roten Radiobund zu stärken und mit dem ganzen Gewicht einer in Ortsgruppen gegliederten Massenorganisation über die Entsendung von Delegierten in den Radiobeirat Einfluß auf die Radiostation zu gewinnen.[62]

Obgleich der Programmbetrieb von Anfang an in christlichsozialen Händen liegt, wird in den ersten Jahren auf inhaltlicher Ebene strikt das Prinzip politischer Neutralität gepflegt, um nicht zu sagen, der politischen Abstinenz; akribisch achtet man darauf, keine wie auch immer gearteten politischen Aussagen in den Äther zu senden. Aktive Politiker haben Sprechverbot. Die RAVAG sendet die amtlichen Nachrichten und Nachrichten von allgemeinem öffentlichen Interesse wie Wetterberichte, Abgängigkeitsanzeigen, Börsenkurse oder Sportnachrichten. Verlautbarungen, die politisches Gebiet berühren, sind tabu. Man bringt kaum aktuelle Meldungen, die politische Brisanz beinhalten könnten. „Beschämend und empörend" empfinden dann auch die Kritiker den RAVAG-Nachrichtendienst, „der uninteressante Meldungen aus Australien verbreitet, während die vitalen, jeden angehenden Ereignisse in Wien und Österreich verschwiegen werden."[63] Die „farblosen" Nachrichten der Amtlichen Nachrichtenstelle färbten gleichsam auf die ganze RAVAG ab.

1926 übernimmt Hermann Pfaundler-Hadermur, ein „heimatverbundener Dichter", der schon 1913 ins k. k. Telegraphen-Korrespondenz-Bureau eingetreten ist, die Leitung der Amtlichen Nachrichtenstelle. Unter seiner Führung entfaltet sich der amtliche „Rundfunk-Nachrichtendienst", nachdem man den Rundfunk bislang als apolitisches Unterhaltungsmittel und die aktuelle Berichterstattung eher als Pressedomäne verstanden hat. Pfaundler hat gegen den Widerstand der großen Zeitungsverleger zu kämpfen, die der Tatsache, daß nun auch der Rundfunk Nachrichten bringt, recht feindselig gegenüberstehen. Die Verleger fürchten, durch das neue Medium, das größte Aktualität verspricht, ins Hintertreffen zu geraten. Oskar Czeija, der Direktor der RAVAG, beruhigt:

> Das Wesentliche an der Presse ist nach meiner Meinung das Kritische. Eine Zeitung, die sich auf das bloße Bringen von Nachrichten beschränkt, wird wohl kaum zur Presse zu zählen sein. Wir vom Radio beschränken uns aber nicht nur auf die bloße Mitteilung von Nachrichten, sondern wir achten auch strengstens darauf, daß dieselben unbedingt farblos und ohne jede Tendenz gebracht werden.[64]

Immerhin gelingt es den Verlegern, einige Restriktionen zu erwirken, die den Erfolg des Rundfunknachrichtendienstes auf ein bescheidenes Maß reduzieren. Die Meldungen der Amtlichen Nachrichtenstelle dürfen erst einen Tag nach der Aussendung verlesen werden, um die Wettbewerbschancen der Tagesblätter zu wahren. Deshalb, so heißt es, seien sie vor allem für Landbewohner interessant, da diese nur verspätet in den Besitz einer Zeitung gelangten.[65]

Vor dem Hintergrund des innenpolitischen Machtkampfs, der zwischen dem bürgerlichen und dem sozialdemokratischen Lager tobt, zeigt sich die Bedeutung, die einem aktuellen Nachrichtenmedium wie dem Rundfunk in unruhigen Zeiten zukommt. Anlaß ist der Freispruch von Heimwehrlern, angeklagt im burgenländischen Schattendorf Angehörige des sozialdemokratischen Schutzbunds, (ein Kind und einen Kriegsinvaliden) erschossen zu haben. Die *Arbeiter-Zeitung* titelt am 15. Juli 1927 mit „Die Arbeitermörder freigesprochen", es kommt zu Massendemonstrationen vor dem Parlament, dann vor dem Justizpalast. Am Schmerlingplatz gehen die Wogen hoch, der Justizpalast wird gestürmt und in Brand gesteckt. Bundeskanzler Seipel vermutet den „Ausbruch der Revolution", die Regierung berät, ob das Standrecht verhängt werden soll. Die Polizei rückt an, ausgestattet mit Militärkarabinern und dem Schießbefehl des Polizeipräsidenten Schober – am Platz bleiben viele Tote zurück.

Als zentrales und aktuelles Verlautbarungsforum bleibt die RAVAG von den Ereignissen nicht unberührt. Durch den Generalstreik, der von den Sozialdemokraten aus Protest gegen das Schattendorfurteil ausgerufen wird und an dem sich auch RAVAG-Techniker beteiligen, kommt es zu einem vollständigen Senderausfall. Bei Wiederaufnahme der Sendetätigkeit wird zuerst ein Kommuniqué von Vertretern der Gemeinde Wien und der Gewerkschaften verlesen, worauf die katholische Presse mit Entrüstung reagiert. Der Generaldirektor der RAVAG, Oskar Czeija, sieht sich zu beschwichtigenden Erklärungen gezwungen, schließlich sei auch der Tagesbefehl Schobers gesendet worden. Doch selbst Czeijas Feststellung, man habe an aktuellen Meldungen ohnehin nur solche der Amtlichen Nachrichtenstelle verlesen, kann die erregten Gemüter nicht beruhigen.

Nach dem Justizpalastbrand tritt die Auseinandersetzung um die RAVAG in ein neues Stadium. Der konservative „Österreichische Radiobund", der aus dem „Katholischen Radioverein" hervorgegangen ist, macht gegen die Bestrebungen der Linken, im Rundfunk stärker Fuß zu fassen, mobil. Unterstützt durch einen Aufruf des Kardinalerzbischofs Piffl vom 22. Juli 1927 und einer regen Berichterstattung kirchlicher Blätter, beginnt er seine Mitgliederbasis durch Beitritte ganzer christlichsozialer Organisationen zu erweitern, um einen weiteren Sitz im Programmbeirat zu ergattern und damit seinen Einfluß auf die Radiostation zu erhöhen. Unter den von katholischer Seite in den Radiobeirat entsandten Kulturpolitikern befindet sich der Lyriker Rudolf Henz, der eine streng katholische Weltanschauung vertritt.[66] Henz kommt von der Zentralstelle des „Volksbundes der Katholiken Österreichs“, einer Organisation, die er als „Kerntruppe und Stoßtrupp der christlichsozialen Partei“[67] bezeichnet. Nur eine wertkonservative Arbeit könne, so Henz, „in dem Chaos der Zeiten und mitten im Niederbruch ganzer Gesellschaftsschichten“[68] sinnstiftend wirken. In einer Art „Kulturkampf“ – vorrangig um die Seelen der Arbeiter – konkurriert die „Katholische Volksbildung“ mit der sozialdemokratischen „Arbeiterbildungszentrale“, geleitet von Josef Luitpold Stern und Leopold Thaller. Die Arbeiterbildner verfolgen das Ziel, „die proletarischen Massen reif zu machen für die politischen, gewerkschaftlichen, genossenschaftlichen, kulturellen Aufgaben ihres allesumspannenden Klassenkampfes.“ Stern, Lyriker wie sein katholisches Pendant Rudolf Henz, resümiert über die erzieherische Aufgabe der Arbeiterbildung, „jede Arbeiterstube zur Schule des Sozialismus zu machen, jeden Arbeiter, jede Arbeiterin zu einem Gefäß der Revolution.“[69]

Das aufstrebende Breitenmedium Rundfunk wird in diese Konfrontation der Bildungsideologien involviert. Die in der Frühzeit zu strenger Abstinenz verpflichtete RAVAG, die anfangs weder marxistische noch religiöse Themen behandelte, erlebt eine zunehmende Politisierung. Alsbald werden Belangsendungen der Kammern, aber auch katholische Messen übertragen. Im Beirat kommt es zu „Zensurdebatten“; eine der Debatten bezieht sich auf das Verbot eines Vortrags zum Thema „Hauptschule oder Mittelschule“, der in der „Arbeiterkammer-Stunde“ gesendet hätte werden sollen. Die Begründung der Zensoren im Unterrichtsministerium lautet, daß der Vortrag Propaganda für die „Hauptmittelschule“ beinhalte.[70] Andererseits fordert der katholische Österreichische Radiobund vermehrt kirchliche Sendungen und Traditionspflege. Beschwerden der sozialdemokratischen Hörerschaft über das Programm nehmen zu, doch bleibt der Einfluß ihrer Delegierten im Radiobeirat gering. Man muß letzten Endes eingestehen, die „reaktionären Bestrebungen“ der regierungsnahen RAVAG nicht verhindern zu können.[71]

ANA-Alltag: Kampf um das Monopol

Die Amtliche Nachrichtenstelle residiert mit ihren beamteten Mitarbeitern in drei Stockwerken des Börsengebäudes am Wiener Schottenring. Die tägliche Arbeitsroutine beginnt am frühen Morgen mit dem Lesen der Zeitungen, deren wichtigste Originalmeldungen zu einer

Presseschau zusammengestellt werden. Telegrafisch oder telefonisch einlangende Depeschen werden stenografiert, wenn nötig übersetzt, diktiert, vom zuständigen Redakteur überprüft und an den „Partieleiter", der die Redaktion und den angeschlossenen „Nachrichten Verbreitungsdienst" leitet, übergeben. Der Nachrichten-Verbreitungsdienst trägt dafür Sorge, daß die für die Bundesländer bzw. für ausländische Abnehmer bestimmten Meldungen ausgewählt und gekürzt werden. Ein fertiges Ausgabenblatt der Amtlichen Nachrichtenstelle umfaßt rund 40 Maschinschriftzeilen, die Zahl an Ausgabenblättern schwankt werktags zwischen 30 und 60. Dazu kommen täglich 6 bis 10 Blätter der Politischen Korrespondenz.[72] Die Meldungen werden stündlich ausgegeben, bei besonderen Ereignissen unmittelbar durch Sondermeldungen; in den Abendstunden bis spät in die Nacht ist die Ausgabe an keinen bestimmten Zeitpunkt mehr gebunden, geschieht fortlaufend; besonders wichtige Nachrichten werden bei den Zeitungen telefonisch avisiert – so ihr offizieller Chronist Heinrich Scheuer.

Nach einem Bahnunglück am 22. August 1929 zeigt sich jedoch ein anderes Bild. Die offizielle *Wiener Zeitung*, die in ihrer Ausgabe nichts von diesem Unglück berichtet, erhält eine Rüge seitens des Bundespressedienstes wegen des peinlichen Versäumnisses. Seitens der *Wiener Zeitung* läßt man die Kritik jedoch nicht auf sich sitzen, sondern verweist auf die Amtliche Nachrichtenstelle, die das Unglück erst um 18 Uhr 30 gemeldet habe, obgleich es sich schon vormittags ereignet habe. An die Erklärung schließt die *Wiener Zeitung* eine allgemein gehaltene Kritik an der ineffizienten und unaktuellen Arbeitsweise der Amtlichen Nachrichtenstelle an.[73]

Darüber hinaus herrscht in der Amtlichen Nachrichtenstelle nach wie vor ein amtlicher Duktus, der kein Problem bei der Belieferung amtlicher Institutionen wie dem Bundespressedienst („zu informativen Zwecken"), der Staatspolizei im Bundeskanzleramt und diverser anderer Adressaten, wie sie sich bei Einzelaufträgen der Regierung ergeben, zu sein scheint. Auf internationaler Ebene hat man sich im Rahmen der Agences Alliiées allerdings geeinigt, die Meldungen in einer aus journalistischer Sicht attraktiveren Form zu liefern, um der privaten Konkurrenz Parole bieten zu können.[74] Diesbezüglich erregen die Meldungen der Amtlichen Nachrichtenstelle Anstoß; bisweilen mehrere Seiten lang, steht das Wichtigste nicht, wie die angelsächsische Journalismustradition dies vorsieht, nach dem Prinzip der umgekehrten Pyramide am Anfang, vielmehr mischt sich zumeist den ganzen Text hindurch nach alter Sitte Wichtiges mit weniger Wichtigem, verschwimmen Details und Grundsätzliches, Fakten und Kommentar ineinander. Die Kritik von außen bewirkt zumindest, daß die ANA-Leitung der Redaktion verordnet, die Meldungen nicht „trocken und langweilig“, sondern lebhafter zu verfassen. Ohne, wie es heißt, den obersten Grundsatz „der Verläßlichkeit und Objektivität“ zu verletzen und ohne in ein „Geschmuse“ zu verfallen, sollen sie „journalistisch“ formuliert werden.[75]

Die eigentliche Bedeutung der Amtlichen Nachrichtenstelle liegt ohnedies weniger im Journalistischen denn im Politischen. Sie ist die Schleuse, durch die sich der gesamte Nachrichtenstrom hindurchwälzt. Sie kontrolliert, was von außen ins Land dringt, über sie laufen die von den verbündeten Agenturen kommenden Auslandsnachrichten. Sie bestimmt auch, was davon im Inland erscheint, fungiert als wichtige Klammer, die die auseinanderstrebenden Bundesländer, von denen sich einige Anfang der 20er Jahre in Volksabstimmungen bereits für einen Anschluß an Deutschland bzw. an die Schweiz ausgesprochen haben, zusammenhalten soll. Sie bedient die Bundesländer mit dem Nachrichtenmaterial aus Wien und jenem von den verbündeten ausländischen Agenturen, und bezieht im Gegenzug Berichte ihrer Zweigstellen in Graz, Innsbruck, Linz und Salzburg sowie Berichte ihrer ständigen Berichterstatter in Klagenfurt, Bregenz und Eisenstadt. Die Zweigstellen ihrerseits wirken wie die Wiener Zentrale als „Empfänger, Verarbeitungs- und Verbreitungsstellen von Nachrichten“, nur eben für das betreffende Bundesland, für dessen Behörden und Zeitungen. Die ANA erfüllt damit zwischen Bregenz und Wien dieselbe Integrationsaufgabe, die schon das Korr.-Bureau zwischen Wien, Budapest, Prag und Triest erfüllt hat.

Die Amtliche Nachrichtenstelle ist das immer verfügbare Sprachrohr der Regierung und gleichzeitig ein Instrument, mit dessen Hilfe nötigenfalls unliebsame Nachrichten entschärft oder ganz unterdrückt werden können. Eduard Ludwig, der Bundespressechef, legt der ANA-Direktion gelegentlich nahe, „bei der Nachrichtengebung die Interessen des Staates nicht außer Acht zu lassen.“ Es müsse nicht nur die „Verbreitung unwahren Nachrichtenmaterials ausgeschlossen“ sein, sondern auch bei der Verbreitung wahrer Nachrichten „muß das Interesse des Staates vor dem Interesse der Nachrichtengebung ins Auge gefaßt werden.“ Wenn man sich über politische und wirtschaftliche Konsequenzen einer Meldung nicht im klaren sei, so wird in Erinnerung gerufen, müsse man die Entscheidung des Bundespressedienstes einholen.[76]

Verschiedene kommerziell arbeitende österreichische Korrespondenzen werden von der Amtlichen Nachrichtenstelle abonniert und verwertet und dennoch sehr mißtrauisch betrachtet. Anläßlich eines Gerüchtes, wonach der Inhaber eines solchen Korrespondenzbüros beabsichtige, künftig auch der Amtlichen Nachrichtenstelle Konkurrenz zu machen, wendet sich Direktor Pfaundler vertraulich an das Bundeskanzleramt mit dem Ersuchen, geeignete Maßnahmen in der Konzessionierungsfrage einzuleiten. Einerseits sollen bestehende Unternehmen dahingehend überprüft werden, ob sie überhaupt Konzessionen haben, andererseits soll bei der Neuverleihung einer Konzession „weitgehende Rücksicht auf das staatliche, mit so viel Sonderaufgaben belastete Institut der Amtlichen Nachrichtenstelle“[77] genommen werden.

Um ihre Monopolstellung bemüht, kämpft die ANA gegen jede Konkurrenz, die sich im Land zeigt – und sie kämpft mit den Mitteln der staatlichen Protektion. Einem Ansuchen der privaten deutschen Nachrichtenagentur „Telegraphenunion“ aus dem Jahr 1928 um Verlängerung ihrer „Konzession zum Betriebe einer Telegraphenagentur“ in Österreich, wird vom Bundespressedienst als Begutachter nur unter stattlichen Auflagen und unter der Androhung, die Konzession im Fall eines Verstoßes gegen diese Auflagen wieder zu entziehen, stattgegeben:

1. Der TU (Telegraphenunion; Anm.) ist nicht gestattet, in Österreich irgendwelche Kursnachrichten und Börsentendenzberichte oder Bankausweise zu veröffentlichen oder an Bezieher abzugeben. (...)
2. Der TU ist untersagt, in Österreich ausländische Meldungen jeder Art, die sich speziell nur mit Österreich befassen, zu verbreiten.
3. Der TU ist verboten, mit der Transatlantic-Radio Wirtschaftsdienst Gesellschaft m.b.H. oder einem allfälligen Rechtsnachfolger oder Tochterinstitut derselben in irgendein wie immer geartetes Vertragsverhältnis einzugehen.
4. Die TU ist verpflichtet, keinerlei wie immer gearteten Kurs- resp. kommerziellen Nachrichtendienst mit österreichischem oder ausländischem Nachrichtenmaterial aus Österreich nach dem Nachlande zu besorgen, ausgenommen die Weitergabe österreichischer Kursmeldungen nach Deutschland.
5. Der TU ist untersagt, in Österreich Nachrichtenmaterial, das aus Österreich stammt, zu verbreiten.
6. Alle diese Einschränkungen beziehen sich auch auf einen gratis gemachten Dienst der angeführten Art. Jede Art der Umgehung der vorstehenden Bedingungen, wie beispielsweise durch Einschiebung von Strohmännern, Benützung von anderen Unternehmungen zur Beförderung oder zum Empfange der Nachrichten, gilt als Verletzung der Vereinbarungen.

Die Begutachtung des Bundespressedienstes schließt mit folgender Empfehlung: „Intern wird ersucht, bei Verletzung einer der vorstehenden Bedingungen, nur im Einvernehmen mit der Amtlichen Nachrichtenstelle vorzugehen".[78]

Im Jahr 1929 sucht der alte Konkurrent Transatlanticradio in Österreich um die Genehmigung an, einen Börsen- und später einen Effektenkursdienst einrichten zu dürfen, was man seitens der Amtlichen Nachrichtenstelle ebenfalls vereiteln will. Vom Handelsministerium als zuständigem Konzessionserteiler aufgefordert, etwaige Verstöße der Transatlantic, die gegen eine Konzessionserteilung sprechen würden, zu nennen, kann man seitens der ANA allerdings keinerlei Verfehlungen anführen.

Transatlanticradio beschäftigt nicht nur die österreichische Agentur, sondern, wie bereits erwähnt, versetzt der Dienst auch auf internationaler Ebene die Agenturen in Aufregung. Transatlanticradio ist weiterhin ein ernstzunehmender Konkurrent, besonders seit zusätzlich zum Finanz- und Wirtschaftsdienst ein Dienst über politische und allgemeine Nachrichten angeboten wird. Beim Wolff'schen Bureau in Berlin reagiert man zuerst. Man trifft mit der Konkurrenzagentur ein Abkommen, in dem diese verpflichtet wird, gegen eine finanzielle Entschädigung ihren Finanz- und Wirtschaftsdienst einzustellen.[79] Mit der Agence Télégraphique Suisse schließt die Transatlanticradio in weiterer Folge einen Vertrag, wonach ihr Dienst in der Schweiz unter der Ägide der Agence Télégraphique Suisse weitergeführt wird. Auch zur Amtlichen Nachrichtenstelle beginnt sich nun eine geschäftliche Beziehung dieser besonderen Art anzubahnen.

Im März 1930 richtet man seitens der Amtlichen Nachrichtenstelle einen Brief an das Bundeskanzleramt. Wie bekannt sei, heißt es darin, stehe die Amtliche Nachrichtenstelle in einem „schweren Konkurrenzkampf mit der Transatlantic". Schon die seinerzeitige Erteilung einer Konzession an die Transatlantic sei von der Amtlichen Nachrichtenstelle sehr bedauert worden. Es heißt, das Büro Simon möchte sich nun einem neuen Geschäftszweig, der Einführung des Ticker-Systems – eines Fernschreibersystems – zuwenden. Deshalb wünsche die Transatlantic, sich in jenen Ländern aus dem Kursgeschäft zurückzuziehen, wo es nicht mehr sehr ertragreich sei, und es gegen Entschädigung der jeweils ansässigen Agentur zu überlassen. Mit dem deutschen Wolff'schen Büro und mit der Agence Télégraphique Suisse habe Simon bereits solche Verträge für Deutschland bzw. für die Schweiz abgeschlossen, wie er sie nunmehr mit der Amtlichen Nachrichtenstelle für Österreich abschließen wolle. Simons Transatlantic soll dem Vertragsentwurf zufolge seinen Dienst nach und nach einstellen und die Abonnenten der ANA überlassen, die sich im Gegenzug verpflichtet, an Simon 35% des Nettoertrags aus dem Geschäft auszuzahlen. Bei Aufrechterhaltung des Abonnentenstands von Transatlanticradio würde dies einen Reingewinn von über 28.000 Schilling im Jahr bedeuten. Man spekuliert mit einem lukrativen Geschäft und plant, „nach Wegfall der Konkurrenz eine allgemeine Erhöhung der Kurs-Abonnements durchzuführen und so Mehreinnahmen“ zu verbuchen.[80]

Die Monopolisierungstendenzen erklärt der ANA-Lokalredakteur Heinrich Scheuer schlicht damit, daß es im Interesse eines jeden Staates liege, „seine Wirtschaftskreise über die Vorgänge auf den Börsen und Märkten der Welt“ objektiv und zuverlässig zu informieren, um Handel und Industrie „ein verläßliches Rüstzeug im wirtschaftlichen Konkurrenzkampfe“ zu geben, dabei aber jegliche Gefahr, „daß diese Berichterstattung von irgend welcher interessierter Seite beeinflußt werden könnte“, ausgeschlossen werden kann.[81] Es ist die alte staatliche Urangst vor ausländischem Spekulantentum, das die heimische Wirtschaft in Unordnung bringen könnte.

Der Traum vom großen Gewinn mit den Transatlantic-Abonnements scheint sich jedoch nicht zu erfüllen; wohl bedingt durch die Folgen der Weltwirtschaftskrise, die in Wien zum Krach der „Boden-Credit-Anstalt“ führt, verliert sich die Attraktivität eines Wirtschaftsnachrichtendienstes. In einer späteren Begründung für den schleppenden Geschäftsgang heißt es seitens der ANA lapidar, „daß zum gegenwärtigen Zeitpunkt niemand bereit ist, für ein neues Abonnement 400 S pro Monat zu bezahlen.“[82]

Die Amtliche Nachrichtenstelle erhält gegen eine Gebühr die internationalen Wirtschaftsdienste auf drahtlosem Weg von der deutschen Europradio G.m.b.H. Tag für Tag langen insgesamt 230 Kursmeldungen und 15 Textberichte, die rund 4000 Kurse und 1500 Worte enthalten, ein. Aufgenommen werden die chiffrierten Funkmeldungen von der Radio Austria AG, von wo aus sie an die Redaktion der Amtlichen Nachrichtenstelle übermittelt werden. Dort werden die chiffrierten Meldungen entschlüsselt, kontrolliert und den Abonnenten „zutelephoniert“. Die Preise von Baumwolle, Metallen, Getreide, die Devisen- und Effektenkurse lägen so bereits wenige Minuten, nachdem sie an einer amerikanischen Börse festgesetzt worden seien, den Abonnenten vor, heißt es. Die ANA besorgt zudem einen separaten politischen und wirtschaftlichen Informationsdienst für Wirtschaftskunden (Handelsdienst). Neben den Devisen- und Effektenschlußkursen aus allen Teilen der Welt, wie sie die Kommerzielle Abteilung sammelt, sowie den Effektenschlußkursen und Börsenberichten der Nachbarstaaten enthält dieser Dienst, der den Abonnenten durch Boten zugestellt wird, alle wichtigen politischen und wirtschaftlichen Nachrichten, die im Laufe der Nacht, der frühen Vormittags-, oder Nachmittagsstunden eingegangen sind und daher noch nicht ausgegeben werden konnten.[83]

Ganz so perfekt läuft allerdings auch der ANA-Wirtschaftsnachrichtendienst nicht ab. Einer schriftlichen Eingabe der Firma Meisl & Co ist gehöriger Ärger über die Vorgangsweise der Amtlichen Nachrichtenstelle zu entnehmen. Meisl & Co sehen sich nach einer Unterredung mit Pfaundler gezwungen, zur Kenntnis zu nehmen, daß sie es „nicht mit einem kaufmännisch geführten Betrieb zu tun haben, sondern mit einer, für die Bedürfnisse eines ihrer Kunden kein Verständnis aufbringenden staatlichen Stelle". Gegenstand der vorgebrachten Beschwerde ist, daß die Firma die zu liefernden Waren-Terminkurse nicht erhalten hat, und zwar deshalb, weil – laut einer telefonischen Auskunft Pfaundlers – besagter Tag ein Feiertag gewesen sei. Meisl & Co haben dagegengehalten, daß die englischen und amerikanischen Warenbörsen geöffnet wären, was wiederum Pfaundler offenbar nicht sonderlich beeindruckt zu haben scheint. Meisl & Co verlangen in ihrer schriftlichen Eingabe weiters, daß sich Pfaundler wegen seines, bei der telefonischen Unterredung an den Tag gelegten „ungebührlichen" Tons – „er gebrauchte die Worte: ‚Ich habe Ihnen auf Ihre Reklamation nichts zu erwidern. Sie haben es mit einer amtlichen Stelle zu tun, machen Sie eine schriftliche Eingabe und ich beende den Diskurs,' und unterbrach die Leitung" – entschuldige. Die Eingabe schließt mit dem Hinweis darauf, daß schließlich ein kommerzielles Vertragsverhältnis bestehe, und sich die Beamten der Amtlichen Nachrichtenstelle „daher die Gepflogenheiten des kaufmännischen Verkehrs zu eigen zu machen haben." Kurzum: Pfaundler entschuldigt sich nicht, rechtfertigt seine Vorgehensweise vielmehr seinerseits mit einem ungebührlichen Verhalten des Vertreters der Firma Meisl & Co, der sich „mit wegwerfenden Wendungen darüber geradezu lustig gemacht (habe), daß die Amtliche Nachrichtenstelle ein Bestandteil des Bundeskanzleramts ist".[84]

Vaterländische Mission

Die christlichsoziale Regierung will die nach Krieg und Revolution zum gesellschaftlichen Umbruch bereite, „entwurzelte" Arbeiterschaft in eine ständisch organisierte und katholisch inspirierte Gesellschaft einbinden. Dieser Maxime des politischen Katholizismus entspricht die Regierungspropaganda, die auf vehementen Widerstand der Sozialdemokratie trifft. Der Konflikt wird auf öffentlicher Ebene ausgetragen. Die Sozialdemokratie äußert sich über ihr bewährtes Sprachrohr, die *Arbeiter-Zeitung*, in der vor allem der austromarxistische Theoretiker Otto Bauer publizistische Gefechte mit der konservativen *Reichspost* führt, die ihrerseits in die Nähe der christlichsozialen Regierungen driftet.

Die *Arbeiter-Zeitung* verliert, in Relation gesehen, allerdings an Reichweite. Hat sie vor dem Weltkrieg noch halb so viele Leser wie die Partei Mitglieder zählen können, so steht im Jahr 1926 eine Auflage von knapp 100.000 rund 600.000 Mitgliedern gegenüber. Die letzten Jahrzehnte haben aus der ehemaligen Kaderpartei eine Massenpartei gemacht, für die das inhaltlich anspruchsvolle und relativ teure Blatt mit seinen theoretischen Abhandlungen zu gesellschaftlichen Fragen nicht mehr ausreicht. Es bedarf eines populäreren Forums.

Inzwischen ist überdies das Zeitalter der kleinformatigen Boulevardpresse angebrochen. Die 1900 gegründete *Illustrierte Kronen-Zeitung* führt mit knapp 200.000 Exemplaren täglicher Auflage die Riege der sensationsorientierten Kleinformate an.[85] Die Parteien sehen sich gezwungen zu reagieren; von den Sozialdemokraten wird nach dem Vorbild der *Illustrierten Kronen-Zeitung* das *Kleine Blatt* gegründet, ein ebenfalls kleinformatiges Boulevardblatt, das weniger ideologisch auftritt, um für die noch nicht organisierte „Unterschicht" der Arbeiterschaft attraktiv zu sein, während die organisierte „Oberschicht" auch weiterhin von der meinungsbildenden *Arbeiter- Zeitung* bedient werden soll. Hinter diesem zweisäuligen Konzept steht der Versuch, große Teile der Bevölkerung für die Vision der austromarxistischen Gesellschaft zu gewinnen.[86]

Propagator des Projekts *Kleines Blatt* ist der Journalist Julius Braunthal, der sich jedoch gegen innerparteiliche Widerstände durchsetzen muß. Vor allem bei der *Arbeiter-Zeitung* befürchtet man, Leser an den Konkurrenten im eigenen Lager zu verlieren. 1927 sind Nationalratswahlen abzuhalten und die *Arbeiter-Zeitung* sieht sich alleine auf weiter Presseflur, was den Ausschlag für die Gründung des *Kleinen Blatts* gibt. In der *Arbeiter-Zeitung* herrscht Skepsis; die neue Zeitung wird mit der Einschränkung vorangekündigt, daß es zwar „in sozialistischem Geiste geschrieben", jedoch kein „Parteiblatt" sein werde:

> Das Blatt der organisierten Parteigenossen, der organisierten Parteigenossin, welche den politischen und gewerkschaftlichen Kampf der Arbeiterklasse miterleben, in ständiger geistiger Verknüpfung mit der großen Bewegung des Sozialismus leben, an dem Befreiungskampf des Proletariats tätigen Anteil nehmen wollen, bleibt daher die ‚Arbeiter-Zeitung'.

> Das *,Kleine Blatt'* soll seine Leser auf Kosten der bürgerlichen Presse gewinnen – es darf nicht Leser gewinnen auf Kosten der *,Arbeiter-Zeitung'*.[87]

Das *Kleine Blatt* erscheint am 1. März 1927 mit einer Auflage von 100.000, um in den folgenden Jahren in seiner Reichweite stetig anzuwachsen. Die *Arbeiter-Zeitung* bleibt davon weitgehend unberührt. Das *Kleine Blatt* erweist sich als erfolgreiches Mittel „gegen jene bürgerlichen Zeitungen, die zu den Mitteln des Kapitalismus gehören, mit denen er die Seele des Arbeiters einschläfert oder vergiftet",[88] wie Otto Bauer dies ausdrückt. Durch seine direkten Anklagen (etwa des Polizeipräsidenten Schober, der beim Justizpalastbrand auf die Demonstranten hat schießen lassen) und nicht zuletzt wegen seiner großen Verbreitung steht das *Kleine Blatt* besonders im Visier der Behörden; Beschlagnahmungen und Prozesse sind obligatorisch, besonders nachdem 1929 im Rahmen einer Pressegesetzesnovelle die Zuständigkeit von Geschworenengerichten für Pressedelikte aufgehoben und die Bezirksgerichte als zuständige Instanzen eingesetzt werden. Das *Kleine Blatt* bilanziert: „Angst vor der Wahrheit – das ist der Beweggrund für diese Preßgesetznovelle, nicht etwa Widerwille gegen Lüge."[89]

Demgegenüber stehen viele katholische Blätter rund um die *Reichspost* im wesentlichen der Sache der christlichsozialen Regierungspartei nahe. Der autoritäre Regierungskurs findet seinen Niederschlag in diesen Blättern. Pressefreiheit führe leicht zur „Pressefrechheit", lautet eine altbekannte Parole, die von katholischen Blättern erhoben wird. Im Kontext dieses reaktionären Reflexes ist auch der wachsende Antisemitismus gegen Journalisten jüdischer Herkunft zu sehen.[90]

Im Schatten des Konflikts zwischen dem bürgerlichen und dem sozialdemokratischen Lager erwächst eine weitere politische Bewegung: die nationalsozialistische. Großdeutsche Tendenzen, wie sie seit Kriegsende in Deutschland und in Österreich existieren, bekommen durch den Aufstieg Hitlers Auftrieb. Längst sprießt auch in Österreich eine nationalsozialistische Presselandschaft,[91] die um die Arbeiterschaft buhlt und sich gegen „Judenherrschaft", gegen die Wiederkehr der Habsburger und für „das soziale Großdeutschland" ausspricht. Wie ihre reichsdeutschen Pendants fühlen sich die NS-Blätter den Grundsätzen des von Gottfried Feder formulierten Parteiprogramms der NSDAP verpflichtet. In Punkt 23 des 25 Punkte umfassenden Programms wird zur „Schaffung einer deutschen Presse" gefordert, daß alle Mitarbeiter an deutschsprachigen Zeitungen „Volksgenossen" sein müssen, das Erscheinen nichtdeutscher Zeitungen einer Genehmigungspflicht durch den Staat unterliegen und daß die Beteiligung und Beeinflussung Nichtdeutscher an deutschen Zeitungen verboten werden soll. Übertretungen sollen die Einstellung der betreffenden Zeitung und die Ausweisung der beteiligten Nichtdeutschen zur Folge haben.[92]

Beflügelt durch die Wahlerfolge der NSDAP in Deutschland, kann die „Hitlerbewegung" im Frühjahr 1932 bei Regionalwahlen in Wien, Salzburg, Niederösterreich und in der Steiermark bemerkenswerte Erfolge verbuchen. Gleichzeitig vollzieht sich eine Ausdifferenzierung ihrer Zeitungen, weg vom Typ des Kampfblatts für einen engen Sympatisanten- und Funktionärskreis, hin zu einer breiten Leserschaft, mit dem Ziel, in ihrer Agitation gegen den österreichischen Staat breite Bevölkerungssegmente anzusprechen.[93]

Auf die sozialdemokratische und nationalsozialistische Opposition reagieren die christlichsozialen Regierungen mit Unterdrückung. Unter dem Bundeskanzler und ehemaligen Frontoffizier Engelbert Dollfuß überlegt man im November 1932 erstmals die Einführung von Zensurmaßnahmen.[94]

Am 4. März 1933 nutzt Dollfuß einen Formfehler im Parlament, um dessen „Selbstausschaltung" zu exekutieren, was auch der Parlamentsexpositur der Amtlichen Nachrichtenstelle ein Ende bereitet. Der Ministerrat beschließt wenige Tage danach eine Verordnung zum Pressegesetz des Jahres 1922 (in dem die Pressefreiheit verankert ist). Grundlage der Verordnung vom 7. März 1933 ist das „Kriegswirtschaftliche Ermächtigungsgesetz" vom 24. Juli 1917, wonach „volksschädliche Mißbräuche der Pressefreiheit sowie Verstöße gegen die öffentliche Sicherheit" zu verhindern und zu bestrafen seien. Mit der Verordnung wird eine Vorzensur in Form einer Vorlagepflicht zwei Stunden vor Verbreitung einer Zeitung unter bestimmten Umständen möglich.[95] Die „Verletzung des vaterländischen, religiösen oder sittlichen Empfindens" ist nun strafbar. Übertretungen werden von der politischen Bezirksbehörde mit Geldstrafen bis zu 2.000 Schilling oder Arrest bis zu drei Monaten geahndet. Der sozialdemokratische Parteivorstand erläßt als Reaktion darauf am 8. März 1933 einen Aufruf, in dem es heißt: „Wenn es möglich ist, auf Grund eines Kriegsgesetzes vom Jahre 1917 die Presse zu knebeln und die Vorzensur über mißliebige Zeitungen wieder einzuführen, ist kein einziges Recht mehr sicher".[96] Am 13. März wird die kommunistische *Rote Fahne* unter Vorzensur gestellt; am 24. März 1933 folgen die sozialdemokratischen Zeitungen *Arbeiter-Zeitung* und *Kleines Blatt*, am 4. April das NS-Blatt *Deutschösterreichische Tages-Zeitung*.[97]

Neben dem Versuch, die Stimmen der Opposition mit zensurierten Mitteln zum Schweigen zu bringen, will die Regierung durch eigene

Bemühungen Werbung für ein Österreich nach christlichsozialen Vorstellungen betreiben. Ein wichtiges Organ ist die offizielle *Wiener Zeitung*, die laut ihrem Generaldirektor Pankraz Kruckenhauser die Aufgabe hat, „wie ein treuer Anwalt" die Interessen der Bundesregierung zu vertreten und „Angriffen gegen die Bundesregierung in geeigneter Form entgegenzutreten".[98] In der *Wiener Zeitung* vom 1. Mai 1933 erscheint ein bezeichnender Aufruf an die Österreicher, sich aus Vaterlandsliebe und Heimattreue zur Einheitspartei Vaterländische Front zu melden:

> Ein neuer Geist zieht durch Österreich. Mit dem Frühling in der Natur wurde auch in den Herzen ein frisches Knospen und Blühen rege: Vaterlandsliebe, Vaterlandsbewußtsein und Heimatstolz sind wieder erwacht, sie (...) werben in allen Gauen und Tälern für ein mannhaftes, begeistertes und tatenfreudiges Bekenntnis zu Österreich (...) Wie einst Radetzky, so kann man von Bundeskanzler Dr. Dollfuß heute sagen, daß in seinem Lager Österreich steht (...) Es ist Pflicht jedes aufrechten Österreichers, sich für die vaterländische Front zu melden. Alle, ob nun in Vereinen oder ob Einzelpersonen, ob Mann oder Frau, ob Greis oder Jüngling, alle, die Österreich lieben, melden sich für die vaterländische Front. Heil Österreich! Heil Dollfuß, dem Führer![99]

Die entworfene soziale Idylle einer ständisch geordneten Gesellschaft nach den Prinzipien des Wiener Nationalökonomen Otmar Spann[100] und der päpstlichen Enzyklika „Quadragesimo anno" aus dem Jahr 1931 ist freilich nicht viel mehr als ein Deckmantel, um den Klassenkampf von oben zu verdecken. Trotz alledem ist auch die Amtliche Nachrichtenstelle als wichtige Mittlerin zwischen Regierung und Öffentlichkeit und als „Propagandistin der großen Wiedergeburt unserer Heimat"[101] in die Pflicht genommen.

Wie die *Wiener Zeitung* ist die Amtliche Nachrichtenstelle, deren Mitarbeiter im Rahmen der Vaterländischen Front politisch organisiert sind, dem Bundespressedienst unterstellt, der für die amtlichen Organe als oberste Zensurbehörde fungiert. Bestehen Bedenken hinsichtlich einer Meldung, ist diese beim Bundespressedienst vorzulegen, bevor sie an die Öffentlichkeit geht. Langen sensationelle Meldungen ein, ist der Bundespressechef umgehend zu verständigen. Umgekehrt gehen alle Kommuniqués und Verlautbarungen des Bundeskanzleramts über den Bundespressedienst an die Amtliche Nachrichtenstelle, von wo aus sie an die Öffentlichkeit gebracht werden. Auf Anweisung des Bundeskanzleramts ist die Amtliche Nachrichtenstelle alleine berechtigt, Reden und Vorträge des Bundeskanzlers zu veröffentlichen; dies gilt selbst dann, wenn der Kanzler im Rahmen einer Veranstaltung spricht, über die eigentlich eine Privatkorrespondenz berichtet. In diesem Fall ist die private Korrespondenz angehalten, darauf hinzuweisen, daß die Rede von der Amtlichen Nachrichtenstelle ausgegeben wird.[102]

In Zusammenarbeit mit den Heimwehren gründet Dollfuß auch einen „Österreichischen Heimatdienst",[103] der in der Bevölkerung „Verständnis für das Wirken der Regierung" wecken und um „Zustimmung" werben soll.[104] Zum Leiter wird Pankraz Kruckenhauser ernannt, der jedoch nur kurz im Amt bleibt; ihm folgt der Tiroler „Heimatschutzführer" Richard Steidle nach. Der Heimatdienst ist bewußt der nationalsozialistischen Propagandaorganisation nachgeahmt, entfaltet im Vergleich zu dieser anfangs jedoch nur geringe Aktivität. Als Sprachrohr für den Österreichischen Heimatdienst – wie übrigens auch für die Einheitspartei Vaterländische Front – dient die Politische Korrespondenz.[105] Sie gilt als „unentbehrliche Informationsquelle für Zeitung und Öffentlichkeit" und „als getreuer Chronist der Zeitereignisse (...) in dieser dem Neuaufbau Österreichs gewidmeten Zeit"[106] und untersteht ebenfalls dem Bundespressedienst. Über sie werden Reden und Vorträge in voller Länge, Ergänzungen und Erläuterungen zu den amtlichen Kommuniqués, aber auch Polemiken gegen nationalsozialistische oder sozialdemokratische Angriffe auf die Regierung an die Zeitungen gebracht. Neben den sechs- bis fünfzehn täglichen Ausgaben wird eine einmal wöchentlich erscheinende Ausgabe für die Wochenpresse und eine mindestens einmal wöchentlich erscheinende Ausgabe in französischer Sprache für das Ausland herausgegeben – und zwar über die Amtliche Nachrichtenstelle.

Im Rahmen der vaterländischen Verpflichtung werden die Beziehungen zwischen der Amtlichen Nachrichtenstelle und der Politischen Korrespondenz wieder enger. Sie bekommen – wie schon zu Zeiten Ludwig Hirschfelds – einen einzigen Leiter. Ein junger Journalist namens Edmund Weber wird am 11. April 1933 mit der Leitung der Amtlichen Nachrichtenstelle und der Herausgabe der Politischen Korrespondenz betraut. Er hat Eduard Ludwig davon abgeraten, sie vom Bundespressedienst herausgeben zu lassen, weil dadurch „der bisherige offiziöse Charakter der Korrespondenz in einen amtlichen offiziellen umgewandelt würde."[107] Ludwig zeigt sich damit einverstanden und weist an, daß als Eigentümer und Verleger der Österreichische Heimatdienst, als Herausgeber und Chefredakteur Weber fungieren soll.

Detail am Rande: die Politische Korrespondenz wird die Anrüchigkeit des Offiziellen dennoch nicht los. Der Leiter der Linzer Filiale der Amtlichen Nachrichtenstelle berichtet über die Unwilligkeit seitens der ansässigen Zeitungen, die Politische Korrespondenz zu abonnieren. Trotz wiederholter Verhandlungen, so meldet er nach Wien, seien die Zeitungsverantwortlichen nicht von ihrem Standpunkt abzubringen, die Politische Korrespondenz diene „der Propaganda für die Regierungstätigkeit". Auch der niedrige Preis von nur 20 bis 30 Schilling ändert daran nichts: „Die hiesigen Redaktionen vertreten die Auffassung, es wäre Sache der amtlichen Stellen, dieses ‚Propagandamaterial' den Blättern kostenlos zur Verfügung zu stellen."[108]

Der zum Ministerialrat im Bundeskanzleramt aufsteigende Edmund Weber, der zu den engsten und vertrautesten Mitarbeitern von Dollfuß zählt, baut gemeinsam mit dem Bundespressechef Eduard Ludwig die staatliche Nachrichtenapparatur im Zeichen „des neuen Österreich" aus. Man produziert eigene Zeitungen und Zeitschriften und sorgt für die Beistellung inspirierter Nachrichten durch die Amtliche Nachrichtenstelle und die Politische Korrespondenz. Ein Zeitungsbeilagenblatt, die Bilderzeitschrift *Österreichische Woche,*[109] wird von Redakteuren der Amtlichen Nachrichtenstelle propagandistisch gestaltet und sämtlichen Tageszeitungen beigelegt. Dollfuß trägt sich zudem mit dem Gedanken, eine Pressekammer nach italofaschistischem Vorbild ins Leben zu rufen. Dieser Pressekammer soll nicht nur die Entscheidung darüber obliegen, ob eine neue Zeitung herausgegeben werden darf oder nicht, sondern auch, ob Interessenten den Beruf des Journalisten ausüben dürfen. Der begründete Verdacht unerwünschter politischer Betätigung soll genügen, eine dahingehende Zustimmung zu verweigern.[110]

Darüber hinaus erfolgt eine Erweiterung des Nachrichtendienstes, den die Amtliche Nachrichtenstelle für den Rundfunk produziert, der seiner Reichweite und Aktualität wegen „eines der wichtigsten Nachrichteninstrumente für Staat und Regierung" wird. Geleitet von Ernst Wenger, geht der Rundfunknachrichtendienst nun fünfmal täglich an die RAVAG.[111] Die RAVAG mutiert durch Sendungen wie „Stunde der Heimat" oder „Vaterländische Gedenkstunde" zu einem Instrument der Direktpropaganda.[112] Von der „Vaterländischen Tonfilm GmbH" werden die sogenannten „Vaterländischen Wochenschauen" produziert, die Filmfirma ist Eigentum des Bundespressedienstes.

Die Regierung Dollfuß begnügt sich nicht mehr mit der Zuteilung von erwünschten und der Zensur von unliebsamen Nachrichten, sondern arbeitet an einem multimedialen Propagandaapparat, um die österreichische Bevölkerung mit „vaterländischem" Geist zu erfüllen. Dieser totalitäre Umerziehungsanspruch, der von den faschistischen Regimes in Rom, Berlin, aber eben auch in Wien erhoben wird, geht in seinem Kern auf die Kriegserfahrung zurück. Der ehemalige Frontoffizier Dollfuß überträgt sozusagen die Prinzipien der einstigen „Feindespropaganda-Abwehrstelle“ auf die zivile Regierungspolitik.

Auf der anderen Seite geht der Kampf des Regimes gegen die aufsässige Presse ungebrochen weiter. Am 10. April 1933 wird die Pressenotverordnung vom 7. März dahingehend ergänzt, als man die Beleidigung der Bundesregierung, einer Landesregierung, zur Vermeidung diplomatischer Verwicklungen auch einer ausländischen Regierung oder eines ihrer Mitglieder, eines fremden Staatsoberhaupts oder Gesandten unter Verwaltungsstrafe stellt. Am 19. Mai wird der Kommunistischen Partei jede Betätigung verboten, somit auch die Herausgabe von Zeitungen – einige Wochen später stellt die *Rote Fahne* ihr Erscheinen ein.

Eine Verordnung vom 10. Juni richtet sich gegen die Verbreitung falscher Gerüchte, falscher Vorhersagen und Aufwiegelung gegen Staats- und Gemeindebehörden. Die Verordnung sieht unter anderem vor, daß der Bundeskanzler oder der zuständige Bundesminister nach mehrmaliger Beschlagnahme einer Zeitung ein Verbot des Straßenverkaufs und des Verkaufs über Verschleißstellen für die Dauer von drei Monaten verfügen kann. Der ohnehin teure Vertrieb über die Post wird in solchen Fällen durch eine Verdoppelung des Beförderungstarifs erschwert. Verantwortlichen Personen drohen Geldstrafen oder Arrest.[113] Die regierungstreue *Reichspost* triumphiert: „Der Schädlingspresse, die in ihrer Hemmungslosigkeit auf das Volks- und Staatswohl keine Rücksicht nimmt, wird endlich das Handwerk gelegt.“[114] Die ohnehin von weißen Zensurlücken gezeichnete *Arbeiter-Zeitung* ist alsbald von diesem Verbot betroffen.

Umgekehrt versucht sich die Regierung selbst Eingang in die Blätter zu verschaffen. Am 30. Juni 1933 wird eine Verordnung hinsichtlich der „Veröffentlichung amtlicher Verlautbarungen in Zeitungen“ erlassen; Verlautbarungen, die aus der Amtlichen Nachrichtenstelle oder der Politischen Korrespondenz stammen und mit dem Wort „Pflicht“ gekennzeichnet sind, müssen im politischen Teil der Zeitung ohne Weglassung oder Hinzufügung, ohne Vergütung und in einer Aufmachung, die anderen wichtigen Artikeln gleichkommt, abgedruckt werden. Bei Zuwiderhandeln droht die obligatorische Geldstrafe von 2.000 Schilling oder Arrest bis zu drei Monaten. Diese Vorgehensweise wird bisweilen jedoch zum Bumerang. So beginnt eine Zeitungsmeldung des *Vorarlberger Tagblatts* über eine Rundfunkrede des Propagandafunktionärs Richard Steidle pflichtgemäß mit den Worten: „Nach der uns von der Amtlichen Nachrichtenstelle zum Abdruck zugesandten Rundfunkrede führte der Bundeskommissär für Propaganda aus...“[115]

Nach einem Handgranatenanschlag in Krems wird am 19. Juni 1933 die nationalsozialistische Partei in Österreich mitsamt all ihren Parteiblättern verboten. Die Folge ist eine Intensivierung des Propagandakrieges zwischen dem Dritten Reich und Österreich; die Angriffe kommen nunmehr verstärkt von jenseits der Grenze, schon deshalb, weil viele NS-Aktivisten Österreich verlassen haben müssen. Um den Kontakt zu ihrer Basis in der österreichischen Bevölkerung nicht zu verlieren, bedienen sich die Nationalsozialisten neben ihrer Presse auch jenes Mediums, das die Grenzen am leichtesten überwinden kann: des Rundfunks. Der Bayrische Rundfunk kündigt Anfang Juli 1933 im Rahmen einer Presseaussendung an, daß er eine Reihe in sein Programm aufnehmen werde, das die deutschen und österreichischen Hörer über die „wirkliche Lage" in Österreich aufklären soll: „Flüchtlinge aus Österreich sollen am Mikrophon zu Worte kommen und den Deutschen diesseits und jenseits der Grenze von dem brutalen Kampfe erzählen, der z. Zt. von einer kleinen separatistischen Clique in Österreich gegen alles Deutsche geführt wird."[116] Am 5. Juli 1933 beginnt der ehemalige Redakteur der *Deutsch-Österreichischen Tages-Zeitung* und Landesinspektor der österreichischen Hitlerbewegung, Theo Habicht, über den Sender München Hetztiraden gegen Österreich loszulassen. Habicht war schon als akkreditierter Presseattaché der deutschen Gesandtschaft in Wien im Gespräch, wurde von der österreichischen Regierung jedoch abgelehnt. Jetzt agitiert er über den Äther und niemand kann ihn mehr vor die Tür weisen.

Edmund Weber von der Amtlichen Nachrichtenstelle und der Kulturreferent der Vaterländischen Front und RAVAG-Mann Rudolf Henz produzieren Gegensendungen.[117] Neben dem Bundespressechef Eduard Ludwig tritt auch der Justizminister Kurt Schuschnigg ans Mikrofon. Außerdem erläßt die Regierung am 11. Juli eine Verordnung, wonach die Vorführung ausländischer Rundfunksendungen untersagt ist, wenn „aus der Ankündigung des Inhaltes der Sendung oder aus anderen Umständen hervorgeht, daß die öffentliche Vorführung die Sicherheit oder die Wirtschaftsinteressen des Bundes gefährden oder gegen die Gesetze, die öffentliche Ordnung oder Sittlichkeit verstoßen würde"[118]

Im August 1933 erscheint eine NS-Zeitungskorrespondenz für Österreich, der von der NSDAP-Landesparteileitung für Österreich in München herausgegebene „Österreichische Pressedienst". Dahinter steht Theo Habicht. In der Korrespondenz wird das Österreichertum an sich negiert und Österreich als ein Land, das knapp vor dem Zusammenbruch stehe, beschrieben.

Um den Einfluß, der durch die gesteuerten deutschen Zeitungen über die Grenzen hereindringt, zurückzudrängen, erläßt die österreichische Regierung am 12. Oktober 1933 eine Verordnung, nach der ausländische Zeitungen verboten werden können. „Rechtfertigt der Inhalt einer Nummer einer ausländischen Zeitung die Annahme, daß durch ihre Verbreitung für eine Partei, der jede Betätigung in Österreich verboten ist, geworben werde, so kann die Verbreitung im Inland für einen ein Jahr nicht übersteigenden Zeitraum verboten werden."[119] Ein halbes Jahr später werden sämtliche im Dritten Reich erscheinenden Blätter unter ein Verbreitungsverbot für Österreich gestellt.[120]

Tendenziosität attestiert man vermehrt auch der offiziellen deutschen Nachrichtenagentur in Berlin. Der österreichische Gesandte, Stephan Tauschitz, schlägt Weber vor, sich vom Funkdienst Wolffs unabhängig zu machen und die Nachrichten über deutsche Angelegenheiten in Berlin selbst redaktionell zu bearbeiten und telefonisch nach Wien zu übermitteln. Bei der herrschenden Unzufriedenheit auch anderer europäischer Agenturen mit der deutschen Nachrichtengestaltung wäre es vielleicht möglich, in Berlin eine gemeinsame Redaktion einzurichten. Bei allen Schwierigkeiten, die eine solche Gemeinschaftsredaktion mit sich brächte, konstatiert Tauschitz, kämen dabei wohl noch brauchbarere Nachrichten heraus, als die, „die gegenwärtig durch Wolff im Rundfunk gebracht werden."[121]

Die Notwendigkeit, das nationalsozialistisch infiltrierte Büro Wolff zu umgehen, zeigt sich auch anderweitig; als die Amtliche Nachrichtenstelle ein Telegramm – gerichtet an die Agenturen in Kopenhagen, Oslo und Stockholm – via Berlin aufgibt, das vom Geständnis des Attentäters Dertil, eines Angehörigen der österreichischen NSDAP, berichtet, wird die Meldung von Berlin kurzerhand zurückgehalten. Kurz darauf wird seitens der ANA deshalb mit Verantwortlichen der Radio Austria AG vereinbart, wichtige Pressetelegramme nicht mehr über Berlin, sondern unter Aufpreis über London nach Kopenhagen, Stockholm, Oslo und Amsterdam zu senden.

Zur Stärkung der Position im Ausland plant Edmund Weber für die Amtliche Nachrichtenstelle auch die „Ergänzungsdienste" auszubauen. Auf der Grundlage des Rechts daß jeder der alliierten Agenturen, zur Entschärfung allfälliger Propagandatendenzen bei jeder anderen Agentur auf eigene Kosten einen „beglaubigten" Vertreter zu bestellen, beginnt die ANA ständige Berichterstatter in Belgrad, Berlin, Bern, Budapest, Bukarest, London, Prag, Paris, Rom, Sofia, Stockholm, Zürich und Istanbul zu installieren. Umgekehrt haben aber auch viele ausländische Agenturen Vertreter in Wien,[122] die zunehmend „Ergänzungen" über die Verhältnisse in Österreich in ihre Heimatländer senden, auf die die ANA keinen Einfluß nehmen kann. Das territoriale Monopol, das die Agenturen innerhalb der Agences

Alliiées genießen, gerät ins Wanken. Die fortschreitende Politisierung kommt in den sogenannten „Tractatus"-Meldungen zum Ausdruck: Erhält eine der alliierten Agenturen Meldungen mit der Aufschrift „Tractatus", ist sie, für den Fall, daß sie diese nicht zumindest teilweise bringt, verpflichtet, die Meldung dem beglaubigten Vertreter der Sendeagentur zukommen zu lassen, damit jener die Meldung direkt in die Presse vor Ort bringe. Eine Bestimmung, die schon vor dem Weltkrieg eingeführt wurde und zwischen dem Dritten Reich und Österreich verständlicherweise immer wieder zu großen Spannungen führt. Schließlich bemüht man sich in Wien nach Kräften, die Stimmen, die immer lauter den „Anschluß" fordern, zu unterdrücken.

Dem Versuch, sich auf internationaler Ebene Gehör zu verschaffen, dient auch eine vordergründig private „Korrespondenz Otto", von Ludwig zu dem Zweck geschaffen, getarnt österreichfreundliche Nachrichten in der ausländischen Presse unterzubringen. „Die Korrespondenz Otto" wird vom Bundespressedienst finanziert und ihr Chefredakteur Otto Weiß erhält von dort auch täglich seine Anweisungen.[123]

Indessen verschärft sich die Situation im Inneren. Am 12. Februar 1934 führen Versuche von Polizei und Heimwehr, den sozialdemokratischen „Republikanischen Schutzbund" zu entwaffnen, zur Eskalation. Es kommt zu Gefechten zwischen Polizei und Bundesheer auf der einen und den Arbeitern auf der anderen Seite. In der Amtlichen Nachrichtenstelle ist man anfangs von den Ereignissen völlig überrascht. Nachdem in Linz die ersten Schüsse gefallen sind, fordert Weber den Linzer Vertreter auf, einen Bericht zu geben, doch ist dieser nichtsahnend. Nur mit Mühe kann er dazu gebracht werden, einige Nachrichten nach Wien zu senden.[124] Bald herrschen auch in Wien bürgerkriegsähnliche Zustände, woraufhin Weber höchstpersönlich und „Tag und Nacht" die redaktionelle Leitung der Amtlichen Nachrichtenstelle übernimmt. Die RAVAG verlautbart die Regierungspropaganda, die Amtliche Nachrichtenstelle richtet sogar eine Dependance im RAVAG-Gebäude ein.[125] Oskar Czeija, der RAVAG-Direktor, schreibt, daß der österreichische Rundfunk in diesen Tagen „mit allen seinen Sendern der Staatsführung zur Verfügung" stehe, „um der Bevölkerung Klarheit über die Lage zu geben und dadurch unnützes Blutvergießen zu vermeiden."[126] Unter anderem sind Aufrufe des Bundeskanzlers zu hören, die Kämpfenden mögen die Feindseligkeiten einstellen und sich ergeben:

> Verhetzte und Irregeleitete! Eure Führer, soweit sie nicht rechtzeitig in Haft gesetzt wurden, haben sich verkrochen oder gar die Flucht ergriffen! Ihr müßt Euch doch selbst sagen, diese vereinzelten blutigen Aktionen gegen die ungebrochene Staatsgewalt,

die ihre Pflicht erfüllen muß und erfüllen wird, diese Aktionen, die Euer Leben, das Leben Eurer Kollegen, die Existenz Eurer Familien gefährden, sind doch Irrsinn! Und ich erkläre als Kanzler: Die Regierung will Euch noch einmal Gelegenheit zur Umkehr geben! Wer sich von jetzt ab – 11 Uhr abends – jeder ungesetzlichen oder feindseligen Haltung strikte enthält, und morgen Donnerstag, den 15., in der Zeit von 7 Uhr früh bis 12 Uhr mittags den Exekutivorganen stellt, kann – ausgenommen die verantwortlichen Führer – auf Pardon rechnen! Ab morgen 12 Uhr mittags gibt es für niemanden und unter keinen Umständen irgendwelchen Pardon![127]

Nach dem 12. Februar 1934 sendet die RAVAG den amtlichen Nachrichtendienst fast permanent, erst am 22. Februar kehrt sie zum Normalbetrieb zurück. Dollfuß ist mit der geleisteten Arbeit zufrieden, denn wie Seipel 1927 würdigt auch er „die nahezu übermenschlichen Leistungen des Personals der Amtlichen Nachrichtenstelle in diesen Tagen".[128]

Den Februarkämpfen folgt ein Betätigungsverbot der Sozialdemokraten, die sozialdemokratischen Zeitungen werden eingestellt, der „Vorwärts"-Verlag mitsamt den in seiner Obhut erscheinenden Zeitungen – dem *Kleinen Blatt*, dem *Arbeiter-Sonntag* und der Frauenzeitschrift *Die Unzufriedene* – unter einem neuen Direktor, Edmund Weber, gleichgeschaltet.[129] Im Juni 1934 gibt die Parole aus, der Verlag habe nunmehr die Aufgabe, „eine Brücke (zu) schlagen zwischen dem Staat und der Arbeiterschaft, die noch abseits steht."[130]

Die nach Brünn geflüchtete Führung der österreichischen Sozialdemokratie entfaltet in der Folge über ein Auslandsbüro Propagandatätigkeit. Von Brünn aus wird die *Arbeiter-Zeitung* nach Österreich geschmuggelt, aber auch in den westlichen Demokratien wie in den skandinavischen Staaten wird Stimmung gegen den austrofaschistischen Staat gemacht.

Der weitaus gefährlichere und mächtigere Gegner sitzt aber im Dritten Reich, von wo aus das Regime in Wien systematisch diskreditiert wird, um dem „Anschluß" den Weg zu bereiten. In einem „streng vertraulichen" Bericht konstatiert der österreichische Presseattaché in Berlin, Benjamin Schier, eine eklatante antiösterreichische Tendenz des „Deutschen Nachrichtenbüros" (DNB). Reden des österreichischen Kanzlers und Vizekanzlers würden nur selten und „tendenziös gekürzt" gebracht, Reden anderer Regierungsmitglieder so gut wie gar nicht, dagegen „sämtliche Gerüchte über Regierungskrisen und selbst die phantastischesten Regierungs-Umbildungspläne, wie sie in Wiener Kaffeehäusern kolportiert werden" in großer Aufmachung und wiederholt. Die Februarkämpfe seien vom DNB „unerhört aufgebauscht" worden, von 1.500 Toten sei die Rede gewesen, wobei man sich auf zwei Quellen bezogen habe: auf einen „Wiener Bericht", der noch relativ gemäßigt ausgefallen sei, um den beglaubigten Wiener DNB-Vertreter nicht in Ausweisungsgefahr zu bringen, und auf einen „Preßburger Bericht", „der die wildesten Greuelnachrichten brachte."[131]

Es herrscht eine Art Propagandakrieg um die Nachrichtenhoheit, um das Bild Österreichs in der internationalen Öffentlichkeit. Der nunmehrige Bundeskommissär für Heimatdienst, Oberst a.D. Walter Adam, vormals stellvertretender Chefredakteur der *Reichspost*, befaßt sich abseits der Propagierung vaterländischen Ideenguts mit der Abwehr nationalsozialistischer Propaganda, die „1933 zu einem Angriff gegen Österreich ansetzte, der in seiner Ausdehnung, Planmäßigkeit und Intensität nur in der neueren Kriegsgeschichte einen Präzedenzfall hatte".[132]

Am 25. Juli 1934 versuchen österreichische Nationalsozialisten den Putsch gegen die Regierung. Neben dem Bundeskanzleramt stürmen sie auch das RAVAG-Gebäude. Der Sprecher wird gezwungen, den Rücktritt der Regierung Dollfuß und die Bildung einer neuen Regierung unter Anton Rintelen zu verkünden. Es ist eine Premiere in der Weltgeschichte, daß ein Putsch über die örtliche Rundfunkstation geführt wird, überraschend ist es allerdings nicht. Der Rundfunk ist in seiner Disposition – ein Sender, eine potentiell unbeschränkte Anzahl an Empfängern – für totalitäre Politik geradezu prädestiniert. Die Putschisten versuchen die Macht über die Okkupation des öffentlichen Meinungsraums zu übernehmen. Wie wichtig das Mediensystem im Hinblick auf Macht und Herrschaft geworden ist, zeigen auch die Gegenmaßnahmen der Regierung: Die Polizei stürmt das RAVAG-Gebäude, außerdem werden die Nachrichten der Amtlichen Nachrichtenstelle über die Sender Graz und Linz ausgestrahlt, um die Rundfunkproklamation der Putschisten zu unterlaufen.[133] Unter Ausschluß der Öffentlichkeit bricht der Staatsstreich dann in sich zusammen; ein Staatsstreich, der ein deutliches Zeichen in Richtung Mediokratie, wie sie im Dritten Reich perfektioniert wird, gibt. Intern lösen die Ereignisse einen regen Betrieb aus. Kanzler Dollfuß, die zentrale Symbolfigur des gerade zwei Monate alten Ständestaates, ist von den Putschisten erschossen worden, was eine politische Krisensituation zur Folge hat. Die Mitarbeiter der Amtlichen Nachrichtenstelle arbeiten unter der Anleitung von „viele Tage und Nächte hindurch", „ohne aus den Kleidern zu kommen."[134] Die Bilanz des Putsches, der zum Teil auch in den Bundesländern stattgefunden hat, sind 269 Tote und 13 hingerichtete Putschisten.

DIE ÄRA DES DEUTSCHEN NACHRICHTENBÜROS

„Schriftleitergesetz"

Der Nationalsozialismus wurzelt wesentlich im Weltkrieg: die Niederlage soll revidiert, der verlorene Krieg doch noch gewonnen werden. Triebfeder ist das Trauma der Niederlage und die „Dolchstoßlegende", wie sie vor allem der „völkische" Weltkriegsgeneral Erich Ludendorff zur Rettung seiner militärischen Ehre und im Dienst der ersehnten Revanche pflegt. Eng mit der „Dolchstoßlegende" verknüpft ist die Legende vom Versagen der deutschen Presse: der Krieg sei nicht an der Front, sondern im Hinterland verloren worden. Die Presse habe den Durchhaltewillen der geplagten Bevölkerung nicht genügend forciert und die Saat von Pazifismus und Revolution gesät. Ludendorffs Putschgefährte von 1923, Adolf Hitler, sieht den Ursprung dieser Entwicklung schon in der liberalen Presse der Zeit vor dem Weltkrieg, die er als „das ärgste Gift, das man sich nur vorzustellen vermag" bezeichnet; eine Presse, durch die der deutschen Bevölkerung unter anderem „schlimmster Pazifismus" eingeimpft und der „Unsinn" der westlichen Demokratie schmackhaft gemacht worden sei, die die „Staatsautorität" unterhöhlt und jegliche militärische Ambition sabotiert habe. Pressefreiheit gilt ihm schlicht als „Volksbelügung" und „Volksvergiftung". Die Aktivitäten der „sogenannten liberalen Presse" taxiert er kurz und bündig als „Totengräberarbeit am deutschen Volk und Deutschen Reich"; von den „marxistischen Lügenblättern" ganz zu schweigen, „ist doch ihre Aufgabe nur, dem Volke das völkische und nationale Rückgrat zu brechen, um es reif zu machen für das Sklavenjoch des internationalen Kapitals und seiner Herren, der Juden."[1]

Um das „Sklavenjoch" abwerfen und den Krieg wiederaufnehmen zu können, soll die von Klassenkampfgräben durchzogene Gesellschaft zur deutschen „Kriegsgemeinschaft" geeint werden. Neben Rundfunk oder Film ist die Presse für Hitler ein wichtiges „Erziehungsmittel" der Bevölkerung; vor allem „der Haufe der Einfältigen und Leichtgläubigen" müsse dem Einfluß einer schlechten Presse entzogen werden, schreibt er in „Mein Kampf". Der nationalsozialistische Staat müsse sich „mit rücksichtsloser Entschlossenheit" der Presse bemächtigen, „sich dieses Mittels der Volkserziehung versichern und es in den Dienst des Staates und der Nation stellen."[2] Pressepolitik im Dritten Reich bedeutet geistige Mobilmachung, letztlich geistige Kriegsführung. Die Kriegswilligkeit der Bevölkerung soll geschürt und jeglicher Oppositionsgeist ausgetrieben werden.

Ganz in diesem Sinne beginnt das Regime seine Herrschaft mit Verboten unliebsamer Zeitungen. Schon in den ersten Wochen nach der Machtübernahme werden 60 kommunistische und 71 sozialdemokratische Zeitungen verboten und deren Redakteure ins Gefängnis oder ins Konzentrationslager gebracht.[3] Hitlers „Reichsminister für Volksaufklärung und Propaganda", Joseph Goebbels, freut sich über die herabregnenden Verbote: „alle jene jüdischen Organe, die uns so viel Ärger und Kummer bereitet haben, verschwinden mit einem Schlage aus dem Berliner Straßenbild. Das beruhigt und wirkt wie eine Wohltat für die Seele."[4]

Die verbleibenden Blätter werden streng reglementiert. Der Propagandaminister und ein „Reichspressechef" überwachen und lenken den gesamten Presseapparat, ein Gesetz über die Wirtschaftswerbung greift in die wirtschaftliche Gebarung der Zeitungen ein, die „Reichspressekammer" sorgt als ständische Organisation für die Zusammenfassung aller im Pressewesen Beschäftigten und ein „Schriftleitergesetz" regelt den Zugang zum Journalistenberuf. In der „Begründung zum Schriftleitergesetz" heißt es, daß die Rechtsgrundlage für die „Schaffung einer in ihrem Wesen grundsätzlich veränderten deutschen periodischen Presse" gebildet werden soll. Die deutsche Presse soll aus einem „Träger individueller Geistesbetätigung in einen Träger öffentlicher Aufgaben" umgewandelt werden, in ein „Staats- und Nationalerziehungsmittel".[5] Das „Schriftleitergesetz"[6] verpflichtet die Journalisten im Sinne der postulierten nationalen Idee zu wirken. Der Zugang zum Journalismus wird auf Bewerber beschränkt, die die „deutsche Reichsangehörigkeit" besitzen, „die bürgerlichen Ehrenrechte und die Fähigkeit zur Bekleidung öffentlicher Ämter nicht verloren" haben, „arischer Abstammung" und „nicht mit einer Person von nichtarischer Abstammung verheiratet" sind, „das 21. Lebensjahr vollendet" haben, „geschäftsfähig" und „fachmännisch ausgebildet" sind und die Eigenschaften besitzen, „die die Aufgabe der geistigen Einwirkung auf die Öffentlichkeit erfordert." Als fachmännisch ausgebildet gilt, „wer sich durch eine mindestens einjährige Ausbildung bei der Schriftleitung einer deutschen Zeitung" oder Korrespondenz die „Kenntnisse eines Schriftleiters" erworben und diese durch ein „Zeugnis der Schriftleitung" nachweisen kann. Für die Ausübung des Journalistenberufs bedarf es einer Eintragung in die Berufsliste der Schriftleiter. Die Eintragung erfolgt auf Antrag durch den Leiter des jeweiligen „Landesverbands der Deutschen Presse“, sofern die verlangten Voraussetzungen erbracht sind; den Landesverbänden der Deutschen Presse ist der „Reichsverband der Deutschen Presse“ übergeordnet, der Leiter des Reichsverbands wird durch den Propagandaminister ernannt.

Der zugelassene Schriftleiter ist verpflichtet, aus den Zeitungen all das fernzuhalten, „was geeignet ist, die Kraft des Deutschen Reiches nach außen oder im Innern, den Gemeinschaftswillen des deutschen Volkes, die deutsche Wehrhaftigkeit, Kultur oder Wirtschaft zu schwächen“. Verstößt ein Schriftleiter gegen seine Berufspflichten, begeht er ein „Berufsverbrechen“ und wird dafür verwarnt, mit einer Ordnungsstrafe belegt oder aus der Berufsliste gestrichen: „Mit der Löschung endet seine Befugnis, den Schriftleiterberuf auszuüben und sich Schriftleiter zu nennen.“ Die Betätigung als Schriftleiter, ohne in die Berufslisten eingetragen zu sein, „wird mit Gefängnis bis zu einem Jahre oder mit Geldstrafe bestraft.“

Die Reaktion der liberalen Grundsätzen verpflichteten angelsächsischen Presse auf das Schriftleitergesetz ist entsprechend deutlich. Die *New York Times* schreibt am 6. Oktober 1933, daß die deutsche Presse „das letzte ihrer Rechte“ verliere, die Journalisten zu Staatsdienern und dadurch moralisch und rechtlich für ihre Tätigkeit verantwortlich gemacht würden. Goebbels sei nunmehr „der allmächtige Herr“ über die gesamte deutsche Presse: „Journalismus als freier Beruf gehört im Dritten Reich der Vergangenheit an.“[7]

Goebbels seinerseits diffamiert den Begriff der „Meinungsfreiheit“ als ein Produkt des Liberalismus, der „Freiheit mit Zügellosigkeit“ verwechsle. Er meint, daß der Glaube, wonach es „eine Freiheit des Geistes und eine Freiheit der Meinung gleichsam absolut, von keinerlei Verpflichtungen und Bindungen beschwert, losgelöst von jedem nationalen und politischen Interesse“ gäbe, allgemein im Rückzug begriffen sei. Mehr und mehr setze sich die Meinung des Nationalsozialismus durch, „daß es eine Freiheit des Geistes und der Meinung nur in den Schranken der Rechte und Verpflichtungen gegenüber Volk und Nation geben kann.“[8] Am „1. Reichspressetag des Reichsverbandes der Deutschen Presse“ wird deutlich, was das bedeutet. Der Propagandaminister doziert über die publizistische Bewältigung einiger innenpolitischer Krisen wie der sogenannten „Röhm-Revolte“, im Zuge derer das Regime mit hunderten SA-Führern und anderen unliebsamen Personen kurzen Prozeß gemacht und dabei mit beispielloser Willkür 3.500 Jahre Zuchthaus und 81 Todesurteile verhängen hat lassen, oder der „österreichischen Konfliktsfrage“, womit der Putsch der österreichischen Nationalsozialisten und die Ermordung von Engelbert Dollfuß gemeint ist:

Man stelle sich einmal vor, daß in diesen kritischen Situationen noch die sogenannte Pressefreiheit der liberalen Demokratie vorhanden gewesen wäre! Man stelle sich einmal vor, ein paar wildfremde, asoziale jüdische Literaten hätten nun mit spitzer Feder diese Dinge ins Volk hineingetragen, und stelle sich dann die Folgen vor, die daraus entstanden wären: Deutschland würde wahrscheinlich heute ein chaotisches Trümmerfeld sein. Wir aber hatten – und das war in weiser Voraussicht geschehen – den deutschen Journalismus so diszipliniert, daß wir in den entscheidenden Augenblicken nicht einmal zu befehlen brauchten, sondern der deutsche Journalist schöpfte schon aus seinem eigenen Instinkt die Aufgaben, die in den kritischen Situationen nun für ihn erwuchsen und entstanden. Und deshalb kann die Presse auch ein gutes Teil des Erfolges für sich buchen.[9]

Das Deutsche Nachrichtenbüro als neue Weltagentur und das Ende des Agenturkartells

Im November 1933 wird das Wolff'sche Telegraphenbureau mit der „Telegraphen-Union“ des Deutschnationalen Alfred Hugenberg zum „Deutschen Nachrichtenbüro“ fusioniert. Als Leiter des neuen Büros wirkt der Vorstandsvorsitzende und Geschäftsführer der bisherigen Telegraphen-Union, Otto Mejer. Diese Konzentration erfolgt, wie es heißt, auf „ausdrücklichen Befehl“ von Goebbels.[10] Damit schafft man im Sinne des „Führerstaates“, der eine freie Nachrichtengestaltung nicht zulassen kann, einen Einheitsnachrichtendienst, der, so der Berliner „Reichssendeleiter“ Eugen Hadamovsky, nur einer Sache dient: „Ganz allein die entschlossen, zielbewußt und mit allen Machtmitteln durchgeführte vollständige Zentralisation des Nachrichtendienstes gibt die Gewähr für eine Unterrichtung und Führung der öffentlichen Meinung in dem von der Regierung als notwendig erkannten Sinne.“[11]

Das Deutsche Nachrichtenbüro (DNB) ist vordergründig als GmbH privatrechtlich organisiert, doch firmiert das Reich als alleiniger Besitzer. Das DNB ist nicht als Erwerbsunternehmen gedacht, es soll nur die Kosten der Nachrichtenbeschaffung und Nachrichtenübermittlung decken. Der Profit, den das DNB erwirtschaften soll, ist vorrangig politischer Natur. Durch die Vorrangstellung, die ihm im NS-Staat eingeräumt wird, glaubt man seine ökonomische Situation abgesichert. Das DNB übernimmt den offiziösen Charakter des Wolff'schen Telegraphenbureaus und verpflichtet sich, amtliche Meldungen auszugeben. Es ist aber mehr als nur offiziös, es ist definitiv ein „nationalsozialistischer Betrieb". Allen Neuaufgenommenen wird ans Herz gelegt, nach außen wie nach innen „in nationalsozialistischem Geist" zu arbeiten und „in treuer und echter Kameradschaft und als wahre Nationalsozialisten" der vom Deutschen Reich gestellten Aufgabe zu dienen.[12] Die Angestellten werden zudem in ihren Arbeitsverträgen verpflichtet, das Eingriffsrecht des Propagandaministeriums in Belange des Nachrichtenbüros anzuerkennen.

Das Deutsche Nachrichtenbüro bietet schon bald einen funktionierenden Dienst, da es sich weitgehend auf Personal und Einrichtungen seiner Vorläufer stützen kann. Im Inland übernimmt man die größere und bessere Organisation des früheren Wolff-Büros, nämlich 42 Niederlassungen, und schließt die der einstigen Telegraphen-Union; im Ausland greift man auf die entwickelteren Einrichtungen der Telegraphen-Union zurück und schließt die des Wolff-Büros, dem im Ausland ohnedies der Geruch der Staatsagentur anhängt. Als „Reichsbeauftragter" für das Wolff'sche Telegraphenbureau besorgt Alfred-Ingemar Berndt dessen Gleichschaltung. Als gestrenger Wahrer der Parteilinie läßt Berndt, der in der Folge im DNB den Posten eines Chefredakteurs bekleidet, „Juden" und „andere missliebige Leute"[13] aus der Redaktion entfernen, und sorgt dafür, daß ausführlich über Straftaten von Juden berichtet wird; den Zeitungen, die seine hetzerischen Meldungen entschärfen, wirft er vor, es herrsche „in einzelnen Redaktionen eine übermässige Feinfühligkeit in Bezug auf die Juden".[14]

In der Zentrale des Deutschen Nachrichtenbüros in Berlin laufen Meldungen von ausländischen Vertragsagenturen, vom eigenen Abhördienst ausländischer Rundfunknachrichten, von den Auslandskorrespondenten und freien Mitarbeitern ein. In der „Hauptredaktion" werden Tag und Nacht die einlangenden Meldungen sortiert und den Fachredaktionen zur Weiterverarbeitung zugeleitet. In der Hauptredaktion erfolgt eine erste ideologisch motivierte Selektion. Als „schädlich oder unzulässig" befundene Nachrichten werden „ausgeschieden".[15] Über die Hauptredaktion werden die vom Propagandaministerium und anderen offiziellen Institutionen zur Veröffentlichung bereitgestellten Nachrichten weitergeleitet. Texte von Reden der Staats- oder Parteiführer dürfen ausschließlich in der Hauptredaktion redigiert und von ihr zur Veröffentlichung weitergegeben werden. Die Zeitungen dürfen sich nur auf die von der Hauptredaktion bereitgestellte Fassung beziehen. Auf keinen Fall dürfen die für das Ausland bestimmten Meldungen des DNB von den heimischen Zeitungen verwendet werden, so sie zu solchen Zugang bekommen; nach außen hin ist die Nachrichtengestaltung des DNB nämlich noch weitaus offener und bezieht – um international konkurrenzfähig zu bleiben – auch regimekritische Stimmen mit ein.[16] Neben der Hauptredaktion zählt die „Informationsredaktion“ zu den wichtigsten Instanzen: Hier werden zusätzliche Nachrichten zu den einlaufenden beschafft. Die Informationsredaktion hält den Kontakt zu Regierungsstellen und zur Partei, sie besetzt auch die wichtigen Veranstaltungen mit Berichterstattern.

Neben dem Deutschen Nachrichtenbüro arbeiten noch andere Agenturen wie Europapress oder Transocean,[17] die vor allem ihrer Auslandsverbindungen wegen von Bedeutung sind. Europapress und Transocean sind vordergründig ebenfalls privatwirtschaftlich organisiert, werden im Dritten Reich aber als dem Propagandaministerium nachgeordnete Dienststellen geführt. Hitler läßt sich über den „eingehenden ausländischen Nachrichtenstoff“[18] auf dem laufenden halten. Wichtige Meldungen werden telefonisch weitergeleitet, stenografisch aufgenommen, auf einer Schreibmaschine geschrieben und ihm vorgelegt. Hitler arbeitet angeblich täglich „mehrere 100 Blatt“ durch, was ihn immer wieder zu spontanen Weisungen an die Presse inspiriert.[19] Hitlers Propagandaminister Joseph Goebbels läßt sich täglich von seinem Pressereferenten eine 40- bis 50seitige Auswahl an Agenturmeldungen vorlegen, die ihm als Grundlage für seine Anweisungen in der vormittäglichen Ministerkonferenzen dienen. Auf diesen Ministerkonferenzen, die im Propagandaministerium stattfinden und an der Abteilungsleiter des Ministeriums und Verbindungsleute zu den Reichsbehörden teilnehmen, werden aktuelle Ereignisse und Nachrichten besprochen, die wiederum die Grundlage der anschließenden „Reichspressekonferenz“ darstellen. In den täglichen Reichspressekonferenzen, die vom „Reichspressechef“ geleitet und ebenfalls im Propagandaministerium abgehalten werden, gibt man Vertretern der Presse die Auffassungen der Regierung kund. Die rund 200 akkreditierten Pressevertreter und Vertreter von Nachrichtenagenturen erhalten Direktiven für die Behandlung aktueller Fragen und sind gleichermaßen zur Umsetzung der erteilten Direktiven wie zur absoluten Geheimhaltung verpflichtet. Neben Nachrichten, die zur direkten wörtlichen Weiterverwendung vorgesehen sind, werden auch Mitteilungen, die indirekt in Kommentarform aufbereitet werden müssen, ausgegeben, sowie „Vertrauliche Informationen“, die ein verständnisvolles Kommentieren im Regierungssinn befördern sollen, deren Veröffentlichung jedoch unter Androhung schwerer Strafen untersagt ist.[20]

Das Nachrichtenmaterial geht über das Deutsche Nachrichtenbüro an die Zeitungen im ganzen Reichsgebiet. Um dringliche Presseanweisungen weiterzuleiten, bedient sich das Propagandaministerium der sogenannten „DNB-Rundrufe“, die die Provinzzeitungen zugeleitet bekommen.[21] Die Einhaltung der im Zuge der Rundrufe ausgegebenen Anweisungen oder Sprachregelungen ist genauso bindend wie die der mittäglichen Konferenz.

Im Mittelpunkt der zahlreichen Dienste, die das Deutsche Nachrichtenbüro bietet,[22] steht zweifellos der allgemeine „Politische Nachrichtendienst", der die umfassendste Zusammenstellung in- und ausländischer Nachrichten darstellt. Fast alle deutschen Zeitungen greifen auf den Politischen Nachrichtendienst zurück, fast die Hälfte aller Nachrichten in deutschen Zeitungen stammt vom DNB. Eine umfassende Vorzensur ist durch die Fülle des anfallenden Nachrichtenmaterials unmöglich, lediglich Meldungen über die Partei werden vor ihrer Veröffentlichung bei der Parteipressestelle kontrolliert; was die Agenturen betrifft, muß man sich weitgehend darauf beschränken, ihre Redakteure unter Druck zu setzen, damit sie im Sinne der Regierung funktionieren. Dahingehend leistet das Schriftleitergesetz, das auch für den Agenturjournalismus gilt, zweifellos gute Dienste.

Die Zeitungen können auf das umfangreiche Material des Deutschen Nachrichtenbüros, das als Universalagentur fast alle Themenbereiche abdeckt, kaum verzichten. Das Nachrichtenmaterial wird oftmals wörtlich übernommen, um Beanstandungen durch das Propagandaministerium zu vermeiden. Für eine bessere Orientierung gelangt das Material auf verschiedenfärbigem Papier in die Redaktionen oder an sonstige Empfänger; die Farben geben Auskunft über die gewünschte Behandlung: auf grünem Papier kommt das wörtlich zu veröffentlichende, auf gelbem das in der Formulierung abzuändernde, auf rosa Papier stehen vertraulich zu behandelnde Hintergrundinformationen, die „Nicht zur Veröffentlichung" vorgesehen sind, auf blauem (später auch rotem) Papier gehen geheime Informationen an einen ausgewählten Zirkel besonders vertrauenswürdiger Journalisten und Beamte; weißes Papier schließlich geht nur an Empfänger in der obersten politischen Führung. Der äußerst vertrauliche „Weiße Dienst" bringt Auszüge aus ausländischen Medien, worin die deutsche Regierungspolitik angegriffen wird, und ist noch einmal in drei Geheimhaltungsstufen unterteilt, deren höchste – „weiß C" – nur nach handschriftlicher Quittierung an eine Handvoll Mitglieder der Staats- und Parteiführung geht.[23] Bemerkenswert ist, daß nur etwa ein Drittel aller politischen Meldungen, die das DNB erreichen, an die Zeitungen und damit an die Öffentlichkeit gelangen, während der große Rest nur der internen Information des Regierungsapparats dient. Das DNB pervertiert solcherart das Prinzip einer Nachrichtenagentur, agiert in gewisser Weise eher als Nachrichtenunterschlagungsapparat.

Die Einflußnahme staatlicher Stellen auf das Deutsche Nachrichtenbüro veranlaßt dessen Direktor Otto Mejer jedoch zu vorsichtigen Protesten. Unter Verweis auf „ganz erhebliche Zweifel", die bei der Kundschaft an der Glaubwürdigkeit, Zuverlässigkeit und Leistungsfähigkeit des Deutschen Nachrichtenbüros bestehen, gibt er zu bedenken, daß damit „eines der wichtigsten Propagandainstrumente" stumpf würde.[24] Vor allem im Ausland soll der Eindruck eines staatlichen Nachrichtensystems noch tunlichst vermieden werden, nicht zuletzt im Hinblick auf die Verhandlungen über die auslaufenden Kartellverträge mit Reuters und Havas. Staatsabhängige Agenturen stehen am internationalen Nachrichtenmarkt nicht sehr hoch im Kurs. Seitens des DNB fordert man Gleichstellung und meint damit, daß man keine Kommission mehr nach Paris und London zu zahlen bereit ist. Dahinter steht die Intention, das DNB zu einer möglichst autonomen „Weltagentur" zu machen. Auch Otto Mejer, der Leiter des DNB, scheint dahingehend nicht ganz ohne Ambitionen zu sein. Er schränkt zwar ein, daß die verschiedenen großen Nachrichtenagenturen „bis zum gewissen Grade" aufeinander angewiesen seien und daß es in der Praxis wohl kaum durchführbar sein werde, „daß eine Agentur völlig selbständig und ohne Anlehnung oder Zusammenarbeit mit andern einen Konkurrenzkampf gegen alle übrigen zugleich aufnimmt" – aber:

> Ebenso unstreitbar ist natürlich, daß jede große Nachrichtenagentur das Bestreben haben muß, in möglichst weitgehendem Maße auf dem Weltmarkt selbständig vertreten zu sein. Der freie Wettbewerb der Agenturen untereinander darf durch die oben geschilderte Zusammenarbeit nicht ausgeschlossen werden. Die Agenturen müssen die Freiheit des Handelns behalten – sie müssen sich da zusammenschließen, wo es ihre Interessen erfordern, und sie müssen da gegeneinander auftreten, wo es Sinn und Zweck hat und vaterländische Bedürfnisse dies gebieten.
>
> Der tendenzlose Nachrichtendienst ist eine Utopie gleich der des ewigen Friedens. Unterschiedlich sind lediglich die Gegenstände des Interesses. Die Nachrichtenagenturen sind fast ausschließlich national bedingt. Und deshalb in ihren internationalen Beziehungen so delikat.[25]

Die Ziele des DNB liegen schließlich darin, „unserm herrlichen, von Adolf Hitler begründeten neuen deutschen Vaterlande den Platz in der Welt wieder erobern helfen, der ihm gebührt".[26]

Am 15. März 1934 werden in Paris neue Verträge zwischen den Weltagenturen unterzeichnet, die am 1. Juli 1934 in Kraft treten. Mit diesen Verträgen endet das seit 1870 gültige Kartellsystem; die Festschreibung großflächiger territorialer Reservate, die das globale Agentursystem mehr als sechs Jahrzehnte hindurch entscheidend geprägt hat, fällt. Reuters und Havas geben ihr Monopol allerdings nicht freiwillig auf – die Liberalisierung auf dem weltweiten Nachrichtenmarkt ist auf das jahrelange Bestreben Kent Coopers von der Associated Press, zurückzuführen, sich aus der Abhängigkeit von den beiden Agenturen zu emanzipieren. Seit 1925 Direktor der amerikanischen Agentur, strebt Cooper hartnäckig nach dem Sturz des territorialen Monopols der Kartellagenturen – insbesondere der weltbeherrschenden Stellung von Reuters. Er äußert Mißtrauen gegenüber der tendenziösen Berichterstattung der „Propagandaagenturen" (Cooper) über amerikanische Belange im Ausland; in Südamerika, wo Havas, oder in Japan, wo Reuters die Kontrolle über internationale Nachrichten habe, werde ein negatives Bild der Vereinigten Staaten verbreitet, meint er. Diese Situation sei vor allem deshalb schwer zu verändern, weil die Agenturen von Regierungsseite unterstützt würden; seitens der AP sieht man sich nicht in der Lage, diese „Diktatur" der Kartellagenturen zu brechen, da man die Konsequenzen, die ein Vertragsbruch hätte, fürchtet: man würde immerhin den gesamten internationalen Nachrichtendienst verlieren und müßte künftig selbst einen solchen organisieren – ein äußerst kostspieliges Unterfangen. Cooper setzt sich trotzdem vehement dafür ein, die bestehenden Verträge zu verändern, um einen freien weltweiten Nachrichtenfluß durchzusetzen: „... my greatest present interest is to break down the news exchange barriers of the world."[27] Als ersten Schritt setzt er 1920 gegenüber Havas durch, daß es südamerikanischen Zeitungen erlaubt ist, Mitglieder der AP-Genossenschaft zu werden. Außerdem kann er im Laufe der 20er Jahre die Möglichkeit eines direkten Nachrichtenaustausches mit nationalen Agenturen oder Zeitungen durchsetzen – wenn auch nur mit Billigung der Kartellagenturen. Damit er seinen Prinzipien von Journalismus – „true and unbiased news"[28] – treu bleiben kann, propagiert Cooper die Idee, daß die Vertragspartner, die nationalen Agenturen, grundsätzlich im genossenschaftlichen Besitz von Zeitungen organisiert sein sollen, um sich von staatlichen Einflüssen zu emanzipieren. Bei den Zeitungsleuten der einzelnen Länder findet er allerdings wenig Rückhalt – es wäre zu teuer, meinen sie.[29]

Nachdem auch der 1930 geschlossene Vertrag mit Reuters und Havas keine Veränderungen gebracht hat, die Cooper zufriedenstellen, ist er 1934 bereit, zur Gänze mit den Kartellagenturen zu brechen. Gestärkt durch einen Pakt mit der konkurrenzierenden amerikanischen United Press Associations, die ebenfalls auf den europäischen Markt drängt, erreicht er, daß die Associated Press mit jeder Agentur und jeder Zeitung auf der Welt Verträge abschließen kann, ohne der Zustimmung einer anderen Agentur (jener, der das Territorium zur „Ausbeutung“ monopolistisch zugeteilt war) zu bedürfen. Dieses Prinzip gilt gleichermaßen für Reuters, Havas und das DNB.[30]

Die neue Situation entspricht damit auch den Forderungen des DNB nach mehr internationaler Handlungsfreiheit. Man verschafft sich Auslandsnachrichten in weiterer Folge durch bilaterale Austauschverträge mit AP, UP, Reuters und Havas und einer Reihe kleiner nationaler Agenturen. Darüber hinaus unterhält man Auslandskorrespondenten und betreibt einen Abhördienst, der ausländische Radionachrichten mitschreibt.[31]

Die kleineren Agenturen der Agences Alliiées reagieren mit Verunsicherung auf die veränderte Lage. Auf Antrag der Schweizer Agentur ATS werden im August 1934 die neue vertragliche Situation und deren Konsequenzen für die Allianz auf einer Konferenz in Riga besprochen. Die kleinen Agenturen bangen um ihre Stammländer und versuchen die bisherigen Exklusivrechte auf das eigene Territorium zu bewahren.[32] In einem Brief an Milos Novotny, dem Chef des Tschechoslowakischen Pressebüros, unterstreicht der Direktor der Amtlichen Nachrichtenstelle, Pfaundler, die Entschlossenheit der kleinen Agenturen, an diesem Prinzip festzuhalten, um ihr Überleben zu gewährleisten.[33] Es sind berechtigte Ängste.

Die Ambitionen des nationalsozialistischen Regimes gehen indes weit über bloße Unabhängigkeit des DNB hinaus. Eugen Hadamovsky skizziert die zukünftige nationalsozialistische Nachrichtenagentur folgendermaßen: sie müsse vollständig monopolisiert und zentralisiert, dennoch privatwirtschaftlich geführt sein. Sie dürfe keine Verträge mit ausländischen Agenturen abschließen, die zur „nationalen Gefahr“ würden, stattdessen solle sie mit Hilfe staatlicher Zuschüsse ein eigenes Auslandskorrespondentennetz aufbauen, das völlige Autonomie und damit eine absolute Nachrichtenhoheit ermögliche. Inhaltlich will Hadamovsky Multimedialität, das heißt für den propagandistischen Auftrag Totalität: Die Aufgabe der künftigen deutschen Agentur wäre es, neben Nachrichtentexten auch Bild- und Filmmaterial aus dem In- und Ausland zu beschaffen und an das In- und Ausland weiterzugeben. Sie sei dabei in einen Wirtschaftsdienst, einen politischen, einen kulturellen und einen allgemeinen Nachrichtendienst, jeweils mit In- und Auslandsabteilungen, zu gliedern. Ferner gäbe es einen geheimen Nachrichtendienst wirtschaftlichen, politischen und militärischen Inhalts als vollkommen selbständige Abteilung. Darüber hinaus plant Hadamovsky einen Abwehrdienst und Reichsfunkschutz.[34]

Dieser gigantomanische Nachrichtenapparat, der sämtliche nachrichtendienstliche Agenden (auch solche übrigens, die bislang Geheimdiensten vorbehalten waren) umfaßt, soll den gesamten Nachrichtenumschlag in das und aus dem Dritten Reich kontrollieren; das Ziel ist die absolute Hoheit über den öffentlichen Diskurs.

Pressekrieg und Presseabkommen

Im Dritten Reich gilt die Presse, wie sämtliche andere Medien auch, als Instrument zur Durchsetzung einer Weltanschauung, die sich die „Befreiung" und Vereinigung aller „Deutschen" zum Ziel gesetzt hat. Im offiziellen Österreich sieht man dies mit wachsender Besorgnis. Kurt Schuschnigg, der dem ermordeten Dollfuß als Kanzler nachfolgt, beginnt die Presselandschaft endgültig der Regierung zu unterstellen. Ein Gesetz vom 26. Oktober 1934 bindet die Herausgabe einer Zeitung, Zeitschrift oder Zeitungskorrespondenz an eine polizeiliche Bewilligung. Die Bewilligung kann an die Verpflichtung geknüpft werden, für einen anstehenden Wechsel des „verantwortlichen Schriftleiters" eine behördliche Genehmigung einzuholen, mitunter auch daran, daß eine von den Behörden genehmigte Person zu bestellen ist.[35] Ein Gesetz vom 14. Jänner 1935 stellt das Pressewesen unter Konzessionszwang, ein weiteres vom 31. Jänner droht mit Strafen mit ein bis drei Jahren Arrest für die Verbreitung staatsfeindlicher Inhalte. Nach einem Gesetz vom 5. Juni 1935 können Druckschriften, in denen anhand von Behauptungen zur österreichischen Geschichte zum Hochverrat aufgerufen (also die österreichische Nationalidentität geleugnet) respektive das Ansehen Österreichs oder das einer verstorbenen Person, „die wegen ihrer Verdienste um Österreich berühmt ist" (Dollfuß), verunglimpft wird, verboten werden.[36]

Eduard Ludwig läßt im Gegenzug die Boulevardblätter *Stunde*, *Börse* und *Bühne* kaufen und unterstellt sie dem ehemaligen Direktor der Amtlichen Nachrichtenstelle, Joseph Carl Wirth.[37] Die *Reichspost* mit ihrem Chefredakteur Friedrich Funder, der von Dollfuß zum Staatsrat erhoben wurde, steht ohnehin hinter der Regierung. Die Leitartikel des offiziösen *Neuigkeitsweltblatts* stammen oftmals vom Bundespressechef Ludwig, manchmal sogar vom Bundeskanzler persönlich. Das *Neue Wiener Journal* befindet sich unter direktem Regierungseinfluß, so auch die *Neue Freie Presse*, deren Chefredakteur Ernst Benedikt nach wirtschaftlichen Schwierigkeiten sein Aktienpaket an ein Konsortium, hinter dem die Regierung steht, verkauft. Der Kauf wird durch Ludwig über einen

Geheimfonds abgewickelt. Schuschnigg will sich des renommierten Blattes versichern, damit es nicht in die Hände der deutschen NSDAP gelange – und weil es als einziges großes Wiener Organ im Deutschen Reich noch zugelassen ist. Das Engagement ist teuer. In der Folge fließen Subventionen in Millionenhöhe in die wirtschaftlich schwer angeschlagene Zeitung.[38]

Der aggressiven deutschen Propaganda begegnet man mit Blockade. Hat man seitens der Amtlichen Nachrichtenstelle die Meldungen des einstigen Wolff'schen Telegraphenbureaus – wenn auch mit gewissen Vorbehalten – noch übernommen, so übernimmt man vom Deutschen Nachrichtenbüro, wo Alfred-Ingemar Berndt systematisch die propagandistische Annexion Österreichs betreibt, kaum mehr Material. Nachrichten aus dem nationalsozialistischen Deutschland liefern der Amtlichen Nachrichtenstelle bis auf weiteres Reuters und Havas.[39] Um die NS-Propaganda aus der heimischen Presse herauszuhalten, wird per Erlaß vom 9. August 1935 des Generaldirektors der Post- und Telegrafenverwaltung allen österreichischen Zeitungen der Empfang des Presserundfunks des Deutschen Nachrichtenbüros verboten. Es bleibt alleine der Amtlichen Nachrichtenstelle vorbehalten, diese Meldungen abzuhören und in entsprechender Auswahl und korrigierter Fassung an die Presse weiterzugeben.[40]

Bei den einzelnen Sicherheitsdirektionen des Bundes in den Bundesländern werden Pressereferenten bestellt, die mit der Überwachung der Zeitungen ihres Gebietes beauftragt sind. Da sich dieses System aber bald als zu teuer erweist, greift man auf normale Beamte zurück, die die Pressebeobachtung „nebenamtlich" übernehmen; darunter finden sich Vertreter von Bundesländerniederlassungen der Amtlichen Nachrichtenstelle, die damit auch zensorische Aufgaben übernehmen, wenngleich man sich von offizieller Seite immer wieder zu erklären bemüht, in Österreich herrsche keine Zensur.

Umgekehrt bemüht man sich nach wie vor sehr wohl darum, mit österreichischen Meldungen in die deutsche Presse zu kommen. Um Rücktrittsgerüchte über Schuschnigg zu dementieren, schickt Ludwig eine Tractatus-Meldung nach Berlin. Der dortige Presseattaché, Schier, meldet daraufhin, daß das Dementi vom Deutschen Nachrichtenbureau zwar vertragsgemäß weitergegeben worden sei, allerdings nur in der gedruckten Version des Nachrichtendienstes, der von den Zeitungen üblicherweise nicht mehr beachtet werde, da er als nachgereichte Zusammenfassung gelte. In der Tat, so Schier, habe kein einziges reichsdeutsches Blatt das Dementi übernommen, was auch auf eine geheime Instruktion an die Blätter zurückzuführen sein könne.

Monate später führt Schier in einem vertraulichen Schreiben an Weber abermals Beschwerde über die Behandlung von Tractatus-Meldungen durch das Deutsche Nachrichtenbüro: Wichtige Tractatus-Meldungen aus Wien würden nicht an ihn weitergeleitet, sondern einfach liegengelassen. Im übrigen wirke sich die „Tractatus"-Vereinbarung in der gegenwärtigen Situation eindeutig gegen Österreich aus, da im Deutschen Reich ohnedies andere Instanzen darüber entschieden, was veröffentlicht werde und was nicht:

> Bei der straffen Handhabung der Pressepolitik im heutigen Deutschland dürfen in den Blättern überhaupt nur jene Meldungen erscheinen, die vom Propagandaministerium genehmigt sind. Das DNB hat die Verpflichtung, zunächst alle Auslandsmeldungen dem Propagandaministerium vorzulegen. Wird nun die Ausgabe einer Meldung (...) durch das Propagandaministerium dem DNB untersagt, so ist es auch sonst unmöglich, diese Meldungen in irgend einem deutschen Blatt unterzubringen, da eine diesbezügliche Nichtbefolgung der Weisungen des Propagandaministeriums für den betreffenden Schriftleiter die sofortige Streichung von der Schriftleiterliste und damit dauernde Brotlosigkeit bedeuten würde. Daß das Propagandaministerium bei der Ausgabe von Tractatus-Meldungen Österreich gegenüber nicht sehr weitherzig vorgeht, dafür haben wir bis jetzt ja genügend Beweise. Da in Österreich nicht die gleiche Engherzigkeit besteht, und zudem die Presse nicht einem ähnlichen Zwang unterworfen ist wie in Deutschland, müssen wir zwangsläufig Deutschland gegenüber ins Hintertreffen geraten (...) Jedesmal, wenn eine für Deutschland besonders unangenehme aber richtige Meldung zur Verbreitung gelangt, erscheint irgend ein formales Dementi, das dann im Tractatus-Weg weitergegeben wird, und auf diese Weise in die österreichischen Blätter gelangt.[41]

Mittlerweile wird die Lage auch auf außenpolitischer Ebene immer bedrohlicher. Es zeichnet sich ab, daß der italienische Diktator Mussolini nicht mehr länger als Protektor des ständestaatlichen Regimes zu fungieren bereit ist. Für sein Kriegsabenteuer in Abessinien braucht er die Unterstützung Hitlers, die er für den Preis bekommt, sich als Schutzherr der österreichischen Unabhängigkeit zurückzuziehen. Schuschnigg sieht sich gezwungen, mit Hitler direkt zu einem Ausgleich zu gelangen. Im sogenannten „Juliabkommen" gelingt es ihm im Sommer 1936, Österreichs Eigenständigkeit fürs erste zu sichern. Mit 11. Juli 1936 datiert ein geheimes Zusatzpapier zum „Juliabkommen", das ein deutsch-österreichisches Presseabkommen beinhaltet.[42] Darin wird vereinbart, auf die Zeitungen des jeweils eigenen Landes dahingehend Einfluß zu nehmen, daß sie sich „jeder politischen Einwirkung auf die Verhältnisse im anderen Lande" enthalten mögen; sie sollen ihre „Kritik an den Verhältnissen im anderen Lande auf ein Maß beschränken, das auf die Öffentlichkeit des anderen Landes nicht verletzend wirkt".[43] Auch auf die Emigrantenpresse soll in diesem Sinn eingewirkt werden; außerdem werden die Importverbote von Zeitungen aufgehoben. Österreich verpflichtet sich, fünf der wichtigsten deutschen Tageszeitungen wieder ins Land zu lassen, im Gegenzug dürfen fünf österreichische Blätter ins Deutsche Reich geliefert werden. Es ist ein ungleicher Tausch: nicht nur, daß die ständestaatliche Propaganda der nationalsozialistischen in keiner Weise gewachsen ist, können die österreichischen Blätter schon aus wirtschaftlichen Gründen nur vergleichsweise kleine Gebiete des Dritten Reiches bedienen, während die starken deutschen Zeitungen bis in die kleinsten österreichischen Dörfer vordringen. Unter den fünf deutschen Zeitungen befindet sich die *Essener Nationalzeitung*, die sich als wüstes nationalsozialistisches Hetzblatt entpuppt.

Angesichts der prekären Situation plädiert der Staatsrat Friedrich Funder im Zuge einer Rede vor dem Bundestag dafür, die erlassenen Einschränkungen der Pressefreiheit in Österreich zu überdenken, da diese die Leser den ausländischer Blättern, „die dem Nachrichtenverbot nicht unterworfen werden können und die den Tatbestand umso sensationeller aufmachen, je mehr von der inländischen Presse verschwiegen werden muß", geradezu zutreiben würden; ein derartiger Leserschwund sei auch ein Verlust für den Staat. Als Verfechter des „christlichen Ständestaats" läßt Funder aber keinen Zweifel daran, daß grundsätzlich „die Presse den Staatszielen eingeordnet werden" müsse, daß „sie im Geiste der Verfassung und der Vaterländischen Front an der geistigen Formung der Volksgemeinschaft und des Staates mitzuwirken" habe.[44]

Für das „Juli-Abkommen" mit Hitler opfert Schuschnigg sogar seinen bewährten Bundespressechef Eduard Ludwig, der ein vehementer Gegner des NS-Regimes ist. Ludwig wendet sich nunmehr anderen Aufgaben zu. Er gründet die österreichische „Pressekammer", eine ständische Berufsorganisation, die durch die Zusammenfassung von Arbeitgebern und Arbeitnehmern die klassenkämpferische Spaltung überwinden und den Journalismus für den Dienst am Staat verpflichten soll. Die Pressekammer soll darüber entscheiden, ob eine Zeitung herausgegeben werden darf und auch darüber, wer hauptberuflich als Journalist tätig sein kann.[45] Ludwig sieht die Zeitung wie das Schrifttum insgesamt dazu berufen, „im aufbauenden Sinn des Staates zu arbeiten". Einer freien Presse erteilt er eine klare

Absage, „denn Presse und überhaupt das geschriebene Wort haben in einem Staat keine besondere Aufgabe zu erfüllen, sondern sie haben sich in den Rahmen der Gesamtarbeit einzugliedern, um so Staat und Volk entsprechende Dienste erweisen zu können.“[46] Am 29. Oktober 1936 wird die Pressekammer, als deren Präsident Ludwig fungiert, feierlich eröffnet.[47]

In der Funktion als Bundespressechef folgt dem außer Dienst gestellten Ludwig der „Bundeskommissär für Heimatdienst“, Walter Adam, nach. Adam vereinigt Bundespressedienst und Heimatdienst und damit die „reinen Presseagenden mit den Aufgaben des Propagandadienstes“.[48] Adam geht davon aus, daß man die Presse durch „Gesetze, Verordnungen und sonstigen Zwang“ nur mittelfristig lenken könne, auf lange Sicht sei ein solches Vorgehen aber unzulänglich, der Pressefreiheit seien „würdige Grenzen“ zu ziehen. Außergewöhnliche Zeiten rechtfertigten hingegen außergewöhnliche Maßnahmen. In Zeiten, da sich Staat und Gesellschaft neu ordneten, da die Autorität ungefestigt sei, starke soziale Spannungen und große wirtschaftliche Not herrschten, in Zeiten, da „billige Demagogie“ einen entscheidenden Einfluß auf das Schicksal der Nation gewinnen könne, und in Zeiten, da sich die Nation von außen her bedroht sehe, „müssen die Grenzen enger und manchmal sehr eng gezogen werden.“[49]

Der im Juli vereinbarte Pressefriede hält nicht lange. Eine Falschmeldung einer Wiener Zeitung über eine angebliche Verhaftung des nationalsozialistischen Reichspressechefs Otto Dietrich löst in der deutschen Presse eine Kampagne gegen die Wiener „Judenblätter“ *Telegraf*, *Stunde* und *Echo* aus. Die Politische Korrespondenz gibt eine Pflichtmeldung mit dem Titel „Österreich erwiedert auf Angriffe der reichsdeutschen Presse“ aus: auf österreichischer Seite sei man nach wie vor „auf die Herstellung eines wahren Pressefriedens“ bedacht, jedoch sei man nicht bereit, „die betont unfreundliche Haltung der reichsdeutschen Presse, auch zugelassener Blätter, widerspruchslos zur Kenntnis zu nehmen, Einschüchterungsversuchen nachzugeben und einseitige Zugeständnisse zu machen“.[50]

Am 12. Juli 1937 wird neuerlich ein Pressefrieden geschlossen, der für die Amtliche Nachrichtenstelle eine deutliche Einschränkung ihrer Tätigkeit bedeutet. In einer sieben Punkte umfassenden internen Instruktionsschrift an die Redaktionen wird die Berichterstattung über das Dritte Reich reglementiert:

1. Keine ungeprüfte Veröffentlichung von Nachrichten, die im anderen Lande Anstoß erregen und eine Polemik entfesseln könnten.

2. Keine Übernahme von Nachrichten aus notorisch unfreundlich gesinnten Blättern oder Agenturen (z.B. TASS).
3. Befassung auch mit positiven Leistungen des anderen.
4. Unterbleiben von Angriffen persönlicher Natur.
5. Weltanschauung und Staatsauffassung: Das Presseabkommen verlangt, daß Fragen der Weltanschauung auch dort, wo Meinungsverschiedenheiten gegeben sind, sachlich und nicht in beleidigender Form behandelt werden sollten (...)
6. Keine Unterstützung oder Ermutigung einer gegen den anderen Staat und dessen Regierung gerichteten Betätigung: Es wird keine Unterdrückung der Meldung verlangt. In der Regel wird allerdings kein Anlaß bestehen, derlei Meldungen überhaupt auszugeben.
7. Zugehörigkeit beider Staaten zu deutschem Volke: Das Presseabkommen verlangt, daß die Presse beider Staaten sich der Verantwortung bewußt zu sein hat, die der Publizistik beider Staaten durch deren Zugehörigkeit zum deutschen Volke auferlegt ist. In dieses Gebiet fallen alle Meldungen „gesamtdeutschen Interesses", aber auch alle jene Fragen, welche zum Beispiel die deutschen Minderheiten im Auslande zum Gegenstand haben, ferner ein großer Teil jener Regelungen, die die Staatsverträge von St. Germain, Versailles und Trianon getroffen haben (z.B. militärische Klauseln, Diskriminierung gegenüber den ehemaligen Feindstaaten, Kriegsschuldfrage, etc.).[51]

Trotz des Abkommens kommt es immer wieder zu Entgleisungen, wobei auch die österreichische Seite die versprochene Enthaltsamkeit in propagandistischen Angelegenheiten vermissen läßt. So entsendet die Amtliche Nachrichtenstelle im September 1937 auf den Reichsparteitag der NSDAP nach Nürnberg einen Berichterstatter, der als Funktionär der Vaterländischen Front eine „politische Mission" zu erfüllen hat. Seine Berichte aus Nürnberg sind so polemisch, daß sie sich für die Amtliche Nachrichtenstelle als „unbrauchbar" erweisen. Weber beschließt daraufhin, diese an den Pressedienst der Vaterländischen Front zur Verwertung weiterzugeben, während sich die Amtliche Nachrichtenstelle, die vertraglich mittlerweile wieder an das Deutsche Nachrichtenbüro gebunden ist, mit kurzen „Tatsachenberichten" begnügt, worin „jede politische Stellungnahme vermieden wird".[52]

Das Verhältnis zwischen der deutschen und der österreichischen Regierung spitzt sich unaufhörlich zu. Der Bundespressechef Adam sieht sich veranlaßt, den Chefredakteuren der großen österreichischen Tageszeitungen ins Gewissen zu reden. Adam führt aus, daß schwere

Verstöße gegen das Presseübereinkommen zu erwarten seien, daß sich die Situation verschlechtern werde und die Angelegenheit von einer pressepolitischen zu einer im engeren Sinn politischen würde. Er ersucht die Chefredakteure, alles zu unterlassen, was auf deutscher Seite Anlaß zur Beschwerde biete und verweist darauf, daß die Aussprache als streng vertraulich anzusehen sei, um mit der höflichen Drohung zu schließen: „Wenn das Ersuchen des Herrn Bundeskanzlers nicht eingehalten würde, wäre ich gezwungen, die Pressegesetze nach der Seite hin anzuschauen, ob man nicht Blätter, die unsere Politik offenkundig entgegenarbeiten, dazu zwingen könnte.“[53]

Von reichsdeutscher Seite wird der Druck auf das österreichische Regime kontinuierlich erhöht. Der Wiener Rechtsanwalt und Nationalsozialist Arthur Seyß-Inquart beabsichtigt eine eigene Korrespondenz einzurichten, die gegen den anfänglichen Widerstand von Eduard Ludwig, der als Chef der Pressekammer noch ein Mitspracherecht bei der Konzessionsverleihung besitzt, im November 1937 schließlich ins Leben gerufen wird. Zum verantwortlichen Schriftleiter dieser „Alpenländischen Korrespondenz“ wird Herbert Friedl ernannt. Friedl ist wegen nationalsozialistischer Betätigung mehrfach vorbestraft. Seyß-Inquart meint jedoch, daß die Korrespondenz jegliche Polemik vermeiden und auf dem Boden des Presseabkommens bleiben werde, zur illegalen österreichischen NSDAP würden keinerlei Verbindungen bestehen – abgesehen von den persönlichen Beziehungen Friedls...

Bald folgt der nächste größere Schritt auf dem Weg der Unterminierung. Am 12. Februar 1938 ist Schuschnigg mit Außenminister Guido Schmidt zu Hitler auf den Obersalzberg bei Berchtesgaden geladen. Hitler diktiert die Bedingungen. Schuschnigg verpflichtet sich, Seyß-Inquart das österreichische Sicherheitswesen zu übertragen, den Nationalsozialismus in Österreich zu legalisieren und eine Generalamnestie aller verurteilten Nationalsozialisten zu erlassen. Es gelingt Schuschnigg zwar, Hitlers Forderung, die Pressepolitiker Ludwig und Adam ihrer Posten zu entheben, abzuwenden, doch muß er zugestehen, den Nationalsozialisten Wilhelm Wolf, der schon bei der RAVAG deutschnationale Töne angeschlagen hat, zu einer Art zweiten Bundespressechef mit gleichen Weisungsrechten zu ernennen. In diesen Tagen erhält Edmund Weber auch Besuch von Frederik von La Trobe von der Berliner Zentrale des Deutschen Nachrichtenbüros. La Trobe meint, künftig gemeinsam mit Wolf gewisse Kontrollaufgaben am österreichischen Pressesektor zu übernehmen; er beklagt, daß die Amtliche Nachrichtenstelle zu wenig deutsches Material verwende, obgleich, laut Weber, schon „60% des mondialen Materials“ vom Deutschen Nachrichtenbüro stammt.[54]

Am 24. Februar lehnt sich Schuschnigg noch einmal auf und hält eine Rede vor dem Bundestag; tags darauf titelt die 16 Seiten starke Ausgabe der Politischen Korrespondenz mit „Österreich muß Österreich bleiben – die große Rede des Bundeskanzlers und Frontführers Dr. Schuschnigg im Bundestag am 24. Februar 1938“.[55] Zwei Tage danach wird jedoch ein aus der Feder Hitlers diktiertes Bundesgesetz erlassen, das Bestrafung und Einstellung eines Druckwerks für den Fall androht, daß es „vorsätzlich oder grob fahrlässig den inneren Frieden oder die zwischenstaatlichen Beziehungen Österreichs zu einem anderen Staate“ gefährdet.[56]

Als allerletzten Aufbäumungsversuch kündigt Schuschnigg in einer Rede am 9. März 1938 vor den „Amtswaltern der Vaterländischen Front“ in Innsbruck für Sonntag den 13. März eine Volksabstimmung an. Ein Plebiszit soll im letzten Moment ermöglichen, der drohenden Vereinnahmung durch das Dritte Reich zu entgehen. Abends ist Schuschniggs flammender Appell im österreichischen Rundfunk zu hören. Die Radiorede überrascht nicht nur die Österreicher, auch Hitler und seine Propagandisten zeigen sich anfangs unschlüssig, wie sie mit der schwierigen Lage umgehen sollen. In Berlin war man auf die Schuschnigg-Rede zwar vorbereitet; man hat im Rahmen der vormittäglichen Pressekonferenz im Propagandaministerium darauf hingewiesen, daß die Rede nur in der DNB-Fassung und ohne jeden Kommentar gebracht werden dürfe. Der unerwartet entschlossene Ton, den Schuschnigg angeschlagen hat, zwingt jedoch zu einer Kurskorrektur. Der nüchtern gehaltene Vierzehnzeiler des DNB wird zurückgezogen. Man weiß schließlich noch nicht, welche Reaktionen die Rede auslösen wird: ein Rundruf an alle deutschen Zeitungen verordnet, daß über Schuschniggs Rede bis auf weiteres überhaupt nichts berichtet werden dürfe. Als sich Schuschnigg tags darauf von seinem Pressechef Adam über allfällige Reaktionen aus Deutschland berichten läßt, weiß dieser noch keine zu melden.

In Berlin ist man noch am Folgetag um Vorsicht bemüht. Hinter der verordneten Ruhe steht Kalkül; man gibt sich nach außen hin unbeeindruckt, während Hitler im Geheimen eine Armee mobilisieren läßt, die in Österreich einmarschieren und nötigenfalls die diffizile Angelegenheit mit Gewalt lösen soll.

Behutsam setzt sich der deutsche Presseapparat in Gang. Um 17 Uhr wird per DNB-Rundruf eine Kurzfassung der DNB-Meldung freigegeben. Am Abend gibt es klarere Instruktionen an die Presse. Alfred-Ingemar Berndt, stellvertretender Reichspressechef und Leiter der Presseabteilung der Regierung im Propagandaministerium, hat für 20 Uhr eine Sonderpressekonferenz für die in Berlin akkreditierten Journalisten deutscher Tageszeitungen angesetzt. Berndt verordnet, die Meldung möglichst auf der zweiten Seite zu plazieren; wenn auf der ersten Seite, so nur in der unteren Seitenhälfte und höchstens einspaltig. Unter keinen Umständen dürfen Schlagzeilen gesetzt werden. Als Warnung fügt Berndt hinzu, daß das *Berliner Tageblatt*, das die Frage bereits in sensationeller Aufmachung gebracht habe, beschlagnahmt worden sei.

Die deutsche Morgenpresse des 11. März 1938 beschäftigt sich nach dem Schweigen des Vortags mit den Ereignissen in Österreich; aus der Meldung, die das DNB bereitgestellt hat, geht auch hervor, worauf Berndt und sein Minister abzielen. Darin heißt es: „Ein bedenkliches Zeichen ist die Tatsache, daß der kommunistische Mob unter der Tarnung vaterländischer Gesinnung die Ringstraßen zu beherrschen versucht. Rot-Front-Rufe wechseln dabei mit Heil-Österreich-Rufen ab."[57] Nach der vormittäglichen Konferenz im Propagandaministerium wird im Laufe des 11. März die Zurückhaltung endgültig aufgegeben; die Order einer stärkeren Aufmachung wird ausgegeben, Boulevardzeitungen sollen Schlagzeilen setzen, politische Blätter zweispaltige Berichte...

In Wien reagieren Edmund Weber von der Amtlichen Nachrichtenstelle und Walter Adam, der Bundespressechef, auf die deutsche Zeitungsattacke. Sie verfassen eine Mitteilung an die Auslandspresse, wonach die Gerüchte, Kommunisten würden in Wien einen Umsturz planen, unwahr seien. Die Bemühungen sind letztlich aber umsonst. Schuschnigg gibt dem Druck aus Berlin nach; Hitler hat hinter den Kulissen ein Ultimatum gestellt. Schuschnigg sagt die Volksabstimmung ab, was über die RAVAG verlautbart wird – und tritt zurück. Über ein RAVAG-Mikrofon richtet er seine Abschiedsrede an die Bevölkerung:

> Österreicher und Österreicherinnen! Der heutige Tag hat uns vor eine schwere und entscheidende Situation gestellt. Ich bin beauftragt, dem österreichischen Volk über die Ereignisse des Tages zu berichten. Die deutsche Reichsregierung hat dem Herrn Bundespräsidenten ein befristetes Ultimatum gestellt, nach welchem der Herr Bundespräsident einen ihm vorgeschlagenen Kandidaten zum Bundeskanzler zu ernennen und die Regierung nach den Vorschlägen der deutschen Reichsregierung zu bestellen hätte, widrigenfalls der Einmarsch deutscher Truppen für diese Stunde in Aussicht genommen wurde.
>
> Ich stelle fest vor der Welt, daß die Nachrichten, die in Österreich verbreitet wurden, daß Arbeiterunruhen gewesen seien, daß die

Regierung nicht Herrin der Lage wäre und aus eigenem nicht hätte Ordnung machen können, von A bis Z erfunden sind. Der Herr Bundespräsident beauftragt mich, dem österreichischen Volk mitzuteilen, daß wir der Gewalt weichen.

Wir haben, weil wir um keinen Preis auch in ernster Stunde nicht, deutsches Blut zu vergießen gesonnen sind, unserer Wehrmacht den Auftrag gegeben, für den Fall, daß der Einmarsch durchgeführt wird, ohne wesentlichen Widerstand, ohne Widerstand sich zurückzuziehen und die Entscheidungen der nächsten Stunden abzuwarten. Der Herr Bundespräsident hat den General der Infanterie Schilhawsky, den Generalinspekteur, mit der Führung der Wehrmacht betraut. Durch ihn werden weitere Weisungen an die Wehrmacht ergehen. So verabschiede ich mich in dieser Stunde von dem österreichischen Volke mit einem deutschen Wort und einem Herzenswunsch: Gott schütze Österreich![58]

Vom Propagandaministerium in Berlin, wo man bemüht ist, den Eindruck zu vermitteln, das Deutsche Reich übe keinerlei Druck auf Österreich aus, wird über das DNB eine „Richtigstellung" herausgegeben, die sämtliche Vorwürfe Schuschniggs an die Berliner Adresse bestreitet.

Generalfeldmarschall Hermann Göring, einer der Drahtzieher des „Anschlusses", weist den österreichischen Innenminister und NS-Mann Seyß-Inquart an, im Namen einer provisorischen österreichischen Regierung ein Telegramm nach Berlin zu schicken, worin er die deutsche Reichsregierung um Entsendung von Truppen bittet, um in Österreich Ruhe und Ordnung wiederherzustellen. Das DNB verlautbart in der Folge, daß Seyß-Inquart deutsche Truppen anforderte und auch Alfred-Ingemar Berndt erklärt in der abendlichen Sonderpressekonferenz in Berlin amtlicherweise, daß eine provisorische österreichische Regierung unter Seyß-Inquart die Truppen ins Land gerufen habe. Daß das angeblich in Berlin eingelangte Telegramm in Wien gar nicht abgesendet worden ist, ist für den weiteren Verlauf der Dinge unbedeutend. Am 13. März 1938 marschieren deutsche Truppen in Österreich ein. Das Dritte Reich betreibt weniger Medienpolitik denn mediale Politik!

Am Pressesektor haben die österreichischen Nationalsozialisten mancherorts bereits rege Vorarbeit geleistet und schon vorzeitig den „Anschluß" vollzogen.[59] Schon in der Nacht vom 11. zum 12. März sind viele Wiener Zeitungsredaktionen von SA- oder SS-Leuten, oder aber von nationalsozialistischen Journalisten besetzt, oppositionelle und „jüdische" Journalisten hinausgeworfen oder verhaftet worden. Reichsleiter Max Amann, Herr über das reichsdeutsche NSDAP-Verlagsimperium und Präsident der Reichspressekammer, hält am 13. März im Gebäude des ehemaligen Bundeskanzleramts am Wiener Ballhausplatz bereits die erste Pressekonferenz zur Ausgabe von Sprachregelungen ab.[60] Die Amtliche Nachrichtenstelle wird beschlagnahmt, zum kommissarischen Leiter Gerhard Aichinger, der bisherige akkreditierte DNB-Korrespondent, bestellt.

Auf internationaler Ebene herrscht Ungewißheit: Seitens der Agence Havas und Reuters fragt man sich, welche Art von Beziehung sie mit ihrem Vertragspartner ANA künftig unterhalten werden. Am 14. März 1938 ergeht die telefonische Auskunft des Wiener Reuters-Vertreters nach London, daß es noch keine offizielle Verschmelzung der ANA mit den DNB gegeben habe. Zwei Tage später schreibt der stellvertretende Generaldirektor von Reuters, Moloney, an den Direktor der Agence Havas, Meynot, und fragt, wie man in dieser Causa weiter vorgehen soll. Meynot antwortet am 17. März; er rät abzuwarten, bis Gewißheit über das weitere Schicksal der ANA bestünde.[61] Ein vertraulicher Bericht des Wiener Havas-Korrespondenten vom selben Tag besagt, daß die ANA bis zur Volksabstimmung ihren Namen behalten und von Aichinger verwaltet werde. Nach der Volksabstimmung werde sie in eine Hauptfiliale des DNB umgewandelt. Was die Frage der Verträge anbelangt, so würden sich damit gerade die Herren Mantler Jr. und von Besserer, beide Mitglieder des Verwaltungsrates des DNB in Berlin, beschäftigen. Es sehe so aus, als würde das DNB mit jedem ehemaligen Vertragspartner der ANA eigene Verhandlungen aufnehmen, wie die weiteren vertraglichen Beziehungen zu gestalten seien. Das DNB, so nimmt man an, werde im übrigen keine Beziehungen mit Agenturen in Ländern eingehen, die den „Anschluß" Österreichs nicht anerkennen.[62]

Unterdessen wird das beamtete Personal der Amtlichen Nachrichtenstelle durch eine von Ministerialrat Pfaundler erlassene Kundmachung der „Vereidigung sämtlicher öffentlich-rechtlichen Bediensteten, privatrechtlichen Bediensteten und Arbeiter" aufgefordert, den Treueeid auf Hitler zu leisten. Am 17. März erfolgt die Prozedur, die der neue Vizedirektor der Amtlichen Nachrichtenstelle, der Nationalsozialist Josef Hans, mit einer Rede an die Mitarbeiter und Mitarbeiterinnen mit der Floskel eröffnet: „In den letzten fünf Tagen haben sich in Österreich historische Ereignisse abgespielt, welche uns die Erfüllung des tausendjährigen Wunsches und Traumes der Deutschen in Europa, nämlich ein Volk, ein Reich, ein Führer, gebracht haben..."[63] Nach schwülstigen Worten über die Mitarbeiter als „Herolde moderner Art", welche schon durch die „hingebungvolle Arbeit" ihr Bekenntnis zu Adolf Hitler, dem „allergrößten Sohn unserer engeren Heimat" abgelegt hätten, fordert er sie schließlich auf, „vor dem erleuchteten Kruzifix die Schwurhand zu erheben" und die Eidesformel nachzusprechen, was alle Anwesenden tun. Über 50 pragmatisierte Beamte, Vertragsbedienstete und Hilfskräfte werden vereidigt, 18 weitere bei einer zweiten Zeremonie. Unter den übernommenen Redakteuren ist Helmut Schuster, der sich später damit brüsten wird, schon längst für die illegalen Nationalsozialisten in Österreich tätig gewesen zu sein.[64] Ein weiteres Mal kreuzt eine historische Bruchlinie die Kontinuität des amtlichen Wiener Nachrichtenbetriebs; man schwört auf den neuen Staat und geht wieder an die Arbeit. Am 23. März schickt man ein Telegramm an Reuters, wonach die ANA keinen direkten Nachrichtendienst mehr benötige und um dessen Einstellung bitte. Nur die Lieferung der Baumwollstatistik von Liverpool solle aufrechterhalten werden.[65]

Edmund Weber wird nicht vereidigt, es heißt zunächt, er sei „beurlaubt". In Wahrheit werden Weber, Eduard Ludwig und Walter Adam verhaftet und ins Konzentrationslager eingeliefert. Nach seinem Beruf gefragt, antwortet Ludwig einem seiner Wächter, er sei der Leiter des Bundespressedienstes, woraufhin er neben einer Ohrfeige die Antwort erhält: „Das warst du. Jetzt bist du ein Stück Scheiße, merk dir das."[66] Die durch den Hinauswurf des jüdischen und „politisch unzuverlässigen" Personals freigewordenen Dienstposten werden durch politisch zuverlässige Parteimitglieder ersetzt. Während mehrere freigesetzte Angestellte der Amtlichen Nachrichtenstelle immerhin noch den „vollen Anspruch auf Ruhegenuss" erwerben können, wird dies den jüdischen Angestellten nicht zugebilligt.[67] Ganz im Gegenteil, wie viele andere Österreicher jüdischer Herkunft auch, wird der Lokalredakteur Heinrich Scheuer deportiert, um 1942 in Mali-Troskinetz ermordet zu werden.

Das Ansinnen, die österreichische Presse zu „säubern", stößt zunächst auf Schwierigkeiten. So manche Wiener Zeitung hat einen überwiegenden Anteil an Redakteuren jüdischer Herkunft, die alle zu eliminieren den Betrieb insgesamt in Frage stellen würde. Stillschweigend machen die neuen Machthaber deshalb auch Zugeständnisse und lassen „jüdische" Redakteure bis auf weiteres unter „arischer" Leitung arbeiten. Hitlers Reichsleiter Bürckel benötigt schließlich eine funktionierende Presse für die Propagierung des für den 10. April 1938 angesetzten Plebiszits, das Hitlers Gewaltakt nachträglich Legitimation verschaffen soll.

Am 31. März wird ein „Reichspropagandaamt" mit Sitz in Wien eingerichtet, das für ganz Österreich die pressepolitischen Weisungen aus Berlin übermittelt. Die Wochen bis zur Volksabstimmung sind von einer beispiellosen Presse- und Propagandakampagne geprägt. Millionen an Reichsmark werden zur Herstellung hunderter Millionen Zeitungs- und Zeitschriftenexemplare aufgewendet, die in konzertierter Form das nationalsozialistische Paradies gegenüber der Hölle des vergangenen Ständestaates beschwören.[68] 99,6 Prozent der zur Abstimmung gegangenen stimmen mit „Ja".

Wie der österreichische Staat verschwindet, so auch die Amtliche Nachrichtenstelle; ihre Aufgaben werden vom Deutschen Nachrichtenbüro übernommen, das seine bisherige Auslandsniederlassung in Wien schließt und an deren Stelle eine Filiale einrichtet. Aus der Amtlichen Nachrichtenstelle wird eine der Zweigstellen des DNB. Goebbels ordnet an, an Personal und Ausstattung der ANA solle nur übernommen werden, „was nötig ist".[69] Die Zeit, da in Wien Nachrichtenpolitik gemacht wurde, ist vorüber; nunmehr erwartet man als Filialbetrieb die Anordnungen aus Berlin. Mitte April 1938 wird die Amtliche Nachrichtenstelle formell aufgelöst. Die letzte, mit 14. April 1938 datierte Mitteilung, die an die Agenturen Havas und Reuters geht, lautet: „Wir beehren uns, Ihnen mitzuteilen, daß die Amtliche Nachrichtenstelle Wien ihren Dienst mit 15. April 1938 einstellt. Mit der Durchführung der Liquidation wurde Vizedirektor Josef Hans betraut. Aichinger."[70]

Mit diesem Kommuniqué geben sich die einstigen Vertragspartner der ANA, Reuters und Havas, aber nicht zufrieden. Man richtet ein gemeinsames Schreiben an den Liquidator der ANA, in dem darauf hingewiesen wird, daß im geltenden Vertrag eine sechsmonatige Kündigungsfrist vereinbart worden sei. Nachdem diese nicht eingehalten werde, sei die in Liquidation befindliche Amtliche Nachrichtenstelle noch die Gebühren bis 31. Dezember 1938 schuldig.[71] Josef Hans entgegnet, die Abbestellung sei nicht auf eine „eigenmächtige und willkürliche Maßnahme" der Amtlichen Nachrichtenstelle zurückzuführen, sondern „als die logische Konsequenz eines historischen Ereignisses, nämlich der Wiedervereinigung Oesterreichs mit dem Deutschen Reich", zu begreifen. Die ANA habe aufgehört, die offizielle Nachrichtenagentur eines souveränen Staates zu sein.[72] Die Gegenseite kontert, daß die Nachrichtenstelle nicht zu existieren aufgehört habe, sondern nur transformiert worden sei, wodurch die Verpflichtungen auf die liquidierende Partei übergingen. Hans erwidert darauf, daß „das Deutsche Nachrichtenbüro nicht Rechtsnachfolger der Amtlichen Nachrichtenstelle" sei.[73] Dieses verblüffende Argument wird von Mejer, dem Leiter des DNB, noch übertroffen: Er meint gegenüber dem Reuters-Vizedirektor Moloney, daß nicht nur Reuters durch die Auflassung der ANA Einnahmen entgehen würden, sondern auch dem DNB, das ebenfalls Verträge mit der ANA gehabt habe. Ein Schadensanspruch komme deshalb nicht in Betracht.[74]

Nach der Volksabstimmung beginnt der Präsident der Reichspressekammer, Max Amann, mit der formellen „Neuordnung des Pressewesens im Lande Österreich mit dem Endziel der völkischen Angleichung an die Verhältnisse im alten Reichsgebiet unter Berücksichtigung der besonderen Lage des österreichischen Pressewesens". Die österreichische Presselandschaft soll der reichsdeutschen angeglichen werden, bevor sie mit Inkrafttreten des „Reichskulturkammergesetzes" vollends in dieser aufgehen könne:

> Auf der gleichen Grundlage und mit den gleichen Maßnahmen wurde im Deutschen Reich in den vergangenen fünf Jahren die deutsche nationalsozialistische Volkspresse, die der Führer schon 1920 in einem Leitartikel des „Völkischen Beobachters" als das Endziel des Nationalsozialismus auf dem Gebiete der Presse bezeichnet hatte, aufgebaut und der Punkt 23 des Parteiprogramms verwirklicht. Die nach diesen Grundsätzen tätige, politisch vom Reichsministerium für Volksaufklärung und Propaganda geführte deutsche Presse hat sich als politisches Führungsmittel und als Helfer am Aufbau bewährt. Daß auch auf diesem Gebiete die nationalsozialistische Erkenntnis und der nationalsozialistische Wille die gesunde Grundlage für fruchtbares und erfolgreiches Leben ist, zeigt die Entwicklung der Presse im alten Reichsgebiet während der letzten Jahre. Auch im Lande Österreich wird alle Kraft darauf gerichtet werden, den Zustand herbeizuführen, daß jeder einzelne täglich durch die Zeitung mit der Gemeinschaft und die Gemeinschaft mit ihm verbunden ist.[75]

Bis spätestens 16. Mai 1938 müssen sich alle Personen, die „bei der Erzeugung, der geistigen Bearbeitung, der Verbreitung, dem Absatz oder der Vermittlung des Absatzes von Zeitungen, Zeitschriften und Korrespondenzen mitwirken," im Wiener Büro der Reichspressekammer anmelden.[76] Wichtigste Voraussetzung für die Aufnahme „und damit der Betätigung in der Presse" ist die „Abstammung von Vorfahren deutschen oder artverwandten Blutes."[77]

Im Juni 1938 treten das Reichskulturkammergesetz und das Schriftleitergesetz für das Gebiet des ehemaligen Österreich in Kraft. Infolgedessen haben sich alle hierzulande tätigen Journalisten bis spätestens 30. Juni 1938 beim „Landesverband Ostmark des Reichsverbandes der Deutschen Presse" anzumelden.[78] In einem sechsseitigen Anmeldeformular müssen die Anwärter beruflichen Werdegang sowie Mitgliedschaften bei Verbänden und Parteien offenlegen. Zwei Drittel des Formulars beschäftigen sich mit dem geforderten „Ariernachweis". Die zweite, in § 5 des Schriftleitergesetzes verlangte Voraussetzung für die Zulassung zum Journalismus, die „politische Zuverlässigkeit", wird durch zwei Gutachten erhoben; eines stellt die Gauleitung aus, das andere die Gestapo. Wird die Aufnahme in den Reichsverband der Deutschen Presse verweigert, bedeutet dies für den Betreffenden Berufsverbot. Wird er auf die Schriftleiterliste gesetzt, so entscheidet ein Eintrag in seinem Ausweis, in welchem Ressort er tätig sein darf. Nur wenige Auserwählte dürfen im politischen Ressort arbeiten.

Die „Gruppe 39"

Die Verschärfung des Umgangstons, wie sie in der zweiten Hälfte der 30er Jahre zwischen den einzelnen Ländern zu verzeichnen ist, hat auch auf das Klima zwischen den Mitgliedern der Agences Alliées Auswirkungen. Führerprinzip und Führergesetz auf der einen Seite stehen dem der liberalen Tradition entstammenden Objektivitätsgebot auf der anderen gegenüber. Die korrekte Berichterstattung ist ein immer wichtiger werdendes Thema auf den internationalen Konferenzen. Die Agenturen, so wird in der folgenden Diskussion festgestellt, seien ohne Zweifel politische Institutionen, die keine antinationale Haltung einnehmen könnten, aber daß sie im Namen der nationalen Loyalität Politik und nicht Nachrichten machten, gehe nicht an. Rudolf Lüdi von der Schweizerischen Depeschenagentur beklagt sich, daß einige Agenturen wissentlich unrichtige Meldungen aussendeten, die in der Presse der verschiedenen Länder erscheinen würden. Auch wenn es oft nicht die Agentur selbst sei, die diese Meldungen verbreite, sondern die dahinterstehende Regierung, die ihr diesen oder jenen Dienst auferlege, sei das Vertrauen, wenn nicht zwischen den Direktoren, so doch zwischen den Agenturen erschüttert.

Als Reaktion auf die vor sich gehende Verschlechterung des politischen Klimas werden bestimmte Grundsätze betont, der Vertreter von Havas, Meynot, stellt den Antrag, die Doktrin, wonach äußerste Objektivität das Markenzeichen der Agences Alliées sei und dies auch bleiben müsse, zu bekräftigen. Die einzelnen Agenturen könnten zwar keine übernationale politische Linie einschlagen, doch müsse das gegenseitige Vertrauen „vorrangig auf dieser Objektivität und der Sorge um die Wahrheit" gründen.[79]

Auf der Generalversammlung im Jahr 1937 wird erstmals offen über Differenzen zwischen der TASS und dem DNB gesprochen. Brodov von der TASS stellt fest, daß die Beziehungen zwischen den beiden Agenturen nicht gut seien. Das habe nichts mit den Direktionen zu tun, vielmehr mit ihren Aufgaben. Er zitiert einige Falschmeldungen über die UdSSR – über sowjetische Flugzeuge in der Tschechoslowakei oder Hunger und Massaker in der UdSSR. Immer sei es das DNB, das die unrichtigen Meldungen lanciere, und immer müsse die TASS dementieren. Brodov will diesbezüglich keine Resolution erwirken, vielmehr möchte er die alliierten Agenturen von den gestörten Beziehungen zwischen dem DNB und der TASS in Kenntnis setzen. Damit der verständnisvollen Höflichkeit nicht genug, gibt auch Mejer vom DNB zu, daß die Beziehungen zwischen den beiden Agenturen nicht intakt seien. Zwischen den Konzeptionen von Berlin und Moskau gebe es eine enorme Kluft, meint er; trotzdem könne er sich dem, was Brodov gesagt habe, anschließen. In einigen Fällen werde es dennoch nicht möglich sein, sich an die Vereinbarungen der Allianz zu halten, die zu einem Zeitpunkt getroffen wurden, als die Arbeitsbedingungen in den einzelnen Ländern weit davon entfernt waren, so unterschiedlich zu sein wie heute:

> Heute haben wir eine Reihe von autoritär regierten Ländern, und in dieser Ideenordnung, ich meine besonders Italien und Deutschland, wo die Presse nicht mehr nach jenen Prinzipien handeln kann, die wir liberal nennen und die noch überall galten, als die erwähnte Allianz ihre Resolution bezüglich des gegenseitigen Verhaltens der Agenturen bezüglich der Dementis festigte. Die Erfahrungen, die man in letzter Zeit besonders in Italien und in Deutschland in einigen Fällen machte, haben gezeigt, daß es, wenn man sich gegen Angriffe verteidigt, nicht immer möglich ist, sich im Sinne des Willens der Allianz zu verhalten. (...)
> Ich bitte die Versammlung, davon überzeugt zu sein, daß auch die Repräsentanten der autoritär regierten Regime, mein italienischer Freund und ich, glücklich wären, wenn in Zukunft zwischen den Agenturen jener Geist von Freundschaft und loyaler Harmonie herrschen würde, von dem die Achte Vollversammlung der Agences Alliiées ein so beredtes Beispiel gibt.[80]

Tatsächlich ist der Geist der Freundschaft und Loyalität dahin. Auf der Versammlung der Agenturen von Oslo im Jahr 1938 (die ANA ist zu diesem Zeitpunkt schon vom DNB übernommen) wird die seit 1933 immer stärker fühlbare Entwicklung, die Nachrichtendienste in Propagandapflichten zu nehmen, vom Direktor der dänischen Agentur Ritzau vehement kritisiert:

> No one can help noticing that the general news service is increasingly influenced by information which – to a varying degree –

presents the country's interest and with primarily a propaganda oriented purpose. One of the most important principles of our agencies has always been objectivity and reliability. To question this fundamental principle would mean a serious weakening of the allied agencies' prestige.[81]

Die Abwendung vom Prinzip des freien Nachrichtenverkehrs scheint jedoch unabwendbar. Angesichts des heraufziehenden Krieges verkündet selbst der Direktor der Agentur Reuters, Roderick Jones, auf der Reuters-Generalversammlung im Juli 1938, daß es künftig nicht mehr möglich sei, nationale Überlegungen zu mißachten.

Während die Allianz der Agenturen langsam zerbricht, erfährt das DNB einen beträchtlichen Aufschwung. Das Unternehmen erwirtschaftet in der Zeit von 1936 bis 1939 regelmäßig Überschüsse aus dem Nachrichtenverkauf an die Zeitungen, und dies, obwohl die deutsche Presselandschaft durch die restriktive Verbotspolitik des Regimes bedeutend geschrumpft ist und das DNB für die umfangreichen Pflichten gegenüber Staat und Partei schlecht honoriert wird.[82] Als gutes Geschäft erweist sich die anfängliche Annexionspolitik. Durch die Annektierung Österreichs, der Sudetengebiete und schließlich auch Böhmen-Mährens erhöht sich nicht nur der Abnehmerkreis deutlich, sondern auch die Zahl der Niederlassungen des DNB im Reichsgebiet. In allen europäischen Ländern, mit Ausnahme Albaniens und Luxemburgs, sind Vertreter des DNB aktiv. Im Frühjahr 1939 werden zwar wegen der heraufziehenden Kriegsgefahr die deutschen Zweigstellen in Polen geschlossen, doch bleiben noch Niederlassungen in Agram, Ankara, Athen, Barcelona, Belgrad, Bern, Brüssel, Budapest, Bukarest, Dublin, Genf, Den Haag, Helsinki, Istanbul, Kopenhagen, Lissabon, London, Madrid, Mailand, Moskau, Oslo, Paris, Preßburg, Rom, Reval, Riga, Rowno, Sofia, Stockholm und Vichy. Das DNB unterhält auch überseeische Niederlassungen in Ascuncion, Bangkok, Bombay, Buenos Aires, Hanoi, Hsingking, Jerusalem, Johannesburg, Kairo, Mexiko, Montevideo, Montreal, Nanking, New York, Peking, Rio de Janeiro, Santiago de Chile, Shanghai, Sydney, Tanger, Teheran, Tokio, und Washington.[83] Diese Niederlassungen haben neben der Aufgabe, für Deutschland Nachrichten aus der Welt zu sammeln, den Auftrag, bestimmte Meldungen in ihren Gastländern zur Flankierung der Hitlerschen Außenpolitik zu lancieren.

Nach dem Überfall der deutschen Wehrmacht auf Polen erklären Großbritannien und Frankreich dem Dritten Reich den Krieg. Die Londoner Niederlassung des DNB wird geschlossen, das Inventar beschlagnahmt; auch die Pariser DNB-Zweigstelle wird geschlossen. Reuters und Havas kündigen überdies die bestehenden Austauschverträge mit dem DNB.[84]

Der Kriegsausbruch und das damit zu erwartende Ende einer unabhängigen Berichterstattung durch die führenden europäischen Nachrichtenagenturen erregt Sorge unter den Neutralen. Die Leitung der holländischen Agentur ANP veranlaßt im November 1939 in Amsterdam ein Treffen von Agenturvertretern der sogenannten OSLO-Staaten – Norwegen, Schweden, Dänemark, Finnland, Belgien, Luxemburg und Holland. Schon seit einiger Zeit führt man innerhalb dieses Kreises in sorgenvoller Beobachtung des heraufziehenden Krieges eine rege Korrespondenz; Ziel des Treffens ist es nun, einen Weg zu finden, der drohenden Abhängigkeit von den kriegführenden Agenturen zu entgehen. Man einigt sich schließlich auf die Schaffung eines unabhängigen Nachrichtenaustauschs und schließt sich zur „Gruppe 39" – benannt nach dem Gründungsjahr – zusammen. Der Gemeinschaftsdienst soll von einem Zentralbüro in Amsterdam koordiniert werden, wo alle Nachrichten einlangen und mittels Funkanlagen an alle Partner ausgestrahlt werden. In Zusammenarbeit mit der holländischen Postverwaltung, die für die Ausstrahlung des Materials über einen Sender in Kootwijk sorgt, wird ab 15. Februar 1940 offiziell der Dienst der „Gruppe 39" aufgenommen. Die Agentur der neutralen Schweiz schließt sich diesem Bündnis nicht an; wohl aber die ungarische Agentur MTI – die Aufnahme der ungarischen Agentur wird allerdings als Grenzfall angesehen, da Ungarn nicht als demokratisches Land eingeschätzt wird.[85]

Der Versuch der Neutralen, sich aus der internationalen Propagandamaschinerie herauszuhalten, ist wohl eine der Lehren des Ersten Weltkrieges. Die Zusammenarbeit der kleinen Agenturen der Neutralen wird dann so lange fortgesetzt, bis sie selbst Opfer der nationalsozialistischen Eroberungspolitik werden. Ein definitives Ende findet der Dienst, als im Mai 1940 holländische Soldaten den Sender in Kootwijk sprengen, damit er nicht in die Hände der einrückenden deutschen Truppen falle.

„Das Schwert der deutschen Presse"

Geführt wird das „geschliffene Schwert der deutschen Presse" vorrangig von Hitlers Propagandaminister Joseph Goebbels. Goebbels Position ist allerdings nicht unumstritten. Max Amann, ein Kriegskamerad Hitlers, führt im NSDAP-Verlagsimperium rund 340 Zeitungen, die der Partei gehören oder von ihr kontrolliert werden.

Goebbels formell unterstellt ist der Reichspressechef Otto Dietrich, der sich ebenfalls zu einem ernstzunehmenden Widersacher des Propagandaministers entwickelt. Dietrich, der die „Pressestelle der NSDAP“ eingerichtet hat und dafür zum Reichsleiter aufgestiegen ist, vereinigt, als er auch zum Leiter der Presseabteilung der Regierung im Propagandaministerium und damit zum Staatssekretär aufsteigt, die Regierungs- und Parteipressepolitik in seinem Büro, das dadurch zum „grossen Generalstab der deutschen Pressepolitik“ wird. Als Präsident des Reichsverbandes der Deutschen Presse ist Dietrich zudem Vizepräsident der Reichspressekammer.

Dietrich instruiert die inländischen Blätter bezüglich der Behandlung bestimmter Themen; er will in der Reichspressekonferenz „die Parolen ausgeben an die Regimenter, an die Divisionen und Armeen der deutschen Presse, damit sie getrennt marschieren und vereint zum Wohle des Volkes schlagen können“.[86] Dabei soll das „Volk“ über das Zustandekommen der ihm vorgesetzten Nachrichten möglichst nichts erfahren, die „vertraulichen“ Anweisungen müssen in den Redaktionen streng geheim behandelt werden. In den „Richtlinien für die Behandlung vertraulicher Mitteilungen der Presseabteilung der Reichsregierung“ heißt es:

> Das täglich von den Vertretern der Pressekonferenz und von den Reichspropagandaämtern und dem Deutschen Nachrichtenbüro eingehende vertrauliche Material ist entweder in einer Redaktionskonferenz mündlich bekanntzugeben oder im Umlauf in verschlossener Ledermappe denjenigen Schriftleitern zuzuleiten, die unbedingt von ihnen Kenntnis haben müssen. Sofern in größeren Redaktionen mehrere Abschriften gefertigt werden, dürfen diese nicht bei den einzelnen Ressortschriftleitern gesammelt werden, sondern die in Umlauf gesetzten und von allen Empfängern gegengezeichneten Abschriften sind bei der Hauptschriftleitung zu sammeln. Bei der Hauptschriftleitung ist eine besonders vertrauenswürdige Person mit der Aufbewahrung und Registrierung der Originale sowie der quittierten Abschriften der vertraulichen Mitteilungen zu beauftragen. Bei dieser Vertrauensperson oder ihrem Vertreter können dann die einzelnen Schriftleiter u. U. Rückfragen nach früher ergangenen Informationen anstellen. Ältere und überholte vertrauliche Mitteilungen können nach angemessener Frist vernichtet werden. Über die Vernichtung, die durch Verbrennen oder durch Papierwolf geschehen muß, muß ein Protokoll angefertigt werden, das vom Hauptschriftleiter und einem Zeugen zu unterzeichnen ist. Dieses Protokoll ist zu den Akten zu nehmen. Die sachgemäße Behandlung und Aufbewah-

rung der vertraulichen Mitteilungen kann jederzeit durch einen Beauftragten der Presseabteilung der Reichsregierung nachgeprüft werden.[87]

Im Zentrum des pressepolitischen Apparats sorgt Dietrich dafür, daß Hitler das aktuelle Nachrichtenmaterial erhält; im Gegenzug nimmt er Anweisungen Hitlers entgegen, die er über die Reichspressekonferenz an Agenturen und Zeitungen weiterleitet. Er unterrichtet Hitler über die Tendenz der in- und ausländischen Presse und verantwortet die Freigabe beziehungsweise die Sperrung von Nachrichten bei den deutschen Agenturen. Im Februar 1939 gelingt es ihm, einen Erlaß Hitlers zu erwirken, der ihn zum eigentlichen Sprachrohr der Regierung erhebt. Hitler erklärt in diesem Erlaß, daß sämtliche Nachrichten aus dem Bereich der Reichsministerien und der übrigen Dienststellen des Reiches ausschließlich über Dietrichs Presseabteilung zu laufen hätten. Die Ministerien und die Dienststellen des Reiches werden verpflichtet, ihre zur Veröffentlichung bestimmten Nachrichten an Dietrichs Presseabteilung im Propagandaministerium zu leiten. Für den Zeitpunkt der Veröffentlichung, für die Form und die einheitliche Ausrichtung der Nachrichten ist alleine Dietrich zuständig. Dietrich, den mit dem nicht weniger ehrgeizigen und machthungrigen Goebbels verständlicherweise ein sehr gespanntes Verhältnis verbindet, plant überdies künftig ein eigenes Presseministerium einzurichten, als dessen Chef er fungieren will.[88]

Ein weiterer Konflikt zeichnet sich zwischen dem Goebbelsschen Propagandaministerium und dem Auswärtigen Amt unter Joachim von Ribbentrop ab, das versucht, sich in der Auslandspropaganda eine eigenständige Position zu erhalten. Außenminister Ribbentrop besteht dem Propagandaminister gegenüber darauf, seine eigene Auslandspropaganda organisieren und in seinem Ministerium Pressekonferenzen für die Auslandskorrespondenten abhalten zu können. Auch er versucht sich von Hitler persönlich seine Zuständigkeit absegnen zu lassen, um Goebbels in seinen Möglichkeiten zu beschneiden. Doch Goebbels behält die Kontrolle über die in Berlin akkreditierten Korrespondenten ausländischer Blätter. Zur Bearbeitung der Weltöffentlichkeit kann er sich zudem auf über 300 deutschsprachige Zeitungen im Ausland stützen, die von Berlin aus finanziert werden; mindestens ebensoviele in der jeweiligen Landessprache befinden sich unter deutscher Kontrolle.[89] An den größeren deutschen Botschaften sind Propagandaattachés tätig, die die streng geheimen Richtlinien für die Auslandspropaganda vom Propagandaminister erhalten. Es ist eine Weltsensation, als *Le petit Parisien* den geschmuggelten Text einer solchen Goebbelsschen Richtlinie veröffentlicht; darin heißt es:

> Nach außen hin muß unsere Propaganda stark betonen, daß Deutschland eine friedliche Lösung aller anstehenden Probleme wünscht (…) Auf geschickte Art muß die Schuld für das Nichtzustandekommen einer friedlichen Lösung denjenigen in die Schuhe geschoben werden, die sich Deutschlands berechtigten Forderungen widersetzen (…) Das muß unauffällig und in häufig wechselnder Form betont werden (…) Wir müssen zumindest einen Teil der öffentlichen Weltmeinung davon überzeugen, daß unter den Umständen Deutschland nichts anderes übrigbleibt, als sich zu nehmen, was ihm zukommt.[90]

Konflikte gibt es zwischen Ribbentrop und dem Propagandaminister auch um die deutschen Agenturen. Neben den Meldungen von Transocean und Europapress gilt das DNB, das „der Welt alle von Deutschland herausgegebenen oder von der deutschen politischen Fuehrung inspirierten, veranlassten oder verfassten Nachrichten fuers Ausland“[91] vermittelt, als „unentbehrliches Handwerkzeug“ für das Auswärtige Amt. Das Auswärtige Amt bedient sich bisweilen auch direkt der Korrespondenten, etwa des Deutschen Nachrichtenbüros, um im Ausland bestimmte Informationen zu beschaffen. Die Nachrichten, die das Auswärtige Amt im Ausland zu lancieren gedenkt, müssen zwar nicht Goebbels, doch dem seit dem Hitler-Erlaß zuständigen Otto Dietrich zur Genehmigung vorgelegt werden. Weitere Auseinandersetzungen sind die Folge; im Auswärtigen Amt stellt man sich auf den Standpunkt, daß eigentlich alle Meldungen des DNB mit außenpolitischem Inhalt ihm zur Begutachtung vorgelegt werden müßten. Dietrich, der schon Goebbels erfolgreich die Stirn bietet, sitzt jedoch am längeren Ast und lehnt es grundsätzlich ab, über derartige Dinge zu diskutieren.

Mit dem herannahenden Krieg rückt eine weitere Institution in den Vordergrund, die auf nachrichtenpolitischem Gebiet ein Mitspracherecht einfordert: die „Deutsche Wehrmacht“. Zu deutlich hat der Weltkrieg gezeigt, wie wichtig die militärische Kontrolle des Presseapparats für die Kriegsführung ist, als daß man die Presse nun sich selbst überließe. Eine am 1. August 1939 eingerichtete „Abteilung Wehrmachtpropaganda im Oberkommando der Wehrmacht“ untersteht dem Chef des Wehrmacht-Führungsstabs, General Alfred Jodl, und wird von Oberstleutnant Hasso von Wedel geleitet.

Goebbels, der einer zivil organisierten Kriegsberichterstattung unter seiner Leitung den Vorzug gegeben hätte, läßt sich das Heft jedoch nicht ganz aus der Hand nehmen. Er schließt mit dem „Oberkommando der Wehrmacht“ (OKW) ein Abkommen über die „Durchführung der Propaganda im Kriege“, in dem der „Propagandakrieg“ als „wesentliches, dem Waffenkrieg gleichrangiges Kriegsmittel“ anerkannt wird: der „Waffenkrieg“ werde demnach von der Wehrmacht, der „Propagandakrieg“ vom Propagandaministerium geführt. Im zivilen Hinterland hat Goebbels weitgehend freie Hand, im Hinblick auf das militärische Operationsgebiet benötigt er das OKW.[92]

Einige Tage vor Kriegsausbruch, am 26. August 1939, wird die militärische Zensur verhängt. Angaben über militärische Operationen, Verlustangaben, Rüstungsangaben usw. dürfen nicht mehr publiziert werden. Die Zensur wird von Zensuroffizieren im Propagandaministerium bzw. bei den regionalen Reichspropagandaämtern vollzogen.[93] Mit dem Überfall auf Polen Anfang September 1939 wird die Abteilung Wehrmachtpropaganda tätig. Ihre Aufgabe ist die Zensur der in deutschen Medien veröffentlichten Nachrichten militärischen Inhalts und die Erstellung des täglichen Wehrmachtberichts, der durch Hitler geprüft und vom DNB jeweils gegen 14 Uhr veröffentlicht werden muß. Amtliche Meldungen des Oberkommandos der Wehrmacht müssen grundsätzlich im Wortlaut wiedergegeben und „selbstverständlich stets in den Vordergrund gerückt werden“.[94] Sämtliche Zeitungsberichte militärischen Inhalts müssen der Abteilung Wehrmachtpropaganda zur Zensur vorgelegt werden, was zu erheblichen Verzögerungen führt. An Goebbels täglichen Ministerkonferenzen nehmen fortan Verbindungsoffiziere des OKW teil, um Richtlinien für die Behandlung militärischer Themen von den Kriegsschauplätzen zu geben.

Nichtsdestotrotz glaubt man nun die Früchte der minutiösen Vorbereitungen ernten zu können, auch wenn die zur Schau getragene Zuversicht eines gewissen beschwörenden Untertons nicht entbehrt. Im „Zeitungs-Verlag“, dem Sprachrohr des „Reichsverbandes der deutschen Zeitungsverleger“, wird festgestellt, die deutsche Presse sei im „Geltungskampfe eines 90-Millionen-Staates“ eine „einheitliche Front“. Wie die deutschen Soldaten an der Front zu einer unüberwindlichen Einheit zusammengeschweißt seien, so kenne auch in der „Pressefront“ jeder einzelne nichts anderes als unbedingte Pflichterfüllung. Ein „Gezänk um Kriegsziele und Kriegsmittel, um Klassenwahlrecht und Parlamentseinflüsse“ werde es diesmal in der deutschen Presse nicht geben, vielmehr gebe es in der deutschen Presse „nur den einen unbeugsamen Willen zum Siege.“ Als oberster Grundsatz deutscher Pressearbeit wird verankert, daß alles, was zum „Siege“ beitrage, recht sei und herausgestellt werden müsse; alles, was davon ablenke oder dem entgegenstehe, habe in der deutschen Presse nichts zu suchen. Der „Kampf“ werde schließlich nicht nur auf den Schlachtfeldern ausgetragen, sondern wie einst auch nun wieder als Kampf „um die seelischen Kräfte der Völker“; damals, so heißt es, habe Deutschland den Propagandakrieg verloren, „weil dem feindlichen Gift der Lüge und Verhetzung nichts entgegengesetzt“ werden konnte. Die hadernde Presse sei „vom Gift der jüdisch-plutokratischen Mächte angefressen“ gewesen; nunmehr aber sei die durch den Nationalsozialismus „erneuerte und gesundete“ deutsche Presse jenes „scharfgeschliffene“ Schwert, „das jederzeit dem Führer einsatzbereit zur Verfügung steht.“[95]

Die Anweisungen für den „Propagandakrieg“ stammen vom Propagandaminister persönlich, vom Reichspressechef Dietrich oder aus dem Oberkommando der Wehrmacht. Die Anweisungen und Sprachregelungen, die über das DNB an die Presse ausgegeben werden, lassen Tendenzen Orwellscher Sprachbeugung erkennen. So dürfen nur deutsche Soldaten mit dem Attribut „tapfer“ versehen werden, andere sind als „hartnäckig“ oder „zäh“ zu beschreiben; später wird im Zuge dieser systematischen Sprachsäuberung das Wort „durchhalten“ verboten, da es nicht der „nationalsozialistischen Auffassung“ entspreche und einen „üblen Beigeschmack aus den Jahren 1914/18“[96] habe.

Während Goebbels im Hinterland seine zivilen Propagandainstanzen weitgehend autonom einsetzen kann, wird die Berichterstattung von den Fronten vom Propagandaminister zwar inhaltlich gelenkt, jedoch von der Abteilung Wehrmachtpropaganda mit Hilfe der sogenannten „Propaganda-Kompanien“ (PK) bestritten. Den militärischen Propaganda-Kompanien gehören Aktivpropaganda-Einheiten an, die mit Hilfe von Lautsprecheranlagen die gegnerischen Soldaten mit Propaganda berieseln, um sie zum Überlaufen zu bewegen, in mobilen Druckereizügen hinter den Frontlinien Flugblätter und Frontzeitungen drucken und im Frontgebiet hüben und drüben in Umlauf bringen, um die eigenen und die gegnerischen Soldaten oder die einheimische Bevölkerung der besetzten Gebiete zu infiltrieren; ihnen gehören aber auch uniformierte Wort-, Bild-, Film- und Rundfunkberichterstatter an, die die deutsche Bevölkerung mit Schilderungen und Bildern vom Krieg versorgen, um sie dem Krieg gewogen zu machen und zu halten. Dazu setzt man mit dem PK-Mann einen neuen Typus von Kriegsberichterstatter in die Welt, eine Synthese aus Soldat und Reporter. Der neue Reportertypus hat zwei Gesichter: das des gelernten Journalisten und das des ausgebildeten Soldaten. Auf der Grundlage der Personallisten der Reichskulturkammer schlägt der Propagandaminister vor, wer zu den Propaganda-Kompanien eingezogen wird; nach einer Überprüfung der politischen Zuverlässigkeit der Kandidaten erfolgt die Einberufung zur Wehrmacht, wo die Journalisten eine Grundausbildung zu absolvieren haben, sofern sie nicht ohnehin schon über eine militärische Ausbildung verfügen oder gar zu den Weltkriegsveteranen, die ebenfalls zahlreich vertreten sind, zählen. Der Propagandaminister sorgt dafür, daß die Reporter dem militärischen Kommando nicht vollkommen ausgeliefert sind, verschafft ihnen einen „Sonderführer"-Status, der sie der militärischen Hierarchie weitgehend entzieht, und spezielle, vom Chef des Oberkommandos der Wehrmacht persönlich unterzeichnete Ausweise, was ihnen bei ihren Einsätzen eine gewisse Unabhängigkeit gewährt. Obgleich Angehörige der Wehrmacht, können sie sich somit relativ frei in den Frontgebieten bewegen und ihrer Reporternatur nachgeben. Offiziell tragen die Kriegsberichter die Uniform der Wehrmacht, sind sie Soldaten – „Soldaten der Feder", ihre Profession wird zur Waffe.[97] Goebbels erläutert vor Chefs der Propaganda-Kompanien, die besondere Bedeutung dieses Krieges läge darin, daß er „zum ersten Male in der Geschichte der Menschheit alle Gebiete des völkischen Lebens" einbeziehe. Daraus erwachse die Aufgabe, „auch die Kräfte der geistigen Kriegführung zu mobilisieren, um sie in dieser geschichtlichen Auseinandersetzung zum entscheidenden Einsatz zu bringen."[98]

Die Propaganda-Kompanien lassen sich durchaus als Institutionalisierung dessen begreifen, was man aus den vermeintlichen propagandapolitischen Versäumnissen des Ersten Weltkrieges gelernt zu haben glaubt: der Gegensatz zwischen Front und Hinterland ist im Prinzip des umfassenden „Propagandakrieges" aufgehoben und durch eine adäquate Berichterstattung – die des Reportersoldaten der PK – abgesichert. Zustände, wie sie in der „jüdisch" durchsetzten Kriegsberichterstattung während des Weltkrieges geherrscht hätten, würden endgültig der Vergangenheit angehören. Ein abermaliger „Dolchstoß" in den Rücken der Front durch eine von pazifistischen Zeitungsberichten aufgestachelte Revolution scheint ausgeschlossen. Der PK-Mann sei kein Schlachtenbummler von ungewisser Haltung, sondern Soldat, der weiß wovon er berichtet, und auch weiß, wie er dies zu tun hat. Willy Ehlers, PK-Berichter:

> Die Propagandakompanie leitet ihren Sonderauftrag aus den revolutionären Notwendigkeiten ab, die dem modernen Krieg ein charakteristisches Gepräge geben. In einem soldatischen Volk bilden Front und Heimat ein unteilbares Ganzes, sowohl in der Gesinnung wie in der Haltung, und der totale Krieg macht diese Entwicklung geradezu zu einem zwingenden Erfordernis. Das deutsche Volk wurde nicht von den Ereignissen überrascht, sondern stellte sich dem Aufeinanderprall der Welten in einer moralischen Verfassung, daß den Feinden die Augen aufgingen. Der Kriegsbe-

richter aber wurde zum Mittler eines Geistes, der die Heimat anfeuerte, immerdar der Größe des heldenmütigen Ringens an der Front gewärtig zu sein.[99]

Der PK-Mann soll eine Brücke schlagen zwischen dem zivilen Hinterland und dem Militär an der Front. Er soll sich dabei nicht mehr als neutraler Beobachter des Geschehens verstehen, sondern als unmittelbar daran beteiligter Soldat klar und deutlich Position für die Seite, auf der er steht, weil er ihr angehört, beziehen. Entscheidend sei „nicht die Schilderung eines Angriffes in den kühlen Worten objektiver Betrachtung, sondern das Miterleben." Der Kriegsberichter müsse deshalb „mit der Infanterie marschieren, mit ihr stürmen, mit ihr leben".[100] Die Uniform unterwirft ihn und die Perspektive seiner Kriegswahrnehmung bedingungslos den tendenziösen Prämissen der Kriegspropaganda. Damit ist der althergebrachte Reporter als distanzierter Augenzeuge eines Ereignisses von der Bildfläche verschwunden.

Anläßlich eines Appells der Kriegsberichter würdigt der Reichspressechef Dietrich die neue „Waffe":

> Man hat die Kriegsberichter die jüngste Waffe der deutschen Wehrmacht genannt. Sie stellen die geistigen Waffen in den Dienst der Kriegführung und kämpfen gleichzeitig mit ihren Kameraden Seite an Seite. Sie sind echte Soldaten. Ihr Platz ist stets dort, wo die Truppe im Kampfe steht. Sie fahren die Angriffe als Panzerschützen mit, sie gehen mit den Stoßtrupps der Pioniere, sie sind auf unseren U-Booten, Schnellbooten und Kreuzern, sie fliegen die tödlichen Angriffe unserer Bomber mit. Dieser ständige Einsatz in vorderster Front hat von den Männern der PK schwere Blutopfer gefordert. Die Verluste der deutschen Kriegsberichter liegen weit über dem Durchschnitt der Gesamtverluste der deutschen Wehrmacht. Die deutschen Kriegsberichter haben, gemessen an den Gesamtverlusten der deutschen Wehrmacht, die größte Prozentzahl an Gefallenen aufzuweisen. Die PK-Berichte der deutschen Presse sind von Soldaten unter härtestem Einsatz mit Blut geschrieben.[101]

Als wesentliche Ergänzung zum offiziellen Wehrmachtbericht soll der „mit Blut geschrieben(e)" PK-Bericht die im Hinterland Verbliebenen in kultischer Manier für den Krieg verpflichten, ohne allzu viel Grauen der Front transparent werden zu lassen. Er soll die Menschen für den Krieg begeistern, soll ihnen Siegeszuversicht geben und die Notwendigkeit dieses Krieges nahebringen; er soll die einzelnen Phasen des Krieges beschreiben, „die, zusammengesetzt, ein einheitliches Gesamtbild unseres Kampfes um Freiheit und Lebensraum ergeben."[102] Er soll, mit anderen Worten, den „deutschen Schicksalskrieg" in zahllosen heroischen Einzelepisoden widerspiegeln und zum Epos verklären. Er soll die Menschen durch seine Reportagen in den Krieg miteinbeziehen und sie durch pathetische Stilisierung in eine nationale Pflicht von historischer Bedeutung nehmen. Sein Auftrag geht damit weit über herkömmliche Berichterstattung hinaus; es geht, wie es seitens des Kriegsberichters Paul Gerhardt Dippel heißt, um „das hohe Ziel, eine Zeit, die selbst zur Geschichte zu werden beginnt, so festzuhalten, daß sie den Miterlebenden über das rein Informatorische hinaus in ihren fesselnden Einzelheiten ganz gegenwärtig wird."[103]

Die PK-Feuilletons müssen nach Protesten von PK-Berichterstattern, die sich gegen die Verstümmelung ihrer Schilderungen verwehren, und trotz des kriegsbedingten Papier- und Platzmangels in den Zeitungen ungekürzt und gut plaziert werden, damit ihre propagandistische Wirkung nicht gemindert wird. Die Zeitungen erhalten die PK-Berichte über das Deutsche Nachrichtenbüro.

Goebbels' Propagandakrieg: „Friedensfühler", „Feindsender" und die „jüdisch-bolschewistische Tyrannei"

Gestützt auf das faktische Monopol, das der nationalsozialistische Propagandaminister mit seinem Nachrichtenapparat hält, sieht sich die deutsche Bevölkerung der lancierten Information auf Gedeih und Verderb ausgeliefert. Das totalitäre Presseregime arbeitet systematisch daran, in der Bevölkerung Kriegsstimmung zu verbreiten und das Aufkommen von Friedenssehnsucht zu verhindern. Als der US-amerikanische Unterstaatssekretär für auswärtige Angelegenheiten, Sumner Welles, am 25. Februar 1940 nach Rom kommt, um in einer Unterredung mit Mussolini und dessen Außenminister Graf Galeazzo Ciano Friedensmöglichkeiten zu erkunden, ordnet Goebbels in seiner Ministerkonferenz an, die deutsche Presse „immer wieder darauf hinzuweisen, dass außerhalb des amtlichen DNB-Materials über diese Reise in den deutschen Zeitungen nichts erscheinen darf."[104] Von Frieden soll man in Deutschland nichts hören, schließlich bereitet sich die Wehrmacht gerade auf den sogenannten „Westfeldzug" vor. Am 19. März 1940 gibt es neuerlich Nachrichtensperre, und zwar über Hitlers Treffen mit Mussolini am Brenner: „das Wort ‚Frieden' darf in der deutschen Presse überhaupt nicht erscheinen." Allerdings könne der an die Auslandspresse gerichtete, gefunkte „Sprachendienst" solcherart Friedensgerüchte sehr wohl aufgreifen,

„soweit sie geeignet erscheinen, im Ausland demoralisierend zu wirken.“[105] Für die heimische Öffentlichkeit ordnet Goebbels Zuversicht an. Nachdem er am 17. April 1940 den Entwurf des Wehrmachtberichts vorgelegt bekommt, der von schweren Verlusten der deutschen Flotte vor Norwegen kündet, erteilt er die Order, bei Berichten über die Kampfhandlungen die bisherigen Verluste auf deutscher Seite immer an den Hinweis zu knüpfen, gewonnen zu haben: „daß wir zur Erringung des Erfolges auch Opfer werden bringen müssen, sei jedem klar gewesen.“ Zudem ordnet der Propagandaminister an, darauf hinzuweisen, „daß sich das deutsche Volk auf die Richtigkeit der Wehrmachtberichte unbedingt verlassen könne.“[106] Die Menschen sollen gar nicht erst auf den Gedanken kommen, nach anderweitigen Nachrichtenquellen zu suchen, schon gar nicht nach ausländischen; Zeitungen aus dem gegnerischen Lager gibt es im Dritten Reich ohnehin keine mehr und das Abhören „feindlicher“ Radiosender wird mit drakonischen Strafen geahndet.[107] Dennoch ist sich Goebbels darüber im klaren, daß er vorsichtig zu Werke gehen muß. Vor den Konferenzteilnehmern doziert er, man dürfe „Lügen nur als Abwehrmaßnahme gebrauchen“, nicht aber „um Erfolge vorzutäuschen“; zur „Lancierung von Lügen“ dürfe man sich „niemals amtlicher Apparate, Nachrichtenagenturen usw.“ bedienen, vielmehr müsse man „grundsätzlich die Quelle einer Lüge sofort vernebeln“, und schließlich: „Rundfunk und Presse im eigenen Lande dürfen überhaupt nicht mit solchen Lügen belastet werden, sondern nur die ins Ausland gehenden Kanäle dürfen solche Lügen aufnehmen.“[108] Aus diesen Zeilen geht recht drastisch hervor, daß die Lüge zum Standardrepertoire des Propagandaministers gehört; die Wahrheit an sich hat keinen Wert mehr. Es ist der endgültige Paradigmenwechsel in der Nachrichtenpolitik – Wahrheit dringt bestenfalls dann durch, wenn dies aus propagandistischen Erwägungen heraus nützlich erscheint, oder wenn es gilt, der Gefahr, öffentlich der Lüge überführt zu werden, zu begegnen.

Was die deutschen Kriegsziele betrifft, so hüllt sich Goebbels wohlweislich in Schweigen; eine Offenlegung, daß das Regime einen Eroberungs- und Ausrottungskrieg von nie dagewesenen Ausmaßen plant, kann der deutschen Öffentlichkeit nicht zugemutet werden. Vielmehr weist Goebbels einige Tage bevor Hitler die längst in Stellung gegangene Wehrmacht zum „Westfeldzug“ antreten läßt, die Presse an, „dass jegliche Erörterung und Präzisierung unserer Kriegsziele zu unterbleiben hat.“ Er betont die Notwendigkeit, die Kriegsziele möglichst vage hinzustellen, und schlägt in kaum zu überbietendem Zynismus als Leitlinie vor: „Gerechter und dauerhafter Friede und Lebensraum für das deutsche Volk.“[109]

Die Kriegsschuld weist Goebbels kurzerhand England und Frankreich zu, die Deutschland den Krieg erklärt hätten; insofern sollen sie nun vor der ganzen Welt zu den Schuldigen gestempelt werden, um die Verteidigerrolle, die Deutschland einnehmen soll, zu stützen. Er ordnet an, „daß alles, was an Feindmeldungen nicht zutrifft oder uns auch nur gefährlich werden kann, sofort dementiert werden muss." Es brauche dabei gar nicht untersucht zu werden, ob die Meldung stimme; entscheidend sei, ob das Behauptete der deutschen Seite in irgendeiner Form schädlich werden könne: „Auf keinen Fall dürften wir uns wieder in die Rolle des Angreifers drängen lassen."[110]

Als Dänemark, Norwegen und die Niederlande im Frühjahr 1940 von deutschen Truppen überfallen und besetzt werden, müssen die Nachrichtenagenturen dieser Länder ihre Verträge mit Reuters und Havas kündigen, unter Aufsicht des DNB arbeiten und dürfen weitgehend nur DNB-Material verwenden. In Kopenhagen hat schon vor der Besetzung durch deutsche Truppen ein Tarnbüro von „Europapress", das „Skandinavisk Telegrambureau", gewirkt. In Oslo wird noch während der Kampfhandlungen ein Tarnbüro von Europapress eingerichtet, der „Press-Telegraph Oslo", der so erfolgreich arbeitet, daß er fast ohne Subvention aus Berlin auskommt. In den Niederlanden wird das „Algemeen Nederlandsch Persbureau" (ANP) (das 1934 aus einer Fusion des „Nederlandsch Correspondentiebureau voor Dagbladen" und dem „Persbureau Vaz Dias" auf genossenschaftlicher Grundlage entstanden ist) unmittelbar nach der Besetzung des Landes unter die Leitung von Wilhelm Hushahn, dem persönlichen Pressereferenten des nunmehrigen NS-Statthalters in den Niederlanden, Arthur Seyß-Inquart, gestellt. Nach außen hin bleibt es zwar als eigenständiges Büro bestehen, doch hat es insbesondere die Auslandsnachrichten vom Deutschen Nachrichtenbüro zu beziehen.[111] Nach der militärischen Besetzung Belgiens richtet das DNB eine Tochtergesellschaft mit Tarnnamen ein.

Da die Deutsche Wehrmacht im Frühjahr 1940 über Belgien und die Niederlande auch in Frankreich einfällt, macht Goebbels gegen Frankreich mobil, wobei er seine angekündigte Arbeitsteilung realisiert. Während sich die offiziellen Nachrichtenstellen in relativer Zurückhaltung üben, wird der ins Ausland gehende Sprachendienst, vor allem aber ein von ihm instruierter „Geheimsender" damit beauftragt, in der französischen Bevölkerung durch in französischer Sprache gesendete Gerüchte Panik zu schüren; insbesondere der Geheimsender soll sich nach Lust und Laune aller ansonsten unerlaubten Mittel bedienen:

> Dem Geheimsender fällt ab sofort die Aufgabe zu, mit allen Mitteln Panikstimmung in Frankreich zu schaffen. Zu diesem Zweck

muss er mit absolut französischer Tendenz arbeiten und im Tone grösster Empörung und Bestürzung gegen die Versäumnisse der französischen Regierung Protest erheben. Im einzelnen muss er dazu die in Frankreich umherschwirrenden Gerüchte aufgreifen und erweitern. Insbesondere soll er sich der Gerüchte annehmen, die von einer beabsichtigten Flucht der französischen Regierung aus Paris wissen wollen, und Reynaud, der sich gegen diese Gerüchte wandte, der Lüge bezichtigen. Ferner soll er eindringlich vor den Gefahren der „Fünften Kolonne" warnen, zu der zweifellos auch alle deutschen Emigranten gehören. Er soll ausführen, dass selbstverständlich auch die Juden aus Deutschland in der augenblicklichen Situation nichts anderes seien als Agenten Deutschlands. Ferner soll er das Gerücht verbreiten, dass das Erste, was die Deutschen in den besetzten Städten zu tun pflegten, die Beschlagnahme sämtlicher Bankgelder sei, so dass die wahren französischen Patrioten schon jetzt in den jeweils gefährdeten Gebieten ihre Gelder abheben müssten. Endlich soll er den Gegensatz weiter aufreissen, der sich darin zeigt, dass England vor allem die Küste, Frankreich vor allem seine Grenzen verteidigt wissen will.[112]

Zwei Tage später beauftragt Goebbels einige seiner Mitarbeiter, „weitere für den Geheimsender geeignete Falschmeldungen zu erfinden".[113] Zwei weitere Tage später gibt er als Parole für die in Frankreich zu streuenden Geheimsendergerüchte aus: „Wir sind verloren; Schluss mit diesem Krieg."[114] Goebbels ist freilich weit davon entfernt, Friedensabsichten zu hegen; vor den in Berlin akkreditierten Vertretern der Auslandspresse verlangt er „in Form eines kategorischen Dementis" abzustreiten, „daß Deutschland irgendwelche Friedensabsichten Frankreich gegenüber habe;" allerdings soll der Geheimsender zur Schwächung der französischen Seite weiterhin solche „Sonderfriedensgerüchte" nähren.[115]

Wie in London ist auch das Pariser DNB-Büro bei Kriegsausbruch geschlossen worden, jedoch nur für kurze Zeit, denn im Juni 1940 rücken die deutschen Truppen als Besatzungsarmee in Paris ein. Nun läuft die Geschichte rückwärts, die Einrichtungen der Agence Havas werden von der deutschen Besatzungsmacht beschlagnahmt.[116] Eine Besatzungsagentur, die „Agence française d'information de presse" (AFIP), wird eingerichtet, die in der Folge lediglich DNB-Meldungen übersetzt. Damit wird auch das besetzte Frankreich zur deutschen Nachrichtenkolonie.

Nachdem Frankreich die Waffen gestreckt hat, richtet sich Goebbels Interesse verstärkt gegen England. Das englische Expeditionskorps ist von deutschen Truppen bis zum Ärmelkanal zurückgedrängt, jedoch im Zuge einer spektakulären Rettungsaktion bei Dünkirchen von einer Vielzahl britischer Schiffe evakuiert worden. Auf deutscher Seite feiert man den britischen Rückzug dennoch als einen Triumph und man versucht, die Situation propagandistisch auszuschlachten. In der Ministerkonferenz wird angeordnet, daß der Sprachendienst England gegenüber die Haltung forcieren solle, es gebe „in der augenblicklichen hoffnungslosen Lage“ keinen anderen Ausweg als zu versuchen, „zu einem halbwegs anständigen Frieden zu kommen“. Es soll betont werden, daß Churchill nach wie vor „stur und verbohrt jede Friedensmöglichkeit verhindere.“ Dem Geheimsender nach England wird aufgetragen, die unter den Briten keimenden Kapitulationsabsichten zu nähren, er müsse mit englischen Argumenten erklären, warum die Partie verloren sei.[117]

Im Reichsgebiet will Goebbels vom Frieden nichts hören, vielmehr dürfen „Nachrichten über englische Friedensfühler“[118] in der deutschen Presse keinerlei Niederschlag finden. Das Regime in Berlin denkt noch nicht an ein Ende des Krieges, vielmehr trägt es sich mit dem Gedanken, nun auch England direkt anzugreifen. Die Propaganda, so der Minister, habe zu betonen, daß England von „Kriegsverbrechern“ regiert werde und daß es den Krieg bekomme, den es haben wollte. Goebbels warnt jedoch vor Präzisierungen: „Es darf nicht gesagt werden, daß wir das englische Weltreich zerstören wollen, und ebensowenig dürfe Art und Zeitpunkt unseres Angriffs angedeutet werden.“[119]

Hitlers Zögern hinsichtlich eines Angriffs auf England bringt Goebbels jedoch in Bedrängnis. Der Propagandaminister sieht sich genötigt, den in der deutschen Öffentlichkeit geschürten „England-Haß auf gleicher Höhe zu halten“, fürchtet dabei Reaktionen der Bevölkerung, die „endlich Taten statt Anklagen und Drohungen sehen will.“[120] Als Richtlinien legt Goebbels fest, daß erstens, die „Kampfstimmung“ in der deutschen Bevölkerung „noch weiter untermauert und aufs neue bestärkt“ werden soll, wobei klarzumachen sei, daß „nur die englische Plutokratie, nicht das englische Volk in seiner Gesamtheit angegriffen“ werde; zweitens sei der englischen Bevölkerung „klarzumachen, daß die Plutokratenclique an der Spitze weder etwas mit dem englischen Volk zu tun hat noch sich mit ihm verbunden fühlt.“ Und drittens schließlich müssen die Geheimsender, die sich „keinesfalls als deutsche Einrichtung demaskieren“ dürfen und deshalb möglichst jede Sendung „mit Angriffen gegen die Nationalsozialisten“ beginnen sollen, „innerpolitische Vorgänge aus Klubs und Nachtbars erfinden, gegen die sie im Namen des englischen Volkes protestieren müssen“; auch sollen englische Augenzeugen von Bombardierungen wie etwa der von Warschau zu Wort kommen, um unter den Briten die Angst vor deutschen Bomben zu schüren. Goebbels läßt zudem fachmännisch ausgearbeitete Luftschutzkurse senden, um das Gefühl der Bedrohung in der britischen Bevölkerung zu steigern. Die Einzelheiten der Bombenbedrohung sollen darin so detailiert geschildert werden, „daß die Zivilbevölkerung von vornherein das Grauen packt."[121] Einige Tage danach regt Goebbels auch „Gaskurse" an.[122]

Eine englische Meldung, wonach bei der großen Evakuierungsaktion der englischen Expeditionstruppen bei Dünkirchen 100.000 englische Uniformen in deutsche Hand gefallen seien, läßt Goebbels für die Geheimsender weglegen, die bei Gelegenheit verbreiten sollen, daß deutsche Fallschirmjäger in diesen Uniformen über England abgesprungen seien. Einige Tage danach – Hermann Göring hat mittlerweile die „Luftschlacht über England" eröffnet – scheint diese Meldung tatsächlich über die Geheimsender gegangen zu sein; in der Ministerkonferenz vom 20. August ordnet Goebbels an, die englischen Meldungen, wonach deutsche Fallschirmjäger auf der Insel gelandet seien, offiziell zu dementieren, gleichzeitig aber durch die Geheimsender weiter zu forcieren.

Am 23. September 1940 geht ein streng vertraulicher Bericht zur Lage in England an die deutsche Presse, der der bloßen Orientierung dient und dessen Inhalt natürlich nicht veröffentlicht wird; demnach habe sich Hitler noch für keinen Termin für ein Landungsunternehmen auf den Britischen Inseln entschieden. Die Luftangriffe, die London ausschalten, die Hauptverkehrswege und die Wirtschaftszentren zerstören sollen, hätten zwar Erfolge gezeitigt, doch nicht genug, um auf eine Invasion verzichten zu können. Die englischen Luftstreitkräfte seien noch nicht zerschlagen, die englischen Jagdflugzeuge bislang noch kaum in Erscheinung getreten, da sie für den Invasionsfall geschont würden. Im übrigen hänge eine Invasion vom Wetter, vor allem vom Seegang, ab, da man zur Landung der Truppen flache Boote verwenden müsse; die Verzögerung, so heißt es kryptisch, könne aber auch politische Gründe haben, da Deutschland einen „großen Kolonialfeldzug" vorbereite und bekannt sei, „daß der Führer niemals zwei große Aktionen zu gleicher Zeit unternommen hat."[123]

Nach außen dringt von diesem „Kolonialfeldzug", mit dem der Überfall auf die Sowjetunion gemeint ist, freilich nichts. Ganz im Gegenteil. In den Tagen vor dem Besuch des sowjetischen Außenministers Molotow vom 12. bis zum 14. November 1940 in Berlin, erhält die Presse die Anweisung, auf die „Entwicklung der deutsch-russischen Beziehungen" einzugehen, wobei an Ribbentrops seinerzeitige Reisen nach Moskau angeknüpft werden soll, deren Krönung der „Nichtangriffspakt zwischen Deutschland und der Sowjetunion“ gewesen sei: „In diesem Zusammenhang soll auch auf die englischen Quertreibereien und Versuche eingegangen werden, deren Ziel es war und heute noch ist, Deutschland und Rußland voneinander zu trennen...“[124]

Am 6. April 1941 beginnt der Angriff der deutschen Wehrmacht auf Jugoslawien und Griechenland. Hitler erläßt eine „Proklamation an das deutsche Volk“ und einen „Tagesbefehl an die Soldaten der Südostfront“ und gibt damit die programmatische Leitlinie für Goebbels' Propagandakrieg vor. Zum Ausgangspunkt der Aggression, die auf eine Zerschlagung des jugoslawischen Staates abzielt, wird neuerlich das Attentat von Sarajewo erklärt. Die Schuld am Krieg wird ein zweites Mal Serbien zugeschoben, doch geht es auch jetzt weniger um Vergeltung als um Okkupation. Der jugoslawische Staat soll zerschlagen und in Satelliten bzw. Kolonien des Dritten Reiches umgewandelt werden. In der Polemik, so Goebbels über die Art wie die Berichterstattung zu gestalten sei, sei nicht mehr von den „Jugoslawen“ zu sprechen, vielmehr solle man den Sammelnamen für die südslawischen Ethnien „mehr und mehr verschwinden lassen“[125] und stattdessen, in ähnlicher Manier wie schon bei der Tschechoslowakei, die Volksgruppen auseinanderdividieren – von Serben, Kroaten und Slowenen sprechen. Wie Jugoslawien mit militärischen Mitteln von der Landkarte radiert werden soll, so auch aus dem Sprachgebrauch. Als Geheimsenderauftrag in Richtung der kroatischen Nationalisten skizziert Goebbels die Tendenz, die Stunde der nationalen Unabhängigkeit sei nun gekommen. Mit Hilfe der Deutschen lasse sich analog zum slowakischen nun auch ein kroatischer Staat errichten. Den Serben gegenüber legt Goebbels eine Argumentation fest, die die militärische Intervention Deutschlands auf den Putsch einiger Generäle rund um den jungen serbischen König in Belgrad zurückführt, um zwischen die serbische Bevölkerung und deren alliiertenfreundliche Führung einen Keil zu treiben. Im übrigen, so der Propagandaminister, solle darauf hingewiesen werden, daß von englischer Seite entgegen anderslautende Versprechungen keinerlei Unterstützung zu erwarten sei, da England gar nicht helfen könne. Den Engländern selbst gegenüber sei zu postulieren, Deutschland dulde keinen Briten mehr auf dem Kontinent: „Ob Ihr als Secret-Service-Leute kommt oder mit Euren Tanks – egal, Ihr werdet hinausgefetzt!“[126]

Eines der Länder, wo bereits britische Soldaten stehen, ist Griechenland, das nun ebenfalls ins Visier der Goebbels-Propaganda gerät. Der griechischen Öffentlichkeit gegenüber, die es zu zermürben gilt, sei „mit besonderer Betonung klarzulegen, daß die englische Hilfe mangelhaft sei und daher unwirksam bleiben müsse.“[127] Ein

Geheimsender „Vaterland“, der sich als unabhängige patriotische „Stimme von Hellas“ präsentiert, geht am 18. April auf Sendung: am 19. April meldet er, die Engländer hätten das Trinkwasser mit Typhusbazillen verseucht, am 20. April fordert er die Verhaftung von Anglophilen, die Beschlagnahmung von Militärfahrzeugen und die Plünderung von Lebensmittelmagazinen; am 21. April meldet er, die Engländer würden Familienangehörige griechischer Seeleute zu Geiseln machen und berichtet von angeblichen Ausschweifungen in Athener Salons; am 23. April schließlich übt er sich in Verunglimpfung des griechischen Königs, wie dies von Goebbels zwei Tage zuvor in der Ministerkonferenz angeregt wurde: der griechische König sei mit seinen Ministern ohnehin schon im Begriff sich abzusetzen, nachdem er den griechischen Kronschatz ins Ausland transferiert habe.

Ende April 1941 befiehlt Hitler die Besetzung der Insel Kreta durch deutsche Fallschirmtruppen. Die an die deutsche Presse ausgegebene Tagesparole vom 21. Mai 1941 kündigt die „zu erwartende Sondermeldung über die deutsche Aktion gegen Kreta“ an, die im Vordergrund der Blätter stehen soll. Die angekündigte Sondermeldung wird im Führerhauptquartier jedoch zurückgehalten, weil sich das handstreichartig geplante Unternehmen als überaus verlustreich entpuppt. Erst als der Westteil der Insel erobert ist, läßt das OKW am 24. Mai verlauten: „Deutsche Fallschirm- und Luftlandetruppen stehen seit den frühen Morgenstunden des 20. Mai auf der Insel Kreta im Kampf gegen Teile des britischen Heeres.“[128] Hinter der äußerst kargen Meldung steckt eine Goebbelssche Erklärung, gegeben im Rahmen der Ministerkonferenz, wonach es „nicht richtig“ sei, „in besonders kritischen Perioden die Härte des Kampfes vor dem deutschen Volke drastisch in Erscheinung treten zu lassen“. In einer Woche, in der man der Öffentlichkeit „eine so heikle und gefährliche Aktion wie die Besetzung von Kreta mitteilt“ und die Bevölkerung „ohnehin von ungeheurer Spannung erfüllt“ sei, sei es „nicht gut“, auf die „Gefährlichkeit einer solchen Aktion“ einzugehen.[129] Erst als sich die britischen Truppen nach und nach von der Insel zurückziehen, wagt sich Goebbels in die Offensive. Am 30. Mai 1941 meint er, es dürfe zwar noch nicht davon gesprochen werden, daß Kreta schon in deutscher Hand sei, doch könne man bereits polemisieren; einen Rückschlag erwartet er nun nicht mehr. Dem britischen Premierminister Winston Churchill will Goebbels jetzt „um die Ohren schlagen“ lassen, was dieser zu Beginn des Kreta-Unternehmens gesagt habe: „Damals hieß es: ‚Wir werden Kreta mit der ganzen Kraft unseres Empire verteidigen, Kreta darf nicht fallen‘. Heute: ‚Ach, Kreta ist eigentlich gar nicht wichtig, wir wollten ja die Deutschen nur aufhalten!‘“[130]

Einige Tage danach startet der Propagandaminister eine Aktion der besonderen Art. Er versucht sogar die Teilnehmer an seiner Ministerkonferenz, die ansonsten durchaus über die Hintergründe im Bilde sind, hinters Licht zu führen. Er eröffnet ihnen, der Führer habe ihm unterbreitet, daß für die nächsten Wochen eine Invasion auf den Britischen Inseln bevorstehe. Tatsächlich laufen diverse Vorbereitungen für ein ominöses „Unternehmen Seelöwe" an – so etwa werden alle möglichen Schiffe am Ärmelkanal zusammengezogen. Begleitet werden diese mysteriösen und doch offensichtlichen Aktivitäten von systematischer Gerüchtepropaganda seitens des Propagandaministeriums. Den Höhepunkt setzt Goebbels selbst, als er für die Berliner Ausgabe des *Völkischen Beobachters* einen Leitartikel mit der Überschrift „Kreta als Beispiel" schreibt, worin es heißt: „Und wenn heute in England heiß und leidenschaftlich um den Fall Kreta debattiert wird, so braucht man nur statt Kreta England zu sagen, und man weiß, was gemeint ist." Die bereits ausgelieferte Ausgabe läßt Goebbels noch am Morgen von der Polizei beschlagnahmen, als ob er im letzten Moment verhindern wollte, die bevorstehende Invasion zu verraten.[131] Hinter den Kulissen des Ablenkungsmanövers „Seelöwe", das nie ernsthaft in Erwägung gezogen wurde, laufen indes die Vorbereitungen für ein tatsächlich geplantes Unternehmen von weitaus größeren Ausmaßen. Dieses streng geheim vorbereitete militärische Unternehmen trägt die Bezeichnung „Barbarossa" – und dahinter steht das eigentliche Kriegsziel des Regimes: die Zerschlagung der Sowjetunion und eine Landnahme von unerhörtem Ausmaß.

Am 22. Juni 1941 erfolgt ohne vorheriger Kriegserklärung der Angriff der deutschen Wehrmacht auf die Sowjetunion; Hitler erläßt einmal mehr eine „Proklamation an das deutsche Volk" und einen „Tagesbefehl an die Soldaten der Ostfront", worin er dem „Komplott der jüdisch-angelsächsischen Kriegsanstifter und der ebenso jüdischen Machthaber der bolschewistischen Moskauer Zentrale" die Kriegsschuld zuweist. Deutschland sei zum Präventivschlag gezwungen, da man auf sowjetischer Seite einen Angriff vorbereitet habe. Goebbels dirigiert wieder die Pressepropaganda. Um den verdutzten „Volksgenossen" den abrupten Kurswechsel vom Hitler-Stalin-Pakt zum nunmehrigen Angriffskrieg zu erklären, ordnet er an, das „verbrecherische bolschewistische Doppelspiel", das den Einsatz des deutschen Millionenheeres nötig gemacht habe, während der nächsten Tage „zum Gegenstand eines umfassenden publizistischen Wirkens der deutschen Presse zu machen". Der Bevölkerung soll anhand der „Führerproklamation" vom angeblichen internationalen Komplott „der Sinn und die geschichtliche Bedeutung dieses Kampfes" deutlich gemacht werden. Die Tendenz der Berichterstattung, so

Goebbels, sei klar, der Krieg könne nur mit einem deutschen Sieg enden. Der Presse komme jetzt die „entscheidende Aufgabe" zu, „Herz und Gefühl der Heimat" so zu lenken, daß sich die Armee an der Front voll und ganz auf ihr Hinterland verlassen könne.[132]

Goebbels weiß um die Zweifel, die in der Bevölkerung bestehen; das alte Schreckgespenst vom „Zweifrontenkrieg" ist wieder Realität, die bislang siegverwöhnten Deutschen machen sich Sorgen. Laut den SD-Berichten reagieren die Menschen teils mit Bestürzung, teils mit „gefaßter Zuversicht"[133] auf die Nachricht vom Überfall auf die Sowjetunion. Von Begeisterung ist nichts zu bemerken. Behutsam läßt Goebbels die Bevölkerung darauf vorbereiten, daß allzu schnelle Siege nicht zu erwarten seien. Zur Legitimation des Überfalls strapaziert er die Mär, Deutschland müsse der Bedrohung der zivilisierten Welt durch die „jüdisch-bolschewistische Tyrannei" entgegentreten:

> Durch die deutsche Abrechnung mit Moskau wird jetzt der größte Judenschwindel aller Zeiten aufgedeckt und entlarvt. Das „Arbeiterparadies" entpuppt sich vor aller Welt als ein gigantisches Betrüger- und Ausbeutersystem, in dem die Schaffenden durch blutigsten Terror in menschenunwürdigen Zuständen ein unbeschreiblich erbärmliches Dasein fristen müssen. In diesem System, in dem Juden, Kapitalisten und Bolschewisten Hand in Hand arbeiten, herrscht ein geradezu unvorstellbarer Grad menschlicher Verkommenheit. Alles, was die Millionen deutscher Soldaten heute dort sehen, ist ein einziges Bild niedrigsten sozialen Lebensstandards: angefangen von den erbärmlichen Behausungen und verlausten Wohnungen, von den verwahrlosten Straßen, verdreckten Dörfern bis zur tierischen Stumpfheit ihres ganzen Daseins. In diesem unsagbaren Zustand tiefsten menschlichen Elends hat der Jude durch sein teuflisches System des Bolschewismus die Völker der Sowjetunion gestoßen. Diesem größten Völkerbetrug aller Zeiten ist nun die Maske vom Gesicht gerissen. Der Kampf im Osten bedeutet die Befreiung der Menschheit von diesem Verbrechen.
> Die Aufgabe der deutschen Presse wird es nunmehr sein, in einem durchschlagenden Aufklärungsfeldzug die vorstehend umrissenen Gesichtspunkte in grundlegenden eigenen Ausführungen, in der Heranschaffung von Beweismaterial in Wort und Bild und in plastischer Aufmachung herauszuarbeiten.[134]

Mit der Propagandaphrase von der „jüdisch-bolschewistischen Tyrannei", der fortan der Stellenwert eines Leitmotivs zukommt, werden die beiden grundlegenden Ziele des Eroberungskrieges – die Landnahme und der Holocaust – legitimiert. Der Überfall wird in die melodramatische Form eines Kreuzzugs zur Errettung des Abendlands von Spenglerschen Dimensionen gehüllt. Es ist der entscheidende Zeitpunkt in Hitlers Krieg – jener Zeitpunkt, an dem die Kolonialisierung des „Ostraums" auf breiter Front in Gang gesetzt und die „Endlösung der Judenfrage"[135] beschlossen wird.

Nachdem man die militärische Entscheidung bereits gefallen glaubt, macht am 13. Oktober 1941 Hans Fritzsche, Ministerialrat im Propagandaministerium, vor dem Berliner „Verband der auswärtigen Presse" grundsätzliche Ausführungen zur künftigen deutschen Politik. Von der „jüdisch-bolschewistischen Tyrannei" ist nicht mehr die Rede; Fritzsche schwadroniert vielmehr in Visionen einer Neuordnung Europas unter der Ägide Großdeutschlands: die deutschen Heere würden an „irgendeinem Punkte" im Osten stehenbleiben, und es werde „dann eine von uns gezogene Grenze errichtet, die das große Europa und den unter deutscher Leitung stehenden europäischen Interessenblock abschirmt gegen Osten." Der europäische Kontinent soll nach von Deutschland diktierten Gesetzen neu geordnet werden: „Gewiß ist dies ein ‚Europa hinter Stacheldraht', aber dieses Europa wird wirtschaftlich, industriell und agrarisch vollständig autark sein und militärisch im Grunde unangreifbar." Für militärische Angriffe an den Grenzen werde „die Vergeltung furchtbar sein, bis derartige Unternehmungen von seiten des Gegners unterbleiben." Gegenüber den unterworfenen Völkern werde die Sprache „freier und kälter"; damit ist gemeint, daß es dann keiner Pressezensur mehr bedürfe, „da der imperiale Instinkt ausreichen dürfte, um bei jeder Gelegenheit den deutschen Standpunkt zur Geltung zu bringen." Es obliege den Zeitungen, nach dem Krieg, wenn das Militärische wieder hinter das Politische zurücktrete, die Rolle eines „Führungsmittels des Volkes" zu übernehmen: „Geführt werden soll das deutsche Volk zum imperialen europäischen Gedanken, zur Erkenntnis, daß der Spannungszustand noch viele Jahre bleibt und daß dies eine natürliche Ordnung des Weltgeschehens für unsere europäische Zukunft darstellt."[136]

Am 17. November 1941 ist in den Zeitungen eine Bekanntmachung zu lesen, wonach Hitler in den besetzten Gebieten eine Zivilverwaltung einsetze. Reichsleiter Alfred Rosenberg, der Ideologe der NSDAP, wird zum „Reichsminister für die besetzten Ostgebiete" ernannt, Gauleiter Alfred Meyer zu seinem ständigen Stellvertreter. Gauleiter Hinrich Lohse arriviert zum „Reichskommissar für das Ostland" und Gauleiter Erich Koch zum „Reichskommissar für die Ukraine". Man beginnt mit der Kolonialisierung der besetzten Gebiete – auch auf pressepolitischem Gebiet. In der besetzten Ukraine gibt das Deutsche Nachrichtenbüro einen ukrainischsprachigen Pressedienst heraus, der an alle im Reichskommissariat erscheinenden Zeitungen geht. Die deutsche Verwaltung hat den Eigenanteil des redaktionellen Inhalts auf ein Viertel beschränkt, der Rest muß aus dem DNB-Material gespeist werden. Dem DNB kommt „gewissermaßen die Aufgabe einer Hauptschriftleitung der gesamten ukrainischen Blätter“[137] zu. Meldungen aus dem Ausland werden nur vereinzelt gebracht, Berichte über Freiheitsbewegungen oder kommunistische Bewegungen gänzlich ausgespart. Für die deutsche Presse weist das Protokoll der Goebbelsschen Ministerkonferenz folgende Order aus:

> Den Waffentaten der deutschen Armee folgt nunmehr eine grosszügige neue Ordnung, die ihrer Bedeutung gemäss zu würdigen ist. Hervorzuheben ist nachdrücklich der Begriff Ostland, ohne dass die Grenzen dieses Gebietes irgendwie umschrieben werden. Es wird auf das DNB-Material verwiesen, das die kämpferische Arbeit, vor allem des neuen Reichsministers und auch seiner Mitarbeiter Meyer, Lohse und Koch würdigt. Die Berufung des Reichsministers Rosenberg und seine Betrauung mit der Aufbauarbeit und der neuen Gestaltung des Ostraumes ist die Anerkennung des Führers für Rosenberg auch auf dem staatspolitischem Gebiet. Bei der Kommentierung sollen keine Prognosen hinsichtlich der Gestaltung dieses Raumes in der Zukunft angestellt werden. Im Vordergrund steht vielmehr die Tatsache, dass diese Betrauung dazu dient, dass Ordnung in den besetzten Gebieten, die unter langjähriger Missherrschaft der Bolschewiken gelitten haben, hergestellt wird. Bei der Würdigung der kämpferischen Persönlichkeit Rosenbergs, und vor allem seiner Auseinandersetzung mit dem Bolschewismus, die Rosenberg praktisch seit dem Jahre 1918 betrieben hat, ist darauf zu achten, dass die Kriegsschuldfeststellung vom 22. Juni 1941 nicht erschüttert wird.[138]

Man zeigt sich der heimischen Öffentlichkeit gegenüber zwar betont herrenrassisch, aber auch vorsichtig. Von den brutalen Unterdrückungs- und Ausrottungsmaßnahmen, die man für die eroberten Gebiete im Zuge der Errichtung des künftigen Reiches vorgesehen hat, will man nichts nach außen dringen lassen.[139] Der Winter bringt militärische Rückschläge, die Siegesmeldungen bleiben aus. Am 21. Dezember 1941 werden die Zeitungen angewiesen, über die „Endabsichten in der Gestaltung des Ostraumes“ vorläufig noch nicht zu sprechen. Auch der entfesselte Chauvinismus wird gedämpft: „Insbesondere ist es unzweckmäßig den Begriff ‚Kolonien‘

oder ‚Kolonialmethoden' in der Auseinandersetzung mit den Problemen des Ostens anzuwenden."[140]

Die Stimmung in der Bevölkerung nähert sich einem Tiefpunkt; Goebbels muß sich mit Kritik an seiner Nachrichtenpolitik auseinandersetzen, viele seiner Meldungen finden keinen Glauben mehr.

DNB gegen Reuters

Obgleich das Deutsche Nachrichtenbüro in einem harten Konkurrenzkampf mit den großen Agenturen Großbritanniens, der Vereinigten Staaten und der Sowjetunion steht und sich gegen die starke Konkurrenz, insbesondere der angelsächsischen Agenturen, kaum durchsetzen kann, soll es – zufolge den Plänen des Regimes – die künftige Weltagentur werden. Sein Auslandsdienst soll zu einem Weltnachrichtendienst in verschiedenen Sprachen ausgebaut werden, zu einem weltumspannenden deutschen Nachrichtendienst, wie er dem weltbeherrschenden Dritten Reich nach dem „Endsieg" entspräche und der den globalen Reuters-Dienst ablösen soll, wie man 1941 noch glaubt. Nach außen hin verfolgt man diese Ziele vorrangig mit den Mitteln militärischer Gewalt, die Einzugsgebiete des DNB werden buchstäblich erobert. Die künftige Stellung des DNB soll eine weltweite deutsche Nachrichtenhoheit verankern, die eine der tragenden Säulen der nationalsozialistischen Weltherrschaft sein würde. Zuvor bedarf es noch der siegreichen Beendigung des Krieges. Ziel der nationalsozialistischen Pressepolitik nach innen ist es demnach, die Voraussetzungen dafür zu schaffen, den Krieg zu gewinnen, einer territorialen Expansion des „Großdeutschen Reiches" den Weg zu bereiten und mitzuhelfen, die künftige Großmachtstellung Deutschlands abzusichern. Rolf Rienhardt, Stellvertreter des Reichsleiters Max Amann, schreibt über die künftige Aufgabe der Presse, die darin liege, „publizistisches Kampfmittel" für die „weltpolitische Stellung" zu sein, die „nach dem Willen des Führers" durch den „Marsch des deutschen Soldaten" abgesteckt werde. Dazu will er die Auslandswirkung der deutschen Presse erhöhen; während früher nur in Wien und Berlin Zeitungen mit Auslandsbedeutung erschienen seien, will er auch „Zeitungen an anderen wichtigen Plätzen des Reiches" so gestalten, „daß sie die gleiche Wirkung haben." Daneben soll noch „eine Anzahl großer Zeitschriften" in Magazinform mit internationaler Reichweite ins Leben gerufen werden. Außerdem will Rienhardt die Auslandsdienste der deutschen Zeitungen ausbauen, denn:

> Wie der Blick des Deutschen geweitet und auf alles wesentliche Geschehen in der Welt gerichtet sein muß, so muß der Ausländer in deutschen Zeitungen neben dem vollendeten Bild des innerdeutschen Geschehens mit Sicherheit die hervorragende und beständige Berichterstattung über alle wichtigen Fragen draußen in deutschem Blickwinkel finden, wobei es übrigens nicht nur auf die Dinge ankommen kann, die für uns Deutsche irgendwie wichtig sind, sondern zur Hebung des Auslandseinflusses ist eine darüber hinausgreifende Behandlung des wichtigen Ereignisses in diesen Ländern erforderlich.[141]

Die Auslandsdienste der deutschen Zeitungen sollen sich daher „von einem Europanetz zu einem Weltnetz" entwickeln, das sich, ganz im Sinne der Vision des Reichssendeleiters Hadamovsky, auf ein weitläufiges Korrespondentennetz stütze. Neben die Auslandskorrespondenten sollen Reisekorrespondeten treten, die allesamt eng an ihre Redaktionen gebunden wären. Sie sollen über die Vorgänge in den Redaktionen auf dem laufenden sein und gleichzeitig die Zitierung der eigenen Zeitung in der Auslandspresse beobachten und wohl auch forcieren. Die Zeit, da die Auslandskorrespondenten sich mangels entsprechender Devisen damit begnügen mußten, die ausländische Presse, insbesondere die deutschfeindliche in demokratischen Ländern, lediglich passiv auszuwerten, sei vorüber; für die Zukunft, so Rienhardt, sei dies nicht mehr zu erwarten.

Trotz der „Eroberung" neuer Märkte durch die kriegerisch vorangetriebene Expansion schlittert das Deutsche Nachrichtenbüro alsbald in eine finanzielle Krise. Die erhöhte Aktivität durch den Krieg bringt das Ende der Rentabilität. Das DNB bedarf der Zuschüsse seitens der Regierung in jährlicher, stetig steigender Millionenhöhe. Von der Vorstellung eines kostendeckend arbeitenden Instruments der Nachrichtenpolitik muß man sich verabschieden.[142] Das DNB wird vielmehr zu einem amtlichen Apparat, der für die Dienste, die er im Interesse des Staates leistet, von staatlicher Seite aufwendig finanziert werden muß.

Im Unterschied zum DNB, das vollkommen den Zielen der deutschen Regierung verpflichtet ist, bleibt die britische Agentur Reuters, obwohl auch für sie schwere Zeiten angebrochen sind, vom Staat finanziell unabhängig. Durch die französische Havas, die vor dem Krieg den Nachrichtenverkehr in Kontinentaleuropa dominiert hat, aber auch durch die anderen staatlichen und halbstaatlichen Konkurrenten wie das Deutsche Nachrichtenbüro, die italienische Agenzia Stefani oder die russische TASS, die ihre Meldungen billiger liefern können, sowie durch die US-amerikanische Associated Press, die als genossenschaftlich organisiertes Unternehmen nicht gewinnorientiert arbeitet, sieht sich Reuters erheblich unter Druck. Von der britischen Regierung angebotene Begünstigungen für die Nachrichtenübermittlung werden jedoch abgelehnt, da der Direktionsrat befürchtet, daß dieserart versteckte Subventionen die Unabhängigkeit des Unternehmens gefährden könnten.[143] Bei Reuters gelingt es letztlich, die wirtschaftlichen Probleme zu lösen, ohne sich dem Staat zu verschreiben. Durch die wirtschaftlichen Probleme einerseits und die zunehmende Einflußnahme der Regierung andererseits sieht man sich zum Handeln genötigt. Den Weg aus der Misere eröffnet die genossenschaftliche Organisationsform. Reuters ist seit 1925 in mehrheitlichem Besitz der „Press Association" (PA), der genossenschaftlich organisierten Inlandsagentur der englischen Provinzpresse, die ihre Genossenschafter mit Nachrichten aus London und den anderen Teilen Großbritanniens versorgt, während Reuters die Zeitungen mit Auslandsmeldungen beliefert. Man will darüber hinaus mit der Vereinigung der Londoner „Fleet-Street"-Presse, der „News Proprietors Association", die bislang eine Beteiligung an Reuters abgelehnt hat, neuerlich über eine Beteiligung verhandeln. Dies würde eine bessere ökonomische Grundlage bringen und im übrigen, so meint man, könne Reuters auf einer derartig breiten Basis „ohne Makel oder Verdacht" auch mit der britischen Regierung zusammenarbeiten. Seitens der News Proprietors Association zeigt man sich grundsätzlich aufgeschlossen – allerdings stellt man Bedingungen. Bei einem Treffen am 8. April 1941 wird ein Memorandum der News Proprietors Association über die Zukunft von Reuters durch den Presselord Rothermere verlesen, in dem es vor allem um die Stärkung von Reuters geht, nachdem die Agentur mittlerweile in Großbritannien selbst mit starker Konkurrenz seitens der amerikanischen Agenturen AP und UP zu kämpfen hat. Die nationalen Agenturen in den Dominions, betont man, wären schon in genossenschaftlich organisiertem Zeitungseigentum, nun solle dies auch in England so gehandhabt werden. Die Press Association solle der News Proprietors Association die Hälfte ihrer Reuters-Anteile verkaufen und damit ihre dominierende Stellung aufgeben. Zudem wenden sich die Presselords von der News Proprietors Association dagegen, daß Reuters künftig mit Staatsagenturen zusammenarbeite:

> If common agreement cannot be found, we would have to ask Reuters to disclose to us what steps are being taken to organise a collection of news in the present German-controlled countries and elsewhere. Agencies that are now mere puppets of their Governments must be suspect for many years, and we would

have to know the sources of foreign news so that we could determine whether we should remain as subscribers or organise our own news collecting agency...[144]

Nach langwierigen Verhandlungen kommt es schließlich im Herbst 1941 zu einem Abkommen zwischen Press Association und News Proprietors Association; letztere kauft die Hälfte der Reuters-Anteile, der Reuters-Trust wird gebildet. Innerhalb der Press Association ist diese Entscheidung umstritten, doch braucht man dringend das Geld, das der Aktienverkauf verspricht. Es grassiert die Sorge unter den Verlegern der britischen Provinzpresse, daß Fleet-Street-Verleger im Reuters-Board zu mächtig werden könnten; dem wird von den Befürwortern des Verkaufs entgegengehalten, daß man Mechanismen in der Organisation des Trusts ersonnen habe, welche die News Proprietors Association und jede andere Interessensgruppe daran hindern würden, die Agentur zu beherrschen. Die Zusammensetzung des neuen Leitungsgremiums soll bis ins einzelne ausgewogen sein. Jeweils drei Vertreter von Press Association und News Proprietors Association sitzen im „Board of Directors", sollte einer abwesend sein, hat dennoch jede Seite das Recht, drei Stimmen abzugeben; außerdem soll kein ständiger Vorsitzender gewählt werden, sondern die Direktoren sollen der Reihe nach den Vorsitz übernehmen. In der Trust-Erklärung wird zudem grundsätzlich festgelegt, daß die beiden Partner ihre Reuters-Beteiligung mehr als Zusammenarbeit denn als Investition begreifen. Dies bedeutet eine Absage an die vorrangige Gewinnorientierung und eine nachdrückliche Stärkung der Bemühungen um die Unabhängigkeit der Agentur; man einigt sich auf folgende Grundsätze einer „Unternehmensphilosophie": Reuters soll niemals in die Hände einer Interessensgemeinschaft oder einer Partei gelangen; die Unabhängigkeit und Wertfreiheit der Agentur müsse immer gewahrt werden; das Geschäft so organisiert sein, daß wertfreie und verläßliche Nachrichten in die britischen Kolonien, nach Übersee und an die Agenturen, mit denen man Verträge hat, geliefert werden. Außerdem müsse auch Interessenten abseits der Presse (wohl in erster Linie Wirtschaftsunternehmen) genügend Aufmerksamkeit geschenkt und dafür gesorgt werden, daß die Geschäfte von Reuters ausgeweitet werden könnten, damit die Agentur in jeder Hinsicht ihre Position als weltweit führende bewahre.

Während Reuters endgültig den Übergang zu einer auf breiter genossenschaftlicher Grundlage stehenden Agentur vollzieht, um seine internationale Position abzusichern, verläuft die Entwicklung des regierungsnahen Deutschen Nachrichtenbüros in die Gegenrichtung. Die Isolation des DNB, das angetreten ist, mit militärischer

Unterstützung Reuters zu beerben, wirkt sich fatal aus. Wie es seine Einzugsgebiete mit dem Vormarsch der Wehrmacht gewonnen hat, so verliert es diese mit dem einsetzenden Rückzug. Zusehends büßt es seine Stellung am internationalen Nachrichtensektor ein. Mit dem Kriegseintritt der USA werden 1941 auch von Associated Press und United Press die mit dem DNB geschlossenen Austauschverträge aufgekündigt.[145] Nach der Kriegserklärung Deutschlands müssen die beiden amerikanischen Niederlassungen des DNB schließen, in Berlin wird ein Büro von United Press geschlossen und der Journalist Richard C. Hottelet von der Gestapo verhaftet, nach sechs Wochen aber gegen zwei Korrespondenten der Transocean, die in New York und Washington verhaftet wurden, ausgetauscht.

Demgegenüber entwickelt sich ab 1942 im Rahmen der angelsächsischen Allianz ein „freundliches" Rivalitätsverhältnis zwischen Reuters und der amerikanischen Associated Press. William Haley von Reuters kann im Zuge eines Treffens den skeptischen Kent Cooper von Associated Press überzeugen, daß neben der Organisationsform auch die Prinzipien, nach denen die beiden Agenturen arbeiten, mittlerweile sehr ähnlich seien, nämlich die Verpflichtung zur Wahrheit der Nachrichten und dazu, keinerlei staatlicher Einflußnahme nachzugeben. So kommen die beiden Agenturen zu einer Vereinbarung für die Zukunft, nach den Prinzipien Wettbewerb und Zusammenarbeit, „Compete and co-operate", zu arbeiten. Der Wettbewerb soll Auswahlmöglichkeiten garantieren, gleichzeitig soll die Zusammenarbeit den Kunden das zentrale Prinzip „Truth in News" (Cooper) gewährleisten. Das Abkommen zwischen den neuen „Blood brothers" bringt für beide Seiten große Vorteile, da es einen gegenseitigen Nachrichtenaustausch vorsieht, also das Recht auf den Bezug des Nachrichtendienstes des jeweils anderen ohne Bezahlung. Associated Press hat somit Zugang zu dem Service, den Reuters den Londoner Zeitungen bietet, und kann ihn in der westlichen Hemisphäre verwenden – und Reuters kann in der östlichen Hemisphäre über die Nachrichten, die die Associated Press den New Yorker Zeitungen zukommen läßt, verfügen. Man denkt auch schon an die Zeit nach dem Krieg. Kent Cooper schreibt 1942 unmißverständlich, daß das medienpolitische Ziel nach dem Krieg darin liegen müsse, einen freien Informationsfluß zu gewährleisten. Eine zentrale Rolle komme den Nachrichtenagenturen zu: „Those whose business is it to get the news at the source must be under no restraint or dictation by governements."[146] In diesem Sinne verständigen sich Reuters und Associated Press in einer Grundsatzvereinbarung vom 24. Juni 1942 darauf, daß Nachrichtenfreiheit und die Abwehr propagandistischer Tendenzen im internationalen Nachrichtenverkehr garantiert werden sollen. Man kommt überein, künftig keine Verträge mit staatlichen Nachrichtenagenturen, oder solchen, die unter staatlichem Einfluß stehen, abzuschließen.[147] Es ist dies ein Beschluß, der mit Kriegsende dazu führen wird, daß die staatliche Nachrichtenpolitik in Österreich eine grundlegende Wandlung erfährt und anstelle der staatlichen Agentur eine genossenschaftlich organisierte gesetzt wird.

Das Rückzugsgefecht des DNB geht indes unvermindert weiter. Nachdem Mexiko und Brasilien auf Druck der USA auf Seiten der Alliierten in den Krieg eingetreten sind, verliert das DNB in diesen Ländern weitere Niederlassungen, bald auch in Paraguay und Uruguay. In Teheran, Bombay, Jerusalem, Johannesburg, Kairo, Montreal und Sydney steht man auf der Seite der Briten und weist die DNB-Mitarbeiter aus. Mitte des Jahres 1942 sind bereits 13 überseeische Filialen des DNB aufgrund von Regierungsanordnungen geschlossen und im letzten Kriegsjahr verliert man schließlich auch die Niederlassung in Chile.[148] Mit dem Vormarsch der Alliierten gerät das DNB immer mehr in die Defensive, Dependance um Dependance wird aufgelassen, bis im Jänner 1945 nur noch Büros in Spanien, Schweden, Portugal und der Schweiz existieren. Durch die zunehmenden Luftangriffe auf Berlin gerät die Zentrale selbst in unmittelbare Gefahr. Seitens des Propagandaministeriums läßt man daher einen Ausweichbunker im Berliner Vorort Buckow errichten, wo ab Februar 1945 ein behelfsmäßiger Betrieb vonstatten geht, nachdem das DNB-Hauptgebäude mitsamt des Inventars zerbombt wurde. Durch das Vordringen sowjetischer Soldaten wird der Buckow-Bunker am 23. April aufgegeben, weil die Gefahr besteht, vom Regierungsbunker, in den sich Hitler mit seinen Getreuen zurückgezogen hat, abgeschnitten zu werden. Die noch verbliebenen rund 40 DNB-Mitarbeiter beziehen Räume im Propagandaministerium, welche aber ebenfalls mitsamt des Inventars zerstört werden. Die Überlebenden halten in der Folge zum Teil auf der Straße bis zum 30. April durch das Abhören fremder Sender einen bescheidenen Nachrichtendienst aufrecht, bevor die DNB-Zentrale am 1. Mai aufgelöst wird. In der DNB-Zweigstelle Hamburg wird bis zum 2. Mai ein eingeschränkter Dienst für die örtlichen Zeitungen erstellt. Als letzte der Meldungen bringt die Hamburger Niederlassung des DNB noch die Nachricht von Hitlers „Heldentod" in Berlin: „Aus dem Führerhauptquartier wird gemeldet, daß unser Führer Adolf Hitler heute nachmittag in seinem Befehlsstand in der Reichskanzlei bis zum letzten Atemzug gegen den Bolschewismus kämpfend, für Deutschland gefallen ist".[149] Danach endet die Geschichte der deutschen Weltnachrichtenagentur.

DIE ÄRA DER AUSTRIA PRESSE AGENTUR

Eine genossenschaftliche Agentur für Österreich

Der Zweite Weltkrieg nähert sich seinem Ende. Außerhalb Wiens dauern die Kämpfe noch an, als in der befreiten Stadt die Zeitung *Neues Österreich* erscheint. An dem Blatt, das am 23. April 1945 erstmals herausgebracht wird, arbeiten Redakteure aus den „drei demokratischen Parteien" SPÖ, ÖVP und KPÖ. Die Idee zu einer solchen überparteilichen Zeitung entstand laut Edmund Weber, dem ehemaligen Leiter der ständestaatlichen Amtlichen Nachrichtenstelle, im Konzentrationslager – die Idee einer „Zeitung von morgen, von der Zeitung des neuen Österreich": „Wir haben uns damals das Wort gegeben, über alle Parteiunterschiede hinweg Österreich voranzustellen."[1] Die überparteiliche Harmonie am Pressesektor hält jedoch nur wenige Monate. Am 27. Juni 1945 gründen die drei provisorischen Regierungsparteien SPÖ, ÖVP und KPÖ ein gemeinsames „Presse-Komitee", um bei den Besatzungsmächten die Wiederzulassung ihrer Parteizeitungen zu erwirken.[2] Nachdem die Besatzer die dafür nötigen Papierkontingente im Verhältnis 1:1:1 für die SPÖ, die ÖVP und die KPÖ sowie entsprechende Druckereikapazitäten freigeben,[3] verkündet die Regierung am 5. August 1945 per Plakat, daß ab sofort zur „weiteren Entfaltung der Demokratie in unserem vom Nazismus befreiten Lande"[4] wieder Parteizeitungen erscheinen werden. Die Parteien übernehmen die Lenkung des öffentlichen Diskurses.

Die SPÖ gründet in Wien die *Arbeiter-Zeitung*; Chefredakteur wird Oscar Pollak, der als einer der ersten aus der Emigration aus Großbritannien zurückkehrt. Von Edmund Weber wird das neue Blatt der ÖVP, das *Kleine Volksblatt*, herausgegeben; Chefredakteur wird Leopold Husinsky. Die KPÖ gründet die *Österreichische Volksstimme*, als Chefredakteur fungiert Erwin Zucker-Schilling.[5] Die Zeitungen der drei Regierungsparteien stehen, so heißt es, im Dienst „der moralischen und wirtschaftlichen Wiedergeburt unserer Heimat", im Dienst einer „wirklichen Demokratisierung" des neuen Staates und des öffentlichen Lebens sowie im Dienst „der Ausmerzung aller Überreste des Faschismus in unserem Lande." Sie sollen „gegen den alten Parteihader wirken, der das Volk zersplittert hat" und „der Mobilisierung aller demokratischen Volkskräfte und der öffentlichen Meinung für den Gedanken der demokratischen Einigung dienen."[6] Die Demokratisierung wird einmal mehr von oben verordnet und medial eingeleitet. Der nationalen Aussöhnung verpflichtet, übernehmen die Parteiblätter damit in gewisser Weise die überkommene Rolle der Regierungspresse, wenn auch mit einem gewissen innenpluralistischen Anstrich.

Mit dem Wiedererscheinen der Parteizeitungen nimmt am 2. August 1945 die offizielle Nachrichtendrehscheibe der Zwischenkriegszeit, die „Amtliche Nachrichtenstelle" (ANA), ihre Tätigkeit wieder auf. Ihre Wiederbelebung verdankt sie dem „Opferstatus", der Österreich von den Alliierten in der Moskauer Deklaration zugesprochen wurde. Österreich wird eine landeseigene Nachrichtenagentur zugebilligt, die neben den besatzereigenen Nachrichtendiensten arbeiten kann. Auf der Grundlage des „Behörden-Überleitungsgesetzes" wird das bisher im Besitz des nationalsozialistischen Deutschen Nachrichtenbüros befindliche Büro übernommen und nach „einigen unbedingt notwendigen Reparaturarbeiten" wieder in Betrieb gesetzt.[7] Hinsichtlich der Organisationsform knüpft man an jene vor 1938 an; die Amtliche Nachrichtenstelle wird, wie vor dem Krieg, der Presseabteilung des Bundeskanzleramts unterstellt. An deren Spitze steht anfangs wieder Eduard Ludwig, der schon für Dollfuß und Schuschnigg Bundespressechef war, dem aber aufgrund der Abneigung des Staatskanzlers Renner ihm gegenüber bald Joseph Carl Wirth nachfolgt. Programmatisch knüpft die ANA da an, wo sie 1938 aufhören mußte: als zentrale Nachrichtendrehscheibe der Regierung. Unter dem neuerlich als Staatskanzler firmierenden Renner bleibt der Charakter der Amtlichen Nachrichtenstelle ein amtlicher. Berichte in den Zeitungen aus solch offizieller Quelle werden mit „Amtlich wird gemeldet" eingeführt.

Geleitet wird die Amtliche Nachrichtenstelle von Karl Siepen, von 1929–32 Wirtschaftskonsulent beim Bundespressedienst, danach Leiter der kommerziellen Abteilung der Amtlichen Nachrichtenstelle, 1938 in den Ruhestand versetzt, wenn auch weiterhin beim DNB beschäftigt.[8] Lückenlos ist auch die Karriere von Rupert Schödl. Schon vor 1938 als Redaktionsaspirant bei der ANA, ist er vom DNB übernommen worden und dort bis Kriegsende als „Schriftleiter" aktiv gewesen; jetzt ist er wieder bei der ANA tätig. Die meisten anderen Mitarbeiter und Mitarbeiterinnen haben ebenfalls faschistische Zeiten durchlebt, waren entweder schon vor 1938 bei der Amtlichen Nachrichtenstelle und wurden dann vom Deutschen-Nachrichtenbüro übernommen bzw. entlassen, oder aber sie sind vom DNB eingestellt worden.[9] Die personelle Kontinuität zu Austrofaschismus und Nationalsozialismus ist freilich nicht auf die Amtliche Nachrichtenstelle beschränkt, sondern in der österreichischen Presselandschaft generell verbreitet.[10]

Die Amtliche Nachrichtenstelle ist ihrer ererbten Regierungsnähe wegen jedoch nicht unumstritten. In den Reihen der angelsächsischen Alliierten, die die ideologische Korrumpierung staatlicher Agenturen während des Krieges erfahren haben und nun über ihre Nachrichtendienste ihre liberalen Journalismustraditionen in die Verliererstaaten zu importieren gedenken, entstehen – basierend auf der Grundsatzvereinbarung von AP und Reuters aus dem Jahre 1942 – Pläne, die österreichische Regierungsagentur künftig privatrechtlich zu organisieren. Noch zu Kriegszeiten sind in den USA Entscheidungen über eine internationale Medienorganisation für die Zeit nach dem Krieg getroffen worden; die Agenturen Associated Press und United Press stehen (nicht zuletzt aus kommerziellen Erwägungen heraus) dafür, weltweit Pressefreiheit zu initiieren. Kent Cooper, der Direktor der Associated Press, die seit jeher im Besitz einer Genossenschaft amerikanischer Zeitungen ist, hat in den USA sogar eine Pressekampagne bestritten, mit dem Ziel eine „charter for freedom for news and communication" in den Friedensvereinbarungen zu verankern, um den betreffenden europäischen Regierungen die Kontrolle über die ihnen unterstehenden Nachrichtenagenturen zu nehmen.[11] Eine Zielsetzung, der sich die „American Society of Newspaper Editors" und Republikaner wie Demokraten im Kongreß angeschlossen haben. Aus dem September 1944 datiert eine Resolution des Kongresses, die ein weltweites, durch internationale Übereinkommen geschütztes Recht auf freien Nachrichtenaustausch proklamiert. Der demokratische Präsident Franklin D. Roosevelt hat – zur Zufriedenheit Coopers – versprochen, daß im Sinne dieser Resolution ein Passus in den Friedensverträgen verankert werden soll. Roosevelt hat das Kriegsende aber nicht mehr erlebt. Sein Nachfolger als Präsident der Vereinigten Staaten, Harry S. Truman, korrigiert den Kurs. Er meint, es wäre besser, nicht allzusehr in die inneren Angelegenheiten der betreffenen Staaten einzugreifen. Man werde sie wieder aufrichten und dafür sorgen, daß Regierungen eingesetzt werden, die man anerkennen könne – „then keep hands off."[12] Cooper schreibt daraufhin an den Präsidenten, man solle zumindest ankündigen, daß die Vereinigten Staaten Pressefreiheit in die Friedensverträge einbeziehen wollen. In der Antwort zeigt sich Truman zurückhaltend; er wünsche ein Friedensabkommen, das funktioniere.

Auch in Großbritannien ist die Forderung nach Pressefreiheit und unabhängigen Agenturen noch während des Krieges erhoben worden. Der Journalist Vernon Bartlett hat im House of Commons eine Anfrage bezüglich der Unterstützung der amerikanischen Bewegung, die das System der Regierungsagenturen demontieren will, eingebracht. Seiner Ansicht nach ist kein Monopol gefährlicher als jenes der Ideen, Ansichten und Nachrichten. Daß man mit staatlichen Agenturen, deren Nachrichten immer gefärbt seien, künftig nicht mehr zusammenarbeiten werde, hat im übrigen auch Christopher J. Chancellor, der Generaldirektor der britischen Agentur Reuters, in verschiedenen Reden gegen Kriegsende unverblümt ausgesprochen.[13] Die von ihm geleitete Agentur Reuters befindet sich bekanntlich im Besitz einer Genossenschaft britischer Zeitungen. Nun werden diese Grundsätze in der Reutersschen Vertragspolitik umgesetzt. Insbesondere für die Nachfolgestaaten des Dritten Reiches will man gemäß der 1942 getroffenen Vereinbarung mit der AP die Gründung von nationalen, staatsunabhängigen Agenturen im Eigentum der Landeszeitungen in die Wege leiten, mit denen man guten Gewissens Verträge abschließen könne.

Auf den Kontinent entsendet man zu diesem Zweck Alfred Geiringer, einen Österreicher, seit 1937 Mitarbeiter von Reuters, der nach dem „Anschluß" Österreichs an das Dritte Reich 1938 wegen seiner jüdischen Herkunft fliehen mußte. In der Position des „European Editor" von Reuters fliegt Geiringer von London nach Wien, wo er trotz einer Bruchlandung unverletzt ankommt. Damit beginnt ein abenteuerlicher Aufenthalt in Europa. In einem Bericht beschreibt er die widrigen Umstände seiner Reise, die ihn im Winter 1945 durch das vom Krieg gezeichnete Zentraleuropa führt – „I tried all methods of travel – air, road, rail and sea and all provided their share of discomfort." Nach kurzem Aufenthalt in Wien fährt er in einem offenen Jeep nach Prag. Besonders die Rückreise hinterläßt bleibende Eindrücke: „The ten hours return journey was made in a temperature 10° below freezing on icy roads, with a blizzard filling the jeep with snow and with russian troop movements in both directions. Dispite two pullovers, two overcoats and two blankets I have never been so cold for so long a period." Seine nächste Station ist Zürich, wo er nach einer 30stündigen Zugfahrt mit dem „Arlberg Express" – „which deserves its name only as far as the ‚Arlberg' goes" – ankommt. In Zürich soll er helfen, die Agence Télégraphique Suisse zu modernisieren, einen Exklusivvertrag zugunsten Reuters als Weltnachrichtenlieferant, und einen Vertrag mit der „Agence Cosmographique" im Hinblick auf das kommerzielle Service von Reuters auszuhandeln.[14] In Wien hingegen soll Geiringer nicht bloß vertragliche Beziehungen knüpfen, sondern eine Umwandlung der amtlichen Agentur in eine in genossenschaftlichem Besitz der Zeitungen befindliche initiieren. Dabei gilt die italienische „Agenzia Nazionale Stampa Associata" (ANSA) als Vorbild, die sich im befreiten Italien konstituiert hat, nachdem die „Psychological Warfare Branch" der Alliierten ihre Tätigkeit eingestellt hat. Die ANSA ist im Besitz von zwölf Tageszeitungen und genoß von Anfang an die besondere Unterstützung von Cecil Sprigge, dem „Chief Representative" von Reuters in Italien; bei Reuters war man strikt gegen eine Neuauflage der ehemaligen Regierungsagentur Agenzia Stefani oder die Gründung einer neuen Staatsagentur.

Ein wesentlicher Grundsatz der genossenschaftlichen Organisationsform, wie sie die ANSA verkörpert, ist die Absage an eine staatlich inspirierte Nachrichtenpolitik, aber auch an eine ökonomische Profitorientierung. Regierungsinteressen wie Gewinnstreben sind dem zentralen Zweck der Genossenschafter untergeordnet, alle beteiligten Zeitungen kostengünstig mit dem Rohstoff Nachricht zu versorgen.[15] Daneben weist das genossenschaftliche Prinzip einen ideellen Nutzen auf. Tendenziös motivierter Einseitigkeit der Nachrichtensammlung wirkt die Pluralität der Genossenschafter entgegen, deren Mitgliedschaft freiwillig ist und jederzeit beendet werden kann; jedes Mitglied hat eine gleichwertige Stimme, bei Abstimmungen entscheidet das Mehrheitsprinzip.[16] Vielzahl und Vielfalt an Mitgliedern sollen verhindern, daß eine starke Interessensgruppe – ob staatlicher oder ökonomischer Provenienz – die Oberhand bekommt.

Ähnliches ist für Österreich geplant. Seitens der amerikanischen Besatzungsmacht wird am 29. Oktober 1945 im Exekutivkomitee der „Alliierten Kommission" ein Vorschlag für die Gründung einer österreichischen Nachrichtenagentur eingebracht. Dabei wird als ein Ziel betont, die Einrichtung einheimischer Informations- und Nachrichtendienste nach angloamerikanischem Muster – etwa der Associated Press – zu fördern, sobald es die politische, verwaltungsmäßige und wirtschaftliche Wiederherstellung des Landes erlaube. Jede Art von staatlicher Kontrolle soll künftig ausgeschlossen werden, zudem solle die neue Agentur in ihrer Tätigkeit nicht durch die Zonenteilung Österreichs beeinträchtigt werden, also für das gesamte Bundesgebiet arbeiten. Abschließend wird dem „Alliierten Rat" empfohlen, durch eine Viermächteabteilung eine „cooperative, non-profit news agency for Austria in which the owner-ship would be shared by any publisher willing to subscribe to it, pay his prorata share for the operating cost and contribute to its management"[17] zu gründen.

Alfred Geiringer, der im Auftrag von Reuters dafür sorgen soll, daß die neue Agentur einen Exklusivvertrag mit den Briten eingeht, erfährt im Zuge eines Gesprächs mit Ralph Murray und Charles de Beauclerc, beide von den britischen Behörden in Wien, von der Initiative der Amerikaner. Er ist mit dem Vorstoß nicht glücklich, befürchtet er doch, daß eine vom Alliierten Rat initiierte Agentur kein einseitiges Abkommen mit Reuters treffen könnte, da auch Franzosen, Amerikaner und Russen in die Verhandlungen miteinbezogen werden müßten. Er schlägt deshalb vor, nicht zu hastig vorzugehen und von seiten Großbritanniens vorerst keine Empfehlung an den Alliierten Rat abzugeben. Den Österreichern soll Zeit bleiben, aus eigenem Antrieb eine Agentur ins Leben zu rufen, ein exklusives Abkommen mit Reuters zu treffen und so ein „fait accompli" zu schaffen.

Geiringer nimmt in der Folge Kontakt zum Präsidenten Karl Renner auf, den er als Mitglied der „Sozialistischen Mittelschüler" bereits vor dem Krieg persönlich kennengelernt hat.[18] Er kontaktiert auch den Kanzler Leopold Figl und die potentiellen Genossenschafter, die Herausgeber der großen Zeitungen. Am 23. November 1945 telegrafiert er an Reuters, daß ein Treffen mit den Vertretern der Parteizeitungen – Edmund Weber, dem Herausgeber des *Kleinen Volksblatts*, Oscar Pollak, dem Chefredakteur der *Arbeiter-Zeitung*, und Erwin Zucker-Schilling, dem Chefredakteur der *Österreichischen Volksstimme* – stattgefunden habe. Die Vertreter der Parteiblätter, so Geiringer, zeigten sich hellauf begeistert von der Idee, eine genossenschaftliche Agentur einzurichten, die eng mit Reuters zusammenarbeite. Außerdem sprächen sie sich ohnedies gegen eine Belassung der Amtlichen Nachrichtenstelle in der derzeitigen Form aus. Das Service der Amtlichen Nachrichtenstelle, „which suffers from all the shortcomings of the European agencies without any of their good points",[19] würde als schlechter empfunden als das des britischen Besatzerdienstes ACA, weshalb die Zeitungen eher auf das Material der ACA als auf das der ANA zurückgreifen. Fazit: die Chefredakteure wollen die Regierung bitten, ihnen das Vermögen und die Ausrüstung der Amtlichen Nachrichtenstelle für eine neu zu gründende Agentur zu überlassen und planen ein Treffen mit dem Bundespressechef Wirth, um die Abwicklung zu besprechen.

Die Zeitungslandschaft in Österreich ist im Winter 1945, abgesehen von den Besatzerzeitungen, von den Blättern der drei regierenden Parteien dominiert. Der Umstand, daß die wichtigsten Zeitungen den (Regierungs)Parteien unterstehen, mag ein wesentlicher Grund dafür sein, daß sich die Regierung recht schnell mit dem Gedanken abfindet, die Amtliche Nachrichtenstelle aus ihrem direkten Einflußbereich zu entlassen und in die Hände der Zeitungen – vorwiegend ihrer eigenen Zeitungen – zu legen. Es gibt aber auch Betroffene, die mit einer derartigen Lösung nicht zufrieden sind. Einen jener versteckten Gegner ortet Geiringer in der Person Wirths, der die Nachrichtenstelle in ihrer bestehenden Form belassen will. Als Leiter des Bundespressedienstes, dem die Amtliche Nachrichtenstelle untersteht, würde Wirth gerne weiterhin die Fäden in seiner Hand behalten. Er ist sich aber, laut Geiringer, bewußt, daß er sich für eine der beiden Funktionen entscheiden muß. Ausschlaggebend für diese Einsicht dürfte laut Geiringer die Empfehlung der Amerikaner bezüglich einer Neugründung der österreichischen Nachrichtenagentur gewesen sein. Wirth habe zudem gemeint, ihm sei bewußt, daß Reuters nicht mit einer offiziellen Staatsagentur zusammenarbeiten würde, da er einen diesbezüglichen Artikel in der britischen Zeitschrift *World's Press News* gelesen habe. Wirth habe zudem von Widerstand im Kabinett gegenüber der Idee berichtet, die Nachrichtenstelle aus dem Einfluß des Staates zu entlassen; er habe die Betreffenden aber von der Notwendigkeit einer Umwandlung in eine Genossenschaft überzeugen können. Der scharfsinnige Beobachter Geiringer ist jedoch der Meinung, daß Wirth dies aus Zwang, und nicht aus persönlicher Überzeugung getan habe. Geiringer erwähnt Wirth in seinem Bericht abschätzig, als er Vorschläge bezüglich der Leitung der künftigen österreichischen Nachrichtenagentur unterbreitet; Wirth sei zu sehr Beamter: „I feel he is too much of the ‚old routinier' type to be an easy man to cooperate with and he is also too much civil servant to make a good head of a news agency."[20] Wirth solle künftig keine führende Position einnehmen, aber man werde mit ihm verhandeln müssen, da er sonst die Umwandlung sabotieren könnte. Pollak von der *Arbeiter-Zeitung* und Weber vom *Kleinen Volksblatt* wären zwar geeignet, die Transformation der Amtlichen Nachrichtenstelle in die neue Form durchzuführen, aber keiner von beiden wäre letztendlich ein guter Manager, und keiner würde die Position wirklich wollen. Auf den Kommunisten Zucker-Schilling geht Geiringer gar nicht ein.

Die Initiative der USA bezüglich der Einrichtung einer neuen österreichischen Nachrichtenagentur deutet Geiringer dahingehend, daß die Amerikaner möglichst rasch das Land verlassen wollten. Den einzigen Widerstand gegen die Umwandlung ortet er bei den Sowjets, aber auch dieser sei nicht allzu vehement. Im Sinne einer Zwischenbilanz merkt er an, daß bislang die drei österreichischen Parteien, die führenden Zeitungen, die britischen und amerikanischen Bevollmächtigten und der Bundespressechef Wirth der Bildung einer genossenschaftlich organisierten Nachrichtenagentur zugestimmt hätten. Es gebe zudem noch keine offenen Anzeichen für Initiativen der amerikanischen Agenturen Associated Press und der kommerziellen United Press, die sich in Österreich ansiedeln und damit die Pläne von Reuters durchkreuzen könnten, „but no doubt both AP and UP are watching and preparing."[21]

Bei Reuters macht man sich daraufhin an die Arbeit. Der „European Mangager" von Reuters, Cecil Fleetwood-May, wendet sich in einem Brief vom 22. Jänner 1946 an Wirth. Er teilt darin mit, daß Reuters gerne mit der neuen Nachrichtenagentur zusammenarbeiten werde: „We are looking forward to close and friendly collaboration with the new Austria news agency which, I understand, is to be formed, owned and run by the Austrian newspapers on a co-operative basis, similar to Reuters and other European newsagencies."[22] Fleetwood-May betont, daß Wirths Hilfe bei der Umwandlung der Amtlichen Nachrichtenstelle in eine Genossenschaft der Zeitungen eine große Bereicherung darstelle.

Tatsächlich spielt Wirth bald keine Rolle mehr in dieser Angelegenheit, nachdem ihn Fritz Meznik als Bundespressechef ablöst. Einen Anhaltspunkt, weshalb Wirth abgelöst wird, führt Geiringer an, wenn er meint, daß ihn die Amerikaner verdächtigten, die staatliche Agentur erhalten zu wollen und zudem den Briten zu freundlich gesinnt zu sein, da er Reuters- und BBC-Nachrichten durch die Amtliche Nachrichtenstelle ausgegeben habe.

In der Zwischenzeit haben die amerikanischen Bevollmächtigten in Wien Mitte Jänner neuerlich die Initiative hinsichtlich der Gründung einer Nachrichtenagentur ergriffen und ein Treffen mit den Verantwortlichen der Besatzungsmächte und den Zeitungsherausgebern einberufen. Den Vorsitz bei diesem Treffen führt der „Chief U.S. Information Officer" in Wien, Arthur McChrystal. Weiters anwesend sind Oscar Pollak, Ernst Fischer, Edmund Weber und Erwin Zucker-Schilling sowie Vertreter des britischen und französischen „Information-Service" anwesend. Von der sowjetischen Besatzungsmacht ist kein Vertreter dabei.

Auf dem Treffen wird die weitere Vorgangsweise besprochen. Nachdem sich die Vertreter der Zeitungen ausdrücklich für die Form einer genossenschaftlich organisierten Nachrichtenagentur aussprechen und auch von politischer Seite – Kanzler Leopold Figl habe seine Zustimmung gegeben, heißt es – kein Widerstand zu erwarten ist, geht es nun um Details. Man ist sich nicht einig, ob sich die Organisationsform an jener der Agentur Reuters orientieren soll (die Präferenz Pollaks), oder an jener der amerikanischen Associated Press (was pikanterweise die beiden kommunistischen Vertreter vorschlagen). Außerdem gibt es Zweifel, ob der neuen Agentur genügend technische Ressourcen zur Verfügung stehen werden. Dem hält Beauclerc, der britische Bevollmächtigte, entgegen, daß in Österreich ausreichend Material, einschließlich Fernschreiber, erhältlich wäre und daß die neue Agentur nötigenfalls auch Hilfe von Reuters oder der amerikanischen Agenturen bekommen könne. Die österreichischen Zeitungsvertreter meinen zuversichtlich, daß ohnehin die Ausrüstung der Amtlichen Nachrichtenstelle der neuen Agentur übergeben werde. Um diese und andere Angelegenheiten hinsichtlich der Bildung der neuen Agentur zu regeln, wird ein Komitee unter dem

Vorsitz Edmund Webers gebildet. Dem Komitee gehören die Chefredakteure Oscar Pollak von der *Arbeiter-Zeitung*, Gustav Canaval von den *Salzburger Nachrichten*, Erwin Zucker-Schilling von der *Volksstimme*, Ernst Fischer vom *Neuen Österreich* und Hans Behrmann, der Herausgeber der *Oberösterreichischen Nachrichen*, an.[23] Laut Beauclerc, so berichtet Geiringer nach London, würde die Angelegenheit durch den Druck der Amerikaner nun beschleunigt und konkrete Ergebnisse könnten in den nächsten Wochen erwartet werden. Durch diese Entwicklung werden aber Geiringers Pläne, einen Exklusivvertrag mit der neuen Nachrichtenagentur abzuschließen, durchkreuzt. Er schreibt, nicht ohne ärgerlichen Unterton:

> Thus it seems that the Austrians because of their lack of initiative, their undue attention to party aspects and their general hardiness have missed the opportunity of creating an agency on their own and now the whole affair is under the aegis of the Allied Control Commission. As a result the new agency will (...) have to be prepared to deal with the agencies of all four Allied powers represented on the Allied Control Commission on an equal footing, i.e. they will have to take the services of TASS, AFP, AP and/or UP besides Reuters.[24]

Der Druck der Amerikaner macht vorerst aber nur begrenzt Eindruck; in einer Notiz vom 11. Februar 1946 meldet Geiringer unter Berufung auf Murray, den Vertreter der britischen Behörden in Wien, nach London, daß die Österreicher keinen Fortschritt bei der Gründung der genossenschaftlichen Agentur machen würden. Die Gründe dafür seien, „apart from the usual ones", die Angst, daß die neue Agentur unter Druck der Russen geraten könnte, zudem finanzielle Erwägungen. United Press und Associated Press wiederum übten Druck aus, damit sich Österreich gegenüber dem privaten Agenturmarkt öffne, weil sie eigene Büros einrichten wollten. Die amerikanischen Besatzer wollten bis spätestens 1. Mai ihr offizielles Nachrichtenservice in Österreich beenden. Außerdem kursiere das Gerücht, daß die TASS ein eigenes großes Nachrichtenbüro zur Verbreitung russischer Nachrichten in Österreich einrichten wolle. Geiringer schreibt, Murray dränge darauf, daß sich Reuters darauf vorbereiten soll, in Wien ein eigenes Büro zu installieren, um zu verhindern, daß die amerikanischen Agenturen eine beherrschende Stellung in Österreich erlangen könnten.[25]

In der Londoner Reuters-Zentrale zeigt man sich indes gelassen. Der für Europa zuständige Fleetwood-May meint, daß keine Veranlassung für überstürztes Handeln bestehe. Man sei nicht bereit, das Feld den anderen zu überlassen, aber Reuters wäre momentan nicht geneigt, einen teuren Übersetzungs- und Verbreitungsdienst zu organisieren. Wenn ein solcher Dienst von den Amerikanern eingerichtet würde, wäre man nicht sehr beunruhigt, da man auf die Erfahrungen in anderen befreiten Ländern setze, wo Reuters von überstürzten Handlungen Abstand genommen und dadurch durchaus profitiert habe. Man werde die Situation aber wachsam beobachten, um nicht den anderen Fehler zu machen – nämlich zu spät zu handeln.[26]

Die Gründung der APA

Unterdessen muß auch der österreichische Amtsapparat zur Kenntnis nehmen, daß die Entscheidung für eine unabhängige Agentur gefallen ist. Und dies, obwohl die Mitarbeiter und Mitarbeiterinnen der Amtlichen Nachrichtenstelle, die die Entnazifizierung überstanden haben, erst Anfang Februar 1946 den Treueeid auf die Republik abgelegt haben. Sie haben sich verpflichtet, daß sie in ihrer Funktion als Mitarbeiter der amtlichen ANA ihre „ganze Kraft in den Dienst des österreichischen Volkes und des Wiederaufbaues unserer schwer geprüften Heimat stellen werden."[27] Die Zeit der Regierungsagentur geht aber zu Ende.

Auf eine Anfrage der steirischen Landesregierung an das Bundeskanzleramt, ob die Absicht bestehe, wieder eine Filiale des amtlichen Nachrichtenbüros in Graz einzurichten, ergeht am 20. März 1946 die Antwort, daß das Bundeskanzleramt die notwendigen Einrichtungen bereits vorbereitet hätte, wäre nicht, „wie streng vertraulich mitgeteilt wird, die Frage der allfälligen Entstaatlichung der Amtlichen Nachrichtenstelle in ein aktuelles Stadium getreten". Der Abschluß internationaler Nachrichtenverträge, welche die Voraussetzung des seitens der Tageszeitungen geforderten Nachrichtendienstes für Auslandsmeldungen und für die „Unterbringung" österreichischer Pressenachrichten im Ausland, bildeten, scheint „von der Loslösung der Nachrichtenstelle aus dem rein staatlichen Charakter abhängig gemacht zu werden". Die Entscheidung, so der Hinweis in diesem Schreiben, werde „schon bald" fallen.[28]

Am 6. April 1946 wird auf einer konstituierenden Vollversammlung die Gründung der Genossenschaft „Austria Presse Agentur" (APA) beschlossen. Der Name der neuen Agentur geht auf einen Vorschlag Geiringers zurück; seine Argumente finden Anklang: einerseits ist durch die Ähnlichkeit der beiden Kürzel APA und ANA eine Anlehnung an die bisherige Agenturbezeichnung gegeben, andererseits ist die Abkürzung auch auf englisch (Austrian Press Agency) und französisch (Agence de Presse Autrichienne) nachvollziehbar.[29] Es ist jedoch nicht die Agentur, die sich Geiringer gewünscht hat, nämlich eine exklusiv an Reuters gebundene. Die APA ist ein Produkt amerikanischer Besatzungspolitik.

Auf der ersten Vollversammlung sind die Mitglieder der neuen Genossenschaft, die Vertreter der Zeitungen, anwesend; als Gäste wohnen der Versammlung Albert van Eerden, „Deputy Chief" der amerikanischen „Information Service Branch" und Fritz Meznik vom Bundespressedienst bei. Zunächst wird die Rolle der amerikanischen Besatzer als Geburtshelfer für die neue Agentur gewürdigt, indem der Vorsitzende des vorbereitenden Komitees, Edmund Weber, im Namen der österreichischen Tagespresse dem Chef des amerikanischen Informations- und Kulturdienstes, McChrystal, für seine Initiative in dieser Frage und dem Ehrengast, Professor van Eerden, für seine „wertvolle beratende Mithilfe in all den schwierigen Verhandlungen" dankt. Im weiteren werden die Grundlagen für die Genossenschaft Austria Presse Agentur festgelegt, das Statut und die personelle Besetzung des Vorstands und Aufsichtsrats. Das Statut der Austria Presse Agentur legt die Unabhängigkeit fest; Zweck und Ziel der Genossenschaft sind ein unabhängiger Nachrichtendienst für die österreichischen Zeitungen, die APA dürfe „weder direkt noch indirekt von einer privaten oder amtlichen Stelle finanziert werden, noch unter einer wirtschaftlichen oder geistigen, mit den Grundsätzen der Demokratie unvereinbaren Beeinflussung stehen." Mitglied der Genossenschaft kann jede physische oder juristische Person werden, die eine seit mindestens einem halben Jahr bestehende österreichische Tageszeitung mit mehr als 5.000 Stück Auflage herausgibt.[30] Die Organe der Austria Presse Agentur sind der Vorstand und der Aufsichtsrat, beide auf drei Jahre gewählt, sowie die Generalversammlung der Genossenschafter. Der Vorstand setzt sich aus drei Vertretern der Wiener Presse und drei Vertretern der Länderzeitungen zusammen, wobei die von den Parteien bereits festgelegte Auswahl – zwei Vertreter von der ÖVP-Presse, zwei Vertreter der SPÖ und je ein Vertreter der KPÖ und der „neutralen" Presse – das Übergewicht der Parteien nach Proporzmanier zementiert. Vorstandsvorsitzender ist Oscar Pollak. Ebenfalls „aufgrund einer Parteienvereinbarung" wird der Aufsichtsrat besetzt. Zum Aufsichtsratsvorsitzenden wird als Gegengewicht zum „roten" Pollak der „schwarze" Edmund Weber bestimmt. Der Aufsichtsrat setzt sich aus zwölf Mitgliedern – und zwar aus sechs Vertretern der Wiener Presse und sechs der Länderpresse – zusammen, wobei jeweils vier der ÖVP und der SPÖ und jeweils zwei der KPÖ und der parteiunabhängigen Presse angehören. Erster Generaldirektor wird der bisherige Leiter der Amtlichen Nachrichtenstelle, Karl Siepen (ÖVP), journalistischer Leiter und Chefredakteur Vinzenz Ludwig Ostry (SPÖ).

Ostry war zuvor Chefredakteur der Nachrichtenabteilung des „Österreichischen Rundfunks", die er nach dem Krieg (den er in Gefängnissen und im Konzentrationslager Buchenwald durch- und überlebte) aufgebaut hat.[31] Zum Schluß der Sitzung wird eine Resolution gefaßt, die der Vertreter des Bundespressedienstes Meznik an die Bundesregierung weiterleiten soll:

> Die Vertreter der österreichischen Presse haben in ihrer Versammlung am 6. April 1946 das Statut der neu gegründeten Austria-Presse-Agentur angenommen und den Vorstand und Aufsichtsrat gewählt. Sie bitten die Bundesregierung, mit dem Beginn der Tätigkeit der Austria-Presse-Agentur die Amtliche Nachrichtenstelle auflösen zu wollen und bitten die Nominierung eines Vertreters der Bundesregierung, mit dem Vertreter der Austria-Presse Agentur wegen Ueberlassung des von der Amtlichen Nachrichtenstelle benützten Staatseigentums (Apparate, Einrichtungsgegenstände usw.), Eintritt in den Mietvertrag, Ueberführung von Angestellten in das neue Unternehmen usw. verhandeln können.[32]

Kaum ist die APA aus der Taufe gehoben, nimmt Alfred Geiringer Verhandlungen mit Vertretern der neuen Genossenschaft auf, im Zuge derer eine erste Fassung eines Vertrags zwischen der APA und Reuters ausgearbeitet wird. Der Generaldirektor von Reuters, Christopher Chancellor, schreibt unter Berufung auf die Vertragsfassung an Karl Siepen, den zukünftigen Generaldirektor der APA: er wolle ihn und die Mitglieder der Verwaltungsdirektion zur Unterzeichnung des Vertrags nach London einladen, wobei man ihnen die Agentur Reuters zeigen und persönlich Bekanntschaft schließen könne. Für die Belieferung der Austria Presse Agentur mit Reuters-Nachrichten stellt Chancellor einen Rabatt für die ersten 12 Monate in Aussicht.[33] In dem am 20. Mai abgeschlossenen Vertrag bekennen sich beide Partner zum freien Nachrichtenverkehr; sie erklären, „that they are news agencies serving no other purpose than the distribution of truthful unbiased news, that they are free from any Government or tendentious control and that the news which they supply to each other shall be compiled and selected purely on its merits as news, and that the editorial discretion on each side is free from outside dictation or pressure."[34]

Noch im Mai 1946 dringt die Neuigkeit von der Gründung der Austria Presse Agentur ins österreichische Parlament. Der eng mit der Geschichte der Amtlichen Nachrichtenstelle verbundene Eduard Ludwig, Bundespressechef des Ständestaates und nunmehr ÖVP-Abgeordneter, bemerkt, daß das Parlament von den Plänen zur Umwandlung der Amtlichen Nachrichtenstelle eigentlich nichts erfahren habe. Er fragt nach den Motiven, „auf Grund derer man diese altehrwürdige, an die hundert Jahre alte Institution auf einmal aus den Händen des Staates weggibt und einer Privatgesellschaft, einer Art Associated Press, überträgt."[35] Ludwigs Lobgesang auf die altehrwürdige Amtliche Nachrichtenstelle entgegnet der SPÖ-Abgeordnete Karl Mark mit einem Hinweis auf deren Mißbrauch während des Ständestaates; die neue Agentur beruhe im Gegensatz dazu als genossenschaftliches Institut auf der Zusammenarbeit aller österreichischen Tageszeitungen und gebe Nachrichten von allen Seiten weiter. Es sei, so der sozialdemokratische Abgeordnete, wichtig, daß die Parteizeitungen als Eigentümer fungieren: „Nur diese, auf einer Übereinkunft aller drei Parteien beruhende Nachrichtenvermittlung wird imstande sein, eine Gewähr für unparteiische Berichterstattung zu bieten."[36] Diese Interpretation ist freilich nicht unbedingt im Sinne der angloamerikanischen Erfinder; die anstelle der Staatseigentümerschaft präferierte Genossenschaft der (Regierungs)Parteien entspricht nur bedingt dem Primat einer unabhängigen Presselandschaft. Es ist eine recht eigenwillige Form von Pressefreiheit, die in der österreichischen Proporzdemokratie um sich greift – in der Presselandschaft wie in der Austria Presse Agentur.

Zur formalen Abwicklung der Übergabe der Amtlichen Nachrichtenstelle tritt der Bundespressedienst mit der Austria Presse Agentur in Verhandlung. Grundlage ist ein Ministerratsbeschluß vom 9. April 1946, worin die Regierung ihre Einwilligung zu den Verhandlungen kundgibt – wenn auch mit Bedingungen. Die Regierung will die Wahrung der „Interessen des Bundeskanzleramtes/Äußeres" und die vom Finanzminister geäußerten „Wünsche finanzieller Natur" berücksichtigt wissen. Sie will sich der neu zu gründenden Agentur weiterhin als offiziöses Sprachrohr versichern und dabei möglichst günstig aussteigen. Die finanziellen Wünsche beziehen sich auf eine zumindest teilweise Übernahme der Pensionslasten der Amtlichen Nachrichtenstelle und eine Gesamtübernahme des aktiven Personalstandes durch die APA. Bei den Verhandlungen zeigt sich aber, daß die Vertreter der APA die bessere Position haben. Diese resultiert vor allem aus der Erklärung der internationalen Agenturen, künftig mit einer staatlichen Agentur, „also einem offiziellen Nachrichtenamt einer Regierung aus demokratischen Gründen keine Verträge mehr abzuschließen". Angesichts dessen gesteht man seitens des Bundespressedienstes zu, zufrieden sein zu müssen, daß die Verhandlungspartner überhaupt bereit seien, einen Vertrag mit der Republik Österreich abzuschließen:

> Dieser Vertragspartner hätte nämlich ohneweiteres auf den Vertrag überhaupt verzichten können, weil eine schon in naher

Zukunft ohne Nachrichtendienst der grossen Auslandsagenturen arbeitende Amtliche Nachrichtenstelle von vornherein zum Absterben bestimmt ist und neben der neuen Agentur nur mehr ein ganz überflüssiges von niemanden benötigtes Scheindasein hätte führen können.[37]

An eine Belassung der Amtlichen Nachrichtenstelle in der bestehenden Form ist grundsätzlich nicht mehr zu denken – zumindest bis auf weiteres nicht mehr. Der Vorschlag des Finanzministers, der APA das Inventar der Amtlichen Nachrichtenstelle leihweise zu überlassen, deutet jedoch darauf hin, daß die Regierung sich nicht für alle Zeit aus dem Nachrichtenagenturbetrieb zurückzuziehen gedenkt. Die Vertreter der APA lehnen eine Leihnahme aber ab und bestehen darauf, das Inventar zu kaufen. Dafür erklären sie sich mit einem Kaufpreis von 120.000 Schilling einverstanden, obwohl der Schätzwert nur 70.000 Schilling beträgt. Nach einer Anzahlung von 30.000 Schilling soll der Rest in Jahresraten von 10.000 Schilling abbezahlt werden. Für den Fall, daß die Amtliche Nachrichtenstelle das Inventar nicht verkaufen wolle, drohen die Verhandler der APA, hinsichtlich der Überlassung von Gerätschaften mit dem amerikanischen oder dem britischen Nachrichtendienst in Verhandlungen zu treten. Daß man auf Regierungsseite die Amtliche Nachrichtenstelle noch nicht gänzlich aufzugeben bereit ist, darauf verweist auch der Umstand, daß die Amtliche Nachrichtenstelle nach dem Vertragsentwurf nicht zu existieren aufhören, sondern ihr Dienst für die zehnjährige Dauer des Vertrags mit der Austria Presse Agentur lediglich ruhen würde. Nach Auslaufen des Vertrags kann sie jederzeit wieder aktiviert werden.

Auf der Basis der geführten Verhandlungen arbeitet der Leiter der Finanzprokuratur einen Vertragstext aus. Der angestrebte Termin für die Genehmigung durch den Ministerrat, der 1. Juni 1946, kann zwar nicht eingehalten werden, doch ist man auch auf Regierungsseite um einen Abschluß bemüht. Um die „Unterhandlungsbasis" durch noch längeres Zuwarten nicht weiter zu verschlechtern und da „das derzeitige Übergangsstadium aus Dienstgründen unerträglich wird", stellt man seitens des Bundespressedienstes am 5. Juli 1946 den Antrag, den Vertrag mit der Austria Presse Agentur zu schließen.[38] Es wird festgelegt, daß die Republik Österreich mit 1. August 1946 Vermögenswerte der Amtlichen Nachrichtenstelle um 120.000 Schilling an die Austria Presse Agentur verkauft. Im übernommenen Inventar befindet sich eine „Herrenzimmereinrichtung (3-türiger Bücherschrank, Likörschrank, Schreibtisch, Aktenschrank, 4 Lederfauteuils, 1 Lederbank, 1 Sockeltisch, eine Kaminuhr und ein Angermannteppich (3 x 4 m)"[39] sowie Schreibtische, Schränke, Öfen, Betten, Schlafdecken,

Thonetsesseln, Pendeluhren, ein Paravant und sechs Telefonzellen. Auch technisches Gerät wie Hellschreiber insgesamt 11 Kurz- und Langwellenempfänger, Abziehmaschinen, neun Fernschreiber und 16 Schreibmaschinen, sowie Werkzeug und eine kleine Bibliothek mit Nachschlagewerken gehen in den Besitz der APA über.

Auf personeller Ebene übernimmt die APA die Angestellten der Amtlichen Nachrichtenstelle, sofern diese damit einverstanden sind; für die Angestellten, die nicht übernommen werden, muß die APA für Abfertigungsansprüche aufkommen. Bei dem von der APA übernommen Personal handelt es sich vorwiegend um technische Angestellte und Sekretärinnen. Journalistisches Personal ist kaum vorhanden und muß zu einem großen Teil erst rekrutiert werden. Die 70 Mitarbeiter und Mitarbeiterinnen residieren weiterhin in den Räumlichkeiten in der Wiener Börse, nachdem die Austria Presse Agentur in das Mietverhältnis der Amtlichen Nachrichtenstelle eintritt.

Hinsichtlich der Verbreitung von Regierungsnachrichten wird festgelegt, daß die Bundesregierung und andere Bundespressestellen der APA jene Meldungen, deren Verbreitung gewünscht wird, nicht später als anderen Stellen zukommen lassen. Die APA ihrerseits verpflichtet sich, „die die Öffentlichkeit und die Abonnenten ihres Nachrichtendienstes interessierenden Mitteilungen in gleicher Weise im In- und Ausland zu verbreiten, wie alle übrigen Nachrichten"[40], dabei hat sie jedoch das Recht, die offiziellen Meldungen besonders zu kennzeichnen. Das Recht der österreichischen Bundesregierung und anderer Bundesstellen, Nachrichten auf eine andere Weise in der In- und Auslandspresse zu verbreiten, wird durch den Vertrag nicht eingeschränkt. Zudem muß die APA der Pressesektion des Bundeskanzleramts je ein Exemplar ihres Nachrichtendienstes „gleichzeitig wie den anderen Beziehern" zur Verfügung stellen. Darüber hinaus verpflichtet sie sich, eine „vom Bundeskanzleramt zu bezeichnende Stelle" über bei ihr einlangende wichtige, Österreich betreffende Nachrichten telefonisch zu informieren.

Der Ministerrat tritt am 9. Juli 1946 zusammen und beschließt, der „internationalen Nachkriegslage auf dem Gebiete des Presse-Nachrichtenwesens Rechnung tragend",[41] den, nicht wie ursprünglich vorgesehen mit 1. August, sondern mit 1. September 1946 in Wirksamkeit tretenden Vertrag mit der Austria Presse Agentur abzuschließen.[42] Bemerkenswert ist der Hinweis auf die „Nachkriegslage" – als habe man gegen die Westmächte einen Krieg um das staatliche Agenturmodell verloren.

Nach der Regelung des Verhältnisses zur Republik steht noch das Einverständnis des eigentlichen Souveräns in Österreich, der Besatzungsmächte, aus. Nach einigen Unstimmigkeiten zwischen den

Westalliierten und den Sowjets gibt der Alliierte Rat unter sowjetischem Vorsitz am 7. August Bundeskanzler Figl bekannt, daß nichts gegen die Bildung einer österreichischen Nachrichtenstelle einzuwenden sei. Damit sind die letzten Hindernisse beseitigt und am 27. August 1946 unterzeichnen für das Bundeskanzleramt Leopold Figl und für die Austria Presse Agentur Oscar Pollak und Edmund Weber den Vertrag zwischen der Republik Österreich und der APA. Am nächsten Tag informiert der Bundeskanzler die Präsidentschaftskanzlei, das Bundeskanzleramt/Aeusseres und die Präsidien der Bundesministerien, daß nun die Genossenschaft Austria Presse Agentur die Veröffentlichung und Verbreitung des amtlichen Nachrichtenmaterials „in der von der Amtlichen Nachrichtenstelle bisher geübten Weise“[43] übernehme, wodurch der Regierung die bisherige Publizität gesichert bleibe. Die amtlichen Mitteilungen, die zur Weitergabe an die Presse bestimmt sind, seien wie bisher ausschließlich an den Bundespressedienst zu übermitteln. Weiters werden die Präsidien der Landeshauptmannschaften ersucht, von der Änderung Kenntnis zu nehmen und die dortigen Presseämter zu verständigen.

Über das eigene Fernschreibernetz, das ab 1. September 1946 einsatzbereit ist, übermittelt die APA fortan neben ihrem normalen Dienst amtliche Kommuniqués und offiziöse Aussendungen. Der offizielle Charakter dieser Kommuniqués wird mit dem Vermerk „Amtlich wird mitgeteilt“, „Amtlich wird bekanntgegeben“ oder „Amtlich wird verlautbart“ gekennzeichnet. Die offiziösen Aussendungen, die keinen amtlichen Charakter haben, die dem Bundespressedienst aber als wichtig erscheinen, lassen gegenüber dem Eingeweihten durch den Hinweis „Wie die APA erfährt“ ihren Ursprung erkennen.[44]

Mit dem Datum vom 31. August 1946 ist die „Austria Presse Agentur“ (APA) als registrierte Genossenschaft ins Genossenschaftsbuch am Handelsgericht Wien eingetragen. Das im Statut festgelegte Ziel des Unternehmens ist die wirtschaftliche Förderung der Mitglieder, welche man durch „entgeltliche Versorgung derselben mit Nachrichten aller Art aus dem In- und Auslande unter Zuhilfenahme aller zur Erreichung dieses Zweckes erforderlichen Hilfsmittel, durch die Errichtung von Nachrichtenagenturen im In- und Auslande und durch Beteiligungen an anderen gleichartigen Unternehmungen“ erreichen will. Die Austria Presse Agentur soll einen „unabhängigen Nachrichtendienst für die österreichischen Zeitungen, gleichgültig welcher politischen oder weltanschaulichen Tendenz“[45] gewährleisten. Im ersten Jahr sendet die APA Auslands- und Inlandsnachrichten, Wirtschaftsmeldungen und Kursdienst sowie in- und ausländische Sportnachrichten in einem Umfang von täglich rund

30.000 Worten aus. Im Vordergrund steht die Versorgung der Mitglieder, die mit einem Geschäftsanteil von 1.000 Schilling je 10.000 Stück Auflage das Unternehmen tragen, wobei die Auflage alle vier Monate erhoben wird. Um zusätzliche Kosten zu decken, leisten die Mitglieder vierteljährlich Beiträge, die nach einem bestimmten Schlüssel festgesetzt werden. Mit Ende 1946 sind fast alle österreichischen Tageszeitungen außer den Besatzerzeitungen Mitglieder der Genossenschaft. Lediglich die *Salzburger Nachrichten* und die *Tiroler Tageszeitung* haben noch keine Anteile gezeichnet, auch die *Vorarlberger Nachrichten* sind noch nicht Mitglied; diese Blätter beziehen den APA-Dienst aber im Abonnement.[46]

Da das Nachrichtengeschäft in Österreich ein faktisches Monopol der APA darstellt, ist der Verkauf von Nachrichten an Nichtmitglieder – wenngleich nur als Hilfsgeschäft – zulässig. Neben den Mitgliedern beziehen den APA-Dienst Besatzer- und Wochenzeitungen, die alliierten Radiostationen, andere Nachrichtenagenturen, Vertreter von ausländischen Zeitungen oder Radiostationen und private Firmen.[47] Vor allem der Wirtschaftsdienst ist für private Kunden interessant. Ein Mitarbeiter der APA besorgt den Kursdienst und versorgt Interessenten aus Industrie und Wirtschaft telefonisch mit Marktpreisen; diese Kunden will man auch mit den Spezialdiensten zu bestimmten Wirtschaftszweigen ansprechen. Es ist dies angesichts der darniederliegenden österreichischen Wirtschaft allerdings noch kein besonders großer Bereich.[48] Das Geschäft mit den Nichtmitgliedern ist für die APA dennoch eine wichtige zusätzliche Einnahmequelle. Wie sich im Lauf der Zeit zeigt, stellt gerade jenes „Hilfsgeschäft" einen Großteil des Umsatzes dar, was vom Genossenschaftsverband in fast jedem Bericht rügend angemerkt wird, da dies eigentlich nicht im Sinn einer Genossenschaft sei, letztlich aber zweifellos einen entscheidenden Beitrag zum wirtschaftlichen Überleben der APA darstellt.

Die Nachrichten aus dem Ausland bezieht die APA vorerst von Reuters – allerdings nicht exklusiv. Bis Ende 1947 schließt sie Verträge mit der sowjetischen Agentur TASS, dem amerikanischen „International News Service" (INS), der Schweizerischen Depeschenagentur, mit der man auch eine direkte Fernschreiberverbindung hat, der „Sportinformation Zürich", der ungarischen MTI und der französischen Agence France Presse. Abmachungen über einen Nachrichtenaustausch hat die APA weiters mit der tschechoslowakischen CTK, der PAP (Polen), der TANJUG (Jugoslawien), der ANSA (Italien), der ANP (Holland), dem norwegischen „Norsk Telegrambyra" NTB, Ritzau (Dänemark), dem schwedischen „Tidningarnas Telegrambyra" (TT) und der Agentur in der amerikanischen Zone Deutschlands, der DENA.[49] Abgesehen davon unterhält die APA nichtvertragliche Beziehungen zu RADOR (Rumänien), der „Agence Anatolie", der „Agence Telegraphique Belge" (BELGA) und der bulgarischen Nachrichtenagentur BTA.[50] 1948 tauscht man kurzfristig den Dienst der amerikanischen Agentur INS gegen den der Associated Press, was man, unzufrieden, noch im selben Jahr wieder rückgängig macht. Man baut überdies ein Korrespondentennetz auf und stellt eigene Redakteure in London, Zürich, Prag, Brünn, Paris, Rom und Budapest ein.[51]

Bei der Nachrichtenbeschaffung aus dem Ausland bedient man sich der funktechnischen Übertragung. Die Nachrichten kommen auf dünnen Streifen aus dem Gerät und müssen direkt von den Bändern abgelesen werden. Allerdings ist der Dienst atmosphärischen Störungen ausgesetzt, wodurch immer wieder einzelne Sequenzen verloren gehen. So ist es eine der Aufgaben der Redakteure, den Inhalt der „Lückentexte" zu rekonstruieren; diese Unzulänglichkeit nimmt man aber in Kauf, da man durch die drahtlose Übertragung der russischen Zensur entgeht. Die Streifen werden auf Papier geklebt, sofern nötig übersetzt, von einer Sekretärin mit der Schreibmaschine getippt, vom Fernschreiber auf Lochkarten gestanzt und in dieser Form an die Redaktionen der einzelnen Zeitungen geschickt. Dabei sind die für die vielen Schreibarbeiten nötigen Schreibmaschinen anfangs noch Mangelware. Als man plant, den Dienst auszuweiten, wendet man sich über den Bundeskanzler an die „zuständigen staatlichen Stellen" um Hilfe. Man rechtfertigt das Subventionsansuchen mit dem Argument, daß die APA als die „einzige österreichische Nachrichtenagentur" nicht nur Presse und Rundfunk, sondern auch „Regierung und Wirtschaft mit Informationen versorgt" und daß der Ausbau der Dienste „von höchstem staatspolitischem Interesse ist". Die Bedürfnisse der APA wären aus diesem Grund „an erster Stelle zu berücksichtigen".[52] So ganz gelingt die Emanzipation vom Staat also nicht; eine rudimentäre Bindung bleibt, die jedoch weniger den Interessen der Regierung als denen der Republik gilt und die das Fundament für die öffentliche Aufgabenstellung bildet, die der APA als der einzigen nationalen Agentur künftig immer stärker zukommen wird.

Mit der Austria Presse Agentur ist der Nachrichtendienst in Österreich erstmals dem unmittelbaren Einfluß des staatlichen Presseapparats entzogen, ein mittelbarer Einfluß bleibt freilich bestehen. Als Genossenschaftsmitglieder firmieren die österreichischen Tageszeitungen, allen voran die Zeitungen der Regierungsparteien, was nicht unbedingt eine Gewähr ist für Unabhängigkeit im engeren Sinn. Zudem sind Vorstand und Aufsichtsrat der APA aufgrund von Parteienvereinbarungen proporzmäßig besetzt. Auch in der Inlandsredaktion bildet sich von Anfang an ein proportionales und verfeindetes Duo heraus: Karl Waranitsch und Elisabeth Thury. Beide, Waranitsch, ehemals Chefredakteur des Pressedienstes der Vaterländischen Front,[53] nunmehr ÖVP, und die sozialistische Redakteurin Thury, waren ihrer Überzeugung wegen im Konzentrationslager. Jetzt achten beide darauf, daß die Parteikorrespondenzen ihrer Parteien in entsprechendem Umfang Platz in der Berichterstattung finden, wobei Waranitsch als Ressortleiter trotz der Vehemenz seiner Kollegin zumeist das letzte Wort hat.

Ein gravierendes Problem zu Beginn ist die Rekrutierung von qualifiziertem journalistischen Personal. Dadurch, daß die Branche von jeher männlich dominiert ist, wirkt sich der allgemeine kriegs- und gefangenschaftsbedingte Männermangel negativ aus. Darüber hinaus darf so mancher, der seine Gesinnung allzu offen zur Schau getragen hat, wegen nationalsozialistischer Vergangenheit seinen Beruf nicht mehr ausüben. Infolgedessen besteht die Redaktion neben wenigen Übernommenen hauptsächlich aus jungen Leuten, von denen manch einer noch die Uniform – mitunter auch eine amerikanische oder britische – trägt. Aus dem Widerstand oder dem Konzentrationslager kommen Waranitsch, der Chefredakteur Ostry, die Innenpolitik-Redakteurin Thury sowie Eric Derman und Alfred Jenauth, beide im Auslandsressort tätig. Jenauth ist als 18jähriger Maturant, angewidert von antisemitischem und großdeutschem Gedankengut, das sich in Österreich ausbreitete, und um dem Militärdienst zu entgehen, im Februar 1938 aus Wien emigriert. Nach langer Odyssee, unterbrochen immer wieder durch Internierungen, ist er im Mai 1945 mit der britischen Armee nach Österreich zurückgekommen, wo er bis Mitte 1947 den Nachrichtendienst der britischen Sendergruppe „Alpenland" geleitet hat.[54] Jetzt ist er bei der APA gelandet.

Demgegenüber steht der Leiter des Auslandsressorts, Rupert Schödl, der aus dem nationalsozialistischen Deutschen Nachrichtenbüro übernommen worden ist. Schödl kann sich aber durch ein „ausgleichendes Wesen", das ihm nachgesagt wird, behaupten. Nur einmal droht ihn seine Vergangenheit einzuholen: In der kommunistischen *Volksstimme* vom 10. Jänner 1948 scheint sein Name im Zusammenhang mit Vorwürfen gegenüber ehemaligen Nationalsozialisten auf. In diesem Artikel wird eine Erklärung des Presseamts des ehemaligen Wiener Gauleiters Bürckel vom 15. März 1939 zitiert, nach der einige Schriftleiter des Deutschen Nachrichtenbüros, Hauptstelle Wien, unter anderem auch der nunmmehrige Leiter des Auslandsressorts der APA, Rupert Schödl,

> (…) sowohl während der Zeit der Vorbereitung der Volksabstimmung in Österreich als auch später, und da wiederum besonders

> zur Zeit der Septemberkrise, ausgezeichnete Arbeit geleistet haben. Diese erfolgreiche Leistung gründete sich nicht nur auf den Fleiß und die Bereitwilligkeit der Genannten, sondern auch auf den weltanschaulichen Einsatz für das Reich und die Partei.[55]

Die Nennung Schödls in dieser Causa führt zu großer Aufregung in der APA – doch Schödl geht einige Wochen auf Urlaub und die Angelegenheit verrinnt im Sand.

Amerikanische Sitten

Die Entwicklung Österreichs in den unmittelbaren Nachkriegsjahren wird von der amerikanischen Besatzungsmacht nachhaltig geprägt. Präsident Truman ist von dem Wunsch beseelt, die amerikanische Lebensart und damit das kapitalistische Wirtschaftssystem in die ganze Welt zu tragen, besonders in die besetzten Gebiete Europas. 1947 kündigt der amerikanische Außenminister George Marshall ein Hilfsprogramm zur Wiederaufrichtung der europäischen Wirtschaft an. Von dem in der Folge als „Marshall-Plan" bezeichneten Wirtschaftshilfeprojekt „European Recovery Program" (ERP) profitiert Österreich, wenn auch primär jene Regionen, die in westlicher Besatzerhand sind; der Osten des Landes wird weniger gefördert, da man fürchtet, damit indirekt die sowjetischen Besatzer zu unterstützen.[56]

Vor diesem Hintergrund sind auch die Initiativen am Mediensektor zu verstehen. Die amerikanischen Besatzer unterstützen österreichische Medien, um nach ihrem Abzug eine nach den Prinzipien der freien Marktwirtschaft operierende Medienlandschaft zu hinterlassen. Ohne Pressefreiheit keine Demokratie, ohne Demokratie kein freier Markt, so die Logik. Kent Cooper, der Direktor der Associated Press, schreibt:

> Those interests which have most at stake in our capitalistic economy have this yet to learn: that the one great hope of ultimate world understanding in addition to free international trade must be based, not upon governmental efforts, but upon mutual international acquaintance at the level of the people themselves. This is attainable, if all, through wide unhindered interchange of news completely independent of all governments and conducted solely to inform, with no other intention whatsoever.[57]

Die Trennung von Bericht und Kommentar wird postuliert, damit sich die zeitunglesenden Bürger nach der langen Zeit der Indoktrination durch den Staat endlich im Sinne der westlichen Demokratie eine eigene Meinung bilden können; dazu bedarf es „objektiver“ Nachrichten. Zur Sicherstellung dieses Grundstoffs einer unabhängigen, demokratischen Presselandschaft führen Nachrichtenoffiziere der „Information Service Branch“ (ISB) zahlreiche Gespräche mit dem APA-Chefredakteur Ostry, in denen sie ihre Nachrichtenphilosophie immer wieder betonen. Außerdem stellt der ISB der APA zeitweise zwei der „kompetentesten Redakteure“ des Amerikanischen Nachrichtendienstes zur Verfügung, die beim Aufbau helfen und die Entwicklung in demokratische Bahnen lenken sollen.[58] Auf diese Weise wird der Einfluß von sowjetischen Stellen auf die Austria Presse Agentur fast zur Gänze ausgeschaltet – ein der kommunistischen Partei nahestehender Redakteur in der Auslandsredaktion trachtet allerdings danach, „soviel TASS wie möglich in den Dienst zu bringen.“[59]

Aufgrund ihrer fundamentalen demokratischen Funktion wird die Pressefreiheit von den westlichen Gesellschaften zum Menschenrecht erklärt. In der „Allgemeinen Erklärung der Menschenrechte“ vom 10. Dezember 1948 heißt es im Artikel 19: „Everyone has the right to freedom of opinion and expression; this right includes freedom to hold opinions without interference and to seek, receive and impart information and ideas trough any media and regardless of frontiers.“[60] Die freie Meinungsäußerung gilt als Grundvoraussetzung für die demokratische Willensbildung.

In Österreich unterliegt die mediale Willensbildung jedoch noch weitgehend der Zuständigkeit der Regierungsparteien. Die Blätter der beiden Großparteien dominieren die österreichische Presselandschaft und damit auch den öffentlichen Diskurs. Die Chefredakteure der Parteiblätter sind in der Genossenschaft APA ebenfalls dominant vertreten. Die öffentliche Aufgabe von Medien findet noch keinen Niederschlag. Die Regierungsparteien dominieren die Medienlandschaft und lassen wenig Raum für Opposition. Durch die politische Konstellation des Dreiparteienkabinetts und erst recht nach dem Ausscheiden der KPÖ aus der Regierung im Jahr 1947, das eine Zweiparteienkoalition hinterläßt, herrschen einstimmige Beschlüsse und Klubzwang im Parlament; die Koalitionsvereinbarungen lassen weder für die politische noch für eine allfällige publizistische Opposition Raum.

Opposition findet nur als Ersatzbefriedigung statt, in Gestalt der gleichsam „patriotischen“ Aufgabe, gegen die Besatzung zu opponieren. Die Zeitungen fungieren als Anklageforen gegen Übergriffe vorrangig des sowjetischen Besatzungsregimes, was zu zahlreichen Beschlagnahmen und Vorladungen auf die Kommandatur führt. Bezeichnend ist der Kampf, den Oscar Pollak in der *Arbeiter-Zeitung* gegen die Übergriffe von Rotarmisten führt. Die *Arbeiter-Zeitung* profiliert sich als „Kampfblatt“ gegen einen herrschenden Unterdrücker. Was dadurch verdeckt wird, ist ihr grundsätzliches Dilemma, als ein traditionelles „Kampfblatt“ gegen obrigkeitliche Staatsautorität, das sie ist, nun Sprachrohr einer staatstragenden Regierungspartei sein zu müssen. Dieses strukturelle Problem wird durch die heftigen Auseinandersetzungen mit der sowjetischen Besatzungsmacht lange Zeit überdeckt und erst dann zutage treten, als die Besatzer abziehen, das Ersatzfeindbild nicht mehr zur Verfügung steht und die *Arbeiter-Zeitung* an Resonanz in der Leserschaft verliert.

Vor allem im Bereich der Tageszeitungen in den Bundesländern setzen sich langsam aber doch amerikanische Prinzipien durch.[61] Die parteiunabhängigen Blätter *Salzburger Nachrichten* und *Oberösterreichische Nachrichten* erscheinen als Nachfolgeorgane von Besatzerzeitungen nun unter österreichischer Obhut. Nach den Prinzipien eines freien Markts geführt, sollen sie nach dem Vorbild des *Wiener Kurier* auch nach dem Abzug der Besatzungsarmee amerikanische Pressepraxis verkörpern. Der *Wiener Kurier*, im Auftrag des ISB von dem Presseoffizier Albert W. Reid im August 1945 aufgebaut, gilt als Paradebeispiel für die Verankerung des amerikanischen journalistischen Stils. Bis auf die Chefredakteure – erster Chefredakteur ist Reid selbst – ist die gesamte Redaktion mit österreichischen Journalisten und Journalistinnen besetzt. Die Strategie, nicht nur amerikanische ISB-Offiziere den Mediendienst verrichten, sondern sukzessive auch Österreicher mitarbeiten zu lassen, entspricht der Politik des Dreiphasenplans der amerikanischen Besatzer: man übernimmt zuerst die Kontrolle über den gesamten Mediensektor, stellt daraufhin die Weichen für eine Neuorganisation und Neuorientierung im Sinne eines demokratischen Medienverständnisses und bindet schließlich immer mehr Einheimische ein, um ihnen zu gegebener Zeit die Handhabung zur Gänze zu überlassen.

Theodore Kaghan, dritter Chefredakteur des *Wiener Kurier*, beschreibt, wie sich der Stil des *Wiener Kurier* vom österreichischen in Richtung amerikanischen entwickelt hat. Zuerst hätten im *Kurier* noch österreichische Herausgeber Einfluß nehmen können, was sich im Stil der Zeitung bemerkbar machte: „If news coverage was second-rate because the editors were allowed to devote too much space to ‚journalism‘, European-style, instead of news, American-style. The paper was heavy with culture and light on facts. News was compressed and brief, the headlines rarely stated a fact, they merely announced a subject.“ In der Folge wird dem Blatt jedoch die amerikanische Norm verordnet. Der *Wiener Kurier* wandelt sich: „The chief aspect of the new approach was the American presentation of

News, with headlines to attract the eye and to tell a story. Although European-style reading matter was retained, space was juggled so that a considerable amount of world news was brought to the public daily in a brief, concise, factual manner."[62]

Auf US-amerikanischer Seite ist man im übrigen gut vorbereitet in die Besatzungspolitik gegangen. Zur Transferierung amerikanischer Journalismustraditionen hat das US-amerikanische „War Department“ bereits 1944 ein Handbuch mit dem Titel „Modern News Reporting“ herausgegeben, bestimmt für erzieherische Maßnahmen der amerikanischen Armee in den besetzten Gebieten. Der Verfasser Carl Warren schreibt: „American journalism in the critical year just ahead will call for trained men and women who know how to find facts and wield words in the interest of the nation as well as themselves."[63] In diesem Buch wird vielfältigen Aspekten journalistischen Arbeitens Raum gegeben, vom Start einer journalistischen Karriere, Strukturen in Redaktionen über das Finden einer Story bis zu deren journalistischer Aufbereitung. Behandelt werden auch Kriterien, die den Wert einer Nachricht ausmachen. Diese „Nachrichtenwerte“ unterscheiden sich eklatant von jenen regierungsorientierten, nach denen Staatsagenturen wie die einstige ANA selektierten. Sie zeigen ausschließliche Publikumsorientierung: „Immediacy“, „Proximity“, „Consequence“, „Prominence“, „Drama“, „Oddity“, „Conflict“, „Sex,“ „Emotions“ und „Progress“. Diese Nachrichtenwerte sollen nun auch hierzulande der Pressearbeit zugrundegelegt werden. Neben den Nachrichtenwerten wird der für den amerikanischen Journalismus typische Aufbau von Meldungen eingeführt. Anders als in bisher verankerten Traditionen, nach denen ein Bericht meist chronologisch aufgebaut war, soll er nun nach der umgekehrten Pyramide – „The Inverted News Pyramid“ – aufgebaut werden. Im Gegensatz zur Struktur bei fiktionalen oder dramatischen Darstellungsweisen, wo die Spannung über Details und Hintergrundinformation bis zu einem Höhepunkt aufgebaut wird, ist bei einem Zeitungsartikel der Höhepunkt gleich am Anfang zu setzen: „Spiel den höchsten Trumpf zuerst aus“ lautet das Motto. Die Ausführung der Hintergrundinformation und der Details folgen. In diesem Sinne soll schon aus der Schlagzeile ersichtlich sein, was das Wichtige an der Meldung ist. Im folgenden, den Artikel einleitenden „lead“, sollen die wesentlichen Tatsachen präsentiert werden. Als Gründe für diese Strukturierung nennt Warren die Lesegewohnheiten der amerikanischen Bevölkerung: der US-Bürger habe nur wenig Zeit zum Lesen der Zeitung und möchte möglichst rasch und effizient über die wichtigsten Informationen verfügen. Ist der Leser an einer Meldung besonders interessiert, wird er durch den Meldungsaufbau eingeladen, weiterzulesen; liest er nicht weiter, ist ihm im „lead“ bereits das Wesentliche mitgeteilt. Platz, besser Platzmangel, ist ein weiterer, recht pragmatischer Faktor für die Bedeutung eines guten „leads“. Denn oftmals, so heißt es im Handbuch, müsse ein Artikel gekürzt werden, nachdem er schon beim Satz ist, und dies geschehe, indem man die letzten Sätze weglasse. Wenn die essentiellen Informationen – die Facts zu den Fragen „who – what – when – where – why – how“ – bereits im Einleitungssatz stünden, sei diese Kürzung relativ unproblematisch.[64]

Im Gegensatz zum faktenorientierten Bericht wird der Kommentar als eigener Punkt behandelt. Ein Privileg einer Zeitung sei, so heißt es, das Recht auf fairen Kommentar und auf Kritik von Personen, Gruppen oder Institutionen, die im öffentlichem Leben stehen; bösartige Beleidigung von Privatpersonen könne durchaus einen „libel“-Prozeß nach sich ziehen. In der politischen Berichterstattung rät Warren generell zur Vorsicht. 90% der politischen Reden und des Pressematerials der Politiker sei entweder wortreiches Geschwätz oder Wiederholung. Würde man nur ein bißchen davon drucken, würde die Zeitung schon politische Propaganda vermitteln. Die journalistische Aufgabe bestehe darin, aus dem beigestellten Material jene Informationen auszuwählen, die einen Nachrichtenwert für den Leser besitzen. Vom modernen Journalismus sei eine saubere Linie zu erwarten, es sei nicht an den Zeitungen, Politik zu machen.[65]

Gemäß diesen Grundprinzipien will man seitens des ISB über die Vorzeigezeitung, den *Kurier*, amerikanischen Qualitätsjournalismus demonstrieren. Unter dem Motto Meinungsvielfalt präsentiert der *Kurier* beispielsweise in einer eigenen Kolumne, „The Voice of America“, eine Auswahl von Leitartikeln zu internationalen Themen aus bedeutenden amerikanischen Zeitungen verschiedener Regionen und unterschiedlicher politischer Ausrichtung. Damit erreicht man zweierlei: einerseits gibt man Beispiele von amerikanischem Journalismus und andererseits betont man die Fairness des *Kurier* hinsichtlich der Berichterstattung, indem man keinen der dargelegten Standpunkte favorisiert. In der Einführung der Kolumne wird klargelegt, daß die Auswahl nicht den offiziellen Standpunkt der amerikanischen Regierung oder der amerikanischen Besatzungsmacht in Österreich repräsentiere, um dem noch nicht demokratiegewohnten österreichischen Leser zu zeigen, daß ein Blatt liberal genug sein kann, auch andere, möglicherweise nicht mit der eigenen Auffassung übereinstimmende Meinungen aufzunehmen. Außerdem soll über „ehrlichen Journalismus“ – wenn möglich – auch die andere Seite zu Wort kommen, wie der Deputy Chief des ISB van Eerden meint:

> If, for example, the United States is criticised by an important Russian newspaper, and an American agency carries the story, the

> Kurier will print it if it has any news value, i. e., if the story is a live issue. The Austrian reader, formerly accustomed to seeing one side of the story, is thus given a demonstration of the free press operating in the daily newspaper field.[66]

Diese hehre Absicht kann aber nicht darüber hinwegtäuschen, daß der *Wiener Kurier* eine strategische Waffe im Kalten Krieg ist und durch Betonung der ethischen Seite des US-Systems gezielt der sowjetischen Propaganda vom „ökonomischen US-Imperialismus" entgegenwirken soll; im übrigen läßt man sich bisweilen durchaus zu sowjetfeindlicher Propaganda hinreißen.[67]

Einem weiteren Kriterium des Qualitätsjournalismus will man im *Kurier* „in accordance with the best standards of American journalism" Rechnung tragen – der Verläßlichkeit. Es sollen keine unbestätigten Meldungen veröffentlicht werden. In diesem Sinne vermeide es der *Kurier* tunlichst, Meldungen, wie sie täglich von tendenziösen Agenturen ausgeschickt würden, zu übernehmen, schreibt van Eerden. Oft folge einer solchen Meldung am nächsten Tag das Dementi von offizieller Stelle. Jemand, der neben dem *Kurier* andere Zeitungen, die vielleicht eine solche Meldung veröffentlicht haben, liest, werde feststellen, daß der *Kurier* keine Gerüchte bringe. Durch die Einhaltung dieser Prinzipien fungiere der *Kurier* als „Day-to-Day-lesson in democracy". Über den *Kurier* sollen diese Prinzipien auch an andere Zeitungsherausgeber und in die Austria Presse Agentur, an deren Gründung van Eerden schon als Berater beteiligt war, gelangen. Der im *Kurier* verankerte amerikanische Journalismusstil wird auch insofern in die APA getragen, als man einige im *Kurier* ausgebildete Redakteure für die Arbeit bei der Austria Presse Agentur freistellt, „not only to help the Austrians physically, but also to insure that the Kurier's principles are carried forward."[68]

Neben pressepolitischen Maßnahmen vor Ort initiieren die US-Besatzer einen „aktiven Kulturaustausch", ein „Exchange of Persons". Dieses Austauschprogramm, das die besondere Förderung von Österreichern vorsieht, die im Bereich Erziehung, Religion und Publizistik tätig sind – Professoren, Lehrer und führende Medienleute –, stellt langfristig gesehen eine der erfolgreichsten Maßnahmen der amerikanischen Umerziehungsprogramme dar.[69] Bei der ersten „Fact Finding Mission" fahren im Juni 1949 dreizehn Personen in die USA, neben Franz Cyrus und Inge Santner, beide vom *Wiener Kurier*, Vertretern der Parteizeitungen und zwei Repräsentanten des Bundespressedienstes, findet sich auch Karl Siepen, der Direktor der Austria Presse Agentur, auf der Gästeliste. Zwei Wochen lang können die Presseleute an einem speziellen „University of Missouri Journalism

Project" teilnehmen, bei dem sie Vorlesungen hören und anschließend Zeitungsunternehmen besuchen können, um praktische Erfahrung zu sammeln. Auf diese Weise lernen die Österreicher aus erster Hand die Prinzipien des amerikanischen Journalismus kennen. In den folgenden Jahren werden viele Journalisten in den USA ihr Handwerk erlernen, unter anderem Hugo Portisch, Thomas Chorherr und der Mitarbeiter der APA-Auslandsredaktion Alfred Jenauth, der freilich schon als Mitarbeiter britischer Besatzungsnachrichtendienste eine Schule des angelsächsischen Journalismus durchlaufen hat. Später werden mehrmalige Bitten seitens der „Exchange Activities Section" vom „Office of the United States High Commissioner for Austria", weitere Nachfolger für das Programm zu nominieren, seitens der APA jedoch mit dem Hinweis, man habe zu knappe Personalressourcen, dankend abgelehnt.[70]

Nachträglich kommt die APA aber doch zu einem weiteren „Nutznießer" der Aktion in der Person Otto Schönherrs, des späteren Chefredakteurs. Nach einem Intermezzo in der APA-Auslandsredaktion wird Schönherr vorerst freier Mitarbeiter bei der *Presse* und verbringt als solcher sechs Monate in den Vereinigten Staaten; der junge Reporter kann in sechs verschiedenen Zeitungen in sechs amerikanischen Städten einen Eindruck vom „american way of journalism" bekommen. Mit anderen österreichischen Journalisten nimmt er an einer zweiwöchigen Schulung an der Columbia-University teil; weniger die Theorie, als die Praxis beeindruckt den jungen Journalisten. Er ist begeistert von der Großzügigkeit, mit der die amerikanischen Gastgeber die österreiche Delegation behandeln; jeder Teilnehmer des Programms bekommt ein Stipendium und wird im Laufe der Reise in schönen Hotels untergebracht. Die Teilnehmer, deren Amerikabild noch stark beeinflußt ist von der Propaganda der Nationalsozialisten, lernen ein generöses, unkompliziertes Amerika kennen. Sie erleben im direkten Kontakt mit amerikanischen Reportern ein Arbeiten, das völlig im Gegensatz zu den medialen Sitten des Dritten Reiches steht. Vor allem die intensive Verwendung des Archivs durch die Journalisten, die Art der Recherche und der amerikanische, weniger autoritäre Führungsstil hinterlassen bleibende Eindrücke. Im Gepäck auf dem Weg zurück nach Wien hat Schönherr übrigens das Buch „Modern News Reporting" von Carl Warren... [71]

Der Parteieneinfluß in der APA

1948 wird die Austria Presse Agentur zum Spielball des „Verbands österreichischer Zeitungsverleger" (VÖZ). Der VÖZ ist parteipolitisch besetzt und durch einige Verleger auch in der APA vertreten. Zu seinen Agenden zählt es seit Beginn der Zweiten Republik die Zeitungspreise kartellmäßig einheitlich festzulegen. Die *Kleine Zeitung*, die von Karl Maria Stepan seit Mai 1948 als Wochenblatt, ab Oktober als parteiunabhängige Tageszeitung[72] herausgegeben wird, nachdem sie ihrer nationalsozialistischen Vergangenheit wegen sowohl unter sowjetischer, als auch unter britischer Besatzung lange Zeit verboten war, hält sich jedoch nicht an die getroffenen Vereinbarungen. Es folgt ein „Preiskrieg" gegen die *Kleine Zeitung*. Dadurch, daß sich die *Kleine Zeitung* nicht an die kartellmäßigen Preisabsprachen hält, komme es, argumentiert man seitens des *VÖZ*, zu einem Wettbewerbsnachteil der Parteiblätter *Neue Zeit* (SPÖ) und *Steirerblatt* (ÖVP). Franz Stockbauer von der *Neuen Zeit* schlägt deshalb folgendes vor: „Wenn Gen. Dir. Dr. Stepan allen Argumenten unzugänglich bleibt, bin ich der Meinung, dass die österreichischen Zeitungen (...) ihm auch die Beteiligung an den gemeinsamen Einrichtungen (...) verwehren und es ablehnen, ihn als Besitzer der APA aufzunehmen." Edmund Weber, Mitglied im Vorstandspräsidium des *VÖZ*, sieht die Lösung der Angelegenheit ebenso pragmatisch: „Wer hat den längeren Atem? Die Aufnahme der Kleinen Zeitung in die APA wird vom Vorstand entschieden und daher wahrscheinlich abgelehnt werden können." Über die vorgeschlagene Vorgehensweise, die dem APA-Statut des freien Zugangs eindeutig widerspricht, ist Oscar Pollak von der *Arbeiter-Zeitung* freilich nicht glücklich. Werde die Bereitstellung der Dienstleitung von der Einstellung zu anderen Mitgliedern abhängig gemacht, schaffe es, so Pollak „sehr problematische Beziehungen zwischen dem Grundprinzip der Nachrichtenfreiheit und dem Nachrichtenmonopol, das wir faktisch besitzen." Der Kommunist Zucker-Schilling hingegen findet eine Nichtbelieferung durch die APA überlegenswert, wenn dies „das Erscheinen des Blattes verhindern könnte." In diesem Sinne beschließt man letztlich, daß die APA „die Aufnahme einstweilen zurückstellen" soll, solange Stepan im Preiskrieg nicht einlenkt.[73]

Seitens der *Kleinen Zeitung* reagiert man zunächst verzweifelt; man kann sich nicht vorstellen, wie man ohne den Dienst der Agentur – den einzigen österreichweiten Dienst – eine Zeitung füllen soll. Der designierte Chefredakteur Ircher, ein erfahrener Journalist, meint, ohne die APA könne die *Kleine Zeitung* nicht erscheinen. Ein junger Journalist namens Hans Dichand, der beim britischen Nachrichtendienst gearbeitet hat und weiß, „wie mit wenig Aufwand ein Nachrichtendienst improvisiert werden kann", widerspricht: „Eine Tageszeitung kann auch ohne Nachrichtendienst gemacht werden (...)! Der APA-Boykott ist leicht zu brechen. Benötigt werden ein paar gute Stenotypisten, die Auslandssender aufnehmen können, und ein Korrespondent in Wien, mehr nicht."[74] Dies werde, so verspricht er, billiger und zudem besser sein als der APA-Dienst. Daraufhin organisiert Dichand einen eigenen Nachrichtendienst für die *Kleine Zeitung* und wird schließlich zum neuen Chefredakteur ernannt. Als die APA ihren Boykott aufheben will, braucht die *Kleine Zeitung* ihrerseits deren Dienst nicht mehr. Auf die Dichandsche Weise kann sie zudem der Uniformierung durch die Verwendung von APA-Agenturmeldungen entgehen.

Das Entstehen einer parteiunabhängigen Presse wird seitens der Regierung nach Kräften behindert, von den westlichen Besatzungsmächten in den Bundesländern jedoch unterstützt; bisweilen gehen besatzereigene Zeitungen sogar in private österreichische Hände über.[75] Als Gegenpol zum Zentrum Wien kann sich in den Ländern eine eigenständige Presselandschaft entwickeln. Dies führt dazu, daß als Gegenpol zum parteipolitisch besetzten Verband der Österreichischen Zeitungsverleger (VÖZ) von den Herausgebern der parteiunabhängigen Zeitungen *Salzburger Nachrichten, Oberösterreichische Nachrichten*, *Tiroler Tageszeitung*, *Vorarlberger Nachrichten*, *Neue Freie Presse* sowie einer Wochenzeitung der „Verband Unabhängiger Zeitungen" (VUP) gegründet wird[76] Die parteiunabhängige Presse formiert sich zur Opposition gegenüber den Regierungsparteien. Ihrem Selbstverständnis nach will die freie Presse nicht Parteien, sondern Bürger vertreten und damit eine öffentliche Meinung abseits von Regierung und Parlament repräsentieren. Sie will als öffentliches Forum dienen und als Korrektiv zur Regierung auftreten. Hinter dem viel strapazierten Wort „unabhängig" steckt allerdings weniger das journalistische „Objektivitäts"-Dogma als schlichte Parteiunabhängigkeit. Das Wort „unabhängig" sagt nichts über die tatsächliche Richtung oder Linie der Blätter aus. Es soll nur den Gegensatz zu den Parteizeitungen unterstreichen, die im Osten und Süden monopolartig den Zeitungsmarkt beherrschen.[77]

Die Regierung ihrerseits festigt ihre Position. Nach den Nationalratswahlen von 1949, an denen erstmals der „Verband der Unabhängigen" (VdU)[78] teilnimmt, bleibt alles beim Alten. Die Kanditatur des VdU, jener deutschnational ausgericheten vierten Partei, die als Sammelbecken für viele „ehemalige" Nationalsozialisten dient, hätte Bewegung ins politische Leben bringen sollen, bringt aber erst recht Stagnation. Denn durch die Mandate, die der VdU erringen kann, sinkt die Chance, daß eine der beiden Großparteien zu einer absoluten Mehrheit gelangen und die lähmende Proporzdemokratie beenden könnte; der VdU hingegen kommt durch seine Nähe zu „ehemaligen" Nationalsozialisten für ein Regierungsbündnis kaum in Frage. Was bleibt, ist allein die großkoalitionäre Option, die damit bis auf weiteres prolongiert ist.

Die APA schlittert indes in finanzielle Probleme. Ursache ist ihre Mitgliederzahl. Jedes Mitglied hält einen Geschäftsanteil von 1.000 Schilling je 10.000 Stück Auflage, wobei die Auflage alle vier Monate neu erhoben wird. Bis September 1949 halten 25 Mitglieder, zum überwiegenden Teil Parteiblätter, 142 Genossenschaftsanteile à 1.000 Schilling. Zusätzlich zahlen die Mitglieder, ebenfalls nach Auflagenhöhe gestaffelt, Mitgliederbeiträge an die APA; da aber die Auflagenhöhen der Parteiblätter generell abnehmen, sinken Geschäftsanteile wie Mitgliederbeiträge. Der Genossenschaft Austria Presse Agentur ist neben dem sogenannten Mitgliedergeschäft, welches das in der Satzung vorgesehene Zweckgeschäft ausmacht, zwar auch eine als Hilfsgeschäft bezeichnete entgeltliche Nachrichtenabgabe an Nichtmitglieder gestattet, doch darf dieser Geschäftszweig laut Genossenschaftsrecht das Zweckgeschäft nicht übersteigen. Der Anteil des Hilfsgeschäfts wächst indes beständig, was vom Österreichischen Genossenschaftsverband heftig kritisiert wird: durch diese Entwicklung werde der in den Statuten definierte genossenschaftliche Charakter der APA in Frage gestellt. Standen im Geschäftsjahr 1947 noch rund 1,6 Mio. Schilling Umsatz aus den Mitgliedergeschäft knapp 1,4 Mio. an Nichtmitgliedergeschäft gegenüber, so kippt dieses Verhältnis: 1949 lukriiert die APA 1,6 Mio. Schilling aus dem Mitgliedergeschäft gegenüber 2,12 Mio. aus dem Geschäft mit Nichtmitgliedern. Verschärft wird die Situation durch die sinkenden Auflagenzahlen der APA-Mitglieder, die zu einer rückläufigen Anteilsentwicklung führen. Hielten Ende 1947 24 Mitglieder 207 Anteile, so sanken die Anteile Ende 1948 trotz eines neuen Mitgliedes – den *Vorarlberger Nachrichten* – auf 193; Ende 1949 stehen die Anteile bei 162. Der bis 1948 gestiegene Umsatz der APA sinkt nun beständig, obwohl die Erträge aus dem Nichtmitgliedergeschäft, besonders aus dem Wirtschaftsdienst, steigen. Ein weiterer Faktor in der negativen Bilanz ist der, daß die Preisentwicklung der APA-Nachrichtendienste nicht mit der Steigerung der Betriebskosten Schritt gehalten hat. Die Folge sind Defizite. 1948 hat man einen Verlust von rund 85.000 Schilling geschrieben, 1949 von 124.000. Um dem entgegenzuwirken, wird 1949 der Geschäftsanteil der Mitglieder von 1.000 auf 2.000 Schilling erhöht, außerdem werden Einsparungen im Personaletat getroffen. Waren 1947 noch 118 Personen bei der APA beschäftigt, so sind es Ende 1950 nur mehr 82. Unter die Einsparungen fallen zum Bedauern der Geschäftsführung die Auslandskorrespondenten. Auf manche der einst für die APA schreibenden Korrespondenten kann man weiterhin zurückgreifen, allerdings nur noch als freie Mitarbeiter, also nicht mehr exklusiv. Gezwungenermaßen fällt damit seitens der APA eine Grundsatzentscheidung bezüglich der Auslandsberichterstattung, die

die nächsten Jahrzehnte bestehen bleibt: man verläßt sich fast zur Gänze auf die Belieferung durch ausländische Agenturen.

Obgleich Ende 1949 auch die *Presse* Mitglied der APA-Genossenschaft wird, wird die Höhe des Geschäftsanteils von 2.000 auf 3.000 Schilling weiter erhöht, trotzdem weist die Bilanz der APA im Jahr 1950 noch immer ein Defizit von knapp 23.000 Schilling aus. Die Regierung macht angesichts der besorgniserregenden Lage ein Zugeständnis und weigert sich nicht mehr länger, für den ihr gelieferten Dienst zu zahlen; allerdings dürfte sie dies als einmalige Zuwendung verstehen, denn sie stellt die Zahlungen alsbald wieder ein. Liquiditätsschwierigkeiten ergeben sich auch dadurch, daß das regierungsnahe „Radio Wien" nach wie vor eine nicht seiner Hörerzahl entsprechende Abonnementgebühr bezahlt. Mitte 1950 gelingt es, ein Abkommen zu schließen, wonach ab 1. September 1950 pro Monat und Hörer 7 Groschen bezahlt werden müssen. Doch noch bevor es dazu kommt, zeichnet sich eine weitere schwere Krise ab.

Im Jahr 1950 beliefert die APA ihre Abonnenten täglich mit einem Inlands- und Auslandsdienst in Deutsch, Englisch und Französisch von 25.000 Worten pro Tag. Im Inland werden die Dienste über Fernschreiber, die ans APA-Standnetz angeschlossen sind, verteilt; für den Nachrichtentransfer aus dem und ins Ausland bedient man sich der staatlichen Telegrafen- und Telefonsysteme.[79] Seitens des Verbandes der Unabhängigen Presse (VUP) steht man dem Dienst der APA jedoch mißtrauisch gegenüber – wegen des Einflusses der Regierungsparteien, aber auch wegen der Zensur durch die Besatzer empfindet man die Unabhängigkeit in der politischen Berichterstattung als eingeschränkt. So trachten die unabhängigen Blätter danach, ihren politischen Dienst durch ein möglichst großes Korrespondentennetz selbst zu organisieren. Darüber hinaus keimt im VUP die Idee, eine eigene, parteiunabhängige Presseagentur aufzubauen, was aus Kostengründen aber nicht realisiert werden kann. Im Oktober 1950 treten alle dem VUP angehörenden Zeitungsverlage aus der APA-Genossenschaft aus – vordergründig wegen der passiven Gebarung. Dahinter steckt aber wohl mehr. Besonders die Intervention bei der Aufnahme der *Kleinen Zeitung* hat Unmut erregt, aber auch die proportionale Postenbesetzung in der APA-Führungsetage (der Generaldirektor Siepen steht bekanntlich der ÖVP, Chefredakteur Ostry der SPÖ nahe), und die Übermacht der Parteiblätter tun das Ihre.[80] Das erdrückende Verhältnis zwischen Parteizeitungen und parteiunabhängigen Zeitungen in der APA betrug zuletzt (1949) noch 20 : 5. Der Austritt der Vertreter der parteiunabhängigen Presse bedeutet für die APA beträchtliche finanzielle Einbußen. Auch aus inhaltlicher Sicht droht eine existenzielle

Krise. Ausschließlich von den Parteizeitungen getragen, droht die APA erhebliche ideelle Einbußen zu erleiden und an Glaubwürdigkeit zu verlieren, da sie das pluralistische Spektrum der österreichischen Presselandschaft nicht mehr abdecken kann.

Ist das Konfliktpotential in einer Genossenschaft grundsätzlich ein hohes[81], so ist es in der APA von besonderer Brisanz: nicht genug damit, daß die Genossenschafter Konkurrenten auf dem österreichischen Zeitungsmarkt sind, was auch in genossenschaftlichen Agenturen anderer Länder der Fall ist,[82] verläuft die in Österreich besonders stark ausgeprägte Bruchlinie zwischen regierungsnahen Parteizeitungen und parteiunabhängigen Blättern durch die APA und droht die Agentur zu zerreißen. Verstärkt wird dieser Konflikt durch den Umstand, daß die von den westlichen Besatzungsmächten geförderte unabhängige Presse einen Aufschwung nimmt und die Parteiblätter alten Stils um ihr Überleben zu kämpfen beginnen. Noch haben die Parteizeitungen eine knapp höhere Druckauflage als die parteiunabhängige Presse, doch geht ihre Ära zu Ende.

Eine zusätzliche Belastung für die parteidominierte APA stellt ironischerweise die zunehmende Konkurrenz durch die Pressedienste der Parteien dar, die besonders bei der Inlandsberichterstattung immer stärker in der Vordergrund treten. Die Korrespondenzen der Regierungsparteien – die „Sozialistische Korrespondenz" und der „ÖVP-Pressedienst" – stellen ihren Dienst den ihnen nahestehenden Blättern zu niedrigen Bezugspreisen und der unabhängigen Presse, die nicht bereit ist, für die Parteienpropaganda zu zahlen, überhaupt gratis zur Verfügung. Darüber hinaus bereiten sie der APA dadurch Konkurrenz, daß sie ihnen nahestehenden Blättern parteiinterne Nachrichten vorzeitig zukommen lassen. Ein „kritischer Leser" bringt dieses Problem im *Wiener Kurier* zum Ausdruck: Er habe die Beobachtung gemacht, daß etwa Nachrichten aus dem Ministerium für Handel, Landwirtschaft und Unterricht und den von der Volkspartei besetzten anderen Institutionen nur über den ÖVP-Pressedienst, wichtige Mitteilungen aus dem Innenministerium, aus den Ressorts für Justiz, soziale Verwaltung, verstaatlichte Betriebe und der Gemeinde Wien nur durch die Sozialistische Korrespondenz ausgegeben würden: „Ehe noch – und dies kann man beispielsweise durch Vergleiche mit den ‚amtlichen' Aussendungen feststellen – sich Minister über wichtige Fragen äußern, wissen die Pressedienste ihrer Partei schon Bescheid und machen Tage vorher Mitteilung." Nun fragt der besorgte Leserbriefschreiber, wozu man „einen staatlichen Informationsdienst" betreibe, der, „wie die Budgetberatungen beweisen", jedes Jahr genug koste. „Die Bevölkerung", fährt er fort, „möchte die Gewißheit haben, daß sie wirklich sachlich und nicht politisch gefärbt informiert wird. Sie hat ein Recht darauf, daß ihr grundsätzliche Mitteilungen in einer Form serviert werden, die jeder Beurteilung standhält."[83]

Auf die Einstufung der Austria Presse Agentur als „staatlicher Informationsdienst" reagiert der ÖVP-Pressedienst, ohne freilich auf den Kern des Problems einzugehen. Die Austria Presse Agentur sei ein privates Unternehmen in den Händen der österreichischen Zeitungen; daß der zum Bundeskanzleramt gehörende Bundespressedienst „zur Verbreitung der amtlichen Mitteilungen die ‚APA' benützt, darf nicht zu dem falschen Schluß führen, diese sei eine staatliche Einrichtung."[84]

In der von mehreren Seiten bedrängten APA stehen von amtlicher Seite Maßnahmen an, um das Unternehmen, das 1950 einen Verlust von über 160.000 Schilling erwirtschaftet, zu retten. Nachdem die APA-Genossenschaft Anfang 1951 auf 19 Mitglieder zusammengeschrumpft ist, vollzieht sich im Sommer 1951 ein Wechsel in der Führungsetage: am 1. Juli 1951 wird Karl Siepen von Carl Schiffleitner vom *Kleinen Volksblatt* (ÖVP) abgelöst; wie eng die Verflechtungen zur Regierungsbürokratie nach wie vor sind, zeigt sich daran, daß der abgelöste Siepen zum Bundespressedienst wechselt. Ludwig Klein, bisher Chefredakteur eines Tiroler SPÖ-Organs, folgt Vinzenz Ludwig Ostry, der zum amerikanischen Besatzungssender „Rot-Weiss-Rot" wechselt. Die proporzmäßige Aufteilung, die sich aus der Mitgliederstruktur ergibt, wird also beibehalten. So widerspiegelt die APA, ähnlich wie der Rundfunk, das großkoalitionäre Kräfteverhältnis, das die Zweite Republik prägt. Nichtsdestotrotz scheint mit der neuen APA-Führung ein neues Kapitel in der Agenturgeschichte aufgeschlagen. Abgesehen davon, daß die Zeitungen *Der Abend* und die offizielle *Wiener Zeitung* der Genossenschaft beitreten und damit die Kapitalbasis der Agentur stärken, leistet die Republik ab Juli 1951 regelmäßige Zahlungen für die ihr geleisteten Dienste. Außerdem werden sowohl Mitgliederbeiträge als auch Abonnementgebühren erhöht. Die personalpolitische Veränderung an der Spitze der APA sowie eine Verminderung der Zensur, die bei den Besatzern durchgesetzt werden kann, bewegen überdies die parteiunabhängigen Zeitungen im August 1951 dazu, der Genossenschaft wieder beizutreten.[85] Hinter dem Meinungsumschwung mag neben der Erkenntnis, daß der Betrieb einer eigenen Agentur sehr teuer ist, vor allem die Tatsache stehen, daß sich den unabhängigen Blättern nunmehr bessere Möglichkeiten der Mitbestimmung bieten, da weitere parteiunabhängige Mitglieder in die Genossenschaft aufgenommen werden. Die einst zurückgewiesene *Kleine Zeitung* und das *Salzburger Volksblatt* treten der Genossenschaft ebenfalls bei und schwächen so die Position der Parteizeitungen; nachdem die *Weltpresse* aus den Händen der britischen Besatzungsmacht in die der SPÖ gelegt wurde, folgt auch sie im

Jahr 1952. Damit sind erstmals alle selbständigen österreichischen Tageszeitungen Genossenschaftsmitglieder. Lediglich der *Wiener Kurier* und die *Österreichische Zeitung*, die nach wie vor von den Besatzern herausgegeben werden, die von den Besatzern betriebenen Radiosender und das regierungsnahe Radio Wien sowie Montags- und Wirtschaftszeitungen sind nicht Mitglieder der APA-Genossenschaft, sondern beziehen den Dienst im Abonnement.

Die Sanierungsmaßnahmen der APA tragen schließlich Früchte – man schreibt nach der Jahresbilanz von 1952 mit einem Überschuß von rund 136.000 Schilling auch in den Bilanzen der Folgejahre Gewinne.[86] Auf der Suche nach neuen Geschäftsfeldern richtet sich die APA an Wochenzeitungen, die sie als neuen Kundenkreis ansprechen will. Ab März 1953 wird die „APA-Wochenrevue" angeboten. Nachfrage besteht, bald beziehen 15 Wochenblätter den Dienst regelmäßig. 1954 wird ein „Telefon-Nachrichtendienst" (TND) für Wien eingerichtet. Dieser „Kundendienst der Post mit der Rufnummer A 0 71" unter der Redaktion der APA bietet neueste Nachrichtenbulletins. Der TND gestatte der APA, laut Tätigkeitsbericht für das Jahr 1954, „durch direktes Besprechen eines Magnetophonbandes bei der Vermittlungszentrale der Post nicht nur rasch die neuesten Nachrichten dem Telephonabonnenten zu vermitteln, sondern immerwährend am Schlusse des jeweiligen Bulletins auf die ausführliche Berichterstattung durch die Tageszeitungen in den besprochenen Fällen hinzuweisen."[87] Fünf mal täglich wird das Band ausgewechselt; der Hinweis am Schluß hört sich so an: „Wenn Sie ausführlich informiert werden wollen, lesen Sie, bitte, die Zeitung!" Da mit diesem Dienst auch der Telefonverkehr angekurbelt wird, kann die APA im Juni 1954 einen Vertrag mit der Postverwaltung schließen, wonach ihr ab 1. Jänner ein monatlicher Betrag von 26.000 Schilling für die Bestreitung des Dienstes bezahlt wird.

„Österreich ist frei"

Auf internationaler Ebene trennt der Kalte Krieg den europäischen Kontinent in zwei hermetisch voneinander getrennte Blöcke. Österreich liegt unmittelbar an der Trennungslinie – und ist nach wie vor militärisch besetzt. Nach langjährigen und langwierigen Verhandlungen mit den Besatzungsmächten reist im April 1955 eine Regierungsdelegation mit Bundeskanzler Julius Raab, Vizekanzler Adolf Schärf, Außenminister Leopold Figl und Staatssekretär Bruno Kreisky nach Moskau. Es geht um den Abschluß des Staatsvertrags, der Österreich wieder volle Souveränität bringen soll. Nach der Zusage von österreichischer Seite, eine Neutralitätserklärung zu unterschreiben (und sich so dem westlichen Militärbündnis NATO zu entziehen), willigen die Sowjets ein, ihre Truppen aus Österreich abzuziehen. Die Verhandlungsparteien unterzeichnen am 15. April 1955 das „Moskauer Memorandum“, gleichsam eine Erinnerung an die „Moskauer Deklaration“ aus dem Jahr 1943, in der die Alliierten bereits die Absicht geäußert haben, Österreich wieder als souveränen Staat zu etablieren.

Angesichts eines für die Nation so bedeutungsvollen Ereignisses herrscht auch in der APA reger Betrieb, um so mehr als sie über ihre Genossenschafter zumindest indirekt in einem gewissen Naheverhältnis zur Regierung steht. Das eigentliche Ereignis verpaßt man allerdings. Vielleicht waren Kostengründe dafür verantwortlich, daß man keinen Sonderkorrespondenten nach Moskau entsendet. Man wurde aber, rechtfertigt man sich rückblickend im Tätigkeitsbericht, „dank der Verträge mit den Weltagenturen so ausreichend und vor allem rasch informiert, dass die Nichtanwesenheit eines eigenen APA-Vertreters überhaupt nicht empfunden wurde.“[88]

In weiterer Folge wird in Wien eine Konferenz der Botschafter der vier Besatzungsmächte einberufen.[89] Von den Sitzungen der Botschafterkonferenz ist die Presse ausgeschlossen. Auch die APA erfährt die Ergebnisse nur via Pressekonferenz.

Außenpolitisch ist das Klima indes gespannt. Am Tag vor der Unterzeichnung des österreichischen Staatsvertrags von den Außenministern der vier Mächte reagiert die sowjetische Führung (seit Februar 1955 unter Nikita Chruschtschow) auf die Verstärkung der NATO durch Aufnahme der BRD mit der Gründung des „Warschauer Pakts“, einem militärischen Bündnis zwischen der Sowjetunion und ihren osteuropäischen Verbündeten. Trotz der gespannten Lage gelingt es Außenminister Figl am Vorabend der Vertragsunterzeichnung, den Passus über die Kriegsschuld Österreichs aus der Präambel des Staatsvertrags herauszuverhandeln. Dies geschieht freilich hinter den Kulissen, während davor die neugewonnene Freiheit zelebriert wird. Die Unterzeichnung des Staatsvertrags tags darauf, am 15. Mai, im Belvedere erfordert, so heißt es im APA-Tätigkeitsbericht, „den vollen Einsatz aller verfügbaren redaktionellen Kräfte, und auch Höchstleistungen im Fernschreibbetrieb, sowohl im APA-Netz wie auch im Ausland“.[90] Wie die offizielle Nachrichtenausgabe funktioniert, zeigen die APA-Aussendungen dieses Tages. Um 10 Uhr gibt die APA eine Rede des Bundespräsidenten aus, die er am Nachmittag halten werde; es wird gebeten, die Sperrfrist bis 15 Uhr zu beachten:

> wien, 15.5. – (apa) bundespraesident dr. theodor koerner hielt heute nachmittags über die oesterreichischen sender eine ansprache zur unterzeichnung des staatsvertrages, er führte aus:

oesterreicher und oesterreicherinnen!
liebe landsleute in stadt und land und in der ferne!
der tag der vollen freiheit fuer oesterreich ist endlich angebrochen, der tag, auf den wir oesterreicher durch siebzehn lange jahre, also durch ein halbes menschenalter, gehofft und gewartet haben.
die souveraenitaet, die oesterreich zuerst gewaltsam geraubt und dann lange, allzu lange vorenthalten wurde, ist uns nun zurueckgegeben. ein weltgeschichtliches unrecht, das einem wehrlosen lande zugefuegt wurde, ist damit gutgemacht. (...)
‚eintracht und vertrauen' heisst der feldruf, der an diesem fuer unser land so bedeutungsvollem tage auszugeben ist. in diesem zeichen wollen wir friedlich kaempfen fuer ein glueckliches oesterreich. (schluss)[91]

Dies ist der Auftakt zu einer Reihe von Meldungen über jenes Ereignis, das schon ein historisches ist, bevor es überhaupt stattgefunden hat. Die APA versendet Reden, bevor sie gehalten werden, und Gratulationen ausländischer Politiker, bevor der Vertrag unterzeichnet ist. Das Ereignis wird in der Berichterstattung vorweggenommen. Der formale Akt, die Inszenierung der neuen Freiheit durch die Unterzeichnung des Vertrags, ist nur noch zeremonielle Darbietung für das Publikum. Um 11 Uhr 37 heißt es:

pünktlich um 11.00 uhr begann vor dem portal des schlosses, vor dem auf fuenf neu errichteten hohen fahnenmasten die flaggen der vier grossmaechte und oesterreichs flattern, die auffahrt der delegationen. als erster erschien der sowjetische aussenminister molotow, begleitet von den mitgliedern seiner delegation. er wurde beim eintreffen von der bevoelkerung lebhaft akklamiert. In den vorgesehenen abstaenden folgten die aussenminister macmillan, dulles und pinay mit ihren delegationen, die ebenfalls gegenstand herzlicher begruessung durch die bevoelkerung waren, die in dichten scharen die zufahrtswege umsaeumte.

11 Uhr 38:

knapp vor 11.30 uhr werden die aussenminister und ihre botschafter zu den tischen gebeten. sie nehmen in der vorgesehenen ordnung platz und schlagen ihre mappen auf. der sowjetische aussenminister molotow oeffnet als erster seine fuellfeder. beamte des aussenamtes legen ihm die mappe des staatsvertrages vor und molotow unterzeichnet als erster.[92]

In der Folge werden die Reden der Außenminister Molotow, Macmillan, Dulles und Pinay wiedergegeben, und schließlich gehen um 12.08 Uhr auch Figls legendäre Worte „oesterreich ist frei (rufzeichen)“ über das Fernschreibnetz der APA.

Neben zahlreichen Meldungen über Feiern, Ansprachen und Nachfeiern wird auch das „historische Dokument des Staatsvertrages“ in deutscher Sprache allen Mitgliedern und Abonnenten über den APA-Sender in voller Länge fernschriftlich übermittelt. Die staatstragende Berichterstattung der APA provoziert indes Kritik. Otto Schönherr, mittlerweile Chefredakteur der *Kleinen Zeitung*, ruft ungehalten bei der APA an und beschwert sich, daß keine Kurzfassung der Ereignisse geliefert werde, sondern die ausgesendeten langen Fassungen der Reden die Fernschreiber blockieren wurden. Auch der Aufbau der Meldungen sei nicht professionell, da weder Titel noch Lead auf den Inhalt verwiesen.[93]

Mit dem Abzug der Besatzer verschwinden die letzten ihrer Medien; der US-amerikanische Sender Rot-Weiss-Rot und die sowjetische *Österreichische Zeitung* werden nicht ohne Zutun der österreichischen Regierung eingestellt. Dadurch verliert die APA Einnahmen. Zudem muß sie die Kosten für das österreichische Stück des europäischen Fernschreibnetzes EPN nun allein tragen, was eine große Belastung des Budgets bedeutet. Deshalb wird mit 1. November 1955 eine neue Regelung bezüglich der Mitgliederbeiträge der APA-Genossenschafter getroffen: statt bisher 3.000 Schilling pro begonnenem 10.000er-Sprung in der Auflage zahlen die Mitglieder jetzt 1.000 Schilling pro begonnenem 3.000er-Sprung.[94]

Die Tatsache, daß Österreich jetzt frei von Einflüssen der Besatzungsmächte ist, bedeutet aber nicht, daß nunmehr eine im westlichen Sinne freie Medienlandschaft existiert. Nach wie vor dominieren regierungsnahe Medienunternehmen wie die „Austria Wochenschau“, der „Österreichische Rundfunk“ – dem seit Sommer 1955 auch ein österreichisches Fernsehen zugehört – und eine Reihe an regierungstreuen Parteizeitungen. Die Regierung hat sich für den Wiederaufbau und die Pflege einer nationalen österreichischen Identität einen multimedialen Apparat geschaffen, den sie nicht aus der Hand zu geben bereit ist. Diesbezüglich stellen die im Staatsvertragsjahr stattfindenden Ereignisse wie die Wiedereröffnung des Burgtheaters am 14. Oktober und die der Staatsoper am 5. November 1955 gleichsam nationale Aufträge dar. Es sind dies die eigentlichen Geburtstagsfeiern der österreichischen Nation, einer „Kulturnation“, deren Glanz ins Ausland scheinen soll, um die dunklen Schatten der NS-Vergangenheit zu überstrahlen und sich selbst wie die Welt von der nationalen Eigenständigkeit zu überzeugen. Die APA ist daran nicht unbeteiligt, auch sie fungiert als mediale Botschafterin Österreichs, auch sie ist es, die ein poliertes Bild Österreichs ins Ausland trägt. Es ist dies eine wichtige Facette der nationalen Aufgabe, die sie für die Republik erfüllt.

Die wiedergewonnene Freiheit der österreichischen Republik gründet auf der Neutralitätserklärung, die in politischen Kreisen durchaus ambivalent gesehen wird. Der sozialistische Innenminister und vehemente Antikommunist Oskar Helmer spricht offen von einem machtpolitischen Zwang, sich zur Neutralität zu verpflichten; solcherart hätte man sich den Staatsvertrag erkauft. Der konservative Bundeskanzler Raab hingegen formuliert am 15. Oktober 1955 in einer Rundfunkrede, neutral zu sein bedeute auch das Bestreben, möglichst mit allen Völkern in Freundschaft zu leben; Völker und Staaten, mit denen man Handel treibe, meint er in sanftem Plädoyer für die Staatsräson, dürfe man nicht leichtfertig kritisieren. Von Seiten Österreichs dürften keine Schritte der Feindseligkeit gesetzt werden. Es wäre wünschenswert, so führt der Kanzler weiter aus, wenn auch die österreichische Presse und der Rundfunk eine derartige Haltung einnehmen würden. Es habe keinen Zweck,

> (...) heute irgendeinen Staat im Westen wegen seiner Kolonialpolitik abzukanzeln oder morgen irgendwelche Propagandatöne gegen den Osten loszulassen. Ich bin gewiß der Letzte, der einem Aufgeben unserer geistigen Freiheit das Wort reden würde. Man kann seinen prinzipiellen Standpunkt zu den Weltereignissen und zu den verschiedenen Systemen in anderen Staaten mit Ruhe und Festigkeit vertreten. Die Kritik, die wir jederzeit üben können und auch wollen, darf aber nicht in spitze Propaganda ausarten.[95]

Oskar Helmer kontert einige Tage später, Österreichs Neutralität müsse auf militärisches Gebiet beschränkt bleiben. Ein „volles Jahrzehnt“ (!) hätten sich demokratisch denkende Österreicher gegen die Bestrebungen zur Wehr gesetzt, ihnen die Freiheit des Denkens zu nehmen und ihnen einen uniformierten Willen aufzuzwingen. Österreich bekenne sich zum westlichen Kulturkreis, der dem demokratischen Verständnis des Volkes entspreche. Die vom Bundeskanzler präsentierte Definition müsse deshalb zurückgewiesen werden.

Am 26. Oktober 1955 verabschiedet das österreichische Parlament das „Bundesgesetz über die immerwährende Neutralität Österreichs“; im ersten Absatz des Gesetzes heißt es: „Zum Zwecke der dauernden Behauptung seiner Unabhängigkeit nach außen und zum Zwecke der Unverletzlichkeit seines Gebietes erklärt Österreich aus freien Stücken seine immerwährende Neutralität. Österreich wird diese mit allen ihm zu Gebote stehenden Mitteln aufrecht erhalten und verteidigen.“[96] Die zentrale Frage, die sich daraus für die Presse ableitet, lautet: beschränkt sich die Neutralität, wie es im zweiten Absatz des Gesetzes festgelegt ist, auf militärische Belange? Kann man problemlos seine geistige Verbundenheit mit den westlichen Demokratien bekunden?

Letzten Endes ändert auch Julius Raab seine Ansicht und äußert sich bei der Verabschiedung des Gesetzes dahingehend, daß die Neutralität den Staat, aber nicht den Bürger beschränke. Die geistige und politische Freiheit des einzelnen, „insbesondere die Freiheit der Presse und der Meinungsäußerung“, werde durch die dauernde Neutralität des Staates nicht berührt. Die Presse wird endgültig aus der Staatsräson entlassen,[97] und auch die APA kann sich künftig zur westlichen Wertegemeinschaft bekennen.

Die Blockbildung schlägt sich am Agentursektor nieder. Die sowjetische TASS hat bereits 1950 „Koordinierungsabkommen“ mit den Agenturen „befreundeter“ sozialistischer Länder geschlossen. Angestrebt ist die „gegenseitige Abstimmung der Nachrichtengebung im Interesse der gemeinsamen Ziele der sozialistischen Agitation und der Arbeit für den Frieden“, sowie eine „gemeinsame Abwehr der kriegshetzerischen und lügnerischen Propaganda des westlichen Auslandes“.[98] Die TASS unterhält eigene Koordinierungsredakteure in den Satellitenstaaten, die die dortigen Agenturen „beraten“ und bei der Abfassung der Nachrichten „behilflich“ sind. Als Reaktion darauf rücken die westeuropäischen Agenturen näher zusammen. Nach einer ersten Tagung in Brüssel im Juni 1952, die der Wiederbelebung der 1924 gegründeten „Agences Alliiées des Agences Télégraphiques“ gegolten hat, wird 1956 wieder eine Tagung der westeuropäischen Agenturen einberufen. Anbei bemerkt, handelt es sich im Gegensatz zu den seinerzeitigen Treffen der Agences Alliiées, die hauptsächlich aus staatsnahen Agenturen bestanden hat, bei dieser Tagung mehrheitlich um staatsunabhängige Agenturen. Nachdem das Neutralitätsproblem geklärt ist, nimmt an der in Rom stattfindenden Konferenz auch die APA teil. Die Agenturvertreter kommen überein, sich organisatorisch wieder zusammenzuschließen. Ein Komitee unter dem Vorsitz des Direktors der Schweizerischen Depeschenagentur Frey soll Vorbereitungen für eine „Alliance Européenne des Agences de Presse“ treffen, als deren Sitz bewußt Genf in der neutralen Schweiz auserkoren wird. (Im August 1957 wird das Statut beschlossen.) Jedes zweite Jahr sollen sich die Mitglieder treffen, um Fragen hinsichtlich technischer Zusammenarbeit und der Wahrung gemeinsamer Interessen zu besprechen. Pro Land darf nur eine Agentur, und zwar jene, die die Gesamtheit der heimischen Medien beliefert, Mitglied werden. Gleichzeitig mit dem Treffen der Alliance Européenne des Agences de Presse findet ebenfalls in Rom eine Tagung der im Vorfeld des Zweiten Weltkriegs von Agenturen neutraler Länder gegründeten „Gruppe 39“ statt; Österreich ist nun ein neutrales Land und als Nachrichtenagentur eines solchen Landes wird die APA 1956 Mitglied auch dieser Gruppe.[99] Das Hauptanliegen der Gruppe 39 ist der Nachrichtenaustausch zwischen den nationalen Agenturen und die Regelung des Verhältnisses zu den neuerlich in eine ideologische Auseinandersetzung verstrickten Weltagenturen. Der APA, die sich zwischen westlichem Profil und Neutralität zu behaupten hat, steht indes eine Bewährungsprobe bevor.

Die APA zwischen Ost und West: Ungarn-Aufstand

Im Jahr 1956 bahnt sich mit dem sogenannten „Ungarnaufstand“ eine Bewährungsprobe für die Neutralität Österreichs an. Wenngleich sich die Beziehung zwischen den beiden benachbarten Ländern in den letzten Jahren nicht spannungsfrei gestaltet hat, so sind zumindest seit Abschluß des Staatsvertrags Verbesserungen zu konstatieren. Bundeskanzler Raab tritt nach den Wahlen 1956 im außenpolitischen Teil seiner Regierungserklärung besonders für eine Normalisierung der Beziehungen zu Ungarn und der Tschechoslowakei ein. In Ungarn regiert der Reformer Imre Nagy, dessen liberaler Kurs jedoch Widerstände im Land provoziert. Mátyás Rákosi, der schon bis zu Stalins Tod 1953 an der Spitze des Staates gestanden hat, erzwingt im Sommer 1955 den Rücktritt und Parteiausschluß von Nagy. Wieder an der Macht, schlägt Rákosi einen harschen Restaurationskurs ein. Vor allem seitens der Intellektuellen beginnt eine kritische Auseinandersetzung mit der Lage im Land. Unruhen gegen die sowjettreue Führung im Herbst 1956 lassen den Ruf nach der Rückkehr Nagys laut werden. Die sowjetische Führung erkennt die Unzufriedenheit und erzwingt die Absetzung Rákosis, doch auch unter dem neuen Ministerpräsidenten Ernö Gerö bleibt das Regime starr.[100] Im Oktober eskaliert der schwelende Konflikt. Die internationalen Agenturen berichten von ersten Anzeichen einer ungarischen Rebellion.

Die APA, die sich gerne als Nachrichtendrehscheibe zwischen Ost und West präsentiert, bringt sich kaum aktiv in die Berichterstattung über die Ereignisse im Nachbarland ein. Vielmehr übernimmt sie zumeist die Darstellung, wie sie von den westlichen Weltagenturen gegeben wird. Ihre Hauptlieferanten sind Reuters, die Associated Press und die Agence France Presse. Zur Beschaffung ihrer Nachrichten hören diese Agenturen hauptsächlich das offizielle „Radio Budapest“ ab oder sie bedienen sich der Aussendungen der ebenfalls offiziellen ungarischen Nachrichtenagentur MTI.

Reuters berichtet in Berufung auf den ungarischen Rundfunk von der Forderung von Studenten nach einer Rückkehr von Imre Nagy; die Studenten hätten eine Resolution an die ungarische Regierung und die kommunistische Partei beschlossen, nach der jene Kräfte, die die neuen Entwicklungen behinderten und „an den irrtuemern der stalinaera“ festhielten, entfernt werden sollen; die für diese Irrtümer Verantwortlichen sollen bestraft werden. Am 23. Oktober meldet die APA in Berufung auf die amerikanische AP, daß die Studentenversammlung einen Forderungskatalog publiziert habe. Eine neue Regierung unter der Führung von Imre Nagy soll gebildet und Neuwahlen zum Parlament unter Beteiligung der nichtkommunistischen Parteien sollen abgehalten werden; Presse- und Redefreiheit sei herzustellen. Das ungarische, nach sowjetischem Vorbild geschaffene Wappen soll durch das alte Kossuth-Wappen ersetzt werden. In weiterer Folge wird der Abzug der russischen Truppen aus Ungarn gefordert; an einer Kundgebung „fuer die freiheit“ beteiligen sich, so meldet die APA unter Verweis auf AP, neben Studenten auch Arbeiter, Angestellte und dienstfreie Soldaten: „rufe wie ‚hinaus mit den russischen truppen‘ und ‚wir wollen eine neue regierung unter imre nagy‘ wurden von der ganzen menge aufgenommen, die jede neue freiheitsforderung der studenten mit stuermischem jubel unterstrich.“[101] Die Forderungen, so heißt es, würden ständig ergänzt; einer weiteren Meldung von AP zufolge würden Lohnerhöhungen, die Freilassung von politischen Häftlingen und die Entfernung des großen Stalindenkmals in Budapest gefordert. Auf die AFP beruft sich die APA bei einer Meldung über die Rundfunkansprache des ungarischen Ministerpräsidenten Gerö, der sich gegen alle Versuche, die Beziehungen Ungarns zur Sowjetunion oder zu anderen Volksdemokratien zu stören, ausspricht. Um 23 Uhr 18 meldet die APA, ebenfalls in Anlehnung an die AFP, daß die ungarische KP die sofortige Einberufung des Zentralkomitees beschlossen habe. Um 1 Uhr 29 geht eine AP-Meldung über die APA-Fernschreiber, derzufolge Imre Nagy auf einer großen Kundgebung vor dem ungarischen Parlamentsgebäude gesprochen und anschließend eine Delegation von Studenten empfangen habe.

Da die Demonstrationen kein Ende nehmen, beruft Gerö seinen Widersacher Nagy formell zum Ministerpräsidenten, ohne ihn aber an die Regierung zu lassen. Gleichzeitig ruft Gerö auch sowjetische Truppen zu Hilfe.[102] Geführt scheinbar von Nagy, konstituiert sich in der Folge eine neue Regierung, die ebenfalls hart gegen die revoltierende Menge durchzugreifen droht. Am nächsten Morgen, es ist der 24. Oktober 1956, ergeht um 9 Uhr 10 die APA-Meldung: „wie die apa aus budapest erfaehrt, ist soeben ueber den rundfunk fuer ganz ungarn das standrecht ausgerufen worden, saemtliche personen, die im besitz von waffen angetroffen werden, muessen mit sofortiger erschiessung rechnen. die verkuendigung des standrechtes ist mit ‚imre nagy, praesident des ungarischen ministerrates' unterzeichnet."[103] Unter Rekurs auf Reuters listet die APA die Namen der neuen Regierungsmitglieder auf. Ein wenig später gibt sie eine von der AP übernommene Kurzbiografie Imre Nagys aus, knapp danach folgt die Meldung, daß Nagy eine Rundfunkansprache halten werde: „radio budapest fordert alle besitzer von rundfunkgeräten auf, die apparate in die fenster zu stellen, damit alle ungarn die rede hoeren koennen."[104] In seiner Rundfunkansprache appelliert Nagy an die Bevölkerung, die Waffen niederzulegen und verspricht, daß unter ihm die Reformen zur Demokratisierung durchgesetzt würden.

Diese ersten Meldungen zum Aufstand in Ungarn zeichnen noch kein klares Bild, zu verschwommen sind die Fronten zwischen den Akteuren; unklar ist die Rolle von Imre Nagy wie die der Sowjetunion. Die erste offizielle Stellungnahme aus Moskau erfolgt am 24. Oktober 1956 über die TASS; die APA übernimmt die Stellungnahmen im Wortlaut. Das Sprachrohr der sowjetischen Führung bezeichnet die „reaktionären Untergrundorganisationen" und „ausländische reaktionäre Kräfte" als Urheber des Aufruhrs; auch der erste offizielle Kommentar vom sowjetischen Außenminister Schepilow folgt dieser Ansicht. Am 25. Oktober meldet die APA unter Berufung auf AP, der Moskauer Rundfunk habe erstmals sein Schweigen in Sachen Ungarnaufstand gebrochen. Demnach hätten sich „feindliche Elemente" die anfänglichen Studentendemonstrationen zunutze gemacht, um Massenunruhen in Gang zu bringen:

> die faschistischen verbrecher tobten sich aus, begannen laeden zu pluendern, fensterscheiben einzuschlagen, und betriebe zu demolieren. Rebellengruppen, die sich waffen zu verschaffen verstanden hatten, verursachten verschiedenenorts blutvergiessen. revolutionaere kraefte begannen die aufstaendischen niederzuwerfen. auf anordnung des wiedereingesetzten ministerpraesidenten imre nagy wurde in der stadt der ausnahmezustand erklaert, die ungarische regierung ersuchte die sowjetische um hilfe. (...) als das tageslicht des 24. oktober vorueber war, war das feindliche abenteuer liquidiert.[105]

Völlig anders als im Kreml sieht man den Einsatz sowjetischer Truppen in Washington. Der amerikanische Präsident Eisenhower bedauert laut Reuters das Eingreifen der sowjetischen Truppen in Ungarn und erklärt „die herzen amerikas sind beim ungarischen volk". Damit zeigt sich die amerikanische Regierung, die ihrerseits in die eskalierende Suez-Krise verstrickt ist, freilich sehr zurückhaltend; die USA akzeptieren stillschweigend die Vormachtstellung Rußlands in Osteuropa. Mehr als eine moralische Unterstützung können die Aufständischen von dieser Seite nicht erwarten.

Die ungarische Regierung meldet sich über Radio Budapest zu Wort. Sie läßt verlauten, sie sei Herr der Lage, wenn auch noch nicht überall Ordnung herrsche. Eine Meldung der AP beschreibt die Situation dramatischer; sie besagt, daß die blutigen Auseinandersetzungen anhielten. Am Nachmittag des 25. Oktober meldet AP, daß die Lage chaotisch sein dürfte, da sich die Meldungen des Senders Budapest ständig widersprechen. Klar ist lediglich, daß die aus Ungarn kommenden Nachrichten äußerst unklar sind und zumeist vom Budapester Radio stammen, das als Nachrichtenschleuse eine zentrale Rolle spielt und nun selbst in die Auseinandersetzungen verwickelt wird. Als wichtigstes Sprachrohr der Regierung und gleichzeitig als wichtigste Nachrichtenquelle der westlichen Agenturen wird Radio Budapest, laut einem von der AP übernommenen Augenzeugenbericht aus Budapest, zum Ziel der Aufständischen: „die menge auf dem platz rief auch ‚der rundfunk luegt', offenbar unter bezugnahme auf die tatsache, dass radio budapest – das einzige nachrichtenmittel, da die zeitungen seit zwei tagen nicht erscheinen – haeufig die aufstaendischen als ‚konterrevolutionaere', ‚reaktionäre elemente', ‚faschisten' oder als ‚bewaffnete banden' bezeichnete."[106] In der Folge entbrennt ein richtiggehender Kampf um das Funkhaus zwischen Regierungstreuen und Aufständischen.

Als die Zustände eskalieren, entwickelt auch die APA rege Aktivitäten. Ab dem 26. Oktober berichten APA-Redakteure laufend über die Situation an der österreichisch-ungarischen Grenze in Nickelsdorf, dem „Basislager" der nationalen und internationalen Journalisten. Die Gerüchteküche brodelt.[107] Abgesehen davon gibt das Bundesministerium für Verteidigung über die APA bekannt, daß Maßnahmen zur Kontrolle der österreichisch-ungarischen Grenze gesetzt würden. „man rechnet damit, daß im laufe des tages fluechtende aufstaendische die grenze ueberschreiten. hierzu werden von den dienststellen des bundesheeres und der politischen verwaltung die entsprechenden vorsorgen getroffen."[108] Durch den zu erwartenden Flüchtlingsstrom wird der Ungarnaufstand zu einem österreichischen Thema. Tatsächlich überqueren, so die APA, etwa 1.000 ungarische Zivilisten vor 15 Uhr die Grenze. Verschiedene Parteien und Institutionen nutzen den Anlaß zu medialer Präsenz. Die SPÖ bittet über die Sozialistische Korrespondenz und die APA um Spenden und erklärt sich mit den „Freiheitskämpfern" solidarisch, ebenso der Österreichische Gewerkschaftsbund. Es folgen weitere Spendenaufrufe des Roten Kreuzes und der Kirche. Von nun an dreht sich alles um die Ereignisse an der österreichisch-ungarischen Grenze und die zahlreichen Hilfsmaßnahmen unter dem Stichwort „Ungarnhilfe". Das österreichische Fernsehen berichtet „live" von den vielen ungarischen Flüchtlingen, durch die die bisher weitgehend anonyme Revolution ein Gesicht erhält und die Berichterstattung über das Ereignis gezwungenermaßen eine antisowjetische Tendenz; eine Tendenz, die, wenngleich diplomatisch, auch von der österreichischen Regierung geteilt wird.

Nach Tagen des Schweigens meldet sich die österreichische Regierung zu Wort. Zunächst gibt das Bundeskanzleramt/Auswärtige Angelegenheiten die Namen der Österreicher bekannt, die sich in Ungarn befinden und mit denen die österreichische Gesandtschaft in Budapest Verbindung aufnehmen konnte. Am 28. Oktober wird über die APA amtlich bekanntgegeben, daß die österreichische Bundesregierung unter Vorsitz von Bundeskanzler Raab wegen der Ereignisse in Ungarn zu einer Sondersitzung zusammengetreten ist und einen Appell an die Regierung der UdSSR beschlossen hat:

> die oesterreichische bundesregierung verfolgt mit schmerzlicher anteilnahme das nun schon fuenf tage andauernde blutige geschehen in ungarn. sie ersucht die regierung der udssr, mitzuwirken, dass die militaerischen kampfhandlungen abgebrochen werden und das blutvergiessen aufhoere.
> gestuetzt durch die durch die neutralitaet gesicherte freiheit und unabhaengigkeit oesterreichs tritt die oesterreichische bundesregierung fuer eine normalisierung der verhaeltnisse in ungarn mit dem ziel ein, dass durch die wiederherstellung der freiheit im sinne der menschenrechte der europaeische friede gestaerkt und gesichert werde.[109]

Daß die Regierung die „Wiederherstellung der Freiheit" fordert, unterstreicht ihre westliche Position; daß sie dabei die erklärte Neutralität Österreichs in Erinnerung ruft, verweist auf die latente Furcht vor einem Einmarsch der „Roten Armee" auch in Österreich. Für einen derartigen Krisenfall hat die Regierung im übrigen ein geheimes Notprogramm entwickelt. Darin ist vorgesehen, daß sich im Krisenfall neben den Regierungsmitgliedern auch Vertreter wichtiger Institutionen wie des Rundfunks oder der APA nach Salzburg absetzen, um den Kontakt zwischen österreichischer Regierung und Bevölkerung aufrechterhalten zu können.

In Budapest vollzieht sich indes ein Umschwung. Die Regierung Nagy verkündet am 28. Oktober einen Waffenstillstand, die Soldaten werden angewiesen, das Feuer einzustellen. Unterstützt durch reguläre Einheiten der ungarischen Armee haben die Aufständischen die Oberhand gewonnen und der Sowjetregierung die Zustimmung zu einem Waffenstillstand abringen können. Nagy bezeichnet die Ereignisse als „großes, unser gesamtes Volk umfassendes und zusammenschweißendes nationales, demokratisches Aufbegehren".[110] Der Aufstand in Ungarn sei durch das von Seiten der sowjetischen Truppen erfolgte Massaker hervorgerufen worden. Bisher gebe es schon über 10.000 Tote. Die ungarische Armee stehe hinter den Aufständischen; es handle sich nicht um einen Bürgerkrieg, sondern um einen Krieg zwischen der Sowjetunion und Ungarn. Außerdem ruft er laut Reuters die Westmächte auf, eine internationale Mission nach Ungarn zu entsenden, „um eine fortsetzung des krieges durch die sowjets zu verhindern".[111] Über Radio Budapest, auch jetzt wieder Sprachrohr der Regierung, gibt er noch am gleichen Tag bekannt, daß zwischen ihm und dem russischen Oberkommandanten vereinbart worden sei, daß die russischen Truppen aus Budapest abgezogen würden.

Im Westen sieht man die Lage der Dinge anders: Laut AP vom 28. Oktober hätten die kommunistischen Machthaber Ungarns den „verzweifelten Versuch" unternommen, durch Einstellung der Kampfhandlungen, den Abzug der sowjetischen Truppen aus Budapest und die Erfüllung eines Teils der Forderungen der Aufständischen „zu retten, was noch zu retten ist". Die entscheidenden Forderungen wie die Aufgabe des Bündnisses mit der Sowjetunion und freie Wahlen würden von Nagy jedoch „mit stillschweigen uebergangen".[112]

Am 29. Oktober schickt die APA einen eigenen Berichterstatter – Harry Malczek[113] – nach Budapest; am Weg dorthin ortet Malczek eine „gewisse normalisierung des lebens". Während der Fahrt sieht er ungarische Panzertruppen Richtung Westen fahren; 25 Kilometer vor Budapest stößt er auf Straßenkontrollen und wird zwei Stunden lang festgehalten. Wieder auf freiem Fuß, gelangt er in die Hauptstadt, wo er konstatieren muß, daß noch geschossen wird; der „behauptete" Abzug der Russen sei noch nicht bemerkbar. Es gebe allerdings wieder eine freie Presse und einen freien Rundfunk in Ungarn. Radio Budapest gibt bekannt, daß es ab sofort „Freies Radio Kossuth" heißen werde, und in Zukunft „nur mehr exakte und wahre" Informationen über innen- und außenpolitische Ereignisse geben würde. Auch die Agentur MTI veröffentlicht ein Kommuniqué, demzufolge sie ab jetzt „objektive informationen" bringen werde. Die APA meldet am 30. Oktober, mit MTI eine Fernschreibverbindung aufgenommen zu haben und gibt in der Folge tatsächlich MTI-Kommuniqués wider. Die Situation in Ungarn scheint sich zu normalisieren, ja es entsteht der Eindruck, als würde in Ungarn die Ära der kommunistischen Einheitspartei zu Ende gehen. Parteien bilden sich, neue Zeitungen erscheinen – eine wahre Demokratisierungswelle setzt ein. Die Revolution scheint zu siegen.

Nagy gerät unter Zugzwang, auch die weitgehenden Forderungen der Radikalen unter den Aufständischen nach einer völligen Abkehr vom kommunistischen System zu berücksichtigen. Am 31. Oktober erklärt er auf einer vom Rundfunk übertragenen Massenkundgebung, daß man anstrebe, aus dem Warschauer Pakt auszutreten und daß Ungarn ein neutraler Staat werden solle. Die Neutralitätsankündigung, die vor einer neuerlichen Intervention der Roten Armee schützen und die Vereinten Nationen mobilisieren soll, erweist sich aber als fatal. Der entschlossene Schritt wird von den Sowjets nicht gebilligt – an eben diesem Tag beschließt das Moskauer Politbüro die endgültige militärische Niederschlagung der ungarischen Revolution. Russische Panzerdivisionen marschieren laut Reuters am 2. November in Ungarn ein. Journalisten verlassen Budapest. In der Nacht gibt das Budapester Radio laut AP bekannt, daß in Budapest wieder Kämpfe ausgebrochen wären, es sei jedoch nicht bekannt, wer gegen wen kämpfe. Vorerst herrscht – nicht nur im Ausland – wieder Unklarheit. Die Bevölkerung ist verunsichert, nehme aber laut Freies Radio Kossuth die Arbeit wieder auf. Man spricht noch am 3. November von Verhandlungen zwischen russischen und ungarischen Militärs bezüglich des Rückzugs der sowjetischen Truppen.

Der Ungarnaufstand endet schließlich mit seiner Niederschlagung. Am 4. November gibt die APA die Reuters-Meldung aus, Nagy habe bekanntgegeben, daß die sowjetischen Truppen Budapest angegriffen hätten und sich im Kampf mit den ungarischen Truppen befänden. Das Ziel sei der Sturz der amtierenden Regierung. Die AP berichtet, daß die Mitarbeiter der MTI ein dringendes Fernschreiben an ihr Wiener Büro gerichtet habe:

> die russischen verbrecher haben uns betrogen, sie eroeffnen das feuer auf ganz budapest (...) ich bleibe offen hier und gebe ihnen weiter nachrichten. wir werden die welt ueber alles informieren. (...) mti befindet sich unter schwerem maschinengewehrfeuer (...) lang lebe ungarn und europa. (...) ich werde unterbrochen, rufen sie mich, versuchen sie mich zu erreichen, die fernschreibzentrale ist in unserer hand.[114]

Die Appelle Nagys im Radio an die sowjetischen Soldaten – „vermeiden wir ein blutvergiessen. wir sind freunde und werden eine friedliche loesung finden" – bewirken nichts. Die Nachrichtenagenturen erhalten noch einige Berichte von MTI und schnappen Aufrufe von ungarischen Sendern auf, die Vereinten Nationen mögen den Freiheitskämpfern helfen. Eine neue, sowjettreue Regierung wird eingesetzt, die Imre Nagy verhaften läßt. Für die neue Regierung sendet wieder Radio Budapest: die Regierung ersuche alle, die „Banditen“ zu entwaffnen und die Arbeit wieder aufzunehmen.

Auch in Österreich rufen die Ereignisse Unruhe hervor, insbesondere in der Zeitungslandschaft, die wegen der gespannten Situation zensorische Eingriffe über sich ergehen lassen muß. Die APA meldet, daß die kommunistische *Volksstimme* auf Antrag der Staatsanwaltschaft beschlagnahmt wird, „inkriminiert“ würden die Artikel „Österreichs Grenze war tagelang offen“ (zur Gänze), „Ungarische Großbauern bei ÖVP“ (teilweise) und „Radio Wien stört unsere Neutralität“ (wegen des Titels). Die Frage der Neutralität ist eine prekäre. In sowjetischen Zeitungen sind Vorwürfe an Österreich zu finden, daß es seine Neutralität nicht wahre. Unter anderem heißt es, Österreich hätte es bewaffneten ungarischen Emigranten gestattet, wieder nach Ungarn einzureisen; Vorwürfe, die die Regierung umgehend dementiert. Vielmehr sei man sehr bemüht, die Neutralität strikt einzuhalten. Die Regierung versucht dahingehend auf die Berichterstattung im Land Einfluß zu nehmen. In den österreichischen Medien werden die Ereignisse sehr emotional geschildert, weshalb sich die Bevölkerung rasch mit den Aufständischen solidarisiert. Der Kanzler reagiert in einer von der APA zitierten Rundfunkansprache auf die starke antisowjetische Stimmung innerhalb der Bevölkerung und in den Zeitungen: „ich muss leider feststellen, dass in der berichterstattung bei einzelnen zeitungen in den letzten tagen nicht immer jenes verantwortungsgefühl zu finden war, dass von ihr in einem demokratischen staat erwartet werden muss.“[115] In der Folge nimmt Raab direkt Einfluß auf den Österreichischen Rundfunk, damit dieser sachlicher berichte. Sogar Innenminister Helmer, der kein Hehl aus seiner Sympathie mit den Freiheitskämpfern macht – „den ungarischen helden gebuehrt der dank aller freiheitlich gesinnten menschen, denn sie wagten es, sich gegen diktatur und gewalt zu erheben“[116] – kritisiert die Berichterstattung in den Zeitungen als teilweise tendenziös und appelliert an die Öffentlichkeit, nur amtlichen Nachrichten und seriösen Quellen zu glauben.

Als die amerikanische Regierung ihre zögerliche Haltung im Sicherheitsrat aufgibt und eine Resolution einbringt, in der die Regierung der UdSSR zur sofortigen Einstellung der militärischen Intervention in Ungarn aufgefordert wird, läßt die österreichische Regierung keinen Zweifel aufkommen, auf welcher Seite sie steht.[117] Innenminister Helmer äußert, daß die militärische Haltung Österreichs durch sein freiwilliges Bekenntnis zur Neutralität bestimmt sei; „unsere ideologische stellung“, fährt er fort, „in den konflikten, die

die welt erschuettern und ihr gleichgewicht gefaehrden, wird (...) durch die stimme unserer vernunft, durch unsere unbeugsame demokratische haltung und durch unser bekenntnis zur charta der vereinten nationen bestimmt."[118] Wie sich bald zeigt, bleibt besagte Resolution wirkungslos. Am 4. November besetzen russische Truppen die ungarische Hauptstadt. Helmer nimmt laut APA unverzüglich Stellung; Ungarn wurde zu einem Kampfschauplatz und die sich in Wiedererrichtung befindliche Demokratie würde mit starken Panzerkräften niedergeschlagen: „mit abgrundtiefer trauer im herzen muessen wir oesterreicher vernehmen, dass der todeskampf des ungarischen volkes zu ende geht."[119] Radio Budapest, nach wie vor wichtigste Quelle der Weltagenturen, nennt jene, die kurzfristig als „Freiheitskämpfer" bezeichnet wurden, nun wieder wie am Anfang des Aufstands „konterrevolutionäre Elemente". Von den Westagenturen, die das staatliche Radio Budapest abhören, wird diese Diktion, wie von Anfang an und trotz Wechsel der Regimes, eins zu eins übernommen. Die APA bezieht Nachrichten auch weiterhin von den Weltagenturen, daneben hält sie den Kontakt mit der ungarischen staatlichen Agentur MTI „bis in die kritischesten Tage."[120]

Die Rote Armee kann den Kampf um Budapest nach knapp fünf Tagen für sich entscheiden, die Hoffnung der Aufständischen auf Unterstützung durch die westlichen Demokratien ist vergebens. Ungarn bleibt im Einflußbereich der Sowjetunion. Die neue Regierung unter János Kádár, der zuerst im Kabinett der reformkommunistischen Regierung Nagy mitgewirkt, sich dann aber auf die Seite der Sowjetunion gestellt hat, macht die Reformen wieder rückgängig. Deren Initiatoren werden mundtod gemacht oder, wie Nagy, hingerichtet. Ungarn wird wieder auf die „Satelliten"-Rolle verwiesen.[121]

Die Parteien und die parteiunabhängige Presse

In Österreich macht sich Mitte der 50er Jahre dank der US-amerikanischen Unterstützung das „Wirtschaftswunder" bemerkbar. Seit 1953 setzt die konservativ geführte Regierung mit dem sogenannten „Raab-Kamitz-Kurs" generell auf eine Stärkung der Privatwirtschaft unter Zurückdrängung staatlicher Einflüsse. Finanzminister Reinhard Kamitz versucht dabei, die „öffentliche Meinung zu seinem Verbündeten" zu machen. Er setzt neben seinem beamtetem Pressereferenten einen persönlichen Referenten für publizistische Fragen ein und informiert regelmäßig Vertreter der parteiunabhängigen Presse über seine Pläne.[122] Gaben bisher die Parteizeitungen den Ton an, sind es nun verstärkt die parteiunabhängigen, die sich weniger an Parteidoktrinen als an ihren Lesern orientieren. Neben den breitenwirksamen Boulevardzeitungen *Wiener Kurier* und *Weltpresse* wird mit dem *Bild-Telegraph* eine neue Boulevardzeitung gegründet. Wie der Name sagt, soll im *Bild-Telegraph* großes Gewicht auf die Bildberichterstattung nach amerikanischem Vorbild gelegt werden. Chefredakteur wird Gerd Bacher, der ehemalige Leiter der Lokalredaktion der *Salzburger Nachrichten*. Am 3. April 1954, also noch während der Besatzungszeit, erscheint die erste Ausgabe, in der die Linie der Zeitung dargelegt wird:

> Der Bild-Telegraph soll ein Spiegel Ihrer Wünsche sein und unsere Redakteure die Dolmetscher Ihrer Worte, die Sie an die Öffentlichkeit zu richten haben. Politik wird in diesem Blatt nur insofern Platz haben, als sie der Information dienen muß. Daher wird auch keine Partei und keine Besatzungsmacht unser Auftraggeber sein können. Der Bild-Telegraph hat nur einen Auftraggeber, und das ist der Leser![123]

Ganz ohne politische Interessen ist freilich auch der *Bild-Telegraph* nicht. Der Mitherausgeber Anton Leitner fungiert, wie sich noch herausstellen wird, als Strohmann für Bundeskanzler Raab, der der ÖVP zu einer als „unabhängig" deklarierten Zeitung verhelfen möchte; über seinen Strohmann kann Raab den größten Geschäftsanteil der Zeitung erwerben und er wird das Blatt später zu seinen Gunsten zu instrumentalisieren suchen.[124] Die ÖVP ist auch am *Kurier* beteiligt, der von dem Mühlenbesitzer Ludwig Polsterer von den amerikanischen Besatzern gekauft und ab 18. Oktober 1954 unter dem Namen *Neuer Kurier* weitergeführt wird.[125] Der Generalsekretär der ÖVP, Alfred Maleta, wird an der Gesellschaft beteiligt, woraufhin Fritz Molden demonstrativ austritt. Als Chefredakteur für den *Neuen Kurier* holt man aus Graz Hans Dichand von der *Kleinen Zeitung*. Der *Neue Kurier* tritt der APA als Genossenschafter bei.

In der zweiten Hälfte der 50er Jahre kommt es wiederholt zu politischen Interventionen von Julius Raab im *Bild-Telegraph*; der Verleger Behrmann versucht den Wünschen der ÖVP gerecht zu werden, der Chefredakteur Gerd Bacher ist dagegen. Es kommt zu einem Konflikt zwischen Verlag und Redaktion, die Redaktion spaltet sich in zwei Lager. Der Konflikt droht mit der sogenannten „Polcar-Affäre" zu eskalieren. Unter Generalsekretär Polcar findet sich die Wiener ÖVP Ende 1957 in einen Schmiergeldskandal verwickelt. Man versucht den Skandal zu vertuschen, aber die sozialistischen und kommunistischen Zeitungen schreiben darüber, wenngleich die sozialistischen Blätter im Sinne der großen Koalition „nur mit halber

Kraft".[126] Als die *Presse* und der *Bild-Telegraph* von der Affäre berichten, kommt es neuerlich zu verschiedenen Interventionen seitens der ÖVP. Man versucht Bacher und *Presse*-Chef Molden, der auch den *Bild-Telegraph* in seinem Haus druckt, dazu zu bewegen, die Berichterstattung über Parteiobmann Polcar zu unterlassen – allerdings ohne Erfolg. Schließlich tritt Polcar zurück, doch die Affäre hat ein Nachspiel. Anfang 1958 werden die Zahlungen des *Bild-Telegraph* an die Druckerei Molden eingestellt. Molden vermutet dahinter ein Komplott, um ihn finanziell auszuhungern.

Am 12. März 1958 wird der Druck des *Bild-Telegraph* bei Molden gänzlich eingestellt. In der Folge erklärt sich beinahe die gesamte Redaktion unter Gerd Bacher bereit, zu einer Nachfolgezeitung, dem *Bild-Telegramm,* zu wechseln; ein Blatt, das bei Molden produziert wird. Mit Hilfe des *Kurier* wird jedoch auch der alte *Bild-Telegraph* wieder aufgelegt; es entspinnt sich ein regelrechter „Zeitungskrieg". Es folgen Strafanzeigen, Beschlagnahmungen und persönliche Diffamierungen – jede Zeitung, die in den folgenden Tagen über die Auseinandersetzung berichtet, wird mindestens einmal beschlagnahmt.[127] Als Molden die Verwendung des Titels *Bild-Telegramm* für die neue Zeitung gerichtlich untersagt wird, kommt das Blatt mit der Schlagzeile „Unser Titel wurde beschlagnahmt" heraus, bevor es unter der Bezeichnung „Zeitung ohne Namen" das letzte Mal erscheint. Die Schlagzeile der letzten Ausgabe klingt jedoch überaus verheißungsvoll: „Zum letzten Mal als die ‚Zeitung ohne Namen'. Die Bonzen haben uns nicht kleingekriegt, Zeitungskrieg ist zu Ende. Und jetzt: 3 mal täglich ‚EXPRESS' um 1 Schilling." Die Parteimanager, so heißt es, hätten die Schlacht verloren; sie hätten zwar Namen und Titel des *Bild-Telegraph*, aber was sie damit besäßen, sei nichts als eine leere Hülle. Selbst kräftige Investitionen würden nicht über die Tatsache hinwegtäuschen können, „daß die Zeiten, wo man mit Erfolg getarnte Parteiblätter im unabhängigen Gewande herausbringen konnte" vorbei seien.[128] In der Tat wird der *Bild-Telegraph* kurz darauf eingestellt. Molden, der den Boulevardmarkt für sich allein beansprucht, kauft das Blatt.

In der Folge erscheint der *Express*, der die entstandene Lücke in der Boulevardlandschaft füllt. Hinter dem *Express* stehen freilich wieder Politiker. Die von Molden als „fortschrittliche linksliberale Kaufleute" bezeichneten Finanziers sind der Rechtsanwalt Christian Broda und der Direktor der Länderbank Franz Ochermüller. Die beiden würden, so Molden, einen „in Medienfragen gemäßigten und modernen Flügel der sozialistischen Partei" repräsentieren.[129] Auch auf sozialistischer Seite erkennt man, daß Parteizeitungen beim Leser an Beliebtheit verlieren, und dieser sein Augenmerk parteiunabhängigen Boulevardblättern schenkt. Den Parteiorganen der SPÖ geht ebenfalls die Leserschaft verloren – und wie bei der ÖVP versucht man seitens der SPÖ aus den Erfolgen der parteiungebundenen Presse zu lernen und auf diesem Feld sozusagen im „Tarnanzug“ Fuß zu fassen.[130]

Die neue liberale Pressedoktrin ist innerhalb der SPÖ jedoch nicht unumstritten, prallen doch zwei Welten aufeinander; auf der einen Seite stehen die sozialistischen Arbeiterbildner überkommenen Zuschnitts, die den „neuen Menschen“ erziehen wollen. Sie sind gewohnt vorzugeben, was der Arbeiter zu lesen hat, und durch sozialistisch interpretierte Inhalte für seine Bildung zu sorgen. Seichte Medienprodukte, die nur der Zerstreuung der arbeitenden Menschen dienen und zu ihrer geistigen Unmündigkeit führen, werden nach wie vor als Werkzeuge der herrschenden Klassen angeprangert. Nach dem Austromarxisten Joseph Hindels besteht die Aufgabe der sozialistischen Presse darin, den „geistigen Pauperismus schonungslos zu bekämpfen“ anstatt den Versuch zu machen, sich „den ‚modernen‘ Boulevardblättern anzupassen.“ Die sozialistische Presse müsse „sauber, anständig, grundsatztreu bleiben – auch wenn das von jenen, die nur mehr kommerziell denken können, mit altmodisch, mit geschäftsuntüchtig verwechselt wird.“[131]

Wie dem auch sei, die „linksliberalen Kaufleute“ in der SPÖ erwarten sich vom *Express* ein der SPÖ zumindest neutral und der Gewerkschaft freundlich gesinntes Blatt. Nichtsdestotrotz heißt es in der ersten Ausgabe, der *Express* sei „parteiunabhängig“ und werde „von keiner politischen Partei oder einer ihrer Gruppen direkt oder indirekt Weisungen entgegennehmen.“[132] Die Zeitung soll sein, „wie die Zeit, in der und für die sie gemacht wird: Modern, klar, ohne Umschweife. Mitfühlend dort, wo es der Mitbürger braucht, schonungslos gegen jene, die sich bisher im Zwielicht der gelenkten ‚Pressefreiheit‘ sicher fühlten.“ Wie alle Boulevardzeitungen, die vorrangig zu dem Zweck gemacht werden, Profit zu machen, bietet auch Gerd Bachers *Express* reichweitensteigernde Sensationen, Sex und seichte Nachrichten: „Unser Blatt soll aber mehr als nur informieren: Wir möchten Ihr Freund werden von der ersten bis zur letzten Seite, von der ernsten Nachricht bis zum entspannenden Wort.“[133]

Im Buhlen um die Leserschaft bekommt der *Express* bald ernsthafte Konkurrenz. Einige Journalisten des *Kurier*, die nach einem Streit mit dem Herausgeber Ludwig Polsterer die Zeitung verlassen haben, wollen *Die Illustrierte Kronen Zeitung* wiederbeleben. Diese Idee findet auch in politischen Kreisen – bei SPÖ und ÖVP – Anklang. Die beteiligten Redakteure, unter ihnen Hans Dichand, reagieren kühl auf die

Angebote der Parteien. Stattdessen soll eine Beteiligung der Redakteure an der Zeitung die obligatorische Abhängigkeit vom Eigentümer reduzieren. Den Anstoß dazu mögen die Erfahrungen, die die Journalisten im *Kurier* gemacht haben, gegeben haben – denn auch um die Unabhängigkeit des *Kurier* ist es durch die Teihaberschaft der ÖVP nicht immer gut bestellt gewesen. Dem Teilhaber Maleta werden Versuche direkter redaktioneller Einflußnahme nachgesagt; aus dem Februar 1958 datiert ein Vertragswerk, geschlossen zwischen den Gesellschaftern, in dem festgelegt ist, daß der *Kurier* in seiner redaktionellen und publizistischen Linie an keine Partei gebunden sei, dennoch aber eine „unbedingt bürgerlich-österreichische Linie" einhalte und die Politik der ÖVP unterstütze.[134] Eben dies will Dichand bei der *Kronen Zeitung* nun wohl vermeiden. Die Finanzierung der *Kronen Zeitung* wird durch den ÖGB-Präsidenten Franz Olah in einer überaus undurchsichtigen Art und Weise sichergestellt. Olah bringt sich aber nicht nur in finanzieller Hinsicht ein; er vermittelt Dichand auch einen geschäftstüchtigen Partner, den Leiter der Finanz- und Werbeabteilung des Waschmittelherstellers Persil, Kurt Falk.[135] Falk führt bisher im Pressewesen unbekannte Werbe- und Vertriebsmethoden ein, um das reichlich illustrierte Boulevardblatt optimal zu vermarkten.

Der APA bringt die *Kronen Zeitung*, die ab 11. April 1959 erscheint, zunächst keinen Gewinn. Vielmehr rächt sich ein weiteres Mal die Politik, die sie einst gegenüber der *Kleinen Zeitung* praktizierte. Dichand, der als Chefredakteur der *Kleinen Zeitung* auch ohne APA-Dienst ausgekommen ist, verzichtet nun ebenso bei der *Kronen Zeitung* auf die Dienste der Agentur. Die *Kronen Zeitung* wird kein Mitglied der Genossenschaft und erspart sich dadurch, wie Dichand zufrieden feststellt, viel Geld.[136] Die APA schreibt Verluste.

Ende der 50er Jahre zeichnet sich der Anfang vom Ende der Parteipresse ab. Die Auflagenentwicklung in der österreichischen Presselandschaft verläuft insgesamt zwar positiv, die Druckauflage steigt seit 1957 (bis zu diesem Zeitpunkt sanken die Druckauflagen und die Zahl der Zeitungstitel) beständig an. Die Parteipresse kann diesen Trend allerdings nicht für sich nutzen. Ihre Auflage sinkt in dem Ausmaß, in dem die der unabhängigen Presse steigt: ist die Auflage der unabhängigen Zeitungen im Jahr 1953 mit 48% noch unter der der Parteizeitungen mit 52% gelegen, so liegt sie 1956 mit 55% an der Gesamtauflage bereits darüber. 1958 hat sie einen Auflagenanteil von 61%, 1959 von 63% und 1960 werden es schon 67% sein.[137]

Analog zur Auflagenentwicklung gestaltet sich die Anteilsstruktur der APA. 1959 hält die parteiunabhängige Presse mit 187 erstmals mehr APA-Anteile als die Parteipresse mit 182 (exklusive der regierungsnahen Blätter *Wiener Zeitung* und *Neues Österreich*, die zusammen auf

35 Anteile kommen). Die Trendwende zugunsten der parteiunabhängigen Presse schlägt sich in der APA auf personeller Ebene nieder. Als im Mai 1959 der Chefredakteur der APA, Ludwig Klein, stirbt, nutzen die Vertreter der parteiunabhängigen Presse die Gelegenheit und fordern, den Posten mit einem Kandidaten ihrer Wahl zu besetzen – sonst würden sie wieder austreten. Gezwungenermaßen akzeptiert man seitens der APA das Unabwendbare und bestellt den von Molden vorgeschlagenen Otto Schönherr zum neuen Chefredakteur.[138] Schönherr, der seine journalistische Karriere 1947 als Übersetzer und Redakteursaspirant bei der APA begonnen hat, danach bei der *Presse* tätig gewesen und 1954 als Chefredakteur zur *Kleinen Zeitung* gewechselt ist, kehrt nun also nach zehn Jahren zur APA zurück – als der erste APA-Chefredakteur aus der parteiunabhängigen Presse...

Von der Seite der parteiunabhängigen Presse regt sich zudem immer lauter werdender Protest gegen die staatliche Bevormundung; auf Unmut stößt etwa die Regelung, daß amtliche Mitteilungen kostenlos veröffentlicht werden müssen. Aber auch die Schwächen des Distributionssystems, die auf behördliche Trägheit zurückgeführt werden, stehen im Zentrum der Kritik: so gibt es in Österreich noch Gegenden, wo die Post nur zweimal wöchentlich zugestellt wird. Dort finden Tageszeitungen natürlich keinen Absatz.

Die anachronistischste Belastung für die Zeitungen ist jedoch zweifellos die Kriminalisierung journalistischer Arbeit. Im Zuge der Nationalratswahlen von 1959 häufen sich die Beschlagnahmungen. Bisweilen werden von Gerichten auch unbedingte Freiheitsstrafen für Journalisten verhängt. Der Mitarbeiter der *Volksstimme*, Georg Auer, muß im Oktober 1959 „wegen Unterlassung der pflichtgemäßen Obsorge" ins Gefängnis. Zunächst ist Auer wegen mehrfacher Ehrenbeleidigung in einem Bericht über die Betriebsratswahl im österreichischen Erdölgebiet zu einer hohen Geldstrafe verurteilt worden, was nach Berufung durch den Staatsanwalt in eine einmonatige unbedingte Arreststrafe, „verschärft durch hartes Lager", umgewandet wurde.[139] Fast zur gleichen Zeit geht auch der Gerichtsreporter des *Express*, Hellmut Andics, wegen seiner Berichte über den „Mordfall Ilona Faber" hinter Gitter. Nach seiner direkten und offenen Kritik am Plädoyer des Staatsanwalts werden Andic und der verantwortliche Redakteur des *Express*, Helmut Oberhofer, wegen Presseehrbeleidigung vor das Strafbezirksgericht Wien geladen; Andic wird zu 14 Tagen unbedingten Arrests verurteilt, Oberhofer zu einer Geldstrafe. Dieses Urteil, das im Berufungsverfahren bestätigt wird, ruft einen Empörungssturm in der österreichischen Presse hervor. Der Chefredakteur des *Express*, Gerd Bacher, wettert gegen das 1952 verabschiedete Pressegesetz (eine Neuauflage des Pressegesetzes von 1922):

Die österreichischen Zeitungen führen seit Jahren einen verzweifelten Kampf gegen ein mittelalterliches Pressegesetz, gegen eine Paragraphenschikane, derer sich die heutige Demokratie mit derselben Wonne wie einst die Dollfuß-Diktatur bedient. Gegen Lassersche Artikel, die aus dem vorigen Jahrhundert stammen (1862) und mit denen der junge Kaiser Franz Joseph eine unbotmäßige Presse kujonierte (...) Die heutige Spruchpraxis gebärdet sich kaiserlicher als der Kaiser, sie führt sich auf, als hätten wir keinen Justizausschuß im Parlament, keinen Justizminister, sondern einen Metternich. Und haargenau in dieses geistige Mausoleum paßt die Haxlbeißerei: ‚Wir werden's denen schon zeigen!'[140]

In der APA sucht man sich ebenfalls vom Staat zu emanzipieren; der neue Chefredakteur Otto Schönherr versucht, den „verstaubten, amtlichen Stil" abzulegen. Gezielte Recherche und der Aufbau der Meldung nach journalistischen Kriterien sollen das Stigma „amtlich wird gemeldet" abbauen helfen; eine Entwicklung, die besonders die jungen Redakteure tragen. Es besteht jedoch nach wie vor Nähe zu staatlichen Stellen, denen schon die ANA verbunden war. Der politische Dienst der APA beschränkt sich weitgehend darauf, die vom Leiter des Bundespressedienstes, Fritz Meznik, wöchentlich gelieferten, offiziellen Kommuniqués über die Ministerratssitzungen und auf von der Redaktion als wichtig angesehene Meldungen der Parteienpressedienste. Abgesehen davon ist die APA auch noch „gezwungen", die „österreichischen Staatsbesuche im Ausland und die ausländischen in Österreich" durch abgestellte Redakteure zu begleiten.[141]

Abseits davon versucht die Agentur ihre wirtschaftliche Unabhängigkeit und Eigenständigkeit durch ein breiteres Angebot an Diensten auszubauen. Auf die verstärkte Boulevardisierung der österreichischen Presselandschaft reagiert man 1960 mit der Einführung eines „Bunten Dienstes", in dem allerlei Bizarres, Humoristisches und Sensationelles geboten wird. Darüberhinaus versucht man, Dienste für neue Zielgruppen zu schaffen – was allerdings nicht immer von Erfolg gekrönt ist. Im Rahmen des Sonderdienstes anläßlich des Besuches von Nikita Chruschtschow vom 30. Juni bis 8. Juli 1960 in Wien schafft die APA speziell für diplomatische Kreise ein täglich erscheinendes *News Bulletin.* Es enthält kurzgefaßte Reuters und AP-Originalmeldungen in englischer Sprache und soll dem Leser einen „raschen Überblick über die Aktualitäten aus aller Welt" geben; beigefügt ist die *Austria Revue,* eine deutschsprachige Dokumentation von Ereignissen aus Österreich. Die Nachfrage nach dem Diplomatendienst entspricht aber letztendlich nicht den Erwartungen, das *News Bulletin* wird bald wieder eingestellt. Auch die daran anknüpfende

Idee, eine Bordzeitung für die in Wien stationierten Fluggesellschaften zu produzieren, erweist sich nicht als lukrativ.[142]

Eine besondere, nicht unproblematische Bedeutung kommt der APA in der Südtirolkrise zu. Die Agentur vollzieht dabei eine Gratwanderung zwischen unabhängiger Berichterstattung und Staatsräson. Wegen der Sprengstoffanschläge und den Verhaftungen während der Sommermonate 1961 wird ein Redaktionsmitglied der APA, Walter Martinkowic, nach Bozen geschickt, „um den österreichischen Zeitungen authentische Berichte über die Ereignisse in Südtirol zur Verfügung stellen zu können." Martinkowic ist angehalten, nur offiziell bestätigte Berichte an die APA schicken. Da auch das österreichische Außenamt reges Interesse daran hat, zu erfahren, „was sich hinter den Kulissen abspielt", fungiert Martinkowic in doppelter Mission. Schon zu Beginn der Südtirolkrise hat man seitens des Außenamts mit der APA ein Abkommen getroffen, wonach Martinkowic in Südtirol stationiert werden und für beide Institutionen eine ausführliche Berichterstattung liefern soll. Der Extradienst wird der APA laut Martinkowic durch nicht unbeträchtliche Summen vom Außenamt und vom Land Tirol abgegolten. Anläßlich der Prozesse gegen die Bombenleger gibt Martinkowic aus Mailand neben der Prozeßberichterstattung für die APA Hintergrundberichte an das Außenamt durch, die nicht in die APA- Berichterstattung einfließen. Da die über einen Fernschreiber der italienischen Agentur ANSA gesendeten Meldungen durch die italienischen Behörden überwacht werden, gehen die nicht für die Öffentlichkeit bestimmten Hintergrundberichte auf telefonischem oder postalischem Weg nach Wien. Weil aber Briefe in Italien manchmal geöffnet werden, wird die brisante Post bald in der Schweiz aufgegeben. Auch an Schönherr gibt Martinkowic Hintergrundinformation, damit sich der Chefredakteur ein besseres Bild der Lage machen kann. Als aber Schönherr, der auch als Korrespondent für deutsche Zeitungen tätig ist, diese Information verwertet, bekommt Martinkowic Schwierigkeiten mit seinen Südtiroler Informanten. Daraufhin liefert er seine Hintergrundberichte nur noch an das Außenamt.[143]

Der Rundfunk und das Volksbegehren

Anfang der 60er Jahre ist eine Trendwende im medienpolitischen Diskurs bemerkbar; vor dem Hintergrund des Erstarkens der parteiunabhängigen Presse und des langsamen Niedergangs der Parteipresse wird die öffentliche Aufgabe von Medien zum zentralen Thema. Seitens der Journalistengewerkschaft entsteht ein Entwurf für ein Bundesgesetz über die öffentliche Aufgabe von Presse, Rundfunk und Fernsehen. Darin wird die verfassungsmäßige Verankerung der öffentlichen Aufgabe von Medien in der Verbreitung von Bildungsinhalten, von Nachrichten über öffentliche Angelegenheiten, von diesbezüglichen Meinungen und Kritik gefordert.[144] Als Verfechter dieser Ideen schreibt der sozialistische Justizminister Christian Broda hinsichtlich der Anforderung an ein neues Pressegesetz:

> Für den Gesetzgeber gibt es gar keine Alternative der pressefeindlichen oder pressefreundlichen Einstellung. Ein Gesetzgeber, der eine lebendige und funktionierende Demokratie will, muß legislativ alles vorkehren, damit eine freie Presse in der Demokratie ihre gesellschaftliche Funktion in vollem Umfang erfüllen kann. Die Pressefreiheit ist ein Fundament der Demokratie. Ohne Pressefreiheit gibt es keine Demokratie.[145]

Ähnliches wird für den Österreichischen Rundfunk angedacht; formal ist der Rundfunk seit 1958 eine „Gesellschaft mit beschränkter Haftung", de facto steht er jedoch unter der Kontrolle der beiden Regierungsparteien. Wichtige Posten sind durch Vertreter beider Parteien doppelt besetzt und in den Parteisekretariaten wird die Sendezeit, die der einen und der anderen Partei gewidmet wird, mitgestoppt; bei etwaigen Unausgewogenheiten wird sofort interveniert. Die hochgradige Politisierung des Rundfunks provoziert indes Widerstand. Die Journalistengewerkschaft nimmt in einem Papier des Gewerkschaftlichen Pressedienstes vom 20. September 1962 mit dem Titel „Protest der Sektion Journalisten gegen die Nachrichtenpolitik des Österreichischen Rundfunks" Stellung gegen direkte Eingriffe der Parteien in die Programmgestaltung.[146] In der Folge arbeitet die Gewerkschaft ein Papier zur Reform des Österreichischen Rundfunks aus, in dem man sich gegen den Einfluß der Regierung verwehrt und verlangt, daß im Österreichischen Rundfunk „die sachliche, berufsmäßige Ausübung der international statuierten Informationspflicht den Vorrang vor der Kontrolle durch berufsfremde Faktoren erhält."[147]

Vorerst ändert sich nichts an der Organisation des Rundfunks; es gilt die im November 1962 stattfindenden Nationalratswahlen abzuwarten. Für die APA, die dafür einen eigenen Wahldienst eingerichtet hat, ist die Wahlberichterstattung eine Bewährungsprobe gegenüber dem jungen Livemedium Fernsehen, die sie besteht. Durch ihr Korrespondentennetz in den Bundesländern kann sie einen „bedeutenden Vorsprung gegenüber der Resultatdurchgabe durch die Hauptwahlbehörde erringen"[148]; das Fernsehen, das nur in der Hauptwahlbehörde postiert ist, bleibt hinter den Agenturberichten zurück. Dieser Erfolg der APA ist ein deutliches Zeichen hinsichtlich ihrer künftigen Wettbewerbsfähigkeit. Seitens des Österreichischen Rundfunks, der bislang nur Abonnent des APA-Dienstes gewesen ist, äußert man nun den Wunsch nach Mitgliedschaft. Damit öffnen sich für die APA neue finanzielle Perspektiven, hat man die bisherigen provisorischen Abkommen mit dem Rundfunk doch als „wenig befriedigend“ empfunden.[149] Neben den Chancen tun sich mit dieser Option aber auch Gefahren auf. Der Rundfunk ist nach wie vor in der Hand der Regierungsparteien; der Proporz ist hier zu besonderer Blüte gereift. Ein Beitritt des Rundfunks zur APA-Genossenschaft würde Proporzeinflüsse, die auch in der APA seit jeher bestehen, verstärken. So wie im Koalitionsausschuß die beiden Regierungspartner einander bekämpfen, „um dann mit einem gemeinsamen Beschluss aus dem Beratungszimmer zu kommen,“ so einigt man sich üblicherweise auch in der Inlandsredaktion der APA „nach heftigen Fehden der beiden Ressortchefs letzten Endes friedlich darauf, in etwa gleicher Zeilenzahl die Pressedienste der beiden grossen Parteien auszugeben.“[150] Die „beiden Ressortchefs“ sind Karl Waranitsch (ÖVP) und Elisabeth Thury (SPÖ). Eifersüchtig wachen die beiden darüber, daß möglichst viel vom Pressedienst der eigenen Partei über den APA-Dienst ausgegeben wird.

Wie brisant die Gefahr politischer Einflußnahme ist, zeigt sich nach den Wahlen. Trotz aller Forderungen und Proteste treffen die beiden Koalitionsparteien im Zuge der Regierungsbildung geheime Vereinbarungen bezüglich des Rundfunks, die statt auf Reformen auf einen Ausbau des Proporzsystems hinauslaufen.[151] Dieses Geheimabkommen wird Hugo Portisch, dem Chefredakteur des *Kurier*, zugespielt. Der *Kurier* vom 20. März 1963 titelt daraufhin „Anschlag auf Hörer und Seher“. Portisch verurteilt die koalitionären Vereinbarungen auf das schärfste: „ÖVP und SPÖ haben in den letzten Tagen einen ungeheuerlichen Anschlag auf die Freiheit des Rundfunks und des Fernsehens vorbereitet. Die Regierungsparteien vereinbarten, an den Schlüsselstellen der Programmleitung und des Nachrichtendienstes politische Kommissare einzusetzen.“[152]

Die Journalistengewerkschaft nimmt das Auftauchen des Geheimpapiers zum Anlaß, im Rahmen einer Pressekonferenz am 20. März 1963 ihr Rundfunkreformprogramm neuerlich zu präsentieren. Im Zuge dessen spricht der Präsident der Journalistengewerkschaft, Günther Nenning, erstmals von der Möglichkeit eines Volksbegehrens zur Durchsetzung der Gewerkschaftspläne. Organisatorisch soll der Rundfunk, laut Gewerkschaft, einen öffentlich-rechtlichen Status ähnlich dem der britischen BBC erhalten, der ihm Unabhängigkeit garantiere; entsprechende finanzielle Mittel zur Wahrung seiner Kulturaufgabe sollen bereitstehen; berufsfremde Gruppen (also Politiker) sollen keinen Einfluß nehmen können; bei der Einstellung von Personal sollen berufliche Qualifikation und nicht Parteizugehörigkeit ausschlaggebend sein. Grundsätzlich soll der Rundfunk nicht irgendwelchen parteipolitisch oder anders motivierten Sonderinteressen dienen, sondern den „Interessen der Allgemeinheit".[153]

Die Initiative geht aber von der Gewerkschaft auf die unabhängigen Zeitungen über. Am 23. März 1963 ruft der *Kurier* zu einer Unterschriftenaktion unter dem Motto „Das Volk hat das Wort!" auf:

> Wir, die unterzeichneten österreichischen Staatsbürger und Wähler, sprechen uns entschieden dagegen aus, daß Rundfunk und Fernsehen der geplanten parteipolitischen Kontrolle unterworfen werden. Wir stellen an die gewählten Vertreter des Volkes, an die politischen Parteien und ihre Funktionäre das Begehren, durch geeignete Maßnahmen für einen Rundfunk- und Fernsehbetrieb zu sorgen, der der österreichischen Bevölkerung mit freier, überparteilicher Information sowie guter Unterhaltung dient und seine kulturelle Mission ungehindert von parteipolitischen Einflüssen erfüllt.[154]

Am 25. März schließt sich die *Kleine Zeitung* und am 26. März die *Wochenpresse* der Protestaktion an. Getreu ihrem Selbstverständnis, publizistische Opposition von Regierung und deren medialen Organen zu sein, schicken sich die parteiunabhängigen Zeitungen an, nun selbst Medienpolitik zu machen. Bereits nach einigen Tagen zählt man genug Unterschriften, um Bundeskanzler Alfons Gorbach (ÖVP) und Vizekanzler Bruno Pittermann (SPÖ) zu einem Gespräch zu bewegen. Als Vertreter der unabhängigen Zeitungen kann Hugo Portisch den Regierungsoberhäuptern Zugeständnisse abringen. Sie versprechen von den beabsichtigten personellen Veränderungen im Rundfunk abzusehen, eine adäquate Reform des Rundfunks in die Wege zu leiten und ein Durchführungsgesetz zur Abhaltung des ersten Volksbegehrens der Republik vorzubereiten.[155]

In der Zwischenzeit werden zwischen der APA und dem Österreichischen Rundfunk die Verhandlungen bezüglich des Abonnementvertrags, die 1962 noch kein „voll befriedigendes Ergebnis"[156] gebracht haben, abgeschlossen. Auf der Generalversammlung der APA am 22. Juni 1963 ist einer der Punkte auf der Tagesordnung die „Aufnahme der Österreichischen Rundfunk Ges.m.b.H (Hörfunk und Fernsehen)".[157] Karl Polly, Chefredakteur des Österreichischen Rundfunks, und sein Stellvertreter Josef Dörflinger werden in den Aufsichtsrat, Fernsehdirektor Gerhard Freund und Hörfunkdirektor Alfons Übelhör in den Vorstand gewählt. Mit der Aufnahme des proportional zusammengesetzten Quartetts in die APA wird der

Einfluß der großkoalitionären Proporzdemokratie wieder stärker. Eine Entwicklung, die von Vertretern der parteiunabhängigen Zeitungen in der APA als Rückschritt aufgefaßt werden muß. Es dauert nur kurz, bis der neue Genossenschafter in Konflikt mit einem Großteil der anderen Genossenschaftsmitglieder gerät.

Nachdem trotz Zusage der Regierung in Sachen Rundfunkreform keine Fortschritte zu verzeichnen sind, sehen sich die Vertreter der unabhängigen Zeitungen veranlaßt, als Druckmittel gegenüber der Regierung das „Rundfunk-Volksbegehren", wie es von Gewerkschaftsseite bereits angedacht wurde, zu forcieren. Das Rundfunkvolksbegehren ist durchaus als generelle Anklage des Proporzsystems und des autokratischen Regierungsverständnisses der großen Koalition zu verstehen. Die parteiunabhängige Presse versucht, die demokratische Basis gegen die gewählte Regierung zu mobilisieren. Die Regierung ihrerseits demobilisiert. Dem noch sehr regierungsnahen Rundfunk ist es per Order untersagt, über das Volksbegehren zu berichten. Die Zeitungen der beiden Regierungsparteien reagieren, wenn überhaupt, ablehnend. Die unabhängigen Blätter hingegen trommeln die Leser auf die Barrikaden. Für sie ist es eine Auseinandersetzung von grundsätzlicher Bedeutung, die weit über die künftige Verfassung des Rundfunks hinausgeht und auf die Verfassung des österreichischen Mediensystems abzielt. In der APA ist der Konflikt zwischen regierungsnahen und unabhängigen Medieninstitutionen akut, verläuft die Bruchlinie doch mitten durch sie hindurch. Der Österreichische Rundfunk hält als nunmehriges Mitglied der APA-Genossenschaft acht Anteile, hinzu kommen auf der Seite der Proporzvertreter 162 Anteile der Parteipresse; demgegenüber hält die parteiunabhängige Presse 211 APA-Anteile.

Die parteiunabhängigen Zeitungen verlangen einen Abbau des Proporzes; allerdings läßt sich nicht übersehen, daß sich ihre Aktivitäten in erster Linie gegen die SPÖ richten, die vornehmlich mit den kritisierten Verpolitisierungstendenzen assoziiert wird. Die ÖVP beginnt sich indes von ihrem Koalitionspartner zu distanzieren und setzt mittlerweile – taktisch klug – ebenfalls auf „Entpolitisierung" der Medienlandschaft; hintergründig pflegt man längst gute Beziehungen zur „unabhängigen" Presse. Diesbezüglich ist es auch bemerkenswert, daß in den *Österreichischen Monatsheften,* dem Diskussionsforum der ÖVP, bereits 1951 prophezeit worden ist: „Eines der wichtigsten Kampfmittel gegen den Proporz wird daher ein großer Pressefeldzug mit Anführung sachlicher Argumente sein müssen, um die zweifellos gegenüber dem Proporz vorhandene öffentliche Ablehnung noch gewichtiger zu machen. Kein verantwortungsbewußter Journalist wird sich hier ausschließen!"[158]

Unter diesen Voraussetzungen klingt die Stellungnahme der ÖVP zu Rundfunkreform, Volksbegehren und parteiunabhängiger Presse doppelbödig. Ungeachtet der Tatsache, daß sie noch kürzlich das Geheimpapier mit der SPÖ verfaßt hat, präsentiert sie sich nunmehr als Reformpartei. Eine Lösung der Rundfunkfrage sei nicht erzielt worden, läßt sie verlauten, „vor allem deswegen nicht, weil die sozialistischen Unterhändler krampfhaft am Status quo festhalten." Zusagen, die Vertretern der parteiunabhängigen Presse hinsichtlich der Reform des Rundfunks gegeben worden wären, ließen „die Sozialisten ebenso kalt wie die Drohung, die Frage der Rundfunkreform zum Gegenstand eines Volksbegehrens zu machen."[159] Man übt sich nach außen hin in distanzierter Objektivität, läßt sich nicht anmerken, daß man mit dem Volksbegehren kokettiert und die unabhängigen Zeitungen für die eigenen Zwecke einzuspannen gedenkt.[160] Einen eigenen „Vorschlag zur Lösung des Rundfunkproblems" legt die ÖVP in den *Österreichischen Monatsheften* nur wenige Wochen vor Beginn des Rundfunk-Volksbegehrens vor. Die Programme sollen demnach „nicht einseitig einer politischen Partei oder Gruppe usw. dienen dürfen", heißt es fast selbstverleugnerisch; um dies zu gewährleisten soll an die Spitze der Gesellschaft ein „Intendant" gestellt werden, dessen Posten „öffentlich ausgeschrieben" werden müsse.[161]

Seitens der parteiunabhängigen Presse unterstützen mehr und mehr Blätter das Projekt Volksbegehren; schließlich sind es 52 Zeitungen und Zeitschriften, darunter die *Presse*, die *Kronen Zeitung*, die *Salzburger Nachrichten*, die *Oberösterreichischen Nachrichten* und die *Tiroler Tageszeitung*. Am 3. Juni 1964 finden sich Vertreter der „unabhängigen Zeitungen" – mehrheitlich Angehörige der Journalistengewerkschaft – zu einem „Aktionskomitee" zusammen, für das jede teilnehmende Zeitung einen Vertreter delegiert. Unter ihnen befindet sich der Vorsitzende der Journalistengewerkschaft Günther Nenning. Nenning skizziert in der sozialdemokratischen Zeitschrift *Die Zukunft* neuerlich seine Idee von Rundfunk, der öffentlich-rechtlich in „demokratischer Selbstverwaltung" organisiert sein soll; er erteilt der privatrechtlichen GesmbH, wie sie der Volksbegehrensentwurf fordert, eine ebenso deutliche Absage wie dem alten „Staatsrundfunk": die rein privatrechtliche Organisationsform sei für den Rundfunk als wichtigstes Massenmedium in Monopolstellung ungeeignet, aus den gleichen Gründen sei eine Verstaatlichung zu verwerfen. Vielmehr wäre die öffentlich-rechtliche Organisationsform geeignet – „eine gut demokratische, gut österreichische Form."[162] Nenning weist dem Rundfunk definitiv „öffentliche Kultur- und Informationsaufgaben" zu und fordert für ihn eine „Objektivitäts- und Neutralitätspflicht" und die volle „Rundfunkfreiheit", bestehend aus „Sendefreiheit" und „Empfangsfreiheit", er umreißt damit die Strukturen einer weder dem Staat, den Parteien, noch der Wirtschaft verpflichteten Rundfunkanstalt, sondern einer hauptsächlich der Öffentlichkeit verantwortlichen. Doch die Maschinerie der unabhängigen Presse ist bereits angelaufen; gefordert wird ein Volksbegehren und die gesetzliche Umsetzung des dem Volksbegehren zugrunde liegenden Gesetzesentwurfs.

Im Herbst 1964 ist es soweit: Am 2. Oktober meldet die APA, daß erstmals in Österreich ein Volksbegehren durchgeführt werde. Dieses Volksbegehren, das sich mit der Reform von Rundfunk und Fernsehen beschäftige, werde zwischen dem 5. und dem 12. Oktober 1964 in ganz Österreich durchgeführt: „jeder wahlberechtigte oesterreicher kann an diesem volksbegehren teilnehmen. die eintragungsorte in den einzelnen gemeinden sind ebenso wie die eintragungszeiten fuer das volksbegehren den parteiunabhaengigen zeitungen und im jeweiligen gemeindeamt bzw. magistratischen bezirksamt durch anschlag bekanntzugeben.“[163] Dieser Ankündigung folgen – durchwegs positive – Stellungnahmen von Persönlichkeiten zum Volksbegehren. Eine andere APA-Meldung gibt Auskunft über weitere Unterstützer des Volksbegehrens – etwa Vereine, die ihre Mitglieder zur Unterschrift aufrufen. Auch eine politische Partei, die „Freiheitliche Partei Österreichs“ (FPÖ), die aus dem Verband der Unabhängigen (VdU) hervorgegangen ist, nutzt die Gelegenheit und empfiehlt ihren Mitgliedern und Anhängern, das Volksbegehren zu unterschreiben. Am 5. Oktober 1964 wird das Rundfunk-Volksbegehren mit folgendem Aufruf in den parteiunabhängigen Zeitungen gestartet:

> Österreicherinnen und Österreicher!
>
> Die Uhr ist abgelaufen. Die beiden Regierungsparteien haben die Rundfunkreform bis zu dem von ihnen verbindlich zugesagten Termin des 30. Juni nicht zustande gebracht. Wir österreichischen parteiunabhängigen Zeitungen und Zeitschriften haben von vorneherein klargestellt, daß weder eine halbe Lösung noch eine Verschiebung des Termins das von uns vorbereitete Volksbegehren zur Rundfunkreform verhindern wird.(...)
> Wir legen zugleich mit diesem Aufruf einen Gesetzesentwurf vor, welcher die Lösung der Rundfunkkrise bedeutet. Er wurde nach jahrelangen umfassenden Vorarbeiten von führenden Fachleuten ausgearbeitet und von führenden Juristen textiert. Er stellt das modernste Rundfunkgesetz dar, das es derzeit gibt.[164]

Das Volksbegehren geht unter verschiedenen Erschwerungsversuchen über die Bühne. In vielen Bürgermeisterämtern werfen die

Bürgermeister die Unterlagen einfach in den Papierkübel und in Wien können Bürger und Bürgerinnen ihre Unterschrift gegen den Proporz im Rundfunk nur in den wenigen magistratischen Bezirksämtern leisten. Die APA meldet, aus Klagenfurt würden Beschwerden eintreffen, wonach für rund 70.000 Einwohner nur eine einzige Eintragungsstelle eingerichtet worden sei, die „noch dazu nur nachmittags von 14–19 uhr geöffnet ist." Trotz aller bürokratischen Schikanen unterschreiben letztlich 833.389 Österreicher. Die APA gibt ab 12. Oktober 1964 die inoffiziellen Ergebnisse heraus. Am 14. Oktober wird neben einer Meldung des Aktionskomitees auch ein Eigenbericht gebracht, der die Schwierigkeiten bei der Stimmabgabe, wie „das fehlen von wahlzellen", zum Inhalt hat:

> jeder waehler musste offen seinen namen und seine adresse bekanntgeben, wobei sich, wie gemeint wurde, viele leute scheuen zu unterschreiben, weil sie glauben, von parteipolitischer gunst abhaengig zu sein. weiter wurde kritisiert, dass weder der rundfunk noch das fernsehen des ablauf des volksbegehrens zur kenntnis genommen haetten, die meisten parteipolitischen blaetter haben nur sehr wenig oder in sehr verklausulierter form das volksbegehren erwähnt.(...)
> die zusammenarbeit der unabhaengigen blaetter, so wurde erklaert, ist lediglich auf die durchfuehrung des volksbegehrens – der reform der rundfunks und fernsehens – beschraenkt und wird solange dauern, solange dieses volksbegehren einer ‚nachbetreuung' bedarf. wenn das gesetz verabschiedet wird, hat damit auch das aktionskomitee zu bestehen aufgehoert.[165]

Wenn auch das Bemühen um neutrale Formulierung zu erkennen ist, so kann kein Zweifel bestehen, daß die APA indirekt Stellung bezieht. Alleine die Tatsache, daß sie über das Volksbegehren und über deren Proponenten berichtet, daß sie sich als Sprachrohr und Plattform der unabhängigen Presse zur Verfügung stellt, läßt sie angesichts des verordneten Stillschweigens am regierungsnahen Mediensektor zur Partei werden. Es ist eine indirekte Parteilichkeit in eigener Sache, für die eigene Unabhängigkeit und gegen eine verkrustete Medienpolitik, die den Nachrichtenfluß nach Regierungsinteressen kanalisiert. Die APA bezieht gemeinsam mit den unabhängigen Zeitungen Position für einen entpolitisierten Nachrichtensektor, um sich selbst aus der Rolle des politischen Werkzeugs emanzipieren und in der unabhängigen Presselandschaft eigenständig existieren zu können.

Die Initiative der unabhängigen Zeitungen ist freilich auch nicht ganz uneigennützig; es ist nicht zu übersehen, daß die Reformbemühungen mit ureigensten wirtschaftlichen Interessen der Zeitungsherausgeber konform gehen; so etwa nimmt es die Ängste, das expandierende Fernsehen würde künftig den Werbemarkt okkupieren – eine der Forderungen im Gesetzesentwurf, der dem Volksbegehren zugrunde liegt, ist die nach der Beschränkung der Werbezeit im Fernsehen. Im Grunde genommen steht diese Einschränkung im Gegensatz zu den Forderungen nach Unabhängigkeit des Rundfunks; eine Ausweitung der Werbesendungen würde schließlich die finanzielle Situation verbessern und dadurch die Abhängigkeiten von der Regierung reduzieren.[166]

In der Folge wird der begehrte Gesetzesentwurf der parlamentarischen Debatte unterzogen. Dabei stehen den sozialistischen Ambitionen, den Rundfunk in einer proporzpolitisch abgesicherten Regierungsnähe zu halten, die von der unabhängigen Presse und zusehends auch von der ÖVP vertretenen Forderungen, den Rundfunk völlig aus der politischen Sphäre herauszulösen, gegenüber. Es treten schwerwiegende Differenzen zwischen SPÖ und ÖVP zutage. Im Unterausschuß, der zur Behandlung der Frage eigesetzt wird, kann man sich nur in 10 von 18 Punkten einigen.[167] Im Juli 1965 kommt es zur vereinbarten Berichterstattung des Unterausschusses vor dem Nationalrat – allerdings gegen den Willen der Sozialisten, da, wie es heißt, die Arbeit des Unterausschusses noch nicht beendet und die Position der SPÖ in wesentlichen Punken noch nicht formuliert sei. Die Atmosphäre ist gespannt, von sozialistischer Seite werden öffentlich Vorwürfe des „Koalitionsbruches“ erhoben, Karl Czernetz spricht von einer „ernsten Koalitionskrise“.[168]

Aus den Nationalratswahlen vom 6. März 1966 geht die ÖVP jedenfalls mit absoluter Mehrheit hervor. Die SPÖ geht in Opposition. Am 1. Jänner 1967 tritt ein mit den Stimmen von ÖVP und FPÖ beschlossenes Rundfunkgesetz, das in wesentlichen Elementen auf das Volksbegehren zurückgeht, in Kraft. Erstmals verfügt der Rundfunk damit über eine statutarische Grundlage, die ihm eine weitgehende finanzielle, personalpolitische und programmrechtliche Unabhängigkeit gegenüber Staat, Regierung und Parteien sichert. Die exekutive Gewalt liegt bei einem mit weitreichenden Kompetenzen ausgestatteten Generalintendanten; unbeantwortet bleibt freilich die Frage, welcher demokratischen Instanz der Generalintendant verantwortlich ist.

Der am 9. März 1967 durch den Aufsichtsrat des Österreichischen Rundfunks in die neu geschaffene Funktion des Generalintendanten gewählte Journalist Gerd Bacher formuliert sein Programm, das sich als kategorische Absage an den großkoalitionären Interventionismus umschreiben läßt:

> Der demokratische Standard eines Landes hängt vom Ausmaß der öffentlichen Kontrolle ab. Öffentliche Kontrolle vermögen nur mündige Staatsbürger auszuüben. Mündig sind nur informierte Staatsbürger. In Österreich herrscht ein geradezu traditioneller Informationsnotstand. Von der informationsfeindlichen Monarchie führte der Weg über das Bürgerkriegsklima der Ersten Republik in die Diktatur österreichischer und importierter Machart. Die darauffolgende Koalition tat zwar vieles zum Wohle des Landes, aber wenig zur Aufklärung seiner Bürger. Sie war wie ein Landesfürst, der selbst am besten weiß, was für die Untertanen gut ist.[169]

Ein wesentlicher Aspekt der Reformarbeit unter Gerd Bacher ist die Ausweitung des Informationsdienstes – Bacher postuliert eine „Informationsexplosion“, was nicht ohne Auswirkungen auf die APA bleibt. Da der ORF für seinen reformierten Informationssektor auch nachts Meldungen braucht, führt die APA im Oktober 1967 einen verstärkten Nachtdienst in der Redaktion und im Fernschreibdienst ein. Bisher ist der Nachrichtenfluß nach Redaktionschluß der Zeitungen stark gedrosselt worden, von 23 Uhr 30 bis 04 Uhr 30 und von Samstag auf Sonntag bis 7 Uhr war kein Redakteur in der APA. Nun wird aufgrund des verstärkten Nachrichtenbedarfs des Rundfunks der durchgehende Nachtdienst eingeführt.[170] Mitte 1968 wird aufgrund der Nachrichtenfülle der Posten eines „Chefs vom Dienst“ geschaffen; seine Aufgabe ist es, dafür zu sorgen, daß der APA-Dienst trotz der steigenden Belastung von Personal und Technik durch immer größeren Materialanfall reibungslos verläuft. Eine zusätzliche Prioritätstufe „Dringend“ wird eingeführt, die zwischen den „Vorrang-Meldungen“ und den nur intern gehandhabten „Vorziehern“ liegt, um die wichtigsten Meldungen „ohne umständliche organisatorische Massnahmen rasch zu expedieren.“[171]

Ein Internationales Pressezentrum

Durch die zusehends wachsende österreichische Wirtschaft steigen die Einnahmen, die die APA aus den Wirtschafts- und Kursdiensten erzielt. Die Folge ist, daß marktwirtschaftliche Überlegungen langsam vor politische treten. Auf Wunsch der Genossenschafter ist bereits im Juni 1962 eine symptomatische personelle Umschichtung im Vorstand und im Aufsichtsrat erfolgt. Bis zu diesem Zeitpunkt wurden in den Vorstand hauptsächlich die Chefredakteure der Mitgliederzeitungen entsandt, in den Aufsichtsrat die Verwaltungsdirektoren als Vertreter der Mitgliederverlage. Die zusehends bedeutender werdende Marktorientierung hat jedoch dazu geführt, daß seither die wirtschaftlich versierten Verwaltungsdirektoren den Vorstand bilden und die Chefredakteure in den Hintergrund treten.[172] Ein Ziel des neugewählten Vorstands liegt darin, die Einnahmen aus dem Nichtmitgliedergeschäft weiter zu erhöhen – hat man in den ersten Jahren noch versucht, eben jenes gering zu halten, um dem Wesen einer Genossenschaft zu entsprechen, tritt nun langsam unternehmerisches Denken in den Vordergrund. Ein Grund für die Einsatzung der wirtschaftlich kompetenteren Verwaltungsdirektoren mag auch darin liegen, daß es um die APA in finanzieller Hinsicht nach wie vor schlecht steht. Dem Generaldirektor der APA, Carl Schiffleitner, folgt am 1. Jänner 1964 Andreas Berghold, bisher Vorstandsmitglied der APA, der die Agentur aus der finanziellen Krise führen soll. Die Voraussetzungen dafür sind nicht gut, die technische Ausrüstung ist veraltet, „Fernschreiber, Sendeanlagen und technische Einrichtungen können mit der Entwicklung nicht mehr Schritt halten."[173] Der Prüfbericht des österreichischen Genossenschaftsverbandes konstatiert, daß „umfassende Rationalisierungsmassnahmen dringlich geworden sind und eine zukunftsfeste Neuausrüstung und Neugestaltung des technischen Betriebes nicht mehr lange hinausgeschoben werden sollte."[174] Infolge Geldmangels sind in den letzten Jahren fast keine Investitionen getätigt worden. Deshalb setzt man ein Investitionsprogramm in Gang, schafft eine neue Telefonanlage und weitere Fernschreiber an.

Die finanzielle Misere wurzelt zu einem Großteil in den hohen Personalkosten, die fast 60% der Aufwendungen ausmachen. Nichtsdestotrotz fehle es, so heißt es im Geschäftsbericht, an geeigneten Schreib- und Fernschreibkräften, und der Redaktionsstab sei „stark überaltet". Für die Nachwuchskräfte wären die Gehälter nur am Anfang attraktiv, die Anforderungen – mindestens zwei Sprachen, Dienst auch bei Nacht und an Sonn- und Feiertagen –, gemessen am Gehalt zu hoch: „Es besteht die Gefahr, dass der Dienst in der Agentur als eine Art Berufspraktikum und Sprungbrett gesehen wird, die mühsam ausgebildeten Leute von (meistens Mitgliedern der Genossenschaft) abengagiert werden und die mühevolle Erziehungsarbeit umsonst investiert wird."[175] Mehrere Planstellen in der Redaktion seien nicht besetzt, die Urlaubszeit oder eine Grippewelle würden einen geregelten Betrieb in Frage stellen. 47 der 117 Mitarbeiter und Mitarbeiterinnen des Jahres 1964 sind im journalistischen Bereich tätig, der Rest ist nichtjournalistisches Personal, das ebenso schwer zu finden sei:

> So muß z.B. eine Stenotypistin in der Redaktion flott nach Diktat in die Maschine schreiben können, wissen wer de Gaulle ist, wie man Brechnjew schreibt und was man unter EFTA und EWG ver-

steht. Dabei hat sie kaum die Möglichkeit, neben dieser rein mechanischen Schreibtätigkeit andere Büroarbeiten auszuführen. Also ein sehr einseitiger Einsatz mit Höchstleistung ohne Abwechslung in der Tagesarbeit. Ein Fernschreiber sitzt am Standplatz, bedient gleichzeitig die Sendemaschine und beobachtet den Einlauf der Weltnachrichten auf den Fernschreibern oder besorgt daneben den Telefondienst und beobachtet die schriftliche Vervielfältigung des Dienstes. Und das alles unter ständigem Zeitdruck![176]

Gehaltserhöhungen für Journalisten und Angestellte scheinen 1964 nötig, treffen das finanzschwache Unternehmen aber hart, wie auch die Erhöhung der Kosten von Abonnements bei den ausländischen Agenturen, da man eine gleichzeitige Erhöhung der Mitgliedsbeiträge nicht durchbringt. Abhilfe soll ein Ausbau des Nichtmitgliedergeschäfts bringen. Das Verhältnis zwischen Nichtmitgliedergeschäft und Mitgliedergeschäft hat sich trotz der Bemühungen, neue Kunden zu gewinnen, verschlechtert; 1965 stammen nur 36% der Gesamteinnahmen aus dem Nichtmitgliedergeschäft. Der niedrige Wert hängt auch damit zusammen, daß die beträchtlichen Einnahmen vom Rundfunk aus der Rubrik Nichtmitgliedergeschäft herausfallen. Der Österreichische Rundfunk ist ja jetzt Mitglied der APA und zahlt demgemäß Mitgliedsbeiträge.

Ein weiteres Manko in der Bilanz der APA ist die *Kronen Zeitung*, die sich zu einer der auflagenstärksten Zeitungen Österreichs entwickelt. Die *Kronen Zeitung* ist bekanntlich kein Genossenschafter, was angesichts ihres Erfolgs umso bedauerlicher ist. Mit allen möglichen Mitteln versucht man deshalb seitens der APA, das Blatt zu gewinnen, oder zumindest dazu zu bewegen, den APA-Dienst zu abonnieren. Aus Kostengründen verzichten Dichand und Falk aber nach wie vor auf die Dienste der Agentur – zumindest nach außen hin. Mitte der 60er Jahre erhärtet sich jedoch der Verdacht, daß die *Kronen Zeitung* über einen informellen Zugang zu APA-Material verfügt. Seitens der APA wird man daraufhin im Februar 1966 aktiv. Die Geschäftsführung wird beauftragt, unter Verweis auf belastendes Material (in „mühsamer Kleinarbeit“ gesammelt) und unter Prozeßandrohung mit der *Kronen Zeitung* über einen Beitritt zur Genossenschaft Verhandlungen aufzunehmen. APA-Geschäftsführer Berghold berichtet in weiterer Folge von einem Gespräch mit Dichand, demzufolge sich dieser zu einem solchen Schritt bereit erklärt habe.[177] Ein definitiver Abschluß bleibt aber aus und von gerichtlichen Schritten gegen die *Kronen Zeitung* wird schließlich Abstand genommen. Ein Grund dafür mag sein, daß urheberrechtliche Fragen in Bezug auf das Agenturmaterial noch nicht ausjudiziert sind. Aber man sinniert über Maßnahmen zur Verhinderung von unbefugter Weitergabe von Nachrichten nach und leitet eine „Aktion zur Verstopfung von undichten Kanälen, über die unsere Nachrichten zur KRONENZEITUNG gelangen" ein. Alsbald heißt es, die befreundeten ausländischen Nachrichtenagenturen und alle Genossenschafter hätten den „Solidaritätsaufruf der APA bereitwillig aufgegriffen"[178] und Vorkehrungen zur Verhütung der unmittelbaren Nachrichtenweitergabe an die *Kronen Zeitung* getroffen.

Abseits der erfolglosen Werbung neuer Mitglieder konzentriert man sich auf den Ausbau des Nichtmitgliedergeschäfts. Die Strategie, das Unternehmen durch verstärkte Bedienung der Wirtschaft aus der finanziellen Krise zu führen, was nicht unbedingt im Sinn des genossenschaftlichen Gedankens ist, wird damit legitimiert, daß sie „wegen ihrer ergiebigen Ertragsfähigkeit" unbedingt notwendig sei und daher „im Interesse der Genossenschafter" liege, „zu deren Vorteil und Nutzen die APA gegründet wurde."[179] Der ursprüngliche, an Profitlosigkeit gekoppelte Genossenschaftsgedanke wird modifiziert. Gewinne seien nötig, um die Genossenschaft am Leben zu erhalten und die genossenschaftliche Aufgabenstellung erfüllen zu können. Damit ebnet sich die APA für die Zukunft jenen Weg, den auch viele andere Agenturen, allen voran die Weltagenturen, bereits eingeschlagen haben: die Diversifizierung – eine Ausweitung und Ausdifferenzierung der Dienste in Rundfunkdienste, Fotodienste und Wirtschaftsdienste; letztere gewinnen gegenüber dem Kerngeschäft, der Belieferung von Medien, immer mehr an Bedeutung. Im Geschäftsbericht der APA wird konstatiert, daß sich bei der österreichischen Wirtschaft ein „echtes Informationsbedürfnis" abzeichne. Damit ergeben sich Aussichten, auch in Österreich jene auf spezifische Interessen bestimmter Gruppen zugeschnittenen Dienste anzubieten, „wie sie bereits von den Weltagenturen in finanzkräftigen Ländern eingeführt" worden sind.[180]

Abseits davon soll ein Organisationsplan („APA-Programm") den Betrieb innerhalb der Agentur optimieren: Nachrichtenaufbringung, Verarbeitung und Vertrieb sollen zugunsten eines rascheren Ablaufs koordiniert werden. Man stellt sich die Frage, „wie die Agentur ihre Aufgaben im Interesse der Genossenschafter erfüllen kann, und zwar unmittelbar mit einem guten Nachrichtendienst für Presse und Rundfunk und mittelbar mit erhöhten Einnahmen aus dem Nichtmitgliedergeschäft."[181] Um mit der technischen Entwicklung Schritt zu halten, werden moderne Geräte angeschafft. Man fährt auf Besuch zu MTI nach Budapest, um den Schnellsendebetrieb zu studieren, der dort schon seit Jahren praktiziert wird. Im Februar 1966 wird das System in Wien eingeführt. Nach der dpa und der MTI ist die APA damit die dritte Agentur in Europa, die mit erhöhter Sendegeschwindigkeit arbeitet. Statt bisher 420 Zeichen pro Minute werden nun 600 gesendet. Dafür werden neue Sende- und Empfangsgeräte angeschafft, die die APA anstelle der bisher von der Postverwaltung bereitgestellten Mietfernschreiber allen ihren Abonnenten in Miete zur Verfügung stellt. Die Kosten von knapp 300.000 Schilling sind angesichts des hohen Gesamtinvestitionsaufwands eher gering. In den Jahren 1964 bis 1966 werden insgesamt rund 2,9 Millionen Schilling ausgegeben, mehr als in den Jahren seit 1946 zusammen. Und es stehen noch größere Investitionen an.

Denn seitens der APA macht man sich Gedanken über ein neues Haus. Der Börsebrand im Jahr 1956 hat starke Zweifel an der Sicherheit des alten Gebäudes entstehen lassen; zudem klagt man, die Räume in der Börse seien äußerst kostspielig und würden von Jahr zu Jahr teurer. Außerdem seien sie für den Agenturbetrieb nicht wirklich geeignet; der Redaktionstrakt und der Verwaltungstrakt, in dem sich auch die Fernschreiber befinden, seien getrennt – und von beiden weit entfernt das Archiv und das Expedit. In einem eigenen Gebäude könnte man den Betriebsablauf rationeller gestalten und auch Räume vermieten. Dabei denkt man an ein internationales Pressezentrum als gemeinsame Arbeitsstätte verschiedener Institutionen aus dem Presseumfeld. Die Wiener Büros internationaler Nachrichtenagenturen, Auslandskorrespondenten und Vertreter internationaler Institutionen bräuchten ein Pressezentrum, „das den heutigen Anforderungen hinsichtlich Standort, Verkehrslage und nachrichtentechnischer Einrichtungen entspricht."[132] Man hat auch schon ein Grundstück im 19. Wiener Gemeindebezirk an der Ecke Gunoldstraße/Muthgasse, nahe dem Karl-Marx-Hof gelegen, im Auge. Der Architekt Kurt Hlaweniczka entwirft ein Hochhaus, das rund 6000 Quadratmeter Bürofläche bieten und rund 50 Millionen Schilling kosten soll. Ein Einkaufszentrum, Gaststättenbetriebe sowie Konferenzsäle für Pressekonferenzen sind geplant. Die APA soll rund ein Viertel der Fläche des Hauses nutzen, der Rest soll vermietet werden. Ein entscheidendes Problem stellt die Finanzierung dar. Die APA selbst verfügt über kein Eigenkapital. Vorerst findet sich auch keine Bank. Erst nach Intervention des Wiener Bürgermeisters Bruno Marek ist die sozialdemokratische Zentralsparkasse bereit, den Bau zu günstigen Bedingungen zu finanzieren. Daraufhin fällt der APA-Vorstand am 1. September 1966 einen Grundsatzbeschluß: die APA und die Realitätenverwertungsgesellschaft EKAZENT werden zu gleichen Teilen den Grund erwerben und das Gebäude errichten. Die Verwaltung des entstehenden „Internationalen Pressezentrums" (IPZ) soll einer von der APA und der EKAZENT zu schaffenden Gesellschaft übertragen werden, an der die

APA zu 60 und die Gesellschaft EKAZENT zu 40 Prozent beteiligt ist und in der beide gemeinsam die Geschäftsführung ausüben. Im Juli 1967 genehmigt das Finanzministerium als Aufsichtsbehörde der Versicherungsanstalten ein Darlehen der Wiener Städtischen Versicherung über 25 Millionen Schilling, das zusätzlich zum Kredit der Zentralsparkasse die Finanzierung des Projekts ermöglicht.[183] Bundeskanzler Josef Klaus nimmt am 24. Juni 1968 den Spatenstich für das neue IPZ vor, im August beginnen die Bauarbeiten.

Das IPZ soll nicht nur Heim der APA, sondern auch Sitz internationaler Agenturen und Medienunternehmen werden. Man will damit die Bedeutung der in Wien beheimateten Agentur als Nachrichtendrehschreibe zwischen Ost und West betonen. Die Formel von der Drehscheibe ist allerdings zu relativieren. Der überwiegende Teil der Weltnachrichten kommt aus dem Westen. Zu den als „Big Four" bezeichneten Weltagenturen, die in den meisten Ländern der Welt Nachrichten sammeln und diese Länder gleichzeitig auch mit Nachrichten beliefern, zählen die amerikanischen Agenturen Associated Press und United Press International, die britische Agentur Reuters und die französische Agence France Presse.[184] Die APA bezieht den Großteil ihres Auslandsdienstes, mehr als 60%, von diesen Agenturen. 1964 stammen 29,8% der APA-Auslandsmeldungen von Reuters, 29,1% von der AP, 21,8% von der AFP und 15% von der deutschen Agentur dpa. Der Anteil der TASS an den Auslandsmeldungen der APA liegt bei 1,3%, jener der ungarischen MTI bei 0,6%, der ostdeutschen ADN bei 0,5%, der italienischen ANSA bei 0,3%, der jugoslawischen TANJUG bei 0,2 und der Schweizer SDA bei 0,1%. Der Meldungsanteil der restlichen Agenturen – unter anderen der polnischen, tschechischen und dänischen – liegt bei 0,2%. Noch 1967 liegt der Anteil der Reuters-Meldungen am APA-Auslandsdienst mit 32,4% an der Spitze.[185] Geiringers seinerzeitige Vertragspolitik erweist sich als überaus nachhaltig.

Die APA versucht trotzdem, die Beziehungen zu den Agenturen im Osten weiter auszubauen. Im Juni 1967 kann Berghold im Zuge eines Besuchs in Moskau die Kontakte zur TASS und zur zweiten russischen Agentur „Nowosti" intensivieren. Die Drehscheibe zwischen Ost und West, als die sich die APA versteht, liefert dennoch weitgehend im Einbahnverkehr, nämlich von West nach Ost. Die APA bezieht und übermittelt ein Weltbild aus westlicher Perspektive, ein weitgehend über marktwirtschaftliche Interessen definiertes Weltbild – ein „Westbild".

Die Beziehungen zwischen Ost- und Westeuropa entspannen sich zunehmend. Demgemäß positioniert sich auch das neutrale Österreich. Die amtierende ÖVP-Alleinregierung unter Bundeskanzler Josef Klaus strebt laut Regierungserklärung vom 20. April 1966 auf außenpolitischer Ebene vor allem eine Annäherung an die „Europäische Wirtschaftsgemeinschaft" (EWG), eine Lösung des Südtirolproblems und eine Intensivierung der wirtschaftlichen und kulturellen Beziehungen zu den Staaten des Donauraums an.[186] Die seit Kriegsende unterkühlten Beziehungen zur Tschechoslowakei bessern sich allmählich, nachdem die tschechische Regierung das Programm eines „Kommunismus mit menschlichem Antlitz" verfolgt. Als Vorboten der Entspannung haben der Programmdirektor des österreichischen Fernsehens, Helmut Zilk, und Jiri Pelikan, Generaldirektor des tschechoslowakischens Fernsehens, in den Jahren 1964 und 1965 in Prag und Wien die sogenannten „Stadtgespräche" geführt. Es handelte sich dabei um live übertragene, simultan gedolmetschte Diskussionen, die sowohl die österreichischen als auch die tschechoslowakischen Fernsehzuschauer verfolgen konnten. Die nunmehrige Entspannung im Zuge des Prager Frühlings äußert sich außerdem in der enger werdenden Verbindung zwischen der APA und der CTK. Die CTK unterhält in Wien ein eigenes Büro, das unter anderem den APA-Inlanddienst bezieht und für die Prager Zentrale verwertet. Über eine Direktverbindung Prag-Wien langt umgekehrt ein eigens für Wien bestimmtes CTK-Bulletin bei der APA ein. Der Anteil der CTK-Meldungen im APA-Dienst steigt von 46 im Jahr 1965 auf 225 im Jahr 1967 an. Einen traurigen Rekord mit 874 Meldungen erlangt die CTK im Jahr 1968.

Am Beginn der Katastrophe steht eine CTK-Meldung. Inhalt der Meldung ist ein vom „Institut für Politik und Wirtschaft" der „Tschechoslowakischen Akademie der Wissenschaften" geplanter Kongreß zum Thema „Das Münchner Abkommen von 1938 und seine Auswirkungen in Mittel- und Südosteuropa". Es heißt, das Institut beabsichtige eine „unabhängige, freie und wissenschaftliche forschung zu gewaehrleisten und noetigenfalls sogar meinungen zu vertreten, die nicht mit der offiziellen aussenpolitik uebereinstimmen."[187] Soweit die Visionen.

Am 21. August um 2 Uhr früh gelangt eine von der AP abgesetzte Meldung aus Prag über den Fernschreiber in die APA, derzufolge sowjetische Truppen in die CSSR einmarschieren: „wie eine bombe" platzt diese Meldung in die „naechtliche stille der redaktion", ein „hektischer kreisel" beginnt sich zu drehen und um 2 Uhr 15 rattern die APA-Fernschreiber die Meldung ins Netz: „radio prag gab heute nacht bekannt, dass sowjetische truppen die tschechoslowakischen grenzen ueberschritten und die tschechoslowakischen buerger aufgefordert haben, keine aktionen gegen sie zu unternehmen." In der Redaktion trifft bald die vom Nachtdienst aus den Betten geholte Verstärkung ein, die Fernschreiber kommen nicht mehr zur Ruhe. Die Nachricht wird bestätigt: am Vortag seien gegen 23 Uhr sowjetische, polnische und ostdeutsche Truppen in der Tschechoslowakei eingerückt. Gegen 2 Uhr 30 Uhr unterbricht der Österreichische Rundfunk sein Musikprogramm und verbreitet unter Berufung auf Radio Prag die Meldung vom Einmarsch. Die APA gibt eine anschauliche Schilderung der dpa wieder:

> die bevoelkerung der tschechoslowakei wurde in der nacht zum mittwoch jaeh aus dem schlaf gerissen. kurz nach mitternacht klingelten bei den redaktionen der prager zeitungen die telefone aus den doerfern nahe der sowjetischen grenze. aufgeregte anrufer teilten mit, dass sowjetische panzer die grenze der cssr ueberschritten haetten. wenig spaeter kamen anrufe aus pressburg, wonach sowjetische panzer bereits in die hauptstadt der slowakei eingerueckt seien. radio prag unterbrach kurz darauf seine sendung und appellierte an die bevoelkerung, ruhe zu bewahren.[188]

Gegen 3 Uhr früh testen APA-Mitarbeiter, ob die Telefon- und Telexverbindungen nach Prag funktionieren; die Fernschreibverbindung zur CTK stellt sich als einwandfrei heraus, doch scheinen deren Mitarbeiter vor Schreck wie gelähmt. Die APA meldet: „ctk erklärte sich zu diesem zeitpunkt ausserstande, eigene berichte zu der lage in der cssr zu liefern und verwies stattdessen auf die berichte auslaendischer nachrichtenagenturen."

Die APA bringt eine (von Reuters und AFP übermittelte) Meldung von Radio Prag, wonach das ganze Land von Truppen des Warschauer Pakts besetzt sei. Abseits davon verbreitet sie aber auch die Version der sowjetischen Nachrichtenagentur TASS, die besagt, die tschechoslowakische Regierung und die Führer der tschechoslowakischen kommunistischen Partei hätten die Sowjetunion um Hilfe gegen „die bedrohung, die sich gegen das sozialistische System erhoben hat" gebeten. In den Abendstunden verbreitet die APA den von der TASS zitierten „Hilferuf" der namentlich nicht genannten Mitglieder des Zentralkomitees der tschechoslowakischen KP, der Regierung und der Nationalversammlung an die Sowjetunion „wegen seines dokumentarischen charakters im wortlaut" und wegen seiner Länge in sechs Abschnitten.

Radio Prag ruft indes zum „passiven widerstand“ gegen die Invasionstruppen auf, spricht von „besatzern“, die eine illegale Radiostation eingerichtet hätten und die Botschaft verbreiteten, von tschechoslowakischen Führern nach Prag gerufen worden zu sein. Die Genannten wüßten nichts davon, weder der Präsident, noch der Vorsitzende der tschechoslowakischen Nationalversammlung, oder der Ministerpräsident und auch nicht der erste Sekretär des Zentralkomitees der tschechoslowakischen kommunistischen Partei. Diese Meldung von Radio Prag gelangt im übrigen vom Bonner Reuters-Büro in die APA. Der tschechoslowakische Rundfunk selbst wird indes zum „Bollwerk des tschechoslowakischen Widerstandes“; rund 40 Angestellte haben sich verbarrikadiert, verbreiten patriotische Appelle und rufen zum Widerstand auf. Sie kommentieren kursierende Flugblätter, die besagen, Ministerpräsident Ludwík Svoboda sei abgesetzt und durch den früheren Staats- und Parteichef Antonín Novotný ersetzt worden, mit der Feststellung, die einzig legal gewählte Regierung sei die Svobodas.

Dem tschechoslowakischen Rundfunk kommt beim Widerstand gegen die Besatzer eine Schlüsselrolle zu. Er versucht, soweit das noch möglich ist, der Version der Invasoren seine Version entgegenzuhalten. Im Gegensatz zu Ungarn im Jahr 1956, wo die Aufständischen kaum Kontrolle über Medien hatten, sind in Prag die bedeutendsten Medieninstitutionen anfangs in oppositionellen Händen. Die Presse spielt dabei eine wichtige Rolle, vor allem aber ist es der Rundfunk, der die Bevölkerung auf dem Laufenden hält und Aktivitäten des Widerstands koordiniert.[189] Darüber hinaus hat die bloße Existenz eines derartigen Senders große psychologische Bedeutung, demonstriert sie doch die Machtlosigkeit der Besatzungstruppen und das Gefühl der Verbundenheit und Einigkeit in der Bevölkerung. Und natürlich sind die Medien die Stimmen ins Ausland. Da die Korrespondenten ausländischer Zeitungen und Agenturen vor Ort in der Regel nicht viel in Erfahrung bringen können, dienen ihnen tschechische Presse- und Rundfunknachrichten als vorrangige Quellen.

Im Gegensatz zur passiven Rolle, die die APA beim Ungarnaufstand im Jahr 1956 eingenommen hat, als sie sich fast zur Gänze auf die Berichterstattung der Weltagenturen verließ, zeigt sie sich nun weitaus aktiver. Man beschließt noch am Tag des Einmarschs einen Rundfunkabhördienst einzurichten und die tschechoslowakischen Sender abzuhören. Andreas Berghold ruft dazu die Dolmetscherin Jola Zalud an, er brauche sie auf der Stelle – „gleich kann ich nicht, ich bin gerade nackt aus der Badewanne gestiegen, außerdem bin ich müde“[190], wehrt sie ab, worauf Berghold freundlich meint, sie werde in zehn Minuten abgeholt. In der APA hört die Dolmetscherin in der Folge die Nachrichten ab, eine Mitarbeiterin schreibt die Meldungen nieder, ein Redakteur redigiert sie und leitet sie umgehend an die Redaktionen weiter.

Da sich der tschechoslowakische Rundfunk in ständiger Gefahr befindet, besetzt zu werden, hören die Dolmetscherin und ihr Team auch einen illegalen Freiheitssender ab, der sich sporadisch auf Kurzwelle meldet. Dies bringt Probleme hinsichtlich der Evaluierung der Nachrichten, unterscheidet sich die Darstellung dieses Senders doch oft erheblich von der aus offizieller Quelle. Nichtsdestotrotz ist die APA durch den Abhördienst in der Berichterstattung stark präsent; sie liefert am 21. August 31 Meldungen; dazu kommen zwölf Berichte von Korrespondenten aus der CSSR und von der Grenze. Ein APA-Redakteur berichtet direkt aus Prag, daß die Stadt erstaunlich ruhig sei, die Menschen mit russischen Soldaten diskutierten, aber unter „Bewachung" schwerer Panzerfahrzeuge stünden. Er schließt mit einer sehr persönlichen Darstellung:

> (...) es ist eine paradoxe welt. ein kleines volk versucht mit friedlichen mitteln, langen fahnen, wimpeln und entschlossenheit, einer großmacht mit all den starken geschuetzen, panzern und kanonen widerstand zu leisten. die zahl der toten ist nicht bekannt. schaetzungen schwanken zwischen vier und vierzig. und die zahl der verletzten wird wahrscheinlich in die hunderte gehen, nachdem radio prag spender gebeten hat ihr blut zur verfuegung zu stellen.

Die APA positioniert sich neben den Weltagenturen als eine der Hauptlieferantinnen von Nachrichten von der Grenze und direkt aus dem Krisengebiet. Ihr Dienst wächst kurzfristig auf mehr als das Doppelte an: hat man am 20. August beim Auslanddienst 10.760 Worte gezählt, so am 21. August 26.776; im Inlanddienst steigt die Wortanzahl von 9.112 am 20. auf 16.672 am 21. August. Auslanddienst wie Inlanddienst stehen ganz im Zeichen der Invasion in Prag.

Vornehmlich dem Inland meldet die APA, daß auf Veranlassung des Verteidigungsministeriums die Truppen an der Grenze zur CSSR verstärkt und daß humanitäre Vorkehrungen bezüglich möglicher Flüchtlinge getroffen werden. Die Pressestelle des Österreichischen Rundfunks läßt über die APA mitteilen, daß angesichts der Ereignisse in der CSSR der Nachrichtendienst des Rundfunks ausgeweitet werde. Im Rundfunk wird die erste Stellungnahme von Bundeskanzler Josef Klaus verlautbart; sie fällt zurückhaltend-diplomatisch aus. Keine Verurteilung der Invasion, keine Äußerung des Bedauerns; stattdessen beruhigt Klaus die österreichische Bevölkerung, daß für Österreich keine Gefahr bestehe, die Grenzen gesichert seien und die Bundesregierung alle Maßnahmen getroffen habe, daß diese Sicherheit gewährleistet bleibe.[191]

Die CTK sendet mittlerweile „ununterbrochen“, nachdem sie bereits die Möglichkeit angedeutet hat, daß sie an der Übermittlung von Nachrichten gehindert werden könnte. Eine der letzten Nachrichten des 21. August kommt von der CTK und betrifft die CTK. Sie meldet, daß sie von „auslaendischen truppen“ besetzt worden sei. Nach Abbruch der Verbindung versucht man seitens der APA über eine Telexleitung den Kontakt wiederherzustellen, doch meldet sich „keine der Redaktionen“ mehr. Die Redakteure und die Geschäftsführung sind des Hauses verwiesen, und auch der tschechoslowakische Rundfunk, der von vielen improvisierten Studios aus sendet, ist bedroht. Es heißt, es seien Suchkommandos der Besatzer unterwegs, die die Standorte der geheimen Rundfunksender aufspüren sollen. Um das Anpeilen der Sender zu erschweren, ändern die Rundfunktechniker ständig die Frequenzen, auf denen sie senden, was den Abhördienst der APA nicht einfacher macht. Am 22. August meldet die APA, daß der „Freie Sender Brünn“ an den Österreichischen Rundfunk das Ersuchen gerichet habe, im Falle des Ausfalls des Senders kurze Meldungen über die Situation in tschechischer Sprache auszustrahlen. Der Sprecher schloß, so die APA-Meldung, mit den Worten: „ich danke aus ganzem herzen, liebe freunde. ich bin kommunist, aber in dieser schweren situation geht es nicht darum, ob jemand kommunist, oder nicht ist. es geht um alles in der tschechoslowakischen republik.“[192] Die Pressestelle des Österreichischen Rundfunks gibt über die APA noch am selben Tag bekannt, daß man Informationssendungen in tschechischer Sprache ausstrahle. In der Folge fordert Radio Prag die tschechoslowakische Bevölkerung auf, den österreichischen Rundfunk abzuhören, in dem der Außenminister Hajek vor seinem Abflug nach New York sprechen werde. Am 22. August um 17 Uhr 05 verkündet der Sender Prag, daß gerade Besatzungssoldaten das Gebäude betreten hätten und daher die Sendungen eingestellt werden müßten.

Die Verbindungen mit der Tschechoslowakei reißen weitgehend ab; am Abend des 22. August 1968 wird der Telegrammverkehr eingestellt, die Fernschreibverbindungen funktionieren zwar noch, sind aber überlastet; im Telefonverkehr ist mit mehreren Stunden Wartezeit zu rechnen. In dieser unsicheren Situation kursieren zahlreiche Gerüchte, wonach Alexander Dubcek, der reformorientierte Sekretär der tschechoslowakischen KP, tot sei, oder Ministerpräsident Svoboda gewaltsam nach Moskau gebracht würde. Laut Radio Prag, das nun wieder sendet, fliege Svoboda, der während der letzten beiden Tage mit der sowjetischen Besatzungsmacht verhandelt habe, jedoch auf eigenen Wunsch zu direkten Verhandlungen nach Moskau. In seiner Begleitung befänden sich der stellvertretende

Ministerpräsident, der Verteidigungsminister, der Justizminister und andere hochrangige Personen aus Partei und Regierung.

Kontakte mit Prag werden noch schwieriger, nachdem – laut dpa – die Auslandszentrale der Prager Post von sowjetischen Truppen besetzt worden sei, weshalb mit einer Unterbrechung der Telefon- und Fernschreibverbindung gerechnet werden müsse. Doch die für das weitere Schicksal des Landes wesentlichen Ereignisse finden nun ohnhin nicht in Prag, sondern in Moskau statt. Denn dort ist – so meldet die APA unter Berufung auf AFP und dpa – Svoboda unterdessen eingetroffen. Näheres ist aus Moskau aber nicht zu erfahren, denn die westlichen Journalisten werden auf Distanz gehalten. Am Empfang am Moskauer Flugplatz dürfen nur Journalisten aus sozialistischen Ländern teilnehmen. Die Beratungen selbst sind streng geheim. Durch die Abschottung dringt über den Ablauf der Verhandlungen kaum etwas in die Öffentlichkeit. Die Ungewißheit dauert ganze vier Tage, solange sitzen die Vertreter der beiden Parteien zusammen. Nach Abschluß der Moskauer Verhandlungen werden zwei Dokumente unterzeichnet, ein offizielles Kommuniqué und ein streng geheimes Protokoll, das die faktischen Verhandlungsergebnisse enthält. Der Kompromiß beinhaltet, daß die Zukunft der CSSR sich an den Vorstellungen der Sowjetunion auszurichten hat.[193]

Nach wie vor aktiv ist so mancher freie Sender in der Tschechoslowakei. Die Ironie der Geschichte ist, daß die Sowjets selbst den Tschechen das Installieren von Geheimsendern und die radiopropagandistische Infiltrierung beigebracht haben, und zwar mit dem Ziel, bei einer allfälligen Invasion westlicher Truppen den Widerstand zu organisieren.[194] Nun wird von der sowjetischen Agentur TASS verlautbart, daß die Geheimsender in Kooperation mit den Propagandazentren der Westmächte Falschmeldungen verbreiten würden. Die APA zitiert die TASS im Originalwortlaut:

> (...) zahlreiche massenkundgebungen, stellungnahmen, resolutionen und briefe der werktaetigen der sowjetunion und anderer sozialistischer staaten zeugen davon, dass die zum schutz der sozialistischen errungenschaften in der tschechoslowakei getroffenen massnahmen ueberall rueckhaltlos gebilligt und unterstuetzt werden. (...) persoenlichkeiten einer reihe buergerlicher staaten beginnen die situation realistisch einzuschaetzen. die imperialistischen kreise aber, die auf eine abspaltung der tschechoslowakei von der gemeinschaft der sozialistischen staaten gesetzt haben, wollen sich mit dem fiasko ihrer plaene nicht abfinden. sie fahren fort, rund um die tschechoslowakischen ereignisse eine athmosphaere der spannung und der politischen hysterie zu schaffen.

> besonders aktiv sind in dieser hinsicht die kreise bonns, sie sind buchstaeblich in wut geraten und stellen unwillkuerlich ihre kalkulationen bloss, die mit der aktivität der konterrevolutionaeren kraefte in der tschechoslowakei verbunden waren.[195]

Österreich wird von sowjetischer Seite abermals vorgeworfen, sich an den antisowjetischen Intrigen zu beteiligen und die Neutralität zu verletzen. In der sowjetischen Literaturzeitschrift *Literaturnaja Gazeta* vom 28. August 1968 heißt es, es seien Waffen und Soldaten über österreichisches Gebiet in die Tschechoslowakei geschmuggelt worden. In der *Prawda* kann man lesen, daß im Zeitraum Juli und August 22 fahrbare Sendeanlagen aus der BRD über Österreich in die CSSR transportiert worden wären. Die österreichische Regierung antwortet darauf, daß offizielle Stellen von derartigen Transaktionen nichts wüßten. Abgesehen davon beklagen sich sowjetische Stellen über die in Österreich allzu freizügig gehandhabte Berichterstattung. Dies geht so weit, daß die sowjetische Regierung offiziell interveniert. Am 31. August übergibt der sowjetische Botschafter in Österreich Bundeskanzler Klaus eine Note, in der die Haltung der österreichischen Medien zur Situation in der CSSR gerügt wird. Unter anderem heißt es darin: „In der Sowjetunion konnte man nicht umhin, zu bemerken, daß bestimmte Kreise in Österreich versuchen, die tschechoslowakischen Ereignisse für ein feindliches Auftreten gegenüber der UdSSR und anderen sozialistischen Ländern auszunützen. An dieser Kampagne beteiligte sich aktiv das Österreichische Fernsehen, das unter Kontrolle der Regierung steht, sowie die österreichische Presse."[196] Klaus antwortet in dieser Causa: „Die Neutralität verpflichtet – nach einem Wort von Bundeskanzer Raab – den Staat, nicht den einzelnen Staatsbürger. Die öffentliche Meinung, Information der Bevölkerung durch Presse und Rundfunk, unterstehen nicht dem Neutralitätsgesetz." Auch der Österreichische Rundfunk sei nach dem Rundfunkgesetz unabhängig – was aber, so Klaus, nicht besage, daß die österreichische Regierung nicht seit 21. August täglich Kontakt mit der Leitung des Österreichischen Rundfunk gehabt und darauf gedrängt hätte, „auf die Neutralität und die Neutralitätspolitik Österreichs gerade jetzt besonders sorgfältig Rücksicht zu nehmen."[197] Generalintendant Bacher hat daraufhin im Rahmen einer Dienstanweisung vom 21. August 1968 die Verpflichtungen, die dem Österreichischen Rundfunk aus der Neutralität Österreichs erwachsen, fixiert; die Neutralität könne die Informationspflicht des Österreichischen Rundfunks jedoch nicht einschränken, so die Position Bachers, sie verpflichte lediglich zu außerordentlicher Objektivität, genauester Prüfung des Wahrheitsgehalts der Meldungen und leidenschaftslosem Kommentar.[198]

Auf die Presse, so Bundeskanzler Klaus in seiner Rechtfertigung gegenüber dem sowjetischen Botschafter, könne er noch weniger Einfluß nehmen. Diese kritisiere in Zusammenhang mit der Krise in der CSSR sogar die Bundesregierung, woraus ersichtlich sei, daß in Österreich ein System der Presse- und Meinungsfreiheit bestehe, das in den Oststaaten möglicherweise nicht verstanden werden könne.

Es ist bemerkenswert, daß sich ein österreichischer Bundeskanzler demonstrativ hinter die Unabhängigkeit der österreichischen Medien stellt; dabei mag durchaus auch Eigennützigkeit mit im Spiel sein, erlaubt die unabhängige Medienlandschaft doch Dinge auszusprechen, die auszusprechen regierungsnahen Medien oder gar der Regierung selbst in einer solchen Situation nie und nimmer gestattet ist. Die Ablehnung der sowjetischen Militäraktion scheint jedoch eine eindeutige Grundstimmung, die im offiziellen wie im öffentlichen Österreich herrscht. Selbst die KPÖ hat anfangs die Invasion verurteilt, wenn auch nach einem Besuch des KP-Generalsekretärs in Moskau die Linie revidiert wird. Zahlreiche enttäuschte österreichische Kommunisten treten daraufhin aus der Partei aus; Ernst Fischer, einer von ihnen, prägt den Begriff „Panzerkommunismus“. Die Ereignisse veranlassen auch den Kommunisten Heinz Altschul zu Kritik, woraufhin er aus der Partei ausgeschlossen wird. Er beendet sein Arbeitsverhältnis bei der Wochenzeitschrift *Stimme des Friedens,* die vom kommunistisch dominierten Österreichischen Friedensrat herausgegeben wird, und wechselt in die APA-Auslandsredaktion. Aufgrund seiner unbestrittenen journalistischen Kompetenz erfährt Altschul bei den konservativ gesinnten Chefs Berghold und Schönherr – trotz seiner politischen Vergangenheit – Rückhalt.

Zwischen Mitglieder- und Nichtmitgliedergeschäft

In der österreichischen Gesellschaft macht sich indes ein struktureller Wandel bemerkbar. Das „Wirtschaftswunder“ hat das Land verändert. Es geht immer weniger um die Beseitigung der Kriegsschäden als um ein Anheben des Lebensstandards. Die Konsum- und Wohlstandsgesellschaft beginnt auch hierzulande zu pulsieren, verspricht Freiheit und Individualität und beginnt dadurch so manche politische Prämisse früherer Tage zu konterkarieren. Die seit Anfang 1967 amtierende ÖVP-Alleinregierung wird den modernen Anforderungen nicht gerecht; die zum Großteil durch den konservativen CV geprägte Regierungsmannschaft gilt zwar als redlich und korrekt, doch auch als ein wenig steif.[199] Die Devise der Regierung ist Erhaltung, nicht Erneuerung. Auch das zusehends bedeutender werdende Medienorchester verstehen die konservativen Vertreter der ÖVP nur leidlich zu dirigieren; vielmehr versucht die Regierung, politisch in die Enge getrieben, unpopuläre Maßnahmen mit antiquierten medienpolitischen Mitteln durchzusetzen. Im APA-Geschäftsbericht über das Jahr 1968 wird eine „Ausdehnung der sogenannten amtlichen Berichterstattung", wie sie „aus einem unleugbar feststellbaren erhöhten Propagandabedürfnis"[200] der Ressorts der ÖVP-Alleinregierung resultiere, konstatiert.

Vor dem Hintergrund der zunehmenden Medialisierung der Politik ist besonders der politische Dienst der APA gefordert; die Redakteure sehen sich mit einer steigenden Zahl von Pressekonferenzen und Informationsgesprächen konfrontiert. Angesichts der näherrückenden Nationalratswahlen wird der politische Diskurs zudem rauher. Die APA berichtet über viele Ehrenbeleidigungsprozesse, angestrengt von Politikern gegen Zeitungen.

Ende März 1969 setzt die APA einen wichtigen Schritt, um sich aus dem politischen Tagesstreit zu absentieren. Sie sagt auf Anfrage der Parteienkorrespondenzen zu, ihr Fernschreibnetz für die Aussendung von Parteipressediensten unter deren eigener Verantwortung zur Verfügung zu stellen. Die APA verpflichtet sich, in der hinsichtlich Presse- und Rundfunkveröffentlichungen wichtigen Zeit zwischen 13 und 19 Uhr täglich für den ÖVP-Pressedienst und die Sozialistische Korrespondenz sowie für den „Freiheitlichen Pressedienst" Meldungen in einem bestimmten Umfang auszugeben. Zusätzlich könne nach Maßgabe der freien Sendezeit in den Nachtstunden und am Morgen „Voraussendungen" ausgegeben werden.[201] Ein ähnliches Arrangement wird mit der „Rathauskorrespondenz" und den Pressediensten des ÖAMTC und der Arbeiterkammer getroffen. Das zuträgliche Nebengeschäft schafft der APA den finanziellen Rückhalt für den Aufbau eines zweiten Fernschreibnetzes. Im Oktober 1969 wird es vorerst in Wien in Betrieb genommen (Anfang 1971 wird es schließlich bundesweit betrieben). Das Netz stellt letztlich direkte Verbindungen zu Ministerien, kommunalen Behörden (Rathauskorrespondenz), öffentlichen Dienststellen wie Polizei oder Gendarmerie, zur Feuerwehr, zu den politischen Parteien, den Interessensvertretungen – wie Bundeswirtschaftskammer, Industriellenverband, Österreichische Politische Korrespondenz (ÖPK), Agrarisches Informationszentrum (AIZ), Präsidentenkonferenz der Landwirtschaftskammern, Arbeiterkammer, Gewerkschaftsbund – und zu privaten und öffentlichen Einrichtungen wie dem Roten Kreuz, den ÖBB, dem ÖAMTC oder der Caritas her. Durch diese Direktverbindungen werden die Empfänger früher über aktuelle Ereignisse informiert und können sofort reagieren. Im Gegenzug verbreitet die APA die Reaktionen der genannten Organisationen umgehend über ihr Netz.

Das gesamte „Belangmaterial“ von den Parteienkorrespondenzen bis zu Aussendungen der Sozialpartner sowie das von sonstigen privaten und öffentlichen Institutionen wird nun unverändert und unter Verantwortung des Absenders über das zweite Netz an die Medien verteilt. Diese Neuerungen ermöglichen neben größeren Umsätzen eine Erhöhung der Qualität: dadurch, daß die verschiedenen Aussendungen der Interessensverbände gesondert und unter eigener Verantwortung weitertransportiert werden, besteht die Möglichkeit, im Basisdienst nur noch aktuelle, also „primär von der APA ausschließlich nach Nachrichtenwert selektierte und verarbeitete Meldungen“, zu senden.[202] Durch die „Ausweichmöglichkeit“ für die „Belangsendungen“ ins zweite Netz werden auch die Anlässe für politische Interventionen weitestgehend beseitigt. Die Redaktion, so der nunmehrige Ressortleiter der Inlandsredaktion, Karl Mlacnik, geradezu erleichtert, könne nun für den Basisdienst, der über das erste Netz geht, „streng nach Nachrichtenwert allgemein Interessierendes auswählen, einen zeitgemäßen Meldungsstil pflegen.“[203] Die überkommene Durchmischung objektiver Agenturmeldungen und subjektiver Parteienstandpunkte wird durch eine klare Trennung der beiden Nachrichtentypen abgelöst.

Gleichzeitig kündigt sich auch eine technische Zäsur an: die elektronische Datenverarbeitung soll die Arbeit in den Redaktionen revolutionieren. Das größer werdende Informationsvolumen bedarf rationellerer Verarbeitungsverfahren; die APA trifft Vorbereitungen für eine elektronische Fernsatzübermittlung, das sogenannte „Teletypesetting“. Das Arbeiten mit dem Computer ermöglicht nicht nur, das fertig gesetzte Material direkt an den Kunden zu übermitteln, sondern auch die Daten zu speichern. Der Abonnent kann dann, „wann immer er will und was immer er will, selektiv und individuell nach seinem Bedarf abrufen, über Fernschreib- oder Bildschirm empfangen oder festhalten“.[204] Als erstes wird das „Reuters Economic Service“ im neuen Verfahren angeboten. Für diesen Dienst sichert sich die APA 1969 die österreichweiten Vertriebsrechte, wobei die Erlöse mit Reuters geteilt werden (APA 45%, Reuters, 55%).

Ökonomisch geht es der APA, die am 20. und 21. Juni 1970 in das fertiggestellte Internationale Pressezentrum in der Gunoldstraße übersiedelt, aber nach wie vor schlecht. Nicht genug damit, daß sich die auflagenstarke *Kronen Zeitung* nicht als Genossenschafterin gewinnen läßt, führen Konzentrationstendenzen am österreichischen Zeitungsmarkt zu einem weiteren Wegfall von Genossenschaftern. Nach dem Zerbrechen der Großen Koalition ist das zuletzt als großkoalitionäres Sprachrohr fungierende *Neue Österreich* vom österreichischen Zeitungmarkt verschwunden; Ende 1969 hat das *Volksblatt* sein Erscheinen eingestellt. Um diese Ausfälle zu kompensieren, wird seitens der *APA* durch eine Erhöhung der genossenschaftlichen Anteilsnominale von 1.000 auf 2.500 Schilling und einer neuen Berechnungsbasis für die Anteilszeichnung eine Aufstockung des Eigenkapitals vorgenommen. Von diesem neuen Berechnungsmodus ist vor allem der Rundfunk betroffen; während die Tageszeitungen nun pro angefangenen 1.000 statt bisher 3.000 Exemplaren der Auflage einen Anteil zeichnen, zeichnet der Rundfunk statt bisher pro angefangenen 400.000 gebührenpflichtigen Teilnehmern nun pro 3.000 (!) einen Anteil.[205] Damit schnellen die Anteile, die der Österreichische Rundfunk an der APA-Genossenschaft hält, von zuletzt 9 auf 1.024 in die Höhe und der Rundfunk, der unter dem Generalintendanten Gerd Bacher gerade eine „Informationsexplosion" vollzieht, wird anteilsstärkster und gewichtigster Genossenschafter der APA. Im Gegenzug wird eine Außenstelle der APA-Telefonzentrale in der Nachrichtenabteilung des Rundfunks und eine Telefonstandleitung eingerichtet.

Anfang der 70er Jahre entsteht neuer Konfliktstoff am österreichischen Zeitungsmarkt, der letztlich auch die APA berührt. Im Mittelpunkt stehen die beiden Boulevardzeitungen *Express* und die *Kronen Zeitung*. Zweitere kauft Ende 1970 den *Express*, der unter der redaktionellen Führung Hans Dichands als eine Boulevardzeitung für den anspruchsvollen Leser gestaltet werden soll.[206]

Im Unterschied zur *Kronen Zeitung* ist der *Express* Genossenschafter der APA, woran auch die neuen Besitzverhältnisse nichts ändern sollen. Daß die Konstellation Probleme aufwirft, liegt nahe. Die *Kronen Zeitung*, die den *Kurier* an Reichweite überflügelt und auflagenstärkste Zeitung Österreichs wird,[207] würde über den *Express* indirekt mit den Meldungen der APA versorgt, und dies, noch dazu, um den günstigen Tarif des auflagenschwächeren *Express*. In der APA ist man nicht bereit, den *Express* als Billigzulieferer für die *Kronen Zeitung* zu akzeptieren, weshalb man eine Änderung der Satzung vornimmt. Die Bedingungen für die Aufnahme von Mitgliedern werden im Sinne eines „Solidaritätsprinzips" neu geregelt. Die Veränderung des Statuts resultiere aus der Solidarität gegenüber anderen, die volle Höhe des Mitgliedsbeitrags entrichtenden Beziehern. Ein Herausgeber, der an mehreren Zeitungen beteiligt ist, dürfe nicht nur für eines seiner Organe den Dienst abonnieren. Die APA muß sich aus urheberrechtlichen wie aus unternehmenspolitischen Gründen gegen solche nicht zahlenden Nutznießer ihres Dienstes verwehren, um nicht mittelfristig selbst auf der finanziellen Strecke zu bleiben. Würde ein derartiger Präzedenzfall zugelassen, hielte sich wohl bald jede große Zeitung ein kleines Strohblatt, das den APA-Dienst billig bezöge. Die *Kronen Zeitung* wird eingeladen, der Genossenschaft beizutreten. Falk lehnt jedoch mit Hinweis auf die hohen Kosten ab. Was bleibt, ist die Drohung den *Express* aus der APA auszuschließen; der *Express* titelt umgehend: „Anschlag auf die Pressefreiheit: ‚Express' soll verschwinden". Man fühlt sich im „Würgegriff" der APA:

> Die ‚Austria-Presse-Agentur', eine vom Staat subventionierte Institution, der die Verpflichtung obliegt, österreichische Zeitungen mit Nachrichten zu versorgen, hat einen Boykottbeschluß gegen den ‚Express' gefaßt. Durch eine Statutenänderung soll erwirkt werden, daß der ‚Express' künftig von der Nachrichtenübermittlung durch die APA ausgeschlossen wird. Damit will man erreichen, daß der ‚Express' abgeschnitten von existentiell wichtigen Nachrichten sein Erscheinen einstellen muß.[208]

Seitens der APA hat man noch vor Erscheinen des Blattes reagiert und am 18. März eine Meldung in eigener Sache ausgegeben, die sich auf die in der „morgigen" Ausgfabe des *Express* geäußerten Anschuldigungen bezieht. Die APA sei selbstverständlich keine vom Staat subventionierte Agentur; die Bundesregierung zähle bloß zu den Abonnenten.

Das Problem ist tatsächlich komplex; klar ist, daß die APA eine institutionelle Unabhängigkeit vom Bund genießt. Der Bund ist lediglich Kunde der APA. Im Verhältnis zu den Gesamteinnahmen betragen die Einnahmen aus der offiziellen Quelle Ende der 60er Jahre 7%, wobei anzumerken bleibt, daß dieser Anteil Ende der 50er Jahre noch zwischen 11 und 12% betragen hat. Abgesehen davon werden der APA seitens des Bundes mittlerweile günstige Konditionen gewährt. Einer der Vorwürfe, die im *Express* erhoben werden, lautet dann auch, daß die *APA* für ihre teuren Nachrichtenverbindungen von der Post Sondertarife zugestanden bekomme, die ein „normaler Staatsbürger" niemals bekäme. „Sind das keine Subventionen?"[209] heißt es provokant. Tatsächlich profitiert die APA von einem besonders günstigen Tarif für Telegrafiestandleitungen.[210] Allerdings bleibt zu konstatieren, daß die Angriffe im *Express* wohl weniger der Klärung der Staatsnähe der APA gelten, als dem Versuch, für die auflagenstarke *Kronen Zeitung* das APA-Material zu den günstigen *Express*-Tarifen zu bekommen. Ende April 1971 wird der *Express*, für die *Kronen Zeitung* nutzlos geworden, wegen ökonomischen Mißerfolgs als eigenständige Zeitung eingestellt.

Die frühen 70er Jahre sind die Jahre des Aufschwungs in Österreich, steigendes Wirtschaftswachstum und niedrige Inflation sind die

Indikatoren für eine prosperierende Wirtschaft. Diesen Aufwärtstrend spürt man auch in der APA, wo erste Anzeichen einer Kommerzialisierung zu bemerken sind. Der Ausbau des Nichtmitgliedergeschäfts wird weiter verfolgt, die Aufgaben werden immer vielfältiger und weichen damit immer stärker vom Kerngeschäft ab. Für die Kunden aus der Wirtschaft gibt die APA nun neben klassischen Kursdiensten eine Reihe von Wirtschaftsbulletins heraus, die eine breite Palette abdecken. Es gibt Spezialdienste zu den Bereichen „Verkehr und Touristik", „Obst und Gemüse", „Holz und Papier", „Chemie", einen „Motordienst" und „Erdölnachrichten", Dienste über „Nahrungsmittel", „Textil", „Metalle" und „Energie". Ein Journal zum Ost-West-Handel wird auch in Deutschland verkauft. Außerdem gibt es den „Austria Economist", den „Konjunkturdienst" und das „APA-Manager-Bulletin".[211] Zur Forcierung dieser marktorientierten Dienste wird 1972 eine eigene Abteilung mit getrennten, nach Marktforschung, Produktgestaltung, Werbung und Vertrieb gegliederten Arbeitsbereichen geschaffen, deren Gesamtleitung in der Geschäftsführung liegt.[212] Der Anteil des Nichtmitgliedergeschäfts am Umsatz steigt wieder an und erreicht rund 40%. Dieser Anteil am Gesamtumsatz ist im Vergleich zu anderen nationalen Agenturen Europas, die 75 bis 80% ihres Aufwands aus dem Kerngeschäft – also der Belieferung von Medieninstitutionen mit Nachrichten – decken, vergleichsweise hoch.[213] Es ist ein Spagat zwischen genossenschaftlicher Aufgabe und kommerzieller Ausrichtung, den die APA zwischen Pressenachrichtenlieferant und Wirtschaftsdiensthändler macht; ein Spagat freilich, zu dem sie gezwungen ist, nachdem es ihr in Österreich an einem entsprechend großen Markt im Kerngeschäft ermangelt und sie die Mitgliedsbeiträge ihrer Genossenschafter nicht endlos erhöhen kann.

Den Hintergrund der fortschreitenden Kommerzialisierung bildet eine Einbindung Österreichs in das westliche Wirtschaftssystem. Am 22. Juli 1972 unterzeichnet Bundeskanzler Kreisky Verträge mit den Europäischen Gemeinschaften EWG und EGKS. Anläßlich der Verhandlungen und schließlich der Unterzeichnung schickt die APA einen Sonderberichterstatter nach Brüssel, zudem gibt sie einen neuen Spezialdienst „EG-Information" heraus. Als dem wirtschaftlichen Hoch jedoch ein Tief folgt, die Ölkrise in Folge des Nahostkrieges zu europaweiten Benzinsparmaßnahmen und zu kritischen Reflexionen der Energiereserven führt, gibt die APA, dieser Entwicklung Rechnung tragend, auch einen Sonderdienst „Umweltschutz" heraus.[214] Die Krise macht sich beim Absatz der Informationsdienste der APA bemerkbar, wobei besonders die Spezialdienste betroffen sind. Angesichts dessen widmet man sich neuerlich der Mitgliederwerbung.

Im Schatten der Wirtschaftskrise versucht die APA alsbald wieder die *Kronen Zeitung* mit dem von den Kunden sehr geschätzten APA-Sportdienst zu locken. Besonders attraktiv ist dabei der aufwendige APA-Sonderdienst von sportlichen Großereignissen, wie den Olympischen Spielen von München. Die APA nimmt eine Teilung der Redaktion auf die Schwerpunkte „Schauplatz der Spiele" und „Wiener Redaktion" vor. Eine direkte Fernschreibstandleitung wird eingerichtet. Wider Erwarten wird die Sportredaktion durch Ereignisse anderer Art gefordert: Bei den Olympischen Spielen in München vollzieht sich ein Terrordrama; 13 israelische Sportler fallen einem Terrorakt arabischer Terroristen zum Opfer. Die APA meldet „noch vor den Weltagenturen von den Schüssen, die den katastrophalen Schiffsbruch des Befreiungsunternehmens einleiteten."[215]

Im November 1973 offeriert Berghold der *Kronen Zeitung* den APA-Sportdienst und die *Kronen Zeitung* nimmt das Angebot an. Einige APA-Vorstands- und Aufsichtsratsmitglieder halten es zwar für bedenklich, daß eine Tageszeitung mit nur einem Teil des APA-Dienstes beliefert wird. Sie billigen diese Lösung lediglich aus wirtschaftlichen Gründen. Hinter dem Entgegenkommen liegt nach wie vor die Intention, die *Kronen Zeitung* doch noch als Genossenschafterin zu gewinnen.[216] Da die Ambitionen aber erfolglos bleiben, wird das Arrangement für die Zeit nach 1974 nicht mehr verlängert. Für die APA ist es ein großer Nachteil – finanziell wie ideell –, die größte österreichische Zeitung nicht als Genossenschafterin zu haben, ist dies, abgesehen von den finanziellen Einbußen, doch auch ein deutliches Indiz dafür, daß man auch ohne direkten Bezug des APA-Dienstes erfolgreich sein kann.

Abseits davon nimmt der Ärger um in der *Kronen Zeitung* illegitimerweise verwendetes APA-Material kein Ende. Ein Kommentar des *Krone*-Kolumnisten „Staberl", der sich eindeutig auf aktuelle Informationen der APA bezieht, erregt Ende des Jahres 1976 Aufsehen; daneben konstatiert man in der APA diverse Übereinstimmungen bei der Sportberichterstattung der *Kronen Zeitung* mit dem eigenen Material. Konkret hat man Mitarbeiter der Sportredaktion der *Presse*, die den Dienst bezieht, in Verdacht, die geheimen Informanten der *Kronen Zeitung* zu sein, doch fehlen die Beweise. Man stellt in der Folge eine Falle und schickt an die verdächtigte Redaktion eine Falschmeldung, die in weiterer Folge tatsächlich in der *Kronen Zeitung* abgedruckt wird.[217] Daraufhin findet im APA-Vorstand eine Debatte darüber statt, welche Vorkehrungen getroffen werden müßten. Als Sofortmaßnahme wird der Fernschreibraum der *Presse* mit einer Glastüre verschlossen. Die beiden Schlüssel befinden sich „in guten Händen".[218]

Die SPÖ und die öffentliche Aufgabe von Medien

Die personell verjüngte und seit 1970 regierende SPÖ bringt Österreich einen Modernisierungsschub. Bundeskanzler Bruno Kreisky erkennt die Notwendigkeit von Reformen.[219] Durch das Heranziehen „unabhängiger" Experten will Kreisky, der seit 1970 eine Minderheitsregierung und seit 1971 eine SPÖ-Alleinregierung führt, neue Offenheit signalisieren und auch konservative Österreicher dazu bewegen, „ein Stück des Weges" mit ihm „gemeinsam zu gehen".[220] Eines der Kernziele des sozialistischen Programms ist die „Durchflutung aller Lebensbereiche mit Demokratie", und zwar soll dieser Prozeß – wie könnte es anders sein – in josephinischer Tradition von oben veranlaßt werden.[221] Die allgemeine Demokratisierung betrifft auch die Medienlandschaft, dabei besonders den Rundfunk. Der von Gerd Bacher autokratisch geführte Österreichische Rundfunk ist der SPÖ-Führung ein Dorn im Auge. Man will und kann zwar nicht zurück zur antiquierten Doktrin der unmittelbaren Regierungskontrolle, doch soll dem Rundfunk, dem als Monopolunternehmen eine eminente Bedeutung hinsichtlich des öffentlichen Diskurses zukommt, eine der Öffentlichkeit verantwortliche Kontrollinstitution gegeben werden. Der SPÖ-Klubobmann Leopold Gratz betont am Parteitag am 17. April 1972, „daß die SPÖ keinen Regierungsrundfunk und kein Regierungsfernsehen anstrebt, obwohl sie dies mit der Mehrheit könnte."[222] Kreisky geht noch einen Schritt weiter und stellt am Parteitag sogar das Monopol des ORF-Fernsehens in Frage; er schlägt vor, ein zweites, von einer Genossenschaft aller österreichischen Zeitungsherausgeber betriebenes Fernsehen einzuführen; der Genossenschaft sollen Herausgeber parteiunabhängiger wie parteieigener Zeitungen angehören. Durch die Einnahmen aus der Lizenzvergabe an eine zweite Gesellschaft, so die Position Kreiskys, könnte das Defizit des Österreichischen Rundfunks abgedeckt und zudem eine Presseförderung finanziert werden – zweifellos ein verführerischer Ansatz in Richtung Verleger, klagen diese doch seit langem über die wachsende Konkurrenz des zum Leitmedium aufgestiegenen Rundfunks und denken laut über eine staatliche Presseförderung nach. Als mögliches organisatorisches Vorbild für dieses Verlegerfernsehen nennt Kreisky die APA.[223]

Kreisky ist indes nicht bloß federführender Medienpolitiker der neuen Ära; er ist selbst der beste Repräsentant zeitgenössischer Medienpolitik. Der Kanzler steht den Reportern stets telefonisch zur Verfügung und lädt sie bisweilen auch zu sich nach Hause. Er erkennt die Tatsache, daß Medien tagtäglich mit Nachrichten über die aktuellen politischen Ereignisse versorgt werden wollen; er akzeptiert die öffentliche Aufgabe von Medien, die darin liegt, öffentliches Forum zu sein, auf dem das politische Geschehen den Lesern, Zuhörern oder Zuschauern nahegebracht wird. Durch Kreiskys Umgang mit Medienvertretern ändert sich sukzessive die Art der politischen Berichterstattung. Die Sitzungen des Ministerrats zeugen symptomatisch von der neuen Transparenz. Zwar werden auch jetzt die Türen zu den Regierungssitzungen nicht für die Medienvertreter geöffnet, doch erhalten sie im Foyer die Möglichkeit, Stellungnahmen der Regierung einzuholen. Bislang ist vom Bundespressedienst bestimmt worden, was veröffentlicht wird; dieser hat ein zusammenfassendes Kommuniqué über die Ministerratssitzungen an die APA weitergeleitet, das im Wortlaut übernommen worden ist. Wollte man darüberhinaus weitere Information, so mußte man noch unter Bundeskanzler Klaus die Fragen schriftlich beim Bundeskanzleramt einreichen. Dann erst konnte man ein „Interview" machen.[224] Nun stellt sich Kreisky nach den Sitzungen des Ministerrats den Journalisten im „Pressefoyer" für Fragen zur Verfügung – und zwar für unvorbereitete Fragen. Kreisky stellt sich den Journalisten und damit einer breiten Öffentlichkeit. Er erkennt und anerkennt die Bedeutung der Medien, die zu zentralen Foren des politischen Prozesses arrivieren. Allen voran steht das mittlerweile in weiten Bevölkerungskreisen verbreitete Fernsehen, das seines dominanten Bildcharakters wegen eine spezifische Ritualisierung und Personalisierung der Politik mit sich bringt und vollkommen neue Ansprüche an die Politiker stellt. Kreisky weiß sich dieser neuen medialen Facetten der Politik durchaus zu seinem Vorteil zu bedienen.[225] Die Gespräche mit den Journalisten im Rahmen des Pressefoyers beispielsweise werden bald zu einem Ritual der Selbstdarstellung. Der Kanzler pflegt via Bildschirm – fast allabendlich – in die Wohnungen der Österreicher zu kommen. Für die APA berichtet die Journalistin Brigitte Sauer allwöchentlich vom Ministerrat und ist in dieser Rolle „meist nahe beim Kanzler stehend, auch vielen Fernsehzuschauern vertraut."[226]

Die zunehmende Medialisierung der Politik äußert sich auch darin, daß im Gegensatz zu früher, als die Parteien ihre Öffentlichkeitsarbeit hauptsächlich auf die Aussendung ihrer Pressedienste beschränkten, immer häufiger Pressekonferenzen abgehalten werden. Karl Mlacnik, Leiter der APA-Inlandsredaktion, klagt:

> Es vergeht kaum eine Woche, in der nicht die eine oder die andere Seite in Konferenzen und Pressegesprächen versuchte, ihre Argumente der Öffentlichkeit nahezubringen, so dass die Inlandsredaktion ständig auf dem qui vive zu sein hatte, um so schnell und so umfassend wie möglich über alle Ereignisse auf diesem Sektor zu

berichten, was nicht nur einen grossen Teil ihrer Kapazität in Anspruch nahm, sondern auch dadurch, dass viele dieser Pressegespräche ad hoc einberufen wurden, zu Dispositionen in letzter Minute zwang.[227]

Kreiskys Verhältnis zu den Journalisten ist jedoch ein ambivalentes. So vertraulich und jovial er mit ihnen bisweilen umzugehen pflegt, so schroff kann er sie auch abweisen. Er versteht es, wie sein Pressesekretär Johannes Kunz meint, „mit einer hingeworfenen Vertraulichkeit den Journalisten X für einen Artikel, der ihm politisch gerade gelegen gekommen war, zu belohnen." Ebenso verstehe er es aber auch, „durch Vorenthalten von Informationen oder auch bloßes Ignorieren den Journalisten Y für einen kritischen Artikel, den Kreisky als persönlichen Angriff aufgefaßt haben mag, zu bestrafen."[228] Durch diesen immerzu drohenden „Liebesentzug" haben fast alle Journalisten dem Medienkanzler gegenüber „eine gewisse Beißhemmung".[229]

Die neue medienpolitische Ära läßt natürlich auch die APA nicht unberührt. In der Inlandsredaktion geht die überkommene Ära des strengen Parteiproporzes auf sehr eindringliche Art zu Ende. Nachdem Karl Waranitsch im Oktober 1970 gestorben ist, entschläft, ihres Feindes beraubt, im Jahr 1973 auch sein sozialistisches Pendant Elisabeth Thury im Alter von 80 Jahren. Die „grande dame der Inlandsredaktion" war nicht zuletzt ihrer Vorgeschichte wegen eine der schillerndsten Persönlichkeiten in der APA. Geboren als Fürstin Milica Vukobrankovic de Vuko et Branko, war sie unmittelbar nach den Ersten Weltkrieg zweimal wegen versuchten Giftmordes angeklagt. Obwohl der „hübschen Frau" – „erstaunlich klug, eine gefährliche Dialektikerin"[230] – die Tat in beiden Prozessen nicht nachgewiesen werden konnte, wurde sie das erste Mal wegen Verleumdung, das zweite Mal wegen schwerer Körperverletztung zu insgesamt fünf Jahren schwerem Kerker und Verlust des Adels verurteilt. Ihre Erinnerungen an die Zeit im Frauengefängnis und die menschenunwürdigen Zustände in dieser Anstalt arbeitete die engagierte Sozialdemokratin in dem Buch „Weiberzelle 321" auf.[231] Später arbeitete sie als Journalistin unter dem Namen Elisabeth Thury. Nach Jahren im Konzentrationslager nahm sie nach Kriegsende ihre journalistische Tätigkeit wieder auf und trat 1946 in die neugegründeten APA ein, wo sie bis zuletzt in der Inlandsredaktion tätig war. Mit wichtigen Poltikern – vorrangig der SPÖ – „per Du",[232] war ihr auf allen wichtigen Veranstaltungen der SPÖ ein Platz reserviert, und, obwohl sie oft während der Pressekonferenz einschlief, hatte sie danach nicht nur die Information, die alle gehört hatten, sondern noch mehr zu bieten. Denn sie holte das Verschlafene in einer nachfolgenden Privatpressekonferenz beim jeweiligen Politiker nach, und dabei wurde nicht selten mehr verraten als vor versammelter Presse. Ungeachtet ihres unverhohlenen Engagements für die SPÖ habe sie, so sagt man ihr nach, aber nie Nachrichten im Sinne der SPÖ manipuliert; die Zusammenarbeit mit ihr habe normalerweise gut funktioniert.[233] Was nicht heißt, daß die Zusammenarbeit in der „sehr parteipolitisch geprägten“[234] APA-Inlandsredaktion friedlich vor sich ging – besonders zwischen Waranitsch und Thury gab es Auseinandersetzungen, die, vorrangig politisch motiviert, nicht selten in persönliche Beleidigungen ausarteten. Waranitsch beschimpfte sie bisweilen als „Giftmischerin“; sie warf ihm seine Verhältnisse mit jungen Sekretärinnen vor – „Jungfrauenschänder!“

Das Engagement „der Thury“ für die SPÖ war seit dem Amtsantritt des Kanzlers Kreisky zwar ungebrochen, ihr Verhältnis zum „Sonnenkönig“ jedoch nicht so innig wie jenes zu früheren SPÖ-Granden. Einerseits konnte sie Kreisky nicht verzeihen, daß er Pittermann, mit dem sie befreundet war, abgelöst hatte, andererseits dürfte der Antifaschistin seine kleinkoalitionäre Verbindung mit dem Ex-SS-Mann Friedrich Peter zutiefst widerstrebt haben.[235]

Elisabeth Thury war aber nicht nur eine Repräsentantin des personellen Proporzes in der APA-Inlandsredaktion, sondern auch eine der wenigen Frauen, die nach dem Krieg im Journalismus Fuß gefaßt haben. In keiner der österreichischen Tageszeitungen gibt es Mitte der 70er Jahre eine Chefredakteurin, obwohl durchschnittlich über ein Viertel der jeweiligen Redaktion weiblich besetzt ist.[236] Die APA ist ebenfalls von männlichen Journalisten dominiert; 1973 stehen in der Wiener Redaktion 37 Journalisten 8 Journalistinnen gegenüber.[237] Keine der Frauen gelangt in die Position der Ressortleitung.[238] Als Gründe für das Mißverhältnis werden im allgemeinen überwiegend „traditionelle“ Argumente genannt: das „Wesen der Frau“ sei hinderlich für Führungspositionen, sie sei „den Strapazen nicht gewachsen“.[239] Solchen biologistischen Argumenten gegenüber, welche der Frau „ihrer Natur wegen“ bestimmte Fähigkeiten zu- oder absprechen, kontert die französische Publizistin Simone de Beauvoir mit der Erkenntnis, als Frau sei man nicht geboren, zur Frau werde man gemacht.[240] Dadurch könne es auch keine geschlechtsspezifischen Berufszuordnungen geben. In Anlehnung an die „Liga für Menschenrechte“ initiieren Vertreterinnen der Frauenbewegung die Gründung einer „Liga für Frauenrechte“, welche den fast schon ein Jahrhundert andauernden Kampf der Frauenbewegungen für Gleichberechtigung auf den Punkt bringt. Auch Frauen sollen das Recht auf Zugang zu Bildung und Beruf haben – zu jedem Beruf. In Österreich ist es vor allem Johanna Dohnal, die als Landesfrauensekretärin der SPÖ Wien auf politischer Ebene vehement für Frauenrechte und Chancengleichheit im Beruf eintritt. Auch diesbezüglich bringt die SPÖ einen längst überfälligen Demokratisierungsschub auf den Weg.

Ein Symptom für die fortschreitende Lockerung der politischen Zügel in der österreichischen Medienlandschaft ist darin zu sehen, daß die parteiunabhängige Presse gegenüber der traditionellen Parteipresse zusehends an Boden gewinnt. Die enge Parteibindung auch der Presselandschaft, wie sie die Nachkriegszeit gekennzeichnet hat, geht endgültig zu Ende. Die parteiungebundenen Zeitungen können mittlerweile über 80 Prozent der Gesamtauflage des Tageszeitungsmarkts (rund 2 Millionen Exemplare) für sich verbuchen, während der Anteil der Parteizeitungen auf unter 20 Prozent (rund eine halbe Million Exemplare) sinkt. Und die Tendenz hält an.[241] Insgesamt kann man jedoch von keiner blühenden Presselandschaft sprechen. Vielmehr ist am Pressemarkt eine Konzentration in Gang, die trotz steigender Auflagenzahlen den Titelbestand beständig sinken läßt. Neuerlich droht Uniformierung der Berichterstattung, wenn auch nur aus kommerzieller Perspektive. Zur Lösung anstehender Probleme wie der Konzentrationstendenzen, der noch immer ausstehenden Reform des überalteten Pressegesetzes oder der neuerlichen Reform des Rundfunks entschließt man sich seitens der SPÖ, eine eigene Medienkommission unter der Leitung von Karl Blecha zur Entwicklung eines sozialistischen Medienkonzepts einzusetzen. Im Mai 1973 gehen verschiedene Arbeitskreise, in denen über hundert Medienfachleute, Politiker, Wissenschafter, Rechtsexperten, Journalisten, Verleger und Techniker mitwirken, an die Arbeit und formulieren sowohl allgemeine Grundsätze wie auch konkrete Vorschläge für eine künftige sozialistische Medienpolitik. Der Bericht der Medienkommission wird am Bundesparteitag der SPÖ im Februar 1974 präsentiert und behandelt die Bereiche „Presse", „Film", „Hörfunk und Fernsehen", „neue elektronische Medien", „Agenturen" sowie den Bereich „Verlagswesen-Buch". Vorweg definiert Karl Blecha die Aufgabe von Massenmedien in einer demokratischen Gesellschaft: „Die Massenmedien haben eine öffentliche Aufgabe: sie haben den Kampf der Meinungen und Ideen wiederzugeben, durch umfassende Information die bestmögliche Überschaubarkeit herzustellen, Interessen der von Großorganisationen nicht ausreichend vertretenen Gruppen darzulegen und Forderungen zu artikulieren und Kontroll- und Sozialisationsfunktionen zu erfüllen."[242] Die Ursachen für die Konzentrationstendenzen ortet die Medienkommission in der gesellschaftlichen Entwicklung der jüngeren Vergangenheit. Der Modernisierungs- und Industrialisierungsprozeß habe unter dem ökonomischen Rationalisierungsdiktat zur Bildung von Mediengroßorganisationen geführt. Diese Monopole und Oligopole gefährdeten jedoch die gesellschaftliche Funktion der Medien, die ja im Abbilden möglichst vieler Meinungen liege. In der modernen Industriegesellschaft stehe der Staatsbürger somit einer immer kleiner werdenden Zahl von konkurrierenden Medienunternehmungen gegenüber, deren wirtschaftliche Interessen zudem eng mit politischen Interessen verknüpft seien. Marktorientierte Medienunternehmen tendieren dazu, für die Schaffung von marktgerechten Rahmenbedingungen zu plädieren. Eine wachsende Diskrepanz zwischen den ökonomischen Interessen des Wirtschaftsunternehmens und den politischen Funktionen der Redaktion ist die Folge. Dadurch, so die Konklusio der Kommission, sei die Meinungsäußerungs- und Informationsfreiheit in hohem Maße bedroht. Die Medienkommission kommt zu dem Schluß, daß der Konzentrationsprozeß Maßnahmen erfordere, welche eine demokratische Kontrolle bringen und einen Mißbrauch der publizistischen Macht verhindern sollen. Breitenmedien müßten als gesellschaftliche Institutionen fungieren, in denen sich die in der Öffentlichkeit vertretene Meinungsvielfalt spiegeln müsse. In diesem Sinn wollen die Sozialisten nicht akzeptieren, daß Meinungsfreiheit als die Meinungsfreiheit einiger weniger verstanden wird, die über die Medien verfügen. „Der Identität der ‚herrschenden Meinung' mit der ‚Meinung der Herrschenden' muß ein Konzept gegenübergesetzt werden, das die Verfügung über die Massenmedien demokratisiert."[243] Das Ziel sozialistischer Medienpolitik liege demgemäß in der Schaffung eines demokratisch organisierten und kontrollierten Mediensystems, in dem die ökonomische Macht von der Verfügungsmacht über die Medien getrennt ist: die Gesellschaft selbst müsse Anspruch auf die Verfügung über alle Medien erheben. Dieses idealistische Konzept soll einerseits durch die institutionelle Sicherung der Unabhängigkeit journalistischer Arbeit realisiert werden, und andererseits dadurch, daß dem Publikum über entsprechende Rückmeldungskanäle die Möglichkeit gegeben werde, am medialen Diskurs teilzunehmen. Die Distanz zwischen Medienmachern und Mediennutzern müsse durch verstärkte Medienerziehung abgebaut werden.

Hinsichtlich des Rundfunks stoßen die sozialistischen Reformbestrebungen auf den Widerstand des amtierenden Generalintendanten. Gerd Bacher, der bereits in seiner Zeit als Zeitungsjournalist zur Genüge politische Einflußnahmeversuche erlebt hat, fürchtet eine Repolitisierung des Rundfunks – sprich: dessen abermalige Unterstellung unter die (sozialistische) Regierungsgewalt. Einig sind sich die Sozialisten und Bacher lediglich in der Frage, daß der Österreichische Rundfunk als publizistisches Gegengewicht zur Presse fungieren soll und nur in der Rechtsform einer öffentlich-rechtlichen Anstalt die Forderung nach demokratischer Meinungsvielfalt umsetzen könne. Eine rein kommerzielle Ausrichtung wie die bestehende der GesmbH scheint dafür gänzlich ungeeignet. Bacher begründet sein Eintreten für die öffentlich-rechtliche Rundfunkkonstruktion damit, daß Rundfunk, und dabei besonders das Fernsehen, kein Erwerbszweig, sondern öffentliche Dienstleistung sei. Der Rundfunk stelle nicht zuletzt seines monopolartigen Charakters wegen ein der gesamten Öffentlichkeit verantwortliches Forum dar, das nicht einzelnen privat(wirtschaftlich)en Interessen ausgeliefert werden dürfe. Wegen dieser eminent wichtigen gesellschaftspolitischen Bedeutung sollen alle Belange des Rundfunks unter strikter öffentlicher Kontrolle stehen.[244]

In weiterer Folge wird die Rundfunkreform dieser Prämisse konform in Angriff genommen. Am 10. Juli 1974 beschließt der Nationalrat das neue Rundfunkgesetz, respektive zwei Gesetze: ein „Bundesverfassungsgesetz über die Sicherung der Unabhängigkeit des Rundfunks" sowie ein „Bundesgesetz über die Aufgaben und die Einrichtung des Österreichischen Rundfunks". Im Bundesverfassungsgesetz heißt es, Rundfunk sei die für die Allgemeinheit bestimmte Verbreitung von Darbietungen in Wort, Bild und Ton; „Objektivität und Unparteilichkeit der Berichterstattung" seien gesondert auf bundesgesetzlicher Ebene zu regeln, wobei auch die „Meinungsvielfalt", die „Ausgewogenheit der Programme" sowie die „Unabhängighkeit der Personen und Organe", die diese Programme herstellen, berücksichtigt werden soll; und schließlich: Rundfunk sei eine „öffentliche Aufgabe".[245] Als eigentliches Rundfunkgesetz gilt das Bundesgesetz über die Aufgaben und die Einrichtung des Österreichischen Rundfunks (ORF), worin die konkreten Organisationsprinzipien festgelegt sind. Der ORF wird damit als öffentlich-rechtliche Anstalt organisiert, er firmiert als eigenständiger Wirtschaftskörper mit Rechtspersönlichkeit und als Kaufmann im Sinne des Handelsgesetzbuches, ist jedoch nicht auf die Einbringung von Gewinn ausgerichtet.[246] Zur Erfüllung seiner öffentlichen Aufgabe ist ihm ein gesetzlicher „Programmauftrag" gegeben, der in für alle Mitarbeiter verbindlichen „Allgemeinen Programmrichtlinien" erläutert wird. Mit der öffentlich-rechtlichen Organisationsform wird eine der Öffentlichkeit weitgehend verantwortliche Institutionsform verankert. Unter anderem wird das Weisungsrecht des Generalintendanten gegenüber den Programmverantwortlichen eingeschränkt. Neben dem Generalintendanten werden Kontrollgremien – ein 30köpfiges „Kuratorium" und die nach einem bestimmten, verschiedene gesellschaftliche Gruppen repräsentierenden Schlüssel zusammengesetzte „Hörer- und Sehervertretung" sowie eine „Prüfungskommission" – eingesetzt.

Nach dem Inkrafttreten des neuen Rundfunkgesetzes wird Kreiskys Widersacher Gerd Bacher abberufen; an dessen Stelle wird der Sozialist Otto Oberhammer zum Generalintendanten bestellt.[247]

Die sozialistische Medienkommission nimmt sich auch der Thematik des Nachrichtenagenturwesens an. Unter dem Vorsitz von Walter Hacker wirkt ein „Arbeitskreis Agenturen", an dem der Ressortleiter der APA-Innenpolitik, Karl Mlacnik, mitarbeitet. Man könne, so eine der Essenzen des Berichts des Arbeitskreises, auf nationaler Ebene wenig bewegen. Die Weltagenturen würden den Nachrichtenfluß filtern und Thematisierungen vorgeben. Sie bestimmten darüber, was und in welcher Form zur Nachricht gemacht werde. Dadurch, daß sie die unbestrittenen Nachrichtenlieferanten seien, würden sie zu den „gefährlichsten Beeinflussern des Nachricht lesenden, sehenden oder hörenden Menschen." Die einzelnen Zeitungen könnten es sich nicht leisten, ein internationales Korrespondentennetz aufzubauen, weshalb sie auf die Berichterstattung der Weltagenturen angewiesen blieben. Es gebe zwar eine Vielzahl von Agenturen, die Welt werde aber beherrscht von den fünf Weltagenturen AFP, AP, UPI, Reuters und TASS. Der Vergleich der Agenturmeldungen zeige überdies, daß sie nach ähnlichen, an marktwirtschaftlichen Kriterien ausgerichteten Prinzipien arbeiteten. Zwischen ihren Diensten fänden sich keine großen Unterschiede, „weil alle großen internationalen Agenturen der westlichen Welt durch Konstruktion und Eigentumsverhältnisse dem konservativen Lager – besten Falls mit liberalen Abweichungen – zuzählen und damit versteckt oder offen antisozialistisch sind."[248] Da diese Agenturen durch die Nachrichtenauswahl oder Gewichtung „hochpolitisch und damit nicht mehr wertneutral" seien, unterstützten sie das konservative Weltbild. So zeige die Erfahrung, daß etwa Konflikte und Kämpfe in Südostasien oder Lateinamerika meist nur so dargestellt würden, wie es der Regierung in Washington gefällig sei. Über den Widerstand der demokratischen Kräfte gegen die faschistoiden oder faschistischen Diktaturen Südamerikas würde der europäische Leser nahezu nichts erfahren.

Fazit dieser Analyse ist, daß Auswahl und Formulierung der Nachrichten zu „99 Prozent" vom Standpunkt und Interesse der herrschenden Gesellschaftsordnung erfolge, wobei angemerkt wird, daß dies durchaus auch für die realsozialistische Hemisphäre der Welt gelte. Die westlichen Agenturen würden ihre Nachrichten „im Interesse und im Sinne des kapitalistischen Systems und seiner Gesellschaftsordnung" aufbereiten, und die TASS tue dies „zur Verherrlichung des Sowjetsystems." Wo immer möglich müsse man diese Barrieren zu durchbrechen suchen, indem man den Rezipienten auf die Herkunft der Nachrichten und eventuelle Widersprüche aufmerksam mache. Darüber hinaus, so die Medienkommission, könne die sozialdemokratische Bewegung eigene Berichterstatter entsenden und so auf internationaler Ebene ein Gegengewicht zu den Weltagenturen aufbauen. In einer Art Nachrichtenverbund sozialdemokratischer Publikationen „läge eine Aufgabe der sozialistischen Internationale".[249]

Wie all die anderen nationalen Agenturen sieht sich auch die APA von den Weltagenturen abhängig. Sie unterhält keinen fixen Korrespondentenapparat im Ausland, lediglich Mitarbeiter auf Honorarbasis. Die Auslandsberichterstattung der APA ist von einer starken Konzentration geprägt, wobei neben AP, Reuters und AFP nunmehr die dpa als Hauptquelle fungiert. Ein Grund für den höher werdenden Stellenwert des dpa-Dienstes mag in der wachsenden internationalen Bedeutung der deutschen Agentur liegen, sowie in der engen wirtschaftlichen Verbindung zwischen Österreich und Deutschland. 30% der APA-Auslandsmeldungen stammen 1974 und 1975 von der dpa, knapp gefolgt von der AP mit 27%, Reuters mit 24% und AFP mit 15%. Der Gesamtanteil dieser Agenturen am APA-Auslandsdienst macht also knapp 97% aus. Nachrichten aus kommunistischen Ländern sind dagegen nach wie vor unterrepräsentiert: Meldungen der TASS (1974: 0,8%, 1975: 0,6%), der TANJUG und anderer Agenturen kommunistischer Länder nehmen nur einen geringfügigen Anteil ein.[250]

Die APA versucht ihrerseits die außenpolitische Berichterstattung auszubauen. Die Anlässe mehren sich; Bundeskanzler Kreisky, selbst lange Zeit Außenminister, betreibt eine sehr aktive Außenpolitik, und Österreich gewinnt auf internationaler Ebene an Format. Das ist durchaus im Interesse von APA-Chefredakteur Schönherr, dem die Außenbeziehungen, wie er sagt, ein großes Anliegen sind. Der reiselustige Chefredakteur nimmt diese Entwicklung zum Anlaß, selbst von den großen Treffen zu berichten und findet in Kreisky einen offenen Gesprächspartner: „Ich habe keine Geheimnisse…".[251]

1975 erfährt die Wirtschaftskrise ihren Höhepunkt. In den 24 Mitgliedsländern der „Organisation für wirtschaftliche Zusammenarbeit und Entwicklung" (OECD) fällt die Wachstumsrate deutlich unter die des Vorjahres, die Arbeitslosenrate in den wichtigsten Industriestaaten liegt bei über 5%.[252] Viele Staaten ergreifen Maßnahmen zur Stärkung der Wirtschaft, vor allem durch die Vergabe öffentlicher Aufträge im Bauwesen und durch Stützung der Exportwirtschaft. In Österreich machen sich die wirtschaftlichen Probleme nach Jahren des Budgetüberschusses durch Defizite bemerkbar. Das Budgetdefizit steigt bis 1975 auf 4,5% des Bruttoinlandsprodukts, kann aber auf diesem Niveau stabilisiert werden. Man geht in Anlehnung an die Wirtschaftstheorie des britischen Nationalökonomen John M. Keynes davon aus, daß es sich bei dem Konjunkturtief um eine der regelmäßig wiederkehrenden Wachstumskrisen handelt, die durch wirtschaftspolitische Maßnahmen von Seiten des Staates überwunden werden können. In Anlehnung an den modifizierten österreichischen Marxismus der Ersten Republik, den „Austromarxismus", formiert sich der „Austrokeynesianismus", wie er von Kreisky und seinem Finanzminister Hannes Androsch[253] vertreten wird. Staatliche Kontrolle von Investitionen und Löhnen, Maßnahmen zur Sicherung niedriger Zinssätze und geregelte Außenwirtschaft bieten demnach Hoffnung auf Stabilisierung gewisser als grundsätzlich instabil begriffener Wirtschaftsentwicklungen.[254] Man zielt weniger auf Eindämmung des Defizits durch Sparmaßnahmen ab, vielmehr wird mit der Strategie des „deficit-spending" eine expansive Budgetpolitik betrieben. Das Ziel lautet Vollbeschäftigung, wenn auch zu Lasten der Staatsverschuldung.[255]

Die Presse wird vom Staat ebenfalls gefördert. Die schlechte wirtschaftliche Situation der Zeitungen, die Konzentrationstendenzen und hierbei natürlich besonders das Sterben der Parteizeitungen lassen eine staatliche Stützung „zur Erhaltung der Vielzahl" der Zeitungstitel notwendig erscheinen. Die Presseförderung, wie sie vom VÖZ bereits gefordert worden ist, nimmt als keynesianische Maßnahme Gestalt an; die Subventionierung der absterbenden Gattung der Parteipresse sowie eine Anregung Kreiskys nach einer Koppelung der Frage der Presseförderung mit einer Parteienförderung sind dabei recht aufschlußreich: Zeitungen gelten wie Parteien als meinungsbildende Organe und somit als förderungswürdig. Es ist also nicht verwunderlich, daß die Presseförderung mitunter auch als eine „heimliche, indirekte Parteienförderung"[256] gesehen wird.

Unabhängig davon ist das Instrument der Presseförderung in Europa durchaus verbreitet, da sich das Phänomen der Pressekonzentration nicht auf Österreich beschränkt. Unterschieden wird zwischen allgemeiner Pressehilfe wie Steuererleichterung, Niedrigzöllen für die Einfuhr von Zeitungspapier oder reduzierten Tarifen für den Postversand, spezifischer Pressehilfe, deren Ausmaß an die Auflagenhöhe der Zeitung gebunden wird – und gezielter Pressehilfe, die den Zeitungen nur in bestimmten Fällen zukommt, also etwa Subventionen im Fall von Verlusten oder größeren Investitionen.[257] Über die Effizienz solcher Maßnahmen ist man sich jedoch nicht einig; die eher im sozialdemokratischen Lager angesiedelten Befürworter gehen davon aus, daß die Presse als Wirtschaftszweig mit besonderen Aufgaben nicht gänzlich den Kräften des Marktes überlassen werden könne und staatlichen Schutz brauche. Die zumeist konservativen bzw. wirtschaftsliberalen Gegner der Presseförderung argumentieren, die Pressefreiheit sei durch staatliche Intervention eher gefährdet als gewährleistet; im übrigen sorge freier Wettbewerb am ehesten für publizistische Leistungsfähigkeit. In den meisten europäischen Staaten gibt es trotz solcher Vorbehalte zumindest eine indirekte allgemeine Unterstützung der Presse durch Steuererleichterungen.

Die Medienkommission der österreichischen Regierung empfiehlt jedenfalls die finanzielle Förderung. Unter Berufung auf die deutschen Kommunikationswissenschaftler Peter Glotz und Wolfgang R. Langenbucher, wonach nicht die Vielfalt der Zeitungen herzustellen sei, sondern die Vielfalt in der Zeitung, denkt die Kommission über finanzielle Förderungsmaßnahmen hinaus auch an gesetzliche Maßnahmen in Richtung Redakteursstatut und stärkere journalistische Mitbestimmung bei der Blattgestaltung.[258] Diese Reformbemühung zielt auf die Formulierung eines neuen Pressegesetzes.

Mit dem Presseförderungsgesetz von 1975 wird eine Bundespresseförderung primär als Ersatz für die von den Zeitungen zu leistende Umsatzsteuer eingeführt. Gerechtfertigt wird diese staatliche Intervention auf dem Zeitungsmarkt mit der öffentlichen Aufgabe der Medien und ihrer Funktion der politischen Willensbildung in der demokratischen Gesellschaft.[259] Dem Geiste des Austrokeynesianismus folgend, demzufolge bei möglichem Marktversagen der Staat regulierend eingreifen muß, entscheidet man sich in Österreich für eine allgemeine direkte und indirekte Presseförderung. Konkret heißt das, daß die österreichischen Tages- und Wochenzeitungen finanzielle Zuwendungen erhalten, die Steueraufwendungen und Kosten der Nachrichtenübermittlung und des Vertriebs teilweise abdecken sollen. 80% der Mittel werden als Entschädigung für die vom Unternehmen zu leistende Umsatzsteuer vergeben, die restlichen 20% werden für Aufwände aus der Beförderung ausbezahlt. Die Voraussetzungen für diese Förderung sind weniger finanzieller als formaler Natur. Die Zeitungen müssen aus dem Bereich der Fachpresse herausragen und der allgemeinen Information und Willensbildung dienen, von überregionalem Interesse sein und bundesweite Verbreitung haben. Zudem müssen sie in Österreich verlegt und hergestellt werden, zumindest 50mal jährlich regelmäßig erscheinen und zum größten Teil in Österreich über freien Verkauf oder Abonnement erhältlich sein. Können sie zudem eine nachweisbare verkaufte Auflage von mindestens 5.000 Stück pro Nummer bei Wochenzeitungen, 10.000 Stück bei Tageszeitungen aufweisen und haben sie mindestens zwei, bzw. drei hauptberuflich tätige Journalisten angestellt, so können sie mit der Förderung rechnen. Dabei darf die Förderung für eine Tageszeitung 5%, für eine Wochenzeitung 0,8% des Gesamtförderungsbetrags nicht übersteigen. Auf diesem Weg erhalten die österreichischen Zeitungen 1976 rund 86 Millionen Schilling an Förderungsgeldern.[260] Eine „wahrhaft groteske Situation" ergibt sich freilich daraus, daß die Förderung umso höher ausfallen muß, je höher der Umsatz eines Unternehmens ist.[261]

Von den Förderungsmaßnahmen des Staates wird die APA, die durch ihre Besitzerstruktur direkt von der ökonomisch schlechten Situation der Zeitungen betroffen ist, bis auf weiteres nur indirekt profitieren. Regelmäßige Förderung erhält sie zunächst keine, obgleich man eine derartige Unterstützung nötig hätte; man schreibt beständig Verluste. Als sich die österreichische Wirtschaft ab 1976 wieder erholt und sich erste Anzeichen eines Wirtschaftsaufschwungs erkennen lassen, schreibt die APA noch rote Zahlen. Vor allem die Tochtergesellschaft IPZ lastet schwer im Budget der Agentur, und die Förderungen, die das IPZ sporadisch aus dem Topf der allgemeinen Presseförderung für die Veranstaltung von Pressekonferenzen erhält,[262] sind nicht mehr als ein Tropfen auf den heißen Stein.

Der Bericht der Medienkommission fordert letzten Endes auch Reformarbeit hinsichtlich eines neuen Pressegesetzes. Der Schutz der Presse sei sowohl vor staatlichen Eingriffen als auch vor „übermächtigen wirtschaftlichen Einflüssen" auszubauen, die aus der Zeit der Vorzensur stammende Pflicht, Zeitungsexemplare an die Sicherheitsbehörde und den Staatsanwalt abzuliefern, müsse abgeschafft werden. Die Beschlagnahme von Druckwerken solle unabhängigen Richtern vorbehalten sein. Weiters soll der Schutz des Redaktionsgeheimnisses erweitert und die strafrechtliche Verantwortung der Journalisten für fahrlässig veröffentlichte wahrheitswidrige Mitteilungen unter Berücksichtigung besonderer Umstände des journalistischen Arbeitens eigens geregelt werden. Außerdem soll den Pressemitarbeitern gesetzlich Gesinnungsschutz garantiert werden und Redaktionsstatute sollen die innere Pressefreiheit garantieren. Das Entgegnungsrecht müsse entkriminalisiert werden, eine freie und sachliche Gerichtssaalberichterstattung sei zu ermöglichen. In die Vorschriften sollen auch andere publizistische Medien, insbesondere der Rundfunk, miteinbezogen werden. Ein besonderes Anliegen ist die Offenlegung der Besitzstrukturen, die für mehr Transparenz am Zeitungsmarkt sorgen soll.[263] Diesen Anregungen folgend wird ein Gesetzesentwurf zur Begutachtung vorgelegt. Nach Beratungen durch parlamentarische Unterausschüsse wird der abgeänderte Entwurf im Nationalrat am 12. Juni 1981 mit den Stimmen der SPÖ und FPÖ gegen jene der ÖVP beschlossen.[264]

Die Anfänge der Digitalisierung

Im Bereich der Zeitungsproduktion beginnt indes mit der Digitalisierung ein neues Zeitalter, auch in der APA, wo ebenfalls elektronische Systeme Einzug halten. Davon soll besonders der Selektionsdienst profitieren, der interessierten Firmen nach Wunsch branchenspezifische Informationen zusammenstellt. Die APA schafft 1973 40 elektronische Fernschreiber an, die wesentlich kleiner sind und leiser als die vorherigen mechanischen Modelle arbeiten und dadurch auf Mietbasis in den Büros der Wirtschaftsbetriebe oder Behörden aufgestellt werden können, damit die Mitarbeiter den Dienst direkt ins Büro geliefert bekommen. Die APA will sich möglichst schnell die Computertechnik zunutze machen, denn die „Grundvoraussetzung für den Erhalt der Wettbewerbsfähigkeit nationaler Agenturen wie der APA ist ein hoher technischer Innovationsgrad."[265] Abgesehen davon stößt man im Arbeitsalltag an seine Grenzen. Für ein erstes Computerprojekt zur Erfassung, Verarbeitung und Verteilung von Nachrichten sind bereits 1973 die Mittel genehmigt worden. Solch ein Computersystem ist bereits bei der AP, UPI, Reuters und der dpa im Einsatz; im Rahmen eines Redakteuraustauschs kann ein APA-Mitarbeiter den praktischen Einsatz der „Elektronisch rechengesteuerten Nachrichtenvermittlungsanlage (ERNA)" bei der dpa kennenlernen. Im Laufe des folgenden Jahres beginnen die Vorbereitungen für die Adaptierung eines derartigen Systems in der APA. Man kann sich dabei auf die Erfahrungen, die andere Agenturen bereits mit dem Computer gewonnen haben, stützen. Otto Schönherr reist nach New York, um dort bei AP, UPI und Reuters einen „Blick in die Zukunft des Bildschirmgenerierens"[266] zu tun.

Da die modernen elektronischen Datenverarbeitungssysteme sehr teuer sind, ist auch die Finanzierung ein wichtiges Thema; ein eigener Ausschuß wird eingesetzt, der sich bei der Bundesregierung um eine Investitionshilfe bemüht.[267] Im August 1975 beschließt der Vorstand die Realisierung des Computerprojekts, das rund 8,8 Millionen Schilling kosten soll. Die Vorteile, die die neue Technologie bringt, liegen neben der Rationalisierung des Arbeitens vor allem darin, daß durch die Speicherkapazität eine Mehrfachnutzung von Meldungen möglich wird. Die Nachrichten können schließlich ohne zusätzlichen Aufwand in eine Datenbank eingespeichert und der Klientel als elektronisches Archiv angeboten werden.

Im Juli 1977 einigen sich Betriebsrat und Geschäftsführung auf eine „Betriebsvereinbarung für das journalistische und nicht-journalistische APA-Personal in Zusammenhang mit der Einführung der neuen Technologie". Darin wird unter anderem festgelegt, daß die neuen Arbeitsplätze prinzipiell allen offenstehen, die die notwendigen Qualifikationen mitbringen oder sich diese in Schulungen aneignen. Auf die physischen und psychischen Gegebenheiten der einzelnen Mitarbeiter würde Rücksicht genommen, und die Arbeitsplätze sollen nach ergonomischen Grundsätzen aufgebaut werden; die Zeit an den Bildschirmen würde zeitlich begrenzt. Überhaupt sollen nur Personen mit gesunden oder „korrigierten" Augen an den Bildschirmen arbeiten. Werden im Zuge der Geschäftsausweitung der APA und ihrer Tochtergesellschaft IPZ neue Arbeitsplätze geschaffen, so sind diese mit APA-Mitarbeitern, deren Arbeitplätze durch die Rationalisierungen gefährdet sind, zu besetzen.[268]

Nachdem neben den technischen auch die nötigen arbeitsrechtlichen Rahmenbedingungen geschaffen sind, schafft man 18 Bildschirme an, die an einen zentralen IBM-Rechner angeschlossen werden. Im September 1977 wird der Computerbetrieb aufgenommen; damit hat die APA, so heißt es nicht ohne Stolz, als „eine der ersten nationalen Nachrichtenagenturen in Europa"[269], ein auf die Bedürfnisse einer Nachrichtenagentur maßgeschneidertes, computergesteuertes System eingeführt. Die Folge ist, daß sich die gewohnte Arbeitsumwelt deutlich verändert, was in der Redaktion zunächst auf große Ablehnung stößt. Die Redakteure und Redakteurinnen müssen sich langsam an einen neuen Arbeitsstil gewöhnen. Die Geschäftsführung trifft Vorbereitungen und in jedem Ressort wird eine Person speziell auf EDV-Bedürfnisse geschult. Da es am Anfang aber nur 18 Bildschirme gibt, in jedem Ressort 2 bis 3 Stück, muß sich vorerst nicht jeder Mitarbeiter der neuen Maschine stellen. Noch kann man ihr ausweichen. Es bedarf intensiver Überzeugungsarbeit, daß die Computerarbeit ein erster wichtiger Schritt in einer Kette von Neuerungen ist, die das Arbeiten künftig wesentlich erleichtern würden – keine Fließbänder für den Transport von Meldungen mehr, auf denen Manuskripte verschwinden, keine langwierige Suche nach Meldungen, die in langen, unhandlichen Schlangen von Lochstreifen am Boden liegen. Nun kann das in den Computer eingegebene Material auf den Bildschirmen wieder und wieder abgerufen, redigiert und über das Fernschreibnetz rasch und problemlos an die Redaktionen der Abnehmer verteilt werden. Noch sind aber die Schreibmaschinen und Fernschreiber aus den Redaktionen nicht verschwunden.

Insgesamt bedingt die Computerisierung eine Rationalisierung im Arbeitsprozeß, was auch heißt, daß Arbeitsplätze verlorengehen. Durch das Arbeiten mit dem Computersystem entfallen einige bislang gewohnte Tätigkeiten, das Fortfallen des Stanzens der Manuskripte für die fernschriftliche Übermittlung macht das bedienstete Fernschreibpersonal überflüssig. Die ehemaligen Fernschreiber werden, soweit möglich, umgeschult und anderweitig eingesetzt; das Problem ist nicht so groß wie für die Setzer, die durch den Wegfall des Bleisatzes gänzlich verzichtbar wurden.[270]

Die neue, im Endeffekt wesentlich effizientere Art des Arbeitens führt indes nicht zur Beschleunigung und Verringerung des Arbeitsaufwands, sondern, ganz im Gegenteil, zu einer Überlastung der Leitungen der APA. Die erhöhte Kapazität des Netzwerks läßt den zu verarbeitenden Nachrichtenstrom anschwellen, der wiederum eine Überlastung der bestehenden Leitungskapazitäten verursacht. Ein gewaltiger Rückstau an zu versendenden Meldungen ist die Folge. Man sieht sich gezwungen, für eine weitere Beschleunigung des Übertragungsprozesses zu sorgen. Abhilfe soll die Einführung eines für die zweite Ausbaustufe vorgesehenen Übertragungsverfahrens schaffen. Im März 1978 spricht ein APA-Vorstandsgremium bei Bundeskanzler Kreisky wegen einer Förderung der zweiten Ausbaustufe der Computerisierung vor. Kreisky bewilligt eine in Raten auszubezahlende Unterstützung von insgesamt 6 Millionen Schilling, worauf 1979 der Ausbau genehmigt wird. 1980 erhält die APA Investitionskostenzuschüsse in der Höhe von 3 Millionen Schilling aus öffentlichen Mitteln, 1981 erhält sie 1,76 Mio., 1982 die restlichen 1,24 Mio. Schilling.[271]

Die Post installiert in der Folge das computergesteuerte Datenübertragungsnetz (EDS), das eine höhere Übertragungsgeschwindigkeit ermöglicht; die Errichtungskosten übernimmt die Post, die APA zahlt für die Nutzung eine monatliche Miete. Die Sendegeschwindigkeit steigt; die Übertragung einer Meldung mit durchschnittlich 25 Zeilen Länge dauert statt bisher sechs Minuten nur noch eine Minute; statt bisher 10 können nun immerhin 60 Meldungen pro Stunde übertragen werden.[272] Zudem kann nun die Groß- und Kleinschreibung berücksichtigt werden, was bislang nicht möglich war. Die Erweiterung der Verarbeitungskapazität findet ihren direkten Niederschlag im Umfang des APA-Basisdienstes, der Anfang der 80er Jahre täglich ca. 180 bis 200 Meldungen umfaßt.

Strategische Unternehmensplanung, oder: die Kündigung der Tiroler Tageszeitung

Obwohl die APA Anfang der 80er Jahre eine Reihe von Diensten bietet und trotz mancher Modernisierungs- und Rationalisierungsmaßnahmen gerät sie wieder in schwerwiegende Finanzprobleme. Die Verluste hängen nicht unwesentlich mit den Belastungen aus dem Betrieb des IPZ-Hochhauses, in dem man residiert und für das man seit einigen Jahren als alleiniger Besitzer verantwortlich zeichnet, zusammen. Einen Höhepunkt erreicht das Defizit mit 8 Millionen Schilling im Jahr 1981. Im Frühjahr 1982 wird das IPZ verkauft und die Bilanz der APA zumindest kurzfristig verschönert.

Im Oktober desselben Jahres wird der 36jährige, bisher im Management der *Presse* tätige Wolfgang Vyslozil zur Sanierung der APA als Geschäftsführer bestellt. Zur dauerhaften Kostensenkung denkt der Vorstand neben der Kündigung von Mitarbeitern auch an die Schließung der teuren Bundesländerbüros, was zweifellos einen gravierenden Einschnitt bedeuten würde. In weiterer Folge gelingt es Vyslozil jedoch, auf einer Landeshauptleutekonferenz einen Grundsatzbeschluß zu erwirken, „wonach sich die Länder bereiterklären, durch verstärkte Inanspruchnahme von APA-Dienstleistungen indirekt zum Bestand, bzw. zur Festigung der APA-Länderstudios beizutragen.“[273] Die Bundesländer sind natürlich an den regionalen Niederlassungen interessiert, die für sie Tore zur nationalen und internationalen Publizität darstellen. Darin wird einmal mehr die Ambivalenz der APA als privatwirtschaftliches Unternehmen, das gewisse öffentliche Aufgaben wie für den Bund und für die Bundesländer erfüllt und dafür (wenn auch nur bescheiden) unterstützt wird, deutlich. Dafür, daß die APA in der bestehenden Form erhalten bleibt, setzt sich auch die Journalistengewerkschaft ein: Die APA erfülle insofern eine wichtige Aufgabe, als viele Zeitungen wegen fehlender Mittel nur über einen geringen Personalstand verfügten und deshalb auf die ausführliche Berichterstattung der APA angewiesen seien.[274] Die Journalistengewerkschaft verlangt außerdem, daß die APA in die Presseförderung miteinbezogen wird. Der APA-Betriebsrat Heinz Altschul und Günther Nenning von der Journalistengewerkschaft erhalten bei einer Vorsprache bei Bundeskanzler Kreisky eine Zusage, die Förderung fällt letztlich aber geringer aus als erhofft. Die APA erhält an Presseförderung für das Jahr 1982 nur 250.000 Schilling – und damit weniger als etwa der Presseclub Concordia.[275]

Insbesondere in den westlichen Bundesländern wird indes Kritik an der APA laut. Hier empfindet man die nationale Position durchaus als Hegemonialbestrebung. Seitens der *Tiroler Tageszeitung* wird am Jahresende 1982 die Mitgliedschaft bei der APA-Genossenschaft mit Ende 1983 gekündigt. Auch seitens der *Vorarlberger Nachrichten* beabsichtigt man eine Kündigung, doch verpaßt man den Kündigungstermin und avisiert daher das Ausscheiden mit Ende 1984.

Für die APA droht sich mit dem Verlust der beiden Genossenschafter die finanzielle Situation weiter zu verschlechtern. In mehreren Gesprächen mit Vyslozil konkretisiert Joseph A. Moser, der Verleger der *Tiroler Tageszeitung*, seine Gründe für den Austritt; die APA sei in den letzten Jahren zu groß geworden, der Aufwand sei überhöht, auch die Kosten für die Mitglieder der Genossenschaft. Vyslozil vermutet jedoch, daß Moser nach einem allfälligen Fallen des ORF-Monopols in Westösterreich ein eigenes Radio- oder Fernsehprojekt starten wolle. Um zu vermeiden, als Zeitungsherausgeber und gleichzeitig Betreiber einer privaten Rundfunkstation in der APA deutlich mehr zahlen zu müssen als bisher, wolle sich Moser nun mit einer eigenen Presseagentur, der „Media West", unabhängig machen.[276] Auch von dieser Seite droht ein „Auseinanderfallen der APA",[277] dem es entgegenzutreten gilt.

Vyslozil entwickelt in einem mehrmonatigen Diskussionsprozeß mit APA-Führungskräften und Personalvertretern ein Sanierungskonzept, das weitgehende Strukturreformen vorsieht. Der mit dem Titel „APA '88"[278] versehene Unternehmensplan wird im Juni 1983 in einer gemeinsamen Sitzung von Vorstand und Aufsichtsrat beschlossen. Die geplanten Neuerungen klingen zunächst nicht sehr neu: einmal mehr soll das Nichtmitgliedergeschäft als finanzielle Stütze der Agentur ausgebaut werden, daneben will man den redaktionellen Basisdienst für die Mitglieder effektiver gestalten und auf einen relevanten Umfang reduzieren. Im Vergleich zum geringen Umfang der österreichischen Tageszeitungen ist die Nachrichtenproduktion der APA sehr hoch; in den letzten 15 Jahren ist sie um 45% gestiegen. Diese Überproduktion soll nun reduziert und das Material zielgerichteter auf die Bedürfnisse der Genossenschafter abgestimmt werden: Qualität anstelle von Quantität.

Vyslozil, der sich während seiner Zeit in der *Presse*-Geschäftsführung intensiv mit einer Umstrukturierung des *Presse*-Archivs befaßt hat, erkennt überdies im Bereich „Informationsspeicherung" ein zukunftsträchtiges Feld. Da der Betrieb eigener Archive sehr kostspielig ist, könnte ein gemeinsam betriebenes, elektronisches APA-Archiv den Genossenschaftern dokumentierte Information zu günstigen Konditionen bieten. Ein zentrales Archiv wäre zudem eine „klassische verbundwirtschaftliche Aufgabenstellung, die der genossenschaftlichen Grundidee der APA idealtypisch entsprechen würde."[279] Das einzurichtende Archiv soll neben einer Textdatenbank ein „zentrales Bild-Archiv" als zusätzliche Dienstleistung (gegen Aufpreis) umfassen. Max Dasch von den *Salzburger Nachrichten* zeigt sich jedoch skeptisch; seiner Ansicht nach birgt ein derartiges Zentralarchiv die Gefahr der Uniformierung der redaktionellen Berichterstattung. Zudem sei allseits bekannt, daß die einzelnen Medieninstitutionen sehr stolz auf ihre Archive seien.[280]

Grundsätzlich neu am nunmehrigen Unternehmenskonzept ist die unternehmerische Orientierung. Die APA soll künftig dezidiert als gewinnorientiertes Unternehmen geführt werden. Der Paradigmenwechsel, weg vom kostendeckenden Genossenschaftsprinzip, hin zum profitorientierten Unternehmen, der sich während der letzten Jahre abgezeichnet hat, wird nun vollzogen. Die Gewinne sollen dazu verwendet werden, die Existenz des Unternehmens zu sichern, dessen Leistungsfähigkeit zu optimieren und die Kosten für die Mitglieder zu senken. Die „Marktführerschaft“ am österreichischen Informationsmarkt wird als Grundlage der Existenzsicherung verstanden, womit auch die Position gegenüber einer allfälligen Konkurrenzagentur in Westösterreich bezogen wäre. Man schafft sogenannte „Strategische Geschäftseinheiten“, wie Tageszeitungen, Elektronische Medien, Wirtschaft, Politik und Export, die man gezielt ansprechen will. Für jede dieser Geschäftseinheiten wird das Marktpotential erhoben, werden konkrete Marketingziele formuliert, Marketinginstrumente entwickelt und Produktanalysen vorgenommen. Es sollen neue Nachrichtenprodukte gemäß den Markterfordernissen geschaffen, bestehende entsprechend adaptiert werden.

Um den Niederschlag der APA-Meldungen in den Zeitungen der Mitglieder zu evaluieren, werden ab 1983 Abdruckstudien gemacht. Die erste dieser Studien weist aus, daß durchschnittlich 31% der Meldungen der Zeitungen auf APA-Material basieren. Dabei gibt es allerdings eine beachtliche Schwankungsbreite zwischen den einzelnen Genossenschaftern. So basiert die Berichterstattung des offiziellen Organs der Republik Österreich, der *Wiener Zeitung*, zu überdurchschnittlichen 55% auf APA-Material, welches zumeist wörtlich übernommen wird. Die Berichterstattung der *Volksstimme* stammt im Tagesdurchschnitt zu 43%, die der *Arbeiter-Zeitung* zu 39% aus dem APA-Dienst. Im Durchschnittsbereich liegen Zeitungen wie die *Presse* (34%), die *Tiroler Tageszeitung* (32%) oder die *Salzburger Nachrichten* (31%).[281] Was die Verwendung der Dienste der einzelnen Ressorts anbelangt, so ist der absolute Spitzenreiter die außenpolitische Berichterstattung mit 68%, gefolgt von Sport mit 39%, der Wirtschaft mit 37%, Kultur mit 24% und Chronik/Lokales mit 22%. Die innenpolitische Berichterstattung bildet mit 20% das Schlußlicht. Die Evaluierung des Pressemarkts zählt künftig zu den integralen Bestandteilen des APA- Marketings.

Knapp vierzig Jahre nach ihrer Gründung und einer ebensolangen Periode finanzieller Probleme orientiert sich die APA endgültig an den Prinzipien des freien Markts. In einer Budgetvorschau auf die Folgejahre wird ein Plan über künftige Aufwände und Erträge erstellt, werden erstmals unternehmerische Kostenrechnungen angestellt und kurz- und mittelfristige Maßnahmen zur Kostensenkung eruiert. Von den Sparmaßnahmen ist vor allem der Personalbereich betroffen; die Mitarbeiter sollen effizienter eingesetzt, die fixen Personalkosten längerfristig zugunsten von Honorarkosten freier Mitarbeiter verschoben, freiwerdende Stellen nicht nachbesetzt werden. Nach „langer Diskussion“[282] stimmt der APA-Betriebsrat angesichts der prekären Situation der APA dem geplanten Personalabbau schließlich zu. Die Belegschaft reagiert darauf jedoch mit Protesten, woraufhin der gesamte APA-Betriebsrat zurücktritt. Zwischen Geschäftsführung und Belegschaft trübt sich das Verhältnis. Zur Wahrung der Interessen der Belegschaft betont man in der Folge seitens der Journalistengewerkschaft in einer Resolution, daß die Sanierung nicht allein durch Personaleinsparungen angestrebt werden dürfe. Im Interesse der Sicherung der Arbeitsplätze müsse das Unternehmenskonzept durch einen Dienstpostenplan ergänzt werden, an dessen Erstellung auch der Betriebsrat zu beteiligen sei.

Zur Absicherung der „Marktführerschaft“ in Österreich als unabdingbarer Voraussetzung der Konsolidierung des Unternehmens versucht die Geschäftsführung den Präzedenzfall einer Abspaltung der *Tiroler Tageszeitung* und der *Vorarlberger Nachrichten* zu verhindern. Dazu wirft sie das ganze Gewicht der internationalen Position der APA in die Waagschale. Es geht um mehr als nur um einzelne Genossenschafter; es geht um den Status der nationalen Agentur. Seitens der *Tiroler Tageszeitung* und der *Vorarlberger Nachrichten* hat man mit Beginn des Jahres 1983 einen Vertrag mit der dpa bezüglich einer direkten Belieferung mit dem deutschen Nachrichtendienst geschlossen. Zwar hat die APA einen exklusiven Vertriebsvertrag, grundsätzlich können APA-Genossenschafter die dpa-Dienste aber auch direkt beziehen; die APA erhält auch in einem solchen Fall 50% des Erlöses von der dpa. Vyslozil meint nun gegenüber Thilo Pohlert, dem Geschäftsführer der dpa, die direkten Vertragsabschlüsse der dpa mit der *Tiroler Tageszeitung* und den *Vorarlberger Nachrichten* würden eine Verletzung der bestehenden Verträge zwischen der dpa und der APA bedeuten; die Preise für die dpa-Dienste seien nicht – wie üblich – nach Auflagenhöhe gestaffelt, zudem seien ihm die Verträge nicht zur Zustimmung vorgelegt worden. Die APA sei bis zur Klärung der offenen Fragen nicht bereit, weiteren direkten Vertragsabschlüssen der dpa mit österreichischen Medieninstitutionen zuzustimmen.[283]

Die Reaktion aus Deutschland erfolgt prompt. Die mit der *Tiroler Tageszeitung* und den *Vorarlberger Nachrichten* vereinbarten Preise würden sich an bislang übliche anlehnen, und Vyslozil selbst habe mündlich seine Zustimmung zu den Abschlüssen gegeben. Außerdem stünde die Loyalität der dpa gegenüber der APA außer Frage, man hätte sogar in einem Telefonat gewarnt, daß die beiden Zeitungen eventuell beabsichtigen, aus der APA-Genossenschaft auszutreten; von Plänen zur Gründung einer Konkurrenzagentur in Österreich habe die dpa nichts gewußt. Doch die vertragstreue Loyalität der dpa zur APA ist letztlich groß genug, daß sie im Juni 1983 die Vereinbarung mit der *Tiroler Tageszeitung* per 31. Dezember 1983 kündigt.[284]

Vyslozils Kalkül geht auf, der Verleger der *Tiroler Tageszeitung*, Moser, zieht in der Folge seine Kündigung der APA-Mitgliedschaft zurück, um, wie er sagt, dem neuen APA-Geschäftsführer und dem neuen Konzept „eine Chance zu geben".[285] Der APA-Vorstand mißtraut aber dem Frieden und vermutet, Moser wolle die Kündigung nur hinauszögern, um sie dann gemeinsam mit den *Vorarlberger Nachrichten* doch noch zu realisieren. Der Vorstand beschließt daher in einer Sitzung am 12. Dezember 1983, Mosers Rücknahme der Kündigung nicht zu akzeptieren, einem allfälligen neuen Beitrittsgesuch nach dem 1. Jänner 1984 aber zuzustimmen. Das Mißtrauen gegenüber Moser bestätigt sich am 27. Dezember, als die APA ein neuerliches Kündigungsschreiben der *Tiroler Tageszeitung* bekommt, wonach mit Ende 1984 – also gleichzeitig mit den *Vorarlberger Nachrichten* – die Zusammenarbeit ein Ende haben soll.

Der Vorstand beharrt auf dem Kündigungsstatus, unterbreitet aber der *Tiroler Tageszeitung* postwendend das Angebot, mit 1. Jänner 1984 formell wieder in die Genossenschaft einzutreten und setzt eine Frist bis 2. Jänner.[286] Dadurch wäre der nächstmögliche Kündigungstermin der *Tiroler Tageszeitung* um ein Jahr hinausgeschoben und ein zeitgleicher Austritt der beiden Zeitungen, welcher für die APA in ihrer derzeitigen Verfassung eine „existenzielle Bedrohung" darstellen würde, unmöglich gemacht.[287] Da seitens der *Tiroler Tageszeitung* aber kein Antrag auf eine neue Mitgliedschaft erfolgt (man versteht sich ja als Mitglied), stehen ab dem 2. Jänner 1984 die Fernschreiber in ihren Redaktionsräumen in Innsbruck und Wien still. Trotz vehementen Protests von Moser sind die APA-Leitungen abgeschaltet worden.[288] Als Mitarbeiter der APA mit dem LKW anreisen, um aus den Innsbrucker Redaktionsräumen die Fernschreibgeräte abzuholen, läßt Moser „die Tore seiner Festung" schließen und weigert sich, die Geräte herauszugeben.[289]

Nach außen hin präsentieren sich die *Tiroler Tageszeitung* und die *Vorarlberger Nachrichten* offensiv: am 2. Jänner 1984 lassen sie verlautbaren, daß „mit Jahresbeginn" die „Medienagentur West (MA-WEST)" aktiviert werde. Die amerikanische AP habe Unterstützung zugesagt, deren Weltnachrichtendienst und Bilderdienst man übernehmen werde. Die „aktuelle und umfassende Nachrichtenversorgung der Tiroler Tageszeitung mit nationalen und internationalen

Meldungen zu allen Themen" sei damit voll gesichert.[290] Die *Vorarlberger Nachrichten* begründen ihren Austritt aus der APA wie folgt:

> Schon in den letzten Jahren ist uns im Westen der Genossenschaftscharakter der „Austria Presse Agentur" immer schwächer vorgekommen und die Nebengeschäfte der Agentur beträchtlicher. Zuletzt haben sich die Sorgen im Zusammenhang mit der APA gesteigert, sowohl was den Monopolanspruch der inländischen Nachrichtenversorgung anlangt als auch den freien Zugang zu ausländischen Agenturquellen. Die ‚APA' wurde zur ‚Nationalagentur' hochstilisiert und dies durchaus mit Hilfe des parteipolitischen Österreich. Diesen ‚Orwell'-Weg kann man als Zeitung mit hohem Pressefreiheitsbewußsein nicht mitgehen.[291]

APA-Geschäftsführer Vyslozil und Chefredakteur Schönherr reagieren unverzüglich und nehmen in einer APA-Aussendung zu den Vorwürfen Stellung; ein eventueller Monopolanspruch der inländischen Nachrichtenversorgung sei schon deshalb nicht gegeben, weil jede Zeitung eigene Korrespondenten in Wien habe. Hinsichtlich der Weltnachrichten würden nicht nur der ORF, sondern auch diverse Zeitungen den Dienst der ausländischen Vertragsagenturen direkt und im Original beziehen.[292]

Die ins Leben gerufene MA-WEST scheint die in sie gesetzten Erwartungen jedoch nicht zu erfüllen. Die *Tiroler Tageszeitung* sieht sich in der Defensive; von den APA-Fernschreibern ist sie abgekoppelt, die eigene Agentur arbeitet, entgegen der Ankündigung, nicht wie erhofft. Moser schickt daraufhin seinen Mitarbeiter Claus Reitan nach Bregenz zu den verbündeten *Vorarlberger Nachrichten*, die noch am APA-Netz hängt. Reitan soll die Meldungen, die über die Fernschreiber der APA kommen, an „seinen Chef in Innsbruck" weiterleiten.[293] Bei der APA beobachtet man die Berichterstattung der *Tiroler Tageszeitung* mit Argusaugen und sammelt Beweise für den vermuteten Nachrichtendiebstahl.

In der Folge werden die Gerichte bemüht, zuerst von der *Tiroler Tageszeitung*, die in die Offensive geht und die APA klagt. Die *Tiroler Tageszeitung* sei von der APA so lange im guten Glauben hinsichtlich der noch aufrechten Mitgliedschaft gelassen worden, daß sie „faktisch außer Stand" gewesen sei, „entsprechende vorsorgliche andere Maßnahmen zur Nachrichtenbeschaffung"[294] zu treffen. Durch die Handlungsweise der APA erleide die *Tiroler Tageszeitung* einen „noch nicht bezifferbaren Schaden, der von Tag zu Tag größer wird, weil sich die klagenden Parteien plötzlich vor die Notwendigkeit gestellt sehen, kurzfristig kostspielige Maßnahmen zu treffen, um den von der beklagten Partei rechtswidrig unterbrochenen Nachrichtenfluß anderweitig zu erhalten."[295] Deshalb fordert Moser, daß ein Anschluß an das Nachrichtennetz der APA zu den für die Genossenschafter geltenden Bedingungen wiederherzustellen sei. Die Klage Mosers wird in der Folge jedoch abgewiesen.[296]

Im Gegenzug entschließt man sich seitens der APA nach intensivem Sammeln von Belastungsmaterial, die *Tiroler Tageszeitung* zu klagen, und zwar wegen unerlaubter Verwendung von APA-Material, konkret wegen Verstoßes gegen das Gesetz gegen unlauteren Wettbewerb und vor allem wegen Verletzung des Urheberrechts. Denn, so steht es in der Klageschrift, die Mitteilungen der APA seien als Sprachwerke oder als Bearbeitungen bzw. Übersetzungen urheberrechtlich geschützt.[297] Die APA genieße Nachrichtenschutz gemäß § 79 des Urheberrechtsgesetzes, auch für jene Mitteilungen, die von ausländischen Nachrichtenagenturen, welche der APA die Exklusivnutzung eingeräumt haben, stammen. Presseberichte der APA dürften in vertraglich nicht gebundenen Zeitungen und Zeitschriften nach Ablauf einer Sperrfrist wiedergegeben werden, welche (nach jahrelanger Auseinandersetzung der APA mit der *Kronen-Zeitung)* durch die Urheberrechtsgesetznovelle von 1980 eingeführt worden ist. Darin heißt es, daß Presseberichte, die in „Zeitungskorrespondenzen oder anderen der entgeltlichen Vermittlung von Nachrichten an Zeitungen oder Zeitschriften dienenden Mitteilungen enthalten sind", erst dann wiedergegeben werden dürfen, wenn „seit ihrer Verlautbarung in einer vom Nachrichtensammler dazu ermächtigten Zeitung oder Zeitschrift mindesten 12 Stunden verstrichen sind."[298] Der Passus bleibt auch nach der Novelle von 1982 erhalten.[299] Die Frist ergibt sich durch den Umstand, daß Nachrichten als „Zeitgüter" ihren Wert aus ihrer Aktualität beziehen – einen „Neuigkeitswert", sozusagen.

Daß nun diese Schutzbestimmungen von Moser verletzt wurden, versucht man vor Gericht mit dem Vergleich von APA-Meldungen und entsprechenden Meldungen der *Tiroler Tageszeitung* zu belegen. Beantragt wird in der Klageschrift, daß die *Tiroler Tageszeitung* es in der Folge zu unterlassen habe, von der APA verbreitete Meldungen vor Ende der zwölfstündigen Sperrfrist zu veröffentlichen. Weiters solle Moser die Fernschreiber der APA zurückgeben müssen. Der Klage wird letztlich stattgegeben und es wird eine einstweilige Verfügung in ihrem Sinne erlassen.

In den folgenden Monaten entscheidet man sich seitens der *Vorarlberger Nachrichten*, von der angekündigten Kündigung der APA-Mitgliedschaft per 31. Dezember 1984 abzusehen. Die *Tiroler Tageszeitung* hingegen organisiert sich ihren Nachrichtendienst bis auf weiteres selbst.[300]

APA-intern geht die Reform weiter. Die von Vyslozil verordnete „strategische Unternehmensplanung" schlägt sich zunächst in einem weiteren Ausbau der technischen Infrastruktur nieder. Der 1983 formulierte Unternehmensplan APA'88 sieht eine „Integration der verschiedenen Dienstleistungspakete bei gleichzeitiger Flexibilisierung und Individualisierung der Inhalte" sowie eine „Veredelung" der Produkte durch eine „anspruchsvolle und nachfragegerechte" Technologie vor.[301] Das bedeutet, daß die Agentur künftig nicht mehr bloß Nachrichten zu verkaufen gedenkt, sondern auf digital aufbereiteter Grundlage qualitativ aufgewertete Inhalte. 1984 erfolgt die Installierung eines vollelektronischen EDV-Systems, das die alte Anlage aus dem Jahr 1977 ersetzt. Das neue System schafft die Voraussetzung für einen Online-Verbund mit der Klientel. Damit ist die zentrale Voraussetzung geschaffen, ein elektronisches Archiv anbieten zu können. Ein „Interaktives digitales Abrufsystem" soll den Genossenschaftern jederzeit Zugriff auf das APA-Material ermöglichen, und zwar auch auf den Pool der von der APA nicht ausgegebenen Meldungen von den Partneragenturen. Voraussetzung für die Umsetzung des Konzepts ist die Ablöse des bestehenden Fernschreibnetzes, das die Nachrichtenübermittlung nur in einer Richtung, nämlich von der Agentur zu ihren Kunden, ermöglicht, durch ein Zwei-Weg-Übertragungsnetz. Mit dem Aufbau des „APA-Medienverbundnetzes" (MVN), einem Hochleistungsdatennetz für gleichzeitige, interaktive und österreichweite Übermittlung von Text, Bild und Sprache wird die Grundlage für ein auf Austausch beruhendes Informationssystem geschaffen. Gemeinsam mit dem Datenbanksystem „Media-text", das erstmals die Möglichkeit zur Volltextsuche bietet, entsteht das „Vernetzte Informationssystem", das gleichzeitig zur Informationssuche, zur Textverarbeitung und zum Senden eingesetzt werden kann. Das System ermöglicht den Kunden Zugriff auf das Material von mehr als 30 ausländischen Agenturen, auf sämtliche Pressedienste, die über den „Medieninformationsdienst" (MID), das einstige zweite APA-Netz, ausgesendet werden, wie auf internationale und österreichische Datenbanken. Mit diesem vom technischen Leiter Rudolf Horvath und seinem Team ausgearbeiteten Technologiekonzept steuert die APA gezielt in Richtung „Interaktivität". Die Zeit der Fernschreiber geht endgültig zu Ende, was sich auch darin äußert, daß die Abteilung „Fernschreibstelle/Nachrichtenzentrale" in „Rechenzentrum" umbenannt wird.[303]

Obwohl die Genossenschafter beständig auf APA-Meldungen zurückgreifen, haben die Erfahrungen mit der *Tiroler Tageszeitung* gezeigt, daß man sich nicht darauf verlassen kann, daß die Mitglieder den Agenturdienst für unentbehrlich halten. Deshalb lautet eine zentrale Frage des neuen Unternehmenskonzepts, wie man die APA stärken kann, sodaß ihr Basisdienst für die Genossenschafter unersetzbar bleibt.

Ein Anlaß für solche Überlegungen sind die Pläne von Associated Press und Reuters, ihre Text- und Bilddienste zukünftig nur mehr in Kombination anzubieten. Dies würde auch für einige österreichische Zeitungen bedeuten, daß sie gleichzeitig mit dem Fotodienst einen Weltnachrichtendienst bekämen und sich damit den APA-Basisdienst ersparen könnten. Seitens der APA erwägt man – davon ausgehend, daß künftig die Bedeutung von Bildern bei der Zeitungsproduktion steigen wird – einen eigenen Fotodienst einzurichten, um konkurrenzfähig zu bleiben. Man nähert sich diesem kostenintensiven Unternehmen allerdings zögerlich. Die Situation bietet jedoch keinen Ausweg, denn die Agenturkunden werden, so die Schlußfolgerung der APA-Geschäftsführung, in Zukunft stärker auf eine integrierte Lieferung von Wort und Bild Wert legen.[303]

Erleichtert wird die Entscheidung durch den im Juni 1984 getroffenen Beschluß von Pressebildagenturen mehrerer europäischer Länder, einen internationalen Funkpressebilddienst für Europa ins Leben zu rufen. Bilder aus dem jeweiligen Land sollen die angeschlossenen Agenturen selbst beistellen, Material aus außereuropäischen Teilen der Welt liefert die AFP. Die AFP baut einen weltweiten Fotodienst auf, um ihre Rolle als Weltagentur zu festigen. In Zusammenarbeit mit der französischen „Telekom" hat die AFP ein eigenes Satellitennetzwerk installiert, mit dessen Hilfe die von ihr in der ganzen Welt gesammelten Bilder und die Bilder der nationalen Agenturen in die in Frankfurt im Gebäude der dpa angesiedelte Zentrale der „European Press Photo Agency" (EPA) gelangen sollen, um dort selektiert und wieder über den Satelliten an die Partneragenturen verschickt zu werden.

Die APA gliedert sich als Gesellschafter in diesen Verbund ein. Die EPA beliefert die APA mit einem internationalen Bilderdienst, die APA schleust dafür Bilder aus Österreich ins EPA-Netz ein. Am Anfang kann man freilich nur wenig beitragen. Der mit dem Aufbau des Fotodienstes betraute Wolfgang Mayr steht buchstäblich vor einer „Leere", außer ein paar Fotos ist nichts vorhanden. Auch die Technik zur Übertragung des Bildmaterials ist zu Beginn noch nicht am neuesten Stand. Schließlich gelingt es, einen respektablen Bilderdienst aufzubauen, der später in den Basisdienst für alle Genossenschafter integriert wird und durchschnittlich 60–70 österreichische und internationale Bilder täglich umfaßt.

Wolfgang Mayr verfaßt 1985 auch das erste APA-Redaktionshandbuch, worin die Aufgaben der Agentur beschrieben und Hinweise für die redaktionelle Arbeit gegeben werden. Dieser interne Leitfaden ist Ausdruck des unabhängigen Selbstverständnisses, das es nötig macht, eigene Regeln zu definieren. Ausgehend von der Prämisse, daß Information und Kommunikation Lebenselemente moderner Gesellschaften sind und ständig wachsende Nachrichtenströme den Weg vom Ereignis über die Medien zum Empfänger suchen, stellt er fest: „Je weniger behindert durch Zensur, Nachrichtenunterdrückung, staatliche Reglementierung, einseitige Abhängigkeiten, nachrichtentechnische Engpässe dieser Weg ist, desto besser kann die Öffentlichkeit informiert werden und desto geringer sind die Gefahren der Irreführung, des Vorurteils und der Manipulation."[304] Schließlich hängt das ökonomische Überleben einer unabhängigen Agentur von der Qualität – sprich: von der Unabhängigkeit und Objektivität – ihrer Nachrichtendienste ab. Die redaktionelle Arbeit der APA sei durch ihre Schlüsselrolle für die aktuelle Berichterstattung für die österreichischen Zeitungen und den ORF geprägt, wodurch ihr eine besondere Verantwortung zuteil werde: „Die APA hat, ausgehend von einer oft prekären Position der Unabhängigkeit, tagtäglich zu versuchen, Kommunikationsbarrieren zu überwinden und für die Verbreitung von Fakten und Daten zu sorgen. Sie tut dies in Befolgung ihres Auftrages zur Ausgewogenheit, unter Vermeidung von Einseitigkeit sowie Parteinahme."[305]

Die Formulierung „prekäre Position der Unabhängigkeit" spielt nicht zuletzt auf die Ereignisse rund um die Besetzung der Hainburger Au durch Gegner des geplanten Kraftwerks im Dezember 1984 an. Wie schon bei den Demonstrationen gegen das Atomkraftwerk Zwentendorf im Jahr 1978 hat sich in Hainburg eine aktive Öffentlichkeit formiert, die, durch Demonstrationen artikuliert und durch die Unterstützung von Medien multipliziert, gegen die Pläne der Regierung aufgetreten ist. Besonders die mächtige *Kronen Zeitung* hat sich mit den Umweltschützern in der Hainburger Au solidarisiert und ihnen für ihr Anliegen eine breite mediale Bühne geboten.[306] Doch auch einige Redaktionmitglieder der APA haben dazu tendiert, für die Aubesetzer Stellung zu nehmen und der Berichterstattung eine dementsprechend tendenziöse Färbung zu geben. Es ist ein Schlüsselerlebnis der besonderen Art, eine nicht fremd-, sondern eigenbestimmte Politisierung des Nachrichtendienstes, die Reflexionen des Selbstverständnisses zur Folge hat. Seitens der Geschäftsführung beschließt man aus diesem Anlaß, einen Passus in die APA-Statuten aufzunehmen, der besagt, daß die Agentur unparteiisch zu berichten hat. Als Leitlinie der redaktionellen Arbeit wird angeführt, daß die APA „ihre

Aufgaben unabhängig von Einwirkungen politischer Institutionen und Gruppen zu erfüllen hat" und daß die „Aufbringung, Verarbeitung und Verbreitung der Nachrichten nach dem Grundsatz der Ausgewogenheit und der Vermeidung von Einseitigkeit sowie unter Vermeidung von Parteinahme zu erfolgen haben."[307] Eine Formulierung, die in den Dienstverträgen der APA verankert wird.

Es sei die zentrale Aufgabe der APA, die Meinungsvielfalt in Österreich widerzuspiegeln, einerseits durch Qualitätsjournalismus, auf den sich die Genossenschafter verlassen können, andererseits durch ausgewogene Berichterstattung, „als unvoreingenommener Chronist auf politisch neutralem Boden, der aus eigener Initiative die Ereignisse aufzeichnet, ohne selbst in das Geschehen einzugreifen, und bestrebt ist, dabei alle gesellschaftlichen und politischen Gruppen angemessen zu berücksichtigen."[308] Eine weitere wichtige Aufgabe der APA wird darin gesehen, ein umfassendes Meldungsangebot zu bieten, das den Bedürfnissen aller Genossenschafter gerecht wird; damit soll Uniformität in den Zeitungen vermieden werden, denn durch das breite Angebot könne jeder Kunde nach seinen eigenen Ansprüchen auswählen. Die APA sorge aber durch eine Vorselektion dafür, daß aus dem „ungeheuren Berg an Informationen, die tagtäglich in die Zentrale hereinströmen, ein handliches, überschaubares Paket an Nachrichten"[309] zusammengestellt werde. Längst liegt die Aufgabe einer Agentur nicht mehr darin, so viele Nachrichten zusammenzutragen, um eine Zeitung füllen zu können, sondern darin, die Nachrichtenlawine zu kanalisieren und auf ein verarbeitbares Maß zu reduzieren. Die APA helfe den Medieninstitutionen bei ihren publizistischen Aufgaben durch einen allgemeinen, umfassenden Meldungsüberblick, aber auch durch Hinweise für weitere Recherche, Hintergrundmaterial für Kommentare und Beilagen und durch die Thematisierung wichtiger Ereignisse.

Die finanzielle Lage ist trotz der eingeleiteten Rationalisierungsmaßnahmen nicht erfreulich, wenngleich sie sich gegenüber jener von 1981 gebessert hat. Nach einem Verlust von über 1 Million Schilling im Jahr 1986 weist die Bilanz der APA 1987 wieder einen Verlust von knapp 5 Millionen aus.[310] Ende 1987 stimmt sogar die besserverdienende Belegschaft einer auf ein Jahr befristeten Gehaltskürzung von 3 bis 7% zu. Zeitungseinstellungen und Fusionen des Jahres 1987 sind besonders im Folgejahr spürbar. Trotz drastischer Maßnahmen zur Kostenreduktion ist 1988 ein Verlust von 4,8 Millionen Schilling zu verbuchen. Der Personalstand ist mit 114 fixen Mitarbeitern auf dem niedrigsten Stand seit 1962. Hier sind „ohne substantielle Qualitätseinbußen", wie es im Geschäftsbericht 1988 heißt, keine Einsparungen mehr möglich. In dieser prekären Situation greift einmal mehr der

Staat ein; Bundeskanzler Franz Vranitzky gibt seine Zusage für eine einmalige Förderung in der Höhe von 5 Millionen Schilling zur Aufrechterhaltung des Bilderdienstes. Der Bilderdienst ist nunmehr ein integraler Bestandteil des Basisdienstes. Seitens der APA erhofft man sich von staatlicher Seite weiterhin Unterstützung. In diesem Sinne sind Verhandlungen mit dem Bundeskanzler über einen neuen Dienstleistungsvertrag in Gang, der die Finanzbasis der APA stärken soll. Laut neuem Vertrag sollen auch die Leistungen, die die APA im Ausland als mediale Botschafterin Österreichs vollbringt, gebührend honoriert werden. Daß man sich mit einem derartigen Anliegen gewisser Gefahren aussetzt, scheint allgemein bewußt. Dem Bund soll durch seine Förderung keine die Unabhängigkeit in Frage stellende Rolle zukommen. Chefredakteur Josef A. Nowak, dem man später nachsagen wird, er habe die „endgültige Abkehr vom ‚Verlautbarungsjournalismus'"[311] vollzogen, meint: „Es können diese Verhandlungen mit dem Bund nicht dazu führen, daß auch nur ein kleines Stück Unabhängigkeit aufgegeben wird zugunsten einer finanziellen Transaktion. Es kann nur heißen, daß man mit dem Abschluß eines Vertrages mit dem Bund auch das eminente Interesse der Republik an einer unabhängigen nationalen Agentur klarstellt."[312] Jedenfalls kann die Geschäftsführung mit dem Argument, daß die APA im Gegensatz zu den Zeitungen keine Presseförderungsmittel erhalte, in ihren Verhandlungen mit dem Bundeskanzler erreichen, daß sie „zur Aufrechterhaltung des Österreich-Bildes im Ausland"[313] zunächst für drei Jahre jeweils 10 Millionen Schilling als „Investitionsförderung" zur Verfügung gestellt bekommt.

Mit den Geldern der Republik gedenkt man in der APA die Technologisierung weiterzuführen, um mittels der Digitalisierung neue Märkte zu erschließen. In der 1988 verfaßten Budgetplanung für die Jahre 1989–1991 stellt Wolfgang Vyslozil in diesem Sinne fest: „Aktualität und Informationstiefe sind zu verknüpfen durch das Zusammenführen von elektronischer Sofortinformation und den Zugriff auf historisches Material."[314] Durch die Möglichkeit, Echtzeitdienste und Datenbanken in ein einziges digitales System zu integrieren, wird nun die traditionelle Kernkompetenz der Nachrichtenagenturen, Aktualität, durch eine neue Dimension, Dauerhaftigkeit, erweitert. Die APA-Zweigstellen, der ORF sowie Kunden aus den Bereichen Medien, Wirtschaft und Politik werden in der Folge sukzessive an das Media-text-System angeschlossen, wodurch ein interaktives APA-Computernetz entsteht. 1989 wird dem APA-Media-text das elektronische Archiv „APAdok" hinzugefügt. Stolz schreibt man: „Damit ist die APA die erste Nachrichtenagentur weltweit, die das bestehende traditionelle Einweg-Informationssystem über Fernschreiber durch ein dialogfähiges Zweiweg-Kommunikationssystem ergänzt bzw. abgelöst hat. Darüberhinaus ist die APA die erste Nachrichtenagentur, die all ihren Beziehern, insbesonders jenen im Medienbereich gleichsam als Standardleistung den Zugang zu einer Online-Datenbank ermöglicht.«[315]

Die APA ist nicht mehr bloß Lieferant, der seine Kunden laufend mit neuesten Nachrichten versorgt, sondern auch Archivar, von dem man jederzeit Information beziehen kann. Sie stellt ihren Informationspool zur permanenten Verfügung und ermöglicht den Kunden, aktiv in ihren Datenbanken zu recherchieren. Im Zeitalter der elektronischen Datenverarbeitung wandelt sich der Agenturcharakter; es geht nicht mehr bloß darum, Nachrichten möglichst schnell über räumliche Distanzen zu verbreiten, sondern auch darum, sie über den aktuellen Moment hinaus abrufbar zu halten.

Nach der Unternehmensplanung APA '88 legt die Geschäftsführung ein weiteres strategisches Programm vor, das die Weichen der APA bis 1992 stellen soll. Der Schwerpunkt dieses Konzepts APA '92 liegt auf „Nutzenorientierung, Diversifizierung, Regionalisierung und Veredelung."[316] Die APA bietet als zweites Standbein verstärkt zielgruppenspezifische Information als Dienstleistung für Entscheidungsträger in Wirtschaft und Politik an. Damit sichert sie sich ein lukratives Feld, das die Basis der Nachrichtenagentur, also den Dienst für die Genossenschafter, trägt. Denn mit dem fortschreitenden Zeitungssterben verschwinden Genossenschafter und Kunden zugleich, und die auflagenstärkste Zeitung am Markt, die *Kronen Zeitung*, ist nach wie vor kein Mitglied der APA.

Die kommerzielle Neupositionierung zeitigt Erfolge und führt dazu, daß die APA 1989 mit der jahrzehntelangen Tradition brechen kann, das Geschäftsjahr mit einem Verlust abzuschließen. Die Dauerkrise scheint überwunden – der Wandel von der bürokratischen Presseagentur zum marktorientierten Informationsunternehmen bringt ein Ende der roten Zahlen. Damit einhergehend ändert sich auch das Selbstverständnis der APA; ihr Geschäftsführer Vyslozil sagt in diesem Sinne über Nachrichtenagenturen: „Wir sind marktorientierte Unternehmen, die ihre Produkte auf dem Markt verkaufen müssen."[317] Durch die Beiträge, die die Genossenschafter für die Bereitstellung des Basisdienstes an die APA zahlen, könne der Aufwand, den ein solcher Dienst erfordere, nicht annähernd gedeckt werden, weshalb man sie durch andere Dienstleistungen mitfinanzieren müsse. Die Abteilung „Marketing und Vertrieb" unter Konrad Tretter beginnt eine zentrale Drehscheibe des Unternehmens zu werden. Die Marktorientierung, so rechtfertigt Vyslozil gegenüber kritischen Reaktionen von Seiten mancher Genossenschafter den neuen Kurs, geschehe zugunsten des Basisdienstes, denn letztlich könne nur ein finanziell unabhängiges Unternehmen für unabhängige Berichterstattung garantieren.

Mit dieser offensiven Ausrichtung in Richtung Markt folgt man einem Trend, wie er von der Agentur Reuters vorgegeben wird. Auf der 1989 in Wien stattfindenden Konferenz „Euromedia", im Rahmen derer über die Zukunft des Informationssystems diskutiert wird, treffen einander Vertreter von Agenturen aus der ganzen Welt. Die technische Möglichkeit zum Austausch von Information, argumentiert der Direktor der holländischen Agentur ANP, Carel N. F. van Ditshuizen, sei geradezu unbegrenzt, wohingegen die menschliche Möglichkeit, Informationen aufzunehmen, sehr wohl begrenzt sei.[318] Das heißt, nicht alles, was technisch verarbeitbar ist, ist auch durch Menschen verwertbar. Die intelligente und konsumentenorientierte Verwaltung und Aufbereitung von Information durch die Agenturen tritt in den Vordergrund, wobei besonders die elektronischen Datenbanken als großes Potential angesehen werden. In der Interaktivität der Datenbanken eröffnet die Digitaltechnologie den Agenturen einen Zusatzwert ihres Dienstes: jeder Kunde kann aussuchen, anfragen, drucken und speichern, was er für wichtig hält. Die Agenturen, so Ditshuizen, müssen sich damit auseinandersetzen, daß die traditionelle Informationstransferstruktur Agenturen – Medien brüchig werde. Im digitalen Zeitalter bieten verschiedene Unternehmen öffentlich und an unterschiedliche Abnehmer Information an. Die früher klare Pyramide, an deren Spitze die Agenturen stehen, die nach unten an die Zeitungen liefern, wird durch ein Gewirr an Verbindungen ersetzt. Alle möglichen Informationsanbieter verkaufen an alle möglichen Abnehmer. Daraus resultiert, so AFP-Vizepräsident Michel Saint-Pol, daß Agenturen nicht überleben können, wenn sie, wie bisher, Nachrichten weitgehend nur an Medien verkaufen wollen. Die Agenturen müssen sich vielmehr dem individuellen Konsumenten (freilich weniger dem Privatier als dem Kaufmann) zuwenden.[319] Eine weitere Diversifizierung der Dienste ist für diesen Schritt nötig. Der Medienmarkt bleibt zwar weiterhin Kerngeschäft, jedoch will man verstärkt den Nichtmedienmarkt, also die Wirtschaft, ansprechen. Durch die Digitalisierung und neu entstehende Netze findet ein Wandel in Inhalt und Form des Nachrichtendienstes statt, die neuen Technologien erlauben bessere Selektion und die Lieferung zielgruppenspezifischer Dienste. Schnelle und präzise Information soll künftig vor allem Wirtschaftsverantwortlichen die Entscheidungsfindung erleichtern. Dahingehend müsse, so Wolfgang Vyslozil, auch die Form geändert werden – Kürze und Prägnanz sei nötig, wie auch Selektion der Information. Die neuen Kunden dürfen nicht mit einer „Informationsflut" überschwemmt werden. Nicht mehr die Information als solche ist die Ware, die von einer Agentur verkauft wird, sondern die kundenspezifische Aufbereitung.[320]

Michael Reupke, Chefredakteur von Reuters, stellt ebenfalls die Grundsatzfrage, wen die Agenturen künftig bedienen werden, die Medien oder individuelle Abnehmer. Nachrichtenbeschaffung sei sehr teuer; kaum jemand mache mit internationaler Berichterstattung Gewinne, sicherlich nicht mit Medienkunden. Am Anfang der Geschichte von Reuters habe Julius Reuter einen Wirtschafts-, dann auch einen politischen Dienst für private Geschäftsleute gemacht; erst später wurden auch die Medien zu seinen Kunden. Im Lauf der Jahre haben sich diese als Hauptkunden herausentwickelt, aber jetzt, in den letzten 20 Jahren, seien es wieder die Geschäftsleute, mit denen Reuters Gewinne mache.[321]

Die Welt wird im Zuge der fortschreitenden Digitalisierung und Vernetzung zum globalen Dorf, allerdings, wie der sowjetische Agenturchef Wladimir Miljutenko anmerkt, zu einem „amerikanischen Dorf".[322] Die Hegemonie der westlichen Industriestaaten über das weltweite Informationssystem droht ganze Teile der Welt auszublenden, die, ökonomisch gesehen, von geringer Attraktivität sind. Miljutenko betont, daß Information ein wichtiger Rohstoff sei, der sich den Händen der westlichen Industrienationen befinde und erinnert an Indira Gandhis Worte vom „Recht, gehört zu werden." Kommunikation sei ein Element der Identitätsfindung und dürfe nicht zur „bloßen Ware" degradiert werden.[323] Ein in der allgemeinen Diskussion über neue Informationsmärkte, wie sie die westlichen Agenturen führen, recht selten gehörtes Argument. Auf dieses Ungleichgewicht am Informationssektor geht auch der Direktor der malaysischen Agentur ein, der sich über die von Einseitigkeit geprägte Informationsordnung beklagt. Der Nachrichtenfluß aus dem Westen in die sogenannten „Dritte-Welt"-Länder sei sehr ausgeprägt, hingegen sei ein umgekehrter Nachrichtenfluß von diesen Ländern in den Westen vernachlässigbar oder nicht vorhanden. Wenn überhaupt, so würden Meldungen über Umweltkatastrophen, Revolutionen und Umstürze, also nur negative Aspekte der Dritten Welt, im Westen aufgenommen.[324]

Der Zusammenhang zwischen Informationsungleichgewicht und ökonomischem Ungleichgewicht ist evident; der Leiter der finnischen Agentur STT/FNB, Per-Erik Lönnfors, verweist auf diese Verbindung von Wirtschaft und Information, die sich aus der Rolle der Werbung im westlichen Informationssystem ergibt. Die Nachrichtenagenturen verkaufen nur solche Nachrichten an die Medien, die ihnen helfen, Werbeplatz zu verkaufen, da am Medienmarkt der ökonomische Erfolg der Medien im wesentlichen auf dem Verkauf von Anzeigenraum basiert, was wiederum von der Reichweite der Medien abhängt. Um ein größtmögliches Publikum zu erreichen, halten sich die Medien an den Informationsbedarf einer möglichst breiten und möglichst kaufkräftigen Leser-, Hörer- und Zuseherschaft. Es ist dies primär die Bevölkerung der Industrienationen, die hauptsächlich an ihren eigenen Angelegenheiten interessiert ist. Dies erklärt die verschwindende Präsenz der Dritten Welt im Weltbild der westlichen Medien; die armen Nachbarn im globalen Dorf kommen als Abnehmer von Konsumgütern nicht in Frage. So richtet sich der globale Marktplatz der Information nach dem globalen Marktplatz selbst.[325]

„Tor auf!": Der Ostmarkt

Ende der 80er Jahre zeichnet sich ein Ende des Kalten Krieges ab. Die marktwirtschaftliche Idee überlebt die realsozialistische. Es folgt eine Periode der Öffnung, die von Michail Sergejewitsch Gorbatschow, im März 1985 vom Politbüro des sowjetischen Zentralkomitees zum Generalsekretär ernannt, eingeleitet wird. Seine Aufgabe ist nicht einfach, die verfestigten Strukturen des Sowjetsystems sind für Reformen kaum zugänglich. So beginnt Gorbatschow, der in Leninscher Tradition an die Macht und Wirkung des Wortes glaubt, seine Reformarbeit im Bereich des Worts – der „Glasnost" –, bevor sie im Bereich des politischen Handelns – der „Perestrojka" – wirken soll. Das Wort „Glasnost" bedeutet Offenheit, Transparenz, Öffentlichkeit und wahrheitsgemäße Darstellung eines Sachverhalts;[326] es steht für ein neues Medienverständnis, für eine Absage an die bisher geübte Zentralpropaganda. Obgleich der Begriff Zensur verpönt war, unterlagen alle sowjetischen Druckerzeugnisse mehrfachen Zensuren, angefangen bei der Selbstzensur der Autoren, über Zensur durch Redakteure bis zur Prüfung durch Parteibehörden und staatliche Instanzen. Der gesamte sowjetische Medienapparat repräsentierte ein Organ der Kommunistischen Partei. Dabei nahm die staatliche Presseagentur TASS die Rolle des Kanalisators im Informationssystem ein. In den Zeitungen ging es zumeist um die Bekanntmachung von Beschlüssen der Regierung, deren positive Kommentierung und Kritik – auch Kritik, denn nach der Parteitheorie war die kritische Methode eines der grundlegenden Elemente der Dialektik und eines der wichtigsten Instrumente zur Erkenntnis der Wirklichkeit. Diese Form der „Selbstkritik" wurde aber auch instrumentalisiert, zielte auf die Verwirklichung der Parteilinie und sollte diesbezüglich Hindernisse anprangern. Oft war die verordnete Kritik Bestandteil von Kampagnen, die von der Partei selbst initiiert wurden. Im Sinne der Belehrung und Erziehung des Menschen nach sozialistischem Ideal mußte in der Berichterstattung auf alles verzichtet werden, was den Glauben an den Sozialismus erschüttern konnte. Negative Entwicklungen oder Zustände wie Hungerkatastrophen, Unfälle, Drogen, Kriminalität, Probleme der Partei oder wirtschaftliche Defizite wurden beispielsweise nicht thematisiert.[327] Damit soll nun – Glasnost! – ein Ende sein.

Mit Pressefreiheit im westlichen Sinn ist Glasnost jedoch nicht gleichzusetzen, Glasnost bedeutet lediglich eine wirklichkeitsbezogenere Darstellung der Ereignisse und Zustände. Dadurch soll eine Sensibilisierung der Bevölkerung für die Notwendigkeit von Reformen geschaffen werden, wie Gorbatschow im März 1985 vor dem ZK argumentiert: „Je besser die Menschen informiert sind, umso bewußter sind sie tätig, umso aktiver unterstützen sie die Partei, ihre Pläne und programmatische Ziele."[328] Das sozialistische System soll offener werden, seine Prinzipien will man aber keineswegs aufgeben. In einem „sozialistischen Rechtsstaat" solle, laut Gorbatschows Plänen, „sozialistischer Meinungspluralismus" herrschen.[329] Sozialistische Meinungsfreiheit lautet die halbherzige Devise, die auf lange Sicht weder die Befürworter der Reform, noch ihre Gegner befriedigen kann.

Die Rechnung geht nicht auf; der Schritt, der den Sozialismus stärken soll, wird vielmehr zur wichtigsten Triebfeder bei der Auflösung des Sowjetsystems – das Massenbewußsein erwacht gleichsam aus dem Winterschlaf und nimmt Form und Funktion von öffentlicher Meinung an. Mit zunehmender Lockerung der Zensur bilden sich neue Medieninstitutionen mit unterschiedlichem Profil heraus. Es ist nur eine Frage der Zeit, bis die neuen Medieninstitutionen, die bald das Recht einer allgemeinen Pressefreiheit einfordern, aus dem von der Partei gesteckten Rahmen fallen. Nicht selten werden bislang ausführlich gepriesene Errungenschaften des Sozialismus als Mythos demaskiert, wirtschaftliche und soziale Fehlentwicklungen aufgezeigt. Diese Form von Glasnost findet Gehör bei den Lesern; die Auflagen der Zeitungen und Zeitschriften steigen erheblich. Die Offenlegung der bestehenden Armut, Versorgungsmängel, Kriminalität und Korruption im Sowjetreich läßt die Öffentlichkeit aufhorchen. Im Gegenzug entstehen Zweifel und es formiert sich eine Allianz von Gegnern der Glasnost, die das zerstörerische Potential, das in der Thematisierung der Schwächen liegt, erkennen; eine Koalition aus „orthodoxen Kommunisten" und „reaktionären russischen Nationalisten" findet sich zum Widerstand gegen die Demontage des bisher herrschenden Sowjetsystems.[330]

In Mittel- und Osteuropa ermöglicht Gorbatschows Politik jedenfalls eine friedliche Abspaltung der einstigen Satellitenstaaten; Gorbatschow entscheidet sich, im Gegensatz zu den sowjetischen Führungen 1956 und 1968, nicht einzuschreiten, als diese Länder den Weg in Richtung Selbstbestimmung einschlagen. Nachdem sich Polen und Ungarn im Fahrwasser der Perestrojka schon seit 1988 auf radikalem Reformkurs bewegen, wird nach und nach auch der „Eiserne Vorhang" durchlässig. Erste Lücken tun sich an der ungarisch-österreichischen Grenze auf. Seit 1988 haben Ungarn das Recht auf einen Reisepaß, den sie zu Reisen in den Westen verwenden. Anfang Mai 1989 beginnt – ein „historischer Augenblick" – der Abbau der österreichisch-ungarischen Grenzsperren.[331] Die „offenen" Grenzen entwickeln eine magnetische Anziehungskraft auf DDR-Bürger, die noch keine Reisefreiheit genießen; die Vertretung der BRD in der DDR erlebt einen „Massenansturm" von Ausreisewilligen.

Am 19. August bietet sich eine andere Gelegenheit zur Ausreise: der Präsident der Paneuropa-Union Otto Habsburg und der ungarische Staatsminister Imre Pozsgay laden zu einem „paneuropäischen Picknick" in Sopron. In Ungarn zirkulieren Flugblätter, die eine verheißungsvolle Aktion im Rahmen dieser Veranstaltung ankündigen: symbolisch soll der Eiserne Vorhang an der österreich-ungarischen Grenze durchtrennt werden. Konkret wollen die Veranstalter als Geste ihres Anliegens kurz ein Grenztor öffnen, wenn auch nur für die österreichischen Gäste. Allerdings nutzen „mehrere hundert DDR-Bürger" die einmalige Gelegenheit, wie eine APA-Korrespondentin meldet: „Als ein sonst geschlossenes Tor an der Grenze für den Übergang geöffnet werden sollte, drängten etwa 200 bis 300 DDR-Bürger dagegen und drückten es auf." Einige von ihnen hätten bereits mehrmals versucht, nach Österreich zu gelangen, seien aber immer wieder gescheitert. Nun seien sie zwei Kilometer weit „quer durch die Felder gelaufen" und hätten all ihr Hab und Gut „drüben" gelassen.[332] Es ist unklar, was mit den ostdeutschen Flüchtlingen geschehen soll; das Innenministerium in Wien hat über die brisante Angelegenheit eine Nachrichtensperre verhängt. Die deutsche Botschaft, so viel kann die APA in Erfahrung bringen, bereitet sich jedenfalls darauf vor, die Flüchtlinge so schnell wie möglich mit Dokumenten auszustatten, damit einer Weiterreise in die BRD nichts im Wege stehe.[333] „Jubel und Tränen" gibt es nach der geglückten Massenflucht, die bald Nachahmer findet. Immer mehr DDR-Bürger suchen den Weg in die BRD über Ungarn und Österreich. „Es ist wie ein Traum" zitiert die APA in mitfühlender Emotionalität eine DDR-Bürgerin, die in Österreich angekommen ist. „Abgekämpft, völlig verschwitzt, abwechselnd weinend und jubelnd, genoß sie die ersten Minuten in lang ersehnter Freiheit."[334] Seitens der MTI formuliert man weniger emotional, wohl um die Führung der benachbarten DDR nicht zu brüskieren; man meldet unter Berufung auf die APA-Berichte, daß mehr als 200 DDR-Bürger über die Grenze nach Österreich „gestürmt“ seien.[335] Dabei hätten die illegalen Grenzgänger österreichische und ungarische Grenzbeamte fast „niedergetrampelt“. MTI berichtet weiters, daß diese „Gruppen-Grenzverletzung“ nur durch den Einsatz von Schußwaffen zu verhindern gewesen wäre. Angesichts einer neuen politischen Haltung in Sachen Staatsgrenze sowie der großen Bedeutung der Veranstaltung an der Grenze habe man aber auf einen Einsatz von Waffen verzichtet. Nun sei der Grenzübergang wieder geschlossen und die Grenzposten würden verstärkt. Die DDR-Medien schweigen das Ereignis tot; weder von der ostdeutschen Nachrichtenagentur ADN, noch in der Fernsehnachrichtensendung wird es erwähnt.[336] Der Strom der Flüchtlinge fließt indes weiter, und am 10. September öffnet Ungarn offiziell seine Grenzen nach Österreich. Bis zum 25. September 1989, so berichtet die APA unter Berufung auf die „Sicherheitsdirektion Burgenland“, seien bereits 20.474 Menschen über Österreich in die BRD gereist – und ein Ende der Ausreisewelle scheint nicht in Sicht.[337]

Schließlich erkennt auch die Führung der DDR, daß im Zuge der allgemeinen Öffnung der Sowjetunion und der anderen Staaten des Warschauer Pakts nicht mehr gegen die öffentliche Meinung der ostdeutschen Bevölkerung, die sich in zahlreichen Demonstrationen artikuliert, regiert werden kann. Das SED-Politbüromitglied Günter Schwabowski verkündet am 9. November auf einer vom DDR-Fernsehen direkt übertragegen Pressekonferenz, daß die DDR ihre Grenzübergänge für Westreisen und Übersiedelungen öffnet. Um 19 Uhr 19 gibt die APA eine „EILT“- Meldung[338] aus: „DDR öffnet die Grenzen. Umweg über CSSR oder Ungarn nicht mehr nötig.“ Drei Minuten später teilt die APA die „sensationelle Nachricht“ im originalen ADN-Wortlaut mit – quasi als Bestätigung.[339] DDR-Bürgern soll nun ohne Vorliegen der Voraussetzungen (Reiseanlässe und Verwandtschaftsverhältnisse) die Genehmigung für Privatreisen ins westliche Ausland erteilt werden; die zuständigen Stellen in der DDR werden angewiesen, die Visa unverzüglich auszustellen. Diese ADN-Meldung wird übrigens auch unkommentiert von der TASS übernommen.

Mit der Öffnung der Grenzen wird das Ereignis, das weltweit größtes Aufsehen hervorruft, eingeleitet: der Fall der Berliner Mauer. Am Brandenburger Tor versammeln sich noch an dem Abend, an dem die Öffnung der Grenzen bekanntgegeben wird, etwa hundert Ostberliner und rufen in Sprechchören: „Tor auf, Tor auf!“ Bald wird auch der Ruf nach dem Fall der Mauer laut. Der Bundestag in Bonn reagiert auf die „Sensation“ mit Freudentaumel und singt „spontan“ das Deutschlandlied.[340] Wenige Stunden nach der Ankündigung setzt der Ansturm auf Westberlin ein, viele Menschen wollen einfach nur auf Kurzbesuch in den Teil der Stadt, der so lange abgeriegelt war und so vieles zu bieten versprach, was man zu Hause entbehrte, im westdeutschen Fernsehen aber sehen konnte. Darüber hinaus nehmen an „mehreren Stellen“ Angehörige der DDR-Grenztruppen einen „Teilabriß der Berliner Mauer“ in Angriff. „Unter den 70 bis 100 Schaulustigen brach den Berichten zufolge lauter Jubel aus, als eine Baumaschine Teile der Mauer aufnahm und abführte“, so die APA.[341] Gerührt sagt der ehemalige deutsche Bundeskanzler Willy Brandt, in dessen Amtszeit der Bau der Berliner Mauer fiel, daß nun „wieder zusammenwächst, was zusammengehört“.[342] Im Osten lernt man schnell, nach welchen Gesetzen der Westen funktioniert: bald entfaltet sich ein reges Geschäft mit kleinen Mauerbrocken, die den zahlreichen Zaungästen, die zur gefallenen Mauer pilgern, feilgeboten werden.

Der österreichische Bundeskanzler Franz Vranitzky erklärt, der Westen sei nun aufgerufen, „die Hand auszustrecken und zusammenzuarbeiten, um den wirtschaftlichen Rückstand in Osteuropa abbauen zu helfen.“[343]

Nach dem Fall des Eisernen Vorhangs sehen sich die ehemaligen „Ostblock“-Agenturen einer neuen Situation gegenüber. Der Druck des freien Markts zwingt sie dazu, sich Gedanken über eine Zukunft ohne staatliche Finanzierung zu machen. Als Verlautbarungsorgane ihrer Regierungen können sie nicht mehr agieren, wollen sie gegen die internationale Konkurrenz bestehen. Es ist eine ähnliche Situation wie die der ANA nach dem Zweiten Weltkrieg. Was sich in Österreich über Jahrzehnte hinzog, nämlich der Emanzipationsprozeß von Staat und Regierung, streben nun auch die zentral- und osteuropäischen Agenturen an. In einer Rede über die Lage der vormals sozialistischen Agenturen resümiert APA-Geschäftsführer Vyslozil, daß eine solche Transformation als ein Langzeitunternehmen angesehen werden muß; es scheine recht unwahrscheinlich, daß ein solches Unterfangen in weniger als zehn Jahren bewältigbar sei.[344]

Man sucht nach Wegen in die Unabhängigkeit, die über finanzielle Eigenständigkeit erreicht werden soll. Für die meisten der Agenturen bedeutet das eine gewaltige Umstellung, können sie sich doch auf keinerlei privatwirtschaftliche Traditionen stützen. Entstanden zumeist als Filialen des staatlichen österreichischen k. k. Telegraphen-Korrespondenz-Bureaus, sind sie in den Nachfolgestaaten der Monarchie unter Kontrolle der nationalen Regierungen gestellt worden. Während des Zweiten Weltkrieges sind sie mit dem Vorrücken der Deutschen Wehrmacht in die Abhängigkeit des DNB geraten.[345] Mit dem Vordringen der Roten Armee wurde die Stimme der TASS offiziell. Zwar bezogen die meisten von ihnen auch während der folgenden kommunistischen Ära die Dienste der westlichen Weltagenturen, um zu Auslandsnachrichten zu kommen, doch war deren Gebrauch eingeschränkt zugunsten des Dienstes der TASS und anderer osteuropäischer Agenturen. Die rumänische Agentur „Agerpres“ war bisweilen sogar völlig von der ausländischen Berichterstattung abgeschnitten. Die Verträge mit Reuters, AFP, AP und UPI waren gekündigt, sogar die Einfuhr ausländischer Zeitungen war verboten. In den letzten Jahren vor Ceausescus Sturz wurden sogar Zeitungen aus sozialistischen Ländern zensuriert.[346] Nun, nach dem Ende der Diktatur, meldet die Agentur: „Agerpres benötigt nicht mehr spezielle Genehmigung der Zensur. Agerpres wird in Zukunft wahrheitsgemäß, ehrlich und in zivilisierter Form das In- und Ausland über alle Ereignisse in Rumänien unterrichten.“[347] Um sich von ihrer Vergangenheit zu distanzieren, ändert die Agentur 1990 sogar ihren Namen und benennt sich in „Rompres“ um. Seitens der ungarischen, tschechischen und polnischen Agentur versucht man die Vergangenheit abzustreifen, indem man die Führungsetagen auswechselt. Der Großteil der Belegschaft bleibt jedoch erhalten.[348]

Auf der Suche nach Lösungen für die gemeinsamen Probleme kommen im Februar 1990 die Leiter der meisten amtlichen ost- und mitteleuropäischen Agenturen (der ungarischen MTI, der tschechoslowakischen CTK, der ostdeutschen ADN, der polnischen PAP, der rumänischen Rompres sowie der sowjetischen TASS) überein, daß das Ziel der Agenturen ein freier Informationsfluß sei, man wolle „ein authentisches Bild über die Konflikte und Differenzen“ im eigenen Land geben. Außerdem soll die technische Modernisierung vorangetrieben werden.[349] Man erkennt im folgenden die Notwendigkeit, neue Konzepte auszuarbeiten, „die nicht mehr von politischen und ideologischen Elementen belastet sind.“ Dafür bedürfe es professioneller Zusammenarbeit „unter neuen demokratischen Bedingungen“.[350] Redaktionelle Unabhängigkeit, soviel scheint klar, ist jedoch nur in Verbindung mit materieller Unabhängigkeit zu erlangen. Gerade hier sind die Schwierigkeiten aber am größten. Es ist nicht einfach, in den wirtschaftlich desolaten Staaten eine entsprechend zahlungskräftige Kundschaft zu finden. Von der Blüte des Zeitungsmarkts, wie sie sich in den postkommunistischen Ländern knapp nach der Wende gezeigt hat, ist bald nichts mehr übrig. Auf die Gründungswelle folgt ein dramatisches Schrumpfen. Sinkende Investitionsbereitschaft und Liquiditätsschwierigkeiten sind zu verzeichnen. Ausländische Zeitungen zeigen sich angesichts der unsicheren politischen Lage ebensowenig investitionsfreudig.[351] Für die ehemals staatlichen

Agenturen wird es noch schwieriger, eine solide finanzielle Basis zu schaffen. Mögliche Finanziers werden durch die überkommenen Agenturstrukturen, die nicht den marktwirtschaftlichen Anforderungen genügen, abgeschreckt. Weder haben die vormals in der Planwirtschaft verorteten Agenturen eine modernen Ansprüchen genügende Buchhaltung oder ein adäquates Kostenrechnungssystem, noch sind Verkaufs- oder Marketingabteilungen integriert. Um einheimische Finanziers ist es wegen der schlechten Wirtschaftlage ebenso schlecht bestellt wie um potentielle Kunden aus der Wirtschaft. Eine freie Marktwirtschaft ist erst im Entstehen. Die Umwandlung der Planwirtschaft in Marktwirtschaft führt zu einer kontraproduktiven Kettenreaktion: der Staat kürzt seine Zahlungen an die Firmen, die sich gleichzeitig mit Kostensteigerungen, insbesondere für Öllieferungen aus der ehemaligen Sowjetunion, konfrontiert sehen. Die finanziellen Möglichkeiten der Unternehmen sind dadurch äußerst eingeschränkt. Der Staat reduziert überdies Subventionen für Medien wie beispielsweise Steuerbefreiungen, womit auch die Medienunternehmen in finanzielle Engpässe geraten. Das bedeutet, daß weder Wirtschafts- noch Medienunternehmen potente Kunden der nationalen Agenturen darstellen. Eine „virtuelle Insolvenz" der Agenturen ist die Folge. Die Kunden der ungarischen MTI schulden der Agentur 1991 etwa 200 Millionen Forint, demgegenüber stehen eigene Schulden im Ausmaß von rund 150 Millionen. Die finanzielle Misere wird dadurch verschärft, daß MTI nur 50 Millionen von den staatlicherseits für 1991 zugesagten 250 Millionen erhält. Somit ist sie quasi insolvent und kann kaum für die Löhne ihrer Angestellten aufkommen. Die Personalkosten sind ein wesentliches Problem, hat MTI doch 1.400 Angestellte. Auch die anderen ehemaligen „Ost"-Agenturen haben große Mitarbeiterstäbe. Die ostdeutsche ADN hat 1.400, die CTK 1.700 Angestellte; demgegenüber beschäftigt die westdeutsche dpa 700 und die APA gar nur 120 Personen.[352]

Durch die veränderte Weltlage nimmt mittlerweile auch die TASS eine neue Rolle ein. Ihre Bedeutung bei den Agenturen der einstigen Satellitenstaaten ist deutlich gesunken. Geopolitisch gesehen ist die TASS zwar die Agentur einer Weltmacht, und sie kann auf ein ausgedehntes Korrespondentennetz verweisen, doch haftet ihr nach wie vor das Stigma des kommunistischen Verlautbarungsorgans an. Unter diesen Voraussetzungen muß sich die TASS dem internationalen Wettbewerb stellen – und dies unter geänderten pressepolitischen Vorzeichen. Ein im Juni 1990 von der sowjetischen Regierung erlassenes, liberaleres Pressegesetz, das die Zensur von Medien untersagt, wird von anderen Maßnahmen begleitet: finanzielle Zuwendungen an die Medien werden reduziert. Auch die Subventionen an die TASS bleiben aus; darüber hinaus kommt das Ende des Monopols. Die 1989 mit Mitteln des sowjetischen Rundfunks gegründete „unabhängige" Moskauer Agentur „Interfax" stellt einen ernstzunehmenden Konkurrenten dar. Insofern versucht man nun seitens der TASS, die Berichte glaubwürdiger zu gestalten. Gänzlich emanzipiert vom Staat ist die TASS aber offenbar noch nicht, wie die weitere Entwicklung vor Augen führt.

Einen Einschnitt in die Agenturentwicklung bedeutet der Staatsstreich der Reformgegner unter Vizepräsident Gennadi Janajew vom 19. August 1991. Die TASS spielt beim Putschversuch eine zwielichtige Rolle. Nach Angaben von Mitarbeitern habe man dort bereits einen Tag vor dem Staatsstreich von dem Ereignis gewußt, da die Texte der Erklärungen Janajews und des „Staatskomitees für den Ausnahmezustand" bereits in der Nacht vom 17. Auf den 18. August vorlagen.[353] Während des Putsches werden alle amtlichen Medien gleichgeschaltet und unabhängige Medien verboten. Die Putschisten benutzen die TASS, um eine Nachricht von der Erkrankung des Staatspräsidenten Gorbatschow und die Machtübernahme durch das „Notstandskomitee" zu verbreiten.[354] Im Gegensatz dazu können die beiden „unabhängigen" Agenturen Interfax und die im Frühsommer 1991 gegründete „Russian Information Agency" (RIA) mit anscheinend objektiven Nachrichten auch im Ausland punkten. Besonders für Auslandskorrespondenten und ausländische Presseattachés stellt der Nachrichtendienst der Interfax eine wichtige Quelle dar. Die RIA profitiert besonders vom Augustputsch, kann sie doch mit einer Exklusivberichterstattung aus dem belagerten „Weißen Haus" in Moskau aufwarten. Wie sich zeigt, setzt sie auch auf den richtigen Mann. Als eigentlicher Held der turbulenten Tage des Putsches geht nämlich nicht der wiedereingesetzte Präsident Gorbatschow, sondern vielmehr Boris Jelzin hervor, der die private RIA als Sprachrohr benutzt und in der Folge protegiert. Der RIA wird auf Jelzins Betreiben hin die halbamtliche „Nowosti" angegliedert, was ihr weitere Redaktionsräume, einen Teil der Mitarbeiter und die Auslandsbüros der Nowosti einbringt.[355] Jelzin, der Gorbatschow als Präsident nachfolgt, forciert die Fusion der RIA mit der TASS. Nach dem Zerfall der UdSSR wird auf der Grundlage einer Weisung vom 22. Jänner 1992 die TASS als sowjetische Agentur in eine russische umgewandelt und mit der RIA zur „Information Telegraph Agency of Russia" (ITAR) verschmolzen.[356] Nach außen hin bleibt die Marke TASS aus Bekanntheitsgründen erhalten, als „ITAR-TASS". Doch im Oktober 1993 wird die ITAR-TASS Zielobjekt kommunistischer Putschisten, die versuchen, Jelzin zu stürzen. Für einige Stunden befindet sie sich in den Händen der Putschisten.

Infolgedessen wird die ITAR-TASS per Dekret wieder zu einer amtlichen Einrichtung erklärt.[357]

Konkurrenz bekommt die ITAR-TASS neben der aufstrebenden Interfax auch von zahlreichen kleinen nationalen Agenturen, die in den ehemaligen Sowjetrepubliken entstehen. Wie einst in den Nachfolgestaaten der k. u. k. Monarchie bilden sich nach dem Zusammenbruch der Sowjetunion verschiedene nationale Agenturen, die aus ehemaligen TASS-Büros hervorgehen oder von den Regierungen der neuen Republiken als Landesagenturen gegründet werden. Darin zeigt sich die Bedeutung, die nationalen Agenturen für die Bildung von Nationalidentitäten zugeschrieben wird. Die Regierungen der neu oder wieder entstehenden Staaten sind bestrebt, die Nachrichtenhoheit im Inland herzustellen, um nach innen wie nach außen ein souveränes Selbstbild transportieren zu können. Dieses Phänomen bleibt nicht auf die ehemalige Sowjetunion beschränkt, zeigt sich vielmehr im gesamten Bereich des einstigen „Ostblocks". In der Tschechoslowakei entsteht schon vor der Trennung in die beiden Republiken Tschechien und Slowakei im April 1992 eine nationale slowakische Agentur, die „TKSR" (Pressekanzlei der Slowakischen Republik), die nach der Gründung der Slowakischen Republik am 1. Jänner 1993 als „Tlacova Agentura Slowenskej Republiky" (TASR) firmiert.[358] Im auseinanderbrechenden Jugoslawien wird die Abspaltung einiger Teilrepubliken aus der Föderation gleichsam über die Gründung eigener nationaler Agenturen angekündigt und vorweggenommen. Bereits vor der Unabhängigkeitsproklamation der Teilrepublik Slowenien am 26. Juni 1991 hat die nationale Agentur „Slowenska Tiskovna Angencija" (STA) ihren Probebetrieb aufgenommen. Eine der ersten Meldungen, die die APA von der STA erhält, ist die Ankündigung der Proklamation einer Republik Slowenien.[359] Auch in Kroatien führen die separatistischen Tendenzen frühzeitig zu nachrichtenpolitischen Überlegungen. Seitens der kroatischen Regierung gedenkt man einen „Kroatischen Informationsdienst" zu schaffen und sich zur Gänze von der jugoslawischen Agentur TANJUG zu emanzipieren. In diesem Sinne rät der kroatische Informationsminister Milovan Sibl allen kroatischen Medien, den Dienst der Tanjug zu kündigen; die neuen kroatischen Behörden, so heißt es, möchten nicht, „daß irgendwer Kroatien informiert und es in der Welt präsentiert." Das solle Kroatien lieber selbst machen.[360] In Bosnien schließlich gründet die in Sarajewo erscheinende Tageszeitung *Oslobodjenje* 1994 eine eigene Nachrichtenagentur. Die Bedeutung, die den entstehenden nationalen Agenturen für die Propaganda in den Kriegen zwischen den ehemaligen jugoslawischen Teilrepubliken zukommt, ist angesichts der zirkulierenden Greuelnachrichten und -bilder nicht zu übersehen. Es sind dies Kriege, in denen alle Parteien mehr oder weniger systematisch die jeweilige nationale wie internationale Öffentlichkeit auf nachrichtenpolitischem Weg zu manipulieren versuchen.

Allerdings macht sich parallel zur nationalstaatlichen Föderalisierung und zur Emanzipation von den alten Machtzentren ein Bedürfnis nach neuen Bündnissen bemerkbar. Die nationale Basis scheint in der sich internationalisierenden Agenturlandschaft (auch die westeuropäischen Agenturen befinden sich in internationalen Agenturbündnissen) unzureichend. Mehrere Agenturen aus Balkanstaaten (aus Bulgarien, Griechenland, Mazedonien/Skopje, Rumänien, Jugoslawien, Albanien) gründen 1995 die Assoziation „ABIA" zur Verbesserung des Informationsaustauschs und der Arbeitsbedingungen der Journalisten.[361] Auch die nationalen Nachrichtenagenturen der sogenannten „GUS"-Staaten (Weißrußland, Aserbaidschan, Armenien, Tschadschikistan, Ukraine, Kirgisien, Moldawien, Kasachstan) suchen engere Zusammenarbeit und bilden 1996 in Moskau eine Vereinigung namens „ANIA". Im Rahmen der ANIA stellen die Agenturen nach ihrem Ermessen Beiträge bereit; auch die Bildung einheitlicher Informations- und Telekommunikationsnetze ist ein Anliegen der Vereinigung.[362]

Die Bedingungen für eine Kommerzialisierung der ehemals kommunistischen Staatsagenturen Mittel- und Osteuropas sind überaus widrig. Jahre nach dem Umbruch scheint noch keine wirtschaftliche Konsolidierung in Sicht. Im August 1996 findet in Warschau eine von der polnischen Agentur „PAP" und dem „Internationalen Presseinstitut" (IPI) veranstaltete Konferenz unter dem Titel „Nachrichtenagenturen in der Transformation" statt. Thema sind die Zukunftsperspektiven der staatlichen Nachrichtenagenturen. Auf dieser Konferenz präsentiert Wolfgang Vyslozil eine vom International Press Institute (IPI) in Auftrag gegebene Studie, in der er die Wirtschaftsdaten der mittel- und osteuropäischen Agenturen mit jenen der Gruppe 39 vergleicht. Wenig überraschend ist das Fazit: in wirtschaftlicher Hinsicht hätten die mittel- und osteuropäischen Agenturen (abgesehen von der CTK) noch immer einen großen Nachholbedarf. Bei hohem Personalstand sei die Nettoproduktivität fast um die Hälfte geringer. Darüber hinaus empfiehlt der Geschäftsführer der mittlerweile erfolgreich wirtschaftenden APA den Agenturen weitere Diversifizierung der Dienste und die Entwicklung neuer Informationsprodukte. Nach Möglichkeit solle die Abhängigkeit von Subventionen abgebaut werden, denn nur dadurch könne größere Unabhängigkeit und damit ein höherer Marktwert erreicht werden.[363]

In diesem Sinne wird auch die „Warschauer Deklaration" abgefaßt. Einhellig fordern die Nachrichtenagenturen Mittel- und Osteuropas ihre völlige Unabhängigkeit von staatlicher, aber auch von kommerzieller Einflußnahme: „Keine Zensur, direkt oder indirekt ist tolerierbar; weder Regierungsstellen, gleich auf welcher Ebene, noch wirtschaftliche oder andere Interessensgruppen sollten Einfluß auf den Inhalt von Nachrichtenmeldungen haben oder den Zugang zu Quellen beschränken."[364] Diese Forderungen sind auch nach der Proklamation der Pressefreiheit in den mittel- und osteuropäischen Staaten angebracht. Selbst von den Regierungen der „Neuen Demokratien" werden die Medien bisweilen instrumentalisiert, staatliche Rundfunkanstalten wie staatliche Agenturen als Regierungssprachrohre benutzt. Johann P. Fritz, der Direktor des IPI, betont jedoch, daß journalistische Unabhängigkeit grundsätzlich auch in Staatsagenturen erreicht werden könne. Eine IPI-Studie zur Lage der Pressefreiheit in den UNO-Mitgliedsländern gelangt zudem zu der Erkenntnis, daß Einschränkungen der Pressefreiheit verstärkt auch durch wirtschaftlichen Druck bewirkt würden. Fritz zitiert einen ungarischen Redakteur, der gemeint habe: „Die Marktwirtschaft hat sich als stärkerer Gegner der Pressefreiheit erwiesen als die Geheimpolizei."[365] Eine unkontrollierte Marktwirtschaft kann ebenfalls zensorische Auswüchse zeitigen. Dominiert darüber hinaus ausländisches Kapital den landeseigenen Medienmarkt – sei es durch ihre direkte Präsenz von ausländischen Medieninstitutionen oder durch Beteiligung an heimischen Unternehmen –, so entstehen zwangsläufig Sorgen bezüglich Informationsmonopolen und externer Kontrolle.[366] Diese Gefahr ist auch am Agentursektor gegeben. Denn die erwachende Marktwirtschaft lockt ausländische Agenturen in den Osten Europas. Das Erschließen dieser neuen Märkte ist zwar nicht einfach, doch machen die internationalen Agenturen, insbesondere Reuters, der die Erschließung Osteuropas praktisch schon ein Gründungsanliegen war, bereits große Profite in diesem Raum. Reuters hat gleich nach der Öffnung der ungarischen Grenzen 1988 ein Büro in Budapest eröffnet, 1990 in Prag, 1993 in Warschau und Bratislawa. Seit 1992 betreibt Reuters in Ungarn eine erste osteuropäische Filiale, „Reuters Magyarorszag Kft.", die vor Ort ein Nachrichten-, Foto- und Grafikservice anbietet. Auch wenn man seitens Reuters betont, daß man im Basisdienst nicht mit den nationalen Agenturen konkurriere, so bereitet man ihnen doch jedenfalls im Bereich der Finanzdienste beträchtliche Konkurrenz und erschwert indirekt den Auf- und Ausbau solcher Dienste.[367]

In Ungarn wird Anfang der 90er Jahre zudem vom Springer Verlag gemeinsam mit Josef von Ferenczy, die Agentur „Ferenczy-Europress" zur Belieferung der verlagseigenen Zeitungen gegründet. Diese kleine, mit westlichem Know-how und modernster Technologie ausgestattete Agentur macht MTI ebenfalls Konkurrenz, zumal der Chefredakteur der neuen Agentur, Tamas Palos, der ehemalige Direktor der MTI ist.[368] Auch seitens der APA wirft man begehrliche Blicke auf den Hoffnungsmarkt der östlichen Nachbarn; 1995 eröffnet man ein Vertriebsbüro in Budapest. Darüber hinaus trifft die APA eine Vereinbarung mit der Budapester Filiale der österreichischen Credit Anstalt bezüglich einer Vertriebskooperation.[369]

Konvergenz: oder das Zusammenwachsen der Systeme

Im Februar 1992 unterzeichnen die Staaten der „Europäischen Gemeinschaft" (EG) die Verträge von Maastricht, die die Schaffung einer Wirtschafts-, Währungs- und politischen Union vorsehen. Im Zuge dessen wird auch eine gemeinsame Außen- und Sicherheitspolitik stärker betont als dies in der bestehenden Gemeinschaft bisher der Fall war. Aus der Europäischen Gemeinschaft wird die „Europäische Union" (EU). Im neutralen Österreich, wo man sich während des Kalten Krieges mit Blick auf den Kreml gehütet hat, die Nähe des westlichen Militärbündnisses NATO, dem die wichtigsten EU-Mitglieder angehören, zu suchen, nimmt man den Zerfall des sowjetischen Machtblocks zum Anlaß, sich neu zu positionieren. Vordringliches Ziel ist die Einbindung Österreichs in den westeuropäischen Wirtschaftsraum; als problematisch erweist sich dabei jedoch die militärische Neutralität, zu der man sich 1955 verpflichtet hat. Der österreichische Nationalrat beschließt im November 1992, daß man sich grundsätzlich mit den Zielen der gemeinsamen Außen- und Sicherheitspolitik der Europäischen Union identifiziere.[370] Die Neutralitätsproblematik im formalen Sinn klammert man zunächst aus.

Die Regierung steht einem Beitritt durchaus positiv gegenüber, die öffentliche Meinung ist indes noch nicht gewonnen; im Juli 1992 haben laut einer Umfrage des market-Instituts, das im Abstand von mehreren Wochen jeweils 1.000 Österreicherinnen und Österreicher über 14 Jahre über ihre Meinung zum EU-Beitritt befragt, 54% der Befragten überwiegend die Nachteile eines Beitritts gesehen, im August 51%; im September 1992 hat es ein Zwischenhoch der Befürworter gegeben – 47% der Bevölkerung zeigten sich als Befürworter, 46% als Skeptiker. Im November und im Dezember 1992 schließlich haben die Umfragen wieder 55% EU-Skeptiker zutage gebracht.[371] Seitens der Regierung setzt man daraufhin gezielte Maßnahmen, um einen Stimmungsumschwung herbeizuführen. Das Bundeskanzleramt gibt knapp vor Beginn der Beitrittsverhandlungen in Brüssel im Jänner 1993 ein von Werbefachleuten konzipiertes, gratis erhältliches Buch – „Das

Buch. Europa von A–Z" – heraus: „Dieses Buch kommt allen Österreicherinnen und Österreichern entgegen, die sich für die Zukunft unseres Landes interessieren. Es soll möglichst umfassend informieren, gleichzeitig aber auch einfach und verständlich sein. Es soll vor allem aufzeigen, was sich in Österreich wirklich verändert."[372] Der demokratische, bundesstaatliche und rechtsstaatliche Aufbau Österreichs, so beruhigt man, bliebe unverändert. Lediglich einige Kompetenzen der Gesetzgebung, der Verwaltung und der Gerichtsbarkeit würden im Beitrittsfall eingeschränkt, da ein Teil der Zuständigkeiten auf die Organe der EU überginge. Das setze eine Änderung der Bundesverfassung voraus, welche erst nach der Volksabstimmung möglich sei. Aber Österreich, so die Konklusio, bekäme als Mitglied Sitz und Stimme in allen Gremien der Union, und somit habe es die Möglichkeit die europäische Politik mitzugestalten: „Wir können falsche Weichenstellungen in Europa mit negativen Auswirkungen auch für Österreich (z. B. in der Umwelt-, Verkehrs- oder Sozialpolitik) eher verhindern als ohne Mitgliedschaft und können österreichische Anliegen dort vertreten, wo die für ganz Europa wichtigen Entscheidungen getroffen werden."[373] Zudem würde das Wirtschaftswachstum steigen und zusätzliche Arbeitsplätze würden entstehen. Der Mitgliedsbeitrag, den Österreich an die EU bezahlen müßte, ergebe zwar eine Nettobelastung von rund 13 Milliarden Schilling jährlich, dieser Budgetbelastung stünden aber auch Entlastungen etwa durch den Abbau staatlicher Subventionen, die Verbilligung der Kreditzinsen und die Liberalisierung des öffentlichen Auftragswesens gegenüber.

Im Februar 1993 beginnen die Verhandlungen bezüglich eines Beitritts Österreichs zur EU, weshalb die APA in Brüssel ein redaktionelles Auslandsbüro eröffnet. Die Eröffnung dieses Büros entspricht einerseits den Bestrebungen der Geschäftsführung, die APA zu internationalisieren, andererseits der Erkenntnis, „daß Österreichs Bemühungen um einen Beitritt zur EU eine volle Präsenz der APA am Ort des Geschehens"[374] erfordere. Schließlich gilt es jetzt, angesichts der notwendigerweise bevorstehenden Volksabstimmung über einen EU-Beitritt Österreichs, die Bevölkerung über die Verhandlungen zu informieren. Für die nationale Institution mit öffentlicher Aufgabe zählt es wohl zu den unausgesprochenen Pflichten, den Brüsseldienst zu besorgen, für das ökonomisch vorausschauende Unternehmen ist es ein taktischer Schachzug, an einem Ort präsent zu sein, dessen Nachrichtenwert in naher Zukunft deutlich steigen wird.

Die Informationspolitik der Regierung trägt Früchte. Während im März 1993 nach der market-Umfrage noch immer 53% der Befragten die Nachteile eines Beitritts überwiegen sehen, scheint die intensive

„Informationskampagne" der Bundesregierung im Sommer des Jahres den Umschwung zu bringen. Das Europabarometer des market-Instituts registriert im Juli eine Stimmungsverschiebung „zum Ja".[375] 40% EU-Befürwortern stünden 30% Gegner und 20% Unentschlossene gegenüber. Im September 1993 steht es laut market-Analyse 40:33 für einen Beitritt, der Rest bleibt unentschlossen.[376]

Am 1. März gibt die APA um 22 Uhr 10 eine „Blitz-Meldung", also eine Meldung mit höchster Priorität, aus: „Mock: Europäische Union und Österreich über Beitritt einig."[377] „Nach zähem Ringen", so die APA-Vorrang-Meldung vier Minuten später, habe die Delegation die EU-Beitrittsverhandlungen in Brüssel abgeschlossen.[378] Bis Mitternacht folgen Darstellungen von Reaktionen österreichischer Politiker, allen voran von Bundeskanzler Franz Vranitzky und Vizekanzler Erhard Busek. Die beiden Parteichefs hätten demnach im Fernsehen erklärt, daß der EU-Beitritt Österreich „neue Chancen für die Zukunft eröffne." Busek habe festgestellt, daß aus dem Kompromiß entstandene Abschlüsse „nie vollkommene Werke" sein könnten, doch man dürfe die Größe dieses Schrittes, der mit dem Staatsvertrag vergleichbar wäre, nicht übersehen. Vranitzky, so die APA-Meldung, verweise darauf, daß die Regierung in jeder Phase der Verhandlungen die Interessen der Österreicher gewahrt habe.[379] Das Entscheidende sei nun, der Bevölkerung das Ergebnis nahe zu bringen, sprich: den plebiszitären Segen zu bekommen. Landwirtschaftsminister Franz Fischler betone, daß die Bergbauern in der EU abgesichert wären, der Salzburger Landeshauptmann Katschthaler hat noch Dienstag Nacht gegenüber der APA erklärt, daß mit diesem Schritt ein „Zukunftsweg" eröffnet sei,[380] und der Generalsekretär der Wirtschaftskammer Stummvoll freut sich: „Bestmögliches Verhandlungsergebnis."[381] Ebenso erfreut zeigt sich der Präsident der Industriellenvereinigung. Heide Schmidt, die sich nicht zuletzt wegen der Anti-EU-Politik Jörg Haiders von der Freiheitlichen Partei losgesagt und mit einigen liberal gesinnten Kollegen das „Liberale Forum" gegründet hat, meint, daß ein wichtiges Ziel erreicht worden sei, die Volksbefragung aber noch abgewartet werden müsse. Sie äußert die Hoffnung, daß die Bundesregierung die Bevölkerung nun „in einer Form über den EU-Beitritt informiere, daß sie sich ernstgenommen fühle." Sie hoffe, daß die Österreicher erkennen, was dieser Schritt bedeute und „nicht jenen auf den Leim gehe, die alte Haltungen" einnehmen.[382]

Im Sinne einer ausgewogenen Berichterstattung kommen in der APA auch die EU-Gegner zu Wort. Die Klubobfrau der Grünen, Madeleine Petrovic, kritisiert als Vertreterin der Ökologiebewegung vor allem den Transitvertrag, Jörg Haider wirft der Verhandlungsdelegation in gewohntem Populismus vor, „keine einzige Position wirklich durchgehalten" zu haben.[383] Seitens der KPÖ hält man weiterhin am „klaren Nein" zum EU-Beitritt fest, Bundessekretär Walter Baier erklärt in einer Aussendung, daß die Regierung „umgefallen" sei, die Neutralität aufgeben wolle und der „Kompromiß" bezüglich der Landwirtschaft letztlich die Existenz österreichischer Bauernfamilien gefährden würde.[384] Trotz formaler Ausgewogenheit scheint die Position, die die APA bezieht, klar. Kurz nach Mitternacht gibt sie eine deutlich positiv gefärbte Nachtmeldung aus – der „EU-Marathon in Brüssel hat Dienstag abend letztlich ein für Österreich erfreuliches und akzeptables Ergebnis gebracht"[385] – und stellt kurz die Positionen verschiedener Politiker dar. Eine Viertelstunde später folgt die erste Frühmeldung in Form einer Zusammenfassung der Verhandlungsergebnisse.[386] Formulierungen wie „erfreulich" und „akzeptabel" implizieren eine grundsätzlich positive Haltung zum Beitritt, wie sie auch der Regierung zu eigen ist.

Mit dem allgemeinen medialen Jubel, der die Delegation nach Abschluß der Verhandlungen im März 1994 empfängt, geht ein Stimmungsumschwung in der Bevölkerung zugunsten der EU einher. Flankiert von gezielten Werbe- und PR-Maßnahmen kann man offenbar die bis zuletzt Unentschlossenen auf die Regierungsseite ziehen. Es ist bezeichnend, daß die auflagenstärkste Zeitung im Land, die *Kronen Zeitung*, ihre Stimme als EU-Befürworterin erhebt. Die Stimmen der Beitrittsgegner nehmen sich in der allgemeinen Zustimmung eher leise aus. Die Österreicher votieren mit exakter Zweidrittelmehrheit für den Beitritt zur EU.

Am Ende des 20. Jhts. formieren sich die Industrienationen zu paranationalen Wirtschaftsblöcken – Nordamerika mit dem Zentrum USA, Asien rund um Japan und Europa in Form der EU. Angelpunkt der internationalen Vernetzung ist der Informationssektor, der sich unter dem Druck der wachsenden Wirtschaftsräume drastisch verändert. Die größer werdenden Binnenmärkte bedürfen erweiterter Informationsnetzwerke. Die zentrale technische Innovation liegt in der Digitalisierung, die die völlige Kompatibilität und dadurch weitreichende Rationalisierungsmöglichkeiten verspricht. Bislang über unterschiedliche Trägersysteme abgewickelte Informationstransfers können nun über eine homogene Apparatur auf digitaler Basis gemeinsam abgewickelt und im Sinne der Synergiegewinnung miteinander verschmolzen werden. Der Begriff „Konvergenz" beschreibt dieses Zusammenwachsen von klassischer Informationstechnologie, Telekommunikation und Breitenmedien.[387]

Da das Konvergenzphänomen relativ jung ist und man noch wenig Erfahrung damit hat, bestehen verschiedene Ansichten über die gesellschaftlichen und volkswirtschaftlichen Auswirkungen.

Einig ist man sich in Expertenkreisen lediglich darüber, daß die Digitalisierung das technologische Potential für neue Möglichkeiten der Verbreitung und des Konsums von Informationsdiensten bietet. Inwiefern und in welchem Grad die neue Technologie längerfristig alte Branchen verändert, läßt sich hingegen nicht eindeutig prognostizieren. Konvergenz, so die einen, werde zu einer grundlegenden und raschen Wandlung bestehender Telekommunikations-, Medien- und Informationsdienste führen und letztendlich in einer Verschmelzung der derzeit getrennten Dienste münden. Andere gehen davon aus, daß durch die Spezialisierung der verschiedenen Branchen das Ausmaß der Konvergenz im Dienstleistungsbereich begrenzt bliebe. Allgemein meint man, daß die Entstehung neuer und die Weiterentwicklung bestehender Dienste zu einer Ausweitung des gesamten Informationsmarkts führe. Im „Grünbuch zur Konvergenz" der „Europäischen Kommission" zeigt man sich überzeugt, daß dadurch neue Möglichkeiten für wirtschaftliches Wachstum und Beschäftigung entstünden: „Diese Entwicklungen sind folglich für die wirtschaftliche und soziale Situation Europas durchaus positiv. Der öffentliche Bereich sollte ein Umfeld schaffen, das Konvergenz unterstützt, um sicherzustellen, daß die potentiellen Möglichkeiten rechtzeitig genutzt werden."[388]

Durch die Möglichkeiten, die die neuen Technologien bieten, würde der Wettbewerb gefördert, durch den Konkurrenzdruck die Entwicklung innovativer, neuer Dienste, was wiederum den Verbrauchern innerhalb der Europäischen Union zugutekomme. Zudem würden, so die Annahme der Verfasser des Grünbuchs, die europäische Industrie und die europäischen Dienstleistungsanbieter sich jene Sachkenntnisse aneignen, „die notwendig sind, um im Wettbewerb der globalen Märkte erfolgreich bestehen zu können."[389]

Die APA ist als Informationsdienstleistungsunternehmen von der Konvergenz hochgradig betroffen und erkennt diese Entwicklung des Zusammenwachsens von Inhalts- und Netzebene schon sehr früh. Die beiden Säulen für das integrierte Informationssystem der APA bilden auf der inhaltlichen Ebene das „APA-Media-text-System", das digitale Informationsdienste in Echtzeit und in Text und Bild bietet, und die Datenbank „APAdok", die permanent einen großen Informationspool bereitstellt; auf der Distributionsebene steht das digitale „Medienverbundnetz". Durch die Verknüpfung der beiden Leistungen Inhalt und Netz gelingt es, die neue zeitgemäße Qualität von Information zu bieten. Der Verbund von Inhalt und Netz ermöglicht journalistische Produkte in unterschiedlichen Medienkanälen mehrfach zu verwerten; die wirtschaftliche Bedeutung von medialen Inhalten erhöht sich damit stetig. Die

Angebotspalette, die sich aus dem Grundstoff Information ergibt, wird immer breiter. Übrigens sind es nicht zuletzt diese neuen Qualitäten, die zur Konsolidierung der bis 1988 fast permanent Verluste schreibenden APA beitragen – die Wende hin zum florierenden Unternehmen ist primär, so Vyslozil, auf die hohe Marktakzeptanz der von der APA entwickelten Systeme zurückzuführen. Die Kunden sind auch bereit, höhere Entgelte für diese qualitative, „zweite Informationsdimension" zu bezahlen. Außerdem kann man mit diesen Diensten neue Zielgruppen erreichen.

Vyslozil sieht in der Ausnutzung der Konvergenzeffekte eine künftige Hauptkompetenz von Nachrichtenagenturen. Mit dem interaktiven System „IDA", später als „MediaText" (MTX) und schließlich als „APA-Online-Manager" (AOM) bezeichnet, über das die Kunden aktuelle Nachrichten beziehen und gleichzeitig in der APA-Datenbank recherchieren können, geht die APA seit 1988 konsequent diesen Weg. Die Datenbank wird ständig ausgebaut: Anfang 1995 beispielsweise werden zusätzlich zu den österreichischen Zeitungen die Datenbanken der *Neuen Zürcher Zeitung* und der *Frankfurter Allgemeinen Zeitung* aufgenommen. Weiters werden die Datenbanken des deutschen Wirtschaftsdatenanbieters „Genios" an den Informationsspeicher angeschlossen, der Wirtschaftsinformationsdienst „Dun & Bradstreet", das internationale Finanzinformationssystem „Fides" und 120 Datenbanken des Wirtschaftsdatenbanksystems „Financial Times Profile" mit dem Dienst verknüpft.[390]

Die technische Voraussetzung für die internationale Vernetzung bildet das Internet. Ursprünglich als militärische Einrichtung geplant, um im Fall eines Nuklearkrieges die Kommunikation zwischen den US-Behörden aufrechtzuerhalten,[391] und in der Folge ein Leitungsnetz zur Verbindung der großen amerikanischen Universitäten aufzubauen, ist es durch das Engagement des amerikanischen Computerkonzerns IBM zu einem profitorientierten Unternehmen herangewachsen. IBM hat auch in Europa den Aufbau eines solchen Netzes forciert, mit dem Hintergedanken, einen Absatzmarkt für IBM-Computer zu schaffen.[392] Das Monopol läßt sich jedoch nicht halten, das Internet entwickelt sich zu einem allgemein zugänglichen Netz, zu einem offenen digitalen Forum. Gefördert durch Initiativen von Regierungs- und Wirtschaftsseite wird der Ausbau des Netzwerks beständig vorangetrieben und findet, nicht zuletzt durch mediale Propagierung, Eingang in Wirtschaftsunternehmen wie in Privathaushalte. Privatpersonen bietet das Netz – so sie über den nötigen Computer und einen Netzanschluß verfügen – neben klassischen telekommunikativen Funktionen wie etwa dem „E-Mail" das riesige Programmangebot des „World Wide Web". Zweck dieser Angebote ist Konsum – ob von vorgefertigten Inhalten oder von Leitungskapazität.

Darüber hinaus arriviert das Internet zu einer Plattform des zusehends elektronisch abgewickelten Handels; nach und nach wird Unternehmensverkehr, so eine Untersuchung der Europäischen Union, nicht mehr über firmeneigene, geschlossene, sondern über das globale, offene Netz abgewickelt.[393] Das Netz erschließt Dimensionen globaler Gleichzeitigkeit und vollendet damit, was die elektrische Telegrafie des 19. Jhs. im beginnenden Welthandel antizipiert hat. Das Internet scheint die Telegrafie der globalisierten Wirtschaft zu werden. Es läßt sich allerdings nicht eindimensional begreifen, bietet gleichermaßen Raum für klassische programmediale Angebote wie für telekommunikative Interaktion, sowohl für öffentlich zugängliche Inhalte wie für private Kommunikation. Das Internet definiert sich geradezu über seine verschiedenen Funktionsprofile: „Im Gegensatz zu traditionellen Medien kann das Internet gleichzeitig eine Vielfalt von Kommunikationsmethoden bearbeiten, sowohl transaktive als auch rundfunkartige: einer-zu-einem, einer-zu-vielen, viele-zu-vielen."[394] Internet sei Demokratisierung des Wissens, hat man sich in der ersten Euphorie versprochen. Nicht mehr eine Elite von wenigen Kommunikatoren wende sich an eine Vielzahl von Rezipienten, sondern durch die Kapazität und Multilokalität des Netzes werde eine neue Form von Öffentlichkeit hergestellt, im Rahmen derer jeder die Rolle des Kommunikators übernehmen könne. Diese Vision von der elektronischen Basisdemokratie erscheint allerdings fernab der Realität. Abgesehen davon, daß sich durch das komplexe Kommunikationswerkzeug Computer wieder neue Eliten herausbilden, die über rasch anwachsendes technisches Know-how und Netzkompetenz verfügen, ist es fraglich, ob allfällige basisdemokratische Stimmen tatsächlich eine breite Öffentlichkeit finden. Das Forum scheint zu weitläufig, als daß eine einzelne Stimme vernommen würde. Weitaus naheliegender ist, daß etablierte Institutionen mit entsprechend großer Marktpräsenz die neuen Kanäle zur Optimierung ihrer althergebrachten Unternehmensstrukturen nutzen. Ob Presse, Rundfunk, Unternehmen aus der Telekommunikationsindustrie, Verlage, Datenbankbetreiber, Informationsdienste oder Agenturen; sie alle verfügen über dominante Positionen im öffentlichen Raum, die ein privater „User" im Regelfall wohl kaum erschüttern wird können.

Das Netz scheint sich in Richtung eines globalen Schaufensters für alle möglichen Formen digitalisierter Information zu entwickeln, die den Privatier letztlich wieder nur als Konsumenten zurückläßt. In diesem Sinne ergreift auch die APA die Initiative und wagt

Anfang 1995 den Sprung ins World Wide Web. Als „Plattform von Zeitungen und ORF für gemeinsame Aktivitäten am Info-Highway“[395] will sie das sogenannte „APA-Net“ anbieten und sich damit erstmals an den privaten Nutzer wenden. APA-Net ist ab 1. Februar als Testversion kostenlos über das Internet abrufbar; neben zielgruppenorientierter Information wird auch „Teleshopping“ angeboten. In der Folge schlüpft man in die Rolle des „Internet-Providers“, bietet vollen Internetzugang und vollzieht damit den Schritt weg von den Inhalten und hin zur Netzdienstleistung. Diese Dienste, die sich direkt an die Endverbraucher wenden, werden allerdings im Sommer des darauffolgenden Jahres auf Beschluß der APA-Genossenschafter, die sich ausdrücklich gegen ein Engagement der APA im unmittelbaren Konsumentenbereich aussprechen, wieder eingestellt. Die Eigentümer wollen wohl von der eigenen Agentur nicht auf künftigen eigenen Marktfeldern konkurrenziert werden. Die Option, die Kunden über das Internet direkt zu bedienen, bleibt der APA bis auf weiteres verwehrt. Damit ist es notwendig, sich auf andere Geschäftsfelder der sogenannten „New-Economy“, nämlich im professionellen Bereich, zu konzentrieren.

Unternehmenszweck ist, trotz Wirtschaftsorientierung, noch immer die Bereitstellung unabhängiger Nachrichten. Der Spagat, den die Agentur zwischen Kommerz und öffentlicher Aufgabe vollzieht, ist nicht einfach zu bewältigen. Es gilt, am freien Markt das Geld zu verdienen, das redaktionelle Unabhängigkeit ermöglicht. Seitens der APA-Geschäftsführung wie seitens der Chefredaktion betont man jedoch nach wie vor, der Kernauftrag der APA bestünde in der Produktion von qualitativen, das heißt verläßlichen und unparteiischen Nachrichten, sowie in deren Weiterverarbeitung im Sinne eines Informationsdienstleisters. Vor dem Hintergrund, daß die Arbeit der Agentur bis in die jüngste Vergangenheit von politischen Interventionsversuchen geprägt gewesen ist, kommt auch der genossenschaftlichen Organisationsform eine ungeschmälerte Bedeutung zu. Mit der Gründung der APA im Jahr 1946, zeigt sich Vyslozil im Vorwort zum *APA-Online-Journal* 1/2001 überzeugt, „legte man gleich nach Kriegsende die nationale österreichische Nachrichtenagentur nach fast 100jähriger staatlicher Tradition in die Hände der österreichischen Zeitungen – und später auch des Rundfunks – und stellte so die Weichen für die Unabhängigkeit, die die APA heute auszeichnet.[396]

Fußnoten

Neuzeitlicher Nachrichtenverkehr

[1] s. Heribert R. Brennig: Die Zeitung vor der Zeitung; in: Klaus Beyrer/Martin Dallmeier (Hg.): Als die Post noch Zeitung machte. Eine Pressegeschichte; Frankfurt a. M. o. J., S. 11.

[2] s. Klaus Beyrer: Wege der Nachrichtenübermittlung; in: Beyrer/Dallmeier (Hg): Als die Post noch Zeitung machte, S. 64.

[3] s. Thomas Werner: Die Post – ein Netzwerk. Systeme der Vermittlung; in: Hermann Glaser/Thomas Werner: Die Post in ihrer Zeit. Eine Kulturgeschichte menschlicher Kommunikation; Heidelberg 1990, S. 16 f.

[4] s. Elisabeth Noelle-Neumann/Winfried Schulz/Jürgen Wilke (Hg): Fischer Lexikon Publizistik Massenkommunikation; Frankfurt a. M. 1993, S. 217.

[5] s. Werner: Die Post – ein Netzwerk; a. a. O., S. 21.

[6] s. Michael Howard: Der Krieg in der europäischen Geschichte. Vom Ritterheer zur Atomstreitmacht; München 1981, S. 60.

[7] s. Renate Pieper: Informationszentren im Vergleich. Die Stellung Venedigs und Antwerpens im 16. Jahrhundert; in: Michael North (Hg): Kommunikationsrevolutionen. Die neuen Medien des 16. und 19. Jahrhunderts; Köln 1995, S. 47.

[8] s. Patricia Schmidt-Fischbach: Fundamental-Kategorien des Nachrichtenverkehrs; in: Karl Knies: Der Telegraph als Verkehrsmittel. Über den Nachrichtenverkehr überhaupt; Leipzig 1857, Neudruck, herausgegeben von Hans Wagner und Detlef Schröter; München 1996, S. 28.

[9] s. Brennig: Die Zeitung vor der Zeitung; a. a. O., S. 16.

[10] s. Rudolf Kilian Weigand: Der Buchdruck in der frühen Neuzeit: Die medien- und informationsgeschichtliche Perspektive; in: Von der Kalligraphie zum Direct Imaging – Die Industrialisierung einer handwerklichen Kunst, Schriftenreihe der Georg-Acricola-Gesellschaft, Bd. 23; Bochum 1998, S. 31.

[11] s. Knies: Der Telegraph als Verkehrsmittel, S. 63.

[12] s. Charlotte Schönbeck: Kulturgeschichtliche und soziale Veränderungen durch den Wandel in der Drucktechniken; in: Von der Kalligraphie zum Direct Imaging, S. 53 f.

[13] Rudolf Steiner: Gutenbergs Tat als Markstein der Kulturentwicklung; Basel 1989, S. 15.

[14] s. Elizabeth L. Eisenstein: Die Druckerpresse. Kulturrevolutionen im frühen modernen Europa; Wien 1997, S. 143.

[15] s. Franz Schneider: Pressefreiheit und politische Öffentlichkeit; Neuwied am Rhein – Berlin 1966, S. 17.

[16] s. Erdmann Weyrauch: Das Buch als Träger der frühneuzeitlichen Kommunikationsrevolution; In: North (Hg.): Kommunikationsrevolutionen, S. 13.

[17] s. Ansgar Häfner: An Niemand, den Kundbaren; in: Beyrer/Dallmeier (Hg): Als die Post noch Zeitung machte, S. 72.

[18] s. Lydia Tomek: Die Geschichte der österreichischen Pressegesetzgebung; phil. Diss., Wien 1950, S. 1.

[19] s. Alfred Kohler: Flugblatt und Streitschrift; in: Erich Zöllner (Hg.): Öffentliche Meinung in der Geschichte Österreichs, Wien 1979, S. 30.

[20] s. Friedrich Fuchs: Telegraphische Nachrichtenbüros. Eine Untersuchung über die Probleme des internationalen Nachrichtenwesens; Berlin 1919, S. 118.

[21] s. Olaf Mörke: Pamphlet und Propaganda. Politische Kommunikation und technische Innovation in Westeuropa in der frühen Neuzeit; in: North (Hg.): Kommunikationsrevolutionen, S. 16 ff.

[22] s. Jürgen Wilke: Presse und Zensur; in: Beyrer/Dallmeier (Hg): Als die Post noch Zeitung machte, S. 150.

[23] s. Tomek, Die Geschichte der österreichischen Pressegesetzgebung, S. 2 f.

[24] Ernst Hanisch: Der lange Schatten des Staates. Österreichische Gesellschaftsgeschichte im 20. Jahrhundert; Wien 1994, S. 25.

[25] s. Otto Groth: Die Zeitung; München 1927, S. 7.

[26] s. Helmut W. Lang: Die österreichische Tagespublizistik im Barockzeitalter; in: Erich Zöllner (Hg): Öffentliche Meinung in der Geschichte Österreichs; Wien 1979, S. 39.

[27] s. Schneider: Pressefreiheit und politische Öffentlichkeit, S. 62.

[28] s. Helmut W. Lang: Der österreichische Zeitungsverlag im 17. Jahrhundert; in: Franz Ivan/Helmut W. Lang/Heinz Pürer (Hg): 200 Jahre Tageszeitung in Österreich 1783–1983. Festschrift und Ausstellungskatalog; Wien 1983, S. 42.

[29] s. Wolfgang Duchkowitsch: Die verhinderte Pressefreiheit: Privileg und Zensur als Instrumente von Kommunikationspolitik vor 1848; in: Ivan/Lang/Pürer (Hg.): 200 Jahre Tageszeitung in Österreich, S. 59f.

[30] s. Hermann Glaser: Die Überwindung des Raumes. Beseelte Erfahrung; in Glaser/Werner (Hg.): Die Post in ihrer Zeit, S. 87.

[31] s. Barbara Brugger-Albel: Die Frankfurter Postzeitung; in: Beyrer/Dallmeier (Hg): Als die Post noch Zeitung machte, S. 112.

[32] Wolfgang Duchkowitsch: „Mit couriosen Raisonements und politischen Reflexionen untermenget". Der Post-tägliche Mercurius (1703–1724). Pionier von Qualitätszeitung; in: Medien & Zeit 4/89, S. 2.

[33] s. Martin Dallmeier: Zur Frühzeit der Frankfurter Presse; in: Beyrer/ Dallmeier (Hg): Als die Post noch Zeitung machte, S. 33.

[34] Lang: Der österreichische Zeitungsverlag im 17. Jh.; a. a. O., S. 46.

[35] zit. n. Duchkowitsch: Die verhinderte Pressefreiheit; a. a. O., S. 60.

[36] Duchkowitsch: „Mit couriosen Raisonements und politischen Reflexionen untermenget"; a. a. O., S. 2.

[37] Mörke: Pamphlet und Propaganda; a. a. O., S. 20.

[38] John Milton: Areopagitica; zit. n. Paul Fent: Die Pressefreiheit in England. Geschichte ihrer Verwirklichung und ihrer Grenzen von den Anfängen bis 1954; Wien, Diss. 1955, S. 25.

[39] s. Wolfgang Reinhard: Vom italienischen Humanismus bis zum Vorabend der Revolution; in: Hans Fenske/Dieter Mertens/Wolfgang Reinhard/Klaus Rosen: Geschichte der politischen Ideen. Von Homer bis zur Gegenwart; Frankfurt am Main 1987, S. 324.

[40] s. Stefan Georg Schnorr: Liberalismus zwischen 19. und 20. Jahrhundert. Reformulierungen liberaler politischer Theorie in Deutschland und England am Beispiel von Friedrich Naumann und Leonard T. Hobhouse; Baden-Baden 1990, S. 61.

[41] Fent: Die Pressefreiheit in England, S.49 f.

[42] s. Kurt Kluxen: Das Problem der politischen Opposition: Entwicklung und Wesen der englischen Zweiparteienpolitik im 18. Jahrhundert; Freiburg – München 1956, S. 187.

[43] s. Jürgen Habermas: Strukturwandel der Öffentlichkeit; Frankfurt am Main 1999, S. 125 f.

[44] Kaspar Stieler: Zeitungs Lust und Nutz; 1695; herausgegeben von Gert Hagelweide; Bremen 1969, S. 37.

45 Duchkowitsch: „Mit couriosen Raisonements und politischen Reflexionen untermenget", a. a. O., S. 3.

46 Rudolf Antoni: „Wiener Zeitung" seit 280 Jahren Fixpunkt in der Medienlandschaft; in: Ivan/Lang/Pürer (Hg): 200 Jahre Tageszeitung in Österreich, S. 329.

47 Duchkowitsch: Die verhinderte Pressefreiheit; a. a. O., S. 61.

48 Christine Kainz: Österreichs Post. Vom Botenposten zum Postboten; Wien 1995, S. 30.

49 Habermas: Strukturwandel der Öffentlichkeit, S. 82 f.

50 Duchkowitsch: Die verhinderte Pressefreiheit; a. a. O., S. 71.

51 s. Manfred Bobrowsky: Leseeinrichtungen im Wien des 18. Jahrhunderts; in: Manfred Bobrowsky/Wolfgang R. Langenbucher (Hg): Wege zur Kommunikationsgeschichte; München 1987, S. 289 ff.

52 s. Häfner: An Niemand, den Kundbaren; a. a. O., S. 74.

53 s. Martin Welke: Die Presse und ihre Leser; in: Beyrer/Dallmeier (Hg): Als die Post noch Zeitung machte, S. 144.

54 Groth: Die Zeitung. Ein System der Zeitungskunde (Journalistik), Bd. I; Mannheim – Berlin – Leipzig 1928, S. 585.

55 s. Duchkowitsch: Die verhinderte Pressefreiheit; a. a. O., S. 72.

56 Ernst Viktor Zenker: Geschichte der Journalistik in Österreich; Wien 1900, S. 14.

57 zit. n. Marianne Lunzer: Josephinisches und antijosephinisches Schrifttum; in: Zöllner (Hg): Öffentliche Meinung in der Geschichte Österreichs, S. 53.

58 Lunzer: Josephinisches und antijosephinisches Schrifttum; a. a. O., S. 54 ff.

59 Bobrowsky: Leseeinrichtungen im Wien des 18. Jahrhunderts; a. a. O., S. 295.

60 Schneider: Pressefreiheit und politische Öffentlichkeit, S. 154 ff.

61 zit. n. Zenker: Geschichte der Journalistik in Österreich, S. 21.

62 s. Oscar Wettstein: Über das Verhältnis zwischen Staat und Presse mit besonderer Berücksichtigung der Schweiz; Zürich 1904, S. 13.

63 Originalfassung s. http://www.assemblee-nat.fr/7/dudh/1789.htm (3. März 2001)

64 zit. n. Tomek: Die Geschichte der österreichischen Pressegesetzgebung, S. 8.

65 s. Fenske: Politisches Denken; a. a. O., S. 406 f.

66 zit. n. Duchkowitsch: Die verhinderte Pressefreiheit; a. a. O., S. 80.

67 s. Ernst Joseph Görlich/Felix Romanik: Geschichte Österreichs; Wien 1995, S. 304.

68 Wolfgang Häusler: Von der Massenarbeitslosigkeit zur Arbeiterbewegung. Demokratie und soziale Frage in der Wiener Revolution von 1848; Wien – München 1979, S. 42.

69 zit. n. Julius Marx: Die österreichische Zensur im Vormärz; Wien 1959, S. 63.

70 zit. n. Duchkowitsch: Die verhinderte Pressefreiheit, a. a. O., S. 81.

71 s. Bobrowsky: Leseeinrichtungen im Wien des 18. Jahrhunderts, a. a. O., S. 295.

72 s. Howard: Der Krieg in der europäischen Geschichte, S. 110 f.

73 s. Klaus Beyrer/Birgit-Susann Mathis (Hg): So weit das Auge reicht. Die Geschichte der optischen Telegrafie; Karlsruhe 1995, S. 32 ff.

74 s. Klaus Beyrer: Von Berlin nach Koblenz und zurück. Die preußische optische Telegrafie; in: Beyrer/Mathis (Hg.): So weit das Auge reicht, S. 177 f.

75 s. Patrice Flichy: Tele. Geschichte der modernen Kommunikation; Frankfurt am Main 1994, S. 34 f.

76 zit. n. Werner Amcha: Die Optische Telegraphie im Habsburgerreich vom ausgehenden 18. Jh. bis zur Mitte des 19. Jh.; Dipl. Arb., Wien 1994, S. 39.

77 s. Frithjof Kammerer: Die Pressepolitik Metternichs. Versuch einer Gesamtdarstellung; phil. Diss., Wien 1958, S. 4.

[78] zit. n. Günther Leopold: Friedrich v. Gentz im österreichischen Staatsdienst. Unter besonderer Berücksichtigung seiner Verdienste um das österreichische Pressewesen; phil. Diss., Wien 1956, S. 133.

[79] zit. n. Kammerer: Die Pressepolitik Metternichs, S. 5.

[80] zit. n. Kammerer: Die Pressepolitik Metternichs, S. 6 f.

[81] s. Kammerer: Die Pressepolitik Metternichs, S. 8.

[82] s. Görlich/Romanik: Geschichte Österreichs, S. 318.

[83] s. Lunzer: Friedrich Schlegel als Publizist der österreichischen Regierung im Kampfe gegen Napoleon; in: Publizistik, Bremen 1960, S. 202 f.

[84] Friedrich von Gentz: Österreichs Kriegsmanifest gegen Napoleon; in: Egon Erwin Kisch: Klassischer Journalismus. Die Meisterwerke der Zeitung; Berlin – Weimar 1982, S. 72 f.

[85] s. Rolf Oberliesen: Information, Daten, Signale. Geschichte technischer Informationsverarbeitung; Reinbek bei Hamburg 1982, S. 60 f.

[86] s. Günter Müchler: Die vielen Opfer der Zensur; in: Medien & Zeit 1/98, S. 36.

[87] s. Tomek: Die Geschichte der österreichischen Pressegesetzgebung, S. 10.

[88] Österreichische Zeitung vom 24. Juni 1809; zit. n. Lunzer: Friedrich Schlegel als Publizist; a. a. O., S. 206.

[89] Österreichische Zeitung vom 23. September 1809; zit. n. Kammerer: Die Pressepolitik Metternichs, S. 15.

[90] s. Heinrich Ritter von Srbik: Klemens Lothar Metternich (1773–1862); in: Grosse Österreicher. Neue Österreichische Biographie ab 1815, Bd. XI; S. 7.

[91] s. Violetta Andreeva: Friedrich von Gentz. Herausgeber und Mitarbeiter von Zeitungen und Zeitschriften; phil. Diss., Wien 1948, S.3.

[92] s. Leopold: Friedrich v. Gentz im österreichischen Staatsdienst, S. 13 f.

[93] s. Fenske: Politisches Denken; a. a. O., S. 417.

[94] s. Schneider: Pressefreiheit und politische Öffentlichkeit, S. 182.

[95] zit. n. Marx: Die österreichische Zensur im Vormärz, S. 75.

[96] Österreichischer Beobachter vom 2. August 1812; zit. n. Kammerer: Die Pressepolitik Metternichs, S. 109.

[97] s. Kammerer: Die Pressepolitik Metternichs, S. 156 ff.

[98] zit. n. Kammerer: Die Pressepolitik Metternichs, S. 164.

[99] s. Antoni: „Wiener Zeitung"; a. a. O., S. 329.

[100] Österreichischer Beobachter vom 15. Dezember 1815; zit. n. Andreeva: Friedrich von Gentz, S. 93.

[101] s. Srbik: Klemens Lothar Metternich; a. a. O., S. 20.

[102] s. Marx: Die österreichische Zensur im Vormärz, S. 26 f.

[103] Kammerer: Die Pressepolitik Metternichs, S. 231 f.

[104] Fausto Leonardelli: Der Kampf gegen die pressepolitischen Maßnahmen der österreichischen Regierung in Lombardo-Venetien (1815–1848); phil. Diss., Wien 1955, S. 149.

[105] s. Schneider: Pressefreiheit und politische Öffentlichkeit, S. 253 f.

[106] zit. n. Andreeva: Friedrich von Gentz, S. 117 f.

[107] s. Fenske: Politisches Denken; a. a. O., S. 419.

[108] Schneider: Pressefreiheit und politische Öffentlichkeit, S. 294.

[109] s. Groth: Die Zeitung, 1927, S. 443.

[110] s. Noelle-Neumann/Schulz/Wilke (Hg): Fischer Lexikon Publizistik Massenkommunikation, S. 221.

[111] s. Heinrich Wuttke: Die deutschen Zeitschriften und die Entstehung der öffentlichen Meinung. Ein Beitrag zur Geschichte des Zeitungswesens; Hamburg

1866, S. 115 ff.

112 s. Pierre Frédérix: Un siècle de chasse aux nouvelles. De l'Agence d'Information Havas à l'Agence France-Presse 1835–1957; Paris 1959, S. 16 f.

113 s. Flichy: Tele, S. 49.

114 s. Fuchs: Telegraphische Nachrichtenbüros, S. 21 f.

115 s. Ernst Bollinger: Pressegeschichte II. 1840–1930. Die goldenen Jahre der Massenpresse, Freiburg, Schweiz 1996, S. 6 f.

116 Schneider: Pressefreiheit und politische Öffentlichkeit, S. 263 f.

117 zit. n. Kammerer: Die Pressepolitik Metternichs, S. 261.

118 zit. n. Schneider: Pressefreiheit und politische Öffentlichkeit, S. 265.

119 Franz Adam Löffler: Über die Gesetzgebung der Presse; Leipzig 1837, 377 ff.; zit. n. Schneider: Pressefreiheit und politische Öffentlichkeit, S. 285.

120 Löffler: Über die Gesetzgebung der Presse, S. 339; zit. n. Schneider: Pressefreiheit und politische Öffentlichkeit, S. 287.

121 Gentz: Preßfreyheit in England, S. 214. zit. n. Schneider: Pressefreiheit und politische Öffentlichkeit, S. 287.

122 zit. n. Kammerer: Die Pressepolitik Metternichs, S. 272 ff.

123 s. Beyrer: Von Berlin nach Koblenz und zurück; a. a. O., S. 180 ff.

124 Abraham Chappe vom 23. August 1832; zit. n. Flichy: Tele, S. 42.

125 s. Oberliesen: Information, Daten, Signale, S. 68.

126 s. Hans Fenske: Politisches Denken; a. a. O., 393 f.

127 s. Flichy: Tele, S. 76 f.

128 s. Roland Gööck: Die großen Erfindungen. Nachrichtentechnik, Elektronik; Künzelsau 1988, S. 56.

129 s. Oberliesen: Information, Daten, Signale, S. 107.

130 s. Knies: Der Telegraph als Verkehrsmittel, S. 116 f.

131 s. Kainz: Österreichs Post, S. 92.

132 HHStA (Haus-Hof- und Staatsarchiv), Minister Kolowrat-Akten, Nr. 1190 vom 17. Juli 1845;. zit. n. Hans Steiner: Studien zur Geschichte der Telegraphie und ihrer Verwaltung in Österreich bis 1884; Dipl.-Arb., Wien, 1991, S. 73.

133 Verkehrsarchiv, Eisenbahnprotokolle, Nr. 2574/1846; zit. n. Steiner: Studien zur Geschichte der Telegraphie, S. 82.

134 HHStA, Minister Kolowrat-Akten, Nr. 2277/1846; zit. n. Steiner: Studien zur Geschichte der Telegraphie, S. 77.

135 s. Josef Wanka: Das Telegraphen- und Telephonwesen in Oesterreich. Nebst Berücksichtigung des Telegraphen- und Telephonwesens in Deutschland und dem weiteren Auslande; Wien 1896, S. 20.

136 H. Thurn: Die Verkehr- und Nachrichtenmittel im Kriege; Leipzig 1911, S. 204 ff.

Die Ära der Österreichischen Correspondenz

1 Wolfgang Häusler: Die österreichische Publizistik und ihre Probleme im Vormärz und im Revolutionsjahr 1848; in: Zöllner (Hg): Öffentliche Meinung in der Geschichte Österreichs, S. 67.

2 Johann Winckler: Die periodische Presse Österreichs. Eine historisch-statistische Studie; Wien 1875, S. 61 ff.

[3] s. Kammerer: Die Pressepolitik Metternichs, S. 244.

[4] s. Kammerer: Die Pressepolitik Metternichs, S. 270 f.

[5] zit. n. Elisabeth Manas: Joseph Tuvora als politischer Publizist. Ein Beitrag zur österreichischen Pressegeschichte und Pressepolitik in den Jahren 1840–1871; phil. Diss., Wien 1975, S. 7.

[6] Joseph Tuvora: Briefe aus Wien, Hamburg 1844, S. 134. zit. n. Manas: Joseph Tuvora als politischer Publizist, S. 14.

[7] s. Müchler: Die vielen Opfer der Zensur; a. a. O., S. 35 f.

[8] Engel-Janosi: Der Freiherr von Hübner 1811–1892, Innsbruck 1933; zit. n. Kammerer: Die Pressepolitik Metternichs, S. 256.

[9] Wolfgang Duchkowitsch: Beschattet und gejagt vom Kanzler Metternich. Österreichische Publizisten im deutschen Exil; in: Markus Behmer (Hg): Deutsche Publizistik im Exil 1933 bis 1945. Personen – Positionen – Perspektiven; Münster 2000, S. 36 f.

[10] Wolfgang Häusler: Von der Massenarbeitslosigkeit zur Arbeiterbewegung. Demokratie und soziale Frage in der Wiener Revolution von 1848; Wien – München 1979, S. 128.

[11] zit. n. Kammerer: Die Pressepolitik Metternichs, S. 219.

[12] Marx: Die österreichische Zensur im Vormärz, S. 20.

[13] R. Charmatz: Adolf Fischhof, 1910, S. 20; zit. n. Häusler: Von der Massenarbeitslosigkeit zur Arbeiterbewegung, S. 164.

[14] Erich Witzmann: Herr Biedermeier auf den Barrikaden. Der Kampf um die Pressefreiheit; in: Julius Kainz/Andreas Unterberger (Hg): Ein Stück Österreich. 150 Jahre „Die Presse“; Wien 1998, S. 14.

[15] zit. n. Tomek: Die Geschichte der österreichischen Pressegesetzgebung, S. 15.

[16] s. Häusler: Von der Massenarbeitslosigkeit zur Arbeiterbewegung, S. 206 ff.

[17] Der Freimüthige, Jg. 1, Nr. 9, 11. 4. 1848; zit. n. Manas: Joseph Tuvora als politischer Publizist, S. 32.

[18] s. Kurt Paupié: Handbuch der österreichischen Pressegeschichte 1848–1959, Bd. I, Wien 1960, S. 1.

[19] s. Marianne Lunzer: Parteien und Parteienpresse im wirtschaftlichen und gesellschaftlichen Wandel des 19. Jahrhunderts. Ein Beitrag zur Entstehungsgeschichte der österreichischen Parteien und ihrer Presse; in: Ivan/ Lang/Pürer (Hg): 200 Jahre Tageszeitung in Österreich, S. 92.

[20] Constitution vom 10. April 1848; zit. n. Häusler: Von der Massenarbeitslosigkeit zur Arbeiterbewegung, S. 192.

[21] zit. n. Häusler: Von der Massenarbeitslosigkeit zur Arbeiterbewegung, S. 227.

[22] Zenker: Geschichte der Journalistik in Österreich, S. 32 ff.

[23] s. Manas: Joseph Tuvora als politischer Publizist, S. 60 ff.

[24] zit. n. Häusler: Von der Massenarbeitslosigkeit zur Arbeiterbewegung, S. 260.

[25] Constitutionelle Donauzeitung vom 4. Juni 1848; zit. n. Häusler: Von der Massenarbeitslosigkeit zur Arbeiterbewegung, S. 214.

[26] Presse vom 5. Juli 1848; zit. n. Häusler: Von der Massenarbeitslosigkeit zur Arbeiterbewegung, S. 269.

[27] zit. n. Häusler: Von der Massenarbeitslosigkeit zur Arbeiterbewegung, S. 305.

[28] Volksfreund vom 25. August 1848; zit. n. Häusler: Von der Massenarbeitslosigkeit zur Arbeiterbewegung, S. 302.

[29] Lunzer: Parteien und Parteipresse, a. a. O., S. 93.

[30] Friedrich Walter: Feldmarschall Alfred Fürst Windischgrätz (1787–1862); in: Grosse Österreicher, Bd. XIV, S. 45.

31 Der Radikale vom 26. September 1848; zit. n. Häusler: Von der Massenarbeitslosigkeit zur Arbeiterbewegung, S. 375.

32 Leopold Kammerhofer: Rache für Königgrätz? – Die internationalen Nachrichtenagenturen (Reuter, Havas, Wolff) und das Wiener Telegraphen-Korrespondenz-Bureau zwischen 1860 und 1871; S. 7; unveröffentlichtes Manuskript; Reuters Archiv London.

33 s. Zenker: Geschichte der Journalistik in Österreich, S. 45 f.

34 Maximilian Bach: Geschichte der Wiener Revolution 1848; Wien 1898, S. 872.

35 RGBl (Reichsgesetzblatt) Nr. 42.

36 Presse vom 22. 10. 1848, S. 1; zit. n. Manas: Joseph Tuvora als politischer Publizist, S. 71.

37 s. Marianne Lunzer: Joseph Tuvora und die „Österreichische Korrespondenz"; in: Wiener Geschichtsblätter, Nr. 1/1958, S. 9.

38 s. Friedrich Walter: Alexander Freiherr von Bach; in: Grosse Österreicher, Bd. XIII, S. 40 ff.

39 s. Paupié: Handbuch der österreichischen Pressegeschichte; Bd. I, S. 119 f.

40 s. Kurt Paupié: Handbuch der österreichischen Pressegeschichte, Bd. II: Die zentralen pressepolitischen Einrichtungen des Staates; Wien – Stuttgart 1966, S. 9.

41 Wuttke: Die deutschen Zeitschriften und die Entstehung der öffentlichen Meinung, S. 95.

42 RGBl 151; zit. n. Tomek: Die Geschichte der österreichischen Pressegesetzgebung, S. 22.

43 zit. n. Moser: Die Geschichte der amtlichen Pressestellen in Österreich von 1849–1871; phil. Diss, Wien 1933, S. 4f.

44 s. Marianne Lunzer: Die Umstellung in der österreichischen Pressepolitik – die Verdrängung der negativen Methoden durch positive. Vom Zeitungsverbot im Oktober 1848 bis zum endgültigen Ausbau eines organisierten Presseapparates im Jahre 1870. Habilitationsschrift; Wien 1953, S. 8.

45 s. Theodor Venus: Die Entstehung des Rundfunks in Österreich. Bd I; phil. Diss., Wien 1982, S. 85.

46 s. Oberliesen: Information, Daten, Signale, S. 110 f.

47 s. N. T. Gross: Die Industrielle Revolution im Habsburgerreich 1750–1914, a. a. O., S. 219.

48 s. Richard Charmatz: Minister Freiherr von Bruck. Der Vorkämpfer Mitteleuropas. Sein Lebensgang und seine Denkschriften; Leipzig 1916, S. 12.

49 s. C. A. Schön: Finanzminister Carl Freiherr von Bruck; Wien 1861, S. 8.

50 Fritz Weidinger: Eduard Warrens und die österreichische Außenpolitik phil. Diss., Wien 1949, S. 53.

51 s. Gerhard Lobentanz: Die Anfänge der Telegraphie in Österreich; phil. Diss., Wien 1967, S. 43.

52 zit. n. Rudolf Granichstaedten-Czerva: Die Wiener Börse und ihre Geschichte; Wien 1927; S. 1.

53 s. Steiner: Studien zur Geschichte der Telegraphie, S. 100.

54 s. Venus: Die Entstehung des Rundfunks in Österreich; Bd 1, S. 86 f.

55 Abend-Beilage zur Wiener Zeitung vom 11. Oktober 1849, S. 1.

56 s. Karl Bachinger/Hildegard Hemetsberger-Koller/Herbert Matis: Grundriss der österreichischen Sozial- und Wirtschaftsgeschichte. Von 1848 bis zur Gegenwart; Wien 1989, S. 35.

57 zit. n. Friedrich Walter: Karl Ludwig Freiherr von Bruck; in: Grosse Österreicher, Bd. IX, S. 39.

[58] s. Regine Rohrböck: Die Entwicklung der Nachrichtentechnik bis zum Beginn des 20. Jahrhunderts unter besonderer Berücksichtigung der Telegraphie und der Telephonie in Österreich-Ungarn; Dipl. Arb., Wien 1989, S. 30.

[59] s. Knies: Der Telegraph als Verkehrsmittel, S. 182.

[60] Walter: Alexander Freiherr von Bach, a. a. O., S. 42.

[61] Nachlaß Bach (Pressewesen); zit. n. Lunzer: Die Umstellung in der österreichischen Pressepolitik, S. 52.

[62] zit. n. Lunzer: Die Umstellung in der österreichischen Pressepolitik, S. 53.

[63] Nachlaß Bach (Pressewesen); zit.n. Lunzer: Die Umstellung in der österreichischen Pressepolitik, S. 53.

[64] zit. n. Kurt Strasser: Die österreichische Presse- und Nachrichtenpolitik aus dem Kriege gegen Preussen 1866; phil. Diss., Wien 1945, S. 6.

[65] Brief von Tuvora an Bach, 28. August 1849; zit. n. Wilhelm Liebisch: Das Entstehen der ersten amtlichen Nachrichtenstelle in Österreich. Von der Gründung der Österreichischen Correspondenz (1849) bis zur Überweisung des k.k. Telegraphen Correspondenz Bureaus an das Ministerrats-Präsidium; Wien, phil. Diss. 1954. S. 18.

[66] Brief von Tuvora an Bach, 23. September 1849; zit. n. Liebisch: Das Entstehen der ersten amtlichen Nachrichtenstelle, S.19.

[67] s. Fuchs: Telegraphische Nachrichtenbüros, S. 122.

[68] zit. n. Liebisch: Das Entstehen der ersten amtlichen Nachrichtenstelle, S. 22.

[69] Brief Tuvoras vom 18. 12. 1849; zit. n. Manas: Joseph Tuvora als politischer Publizist, S. 119.

[70] zit. n. Manas: Joseph Tuvora als politischer Publizist, S. 108.

[71] zit. n. Manas: Joseph Tuvora als politischer Publizist, S. 108.

[72] Brief Tuvoras vom 13. 11. 1849; zit. n. Manas: Joseph Tuvora als politischer Publizist, S. 116.

[73] Bittgesuch Tuvoras; zit. n. Manas: Joseph Tuvora als politischer Publizist, S. 131 ff.

[74] s. Jürgen Wilke: Leitideen in der Begründung der Pressefreiheit; in: Manfred Bobrowsky/Wolfgang Duchkowitsch/Hannes Haas (Hg): Medien- und Kommunikationsgeschichte. Ein Textbuch zur Einführung; Wien 1987, S. 96.

[75] s. Oliver Gramling: AP. The Story of News; New York 1940, S. 13 f.

[76] zit. n. Fuchs: Telegraphische Nachrichtenbüros, S. 74.

[77] s. A. R. L. Gurland: Wirtschaft und Gesellschaft im Übergang zum Zeitalter der Industrie; in: Golo Mann (Hg): Propyläen Weltgeschichte, Bd. 8; Frankfurt/Main – Berlin 1991, S. 310 f.

[78] s. Dieter Basse: Wolff's Telegraphisches Bureau 1849 bis 1933; München – New York – London – Paris 1991, S. 17 f.

[79] s. Donald Read: The Power of News. The History of Reuters; London 1999, S. 7f.

[80] Gross: Die Industrielle Revolution im Habsburgerreich; a. a. O., S. 219.

[81] s. Manas: Joseph Tuvora als politischer Publizist, S. 122.

[82] s. Rohrböck: Die Entwicklung der Nachrichtentechnik, S. 30.

[83] Provisorische Bestimmungen über die Benützung des k. k. Staatstelegraphen von Seiten des Publikums, Wien 1850; zit. n. Manas: Joseph Tuvora als politischer Publizist, S. 124.

[84] s. Flichy: Tele, S. 87.

[85] s. John Stuart Mill: Grundsätze der politischen Ökonomie, 3 Bde.; Leipzig 1869.

[86] s. Jorma Ahvenainen: The Role of Telegraphs in the 19th Century Revolution of Communications; in: North (Hg): Kommunikationsrevolutionen, S. 77.

[87] s. Graham Storey: Reuters' Century 1851–1951; London 1951, S. 17.

88 Tagebücher des Carl Friedrich Freiherrn Kübeck von Kübau, Bd. II; Wien 1909, S. 157 f.; zit. n. Leopold Kammerhofer: Diplomatie und Pressepolitik 1848–1918; in: Die Habsburgermonarchie 1848–1918, Bd. VI, Wien 1989, S. 468.

89 zit. n. Moser: Die Geschichte der amtlichen Pressestellen in Österreich, S. 37.

90 H. R. Charlotte zu der Luth: Joseph Christian Freiherr von Zedlitz als Offiziosus des Ministeriums Buol-Schauenstein und seine Berichterstattung in der Augsburger Allgemeine Zeitung während des Krim-Krieges 1853–1856; Wien 1953, S. 20.

91 Bericht Grüners an Schwarzenberg, Leipzig, 21. Februar 1851; zit. n. Liebisch: Das Entstehen der ersten amtlichen Nachrichtenstelle, S. 5.

92 Wuttke: Die deutschen Zeitschriften und die Entstehung der öffentlichen Meinung, S. 97.

93 RGBl. Nr. 163; zit. n. Tomek: Die Geschichte der österreichischen Pressegesetzgebung, S. 26.

94 zit. n. Moser: Die Geschichte der amtlichen Pressestellen in Österreich, S. 10.

95 Paupié: Handbuch der österreichischen Pressegeschichte; Bd. I, S. 4.

96 Josef Karl Mayr: Johann Freiherr Kempen von Fichtenstamm; in: Grosse Österreicher, Bd. VIII, S. 85 ff.

97 Instruktionen für das Preßleitungskomitte, Erlaß vom März 1853; zit. n. Liebisch: Das Entstehen der ersten amtlichen Nachrichtenstelle, S. 6f.

98 Tuvora an Bach; zit. n. Liebisch: Das Entstehen der ersten amtlichen Nachrichtenstelle, S. 33.

99 Tätigkeitsbericht des Preßleitungskomitees über das Jahr 1854 vom 6. Juni 1855; zit. n. Lunzer: Die Umstellung in der österreichischen Pressepolitik, S. 143.

100 Josef Karl Mayr (Hg): Das Tagebuch des Polizeiministers Kempen von Fichtenstamm 1848–1859, Wien – Leipzig 1931, Eintrag vom 13. VI 1857.

101 Allgemeine Zeitung (Augsburg), Nr. 192, 11. Juli 1853.

102 zit. n. Lunzer: Die Umstellung in der österreichischen Pressepolitik, S. 58.

103 F. Mayr: Tagebücher des Polizeiministers Kempen von Fichtenstamm, S. 321; zit. n. Weidinger: Eduard Warrens, S. 81.

104 Österreichische Zeitung, Jg. 1855, Nr. 178, Abschluss der Konferenz; zit. n. Weidinger: Eduard Warrens, S. 111.

105 Read: The Power of News, S. 20.

106 Frédérix: Un siècle de chasse aux nouvelles, S. 51.

107 Frédérix: Un siècle de chasse aux nouvelles, S. 52.

108 Österreichische Correspondenz vom 30. September 1854.

109 Einführung von Max Hasting; in: William Howard Russell. Meine sieben Kriege. Die ersten Reportagen von den Schlachtfeldern des neunzehnten Jahrhunderts; herausgegeben von Hans Magnus Enzensberger; Frankfurt am Main 2000, S. 12 f.

110 Russell: Meine sieben Kriege, S. 62.

111 Mira Beham: Kriegstrommeln. Medien, Krieg und Politik; München 1996, S. 13 ff.

112 Howard: Der Krieg in der europäischen Geschichte, S. 133.

113 Allgemeine Zeitung (Augsburg), Nr. 96, 5. April 1856.

114 Sergio Lepri: Le macchine dell'informazione. Ieri, oggi, domani delle agenzie di stampa; Milano 1982, S. 39.

115 zit. n. Lunzer: Die Umstellung in der österreichischen Pressepolitik, S. 99

116 Artikel für die Österreichische Korrespondenz; zit. n. Manas: Joseph Tuvora als politischer Publizist, S. 146.

117 Artikel für die Österreichische Korrespondenz; zit. n. Manas: Joseph Tuvora als politischer Publizist, S. 146.

[118] Artikel für die Österreichische Korrespondenz; zit. n. Manas: Joseph Tuvora als politischer Publizist, S. 147.

[119] undatierter Brief Tuvoras aus Mailand; zit. n. Manas: Joseph Tuvora als politischer Publizist, S. 147.

[120] Bernhard Ritter von Meyer: Erinnerungen; Wien – Pest 1875, S. 382.

[121] Brief Tuvoras aus Paris; zit. n. Manas: Joseph Tuvora als politischer Publizist, S. 148.

[122] Meyer: Erinnerungen, S. 382.

[123] zit. n. Hans Morf: Die Drahtberichterstattung im modernen Zeitungswesen. Ein Beitrag zur Geschichte des Nachrichtenwesens; Bern 1912, S. 61.

[124] zit. n. Lunzer: Die Umstellung in der österreichischen Pressepolitik, S.62.

[125] Pollak schreibt unter dem Pseudonym P. Heinrich: Erlebnisse eines Kriegskorrespondenten aus den Jahren 1859, 1866 und 1870. Wien 1908, S. 30f.

[126] P. Heinrich: Erlebnisse eines Kriegskorrespondenten, S. 51.

[127] Heinrich Pollak: Dreissig Jahre aus dem Leben eines Journalisten, Bd.I; Wien 1894, S. 22 f.

[128] Storey: Reuters' Century 1851–1951, S. 28.

[129] P. Heinrich: Erlebnisse eines Kriegskorrespondenten, S. 79 f.

[130] s. Frédérix: Un siècle de chasse aux nouvelles, S. 73.

[131] s. Frédérix: Un siècle de chasse aux nouvelles, S. 73.

[132] P. Heinrich: Erlebnisse eines Kriegskorrespondenten, S. 107.

[133] s. Frédérix: Un siècle de chasse aux nouvelles. S. 74.

[134] P. Heinrich: Erlebnisse eines Kriegskorrespondenten, S. 102 f.

[135] Triester Zeitung, Nr. 131, 9. Juni 1859, IX. Jg., Titelseite.

[136] Vom Kriegsschauplatze. Bericht des Commandanten der zweiten Armee FZM (Feldzeugmeister). Grafen Gyulai an S. Majestät den Kaiser. Triester Zeitung, Nr. 131, 9. Juni 1859, IX. Jg., Titelseite f.

[137] HHStA, MRP, 11. Juni 1859 und 3. Mai 1859; zit. n. Kammerhofer: Rache für Königgrätz? S. 4.

[138] Frédérix: Un siècle de chasse aux nouvelles (übers. von Autoren), S. 75.

[139] P. Heinrich: Erlebnisse eines Kriegskorrespondenten, S. 120.

[140] Gurland: Wirtschaft und Gesellschaft im Übergang zum Zeitalter der Industrie; a. a. O., S. 319.

[141] s. Read: The Power of News, S. 55.

[142] Knies: Der Telegraph als Verkehrsmittel, S. 72 f.

[143] Knies: Der Telegraph als Verkehrsmittel, S. 139.

[144] s. Peter J. Hugill: Global Communications since 1844. Geopolitics and Technology; Baltimore 1999, S. 37.

[145] s. Knies: Der Telegraph als Verkehrsmittel, S. 141 f.

[146] Anzumerken bleibt, daß es keinen Beweis dafür gibt, daß sich diese Vereinbarung auf telegraphischen Nachrichtenaustausch bezieht, wenngleich dies doch sehr nahe liegt; s. Terhi Rantanen: Foreign News in Imperial Russia. The Relationship between International and Russian News Agencies, 1856–1914; Helsinki 1990, S. 48.

[147] s. Stefan Zweig: Sternstunden der Menschheit. Zwölf historische Miniaturen, Frankfurt am Main 1984, S. 154 ff.

[148] s. Read: The Power of News, S. 21 ff.

[149] s. Basse: Wolff's Telegraphisches Bureau 1849 bis 1933, S. 26.

[150] Vertrag von 1859 in: Frédérix: Un siècle de chasse aux nouvelles, S. 76 ff.

151 s. Storey: Reuters' Century 1851–1951, S. 18.

152 s. Tomek: Die Geschichte der österreichischen Pressegesetzgebung, S. 82.

153 s. Stefan Dörfler: Eigenarten des österreichischen Zeitungswesens; Wien 1929, S. 12.

154 s. Philomen Schönhagen: Unparteilichkeit im Journalismus. Tradition einer Qualitätsnorm; Tübingen 1998, S. 70.

155 Claus W. Gerhardt: Geschichte der Druckverfahren. Teil II: Der Buchdruck; Stuttgart 1975, S. 115.

156 zit. n. Fuchs: Telegraphische Nachrichtenbüros, S. 154 f.

157 Wuttke: Die deutschen Zeitschriften und die Entstehung der öffentlichen Meinung, S. 88 f.

158 Wuttke: Die deutschen Zeitschriften und die Entstehung der öffentlichen Meinung, S. 92 f.

Die Ära des k. k. Telegraphen-Korrespondenz-Bureaus

1 zit. n.: Paupié: Handbuch der österreichischen Pressegeschichte; Bd. II, S. 58 f.

2 Alfred von Arneth: Aus meinem Leben. Von Dreißig zu Siebzig (1850–1890); Wien 1892, S. 141.

3 Österreichische Correspondenz vom 30. Dezember 1859.

4 Österreichische Correspondenz vom 31. Dezember 1859.

5 s. Manas: Joseph Tuvora als politischer Publizist, S. 153 f.

6 HHStA, MRP, 10. Dezember 1859; zit. n. Kammerhofer: Rache für Königgrätz? S. 4.

7 Ernst Heerdegen: Der Nachrichtendienst der Presse; Leipzig 1920, S. 27.

8 Ministervortrag Brucks, 12. März 1860; zit. n. Heinrich Scheuer: 75 Jahre Amtliche Nachrichtenstelle vormals k. u. k. Telegraphen-Korrespondenz-Bureau; Wien 1934, S. 25.

9 Ministervortrag Brucks, 12. März 1860; zit. n. Scheuer: 75 Jahre Amtliche Nachrichtenstelle, S. 25.

10 Bachinger/Hemetsberger-Koller/Matis: Grundriß der österreichischen Sozial- und Wirtschaftsgeschichte, S. 35.

11 zit. n. Lunzer: Die Umstellung in der österreichischen Pressepolitik, S. 193.

12 Liebisch: Das Entstehen der ersten amtlichen Nachrichtenstelle, S. 44.

13 Kammerhofer: Rache für Königgrätz? S. 4.

14 Pollak: Dreissig Jahre aus dem Leben eines Journalisten; Bd. I, S. 49.

15 zit. n. Lunzer: Die Umstellung in der österreichischen Pressepolitik, S. 66.

16 zit. n. Moser: Die Geschichte der amtlichen Pressestellen in Österreich, S. 56 ff.

17 Lunzer: Die Umstellung in der österreichischen Pressepolitik, S. 68.

18 Wuttke: Die deutschen Zeitschriften und die Entstehung der öffentlichen Meinung, S. 83.

19 s. Paupié: Handbuch der österreichischen Pressegeschichte; Bd. II, S. 84.

20 zit. n. Paupié: Handbuch der österreichischen Pressegeschichte; Bd. II, S. 85.

21 s. Paupié: Handbuch der österreichischen Pressegeschichte; Bd. II, S. 62.

22 s. Wuttke: Die deutschen Zeitschriften und die Entstehung der öffentlichen Meinung, S. 115.

[23] s. Lunzer: Die Umstellung in der österreichischen Pressepolitik, S. 69.

[24] s. Tomek: Die Geschichte der österreichischen Pressegesetzgebung, S. 34 f.

[25] s. Pollak: Dreissig Jahre aus dem Leben eines Journalisten; Bd. I, S. 226.

[26] s. Paupié: Handbuch der österreichischen Pressegeschichte; Bd. I, S. 132.

[27] s. Emil Brix: Ein Fenster nach Europa. Die „Neue Freie Presse" als Zeitung des liberalen Bürgertums; in: Kainz/Unterberger (Hg): Ein Stück Österreich, S. 54.

[28] s. Günther Haller: Das Weltblatt aus der Fichtegasse. Die Geschichte der „Neuen Freien Presse"; in: Kainz/Unterberger (Hg): Ein Stück Österreich, S. 53.

[29] s. Lunzer: Parteien und Parteienpresse; a. a. O., S. 95 ff.

[39] zit. n. Lunzer: Die Umstellung in der österreichischen Pressepolitik, S. 160f.

[31] zit. n. Paupié: Handbuch der österreichischen Pressegeschichte; Bd. I, S. 63.

[32] s. Kammerhofer: Diplomatie und Pressepolitik; a. a. O., S. 470.

[33] s. Uwe Winkler: „... zu unserer unbedingten Verfügung". Die Leipziger Zeitungspresse unter der Aufsicht Österreichs im 19. Jahrhundert; in: Wiener Geschichtsblätter, H. 2/1994, S. 77.

[34] Pollak: Dreissig Jahre aus dem Leben eines Journalisten, Bd. I, S. 107 f.

[35] Pollak: Dreissig Jahre aus dem Leben eines Journalisten, Bd. I, S. 227 f.

[36] zit. n. Lunzer: Die Umstellung in der österreichischen Pressepolitik, S. 162.

[37] zit. n. Wuttke: Die deutschen Zeitschriften und die Entstehung der öffentlichen Meinung, S. 116.

[38] zit. n. Paupié: Handbuch der österreichischen Pressegeschichte, Bd. II, S. 65 f.

[39] Wiener Tagblatt, Jg. 1865, Nr. 1, Leitartikel.

[40] zit. n. Kurt Strasser: Die österreichische Presse- und Nachrichtenpolitik zum Kriege gegen Preussen 1866; phil. Diss., Wien 1945, S. 29f.

[41] Wuttke: Die deutschen Zeitschriften und die Entstehung der öffentlichen Meinung, S. 123.

[42] Manfred Strauß: Die „Politische Korrespondenz" und ihre Nachrichtenpolitik von 1875 bis 1914; phil. Diss., Wien 1965, S. 8.

[43] Anfang 1875 wird sie wieder eingestellt, nachdem Ministerpräsident Auersperg zu der Erkenntnis gelangte, daß die Höhe der Aufwendungen in keinem Verhältnis zum Nutzen stünde und die Subventionen einstellen ließ; s. Felix Josef: Staatliche Pressestellen in Österreich von 1848 bis 1938 unter besonderer Berücksichtigung der Zeit von 1918 bis 1938; phil. Diss., Wien 1979, S. 49.

[44] s. Hansjoachim Höhne: Report über Nachrichtenagenturen, Bd. 2: Die Geschichte der Nachricht und ihrer Verbreiter; Baden-Baden 1977, S. 47.

[45] zit. n. Basse: Wolff's Telegraphisches Bureau 1849 bis 1933, S. 31.

[46] zit. n. Kammerhofer: Rache für Königgrätz? S. 5.

[47] zit. n. Strasser: Die österreichische Presse- und Nachrichtenpolitik, S. 24.

[48] zit. n. Strasser: Die österreichische Presse- und Nachrichtenpolitik, S. 24.

[49] zit. n. Lunzer: Die Umstellung in der österreichischen Pressepolitik, S. 199.

[50] s. Liebisch: Das Entstehen der ersten amtlichen Nachrichtenstelle, S. 55 f.

[51] zit. n. Lunzer: Die Umstellung in der österreichischen Pressepolitik, S. 164.

[52] zit. n. Lunzer: Die Umstellung in der österreichischen Pressepolitik, S. 165.

[53] zit. n. Strasser: Die österreichische Presse- und Nachrichtenpolitik, S. 44.

[54] zit. n. Lunzer: Die Umstellung in der österreichischen Pressepolitik, S. 166.

[55] Wuttke: Die deutschen Zeitschriften und die Entstehung der öffentlichen Meinung, S. 103.

[56] Wiener Abendpost vom 19. März 1866.

[57] Wiener Zeitung vom 29. März 1866.

58 s. Strasser: Die österreichische Presse- und Nachrichtenpolitik, S. 70.
59 zit. n. Strasser: Die österreichische Presse- und Nachrichtenpolitik, S. 48.
60 zit. n. Strasser: Die österreichische Presse- und Nachrichtenpolitik, S. 100.
61 Hirschfeld, Promemorie; zit. n. Kammerhofer: Rache für Königgrätz? S. 6.
62 zit. n. Strasser: Die österreichische Presse- und Nachrichtenpolitik, S. 54.
63 s. Liebisch: Das Entstehen der ersten amtlichen Nachrichtenstelle, S. 59.
64 s. Pollak: Dreissig Jahre aus dem Leben eines Journalisten; Bd. I, S. 137.
65 P. Heinrich: Erlebnisse eines Kriegskorrespondenten, S. 152.
66 Pollak: Dreissig Jahre aus dem Leben eines Journalisten; Bd. 1, S. 135.
67 Pollak: Dreissig Jahre aus dem Leben eines Journalisten; Bd. I, S. 136.
68 P. Heinrich: Erlebnisse eines Kriegskorrespondenten, S. 155.
69 s. Lunzer: Die Umstellung in der österreichischen Pressepolitik, S. 74.
70 Pollak: Dreissig Jahre aus dem Leben eines Journalisten, Bd. I, S. 143.
71 P. Heinrich: Erlebnisse eines Kriegskorrespondenten, S. 178 f.
72 P. Heinrich: Erlebnisse eines Kriegskorrespondenten, S. 181.
73 P. Heinrich: Erlebnisse eines Kriegskorrespondenten, S. 183.
74 Pollak: Dreissig Jahre aus dem Leben eines Journalisten, Bd. I, S. 144.
75 Wiener Abendpost, 2. Juli 1866.
76 Russell: Meine sieben Kriege, S. 263 ff.
77 zit. n. P. Heinrich: Erlebnisse eines Kriegskorrespondenten, S. 191.
78 zit. n. Gustav von Hubka: Ludwig Ritter von Benedek; in: Grosse Österreicher, Bd. XII, S. 59.
79 Pollak: Dreissig Jahre aus dem Leben eines Journalisten, Bd. I, S. 155.
80 P. Heinrich: Erlebnisse eines Kriegskorrespondenten aus den Jahren 1859, 1866 und 1870, S. 200.
81 Pollak: Dreissig Jahre aus dem Leben eines Journalisten, Bd. I, S. 229.
82 zit. n. Winkler: „... zu unserer unbedingten Verfügung"; a. a. O., S. 72.
83 s. Kammerhofer: Diplomatie und Pressepolitik; a. a. O., S. 470.
84 Havas Bullier, Anknüpfung direkter Geschäftsverbindung mit TCB; zit. n. Lunzer: Die Umstellung in der österreichischen Pressepolitik, S. 200.
85 zit. n. Kammerhofer: Rache für Königgrätz? S. 9.
86 zit. n. Liebisch: Das Entstehen der ersten amtlichen Nachrichtenstelle in Österreich, S. 63.
87 s. Paupié: Handbuch der österreichischen Pressegeschichte; Bd. I, S. 69.
88 Pollak: Dreissig Jahre aus dem Leben eines Journalisten; Bd. I, S. 184.
89 zit. n. Pollak: Dreissig Jahre aus dem Leben eines Journalisten; Bd. II, S. 107.
90 s. Pollak: Dreissig Jahre aus dem Leben eines Journalisten; Bd. II, S. 140.
91 zit. n. Pollak: Dreissig Jahre aus dem Leben eines Journalisten; Bd. I, S. 208.
92 Lunzer: Die Umstellung in der österreichischen Pressepolitik, S. 76.
93 Paupié: Handbuch der österreichischen Pressegeschichte; Bd. I, S. 136 f.
94 s. Edith Walter: Österreichische Tageszeitungen der Jahrhundertwende. Ideologischer Anspruch und ökonomische Erfordernisse; Wien – Köln – Weimar 1994, S. 46.
95 zit. n. Moser: Die Geschichte der amtlichen Pressestellen in Österreich, S. 104.
96 s. Scheuer: 75 Jahre Amtliche Nachrichtenstelle, S. 35.
97 Lunzer: Die Umstellung in der österreichischen Pressepolitik, S. 118.
98 Kammerhofer: Diplomatie und Pressepolitik, a. a. O., S. 471.
99 Volksstimme vom 25. April 1869.

100 s. Klausjürgen Miersch: Die Arbeiterpresse der Jahre 1869 bis 1889 als Kampfmittel der österreichischen Sozialdemokratie, Wien 1969, S. 38.

101 Volkswille vom 4. März 1871.

102 s. Paupié: Handbuch der österreichischen Pressegeschichte; Bd. I, S. 126.

103 Read: The Power of News, S. 37 f.

104 Frédérix: Un siècle de chasse aux nouvelles, S. 87.

105 s. Fuchs: Telegraphische Nachrichtenbüros, S. 59.

106 s. Jianming He: Die Nachrichtenagenturen in Deutschland. Geschichte und Gegenwart; Frankfurt am Main 1996, S. 61;

107 zit. n. Christine Wunderlich: Telegraphische Nachrichtenbüros in Deutschland bis zum Ersten Weltkrieg; in: Jürgen Wilke (Hg): Telegraphenbüros und Nachrichtenagenturen in Deutschland; München – New York – London – Paris 1991, S. 35.

108 s. Wunderlich: Telegraphische Nachrichtenbüros in Deutschland; a. a. O., S. 38 ff.

109 Das Telegramm, Nr. 4, Wien, 29. Februar 1868, S.63.

110 s. Fuchs: Telegraphische Nachrichtenbüros, S. 128.

111 s. Rantanen: Foreign News in Imperial Russia, S. 40.

112 s. Kammerhofer: Diplomatie und Pressepolitik, S. 461.

113 zit. n. Liebisch: Das Entstehen der ersten amtlichen Nachrichtenstelle, S. 69.

114 Handelsministerium-Präsidium, Protokoll der Besprechung vom 12. Mai 1868; zit. n. Kammerhofer: Rache für Königgrätz? S. 10.

115 Brief von Eugen Salinger an Julius Reuter vom 21. Dezember 1868; R1/89191/52, Reuters Archiv London.

116 Brief an Eugen Salinger vom 25. Dezember 1868; R1/89191/54, Reuters Archiv London.

117 Brief von Eugen Salinger an Julius Reuter vom 6. Jänner 1869; R1/89191/55 Reuters Archiv London.

118 Brief von Karl Brunner von Wattenwyl an Julius Reuter vom 14. Jänner 1869; R1/89191/56, Reuters Archiv London.

119 Brief von Eugen Salinger an Julius Reuter vom 19. Jänner 1869; R1/89191/57, Reuters Archiv London.

120 Brief von Eugen Salinger an Julius Reuter vom 19. Jänner 1869; R1/89191/57, Reuters Archiv London.

121 Hirschfeld, Promemoria; zit. n. Kammerhofer: Rache für Königgrätz? S. 10 f.

122 s. Liebisch: Das Entstehen der ersten amtlichen Nachrichtenstelle, S. 64.

123 s. Vertrag der Agence Havas-Bullier Paris und Reuter's Telegram Company London mit dem k. k. Telegraphen-Korrespondenz-Bureau, Wien, 30. Mai 1869; APA-Archiv.

124 Feststellungen zur Geschichte und Organisation des WTB vom 15. 4. 1902; zit. n. Basse: Wolff's Telegraphisches Bureau 1849 bis 1933, S. 39.

125 zit. n. Kammerhofer: Rache für Königgrätz? S. 14.

126 s. Kartellvertrag vom 17. Jänner 1870; in: Basse: Wolff's Telegraphisches Bureau 1849 bis 1933, S. 254–258.

127 zit. n. Kammerhofer: Rache für Königgrätz? S. 14 f.

128 zit. und übersetzt (von Autoren) n. Frédérix: Un siècle de chasse aux nouvelles, S. 106.

129 s. Frédérix: Un siècle de chasse aux nouvelles, S. 111 f.

130 zit. und übersetzt (von Autoren) n. Frédérix: Un siècle de chasse aux nouvelles, S. 119.

131 Howard: Der Krieg in der europäischen Geschichte, S. 136;

132 Adolf Hitler: Mein Kampf; München 1942, S. 245.

133 Till Bastian: Furchtbare Soldaten. Deutsche Kriegsverbrechen im Zweiten Weltkrieg; München 1997, S. 13 ff.

134 s. Liebisch: Das Entstehen der ersten amtlichen Nachrichtenstelle, S. 90.

135 Liebisch: Das Entstehen der ersten amtlichen Nachrichtenstelle, S. 93.

136 zit. n. Liebisch: Das Entstehen der ersten amtlichen Nachrichtenstelle in Österreich, S. 99.

137 s. 200 Jahre Wiener Börse. Ansprachen anläßlich des Festaktes am 16. September 1971; S. 8f.

138 s. Peter German: Die Geschichte der Börsenkrisen. Ein Warnungsruf an das Kapital; Wien 1921, S. 17; siehe auch Heinrich Benedikt: Die wirtschaftliche Entwicklung in der Franz Joseph Zeit; Wien 1958, S. 158.

139 Winckler: Die periodische Presse Österreichs, S. 187.

140 Paupié: Handbuch der österreichischen Pressegeschichte; Bd. I, S. 145.

141 Josef Reich: Die Wiener Presse und der Wiener Börsenkrach von 1873 im wechselseitigen Förderungsprozess; phil. Diss., Wien 1947, S. 4.

142 Winckler: Die periodische Presse Österreichs, S. 189.

143 Paupié: Handbuch der österreichischen Pressegeschichte; Bd. I, S. 145.

144 Österreichischer Volksfreund vom 9. Februar 1873.

145 s. Winckler: Die periodische Presse Österreichs, S. 192.

146 Tresor vom 15. Jänner 1873.

147 Reingard Witzmann: Die große Schau, der große Krach. Wien im Weltausstellungsjahr 1873; in: Kainz/Unterberger (Hg): Ein Stück Österreich, S. 64.

148 Österreichischer Ökonomist, Nr. 18/1873.

149 s. Pollak: Dreissig Jahre aus dem Leben eines Journalisten, Bd. III, S. 23 f.

150 Tomek: Die Geschichte der österreichischen Pressegesetzgebung, S. 83.

151 s. Pollak: Dreissig Jahre aus dem Leben eines Journalisten, Bd. III, S.133.

152 zit. n. Strauß: Die „Politische Korrespondenz" und ihre Nachrichtenpolitik, S.14 f.

153 s. Strauß: Die „Politische Korrespondenz" und ihre Nachrichtenpolitik, S. 9.

154 s. Scheuer: 75 Jahre Amtliche Nachrichtenstelle, S. 31.

155 Pollak: Dreissig Jahre aus dem Leben eines Journalisten, Bd. III, S. 146.

156 Telegramm Andrássy an Franz Joseph vom 2. August 1876; zit. n. Kammerhofer: Diplomatie und Pressepolitik; a. a. O., S. 476.

157 zit. n. Kammerhofer: Diplomatie und Pressepolitik; a. a. O., S. 480.

158 zit. n. Strauß: Die „Politische Korrespondenz" und ihre Nachrichtenpolitik, S. 71f.

159 s. Strauß: Die „Politische Korrespondenz" und ihre Nachrichtenpolitik, S. 86.

160 Politische Korrespondenz vom 17. Juni 1878.

161 Politische Korrespondenz vom 29. Juni 1878.

162 Telegramm Teschenberg an Hofmann vom 12. Juni 1878; zit. n. Kammerhofer: Diplomatie und Pressepolitik; a. a. O., S. 482.

163 Politische Korrespondenz vom 5. Juli 1878.

164 Fremdenblatt vom 14. Juli, 16. Juli, 30. Juli und 31. Juli 1878, jeweils Morgenblatt.

165 s. Strauß: Die „Politische Korrespondenz" und ihre Nachrichtenpolitik, S. 23.

166 s. Pirityi Sándor: A Nemzeti Higürgynökseg Törntenete 1880–1996; Budapest 1996; (Übersetzung von Katalin Kekesi), S. 33 ff.

167 Liebisch: Das Entstehen der ersten amtlichen Nachrichtenstelle, S. 115 ff.

168 zit. n. Sándor: A Nemzeti Higürgynökseg Törntenete 1880–1996, S. 37.

169 zit. n. Sándor: A Nemzeti Higürgynökseg Törntenete 1880–1996, S. 38.

170 zit. n. Sándor: A Nemzeti Higürgynökseg Törntenete 1880–1996, S. 38.

171 zit. n. Liebisch: Das Entstehen der ersten amtlichen Nachrichtenstelle, S. 127.

172 Vertrag zwischen den Kartellagenturen und dem k. k. Telegraphen-Korrespondenz-Bureau vom 18. Oktober 1881, R. 881 8001–3; Reuters Archiv London.

173 s. Scheuer: 75 Jahre Amtliche Nachrichtenstelle, S. 33.

174 zit. n. Sándor: A Nemzeti Higürgynökseg Törntenete 1880–1996, S. 39.

175 zit. n. Sándor: A Nemzeti Higürgynökseg Törntenete 1880–1996, S. 40.

176 Bachinger/Hemetsberger-Koller/Matis: Grundriß der österreichischen Sozial- und Wirtschaftsgeschichte, S. 37.

177 Ferdinand Lasalle: Die Presse, der Hauptfeind der gesunden Entwicklung; in: Egon Erwin Kisch (Hg): Klassischer Journalismus. Die Meisterwerke der Zeitung; Berlin – Weimar 1982, S. 234 f.

178 Lasalle: Die Presse, der Hauptfeind der gesunden Entwicklung; a. a. O., S. 240.

179 s. Miersch: Die Arbeiterpresse der Jahre 1869 bis 1889, S. 77 ff.

180 Der Sozialist, Probenummer vom 4. Oktober 1877.

181 Der Sozialist Nr. 61 vom 31. Juli 1879, erste, konfiszierte Ausgabe.

182 Miersch: Die Arbeiterpresse der Jahre 1869 bis 1889, S. 129.

183 Paupié: Handbuch der österreichischen Pressegeschichte; Bd. I, S. 150.

184 Zukunft Nr. 67 vom 13. Juli 1882.

185 Wolfgang Maderthaner: Der Weg zur Organisierung. Die frühe niederösterreichische Arbeiterbewegung; in: Magie der Industrie. Leben und arbeiten im Fabrikszeitalter; herausgegeben vom Amt der niederösterreichischen Landesregierung, Wien 1989, S. 187.

186 Zukunft Nr. 96 vom 11. Oktober 1883 und Zukunft Nr. 1 vom 10. Jänner 1884.

187 s. Wahrheit Nr. 3 vom 1. Februar 1884.

188 Görlich/Romanik: Geschichte Österreichs, S. 432.

189 Markus Cerman/Herbert Posch: Grundstoff der Gründerzeit. Die Ziegelindustrie im späten 19. Jahrhundert; in: Magie der Industrie, S. 323.

190 Gleichheit, Probenummer vom 11. Dezember 1886.

191 Gleichheit Nr. 1 vom 7. Jänner 1888.

192 Victor Adler: Die Lage der Ziegelarbeiter; in: Alfred Pfabigan (Hg): Vision und Wirklichkeit. Ein Lesebuch zum Austromarxismus; Wien 1989, S. 18.

193 Adler: Die Lage der Ziegelarbeiter; a. a. O., S. 23.

194 s. Ludwig Brügel: Geschichte der österreichischen Sozialdemokratie, Bd. IV; Wien 1923, S. 20 ff.

195 s. Die Bewegung. 100 Jahre Sozialdemokratie, SPÖ-Magazin, Nr. 2/Februar 1989, S. 56.

196 Arbeiter-Zeitung Nr. 29, 18. Juli 1890. zit. n. Moser: „...Nachmittag und abends fand dann noch ein großer Kirtag statt."; a. a. O., S. 93.

197 zit. n. Strauß: Die „Politische Korrespondenz" und ihre Nachrichtenpolitik, S. 46.

198 s. Scheuer: 75 Jahre Amtliche Nachrichtenstelle, S. 60f.

199 zit. n. Strauß: Die „Politische Korrespondenz" und ihre Nachrichtenpolitik, S. 68.

200 s. Strauß: Die „Politische Korrespondenz" und ihre Nachrichtenpolitik, S. 17.

201 zit. n. Basse: Wolff's Telegraphisches Bureau 1849 bis 1933, S. 96.

202 Vertrag zwischen Reuters und Hahn/Schäffer vom 1. März 1887; R1/881 8001–3, Reuters Archiv London.

203 s. Basse: Wolff's Telegraphisches Bureau 1849 bis 1933, S. 78f.

204 s. Frédérix: Un siècle de chasse aux nouvelles., S. 183.

205 s. Basse: Wolff's Telegraphisches Bureau 1849 bis 1933, S. 84.

206 s. Fuchs: Telegraphische Nachrichtenbüros, S. 139.

207 Vertrag zwischen Continental Telegraphen Compagnie, Agence Havas, Reuters Telegram Co. und k. k. Telegraphen-Korrespondenz-Bureau vom 29. März 1900; R1/8714502, Reuters Archiv London.

208 Sándor: A Nemzeti Higürgynökseg Törntenete 1880–1996, S. 43.

209 Berthold Sutter: Die Badenischen Sprachverordnungen von 1897, 2. Bde., Wien 1960/1965; Bd. I., S. 261.

210 s. Hanisch: Der lange Schatten des Staates, S. 227.

211 s. Scheuer: 75 Jahre Amtliche Nachrichtenstelle, S. 35.

212 s. Liebisch: Das Entstehen der ersten amtlichen Nachrichtenstelle, S. 133f.

213 zit. n. Sándor: A Nemzeti Higürgynökseg Törntenete 1880–1996, S. 44.

214 AVA (Allgemeines Verwaltungsarchiv), Telegraphen-Korrespondenz-Büro 1902, IV/9.

215 AVA, Telegraphen-Korrespondenz-Büro 1902, IV/9.

216 AVA, Telegraphen-Korrespondenz-Büro IV/7, 1904, Z. 575.

217 AVA, Telegraphen-Korrespondenz-Büro IV/7, 1904, Z. 575.

218 AVA, Telegraphen-Korrespondenz-Büro IV/7, 1904, Z. 575.

219 AVA, Telegraphen-Korrespondenz-Büro 1904, IV/9.

220 AVA, Telegraphen-Korrespondenz-Büro 1904, IV/9.

221 s. Franz Rottensteiner: Das Literarische Bureau. Pressepolitik, Organisation und Wirksamkeit 1877–1918; Wien, phil. Diss. 1967, S. 37.

222 s. Friedrich Leiter: Reuter, Havas, Wolff, k. k. Telegraphen-Korrespondenzbureau. Ein Beitrag zu den Lehren des Krieges; in: Österreichische Rundschau, 15. 7. 1915, Bd. XLIV, Heft 2, Wien – Leipzig, S. 64.

223 Diesbezügllich stellt Read fest, daß Reuters wohl auch Subventionen von Regierungen angenommen hat, beispielsweise von der indischen und der ägyptischen Regierung; Read: The Power of News S. 65ff.

224 Gramling: AP, S. 155f.

225 Morf: Die Drahtberichterstattung im modernen Zeitungswesen, S. 67.

226 s. Fuchs: Telegraphische Nachrichtenbüros, S. 113.

227 s. Rantanen: Foreign News in Imperial Russia, S. 49.

228 zit. n. Edith Walter: Ökonomische Bedingungen der Wiener Presse um 1900; in: Sigurd Paul Scheichel/Wolfgang Duchkowitsch (Hg): Zeitungen im Wiener Fin de Siècle; München 1997, S. 162.

229 Fritz Fellner: Schicksalsjahre Österreichs 1908–1919, das politische Tagebuch Josef Redlichs, 2 Bde.; Graz – Köln 1953, 1954, Bd. I, Tagebucheintrag vom 13. Dezember 1909, S. 38.

230 Johann Christoph Allmayer-Beck: Ministerpräsident Baron Beck. Ein Staatsmann im alten Österreich; Wien 1956, S. 201.

231 s. Hanisch: Der lange Schatten des Staates, S. 234.

232 s. Walter: Ökonomische Bedingungen der Wiener Presse um 1900, S. 173.

233 Neue Freie Presse vom 14. Februar 1907.

234 Theodor Sosnosky: Die Politik im Habsburgerreiche. Randglossen zur Zeitgeschichte, Bd. 1, Berlin 1912, S. 29f.; zit. n. Kammerhofer: Diplomatie und Pressepolitik; a. a. O., S. 484.

235 s. Heinz Grohmann: Die Presse-Politik des österreich-ungarischen Aussenministers Graf Alois Aehrenthal (1906–1912); phil. Diss., Wien 1949, S. 25.

236 Politische Korrespondenz vom 3. Februar 1908.

[237] zit. n. Walter: Ökonomische Bedingungen der Wiener Presse um 1900, S. 177.

[238] Aehrenthal an Pallavicini vom 27. August 1908; zit. n. Kammerhofer: Diplomatie und Pressepolitik; a. a. O., S. 485.

[239] Politische Korrespondenz vom 21. November 1908.

[240] Allmayer-Beck: Ministerpräsident Baron Beck, S. 127.

[241] Fellner: Schicksalsjahre Österreichs 1908–1919, Bd. I; Eintrag vom 28. März 1909, S. 10.

[242] Alfred Pfabigan: Von „Preßhyänen" und „Tintenstrolchen". Karl Kraus und die „Neue Freie Presse"; in: Kainz/Unterberger (Hg): Ein Stück Österreich, S. 78 f.

[243] zit. n. Josef: Staatliche Pressestellen in Österreich von 1848 bis 1938, S. 43.

[244] Vertrag zwischen Reuters, Continental Telegraphen Compagnie, Havas, Juli 1909, R1/865213; Reuters Archiv London.

[245] Vertrag zwischen Korr.-Bureau und dem Kartell, Februar 1910, R1/880219; Reuters Archiv London.

[246] Christian Graf von Krockow: Die Deutschen in ihrem Jahrhundert 1890–1990; Reinbek bei Hamburg 1990, S. 146 ff.

[247] zit. n. Venus: Die Entstehung des Rundfunks in Österreich; Bd. 1, S. 290.

[248] s. Venus: Die Entstehung des Rundfunks in Österreich; Bd. 1, S. 371.

[249] Fellner: Schicksalsjahre Österreichs 1908–1919; Bd. I, S. 164 f.

[250] s. Hanisch: Der lange Schatten des Staates, S. 200.

[251] AVA, Telegraphen-Korrespondenz-Büro V/3 1912, Z. 2537.

[252] AVA, Telegraphen-Korrespondenz-Büro V/3 1912, Z. 2614/161res.

[253] AVA, Telegraphen-Korrespondenz-Büro V/3 1912, Z. 2643/161res.

[254] AVA, Telegraphen-Korrespondenz-Büro V/3 1912, Z. 2614/161res.

[255] AVA, Telegraphen-Korrespondenz-Büro V/3 1912, Z. 2643/161res.

[256] AVA, Telegraphen-Korrespondenz-Büro V/3 1912, Z. 2643/161res.

[257] AVA, Telegraphen-Korrespondenz-Büro V/3 1912, Z. 2776.

[258] AVA, Telegraphen-Korrespondenz-Büro V/3 1912, Z. 2820.

[259] AVA, Telegraphen-Korrespondenz-Büro V/3 1912, Z. 3365.

[260] Politische Korrespondenz, 12. November 1912.

[261] Politische Korrespondenz, 13. November 1912.

[262] Politische Korrespondenz vom 14. November 1912.

[263] s. Rottensteiner: Das Literarische Bureau, S. 33.

[264] Egon Erwin Kisch: Läuse auf dem Markt. Vermischte Prosa. Texte aus dem Nachlaß; Berlin – Weimar 1985, S. 13 f.

[265] AVA, Telegraphen-Korrespondenz-Büro V/1, 1913, Z. 337.

[266] s. Politische Korrespondenz vom 28. April 1913.

Im Schatten des Kriegspresse Quartiers

[1] Jan Philipp Reemtsma: Die Idee des Vernichtungskrieges. Clausewitz – Ludendorff – Hitler; in: Hannes Heer/Klaus Naumann (Hg): Vernichtungskrieg. Verbrechen der Wehrmacht 1941 bis 1944; Frankfurt am Main 1997, S.386.

[2] s. Ekkehardt Jürgens: Massenpresse auf dem Vormarsch. Zur Vorbereitung des Ersten Weltkrieges mit Hilfe der Großverlage; in: die feder; Nr. 3/83;

3 zit. n. Bastian: Furchtbare Soldaten, S. 22;

4 zit. n. Görlich/Romanik: Geschichte Österreichs, S. 470 f.

5 Pester Lloyd vom 25. Juli 1914; zit. n. Rotraut Hackermüller: Einen Handkuß der Gnädigsten. Roda Roda. Bildbiographie, Wien – München 1986, S. 126/128.

6 Politische Korrespondenz vom 27. Juli 1914.

7 Politische Korrespondenz vom 28. Juli 1914.

8 s. Dagobert Pokorny: Die Wiener Tagespresse und ihre Einflußfaktoren im Ersten Weltkrieg 1914–1918; phil. Diss., Wien 1950, S. 147.

9 Wiener Zeitung vom 28. Juli 1914.

10 s. Paupié: Handbuch der österreichischen Pressegeschichte; Bd. I, S. 142 f.

11 Brügel: Geschichte der österreichischen Sozialdemokratie; Bd. 5, S. 211.

12 zit. n. Pokorny: Die Wiener Tagespresse und ihre Einflußfaktoren im Ersten Weltkrieg, S. 44 f.

13 zit. n. Rottensteiner: Das Literarische Bureau, S. 170.

14 zit. n. Rottensteiner: Das Literarische Bureau, S. 171.

15 s. Rottensteiner: Das Literarische Bureau, S. 178.

16 s. Frédérix: Un siècle de chasse aux nouvelles (übers. von Autoren), S. 305.

17 s. Kent Cooper: The Right to Know. An Exposition of the Evils of News Suppression and Propaganda; New York 1956, S. 5.

18 s. Hundert Jahre Schweizerische Depeschenagentur 1895–1995. Jubiläumsbroschüre; Bern 1995.

19 Read: The Power of News, S. 136.

20 Meister (ohne Vorname): Kabelkrieg und Lügenfeldzug; Münster 1914, S. 27f.

21 Meister: Kabelkrieg und Lügenfeldzug, S. 31.

22 Leiter: Reuter, Havas, Wolff, k. k. Telegraphen-Korrespondenzbureau; a. a. O., S. 61.

23 Joseph Eberle: Großmacht Presse. Enthüllungen für Zeitungsgläubige. Forderungen für Männer; Wien – Regensburg – Köln – New York 1920, S. 139 f.

24 Kriegs-Chronik der Münchner Neuesten Nachrichten, H. 20, 11. September 1914, S. 307 f.

25 Kriegs-Chronik der Münchner Neuesten Nachrichten, H. 24, 19. September 1914, S. 375.

26 s. Rottensteiner: Das Literarische Bureau, S. 209.

27 s. Hildegund Schmölzer: Die Propaganda des Kriegspressequartiers im ersten Weltkrieg 1914–1918; phil. Diss., Wien 1965, S. 153 f.

28 s. Rottensteiner: Das Literarische Bureau, S. 211.

29 Rudolf Rotheit: Die Friedensbedingungen der deutschen Presse. Los von Reuter und Havas! Berlin 1915, S. 8.

30 Eberle: Großmacht Presse, S. 133.

31 P. D. Fischer: Der internationale Nachrichtenverkehr und der Krieg, S. 22 f.

32 Leiter: Reuter, Havas, Wolff, k. k. Telegraphen-Korrespondenzbureau; a. a. O., S. 69.

33 Leiter: Reuter, Havas, Wolff, k. k. Telegraphen-Korrespondenzbureau; a. a. O., S. 70.

34 Leiter: Reuter, Havas, Wolff, k. k. Telegraphen-Korrespondenzbureau; a. a. O., S. 73.

35 s. Read: The Power of News, S. 136.

36 s. Frédérix: Un siècle de chasse aux nouvelles, S. 311.

37 Karl Hans Strobl: Geschichten und Bilder aus dem Kriegspressequartier; Reichenberg 1928, S. 60.

38 Anhang zur Mobilisierungsinstruktion, zit. n. Pokorny: Die Wiener Tagespresse und ihre Einflußfaktoren im Ersten Weltkrieg, S. 168f.

39 Fellner: Schicksalsjahre Österreichs 1908–1919; Bd. I, S. 259.

40 Strobl: Geschichten und Bilder aus dem österreichischen Kriegspressequartier, S. 13 ff.

41 s. Klaus Mayer: Die Organisation des Kriegspressequartiers beim k. u. k. AOK (Armeeoberkommando) im ersten Weltkrieg 1914–1918; phil. Diss., Wien 1963, S. 3.

42 Kriegs-Chronik der Münchner Neuesten Nachrichten, H. 9/10, 1. September 1914, S. 132.

43 Fellner: Schicksalsjahre Österreichs 1908–1919; Bd. I, S. 251, „Kriegstagebuch" Josef Redlichs.

44 Kriegs-Chronik der Münchner Neuesten Nachrichten, H. 15/16, 7. September 1914, S. 227.

45 s. Scheuer: 75 Jahre Amtliche Nachrichtenstelle, S. 41.

46 s. Pokorny: Die Wiener Tagespresse und ihre Einflußfaktoren im Ersten Weltkrieg, S. 310.

47 s. Scheuer: 75 Jahre Amtliche Nachrichtenstelle, S. 41.

48 s. Pokorny: Die Wiener Tagespresse und ihre Einflußfaktoren im Ersten Weltkrieg, S. 194.

49 s. Fritz Csoklich: Presse und Rundfunk; in: Erika Weinzierl/Kurt Skalnik (Hg): Österreich 1918–1938. Geschichte der Ersten Republik, Bd. 2; Wien 1983, S. 715.

50 s. Emil Seeliger: Maulwürfe des Völkerringens; Berlin 1940, S. 175 ff.

51 Pokorny: Die Wiener Tagespresse und ihre Einflußfaktoren im Ersten Weltkrieg, S. 137.

52 s. Mayer: Die Organisation des Kriegspressequartiers, S. 55.

53 Franz Karl Ginzkey: Ballade von den masurischen Seen; in: Kriegs Almanach 1914–1916, hsg. vom Kriegshilfsbüro des kais. königl. Ministeriums des Innern, S. 76 f.

54 Kriegs-Chronik der Münchner Neuesten Nachrichten, H. 15/16, 7. September 1914, S. 231.

55 Fellner: Schicksalsjahre Österreichs 1908–1919; Bd. I, S. 258.

56 Kriegs-Chronik der Münchner Neuesten Nachrichten, H. 17, 8. September 1914, S. 258.

57 Kriegs-Chronik der Münchner Neuesten Nachrichten, H. 20, 11. September 1914, S. 310.

58 Stefan Zweig: Tagebuch im September; in: Ulrich Weinzierl (Hg): Lächelnd über seine Bestatter: Österreich. Österreichisches Lesebuch. Von 1900 bis heute; München 1989, S. 155.

59 Kriegs-Chronik der Münchner Neuesten Nachrichten, H. 22, 16. September 1914, S. 341.

60 Zweig: Tagebuch im September; a. a. O., S. 155.

61 Zweig: Tagebuch im September; a. a. O., S. 156.

62 Zweig: Tagebuch im September; a. a. O., S. 157.

63 Kriegs-Chronik der Münchner Neuesten Nachrichten, H. 24, 19. September 1914, S. 374.

64 Zweig: Tagebuch im September; a. a. O., S. 157f.

65 Kriegs-Chronik der Münchner Neuesten Nachrichten, H. 25/26, 21. September 1914, S. 406.

66 Zweig: Tagebuch im September; a. a. O., S. 158 f.

67 Kriegs-Chronik der Münchner Neuesten Nachrichten, H. 25/26, 21. September 1914, S. 411.

68 Kriegs-Chronik der Münchner Neuesten Nachrichten, H. 27, 23. September 1914, S. 421 f.

69 Janusz Piekalkiewicz: Der Erste Weltkrieg; Düsseldorf – Wien – New York 1988, S. 104.

70 Richard A. Bermann: Die Fahrt auf dem Katarakt. Eine Autobiographie ohne einen Helden; (Richard A. Bermann alias Arnold Höllriegel); herausgegeben von Hans-Harald Müller; Wien 1998, S. 183.

71 Strobl: Geschichten und Bilder aus dem Kriegspressequartier, S. 23.

72 Schmölzer: Die Propaganda des Kriegspressequartiers im ersten Weltkrieg, S. 4.

73 Strobl: Geschichten und Bilder aus dem Kriegspressequartier, S. 53.

74 Neues Wiener Journal vom 22. August 1914.

75 Alfred Polgar: Der Kriegsberichterstatter (1919); in: Wolfgang R. Langenbucher (Hg): Sensationen des Alltags. Meisterwerke des österreichischen Journalismus; Wien 1992, S. 60.

76 s. Fellner: Schicksalsjahre Österreichs 1908–1919; Bd. I, S. 261.

77 s. Strobl: Geschichten und Bilder aus dem Kriegspressequartier, S. 247 f.

78 Strobl: Geschichten und Bilder aus dem Kriegspressequartier, S. 203.

79 Rauchensteiner: Zeitungskrieg und Kriegszeitung in: Kainz/Unterberger (Hg): Ein Stück Österreich, S. 98 f.

80 Alice Schalek: Tirol in Waffen. Kriegsberichte von der Tiroler Front; München 1915, S. 35.

81 Schalek: Tirol in Waffen, S. 41

82 Schalek: Tirol in Waffen, S. 46

83 Schalek: Tirol in Waffen, S. 46.

84 Karl Kraus: Die letzten Tage der Menschheit; Wien – Leipzig 1922, S. 587.

85 Schalek: Tirol in Waffen, S. 31.

86 Schalek: Tirol in Waffen, S. 82.

87 Schalek: Tirol in Waffen, S. 73.

88 Strobl: Geschichten und Bilder aus dem Kriegspressequartier, S. 112.

89 Kisch: Läuse auf dem Markt, S. 41.

90 Egon Erwin Kisch: Ein Reporter wird Soldat (1942); in: Langenbucher (Hg): Sensationen des Alltags, S. 52.

91 Ludwig Brügel: Geschichte der österreichischen Sozialdemokratie, Bd. 5; S. 211ff.

92 Aus dem Nachlaß Hoen; zit. n. Paupié: Handbuch der österreichischen Pressegeschichte; Bd. I, S. 151.

93 s. Mayer: Die Organisation des Kriegspressequartiers, S. 62.

94 KA, Mil.-Kanzlei 15–4/3 v. 5. Februar 1918 u. 13–1/9 v. 20. Juli 1918;

95 KA, Mil.-Kanzlei 10–2/1–5 v. 30. Juni 1918 und Generaladjudantur 1/14 v. 14. August 1917.

96 KA, KÜA 98.183 v. 25. Februar 1917, Zensuranweisung S. 4; KÜA 115.530 v. 5. August 1917; MK-KM (KÜA) 20.167 v. 26. April 1918; MK-KM (KÜA) 22.082 v. 16. Mai 1918; MK-KM (KÜA) 33.094 v. 18. August 1918.

97 Brügel: Geschichte der österreichischen Sozialdemokratie; Bd. 5, S. 214.

98 Die Fackel, Nr. 437, S. 30; zit. n. Eckart Früh: Beckmann aus Böhmen im Kampf der Arbeiter-Zeitung gegen Krieg, Presse und Zensur (1915–1918); in: Medien & Zeit 3/89, S. 3.

[99] Brügel: Geschichte der österreichischen Sozialdemokratie; Bd. 5, S. 267.

[100] Bericht und Antrag des Presseausschusses über die Aufhebung der politischen Zensur; zit. n. Pokorny: Die Wiener Tagespresse und ihre Einflußfaktoren im Ersten Weltkrieg, S. 157ff.

[101] RGBl (Reichsgesetzblatt) Nr 307.

[102] W. I. Lenin: Resolutionsentwurf zur Pressefreiheit; in: Lenin über die Presse; herausgegeben von der Internationalen Organisation der Journalisten, Prag 1970, S. 217; zit. n. Gerhard Moser: Zwischen Autonomie und Organisation: Die Arbeiterkorrespondentenbewegung der „Roten Fahne" in den Jahren 1924 bis 1933. Eine Studie zur Kommunikationspolitik der KPÖ in der 1. Republik; phil. Diss., Wien 1988, S. 49.

[103] s. Waldemar Weber: (Nach-) Wirkungen marxistisch-lininistischer Medienpolitik; in: Reinhard Olt (Hg.): Der Riese erwacht. Osteuropa nach 1989. Facetten aus Gesellschaft, Politik und Medien; Frankfurt a. M. 1995; S. 164.

[104] Fellner: Schicksalsjahre Österreichs 1908–1919; Bd. II, S. 193.

[105] Heinrich Kanner: Kaiserliche Katastrophenpolitik; Wien 1921, S. 456.

[106] s. Pokorny: Die Wiener Tagespresse und ihre Einflußfaktoren im Ersten Weltkrieg, S. 184.

[107] s. Schmölzer: Die Propaganda des Kriegspressequartiers im ersten Weltkrieg, S. 67.

[108] s. Rottensteiner: Das Literarische Bureau, S. 195.

[109] s. Schmölzer: Die Propaganda des Kriegspressequartiers im ersten Weltkrieg, S. 55ff.

[110] s. Cornelius Klee: Die Transocean GmbH; in: Wilke (Hg): Telegraphenbüros und Nachrichtenagenturen in Deutschland, S. 171ff.

[111] Die Propaganda in der öffentlichen Meinung Hollands und des feindlichen Auslandes; Denkschrift Robert Saudeks, Holland 1917; zit. n. Rottensteiner: Das Literarische Bureau, S. 211.

[112] Die Propaganda in der öffentlichen Meinung Hollands und des feindlichen Auslandes; zit. n. Rottensteiner: Das Literarische Bureau, S. 212.

[113] zit. n. Rottensteiner: Das Literarische Bureau, S. 219.

[114] s. Schmölzer: Die Propaganda des Kriegspressequartiers im ersten Weltkrieg, S. 100 ff.

[115] s. Schmölzer: Die Propaganda des Kriegspressequartiers im ersten Weltkrieg, S. 51.

[116] s. Mayer: Die Organisation des Kriegspressequartiers, S. 98.

[117] zit. n. Schmölzer: Die Propaganda des Kriegspressequartiers im ersten Weltkrieg, S. 38.

[118] zit. n. Schmölzer: Die Propaganda des Kriegspressequartiers im ersten Weltkrieg, S. 164.

[119] s. Paupié: Handbuch der österreichischen Pressegeschichte; Bd. I, S. 150.

[120] Strobl: Geschichten und Bilder aus dem Kriegspressequartier, S. 272.

[121] Strobl: Geschichten und Bilder aus dem Kriegspressequartier, S. 276.

[122] s. Schmölzer: Die Propaganda des Kriegspressequartiers im ersten Weltkrieg, S. 76.

[123] Strobl: Geschichten und Bilder aus dem Kriegspressequartier, S. 318.

[124] s. Mayer: Die Organisation des Kriegspressequartiers, S. 70.

[125] Vaterländische Bildungsarbeit. Mitteilungen der Feindespropaganda-Abwehrstelle, Nr. 1, S. 3.

[126] Kongress der von den Habsburgern unterdrückten Nationalitäten, 7., 8. und 9. April 1918 in Rom, Resolution; zit. n. Pokorny: Die Wiener Tagespresse und ihre Einflußfaktoren im Ersten Weltkrieg, S. 92.

[127] Vaterländische Bildungsarbeit, Nr. 2, S. 11.

128 Vaterländische Bildungsarbeit, Nr. 2, S. 11.

129 Seeliger: Maulwürfe des Völkerringens, S. 190.

130 Seeliger: Maulwürfe des Völkerringens, S. 191 ff.

131 Vaterländische Bildungsarbeit, Nr. 1, S. 2.

132 Vaterländische Bildungsarbeit, Nr. 2, S. 3.

Die Ära der amtlichen Nachrichtenstelle

1 Wiener Zeitung vom 28. Oktober 1918.

2 Fenske: Politisches Denken von der Französischen Revolution bis zur Gegenwart, a. a. O., S. 454.

3 Karl Renner: Staat und Ökonomie heute; in: Pfabigan (Hg): Vision und Wirklichkeit, S. 66.

4 zit. n. Josef: Staatliche Pressestellen in Österreich von 1848 bis 1938, S. 65.

5 Josef: Staatliche Pressestellen in Österreich von 1848 bis 1938, S. 55.

6 Venus: Die Entstehung des Rundfunks in Österreich; Bd. II, S. 713.

7 Protokoll der Enquete vom 27. Februar 1919; zit. n. Wolfgang Duchkowitsch: Zeitungswissenschaft im kriegsbeschädigten Österreich. Leitbilder für und gegen Hochschulkurse für Pressewesen – 1919; in: Wolfgang Duchkowitsch/Hannes Haas/Klaus Lojka (Hg): Kreativität aus der Krise. Konzepte zur gesellschaftlichen Kommunikation in der Ersten Republik; Wien 1991, S. 15.

8 Protokoll der Enquete vom 27. Februar 1919; zit. n. Duchkowitsch: Zeitungswissenschaft im kriegsbeschädigten Österreich; a. a. O., S. 13.

9 Sozialdemokratisches Wahlprogramm 1919; zit. n. Hugo Portisch: Österreich I. Die unterschätzte Republik, München 1994, S. 157 f.

10 Gerhard Jagschitz: Die Presse in Österreich von 1918 bis 1945; in: Bobrowsky/Duchkowitsch/Haas (Hg): Medien- und Kommunikationsgeschichte, S. 119.

11 Scheuer: 75 Jahre Amtliche Nachrichtenstelle, S. 42.

12 s. Cooper: Barriers Down, S. 51.

13 Schwedler: Die Nachricht im Weltverkehr; Berlin 1922, S. 108.

14 zit. n. Venus: Die Entstehung des Rundfunks in Österreich, Bd. 2, S. 715.

15 Scheuer: 75 Jahre Amtliche Nachrichtenstelle, S. 50.

16 s. Read: The Power of News, S. 157f.

17 Cooper: Barriers Down, S. 107.

18 s. Frédérix: Un siècle de chasse aux nouvelles, S. 333f.

19 zit. n. Josef: Staatliche Pressestellen in Österreich von 1848 bis 1938, S. 58.

20 s. Josef: Staatliche Pressestellen in Österreich von 1848 bis 1938, S. 69f.

21 s. Sten. Prot. d. Nationalrats, 62. Sitzung vom 19. 2. 1920.

22 Portisch: Die unterschätzte Republik, S. 260.

23 MRP (Ministerratsprotokolle) vom 18. August 1921; zit. n. Josef: Staatliche Pressestellen in Österreich von 1848 bis 1938, S. 81 ff.

24 MRP vom 18. August 1921; zit. n. Josef: Staatliche Pressestellen in Österreich von 1848 bis 1938, S. 84.

25 s. Walter Köhler: Amtliches Nachrichtenwesen und Nachrichtenpolitik im „Austrofaschismus". Amtliche Nachrichtenstelle und „Politische Korrespondenz" im

Umfeld des „austrofaschistischen“ Mediensystems 1933 bis 1938; phil. Diss., Wien 1985, S. 7.

26 s. Josef: Staatliche Pressestellen in Österreich von 1848 bis 1938, S. 91.

27 Paupié: Handbuch der österreichischen Pressegeschichte; Bd. I, S. 136.

28 Paupié: Handbuch der österreichischen Pressegeschichte; Bd. I, S. 135.

29 Siegfried Mattl: Die minderen Geschwister der Freiheit. Presse- und strafrechtliche Verfolgung ‚unzüchtiger‘ Druckwerke (1900–1934); in: Duchkowitsch/Haas/Lojka (Hg): Kreativität aus der Krise, S. 114.

30 s. Storey: Reuters' Century, S. 182.

31 s. Read: The Power of News, S. 168.

32 Die am 13. Juli 1920 gegründete Eildienst GmbH ist aus der Außenhandelsstelle des Auswärtigen Amtes hervorgegangen; s. Martin Neitemeier: Die Telegraphen-Union; in: Wilke (Hg): Telegraphenbüros und Nachrichtenagenturen in Deutschland, S. 106.

33 s. Josef: Staatliche Pressestellen in Österreich von 1848 bis 1938, S. 89.

34 s. Roman Starzynski: Informationsagenturen. Geschichte, derzeitiger Stand und Bedeutung der Presse Telegraphen-Agenturen. 1835–1935; Warschau 1935, S. 15f.

35 s. Iere Conférence générale des Agences Télégraphiques Internationales, 6–11 Juin 1924 à Berne; Rapports et Procès-verbaux (destinés à l'usage des „Agences alliées“); Juillet 1924, S. 1ff.

36 Starzynski: Informationsagenturen, S. 20.

37 s. Iere Conférence générale des Agences Télégraphiques Internationales, S. 12.

38 s. Starzynski: Informationsagenturen, S. 18.

39 s. Venus: Die Entstehung des Rundfunks in Österreich; Bd. 3, S. 952.

40 s. 2e Conférence générale des Agences Télégraphiques Internationales, Rome, 26–31 Octobre 1925; Rapports et Procès-verbaux (destinés à l'usage des „Agences alliées“, confidentiel); Paris 1925, S. 35.

41 s. 2e Conférence générale des Agences Télégraphiques Internationales, S. 37ff.

42 s. 2e Conférence générale des Agences Télégraphiques Internationales, S. 40.

43 s. Starzynski: Informationsagenturen, S. 26f.

44 Rapport sur les Services Commerciaux et Financiers depuis la Coférence de Rome; 24. April 1927.

45 Scheuer: 75 Jahre Amtliche Nachrichtenstelle, S. 55.

46 Scheuer: 75 Jahre Amtliche Nachrichtenstelle, S. 52.

47 Beilagen zu den Sten. Prot. d. Nationalrates; Jg. 1927; zit. n. Kurt Becsi: Die auswärtige Pressepolitik Österreichs von St. Germain bis Berchtesgaden; phil. Diss., Wien 1948, S. 226.

48 Scheuer: 75 Jahre Amtliche Nachrichtenstelle, S. 65.

49 s. Magenschab: Demokratie und Rundfunk. Hörfunk und Fernsehen im politischen Prozeß Österreichs; Wien – München 1973, S. 120.

50 s. Hans J. Kleinsteuber: Das Rundfunksystem der USA; in: Internationales Handbuch für Hörfunk und Fernsehen 1992/93; Hans Bredow Institut, Hamburg, S. E 141;

51 Radio Wien; Sonderheft 25 Jahre Österreichischer Rundfunk, 1949, S. 5;

52 Radio Österreich; Festschrift 30 Jahre Rundfunk in Österreich; H. 37/1954, S. 14.

53 Czeija, Nissl: Technische Mitteilungen; H. 1, Juni 1954, S. 6.

54 Gottlieb Heinrich Cisar: 60 Jahre Rundfunkpolitik in Österreich; phil. Diss, Wien 1987, S. 15f.

55 s. Heinz Wittmann: Rundfunkfreiheit. Öffentlichrechtliche Grundlagen des Rundfunks in Österreichs; Wien – New York 1981, S.72 f.

56 s. Radio Wien; Sonderheft 25 Jahre Österreichischer Rundfunk, S. 5.

57 s. Radiowelt, Nr. 13/1924, S. 2.

58 Radiowelt, Nr. 21/1924, S. 1.

59 s. Hans Magenschab: Rundfunk und Fernsehen. Analyse einer Auseinandersetzung; Wien 1965, S. 11.

60 s. Scheuer: 75 Jahre Amtliche Nachrichtenstelle, S. 55.

61 zit. n. Köhler: Amtliches Nachrichtenwesen und Nachrichtenpolitik im „Austrofaschismus", S. 171.

62 s. Ernst Glaser: Im Umfeld des Austromarxismus. Ein Beitrag zur Geistesgeschichte des österreichischen Sozialismus; Wien – München – Zürich 1981, S. 502.

63 Der Hörer als Kritiker; in: Radiowelt Nr. 46/1929, S. 1456.

64 zit. n. Csoklich: Presse und Rundfunk, a. a. O., S. 727.

65 Cisar: 60 Jahre Rundfunkpolitik in Österreich, S. 31.

66 s. Theodor Venus: Rudolf Henz – Versuch über einen konservativen Medienpolitiker; in: Medien & Zeit; H. 1/2 1986, S. 15 f.

67 Rudolf Henz: Fügung und Widerstand; Graz 1963, S. 120.

68 Rudolf Henz: Wesen und Aufgaben der christlichen Volksbildung; in: Volkswohl, 17. Jg., 1926, H.1, S.12; zit. n. Venus: Rudolf Henz – Versuch über einen katholischen Medienpolitiker; a. a. O., S.10.

69 Josef Luitpold Stern: Klassenkampf und Massenbildung; 1930; S. 23; zit. n. Glaser: Im Umfeld des Austromarxismus, S. 342f.

70 Radiowelt, Nr. 26/1928, S. 9 f.

71 s. Glaser: Im Umfeld des Austromarxismus, S. 502.

72 Scheuer: 75 Jahre Amtliche Nachrichtenstelle, S. 70.

73 s. Josef: Staatliche Pressestellen in Österreich von 1848 bis 1938, S. 119.

74 Rapport du comité permanent sur la période s'étandant da la troisième Assemblée Plénière à Vorsovie, en mai 1927, au 1er mai 1929; Annex B.

75 s. Köhler: Amtliches Nachrichtenwesen und Nachrichtenpolitik im „Austrofaschismus", S. 150.

76 zit. n. Josef: Staatliche Pressestellen in Österreich von 1848 bis 1938, S. 122.

77 zit. n. Josef: Staatliche Pressestellen in Österreich von 1848 bis 1938, S. 108.

78 zit. n. Josef: Staatliche Pressestellen in Österreich von 1848 bis 1938, S. 101 f.

79 Procès-Verbal d'Athènes, Rapport de M. Fleetwood-May, September 1933; Annexe C.

80 zit. n. Josef: Staatliche Pressestellen in Österreich von 1848 bis 1938, S. 105.

81 Scheuer: 75 Jahre Amtliche Nachrichtenstelle, S. 72.

82 zit. n. Josef: Staatliche Pressestellen in Österreich von 1848 bis 1938, S. 106.

83 Scheuer: 75 Jahre Amtliche Nachrichtenstelle, S. 72 ff.

84 zit. n. Josef: Staatliche Pressestellen in Österreich von 1848 bis 1938, S. 120f.

85 s. Csoklich: Presse und Rundfunk; a. a. O., S. 717ff.

86 s. Alexander Potyka: Ideologie und Tagesgeschehen für den „kleinen Mann". Das „Kleine Blatt" 1927–1934; in: Duchkowitsch/Haas/Lojka (Hg): Kreativität aus der Krise (1991), S. 127 f.

87 Arbeiter-Zeitung vom 27. Februar 1927, S. 4; zit. n. Potyka: Ideologie und Tagesgeschehen für den „kleinen Mann"; a. a. O., S. 130.

88 Protokolle des sozialdemokratischen Parteitags 1931, Wien 1931, S. 54; zit. n. Potyka: Ideologie und Tagesgeschehen für den „kleinen Mann"; a. a. O., S. 134.

89 Das Kleine Blatt vom 17. November 1929, S. 2; zit. n. Potyka: Ideologie und Tagesgeschehen für den „kleinen Mann", a. a. O., S. 135.

90 s. Csoklich: Presse und Rundfunk; a. a. O., S. 724.

91 s. Wolfgang Duchkowitsch: Nichts für Frau „Zimperlich“ und Herrn „Schlappschwanz“. Der Grazer „Hakenkreuzler“ – 1926; in: Oliver Rathkolb/Wolfgang Duchkowitsch/Fritz Hausjell (Hg): Die veruntreute Wahrheit. Hitlers Propagandisten in Österreichs Medien; Salzburg 1988.

92 Gottfried Feder: Das Programm der N.S.D.A.P. und seine weltanschaulichen Grundlagen; München 1938, S. 15 ff.

93 s. Bernd Beutl: Die nationalsozialistische Presse der Ersten Republik (1918–1933); in: Medien & Zeit 1/96, S. 32.

94 s. Jagschitz: Die Presse in Österreich von 1918 bis 1945; a. a. O., S. 122.

95 BGBl (Bundesgesetzblatt) Nr. 41 vom 7. 3. 1933; s. Elisabeth Spielhofer: „Der Pressefreiheit würdige Grenzen ziehen…“: Theorie und Praxis der Pressepolitik im österreichischen Ständestaat (1933–1938) unter Berücksichtigung der deutsch-österreichischen Presseabkommen; Dipl. Arb., Wien 1992, S. 21.

96 zit. n. Wilhelm Döhne: Presse- und Nachrichtenpolitik in Österreich von der ersten bis zur zweiten Republik (1918–1946); phil. Diss., Wien 1947, S. 60.

97 s. Köhler: Amtliches Nachrichtenwesen und Nachrichtenpolitik im „Austrofaschismus“, S. 58.

98 Pankraz Kruckenhauser: Das Jubiläum der „Wiener Zeitung“; in: 230 Jahre Wiener Zeitung. Jubiläums-Festschrift der Wiener Zeitung 1703–1933; Wien 1933, S. 1.

99 Wiener Zeitung vom 21. Mai 1933, S. 3.

100 s. Klaus-Jörg Siegfried: Universalismus und Faschismus. Das Gesellschaftsbild Othmar Spanns. Zur politischen Funktion seiner Gesellschaftslehre und Ständestaatskonzeption; Wien 1974.

101 Scheuer: 75 Jahre Amtliche Nachrichtenstelle, S. 56.

102 s. Köhler: Amtliches Nachrichtenwesen und Nachrichtenpolitik im „Austrofaschismus“, S. 141 ff.

103 s. Irmgard Bärnthaler: Geschichte und Organisation der Vaterländischen Front; phil. Diss., Wien 1964, S. 7.

104 AVA, MRP vom 10. März 1933.

105 s. Köhler: Amtliches Nachrichtenwesen und Nachrichtenpolitik im „Austrofaschismus“, S. 161.

106 Scheuer: 75 Jahre Amtliche Nachrichtenstelle, S. 62.

107 Brief Webers an Ludwig vom 16. 8. 1933; zit. n. Köhler: Amtliches Nachrichtenwesen und Nachrichtenpolitik im „Austrofaschismus“, S. 162.

108 Brief Friedrich Neidharts an Weber vom 18. 5. 1933; zit. n. Köhler: Amtliches Nachrichtenwesen und Nachrichtenpolitik im „Austrofaschismus“, S. 165.

109 Scheuer: 75 Jahre Amtliche Nachrichtenstelle, S. 58.

110 s. Jagschitz: Die Presse in Österreich von 1918 bis 1945, a. a. O., S. 123.

111 Scheuer: 75 Jahre Amtliche Nachrichtenstelle, S. 68.

112 s. Theodor Venus: Der lange Weg zum Juliputsch 1934 – Hallwich und Hugenberg, Habicht und Huber, in: Wolfgang Duchkowitsch (Hg.): Mediengeschichte. Forschung und Praxis. Festgabe für Marianne Lunzer-Lindhausen zum 65. Geburtstag; Wien – Köln – Graz 1985, S. 155 f.

113 s. Tomek: Die Geschichte der österreichischen Pressegesetzgebung, S. 190.

114 zit. n. Duchkowitsch: Das unfreie „Haus der Presse“. Zensur im Ständestaat; in: Symposium Zensur in Österreich 1780 bis 1989 am 24. u. 25. Oktober 1989. Veröffentlichungen des Ludwig-Boltzmann Instituts für Geschichte und Gesellschaft; herausgegeben von Erika Weinzierl und Rudolf G. Ardelt; Wien 1991, S. 71.

115 s. Döhne: Presse- und Nachrichtenpolitik in Österreich, S. 62 ff.

116 s. Venus: Der lange Weg zum Juliputsch 1934; a. a. O., S. 156.

117 s. Viktor Ergert: 50 Jahre Rundfunk in Österreich. Bd. I; Wien – Salzburg 1974, S. 137.

118 BGBl. Nr. 300 vom 11. Juli 1933; zit. n. Köhler: Amtliches Nachrichtenwesen und Nachrichtenpolitik im „Austrofaschismus", S. 60.

119 BGBl. Nr. 472 vom 12. Oktober 1933; zit. n. Tomek: Die Geschichte der österreichischen Pressegesetzgebung, S. 191.

120 s. Döhne: Presse- und Nachrichtenpolitik in Österreich, S. 71 f.

121 Vertrauliche Mitteilung des österreichischen Gesandten in Berlin an Edmund Weber vom 7. 9. 1933; zit. n. Köhler: Amtliches Nachrichtenwesen und Nachrichtenpolitik im „Austrofaschismus", S. 229 f.

122 s. Josef: Staatliche Pressestellen in Österreich von 1848 bis 1938, S. 99.

123 s. Becsi: Die auswärtige Pressepolitik Österreichs von St. Germain bis Berchtesgaden, S. 307.

124 s. Theodor Veiter: „Das 34er Jahr". Bürgerkrieg in Österreich; Wien 1984, S. 147.

125 s. Köhler: Amtliches Nachrichtenwesen und Nachrichtenpolitik im „Austrofaschismus", S. 89.

126 zit. n. Viktor Ergert: 50 Jahre Rundfunk in Österreich, S. 148 f.

127 Rundfunkansprache von Dollfuß vom 14. Februar 1934, 23 Uhr; Österreichisches Phonomuseum Nr. 340004.

128 s. Scheuer: 75 Jahre Amtliche Nachrichtenstelle, S. 48.

129 Robert Rosner: Der „Vorwärts"-Verlag in der Zeit des Austrofaschismus; in: Medien & Zeit 4/99.

130 Das Kleine Blatt vom 26. Juni 1934, S. 2.

131 Über tendenziöse DNB-Berichterstattung; 6. 4. 1934; zit. n. Köhler: Amtliches Nachrichtenwesen und Nachrichtenpolitik im „Austrofaschismus", S. 236.

132 Zeitungsschau für die Instruktoren des Heimatdienstes und Amtswalter der Vaterländischen Front, 1. Jg., Folge 15, April 1936, S. 3; zit. n. Köhler: Amtliches Nachrichtenwesen und Nachrichtenpolitik im „Austrofaschismus", S. 70.

133 s. Beiträge zur Geschichte und Vorgeschichte der Juli-Revolte. Herausgegeben vom Bundeskommissariat für Heimatdienst; Wien 1934, S. 84–86.

134 s. Scheuer: 75 Jahre Amtliche Nachrichtenstelle, S. 48.

Die Ära des deutschen Nachrichtenbüros

1 Hitler: Mein Kampf, S. 265.

2 Hitler: Mein Kampf, S. 264.

3 Von 4.703 Tageszeitungen im Jahr 1932 gibt es 1934 noch 3.097, 1935 gar nur mehr 2.527; s. Emil Dovifat: Zeitungslehre I, Bd. 2, Berlin 1944, S. 34.

4 zit. n. Heinrich Fraenkel/Roger Manvell: Goebbels. Der Verführer; München 1989, S. 191.

5 Zeitungswissenschaft, Nr. 6/1933, S. 354f.

6 Schriftleitergesetz vom 4. Oktober 1933; in: Zeitungswissenschaft, Nr. 6/1933.

7 zit. n. Zeitungswissenschaft, Nr. 6/1933, S. 375.

8 Joseph Goebbels: Das deutsche Schriftleitergesetz; in: Zeitungswissenschaft. Zweimonatsschrift für internationale Zeitungsforschung, Nr. 6/1933, S. 338.

[9] Goebbels-Rede im Sitzungssaal des ehemaligen Preußischen Herrenhauses anläßlich des 1. Reichspressetages des Reichsverbandes der Deutschen Presse am 18. November 1934; in: Helmut Heiber (Hg): Goebbels-Reden 1932–1945; Bindlach 1991, Teil 1, S. 184.

[10] s. Köhler: Amtliches Nachrichtenwesen und Nachrichtenpolitik im „Austrofaschismus", S. 233.

[11] Eugen Hadamovsky: Propaganda und nationale Macht; Oldenburg 1933, S. 131.

[12] Der Arbeitskamerad 12(1935), S. 2; zit. n. Uzulis: Nachrichtenagenturen im Nationalsozialismus, S. 290.

[13] Deutsche Arbeitsfront (Alfred-Ingemar Berndt), zit. n. Uzulis: Nachrichtenagenturen im Nationalsozialismus, S. 246.

[14] RPK (Reichspressekammer)-Mitschrift vom 16. 12. 1935; zit. n. Uzulis: Nachrichtenagenturen im Nationalsozialismus, S. 246.

[15] Der Arbeitskamerad vom 5. 2. 1935, S. 4; zit. n. Uzulis: Nachrichtenagenturen im Nationalsozialismus, S. 191.

[16] s. Höhne: Report über Nachrichtenagenturen; Bd. 2, S. 128.

[17] s. Cornelius Klee: Die Transocean GmbH; in: Jürgen Wilke (Hg): Telegraphenbüros und Nachrichtenagenturen in Deutschland, S. 135 ff.

[18] Aussage von Heinz Lorenz; zit. n. Uzulis: Nachrichtenagenturen im Nationalsozialismus, S. 209.

[19] Aussage von Heinz Lorenz; zit. n. Uzulis: Nachrichtenagenturen im Nationalsozialismus, S. 210.

[20] s. Jürgen Reitz: Das Deutsche Nachrichtenbüro; in: Wilke (Hg): Telegraphenbüros und Nachrichtenagenturen in Deutschland, S. 226.

[21] s. Döhne: Presse- und Nachrichtenpolitik in Österreich, S. 29 f.

[22] Das Deutsche Nachrichtenbüro bietet nach 95 im Jahr 1934 rund 150 Informationsdienste 1936 an. 1942 wird es den Höchststand mit 168 Diensten erreichen. 46 davon sind politische Dienste, 35 wirtschaftliche, 50 Sportdienste, 17 Korrespondenzen, 7 Bilddienste und 13 Materndienste. s. Reitz: Das Deutsche Nachrichtenbüro; a. a. O., S. 238.

[23] s. Reitz: Das Deutsche Nachrichtenbüro; a. a. O., S. 232 f.

[24] Schreiben Mejers an Funk vom 27. Juli 1934; zit. n. Uzulis: Nachrichtenagenturen im Nationalsozialismus, S. 270.

[25] Otto Mejer: Ein aktueller Beitrag zum Kapitel der internationalen Nachrichtenverträge; in: Zeitungswissenschaft. Monatsschrift für internationale Zeitungsforschung, 9. Jg., 1. Juli 1934, Nr. 7, o.S.

[26] Der Arbeitskamerad 1(1934), S. 1; zit. n. Uzulis: Nachrichtenagenturen im Nationalsozialismus, S. 289.

[27] Cooper: Barriers Down, S. 38.

[28] Cooper: Barriers Down, S. 85.

[29] Cooper: Barriers Down, S. 113.

[30] s. Cooper: Barriers Down, S. 263f.

[31] s. He: Die Nachrichtenagenturen in Deutschland, S. 179.

[32] s. 4e Assemblée Ordinaire des Agences Télégraphiques Alliées, Riga – 9 au 13 Août 1934; Rapports et Procès-verbaux (destinés à l'usage des „Agences alliées", confidentiel); S. 40.

[33] zit. n. Josef: Staatliche Pressestellen in Österreich von 1848 bis 1938, S. 98.

[34] s. Eugen Hadamovsky: Propaganda und nationale Macht. Die Organisation der öffentlichen Meinung für die nationale Politik; Oldenburg i.O. 1933, S. 130 f.

[35] s. Spielhofer: „Der Pressefreiheit würdige Grenzen ziehen…", S. 90.

36 BGBl. 214 vom 5. Juni 1935; zit. n. Köhler: Amtliches Nachrichtenwesen und Nachrichtenpolitik im „Austrofaschismus“, S. 64f.

37 s. Becsi: Die auswärtige Pressepolitik Österreichs von St. Germain bis Berchtesgaden, S. 340.

38 Venus: Die dunklen Jahre, a. a. O., S. 140 ff.

39 Georg Hauptfeld: Österreich und die großen europäischen Nachrichtenagenturen zwischen den beiden Weltkriegen; phil. Diss., Wien 1948, S. 85.

40 s. Walter Wisshaupt: Das Wiener Pressewesen von Dollfuß bis zum Zusammenbruch 1933–1945; phil. Diss., Wien 1951, S. 48 f.

41 Brief der österreichischen Gesandtschaft in Berlin an Weber vom 9. 4. 1936; zit. n. Köhler: Amtliches Nachrichtenwesen und Nachrichtenpolitik im „Austrofaschismus“, S. 242.

42 s. Rainer Schirra: Die öffentliche Meinung und das Juli-Abkommen 1936; phil. Diss., Wien 1961.

43 zit. n. Köhler: Amtliches Nachrichtenwesen und Nachrichtenpolitik im „Austrofaschismus“, S. 37.

44 „Parlamentskorrespondenz“ vom 17. 11. 1936, Bundestagsrede Funders; zit. n. Köhler: Amtliches Nachrichtenwesen und Nachrichtenpolitik im „Austrofaschismus“, S. 120.

45 s. Duchkowitsch: Das unfreie „Haus der Presse“; a. a. O., S. 75.

46 Eduard Ludwig: Moderne Zeitungswissenschaft; Sonderdruck aus der Wiener Wirtschafts Woche vom 24. Februar 1937, S. 2.

47 s. Stefan Dörfler: Die feierliche Eröffnung der Österreichischen Pressekammer; Wien 1936.

48 Abschrift eines Vortrages von Walter Adam am 24. 5. 1937 über die Arbeit eines Pressechefs; zit. n. Spielhofer: „Der Pressefreiheit würdige Grenzen ziehen…“, S. 45.

49 Abschrift des Vortrages von Walter Adam am 11. Dezember 1937 in Budapest; zit. n. Spielhofer: „Der Pressefreiheit würdige Grenzen ziehen…“, S. 6.

50 Politische Korrespondenz, Ausgabe B, Nr. 5, 19. 3. 1937, S. 2; zit. n. Köhler Amtliches Nachrichtenwesen und Nachrichtenpolitik im „Austrofaschismus“, S. 245.

51 „Vertrauliche Information für die Redaktion der Amtlichen Nachrichtenstelle betreffend das österreichisch-deutsche Pressecommuniqué vom 12. Juli 1937“; zit. n. Köhler: Amtliches Nachrichtenwesen und Nachrichtenpolitik im „Austrofaschismus“, S. 247.

52 zit. n. Spielhofer: „Der Pressefreiheit würdige Grenzen ziehen…“, S. 138.

53 zit. n. Köhler: Amtliches Nachrichtenwesen und Nachrichtenpolitik im „Austrofaschismus“, S. 42.

54 zit. n. Spielhofer: „Der Pressefreiheit würdige Grenzen ziehen…“, S. 145 ff.

55 Politische Korrespondenz, Ausgabe B, 6. Jg., Nr. 11, 25. 2. 1938; zit. n. Köhler: Amtliches Nachrichtenwesen und Nachrichtenpolitik im „Austrofaschismus“, S. 250.

56 zit. n. Köhler: Amtliches Nachrichtenwesen und Nachrichtenpolitik im „Austrofaschismus“, S. 65.

57 zit. n. Gerhard Tomkowitz/Dieter Wagner: „Ein Volk, ein Reich, ein Führer!“ Der „Anschluß“ Österreichs 1938; München 1988, S. 140.

58 zit. n. Tomkowitz/Wagner: „Ein Volk, ein Reich, ein Führer!“ S. 194.

59 s. Fritz Hausjell: „Die undeutschen und zersetzenden Elemente in Österreichs Presse werden in kürzester Zeit restlos ausgemerzt sein.“ Die Maßnahmen des NS-Regimes zur Erreichung einer politisch opportunen und „rassisch reinen“ Berufsgruppe der Zeitungs- und Zeitschriftenjournalisten in Österreich 1938–1945; in: Rathkolb/Duchkowitsch/ Hausjell (Hg): Die veruntreute Wahrheit, o.S.

60 s. Jagschitz: Die Presse in Österreich von 1918 bis 1945; a. a. O., S. 130.

61 Briefwechsel Reuters-Havas, 16. und 17. März 1938; Microfilm 178, Reuters Archiv.

62 Vertraulicher Bericht des Havas Korrespondenten aus Wien, 17. März 1938; Microfilm 178, Reuters Archiv.

63 Protokoll über den Festakt der Vereidigung vom 17.3.1938, fortgesetzt am 18.3.1938, S. 9; zit. n. Georg Scheuer: Gleichschaltung und Liquidierung der Amtlichen Nachrichtenstelle (ANA) 1938; in: Medien & Zeit 4/94; S. 19.

64 Volksstimme vom 10. Jänner 1948, S. 1.

65 Telegramm, 23. März 1938, Microfilm 178, Reuters Archiv.

66 „Anschluß", herausgegeben vom Dokumentationsarchiv des österreichischen Widerstands, S. 539. Hanisch: Der lange Schatten des Staates, S. 344.

67 s. Scheuer: Gleichschaltung und Liquidierung der Amtlichen Nachrichtenstelle; a. a. O.; S. 20.

68 s. Jagschitz: Die Presse in Österreich von 1918 bis 1945; a. a. O., S. 131.

69 Schreiben von DNB-Chef Mejer an das RMVP vom 7. 4. 1938, zit. n. Uzulis: Nachrichtenagenturen im Nationalsozialismus, S. 157.

70 Zirkular der Amtlichen Nachrichtenstelle, 14. April 1938; Microfilm 178, Reuters Archiv.

71 Meynot an den Liquidator der Amtlichen Nachrichtenstelle, 2. Mai 1938; Microfilm 178, Reuters Archiv.

72 Josef Hans an Reuters; 11. Mai 1938; Microfilm 178, Reuters Archiv.

73 Josef Hans an Reuters; 10. Juni 1938; Microfilm 178, Reuters Archiv.

74 Mejer an Moloney, 26. August 1938; Microfilm 178, Reuters Archiv.

75 Zeitungs-Verlag Nr. 19/1938, S. 280.

76 Max Amann: Anordnung zur Sicherung der Neuordnung des Pressewesens im Land Österreich; in: Zeitungs-Verlag, Nr. 19/1938, S. 288.

77 Zeitungs-Verlag Nr. 19/1938, S. 280.

78 s. Fritz Hausjell: Journalisten für das Reich. Der „Reichsverband der deutschen Presse" in Österreich 1938–1945; Wien 1993.

79 s. 5e Assemblée Ordinaire des Agences Alliées, Stockholm 17–20 Juin 1936; Rapports et Procès-verbaux (destinés à l'usage des „Agences alliées", confidentiel); S. 40.

80 8e Assemblée Plénière des Agences Télégraphiques Alliées, Yougoslavie, 24. Août-5 Septembre 1937; Rapports et Procès-verbaux (destinés à l'usage des „Agences alliées", confidentiel); S. 38f. (übers. von Autoren)

81 zit. n. Uffe Riis Sorensen/Ulrik Schak: Discussion paper for Group '39 meeting; Geneva September 1999, S. 5; APA-Archiv.

82 s. Uzulis: Nachrichtenagenturen im Nationalsozialismus, S. 233

83 s. Reitz: Das Deutsche Nachrichtenbüro; a. a. O., S. 242 ff.

84 s. He: Die Nachrichtenagenturen in Deutschland, S. 178 f.

85 R. V. De Ceuster: The History of Group '39; unveröffentlichtes Manuskript, 1991; APA-Archiv.

86 Antrittsrede Dietrichs als Reichspressechef am 4. 2. 1938; zit. n. Uzulis: Nachrichtenagenturen im Nationalsozialismus, S. 295.

87 Sonderrundschreiben bzw. Presserundschreiben des RPA Berlin 1939/1940; zit. n. Uzulis: Nachrichtenagenturen im Nationalsozialismus, S. 297.

88 s. Uzulis: Nachrichtenagenturen im Nationalsozialismus, S. 271.

89 Curt Riess: Joseph Goebbels; London 1949, S. 149.

90 zit. n. Fraenkel/ Manvell: Goebbels, S. 225 f.

91 Aussage von Paul Karl Schmidt; zit. n. Uzulis: Nachrichtenagenturen im Nationalsozialismus, S. 275.

92 Hasso von Wedel: Die Propagandatruppen der Deutschen Wehrmacht; Neckar-Gmünd 1962, S. 20 f.

93 Kurt Koszyk: Deutsche Presse 1914–1945. Geschichte der Deutschen Presse, Teil III; Berlin 1972, S. 425.

94 Vertrauliche Information vom 2. 9. 1939; zit. n. Uzulis: Nachrichtenagenturen im Nationalsozialismus, S. 284.

95 Zeitungs-Verlag, Nr. 36/1939, S. 1.

96 RPK-Mitschrift vom 8. 11. 1944; zit. n. Uzulis: Nachrichtenagenturen im Nationalsozialismus, S. 308.

97 s. Joseph Goebbels: Die Zeit ohne Beispiel. Reden und Aufsätze aus den Jahren 1939/40/41; München 1941, S. 432 f.

98 Kräfte der geistigen Kriegsführung. Reichsminister Dr. Goebbels vor Chefs der Propaganda- und Kriegsberichterkompanien; in: Deutsche Presse, H. 4/1941, S. 36.

99 Felber: Brief an einen Kriegsberichter; in: Deutsche Presse, H. 1/1941, S. 4.

100 Joachim Fischer: Der Kriegsberichter beim Heer; in: Deutsche Presse, H. 1/1941.S. 5 f.

101 Zeitungs-Verlag, Nr. 9/1941, S. 97.

102 Wolfhart Müller: Soldat unter Soldaten; in: Deutsche Presse, H. 11/1940, S. 105.

103 Paul Gerhardt Dippel: Offiziere der öffentlichen Meinung; in: Deutsche Presse, H. 1/1941, S. 3.

104 Ministerkonferenz vom 27. Februar 1940, in: Boelcke: „Wollt Ihr den totalen Krieg?“ Die geheimen Goebbels-Konferenzen 1939–1943; Stuttgart 1967, S. 39.

105 Ministerkonferenz vom 19. März 1940, in: Boelcke: „Wollt Ihr den totalen Krieg?“ S. 40.

106 Ministerkonferenz vom 17. April 1940, in: Boelcke: „Wollt Ihr den totalen Krieg?“ S. 47 f.

107 s. Hans Bausch: Rundfunk in Deutschland, Bd. 2: Ansgar Diller: Rundfunkpolitik im Dritten Reich; München 1980.

108 Ministerkonferenz vom 13. April 1940, in: Boelcke: „Wollt Ihr den totalen Krieg?“ S. 46.

109 Ministerkonferenz vom 6. Mai 1940, in: Boelcke: „Wollt Ihr den totalen Krieg?“ S. 52.

110 Ministerkonferenz vom 11. Mai 1940, in: Boelcke: „Wollt Ihr den totalen Krieg?“ S. 53.

111 s. Uzulis: Nachrichtenagenturen im Nationalsozialismus, S. 152ff.

112 Ministerkonferenz vom 17. Mai 1940, in: Boelcke: „Wollt Ihr den totalen Krieg?“ S. 54.

113 Ministerkonferenz vom 19. Mai 1940, in: Boelcke: „Wollt Ihr den totalen Krieg?“ S. 55.

114 Ministerkonferenz vom 21. Mai 1940, in: Boelcke: „Wollt Ihr den totalen Krieg?“ S. 56.

115 Ministerkonferenz vom 30. Mai 1940, in: Boelcke: „Wollt Ihr den totalen Krieg?“ S. 59.

116 Hauptfeld: Österreich und die großen europäischen Nachrichtenagenturen, S. 57.

117 Ministerkonferenz vom 18. Juni 1940, in: Boelcke: „Wollt Ihr den totalen Krieg?“ S. 69.

118 Ministerkonferenz vom 27. Juni 1940, in: Boelcke: „Wollt Ihr den totalen Krieg?“ S. 74.

119 Ministerkonferenz vom 28. Juni 1940, in: Boelcke: „Wollt Ihr den totalen Krieg?“ S. 75.

120 Ministerkonferenz vom 6. Juli 1940, in: Boelcke: „Wollt Ihr den totalen Krieg?“ S. 77.

121 Ministerkonferenz vom 25. Juli 1940, in: Boelcke: „Wollt Ihr den totalen Krieg?“ S. 85.

122 Ministerkonferenz vom 5. August 1940, in: Boelcke: „Wollt Ihr den totalen Krieg?“ S. 85.

123 zit. n.: Boelcke: „Wollt Ihr den totalen Krieg?“ S. 107.

124 zit. n.: Boelcke: „Wollt Ihr den totalen Krieg?“ S. 119.

125 Ministerkonferenz vom 6. April 1941, in: Boelcke: „Wollt Ihr den totalen Krieg?“ S. 140.

126 Ministerkonferenz vom 6. April 1941, in: Boelcke: „Wollt Ihr den totalen Krieg?“ S. 141.

127 Ministerkonferenz vom 7. April 1941, in: Boelcke: „Wollt Ihr den totalen Krieg?“ S. 145.

128 zit. n. Boelcke: „Wollt Ihr den totalen Krieg?“ S. 172.

129 Ministerkonferenz vom 26. Mai 1941, in: Boelcke: „Wollt Ihr den totalen Krieg?“ S. 174 f.

130 Ministerkonferenz vom 30. Mai 1941, in: Boelcke: „Wollt Ihr den totalen Krieg?“ S. 176.

131 s. Boelcke: „Wollt Ihr den totalen Krieg?“ S. 180.

132 Ministerkonferenz vom 22. Juni 1941, in: Boelcke: „Wollt Ihr den totalen Krieg?“ S. 181.

133 s. Boelcke: „Wollt Ihr den totalen Krieg?“ S. 182.

134 Ministerkonferenz vom 5. Juli 1941, in: Boelcke: „Wollt Ihr den totalen Krieg?“ S. 183.

135 s. Raul Hilberg: Die Vernichtung der europäischen Juden, 3 Bde.; Frankfurt a. M. 1999.

136 Hans Fritzsche; Vortrag vom 13. Oktober 1941; in: Boelcke: „Wollt Ihr den totalen Krieg?“ S. 189.

137 zit. n. Uzulis: Nachrichtenagenturen im Nationalsozialismus, S. 159.

138 zit. n. Boelcke: „Wollt Ihr den totalen Krieg?“ S. 194.

139 Ralph Giordano: Wenn Hitler den Krieg gewonnen hätte. Die Pläne der Nazis nach dem Endsieg; München 1991.

140 zit. n. Boelcke: „Wollt Ihr den totalen Krieg?“ S. 194.

141 Zeitungs-Verlag, Nr. 1/1941, S. 1.

142 s. Reitz: Das Deutsche Nachrichtenbüro; a. a. O., S. 250 ff.

143 s. Hauptfeld: Österreich und die großen europäischen Nachrichtenagenturen, S. 59.

144 zit. n. Read: The Power of News, S. 280f.

145 s. He: Die Nachrichtenagenturen in Deutschland, S. 178 f.

146 Cooper: Barriers down, S. 9.

147 s. Döhne: Presse- und Nachrichtenpolitik in Österreich, S. 131f. u. Cooper: Barriers down, S. 305.

148 s. Reitz: Das Deutsche Nachrichtenbüro; a. a. O., S. 245.

149 s. Hansjoachim Höhne: Report über Nachrichtenagenturen; Bd. 1: Die Situation auf den Nachrichtenmärkten der Welt; Baden-Baden 1976, S. 134.

1 Edmund Weber: Presse, Kunst und Schule im neuen Österreich; in: ÖVP-Pressedienst, 20. November 1945.

2 s. Sonja Wenger: Der „Verband Österreichischer Zeitungsherausgeber" 1945–1955. Sozialpartnerschaftliche Medienpolitik am Beginn der Zweiten Republik; Wien 1993, S. 31.

3 s. Willi Liwanec: Information. Presse, Rundfunk, Fernsehen, Wochenschau; Wien 1966, S. 53.

4 zit. n. Döhne: Presse- und Nachrichtenpolitik in Österreich, S. 98.

5 The Development of the Vienna Daily Press, 22 April to 1 September 1945; in: Oliver Rathkolb (Hg.): Gesellschaft und Politik am Beginn der Zweiten Republik. Vertrauliche Berichte der US-Militäradministration aus Österreich 1945 in englischer Originalfassung; Wien – Köln – Graz 1985, S. 314 ff.

6 zit. n. Döhne: Presse- und Nachrichtenpolitik in Österreich, S. 98.

7 AdR, BKA/III, zl. 80.305-III/46; in: Bundeskanzlei Erlässe, Grzl. 3017/46.

8 AdR, BKA-Pr., Personalakt Karl Siepen.

9 AdR, BKA/III; in: Amtliche Nachrichtenstelle, Grzl. 3091/46.

10 s. Hans Heinz Fabris: Der ‚österreichische Weg' in die Mediengesellschaft; in: Reinhard Siedler/Heinz Steinert/Emmerich Tálos (Hg.): Österreich 1945–1955; Wien 1995, S. 650.

11 Cooper: The Right to Know, S. 164.

12 Cooper: The Right to Know, S. 181.

13 s. Storey: Reuters Century, S. 236.

14 Alfred Geiringer: Report to the General Manager on the Visit to Austria, Czechoslovakia, Switzerland and France between November 18 & December 21, Dezember 1945; APA-Archiv.

15 s. Wolfgang Dieter Benz: Die dienstleistende Genossenschaft. Möglichkeiten einer Unternehmensform im tertiären Sektor; Dipl. Arb., Linz 1989, S. 36 f.

16 s. Franz Baltzarek: Die geschichtliche Entwicklung der österreichischen Genossenschaften; in: Mario Patera (Hg.): Handbuch des österreichischen Genossenschaftswesens; Wien 1986, S. 4 ff.

17 zit. n. Rudolf Tschögl: Tagespresse, Parteien und Alliierte Besatzung. Grundzüge der Presseentwicklung in der unmittelbaren Nachkriegszeit 1945–1947; phil. Diss., Wien 1979, S. 186.

18 Gespräch Alfred Geiringers mit Wolfgang Vyslozil, 1989.

19 Geiringer: Report to the General Manager, S. 5.

20 Geiringer: Report to the General Manager, S. 4.

21 Geiringer: Report to the General Manager, S. 6.

22 Brief von Fleetwood-May an Wirth, 22. Jänner 1946, Reuters Archiv London.

23 AdR, BKA/III, Zl. 80.267/III/46; in: Erlässe, APA, Grzl. 3091/47.

24 Notiz Geiringers an Fleetwood-May, 4. Februar 1946; Reuters Archiv London.

25 Notiz Geiringers, 11. Februar 1946; Reuters Archiv London.

26 Brief von Fleetwood May an Horton, 11. Februar 1946; Reuters Archiv London.

27 AdR, BKA/III; in: Amtliche Nachrichtenstelle, Erlässe, Grzl. 3091/46.

28 AdR, BKA/III, Zl. 80.212–III/46; in: Amtliche Nachrichtenstelle, Grzl. 3091/46.

29 Gespräch Geiringers mit Vyslozil, 1. August 1984 in London.

30 AdR, BKA/III, Zl. 80.267/III/46; in: Erlässe, APA, Grzl. 3091/47.

[31] s. 100. Geburtstag von Vincenz Ludwig Ostry; APA-Basisdienst, 18. Juli 1997; APA-AOM (APA-Online-Manager).

[32] AdR, BKA/III, Zl. 80.267/III/46; in: Erlässe, APA, Grzl. 3091/47.

[33] Brief von Chancellor an Siepen: „Globereuter Service", London 27. April 1946; Reuters Archiv London.

[34] Vertrag zwischen der Austria Presse Agentur und Reuters Limited, 20. Mai 1946; Reuters Archiv London.

[35] Stenographische Protokolle des Nationalrates, 16. Sitzung, 22. Mai 1946, S. 223.

[36] Stenographische Protokolle des Nationalrates, 16. Sitzung, 22. Mai 1946, S. 240.

[37] AdR, BKA/III, Zl. 80.318-III/46; in: Erlässe, APA, Grzl. 3091/47

[38] AdR, BKA/III, Zl. 80.447-III/46; in: Amtliche Nachrichtenstelle, Grzl. 3091/46.

[39] Inventarverzeichnis der ANA; in: APA Eröffnungsbilanz 1. 9. 1946; APA-Archiv.

[40] AdR, BKA/III, Zl. 80.447-III/46; in: Amtliche Nachrichtenstelle, Grzl. 3091/46.

[41] AdR, BKA/III, Zl. 80.328-III/46; in: Bundeskanzlei Erlässe, Grzl. 3017/46.

[42] s. AdR, BKA/III, Zl. 80.587/III/46, in: Erlässe APA, Grzl. 3091/47.

[43] AdR, BKA/III, Zl. 80.328-III/46; in: Bundeskanzlei Erlässe, Grzl. 3017/46.

[44] Enrico Schiavon: Tätigkeit und Bedeutung der Pressestellen in der zweiten österreichischen Republik; phil. Diss., Wien 1951, S. 27.

[45] zit. n. Tschögl: Tagespresse, Parteien und Alliierte Besatzung, S. 190.

[46] APA Mitglieder: *Das Kleine Volksblatt* (ÖVP), Wien; *Arbeiter Zeitung* (SPÖ), Wien; *Österreichische Volksstimme* (KPÖ), Wien; *Neues Österreich*, (Drei-Parteien-Blatt) Wien; *Linzer Volksblatt* (ÖVP), Linz; *Neue Zeit* (KPÖ), Linz; *Oberösterreichische Nachrichten* (unabhängig), Linz; *Tagblatt* (SPÖ), Linz; *Salzburger Volkszeitung* (Volksblatt, ÖVP), Salzburg; *Demokratisches Volksblatt* (SPÖ), Salzburg; *Salzburger Tagblatt* (KPÖ), Salzburg; *Tiroler Nachrichten* (ÖVP), Innsbruck; *Volkszeitung* (SPÖ), Innsbruck; *Tiroler Neue Zeitung* (KPÖ), Innsbruck; *Vorarlberger Volksblatt* (ÖVP), Bregenz; *Vorarlberger Volkswille* (SPÖ), Bregenz; *Vorarlberger Nachrichten*, Bregenz; *Das Steirerblatt* (ÖVP), Graz; *Neue Zeit* (SPÖ), Graz; *Wahrheit* (KPÖ), Graz; *Volkszeitung* (ÖVP), Klagenfurt; *Die Neue Zeit* (SPÖ), Klagenfurt; *Volkswille*, Klagenfurt (KPÖ); s. Bilanz 31. 12. 1946, APA-Archiv. Die *Salzburger Nachrichten* und die *Tiroler Tageszeitung* treten im Laufe des Jahres 1947 als Mitglieder bei, die *Vorarlberger Nachrichten* 1948.

[47] Nichtmitglieder u.a. : *Tageszeitung*, Bregenz; *Österreichische Zeitung*, Wien; *Welt am Abend*, Wien; *Weltpresse*, Wien; *Wiener Kurier*, Wien; *Die Presse*, Wien; *Wirtschaft*, Wien; *Wirtschaftsecho*, Wien-Linz; *Wiener Zeitung*, Wien; *Sportmontag*, Wien; *Volkswille*, Klagenfurt; *Kärntner Illustrierte*, Klagenfurt; *Neue Österreichische Gewerbe-Zeitung*, Wien; *Vorarlberger Nachrichten*, Bregenz; die Rundfunkstation *RAVAG*; Sender *Alpenland*, Wien; *BBC*, Wien; *Chicago Sun*, Wien; *Melantrich-Verlag*, Wien; *New York Times*, Wien; *Il Tempo*, Wien; *Polnischer Rundfunk*, Wien; *Reuters Limited*, London; *TASS*, Wien – Moskau; Privatwirtschaft u. a.: Fa. Hämmerle; Kastner; Brüder Perutz; Wilhelm Peukert; Pottendorfer Spinnerei; Seutter & Co.; Vinciguerra; Theresienthaler; s. APA-Bilanz 1946, APA-Archiv.

[48] Interview von Edith Dörfler mit Herbert Jaros, 28. September 2000.

[49] Michael Schönberg: Die amerikanische Medien- und Informationspolitik in Österreich von 1945 bis 1950. Bd. II: Dokumentation; phil. Diss., Wien 1976, S. 523 ff.

[50] APA-Bilanz 1946 und APA Bilanz 1947; APA-Archiv.

[51] APA Bilanz 1948; APA-Archiv.

[52] AdR, BKA/III; Zl. 80.786/47, 16/III.

53 AdR, BKA/III; in: Amtliche Nachrichtenstelle, Grzl. 3091, 80.033-III/46.

54 Alfred Jenauth: Ich hatte mir das alles leichter vorgestellt; Interview von Anton Mitterer, Olga Kronsteiner und Doris Weber; in: Manfred Bobrowsky: Schreiben im Widerstand. Österreichische Publizisten 1933–1945; Wien 1993, S. 193 ff.

55 Volksstimme, 10. Jänner 1948, S. 2.

56 s. Roman Sandgruber: Ökonomie und Politik. Österreichische Wirtschaftsgeschichte vom Mittelalter bis zur Gegenwart; Wien 1995, S. 453.

57 Cooper: The Right to Know, S. 175.

58 A. van Eerden: How USFA projects America and the democratic way of life in Austria though the Information Service Branch; 11. October 1946; Headquaters, United States Forces in Austria, ISB, APO 777, U.S. Army; in: Schönberg: Die amerikanische Medien- und Informationspolitik in Österreich von 1945 bis 1950; Bd.II, S. 550.

59 Otto Schönherr: Anno 1948 – als junger Journalist zwischen APA und Presse; in: Medien & Zeit 3/94, S. 16.

60 Universal Declaration of Human Rights; Adopted by the General Assembly of the United Nations at Paris, December 10, 1948.

61 s. Oliver Rathkolb: US-Medienpolitik in Österreich 1945–1950. Von antifaschistischer „Reorientierung" zur ideologischen Westintegration; in: Medien-Journal 3/84, S. 6.

62 Ted Kaghan: History of the Wiener Kurier; zit. n. Oliver Rathkolb: U.S.-Medienpolitik und die neue österreichische Journalistenelite; in: Medien & Zeit 2/87; S. 11.

63 Carl Warren: Modern News Reporting. War Department Education Manual EM 907; April 1944, S. V.

64 s. Warren: Modern News Reporting, S. 63f.

65 Warren: Modern News Reporting, S. 392.

66 A. van Eerden: How USFA projects America and the democratic way of life in Austria; a. a. O., S. 547.

67 s. Peter Muzik: Die Zeitungsmacher. Österreichs Presse. Macht, Meinungen und Milliarden; Wien 1984, S. 108.

68 A. van Eerden: How USFA projects America and the democratic way of life in Austria, a. a. O., S. 549.

69 s. Rathkolb: U.S.- Medienpolitik und die neue österreichische Journalistenelite; a. a. O., S. 10.

70 Briefverkehr zwischen dem „Office of the United States High Commissioner/Exchange Activities Section" und Schiffleitner; Oktober bis Dezember 1953; APA-Archiv

71 Interview von Edith Dörfler mit Otto Schönherr, 27. Juli 2000.

72 s. Fritz Csoklich: „Kleine Zeitung". Eine Massenzeitung mit geistigem Profil; in: Ivan/Lang/Pürer (Hg.): 200 Jahre Tageszeitung in Österreich, S. 147f.

73 9. September 1948; zit. n. Wenger: Der „Verband Österreichischer Zeitungsherausgeber", S. 246f.

74 Hans Dichand: Kronen Zeitung. Die Geschichte eines Erfolges; Wien 1977, S. 186.

75 s. Muzik: Die Zeitungsmacher, S. 110f.

76 Interview von Edith Dörfler mit Fritz Molden, 24. Oktober 2000.

77 Fritz Csoklich: Massenmedien; in: Erika Weinzierl/Kurt Skalnik (Hg.): Das neue Österreich. Geschichte der Zweiten Republik; Wien 1975, S. 263.

78 s. Gertrude Enderle-Burcel: Die österreichischen Parteien 1945 bis 1955; in: Siedler/Steinert/Tálos (Hg.): Österreich 1945–1955, S. 88.

[79] s. UNESCO (Hg.): World Communications. Press, Radio, Film; Paris 1950; S. 103.

[80] Interview von Edith Dörfler mit Fritz Molden, 24. Oktober 2000.

[81] s. Georg Draheim: Die Genossenschaft als Unternehmenstyp; Göttingen 1952, S. 77.

[82] s. Oliver Boyd-Barrett/Terhi Rantanen: European national news agencies. The end of an era or a new beginning? In: Journalism 1/2000, S. 90.

[83] Wiener Kurier vom 24. September 1951.

[84] Wiener Kurier vom 6. Oktober 1951.

[85] Interview von Edith Dörfler mit Fritz Molden, 24. Oktober 2000.

[86] s. APA-Bilanz 1952, APA-Bilanz 1953 und APA-Bilanz 1954; APA Archiv.

[87] APA-Tätigkeitsbericht 1954, S.4; in: APA-Bilanz 1954; APA-Archiv.

[88] s. APA-Tätigkeitsbericht 1955, S. 3; in: APA-Bilanz 1955; APA-Archiv.

[89] s. Manfred Rotter: Der Staatsvertrag; in: Siedler/Steinert/Tálos (Hg.): Österreich 1945–1955, S. 123.

[90] s. APA-Tätigkeitsbericht 1955; S. 3; a. a. O.

[91] APA- Tagesdienste vom 15. Mai 1955; Österreichischer Dienst; Blatt 2; APA-Archiv

[92] APA-Tagesdienste vom 15. Mai 1955; Österreichischer Dienst, Blatt 2f; APA-Archiv.

[93] Interview von Edith Dörfler mit Otto Schönherr, 27. Juli 2000.

[94] s. Protokoll über die am 1. Dezember 1956 abgehaltene 10. Ordentliche Generalversammlung der Genossenschafter der Austria Presse Agentur; S. 3; in: APA-Bilanz 1955; APA-Archiv.

[95] zit. n. Oskar Helmer: Ausgewählte Reden und Schriften; Wien 1963, S. 102; zit. n. Reiner Eger: Krisen an Österreichs Grenzen. Das Verhalten Österreichs während des Ungarnaufstandes 1956 und der tschechoslowakischen Krise 1968; Wien – München 1981, S. 24f.

[96] Bundesverfassungsgesetz vom 26. Oktober 1955 über die Neutralität Österreichs; BGBl. 211/1955, Art. I, Abs. 1.

[97] s. Eger: Krisen an Österreichs Grenzen, S. 25f.

[98] zit. n. Michael Minholz/Uwe Stirnberg: Der Allgemeine Deutsche Nachrichtendienst (ADN). Gute Nachricht für die SED; München – New Providence – London – Paris 1995, S. 318.

[99] s. Sorensen/Schack: Discussion paper for Group '39 meeting, S. 6; APA Archiv.

[100] s. Gézá Alföldy: Ungarn 1956. Aufstand, Revolution, Freiheitskampf; Heidelberg 1996, S. 19ff.

[101] APA-Tagesdienste vom 23. Oktober 1956; Auslandsdienst, Blatt 29; APA-Archiv.

[102] Hugh Seton-Watson: Rußland und Osteuropa; in: Mann (Hg): Propyläen Weltgeschichte, Bd. 10, S. 212.

[103] APA-Tagesdienste vom 24. Oktober 1956; Auslandsdienst, Blatt 10; APA-Archiv.

[104] APA-Tagesdienste vom 24. Oktober 1956; Auslandsdienst, Blatt 12; APA-Archiv.

[105] APA-Tagesdienste vom 25. Oktober 1956; Auslandsdienst, Blatt 1f; APA-Archiv.

[106] APA-Tagesdienste vom 26. Oktober 1956; Auslandsdienst, Blatt 2; APA-Archiv

[107] Charles Wassermann: Tagebuch der Freiheit. Als Reporter in Ungarn und Polen; Hamburg 1957, S. 224.

[108] APA-Tagesdienste vom 27. Oktober 1956; Österreichischer Dienst, Blatt 12;

APA-Archiv.

109 APA-Tagesdienste vom 28. Oktober 1956; Österreichischer Dienst, Blatt 10; APA-Archiv.

110 Rádióadások; L. Varga u.a.: A forradalom hangja. Magyarorszägi ráióadások 1956 október 23-november 9 (Die Stimme der Revolution. Rundfunksendungen in Ungarn, 23. Oktober-9. November 1956); Budapest 1989, S. 131; zit. n. Alföldy: Ungarn 1956, S. 27.

111 APA-Tagesdienste vom 28. Oktober 1956; Auslandsdienst, Blatt 14; APA-Archiv.

112 APA-Tagesdienste vom 28. Oktober 1956; Auslandsdienst, Blatt 21; APA-Archiv.

113 s. Oskar Maier: APA: Seit 50 Jahren Chronistin Österreichs; APA-Basisdienst, 27. August 1996; APA-AOM.

114 APA-Tagesdienste vom 4. November 1956; Auslandsdienst, Blatt 6; APA-Archiv.

115 APA-Tagesdienste vom 3. November 1956; Österreichischer Dienst, Blatt 17; APA-Archiv.

116 APA-Tagesdienste vom 4. November 1956; Österreichischer Dienst, Blatt 14; APA-Archiv.

117 s. Eger: Krisen an Österreichs Grenzen, S. 41f.

118 APA-Tagesdienste vom 3. November 1956; Österreichischer Dienst, Blatt 22; APA-Archiv.

119 APA-Tagesdienste vom 3. November 1956; Österreichischer Dienst, Blatt 19; APA-Archiv.

120 s. APA-Tätigkeitsbericht 1956; S. 5; in: APA-Bilanz per 31. 12. 1956; APA-Archiv.

121 s. Andreas Hillgruber: Europa in der Weltpolitik der Nachkriegszeit 1945–1963; München 1993, S. 80.

122 Gottfried Heindl: Die Entwicklung der öffentlichen Meinung; in: Erika Weinzierl/Kurt Skalnik (Hg.): Österreich. Die Zweite Republik, Bd. 2; Graz – Wien – Köln 1972, S. 545.

123 Der Bild-Telegraph. Ein neuer Zeitungstyp; in: Bild-Telegraph vom 3. April 1954, S. 1.

124 s. Eva Anna Heissenberger: Die Boulevardpresse in der ersten Hälfte der zweiten Republik unter besonderer Berücksichtigung des „Express"; Dipl. Arb., Wien 1955, S. 58f.

125 s. Hermann Stöger: Der Kurier. Geschichte und Struktur: Der Weg zur Million; in: Ivan/Lang/Pürer (Hg.): 200 Jahre Tageszeitung in Österreich, S. 163f.

126 s. Fritz Molden: Besetzer, Toren, Biedermänner. Ein Bericht aus Österreich 1945–1962; Wien 1980, S. 261.

127 s. Andrea Crevato: Der Wiener Zeitungskrieg 1958 und seine Auswirkungen auf die heutige Medienlandschaft; Wien 1993.

128 Zeitung ohne Namen, 25. März 1958, Titelseite.

129 s. Molden: Besetzer, Toren, Biedermänner, S. 247.

130 s. Otto Schulmeister: Freiheit und Bedrohung der Presse! In: Ivan/Lang/Pürer (Hg.): 200 Jahre Tageszeitung in Österreich, S. 26.

131 Josef Hindels: Marx und die Geschäftspresse; in: Die Zukunft 6/7 1961, S. 183.

132 Was wir wollen! In: Express am Morgen vom 26. März 1958, S. 1.

133 Unser Rezept; in: Express am Morgen vom 26. März 1958, S. 2.

134 Peter Böhmer: „Loyale Zusammenarbeit oder Krieg". Die Österreichische Volkspartei und der Neue Kurier 1954 bis 1958; in: Medien & Zeit 2/96, S. 54.

[135] s. Alexander Elias Tarzi: Medienpolitik und Imagebildung der SPÖ in der ersten Hälfte der sechziger Jahre bis zur Wahlniederlage 1966 unter besonderer Berücksichtigung der Olah-Affäre und des Rundfunkvolksbegehrens der perteiunabhängigen Presse; Dipl. Arb., Wien 1996, S. 48.

[136] s. Dichand: Kronen Zeitung, S. 187.

[137] Berechnungen nach einer Tabelle in Muzik: Die Zeitungsmacher, S. 131.

[138] Interview von Edith Dörfler mit Fritz Molden, 24. Oktober 2000.

[139] Erich Ernegger: Medien, Macht, Moneten. Chronik der österreichischen Journalistengewerkschaft; Unveröffentlichtes Manuskript, o. S.

[140] Gerd Bacher, zit. n. Ernegger: Medien, Macht, Moneten, o.S.

[141] s. APA-Tätigkeitsbericht 1961, S. 3; a. a. O.

[142] s. APA-Tätigkeitsbericht 1961, S. 5; in: APA-Bilanz 1961; APA-Archiv.

[143] Interview von Edith Dörfler mit Walter Martinkowic, 3. November 2000.

[144] Entwurf eines Bundesgesetzes über die öffentliche Aufgabe von Presse, Rundfunk und Fernsehen; Art.1,1; 544 der Beilagen der Sten. Prot. des Nationalrates; S. 15.

[145] Christian Broda: Das Pressegesetz der Zweiten Republik; in: Die Zukunft, Jg. 1961, S. 249.

[146] s. Wolfgang Sandner: Das Rundfunkvolksbegehren. Eine Analyse der Reform des Österreichischen Rundfunks; phil. Diss., Wien 1969; S. 21 f.

[147] Protest der Sektion Journalisten gegen die Nachrichtenpolitik des Österreichischen Rundfunks; in: Gewerkschaftlicher Pressedienst, 20. Sept. 1962, S. 3.

[148] s. APA-Tätigkeitsbericht 1962; S. 5; in: APA-Bilanz 1962; APA-Archiv

[149] s. APA-Tätigkeitsbericht 1961; S. 4; a. a. O.

[150] APA-Geschäftsbericht 1976, Jahresbericht der Redaktion, S. IX; APA-Archiv.

[151] s. Hermann Stöger: Schwarze Welle – Roter Schirm. Der Proporz am Beispiel Rundfunk; Wien – Melk 1965, S. 105.

[152] Kurier vom 20. März 1963, S. 1.

[153] Gewerkschaftlicher Pressedienst vom 22. Nov. 1962, S. 1f.

[154] Kurier vom 23. März 1963; S. 1.

[155] s. Kurier vom 4. April 1964, S. 1.

[156] s. APA-Tätigkeitsbericht 1962, S. 4; a. a. O.

[157] Protokoll über die am 20. Juni 1963 abgehaltene 17. ordentliche Generalversammlung der APA; S. 2; in: APA-Bilanz 1962; APA-Archiv.

[158] Friedrich Draszczyk-Schönfeld: Proporzabbau – die Bewährungsprobe der Demokratie; in: Österreichische Monatshefte 1/18 1951, S. 31.

[159] Problem: Rundfunkreform; in: Österreichische Monatshefte, Sept. 1964, H. 9, S. 25;

[160] Karl Pisa: Die innen- und außenpolitischen Konsequenzen der Rundfunkreform 1966; in: Christliche Demokratie 4/87, S. 236.

[161] Der ÖVP-Vorschlag zur Lösung des Rundfunkproblems; in: Österreichische Monatshefte; H. 7/8 1966, S. 48ff.

[162] Günther Nenning; Rundfunk in demokratischer Selbstverwaltung; in: Zukunft, H.3, Jg.1964, S. 15.

[163] APA-Tagesdienste vom 2. Oktober 1964, Österreichischer Dienst, Blatt 22f; APA-Archiv

[164] Aufruf aller am Volksbegehren beteiligten Tageszeitungen vom 2. Juli 1963; APA-Archiv

[165] APA-Tagesdienste vom 14. Oktober 1964; Österreichischer Dienst, Blatt 15; APA-Archiv

[166] s. Hans Magenschab: Rundfunk und Fernsehen; Wien 1965, S. 19f.

167 s. Berichterstatter Johann Halder; Protokolle des Nationalrates, X. GP., 86. Sitzung, 15. Juli 1965, S. 4704f.

168 Karl Czernetz; Protokolle des Nationalrates, X.GP., 86. Sitzung, 15. Juli 1965, S. 4750.

169 Gerd Bacher in: ORF-Almanach 1969, S. 15.

170 s. APA-Geschäftsabschluß 1967, Jahresbericht Redaktion S. I; APA-Archiv.

171 APA-Geschäftsabschluß 1969, Jahresbericht der Redaktion, S. XIII; APA-Archiv.

172 s. Protokoll über die am 20. Juni 1963 abgehaltene 17. ordentliche Generalversammlung der APA; S. 5; in: APA-Bilanz 1962; APA-Archiv.

173 s. APA-Geschäftsbericht 1964, S. 8; in: APA-Bilanz 1964; APA-Archiv.

174 s. Österreichischer Genossenschaftsverband Wien; Bericht über die be_ der Austria Presse Agentur (APA) in der Zeit vom 9. bis 23. Dezember 1964 durchgeführte satzungsgemässe Prüfung; S. 5; APA-Archiv.

175 s. APA-Geschäftsabschluß 1964, S.11; in: APA-Bilanz 1964; APA-Archiv.

176 APA-Geschäftsabschluß 1965; in: APA-Bilanz 1965; S. 7; APA-Archiv.

177 Protokoll der 3. Vorstandssitzung 66/67 der APA-Genossenschafter vom 10. 11. 1966; Punkt 6f; APA-Archiv.

178 Protokoll der 2. Vorstandssitzung 67/68 der APA-Genossenschafter vom 3. 11. 1967; Punkt 4; APA-Archiv.

179 APA-Geschäftsabschluß 1965; in: APA-Bilanz 1965; S. 7; APA-Archiv.

180 APA-Geschäftsabschluß 1966; S. 12; APA-Archiv.

181 s. APA-Geschäftsabschluß 1967; S. 12; APA-Archiv.

182 APA-Geschäftsabschluß 1965; S. 21; APA-Archiv.

183 s. APA-Geschäftsabschluß 1967; S.11; APA-Archiv.

184 s. Oliver Boyd-Barrett: The international news agencies; London – Beverly Hills 1980, S. 14.

185 s. APA-Geschäftsabschluß 1964, S. 23; in: APA-Bilanzakt 1964; sowie APA-Geschäftsabschluß 1967, Jahresbericht der Redaktion, S. V; APA-Archiv.

186 s. Eger: Krisen an Österreichs Grenzen, S. 81f.

187 APA-Auslandsdienst, 21. August 1968, Blatt 1; APA-Archiv

188 APA-Auslandsdienst, 21. August 1968, Blatt 65; APA-Archiv

189 s. Vladimir Horsky: Prag 1968. Systemveränderung und Systemverteidigung; Stuttgart – München 1975, S. 249f.

190 s. Jola Zalud: Einem Arbeiter gibt man nicht die Hand. Erinnerungen einer unfreiwilligen Kommunistin; Wien 1995, S. 177.

191 s. Eger: Krisen an Österreichs Grenzen, S. 87 f.

192 APA-Auslandsdienst, 22. August 1968, Blatt 2; APA-Archiv

193 s. Horsky: Prag 1968, S. 282ff.

194 s. Peter Norden (Hg.): Prag, 21. August… Revolution, Intervention, Invasion; München 1968; S. 114.

195 APA-Auslandsdienst, 22. August 1968, Blatt 70f; APA-Archiv

196 Note der sowjetischen Regierung an Bundeskanzler Klaus bezüglich der Berichterstattung der österreichischen Massenmedien über die Ereignisse in der Tschechoslowakei. Aufzeichnung eines Gesprächs zwischen Botschafter Podzerob und Bundeskanzler Klaus am 31. August 1968; Wien, 2. September 1968, BK/D; in: Eger: Krisen an Österreich Grenzen, S. 212f.

197 Note der sowjetischen Regierung an Bundeskanzler Klaus; a. a. O., S. 212.

198 s. ORF-Almanach 1969, S. 97f.

199 s. Hanisch: Der lange Schatten des Staates, S. 461.

200 APA-Geschäftsabschluß 1968, Jahresbericht der Redaktion, S. VII; APA-Archiv.

201 s. Brief APA an ÖVP-Pressedienst, 28. März 1969; APA-Archiv.

202 APA-Geschäftsabschluß 1971, S. 23; APA-Archiv.

203 APA-Geschäftsabschluß 1971, Jahresbericht der Redaktion, S. I; APA-Archiv.

204 APA-Geschäftsabschluß 1970, S. 36; APA-Archiv.

205 APA-Geschäftsabschluß 1970, S. 1; APA-Archiv.

206 s. Ernegger: Medien, Macht, Moneten; o. S.

207 s. Muzik: Die Zeitungsmacher, S. 154.

208 Express, 19. März 1971

209 Express, 20. März 1971.

210 Interview von Edith Dörfler mit Rudolf Horvath, Robert Lucke und Gustav Moucka, 20. November 2000.

211 APA-Geschäftsabschluß 1970, S. 37; APA-Archiv

212 APA-Geschäftsabschluß 1972, Jahresbericht der Redaktion, S. I; APA-Archiv

213 s. APA-Geschäftsabschluß 1974, S. 26; APA-Archiv

214 s. APA-Geschäftsabschluß 1973, Jahresbericht der Redaktion, S. II; APA-Archiv

215 APA-Geschäftsabschluß 1972, Jahresbericht der Redaktion, S. XII; APA-Archiv

216 s. Protokoll der 3. Vorstands- und Aufsichtsratssitzung der APA-Genossenschafter vom 21. 9. 1974; Punkt 5; APA-Archiv

217 Interview Edith Dörfler mit Wolfgang Vyslozil, April 2000.

218 s. Protokoll der 1. Vorstands- und Aufsichtsratssitzung 1976/77 der APA-Genossenschafter vom 22. 12. 1976; Punkt 6; APA-Archiv

219 s. Bruno Kreisky: Die Alternative der SPÖ liegt vor; in: pd Politik und Dokumentation Nr. 17–18, 5. 12. 1969, S. 1ff.

220 s. Oliver Ratkolb: Die Kreisky-Ära 1970–1983; in: Rolf Steininger/ Michael Gehler (Hg.): Österreich im 20. Jahrhundert, Bd. 2; Wien – Köln – Weimar 1997; S. 306f.

221 s. Hanisch: Der Lange Schatten des Staates, S. 464.

222 Nicole Tomann: Die medienpolitische Diskussion der SPÖ; Dipl. Arb., Wien 1994, S. 93.

223 APA-Geschäftsabschluß 1972, S. 22; APA-Archiv

224 Interview von Edith Dörfler mit Brigitte Sauer, 6. November 2000.

225 s. Hans Eder: Die Politik in der Ära Kreisky; in: Siedler/Steinert/Tálos (Hg.): Österreich 1945–1955, S. 187.

226 APA-Innenpolitik unter neuer Leitung; APA-Basisdienst, 30. September 1999; APA-AOM.

227 s. APA-Geschäftsabschluß 1974, Jahresbericht der Redaktion, S. VII; APA-Archiv

228 Johannes Kunz (Hg.): Bruno Kreisky. Ansichten eines Sozialdemokratischen Staatsmannes; Wien 1993, S.7.

229 Wolfgang Petritsch, zit. n. Herbert Lackner: Haberer und Totschreiber; in: Profil 28/1997, S. 21.

230 Ernst Weiss: Der Fall Vukobrankovics; Reinbek bei Hamburg 1973, S. 38.

231 Milica Vukobrankovics: Weiberzelle 321. Tagebuch aus der Haft; Wien – Leipzig 1923.

232 Georg Markus in der Kolumne „Wiener G´schichten“, Kronen Zeitung, 25. Jänner 1996, S. 2.

233 Interview von Edith Dörfler mit Otto Schönherr, 27. Juli 2000.

234 Interview von Edith Dörfler mit Heinz Altschul, 13. September 2000.

235 Interview von Edith Dörfler mit Wolfgang Mayr und Oskar Maier, 4. Oktober 2000.

236 s. Hans Heinz Fabris/H. Kreuzhuber: Das Internationale Jahr der Frau 1975 und die Darstellung von Frauenthemen in den österreichischen Massenmedien; Wien 1976.

237 Berechnungen aus Angaben zum Personal in den Bilanzen der APA von 1969 bis 1973, 1976. Vorher sind die Angaben im Hinblick auf journalistisches oder nichtjournalistisches Personal nicht konkretisiert.

238 Als erste Frau wird Brigitte Sauer 1986 Leiterin des Ressorts Innenpolitik der APA.

239 s. Daniela Jentsch/Gabi Schilcher: Ein Leben ohne Lobby? Journalistinnen in Österreich; in: Hans Heinz Fabris/Fritz Hausjell: Die vierte Macht. Zu Geschichte und Kultur des Journalismus in Österreich seit 1945; Wien 1991, S. 222.

240 s. Alice Schwarzer: Simone de Beauvoir. Rebellin und Wegbereiterin; Köln 1999.

241 s. Massenmedien in Österreich, herausgegeben vom Institut für Publizistik und Kommunikationstheorie der Universität Salzburg; Wien 1977, S. 22.

242 Vorwort von Karl Blecha; in: Bericht der Medienkommission an den Bundesparteitag der SPÖ: Medien, Presse, Film, Hörfunk und Fernsehen, neue elektronische Medien, Agenturen, Verlagswesen, Buch; Februar 1974, S. 4.

243 Bericht der Medienkommission an den Bundesparteitag der SPÖ 1974, S. 11.

244 Gerd Bacher, zit. n. Karl Blecha: Die Rundfunkreform II; in: Die Zukunft 18/1974, S.11.

245 Paul Twaroch/Wolfgang Buchner (Hg): Rundfunkrecht in Österreich; Wien 1985, S. 27.

246 Twaroch/Buchner (Hg): Rundfunkrecht in Österreich, S. 33 ff.

247 ORF-Almanach 1977, S. 302.

248 Bericht der Medienkommission an den Bundesparteitag der SPÖ 1974, S. 25.

249 Bericht der Medienkommission an den Bundesparteitag der SPÖ 1974, S. 31.

250 s. Massenmedien in Österreich, S. 66.

251 Interview Edith Dörfler mit Otto Schönherr, 27. Juli 2000.

252 s. APA-Geschäftsabschluß 1975, Jahresbericht der Redaktion, S. IX; APA-Archiv.

253 Hannes Androsch lehnt die Bezeichnung „Austro-Keynesinanismus" allerdings ab; s. Hanisch: Der lange Schatten des Staates, S. 471.

254 s. Gunther Tichy: Austrokeynesianismus. Ein Konzept erfolgreicher Wirtschaftspolitik? In: Siedler/Steinert/Tálos (Hg.): Österreich 1945–1955, S. 213f.

255 s. Sandgruber: Ökonomie und Politik., S. 488.

256 Wolfgang R. Langenbucher: Ausländisches Kapital in Österreichs Presse. Segen oder Fluch? In: Peter Pelinka/Wolfgang Duchkowitsch/Fritz Hausjell (Hg.): Zeitungs-Los. Essays zu Pressepolitik und Pressekonzentration in Österreich; Salzburg 1992, S. 58.

257 s. Christina Holtz-Bacha: Presseförderung im westeuropäischen Vergleich. 3. Teilprojekt des Projekts „Ökonomie und Zukunft der Printmedien"; Bochum 1992/93, S. 21.

258 Bericht der Medienkommission an den Bundesparteitag der SPÖ 1974, S. 5.

259 s. Felix Dünser: Staatliche Presseförderung: Eine Analyse der österreichischen Medienpolitik in vergleichender Sicht; phil. Diss., Wien 1979, S. 73.

260 s. Massenmedien in Österreich, S. 60ff.

[261] s. Roman Hummel: Einfalt statt Vielfalt. Pressesituation und –politik der 70er und 80er Jahre in Österreich; in: Pelinka/Duchkowitsch/Hausjell (Hg.): Zeitungs-Los, S. 49.

[262] s. Holtz-Bacha: Presseförderung im westeuropäischen Vergleich, S. 132.

[263] Bericht der Medienkommission an den Bundesparteitag der SPÖ 1974, S. 18ff.

[264] Massenmedien in Österreich. Medienbericht II; herausgegeben vom Institut für Publizistik und Kommunikationstheorie der Universität Salzburg; Wien 1983, S. 545f.

[265] APA-Geschäftsbericht 1985, S. 9; APA-Archiv.

[266] s. APA-Geschäftsabschluß 1974, Jahresbericht der Redaktion, S. I; APA-Archiv.

[267] Interview Edith Dörfler mit Rudolf Horvath, Robert Lucke und Gustav Moucka, 20. November 2000.

[268] Betriebsvereinbarung für das journalistische und nicht-journalistische APA-Personal in Zusammenhang mit der Einführung der neuen Technologie, abgeschlossen zwischen der Geschäftsführung und dem Betriebsrat, Wien, 19. Juli 1977; APA-Archiv.

[269] s. APA-Geschäftsabschluß 1977, S. 14; APA-Archiv

[270] s. APA-Geschäftsabschluß 1977, S. 14f; APA-Archiv.

[271] s. APA-Geschäftsabschluß 1982, S. 13; APA-Archiv.

[272] Interview Edith Dörfler mit Konrad Tretter, 16. November 2000.

[273] APA-Geschäftsbericht 1985, Die Büros in den Bundesländern, S. XI; APA-Archiv.

[274] s. Ernegger: Medien, Macht, Moneten, o. S.

[275] 1983 erhält sie 413.628 Schilling, 1984 459.160 und 1985 575.661 Schilling; s. Massenmedien in Österreich. Medienbericht III; herausgegeben vom Institut für Publizistik und Kommunikationswissenschaft der Universität Salzburg; Salzburg – Wien 1986, S. 62.

[276] Brief Wolfgang Vyslozil, Intern, 28. 4. 1983; APA-Archiv

[277] Brief von Jörg Schierenbeck (dpa) an Joseph Moser (*Tiroler Tageszeitung*); 9. 6. 1983; APA-Archiv.

[278] APA '88. Strategische Unternehmensplanung der Austria Presse Agentur. Erstellt von der Geschäftsführung der APA, Wien, im Juni 1983; APA-Archiv.

[279] Interview von Edith Dörfler mit Wolfgang Vyslozil, 12. Dezember 2000.

[280] Protokoll der gemeinsamen Sitzung von Vorstand und Aufsichtsrat, 15. Juni 1983; S. 4; APA-Archiv.

[281] s. Annemarie Miglbauer: APA-Abdruckstudie 1983. Die Meldungen der APA als Quelle für die Berichterstattung der Österreichischen Zeitungen; Wien 1983, S. 6; APA-Archiv.

[282] Interview von Edith Dörfler mit Wolfgang Vyslozil, 12. Dezember 2000.

[283] Briefe Wolfgang Vyslozil (APA) an Thilo Pohlert (dpa), Wien am 17. 1. 1983 und am 4. 1. 1983; APA-Archiv

[284] Brief Thilo Pohlert (dpa) an Tiroler Tageszeitung, Hamburg , 9. Juni 1983; APA-Archiv.

[285] Protokoll der gemeinsamen Sitzung von Vorstand und Aufsichtsrat, 15. Juni 1983; S. 5; APA-Archiv.

[286] s. Wolfgang Vyslozil, Interne Mitteilung, Stand 31. 12. 1983, 14 Uhr; APA-Archiv.

[287] Interview von Edith Dörfler mit Wolfgang Vyslozil, 12. Dezember 2000.

[288] APA ohne TT; in: APA intern Nr. 2/84; S. 6.

[289] Adalbert Kopejtko: David gegen Goliath; in: Profil Nr. 3/17. Jänner 1984, S. 21.

290 „MA-WEST": Medienagentur West aktiviert ihre Tätigkeit mit Jahresbeginn 1984; in: Tiroler Tageszeitung, 2. 1. 1984 und Vorarlberger Nachrichten, 2. 1. 1984.

291 Vorarlberger Nachrichten, 2. 1. 1984.

292 s. APA-Inlandsdienst, 2. 1. 1984; APA-Archiv.

293 s. Kopejtko: David gegen Goliath; a. a. O., S. 21.

294 Klage von J. S. Moser; Rechtsanwalt Dr. Hansjörg Schweinester an das Handelsgericht, beim Handelsgericht eingelangt am 9. Jänner 1984; Pt. 1. Feststellung; APA-Archiv.

295 Klage von J. S. Moser; Pt. 2: Leistung; APA-Archiv.

296 Beschlußfassung des Oberlandesgerichts Wien vom 26. 3. 1984; APA-Archiv.

297 s. Widerklage und Antrag auf Erlassung einer Einstweiligen Verfügung, Wien 1984, S. 3; APA-Archiv.

298 385 der Beilagen zu den Stenographischen Protokollen des Nationalrates XV. GP, 2. Juni 1980, Regierungsvorlage zur Änderung des Urheberrechtsgesetzes; S. 31.

299 s. Robert Dittrich: Österreichisches und internationales Urheberrecht; Wien 1988, S. V.

300 1993 wird die Tiroler Tageszeitung wieder der APA-Genossenschaft beitreten.

301 Wolfgang Vyslozil: Die APA im digitalen Medienzeitalter, in: Johannes Kunz (Hg.): Die (des)informierte Gesellschaft; Wien 1987, S. 80.

302 s. APA-Geschäftsbericht 1985, S. 11; APA-Archiv.

303 s. APA-Geschäftsbericht 1985, S. 10; APA-Archiv.

304 APA-Handbuch; Wien 1985; S. 3.

305 APA-Handbuch; Wien 1985; S. 3.

306 Der Kampf um die Hainburger Au darf nicht vergessen werden; Neue Kronen-Zeitung, 12. Dezember 1999, S. 13.

307 s. APA-Geschäftsbericht 1988, S. 9; APA-Archiv

308 APA-Handbuch; Wien 1985; S 3.

309 APA-Handbuch; Wien 1985; S. 4.

310 APA-Geschäftsbericht 1987, S. 13; APA-Archiv

311 Über Josef A. Nowak; APA-Basisdienst, 14. März 1997; APA-AOM

312 zit. n. Clemens Staudinger: Austria Presse Agentur. Überlebt die Genossenschaft? In: Volksstimme, 1. 5. 1988, S. 4.

313 APA-Geschäftsbericht 1988, S 6; APA-Archiv

314 Mittelfristige Budgetplanung 1989–1991, Wien, im Oktober 1988; APA-Archiv.

315 APA-Geschäftsbericht 1989, S. 5; APA-Archiv.

316 APA-Geschäftsbericht 1988, S. 5; APA-Archiv

317 Resümee eines Referats von Wolfgang Vyslozil; in: Euromedia 89 Report: Challenges of the Information Age. News Agencies in the 1990's; Wien 1989, S. 75.

318 Resümee eines Referats von Carel N. F. van Ditshuizen; in: Euromedia 89 Report, S. 18.

319 Resümee eines Referats von Michel Saint-Pol; in: Euromedia 89 Report, S. 50.

320 Resümee eines Referats von Wolfgang Vyslozil; in: Euromedia 89 Report, S. 74f.

321 Resümee eines Referats von Michael Reupke; in: : Euromedia 89 Report, S.69.

322 Resümee eines Referats von Vladimir Milyutenko; in: Euromedia 89 Report, S. 123.

323 Resümee eines Referats von Vladimir Milyutenko; in: Euromedia 89 Report, S. 124.

[324] Resümee eines Referats von Sulaiman Abdul Rahman; in: Euromedia 89 Report, S. 113f.

[325] Resümee eines Referates von Per-Erik Lönnfors; in: Euromedia 89 Report, S. 128.

[326] s. Gerhard und Nadja Simon: Verfall und Untergang des sowjetischen Imperiums; München 1993, S. 43.

[327] s. Weber: (Nach-) Wirkungen marxistisch-leninistischer Medienpolitik; a. a. O., S. 167 f.

[328] M. S. Gorbacev, Izbrannye reèi i stat'i. Bd. 2; Moskau 1987, S. 131; zit. n. Simon: Verfall und Untergang des sowjetischen Imperiums, S. 45.

[329] s. Simon: Verfall und Untergang des sowjetischen Imperiums, S. 33.

[330] s. Simon: Verfall und Untergang des sowjetischen Imperiums, S. 63.

[331] s. Ungarn auf Super-Reformkurs 1 und 2; in: APA-Basisdienst, 18. Mai 1989; APA-AOM.

[332] EILT: Massenflucht von DDR-Bürgern an der österreichisch-ungarischen Grenze; in: APA-Basisdienst, 19. August 1989; APA-AOM.

[333] s. Massenflut von DDR-Bürgern ...3; in: APA-Basisdienst, 19. August 1989; APA-AOM.

[334] Jubel und Tränen...2; APA-Basisdienst, 19. August 1989; APA-AOM.

[335] Massenflucht von Ungarn nach Österreich – AM 2; APA-Basisdienst, 19. August 1989; APA-AOM.

[336] MTI-Darstellung der beispiellosen Massenflucht von DDR-Bürgern; APA-Basisdienst, 20. August 1989; APA-AOM.

[337] DDR-Flüchtlinge – Tagesmeldung; APA-Basisdienst, 25. September 1989; APA-AOM.

[338] Es gibt im APA-Basisdienst fünf Prioritätsstufen: BLITZ (wird bei ganz außerordentlichen Meldungen verwendet), VORRANG (außerordentliche politische Ereignisse, bedeutsame Erklärungen, Katastophen etc.), EILT (wichtige Ereignisse aller Art); PRIORITÄT und NORMAL sind die letzten beiden Kategorien; s. APA-Handbuch; zusammengestellt von Wolfgang Mayr; Wien 1985.

[339] DDR öffnet die Grenzen 1, 2 und 3; APA-Basisdienst, 9. November 1989; APA-AOM.

[340] DDR öffnet Eisernen Vorhang – Abendmeldung 3; APA-Basisdienst, 9. November 1989; APA-AOM.

[341] Grenztruppen beginnen mit Teilabriß der Mauer; APA-Basisdienst, 10. November 1989; APA-AOM.

[342] DDR öffnet Eisernen Vorhang – Tagesmeldung 3; APA-Basisdienst, 10. November 1989; APA-AOM.

[343] Internationales Lob für Öffnung der DDR-Grenzen – Frühmeldung; APA-Basisdienst, 10. November 1989; APA-AOM.

[344] Wolfgang Vyslozil: Reliable and independent news agencies. The political, strategic and managerial tasks to transform the former socialist news agencies; Speech on the occasion of the IPTC General Assembly in Warsaw, May 1991, S. 14; APA-Archiv.

[345] s. Theodore E. Kruglak: The Two Faces of the TASS; Minneapolis 1962, S. 52ff.

[346] s. Elena Ceausescu befahl Kündigung der Welt-Nachrichtenagenturen; in: APA-Dienst 30. Dezember 1989; APA-AOM.

[347] zit. n. Rumäniens Medien atmen freier; in: APA-Journal Ost, 10. Jänner 1990.

[348] s. Terhi Rantanen: From Communism to Capitalism; in: Oliver Boyd-Barret/Terhi Rantanen (Hg.): The Globalization of News; London – Thouthand Oaks – New Delhi 1998, S. 131.

349 Osteuropäische Nachrichtenagenturen um weitere Öffnung bemüht; in: APA-Basisdienst, 21. Februar 1990; APA-AOM.

350 Osteuropäische Nachrichtenagenturen berieten über neue Konzepte; in: APA-Basisdienst, 12. September 1990, APA-AOM.

351 s. Osteuropäische Medien im Vakuum 2; in: APA-Basisdienst, 12. November 1990; APA-AOM.

352 s. Vyslozil: Reliable and independent news agencies, S. 8.

353 s. TASS-Mitarbeiter: Agentur war über Staatsstreich informiert; in: APA-Journal Ost, 21. August 1991.

354 s. Russische Nachrichtenagentur TASS wird 90 Jahre alt; in: APA-Journal Ost, 1. September 1994.

355 s. Wolfgang Szusgien (ADN): Sowjetische Medienvielfalt mit RIA, NEGA und Glockenspiel; in: APA-Journal Ost, 5. November 1991.

356 s. Russische Nachrichtenagentur heißt jetzt ITAR-TASS; in: APA-Journal Ost, 31. Jänner 1992.

357 s. Russische Nachrichtenagentur TASS wird 90 Jahre alt; in: APA-Journal Ost, 1. September 1994.

358 Neuer Generaldirektor der slowakischen Nachrichtenagentur; in: APA-Journal Ost, 20. April 1994.

359 s. Slowenische Nachrichtenagentur STA nimmt Tätigkeit auf; in: APA-Journal Ost, 24. Juni 1991.

360 Kroatien bekommt eigene Nachrichtenagentur; in: APA-Journal Ost, 16. Juli 1990.

361 s. Assoziation der Nachrichtenagenturen der Balkanstaaten gegründet; in: APA-Journal Ost, 1. Mai 1995.

362 s. GUS-Nachrichtenagenturen gründen Vereinigung; in: APA-Journal Ost, 11. Dezember 1996.

363 s. Wolfgang Vyslozil: The Economic Situation of News Agencies in Transition; in: Central and Eastern European News Agencies in Transition. An IPI Study; Vienna – Warsaw, Oktober 1996, S. 125–148.

364 s. Presseagenturen in Mitteleuropa fordern Unabhängigkeit; in: APA-Journal Ost, 2. September 1996.

365 Demokratie braucht unabhängige Presseagenturen; in: APA-Journal Medien, 28. Februar 1996.

366 Patrick H. O'Neil: Introduction: Media Reform and Democratization in Eastern Europe; in: Ders. (Hg.): Post-Communism and the Media in Eastern Europe; London – Portland 1997; S. 2.

367 s. Terhi Rantanen: From Communism to Capitalism; a.a.O., S. 134.

368 s. Sonja Cserveny: Ungarische Agentur MTI speckt ab; in: APA-Journal Medien, 9. August 1995.

369 APA eröffnet Vertriebsbüro in Ungarn; in: APA-Journal Ost, 26. Mai 1995.

370 s. Michael Gehler: 17. Juli 1989: Der EG-Beitrittsantrag; in: Steininger/Gehler (Hg.): Österreich im 20. Jahrhundert (1997), S. 548.

371 s. Der Standard, 24. April 1993; in: Conrad Seidl: Chronologie einer EU-Berichterstattung; Wien 1995, S. 14.

372 s. Bundeskanzleramt (Hg.): Das Buch. Europa von A-Z; Wien 1993; S. 5.

373 s. Bundeskanzleramt (Hg.): Das Buch. Europa von A-Z, S. 47f.

374 APA-Geschäftsbericht 1993, S. 8; APA-Archiv.

375 Der Standard, 5. Juli. 1993; in: Seidl: Chronologie einer EU-Berichterstattung, S. 36.

[376] Der Standard, 4. September. 1993; in: Seidl: Chronologie einer EU-Berichterstattung, S. 36.

[377] APA-Basisdienst; 1. März 1994; APA-AOM.

[378] EU-Beitrittsverhandlungen abgeschlossen 1: APA-Basisdienst; 1. März 1994; APA-AOM.

[379] EU-Reaktionen: Vranitzky und Busek: Chancen für die Zukunft nutzen 1; APA-Basisdienst; 1. März 1994; APA-AOM.

[380] EU-Reaktionen 2: Katschthaler: „Zukunftsweg eröffnet"; APA-Basisdienst; 1. März 1994; APA-AOM.

[381] EU-Reaktionen 3: Stummvoll: „Bestmögliches Verhandlungsergebnis"; APA-Basisdienst; 1. März 1994; APA-AOM.

[382] EU-Reaktionen 4: Schmidt: Wichtiges Ziel erreicht; APA-Basisdienst; 1. März 1994; APA-AOM.

[383] EU-Reaktionen 7: Haider: Keine einzige Position durchgehalten; APA-Basisdienst; 1. März 1994; APA-AOM.

[384] EU-Reaktionen 8: KPÖ: „Umfaller der Regierung ist komplett"; APA-Basisdienst; 1. März 1994; APA-AOM.

[385] EU-Beitritt in greifbarer Nähe - Nachtmeldung; APA-Basisdienst; 2. März 1994; APA-AOM.

[386] Österreich und EU über Beitritt einig – Frühmeldung 1 und 2; APA-Basisdienst; 2. März 1994; APA-AOM.

[387] s. Josef Trappel: Was die Mediamatik für die Unternehmen zu leisten vermag; in: Michael Latzer/Ursula Maier-Rabler/Gabriele Siegert/Thomas Steinmaurer (Hg.): Die Zukunft der Kommunikation. Phänomene und Trends in der Informationsgesellschaft; Innsbruck – Wien 1999, S. 89.

[388] Europäische Kommission (Hg.): Grünbuch zur Konvergenz der Branchen Telekommunikation, Medien und Informationstechnologie und ihren ordnungspolitischen Auswirkungen; Brüssel, 3. Dezember 1997; S. vii.

[389] EU-Grünbuch zur Konvergenz, S.viii.

[390] APA baut Informationsangebot weiter aus 1; APA-Basisdienst, 1. Februar 1995, APA-AOM.

[391] Die Geschichte des Internet; http://www.users.comcity.de/~horibo/ history.html; 9. August 2000

[392] s. Thomas Kreuzberger: Internet: Geschichte und Begriffe eines neuen Mediums; Wien – Köln – Weimar 1997, S. 10f.

[393] EU-Grünbuch zur Konvergenz, S. 6.

[394] EU-Grünbuch zur Konvergenz, S. 7.

[395] APA baut Informationsangebot weiter aus 3; APA-Basisdienst, 1. Februar 1995, APA-AON.

[396] Wolfgang Vyslozil, Editorial zum APA-Online-Journal 1/2001; S. 3

Abkürzungsregister

AOK: Armeeoberkommando
APA-AOM: APA-Online-Manager
BKA: Bundeskanzleramt
ISB: Information Service Branch
KÜA: Kriegsüberwachungsamt
MRP: Ministerrats-Protokoll
RGBl: Reichsgesetzblatt
RPK: Reichspressekammer
Sten.Prot: Stenografisches Protokoll
USFA: U.S. Forces in Austria

Interviews

Heinz Altschul, ehemals Stellvertretender Chefredakteur, nun Konsulent, APA
DI Rudolf Horvath, Technischer Direktor und stv. Geschäftsführer, APA
Herbert Jaros, ehemals APA-Wirtschaftsredakteur
Robert Lucke, Mitarbeiter des Bereichs Technik, APA
Oskar Maier, ehemals Redakteur der APA-Auslandsredaktion
Walter Martinkowic, ehemals Redakteur des APA-Inlanddienstes
Franziska May, ehemals Sekretärin und Fernschreiberin
Wolfgang Mayr, Chefredakteur der APA
Fritz Molden, Verleger, ehemals Herausgeber der „Presse"
Gustav Moucka, Abteilungsleiter, Kundenzentrum IT ....., APA
Dr. Brigitte Sauer, ehemals Ressortleiterin APA-Innenpolitik
Ilse Schlossarek, ehemals Sekretärin und Fernschreiberin
Dr. Otto Schönherr, ehemals Chefredakteur der APA
Lia Seidl, Geschäftsführerin APA-OTS GmbH
Konrad Tretter, Direktor Marketing, Verkauf und Vertrieb und stv. Geschäftsführer, APA
Dr. Wolfgang Vyslozil, Geschäftsführer der APA

Quellenregister

APA-Archiv, Wien
Reuters Archiv, London
Österreichisches Staatarchiv (ÖstA):
- AdR: Archiv der Republik
- AVA: Allgemeines Verwaltungsarchiv
- HHStA: Haus-Hof- und Staatsarchiv
- KA: Kriegsarchiv

Namensregister